穆丹枫

著

尘缘修仙2 尘缘君

第一部

青岛出版社
QINGDAO PUBLISHING HOUSE

图书在版编目（CIP）数据

半缘修仙半缘君. 2 / 穆丹枫著.--青岛：青岛出
版社，2019.11
ISBN 978-7-5552-7690-6

Ⅰ. ①半… Ⅱ. ①穆… Ⅲ. ①长篇小说－中国－当代
Ⅳ. ①I247.5

中国版本图书馆CIP数据核字(2018)第219096号

书　　名	半缘修仙半缘君 2	
著　　者	穆丹枫	
出版发行	青岛出版社	
社　　址	青岛市海尔路182号（266061）	
本社网址	http://www.qdpub.com	
邮购电话	010-85787680-8015　13335059110	
	0532-85814750（传真）　0532-68068026	
责任编辑	贺　林	
特约编辑	郑丽丽	
校　　对	耿道川	
装帧设计	白砚川	
照　　排	梁　霞	
印　　刷	三河市良远印务有限公司	
出版日期	2019年11月第1版　　2019年11月第1次印刷	
开　　本	16开（700mm×980mm）	
印　　张	65	
字　　数	800千	
书　　号	ISBN 978-7-5552-7690-6	
定　　价	116.00元	

编校印装质量、盗版监督服务电话　4006532017　　0532-68068638

建议陈列类别：畅销·古代言情

目 录 [第一部]

目录[第二部]

目 录 [第三部]

目录 [第四部]

第一章　决绝下山去

火！四处都是火！

熊熊大火中有金光在闪……闪得宁雪陌全身火辣辣地疼，仿佛又被扔进鼎中。她拼命地奔跑，却怎么也跑不出这片大火，只能眼睁睁看着自己一点点被火吞噬。火舌舔舐着她的衣衫，舔舐着她的血肉……

宁雪陌又一次从沉睡中惊醒，顿时大汗淋漓。

四周一片红，红色的墙体、红色的装饰……像极了梦中的那场大火。

宁雪陌身子僵了僵，神志还有些不清……她挣扎着想要逃离此处，但一动就牵扯到了身上的伤口，顿时疼得面色一白。

疼痛令她蓦然清醒过来，她认出来了，这里是魔宫，她前世的住处，没有什么大火……

身上还疼得钻心，害得她睡也睡不痛快，内心时时刻刻像是有火焰在烧。

她从来没受过这么大的罪！而且这罪还是她最爱之人带来的……

她想要不顾一切再去杀了他，又想扯着他跳进火海同归于尽……

可是，这些她暂时都做不到！

她能做到的便是和他一刀两断！

她只要睁开眼睛，胸中便滚动着无数负面情绪，亟待爆发！

难道，这就是入魔的征兆？

她心中忽然生出一抹厌倦，她闭了闭眼睛，强行压下这股情绪，又沉沉睡了

过去。

睡吧，睡着就好了。

天音峰上。

落日熔金，彩霞万丈，又是一天过去了。

耶律静安站在山峰上，发愁地看了看悬浮在云海之上的那座雪白高塔，师父到底要闭关多久？

他老人家可知外面已经发生了翻天覆地的变化？有好多紧要事需要向他老人家请示……

神九黎和宁雪陌之间所发生的事耶律静安并不知道，他只知道师父和小师妹之间最近的相处模式有些怪异，又因师父的事情不是他一个小辈可以随便过问的，所以他对自己不该知道的事情一律采取不闻不问的态度……

十六天前，小麒麟带着一只火凤凰来投奔，那风风火火的架势倒像是身后有鬼在追……

耶律静安知道这小麒麟是小师妹心心念念要找的，而小麒麟带来的小凤凰身上虽然有些魔气，但好在没有杀孽。

这俩货想念主人都想念得紧，进了日月宗后，便吵吵着要见主人。

耶律静安也知道这小麒麟很得宠，是可以自由出入天音峰的，所以他先向师父请示了一下。

神九黎只说了一个字："准。"

于是耶律静安就把那俩货送上去了。但自打那俩货上去以后他就再没见它们下来过，也不知道它们见到小师妹没有。

随后神九黎传音给耶律静安，让他在三日内不得让任何人踏入天音峰一步，还吩咐他置办一下婚礼需要的喜庆用品。而且对这些用品的规格，神九黎只有三个字的要求：最好的。

耶律静安不知道师父到底在打什么主意，但还是按照师父的吩咐将东西置办齐全了。却没想到三天后，神九黎便闭关了，而小师妹依旧不知所终。在他一头雾水之际，山下一直注意魔界动静的弟子传来一个惊悚的消息，小师妹宁雪陌去了魔界，现在和雪衣澜在一起……

耶律静安是那种泰山崩于前也不变色的人，这辈子也不知经历了多少大风大浪，但这个消息依旧惊住了他。

他一面派人继续去魔界打探，一面试着用密音与师父联系。

他接连联系了三天，师父那边依旧毫无动静。

耶律静安一横心，便上了天音峰来探看。他来到神九黎闭关修炼的白塔外，却不敢打扰。

因为神九黎之前吩咐过，在他闭关的时候，不容许任何人打扰，除非他主动联系人……

耶律静安正急得团团转的时候，不远处上来一个衣袂飘飘的女子。

此女子正是最近来日月宗串门很频繁的云兮仙子。

云兮仙子神色有些凝重，自耶律静安口中知道神九黎这几日的状况后，她吸了口气，朗声冲着白塔开口："帝尊，云兮有要事求见。"她连喊了三遍，白塔门终于缓缓向两边打开。

神九黎自里面缓步走出，足下踏过虚空的云海，来到这边的山峰上。

他这次出来居然没有戴面具，只是脸上也没多少表情。

耶律静安恍惚觉得，自家师父周身的气势似乎又冷了不少。他忙上前见礼，神九黎只微微向他点了点头，示意他起身，然后目光就扫向了云兮："有何要事？"

云兮看了一眼耶律静安。耶律静安是个知趣的，立即就想找个理由先躲开一下，不料耶律静安的话尚未出口，神九黎便道："你但说无妨。"意思自然是不许耶律静安避开了。

于是，耶律静安安心待在原地做了个电灯泡。

云兮眸中闪过一抹黯然，但她此行是有劲爆消息带给神九黎的，所以也就不在意别的了。她吸了一口气，说："帝尊，云兮刚刚探听到一个消息，魔界新立了一位妖皇，据说是……是宁姑娘……"她说完之后便忍不住盯着神九黎，期待从他脸上看出震怒的反应来。

但她失望了，神九黎只是眸色微微一暗，面上依旧淡然如水，回了她一个字："唔。"

"……"云兮此时的感觉像是蓄满了自己所有的力道拼命打出一拳，结果却打在了棉花上，这感觉不是一般失落。她张了张嘴，还想说什么，却一时找不到词儿。

"还有其他事？"神九黎声音波澜不惊。

"没……没了……呃，帝尊，云兮身上的伤已经全好了。"她给自己找了一个台阶下。

神九黎微微点头，然后又说了一句："既然无事，那你可以走了。静安，送客！"

这话让云兮的一张俏脸顿时难看到极点。

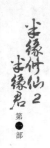

说完这句，神九黎便大袖飘飘，转身走了。

云兮咳了一声，转身状似无意地问耶律静安："静安，令师妹到底是怎么回事？为何竟与魔物为伍？"

耶律静安微笑躬身："静安不知。仙子，请。"

云兮窒了窒，她本来想从耶律静安口中掏一点儿料出来，没想到耶律静安的嘴不是一般严实。她又套问了几句，耶律静安都客客气气地避开了。

云兮无奈，只得告辞。

她刚要转身，耶律静安似想到了什么："对了，倒忘了一事，仙子的一些东西还在小可这里，现在奉还。仙子可清点一下，看看还有没有遗漏的。家师说了，不得有半点儿疏漏。"他从身上所带的储物袋中掏出一些七零八碎之物，都是云兮在这里养伤时使用的，譬如象牙梳、菱花镜、脂粉盒、水晶簪……

云兮勉强笑了笑，只得将那些东西收起，转身走了。

耶律静安躬身送她离开，礼数极为周全，只是看她的眼眸中微微闪过不屑。

这个仙子听说是为了帮师父取什么东西受了重伤，师父破例留她在天音峰，还专门为她修建了一幢小楼，并派了两名女弟子来伺候她的饮食起居。

师父在峰上时，这仙子一副弱不禁风的样子；师父不在峰上时，她便换了副模样，喜欢到处瞎转悠，甚至还转去了小师妹所居的偏殿……后来师父为她治好了手臂之伤，便令她离开了。

她倒是离开了，却在那幢小楼中留下一堆东西……常用物她几乎一样也没带走，一看就是想要再回来住的意思。

她对自家师父的心思明晃晃摆在脸上，让耶律静安想忽略都不行。

前几天，神九黎让耶律静安预备婚礼所用之物时，耶律静安还在心里嘀咕，自家师父这棵千年老铁树终于要开花，但就是不知道师父想要娶谁。

他在心里把师父所认识的、稍稍走得近的女子挨个掂量了一遍，还以为是云兮仙子终于雀屏中选……

现在看来，明显不是嘛！

那师父到底是为谁预备的？

难道是……小师妹？

耶律静安把这念头重新拍回脑海中，转身便去了师父所住的主殿。

"你有何事要禀报？直接说！"这是神九黎见了耶律静安所说的第一句话。

耶律静安也不敢磨叽，只得一件件禀报，譬如魔界最近有异动，靠近魔界的几个城镇常有人失踪，而且失踪的大多为稚童。日月宗和其他几个门派已经联合在那几个城镇布控，并抓到了两个妖魔。从这两个妖魔口中得知，魔界已经和妖界联合起来了，其主人为妖皇，妖皇原来是雪衣澜，最近似有变动，他要让位给身边一位女子，那女子名为宁雪陌……

耶律静安一边禀报一边悄悄观察师父的脸色，神九黎眼睫低垂，也看不出什么表情，只说了一句："继续说。"

耶律静安一咬牙："其他门派群情激愤，已经有好几位掌门派人来日月宗讨要说法了……师父，那女子真的是小师妹？"

"是又如何，不是又如何？"神九黎神情冷淡。

耶律静安心一动："真的是小师妹？小师妹绝不会是魔。她如果去了魔界……师父是派她做卧底吗？"

神九黎不答，缓缓起身："传我口谕，宁雪陌已非本座弟子。自即日起，本座与她断绝师徒关系。"

耶律静安大惊失色，扑通一声跪倒："师父，您是要将她驱逐出师门？"

神九黎反问："本座有说将她驱逐出师门吗？"

耶律静安一头雾水："那师父的意思是？"

"就是字面意思，去吧！"神九黎下了逐客令。

耶律静安只得拜别离开，边走边体会帝尊的精神，想了半晌，忽然想明白了！

师父的意思是，宁雪陌不再是帝尊弟子，但依旧是日月宗门徒！看来师妹果然是师父派往魔界的卧底，只是师父不方便言明罢了……

不过，师父的口谕还得传遍天下的，要不然小师妹在那里做卧底会做得很不安全，容易被魔界的人所诟病……

呀，这口谕一旦传出去，小师妹在魔界就能坐稳了。

但各大门派只怕不会放过她，到时候怕又是一番腥风血雨……

看来，自己还得好好安排一下，暗中派人保护小师妹的安全，不能让小师妹真被人欺负了去！要不然他耶律静安的面子也没处放！

这口谕要怎么下达才能让其他门派的人不敢妄动呢？耶律静安领会了帝尊的精神，又开始琢磨这最关键的问题……

神九黎在宁雪陌所在的偏殿中足足待了三个时辰，之后他出来再次唤来耶律静安，淡淡地说了一句："把这偏殿清理一下，不要留一件杂物。"说完，他便转身离开。

耶律静安愣了愣，帝尊这吩咐和当初对待云兮的态度一样，也是把那楼中所有东西都清理干净……

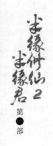

现在云兮所居的那幢小楼都被帝尊随手又给拆没了，难道这座偏殿也要被拆？那以后雪陌师妹归来住哪里？

耶律静安在偏殿里转了一圈儿，发现这里的东西真是乏善可陈，不由得叹了一口气。

宁雪陌失踪那十年，大家都以为她已经遇害了，几个师兄弟怕师父回来睹物思人，便按照无陌的吩咐，将属于宁雪陌的东西都清理干净了。后来，宁雪陌归来，因为她来去匆匆，在这偏殿里还真没留下多少东西。

只有洗漱用品，以及几套衣衫、几朵珠花而已，现在这些东西放在那里，无端给人一种萧瑟之意。

耶律静安将这些东西都收拾起来，预备等宁雪陌得胜归来，他再还给她。师父为了消除魔界对小师妹的戒心还真是用心良苦……他懂的。于是，耶律静安在原来发布的谕令上多加了一条，以期能达到最理想的效果。

一向不怎么平静的江湖上忽然传出来一个爆炸性的消息，因宁雪陌甘心堕落成魔，帝尊亲下口谕，和十一年前所收的弟子宁雪陌断绝师徒关系，从今以后再不认她这个徒弟！还要亲自清理门户，任何门派不得插手，不得过问。宁雪陌所居霜雪殿也将拆除……

一直对日月宗虎视眈眈的魔界自然也听说了这个消息。

当然，这也很快传到了宁雪陌耳中。

宁雪陌听到这消息却只是勾起一抹笑容。

"最近又有何消息？"神九黎坐在一株枫树下，正在挥毫泼墨……

画卷中枫叶如火。

神九黎的对面是耶律静安，他又在禀报："小师妹的手段不错，让那些魔安分了不少，近来魔界安宁得很，那些魔不太出来作恶了。"

神九黎微微点了点头："其他门派可有动作？"

"有，魔界如此平静，其他门派想探究魔界底细，便想方设法打入魔界内部……那些门派长老有通变幻之术的想冒充村民进去，结果在魔界入口就被认出来，如不是他们跑得快，早就被妖魔生吞活剥了……这还不说，他们变幻过的那些村民被永久取消了进入魔界的资格，其他村民怕再有修仙门派弟子冒充他们为此而失去发财的良机，纷纷自愿留暗号给魔界的门禁，只有所有暗号都对上，才能进入……"

最近师父对魔界不是一般关心，所以耶律静安动用了所有消息网，着重打探魔界消息，这样才能在师父每日一问时有话可答。

耶律静安原先曾经暗暗在心里抱怨师父不管事，叹息自己拜入帝尊门下这么久，能见到师父真容的机会却少得可怜，一年也就见个三回五回的。

现在他不抱怨了，他现在面见师父的频率高得令人发指！一天就可以见一次！

临走的时候，耶律静安忽然想起了什么："师父，两个月前您嘱咐弟子预备下的那些婚礼用品……"

"烧了吧。"神九黎短短三个字就决定了那批东西的命运。

"是。"耶律静安答应一声，没再说什么，转身离开。可刚刚走了几步，他又似乎想起什么，转过身来看着师父欲言又止。

神九黎不耐："又有何事？"

"弟子听到一个小道消息，小师妹和雪衣澜最近离开魔界游玩去了……"

啪！一滴朱砂落在宣纸上，原本是想画一片叶子，结果染红了一块山石……

神九黎顿了顿，随意将那朱砂染开："他们去哪里了？"

"这……暂时还没查到，弟子正在派人查。"

神九黎不再说话，继续垂首作画。耶律静安看他笔走龙蛇，终于忍不住又说了一句："师父，听魔界的人说他们好事将近，群魔已经开始筹备两个人的婚礼……"

神九黎笔锋一顿，于是原本错落有致的红枫多了一个大红印记……

耶律静安假装没瞧见那棵画走了形的红枫树，总算走了。

神九黎看着石几上的那张画出了神，眼前的红枫树似乎变成少女的大红衣裙，风吹衣衫婆娑而舞，伊人反弹琵琶笑靥如花……

他僵了片刻，这画面是忽然出现在脑海中的，倏忽即逝，待他想要抓取时却无影无踪了。

他明白，这应该是这一次失忆前他和宁雪陌相处的一个画面，只不过也就是一个画面而已。

以前失忆他从来不会想起过往，这次却常有一些画面闪过，虽然无法连缀，但都是关于宁雪陌一个人的……

他在三千年前被雪衣陌所伤，害死了爱徒，搭上了半个仙界，心伤之下便将关于雪衣陌的记忆全数封印，没想到那封印自动分裂出去，成了无陌……

他受伤太重，需要昏睡十年来休养。他在临睡前为免自己重蹈覆辙，便下了九百年沉睡一次，睡醒后忘记所有前世的神谕。

这样睡了一次又一次，他早忘记了当初为什么会下这道神谕，无陌一死，三千年前的记忆回笼，他才全部想起来……

那一次的受伤也让他落下个十八年还童一次的毛病，必须在天书山第九峰修炼三

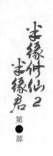

天才能恢复原貌。

因为失去了前面所有的记忆，所以他不知道自己这古怪的伤到底从何而来，便时不时化身寒山月在人间走访调查……

前世的他虽然避世而居，但并不代表他不知道外面世界所发生的事情。

雪衣陌之所以那么殷勤对他是别有所图，这他也早就知道，只是不知道她所图的具体事物。

一开始他是对她不放在心上懒得打听，后来却是泥足深陷不愿打听。

他生而为神，性极自负。他觉得自己既然爱上了雪衣陌这只小狐狸，那凭他的本事也能让她假戏真做，爱上自己，不会再回魔界……

雪衣陌体质特殊，一旦和她结合，自己的功力会下降，但他仗着自己功力高，不在意暂时化为人身的危险，于是成日里和她肆意恩爱，甚至为她洗手作汤羹，和她过普通夫妻的生活。

她常常说她没童年，他就耗了三成功力造出一幢水母城堡给她……

他从来不知道自己会这么宠一个女孩子，恨不得把全天下都捧到她面前只为博她一笑；他从来不知道自己也会如此喜欢一个人，喜欢得忘记了自己神的身份，做出许多有失神格的事……

他手眼通天，有些事不必刻意打听也能知道底细。他在和雪衣陌成亲之前便知道她是魔界的公主、魔祖的继承人，而被他一掌打伤的雪衣澜是她的随从。

雪衣澜那大红的衣袍给他留下的印象颇深，所以他在得知雪衣陌和雪衣澜的关系后，潜意识中便讨厌红色，就算成婚也不想穿喜袍……

他以为自己会和她牵手终生，哪里想到她会为了另外一个男人亲手剖了他的心！

当时有多爱，遭遇背叛后他就有多伤！

他是神，在三千年前和他成亲的女子却不必历什么"神后劫"，因为就算有劫也被他随手挡了。

三千年后之所以有了这个规则，也是他在被雪衣陌所伤后下的神谕，他怕后世的自己再喜欢上一个魔女，便下了这道神谕。魔女是经不起真正的天雷劫的……

他把一切安排得很好，这三千年也过得安安稳稳的。

只是没想到三千年后，她化身宁雪陌再次来到他身边……

而他再一次喜欢上她……

两个人兜兜转转又碰到了一起，这还真是冤孽！

他手指无意识地握紧了画笔，忽然咔嚓一声，画笔折断，落在地上。

桌上的画也无风自燃，眨眼间化为灰烬，被风一吹，没留一点儿痕迹。

这些日子，雪衣澜带着宁雪陌在各个时空间跳跃，去了很多美不胜收的地方。

譬如花仙国的万里花海，整个世界便是花的海洋，有美丽的精灵穿梭其中……无数流光洒下，焕发出点点光芒；譬如水梦国的晶莹海，整片大海如同一块晶莹的翡翠，宁雪陌和雪衣澜携手凌空于海上，可清晰地看到海中妖娆的美人鱼……

雪衣澜可以清晰感受到，宁雪陌的眼神里终于不再是浓重如墨的阴郁，她对他也不再那么排斥……

雪衣澜终于明白，对待宁雪陌，硬来只会让她反感逃离，要慢慢感化她，让她心甘情愿地和自己在一起。

某地，落日熔金，暮云合璧。

雪衣澜和宁雪陌身上的大红衣衫在海风吹拂下猎猎而舞。

宁雪陌看着极远处的海面，有些愣神。

雪衣澜看着走在身侧的她，心里有说不出的满足感，他偏头问道："陌陌，你在想什么？"

宁雪陌收回目光，淡淡地道："没什么。"

二人在沙滩上走了很久，久到金乌沉进海水中，明月从水天相接的地方缓缓升起，满天星子在天空中缓缓流动。

雪衣澜看着宁雪陌，勾唇露出一抹笑意，意味深长地道："陌陌，有个人这么陪伴你，和你到处游玩，是不是感觉很美好？"

宁雪陌看他一眼，露出似笑非笑的表情："阑珊，你想说什么？"

雪衣澜心跳骤然加快，他让语调尽量显得平稳些："陌陌，我以后便这么长长久久陪伴你，你觉得好不好？"说完这句话，他紧紧盯着宁雪陌。

宁雪陌看着远处波涛起伏的大海，沉默了半晌。

时间一点点过去，雪衣澜的心也一点点沉了下去。

宁雪陌转过头来，嘴角带着一抹淡淡的笑意："可以试试。"这是给他一个机会，也给自己一个机会。

雪衣澜本来跌入谷底的心瞬间升到了天堂，他此时有一种做梦般的错觉，眸子亮得惊人，看了宁雪陌半晌都没说出话来，最终将她拥入怀中，低喃道："陌陌，陌陌……"

宁雪陌看到街上熟悉的景致，身子微微僵了僵。雪衣澜带她来不老国做什么？看着处处精致的雕梁画栋，无数回忆控制不住地涌上心头，宁雪陌闭了闭眼睛。雪衣澜

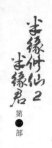

目光扫过来的时候，她又恢复了那副淡然的模样。

雪衣澜其实也不想来这里，但是他一直想要送给宁雪陌一件礼物。

神九黎曾经送过她一对峨眉刺，已经被她扔回去了，现在宁雪陌连一件称手的兵器都没有。雪衣澜想送她一件月光铁打造的兵器，她一定会很高兴吧？但是这件事他不打算提前告诉宁雪陌，想要给她一个惊喜。

二人先去茶楼喝了壶香茶，然后又在霓裳阁买了衣服，雪衣澜这才心满意足地带着宁雪陌离开。

雪衣澜现在的储物空间里有一大半儿是在途中买下的稀奇小玩意，只要宁雪陌目光在某物上停留了一下，他便豪掷千金买下……雪衣澜之前从没想过自己的储物空间会出现兵器、毒蛊、符咒之外的东西，但是现在看着这些零零碎碎的小东西，他心情比得了绝世兵器还高兴。

因为他已经得到了稀世珍宝，剩下的无论什么都不值一提，他只想好好宠爱陌陌。

二人慢慢走出城，人烟逐渐稀少起来，景致也越发美。雪衣澜带宁雪陌在城郊转了很久，似乎在寻找什么。半晌，他终于停在一处。

这是一处较为空旷的向阳地带，背靠郁郁葱葱的青山，面向碧波荡漾的流水……雪衣澜一抬手，一幢二层小楼拔地而起。

雪衣澜牵着宁雪陌的手走进小楼中，淡淡笑道："远山含黛，近水含烟。陌陌，我们便在这里隐居一段时间可好？"

宁雪陌看着周围清新别致的景色，点了点头。

第二日一早，雪衣澜便不见了踪影。宁雪陌起床后便看到一桌子的饭菜与一张便条，上面写着："陌陌，傍晚我便回来了，不用担心。"

宁雪陌愣了愣，盯着那张便条看了一会儿，才默默坐下，开始吃饭。

她吃完后，便开始打坐练功。这一练，便是一整天。

雪衣澜在月华山上屠了一天的龙，连一块月光铁都没有找到，本来就心神不宁，这下更加烦闷。

不知道陌陌有没有乖乖待在家中……

他没有在小楼附近设置任何结界，更没有限制宁雪陌的行动。

这其实是他一个大胆的测试，测试陌陌到底是不是真心想跟他在一起。

那夜在海边的大胆告白，陌陌的回应太让他惊喜了，总有一种不真实感。他害怕她不过是缓兵之计，等他放松警惕之后，她便会一走了之……

所以宁雪陌答应跟他试试后，他内心反而更担惊受怕，害怕一觉醒来，梦便会破碎，他又会成为孤孤单单的一个人……

这种甜蜜的恐慌已经煎熬了他很久……

他曾是当之无愧的花中高手，但是如何认认真真地追一个人，他实在没有经验。这使他更加惶恐，就算把最好的事物捧到宁雪陌面前都觉得不够。

直到无意间看到了人间的爱情小话本，上面写着爱一个人，便要信一个人的时候，他觉得自己似乎明白了什么。为了更透彻地理解爱情，更好地去了解怎么追一个人，雪衣澜便买来了无数册小话本，夜夜点灯熬油地翻看，这情况一直持续到被宁雪陌无意间看到才作罢，因为他始终忘不了宁雪陌当时惊讶中带着好笑的表情。

他生平第一次感觉到害羞，于是当时木着脸把小话本子全烧了。但是上面的爱情套路，他早已背下来……

爱她，便要信她。

雪衣澜决定试着相信宁雪陌，所以，他给她足够的自由与尊重。

宁雪陌的伤势早已痊愈，如果她想要走的话，有足够的时间可以一走了之。她现在会不会已经离开了呢？

雪衣澜一个晃神，差点被月光翼龙的火焰烧了袍子，他目光一沉，抬手解决掉对面那只吹气冒烟的月光翼龙。还是没有月光铁。

一想到宁雪陌可能已经离开他，去了他不知道的地方，雪衣澜就更加烦躁。他看了看天色，明月早已挂上天空。

雪衣澜再也忍不住，身形一闪，化作一道红光向着小屋飞去。

如果陌陌真的走了怎么办？

这个念头在他心中萦绕盘旋，让他心都微微收紧，随着越来越靠近小屋，他便越来越忐忑，心跳如擂鼓。

如果陌陌真的走了，那他挖地三尺也要再把她找回来，关在结界里，不让她有再次离开他的机会！雪衣澜眸中划过一抹红光，但像是忽然想到了什么，目光黯了黯。

他曾经关了宁雪陌十年，换来的只有她的厌恶与逃离。

所以他不能关着她，他要慢慢感化她……她就算这次离开了，他可以把她找回来，再陪她一起到处走。

她提前走了不要紧，他可以追上去加入。

虽然这么拼命安慰自己，但是当真正看到黑暗得没有一丝灯火的小楼时，他的心还是猛地沉了沉。

陌陌，真的走了？

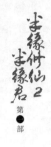

她真的扔下自己走了？他的一颗心几乎要沉进冰水之中。

雪衣澜抬脚，僵硬地走进小楼中。

院子中没有，大厅里没有，练功房没有，自己的房间里，也没有……

雪衣澜找遍了所有的房间，最后只剩下二楼宁雪陌的卧房。他慢慢走向二楼，脚步轻得没有声音，轻轻拉开宁雪陌的卧房的门，映入眼帘的是满目黑暗。

被褥整齐地放在床头，没有一丝热气。

显然宁雪陌已经走了有很长一段时间，应该是在他走后，她便毫不犹豫地离开了。

无论他对她有多好，当他哪怕离开一小会儿时，她便没有丝毫留恋地离开他，让他再也找不到她。

陌陌，你怎么能这么狠心……

雪衣澜心疼得厉害，看着空无一人的床铺，悲哀如潮水将他淹没。

他该去哪儿找？

一天的时间，她说不定已经去了另一个时空，茫茫人海，他要去哪里找？

找到之后，她会不会再次抛弃他？

雪衣澜感觉力气全被抽走，身形晃了晃，脸色在月光的照耀下，越发苍白，几乎没有了血色。

肩上忽然被人拍了一下，他一惊，蓦然转过身来，对上的便是宁雪陌疑惑的面容："阑珊，你回来了啊，站在这里做什么？"

宁雪陌在练功房修炼了一天，之后又出去溜达了一圈儿，回到卧房的时候，便看到自己床前站了一个人。她以为闯进了什么贼，正打算出手解决掉对方的时候，才看清那是雪衣澜。

她回来了？

她没有扔下他一走了之？！

雪衣澜这一刻几乎想要喜极而泣，他一把将宁雪陌拥进怀里，身子微微颤抖："陌陌，你回来就好，回来了就好……"

次日，依旧是热气腾腾的饭菜和一张便条："傍晚即归，勿念。闷了便出去走走吧，出去散散心……"

宁雪陌看着那张便条，心中有一丝疑惑，雪衣澜到底去哪儿了？

但那疑惑不过是海中一粟，翻滚一下便没了踪影，她吃完饭，便又下楼练功。

今日不知为何，宁雪陌总有些心神不宁，打坐了不过一个时辰，便再也静不下心来。她长吸一口气，决定再出去走走。

宁雪陌走在街道上，看着熙熙攘攘的人群，有一种恍惚感，某些回忆又要克制不住地涌上来。

她不知不觉就踱步到曾经的兵器铺。

她需要给自己挑一把称手的兵器，不能总是赤手空拳地跟人打架。

店老板仍然是那个酷酷的少年，不过他这次倒是热络起来，显然已经认出了宁雪陌，好奇地问道："上次陪你来的那个'大神'呢？"

宁雪陌顿了顿，半晌，语气淡淡地道："死了。"

少年噎住。

宁雪陌忽然有些烦闷，看那些兵器没有一个顺眼的，便打算离去。

少年急忙开口："你要不要看看我新打造出来的兵器？"

宁雪陌顿住脚步，转过身来。少年进了里屋，半晌抱着一个沉沉的长方形盒子出来，那盒子通体乌黑，也不知是什么材质做成的，暗沉沉的不反射一点儿光芒。

宁雪陌忽然有点好奇，便向前几步，等待少年打开盒子。

少年暗中松了一口气，小心翼翼地打开盒子——

是一对峨眉刺。

宁雪陌瞬间僵住，看着盒中流光溢彩的峨眉刺有些愣神。

少年看她面色有些怪异，忙开始介绍："这是我花费无数心血，用整块月光铁打造而成的，削铁如泥，吹毛立断，是不可多得的稀世珍宝，看在我和你比较熟的分上，我可以给你便宜一点儿，八万晶珠……"

八万晶珠换这神兵利器，确实划算得很。

这对峨眉刺无论是花纹还是雕工，都与上一对不一样，但一样的都是世间难求的珍宝。

可是宁雪陌现在对峨眉刺已经有了阴影，只要一看到峨眉刺，她就情不自禁地想起决裂那天的绝望与伤痛……峨眉刺就宛若深深扎入她心头的一根刺，不能触碰，稍稍一碰便痛不可当！

她现在连和峨眉刺相像的匕首都不再喜欢，更何况是正宗峨眉刺？！

她现在看都不想看这峨眉刺一眼，更别说买下来。

"不要。"她只说了两个字，转身就走。

少年铸造师以为她嫌贵，所以在后面大喊："五万，五万不能再少了！"

宁雪陌脚步压根不停，眼看就要走出兵器铺，少年铸造师拿着那对峨眉刺跑过去挡在她面前："这对峨眉刺和你很有缘，我和你也有两面之缘，我便将它赠予

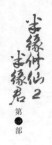

你……"峨眉刺似乎亮了亮，但是不过转瞬即逝。

居然白送？

白送她也不要！

宁雪陌看着他，终于开口，语气有了丝淡漠："对不起，我不感兴趣，劳驾，让让。"

她神情冰冷，周身都带着寒气，将那少年铸造师冻在那里，再也无法说别的。

她绕过少年，转身离去。

少年铸造师："……"

待宁雪陌走远后，他看着手中的峨眉刺，叹了口气："不是我不帮你，是这位姑娘实在不收……"

自里间转出一位白衣人，宽袍大袖，云纹隐隐流动，冰蓝的眼眸仿若最幽蓝的深海。正是神九黎。

少年手一空，那对峨眉刺便到了神九黎手中。神九黎看着那对峨眉刺，目光幽暗。

刚才的对话还回荡在他脑海中。

"上次陪你来的那个'大神'呢？"

"死了。"

一句无悲无喜的"死了"，宛如一把利剑，狠狠地贯穿他的心。

在她心里，他已经死了吗？

她现在就这么讨厌他？提及他也仅仅是一句"死了"应付了事。

他更没想到，她现在连峨眉刺都一并反感。

峨眉刺在他手中发出一阵低低的哀鸣，像是在哭泣。它没想到，它就算换了个更漂亮的花形，主人也不再喜欢它了……

神九黎看着宁雪陌走远的身影，目光动了动，最终身形慢慢隐去，悄悄跟了上去。

宁雪陌从兵器铺出来后心情就很不好，往事总是克制不住地向外涌，看到那对峨眉刺的时候，回忆更是如同泄了闸的洪水一般汹涌澎湃，一幕幕都是曾经美好温暖的画面……

但是，过去毕竟是过去了，当时的温暖，如今于她而言，不过是天大的笑话。

平时被掩藏得很好的情绪开始翻涌，让她有一种想毁坏一切的冲动。

宁雪陌信步走在不老国的街道上，看着两旁精致的亭台楼阁，努力压制着想将其毁灭的欲望。天上不知何时飘起了蒙蒙细雨，路人撑着一把把小伞，行色匆匆。像宁雪陌这样悠闲地走在大街上的反而少了许多。

宁雪陌也买了把天青色的淡雅纸伞，撑着慢慢走。她信步乱逛，不知不觉就走上了情人桥。看着桥上的一个个同心锁，看着同心锁上的一对对名字，她微微勾唇，露出一抹淡嘲的笑意，也不知道是在笑自己还是在笑别人。

她手指慢慢滑过一个个古铜色的锁，像是在找什么。

蓦然，白皙如玉的手指停在一个玉锁上。

宁雪陌顿了顿，默不作声地抬起那漂亮的玉锁，看那玉锁看了很久，面上没有一丝感情，眼底却泛起层层波澜。

她看着上面漂亮的两个名字，手微微颤抖起来。

宁雪陌、神九黎，中间还有一个心代表爱。

宁雪陌失神地盯着那把玉锁，猝不及防地陷入回忆的陷阱里。

那时神九黎还没有失忆，带着她来不老国游玩，路过情人桥。

"大神，我们也把名字写上去好不好？讨个吉利。"宁雪陌买了个青铜锁，拿着小刻刀就要刻。

神九黎一拂衣袖，那锁便掉进了水里。

"你！"宁雪陌怒目而视。

神九黎凉凉地看她一眼，忽然将一个事物放在她的手心里。宁雪陌摊开手，便看到一把晶莹剔透、光华流转的玉锁静静地躺在手心。

神九黎的声音在她耳边响起："那个太丑。"

宁雪陌："……"

大神不愧是大神，什么都要最好的。

她一笔一画地将两个人的名字刻在一起，中间用一个大大的心连接起来。

宁雪陌将锁锁在桥上，颇为担忧地看着那玉锁。

这么一块绝世美玉做成的锁锁在这桥上，会不会被人偷走？

神九黎手指微动，那玉锁之上白光一闪，变得和普通铜锁一个模样。

宁雪陌无语地看了一眼神九黎，神九黎回她一个疑惑的眼神。

他给这个锁设置了个永恒的结界，有什么不对吗？

宁雪陌看了一眼那玉锁，有些好笑，这下就算桥塌了，这锁也绑定它了。小偷若想偷玉，顺便还要把桥扛走。

回忆如毒酒，初时醇香浓郁，而后蚀骨销魂。

一滴雨滴在玉锁上，水珠迸溅开来。

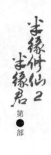

宁雪陌蓦然回过神来，看着那玉锁，露出一抹淡淡的嘲讽的笑，一拂衣袖，那玉锁瞬间断开，跌落进碧波荡漾的湖水中，扑通一声，惊散游鱼无数，纷纷躲入荷叶中。

宁雪陌站在桥上，撑着伞，静静地站了很久。

桥下的游鱼穿梭在荷叶间，蒙蒙细雨跌入水中，引得水面点点涟漪。湖水荡漾，迟迟难以平静。

宁雪陌眼底仿佛也有一池湖水，点点涟漪，荡漾难平。

半晌，她慢慢离去。

神九黎站在一棵树下，静静地看着桥上的身影。

桥上那人一袭大红衣裙随风飘扬，天青色的纸伞下是乌黑如墨的长发。烟雨朦胧中，有丝丝缕缕乳白色的轻烟缭绕在她周身，她如同一个误落凡间的仙子，美得空灵缥缈。

桥上的人站了多久，他便看了多久，心中有密密麻麻的疼痛寸寸成殇。

明知道这个女人并没有心，或许也并不爱他，明知道自己该放手，他却难以放手……

生平第一次尝到这种想放手却放不开的滋味，他一时也不知道该怎么办。

理智告诉他，他和她原本就是不该有交集的两个存在，只有真正放手才对双方都有好处。

可是，理智归理智，情感归情感。

她就像是他的一道劫，他一时渡不过去。

他也不知道自己为什么要像个小贼一般，偷偷跟在她后面。他只知道，自重逢的那刻起，他的心便不自觉地向她靠拢，追寻她的足迹。

看着她在桥上站了那么久，他指尖微屈，下意识想给她撑起一个结界，但又强忍着，目光深处有怒意在涌动。

她表面看上去已经好利索，但她毕竟在伏魔汤中泡过，所受的是魂魄之伤，这种伤就算表面看不出什么，却像一件呈现碎裂状依旧保持完整的瓷器一样，经不得一点儿风吹草动，普通的一场感冒或许就能要了她的命！

淋雨是最愚蠢的行为！

如在以往，他或许已经不客气地开口教训她，但是，他现在已经没有立场去这样做……

所以他只能在这里站着，一时不知道该怎么办。

宁雪陌终于慢慢离去，神九黎无声无息地走上了桥，站在她刚刚站的位置。

她早已走远，背影渐渐没入人群之中，明明是一身明艳的大红衣衫，却无端给人一种萧瑟的冷意。

他沉默了半晌，衣袖一拂，湖面中忽然一闪，有什么东西破水而出，落在他的手心中。

神九黎摊开手心，一把残损的玉锁静静地躺在他的手心里。

锁头早已断裂不知去向，而在玉锁之上，有一道触目惊心的深深裂痕，横亘在两个名字中间，宛如一道清晰的界限。

雨水打湿了衣襟，带来沁心的凉意。

神九黎握紧手指，那一瞬间似有无数遥远的记忆扑面而来，让他感觉既甜蜜又悲伤，又有无数泛黄的画面闪过，一触碰却如流星般四散开来，再也寻不到一丝痕迹。

神九黎冰蓝的眸中闪过一抹痛楚之色。

他慢慢触碰着玉锁上的字，一遍遍描摹。

雪陌……

这一刻他更明白十年前自己绝对不是拿她当徒弟，要不然也不会允许她在这里挂这种锁，还设了结界护着……

宁雪陌，你到底还是不是雪衣陌？你这次接近我真的是喜欢我吗？还是说你还想在我这里得到什么东西？

他失忆归来，她再见他时那激动不似作伪，她的那些仿佛喜欢他的行为也不似作伪。

可是，前世的她靠近他时，也是那样烂漫风情啊，待在他身边的时候也是欢喜无限的，也像是喜欢他喜欢到极点。可是她转头就给了他一剑，取了他的心头血去救另外一个男人……

宁雪陌，你这次到底对我是真是假？

神九黎觉得自己简直是疯了！

理智告诉他回头是岸，情感却放不下，就这么跟着她，自己都不知道要干什么。

不过，既然跟来了，那他就先跟着吧！

他一向随心所欲，兴之所至，便既施为，委屈自己，勉强自己的机会极少。

所以这次他也不想勉强，想跟着就跟着……

宁雪陌回到小楼后，心已经恢复波澜不惊的淡定状态。

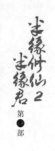

她看着窗外，蒙蒙细雨后万物萌发，近处花朵层层绽放，碧草依依，远处青山连绵，白云飘荡。

她坐下来，静静地作画，画的正是此时的景色。

天色一点点暗下来，宁雪陌便点灯熬油，顺势画了一幅印象派的景色。

月上柳梢头，人约黄昏后。

神九黎坐在树上，看着不远处小楼里的那点灯火，看着灯火下正在作画的红衣女子，看着她宁静美丽的面容，看着她画下的景象一点点成形……

他不知在哪儿变出个玉葫芦，仰头喝了口酒。

宁雪陌忽然抬起头，向这里看了一眼。

神九黎身子一僵，难道她看出他来了？不可能啊，他已经隐身了啊。

宁雪陌却只是往这里看了一眼，便又继续低头作画。

她的画笔下，一棵枝繁叶茂的大树正在慢慢成形。

原来是为了画树才看这里的……

神九黎说不清自己是庆幸还是失落。

不过奇怪的是，这棵作为模特的大树明明蓬勃如春，叶绿如翠，她笔下画出来的却是满枝头挂着将要枯黄的叶子，在微风中萧瑟，随时都会飘落的样子。

神九黎自己就是画圣，在这世上没有人比他更懂画者，一般画者画出的事物反映出的是当时作画者的心态。

她现在的心态如此萧瑟？

他看一眼那画便能感觉一股苍凉的死寂扑面而来。

那大树仿佛在拼命振作自己，坚持着不让叶子跌落下来，却又抵不过秋风劲急。

宁雪陌也不知道为何，看着笔下的大树微微晃神，自己这是写意风？

本来她是瞧着那大树生得好，像要临摹到笔下的，结果却画了一棵枯树出来。

照葫芦画瓢也不是这个画法！

她一愣神的工夫，一滴墨啪嗒跌落，树枝瞬间洇成一团，仿佛被什么摧残过一样。

宁雪陌愣了愣，而后面无表情地看了一眼画，手指在画纸上一揉，那张画瞬间变成千万纸屑，漫天飞舞，如同下了一场鹅毛大雪，遍地狼藉。

宁雪陌静静地站在碎纸屑中，也不知道在想些什么。

一道红影自天边飞来，落在小楼门前，而后步态轻盈地走进小楼中，看起来心情颇好。

那人正是雪衣澜。

神九黎看着灯火下的一双身影，又喝了一口酒，冰蓝的眸子宛若大海般潮起潮落。

神九黎俨然已经成了个隐形人，每天都默默地跟在宁雪陌身后。

他原先喜欢喝茶，现在却喜欢上喝酒，酒葫芦从不离身。

她临水而立，看着万顷碧波荡漾，天边云卷云舒。

他傍树而依，看着伊人红裙猎猎，墨发随风飘扬。

她突然迷上了作画，闲来无事，画天画地画山画水，唯独没有画人。

她的画看似热闹活泼，却也总有藏不住的寂寞凄凉，像是风雨中的花儿，努力不让自己在秋风中凋落，努力想要熬过冬天……

她的画作从来不留着，画完了就毁，直接毁成微尘消散于空气中。

他却在她看不到的角落里将那些画复原，一遍遍细看，仿佛要从中找出什么。

她的画技不错，也很有天赋，但在他眼里，她的画还是小学生的涂鸦。

这样的作品他平时看也懒得看一眼，现在却忍不住将那些画复原收藏。

他也不知道自己为何要时时跟着她，但是，如果一天看不到她，他心里便会空落落的。

她似乎恢复了正常，脸上也常见笑容，和雪衣澜有说有笑，在表面看，根本看不出她有什么不妥。

唯有在画中，他才能看出她的一点儿情绪端倪。

第二章　魔尊雪衣澜

宁雪陌日子过得很平淡，日日练功，或者出去走走。

她和雪衣澜相处得也很好，雪衣澜每日里早出晚归，而她在这里悠然自在，练功、画画、溜达……

两人倒有些像隐居在郊外的普通夫妻。

她偶尔和雪衣澜一起出去，碰到路人，那些人还以为他们是夫妻，称赞他们郎才女貌。往往那时雪衣澜会笑如花开，而宁雪陌也会笑一笑，并不会辩驳什么。

或许，她命中注定是和雪衣澜双宿双飞，兜兜转转这么久不过是兜回了原地而已。

她前世就是喜欢雪衣澜的不是吗？那么这世她一定也会喜欢的！

不可能前世那么深爱，这世一点儿感觉也没有。

如果她不是先碰到神九黎，先喜欢了他，或许她就会慢慢喜欢雪衣澜了。

也或者说她这世喜欢神九黎是因为前世开始对他有点亏欠，有点愧疚，所以老天要这么惩罚她一回，让她也尝尝这种被所爱之人背叛的滋味……

现在她尝到了，也梦醒了，该是回到起点的时候了！

人这辈子不怕回到起点，就怕再找不到方向，就怕在错误的路上彻底迷失。

所以她应该感到庆幸才是，庆幸她在歧路上走得还不是太远，虽然在那歧路的泥沼里几乎被扒掉一层皮，好在她活着回到原点了不是吗？

一定是这样！必须是这样！她要走出来！她要做回曾经的自己，她要再在这世上闯出另外一片天地。

仙也好，魔也罢，仙魔只不过是一念之间的事，她只要守住初心，又何必在意是仙还是魔？

人都说，走出一段感情最好的方法是走入另外一段感情，所以她想和雪衣澜试试，或许真的能再试出感觉呢？

一切都是未知数不是吗？

试了以后或许还是无法再爱，但不试的话她永远不知道自己还会不会再爱人。

这么做或许对雪衣澜不公平，所以以后就算自己始终无法爱他，她也会当他是朋友，再从其他方面补偿他。

或许若干年后，她和雪衣澜真的相爱，真的成亲，也不失为一段佳话。

到那时她再听到任何神九黎的消息，说不定就能做到真正一笑而过。

哪怕——传出来的消息是他和云分成婚。

哪怕——他真的来追杀她，她也能和他做到真正对决！

这世上谁离了谁不能混啊！谁离了谁地球也一样转动，没有他神九黎，她依旧能活得精彩！

她也必须活出精彩，不能让人看了笑话去。

有些人天生不该相濡以沫，就该相忘于江湖。

她几乎每日里都会这么催眠自己一次，也总算开始振作。

初到魔界的时候，她胸膛里总像装了一桶炸药，随时随地想要爆炸，想要去炸了天音峰，想要抱着这世上的一切同归于尽，满满的负能量。

她拼命压制逼迫自己睡觉才能暂时忘记那一切。

而现在，她那将要爆炸的情绪终于慢慢平复，她已经能做到暂时不去想，不再去思索关于他的任何事情，甚至听他传出消息将她逐出师门，拆了她的偏殿，她也能做到不动声色。

这就是进步！

所以，她能走出来的，一定能走出来的，只不过是时间问题。

时间是疗伤的最好良药，三年不成就五年，五年不成就十年，她有的是时间来耗！

她每日里都要这么催眠自己一次，这自我催眠的效果不错，她现在已经能平稳地睡几次安稳觉了。

不像前些日子，她只要睡着就会做噩梦，梦中不是冰天雪地，就是自己一次次在那铜鼎里无助地沉浮……

今天晚上她睡了一个好觉，醒得比以往要早一些，抬眸看了看窗外，天还没有亮，几颗星星点缀着夜空。

她在床上躺了片刻，想了想还是决定出去练功。这里的灵力极为充足，是个恢复练功的好地方。

她刚打开门，忽然有一个人顺着门倒了进来。

宁雪陌一惊，下意识后退一步，那人便扑通倒在了地上。

那人倒也是个反应快的，一跃而起，懵懵懂懂的差点撞在门框上，待站稳后似乎也反应过来，望着宁雪陌，声音有些低哑："陌陌？"

宁雪陌："……"

雪衣澜为什么放着他屋里的大床不睡，偏偏要靠着她的门睡？

宁雪陌看着雪衣澜眼底淡淡的黑影，更无语了，他怕是已经靠着她的门睡了好几天了。

她抱着手臂："你睡在这里做什么？"

雪衣澜似有些尴尬，打了个哈哈："我正好有些热，在这里睡比较清凉。"

宁雪陌："为什么不回你自己的房间？"

雪衣澜没有回答她这个问题，转移话题："陌陌，你今天醒得比较早，正好，你想吃什么？我给你做……"

他内心却叹了一口气。

他只有离她近一些，才能安稳地睡个好觉。

在自己的房间睡，他总害怕一觉醒来，宁雪陌又不见了。

他想时刻守着她，但是他知道，宁雪陌不会允许他和她睡在一间屋子里。

所以他便偷偷地靠着她的门睡，每日里没等她醒过来，他便又去月华山了。

他满以为不会被发现，但是没想到今天宁雪陌醒得比平日早了。

宁雪陌看了他半晌，顿了顿："你大可不必如此担心，我如果想要离开也会提前和你说的。"

雪衣澜微微垂眸，嗯了一声，便去为她预备饭菜了。

宁雪陌在原地站了片刻，轻轻笑了笑，摇了摇头。

她从来没想到雪衣澜也有这么傻乎乎的时候，心中好笑之余，又有暖暖的感动，同时又有一丝沉重！

雪衣澜对她太痴情，她怕以后真的无法回报……

她想着转身进了屋。

既然被她发现一次了，他应该不会再这样做了吧？

但是事实证明，宁雪陌错了。

接下来好几天，宁雪陌醒得越来越早，于是天天能看到雪衣澜靠着她的门睡。

宁雪陌简直无语，终于在第三天在门口发现他时，将他扯进屋，看着他的眼睛道："你要怎样才能放心？每日里一想你就睡在门外我就做噩梦。"

雪衣澜脸色微微苍白："我守在门外你也做噩梦？那我以后不守就是了。"

宁雪陌这才松了一口气，手掌在他肩头一拍："这才像话！"她又将他向门外一推，"好了，你忙你的去吧。"

雪衣澜一笑而去，宁雪陌正要关门，无意中一抬头，见院中一株大树上似有白影一闪。

她心中猛然一跳，脸色瞬间发白，声音有些尖利："谁在那里？！"

大树枝叶婆娑，并没有什么人出来。

她强压住心跳，睁大眼睛仔细看了看，大树的枝叶虽然密实，但如果藏了一个人，依旧逃不过她的眼睛。

难道自己眼花了？

宁雪陌站在原地盯了那大树半晌，到底不放心，慢慢走了过去。

她现在已经是地阶九级，一般的障眼法压根无法瞒过她的眼睛，更何况她一向有看破别人伪装的本领。

当年她是地阶二级的时候就能瞧破几位师兄的伪装，以她现在的级别，这个世界能瞒过她的眼睛的伪装术只怕没有。

她围着那大树转了一个圈儿，上上下下每个枝干树杈都看了一遍。

没有任何异常！

果然是自己看花眼了。

她微微闭了闭眼睛，似是松了一口气又似是因为别的，抬手敲了敲自己的脑袋，自语了一句："果然是眼花了……看来最近有些缺睡眠。"走了两步，她又转头，鼻子嗅了嗅，这大树上似乎有一点点酒味……

那酒味极淡，不过宁雪陌也闻出是本地所产的一种最有名的烈酒，度数堪比她那个时代的烧刀子。

她心中再一跳，谁会在这里倚着树喝酒？难道是……

心脏那里像是被什么东西抓了一下，一阵紧缩。

在原地僵了片刻，她忽然又失笑，自己这是在胡思乱想什么？！

那个人怎么可能来这里？！

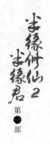
他现在大概正在天音峰上下棋喝茶过他的悠闲日子，也或者和云兮四处游玩，好端端的来这里做什么？

再说他一贯喝茶，她和他相处这么久，极少见他喝酒，就算喝酒也是喝他自己酿造的那种极品酒，而不是喝这里的大众酒。自己还真是草木皆兵了！

或许是雪衣澜曾经倚在这里喝酒？

这倒完全有可能！

想通这一点，她终于松了一口气，再不迟疑，转身走向练武场。

天色将要露出鱼肚白，正是练功的好时候，无论怎么样，功夫练高了总会好些。越高她就越不容易吃亏，越不容易被人当成脚下泥随便踩来踩去。

夜色渐消，那个窈窕的身影渐渐没入远方的丛林之中，不见了影子。

那大树的一根树杈上，一道白色人影渐渐现出身形。

他手里还提着一个酒葫芦，长发未束，随意披散了一身。他望着宁雪陌离开的方向有些出神。

刚才他一时不察，险些暴露行迹，幸好他功夫极高，隐身术又登峰造极，宁雪陌刚才在大树上搜查的时候，几乎是踩着他的衣角过去，她的发丝甚至擦过他的脸颊……

他又闻到了她身上那幽幽的淡香，熟悉得令他心悸！

在那一刹那，他凭空生出一种欲望，一种想要将她狠狠按入怀中的欲望！

但她很快就从他身边掠过，直接跳下了树。

看她在树下手扶着树干仿佛思考着什么，那一身大红衣裙在夜色中极为耀眼，也像烈火般炙烤着他的眼睛。

他倚着树干抿唇在树上看着她，她却仿佛想到什么好笑的事情一般，笑了笑，便摇头去了。

她笑什么呢？

神九黎忍不住出神思索。

难道是因为看到雪衣澜那混蛋夜夜睡在她门口感动的？

他忍不住又仰头灌了一口酒，烈酒入喉，让他心里有些火辣辣的。

想了想，他身形一闪，便不见了影踪。

雪衣澜十分细心，这处宅子本来是他随手用术法变幻出来的，但进出布局极为得当，一厅一阁都独具匠心，是宁雪陌平时所喜欢的风格。

就算是这个练武场，按宁雪陌的说法，只要有一块平坦地方就行，但雪衣澜开辟出来的练武场却是一块草坪，这里的草比现代都市里环卫工人修剪出来的草坪还要整齐，还要柔软。在这上面练功绝不会磕着碰着。

那草极干净，她如果累了，在上面一躺就是现成的草垫子。

宁雪陌已经在上面躺了好几次，那充满田野气息的淡淡青草味沁入鼻端，让人似乎能忘了所有忧愁。

而此刻，宁雪陌就刚刚练了一趟拳，活动了一下筋骨。

她自和神九黎决裂后，虽然他没有出手废掉她的武功，她却已经不想再修炼他所教的功夫。幸好她原先所会的杂学就多，再加上是特工出身，自有一套她自己的热身办法。

譬如她现在练的就是太极拳，一招一式极为专业。

神九黎坐在不远处的一棵大树上，看着她练功。

他已经看她练了好几天，她热身的拳法、掌法很古怪。他熟悉这个世界的武学就像熟悉他的掌纹那样简单，就连魔界的功夫他也了解得差不多，却唯独没见过宁雪陌这种的。这武功不像是仙、魔、人三界的任何一种，却又让他隐隐眼熟。

十年前他和她相处的时候，她应该在他面前耍过这些拳法掌法吧？她这功夫到底从哪里学的？

这些日子他曾经暗中调查过宁雪陌的真实来历，她前世是九尾狐，这世却是实实在在的人，明显是转世过了，也或者她是附体在原主身上的……

宁雪陌在长空国的事迹流传甚广，他很容易就打听到她十多年前在长空国的一切，略一分析，便知道她是借体复生的。

不过他化身寒山月和宁雪陌所接触的那些事情别人还是不知道内情，最多就是知道个皮毛而已。

他查阅资料查阅了半天，也仅仅查到她曾经做过自己的侍妾，貌似还是自己趁势逼迫的。

因为曾经的记忆全部消失，神九黎也不太明白那时的自己到底在想什么，居然对一个废材小姑娘如此青眼相加，还逼婚……

这实在的不像是他平时的行事风格！

不过，从这条信息来看，他从始至终都没拿她当真正的弟子待过，倒像是一个玩笑的决定。

而且后期他还带着宁雪陌参加过现今长空国国君季云昊的登基大典，自己还让宁雪陌坐在和他平起平坐的位置接受那些朝臣的跪拜。

很明显，自己那个时候应该是动了娶她的念头，不然不会允许她在那个时候坐那

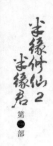

个位置。

他的这个徒弟失而复得后，他觉得自己对这徒弟的感情极古怪，所以他才下去暗查那些陈年往事，查到以后他心里便明白他十年前收她为徒，压根就不是当徒弟，而是当妻子培养的。

怪不得他抱她没有违和感，怪不得看她委屈他心里像猫抓，原来自己是真的动情了。

前世动情挨了她一刀，今世动情他又会遭遇什么？

十年前他没有雪衣陌的记忆，再次喜欢了她；十年后他阴差阳错恢复了前世记忆，认出她原本是雪衣陌的身份，还让他忘了十年前他和她的事情，这是老天怕他会重蹈覆辙，所以才弄出这一出吗？

神九黎仰头又喝了一口酒，垂眸看着下面练功的宁雪陌出神。

她大概是练累了，此刻干脆躺在草地上，嘴里叼着一根草棍，仰望着天空，也不知道在想想什么。

此刻天色已经大亮，蓝天、白云、绿草、红衣美人，倒也相映成趣。

神九黎一向不喜欢大红的东西，宁雪陌穿这一身大红衣裙时他却无端感觉到很相衬，很好看，仿佛她天生就该这么穿，只有这么穿了才符合她的气质。

只可惜雪衣澜也喜欢穿这么一身大红，他们站在一起时神九黎就感觉很刺目了。

他还没想好下一步该怎么办，只告诉自己先多跟一阵看看。他一向有耐心，这次也不例外。

宁雪陌比较欣慰，自那日她和雪衣澜谈过之后，雪衣澜果然不再倚着她的门睡觉，她特意起早了两天，开门时再没看到他的身影。

第三天，宁雪陌睡至半夜，忽似想到了什么，她没急着起床，而是侧耳听了片刻，然后便依旧维持着平缓得宛如睡着的呼吸，悄悄起床，悄悄下床，悄悄来到门口……

她的动作极轻，比一片落叶飘落地上的声音还轻。

她猛然拉开房门，正看到一条红影如急惊风一样翻过前面的院墙消失。

那红影的速度太快，快得她只看到一点儿梦幻般的残影，如不是她目力惊人，就连这道残影也看不到的。

宁雪陌："……"

原来他不是不倚着她的门休息，而是更警醒了，她稍有动静，他就跑得无影无踪。

宁雪陌紧握手指，雪衣澜这个笨蛋，他这么睡觉累不累啊？！怪不得她这几天看到他眼底的黑眼圈更重，原来如此！

她垂眸想了片刻，一横心，直接跑去雪衣澜的院子，急敲他的屋门。

片刻后，雪衣澜一副睡眼惺忪的模样出来："陌陌，这半夜的，你找我有事？"

装！你就装吧！

宁雪陌也不说话，一把推开他，闯进他的屋内，二话不说摸了摸他床上看上去混乱的被窝。

被窝冰凉，没有一点儿人曾经睡过的热乎气。

很显然，雪衣澜仓皇跑回来后，听到她到了，这才临时拉开被子做假象。

雪衣澜看她摸自己的被窝，脸色微微一变，张了张嘴似想说什么，却一时没说出来。

宁雪陌双臂一抱，瞧着他："雪衣澜，你就没话和我说？"

"说……说什么？"雪衣澜死鸭子嘴硬。

宁雪陌也懒得和他废话，一把扯了他就走："你跟我来。"

雪衣澜心中忐忑，他唯恐宁雪陌怒起来随手将他丢出去，忍不住开口："陌陌，我……我不是故意的，我只是有些怕……"他现在太患得患失，只有守在她的门外，听着她那浅浅的呼吸声才能打个盹，歇上一歇。

他已经极小心了，就算打盹也竖着一只耳朵，时刻听着她的动静，只要听到她下床，他就立即逃之夭夭，让她看不到他。

没想到她会半夜给他一个出其不意，打了他一个措手不及，又被她发觉了。

她会怎么待他？会不会又感觉到束缚？会不会又有被他囚禁的感觉？

雪衣澜不知道宁雪陌现在到底打的什么主意，又不忍心挣开她的手，就被她这么拉回她的屋内。

进了她的屋后，他微微一愣，宁雪陌屋内不知何时多了一张床，床上被褥齐全。

宁雪陌把他向床上一按："你睡这里，别再鬼鬼祟祟地扮门神了！"

那床样式很普通，床褥也很普通，雪衣澜胸中却一热，似有热流在滚来滚去。

"陌陌！"他叫了她一声，却不知道该说什么。

宁雪陌向自己的床铺上一躺："好了，睡吧！"

雪衣澜缓缓在那张小床上躺下，看着宁雪陌的侧颜，胸中如有大海潮汐在翻涌。

宁雪陌折腾了这么久也有些困倦，闭上眼睛，意欲再睡一觉。

但屋里毕竟多了一个人，多的还是雪衣澜……

她心里有些不踏实，自己也说不上是什么滋味。

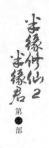
适应吧，一切等适应了也就好了。

曾经的曾经，她和神九黎不是也同在一个屋子里休息吗？甚至是在一张床上，那时她也没感觉多别扭，甚至睡着睡着常滚到他怀中去……

打住！不能再考虑他了！

睡觉，睡觉！

她极力调整呼吸，培养睡意……

"陌陌，睡不着？"雪衣澜的声音忽然在她近处响起。

宁雪陌吓了一跳，忙睁开眼，发现雪衣澜已经拖着他那张床靠近她这张床。两张床的距离也就十多厘米。

她一睁眼看到的就是雪衣澜那张放大的俊脸。

她下意识向床里一退，凝眉："你靠这么近做什么？"

"陌陌，我记得人间有句话叫连床夜话，我们也谈谈。"

"有什么可谈的？睡觉睡觉。"宁雪陌向里侧了侧，下意识和他保持一定的距离。

"陌陌，你如果有了一块月光铁，想要个什么兵刃？剑？"

宁雪陌打了个哈欠："不想要剑，倒想要一柄刀，大砍刀。"

雪衣澜倒是愣了一下："我觉得大砍刀不太适合你，女孩子还是耍剑漂亮些。"

"兵器是用来防身杀人的，不是耍着好看的。"宁雪陌再打一个哈欠，"我对任何剑都不感兴趣。"事实上她现在对任何和峨眉刺长得相像的兵器都有阴影……

雪衣澜也是个聪明的，恍然有些明白，眉眼微弯："好，那就打制一柄刀！"

和他这一番交谈，宁雪陌的困意倒少了不少，她有些好奇："你有月光铁？"

雪衣澜微笑，把掌心一摊，一大块月光铁出现在他手中。好大一块，有他小半个手臂长，在屋内闪烁着月亮般的光泽。

极品！月光铁中的极品！

宁雪陌蓦然睁大眼睛，盯着那块铁，心中一动，再转而盯着雪衣澜："你这些日子早出晚归的，就是去寻找月光铁了？"

雪衣澜一笑："还算幸运，居然这么快就让我找到一块大的。"

宁雪陌也刷过月光铁，知道这东西有多难刷，简直比中彩票大奖更费劲。难得他有心，一天天早出晚归地为她刷这个……

她心中有些酸，又有些暖，接过那块月光铁看了看："这么一块铁我瞧着能打造两件兵器。"

"那我们就打造两件兵器怎么样？我也缺少一件称手的兵器，那就打造一对刀。"雪衣澜目光闪闪。

宁雪陌心中一跳，那岂不成情侣刀了？

雪衣澜望着她的眼睛："陌陌，你放心，这块铁先打造你那柄大砍刀，剩下的那些我再打造柄小刀就可以。"他只想有一样和她共有的东西。

宁雪陌转头看他："你多想了，我没怕材料不够用。"

雪衣澜终于松了一口气："那就没问题了，放心！我一定为你打造一柄这世上最好的刀！"

宁雪陌忍不住叹息："雪衣澜，你不必对我这么好的。"她只是答应和他试试，没说一定要嫁给他，他如此做让她心理负担更重。

"陌陌，你值得最好的，我无论对你如何好都不嫌多。你什么也不必做，只要给我机会，让我对你好便可。"夜色中雪衣澜的眸子如月光般闪亮。

宁雪陌没说话，看着雪衣澜有些愣神。

室内月光半明半暗，在月光铁的映照下，宁雪陌肌肤如玉，眼眸更如月光下的湖泊，粼粼闪亮。

或许月光太美好，室内气氛渐渐暧昧起来。

等宁雪陌有所察觉的时候，惊觉雪衣澜的脸已经距离自己不足一尺！

他呼吸有些急促，热热的气息吹拂在她的脸上，让宁雪陌身子瞬间僵硬。她下意识要向后躲，雪衣澜却轻叹一声："陌陌！"

他的唇向她吻了下来！

宁雪陌心猛然一抖，想要抬手阻拦，却又像想起什么，手掌抬到中途落了下来。

他的唇碰触到了她的唇，她握紧了拳不让自己拒绝。

她必须走出这一步。

她闭上眼睛，想要接受这个吻……

轰！好端端的窗棂忽然粉碎成渣渣！

那巨大的响声让唇刚刚碰到一起的两个人都是一惊！雪衣澜尚没反应过来，一道白光挟雷霆万钧之势便向着他砸了过来！

他急忙向外一滚，动作快如闪电，总算躲过了这夺命一击。他身下的那张床却没有这样的好运，直接被秒成了木屑。

雪衣澜尚没来得及跳起来，又一道白光打了过来！这次是直接击向他的胸口，这要被击到，雪衣澜的胸口就要多个大洞，直接丧命。

"住手！"宁雪陌大喝一声，危急之中来不及细想，身形一闪，直接扑到了雪衣澜身上，用自己的后背去抵挡那道白光。

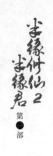

那道白光眼看就要袭上她的后背，却硬生生向旁边一偏！

轰然巨响中，宁雪陌的那张床也不见了影子。

宁雪陌惊魂未定，尚未再做出其他动作，后背忽然一紧，被人倒提了起来。

与此同时，又一道白光向着倒地未起的雪衣澜轰过去！

雪衣澜忙拼命一个翻滚，躲开了那白光的追击，一个鲤鱼打挺站了起来。

这几下都发生在电光石火间，让人根本来不及思索，一切都是本能反应。

雪衣澜也直到此刻才看清那袭击他的人的真面目。

神九黎！

他就这么出现在室内，一身白袍鼓荡，周身杀气四溢。

而宁雪陌被他单臂抱在怀中，一时动弹不得。

"神九黎！你来做什么？！放开陌陌！"雪衣澜不要命地扑过去！

神九黎压根没说话的意思，左臂依旧抱着宁雪陌，右掌抬起，一个光球再次在他掌心里成形，向着雪衣澜劈头盖脸地轰过去！

雪衣澜也算是和他交过几次手了，却第一次尝到他一发招就是能把人直接拍成碎片的杀招。那白光威势极大，刚一发出便带了毁天灭地般的力量，屋内其他家具像是纸糊的，白光所过之处，一切都成齑粉，那些碎屑也裹挟进白光之中，天地之间一片耀眼的白，那力量压根不是雪衣澜此刻能抵挡的！

雪衣澜偏偏又豁了出去，也没退的意思，一咬牙，反而迎着那足足可以将他毁灭三百次的白光冲上去，同时也发出一道红光："放下陌陌！"

砰一声巨响，红光白光撞在一起，简直就像是两颗原子弹撞在了一起。

白光以摧枯拉朽之姿拍散了红光，雪衣澜的身子如纸鸢般飞了出去，撞在不远处的一块山石上，他直接吐了血。

尚未等他喘过一口气来，白光再次袭到！

在这样的生死攸关之际，雪衣澜也拼了命，躲闪不及，只能再设护身结界。

但他这仓促之间设出的结界如何是盛怒的神九黎的对手？

白光再次以秋风扫落叶之姿摧毁了他的护身结界，雪衣澜的身子像块破布，再次被拍飞出去。

此刻这里的亭台楼阁都被毁灭性的白光牵连，纷纷飞上了半空。

原本月明星稀的晴朗天空被这些飞舞起来的杂物灰尘遮挡了，脚下的大地在抖动，所有的东西都在被摧毁……

雪衣澜第二次被拍飞出去的时候，撞上了身后一棵大树，粗细结实的大树居然被这一撞给撞得连根拔起。

雪衣澜眼前也猛然一黑，他感觉这一撞连内脏似乎也要被撞出来了。他自大树上滑下，狂喷鲜血，一时起不了身，眼前金星乱冒，一阵阵发黑，模糊中看到那白光再次凝聚，而他再没力气躲避。

他心中一凉，下意识闭上了眼睛。

没想到自己苦练这么久，碰到神九黎依旧远远不是对手！

尤其是在对方盛怒的情况下，他根本连还手的余地都没有！

哧一声轻响，像是有什么锐利之物破了血肉，空气中有血腥的味道沁出来……

雪衣澜忙睁开眼睛，眼前所见让他也屏住了呼吸。

宁雪陌掌心一柄尖刀刺入了神九黎的肚腹，神九黎脸色苍白，一双深蓝的眼睛不相信地看着怀中的人："你……"

宁雪陌一颗心扑通乱跳，脸色煞白，她猛然一掌向着他的前胸拍下："混蛋，你放开我！"

神九黎不避不闪，任凭宁雪陌那一掌拍在他的胸膛上。她用的力气不小，拍得他身体微微晃了晃，手臂终于一松。宁雪陌趁机向后一跃三丈，远远避开他的气息笼罩。

她站在那里，感觉指尖都在发抖。

乍见他的那一刻，她心跳如擂鼓，尚没等她找到对他应有的反应，他便向雪衣澜下了连环杀招，一招比一招狠辣，一招比一招要命！

霎时间她只觉怒火冲上脑门，他为什么不肯放过她？！他凭什么杀雪衣澜啊？！

她气怒之下，忍不住去护雪衣澜，却没想到压根护不住，倒被他像提小鸡仔似的提起来，然后圈在他的怀抱中，圈得死死的，让她几乎透不过气来。

她拼命挣扎却无法挣脱他的束缚，眼睁睁地看着他一下又一下轰雪衣澜，把雪衣澜像块破布似的摔来摔去。

在那一刻，她的热血全部冲上了头顶！

他仗着自己是神就可以为所欲为吗？！就可以将任何人的尊严都踩在脚下吗？！

他是不是还想把她抓回去下铜鼎炖一炖？！

她挣扎得更厉害，奈何一时脱不了身。眼看雪衣澜就要丧生在他的掌下，她终于忍不住，在挣扎出双臂的那一刻，抽出了一直藏在储物空间里的刀，想也不想冲着他的肚腹一刀刺下！

她不过是想逼他放手，倒没想到真的能一刀刺中他，也没想到真的能伤到他……

不过这个时候也容不得她想别的，她再拍一掌逃出神九黎的掌握后，下意识就站在了雪衣澜身前，将他护在身后，横刀挡胸，戒备地看着神九黎。

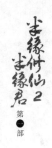

他肚腹之间的白袍迅速被鲜血染红，那鲜红的颜色刺得她眼睛发疼。

神九黎垂眸看了看自己的白袍，缓缓抬头，眼睛盯在宁雪陌身上，看着她像个老母鸡护着小鸡仔似的护在雪衣澜身前，卫护之意显得不能再明显。

他脸色更加苍白，正要出招的手臂缓缓垂落："宁雪陌，这一世你选择的依旧是他？"他的声音看似沉稳，细听却带了一抹几不可察的颤抖。

宁雪陌此刻脑袋轰轰作响，当无数情绪在胸中呼啸的时候，大脑反而是一片空白的，只剩一种本能。

她不能让他真杀了雪衣澜！不能再让他把自己捉回去下锅煮！

她猛然后退了一步："神九黎，你我早已恩断义绝！你如果想要清理门户，冲我来！放过他！"

他对外宣布和她断绝师徒关系，还要亲自清理门户，不让任何门派插手，现在他终于找来了！终于要来清理她了……

她掌心中的刀还在滴血，她就用这带血的刀尖斜指自己的丹田："你是不是想要收回传授给我的日月宗功夫？不用你动手，我自己来！"

她说着一刀向自己的丹田扎了下去！

她和雪衣澜加起来也不是他的对手，她如果再不做出一些行为来，自己和雪衣澜只怕都会丧生在他的掌下。

反正她也不想要这日月宗功夫了，那就自己废掉还给他好了！

一道白光射出，射在她的刀上，直接将她的钢刀震飞。

手腕被震得发麻，宁雪陌骤然抬头，目露惨然："神九黎，你还是不肯放过我？好，你来吧！要杀要剐随你便！"她向他所在的方向走了一步。

神九黎手指也在发抖："……"

他想说他从来没想过清理门户，他想说他下那道谕令只是不想让她再做他的徒弟，那本是一个笑话，没必要让那笑话再延续下去。

他想说他不是不肯放过她，而是放不过自己……

可是在这样的情景下，他说不出来。

在她为了雪衣澜又扎了他一刀，在她又将雪衣澜护在身后用仇恨的目光盯着他的这一刻，他说不出来……

或许，真的是他该放手的时候了，放手成全他们。

他终于后退两步："好，我放过你……们。你们好自为之。"

他说罢一转身，白色身影倏忽不见了。

宁雪陌倒没想到他这次居然就这么走了，走得如此干脆！一时也有些愣怔……

她松了一口气之余，又有一种一脚踏空的感觉，心中空落落的，手中的钢刀也失手坠地。

经过这么一轮变故，这里早已面目全非，所有的房子都不见了，地上都是碎石烂砖，瓦砾场一样。

她住了十几日的温馨小院再也找不到任何影子。

宁雪陌茫然四顾，在这刹那她有一种天地之大竟然无处安身的错觉。

经过这么一番大起大落，她的目光又落在神九黎刚才所站之处，那里有着斑驳血迹……

她的心莫名一痛，目光猝然移开，落在雪衣澜身上。雪衣澜这次被揍得实在不轻，一张俊脸青一块、红一块，嘴角也有血不停流下。

他在地上挣了挣，没站起来。

宁雪陌定了定神，走过去替他把脉。

雪衣澜受伤颇重，心脉险些被神九黎震断，好在他一向比较皮实，精神颇为健旺。

他能感觉到宁雪陌为他把脉时手指冰凉，便开口安慰她："陌陌，别怕，这样的伤对我来说不算什么，将养几天也就好了。"

他一身的土和泥，看上去颇为灰头土脸，一双眼睛却颇亮，望着宁雪陌的时候如湖波般激滟。

宁雪陌似有些心神不属，点了点头，随口说了一句："那就好……"

雪衣澜见她如此，目光微微一黯，但随即又打起精神，向四周看了看，忍不住在袖中握了握拳。

他耗费了一成功力修建起来的小爱巢就这么让神九黎给毁了！他好不容易才争来一张床的位置……

他这次受伤不轻，急需要修炼恢复，一时也再弄不出新房子了。

"陌陌，我们进城里吧？"雪衣澜握住了宁雪陌冰凉的手指。

"好。"宁雪陌应了一声，眼睛还有些发直，似在想什么又似乎什么也没想，心里像搅进了一个毛线团，乱糟糟的找不出头绪。

她刻意让自己不要去多想，将雪衣澜扶坐起来："你坐好，我为你疗伤。"

她不由分说坐在他身后，双掌按在他的背后，熟练地开始为他疗伤。

当运功于双掌把念力传送进雪衣澜体内时，她耳边似乎回荡起这样一段话。

"治疗这种内伤需用寸劲，用三成力道走背心的……"

这是神九黎曾经教给她的，她每次给人疗伤时也用得熟练，现在再次使用，脑海

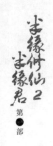

中却不期然想起这番话……

她手掌一抖，所发出的念力险些钻入雪衣澜体内岔道。

雪衣澜背心一僵，低低地道："陌陌？"

她既然已经和那个人一刀两断了便不想再使用对方所传授的功夫，可是如果要用念力治疗内伤的话，她又不会其他的方法。

她顿了顿，心烦意乱地撤回自己的手。

雪衣澜不知道她又弄什么玄虚，不由得回身看她。

宁雪陌吸了一口气，再定一定神，终于又想起来，她可以用原先所学的医术，她的点穴疗伤法效果也很不错的！

于是她拍了拍雪衣澜的肩膀："别走神，坐好！"

雪衣澜无语，频频走神的是她吧？！

宁雪陌的点穴治疗法子虽然不如神九黎教给她的那样有立竿见影的效果，但一番忙碌过后，雪衣澜居然能站起来了。

宁雪陌扶着他走到大路上，又拦了一辆过路的马车，二人总算进了城。

找了一家客栈后，雪衣澜在客栈里休养了两天，慢慢恢复了一些。

他身体底子好，原先又常常受伤，身上带的疗伤用的灵丹妙药也有一些，一番治疗后，功力也恢复了六七成。

他惦记着用月光铁打造兵器的事，所以身体刚刚好些，便拉着宁雪陌去了那家铸造铺。

"你要打造什么样的刀？"那黑衣少年铸造师将那块月光铁翻来覆去看了好几遍，最后目光落在宁雪陌身上，语气不算好。

他还是认得她的，当年她和一位白衣男子来这里也打造兵刃，那白衣男子的峨眉刺就是为她打造的。

他还记得当初这两个人来拿这对峨眉刺的时候，这姑娘几乎乐开了花的样子，握着那峨眉刺不松手，唯恐被别人抢了似的。

现在，居然又有一个红衣男子拿了一块更大的月光铁来为她打造东西。

怪不得她不想要那峨眉刺了，原来是找到更好的了。

黑衣少年铸造师眸中闪过一抹不平之色，怪不得人说，女子一般水性杨花的多，现在看来果然如此呢。

宁雪陌正有些走神，也没听到那黑衣铸造师的话，还是雪衣澜心情好，让他拿来各种刀的图样，让宁雪陌挑选。

宁雪陌也终于回过神来，看了看那些图样，说实话，没一样相中的。

她忽然有些烦躁："算了，先不铸造了，等我想到新鲜好样子了再说，别糟蹋了这块铁。"说着她拉着雪衣澜不由分说地出去了。

一间酒楼雅间内的桌上水陆丰盛。

宁雪陌喝了一口酒，那酒绵软甜香，是适合女子喝的一种酒。

宁雪陌喝了一口便不想再喝，一拍桌子，唤来店伙计："上你们这里的烈火春，那酒才够味儿！"

那酒是这里最烈的一种，也很常见，宁雪陌曾经喝过一次就再也忘不了。

雪衣澜却皱了皱眉："那种酒只不过是大众酒，你想要喝烈酒，不如要别的。来个碧玺秋如何？那酒够辣，也适合我们。"

宁雪陌挑眉："我觉得还是烈火春好一些，你前几天不是也常喝这个？"

雪衣澜诧异："那酒有一种药草味儿，我不喜欢，也从来不喝，我最近也没沾酒。"

宁雪陌一愣，看着他："你最近没喝酒？是不是喝过忘了？"

雪衣澜摇头："怎么会？！我已经有月余没沾酒了。就算要喝我也是喝碧玺秋，不会喝烈火春。"

宁雪陌脸色微变，想起了那日在树上闻到的酒香，虽然淡，她却分辨得很清楚。

如果那日在大树上喝过酒的不是雪衣澜，又会是谁？

她的心忽然一紧，在那种地方如果有其他人出现，她没道理察觉不到，除非那人的功力比她高很多很多。

而在这世上功力比她高很多的人已经是极稀缺的存在，五根手指都数得过来。

那么——那个人几乎是呼之欲出了。

砰！她走神之下，手指用了力，直接捏碎一个酒杯，酒水洒了她一手。

"你怎么了？"雪衣澜拉过她的手，拿过一条锦帕为她擦拭。

宁雪陌摇头："没什么。"

空气中满是酒香，宁雪陌心中一阵激荡。

她恍惚记起神九黎雷霆震怒地出现时，身上似乎隐隐有酒香，就是那烈火春的味道。只不过当时情况太紧张、太混乱，她一时没注意到。

现在忽然想起来，两种情况稍一联系，她便明白了两者的关系。

神九黎那天就隐身在那棵大树上！

以他的功夫，如果不想让她看到，她是无论如何也不会发现的。

原来——他不是一来就向他们出手的！

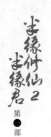

她又恍惚记起那几日她总有一种被人偷窥的感觉，却无论怎么寻找也找不到人。现在她总算明白了，她的直觉并没有出问题。

那几天他一直在她身边？！他如果想要清理门户的话应该早就出手了吧？那他躲在暗处是想做什么？

她又想起神九黎挨自己那一刀时的表情，以及他临走时所说的那几句话。

"宁雪陌，这一世你选择的依旧是他？"

"好，我放过你……们。你们好自为之。"

心弦像是被人猛拨了一下，她脸色微微苍白，咔一声，手中的筷子断成了两截……

"陌陌？"雪衣澜握住她的手，"你到底怎么了？"

宁雪陌猛然抽回了自己的手，撤得太急，又带倒了桌上的酒壶，酒液洒了一桌子，顺着桌缝向下淌，流淌得太急，宁雪陌现在反应又有些迟钝，一时没躲开，湿了满衣襟。

雪衣澜缓缓缩回了手，略顿一顿，摸出一块锦帕蹲下身子为她擦拭。

今天自己还真是乱七八糟！

她这辈子还没这么没头绪过，心里似是慌又似是苦，像要来"大姨妈"似的，想哭又想笑，眼睛一阵阵发热，鼻子也莫名发酸……

宁雪陌深吸一口气，暂时压住心头翻滚的情绪，手指在裙子上点了一点，湿透的裙摆瞬间干爽。她还洒脱地笑了笑："有术法在手何必用那样的笨法子？"

雪衣澜缓缓收回手帕，再缓缓起身，微微一笑："不错，是我糊涂了。"

他看了看桌上有些狼藉的杯盘，招来店伙计，让他把这些酒菜撤掉，重新换了新鲜的热气腾腾的一桌。

"陌陌，你这两天大概是太累了，好好吃点东西，你最近又瘦了一些。"雪衣澜殷勤地为她布菜。

宁雪陌没再说话，极力让自己恢复正常，吃了几样自己最喜欢的菜。

"怎样？"雪衣澜含笑望着她。

"味道不错。"宁雪陌强笑，事实上她什么味道也没尝出来。

她像是饿极了，吃得欢快，片刻工夫，吃了一个水晶肘子、一盘大虾、一盘酱云鸡……

雪衣澜："……"她吃得也忒多了！

他不再说话，陪着她吃，一颗心却慢慢沉落。

她受到那么大的伤害，其实在内心深处对神九黎还没彻底绝望吧？她现在行事大失往日水准。

　　"宁雪陌，你支持下来，本座便娶你。你不是一直想要嫁给我吗？"

　　"雪衣陌，你醒过来！你若坚持下来，本座便不计较你刺杀本座之仇，你还能做本座的弟子……"

　　"宁雪陌，我如此做，只为除你体内之魔……你过来，我不杀你，你过来，我看看你的伤……"

　　"宁雪陌，别胡闹，今日之事我会慢慢向你解释……"

　　宁雪陌大汗淋漓地从噩梦中醒来，她又梦到被扔到铜鼎中煮的那一幕了！

　　这些日子她表面平静，似乎已经将那一场伤害忘到了九霄云外，唯有夜晚的时候，那让她灵魂也颤抖、生不如死的场面会时不时走入她的梦中，成为她永远醒不来的梦魇……

　　每次做了这样的梦，她都会拼命命令自己醒过来，醒过来！在极致的痛楚中拼命告诉自己这是梦……

　　每次她都要苦苦挣扎很久才能摆脱那个梦魇，自苦海中苏醒，然后在暗夜里抱着自己睁着眼睛到天亮。

　　她一向自诩神经粗壮如大树，经得起任何风吹雨打，但来到这个世界后，她才知道原来自己也有脆弱的时候。

　　当年叶青鸾将她淹了个死去活来，又将她的魂魄折腾得几乎散掉，脱险后她有了心理阴影，好长时间惧水……她拼命努力又在叶风的帮助下才摆脱那阴影。

　　经过那一劫，她以为自己已经修炼成了金刚不坏之身，抗虐程度上升了好几倍，以后再没有任何事情能虐到她，再给她造成心理阴影。

　　她却没想到神九黎将她扔到铜鼎中活煮那一段又成为她的噩梦，当时那种绝望、无助、孤独、愤怒、恐惧、疼痛……在梦中常常再次将她席卷，让她想要摆脱也摆脱不了。

　　每次醒来她都不敢再想，如果可以，她恨不得将这段记忆从脑海中彻底删除，再也记不起来。

　　如果在现代，她大概会去找心理医生疏解，但在这个时代不行，她只能自己苦熬，每次在噩梦中醒来她都会一遍遍告诉自己都过去了，一切都过去了，不要再害怕。

　　她逼自己振作，逼自己不去想关于神九黎的任何事情，逼自己彻底放手……

　　所以这些日子以来，她从来不去想关于神九黎的任何事情，每次脑海中一泛上他

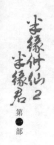

的影子她就忙不迭地再拍回去。

一来二去，她压根就没考虑神九黎煮她的目的。

她看到他的第一反应，就是他将她扔铜鼎里的那一段，让她忍不住愤恨，一切行为未免就过激……

而这次，她又在噩梦中醒来。

她像往日一样，抱膝坐了片刻，等那些负面情绪慢慢平复。

原先她是拒绝去想，现在她终于硬着头皮强忍住不适想了想。

于是，神九黎在煮她时所说的话也第一次清晰地回响在耳边。

她握紧了拳，指尖都掐入肉里也不自觉。

"神九黎……"她在暗夜中轻轻吐出这三个字，这个名字像是镂刻在心头不能碰触的尖刺，碰一碰心脏就疼得紧缩，"你真的是为我好？真的只是驱魔？而不是替无陌报仇？如果是那样，你……你事前为何不和我说？你为何要将我关进寒冰炼狱数天不闻不问？为何在强要了我之后和云兮一起失踪数天……"

暗夜中，万籁俱寂，唯有她低低的声音在夜色中颤抖。

这些日子以来，她满脑子想的都是：必须放弃，必须遗忘，必须走出来。

而今日，她已经完全绝望的心终于有了一点波动，终于开始茫然。

甚至——她有了冲去日月宗找神九黎逼问真相的冲动。

她在夜色中抱着膝盖陷入沉思，浑然没发觉窗外对面的屋脊上雪衣澜已经横躺在那里很久很久，久到露水打湿了他的衣袍、他的睫毛。星光投射在他的眼中，却反射不出一点儿光彩……

第二日宁雪陌又顶着两个熊猫眼起床，照了照镜子，看着自己苍白的脸色，微微皱了皱眉。

她闭眼在脸上使了个术，这术法很不错，淡绿色的光缓缓滑过她的脸后，黑眼圈不见了，肌肤红晕了，眼睛水灵了，嘴唇饱满了……比任何化妆术还要神奇。

她无论到什么时候也不想让别人看出她的颓唐，所以绝大多数时候都把自己打扮得美美的，这样才能显得整个人精神焕发。她今天依旧穿了一套红衣，衣裙如火，也让她的肤色更加明艳。

收拾完毕，她打开门时吓了一跳，雪衣澜就站在她的门口，正含笑望着她。

宁雪陌抬头看看外面的天色，再看看他："你这么早？"启明星还在呢，天空尚没露出鱼肚白。

"你比我更早。"雪衣澜微笑，去牵她的手，"走吧。"

宁雪陌下意识抬手一掠额发，也顺势绕开了他的手："去哪里？"

雪衣澜缓缓落下手掌，面上却没露出什么："你是还想在不老城再逛逛，还是我们另去其他地方？"

"我们再去其他地方吧。"宁雪陌大踏步走出来，"这里我也逛够了。"

"好，依你。"雪衣澜目光柔和，"陌陌，无论你去哪里，我都会陪着。"

云路弥漫，前途茫茫。

"陌陌，你看，在这里观景是不是和在下面不同？"雪衣澜和宁雪陌并肩站在虚空之中，天风吹得他们身上的衣袍鼓荡如海潮。

宁雪陌瞥了一眼周围，四周群星璀璨，如各色钻石铺陈，她站的这个地方，甚至有一片陨石带。

高高矮矮的陨石如山丘，如巨人，如怪兽……在身边悬浮着。

这种景致有些像在宇宙飞船上看外面的情景，和在大陆上观看自有极大不同。

当年神九黎带着她四处修炼的时候，常常穿梭于各个空间之中，不过她那时功力太低，必须被他包裹在一种特殊结界中她才能通过这些地方。

而那特殊结界是乳白色的，她并不能看到外面的景致，在里面憋得不得了，恨不得冒个头出去跟着他一起看。

不过神九黎曾经和她讲过，还让她快快升级，升到八级以后他再带她来就不用那结界了。

现在她已经升到地阶九级了，正在向天阶一级进发。

只可惜——

宁雪陌轻轻抿了抿唇，将那突然而至的回忆又拍入脑海深处！

她一侧头，见雪衣澜正静静望着她，眸中如有流波涌动。

"很好看。"宁雪陌终于吐出三个字，笑颜如花，让自己看上去更精神些，继续观赏四周的景致。

雪衣澜抬袖轻轻揽住她的纤腰，试探性地垂头在她额上一吻："那我以后常常带你出来看好不好？陌陌……雪陌，当年我才发现这个地方的时候，就幻想着有一天能和你并肩在这里看星沉星落、日月更迭……"

宁雪陌身体微微僵硬，她正欲推开他，雪衣澜却只不过一吻即离，已经将她轻轻放开，眼睛却依旧望着她的眼睛："陌陌，你说好不好呢？"

以后常来吗？

大概会吧！

"好。"

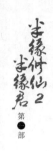
二人的身影渐行渐远。

他们的身影刚刚没入远处，原地一道白衣人影现出了身形。

天风鼓荡衣袂，让他的身影看上去有些萧瑟。

神九黎看向远处，那两个人并肩离去的身影如一柄淬了毒的钢刀，在他心中搅了又搅。

他微微垂眸，嘴角牵了牵。

他前些日子为了寻找炼制伏魔汤的药材，也曾经过这个地方，见到这里的美景心里浮起的第一个念头，便是以后要带她来这里赏景。

只是他没预料到最后带她在这里赏景的不是他，而是另外一个男人——

肚腹那里又开始隐隐作痛，仿佛那伤口再次开裂，痛得张牙舞爪。

他在原地也不知道站了多久，久到再也不见那两个人的影子，仿佛真的是走出了他的世界。

或许以后她的世界里再也没有他了吧？

他轻吸了一口气，他一向不是啰唆的人，做事干脆利落，既然说好放手了，便不应该再在这里纠结，自己找虐。

他缓缓转身，找了一个和他们相反的方向，决绝而去。

"雪陌，你在看什么？"雪衣澜和宁雪陌此刻行进在一片陨石带中。

极遥远的前方有一个深蓝色的星球，上面有乳白色的云层环绕，从他们这个方向看过去美不胜收。

宁雪陌终于提起一点儿精神，这看上去很有在太空看地球的感觉，居然让她眼睛有点发涩，心中生出一抹思乡情绪。

如果她现在落在那个星球上去，会不会就能回家？会不会就能回到自己的那个时代？

当年她过来以后，也曾经和汤姆商量找神仙或者干脆自己做神仙，回自己的时代。

后来发生的事儿太多，她这想回家的想法这才淡了。

现在这想法一旦滋生，便在心中蔓延成草原，她看着那颗星球，心中那异样的感觉更重，仿佛那里有什么在呼唤着她。

她忍不住向前飞了几步。

也几乎在这同时，她足下忽然出现了一个大旋涡，这旋涡突如其来，宁雪陌压根没防备，身子登时被扯入那旋涡之中，眨眼不见了影子。

"陌陌！"雪衣澜大惊失色，这个地方是时空夹缝，气场极乱，这种可供他们这些人自由来去的时空洞也极多，一不小心就会跌进其中一个，再找不到回家的路。

他刚才不该放开她的手的！

几乎是想也不想，他也跟着跃了下去！

就算是迷路，他也要和她一起迷路，绝不会再让她孤零零一个人。

粗糙的砂石布满整个大地，狂猛的风从这头一直吹到那头，汹涌的海水在海岛四周肆虐，掀起数丈高的浪头，一直乌云密布的天空时不时划过数道闪电，接着就大雨倾盆——

这一切的一切，就是宁雪陌此刻落脚之处的风景！

荒凉、冷寂、荒无人烟……

或许是经常下暴雨的关系，地表千疮百孔，那些裸露在地表的岩石被雨刀雕刻成各种形状，默默地矗立在那里，一片沧桑。

宁雪陌站在一块岩石上，周围大雨肆虐，但快落在她身边时又像碰到什么屏障似的纷纷弹开。

很显然，她周身有防雨结界。

宁雪陌向不远处的大海望过去，看到雪衣澜从汹涌的海水中冒出头来。

"雪陌！"雪衣澜身形一起，便飘落在她的身边，上下打量她一眼，确认她没事才放下心来。

他再打量了一下四周，皱了皱眉："这压根不是人待的地方！我们离开吧？"

宁雪陌微微摇头，只说了简短的三个字："再看看。"便大步向前行去。

以他们现在的功力，离开这个死地很容易，但是宁雪陌从落地后便有一种很奇怪的感觉，这个地方似乎有什么东西在呼唤她，让她心脏一阵阵发沉。

雪衣澜自然不会违逆她，跟在她身边，稍稍靠前一两步。

这么个荒凉地方，说不定有什么凶猛之物躲藏在暗处，他靠前一点儿也能替她抵挡那些可能的伤害。

"雪陌，你想看什么？"雪衣澜有些纳闷，宁雪陌和他已经在这个破地方奔行了将近一个时辰，沿途看到的除了石头还是石头，压根没其他景色。

当然，也没遇到袭击，这个星球上除了他俩，没第三个活物！

"这个地方有些古怪。"宁雪陌秀眉微蹙，"阑珊，你有没有一种很奇怪的感觉？"

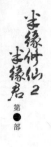

雪衣澜感应了一下，只感应到这个地方是一个死地，倒没感应到其他什么。

"这个地方应该没有人烟，也没有其他物种。并不适合生存。"雪衣澜实话实说，这里连能呼吸的氧气也没有，他和宁雪陌还要靠术法来维持呼吸。

宁雪陌足下一顿，雪衣澜对外物算是比较灵敏的，他既然没感觉，是不是她的第六感出现了问题？

还是说只有她才对那呼唤有感觉？

她心中忽然生出莫名的惶恐，似乎她再探寻下去，就会有一个大秘密浮出水面……

"怎么了？"雪衣澜握住她的手，她的手微微发凉，手心似有冷汗。

"没什么。"宁雪陌暗吸了一口气，稳住心神，"再走走！"

她又向前疾奔，雪衣澜自然也在她身边紧紧跟着。

那种呼唤越来越明显，仿佛有石头在心头堆叠，她的心也越来越沉。

终于，宁雪陌忽然停下了脚步，目光直直地落在前方一处山崖上。

雪衣澜自然也跟着望过去，然后顿时一僵！

在前方的山崖上居然悬着一具棺木！

棺木是黑色的，乌沉沉的没有一点儿光泽，孤零零地悬在那里，有一种孤寂沧桑之感。

这里是没有任何生物的死地，也没有任何人类活动的踪迹，怎么会凭空多了这么一具棺木？棺木中会是谁？

宁雪陌的眼睛也盯在那具棺木上，她已经十分确定那种莫名的召唤就是从那棺木中发出来的，让她的心脏一阵阵发紧。

她手脚也有些发凉，双腿发僵，一时居然没有冲过去的勇气。

雪衣澜的视线落在那棺木上，眼瞳微微一缩！

魂棺！

那乌沉沉的看不出什么材质的棺木居然是用上古禁术魂术凝结出来的！

用这种魂术凝结出来的棺木可保里面的尸体万年不腐。不过，这魂术也有个特性，这种棺木虽然能保全尸身，也能给尸身的主人下一种咒。

被装在这里面的人承受着千年的风吹雨打，灵魂不得转世投胎，就算转世，其命运也会极惨……

雪衣澜袖中的手指忽然微微发抖起来。

在他的印象中，会这种咒术的人不多，这是他们魔界的不传之秘，还必须是天阶三级以上的功力才能施展。

而在魔界，当年到达这境界的也仅四个人而已。

他自己，雪衣陌、魔祖，还有那个——雪衣篆。

雪衣澜看看身边的宁雪陌，心中忽然生出一种不好的预感！

她是雪衣陌转世，又是天煞孤星之命，多灾多难……

难道这棺木之中居然是他这些年苦觅不见的雪衣陌的……尸身？

到底是谁杀了雪衣陌，并用这种咒术将其封印在这里？

谁会这么恨她？

当年他被封印后，后面到底又发生了什么才导致雪衣陌也惨死？

他死死地盯着那具棺木，一时动弹不得，脑中有千百个念头疯转，手脚全凉了。

他眼看着宁雪陌像受到召唤似的一步步向前，脸色苍白，张了张嘴似想说什么，却又没说出口。

这里面或许有他曾经苦苦探寻的真相。

可是到了现在，他心爱的人好不容易回到他身边，他只想好好把握现在，对曾经的真相倒不想再去探查了。

如果让宁雪陌知道了当年的真相，她只怕——

雪衣澜不敢再想下去！

就是它！就是它！

宁雪陌一横心，一扯雪衣澜的手臂：“阑珊，我们上去看看！”

她一转头间，见雪衣澜脸色苍白，目光也盯在那棺木上，似悲似喜，似恐惧又似期待，白玉般的额头上有汗沁出来，神色前所未有的奇怪……

“你……怎么了？”宁雪陌诧异。

雪衣澜手臂一僵，眸中神色激烈变幻，最后他凝视着宁雪陌的脸：“陌陌，你想不想改变你天煞孤星的命运？”

宁雪陌点头：“想！”

雪衣澜微微闭了闭眼睛：“好！那我们去看看！”他像是决定了什么，再不迟疑，拉着宁雪陌飞身而起，向着那棺木跃过去。

这棺木悬挂的地方上不着天，下不着地，正在一座高高的山峰中央，一块探出来的小平台上。

那棺木正好将小平台占满，四周没有任何落脚的地方，飞鸟难渡，猿猴难爬。

幸好这两个人就算悬空也能站立，倒不存在爬不上去的难题。

宁雪陌悬空站在棺木旁边，垂眸看着那棺材，心里有些纠结。

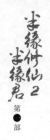

那棺盖上有繁复的星芒花纹，花纹中流转着淡淡红光，神秘而又古老。

整个棺材都似有一种悲伤满溢出来，让宁雪陌刚一靠近，便觉心情压抑得厉害。

棺材并不是透明的，所以二人也看不到里面如何。

雪衣澜抚上棺材盖，手指发紧，想把这棺材盖掀开，一时却没有勇气。

宁雪陌稍稍迟疑了片刻，潜意识中觉得自己该将这具棺材打开，终于也将手放了上去，想先看看纹路。

旁边的雪衣澜张了张嘴，抬起手似乎要阻止她，但手臂抬到一半又无力放下。

或许冥冥之中自有定数吧，是老天安排她来到这里，或许就是为了让她知道一切的。

宁雪陌的手刚刚放在上面，那看上去无比沉重、无比神秘的棺材盖便在她的手下像是波纹般一波波漾开，花纹中的红光也围着她的手掌高速旋转。

她顿时头痛欲裂，有无数什么东西如同疯了般顺着她的手臂向她体内蜂拥而入。

她脸色发白，下意识想要将手撤回来，但手指像是黏在了上面，她无论如何也抬不起来！

头脑中一阵阵眩晕，有无数记忆碎片在她脑海中疯狂旋转，疯狂拼接，一幕幕往事、一幕幕记忆如电影般在她脑海中播放起来。

她终于又看到了雪衣陌，只不过这次她不再是旁观者的角度，而是实打实地进入角色。

也直到此刻，她才恍然意识到自己曾经做过关于雪衣陌的梦。

关于雪衣陌的苦辣酸甜咸，一样在她心中盘旋，所有事件如同亲历——

一幕幕画面在脑海中急闪，有的清晰如昨日，有的模糊如云团……

雪衣陌，魔祖之女，和雪衣篆是孪生姊妹，因为魔祖只有一人能继承，所以魔祖让二女自相残杀。最后雪衣陌获胜，成为魔祖继承人。

也直到她成为魔祖继承人的那一刻，她终于知道魔祖的一个秘密。

魔祖的传承非常特别，当魔祖继承人修炼到一定级别，魔祖就会将一半魔气渡给她，到这个时候，继承人就可以找个男人成婚。

因为身上那特殊的魔气，和她成婚的男人会在一次次和她欢爱中消耗掉体内的念力，被这个继承人吸收，这个男人会越来越弱，继承人却越来越强，功力也越来越高。

做魔祖继承人的丈夫就要有一种做公螳螂的觉悟，等魔祖继承人怀孕后，这个继承人会性子大变，将自己的男人彻底撕碎，吞吃入腹。只有这样，她才能再孕育出下一代双胞胎，从而让魔祖传承下去。

而老魔祖会在下一代继承人出世之后，将所剩的最后一半功力传出来，然后消亡于天地之间。

根据魔界的惯例，雪衣陌在成为继承人后，魔祖会为她选定妖、魔两界最强的男子做她的夫君，而雪衣陌并不甘心这种被摆布的命运，却也无力改变。

幸好魔界那些年人才凋零，魔祖迟迟没为她选定夫君，也能让她稍稍透一口气。

再后来雪衣陌认识了雪衣澜，雪衣澜喜欢她她早就知道，她却不敢喜欢他。雪衣澜对她来说就是这冰冷魔宫中唯一可倚靠、可相信的人，她不想让他成为自己的夫君，成为牺牲者，所以雪衣澜每次向她明里暗里表达自己的情意，都被她轻描淡写地推了，她只想让他做自己的朋友……

后来雪衣澜为了救她在神九黎琴下受了重伤，命悬一线，魔祖告诉她，要救雪衣澜，必须在一年内取得神的心头血做药引子。

雪衣陌没办法，几度权衡，特意演了出苦肉计，让自己落在那些被她提前收买的人手里，经过千辛万苦成功混到神九黎身边。

因为她的死缠烂打，神九黎对她由初时的冷漠渐渐变为宠溺，而她也在这里，品尝到了受宠的滋味，尝到了爱情的美好，也活得像一个真正的女孩，会哭会笑会撒娇会蛮不讲理……

也只有在神九黎身边，她才像活在阳光下，不再为时时蹦出来的血腥杀戮而每日里伤神。

她对神九黎的感情很奇怪，开始时他是她心头隐藏的阳光，后来他险些杀死她唯一的朋友和伙伴雪衣澜，她又有些恨他……

开始在他身边时，她的所作所为只不过是演戏，只为了那一个目的。

却不知道什么时候假戏真做，她真的爱上了神九黎，等她发现这一点时，一切已经来不及。

而神九黎对她也是真的好，几乎要把她宠到了天上。

在他身边的一年是她这辈子活得最快乐的一年，她甚至动了一辈子就这么守在他身边的念头。

她开始矛盾，开始犹疑，开始不安……

而魔祖也常常暗暗派人来和她联系，以雪衣澜性命要挟逼迫她动手。

雪衣陌经过一番旁敲侧击和各方明里暗里的打听，知道神的寿命是无穷无尽的，他是杀不死的，就算挖了他的心他也不会死，最多就是受重伤。

知道了这一点，雪衣陌终于横下一条心来，决意动手。

仙魔最后的那一场混战就是魔祖授意并挑起来的，雪衣陌跟在神九黎身边，趁他

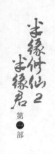

和魔祖斗得激烈时，故意失手被魔祖所擒，在神九黎来救她之时，她一剑刺入神九黎的胸膛，终于取到了他的心头血……

在鲜血流出的那一刻，雪衣陌脸色一白，心痛如刀绞。

当神九黎不甘心地问她"是不是一切只是演戏"时她残酷地答："是！"

因为她知道她这一剑刺出后，她和他就再无可能！

那一场爱恋如同水中花、雾中月，散了就是散了，再不可挽回。

就算以后神九黎肯原谅她，她也不想再回到他身边，因为她知道自己身体的魔性，连雪衣澜她也不想连累，更何况是神九黎？

她取了他的心头血后，毫不犹豫地一掌将他拍出，看似凶狠，其实手底下还是留了分寸的，不会再给他雪上加霜，而他所落的方向也是仙界人多的地带。

她觉得他就算受了这样的重伤应该也有足够的能力自保，就算有魔兵魔将趁势袭击他，也不会得逞。

她没想到魔祖会再次出手，也没想到神九黎在那个时候没有再用念力护身，她眼睁睁地看着魔祖飞出，带着剧毒的刀再次扎入神九黎的心脏……

那随之而起的紫红鲜血刺痛了她的眼眸，心脏那里也像又被捅了一刀。

她下意识想要回掠过去看看他，腰肢却被魔祖的软索缠上，被拉进了那顶轿子中。

她在轿子中终于看到战场上龙川拼死救走了神九黎，远远遁走。

那一场战役，魔族大胜。

而雪衣陌也被群魔又恭维了一番，她都懒得理会，立即去见魔祖，自然也去看雪衣澜。她好不容易才取来神的心头血，要亲手给雪衣澜服下。

让她没想到的是，当她小心翼翼捧着那瓶心头血来到魔祖所居之处时，看到的是已经完全养好伤的雪衣澜……

那一刻她如遭五雷轰顶，站在那里看着微笑着向她走来的雪衣澜无法反应。

她手中的血瓶轻松被魔祖拿去，黑暗中她只听到大口大口贪恋的吞咽之声，魔祖褒奖了她两句，说她是除掉魔界强劲对手的功臣，声音里满是得意，再笑吟吟地告诉她，雪衣澜早在半年前就醒来了，只是一直伤势未愈在魔宫静心养伤而已。

最后的最后，魔祖还不忘向宁雪陌表功："陌陌，瞧瞧本座对你多好，为了救活你这个属下本座可是费了一番功夫。这瓶血就当是你对本座的补偿了。现在本座还给你一个活蹦乱跳的人，你满意不满意？"

雪衣陌终于明白，这一切的一切不过是魔祖设置的一个圈套，一个由她出手刺杀神九黎的圈套。

到了这个时候，雪衣陌也只能打碎牙齿向肚里吞，她木然地答了几声满意，便慢慢走了出去，将雪衣澜也晾在了那里。

她知道自己和神九黎再无可能。

她知道仙、魔两道争斗为了输赢原本就是各出花招。

她知道自己该将神九黎彻底放下，从今以后他走他的阳关道，她过她的独木桥。

她未来的路就是做个冷血无情的魔祖，复制前魔祖的路，代代繁衍下去。

可是当真正放手，每日里睁开眼睛再看不到他在身边，再不能跟在他身边蹦蹦跳跳，再不能吃他烤的鱼、他做的饭，喝他泡的茶，再听不到他唤他一声"陌陌"……她才知道那相思之苦蚀心蚀骨，痛不可当。

她大病了一场，每日里一闭上眼睛就是她刺下那一剑时，他那双仿佛洞悉一切又仿佛死寂一片的眸子。

雪衣澜几乎日日来这里守着她，她却不想理会他。

看到雪衣澜，她就会想到自己所干的蠢事，心就会更痛、更难过……

她在病中也听说了魔界又趁机攻伐了几次仙界，每次都是大获全胜，仙界元气大伤，魔界士气高涨。

然后她便无意中在一名魔将口中得知了神九黎身死的消息。

那一刻她如遭雷击，自然是不相信的，觉得他最多大病一场，功力下降一些。他是神啊，怎么可能心脏挨一刀就死了？

但魔祖不知何时出现，语重心长地告诉她，她的体质是最好的杀神武器，神九黎和她结合之后，她身体内的魔气虽然不会让他衰弱而死，却也会让他的神身发生巨大的变化，他的身体在一年之内会是半人半神状态，功力也会大减，一年之后，他才能再慢慢修炼调整回去，在三年之内他再恢复神身，依旧天下之间无对手……

而他半人半神状态时功力虽然不弱，但身体还是怕受伤害的，心脏中剑他一样会死。更何况雪衣陌当时杀他的那柄剑是特制的，名为弑神剑，剑插入的那一刻，最先毁的不是心脉，而是神身——

而且魔祖为求杀得彻底些，还用剧毒无比的刀补了一下，趁势搅烂了神九黎的心脏……

"所以神九黎一定死了，魔界终于除掉这么一个心头大患，陌陌你功不可没。"魔祖用这句话为结束语，大概是看到雪衣陌一直是呆若木鸡状态，魔祖哈哈一笑，终于心满意足地消失。

雪衣陌脑中轰轰作响，等她慢慢反应过来以后，转头便看到雪衣澜站在不远处，大红的衣袍在暗夜中舞出绝望的火焰。

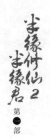
"陌陌,这是真的?你为了魔界真的献身给那个男人?!"对她一向从容温和、言听计从的雪衣澜和她说话第一次如此尖锐。

雪衣陌闭了闭眼睛,不想回答他,更不想解释。

在她心中那就是一件蠢之又蠢的事,她恨不得将其在生命历程中抹去!

她对魔宫的生活更加厌倦,当然,她没亲眼见到神九黎的尸身也不相信他是真的死了。她还不死心,还抱了万分之一的希望。

她瞅准个机会终于偷偷逃出了魔界,悄悄潜入神九黎曾经所居之处,却只见到满目苍凉,神九黎和龙川都不知所终。

她不死心,又去了那梦幻城堡,那里也冷冷清清,不见一个人影,空气中尚残余他身上的气息。

雪衣陌在那张云床上呆坐了片刻,心脏空落得难受,宛如在悬崖边上一脚踏空,只剩一颗心向着地狱里坠落再坠落……

思念如野草,一旦滋生,便蔓延成灾。

她开始动用各种关系,明里暗里打听神九黎的下落,却没有一个人知道。

神九黎像是真的在这个世界上消失了,再无一个人能找到他。

雪衣陌站在茫茫天地间,一时之间竟然不知道该向何处去。

越找不到她越想找,到最后她简直是找得疯狂,足迹踏遍三界的角角落落。

她告诉自己,她只想确定他到底是死了还是活着。

只要确定他活着,她就能放心离开。

哪怕两个人从此以后做对头,到底还有见面的机会,总比没有任何盼头强。

或许是上苍感念她的心,她终于得到了一个不知道真假的消息,神九黎被龙川带回麒麟族地了。

又经过一番不足为外人道的艰辛,她终于找到一向神秘的麒麟族地,然后偷偷潜入进去。

她和神九黎在一起时是隐藏了本身实力的,在仙界人眼中她就是迷惑人的狐狸精,魅惑本领了得,实际本领不咋样。

神九黎在这一年中还教会了她许多功夫,譬如破除结界之术,譬如一些修炼之术……

其他术法对她这次的行动用处不大,但破除结界之术让她躲开了麒麟一族的巡查,悄悄进入最秘密、最核心的密室之中。

在那里她终于见到了朝思暮想的神九黎。

他静静地躺在那里,脸色雪白,一动不动。

她全身都在发抖，一步步走到他身边，然后再颤抖着伸出手去探查他的气息。

在摸到他的手腕的那一刻，她的一颗心彻底沉入了冰渊。

他的身体冰冷僵硬，躺在那里如同一座雕像，没有任何生的气息。

外界的传言没有错，他是真的死了！

雪衣陌再站立不住，跌坐在他的寒玉榻前，一只手死死握住他的手，怎么也不肯松开，眼前阵阵发黑，整个人如同溺水一般透不过气来。

她坐在那里不知道过了多久，最后又像忽然醒悟似的，翻身坐起来。

她解开他的衣襟，又看到了他心口那个伤，那里出现的是一个血洞，里面的心脏已经几不成形……

她颤抖着抱住他的腰，将自己身上的念力拼命传过去。

神九黎曾经教过她治疗刀剑之伤的法子，甚至用念力为她治疗过，他每次为她疗伤的时候，她都能看到自己的伤口好得飞快。

她学会后也虎视眈眈地找机会在神九黎身上试验过，看着他手指上被她咬出来的小伤口以肉眼可见的速度迅速愈合，说明她学的这门技术已经到家。

但她用在此时的神九黎身上，却一点儿用也没有，她输送念力输送得头晕眼花，那血洞依旧是血洞，明晃晃摆在那里，刺痛她的眼睛。

她在他身边不知道折腾了多久，到最后干脆抱着他的手，试图用自己的体温将他暖过来……

她一直折腾到看守神九黎尸身的龙川归来，她不想也无颜再面对龙川，这才及时隐身黯然离开。

她开始在三界之中打听各种复活人的法子，终于打听到不老国所产的月光铁经过特殊铸造而成的月光箫一旦吹响，有聚拢魂魄、让人起死回生的功效。

于是她去了不老国，在那产月光铁的山峰上不眠不休地找了一个多月，终于找到一块能够打造月光箫的月光铁，并交付那里的铸造师，请他代为打造。打造月光箫是极耗费时间的，她和那铸造师约好了时间便离开了，又回到那个仙魔大陆，想看看还有没有其他法子。

第三章 终坠入魔道

只要有一丝希望她都不会放弃。

她只是没想到，会有一场更大的变故等着她。

她刚刚回到那个大陆便碰到了雪衣澜。

这一个多月她一直在外面隐姓埋名奔波，就连魔界的人也找不到她的踪迹。

唯有雪衣澜，他是唯一懂她的人，熟悉她的气息，熟悉她的隐藏形迹的方式，所以找到了她。

也不过是几个月不见，雪衣澜也瘦了一大圈。

在那一片旷野中，他一身大红衣袍站在那里看着她："陌陌，你瘦了。"

雪衣陌心里滋味也很复杂，她潜意识里还是不想再见到雪衣澜，因为见到他，她就会想起刺神九黎的那一剑……

她淡淡地向他点了点头，便预备走开。

雪衣澜在她背后开口："陌陌，他已经死了，你忘记他好不好？我们重新开始好不好？"

雪衣陌没理他，甚至没停住离开的脚步。

有些事不是说忘记就能忘记、说放下就能放下的。

"他是神不是人，死了就是死了，不可能用月光箫复活，你这样不过徒劳无功。"雪衣澜再次开口。

雪衣陌转身看他，脸色慢慢苍白："你知道我打造月光萧？你在背后又捣鬼了？！"

雪衣澜看着她，眸中有丝受伤神色："陌陌，你就这么不相信我？我如果想在月光萧上捣鬼也不会现在就告诉你。"

雪衣陌这才松了一口气。

雪衣澜萧瑟一笑："陌陌，你现在不会连我也不信了吧？无论如何，我不会害你。"

雪衣陌抿了抿唇："不，我信你。"在这个世上，她现在唯一相信的就是他了。

"陌陌，我们找个地方坐坐吧，我想和你谈谈。"雪衣澜眉目舒展，走过来像以往那样牵她的手，"或许我能给你一点儿帮助。"

雪衣陌却稍稍后退一步避开，在听到他最后一句话时眼睛一亮："你有办法？"

雪衣澜缓缓放下自己落空的手，轻叹了一口气："或许吧，我们先找个地方歇歇，我给你细说。"

他目光柔和地看着她："陌陌，你现在苍白得像个鬼，必须先休息！"

雪衣陌拗不过他，自然也不放弃任何一个希望，便和他找了一家酒楼，要了个雅间，边吃边谈。

在交谈中，雪衣陌知道魔界因为她的出走有些混乱，魔祖不知道派了多少人出来找她，他也是魔祖派出来的。

雪衣澜问她是不是永远不回魔界了。

雪衣陌回答得也干脆："不能复活他，我永远不会再回去！"

雪衣澜有些黯然："原来你真的这样喜欢他！可就算复活他又怎么样？他就算复生只怕也不能原谅你，你又何必执着？"

雪衣陌不想回答他这个问题，现在只想复活神九黎，其他一律不在她的考虑之内。

她看着雪衣澜："你找我就是说这个的？我还有事……"她正要说告辞的话，雪衣澜终于叹了口气："陌陌，你坐下，听我说完……你可听说过婆娑人参果？"

雪衣陌有些茫然，她听说过婆娑果，也听说过人参果，就是没听说过婆娑人参果。

不过现在雪衣澜既然提到了这个，那必然是有原因的，所以她又坐了下来。

自雪衣澜口中她知道，这婆娑人参果是生长在一处冰雪禁地的圣果，三千年结果一次，一次一枚，模样似人的心脏，被称为神之心，可以复活三界众生……

最后雪衣澜也向她言明："当然，这东西极为稀缺，它的功用也只是传说，具体有没有这个功用也很难说。而且生长婆娑人参果的地方有上古神兽看守，不易靠

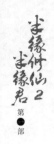
近……"他说了一大堆困难。

雪衣陌却只问了他一句："这冰雪禁地在什么地方？"

雪衣澜握紧手指："陌陌，你要明白，你的功体为火，那里则是水属性，正和你相克，那里的危险是你想也想不到的，或许你还没到树下就丢了性命。就算你拼命打败了那些神兽，说不定那树上果子还没长出来，也或者长出来还远远不到成熟的时候……你拼上性命说不定什么也得不到！退一万步说，就算你历尽千辛万苦得到了那果子，或许也无法复活神九黎……我觉得你该仔细想想，去那里到底值得不值得。"

雪衣陌神色不变，依旧只问那一句："这冰雪禁地在什么地方？"在她心里没有什么值得不值得，只有想做不能做！

雪衣澜看了她好半晌，才终于闭了闭眼睛，苦笑："我就知道……是这个结果。陌陌，我带你去，那个地方我曾经去过。"

雪衣澜果然带着她去了那冰雪禁地，那是一片可媲美南北极的地方。

冰雪覆盖了整个大地，冰塔冰山随处可见。

这里的冷不是普通意义上的冷，这里刮起的每一缕风都似钻进人的骨头里，让人从骨髓深处向外冷，就算是运转了念力也无济于事，只能凭借本源之火来取暖。

这里不但冷，而且各色凶兽多。

雪衣陌冻得全身几乎僵硬，她和雪衣澜联手不断斩杀攻击她的各型各色怪兽，经过千辛万苦，终于找到了那棵婆娑树。

婆娑树下果然有一个庞大的神兽梼杌在转悠。这神兽就像是一个机关，只有杀了这神兽，才能看到婆娑树上的人参果。

雪衣陌想也不想便与那梼杌缠斗在一起。

雪衣澜自然也加入，却在斗到一半的时候他忽然失陷在地裂之中，眨眼不见了影子。

雪衣陌想要扯他没有扯住，只能眼睁睁看他陷入地裂之中。

到了这个时候雪衣陌也只能拼，独自和那上古神兽激战。

那真是有史以来最艰难的一战，雪衣陌几乎全身挂彩，伤口深可见骨，血流不断，不过那神兽也没讨到好处，比她伤得更重一些。

三天三夜的激战，雪衣陌不知道有多少次面临生死一线，都闯了过来！

她也有很多逃走的机会，但她都选择放弃。

唯一不放弃的是那枚婆娑人参果，她早已将生死置之度外，就算是拼死也要得到那枚婆娑人参果，这已经是她唯一的希望。

终于在第三天晚上，那庞大的神兽在雪衣陌的剑下轰然倒地。

雪衣陌也几乎拼得油尽灯枯，浑身浴血，眼前一阵阵发黑，却还强撑着等着结界打开的那一刻。

神兽倒地，结界也随之轰隆隆打开，雪衣陌在一片血红视线中果然见那婆娑树上有一颗极像人心脏的果子，红彤彤的，俨然已经成熟。

雪衣陌激动得全身几乎颤抖起来，她飞身就去摘那果子。

变故就是在这一刹那发生的，她眼看就要取到那枚果子，心口忽然一凉，一截银白色的剑尖自她胸口直透出来，在月光下反射着森冷的寒光。

那剑尖猛地一转一拔，鲜血四溅。

这一切都发生在电光石火之间，雪衣陌在半空中根本无法闪躲，只能生生受这一击。

她心脏猛地一疼，剧烈的疼痛让她面色瞬间惨白。原来，被人穿心一击是这种感觉……

是谁？

这个雪原上，除了她，除了雪衣澜，还有谁？

雪衣陌只觉全身的气力迅速被抽走，但是她仍然不管不顾地摘下那枚果子，护在怀中，踉跄着落地。

雪衣篆站在她面前，笑得得意而张狂："雪衣陌，你输了。从此之后，我便是魔祖。"

她手中的长剑上，血珠正在一滴滴滚落。

雪衣澜站在雪衣篆身旁，沉默着看向雪衣陌。

雪衣陌看着雪衣澜，再看看雪衣篆，便什么都明白了。

原来这是一个精心策划好的局，谋反的局。

雪衣澜将她引到这里来，让她和神兽打个两败俱伤，然后雪衣篆给她致命一击。

原来被人背叛是这种感觉，被信任的人一剑穿心是这种感觉。

那一刻，她忽然想起了神九黎当时看她的眼神。

他当时，是不是也如此绝望？

是不是也如此万念俱灰？

她脸色苍白以剑拄地站在那里，看看雪衣澜再看看雪衣篆："你如何复活的？"

雪衣篆很得意，牵着雪衣澜的衣袖，将头靠在他的胸前，反问了一句："你说呢？"

雪衣陌的目光又缓缓转向雪衣澜，雪衣澜脸色苍白，薄唇抿了抿，还笑了笑："陌陌，是你先对不起我……雪衣篆原本就没有死，一直被魔祖控制在血之炼狱之中

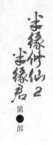
苦熬，被我无意中发现，将她救出来。陌陌，她比你更适合做魔祖继承人，魔祖也说她比你适合……"

他直盯着雪衣陌的眼睛，眸底有一丝疯狂："陌陌，你是不是挺恨我？"

雪衣陌胸前鲜血不断涌出，她的心很疼！很疼！

不过，那只是器官疼，而不是那种心疼，她只是失望，被最信任的朋友背叛的失望……

雪衣澜设想过雪衣陌的无数种反应，比如仰天大笑，比如与他同归于尽，比如歇斯底里……

但是雪衣陌只是静静地看着他，目光先是惊讶不信，再是失望愤怒，到最后只剩一片暗沉的黑。

她最终什么也没说，慢慢倒下。

血顺着她的大红衣裙流了一地，染红了身下的冰原，仿若雪中绽放的一树红梅，带着凄美与绝望的气息。

见她闭上了眼睛，雪衣澜像是傻了似的在原地呆愣了片刻，忽然一步步向她走了过来。

"陌陌……"他轻轻推她。

雪衣陌一动不动，脸色却一寸寸变白，气息渐弱下去。

她的手腕被雪衣澜握住，雪衣澜手指比她的手腕更冷，甚至还带了一丝颤抖，似在为她诊脉——

片刻后，他蓦然抬头看向雪衣篆："雪衣篆，你伤了她的魂根！"

雪衣篆笑声尖利："那又如何？我既然活下来她就必须死！"

"可你明明答应我不会真要她的命！"

"不好意思，手重了。"雪衣篆摊手，声音满不在乎。

她微笑着看着雪衣澜，柔声道："雪衣澜，这个女人压根不把你放在眼里，你为她做尽一切，但你在她眼中屁也不是。她辜负了你，你何必还在意她的生死？其实我们才是最合适的一对，她也配不上你。以后你做我的王夫如何？你我联手必能将魔界发扬光大。我的功夫虽然不如你，可是我拥有了魔祖的一半功力，等我再吸收了她的，就可以成为真正的魔祖，我的琴声可以横扫一切，雪衣澜，到那时魔界就是我们的了。"

"……"

雪衣澜脸色更加苍白，没有再说话，而是直接动了手！

他抬手就直接向雪衣篆放大招，几乎能燃烧半个天际的红光拼命向雪衣篆狂砸。

"住手！雪衣澜，你疯了！你到底想干什么？！"雪衣箓愤怒尖啸，"你别忘了，算计她还是你出的主意！"

"我没让你真杀了她！雪衣箓，我能将你救出来，也能将你再送回去！"雪衣澜声音冰冷，"你以为我真对你没防备？！"

也不知道他对着雪衣箓使用了什么招数，雪衣箓忽然惨叫一声，被雪衣澜直接抓在手中！

他的指尖直接抓入雪衣箓的后背，掐住了她的脊椎骨。

雪衣箓瞬间变了脸色，声音越发尖利："雪衣澜，你想要干什么？！我现在是魔界唯一的魔祖继承人，你杀了我魔界将岌岌可危……"

雪衣澜看着拼命挣扎的雪衣箓，目光阴狠："魔界？魔界没了她屁也不是！雪衣箓，我要让你为她陪葬！"

他的手逐渐收紧，雪衣箓的生息被一点点掐断，咔嚓一声脆响，她的脊椎骨终于被雪衣澜彻底捏断，头软软垂了下去。

雪衣澜一甩手，将雪衣箓的尸体抛开，用了个清洁术将手指弄干净，这才缓缓将地上再无声息的雪衣陌抱起，脸贴上了雪衣陌的脸："陌陌，对不起……"

他的话刚说到这里便忽然顿住，身子僵住，看着怀中的雪衣陌不相信地睁大了眼睛。

雪衣陌不知道何时睁开了眸子，眸底却一片血红，她晶莹如玉的手掌正正拍在他的前胸！

她的动作快如闪电，雪衣澜压根没来得及反应！

这显然是要命的一掌，雪衣澜脸颊瞬间苍白如雪，他俯首看着她，哑声说了一句："陌陌，原来……你没死……"

雪衣陌没说话，而是手掌猛然用力，将雪衣澜推送出去！

雪衣澜身子撞上了那棵婆娑人参果树，又滑落下来，他狂喷鲜血，眼睛却望着雪衣陌的眼睛，眼神似疯狂又似带着别的情绪，他想说什么，一张口却又喷出一口血。

雪衣陌没再理会他，她清楚自己那一掌，是魔祖的不传之秘术，中掌者会被彻底封印，没入血棺之中，永坠地狱，生生世世受血刀穿身之苦，却不得解脱。

这是魔祖惩罚背叛者最冷酷的刑罚，也是魔祖的独门功夫

雪衣陌没想到她有用到这一招的时候，还是用在雪衣澜身上。

她胸口的伤口再次崩裂，鲜血不断流出，她却压根不管。

雪衣陌踉跄起身，手掌一伸，一道纯黑光芒发出，迅速爬上了雪衣箓的身躯，雪衣箓整个人以肉眼可见的速度消融。

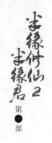

这也是魔祖继承人独有的功夫，这种功夫一旦使用，便会将雪衣篆吸食，而雪衣陌也将彻底坠入魔道。

躺在那里喘息的雪衣澜蓦然睁大眼睛，看到这一幕，脸色大变："陌陌，不要！"

雪衣陌依旧没理他，掌心的黑光渐渐将雪衣篆的尸身吞噬殆尽，最后连一点儿渣也没剩下。

雪衣澜脸色如死："陌陌！"

雪衣陌缓缓回过身来，吸食了雪衣篆，她胸口的伤以肉眼可见的速度痊愈，有淡淡的黑气自她周身散发出来，她一双眸子血红，静静看着雪衣澜，手指微屈——

雪衣澜身下传来一阵震动，那震动像是从遥远的地底深处传过来的，似乎有极恐怖的魔兽在地底缓缓苏醒……

他身下的大地一寸寸开裂，一缕缕红光自开裂之处升起，照射在他身上。

雪衣澜剧烈颤抖起来，身子似乎是被那红光一寸寸穿透，他额头冒出大颗大颗的汗珠，显然是疼到了极处："陌陌……"

他眸底满是痛楚，不顾生死地向前挣了挣："不要——入魔！"

那红光本来将他的身躯完全穿透锁住，他这一挣之下，身上立即多出无数血口子，鲜血染红了他的衣袍，也让他的脸颊更苍白。

他身上的血似乎刺激到了雪衣陌，她正在做法的手指微微一顿，侧头看了雪衣澜一眼。

"陌陌，你不想入魔的！不要让魔气控制了你……"雪衣澜声音微微颤抖。

雪衣陌又僵了一下，做法的手指终于慢慢张开，掐了一半的法诀就此中断。

雪衣澜身下大地的抖动终于停止，那捆缚住他的红光也有变细消散的迹象。

"陌陌……"雪衣澜眼眸微亮，拼命挣脱那束缚住他的红光，向雪衣陌方向爬来，"陌陌，我知道，你终究舍不得杀我的……"

雪衣陌目光一闪，一挥衣袖，雪衣澜身下凭空多了一具水晶棺材，将他整个人包进了里面。

"陌陌！"雪衣澜脸色惨白如死，他挣扎着想起身，"你不能如此对我——"

雪衣陌微微垂眸，再睁开眼时，她眸中红光已经散去，只余一片沉寂的黑："雪衣澜——"

她声音微微发哑，却毫无情绪："忘了我吧！"

她手指连弹，纯黑之气自她指尖发出，射入雪衣澜体内。雪衣澜身子发僵，眼睛越睁越大，眼睁睁地看着巨大的水晶棺盖盖了下来，将他活生生封印在水晶棺内。

"陌陌，你好狠！"这是雪衣澜被封印时所说的最后一句话。

接着他在上古咒术的作用下，大脑一寸寸变空白，终于他闭上了眼睛，彻底被黑暗吞没。

黑光散去，雪衣陌看着自己手上残余未散的黑光，眸中闪过一抹厌恶之色。

她最讨厌的便是魔祖的吸食大法，当初学了也抗拒着从来不用，没想到她最终还是用这方法吸食了雪衣箓。

双生子原本就如一体，魔气各占一半，现在雪衣箓没吃了她，反而是她吃了雪衣箓。两种魔气合体，她的功力增长了不止一倍，却也真正成了魔体，再也回不了头……

她的目光落在那水晶棺上，棺内雪衣澜已经彻底沉睡，他的双掌还不甘心地抵在棺材盖上，似乎随时会推开棺盖起来。

"雪衣澜，我和你也两清了！"她低语，手指连挥，有数根血红的水晶链穿透棺材盖，扯着它向地底沉去。

做完这些，她毫不留恋地起身飞出冰雪禁地，直接回了魔界。

曾经的魔祖因为受了雪衣澜和雪衣箓两个人的联手暗算，已经受了重伤，躲在一个黑暗的角落修炼。

雪衣陌靠着魔气的指引，很快将其找了出来。

她也终于看清了魔祖的样子——非男非女，像是男女背贴背连体的双生子，不足三尺高，裹挟在一团黑气中。

雪衣陌沉默地看着他，脸色苍白。

魔祖看到她先是大惊，接着便是大喜，男女声一起开口："陌陌，我的孩子，你终于回来了，本座一直担心你。来，来，你过来，让本座好好看看你。"

雪衣陌眼眸一垂，像往日一样应了一声："是。"随后她便垂头向着魔祖走了过去。

魔祖红色的眼眸中闪过一抹兴奋！

他化为一团人形黑气扑在了她的身上："陌陌，本座就知道你还会回来的……"他的手掌在她背后闪出锐利如刀的指甲，似要做什么。

但他在扑向她的那一刻知道大错特错了！

他惊恐地发现他的身体在扑到雪衣陌身上的那一刻开始慢慢消融——

本来他想趁机从雪衣陌身上吸食一些魔气恢复体力，却没想到反而被她吸食了！

也直到此刻他才发现雪衣陌身体内双生魔气已经合体，双生魔气一旦合体便会无比强大，他就再也控制不住她了！

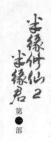

眼睁睁看着自己的身子在她身上一寸寸融化，魔祖极力挣扎，却挣扎不开："雪衣陌，你居然已经杀了雪衣箓……哈哈哈，好！好！那两个人联合起来暗算我，本座以为他们会得逞，却没想到居然是你赢了！陌陌，你总是能出乎本座的意料……不过，你不能现在吸食本座，你还没成婚，还没受孕，你现在吸食我，下一代的继承人则不会再出世。"

雪衣陌面无表情地看着它，只冷冷地说出了几个字："没有下一代继承人了！"

魔祖愣住，随后哈哈大笑："陌陌，你说什么傻话？！没有下一代继承人你如何分出你体内的魔气？没有下一代继承人你很快就会完全被魔气控制，爆体而亡的！"

雪衣陌没理他，让他在自己身上继续消融。

魔祖终于害怕起来："陌陌，你不能这样，我好歹是你的母亲……"

"母亲？"雪衣陌眉尖一挑，忽然笑了起来，笑声清脆，却带着满满的讽刺，"你有拿我当你的孩子吗？"谁家母亲对自己孩子满满算计的？

"本座……本座那是逼你成材！陌陌，你什么都好，足够聪明，根骨也好，唯一的缺点就是心软了点，不能成为真正的魔……"魔祖强忍着一点点被融化的痛苦为自己辩解，只求她能放过自己。他不想就这么消失！他好不容易才弄到神之血！好不容易才找到永远活下去、永远做魔祖的法子……

"是啊，我的缺点就是心软了点，才让你们的阴谋一次次得逞，害人害己……"雪衣陌轻笑，眼睛逼视着魔祖，"我问你，雪衣澜当初的伤是不是你刻意弄出来的？！神九黎没伤他那么重？"

魔祖："陌陌……"

"说！我想听实话！不然你就没机会说了。"雪衣陌运转功力，让魔祖在自己身上融化得更快……

这样的吸食显然让魔祖痛苦到了极点，哀号起来："停！停！本座……本座告诉你实情便是。"

"说！"

"当初神九黎确实打伤了雪衣澜，但是没伤这么重，是本座又让雪衣澜伤重了一些。不过本座出手有分寸，他那时在你心里是最重要的人，不能让他真死……陌陌，本座还是不想真伤害你的，还没等你弄来神血，本座就替你复活了他，一直对他很好，还向他许诺把你嫁给他。没想到他如此狼心狗肺，居然联合雪衣箓暗算本座，还去暗算你……幸好陌陌你足够聪明。"

雪衣陌脸色更加苍白，她就说嘛，以神九黎的为人和功夫，他想要杀人哪用把人弄得像狗啃似的遍体鳞伤，一掌毙命更像他的风格。可恨自己当时居然就相信了……

58

"你复活他只是因为觉得他比较适合做下一代继承人的父亲！"

"陌陌，你不是也一直很喜欢他、很信任他吗？本座这是成全你啊。"

雪衣陌没再说话，微微闭上眼睛，再次运转体内的魔力，在魔祖的惨叫咒骂中将其一点点消融……

"雪衣陌，你会后悔的！你会是魔界的罪人！自你之后魔祖会消失！还有，你很快就会变成本座这样子的！"这是魔祖的最后一番话。

魔祖消失了，雪衣陌站在原地出神片刻，闭上了眼睛。

雪衣箓刺她的那一剑刺中了她的要害，那时候她已经死了。

她之所以强撑到现在，是用禁术吸食了雪衣箓的功劳，她刚刚得到婆娑人参果，还没看到神九黎复活，不甘心就那么死！

所以她必须活着，这是她活到现在唯一的执念。

曾经不可一世的魔祖在地上只留下一枚黑黝黝的戒指。

雪衣陌垂眸看着那戒指，她知道这是魔之戒，有大功用，是历代魔祖的传承之物。

她缓缓捡起戒指，那戒指在她掌心缠绕出丝丝黑气，似乎要自动谄媚地套上她的手指。

我不会变成你这个样子！绝不会！

雪衣陌将戒指握在掌心里，掌心传来吱吱的惨叫声……

片刻后，她张开手掌，那戒指成了一堆粉末，再成不了形。

她眼眸乌沉沉的没有一抹光彩。魔祖被她杀了，雪衣箓被她吸食了，雪衣澜被她封印了……

而她终于入了魔！终于走到了宿命的最后一步。

她仰头大笑，笑中却有眼泪坠落，不知道是笑自己傻，还是笑自己这无论如何也没逃开的宿命……

她现在，只剩一件事没做了。

身形一起，雪衣陌飞往麒麟圣地。

雪衣陌很容易便混进了麒麟圣地，轻车熟路地来到那间冰室。

神九黎依旧静静地躺在那里，面色苍白，双眸微闭，像是睡着了一般。

虽然早就做好了准备，但是看到他这个样子，雪衣陌身子还是晃了晃，面色白了白。

她捉住他的手，他的手冰得吓人。

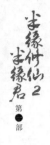
自储物空间中拿出那婆娑人参果，正要往他的心口放的时候，忽然听见门外有异动，雪衣陌一惊，又将那果子放回储物空间，掐了个决隐身站在墙边。

自门外进来两个人，一个风度翩翩，器宇轩昂，一个白发苍苍，精神矍铄。

是龙川和一个不认识的老人。

二人先是查看了一下神九黎的伤势，龙川屏息看着那老人，仿佛看着一个救星："如何？"

那老人围着神九黎缓缓转了两圈，看看这里再看看那里，片刻后叹息摇头："没救了，我的草还丹也救不了他，他伤的是神之心，人之心好补，神之心却难补……"

龙川眼中的光芒暗淡下去，显然这样的失望已经不止一次发生。

雪衣陌站在离他们不远处，她如今算是世间最强大的存在了，所以龙川和那位老人根本没有发觉屋子里还有一个人。

那二人交谈片刻便离去。

她静静地站在那里，将他们的对话尽数听了去，越听，面色越苍白。

"在下听说婆娑人参果代替神心，或许我找来那个就能让师父回来。"

"乱弹琴！婆娑人参果只不过有延年益寿的功效，还有疗伤作用，如果神尊活着，吃了那东西或许会功力大增，却没有复活效用的。"那老者断然摇头。

"不试试怎么知道？或许真的有用……"龙川不甘心。

老者摇头："不必试了！几千年前有一位仙者被魔界中人挖了心去，他的妻子为了复活他也是拼命寻找良法。她也听说了这婆娑人参果的事，拼着九死一生，以搭上一腿一臂的代价好不容易得到那东西，回来用在那仙者身上，却半点儿效用也没有。他妻子绝望之下，自尽了……"

龙川说不出话来，隐身站在那里的雪衣陌脸色也苍白如纸。她贴墙站着，如不是有墙做支撑，她或许已经倒下去了。

龙川最近明显也是在拼命寻找复活神九黎的法子，所以他接连说出了好几种法子。有雪衣陌听说过的，也有她没听说过的，却都被那老者一一否决。

每一次否决就是一个炸弹，炸得人心直沉深渊。

"那月光箫呢？"

"月光箫只能复活凡人，但帝尊是神。"

"……"

龙川和那老者终于离开了。

雪衣陌现出身形，唇抿得死死的，也没了半分血色。

她垂眸看了看怀中的婆娑人参果，再看看躺在那里毫无声息的神九黎。

她不信！无论如何她也要试试！

雪衣陌踉踉跄跄地站起来，将那婆娑人参果小心翼翼地放入神九黎的心口处……

放置的过程很复杂，但雪衣陌做得丝毫没错，她不敢再出错，也容不得再出错了！

做完这些，她屏息看着神九黎，就像看着最后一根救命稻草，盼着能有一个奇迹。

但半晌没有动静，神九黎依旧静静地躺在那里，没有一点儿声息。

没用，完全没用！

她拼死拼活做的这些，都没有用！

雪衣陌颓然坐倒，看着神九黎愣神，眸中满是绝望与茫然。

她坐在静室中，一坐便是好几天，仿佛一个没有灵魂的娃娃，被抽走了所有气力，只能呆呆地坐在那里。

这期间龙川带着很多人来过，那些人一个赛一个地老，一个赛一个地有身份。

到最后龙川甚至请来了龙族的少主，三界中医术最高的那个人，但都说没有办法。

最后，龙族的少主叹息着说出一个上古秘术："如果刺杀帝尊的那个魔女将自己流放在最穷山恶水的地方，再自杀于那里，忍受后世每世都是天煞孤星、不得善终的后果的话，她便可以许一个愿望。如果她恰好许愿帝尊醒来，那这愿望便能实现。当然，还需要其他一些东西，唉，这方法，说了也没用……"

龙川再次失望离去。

他们走后，雪衣陌愣了很长时间，脑海中不断回荡着那老人的话语。

不知过了多久，她起身，看向静静躺在那里的神九黎。

她用目光一遍遍描摹他天人般的面容，最终露出一抹苦笑，俯身轻吻神九黎。他的唇如同寒冰般凉薄，她却吻得投入。

一吻分离，她的目光中满是决绝："九黎，我会让你醒来的……"

说罢她转身离去。

宁雪陌终于将手收回，身子微微颤抖。前世那种强烈的悲伤始终笼罩在心头，让她一时缓不过神来。

她低头看着那棺材，心疼得更厉害，抿了抿嘴，一拂衣袖，那棺材便打开。

悲伤扑面而来。

棺材中静静躺着一位红衣少女，肌肤吹弹可破，双眸微闭，浓密卷翘的羽睫如同

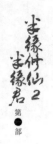
小扇子一般。她胸前插着一把剑，正是那柄当年暗算神九黎的弑神剑，衣衫浸泡在血水里，显得越发艳丽。

雪衣澜在看到那少女的那一刻身子猛然晃了晃，脸色惨白。他想要喊陌陌，却又将话咽了回去。

心疼得厉害，前世，他的陌陌便是这样决绝地死去的吗？

宁雪陌看着前世的自己，有些出神。

她不知道该如何反应，恢复了真正的记忆，雪衣陌的悲伤、愤怒、绝望、迷茫一齐涌上心头，如同一股洪流，将她整个人都淹没，她的情绪太多太杂太混乱，面上反而没有了情绪。

原来，自己的前世如此凄惨。

原来，不是大神和雪衣篆联手杀了她，而是雪衣澜。

原来，大神被她杀了之后，就再也没醒过来。

原来，自己天煞孤星的命格，是因为前世的诅咒。

一切的一切，都有了答案。

宁雪陌沉默了半晌，如同雕塑一般站在那里，不动也不说话。

半晌，她终于动了，衣袖一拂，那棺材瞬间蹿起冲天大火，雪衣陌的那袭红衣在火光中半明半暗，最终化为灰烬。

宁雪陌静静地看着火光出神，看着火光中消失的少女，就如同看着自己一般。

雪衣陌的那一世，惨到无人收尸，她只能给自己做一具棺材，自杀于棺材中，然后拼尽最后一点儿气力，将棺材盖盖上，将自己的尸身彻底封印于黑暗中。已是弥留之际，她恍惚着许愿："愿以吾命为祭品，恳求复活神九黎。"

如今，由后世的自己来为前世收尸，宁雪陌不知自己是什么心情。

原来前世的大神并没有报复她。

虽然她用性命为祭，用后世的气运为祭，将他复活，他却不知道。

他恢复了前世的回忆，却没有恢复这世的记忆，那他再次认出她，认为她来到他身边是心怀叵测也就不奇怪了。

在现在的神九黎眼中，她只是雪衣陌，而不是宁雪陌。

所以他将她关在寒冰炼狱也好，煮了炖了也好，都是因为雪衣陌，而后世的自己不过是在偿还雪衣陌的债而已……

没有人在意宁雪陌究竟是什么样的人，没有人是为她宁雪陌或喜或悲。

不过，无论前世今生，她都不再欠这两个男人的，那她也就没必要再为这些烂事纠结！

她已经死过一次，死过一次的人看事就看得分外淡些。

"陌陌，你的记忆……全恢复了？"雪衣澜终于开口，声音微微嘶哑。

他并不能看到关于雪衣陌的回忆，但知道她会恢复……

宁雪陌将自己前世的骨灰收集到一个小玉瓶中，转身离去，自始至终，没有看过雪衣澜一眼。

前世雪衣澜变相杀了她，这世却救了她两回，她和他之间的账也算是两清了，没必要再有交集……

雪衣澜面色惨白，动了动嘴唇，想要说什么，最终却没说出口，只能看着宁雪陌走远。

他颓然坐在那石台上，闭上了眼睛。

他就知道她一旦恢复真正的记忆会是这个结果，她会彻底离开自己……

刚才他也犹豫的，在她双手尚未碰触到棺材盖时就想将她扯开，但他到底还是忍住了。

因为他明白这咒术，必须她恢复全部记忆后才能将这咒术破解掉，她才不会再是天煞孤星，再不会如此命苦。

所以——明知道是这个结果，他还是任由她做了。

或许是这世上纸永远包不住火吧？

他为了让她回到他身边，特意用禁术更改了雪衣陌后面的回忆，强行灌输进宁雪陌的脑海之中，那份回忆有七分真、三分假，所以这谎言才不容易被揭穿……

只是他没想到的是，宁雪陌明明接收了那段半真半假的回忆，却依旧忘不掉神九黎，依旧想和他在一起，以致发生了后面的一切，发展到今天这一步……

在前世，他为了救雪衣陌被神九黎的琴音所伤，又受了他一掌，当场晕了过去，后面发生的那一切他都不知道，更不知道魔祖为求效果逼真，逼雪衣陌就范，又在他身上补了几下，让他命悬一线。

他那时自昏迷中醒来已经是几个月后，受伤太重，有两个月不能动弹。

他每日里都盼望着雪衣陌能来瞧一瞧他，盼了一日又一日，她却始终不见踪影。他问伺候他的小魔，那些小魔也守口如瓶，没人和他说是怎么回事。

他以为他又被抛弃，在魔界度日如年，缠绵于床榻之间，伤势也常反复，心境也一日比一日低落。

直到那一日，魔祖告诉他，雪衣陌去了仙界办事，让他稍安毋躁，他才又像活过来一般，不在心里怨她为何不来瞧自己，倒开始为她担心，只盼望自己赶紧好转，也好去仙界帮她。

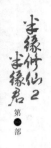

只是尚未等他完全好转，雪衣陌终于回来了，还带来了神之血……

雪衣澜不想问她为什么要去取这血，他见了她只有泉涌般的欢喜，他以为雪衣陌见了他会开心，会向他嘘寒问暖，但没有！

她看到他好转就像没看到，甚至没和他寒暄几句就匆匆离开。

再以后，她开始躲着他，避他如避瘟疫，就算迫不得已见了他的面她也始终冷冷淡淡的。

他不知道自己到底哪里得罪她了，想要问她却连个机会都没有。

他失落、茫然，直到那一天他从她和魔祖的对话中知道她和神九黎有了私情，知道她为了得到神之血献身给那个神，那个险些杀了他和她的神！

那一刻他如遭雷击。

他一直喜欢她，而她也不排斥他，也当他是这世上唯一的倚靠，她不答应他的求婚他还以为是自己做得不够好。他还以为她早晚有一天会被他的痴情打动，高高兴兴嫁给他，却从来没想到她会在他受伤昏迷的这段时间里和神九黎有那么一遭！

他有一种被背叛的愤怒，以为雪衣陌会向他解释，没想到雪衣陌待他依旧冷漠，如同路人……

他曾经悄悄在夜里去看过她，却在无意中听到她在睡梦中喊出了神九黎的名字。

在那一刻他有一种世界崩塌的错觉，踉跄而去，颓废了好长时间。

他对雪衣陌说是爱也好，执念也罢，他都放不下她。

他可以不在意她曾经和其他男子成亲，只求依旧像往日那样留在她身边。他又去找她，却得到了她已经离开魔界出走的消息。

魔界找她找翻了天，雪衣澜毕竟了解她，也是第一个找到她的。

他看到了她为复活神九黎所做的那些努力，看到了她一日比一日更失魂落魄。

自己心心念念一直护在身边几百年的女子为了另外一个男人失魂落魄，魔不像魔，仙不像仙，这对雪衣澜来说，不亚于一个毁灭性的打击。

他终于开始有了恨，恨意如野草，一旦滋生便蔓延成灾。

他想要报复她的"变心"，又想将她禁锢在身边，哪里也不许去。

他最大的想法就是洗去她关于神九黎的记忆，让她跟他回妖界，做他的妖后。

但如果想要洗掉她的记忆就必须趁她受重伤无还手之力时，才能任由他施展那样的妖术。

那时雪衣陌的功夫已经极高，在神九黎身边待了一年的她功夫和在魔界时不可同日而语。就算是他也不是她的对手，压根找不到她受重伤的机会。

心愿一旦成了执念那便入了魔，他一直设法寻找这样的机会。

那一日他为了提高自身的功夫，趁魔祖出去时，冒死暗搜他的住处，没搜到能提高魔功的秘籍，倒找到了雪衣箓。

他也是第一次见到雪衣箓，雪衣箓被魔祖禁锢折磨了这么久，魔祖大概以为她无论如何也逃不出去了，倒是什么事也不隐瞒她，让她知道了许多不为人知的秘密。

雪衣澜从她口中总算知道了那些秘密，譬如魔祖一代代繁衍的秘密；譬如现任魔祖想要长生不老，特意取到神的心头血修炼，只要修炼个三年，就能重塑魔神，恢复正常，得到长生不老之身；譬如魔祖继承人的记忆并不容易被清洗，只有和她双生的姐妹用特定的法子暗算她至重伤时才可以。

雪衣澜知道这些秘密后，灵机一动，便和雪衣箓谈了条件。

他可以帮她摆脱魔祖的禁锢，并帮她登上魔祖继承人之位，前提条件是她要听从他的指挥暗算雪衣陌。

雪衣箓自然欣然答应，雪衣澜也知道她恶毒，在和她建立攻守条约时暗中在她身上动了手脚，她不背叛他也就罢了，一旦背叛他，他则开启下在她身上的禁咒，让她瞬间丧失三分之二的功力，这样他也方便惩罚她。

一切都很顺利，他和雪衣箓联手成功重伤魔祖，逃了出来。

由雪衣澜去寻雪衣陌，诱她上钩，雪衣箓则提前到那里去埋伏。

雪衣澜对雪衣陌忠心耿耿一辈子，暗算她毕竟不忍心，便在言语中试探雪衣陌，哪怕她露出一点儿放弃复活神九黎的念头，他也不想用这个法子。

但没有！雪衣陌像吃了秤砣铁了心，为了复活神九黎已经不计代价。

于是，他终于一狠心将她引到了冰雪禁地，让雪衣箓成功暗算了她。

一切都很成功，唯一让他没想到的是雪衣箓居然不顾他早先严厉的警告，擅自出手杀了雪衣陌，以至于后面的一切全部脱轨，雪衣陌被迫入魔，和他恩断义绝，将他封印于地底。

也不知道是缘还是孽，三千年后阴差阳错之下居然是转世的雪衣陌亲手为他解开了封印。三千年的沧海桑田也让曾经的冰雪禁地变成了天书山。

或许是他对雪衣陌的执念太深，隔了三千多年的岁月，他苏醒后虽然丢掉了关于雪衣陌的记忆，却模模糊糊有个印象，在见到宁雪陌的那一刻，他便情不自禁纠缠她，不忍真正伤害她。

再后来他被神九黎所伤，躲在地底养伤之际，不知道触动了什么，竟然让他的记忆完全苏醒。

他终于认出他的陌陌，她却对他再无往日情分，对他始终厌恶，再一次爱上了神九黎……

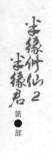

他不知道她前世封印他之后又发生了什么，也不知道她到底是怎么死的。

为了了解真相，他便在暗中布置，读取她梦中的记忆，终于了解到另外一部分他前世也不知道的真相。

也直到那时，他才明白前世雪衣陌去取神九黎的心头血并不是魔界的任务，而是为了救他……

她一直没有负他，一直当他是最好的朋友，是他亲手扼杀了他和她之间的情谊，走到了不可挽回的那一步。

他本来想通过读取她所有的梦来还原所有的事实，却没想到神九黎发觉了他附着在月光箫上的蛊虫，随手破解了，他再读取不到以后的发展。

宁雪陌被煮，他及时赶到救回了她，而她对神九黎也彻底死心，开始有接受他的意思。

他以为他终于苦尽甘来，只想把握现在，不想再追究过去，却没想到会在这里碰到雪衣陌的悬棺，而宁雪陌也恢复了真正的记忆，决绝离去。

陌陌，我从来没想过要杀你，我只是不想让你再做这劳什子魔祖继承人，只想能洗去你所有的记忆再带你回妖界……

陌陌，你该是我的，可你眼里心里只有那个男人，我一直在你身边，你却看不到我……

陌陌，我只想让你看到我……

我只有重伤你，才有机会洗去你记忆中所有关于神九黎的事情，我救出雪衣箫也只是想让她当魔祖继承人，你才能解脱，我想让你做我的妖后……

云路弥漫，前途茫茫。

宁雪陌站在虚空之中，看着浩瀚无垠的银河、璀璨夺目的群星，有些恍惚。

一切似乎都得到了答案，她也只能叹一声造化弄人。

她自怀中掏出那小玉瓶，拔开塞子，将瓶中的骨灰尽数撒在虚空中。

前世的她一生孤苦，在暗黑的世界里打滚，好不容易得到一份爱情，却被她亲手毁掉，最后落了这么个下场，可怜又可叹。

漫天光点慢慢飘散，散入浩瀚无边的宇宙中，飘摇着远去。

雪衣陌的故事其实已经随着她的死去结束了，那她宁雪陌呢？

她现在又该何去何从？

她干脆坐在虚空里，抱着膝盖出神。

雪衣澜前世暗算了她，说实话，她当时虽然感到被好友背叛的愤怒，但现在想想，还是能大体明白雪衣澜那样做的意图。

雪衣澜爱雪衣陌，爱得执着，爱得走火入魔，为了得到她已经不择手段。

她也知道雪衣澜没真心杀雪衣陌，大概只是报复雪衣陌对他的冷淡？

也或者想趁机禁锢她，将她强行留在身边，却没想到弄巧成拙，让雪衣陌真正入魔。

其实雪衣陌就算不入魔，她应该也活不长了，她一旦知道那个救活神九黎的禁术，依旧会义无反顾去做，所以她用禁术自杀流放寒苦之地已成定局，和雪衣澜无关。

奇怪，当年雪衣陌吸收了雪衣箓和魔祖的魔气，真正入了魔，按道理说，只要这世上人有七情六欲存在，魔就杀不死的，只能被封印，不能彻底消融，那她体内的魔气应该和她同被封在棺材中，共同经受这寒苦之地的风吹雨打。

自己毁掉那棺材时却没察觉到半丝魔气的存在，难道早已跑了？

她又想起自己体内常常在她耳边叽叽喳喳拼命诱惑她入魔的小萝莉，那应该就是魔，不知道为何藏在原本的侯府宁小姐体内，吸收她所有的念力让她成为一枚超级大废材。

而自己又好死不死地穿过来，附身在这宁小姐身上，不但接收了宁小姐的身份和身体，连她体内的魔也一并接收了，而且撵也撵不出去……

这还真是冤孽！

话说，那个小萝莉到底是谁？雪衣箓？魔祖？或者是三股魔气催生出来的新魔？

她也很久很久没再出来折腾了，难道真的被炼化了？

神九黎用那锅汤煮她，其实是炼化她体内的那个魔？成功了？

宁雪陌闭目又感应了一下丹田，还特意让体内的念力在丹田那里晃了几圈，结果都没什么反应，她的丹田似乎真的成了纳气的丹田，而不是那小魔童的藏身之地……

她才被神九黎煮的时候，恨他简直恨到了骨头里，如果那时候她有足够的实力，估计会和他拼个鱼死网破。

后来她虽然没冲动地和他拼命，但潜意识中已经将他纳入拒绝来往户，想要和他彻底一刀两断。所以她一直不去想他，就算想他也是满满的负能量，不以好意来推断他，他无论做什么在她眼中也都像是别有用心。

越在乎一个人，就越容易斤斤计较，越容易钻牛角尖，越容易被伤害。

如果是别人这么对她，她会冷静地去查探真相。

如果他是为她好，她会对这样的伤害一笑了之，最多踢对方几脚以报当时下油锅被煮之仇。

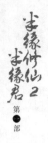
如果他是报复她，她也会干脆利落地再用其他法子报复回去，有恩报恩，有仇报仇，而不是像现在这样，缩在这样一个角落纠结来纠结去。

这么纠结——都有些不像她了！

宁雪陌曾经以为自己不会有这个臭毛病，现在看来这臭毛病还不轻。

譬如现在，她就算大体推测出神九黎当初煮她的真正意图，心里也还有一个疙瘩，这疙瘩让她很不舒服，一时难以做出决断。

更何况她心里还有其他心结，譬如神九黎为了无陌将她拍在大石上；譬如他在强要了她后不闻不问；譬如他将她关进寒冰炼狱冻个半死；譬如他和云兮去了情人岛三天，回来还那么相依偎着；譬如他为云兮在天音峰上修建了房屋……

她还记得自己那几天所过的日子，焦躁、绝望、愤怒，由天堂到地狱，由希望到绝望。

更何况现在的神九黎只有雪衣陌那时的记忆，早已忘记和她宁雪陌的一段，她在他眼里还是心怀叵测的……

自己该怎么办？

她知道自己现在还没出息地爱着他，也知道该去找他，和他丁是丁、卯是卯地说清楚，一切都敞开了谈，然后她再决定去或者留。

可是——她现在还不想去！

她在那大陨石上也不知道坐了多久，久到让她以为自己变成了宇宙尘埃。

最终，她还是站了起来。

还是去找他吧！

先谈一谈再说，或许有一些误会在里面，就算以后两人彻底桥归桥、路归路，她也不想稀里糊涂地就这么算了。

她站起身来，向四面一看，忽然一呆！

四周的景致不知道什么时候已经变了！

本来她是坐在一片陨石带的大石上，左边是蓝色星球，右边是红色星球，现在那两颗星球都不见了，其他她曾经熟悉的星系也不见了影子，四周陌生得可怕，她一样熟悉的东西也找不到！

她原先跳跃时空之门都是有坐标的，所以不会迷路，但现在所有坐标都不见了，她整个人像是失陷在一个宇宙黑洞之中，再找不到回家的路。

她在原地待了片刻，忍不住扶了扶额！

宁雪陌，你是猪吗？！

坐地日行八万里，你在小学的时候就知道了！所有的星球都是飞速移动的，而且移动速度和轨迹都一样，她在这里发呆了这么久，附近的参照物早全变了！

她抬头又看了看上方，心中纳闷，按道理说，周围的参照物改变很正常，但天上那些遥远的星系也改变不正常吧？！到底发生了什么意外？在她发呆的这段时间里发生过什么？

宁雪陌认路本领一向超强，就算把她扔在毫无坐标的沙漠她也能自己走出来。但现在，这是在宇宙星空之中，还是在她一点儿也不熟悉的地方，她不要说回去，只怕想找个有人类生活的地方也不容易。

她镇定心神，匆匆站起，开始寻找那些时空之门。

在宇宙中，每个时空之门都不在固定的地方，也是时时变化着的，普通人绝对找不到它们。

在偶然的情况下说不定会撞上，一旦撞上说不定就穿越了时空。

那些修仙者当修炼到一定级别，也能感知到空间之门的存在，从而自由穿梭空间，成为世人眼中的神仙。

而宁雪陌尚未修炼到天阶，不算仙级，以她的本领是无法感知到那些空间之门的，她这几次跳跃空间之门都是在别人的带领下。

神九黎带她来过，是将她装在结界内。

雪衣澜带她来过，是和她并肩而行。

而现在，这里只剩她自己！要想逃出这里，她只能靠自己！

雪衣澜出神也不过片刻时间，等他收拾起凌乱的情绪再抬头看宁雪陌时，发现她已经离开这颗不毛之地的星球，没入云端。

他愣了愣，脸色忽然一变！

这个星球很怪，处于空间乱流之中，四周空间之门密布，盲目乱闯的话完全说不准会跳跃到哪里去！

他进入别的星球时都是自上空飞落，在这颗星球上出现时却是从海里直接冒出来。也就是说，这里通往他们熟悉地方的空间之门是在海里，而不是在天上！

"陌陌！"

他身形一起，也跟着飞起，速度快如闪电，想追上她把她截住，带她回熟悉的地方。

他知道她现在不愿意看到他，可是，他不能弃她于不顾！

无奈宁雪陌的速度极快，他在后面拼命追赶，一时也追赶不上。

他想开口叫她停下，但因为心乱如麻，无法唤她。

他现在叫她，她只怕也是不理他的，徒惹无趣，说不定她会跑得更快！所以他先追上再说。

两个人的速度都如流星赶月，到底雪衣澜的功夫高一些，眼看快要追上的时候，他鼓足勇气正要开口，却忽然发现宁雪陌周围的空间忽然开始扭曲，原本湛蓝的天空变得幽深，出现一个大洞。而宁雪陌毫无所觉，身形直接钻入那幽深黑洞之中不见了。

"陌陌！"雪衣澜大叫一声，一狠心，也向那幽深黑洞飞去。

只是那大洞出现得突然，消失得也突然，尚未等他奔到跟前，那幽深黑洞便消失了，天空恢复正常，仿佛什么也没发生过。

雪衣澜一颗心几乎沉到了地底！

他常常穿梭空间之门，自然听说过这种幽深黑洞，这也叫死亡消融之地，是一个极诡异的地方，凡是误闯入的修仙者或者魔者都失踪了，再也没有出现过！

谁也不知道这幽深黑洞里到底有什么，更不知道误进入里面的人会遭遇什么意外。无论仙界还是魔界，抑或妖界都把这个地方设为第一禁地，避之唯恐不及。没想到宁雪陌会无意中闯到那里面去！

雪衣澜要急疯了，在空中团团乱转，试图再将那个幽深黑洞找出来，然后冲进去捞人。

就算他冲进去再出不来，那也总比她一个人孤零零待在里面强！

第四章　重回现世界

一天、两天？也或者一个月、两个月？

宁雪陌自己也不知道在这陌生的地方闯了多久，更不知道自己到底飞行多久了。

在这里，时间仿佛已经停止，也没有白天黑夜之分。她仿佛已经变成宇宙尘埃，一切都身不由己。

以她现在的功力虽然不容易感知空间之门，但好歹她第六感极强，又随着那两位时空穿梭过那么久，对空间之门还是比较清楚的，知道它们一般存在于什么地方。

但现在，她已经找了这么久，却依旧没看到任何空间之门的影子。

在这些地方呼吸修仙者靠的是体内念力的转换，换言之，在这里面飞行，她的念力消耗非常快。

一旦她体内念力消耗殆尽，她便无法呼吸，会被活活憋死，真正变成无知无识的宇宙尘埃。她这么死了的话，那就是真正魂飞魄散，连转世投胎也不能。

体内的念力已经消耗了足足五分之四，她的飞行速度变慢，身体也开始有不适的感觉，大脑因为缺氧也变得有些晕沉。照这样下去，再过三四个时辰，她尚不能找到空间之门的话，就可以在这太空之中安息了！

她心中绝望，暗叹了一口气。

自己和大神是不是注定生生世世无缘？

她好不容易解开点心结，好不容易下定决心想去找他，没想到会碰到这种状况。

如果她无声无息地死在这里，只怕没有任何人知道。他当然也不会知道，只怕

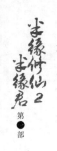

还以为她和雪衣澜一直在空间穿梭玩儿，就算三五百年不见他也不会想到她是出了意外。

胸口越来越憋闷，眼睛也开始一阵阵发花，她嘴角露出苦笑，没想到拼命了这么久，奋斗了这么久，最后落了这么个结局。

神九黎——我和你终究是无缘的，我欠你的再还不上，而你欠我的你不知道……

再过九百年后你会彻底忘了我这号人物的存在……

神九黎，我忽然好羡慕你这九百年一沉睡、沉睡十年忘记一切的设定，那样开心也好，失望也罢，睡醒一觉后都成了浮云。

她已经昏沉得不知道自己是继续飞行还是就在太空里飘着。

当黑暗再次袭来的时候，她闭上眼睛正要认命在这里灰飞烟灭，肚腹处忽然动了动，像是有一只小手在里面抓挠了一下。

那感觉太强烈，让宁雪陌濒临昏迷的大脑再次运转。她恍惚觉得肚腹之中有一股气息自动生成，在体内迅速流转，让她不用呼吸也不再感觉憋闷。

怎么回事？

难道她体内的那个魔萝莉还没消失，对方不想随着她魂飞魄散，所以再给她一把力？

宁雪陌下意识内视了一下丹田，丹田内毫无异常，依旧像普通时候一样。

她愣了愣，再次闭目内视肚腹处刚刚动了一下的地方，终于发现那个地方是——子宫。

她的子宫内似乎有活的东西……

宁雪陌一颗心激跳起来！明白子宫里有活的东西代表的是什么。

她有些不敢相信！

她和大神就滚过一次床单，难道就中奖了？！

可是……现在距离那次滚床单都三个多月了，她又在寒冰炼狱中炸裂过一次重组，还在铜鼎内被煮了又煮……这么折腾下来，就算她当时怀上了钢铁宝宝也被折腾掉了吧？！

再说怀孕以后都会有孕吐之类的妊娠反应的，她却没有任何不适反应，肚腹处也一直平平的。

至于"大姨妈"，她貌似从来了这里以后就没正常过，三月一次、两月一次很常见，有一次甚至是半年才来。

所以她一直没注意月事的变化。

现在想想，她和神九黎滚过床单之后，确实一直没来月事。

难道——她真是怀孕了？！

她集中全部精神去内视子宫，隐隐看到里面确实有一个小小人儿，和用B超看到的图像有些大同小异，勉强能看出头尾，真的是胚胎……

她真的怀宝宝了！

在这一刹那，她感觉全身的热血都在上涌，所有的精神也都回来了！

她不能死！

她现在不再是一个人了，而是两个人，为了肚中的宝宝她也要拼命活下去！

她轻轻抚上小腹，仿佛是有心灵感应，那里居然又动了一下，像是有一只小脚踹了踹。

宁雪陌胸中一热，热泪瞬间盈眶！

她暗吸了一口气，再轻柔地揉了揉那里："宝宝，我一定带你离开这里！一定要让你见识到这个世界！你的老爹还不知道你的存在，怎么也得让你见见他……"

小腹处又微微鼓了鼓，像是肚中的小家伙撅了撅小屁股。

宁雪陌嘴角不由得勾出笑意，眼睛却莫名发酸。

为了孩子，她拼了！

不过让她稍稍有些奇怪的是，正常人的孩子都是四五个月以后才有胎动，而她家宝宝满打满算也不过三个月，居然就如此活泼，在这个时候出现胎动，提醒他的存在。

或许是这个时代的人都发育超前吧？

更何况他的父亲是神，而她也将要达到天阶进入仙之一列，孩子发育成这样也不算太奇怪。

她像打了鸡血似的，又开始振奋精神寻找空间之门。

或许是她命不该绝，也或许是她腹中的宝宝带来的福气，约莫半个时辰后，她终于感知到一点儿空间之门的信息。

这个空间之门虽然不知道通往哪里，但毕竟是一个希望，总比待在这里等死强，所以宁雪陌拼命扑过去。

眼前蓝光骤然闪亮，她一个跟头跌入一个闪烁着无数碎片的大旋涡中。

各色风景、各色人物、各色建筑……像旋风般在她眼前呼啸而过。

旋涡中有飓风，那飓风卷着她飞旋、拉扯，她感觉自己要被扯散了，疼得难受，下意识抱住肚子，护住孩子……

她家宝宝来之不易，绝对不能让他在这里面有闪失！

她也不知道在这旋涡中转了多久，或许是一刻钟，也或许只是短短一瞬，她终于

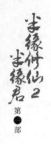

转出旋涡，眼前现出蓝天白云。

蓝天白云？！！

她居然看到蓝天白云了！

而她就在这蓝天白云间飞坠而下。

她也来不及思索，立即运转念力，在空中稳住身形，有天风向她迎面吹来，凉爽宜人，空气中有她熟悉的味道。

那种独属于她曾经那个时代的空气味道……

她呆了呆，下意识低头一瞧，身子僵住！

她现在身处五六千米的高空，向下看，只见一栋栋楼房比火柴盒还小，在下面排列有序，车河蜿蜒，灯光闪烁比天上的星星还明亮……

这是——她整个人都呆住，不相信地睁大眼睛。

这是她曾经魂牵梦萦的地方，她自己的时代！她……她回到自己的时代了？！

她双腿忽然有些发软，在空中险些站立不住。

轰——巨大的轰鸣声忽然由下方极远处传了过来。

她循声望去，现在目力惊人，自然能看到极远的地方，一架波音客机自下方斜飞而上……

宁雪陌甚至能透过飞机那小窗看到里面的人，一个五六岁的孩子脸贴在窗子上，正吃惊地看着她，小嘴张得溜圆。

糟！如果让飞机上的人看到她飘浮在空中的身影，只怕又成一大新闻！

宁雪陌立即隐了身形。她重回这个世界了，又要怎么离开呢？

这里的时空之门似乎和任何地方的都不一样。

宁雪陌本来想在天空转转，再找其他时空之门的，后来一想，既然难得回到自己的世界，倒不如看看那些朋友。

她其实很好奇当年一睡不起后，她的那些朋友是如何处置她的。

她在现代的身子还活着吗？

抱着这一团疑问，她很快就确定了所在地的坐标，然后便向曾经的小窝飞去。

她曾经的家是个颇为诗情画意的住宅小区，这一路她自然又见到了许多熟悉的东西。

城市闪烁的霓虹、如星星般流转的车河、明亮的路灯、城市的街心花园、在夜色中徜徉的各色打扮的人群……一切都那么熟悉，熟悉得让她心悸。

她从来不知道自己思乡情结也会如此重，乍回故乡让她心里也说不上是酸涩还是欢喜，百般滋味涌上心头。

她并没有急着回家，而是在街上漫步，看灯、看建筑、看人……

看够了，她才慢慢回自己的家。

小区依旧是那个小区，甚至小区的保安也还是那几个。

一切都没改变，仿佛她从来没有离开过。

她已经看过日历，离她穿越的时候也仅仅过了一年而已。

一年的时光对大部分人来说不算什么，但对宁雪陌来说，仿佛是过了一个世纪。她感觉已经和这个社会脱节了……

她不想直接露面，依旧隐身进去，回到自己的那个单元。

门锁着，门口的装潢没变，不过换了门锁。

她心中一沉，隐身打开门，然后站在那里，一时无法形容自己的心情。

屋内一切都没变，她的家具、她的玩偶，都好端端在那里，甚至门口鱼缸似的水墙也在，缸内那几尾地图鱼还在活泼地游动。

屋内收拾得很干净，仿佛她还是居住在这里，从未离开过。

她又走入卧室，第一眼看向自己的大床。

大床仍在，她清楚记得这张大床是穿越前购买的，她喜欢这大床古色古香的质地和颜色，所以便以不菲的价格买了下来，却没想到刚刚在上面睡一晚就穿越了。

现在大床还在，甚至被褥也是她曾经睡过的被褥，叠放得很整齐，上面自然没有她的身体。

宁雪陌吐了一口气，她还以为能在这上面看到睡美人似的自己……

或许自己在这个世界已经死了吧？

她在屋内转了一圈儿，发现了其他女孩子的衣裙、鞋帽、化妆品、护肤品等杂物，很显然，这里现在的主人也是个女孩子。

宁雪陌缓缓坐在沙发上，看着这里的一切，一时有些失神。

屋外门锁一响，房门再次被人打开，一位打扮随性、看上去懒懒散散的漂亮女孩子走了进来，看上去二十岁左右，面孔陌生，宁雪陌并不认识。

那女孩子一进来就似一惊，然后目光落在沙发上，抿了抿唇："谁在那里？"

宁雪陌有些诧异，她明明隐身了的，这女孩子能瞧见她？

那女孩子向前走了两步，在宁雪陌身前不足四尺处站定："现身吧，我知道你和我一样同是女孩子，是原主人吗？"

宁雪陌挑眉，索性现身出来："你怎么猜测出来的？"

那女孩子后退一步，明亮的眼睛在宁雪陌身上转了转："真的是原主人啊……原来你长得比照片还好看。你是冤死的吗？这次回来是有未了心事？"

原来她把自己当成鬼魂了……

把她当成鬼魂也能这么淡定，这个女孩子也不简单呢！

宁雪陌和她谈了几句，弄清楚了这女孩的底细。

她叫白允，医科院的高才生，刚刚博士毕业，学的是法医。

从白允口中，宁雪陌知道了自己穿越后所发生的事情，一年前的自己属于睡死在床上，当时闹得还挺沸沸扬扬的，如果不是她的朋友阻拦，她的尸体只怕会被弄去做法医解剖鉴定。

白允当时正好因为找房子路过此地，难得凑热闹上前看了看，看出她是死于心源性猝死……

"你朋友真多，那一天来了好多人，都很伤心，好多人在哭……"白允为当时的情况做总结。

"我那……尸体呢？"宁雪陌有一种诡异之感，短短数日之间她竟然看到自己死过两次……

"被你的朋友抬上直升机弄走了，那开直升机的小伙子哭得最凶，直接把你抱上去的，谁也不让碰，谁碰要和谁拼命的样子。"

宁雪陌无语，已经猜出弄走自己尸体的人是谁，她最忠心的下属，一位拥有娃娃脸的神枪手，还是个机械天才，有些狂傲，曾经明目张胆地追过她，被她削过几次也百折不挠……

最让宁雪陌印象深刻的一次是他在海上开着直升机时向她表白，并言明如果她不答应，他就载着她一起扎入大海殉情，结果被宁雪陌干脆利落地一脚踢了下去，让他直接洗海水澡去了。

宁雪陌上下打量那白允一眼："你明知道这房子的主人是横死的，你怎么还敢来住？他们把房子卖给你了？"

白允一笑："我不怕鬼。再说你这房租金便宜，我穷。你的朋友租给我的，唯一的要求就是不改变这屋里的任何东西。"

"你不单单是法医这么简单吧？"宁雪陌瞧着她。

白允想了想，递给她一张名片："这是我的第二职业，如有需要，请多关照。"

宁雪陌瞧了瞧那名片，终于得知她的第二身份，白氏驱魔人，怪不得她胆子这么大，不怕鬼！

宁雪陌是知道这白氏的，和驱魔伊家并列，不同的是伊家招收外姓弟子，而白家只家族传承，而且还传女不传男。

宁雪陌干脆抱臂看着她："你觉得我是鬼？"

白允摇摇头："不是，不过，你也不是真正的人，你身上的气息和我的几个朋友很像。你不会是穿越了吧？魂穿？"

宁雪陌："……"

大概是读到了宁雪陌眼中的好奇，白允笑了："不必诧异，我有几个朋友就是能够自由穿越时空的，所以对这个比较熟悉。"

宁雪陌心中一动！

自由穿越时空？！那她是不是就不用再去找空间之门，而是直接穿越回去了？！

她又和白允聊了一阵，从白允口中知道她那几个能够自由穿越时空的人借助的是一个叫轮回盘的东西。

自己的时代虽好，宁雪陌此刻却归心似箭。她还要去找大神，怕晚了又会出什么变故！

宁雪陌不想绕弯子，立即表示自己对轮回盘感兴趣，希望能买一个云云。

白允也是个痛快人，点头答应了，说替她联系。

女孩子之间很容易成为朋友，宁雪陌作为曾经的特工，虽然戒心比较重，但她对这个名叫白允的女孩子有特殊的好感，潜意识中觉得她可交。

而她的第六感也从来没出过错，所以半小时后，二人已经成为朋友，在餐桌前开始吃夜宵。白允叫的外卖很好吃，巧的是也符合宁雪陌的口味。

她已经很久没吃过自己这个时代的东西，现在再吃到嘴里，尝到那熟悉的味道，有一种恍若隔世的错觉。

白允开了一瓶红酒，正要给宁雪陌斟上，宁雪陌摆手："我现在不能喝酒。"

白允眼睛一亮："你怀孕了？"

小姑娘还真不是一般聪明！

宁雪陌点头。

白允眼睛更亮："你这么急着想要回去，是因为舍不得孩子的父亲？"

宁雪陌笑了笑，倒不避讳："是啊，我不能离开他。"

"那你到底是怎么回来的？你老公知道吗？"

宁雪陌顿了顿，摇头："我穿越回来很偶然……他不知道。"

"哎呀，那他大概找你要找疯了！"白允喝了一口酒，扼腕。

宁雪陌笑了笑，没说话，心头却有些苦涩。

神九黎会找她吗？

大概——不会吧！

二人又说了一会儿闲话，晚上宁雪陌就在这里住了下来，毕竟曾经是自己的屋

子，睡得踏实。

白允笑道："你这房子里的东西我都没动，大床也没敢睡，我一直睡隔壁客房的，你有事叫我一声就成。"

宁雪陌自然答应，二人便各自睡了。

外面繁星漫天，宁雪陌躺在大床上，明明已经很疲累了，却没有一点儿睡意。

翻来覆去一会儿，她双手又抚在肚子上，轻轻叹了口气："宝贝，说不定明日我就能带你去看他了。不知道当他知道你的存在时会是什么反应？"

她想了想神九黎有可能的反应，发现——想不出来！

宁雪陌再叹一口气，抱着被子滚了滚，继续和肚中的小宝贝说话："不知道他信不信我的解释……对付失忆的人真费脑筋！对了，他有读取人记忆的能力，到时候我就豁出去让他读取一下，说不定什么都解决了！"

想到这一点，宁雪陌松了一口气，抿了抿小嘴，又觉得有些委屈："他其实挺对不起我的，等一切解释清楚后，我会让他求我留下。哼，他如果再傲娇，我就再也不理他了！宝贝我带你远走高飞。"

腹中又动了一下，像是小宝贝在肚子中附和她。

宁雪陌心情大好，轻轻揉了揉肚子："宝贝你真是妈咪的贴心小棉袄！你到底是男孩还是女孩啊？"

她想了想，干脆又用内视之法轻轻探测自己肚中的宝贝……

片刻后，她放弃了。

肚中的宝贝太小，还看不出男女。

不过，这么贴心，应该是个女孩儿吧？

碧草一望无垠，山清水秀，大树参天，有云雾时时在脚下环绕，如同神仙福地。

宁雪陌站在草地上有些发蒙，这里是哪里？

她忍不住往前走了走，云雾中有各色狐狸出没，白色的、红色的、青色的，或拖六尾，或拖八尾，煞是好看。

自己掉进狐狸窝来了？

宁雪陌边走边浏览景致，前面忽然传出一声清脆的呼叫："哎呀，这里有个人！"

这一声呼叫过后，那些在草地上嬉笑追逐的大小狐狸忽然全变幻成人形，有男有女，有长有幼，个顶个的漂亮好看。

"在哪里？在哪里？"

"什么样的人？"

"……"他们纷纷笑闹着，向传出声音的地方跑过去。

原来这些狐狸都是修成人形的。自己这是跑到聊斋里了吗？

宁雪陌想了想，也跟着跑了过去。

前面男男女女围成一圈儿，叽叽喳喳的，好不热闹。

"呀，是个男人！好漂亮！"

"是啊，比我们这里最好看的音九辰还要好看！"

"咦，他受伤了！他袍子上好多血……"

宁雪陌心中一动，仗着这里的人都看不到她，干脆挤进人群去看，终于看到了里面被围观的受伤男人，整个人瞬间僵在那里。

神九黎！

闭目躺在那里的人居然是神九黎！

他脸色有些苍白，那一身如雪的白袍下端血迹斑驳，很显然受了重伤。

他已经晕了过去，并不知道自己被一群狐狸围观。

宁雪陌目光盯在他白袍上的血迹处，恨不得撩开他的袍子瞧一瞧，看看他的伤势到底咋样。

看这伤像是在肚腹处，难道……难道是自己刺他那一刀的关系？！

宁雪陌手脚有些凉，一横心冲过去，奔到他身边，抬手就想触摸他白袍下的伤口，手指却自他身上透过去……

她能看到他，却无法触摸到他。

她心中大急，再次不甘心地抬手，尚没碰到他的衣袍，忽听有人叫了一声："哎呀，他醒了！"

宁雪陌手一抖，忍不住抬头看向他的脸，果然看到他睫毛轻轻颤了颤，缓缓睁开眼睛，那一双深蓝如海的眸子，和宁雪陌的眼睛对了个正着！

宁雪陌心跳如擂鼓，张了张嘴，却发现发不出声音，心里一急，眼前的一切全部消散，她自睡梦中醒了过来，抬手摸了摸额头，一脑门的汗。

她坐起身，心脏还怦怦乱跳。她居然真的梦到他了，还梦到他受了重伤……

有人说，梦是人思虑过度的结果，大概她刺了他那一刀后，心里有所牵念所以才会梦到这个，做不得真的。

神九黎那么大的本事，自己刺他那一刀也没刺到他的要害处，以他的能耐，想要痊愈那是分分钟的事，绝对不会弄到如此狼狈的地步。

更何况他就算受伤也是在不老国，怎么又会跌到狐狸窝去？

梦！果然是梦！

自己大概是怕他被狐狸精勾去，又对刺他那一刀有愧于心，两相作用之下，才会做这样一个梦。

她虽然如此想，到底还是有些不放心，心中火烧火燎的，恨不得一步赶到天音峰上去。

宁雪陌以为，只要弄来轮回盘，要想穿越回去那是分分钟的事，却没想到事情远远没有她想的那样简单！

白允确实为她带来了轮回盘，而且还带来了一位大名鼎鼎的驱魔师。

据说他是已经穿越过无数时空的狐仙，有个略女性的名字叫花抱月。

这位驱魔师极美，美得让人分不清他的雌雄。他长相骚包，性子也颇为骚包，一进门那一双水波潋滟的桃花眼就落在宁雪陌身上，上下打量几眼："小姑娘，是你想穿越时空？想要轮回盘？"

宁雪陌："……"

如果不是白允提前做了介绍，宁雪陌几乎以为这位花抱月驱魔师是江湖郎中卖野药的！

她点了点头，答得干脆："不错，我想回之前穿越过去的那个时代。"

花抱月笑了，春风满面，在沙发上坐下："来，告诉我，你想要穿越的是哪个时代？距今多少年？最好要确定到哪月哪日，这样才能确定无误。"

"……"宁雪陌说不上来。

她穿越的那个时代不是历史上任何一个时代，她甚至不知道那个时代是在这之前还是之后，遑论什么年份了。

花抱月看她的表情，似乎明白了什么："是在历史上没有的？"

宁雪陌点头。

"呃。"花抱月微微凝眉，"那也不要紧，我问你，你穿越前出现的那旋涡是什么颜色的？我可以根据旋涡颜色来判断大体年限，上下不会相差两三年。"

宁雪陌一脸茫然："什么旋涡？我……我是睡着觉忽然魂穿了，一觉醒来就在那个时代……"

"……"花抱月咳了一声，"原来是魂穿，嗯，这个有些麻烦，所需要的费用应该会更高些。"他转头问白允，"小白，你和她谈好价钱了吗？"

白允："没有，她是这屋子的原主人，花大哥，我和她一见投缘，你就帮她这一次吧。"

花抱月看看这房子的布局，再看看宁雪陌："原来你就是这屋子里那位猝死的小姐……好吧，看在小白住在你这里，租金足够便宜的分上，我给你算便宜一些。事成之后，你就把你这幢房子抵押给我做报酬吧。"

宁雪陌："……"这家伙确定不是神棍？

他说得好轻描淡写！

她的这幢房子足足有一百八十平方米，还是高档小区，均价二十万每平方米，数千万的房产他还是算便宜些的？

这家伙确定有什么轮回盘？而不是做个套子想忽悠她的房子？

花抱月什么样的人？人精一样！宁雪陌一个眼神他就能猜测出她心里大体想的是什么。

他勾唇一笑，自兜里掏出一个黑黝黝的罗盘，在掌心里掂了掂："我花抱月做生意一向童叟无欺。制作轮回盘成本高昂，所耗灵力也多，每一枚售价最少五千万人民币，那还是穿越历史上有名的那些年代。历史无考的所需费用更高，最高的一枚我卖了一亿，直接送他到侏罗纪了……"

宁雪陌抽了抽嘴角："阁下是开穿越公司的？"现在有钱人这么多，如果真有这样的公司，想要花巨金尝试的人肯定大有人在。那历史的天空会不会被穿成筛子？穿越的人会不会像下饺子一样多？

花抱月微笑："我的轮回盘只渡有缘人，不是有钱就可以的。"历史的规律他还是要遵循的，要不然岂不是乱套了？

花抱月一笑，简直像春暖花开，几乎能晃花人的眼睛。

宁雪陌脑中瞬间浮起两个字：妖孽！

没想到自己这个时代也有如此妖孽的美男，和神九黎相比简直也不遑多让……

想起这个名字，宁雪陌心里一暖又一酸！

她暗吸一口气，现在只想回去和神九黎摊牌，对这个时代的房子早已不放在心上。

她只是怀疑这个花抱月是否真有这个手段而已。

宁雪陌看了看花抱月手中的轮回盘，敏锐地感觉到这轮回盘上汹涌的灵力……

她又和花抱月交谈了一会儿，花抱月舌灿莲花，有问必答。

而宁雪陌也是常和人谈判的，一番交谈下来，终于确定花抱月所说应该八九不离十，为了回去，她赌了！

花抱月显然是个准备周全的，连合同也带来了。

双方约定，如果花抱月达到宁雪陌的目的，一个月后这房子便彻底归花抱月所有。

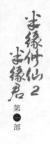

反之，花抱月不但得不到这房子，还要倒赔宁雪陌三千万元。

宁雪陌有自己的打算，如果她成功穿越回去，就不会再回来了，这合同自然就会生效。

如果没成功，她也能反悔……

这合同果然童叟无欺，很是公平。

而白允就是他们这纸合同的见证人。

双方谈妥一切，花抱月微笑，上下打量了一下宁雪陌："你现在这身体是你穿越后的身体？"

宁雪陌点头。

"和你原先的身体有何不同？"

"相貌一样，唯有年龄不同。"宁雪陌大体说了在那边修炼时的情况。

花抱月目光微动，站起来围着她转了一圈儿，沉吟片刻，忽然石破天惊来了一句："这具身体其实就是你的。"

宁雪陌："何以见得？"

"你和这具身体的气场极为相合，压根不像是附体能做到的，只有是你的原身体才能达到如此契合的程度。"

"可我明明是附身的，当时这具身体才十三岁，个头矮矮的、瘦瘦的……"宁雪陌明显不信。

花抱月摇了摇头："具体是怎么回事我也不清楚，看情形倒有些像是在那边有人为你换体了，或许你才穿越过去时是别人的身体，但后来就不是了。"

宁雪陌一愣，想起了当年在寒山月的天师府泡了一个澡就泡大好几岁的事……

难道神九黎的那个温泉有这个功能？

花抱月敲了敲桌子，一脸认真："来，来，你和我说说那个时代的事，风土、人情、衣着、习惯……说得越详细越好，这样方便我做出最好的判断。"

这个倒是难不倒宁雪陌，再说这个也没什么好隐瞒的。

她在那边做的功课也不少，对那个大陆的风土人情可以说了如指掌，便说了出来。

当然，她着重说的是大陆形状、构造、国家布局等，私人的事提得极少。

花抱月越听眉头皱得越紧，待宁雪陌说完，他坐在那里沉吟半天不语。

宁雪陌不了解花抱月的性子，白允还是很了解的，终于插嘴："花大哥，有什么困难吗？"

花抱月微微叹息一声，再打量宁雪陌一眼："你这个穿越……有点不靠谱。"

宁雪陌不语，和白允一起听他解说。

等花抱月说完，不但白允听得呆住，就连宁雪陌也有被雷劈中脑门的感觉。

按花抱月的说法，她穿越的根本不是历史时空，甚至也不是地球，而是另外一个世界……

宇宙茫茫无数星系，不只地球上有生命，这是人人都明白的事实。

花抱月这些年一直研究地球历史，抱着轮回盘不知道穿越了多少次，甚至地球才形成的那个时代他也去过。可以说没有人比他更了解地球各个时期的历史，包括没有文字记载以及已经被历史长河淹没的，各个历史时期的具体事件他或许不那么清楚，但各个时期地球大陆的构造他还是门清的。

宁雪陌所说的这个大陆构造他从来没在地球上见过，任何时期都没有。

所以她穿越的地方应该是个类似地球外星空某个星球，甚至超出他所知的任何一个星系。

那里自成一种体系，神也好，仙也罢，都和这个世界没什么关系。

甚至天帝也不是一个，和这边的世界根本不搭边。

宁雪陌听他说完傻了片刻，不太相信："不是吧？那边的大陆虽然构造和这边的大陆不同，但我能看到太阳、月亮和星星的，甚至他们说的话也是汉语……如果不是地球，不可能如此相像！"

花抱月道："你听没听过镜世界？"

啊？宁雪陌表示茫然。

花抱月叹气："传说这世生万物什么东西都是成双成对的，星球也一样，有一个地球，就有一个和它极度相似的伪地球，如同在镜中看到的一样。但它们不在一个空间，而是在两个空间内。这两个空间是不相连的，在星空中你也不会看到，甚至谁也不知道谁的存在。偶尔磁场发生巨大改变，两个空间之中会出现一个通道，譬如旋涡、黑洞等，一旦出现，就会吸走正好出现在附近的事物，把一个空间的东西吸到另一个空间去……"

看来花抱月没少研究星空知识，侃侃而谈，把在场的两位女士说得有些晕头转向。

白允听完直接问了一句："花大哥，你不会是忽悠我们的吧？你说宁姐穿越到镜子里去了？"

花抱月摸着下巴道："错，是镜世界，不是镜子中。我原先对这个说法也不相信，但看到她的遭遇，相信了。"

他目光转回宁雪陌脸上："宁小姐，你在寻找空间之门的时候可发现什么

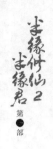
异常？"

宁雪陌想了想，恍惚记起自己离开那个封印自己前世身体的星球时，飞升到空中，天空似乎猛然暗了暗，但她当时正走神，也就没注意，后来无意中看到陨石带就停下来撒了骨灰，然后出神……醒过神来才发现所有的事物都变了！

难道自己就是在那个时候无意中回到了属于这边的空间，然后找到了空间之门回到自己的时代？

花抱月的这个说法虽然匪夷所思，但似乎也不是不可信。

再说宁雪陌现在关心的也不是这个问题，而是另外一个："花先生，那我能不能通过你这个轮回盘穿越回去？"

花抱月望着她，回答了她两个字："极难！"

宁雪陌："……"那原先的合同都白签了？！

她不死心道："那应该也是有希望的吧？"

花抱月似有些为难，站起身来在屋子里溜达。

白允认识他数年，还是第一次见他神色如此凝重，她本来在那里悠然喝茶，这个时候也不喝茶了，目光忍不住随着他转，问了一句："到底有多难？"

花抱月没回答她，而是转头看向宁雪陌："我劝你还是打消这个念头吧，这生意我不做了。"

"……"宁雪陌脸色微微发白，轻吸了一口气，"为什么？"

花抱月道："我的轮回盘只能穿越地球各个时期，不能穿越镜世界，你回不去了。"

她竟然回不去了？！

宁雪陌手指发凉，脑中泛起神九黎的影子。自己和他真的如此有缘无分？！以后自己再也不能见到他了？

不！不会！一定会有办法的！

她看向花抱月："花先生，你刚才说的是极难，但不代表没有一点儿希望对不对？"

花抱月却不再看她，抬腿就走："不，没有一点儿希望！你还是死了这条心吧！"他一转身居然直接消失了。

宁雪陌缓缓坐下，一言不发。

白允似也没想到花抱月居然会走得如此干脆，愣了愣，沉思片刻，安慰宁雪陌："雪陌，其实未必一定要回那个时代，你想想那个时代那么落后，思维古董，一夫多妻制，冬天没暖气，夏天没空调……"她说了一大堆那个时代的坏处。

宁雪陌闭了闭眼睛，心中酸涩。

她对那个时代始终没兴趣，才穿越到那里的时候她也是千方百计想要逃离，做梦都想回自己的时代。但自从遇到那个人，爱上那个人，她已经把他所在的地方当作家……

他在哪里，哪里就是她的心之归处。

原来——她已经爱他到这个地步！

原来——自己已经泥足深陷到无法全身而退。

神九黎，神九黎……你会不会也在想我？会不会？

你甚至还不知道我已经有了你的孩子……

为了给宁雪陌排遣排遣，白允干脆拉着她出去游玩。

逛街、蹦迪、唱KTV、购物、看电影……凡是女孩子感兴趣的她都带着宁雪陌去玩去逛。

让她再尝在现代的好处，不必再想那落后的地方，还时不时劝她两句，什么人得学会向前看，学会随缘，珍惜现在才是最重要的；什么爱情算个什么，现代人谁还相信爱情啊；什么再相爱的人还有七年之痒呢，婚前爱个死去活来，婚后打个头破血流的有的是；什么现代帅哥多潮啊，多善解人意啊，干吗非要惦记一个古人……

总之，她一直向她说留在现代的好处以及回那个古代的不便处。

最后她还想起一个狠的："雪陌，你想想，你现在有宝宝了，生宝宝在古代那可是一件要命的事，一不小心就难产了，一不小心就把命搭上了，不像在这边，科学这么发达，万一宝宝不好生，还可以剖腹产……"

白允很热心，也确实是为她好，这些宁雪陌都明白，只是——

她心上像是牵了一条线，而线的那头在神九黎手里，她无论飞向哪里，心依旧被他掌控……

她也觉得自己太放不开，太不洒脱，不像自己曾经的性子。

而且神九黎还误会着她、伤过她、煮过她……她拼命想他所有的不好，想他对不起她的那些事，可是，她依旧没出息地放不下。

自己一定是中了他的蛊，一定是！

她整整考虑了两天，越想越不甘心。

所以，她还是得设法回去，还是得去找他，这蛊毒只有他能解开，不然她这一辈子只怕也不得安宁。

既然轮回盘这条路走不通，那她再试试其他路，毕竟她就是这么穿回来的，说不

定还能再用同样的法子穿回去。

"白允，我一定要回去，无论付出什么样的代价！"宁雪陌撂下这么一句，便转身离开了。

自那开始，宁雪陌又在天空中寻找，寻找那道时空之门。

她现在的飞行速度很快，一个月的时间几乎转遍了地球上各个传说有时空之门的区域。

但没有！

不知道是这个时代的时空之门太少，还是她寻找的法子不对，总之一个月的时间她一无所获。

天地悠悠，人海茫茫，明明是在这天地之间，明明都还活在这世上，她却再也找不到他，找不到回家的路……

下面海水奔滚，天空海鸟翻飞。

宁雪陌半浮在空中，心头一片冰冷。

这里是她所知的最后一个地方了，可依旧找不到。

她一向坚强，轻易不会流泪，现在却看着天边将要沉落的落日哭了出来，像个迷路的孩子。

这些日子她肚中的宝宝或许也知道她情绪不太好，不敢影响她，所以一直在她肚里安安稳稳的。偶尔在宁雪陌抚摸的时候，他才动一动证明他还好好的，其他时间几乎一动不动，比蛋壳里的小鸡还老实。

宁雪陌这几天心情太抑郁，只是不得发泄，也找不到发泄渠道。

现在一旦哭出来，她便再也忍不住。反正这里属于无人区，也没有人来旁观，所以她索性放开了哭。

神九黎，你混蛋！

神九黎，我想你……

神九黎，你为什么不来找我？

你不是无所不能的神吗？

你为什么猜不到我回不去？

为什么不来接我？

我回不去了！

她放开了声大哭，哽咽难言，头昏脑涨，一时哭得找不到北……

"你何必如此执着？"一个声音忽然在她身后不远处响起，声音磁性悦耳，很是熟悉。

宁雪陌吃了一惊，回头看去，身后一人悬空站立，白袍银发，面容俊美绝伦，一双桃花眼波光潋滟。

花抱月！

他今天穿的不是现代装，而是古装白袍，头发也束得很好，是古装样式。

他抬手抛过来一包纸巾："来，先擦擦，再美的美女哭起来也不好看。"

宁雪陌难得放开了哭，没想到还落入这个人眼中，有点讪讪的，不客气地接过纸巾，擦干净脸，顺便整理心情。

花抱月也不说话，抱臂看着天边的夕阳耐心等着。

女孩子哭的时候要么去哄，要么不去理她，就是不能盯着瞧。

"你真的是狐仙？"宁雪陌很快调整过来，她的脆弱不想让任何人看到，包括面前这位神棍似的驱魔师。

花抱月也痛快，身上白光一闪，唰的一声亮出九条狐尾，在他身后摇曳万千。

居然也是九尾狐！

宁雪陌想起了自己的前世，雪衣陌也是九尾银狐，只是后来为了夺得魔祖之位，换了红皮。

"你是妖，妖也能做驱魔师？"拜前世所赐，宁雪陌觉得九尾狐应该是魔或者妖之流。

花抱月一挑眉毛："妖？你觉得我身上有妖气？"

宁雪陌摇头："没有。"她倒觉得他身上有仙气。

花抱月满意地点头，桃花眼流光闪烁："这就是了，我是九尾仙狐，可是上仙。"

同样是九尾狐，差别怎么就这么大呢？

宁雪陌忍不住为自己的前世叹息，如果雪衣陌当年也能修仙，又何至于有后面这些乱七八糟的事？当然，也不可能有她宁雪陌的存在……

宁雪陌上下打量花抱月几眼，实在没想到自己这个时代原来也有神仙生活，还生活在大众之中。

弄清楚了花抱月的身份，宁雪陌好歹不拿花抱月当神棍了："你最近在跟踪我？"

花抱月没回答她的问题，而是叹了口气："我这人有个臭毛病，看到痴情种就不忍心……"

宁雪陌瞧着他没说话。

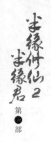

花抱月又看向天边夕阳:"再说白允那个丫头对你那房子很有执念,我又欠她个人情,所以不得不出来找你。"

宁雪陌心中一动,眼睛微亮:"这么说,你有办法?!"

"办法是有,不过极其危险,我不建议你用。"花抱月终于转过身来,俊脸上的表情难得严肃,"成功的概率只有百分之一,一旦不成功,你不但回不了你想回的地方,也回不来这个世界,说不定就变成一枚宇宙尘埃,连转世投胎也不能⋯⋯"

宁雪陌:"⋯⋯"

花抱月叹了口气:"所以我当时才说没有一点儿办法,想让你彻底打消这个念头,但没想到你如此执著,四处寻找空间之门⋯⋯这个世界的空间之门以乱流居多,别说你找不到,就算你找到了也不能盲目乱闯!因为有好多是标准的死地,一旦进入连个囫囵尸体也留不下。"

宁雪陌狠紧了唇,心头苦笑。

她明明是这个世界的人,却对这个世界上那些隐秘之法则毫不知情。

花抱月问她:"摆在你面前的有两条路,一,尝试我的法子,有百分之一的希望。二,放弃回去,安心待在这个世界,把那个世界的一切统统忘掉,一切重新开始。不要再盲目乱闯了!"

宁雪陌几乎不假思索道:"我选第一种!"

花抱月:"我觉得你应该再想想,我听白允说,你有了身孕,不为自己考虑,也得为宝宝考虑一下,你忍心让他还没来到这世界上就直接告别?毕竟风险极大⋯⋯"

宁雪陌身子僵了僵,不由得抚上了肚腹。

花抱月说得没错,她可以豁出去,但她的宝贝呢?

或者她该等生下孩子以后再尝试花抱月所说的第一步⋯⋯

花抱月一直看着她,将她的神情尽收眼底,知她心动,微笑道:"我们还是从长计议吧,你先回去⋯⋯"

他知道她现在打的什么主意,但他也明白女子的心基本都是水做的,等孩子生下来以后,她肯定舍不得离开孩子,说不定就留下不走了,总比让她冒那么大的风险强!

至于那个世界她的丈夫,能允许怀孕的妻子一个人在空中乱闯,以至于迷路,就说明他不是个好丈夫!就算着急,也活该他急死!

如果他花抱月的妻子怀孕了,他一定会时刻不离她身边,赶也赶不走!

可惜啊,灵汐直到现在也没有要宝宝的意思⋯⋯

他一时有些出神,目光无意中打量了一下宁雪陌的身形,心中忽然一动:"你家宝贝几个月了？"

宁雪陌怔了怔，回答："四个月零十天。"她和神九黎就滚了一次床单，自然把日子记得牢靠。

花抱月微微皱眉，再打量她片刻，忽然上前一步："把你的手给我！"

宁雪陌不知道他又弄什么玄虚："做什么？"

花抱月挑眉道："到了这个时候，你还怕我害你？难道你没听说过抱月神医的名头？"

宁雪陌一愣，她原先自然听说过抱月神医，他的医术在这个世界上是顶尖的，只不过人比较懒散，不轻易出手为人治病，而且处事低调，从不在新闻媒体上露面，知道他真面目的没几个人。

宁雪陌也是只听说过他的名头，没见过真人，倒没想到传说中那位派头大得不得了的抱月神医就是眼前这位驱魔师。

既然知道了花抱月的另外一个身份，宁雪陌自然也不再犹疑，当下伸出手去让他把脉。

花抱月眉头越皱越紧，宁雪陌自己也是大夫，不过她毕竟是第一次怀孕，原先又以治跌打损伤为主，并不懂孕期的事儿，看花抱月的神情，她也有点心惊肉跳："可有什么不妥？"

"你确定日子没错？"

"确定！"

"它有胎动是什么时候？"

"一个月前。"

"最近胎动如何？"

"几乎不动。"

花抱月不说话了，眉头皱得更紧。

宁雪陌瞧着他："到底有什么不妥？你直说吧。"

花抱月沉吟了片刻，叹气："你这情况有些怪——你的宝贝在这个世界只怕有些水土不服……"

还没出生就水土不服？

这……这是不是太扯了？

如果是别人这么说，宁雪陌不会相信，但眼前这位毕竟是上仙，还是神医……

在宁雪陌的追问下，花抱月终于说出他的推断："按照常规，它四个月以后才会开始有胎动，但你三个月就有，证明这宝贝发育超前，或许是他父亲身份比较特别？

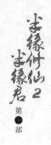

但你来到这世界一个月了，按照他的生长规律他应该发育得更好更强壮，胎动也更频繁才对，但他明显不是如此，这一个月他不但没长，似乎还缩小了不少。我刚才测了你的脉象，最多像怀孕两个半月的。"

宁雪陌脸色苍白，他最近不太动，她还以为他是乖，原来竟然是越长越小了吗？那再待下去他会不会胎死腹中？！

不对，他未必是水土不服，或许是最近这一个月她频繁寻找空间之门，一直没吃好睡好，这才耽搁了他的成长……

她把她的推断说了出来，花抱月缓缓摇头："未必是这个原因——这样吧，我们先回去，你好好养几天，然后再看孩子的发育情况。"

这确实是个良策，宁雪陌答应下来。

五天后。
花抱月再次造访。

宁雪陌这五天一直待在家中，抛开一切杂念，严格按照孕妇该有的食谱饮食和作息，就算没有胃口，也要吃一些，只盼着肚中的小宝宝能够健康起来。

这五天孩子胎动依旧极少，偶尔动一下也是轻轻的。

她甚至专门去医院做了B超，那里的大夫看过片子以后也说她的宝贝大约两个半月大……

她甚为忧心，几乎每隔半天就用内视法查看一下他的大小，他真的比一个月前小了很多，这让她分外愧疚。这几天她拼命吃喝，盼着能给他加点营养，但看效果，似乎并不好……

花抱月再次到来为她把过脉后，也说出了和她一样的推断。

她的宝贝确实每天都在变小！

看来她的宝贝真的和这个现代社会无缘，她如果继续在这个世界停留的话，她的宝贝说不定不用等着出生就会消失，所以——无论是为了肚中的孩子，还是为了自己，她都必须回去了！

花抱月也忍不住叹息："雪陌，你在那边到底找了个什么样的丈夫？这孩子在这个世界居然逆生长！"

什么样的？

一个神而已。

没想到神的孩子在那个世界怎么折腾也没事，来到这个世界没怎么折腾就虚弱了，逆生长了……看来神的孩子不是在任何世界都那么强悍的。

宁雪陌也在心里吐槽，不想再耽搁："我必须回去！花兄，你尽快施法吧。"

"雪陌，你这身体是属于那边世界的，所以我的法子是以你身上的血为引，开启轮回之路，送你回镜世界，但也只能送你回到那边的星空而已，你还需要自己再找空间之门才能回去。而且因为在施法过程中一些咒术的关系，这法子一旦开启，你就再没了回头路，你永生永世也无法再回这个世界了……知道了这些，你还确定要回去？"

宁雪陌闭了闭眼睛："确定！"

她很喜欢自己的世界，可是她更想回到他身边，更想让自己的宝贝健健康康生下来……

第四章　重回现世界

91

第五章　五星罗列阵

五星罗列。

宁雪陌没想到花抱月弄出来的排场会如此大，更没想到他叫来的帮手会如此多，更难得的是，这些帮手还大都是美得不得了的帅哥！

温文尔雅、风神俊秀的白子陌。

高大俊美、阳光优雅的风清扬。

懒散轻佻、邪肆入骨的风箫寻。

再加上嘴角含笑、吊儿郎当的花抱月，这四个男人站在一起，可以甩什么这爱豆（偶像）那长腿十几条街！

这几个人各有各的风采，如果不是宁雪陌已经在那个世界见惯帅哥，有些审美疲劳，或许她会被眼前这几人晃花眼睛。

这次花抱月叫来的帮手中，唯一一位女性是一位看上去二十二三岁、酷美洒脱的女子，穿着一身黑色衣裙，外罩风衣。

她穿的未必多名牌，但周身的冷冽气质，让人看一眼便难以忘记。

她先向宁雪陌做自我介绍，说得干脆："你好，我是伊灵汐，这次送你回镜世界由我来主导，所有利害抱月应该都和你说了，你现在后悔还来得及。"

宁雪陌微微一笑，回得也干脆："不后悔！"决定了的事她从来不后悔。

伊灵汐再看她两眼，眸底闪过一抹佩服。并不是每个女子都有这种勇气的，放弃安逸的生活，抱着百分之一的希望去冒这种险，一旦不成功就会死……

不知道那个世界到底是什么样的男子让她如此不顾一切！

那个男子能得到这种女子的爱还真是福气！

她想了想，将一块红色晶莹的小石头塞到宁雪陌手里："拿着它，或许你在最危难的时候用得着。"

那小石头只有指甲盖大小，呈心形，颇为圆润，握在手里微微发烫。

宁雪陌谢了一声，将石头郑重收好。这或许是她能带走的这个世界唯一的东西，她会留它到地老天荒，做个纪念。

山风凛冽，这里是珠穆朗玛峰顶端。

这种地方普通人或许寸步难行，但相对于在场的几个人，这里的风雪什么的都不是难题。

按伊灵汐的说法，他们在施法的过程中，需要的是绝对专注，不容许有任何外力干扰，甚至现代化的电磁波也不行，所以这个地方是最合宜的。

风雪中，五个人分坐五个方位，让宁雪陌坐在正中。

一切准备妥当，这才分别施法。

有五枚轮回盘自五个人的掌心发出，明明都是黑黝黝的轮回盘，但经过五个人发出时颜色却各不相同，分别为白色、绿色、蓝色、红色、黄色五色，对应的应该是阴阳五行金木水火土……

五道光波托着各色轮回盘飞到空中，在那里按照阵法团团疾转，五色光芒看得人眼花缭乱。

宁雪陌端坐正中，紧紧盯着头顶上空的五色光芒，握紧手指！

片刻后，那五色光芒旋转处渐渐出现一个金色旋涡。

宁雪陌飞身而起，按照伊灵汐提前嘱咐好的，十指连弹，每一个指尖都弹出一颗血珠，飞入那旋涡之中。

金色旋涡蓦然发出金红色光芒，这光芒直罩而下，将宁雪陌罩在正中，再团团疾转片刻，便慢慢消失了，再过片刻，就连金色旋涡也消失不见，天空恢复正常。

而那阵法当中，已经不见宁雪陌的影子。

那五个人缓缓收功，再过片刻后，五枚轮回盘落回各自手中。

五个人的脸色都有些苍白，很显然，开启这种阵法极耗人灵力，以这五人的本事竟然也有些吃不消。

花抱月看着那旋涡消失，轻叹一口气："总算不负她所望，我们竟然成功了！没想到成功如此容易……"

风箫寻哼了一声："由我们五个人坐镇，还有什么是成功不了的？"

他们五个人，一位曾经是魔界的老大，两位是驱魔界的翘楚，一位是青丘狐仙，一位是女娲之女……可以说是最强大的组合，他们一旦联合出手，鲜少有难住他们的事情。

这次开启上古之传送阵也不例外，据说开启这种阵法需要五位上仙同时出手才能有百分之五十的希望，而他们中，只有三位够得上这个级别，其他两人是不成的。所以花抱月当初才说只有百分之一的希望……

就连这古阵法的研究者伊灵汐也没想到能这么轻易成功，她看着宁雪陌消失的方向出神片刻，忽然道："我们这么容易成功或许和她的体质有关系。"

其他四个人一起向她看过来。

花抱月道："她的体质？我已经查看过，她的体质确实很不错，但尚未修成仙，功力应该和子陌他们差不多。古阵法上说，除非被传送者为上神级别的人物，才有百分之百把握……她明显不是上神，甚至仙还不是呢。"

风箫寻难得地也凝了凝眉："说实话，我总觉得她不太简单。"他刚才乍见她时心里竟然莫名一抖。这感觉虽然一闪即逝，却让他大为诧异。

当年他就是见了天帝也没有过这种感觉！

花抱月打了个哈哈："算了，人已经走了，不必讨论她是什么身份了。但愿她能成功回去，回到她爱的那个男人身边。"

他随手将伊灵汐抱住："老婆，你这回的功劳不小！你想要什么？"

伊灵汐似笑非笑地望着他："听说你这次趁火打劫了一套价值数千万的房产？"

"怎么能说趁火打劫？我这可是做的生意，天公地道、光明正大挣来的。"

"呃，你挣来房产，却要我们同为你出力，你预备怎么酬谢我们？"白子陌一向不吃亏，笑眯眯地看着花抱月。

他这句话得到其他两位男士的认同，于是三双眼睛纷纷看向花抱月，等着他给个说法。

花抱月头疼："你们一个个富得冒油了，还在乎这一笔？"

三位男士同时表示很在乎，找机会痛宰这位最喜欢赚钱、见钱眼开的花狐狸是他们共同的爱好。

最后，几人商定了由花抱月出资，请三位男士在京城畅玩十天为代价才算把这事平复下去。

京城物价贵，消费高！更何况这三位都是花钱如流水、贪图享受的主，所以这十天下来，没有几百万是过不去的。

花抱月很肉疼，伊灵汐抱着他的手臂："怎么这么一副如丧考妣的样子？你不是赚了几千万吗？分个几百万出来不为过吧？"

花抱月叹气："娘子有所不知，那套房产我不是为自己挣的，是给白允的。"说罢他颇为担忧地看着伊灵汐，怕她怀疑他有外遇，精神出轨。

伊灵汐俏脸上一点儿怀疑的意思都没有，她只是有些纳闷："白允有在那里长住的打算？"

花抱月点头："不错，她喜欢那里，而且想按照她自己的风格去装修。灵汐，你别多想，我只是还白允一个人情……"

伊灵汐拍了拍他的肩："事实是你多想了，我从来没多想过。该怎么做你自己去做便好，不必和我解释。"她转身和前面行走的三位男士说话去了，四个人一起商量要去哪里玩、住什么样的酒店……

花抱月："……"唉，他家灵汐就是太相信他了！他其实……蛮希望她能醋一醋的……

嶙峋的陨石带，极远处有一颗橘红色星球微微闪着光芒。

当宁雪陌看到这熟悉的一幕时，双腿蓦然一软，眼睛发酸发涩！

她终于找到熟悉的地标了！在这太空又飘浮了不知道多久后，她终于找到了回家的路！

花抱月说得没错，他们确实将她送回了镜世界，镜世界也是大得无边无际的，她才返回镜世界时也是一片茫然。因为她同样找不到熟悉的景物……依旧在星空之中。

到了这个地步，她只能拼命寻找，好在这个世界的空间之门还是比较好找的，在这期间她进了五个空间之门，到过五个星球，其中有两个是有生命体存在的，也就是说她能略微歇口气，恢复一下体力。等恢复得差不多，她就继续寻找。

太空之中没有时间概念，她自己也不知道到底穿梭了多久，到最后这一次的时候，她刚刚从一个不毛之地返回来，没有及时补充到呼吸所需的念力，念力岌岌可危，眼看又快不能呼吸，才总算又找到一个空间之门，穿过那个空间之门，她便到了这里！

在看清这边风景的那一刻，她心中长长地松了一口气！

极远处那颗橘红色星球就是不老国所在地！

只要看到它，她就能回天赐大陆所在的星球了，就能去日月宗，就能去找他……

她终于看到了希望！

"宝宝，我们终于回来了！

"宝宝，我终于成功让你回到适合你生长的地方了。你开心吗？"

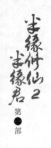

宁雪陌手掌轻抚上小腹，用意念和孩子聊天。

在四处穿梭寻找出路的这段时间里，她就是靠这个做精神支撑才撑到现在。

她抬手摸了摸自己的脸，太空之中有各种对人体有害的射线，她为了保存体力寻找空间之门，并没有在周身设置结界护体，只是用一小股念力护卫着肚腹，免得宝宝受到伤害。

这样下来，她的肌肤不可避免地变得粗糙，再不如往日那样细腻。

她不用照镜子，也知道自己此刻大概是黄脸婆模样，美不到哪里去，说不定还很丑。

不过，只要能回来，她就心满意足了，肌肤粗糙问题她回到地面时认真保养几天就能恢复过来。

她先到不老国转了一圈儿，恢复恢复念力和体力，又用内视法看了一下肚腹中的宝贝。小宝贝很坚强，她在太空折腾了这么久，它居然没再变小，甚至还有重新变得活泼的趋势。

她终于松了一口气，看来哪个时空便符合哪个时空的生物，她在自己的时代可以生活得风生水起，她的宝贝却不行。难道是现代地球污染太严重了？雾霾的影响？宁雪陌不怎么厚道地推测。

既然已经来到这里，她倒也不急了。

这不老国她来过好几次了，不过每一次都是和别人一起来的，现在只她自己。

其实一个人在街上溜达也很不错，自由自在，随心所欲。

不老国的东西有名的精致，宁雪陌原先来逛的时候，喜欢买一些首饰衣服以及各类美食。现在她却想买一些小孩东西，转了一圈儿没找到一家卖儿童用品的，这才想起来这个国度的人不老不死，但也不生不养，这里压根就没小孩，自然也就不会卖这类东西……

不过，她可以去服饰店定制！这里的人心灵手巧，她只要说好尺寸、大小、样式，他们一定可以做出来！

宁雪陌属于想到了就去做的，立即进了服饰店，找了那里的裁缝定制小儿衣服。

裁缝虽然感觉稀奇，但看了宁雪陌亲手画出来的尺寸后，爽快接了这个活。

宁雪陌现在有钱，自然财大气粗，一口气定了十几套，各种尺寸、男女的都有。这样无论她肚中的宝宝是男孩还是女孩，一出生就有漂亮衣服穿了。

这里的衣服料子极软极滑，宝贝穿着会很舒服。

大神美得不像人，而她也是美女中的翘楚，生出来的宝贝一定也美得逆天，她要将他打扮成小天使，抱出去人见人爱……

想到未来宝宝的样子，宁雪陌嘴角不由得露出笑容。

神九黎，没想到我也有给你生小猴子的这一天，看在你给我这么好的小包子的分上，我就大方地原谅你当初把我关寒冰炼狱、不和我商量就把我扔锅里的混蛋事，不过，你以后要补偿我，要做个好奶爸，哄宝宝玩，哄我开心……

一想到神九黎带小宝宝的样子，宁雪陌不由得失笑，那画面怎么想怎么违和，却又让她心里有温暖要满溢出来。

因为不老国的人做东西一向精致，所以宁雪陌定制的这些小衣服需要一个月以后来取。

这里的一个月相当于天赐大陆的一天，宁雪陌很痛快地答应了，并和裁缝商量好取衣服的日子，交了定金，这才走了出来。

她现在已经是地阶九级，修炼出来的储物空间虽然不如神九黎的那样大，但也能装一些杂物了。

原先她的储物空间里以丹药、毒药、兵器、衣物之类的东西居多，现在她的储物空间里却多了一些小孩子使用的小零碎。花抱月说，一个空间有一个空间的法则，所以不允许她带现代的东西回这个时代，她只好放弃了她事先给孩子购买的那些玩具枪、飞机、洋娃娃、小电子琴等现代化玩具，不过她在她的衣物里裹了几包尿不湿……

花抱月也就睁一只眼、闭一只眼让她蒙混过关了。

她在不老国大大采购了一番，又跑到灵力充盈的地方修炼了两天念力，顺便也修复自己已经粗糙的肌肤，都准备得差不多了，她才踏上回天赐大陆的归程。

近乡情更怯。

宁雪陌深深理解了这几个字的含义，因为她现在就是这种情况。

她这次回天赐大陆很顺利，当中并没有什么波折，她归心似箭，明明想直接去日月宗，但在接近那里的时候近乡情怯起来，足下一转，先去了临近佛莲山的小城。

小城富庶，百姓安居乐业，街道上有人流如彩潮流动，十分热闹。

宁雪陌原先曾经来这个小城无数次，深知这里的风土人情。大概是靠近佛莲山的缘故，这里的百姓修道的多，平时气氛是和平安详的，她倒是第一次见它这么热闹。

大街上无论男女每一个人都打扮得光鲜靓丽的，原先跑动的那些小商小贩也一个个身穿长衫，叫卖起来斯文文雅。

至于那些沿街的店铺更是一间间干净得不得了，门牌门匾擦得锃亮，像是新刷了一遍漆。

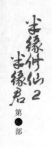

整个小城像是洗了个脱胎换骨的澡，干净得不像话，漂亮得不像话。

宁雪陌看到这样的小城却有些发蒙！

这小城是怎么了？换了一个有洁癖的城主吗？可城主也没这么大的威力让百姓脱胎换骨到这个程度吧？

宁雪陌亲眼见到原先一位超大嗓门的小贩在那里优雅地叫卖糖葫芦，几乎以为这小贩被什么秀才附体了。

她走上前买了一支糖葫芦，顺嘴问了一句："你这糖葫芦不错，我一直很喜欢吃，买你的好几次了。原先一直听你大嗓门地叫，让人容易找，这次怎么了？喉咙不舒服？"

那小贩笑，还文雅地弹了弹身上的长衫："小人喉咙很好，不过乐子音小姐不喜欢太吵嚷，所以小人不能再大声叫卖了……"

乐子音？这又是谁？

宁雪陌一头雾水，试探着问："乐子音是这里新任城主的女儿或者亲眷？"

那小贩睁大眼睛，上下打量了宁雪陌一番，目光如同看一个怪物："姑娘连乐子音是谁也不知道？"

这乐子音姑娘很有名吗？

宁雪陌表示自己出外游历很久，近期才回这里，确实不知道。

那小贩连连摇头，依旧一脸不可思议："你就算出外也应该知道这姑娘啊，在天赐大陆上行走的哪有不知道她的？"

宁雪陌："……"

她不过在太空迷失了一圈儿，回来居然变成土包子了吗？

这乐子音到底是何方神圣？可以成名到路人皆知的程度，还有这么多人为她做出改变？

她顿了顿，先问了问现在的年限。

待那小贩回答以后，宁雪陌瞬间无语了！

现在距离她离开天赐大陆居然已经过去十年！居然又一个十年过去了！

如果按照这个世界的年龄算，她现在岂不是已经三十三四了？！

恰好旁边有个卖首饰的摊子，那小摊上有一面镜子，宁雪陌二话不说抄起那面镜子照了照，终于又松了一口气。

镜中映出的依旧是粉嫩嫩的少女形貌，看上去和原先没什么区别，像十六七岁，美美的让人移不开眼睛，唯独肌肤粗糙了点。不过她只要再养上三天五天的，立即就能让皮肤水当当起来。

"姑娘，你真不知道乐子音姑娘？"卖首饰的汉子是个话多的，忍不住问了一句。

"不知道啊，她到底是谁啊？"宁雪陌随口问了一句，手指依旧在触摸自己的脸，盘算着用什么东西恢复起来比较快。

"她是帝尊大人最在意的人啊，帝尊的未婚妻，今天就是他们订婚的好日子。现在许多有头有脸的大人物都赶往佛莲山贺喜去了，我们这些小百姓自然无福去那里，所以就在下面打扮起来替他们添添喜气。"

那汉子心直口快，一旦打开话匣子便是滔滔不绝。

铛！宁雪陌手中的镜子掉在地上，摔成几片。

"哪个……帝尊？"她轻飘飘问出一句。

"还有哪个帝尊？咱天赐大陆不就一位帝尊？佛莲山日月宗的帝尊啊，他老人家居然动了娶妻的念头，这是谁也想不到的，才传出这消息的时候，大家也像你一样惊讶。唉，我这镜子很贵的，姑娘你得赔我几两银子……"

心像是在刹那间跌入地狱，宁雪陌手脚全凉了。她虽然极力镇定，但手脚还是忍不住发抖："那这乐子音又是哪里来的？"

难得这位姑娘给这么大吃惊的反应，那小贩也得意于自己话语的威力，便把所知道的像竹筒倒豆子似的全倒了出来："具体不知道啦，不过听说这位姑娘是位上仙，十年前帝尊他老人家亲自带回来的，这些年一直住在天音峰上。帝尊待她极好，常常带她出来游玩，小人也有幸看到过一次……"

旁边卖糖葫芦的摊主不甘心自己的话题被抢，也道："我也看到过，我还看到帝尊为她买了一支珠花，她戴上真是天香国色，漂亮得一街的人都看傻了……"

他们你一嘴、我一嘴，说得欢实，宁雪陌脑子里轰轰作响，后面的却听不真切了。

她随手将一锭大银拍在卖首饰的小摊上，转身深一脚浅一脚地走了。

十里长街，十里繁华。

大街青石铺路，明明极为平整，她却感觉脚下不平，时不时晃一晃。周围人流如织，欢声笑语在她身边经过，热闹无比，繁华无比。而她处在这样的人流之中感觉周身一阵阵发冷，孤单得可怕！

有人无意中撞到了她，有人向她道歉，甚至有人关切地问她怎么了，她都似无所觉，只是略机械地向前走着，走着……仿佛要就这么走到天边去。

不知不觉她就走到了长街的一头，路边有一条木制长椅绊了她一下，她趔趄了几步，顺势坐下。

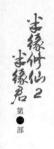

手脚全是凉的、软的，全身的血液像是在刚才那一刹那间凝固，让她全身发僵，走到这里的时候，像是身上的力量全部被抽走，一步也不想走了。

此时正是早晨，又值暮春时节，天气和暖，太阳刚刚升上天际，照射在宁雪陌的身上，照得她的脸白玉般透明。

好冷！

太阳明明那么大！天气明明那么暖！

她整个人却像是跌进了冰窟窿里，冷得可怕！这样的冷让她大脑也似乎被冻僵了，直接停止转动，成为一片空白。

脑中似乎有许多念头，她似乎又什么也没想，就这么坐在那里，看着天上的太阳出神。

这样也不知道过去多久，她小腹部位忽然动了动，像是小宝贝踹了她一脚，这一脚力气不大，仅仅让她的肚皮略鼓了鼓，却也直接将她从混沌中踹醒！

她身子一震，原先如冻僵的血液终于开始流动，大脑也开始运转，首先浮上心头的是三个大字——怎么办？！

原来，已经又过去十年！

原来，他又有了新的心上人。

原来，他要订婚了，对方还是个仙……

明明她和他分手不过几个月，这世界便完全变了。

她耳中似闪过神九黎挨了她那一刀后所说的话："好，我放过你……们。你们好自为之。"

原来他那时是真的选择放手了！

她还是回来晚了……

不对！那小贩说那位乐子音姑娘是神九黎十年前领回来的。

也就是说，他和自己分手不久便认识了那位上仙，然后一见钟情？

她不知道听谁说过，帝尊一直没有这方面的念头，他一旦有了这个念头，那想嫁给他的姑娘能从天赐大陆这头排到那头！

现在看来还真是不假，他这么快就找到新欢了……

乐子音和他在天音峰上朝夕相处了十年，而自己满打满算和他在一起也不过两年多……

自己和他在一起两年多各种威逼利诱也没让他松口娶她，最多给她一个侍妾的位置。

乐子音和他相处了十年，终于心心相印订婚了，混成了他的正牌未婚妻。

那自己呢？自己要怎么办？

她不是冲动的人，所以在骤然遇到这样几乎致命的打击时，没有头脑一热去干冲动的事，而是冷静地坐在这里，拼命让自己冷静下来。

以她原先的性子，男朋友劈腿要娶别人，她会很痛快地放手，转身潇洒离开。

而现在，她是真的茫然了！

心像是浸泡在冰水里，她需要深呼吸才能不让它罢工……

太阳照射在她脸上，照得她睫毛轻颤，脸色更是苍白得可怕。

"姑娘，你怎么了？"

"喂，姑娘，你是不是哪里不舒服？"

耳边有人说话，宁雪陌像是被惊醒似的睁开眼睛，然后看到自己身边围了一圈儿人，男女老少都有。和她说话的是一位中年大婶，颇担忧地用手背轻触宁雪陌的额头："姑娘，你是不是很不舒服？你的脸色很不对，是不是生病了？要不要去看大夫？我知道这城里有一家医馆的大夫医术不错……"那大婶十分热心，说着就想搀起宁雪陌。

宁雪陌暗吸了一口气，摇头强笑了笑："我没事，只是走路走累了有点头晕，休息一会儿便好。"

"啊，这样啊，我原先也有这毛病呢，不过吃些糖就好了……"那大婶从兜里掏出自制的糖块给宁雪陌递了一块过去，"孩子，吃一块。"

宁雪陌有些呆呆的，脑筋转得不快，有些动作只是本能。她将那糖接过来，放入口中。

明明是很甜的糖，她却满嘴发苦，苦得她想要呕吐。

"哕……"她胃里忽然一阵翻腾。

"可怜孩子，果然是不舒服了。"那位大婶为她轻拍后背。

宁雪陌吐得抬不起头来。

好不容易止住吐，她抬起头来，那大婶一脸欲言又止："你是小娘子？"

在这个时代，小娘子是对已成婚少妇的称谓。

宁雪陌没有回答，事实上她无法回答。

那大婶再问一句："你……你是不是害喜啊？"

宁雪陌微微摇头，她从来没有害过喜，现在更不是！

"那大娘带你去看大夫吧？你这样子可不行……"

"不必——"宁雪陌只说出这两个字，喉头又是一阵腥甜，一口鲜血又喷了出来。

那大婶更沉不住气："哎呀，你这都吐血了，这可不成。大娘带你去，那大夫人很好的，出身日月宗……"她后面的话没再说下去，因为刚刚还脸色苍白几乎站不住的吐血姑娘已经凭空消失了。

众人："……"

刚才那女子不会是神仙吧？！

众人对神仙还是普遍存在敬畏的，纷纷跪了下去，现场有些混乱。

"怎么回事？"一位眉清目秀看上去极为干练的男子出现在现场询问，这男子正是日月宗驻在这小城的外门弟子。

他虽然在日月宗地位不高，但在小城人眼中那就是大师。

众人立即向他叙述刚才所见。

那弟子是专门收集消息的，功夫未必多高，却是个见多识广的，听完眼中也现出诧异。

据他所知在这个大陆，会隐身术的人极少，必须到达地阶八级以后才能施展，就算是日月宗，也仅有帝尊的那几个嫡传弟子能够到达这个地步，其他门派中人更是少得可怜，一只手掌也数得过来，而女子能到这个级别的更是凤毛麟角，难道是——

那弟子思索片刻，开始向上层汇报……

第六章　帝尊正婚配

宁雪陌刚才在大庭广众之下玩消失，不过是不想在那里被人当猴看。

她更不想看大夫，她自己就是大夫，自然明白自己的身体状况，刚才吐血不过是一口急血而已，死不了人。

她心乱如麻，胸口和喉咙都火辣辣的。

肚腹中的宝贝大概也感觉到了母亲激烈的情绪，也不舒服了，在里面委屈地狠踹了几脚。

这几脚终于将宁雪陌踹得回过神来，胃里的东西全吐了出去，胸口却像塞进了一团棉花，堵塞得满满的，没有任何食欲。

不过，她再怎么样也不能饿到宝宝，为了宝宝的健康，她该吃东西了。

她随手换了一身衣服，这才在小城的另外一个地方现出身形，信步走进一家酒楼。

酒楼饭馆原本就是八卦云集地，宁雪陌进了酒楼后，关于帝尊订婚的事便灌了满耳朵，让她想要不听也不成。

从他们的口中，她知道这几年这位乐子音十分吃香，她好洁，好下馆子，帝尊每次带她出来的时候都会为她包场子，会净街、清场，还叫专人伺候她……

而且帝尊出手阔绰，这位乐姑娘喜欢什么，只要说出来他便毫不犹豫地为她买下来。

所有人的口气中都是对那位乐子音姑娘满满的艳羡，却没有几个妒忌说酸话的。

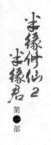

毕竟乐子音的身份也很高很高，是个仙，仙子配帝尊那是门当户对相得益彰。

最后还有一位秀才模样的人摇头晃脑做总结："乐仙子和帝尊相配那才是珠联璧合、神仙眷侣，这世上大概也就只有乐仙子才能让帝尊真正动心。对了，帝尊所居高峰为天音峰，而此女名为子音，一看就嵌了这女子的名字嘛。天作之合！天作之合！"

众人纷纷附和，酒楼里吵翻了天。

宁雪陌觉得手里的筷子要握不住了，她怕一时控制不住直接插了那秀才的咽喉，勉强吃了几口饭便放下筷子结账出来。

她抬头看看天上的太阳，天已近中午，据说午时便是他们订婚的正时候。

她极力告诉自己要淡定，民间传言往往有很大的夸大成分，她不能听到几句传言就乱了方寸！

眼见为实，耳听为虚，无论如何她要亲自去看看以探明真相！

吸一口气再吸一口气，她稳了稳心神，腾身而起，直接向日月宗飞去。

日月宗今天是烈火烹油般热闹。

天赐大陆有头有脸的人物基本都来了，日月宗大厅内外可谓真正人头攒动，人流如织。

耶律静安要忙疯了！

为各色客人安排席位，收受贺礼，和身份相当的人寒暄……他忙得脚不沾地，连喘口气的时间都没有。

如果是其他人订婚，摆几桌席，请一些有头有脸的人来参加就是了。

但帝尊不同于其他人，帝尊可是这个大陆的神，要订婚自然是什么都要顶尖的！

顶尖的红绸、顶尖的酒宴、顶尖的客人、顶尖的装饰……

所有的日月宗楼宇全部重新粉刷过，虽然没有像办婚礼那样四处张贴大红喜字，但也全部披红挂彩。

帝尊对这场订婚宴并没有什么特别要求，当初耶律静安去询问的时候，只得了他三个字："看着办。"

于是，耶律静安就看着办了。

自家这么牛的师父订婚，那还不是要最好的？！

所以大到整个楼宇的布置，小到大厅内一盆花的摆放，耶律静安都事无巨细亲自过问。就连檐角飘舞的红纱也是鲛丝的，在空中飘飘扬扬像是在海水中婆娑的彩带。

几乎每个来到这里的客人都会被这豪华的大手笔给震撼一把！在心里赞叹一声日

月宗真有钱！真有品位！

眼前已经到了正时候，耶律静安忍不住向天音峰方向看了看，师父和未来的师母怎么还不下来？在峰顶秀恩爱吗？这里还有这么多人等着、看着，这个订婚也要讲究个吉时，误了时辰不好的。

耶律静安腰间的传音符微微闪亮起来。

他正和一位掌门人寒暄，一时无暇去接，看传音符发出的光芒，是外门低级弟子发过来的，估计又是在哪里发现了魔踪之类的，这类消息一天能收到十几条，他也不怎么放在心上，接不接都无所谓。

他把传音符随手丢给随行的一个弟子，让他接听接听看，如没有什么重大事件就不必汇报了。

那弟子果然走到一个角落去接听，那头传来一位外门弟子的传音，说在乐桃城出现了一位女子，会隐身术云云。

耶律静安的弟子也不在意，随口训斥那外门弟子："这世上好多妖魔都会这类的障眼法，百姓不懂以为是仙也是有的。你联合其他弟子再查看查看也就是了。"

那边的外门弟子讷讷应了，传音符终于熄灭。

耶律静安忙完了这一波，终于抽空问了一句。

弟子回道："师父，没什么，乐桃城疑似出现了女妖行踪，外门弟子正在调查。"

耶律静安点了点头，也没在意。

现在常有妖魔现身，大部分不过是寻求吃食或者衣物，并不作怪，所以日月宗也懒得理会。

眼看日头升上了正中，接近好时候，忽听有人低呼一声："帝尊来了！"

这一声像热油锅里泼了一瓢水，人群霎时沸腾起来，所有人都集体向一个方向瞧过去。

有两个人并肩自天音峰上翩然飞下，一男一女，男子一身云白衣袍，宽袍大袖，衣摆在身后摇曳成一条云路，面上依旧戴着面具，只不过此时的面具不是将他的整张脸遮挡住，而是只挡住了他嘴唇以上的部位，露出弧度极度完美的薄唇。正是帝尊。

在他身边的女子则是一身水红衣裙，黑发红唇，明眸璀璨，臂间挽着同色的披纱，款式和帝尊有些类似，猛一眼瞧上去，倒有些情侣装派头。这女子极美，美得没有丝毫烟火气，和帝尊并肩飞下的时候，果然极为赏心悦目，让人心里忍不住浮起四个大字——神仙眷侣！

这才是真正的神仙眷侣！

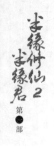
下面宾客在心里各自竖起大拇指，对这一对眷侣前所未有地服气！

这些宾客虽然大部分听说了乐子音的名头，但好多还是第一次实实在在见到，不知道多少人在见到乐子音的真面目后看呆了去。

这才是美人！倾国倾城的美人！

肌肤云似的白，眼睛星星般亮，微一侧首间似有星河在她眼眸中流转，让人移不开眼睛。

更难得的是这美人天生一张笑颜，雪白的脸颊上有两个漂亮的酒窝，让人一见就心生欢喜，似乎看到她的笑容后，再大的烦恼也能抛到一边。

"拜见帝尊！"

殿内殿外所有的人都望空拜了下去，山呼声几乎震动整座佛莲山。

帝尊飘飘然立在空中，墨色的眼眸低垂，看不出喜怒，只吐出一个字："免。"声音低沉磁性，如清晨天空中吹过的第一缕风。

众人这才谢恩起身。

帝尊和乐子音落下地来，正好落在自大厅铺出来的红毯上，红毯上撒满不知名花朵的花瓣，花香浓郁，花瓣轻盈如絮，随着这二人的落下在他们衣袍裙裾间飘飞。

神九黎几不可见地皱了皱眉，但他戴着面具，皱眉别人也看不到。

乐子音两只明亮的大眼睛却弯成了月牙，她原地转了一圈儿，裙裾飘飘中那些花瓣围绕着盘旋得更欢："帝哥哥，这些花瓣好漂亮！"

她这一笑间，似乎天上的太阳也没那么闪亮了，所有的人几乎都被晃了一下眼睛。

"你更漂亮！"不知道多少人在心里加了这么一句。

美丽、天真、甜美，再加上她骨子里带了那么一点儿妩媚，这诸多特色集合在她一个人身上，让在场的所有男子都心脏狂跳，所有女子都握紧了手指……

神九黎扫向红毯外向他躬身的耶律静安，目光微凉，却没什么情绪。

耶律静安低头站在那里，感觉后背像是被目光刺了一下，他身上微微一寒，有些摸不着头脑。

难道师父还嫌不够盛大？嫌这花瓣不够梦幻？要知道这些花可是珍品，名为丝绒合欢花，花瓣如丝绒般柔软，都是成双成对生长的，有很好的药用价值，而且极为罕见，生长在猛兽横行的深山中，平时一朵就价值千金，比人参还贵！他的那些弟子为了采摘这些花朵吃了不少苦头，有一位还险些搭上一条腿……

看样子未来师母很喜欢这些花朵，但帝尊似乎不喜欢？

近来师父的心思还真是越来越难猜了……

耶律静安深深觉得，这十年自家师父的淡定功夫又有了长足的进步，原先他还能根据师父的只言片语猜测出一星半点儿心思，现在却压根没法猜！

他只知道师父周身气质更冷、更肃，他稍稍靠近一点儿心脏就像要被冻住似的。

譬如这次订婚仪式，帝尊他老人家从吩咐完那一句话后便再不过问，甚至没来看一眼，是真正的甩手大掌柜。只苦了他，拼命忙啊忙，置办所有东西，吃不好睡不好，累得黑眼圈都叠加了好几层。

都说圣意难测，让他说，师尊的心思更难测。

订婚虽然不比成亲，但耶律静安深深觉得帝尊的订婚仪式还是应该有乐声助兴的。

当然，乐声不能是世俗间那些太俗的喜调，而是耶律静安特意让擅音律的弟子弹奏的琵琶调，再加上古琴和声，两种乐声不知道在何处跋山涉水传来，带着缥缈的仙气，悠悠回荡在整个正殿上空。

在场的所有宾客不由得又在心里赞了一声妙！这乐声太美妙了！太不同凡响了！太符合帝尊身份了！

乐子音脸颊上的酒窝更深，眼睛更亮，她一抬手挽住了神九黎的手臂，笑如花开："帝哥哥，这乐声也十分动听！谢谢您！"

神九黎足下微微一顿，身子略显僵硬，但随即恢复正常，说了一句："你喜欢便好。"语调带着淡淡的宠溺，让观礼的宾客又在心里一番赞叹。

都说帝尊极为娇宠身边的这位乐子音，今日一见，果然不假，帝尊对此女娇惯得很。

无数女子又将艳羡的目光投向乐子音，能得到帝尊如此宠爱，此女可真是天下第一福气女子！

乐子音眼睫弯弯，雪白的脸颊飞上两抹红潮，在阳光下如染了胭脂。

在天赐大陆男女订婚也有一定的套路，譬如共同走红毯、共同喝酒、互换定情信物……和现代的订婚仪式有大同小异之感。

而男女双方一旦互换了定情信物，也就代表礼成，女方就正式成为男方的未婚妻了，以后就走上了议嫁的流程，一般订婚和成婚时间相差不超过一年。

他们的订婚仪式是在日月宗的主殿举行的，此殿高大宏伟，平时日月宗有大事发生或者进行什么庆典仪式时才开启这座主殿。

此殿原先的装修风格庄严神圣肃穆，可以同时容纳千人，现在这里的装饰风格却完全变了，红绸飘舞，银铃轻响，花团锦簇，喜气洋洋，又带了几分梦幻色彩。

神九黎足下又是一顿，乐子音也轻轻抿了抿小嘴："太喜庆了……"

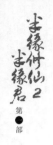

"静安！"神九黎目光转到跟在后面的耶律静安身上。

耶律静安满心忐忑，听到呼唤忙上前行礼："帝尊！"

"换掉！"神九黎就说了两个字。

耶律静安："……"换掉啥？

这满大厅的装饰他实在不知道师父到底是不满意哪一样啊，师父您好歹指明一个具体方向……

"师父，哪样不妥？"他只有硬着头皮问。

神九黎一扫整个大厅，难得多说了几个字："有妥的吗？"

耶律静安身子僵硬，下巴差点掉下来！

居然是都不妥？！

眼看吉时就要到了，如果都不妥……

乐子音似乎也知道都换掉很不妥，忙道："帝哥哥，不必换了，这样其实……也不错，看着挺喜庆的，符合今天的好日子。我刚才也就是说说……"

神九黎眼神深沉："既然不满意，何必将就？"

他也懒得再和耶律静安废话，一挥衣袖，在满堂宾客吃惊的目光下，大厅中悬挂的那些红绸、红花、红桌布就都不见了。

原本喜气洋洋的大厅恢复了原样，变得庄严神圣。耶律静安张了张口，没敢说话，只是心底在默默流泪。

帝尊知不知道他为了装扮这大厅耗了多少工夫？

早知道师父嫌这些东西碍眼，他就不熬夜赶活了。

他的目光又落在乐子音身上，师父对这位未婚妻可真是宠到了极致，她不过说了一句"太喜庆了"，师父就二话不说把所有喜庆色彩都去掉了。

你好歹在匾额上留一朵大红花啊，不能太喜庆，也不能不喜庆不是？

乐子音似乎也没想到神九黎会来这一手，一时也有些愣怔。

偏偏神九黎还侧眸问她："这样可还满意？"

耶律静安忙又将目光转向乐子音，唯恐她再说一声不满意，然后再提其他什么要求，那样黄花菜也凉了！这婚铁定订不成！

乐子音哪里还敢说不满意，忙点了点头，巧笑嫣然："满意，这样最好，子音太满意了！"

"满意便好。"神九黎点了点头，瞥了一眼旁边难得傻站着的耶律静安，"开始吧！"

耶律静安吸了一口气，拼命找回感觉，一声令下，众宾客开始各就各位……

大厅中席开数百桌，所来的宾客都是这个大陆最有头有脸的人物，甚至连五国的国君也都到了，他们和各门派的掌门人一样，坐在了靠近中心的位置。

这些桌子将举行典礼的高台围在正中，众星拱月一般。

高台有一条红毯路通向外面，整个布局可以说是疏略有致，极为妥当。

帝尊在世的十几位弟子也全到了，此刻就站在高台两侧，极有气场。

赫连箫地位低，原本在大厅中连位置也排不上，但他毕竟是一国王子。这货练功是奇才，干杂役却笨手笨脚，所以耶律静安索性让他在他老爹飞星国国君身后坐了。

因为一切都是事先安排好的，所以大家很快坐好。

宾客都是极有素质的人，再说参加帝尊的订婚仪式也没有敢大声喧哗的人，所以殿内只有悠扬乐声流连在人们耳边。

古老厚重的桌上摆着一座酒杯塔，酒杯全部是水晶雕刻出来的，整齐地按着一定的顺序排列，由低到高，由多到少。

顶端是两只紧靠在一起的杯子，雕刻成鸳鸯形状，呈交颈状偎依在一起。

耶律静安手里擎着一个海棠红的小酒壶，徐徐向那一座酒杯塔中倒酒，酒液金黄，缓缓倾入顶端的两只酒杯，又满溢到下面的酒杯中……

说来也怪，那小酒壶明明不大，里面的酒液却像是无穷无尽，永远没有倒完的时候。

终于，所有的酒杯中酒都满了，摆在桌子上，像一桌水晶黄金塔。

按照程序，由一对未来的新人喝顶端的两杯酒，其余酒杯则分给下面的宾客，让大家都沾染两位新人的喜气。

耶律静安倒完酒，和在世的八师兄一人端了一杯恭恭敬敬递给了帝尊和乐子音。

金黄的酒液在杯中轻轻晃动，神九黎看着那杯酒，一时没动，似在沉吟。

直到身边的乐子音不解地用手肘轻轻碰触他的手臂一下，他才似回过神来，伸手慢慢将酒杯接过。

乐子音眼眸闪亮手持酒杯等着神九黎向她举杯。

神九黎眼眸微垂，目光落在酒杯之上，手指微微握紧，指尖有些发白。

酒杯已经由日月宗的弟子分别分发到各桌上每个有头有脸的人手中。

大家握着酒杯，纷纷站起身，等着帝尊和乐子音碰杯后，他们再端着酒杯说恭贺的话，然后一口饮下杯中的酒，那么就代表一个高潮结束，等于订婚仪式完成一大半儿，最后帝尊和乐子音交换信物就算彻底成功。

按照惯例，应该是男方先举杯女子再含羞碰杯的。

但神九黎握着酒杯站在那里迟迟不动，眼看就要过了吉时，众人举着酒杯手臂都

酸了，却不敢催他，只是私下里面面相觑，再看看帝尊，不知道帝尊他老人家又想出什么幺蛾子。

乐子音原本嫣红的俏脸有些发白了，她终于忍不住低声叫了一声："帝哥哥？"

神九黎慢慢抬起头来，看了看她，又停顿了一下，终于举起酒杯，吐出一个字："请！"

旁边侍立的耶律静安手中的酒杯差点掉地上！

师父，您老人家这个时候应该说"合"，而不是像在普通场合喝酒那样说一声"请"，这不合礼仪。

乐子音显然是知道这个礼仪的，毕竟这次订婚宴该有的规矩及程序她早已提前问询过耶律静安。现在听神九黎说出这个字，她呆了呆，端着酒杯也不知道该碰杯好，还是该悄悄提醒一下他好。

耶律静安毕竟是位八面玲珑的主，冒死传音给帝尊："师父，请'合'一下。"

订婚时的规矩他曾经给了师父一个小抄，相信师父是看过的，这时候出纰漏，大概是忘了……

神九黎微微皱眉，瞥了耶律静安一眼，没搭理他，像是有点不耐，又将酒杯向前略举了举，这次说出的话更干脆："碰！"

耶律静安："……"师父，弟子辛辛苦苦给您写的小抄您没看吧？没看吧？！

乐子音却一横心，笑吟吟地将酒杯在神九黎的酒杯上轻碰了一下，发出叮的一响，顺势说了一个字："合。"既然他忘记说了，那就由她来说好了。

其他举着酒杯一直等着的宾客终于松了一口气，互相对望一眼，正要说预备好的恭贺的话，外面忽然传来几道声响，那是急促的琵琶声。这琵琶声极怪，竟然带着金石之音，裂帛一样传入大殿内，将原先一直悠悠流转的古琴声、琵琶声一并打断！

这突如其来的声音极有震撼人心的力量，几乎让大殿中所有的人心里一抖！

有些功力弱的被那琵琶声所震，手中酒杯直接跌在地上，啪的一声摔得粉碎。

神九黎握着酒杯的手指也蓦然一僵，酒杯中的酒液猛然摇晃了一下，有一部分洒出来泼到他的手背上。他似不觉，抬头向殿门外望过去。

耶律静安脸色微微一变！

他并没有安排人在这个时候弹琵琶，这人明显不是请来的。

而日月宗戒备森严，外人没有请柬外加日月宗弟子领路，绝对进不了日月宗，那这个人到底怎么神不知鬼不觉地进来的？！而且是来到大殿门外弹响琵琶了他们才知道，失职啊！这是他的严重失职！

他身形一起，向门口掠去："谁？！"

帝尊的其他十几位弟子也是训练有素的，光影闪烁间他们已经在殿门口一字排开站立，面朝殿门方向，也沉声问了一句："何人不请自来？"

殿门口那里光影一暗，一道大红身影飘飘现身："我！"声音清脆如山间滴落的山泉。

那是一名女子，一现身便惊爆了所有人的眼球！

她上身是大红绣牡丹抹胸，外罩如火般鲜红的半透明披纱，下身穿一条火焰红的短裙，腰间系着一段同色的薄透轻纱随着她的动作飘飘扬扬，一双白皙的长腿在轻纱下若隐若现，雪白足踝上各系着一条细细的银链子，银链子上有两个水晶铃铛，随着她的走动丁零作响。

女子长发如瀑，披散了半身，头顶盘着一圈儿花枝，花枝上有一朵茶杯大小的花儿怒放。

她的手臂也半裸着，手腕上有银铃，足下似乎踏着什么节拍，于是身上的银铃次第而响，宛如在奏什么乐章。

她面上蒙着一段大红的轻纱，遮挡了大部分面目，只在轻纱外露出一双眼睛，眉间有一枚火焰形状的花钿，衬得她一双眼睛更如流光溢彩、顾盼神飞。

她这一身应该是舞女的打扮，却又不同于一般的舞女。

再美再辣的舞女也没有她这样的气度，更没有她这样带给人的冲击力！

她如同一个魅惑人的罂粟花妖精，抱着一面琵琶缓步走入。

红纱在她身后翻飞如火焰，精致的双足踩在红毯上，红白相衬，红的更红，白的更白！

乐子音确实美，美得空灵，美得让人移不开眼睛，却没有眼前这女子美得有冲击力！

这女子给人的是一种强有力的震撼，在场所有人的心脏像是被重锤一击，更有人失态地站了起来……

砰！神九黎手中的酒杯直接碎裂！

耶律静安在看清那女子的形貌后如被雷劈，脱口叫了一声："小师妹！"

那女子虽然罩了面纱，但耶律静安毕竟和她极熟，眼睛又极毒，就算不看她的面容，单看身形也能看出来。

饶是他一向镇定如山，此刻一颗心也是扑通乱跳，情不自禁地看向自己的师父。

这些年小师妹一直是日月宗的禁忌，没有任何人敢提起，没想到她失踪十年后居然在今日现身，还这样一身打扮！

殿内众人在耶律静安叫出这一声后也大吃一惊！

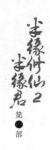

人人都知道唯一被耶律静安称呼为"小师妹"的只有一个人——十多年前的传奇人物宁雪陌！

她曾经是帝尊的弟子，十年前却入了魔界，成为魔界的妖皇，也成了在场诸多修仙门派的公敌。

帝尊亲口传下谕令和她斩断师徒关系，据说要亲手清理门户，不让其他门派插手。

正当大家等着帝尊亲手惩治顽徒时，却传出她和魔界的二号人物雪衣澜一起失踪，这十年一直没人见其踪影。

众人纷纷猜测帝尊是不是已经悄无声息地将劣徒连同魔首一起灭了，只是没宣扬而已，却没想到她居然在此刻出现了！

还是这么高调地出现！

再美的女子如果是魔界中人那也是必须铲除的罂粟花！

原本已经看呆的那些修仙者心中的正义感立即爆棚，压过了对美女的怜惜。

"魔女，居然敢来日月宗捣乱！"

"魔女，你活得不耐烦了！这是自动来受死吗？"

"魔女……"

众人纷纷呼喝，有的人甚至已经亮出了兵器。

更有性急的想在帝尊面前露一小手的豪客手一抬，兵刃已经出手，飞刀、飞剑、飞轮，甚至飞棍各自祭到空中，团团一转，向着宁雪陌射了过去！

耶律静安脸色一变，能来日月宗参加订婚宴的没有一个是弱者，这些人联手冲着宁雪陌猛砸，她如何抵挡得住？！

他一抬手，正要将那些飞刀、飞剑的击下来，手臂却忽然一麻，一时无法动弹。他睁大眼睛看向帝尊，眸底满是难以置信！

师父居然阻止他了！

难道师父恨小师妹已经恨到这个地步，想要眼睁睁地看着她在这里被人乱刃分尸？！

耶律静安还没有完全想明白，那些飞刀、飞剑类的武器已经如飞蝗般射到宁雪陌跟前。

宁雪陌眼眸微微一闪，手腕一抬，一道绿光发出，在空中一转，叮叮当当一阵乱响，那些飞刀、飞剑被绿光纠缠住，绿光再猛然一收，几声闷响过后，无数刀剑碎片跌落下来。

这一切只发生在几秒钟内，那些反应慢的人甚至没明白发生了什么事，宁雪陌已经轻松化解自身的危机，毁了一大堆兵刃。

她轻盈地站在那里，连发丝也不曾乱一根！

若不是她脚下那一堆破铜烂铁，几乎让人以为刚才那一场袭击不过是一个幻梦。

耶律静安："……"什么时候小师妹的功夫已经如此惊世骇俗了？！

貌似……比他还要高……

见这几个人受挫，其他修仙者大惊之下再坐不住，纷纷摸出兵刃，一副要出手的意思，却在看到帝尊的动作时生生顿住！

帝尊已经端坐高台之上，碎掉的水晶杯在他的脚下闪着星星般细碎的光芒。

他的眼睛落在宁雪陌身上，目光极深、极暗。

他虽然没有开口，身上却自有一种威压，这种威压让那些摩拳擦掌想要奔过来除魔的人僵住身子大气也不敢喘一口，遑论再向宁雪陌出手了。

"帝哥哥？"乐子音脸色微变，轻叫了一声，轻巧地靠近了他。

宁雪陌微仰着脸看着他，二人的目光隔着数十丈的距离相撞，似在无形纠缠，又似在较量。

他的眼眸太深太冷，看着她时脸上没有多余的表情，让人摸不清他的情绪。

想了这么久，念了这么久，她终于又见到了他，却是在这样一种情形下。

她的心很疼，但疼到极致便是麻木。

宁雪陌来得并不算晚，但也不算早。

她并不是递拜帖上来的，而是隐身进来的。

日月宗的结界虽然强大，却挡不住熟悉日月宗结界的她，而且她是直接自天空落下，所落的地方是天音峰。

天音峰原先是有结界的，只有帝尊的徒弟才能凭借玉牌在特定的时候进入。

宁雪陌曾经是里面最特殊的，不用玉牌，不用特定时候，凭借掌心的纹路在结界上一按就能按出一道能随意进出的门。

这次宁雪陌落在上面的时候，却没发现那道护峰结界，确切地说，上面没有结界了。

她很轻易就进来了。

她站在原地呆愣了片刻，当年她才入他门下的时候，吃了他所设结界的不少苦头，有一次还差点淹死在他那水墙似的结界内，他也没将结界撤掉，甚至没换过其他结界，现在却……

是为了那个乐子音吗？

乐子音是解结界的白痴？也或者是为了今天的订婚典礼？

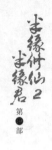

宁雪陌揣着乱麻似的情绪在天音峰转了一圈儿，竹林还是那片竹林，周遭的一切似乎并没有什么变化。

整个天音峰静悄悄的，一个人也看不到。

当她终于一横心转到神九黎所居住的主殿时，在原地愣怔了好久——

神九黎的主殿还在，样子也没什么变化，和传言中一样，她原先所居住的偏殿却不在了，主殿两侧都空荡荡的，一如她空荡荡的心。

当初她听外界传言他拆了她所居住的偏殿时，表面上虽然没说什么，但心里还是不怎么相信的，还抱着万分之一的希望。

现在亲眼得到证实，也就由不得她不信了。

看来在那个时候，他就真的打算和她一刀两断了！

她又在四周转了转，却没找到第二幢建筑。

民间传言乐子音是住在天音峰的，按道理说，这里应该专门为她修建一座楼宇的，怎么会找不到？

难道乐子音和神九黎同住主殿之中？

这个念头像火一样在她胸中烧灼，她想了想，干脆进入了那座主殿。

进门便嗅到了独属于神九黎身上的那种清淡味道，她恍惚了片刻，这才开始在主殿内寻找。

起居室、棋室、练功房、书房、炼丹房，直至最后他的寝宫……

这些地方到处都是他留下的痕迹，他的书、他的画、他亲手打磨的壶、他亲手做的砚台……曾经熟悉的一切再一次展现在眼前的时候，她的心也胀胀的，曾经以为很轻易能放下的一切如今再看到才知道它们已经深刻于心中，再也忘不掉了。

再次回到这里，她有一种游子回到家的感觉。

这种情绪一直持续到她走到帝尊寝宫的那一刻。

宁雪陌后期在这里生活的时候，神九黎的寝宫她不知道来过多少次，这里的大门是随时向她敞开的，神九黎对她没有任何防备。

他的寝宫虽然有结界，但对她来说形同无物，因为大神曾经亲手教她解开这里结界的法子，还监督着她亲手解了一遍，确认无误才放心……

后来他虽然失忆，她成了他真正的徒弟，这里的结界却一直没变，她依旧进出随意。

这一次来，她却发现这里的结界完全换了，换成了极高明的结界，她一来就被那结界弹了个跟头。

她爬起来看了片刻，那结界仙气凛然，上面流转的念力极为强大，压根不是她现

114

在能解开的。

他的寝宫她再也进不去了！

她在门口顿了半晌，正欲去别处看看，眼睛一瞥间却发现旁边的一间殿门半掩着。

这殿也是神九黎寝宫的一部分，平时放些杂物，并不住人。

也不知道出于什么心理，宁雪陌推开那殿门走了进去，然后待在原地。

殿内面积不大，所有东西一目了然。

里面所有的杂物都不见了，取而代之的是一张水晶床，淡粉的床帐斜钩在两边，露出里面整齐的被褥，床上甚至还随意丢着几件女子所穿的衣衫……

殿内还有几件其他家具，虽然简单，却很雅致。这间屋子一看就是女子的闺房。

殿内还隐隐飘浮着淡淡的幽香，不用问，那位乐子音平时就是住在这里的。

怪不得她在天音峰四处都找不到乐子音所居住的屋子，原来她是住在这里，住在神九黎的寝宫隔壁。

宁雪陌原先没少在这杂物殿里逗留，因为神九黎许多用不着的东西都爱堆在这里，对他来说或许没用，但对宁雪陌来说，里面的东西还是有很多宝贝的，她常常在里面淘到自己喜欢的东西。这间屋子让她有一种寻宝室的感觉，每次来她都会逗留很久。

现在她在这里却一刻也待不住，这里的气息让她几乎窒息，她转身就退了出来。

如果说她在才来到天音峰时心里还抱有几分希望，现在却所有的希望都破灭了！

她站在那里，因为没有结界的阻挡，能听到下面隐隐传来的欢快优雅的喜乐声，然后看到有烟火升上天空，很显然，下面的订婚宴已经开始了……

原来她冒着九死一生的危险穿梭回来，就是为了参加他的订婚宴！

物还是，人已非。

原来只有她还停留在当地，他却早已离开。

宝贝，原来你注定今生没有父亲……

没关系，等妈咪和他彻底了断以后，就会带你去往其他大陆，找个谁也不认识咱娘儿俩的地方潇洒生活。

宁雪陌轻抚上肚腹，对里面的小宝贝低语。

她找了一个僻静的角落，变幻出一套衣裙精心打扮。

她这套装束正是当年她在长空国皇宫跳琵琶飞天舞时所穿衣物。

当时她一舞惊四座，也和化身为寒山月的神九黎结下了孽缘，成为他的侍妾，这才有了后面这些更深的纠缠。

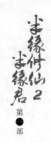
从哪里开始就从哪里结束!

这才符合她一贯的处事风格!

于是她隐身下来,来到办喜事的大殿,然后再高调出现!

对在这里暴露身份会受到这些正道中人的攻击她也有心理准备,所以应付得不慌不忙。

她现在功力极高,眼睛自然也极毒,看到了神九黎的小动作。

那些人向她攻击的时候,是神九黎暗自出手阻止了耶律静安即将出手帮忙的动作……

原来十年不见,他是真的恨不得她死。

如果她就这么死在他面前,他的眉头或许也不会皱一下吧?

她明明破解了那些兵刃的攻击,明明一点儿也没受伤,心却像是被捅了一刀。

她抿紧了唇,毫不退缩地迎视着他的目光,轻轻笑了:"这就是日月宗的待客之道?"

她说出了进门后的第一句话,声音依旧清清冷冷。

她用足尖踢了踢脚下的破铜烂铁,那一堆东西发出哗啦啦的响声。

"你不是日月宗的客人,他们也代表不了日月宗。"神九黎开口,声音一如既往的冷。

虽然有思想准备,宁雪陌那一双明亮的眼睛还是暗了暗。

原来在他心里,她已经连客人的资格也没有了……

宁雪陌淡淡一笑:"呃,那在帝尊大人眼中,我算什么?"

"你来做什么?"神九黎声音冰冷,语调依旧没什么情绪,他也没回答宁雪陌的问话。

"我来……是真心向帝尊请教一事。"宁雪陌开口,眼睛死死盯着他,"还请帝尊大人一定回答!"

"何事?"

"帝尊大人真要娶这位乐子音姑娘为妻?"这个问题直接而尖锐,宁雪陌没有绕任何弯子。

虽然一切都证明了她的判断,但她总要听他亲口说!

只有听他亲口说了,她才肯让自己彻底死心!

神九黎略顿一顿,尚未开口,他身边的乐子音便抢着开口:"帝哥哥自然是要娶我为妻的,我们现在正在订婚。"她又挽上神九黎的手臂,占有味道十足。

帝哥哥?好肉麻的称呼!

原来这尊大神也有被女子称呼为哥哥的一天……

宁雪陌的目光在他们交缠的手臂间轻轻一转，那里曾经是她的专属，而现在……

神九黎有洁癖，平时压根不容人近身，原先能近他身的只有她。

现在他的臂弯中牵的是他的未婚妻……

明明是做了思想准备的，明明是来彻底了断的，明明以为自己能接受所看到的任何场景的，可是在他牵着别人的时候，她的心还是紧缩了一下，像有一排针密密扎过。

她手脚发凉，神色却不变，面上云淡风轻，仿佛对他和别人的亲热视而不见。

她没理会乐子音，只想亲耳听神九黎说！

神九黎一直没说话，隔了这么远的距离，她也看不清他的眸色，只看到他的薄唇抿得很紧。

她一横心，再次询问："帝尊，这个问题很难回答？"

今日，她一定要一个答案！

就算这个答案会把她打入万丈深渊，她也要确定一下！

她虽然戴着面纱，让人看不清面目，但神情体态一如当年，没有丝毫改变。

尤其是那一双眼睛，勾魂夺魄，让人一不小心就会陷入进去而万劫不复！

神九黎眸色一暗，淡淡说了一句："与你无关！"

短短四个字，撇清了彼此的关系，斩断了一切联系。

宁雪陌笑了，眼睛如同弯月。

众人忽然觉得，这位宁姑娘虽然戴着面纱，但气场、体态、容貌丝毫不亚于那位最近被封为天赐大陆第一美人的乐子音！

尤其是这一笑，笑得所有人的心脏跟着颤了颤。

"很好！"宁雪陌轻轻吐出这两个字，他虽然没有正面回答她，但那一句话已经确切表明了他的态度。

她和他的缘分就到此为止吧！

当一个人下定决心的时候，内心反而坦然了。

她后退一步，微微弯腰："确实与我无关！是我多此一问，我祝帝尊和乐姑娘共携白首，永世恩爱。"

神九黎目光更暗，手扶在扶手上，衣袖遮住了他握得发白的指尖。

"你是来为我们祝贺的吗？"乐子音眼睛盯在宁雪陌的衣裙上，"你这套衣裙很特别呢，看着像舞姬的衣服。"

这句话里面有满满的恶意，在场的人有不少是常流连风月场所的，自然也知道舞

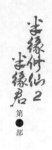

姬的衣服是什么样，确实和宁雪陌此刻所穿的这一身有异曲同工之妙，只不过没有这么精致。

此刻听乐子音如此一说，有不少人附和着笑起来，有个性子直的大声道："魔女就是魔女啊，穿个衣服也这么伤风败俗……你——"

他后面的话没有再说下去，因为帝尊一眼看了过来。

帝尊的目光极冷，让那人心里猛然一抖，全身血液也险些冻住，再说不下去。

神九黎的目光又转回宁雪陌身上，他刻意不去看她那一身扎眼的衣裙，免得控制不住把她丢出去，或者把在场的所有人丢出去："你该说的说完了？就这些？那你可以走了！"

这是下逐客令了。

是的，她会走！

但，不是现在。

宁雪陌扬眉一笑："帝尊和这位姑娘的订婚大喜，雪陌来得匆忙，未备礼物，未免失礼。就为你们献舞一曲以做贺礼如何？"

神九黎脸色微微一变，正要说什么，乐子音又抢着开口："好啊，好啊，帝哥哥，订婚宴上确实也该有歌舞助兴的，就让这位宁姑娘舞一曲也好。"

众人都知道神九黎对这位乐子音极为宠爱，几乎她说什么他就听什么，这个时候巴结乐姑娘就是巴结帝尊，所以有不少人纷纷附和："好啊，好啊，舞上一曲也好。"

"帝尊订婚之喜，有魔女歌舞助兴，传出去也是一段佳话。"

"对啊……"

赫连箫在宁雪陌现身的那一刻就一直呆愣着，此刻却终于醒过神来。

见众人都开口挤对宁雪陌，他心头火向上蹿，头脑一热，忍不住飞身跃起，跳到了宁雪陌面前："雪陌，你没必要这么糟蹋自己！走，你随我走……"

他说着不管不顾一把扯了宁雪陌的手就走！

不管她是不是魔女，他都见不得她受任何委屈！

他感觉自己要气炸了！

她是他心底深处最美好的姑娘，看她受辱比他自己受辱更难受、更火大！他只想将她好好带离这里……

他刚刚拉住她的手走了一步，手掌便被宁雪陌反握住："连箫，谢谢你。"

耳边传来宁雪陌的轻语，紧接着他身体一轻，整个人腾空飞起，一眨眼的工夫飞回到他曾经坐的椅子上。

赫连箫一瞬间有一种做梦的感觉！

原来她早已看到他了，要不然也不会知道他原先是坐在这椅子上的。

琵琶声响了起来，宁雪陌不再理会高台上神九黎的目光，手指拨弄琵琶弦，叮叮咚咚弹起来。

她所弹奏的正是那日在长空国皇宫弹奏的曲子。

几个调门弹过，像是弹奏到众人的心弦上，人人心头如有冷冷的冰水淙淙流过，这琵琶声太清冽、太悦耳。

大厅内许多人本来还想等着看宁雪陌的笑话，被这琵琶声一震，居然一声也不忍再出，免得打断这天籁般的琵琶声。

随着琵琶声众人眼前似展开了一幅画卷。

茫茫黄沙一望无边，驼铃声声，旅人在黄沙落日下渐渐走近又走远。

有古老的城堡在旅人的焦灼中显现，旅人欢呼而入，却看到城堡之中处处都是斑驳的壁画，壁画上有绝色女仙手持琵琶盘旋而舞……

随着绝色女仙的舞蹈，暗淡的城堡重新恢复了生机，茫茫沙漠中冒出一片一片的绿洲，有甘冽的河水哗哗流淌，有碧绿的草、娇艳的花随风摇曳。

那绝色女仙越舞越急，琵琶声也越来越震动众人心弦。

所有人都听得如醉如痴，浑然忘了自己身在何处，不少人忍不住随着琵琶声打起了拍子，懂音律的甚至开始在心里随着琵琶声哼唱。

大红衣摆在空中飞旋，红纱满场绕，如黄泉路上铺展开来的曼珠沙华，震撼了所有人的眼睛。

红衣黑发、银铃纤腰、怀抱琵琶旋舞的女子如同一团烈烈燃烧的火焰，又像是落入凡间的火之魔女，点亮了众人的目光。

神九黎握着酒杯，指尖发紧，薄唇抿得死紧！

这样的场景他恍惚见过！

是……是在他失忆前所见到的吗？

她到底来这里做什么？雪衣澜又死到哪里去了？！

她和雪衣澜一起失踪了十年！十年！

就在他以为她再也不会出现的时候，她终于回来了，这么突兀地出现在他的订婚宴上……

雪衣陌，你既然已经选择了和他双宿双飞，还回来做什么？！寻机再扎自己一刀吗？

雪衣陌，这次，本座不会再上你的任何当！

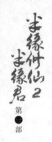
他心里很明白，可是她这样的穿着让他无端火大！

他费了好大劲才忍住没将她扔出去，才忍住没将满堂的宾客一袖子给挥走！

他坐在椅子上看着宁雪陌，她越舞越急，琵琶声声碎，红衣飘飘旋，那一抹红在大殿中飞旋，吸住了所有人的视线。

踢腿、弯腰，琵琶在她手臂之间忽而斜立，忽而横飞，雪白柔软的十指在琵琶上弹拨，衣袂之风吹起了她所经之处客人的衣袍，面纱随着起舞的动作起起落落，让她的绝世娇容若隐若现……

她如一只火焰之蝶，仿佛是在和过去告别，仿佛要涅槃重生，带给人强大的震撼力量！

这个时候，无论是修仙的一派掌门，还是大陆的一国之君，都忘记了眼前女子的身份，更忘记了她是在跳舞。

众人望向她的目光中充满狂热，仿佛一个虔诚的教徒看到了他们信奉的主。

没有人再觉得她穿得随便，没有人再觉得她像舞女，仿佛她天生就该如此穿着，天生就该跳这样的舞蹈。

刺——一声裂帛似的声响拉回了所有人跟着琵琶声及舞影飘飞的神志，众人激灵灵打了个寒战，醒过神来。

眼前哪里还有黄沙、绿洲、旅人、翩跹的飞天？

他们依旧身处大殿之中，而宁雪陌站在红毯之上，衣裙不动，已经静止。

这就弹完了？

他们还没听够啊！

众人恨不得她再来一曲。

所有人的目光都情不自禁集中到宁雪陌身上。

宁雪陌眼眸低垂，手指落在琵琶弦上，忽然轻轻一笑，抬起头来："由琵琶结缘，再由琵琶散缘，帝尊，你和我之间的缘分也到此为止吧！"

神九黎神色一变！骤然起身："你——"

宁雪陌十指猛然一划，铮的一声大响，所有琵琶弦一起断裂，玉石做的琵琶面居然也随之断为数截！

那碎裂的声响如同重重划在神九黎心上，他脸色发白，仿佛有什么缘分随着琵琶的碎裂而彻底断裂，再也拼凑不起来！

"帝尊，我祝你和这位姑娘白头到老，不离不弃。"宁雪陌的声音清清冷冷地响在大殿之中，响在每一个人耳边。

说完这句话宁雪陌再不看神九黎，转身离去。

当琵琶碎裂的那一刻她的心仿佛也跟着碎裂，那琵琶是神九黎当年送给她的，说她的琵琶弹得很不错，但缺少好乐器，所以他就在他的储物空间里挑拣出这个，还说以后弹琵琶就只弹给他听，舞也只跳给他看……

她自得了这件乐器后，一直像珍宝似的藏在储物空间的最深处，轻易不拿出来，只偶尔在他跟前又弹奏了一次，她清楚记得她那一次弹奏完后，仰着红红的脸蛋得意地问他感觉如何，他当时没说话，而是直接将她拉进怀中扑倒在脚下的垫子上……

那一次两个人激烈亲吻到差点擦枪走火，从那以后帝尊便又向她下了一道谕令，不经过他允许，不许再跳这舞，弹这曲，他怕他会把持不住……

这件琵琶无论在她还是在他心中都占了很大的比重。

如今，拥有那段记忆的只有她，他早已忘得干干净净。

往事如毒酒，浇在她的心上，曾经有多沉醉现在就有多痛！

现在，他就要成为别人的未婚夫了，和她再无瓜葛，她就用这支舞做一个了结！用这琵琶为这段孽缘做一个了结！

她走得决绝，再也没有回头。

"站住！"神九黎终于开口，广袖内十指紧握！

他虽然不记得那段往事，甚至不记得那琵琶，可是看她直接毁掉那琵琶让他心底极为不舒服！

宁雪陌听而不闻，该了断的已经了断，她没必要再待在这里。

"雪衣陌！"他叫出了旧日称呼。

宁雪陌足下连个停顿也没有，心头滑过重重悲哀。

原来在他眼中，她还是雪衣陌，从来不是宁雪陌……

可雪衣陌已死，这世上哪里还有她的存在？

再说雪衣陌也用一死把欠他的所有债还清了，为什么前生的债还要今生的她来背负？

她不欠他了！

无论前生今世，她都不欠他了！

"雪衣陌！"他再叫了她一声，她挺直身子离去的背影像一柄孤独的绝世之刀，划在他的心上，刺痛他的眼睛。他叫她上世的名字，连自己也不知道想要做什么。

宁雪陌终于缓缓回头，目光落在他的身上："帝尊大人，我想有必要说一句，我是宁雪陌！不是雪衣陌！前生是前生，今世是今世！前生今世请不要混为一谈，前生的债我也没必要去背负！"

她又昧地一笑，笑容说不上是讽刺还是别的："还有，无论前生今世，我都不欠

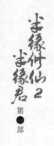

你了！"

说完这句话，她再不看他，再次转身离去。

脚下的红毯柔软芬芳，她的心却寸寸寒凉。

肚中的小宝宝忽然惊醒了似的，在她肚腹中狠狠踢了几脚，踢得她微一踉跄，却又立即把身子挺直，大踏步向门口走去。

有血在胸中翻涌，有热气在眼中升腾，原来壮士断腕会如此痛！

原来要将一个人从心中活生生剥离会如此痛！

痛得她胃里发苦，痛得她眼中发酸。

她不想让任何人看到她此时的脆弱，所以强压住胸口沸腾的热血，走得平稳，走得干脆，走得义无反顾！

神九黎站在原地，衣袍无风自动，张了张嘴似还想说什么，却似想到什么，目光一暗，没说出来，就这么眼睁睁看着她一步步顺着红毯走出了殿门，走出了他的视线……

所有的人都呆住，没有一个人开口。

在场的人每一个都是人精，看宁雪陌和神九黎之间的暗潮汹涌，似乎也明白了什么，却不敢捅破这层窗户纸。

宁雪陌是魔界的妖皇，也曾经是帝尊的徒弟，这谁都知道。

只是众人没想到的是，帝尊和宁雪陌之间还曾经有这么一层让人浮想联翩的关系！

帝尊缓缓坐下，周身的气息似乎更冷了，冷得让这原本热火朝天的大殿也低了好几度！

这些正道中人看着宁雪陌这个妖皇远去的背影，竟然没有一个人敢生出在背后偷袭她的念头。

一是未必成功，二也是在帝尊面前，在这种情况下不敢妄动！

在这个时候妄动简直就是和帝尊过不去！

大家都很聪明，所以不去捋这个虎须。

只是，事情发展到现在，这订婚宴还进行不进行？毕竟还有最后几步没走，还不算完成。

众人的目光又都转到乐子音脸上，想看看她有什么反应。

乐子音咳了一声，微微一笑，起身道："无论如何，还要多谢刚才那位宁姑娘送上这么好的贺礼。"

她手指缠绕上神九黎的衣袖："帝哥哥，不如我们继续吧……"

宁雪陌这一路没有遇到任何阻拦，就这么走出了那庄严神圣的大殿。

没有人追上来，也或者说帝尊没有说话，没有人敢追出来。

走出那个大殿后，她全身力气像被抽空了似的，稍稍晃了晃，足下有些发软。

她不想再走，索性直接腾空而起，冲出了佛莲山上空的结界，向着山下风驰电掣而去。

她刚刚冲到山下，忽听天上霹雳一声响，那响声惊天动地，让刚落地的宁雪陌心头也猛然一震！

她下意识抬头向上看，呆住了！

天上有紫色云朵疯狂聚集，向着东南方向集中，蓦然一道紫色闪电向着地面上直劈下来，发出的雷声惊天动地。

这……这是什么东西要历劫吗？

宁雪陌睁大眼睛，努力看向那个方向。

那是……是日月宗主殿所在的地方——

她忽然意识到了什么，脸色又变了变！

她在现代和那位狐仙花抱月曾经聊过一些事情，她曾经和他说过神九黎是神，和她在一起时从来不说娶她的事，让她颇为郁闷。

那时花抱月说过一句，一般地位尊崇的人娶妻会惊动上苍，上苍会降神雷给那个要被立为后的女子，叫作神后劫……

当时花抱月说了这个以后，她就在心里怀疑神九黎那时不说娶她的话是这个原因，还想等找到他后再仔细问问他。

而这次回来阴差阳错之下，她再也没机会问他，更何况就算问他，他也未必能答出失忆前的想法。

现在，她却看到了这个！

难道这就是神后雷劫？！

这么说，他们的订婚仪式完成了吧？

她念头刚刚转到这里，就看到被雷击的那个方向升腾起一道白光，白光直接迎上了直劈而下的闪电，发出更刺目的光芒、更震耳的声响。

接着她便看到一道水红身影像是受什么牵引升上了天空，而一道白影也随之而至——

虽然隔得远，虽然那两道身影在她眼中不过弹丸大小，但她依旧认出了他们。

水红身影是乐子音，白影则是神九黎！

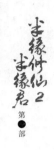

神九黎明显在护着乐子音，当紫色闪电击下的时候是他抢先挥袖去挡，所以那一道道紫色闪电有大半是击在他身上，只有余波才会落在乐子音身上。

道道闪电雷声中还传来众人的惊呼声，显然，那里的人并不知道神后劫一事，都有些吃惊。

宁雪陌缓缓倚着大树坐下，抱着膝盖看着远处天空中那并肩历劫的两个人，眼睛一眨不眨，直到看得眼睛发酸发疼发胀，她也不动地方。

神九黎将乐子音护得很好，共有十二道神雷劈下来，都被他给挡下来，乐子音缩在他脚边，紧紧跟随在他身侧，没有一道神雷是直接命中她的。

漫天的紫云缓缓散去，天空又恢复曾经的晴朗，太阳又露出火辣辣的笑脸，看着脚下的芸芸众生。

宁雪陌眼也不眨地看着那两个人相携缓缓降落，到最后再看不到他们的影子。

她眨眨眼，再眨眨眼，大概刚才一直盯着天空盯得眼酸了，有泪顺着她的眼角流下，跌入脚下的草丛之中。

就这样吧！

她告诉自己，亲眼看到他们共历神后劫，还有什么可怀疑的呢？

从此以后，她和他真的彻底了断。

她想站起身来，但双腿发酸，一时没站起来。

她抬手抹了一下眼睛，又抹了一把水，坐在那里，有一种一脚踏空，找不到岸的感觉。

她以后要去哪里？

这个世界似乎已经没有她的容身之处。

她的手掌忍不住抚在自己的小腹上，宝贝，妈咪只有你了，你说，我们要去哪里呢？

她的宝贝似乎听懂了她的低语，很给面子地用小屁股鼓了鼓。

很轻微的胎动，却让她心里暖了暖。

无论如何，她的宝贝没抛弃她，她还有他，以后他会出世，会牵着她的手叫她妈咪，会是个好看的、软软的、嫩嫩的小奶包……

想到孩子，她仿佛又有了力气，缓缓站起身来，深一脚浅一脚地向山下走去。

她要找个地方先歇一歇，等养足精神再离开这个大陆去往别处。

现在的她全身发软，身上也一阵热一阵冷的，状态很不好。而要穿越空间之门，必须有充足的体力才成。

"启禀会主，宁姑娘已经下山了，现在正朝落霞城方向去。"传音符中传来跟踪弟子的汇报。

"继续跟着，记住，不要让她发觉，她有什么风吹草动立即汇报！"耶律静安吩咐。

"是！"传音符灭了。

耶律静安颇为头大地揉了揉眉心。

刚才乐子音的天雷劫到来时，师父在飞上去为她挡劫之前，迅速给他传来一句吩咐，让他派人跟着宁雪陌，一定不能跟丢，跟丢就提头来见……

耶律静安原本就不放心宁雪陌，正要瞒着师父暗中派人跟随保护，听到师父这声吩咐，正合他意，立即就安排了日月宗最擅长跟踪术的弟子跟随在宁雪陌身后。

这弟子果然很有水平，很快就找到宁雪陌的行踪并迅速汇报上来。

落霞城，佛莲山北边一座城市，离佛莲山有二百多里路，是一个颇为贫穷的小城市，物产贫瘠，穷得叮当响，日月宗弟子平时采办日常用品也不会去那里。

不知道宁雪陌去那里又是几个意思？

帝尊的心思不好猜，他这个小师妹的心思更难猜！

耶律静安出神片刻，摇了摇头，想了想，拿出那枚特制的传音符，用术法接通，那边几乎立即就接起来："何事？"声音冷淡如常。

"师父，小师妹……啊，不，宁姑娘去往落霞城了，是自己走路去的，没有御剑，也没有看到其他尾随者。"耶律静安把自己所知的全部说了出来。

那头半晌没反应，耶律静安屏息等着。

片刻后，那边传过来三个字："继续跟！"

耶律静安松了一口气，挂念师父的伤势："师父，您现在如何了？不如让弟子到跟前伺候您……"

"不必。"那边仅仅传来这两个字就挂断，耶律静安叹了口气，收起传音符。

师父在众目睽睽之下独扛十二道天雷，落下来后便闭关了，闭关前吩咐他派女弟子照应也受了一点儿伤的乐子音，和这满坑满谷的宾客压根没再见面。

虽然一切都想开了，也设定了未来的目标，但经过这么一场沉重的打击，宁雪陌还是有些受不住，来到落霞城后她便发现自己有发高烧的迹象。

她摸了摸自己的额头，手冰冷，额头却火烫。她发烧倒不要紧，绝不能烧坏孩子！

现在肚中的宝宝是她唯一的精神倚靠，如果宝宝出什么意外，她就真的没有活下

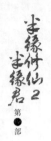

去的勇气了！

幸好她自己就是大夫，到了落霞城后，立即找了一家客栈住下来。

怀宝宝期间尽量不要吃药，这个道理她还是懂的，所以她在察觉自己发高烧后，第一反应是先物理降温外加运功驱热。

这座城市穷得叮当响，外地人鲜有人来，所以客栈也破破烂烂的，东西不凑手。宁雪陌要个浴桶都是店伙计临时跑出去买的。

她已经烧得有些昏沉，将店伙计打发出去便关了房门，颤着身子头重脚轻地跨入盛满温水的浴桶之中。

她其实还是有些后悔的，早知道会生这一场大病她就不来这鸟不拉屎的地方了！

当时之所以选择这里，不过是看中了这里轻易不会有人来，不会碰到日月宗的其他弟子。

她本来打算在这里好好休息两天就走，哪里想到这一场病会这么来势汹汹的？

她在这客栈里一连住了三天。

这三天里她的高烧时有反复，她都用按摩加物理降温两种方法驱热，三天后，高热终于彻底退去。

她在这个世界仇家不少，想要她死的人也不少，所以她住在这客栈的时候，虽然深居简出，但每次出去的时候，都尽量让自己看上去精神些，不让任何人看出她的破绽。

这一天，她终于感觉自己有了一些食欲，而这客栈的饭菜实在难以下咽，前几天是难受得厉害尽量不出去，现在一旦恢复活动能力，她再也沉不住气，便走出来，想找个最好的饭店吃一顿。

但这小城是真穷！

她从小城这头逛到那头，也没找到一家像样的饭馆。

不是破破烂烂的就是脏兮兮的，让她不要说吃，就算是看到也有些反胃。

肚子里的小家伙又开始拳打脚踢，似乎在抗议让他饿了这么久。

好吧，她还是找一座比较像样的城市吧，最起码能多吃几顿好的！

生这一场大病让她的功力下降了不少，御剑也有些颤抖，她在空中飞行的时候，身子有些摇晃，好在没掉下来让她丢脸。

她一溜烟般在空中没了影子，一直暗中跟随她的日月宗弟子在地上有些傻眼。

他的跟踪术虽然无双，可是——他还没学会飞……无法再跟踪了！

想了想，日月宗弟子立即汇报给耶律静安。

这几天他每日必会向耶律静安汇报，还是事无巨细那种，连宁雪陌每天要了几桶洗澡水吃了几个馒头也说得清清楚楚。

那头的耶律静安停顿了片刻，便吩咐他顺着宁雪陌所去的方向继续找，那弟子领命去了。

耶律静安其实有些头疼，现在的宁雪陌不太好跟踪了，她是会飞的！而日月宗的那些探子会飞的凤毛麟角，而且也都正好不在佛莲山上，他能派的人太少了。

但师父交代的事最大，师父表面上对宁雪陌极冷，却极上心。

他每天固定时间用传音符向师父汇报宁雪陌的事情时，师父虽然一直没说什么，但也从来没打断过他，甚至他啰啰唆唆说宁雪陌今天又吃了几个馒头时，师父也没嫌他烦。

而他向师父报告其他事情时，略啰唆一点儿，师父就会劈头给他一句："说重点！"害得他说那些事情一句废话也不敢说，都是事前拼命组织好语言才汇报。

师父正在闭关恢复，耶律静安也是尽量少打扰他，绝大部分事都是他自己斟酌着解决了。

宁雪陌的事大如天，耶律静安如不是实在脱不开身，就干脆自己去了。

他想了想，决定还是召个堂主过来，让他去跟踪宁雪陌。

他刚刚走出门，就发现赫连箫站在门外，一双眼睛直勾勾盯着他，把耶律静安吓了一跳。

这个徒弟对人热情爽朗，疾恶如仇，而且天分极高，这二十年间他的功力已经到达地阶八级，正向九级进发，成为日月宗新一代弟子的楷模。

耶律静安对这个徒弟还是很满意的，唯一不满意的地方是这小子对宁雪陌似乎有执念，已经到了早该成亲的年龄，却以要专心练功无暇顾及儿女私情来推托。

宁雪陌失踪的前一个十年，一贯宅在山中苦修的赫连箫喜欢上了出外历练，一走就是几个月不回来。

后来传出宁雪陌的死讯，甚至他们也得到了她的尸体，将她安葬后，赫连箫闻信归来，颓废了好一阵。

他忽然就不出去了，恢复了在山中的苦修。

只不过宁雪陌的坟上每日都会有人暗中供花洒扫，耶律静安觉得纳闷，便暗查了几回，终于发现是这小子每日晚上来宁雪陌的坟头忙碌，偶尔还提着酒壶在那里一边喝酒一边和坟中人说话，喝醉了就坐在那里哭。

也直到那时，耶律静安才知道自己这个得意门徒对宁雪陌的执念如此重，当初所谓的出去历练应该是去找人了。

后来宁雪陌被帝尊救回，最开心的也是这小子。

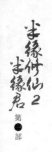

他当天晚上就扒了宁雪陌那"坟"，还把那棺材踢了好几脚，说让他在一个莫名其妙的人前哭了十年。

再后来不知道宁雪陌为何出了大事，好端端入了魔界脱离了日月宗，这小子大概不相信宁雪陌会入魔，偷偷跑去魔界好几次，有几次险些被魔界的人抓住给剥皮。

幸好他功夫高，跑得快，这才幸免于难，不过也受过一次重伤，险些丧命。

若不是耶律静安及时找到他，将他捞回来疗伤，他或许已经变成魔界的一把骨头……

宁雪陌后失踪这十年间，师父似乎被伤透了心，下令全日月宗的弟子不许再寻找，违者杀无赦。

那时耶律静安最担心的就是自己这个不省心的徒弟，唯恐他又头脑一热违抗帝尊之令去暗查，便干脆找了个理由将其罚到后山一处灵力充裕之地关了禁闭，让他在那里专心修炼，不得师令不得出来。

耶律静安怕他偷跑，亲自在那后山附近设了结界，并每日一查岗，这才确保万无一失。

好在这小子是个练武的好苗子，大概知道被关禁闭跑不了，便发奋练功，十年中他的念力也从七级升到了八级。

这次帝尊的订婚宴，因为要来的人实在不少，其中还有这小子的老爹，为了让他们父子相见，耶律静安这才将他放出来，却没想到失踪十年、毫无音信的宁雪陌居然会突然出现，而这小子居然想拉上宁雪陌跑路……

耶律静安都替自家这徒弟捏一把汗，唯恐帝尊一怒之下直接将这小子轰成渣渣。

好在订婚宴风波过后，帝尊立即闭关，无暇处置这小子，耶律静安自己也忙，一时也忘了他。

现在看到他直挺挺站在自己门外，耶律静安额角的青筋忽然欢快地蹦起来！

现在已经够乱的了，这小子不会又想添什么乱吧？！

"师父，我要下山！"这是赫连箫见到耶律静安的第一句话。

"不准！"耶律静安想也不想便拒绝，用脚趾头猜也能猜到是怎么回事。

"师父，我必须下山！"赫连箫语气坚定。

"为师说了，不准！"耶律静安语气不耐，恨不得把这不成器的徒弟一脚踢飞。

他懒得再和赫连箫废话，大步向外走。他还有许多事要做，哪有工夫和这小子胡缠？

"师父，我知道她已经名花有主，也知道她对我没那方面的心思，我现在对她并没有其他想法，只把她当成朋友！真正的朋友！她现在独自在外，又挂了那么个名声，我怕有人会对她不利，只想去她身边保护她！"赫连箫在耶律静安身后开口，一字一顿说得认真，"真的，我只想保护她！哪怕暗中保护也行！"

耶律静安顿住脚步，缓缓转过身来，上下打量他："说话算话？"

赫连箫没想到师父这么快就松动了，眼睛登时一亮，大声道："算话！"

"如果只允许你暗中保护不现身呢？"

"那——也行！可是如果她遇到绝大危险，我必须现身才能帮到她呢？"赫连箫答应师父的条件但也提出了异议。

"发现她有遇险的苗头立即汇报！不得有一刻延误！如果真有特殊情况，你再现身也不迟。"

"是！"赫连箫答应得响亮，转身就想走。

"等等！"耶律静安塞给他一个特制传音符，"她现在正去往凤凰城，你可以去寻她。记住，关于这次的任务你对任何人都不得提起，还要每日两次汇报她的一切状况，不得有任何疏漏！"

赫连箫睁大眼睛："师父，日月宗在监视她？为什么？"

耶律静安面色冷了下来："接到任务就去出色完成，哪来这么多为什么？！你如果不愿意做……"

"愿意！我愿意！"赫连箫唯恐耶律静安反悔似的，"师父，那我现在就去了！"他说完抢过传音符一溜烟不见了。

耶律静安："……"他这个弟子还真不是一般性急！

不过，让他去也好，赫连箫艺高人胆大，有他暗中保护宁雪陌，再时刻传递消息，应该不会出什么意外。

耶律静安终于放下心来，转身去安排其他事情了。

他在外面盘桓了一圈儿，将那些杂事都处理完毕，这才回来，刚刚走到自己的房门前，一个窈窕女子现出身形："静安。"

耶律静安稍稍后退一步，躬身行礼："乐上仙。"

那女子正是乐子音，她今天穿着一身紫衫，飘飘欲飞，整个人清新得如同一枚带露的紫珍珠。

"静安，你不必如此客气，唤我子音便好。"乐子音笑吟吟的，让人一见便心生欢喜。

"不敢，乐上仙现在身子可大好了？"耶律静安恭恭敬敬道。

对这个女子，他一向恭敬，毕竟她是最有可能成为自己师母的人。

乐子音飘飘转了一圈儿，裙裾飞扬："好得差不多啦。"她一双妙目又落在耶律

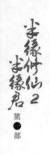

静安身上，"你们师父现在如何了？"

耶律静安回道："师父正在恢复，仙子不必挂怀。仙子能痊愈，师父知道了肯定很开心。"

乐子音轻叹道："多亏你们师父为我挡劫，这才让他受如此重的伤，我心里十分过意不去，很想面见他一次亲自瞧瞧。"

耶律静安道："多谢仙子惦念家师，家师正在闭关，恐不能见任何人，仙子再多等两天便是。"

乐子音倒是个大度的，轻轻一叹道："本仙明白，闭关恢复期确实是不容外事打扰的。我过几天再看他也是一样。"

"多谢仙子体谅。"耶律静安回答得滴水不漏，"仙子毕竟身体尚微恙，还是请回院中歇息吧。需要什么，让弟子们来说一声便好，不必劳动仙子亲自前来。"

乐子音眛地一笑："静安，你太客气啦，你派来的那些弟子都不错，伺候得很用心，我这次来找你倒不是要什么东西的，我想出门一趟。"

耶律静安一怔，这位乐仙子从来到日月宗后，鲜少出门，就算出去也是和师父一起。

现在她要单独出去？

按道理，她是日月宗的贵客，可以自由来去，甚至不必向任何人汇报。

可是师父挺宝贝她的，她单独出去万一出什么事，那他可就吃不了兜着走了！

"仙子是有什么急事吗？不如您等师父出关以后再同师父一起出去？"

乐子音轻轻摇头："不必了，我这次是为你师父寻药的，我知道有一种药对雷击之伤很有裨益。"

耶律静安眼睛一亮："是何药？产在哪里？可以让弟子去采。"

乐子音微笑道："那个地方只有念力到达天阶一级才可以去，而且那种药草要采也挑人的，只有我们碧水狐族才可以。"

耶律静安："不知可有风险？"

"风险自然是有一点儿的，但没大碍，那地方我原先曾经去过两趟，也是熟了的，不会有什么事。本来想早些去的，但身体条件不允许，现在我好不容易好了，所以这次势必成行。"乐子音语气坚决。

"呃，那仙子可以和家师商量一下……"

"不必，他心疼我，一点儿危险也舍不得让我冒的，让他知道了肯定会阻拦。他为我做了这么多，我为他做这么一两件事也是应该的，所以还是不和他商量了。等我把药采回来他也就没法子了。"乐子音巧笑嫣然，"好啦，这件事你知道便可，我这就去了。"

她一转身，飘飘而起。

"那仙子能否告知去哪里？"

"云草禁地。"乐子音扔下这四个字就不见了影子。

耶律静安总有一种不太对劲的感觉，但细想想，又想不出有哪里不对，摇了摇头，心中决定，如果这位仙子两日内不回来，他就禀报给师父。

他正沉吟着，腰间的传音符亮了起来，淡金色的花纹层层流转，煞是好看。

耶律静安险些跳起来。

糟糕！今天事儿太多，他忘记定时向师父汇报了！

他忙接通传音符，尚未等帝尊开口，他已经竹筒倒豆子般道："师父，今天宁姑娘终于出了那小破城，似乎是向凤凰城去了。她的气色看上去挺不错的，临走的时候还和那店家打招呼，多给了那店家十几两银子。昨晚开始，她也不那么频繁地要洗澡水了，也没在屋内走动，应该是一觉睡到大天亮……"

耶律静安足足说了三分钟，到最后终于无话可说。

传音符中没传来帝尊的问话，如不是还亮着，耶律静安几乎以为那边已经挂断了。

"师父？"耶律静安试探着叫了一声。

"似乎？"那边终于吐出两个字。

耶律静安反应了好半晌，才明白师父这两个字指的是哪里，忙道："宁姑娘是御剑离开的，跟踪她的弟子尚不会御剑之术，只能根据她所去的方向大体猜测。不过弟子已经派其他会御剑术的弟子去了，应该很快就能赶上她，不会让她出意外的。其他门派的首脑人物弟子也暗中知会过了，让他们不许为难宁姑娘……"

那头声音淡淡的："本座说过是保护她吗？只是让你们注意她的一举一动而已。查访雪衣澜可有什么消息？"

"没有，这个人像是完全失踪了，自始至终没出现过。弟子也曾经派林堂主去魔界查看过，魔界这十年又成一盘散沙，混乱得很，有许多魔道人物也在寻他，大概是想让他回去主持大局……有人猜测他大概是在哪里受了重伤，藏起来养伤了。魔界的人说，他一向有这个毛病，一旦受了重伤，必会消失不见。"

帝尊沉默片刻，再问："现在跟着宁雪陌的是谁？"

耶律静安一窒，倒没想到帝尊会问这么详细，停顿了片刻，到底不敢隐瞒："是赫连箫，他的功夫已经到地阶八级，人又胆大心细……"

耶律静安内心燃烧着一把忐忑的小火苗，师父不会吃醋吧？！

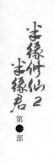
如果师父发怒，那他就立即将那小子召回来，免得做师父的炮灰。

他提溜着一颗小心脏等了半天，咦，传音符灭了！师父直接挂断了……

这么说师父并没有吃醋，不会怪罪赫连箫那小子？

耶律静安在松一口气的同时，心头生出一抹疑虑。

自己所猜测的方向是不是错了？

还有，师父对那个乐子音到底抱着什么想法？

从历了那个雷劫后，师父从未主动问过乐子音的伤势什么的，甚至也没问过她的行踪，像是已经将其丢到了一边，再不过问。

耶律静安觉得头更大了！

他一向是善解人意，惯会揣摩人心思的，但碰到神色丝毫不露的师父，他也有一种找不到方向的无力感。

赫连箫迷路了！

赫连箫这一生不知道闯过多少地方，甚至从最有名的迷沼中闯了几个来回，也能很快寻到路出来。

但现在他却迷路了！

他本来急如星火地向前赶，恨不得一步赶到宁雪陌身边，在暗中保护她不再受任何人伤害……

他的御剑术已经极为高明，在空中飞行如划过天际的流星，片刻的工夫就是数十里。

这段路他又是飞熟了的，所以万万没想到他不过是在飞行中出了片刻神，等再醒过神来时，就发现自己找不到坐标了……

漫天的白云，他仿佛陷在无边无际的云海里，压根分不清东西南北。

他甚至不知道自己是站着的，还是倒立的！

怎么回事？！碰到鬼打墙了？

赫连箫顿了顿，倒也不怎么紧张。他在日月宗学了很多破除这种邪术的法子，鬼打墙对他来说就是小意思，简直不值一提！

他哧地一笑："哪个混蛋敢困小爷？！这就让你知道小爷的厉害！小爷会把你揪出来撕八瓣！"

一边威胁他一边使出破除鬼打墙的咒术，片刻后，白云依旧是那片白云，他依旧身处云海之中。

他不死心，接连使出多种法子，结果依旧没什么效果。

这鬼打墙这么厉害？

赫连箫一横心，干脆弃了术法，不再御剑飞行，让身体自由落体。

他就不信落不到地上去！

饿！饿死了！

宁雪陌从没想到自己有朝一日会这么饿！

肚腹里的小家伙翻江倒海似的折腾，似乎也在哭诉他很饿！

宁雪陌一边加紧向前飞，一边用手安抚肚子里的小宝贝："别闹啊，一会儿就给你东西吃，咱吃鸡鸭鱼肉，吃很多很多美食……"

她饿得手颤脚软的，飞行一阵后几乎无法御剑，低头向下看了看，一派莽莽群山，没看到半点儿城市的影子。

早知道会如此饿，她刚才就忍着恶心吃点客栈老板送来的饭食了。

宁雪陌叹了口气，再向下瞧了瞧，心中忽然一动。城市一时半刻到不了，她不如到下面的山中猎个兔子啥的，烤一烤充饥也好。

她吸了一口气，正要冲下去，前方忽然飞来一大片云团，她猝不及防，一头扎入那云团之中。

片刻后，她在原地站住，四周都是棉絮一样的云朵，在她上下左右飘浮，也让她瞬间辨不清方向。

宁雪陌在这片云海里飞行片刻后，便明白碰到类似鬼打墙的东西了！

能在空中设置这个的只有三种人：年深日久修炼成精、功力最少在几千年以上的大妖，魔界功力深厚的魔，还有就是修仙界功力到达地阶九级左右的人！

她还顶了个妖皇的名头，魔界的魔有想弄死她篡位的，修仙界的那些人也恨不得除掉她后快。

至于妖——妖大概也想逮着她这种功力的人吃掉。

所以这三种情况都有可能！

在背后之人没出来之前，宁雪陌不想浪费脑细胞胡乱猜测，所以她直接用术法去破解。

这次她并没有用神九黎曾经教给她的法子，而是用了在现代和花抱月交流时，花抱月传给她的法子。

当日花抱月知道她修习了术法后，十分好奇，缠着她使出几种让他瞧瞧，作为交换，他也传给她几种驱魔术，尤其对付这种迷宫似的鬼打墙，他的法子更是百试百灵。

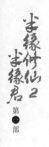

花抱月并没有夸大其词，宁雪陌使出那种法子后，眼前的云朵立即潮水般消失，然后她发现自己正像颗炮弹似的向地面冲！

她忙稳住身形，此刻离地面仅仅还剩一二百米！

她如果不是及时破解了那"鬼打墙"，再过几秒钟说不定就会实打实摔在地面上那嶙峋的石头上，直接跌成肉泥！

宁雪陌四处逡巡，想揪出背后捣鬼之人，刚刚抬起头来，便听到头上恶风顿生！

她下意识一闪，一个人影从她身侧旋风般跌了下去。

赫连箫！

宁雪陌一眼看出那人的身份。

眼看这小子就要撞到下面突起的一块山石上，宁雪陌手一抬，一道红索出手，闪电般飞出去，直接缠在赫连箫腰上，再猛然一扯，赫连箫横飞了回来！

赫连箫睁开眼睛，一声大吼："原来是个蜘蛛精！敢困小爷，看掌！"

他说着呼地一掌向着宁雪陌拍过来！

他功力不低，劲力不小，这一掌简直像含了飓风，恨不得将宁雪陌直接拍飞出去！

宁雪陌俏脸一黑，手中红索猛然一抖，赫连箫像个风车似的被转了一圈儿，拍出的一掌自然拍偏！

"好厉害！没想到你这女妖倒有两把刷子，小爷……咦，雪陌？！"赫连箫气壮山河的狠话放出一半，终于认出宁雪陌，他本来又猛拍出一掌，忙不迭地将掌力回收，砰的一声击打在他自己身上，一声闷哼，身子又像纸鸢般飞了出去……

宁雪陌："……"她本来怀疑这赫连箫是什么妖人冒充的，现在疑虑消了一大半儿。

赫连箫这次落地虽然狼狈，倒没受伤，只砸断了几根树枝，钩破了一块衣角，划伤了一点儿脸皮。

他从地上一跃而起，看着宁雪陌，一脸难以置信："真的是你啊，雪陌！"

"你不在日月宗，怎么跑到这里来了？"宁雪陌抱臂站在离他一丈远的地方，问他。

赫连箫抓了抓头发："我是……我奉师命刚巧去凤凰城办事，没想到在路上碰到这鬼打墙……该死的，设置这个的到底是什么鬼东西？害得我差点撞石自杀！"

他狠狠踢了旁边的大石头一脚。

宁雪陌目光微微一转，抬头看了看天上，天上白云朵朵飘过，看不出任何异常。

"你刚才在鬼打墙中可看到什么？或者嗅到什么邪气了吗？"宁雪陌询问。

赫连箫摇头："没有嗅到什么邪气，就是太邪门了……"赫连箫把自己刚才在云海中所看到的场景说了一遍。

和宁雪陌所见差不多，只不过宁雪陌没像他那样困这么久。

赫连箫左顾右盼，一脸纳闷："这是哪里？我怎么掉到这里来了？"

宁雪陌也在观察四周的景致，这里的景致她隐隐有些眼熟，好像先前来过。

片刻后她终于认了出来："天书山第六峰！"

赫连箫目瞪口呆："天书山？不对吧？我去凤凰城不应该经过天书山的……雪陌你确定没认错？"

宁雪陌摇头，望着一处山崖出神，在那里一号侍卫为了卫护她被九峰的怪鹰掳走，以致丢了性命……

而她也被怪鹰给叼上第九峰，有了一番奇遇，碰到一个……

她忽然愣了愣，总感觉在这里碰到过一个最重要的人，但仔细想又想不起来，像是在这里的记忆已被人生生抹去。

她有些愣神，肚子里的小宝贝不甘被忽略，又踢了她一脚，让她瞬间醒过神来。

现在解决饿的问题是首位，其他都放一边！

她忍不住抚了抚肚子，这小家伙挺奇怪的，小小的一团却很能折腾，也很有精神，居然能时时踢她的肚皮……

毕竟是神的孩子，和正常宝宝不同啊。

"雪陌，你怎么了？"赫连箫的手指在她眼前晃了晃。

"没什么——"宁雪陌回过神来，转头问赫连箫，"你饿不饿？"

她目光炯炯地望着赫连箫，赫连箫老实地点了点头："饿！"

"那好！我去打猎，你来烧烤怎么样？"宁雪陌立即分工，她打猎拿手，烧烤不拿手，烧出来的东西不是煳了就是不熟，让她自己也很无语。

赫连箫立即一昂头："打猎是男人该干的活，还是我去打猎吧，你负责烧烤就成。"

"少废话！按我说的来！"宁雪陌不再给他反驳的机会，立即起身，预备去打猎。

她刚站起来，忽然感觉一阵眩晕，晃了晃，才重新站稳。

"雪陌，你身体不舒服？"赫连箫目光盯在她的脸上，眸底有担忧之色。

宁雪陌摇了摇头，她怀孕的事不想让任何人知道，更不想让日月宗的人知道，所以赫连箫虽然是她的朋友，她也不想对他说。

毕竟赫连箫是个大嘴巴，说不定什么时候就把这消息传到那个人耳朵里去了，到

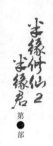

时候只怕又会增添不必要的变数！

　　大概是太饿的关系，她胃里几乎有烧灼般的感觉，像有几只小手在里面抓挠，很不舒服。

　　额角有冷汗冒了出来，她在一块大石头上坐下："我没事，大概赶路赶累了。"

　　"那你在这里歇歇，我去打猎，回来我再烧烤。放心，我对烧烤很拿手的，保证你吃了还想再吃。"赫连箫倒很体贴，转身就走，走了几步后又不放心，"雪陌，你真不要紧？"

　　宁雪陌摆手："去吧，去吧，我没事。"这是天书山第六峰，妖兽级别并不算高，当初她是菜鸟的时候尚且没事，更何况是现在的功夫？

　　那些魔兽、妖兽不来便罢，来了她分分钟就能拍死它们，让它们做她的食粮。

　　赫连箫终于去了。

　　宁雪陌干脆在大石上打坐。

　　她嘴里说得轻松，心里还是很防备的，毕竟刚才那云海似的"鬼打墙"的主人还没现身，她不能不防。

　　她看着是在打坐，其实全身的感官都调动起来了，不放过周遭一丝一毫的风吹草动。

　　"啊——"极远处忽然传来一声惊呼，听声音正是赫连箫的！

　　宁雪陌身形一起，忙循着声音找去。

　　她现在速度极快，判断方位又精准，几乎眨眼工夫就奔出数里，片刻后已经看到赫连箫的身影，同时足下也顿了顿。

　　在无数高大树木中间有一棵矮壮的大桃树，桃树上挂着无数粉盈盈的大桃子，随着微风轻晃，看上去很吸引人的眼球。

　　赫连箫手里提着一只山鸡、一只兔子，此刻正望着那大桃子出神，他大概听到宁雪陌飞掠而来的动静，转过身来："雪陌，你看，好大的桃子啊！"

　　桃子香气扑鼻，让原本饥饿的人更饿，宁雪陌却不想采摘。

　　现在是暮春时节，山里如果看到桃花很正常，可是桃子——

　　桃子不应该这个时候成熟！

　　事出反常必有妖！

　　她现在可是有宝宝的人了，不能乱吃东西。

　　她把这观点说了出来，赫连箫却不以为然："雪陌，你太小心了。这里毕竟是天书山，怪树、怪兽多了去了。或许是这里地气特别，在这时节里催熟了桃子……说不定是西王母的蟠桃误落此地呢。我们先摘几个垫垫肚子。"

他不由分说飞身而起，很快摘了两个大桃子下来。

大桃子粉粉的，看着确实诱人。

赫连箫随手递给宁雪陌一个："对了，你毒术挺好的，先检查检查。"

宁雪陌只得接着，将桃子翻来覆去看了一下，她是毒物大行家，自然能看出这桃子有毒没毒。

检查的结果是，这桃子不但没有毒性，反而有一种特别清淡的仙气，让人闻了很舒服。

赫连箫想了想，毕竟也不放心，将手中的桃子让那只正在他手里蹬腿的兔子啃了一口，然后将兔子放在地上查看它的反应。

兔子很健壮活泼，吃了一口桃子还想第二口，赫连箫把它放在地上后，它也并不急着逃走，而是眼巴巴地看着赫连箫手中的桃子。

赫连箫也大方，顺手就把手里的桃子丢给了它。

兔子立即蹦过去啃了起来，风卷残云一般，片刻后，大桃子只剩一个桃核。

那兔子吃完还意犹未尽，围着赫连箫转悠，不肯离去。

见兔子始终活蹦乱跳的，赫连箫松了一口气："我就说嘛，这桃子看上去仙气凛然的，不像是有毒的。来，我们先吃这个，待会儿我给你烤山鸡和兔子。"

他上树又摘了两个桃子下来，一个自己啃，另一个又扔给了宁雪陌。

他三下五除二啃了一个，一抬头，见宁雪陌站在原地看着他，并没有要吃的意思。

"雪陌，怎么了？这桃子很香甜的，又没毒，怎么不吃？"

宁雪陌叹气："连箫，你不会忘了吧？我不吃桃子的。"

赫连箫一愣："是……是吗？我真的忘记了……"

宁雪陌看着他继续道："我记得你也不吃桃子啊，一吃这东西你就全身起红疙瘩，不舒服。你那时还说这世上最难吃的水果就是桃子了。"

赫连箫："……"

他脸色微变，顿了片刻，一拍脑袋，懊恼地道："这么久没吃这东西了，我居然忘了吃这东西会不舒服。不过这桃子的味道确实不错，和普通的桃子不一样，你尝一口试试看。说不定你就愿意吃了。"

"是吗？"宁雪陌似乎有些动心，果然将那桃子凑到唇边——

赫连箫一双眼睛情不自禁地直直盯着她。

宁雪陌又将桃子从唇边移开，漫不经心地问赫连箫："对了，连箫，我记得你说过令堂最喜食桃子，不如你多摘几个送给令堂。再过几天不是她的六十大寿吗？这个

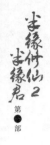

正好做礼物。"

赫连箫又顿了顿，再一拍脑袋："不错！我母亲爱吃这个。那我再摘几个带回去！这种桃子可不多见，难得碰上，吃了说不定还有延年益寿的作用。"

他一面说一面上树摘桃子，一口气摘了七八个放进储物空间，跳下树来看了宁雪陌一眼："咦，雪陌，你还没尝尝？"

宁雪陌笑了："我这就尝。"

她抬手似又要将桃子凑到唇边，却忽然一抖手，手中的桃子闪电般向着赫连箫砸过去，同时飞过去的还有烈烈火龙，火龙张牙舞爪向着赫连箫扑去！

赫连箫猝不及防，险些被火龙喷个正着！

他慌忙躲闪，接连用了数种身法才避开去。

"雪陌，你怎么了？"他跳到一棵大石头上，诧异地叫道。

宁雪陌笑："没什么，想试试你的本事！"她说着一挥手，周围的石头全飞了起来，继续向着赫连箫狂砸！

赫连箫脸色微变，宁雪陌砸过来的这些石头每一颗都含了极大的劲风，更要命的是这些石头居然是燃烧着的！无论哪一颗砸到他身上，也够他受的！

他连连躲闪，掌心现出一柄光华琉璃的宝剑，剑芒起处，像在周身护了一道屏障。

所有的石头都砸在这屏障上，砸得剑芒水波似的颤抖了几下，他被震得手腕发麻，好在所有的石头都被他挡在了圈外。

"雪陌，这玩笑并不好笑……"他终于透过一口气来。

"谁说不好笑？以前我们不是常常这么比试吗？"宁雪陌笑，手下根本不停顿，一招手，空中又现出无数锐利木剑，剑尖同样带火，继续向着赫连箫猛攻。

她的每一招都是杀招，赫连箫用宝剑格挡的时候，那些木剑在他的宝剑的作用下再次分裂成无数牛毛细针，铺天盖地地向着他射去！

赫连箫脸色大变，再顾不得什么，拼尽全力抵挡，掌心宝剑连削带打，总算将大部分木制牛毛细针拍飞出去。但因为牛毛细针太多，他拼命抵挡还是有漏网之鱼，有三四枚扎到了他身上，火辣辣地疼！

有一枚细针扎到他的手腕上，他手一抖，险些扔了掌心宝剑。

宁雪陌一旦开始攻击那是半点儿不给人留余地，一波连着一波，每一招每一式都像是大海潮生，攻得赫连箫透不过气来，压根没还手余地。

他终于察觉不妙，忽然飞身而起，直飘到空中，一挥手在身周设下一道结界，总算阻挡住了宁雪陌的又一轮攻击。

"你居然看出来了！"他开口，目光中满是不信。

宁雪陌冷冷看着他："你露出的狐狸尾巴太多了！"这个人不是赫连箫！

可恶，居然伪装成她的朋友来坑她！幸好她够机智，这才没上他的恶当！

伪装被识破，"赫连箫"索性也不再装了，还有些好奇："你到底从哪里看出来的？"

他的伪装术还从来没人识破过！更何况这次是附体似的伪装，可以说是最高端的，就算是帝尊也未必能识破。

宁雪陌瞧着他："藏头露尾的不是英雄！你先露出本来面目来姐姐再回答你！"

那人轻轻一叹："我倒是不怕露出本来面目，只是怕你会太吃惊，吓掉孩子。"

宁雪陌脸色一变！

她怀孕的事这个世界无人知道，就连神九黎都没看出来，眼前这人到底如何看出来的？！

这个人不简单！

对方熟悉赫连箫，想要坑害她，而且看他刚才躲避的身法极为轻灵飘逸，不用问，空中那迷魂阵也是他设置的，还能看出她身怀有孕……所以他的功力应该在地阶九级以上！

宁雪陌眼眸一眯："乐子音？！"

那人眸中闪过一抹异样，忽然咯咯笑了起来："你果然足够聪明！一个人类居然也能聪明成这样，还真出乎我的意料呢！"这次对方发出的却是清脆的女声，无疑承认了身份。

既然被认出，她也懒得再伪装，在空中轻飘飘一转，露出了本来面目。

一身水红裙衫，身姿轻盈，眉目之美难描难画，飘飘若仙子临尘，正是那位上仙，也就是神九黎的现任未婚妻乐子音！

宁雪陌目光下意识在她额头上一转，她额间一枚宝石花抹额，倒看不出她有没有那枚特殊形状的朱砂痣。

不过，既然已经历了神后劫，她那个部位应该有吧？

也或者神九黎的妾和妻所经历的劫不一样，那朱砂痣的模样也不一样。

宁雪陌被雷劈后，多了一个六角雪花形的朱砂痣，火红得如同珊瑚豆子。

后来她和他打赌赢了，成了他的徒弟，那个侍妾契约自动取消，她额间的朱砂痣却并没有彻底消失，只是由雪花形渐渐变为圆形，而且也没了先前那些特殊功能，颜色也变浅不少。

姬妾的额间是雪花形的朱砂痣，那他的妻呢？又会是什么样的？

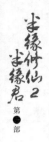

"你到底怎么认出我的？"乐子音还是纳闷。

宁雪陌冷笑，缓缓地道："你确实很有演戏的天分，扮演的角色也很像，不过，你太心急了。"

"呃？怎么说？"乐子音挑眉微笑，她很喜欢笑，看上去天真又妩媚，尤其是眨动大眼睛的时候，更有一种说不出的甜美和娇俏韵味。

宁雪陌看着她这笑，忽然有一种极为怪异的感觉。

这乐子音容貌并不像她，可是神情上似乎有异曲同工之妙……

宁雪陌冷笑一声："你很奇怪？"

乐子音再眨眨眼睛："是啊。"

宁雪陌也一笑，笑得比乐子音还甜美："不告诉你！"

她其实在和赫连箫碰到的时候心里就有一点儿奇怪，因为太巧合。

但她不愿意怀疑朋友，所以还是和他应付了一阵。乐子音扮演赫连箫可以说是天衣无缝，无论神情、动作无一不像，这让宁雪陌一度怀疑自己太多疑了。

直到"赫连箫"去打猎碰到桃树发出惊呼那一刻，她的疑心才再次起来。

赫连箫虽然明朗，但并不是轻易就会"惊诧"的人，更不会看到一棵奇怪的桃树就惊诧，就算他觉得有些奇怪，也断不会发出惊呼之声。

他这样就像是故意要引她前来！

所以宁雪陌将计就计应付着他，这个人明显想忽悠她吃桃子，想坑她，不过她确实没发现这桃子究竟有什么不妥之处。

事实上赫连箫吃桃子并不过敏，而且他也确实爱吃，同在日月宗的时候，他还曾孝敬给她几个。

宁雪陌同样也吃桃子，并没有什么禁忌。

而在这个问题上，乐子音露出了第二个破绽。

至于第三个破绽就更明显，赫连箫的母妃早已过世，哪里会过什么六十大寿？这些全部是宁雪陌信口胡诌的。

而乐子音怕露破绽，也胡乱应了，还真上树摘桃子做什么寿桃。

"原来堂堂上仙也做这么猥琐的勾当！乐子音，你给上仙两个字丢人！"宁雪陌不客气地呵斥道。

乐子音俏脸微微一红，但随即又笑了："宁雪陌，我想你对上仙两个字有错误理解。还有，本仙所做的事也称不上猥琐，不过是奉命行事罢了。"

"奉命行事？"宁雪陌挑眉，似笑非笑地望着她，"奉谁的命？"

乐子音笑了，笑容天真："你说呢？"随即她又悠悠道，"有人不想让你有这个孩子，自己又不方便出手，所以便暗示我前来。"她这一番话没道出任何人的名字，但暗示之意太明显。

说完这句话后，她一双明眸落在宁雪陌的脸上，她知道以宁雪陌的聪明足以猜出这个人来。

她等着宁雪陌变色的样子，那一定很好看！

她几乎是满怀恶意地期待着。

宁雪陌却笑了，手臂一抱，凉凉地看着她："乐子音，你这嫁祸人的计策用得不错，你以为我会相信？"

神九黎虽然对不起她，但她还是很了解他的为人的。

如果他知道有这个孩子，十有八九会负责，会留下她，绝不会对孩子不利！

就算他不想要这个孩子，也会自己前来，干脆利落地出手，而不是假手于人。

眼前的乐子音明显是想拿这个刺激她，把她宁雪陌当白痴了？

乐子音脸色微变，倒没想到这么快就被对方识破，笑了笑，悠然道："可怜的人类，我只是告诉你个事实而已，你相信不相信都和我没关系。你不相信也好，这样还能自欺欺人些。"

乐子音看上去笑吟吟的，说话却足够毒舌，字字句句都把黑锅扣到神九黎身上，赶上心智稍弱的，只怕就真被她激怒了。

但她碰到的是宁雪陌，宁雪陌这些年在各种交际场所打滚，什么样的人没见过？

所以她对乐子音说的话已经免疫，压根不放在心里，只是现在肚子里那种饥饿的感觉更重，抓心挠肝似的，让她双脚有点发软。

宁雪陌表面不动声色，内心却有些焦急。

乐子音明显来者不善！

宁雪陌如果不是这种状态，或许能和乐子音打个平手，但现在……对她极为不利！

"乐子音，你不待在你未婚夫身边，跑到这里来做什么？莫非你未婚夫还对我念念不忘，让你醋意大生，却不敢找他麻烦，直接来找我麻烦？"论毒舌，宁雪陌不比乐子音差。

乐子音俏脸微微一变，随即再笑道："我说了，我是奉他命令来要你孩子的命。他怎么可能对你念念不忘？你若不是去我们的订婚宴上闹，他几乎没想起你来呢。你不知道他到底对我有多好，我们同吃同住，同进同出，他一刻也离不开我的。"

"是吗？"宁雪陌双臂一抱，"他如果真对你好，怎么可能派你来做这样卑劣的勾当？这事如果传到江湖上，对仙子的名声可是有大碍呢。"

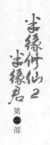

"……"乐子音似乎没想到宁雪陌会如此毒舌，一时接不上话来。

宁雪陌再次笑道："怎么？被我踩中痛脚了？"

宁雪陌上前几步，逼视着她："你来这里他压根不知道吧？你察觉我有了孩子，怕我以后拿孩子说事，所以干脆扯个理由偷偷跑来想神不知鬼不觉地做掉我，顺便做掉孩子，是不是？！"

乐子音抿着红唇，粉拳在袖中握起。宁雪陌简直就像她肚子里的蛔虫，把她的如意算盘全说出来了！

她看着宁雪陌，不得不承认这个人类女子聪明得可怕，怪不得他对宁雪陌始终念念不忘，在昏迷中叫出来的也是这人的名字。

阴谋全被揭穿，她再藏着掖着也没什么意思。

乐子音轻轻一叹："随便你怎么以为吧，不过，有一点我觉得应该申明，我不是来杀你的，只想做掉你的孩子，他是个孽种，压根不该来到这世上，所以还是早早了结他吧！宁雪陌，无论如何，你和我帝哥哥再无可能，何必生他的孩子？倒不如做掉一了百了，这样你再嫁别人也无负担，带着个小拖油瓶你再找其他男人也不容易。瞧瞧，其实我还是挺为你着想的，是不是？"

宁雪陌的俏脸冷了下来。

她被乐子音的这一套理论给雷到了！一个仙子说出这种奇葩言论来也是醉了。

宁雪陌张了张嘴，似想说什么，却忽然脸色一白，身子微一摇晃，但随即站稳："乐子音，你怎么知道我肚中的孩子是他的？"

乐子音盯着她的脸，慢慢落下地来，又上前两步，悠然道："你大概不知道我的身份吧？我是这世上最高贵的碧水狐族，碧水狐族都有一项特别的本事，而我的特别本事就是可以透视，能看出哪里生了病变，自然也能看到你肚里多了个小孽种。"

宁雪陌："……"原来这狐狸有一双媲美X光的透视眼！

"可这并不能证明这孩子是他的，毕竟对这个世界的人来说，我和他已经十年未见。"

宁雪陌并不傻，她当初在神九黎的订婚宴上之所以不提这孩子，一是因为不想拿孩子说事，如果她的爱情只能靠孩子来博取，那和奉子成婚有什么区别？这样的爱情她宁愿不要！二也是明白在那样的情况下，她就算忍着怒气将孩子的事情说出来，神九黎也未必相信。

对他来说，她和他已经分离了十年，他怎么可能相信她肚中这仅有四个月大的孩子是他的？！

想想也不可能啊！

这个世界又没有DNA验证，再说孩子还在她肚子里，就算用那不靠谱的滴血认亲，也要等孩子出生以后……

这个乐子音到底从哪里看出她的宝贝是神九黎的？！

这是宁雪陌最不解的。

乐子音大概也是想秀秀自己的本事，挑唇一笑："你肚中的孽种看形状已经四个月，你的肚腹却半点儿不显，而且他个头也比正常人类胎儿小很多，明显发育晚，这么小在肚子里还这么不安分，手脚的力气比正常胎儿要强不少，更重要的是，他身上缠绕了一丝紫光，而这道紫光我只在帝哥哥身上见到过。所以，我猜出这是他的孽种，你有异议吗？"

宁雪陌："……"看来这乐子音的眼睛确实特别！

自己用内视之法也只能隐隐看到孩子的形貌，压根看不到什么紫光！

"乐子音，看来你对孕妇的胎儿了解不少啊，连什么月份应该什么样子也能说得这么精准，你是稳婆出身？"

乐子音怒："我堂堂狐仙怎么可能做那么下贱的差事！"事实上她自从发现自己有这种异能后，特意跑到人界观察各色人等，其中她注意最多的就是孕妇。

当然，这些事她不能对宁雪陌说，她上下打量宁雪陌一番："宁雪陌，你和我这么聊似乎是故意在拖延时间，难道是想等什么救兵？"

她歪头想了想，笑道："你想等赫连箫来？那孩子一时半会儿来不了的，现在还在一个地方打转呢，没有一天一夜他出不来。再说就算他来了也救不了你。"

赫连箫真出来了？！

宁雪陌向前一步："乐子音，你把他怎么了？"

乐子音小嘴一抿："没怎么啊，他可是帝哥哥的门派最有发展前途的孩子，我疼他还来不及，怎么可能真舍得对他下手？"

她再看宁雪陌一眼，诚心诚意地道："我可是神仙，轻易不杀生，我连你的命也不想要的，只等着那个孽种掉出来，然后就放你走。瞧瞧，我还是很善良的。"

宁雪陌昧地一笑："可惜啊，可惜你的阴谋并没有成功！那个什么桃子我并没有吃！"

乐子音忽然笑了："宁雪陌，你很聪明，不过，你以为我只有落婴桃这一条计吗？我既然不想让你留下这个孩子，自然要弄出万全之策的。你是不是一直感觉肚子特别特别饿，还一阵阵发热，手脚却一阵阵发凉？"

宁雪陌变了脸色，乐子音所说的确实是她现在的症状！

她缓缓握紧手指："你还捣了什么鬼？！"

乐子音愉快地看着她："你对我们碧水狐族了解得太少了，我们狐族几千年前因为繁衍太过度，导致碧水大陆资源枯竭，所以湖族的长老便想了一个特殊的法子，在空气中释放一种毒，这种毒无色无味，普通人闻了倒没什么，孕妇闻了却会自动落胎，而落胎前的症状就是胎儿在肚中拼命折腾，孕妇会有极饿的感觉、全身无力、肚腹发热……一般半个时辰后，再健康的孩子也会掉出来。"

宁雪陌脸色苍白，后退一步！

不，她不相信！

这世上没有她闻不出的毒！空气中如果有这种毒，她绝对能察觉的！这一定是乐子音危言耸听！她的宝贝不会有事！

他是神的孩子，当初她被扔寒冰炼狱、被铜鼎煮个半死，这宝贝都能坚强存在，不可能闻个什么狐族的毒气就掉了……

乐子音看着宁雪陌终于发白的脸，更加得意："狐族的这种秘术只有狐族的族长和执行这法子的长老才懂得使用，而且这长老身份极神秘，就算是狐族的人也不清楚，他们甚至不知道有这种秘术。而我就是曾经被赋予这种特殊使命的长老，我已经使用过十几次啦，没有一个能幸免的。"

宁雪陌："……"她现在不想和这乐子音啰唆，她必须保住她的孩子！

她现在肚子确实有一阵阵发热的趋势，甚至胃里的烧灼感已经像小刀在刮，不但饿，还开始疼了，仿佛有什么东西耐不住要啃食她的血肉……

不对劲！确实不对劲！

她刚才之所以拖延时间，只不过是因为她在空中也释放了一种无色无味的毒，这种毒可以让人在半个时辰后手脚发软，浑身脱力。

这个乐子音算计她的孩子，她又怎么可能轻易饶过对方？

她和乐子音扯这么多，就是等着对方毒性发作，却没想到乐子音也提前给她设好了套，早就给她下了毒！

宁雪陌一步步后退，报复乐子音的事以后再说，她必须马上离开这里看她的宝贝。

"怎么？怕了？"乐子音一步步逼近，笑得越发得意扬扬，"还忘了告诉你，这落婴桃也是我们碧水的特产，平时吃也没什么，但孕妇就算闻一闻、摸一摸，也会感染上桃子的气息，再搭配上我的特殊毒术，就算是个铁胎也能给你落下来！所以，宁雪陌，你不要再做无谓的挣扎了，你的孩子已经保不住了！"

她抬头看了看天上的太阳，目光又落在宁雪陌的肚子上："快到时辰了，现在你的肚子开始有疼的感觉，那个孽种已经在拼命挣扎，他在哭呢！他不想离开这个世界……"

宁雪陌脸色煞白，她确实已经有疼的感觉，肚腹处痛如刀绞！

她再顾不得什么，甚至顾不得乐子音这个大情敌在这里虎视眈眈，立即用内视之法查看，发现她的子宫里的液体已经发红发混，而那个小小的胎儿正在里面痛苦地挣扎……

乐子音倒是没趁宁雪陌内视的时候暗算她，大概一直期待这一幕，所以依旧站在原地悠然看着，还不忘冷嘲热讽："怎么样？本仙子没骗你吧？他就要死了……"

宁雪陌骤然抬头，秋水双眸隐隐发红，她一字一顿地道："给我解药！乐子音，我的宝贝有任何闪失，我会让你彻底陪葬！"

"呵呵，你也得有这个本事。宁雪陌，你不过是个小小人类，凭什么和我这个狐仙斗？！凭什么和我争同一个男人？！"乐子音说得痛快！

她像是已经憋了很久，如今总算能出一口恶气，所以眼看自己阴谋成功，自然不放过任何一个打击对方的机会！

宁雪陌垂眸："没有这个机会吗？乐子音，你摸一摸你的肋下三寸之处！"

乐子音笑："你吓唬谁啊？"嘴里这么说，她还是用手摸了摸肋下三寸之处，随即脸色忽然一变，这一摸之下肋下三寸之处居然像被马蜂蜇了一口，痛如刀割！那痛如电般在身体内穿梭，直击四肢百骸，她的额头瞬间冒出冷汗来。

她猛然退后两步："你……你对我做了什么？！"

"毒！"宁雪陌言简意赅，"你算计我的孩子，我本来想给你一个大教训，所以刚才对你下了毒。我拖延时间不是等救兵，而是等你毒发！乐子音，你给我解药，我放你生路！"

"……"乐子音一步步后退，一边拼命运功驱毒，一边道，"你让我想想……"

想？宁雪陌可没有时间给乐子音想！

她刚才服下了几种保胎药，甚至也用木之念力拼命净化子宫内的血污，但压根没用！

乐子音的毒她从未见过，一时也配不出解药，而现在这种情况，她压根没时间重新研制解药！所以唯一的希望就是在乐子音这里夺！

肚腹中宝宝的挣扎已经放缓慢，显然他要支撑不住了！

宁雪陌胸中怒火如海潮般翻涌，但在这个时候她必须冷静！

她强忍住疼，手掌一伸，掌心便现出一柄锐利的钢刀，身形一闪，刀尖斜指乐子音胸口："我给你三秒时间，再不拿出解药，我会让你后悔在这个世界上生出来！"

她动作快如闪电，乐子音正在拼命驱毒，压根躲避不开，看着宁雪陌指向她胸口

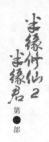

的钢刀，色厉内荏地叫道："宁雪陌，你不能伤我，伤了我他也不会饶你！"

宁雪陌对她的回应是一刀刺了过去！

乐子音想躲没躲开，虽然避开了胸口，却被宁雪陌刺中肋下！

鲜血顿时冒出来，乐子音惨叫一声，想要再向后退，却被宁雪陌一把扯住衣领子！她退不开了……

宁雪陌右手的钢刀在她的血肉里慢慢一转："解药！"

乐子音额头冷汗像不要钱似的冒，宁雪陌的钢刀上不知道附着什么咒术，居然能瞬间刺破乐子音的护体结界，不但刺破她的血肉，还让她痛彻骨髓……

"好，好，我拿给你，你放开我……"乐子音再也忍不住求饶，心中开始后悔刚才没有及时逃走。

"现在立即取！"宁雪陌自然不会放开她。

乐子音疼得抓心挠肝，想将宁雪陌拍开，但手脚发软。

她只得在身上乱摸，片刻后摸出一个小玉瓶："这……这是解药，你服下三粒……"

宁雪陌一把抢过玉瓶，里面有数粒红色药丸在滚动，她想也不想，立即倒出三粒，干脆利落地塞入乐子音口中："吞下去！"

乐子音知道她是不相信自己，让自己试药。

所以她一横心吞了下去，张开嘴给宁雪陌看："我……我吞了，你……你看，我……我没骗你。好了，就按你说的，我给你解药，你放了我……"

宁雪陌一甩手，将她甩在一块大石上，再顺手连点她身上数处大穴，乐子音瘫在那里，像条死鱼似的完全不能动。

她脸色大变："宁雪陌，你说话不算话！"

"只要我的宝贝没事，我立即就会放了你！如果你再捣鬼——乐子音，那后果不是你能想象的！"

乐子音脸色惨白，闭了闭眼睛："你……你试吧！"

宁雪陌此刻肚子已经疼得翻江倒海，她各种法子都试过了，压根止不住这疼。

她虽然没流过产，但这症状太明显，她再不做出决断，她的小宝贝就真的保不住了……

她也没了任何退路，所以威胁了乐子音几句见其没其他反应，不像是又在捣鬼的样子，也只能死马当活马医，相信对方一回！

她终于吞了那解药，然后小心翼翼地坐在那里等那疼消失。

小奶包，你绝对不能有事！你要坚持！你要陪着妈咪！妈咪现在只剩下你，你得给我坚持住！不要离开我……

妈咪给你买了许多好东西，有吃的，有用的，有穿的，你一定会喜欢，所以你要活下来，坚持下来！

你这么乖！这么贴心，一定也舍不得离开妈咪对不对？

她额头和手心都是冷汗，不单单是疼的，更重要的是怕，她从未如此怕过！

时间一分一秒地过去，肚子那种撕扯般的疼痛似乎真的有缓解的迹象。

宁雪陌已经浑然忘我，全副注意力都被肚腹处的动静吸引了去。她用念力小心翼翼地护着那个地方，不让那个地方有一点儿震动。

乐子音瘫倒在旁边的大石上，一句话不再说，只闭上了眼睛，也不知道是吓的还是疼的，额上一层层汗冒了出来……

第七章　生死攸关时

约莫过去半个小时，宁雪陌的肚腹之疼终于减退不少，她松了一口气，立即又用内视之法查看，然后发现里面的胎儿身子在慢慢伸直……

怎么回事？！

宁雪陌如坠冰窟，正欲再仔细查看，忽然感觉身下热流猛然一涌，哗的一下，染透了裙子……

宁雪陌手指颤抖，伸过去摸了一下裙子上的液体，黏稠鲜红——是血！

她眼前骤然一黑，像是被人迎面打了一棍子，又像是整个人在向黑暗冰渊深处跌落。

肚子又疼了起来，这次是闷闷地疼，像是有什么东西被小刀一寸寸剥离，身下的热流一股接着一股不停涌出。

她头脑一片空白，颤着手，拼命去点穴道，去捂肚子，用尽一切法子，徒劳地想要挽留。

脑海中似乎传来哭声，那哭声微弱而尖利，撕心裂肺，似乎在呼喊妈咪，又似乎在喊疼……

宁雪陌只觉一颗心像是被活生生撕开，疼得她眼前阵阵发黑。她已经浑然忘记了一切存在，只是机械地忙着……

没有人能体会她此刻绝望的心情，在这一刻，似乎这世间万物都已经失去色彩，化为黑白……

血污湿透了她的裙子，原本是温热的血却让她感觉极冷……

她的宝贝，终究是失去了！

悲哀的气息自她周身散发出来，周围的空气在慢慢变冷，她周围的那些绿草居然开始慢慢结冰……

她旁边一直瘫在那里的乐子音忽然一跃而起！

乐子音疼得满头大汗却终于用无上仙力逼出了体内的毒，毒素清除得差不多后，她又开始用仙力冲击被封的穴道。她毕竟是仙，还是一位医仙，所以虽然不懂宁雪陌奇特的点穴手法，还是在短时间内冲开了！

她冲开穴道的那一刻也是宁雪陌真正流产之时。

她一跃而起时，心里还真是说不出的爽快，说不出的轻松，下意识去瞧宁雪陌，心中却骤然一寒！

宁雪陌周身的气息太冷！那冰冷的气息形成一种莫名强大的威压向四周散开，草木为之枯萎，花朵为之凋零，这山谷里本来没有风，此刻却有冰寒的狂风呼啸，让身为狐仙的乐子音心脏为之颤抖！

乐子音才跳起来的时候，本来想再暗算宁雪陌一把，趁机永绝后患，但看到宁雪陌此刻的情景，她又不敢了！

略顿了顿，乐子音忽然转身，飞向空中。孽种既除，谅这个人类女子也翻不出多大的浪花，她没必要再在这里浪费时间。

而宁雪陌始终没有抬头，像是完全沉浸在悲哀里无法自拔了。她身边的花草树木已经完全结冰，那肃杀的气息让人忍不住颤抖！

乐子音心中一喜，正想飞得再快些，却砰的一声不知道撞在了什么上面。她没防备，被这一下撞得头昏眼花，额头火辣辣地疼。

她忙站稳，抬头向上看去，在她上空不远处多了一道淡红色结界，那结界似有血光在上面流转。

乐子音心中骤然一沉，这人类女子居然会设这种结界？！怎么可能？！

这种结界就算是达到天阶一级的她也设不出来，这人类女子不是地阶九级吗？怎么会？！

乐子音下意识看向宁雪陌，心中又是一寒！

宁雪陌已经站起身来，此刻正抬头看着她！

乐子音长这么大从没见到过这么冰寒、这么暗黑的眸子！

那里面似乎藏了万年寒冰，看她一眼，她便感觉有冷意直透骨髓！

乐子音双腿没出息地发软，直觉告诉她必须马上跑路！

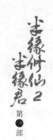

她立即一翻身，向着侧面飞去，那里尚没形成结界，她可以从那里走！

砰！她又撞了！

乐子音抬头，那结界已经在空中完全展开，像个鸡蛋壳一样将她围拢在正中，从四面八方向她聚拢过来！

她脸色发白，脑子还是很活泛的，既然四周没有出路，那她就用遁地术！

虽然她遁地术使用得并不熟练，但为了保命，她只能如此！

乐子音念了个遁地的决，向着不远处碎石遍布的地方一头扎了下去！

噗一声响，她的身子果然扎到了地下，这里毕竟是个山坡，碎石遍地，她技术又不熟练，不免被那些碎石划破了脸，身上不知道哪里火辣辣地疼。

可这些她都顾不得，遁入地下后，她立即开始向前猛冲。

砰！额头不知道撞到什么东西，乐子音闷哼一声，抬头一看，前面出现一条巨大的墨黑色树根。她用的是土术，木克土，树根自然阻挡了她的去路。

乐子音脸色一变，她刚才在地面上待过这么长时间，自然清楚周边的环境，这个距离内压根没有树根这么粗壮的大树。

也就是说，这是宁雪陌弄出来的！

乐子音向回蹿去，同样，前面又出现了一根巨大树根拦路。

她心里越来越慌，接连换了几个方向，却都被骤然出现的巨大树根给拦了回来。

片刻后，她四周全被树根遮得严严实实，一丝缝隙也没有！

她的遁地术并不能坚持多久，这么几个往返之下，乐子音已经感觉胸闷气短，再加上频繁碰撞，也让她头昏眼花……

不行，她再不上去，会活活憋死在这里面！

乐子音不顾一切地向上冲，但快冲到地上的时候，头顶的土地忽然被蔓延的树根覆盖。

到了这个时候，她是真害怕了，张口想喊，但进行土遁术的时候她是不能说话的，这一张口不要紧，嘴里立即涌进来一大堆土石。

她就像被关在一个厚重无比的木棺材里，而棺材内全是土石，这分明就是要活埋她！

乐子音吓得魂飞魄散，她怎么也没想到宁雪陌这个小小人类会如此厉害。

虽然明知道钻出去以后还要面对宁雪陌疯狂的报复，但这个时候乐子音却不能不出去。

她掌心现出随身的宝剑，拼命向着那树根猛砍。

四周的树根铁似的坚硬，她在地下念力又施展不开，所以劈削了几次周围树根无果后，开始去砍头顶密密麻麻的树根。

她憋气憋得头昏脑涨，但绝望地发现，头顶的树根看似柔弱，但极韧，而且砍完一层又出一层……

乐子音越来越没力气，手上的指甲也因为拼命撕扯那些树根而翻卷，血淋淋的。

她要死了！要被活活埋死在这里面了！

铺天盖地的绝望席卷而来，乐子音眼前阵阵发黑，她已经修到天阶一级，原本不用呼吸，用念力将空气中的物质转化成氧气也能生存，但在这里面不行，她拼命运转念力也转化不出一丝一毫氧气，憋得眼珠几乎要凸出眼眶。

眼前越来越黑，终于，她失去所有力气，眼看就要晕厥，只剩身子无意识地抽搐……

就在她以为自己要死了，灵魂离体的时候，背心骤然一疼，一根木刺扎入她的后背，她发出一声喑哑的惨叫，整个身子忽然被那木刺给卷着扯了出去！

噗！乐子音自土里钻出，像条死鱼似的跌在地上。

她张大嘴巴，一时却呼吸不到空气，还一嘴的土和泥。

乐子音一阵猛烈咳嗽，终于将那些土和泥都吐出来，大量的空气涌入肺叶中，她贪婪地呼吸着，也顾不得后背那刺骨的疼痛。

等她好不容易顺过这口气来，再睁开眼睛时，身子一抖，眼瞳骤然一缩！

宁雪陌站在她跟前，居高临下地看着她，目光冰寒深不可测，似乎将她四肢百骸的血脉也一起冻住！

"饶命！"乐子音吓得心脏都蜷缩起来，再也顾不得其他，扑通一声跪下，"饶了我，我不是故意的。这种毒本来就没有解药，所以我就胡乱用一种疗伤药敷衍你，我也是没法子……"

她这一番乱七八糟的解释还没说完，嘴巴就像被一只无形的手握住，下巴几乎被捏碎，下意识张口，宁雪陌手中红光一动，乐子音惨叫一声，舌头已经飞出口腔。

"乐子音，我说了，害死我的孩子会让你付出代价！"宁雪陌双眸血红，长发飞舞，一身鲜血地站在那里，整个人如同地狱里来的修罗，"现在，是你该偿还的时候了！"

她慢慢伸出手来，指尖碰触到乐子音的眼皮，冰冷的指尖令乐子音吓得嘴唇也颤抖起来。乐子音拼命想向后躲，想喊不要，却没了舌头——

她在宁雪陌那样的目光笼罩下，如同被老鹰盯上的小鸡仔，身子僵硬颤抖得厉害，连躲避都躲避不了。

"这双眼睛是害人的吗？"宁雪陌低语，声音同样冰冷，"那就别留着了！"她

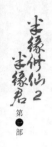

说着手指一动！

乐子音喉咙里发出野兽般的惨号，一双眼睛已经不见了踪影。

鲜血喷到了宁雪陌身上，空气中满是血的腥甜，乐子音已经疼得倒在地上，满地乱滚。

错了！她错了！她不该招惹这个人类女子的！

这具身子大概不能要了，她必须想别的法子脱身，要不然这个已经疯狂的人类女子说不定会把她整得魂飞魄散！

乐子音拼命想要用术法将灵魂解脱出来，但宁雪陌似乎猜透了她的意图，手掌一挥，一根桃木剑斜刺而下，直接刺入乐子音的胸腔！

鲜血再次喷出，宁雪陌并不躲闪，被那鲜血喷了一身。

仇人的鲜血让她还能感觉到这世界的温热，让她知道自己的血脉还在沸腾。

宝贝，黄泉路冷，你等等妈咪，妈咪杀了你的仇人就去陪你，你不要怕……

她这一剑刺中的正是仙脉，让乐子音再无法脱壳而出。

这个女人疯了！

乐子音惶急之下，用腹语大叫起来："宁雪陌，你不能杀我！他不会放过你的！他也会如此对你的……"

她的声音尖利而刺耳，几乎划破云霄。

宁雪陌却充耳不闻，又一剑刺下，乐子音又发出一声闷哼，腹部中了一剑，腹语发不出来了。

乐子音身子颤抖得如风中落叶，喉咙中发出奇怪的音调，如鸟的尖鸣。

宁雪陌垂眸看着她，掌心慢慢现出一柄剔骨刀："乐子音，我不怕任何人报复！惹了我就要付出代价！"

她眸中现出厌恶之色，仇人的惨相虽然让她痛彻骨髓的心有所缓解。

但就算她把这个乐子音千刀万剐了又如何？她的宝贝再也回不来了！

宁雪陌忽然仰头一笑："乐子音，你招惹了我，我就让你活着尝尝坠入十八层地狱的滋味。我要剥了你的狐狸皮，剔出你的狐狸筋……"

乐子音眼睛虽然瞎了，耳朵可没聋，听到宁雪陌的威胁，身子颤抖得更厉害，勉强用腹语说了一句："你杀了我吧！"

她腹部被刺破，这腹语也说得七零八落，模模糊糊几乎让人听不清。

宁雪陌没说话，眸中却一片死寂。她懒得再折磨对方，掌心剔骨刀寒光一闪，向着乐子音心口扎去！

哧！一道白光忽然自空中疾闪而下，直接击在宁雪陌持刀的手腕上！

宁雪陌手腕一抖，剔骨刀失手落地。

那白光很熟悉，曾经是她心底最深处的温暖，多次遇到危险的时候，是这白光及时出现救她于水火之中，她曾经每次见了这白光就心跳加快，心情似甜似酸。

现在，她又见到了这白光，只不过这白光针对的是她，想要救的是地上躺着的那个女人。

宁雪陌并没有抬头，剔骨刀落地的刹那，她的掌心又出现一柄钢刀，不顾一切地向着乐子音刺去！

这个女人，必须替她的宝贝陪葬，谁阻拦也不行！

"住手！"空中传来一声怒喝，那个人似乎真的怒了，又一道白光打过来，这次出手再没留情。

闪电般的速度、骇人的力量，这白光正击在宁雪陌的腹部，不但拍飞了她的刀，也让她整个人像断线风筝似的飞了出去！

砰！她的身子撞到一棵大树上，大树被震得抖动起来。

宁雪陌张口喷出一口血，身子从树上滑下落在地上。

腹部很疼，疼到极致便是麻木，她现在连心也疼得麻木了，身体上再挨一掌又如何？

她不在乎了！

眼前微微一暗，一人来到她跟前，飘舞的袍角抚上她的脸颊……

"雪衣陌，你怎么如此恶毒？！"那个人开口，声音冰寒，仿佛带着寒冬腊月的气息。

宁雪陌嫌恶地一仰头，避开了飘过来的袍角。

她慢慢起身，明明全身都在疼，她却像是再也感觉不到，脚下像是踩在虚空中，找不到实处。

她全身浴血，腰背却挺得笔直，目光终于落在他脸上。看着这个自己爱了两世的男子，看着这个为了其他女人出头的男子，她忽然笑了起来，笑声尖锐："哈哈哈，是啊，我一向恶毒！神九黎，你并不是第一天才知道！"

神九黎脸色铁青，看着几乎像从血泊里捞出来的宁雪陌，他的俏脸是煞白的，唇上却沾了血珠，也不知道是她的血还是乐子音的。

她这个模样刺到了他的眼睛，也让他怒意更甚！

他骤然移开眸子，手指在衣袖中握紧，沉声道："雪衣陌，你别逼我动手杀你！"

杀她？哈哈，以为她怕？！

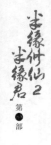

宁雪陌仰天大笑，像笑他说了一个天大的笑话。她并没有和他说话，而是一闪身，一把通红的匕首飞出，向着不远处的乐子音刺过去！

她疯了！当着他的面还敢如此！

神九黎衣袖一卷，袖风发出，那把匕首当场化为齑粉。

他一抬手，将宁雪陌按到旁边的大树上，眸中寒意彻骨："雪衣陌，你当真以为我不会杀你？！"

他将她提起，掌心有白光将吐未吐——

她"一而再，再而三"地杀他身边的人，手段残忍，且毫无悔意！

她说她是宁雪陌不是雪衣陌，手段却比雪衣陌还要毒辣！

是他太纵容她了！

真当他这个神是当假的？！

他身上寒意迫人，面上还戴着面具，面具后的黑眸中杀气翻滚。

宁雪陌身上还在向下滴血，她也看着他，死死地看着他，仿佛是第一天认识他，那眼神陌生得可怕！

这样的眼神让神九黎心中一寒。

"神九黎，我恨你！"她缓缓吐出这几个字，声音平静无澜，没什么情绪，仿佛在诉说一个事实。

神九黎手掌一僵："什么？你有什么资格恨本座？！"

她恨他？凭什么恨他？他和她之间一再被算计的是他，她凭什么恨？！

宁雪陌却不再瞧他，笑了起来，笑得越来越大声，几乎喘不过气来。

她笑得太剧烈，蓦然一张口，又喷出一口血来，正落在神九黎的前襟上。

鲜红的鲜血带着腥甜之气，犹如开放在他雪白衣襟上的蜡梅，红得刺目！

神九黎手掌一抖，蓦然松手，宁雪陌滑落下来，跌在地上。

"雪衣陌，本座再放过你这一次！你好自为之！"

他再不看她，一转身，手掌向着乐子音一挥，一团白光闪过，地上的乐子音现出原形。

一只原本雪白的九尾狐狸，此刻却毛皮脏污，大部分被鲜血染红，原本水汪汪的眼睛只剩下两个血洞，嘴里舌头少了大半，四肢断折，身上还有数道深可见骨的伤口，皮开肉绽！它瘫在那里，身子颤抖个不停。

神九黎一皱眉，一抬袖，白光发出，将那只狐狸罩在结界里，带着它转身离去。

他必须马上给它医治，要不然它只怕真的就废了！

乐子音是被他连累的，又是为他采药而来，于今被折磨成这样，他难辞其咎。

他不想再看宁雪陌，免得自己控制不住怒意真杀了她。

神九黎飞身而起，身后突然传来宁雪陌缥缈的低语："神九黎，你会后悔的……"

他足下微微一顿，正要回头，眼角余光看到一道红影自远处向这个方向急如星火地飞来……

雪衣澜！他终于还是出现了。

神九黎这个时候不想和他纠缠，再无迟疑，白光一闪，人已经消失在空中不见了。

周围恢复平静，地上有断折的树木，有滚得遍地的大石，有淋漓的鲜血……

风吹过，吹起了宁雪陌凌乱的头发，空气中尚有血腥的味道。

宁雪陌躺在地上，始终没起来。她也懒得再用念力控制，双腿间的血流的速度加快，透过她染血的裙子在地上形成一个小血洼。

宝贝，妈咪来陪你了……

雪衣澜赶到的时候所见的就是这样一幅场景，宁雪陌浑身浴血地躺在地上，眼睛空茫地望着天空，一动不动。

"陌陌！"雪衣澜双腿发软，怔了怔，直接扑过去，不顾血污将宁雪陌抱在怀中，"陌陌，是哪个混蛋伤了你？"

宁雪陌目光发直，依旧看着天空，似乎没看到他，也没挣扎。

"陌陌？！"雪衣澜感觉到她的身体在逐渐发冷，大惊失色，她的体温不正常！

她满身血污，衣裙却没有破损，也看不到什么伤口，到底是哪里流血了？

雪衣澜一横心就要替她检查身上的伤势，伸出手来的时候却又像想起什么，顿住。

他的陌陌不喜欢他动她的身子，因为这个还好几次和他拼命……

他僵了僵，终于问出来："陌陌，你到底哪里受伤了？我……我先给你止血……"

宁雪陌对他的问话恍如未闻，脸色越来越苍白，嘴唇也几乎和脸一个颜色。

她虽然大睁着眼睛，但那一双眼睛里反射不出任何光，死寂如黑洞。

雪衣澜被她这样的神情吓坏了！

他当初在外时空眼睁睁看着宁雪陌消失在那个黑洞之中，拼命想要寻找那个黑洞，却无论如何也寻找不到，像没头苍蝇似的穿越了一个个空间之门，到最后自己也迷路了，再找不到回家的路。

穿梭空间之门需要充足的念力，他为了寻找宁雪陌，在太空中时几乎每次都是到

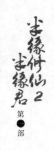

了强弩之末才勉强找歇脚的地方。

　　这样一来二去的，他的身体也终于支持不住，在一个陌生星球上生了一场大病。

　　偏偏那个星球上还都是原始人，几乎没有什么文明，自然也没有什么治病的药草。而且那里生存环境恶劣，他几乎吸收不到充足的灵气。

　　这一场病险些要了他的命，若不是他身上有护体结界，只怕那个星球的原始人或者野兽已经啃吃了他。

　　这一场病足足让他在那个星球上被困了八年。如果他用邪术将那些原始人吸血吸魂，或许能恢复得更快些，但他将那些原始人抓来正要施展邪术时忽然想起了宁雪陌，她好像一直厌恶杀生……

　　最后他放了那些原始人，靠修炼一点点恢复。

　　身体恢复一大半儿后他便迫不及待地离开那个星球，又经过一轮苦不堪言的穿梭寻找，两年以后终于又找到通往这个时空的门，穿梭回来。

　　他心里还抱着万分之一的希望，想看看宁雪陌有没有回来，而一打听之下，才听到日月宗帝尊订婚之时宁雪陌一舞送礼。

　　他又是欢喜又是担忧，立即着手探查宁雪陌的下落，几经周折终于找到这里来，终于看到了阔别十年的她！浑身浴血、奄奄一息的她！

　　手指颤抖着搭上她的腕脉，雪衣澜脸色大变！

　　他抱着她直飞而起："陌陌，别怕，我会救你，我不会让你死的，没事的……别怕！"

　　乐子音受伤极重，神九黎将她变为狐身后，先抬指为它止住了血。

　　它的眼珠被活生生挖走，疼得一直在颤抖，在他为它设的护体结界里一直昏昏沉沉的，没有清醒的迹象。

　　它受的伤太重，就算在他为它设置的养伤结界中，它依旧越来越衰弱，生命之花如风中残烛，随时会熄灭。

　　不能再耽搁了！

　　至于它和宁雪陌究竟是怎么遇到的，又是为什么火并起来的，这些原因他以后会调查。

　　但现在，救人要紧！

　　神九黎回来后，便动手为乐子音疗伤。

　　胸口、肚腹、眼睛、嘴巴、四肢……到处都是穿透伤，多器官衰竭，可以看出下手之人有多狠辣。

幸好它是已经修成天阶的九尾狐，要不然这些伤早已要了它的命！

神九黎看着它身上那些伤口手指有些发僵。

杀人的他不是没见过，但把人杀到这种程度的还真是少之又少。

这简直就是一种残酷的折磨！

宁雪陌和它究竟起了什么冲突，才会对它下这么毒的狠手？简直像是对待刻骨仇人！

神九黎眼前闪过宁雪陌那含着刻骨恨意的眼睛，心脏像是被无形的手攥了攥。

宁雪陌心性并不十分善良，这他早就知道。

这些年他没少明里暗里调查她，宁雪陌用偷梁换柱的手段活剥了屠一刀之皮的事虽然隐秘，但在日月宗庞大的情报网下，还是被神九黎知道了。

他当然知道她是为了自保脱身，而屠一刀也确实该杀，他也一点儿不为屠一刀可惜。

但是她一个小姑娘能做出这种事来也确实让人心惊，从这件事可以看出她在必要的时候确实能下毒手。

他所了解到的宁雪陌的事迹几乎都是负面的，所以这次看她残忍折磨乐子音，他一时气怒之下，压根就没多想她到底是为了什么这么做。

现在他冷静下来，心里却生出疑虑。

以宁雪陌的性子，无冤无仇的话，她不应该对乐子音下这样的毒手吧？

他的目光落在眼前昏迷的九尾狐身上。

还是说乐子音招惹了宁雪陌？

可如果只是普通招惹，似乎也激不起这么大的仇恨……

眼前再次闪过宁雪陌的模样，一身的血，笑得像个地狱修罗，当着他的面还要疯狂地向乐子音下毒手……

他的心忽然猛跳起来。

是不是乐子音对宁雪陌做了什么不可挽回的事情，所以才……

要想知道当时的真相，他只要读取乐子音的记忆便可完全知道，但读取记忆需要对方是清醒着的，而乐子音现在昏迷着，还是垂死状态……

"呜——"九尾狐在昏迷中无意识地发出痛苦的呻吟，身子再次抖动起来。

他居然在乐子音的生死关头走神了！

神九黎终于醒过神来，眼眸一暗。

还是先救它，等它醒来他再读取它的记忆便是！

神九黎勉强静下心神，开始为乐子音疗伤。

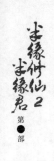

时间慢慢流逝。

等他为它疗伤完毕，已经是两个时辰以后。

它身上所有伤口的血终于止住了，该缝合的地方也已经缝合，只要好好养几个月，它应该就能痊愈。

但它的舌头和眼睛无法再恢复了，只能让它先这样，他以后再设法寻找别的替代之物。

这是他在为人疗伤时最难以控制心神的一次。

在为乐子音疗伤的过程中，他眼前时时闪过的却是宁雪陌那一双满含恨意的眼睛。

这让他心浮气躁，从再遇到她后，他的心情就没再平静过。

"嗷——"被白光笼罩住的九尾狐狸发出痛苦模糊的低吟，身上的白毛抖得更厉害。

神九黎垂眸看了它一眼。

他这一生养过的宠兽不少，也多有受伤的时候，所以他为它们疗伤时比较熟门熟路。

他一向好洁，无论是为动物还是为人疗伤时都尽量不和对方有肢体上的接触，尤其是修成人形的雌性，他更是注意。

除了三千多年前的那只狐狸……

那只狐狸无论"人形"还是"狐形"总爱巴着他，他开始时还抗拒，后来不知道怎么就习惯了。

不能再想她了！

第八章　想那只狐狸

外面景致依旧，天音峰上除了他的主殿外已经没有其他配殿。

他的目光落在原先偏殿所在的位置，十年时光，那里再看不到一丝一毫偏殿的痕迹，原地多了一大片药田，药田内各色药草随着微风摇曳。

有一片药草开出大红的花，花如碗盏，红如朝霞。

他不知不觉走过去，手指抚在那花朵上，恍惚中那花朵似乎变成了宁雪陌那一身血衣。

"神九黎，我恨你！"

他手一颤，后退一步。

花还是那花，并不是那个人……

他心气浮动得更厉害，宁雪陌的身影如影随形，时不时闪现。

心中莫名一阵慌又一阵紧，仿佛命中最重要的东西正在迅速离去，他的目光终于落在自己的衣襟上，那里还有她喷出的一口血……

他有洁癖，若是平时，他绝对不会让别人的血喷上身，更不会让这血渍在自己身上留这么久。明明一个清洁咒就能清除的事，他却不想清除。

他望着那血渍出了片刻神，又在院子里走了几圈，到底还是唤来耶律静安，说了一个方位，让他迅速去查宁雪陌和雪衣澜的下落。

他当时看到雪衣澜出现，不用问他们现在也应该在一起。

她不会出事的。

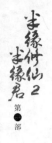

帝尊下的这命令几乎十万火急，耶律静安也不敢怠慢，亲自去部署了。

神九黎再在原地转了一圈儿，心中那不安的感觉更重。

腰间的传音符忽然亮了起来，他接起，耶律静安的声音急急传来："师父，刚刚长空国都城的探子传来消息，说雪衣澜抱着一位血淋淋的姑娘正疯了似的求医，已经砸了好几家医馆……"

什么？！

神九黎手中握的一个杯子失手坠地，啪的一声摔得粉碎！

"他抱的……是谁？"他听到自己的声音有些飘，心里虽然已经确定，却不敢相信。

"听说……听说像小师妹……"

神九黎手指颤了一下，能让雪衣澜不顾魔的身份疯狂现身求医，必然是她的伤已经十分危急。

怎么会？！

不可能啊！她怎么可能伤那么重，明明……

他当时看到宁雪陌像个地狱修罗似的折磨乐子音，手段之残忍令人发指！

他盛怒之下出手拍飞了她，他知道自己那一掌出得有点重，但还是有分寸的，应该在她可承受的范围内，最多也就是让她吐几口血而已，不会危及她的性命。

而她那一身血是沾染的乐子音的，身上也没有别的破损之处，更何况她那么生龙活虎地虐人，身体应该是没什么大碍的。

怎么会就……

"可有他找过的大夫幸存？他们怎么说？"神九黎强压住心慌沉声问。

"那里的探子弟子问过，都说那位姑娘已经油尽灯枯，他们回天乏术……"

神九黎手中的传音符失手坠地。

"师父，师父？弟子还打听到一个消息，不，不知道真假……"

"说！"

"那个探子说，他问过好几名大夫，其中有两名大夫告诉他，那姑娘是……是小产了，大出血……"

小产？！大出血？！

短短五个字像一连串惊雷劈下来，震得神九黎脸色煞白，几乎失语。

她怀孕了？！谁……谁的？

他脑子里轰轰作响，几乎一片空白，手足一片冰凉。

不对！现在不是计较这些的时候！

她小产了，大出血……不会是……不会是自己那一掌……

160

油尽灯枯，回天乏术——

宁雪陌，她就要死了吗？

"师父，师父？弟子还听说雪衣澜闹出这么大动静已经惊动其他各修仙门派，许多门派的高手已经在去往那里的路上……师父？"地上的传音符传来耶律静安的报告，却没有人听了，风一吹，飘向远处，然后慢慢自动燃成灰烬。

神九黎第一次手脚先于大脑行动，等他醒过神来的时候，人已经出了日月宗，连使缩地成寸之术，闪电般向长空国国都掠去。

宁雪陌，无论如何，你不能有事！

无论如何，我没想让你死……

雪衣澜快疯狂了！

他从来没有像今天这样痛恨自己不是个大夫！

普通的跌打损伤他还能对付，但小产大出血……他确实一点儿经验也没有啊！

他甚至不知道该点她哪里的穴道才能止住这该死的血！

他只能就近找大夫！找稳婆！

所以他就这么大咧咧地抱着浑身染血的宁雪陌闯进了长空国都城——凤来城。

这名字是季云昊登基以后改的，寓意是什么大家不知道，但百姓依日安居乐业是真的。

雪衣澜平时进城的时候基本是隐身而入，这次却顾不得了。

他没走城门，抱着浑身染血的宁雪陌从天而降。他毕竟在这城里混过，自然知道哪里有医馆，哪个医馆的大夫医术比较好，所以他是直接落入人家的院子的。

偏偏那家医馆的大夫比较耿直，无论给什么病人看病都需要挂号排队。

这里是天子脚下，百姓还是特别见多识广的，也见识过那种已经会飞的修仙人士。

所以雪衣澜抱着一身是血的宁雪陌落下来的时候，他们虽然十分吃惊，却并不慌乱。

他一看就是带人来看病的，排队的人中有个胆大的见雪衣澜直接往大夫所在的屋子里跑，还十分不忿："喂，排队，排队！不许插队！"

在雪衣澜的字典中，他压根不知道"排队"两个字怎么写，他也压根没空理会那些闲杂人等，直接一脚踹开了紧闭的屋门，将里面坐诊的大夫一把揪了过来，让对方为宁雪陌瞧病。

那位大夫被他扯得差点趴在一身是血的宁雪陌身上。大夫也是个牛脾气，脖子一梗，怒斥雪衣澜的这种土匪恶霸行为，并说明他只给排队的人看病，就算天王老子来了，也要按照他的规矩来。

雪衣澜大怒，自然百般威胁，无奈这老头子宁肯一死也不肯破坏规矩。

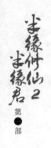

雪衣澜暴跳如雷，但面对这种士可杀不可辱的老头子大夫，他也没有其他办法。

他自然可以用其他法子逼这老头子就范，譬如用他的血腥雷霆手段屠杀这老头子的家人和满院的病号，可是……可是那样如果陌陌知道了或许会不开心，而且就算杀人也是需要时间的。更何况他还不能确定那老头子会不会受他这种威胁……

无奈之下，他忽然扑通一声对着那老头子跪倒："病有轻重缓急，而她确实一刻也耽搁不得！求求你救救她！"

那老头子倒是个吃软不吃硬的，其实早看过宁雪陌，知道她确实危在旦夕，不能耽搁。

雪衣澜这一跪他有了台阶下，这才昂着头答应，立即为宁雪陌瞧病。

雪衣澜起身，已经捏了法诀的手指缓缓松开。

这老头子不知道他其实捡回一条命，他刚才只要再稍有犹豫，就会被雪衣澜这个大魔头拍得比宁雪陌还惨。

老头子为宁雪陌把脉片刻，摇了摇头。

雪衣澜紧紧盯着他："怎样？有救吗？"

"令夫人乃小产血崩之症，此症极为凶险，十人九死……而令夫人已失血过多，血供不足，阴血不守……"老头子摇头晃脑说着专业术语。

雪衣澜急了，一把扯住他的脖领子："说人话！她到底有救没救？！"

老头子涨得脸红脖子粗："你这粗野鄙夫，如何敢如此威胁大夫？！"

雪衣澜藏在袖子中的手松开又握起，握起又松开，他这辈子第一次这么低声下气求人，第一次这么憋屈："我……我实在太关心她，她可有救？"

看在病人的分上，老头子决定不与他计较，不过也把话说明了："她已接近油尽灯枯，老朽也不知道能不能将她治好，只能尽力，只要能先止住血便成功一半。"

雪衣澜自然答应，催促他快些动手。

宁雪陌流血流得他心惊肉跳，他自己又没办法，只能寄希望于这些人间大夫。

事实证明，以宁雪陌这种体质，人间大夫并不可信，那老头子使出了看家本领，那血依旧没有止住的迹象。

她的脸色已呈现蜡黄之色，她也始终没有睁开眼睛，雪衣澜不知道给她灌输了多少念力进去，也没能让她再动一动！

最后那老头子终于摇头，很干脆地给了雪衣澜一句诚实的忠告："不必忙了，为她预备后事吧。"

雪衣澜没说话，不想耽搁任何工夫，抱起宁雪陌就走。

那个不忿雪衣澜插队的胆大汉子在旁边嗤地一笑："让你插队！报应了吧？！

她……"

他还想再说几句解气的话，后面的话却说不出来了。

因为雪衣澜头也不回地向后甩了一下衣袖，那人就像个破布口袋似的飞了出去，砰的一声砸塌了医馆的屋顶，引来一片混乱。

但混乱远远不止这些。

雪衣澜也不会只看一家大夫就死心，他又连闯了几家，弄得各家医馆鸡飞狗跳。

随着时间的拉长，他越来越暴躁，有好几家的大夫和病号被他直接拍到墙上，险些变成相片挂着。

也不知道是哪个人曾经见过二十年前的他，居然在他求医的时候颤抖着叫出声来："红衣琴魔！他是红衣琴魔！"

一石激起千层浪，这个都城的人对当年几乎搅得满城风雨的红衣琴魔还是很有印象的。

于是，一传十，十传百，百传千，整个凤来城都知道了，自然也惊动了大内皇宫。

皇宫立即调兵遣将，加强护卫，大理寺卿也派出各路探子探听雪衣澜的具体动静。

这次的探子不用刻意探听，立即就向回禀报。

那个红衣琴魔这次出现似乎并无多大恶意，只为求医，只闹各种医馆，他甚至没有大肆杀人……

于是皇宫的守卫者终于松了一口气，命令密切注意那红衣琴魔的动静。

而各门各派在城中也有不少探子常驻，自然也注意到这个异常。雪衣澜前脚走，后脚那些医馆又进来官差以及各门派的线人，各种忙乱。

雪衣澜在这城中闯了不过两个时辰，已经弄得各门派人人皆知，不知道多少自诩正义的修仙门派调兵遣将想要趁机除魔。

没用！都没用！

雪衣澜抱着宁雪陌已经疯狂地踢了十几家医馆，却一次比一次绝望。

怀中的宁雪陌几乎没了气息，软绵绵地躺在他怀里，仿佛已经死去。

大街上繁华依旧，周围的店铺鳞次栉比，不知道多少人在其中欢声笑语。

雪衣澜踉踉跄跄地行走在街道上，怀中宁雪陌身上的血还在滴落，一滴一滴落在青石板上，像是开出了一朵朵血红的花。

或许她身上的血已经将要流尽，血流的速度慢了一些，只随着他的脚步在他足底滴落……

她的身子也越来越凉，她一直闭着眼睛，始终没有醒过，眼角处似有泪痕却已经

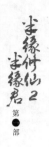

被风吹干，只留下一点点痕迹。

她的嘴角微微勾着，似有笑意，一丝解脱般的笑意。

大概红衣琴魔的名头太响亮，好多商铺都闻声关门闭户，许多人也躲到了商铺内，却又在隐秘的暗处注视着他走过的身影。

就算有些行人不得不从他身边经过，也一个个靠紧着墙，走过去后再好奇地观察他们。

"没用的，她分明已经油尽灯枯，压根没有救的必要。"

"老朽觉得你有抱着她狂奔的工夫，倒不如为她预备一口棺材的好。"

"她已经不行啦，年轻人，你节哀。"

"她应该是个练家子吧？如果是普通人的话流了这么多血早已死了，她能剩最后这一口气，也不过是苟延残喘而已。恕在下无能为力……"

各家医馆中的大夫无论是有名的神医还是名不见经传的庸医，他都带着她看过了，却没有一个人能给他带来希望，没有一个人能把她救醒……

雪衣澜这辈子从来都是天大地大老子最大，除了当年的魔祖和雪衣陌，他再没跪过任何人。

而这次，他为了求那些人救宁雪陌，为了能争取到一点儿希望，不知道给多少人下跪过。

只要能有一个人救活她，他哪怕给那个人磕一百个响头也行！

可是，没有！没有任何人能给他希望。

为什么会这样？

他的陌陌上一世就活得那样凄苦，死得那样惨，难道这世还要重走前世的路？

如果说这是老天对魔的惩罚，但陌陌并没有做多少坏事，她甚至还救过不少人，她只是有仇必报，没做真正大奸大恶之事，老天为什么要这么折腾她？

如果是对魔的惩罚，那他雪衣澜所做的恶事可比她多多了吧？老天为什么不来找他？！

为什么一定要欺负他的陌陌？！

这城里他连专门供职皇宫内院的御医也找过了，给的结果依旧是无能为力。

他抱着宁雪陌，只能眼睁睁看着她的身体一寸寸变冷，气息一分分变弱……

"陌陌，如果这次你真有不测，我就让这全城的人给你陪葬！"雪衣澜发狠道。

但他这威胁的话语对垂死的宁雪陌来说压根一点儿用也没有，她没有一点儿回应。

"陌陌！"雪衣澜声音苦痛，"你让我怎么办？你告诉我，你让我怎么办？！我不想让你死……"

他茫然地看向前方，大街上已经变得非常冷清，他却看不到任何出路，前途一片灰暗。

"雪衣澜，你真想救她？或许我们有法子的。"有一拨人忽然现身，拦住了他的去路。

雪衣澜闻声抬头，看着那拨人。

那是个八人团队，个个精明强悍，每一个都是高手。

雪衣澜眼瞳微微一缩，他虽然不认识他们，但认识他们的衣服，是江湖第二大修仙派风云门的。

这个门派中人才辈出，也有一些极通医术的，甚至在江湖上也很有名。

或许他们真有法子？！

雪衣澜眸中闪过一丝光芒，他盯着他们重复了一句："你们真有法子？"声音有些发抖。

其中一个短髯男子立即点头："或许吧，总要看看才知道。"

雪衣澜眼睛一亮，如同溺水之人抓住了唯一一块浮木，无论如何也不肯撒手。他一抬衣袖，面前立即出现一张软床，他小心翼翼地将宁雪陌放在上面："那你们看看，如果能救活她，本座……本座可以给你们数不尽的金山银山！"

短髯男子慢慢走了过来，笑道："金山银山我们倒不稀罕，不过也想让你做一事，你如果做了，我倒是可以试试出手救她的。"

"何事？"

短髯男子眼睛紧紧盯着他，一字一顿地道："你当街给我们磕几个响头，并高呼你雪衣澜以后永远听从风云门差遣便好。"

雪衣澜浑身一僵，抬头看向他，薄唇微微抿了起来。

"怎么？不愿意？那你眼睁睁看着她等死吧！"短髯男子冷笑，然后一扯身边的同伴，"好了，我们走了！不必再管他，送上门的机会他不要，那也该这姑娘命绝，其他人也没法子不是？"

他的同伴自然大声附和，纷纷大笑。

"让我跪可以，但你们必须保证救活她！"雪衣澜一字一顿开口。

短髯男子等人面面相觑几眼，短髯男子哈哈笑道："好啊，可以！那你先给我磕三个响头，算是定金。"

这几个人明显带有恶意，他们也不以为像雪衣澜这样的大魔头真的会当街下跪，他们只是想趁机羞辱他。

没想到雪衣澜得到他这句话后，眼眸变得深沉："好！你们说话算话！"他居然

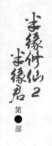

真的向那短髯男子跪了下去！

短髯男子猛然一呆，微张着嘴巴。

他眼看着雪衣澜跪下后垂首磕头，眸中闪过一抹厉色，迅速向其他弟兄打了几个手势，那几个人立即无声散开。待雪衣澜磕下第二个头时，那八个人有七个人忽然一起对他出手！

另外一个则扑向软床上的宁雪陌！

七道不同色彩的光芒从不同方向向着雪衣澜劈下！

这几个人显然是配合惯了的，这一出手没给雪衣澜留一点儿空隙，都是要人命的杀人绝招！

七道光芒同时劈下，将雪衣澜整个人笼罩其中。

砰！一声惊天动地的响声过后，七道光芒中间爆出比闪电还要亮的光芒。

那七个人眼眸中闪过惊喜之色。他们没看到雪衣澜躲开，那应该……应该命中了！

"啊——"一声长长的惨呼响彻长街。

待光芒散去，地上果然多了一具被剁得面目全非的尸体。

七个人初时惊喜，但在看清那尸体面目的那一刻大惊失色。

地上的尸体不是雪衣澜的，而是刚刚扑向宁雪陌的那个人，他们的同伴！雪衣澜却不见了踪影。

七人面色一变，骤然抬头。

就见雪衣澜好好站着，他怀中抱着那个垂死的女子，眼睛却死死盯着一个方向。

长街那头一个人落了下来，黑发随同白袍一起在风中翻飞，银色面具在日光下闪着淡淡光芒。

那七个人在看到那白袍人的刹那，眼睛一亮。

帝尊！

居然是帝尊在这里现身！

他们立即跪了下去，口里高呼："参拜帝尊！"

但他们的膝盖尚未触地，一道白光便平地掠过，他们几个人的身子不由得飞了出去，然后纷纷落在地上，也不知道是碰巧还是帝尊对他们的惩罚，他们每个人都是膝盖落地。

一连串惨呼响起，七个人膝盖全部碎裂，倒在地上再站不起来。

"帝尊！"七个人睁大眼睛，看着那个神一般的男子。

神九黎却压根没有理会他们的意思，直接向雪衣澜走去，伸出手："把她给我！"

雪衣澜脸色一变，情不自禁后退一步："你——"

神九黎的目光已经落在宁雪陌身上，瞳孔一缩，足下踉跄了一下！

宁雪陌那一身血衣已经半干，脸色蜡黄，微闭着眼睛，无助地躺在雪衣澜怀里，几乎看不到她胸脯的起伏。

滴答！又一滴血顺着她的衣角跌落下来，落在雪衣澜的脚边。

她身上看不到一丝生机，她整个人像是一片被秋风吹落的叶子，叶片枯黄，无任何绿意。

这样的宁雪陌像一柄刀，直直地插进神九黎的胸口，心脏在这一刻仿佛要翻转过来！

他竟然伤她如此之重！

当他抛下伤得如此重的她带着另外一个女人离开时，她会多绝望？！

他为其他女人疗伤时，她却已经挣扎在死亡线上……

他虽然恨她，下定决心和她一刀两断，却从来没想过要她的命！

雪陌！雪陌！

对不住！

他一挥衣袖，衣袖飞卷，白光闪过，原本躺在雪衣澜怀中的宁雪陌已经到了神九黎怀中。

原本他将她抱过来是想要立即医治，却在将其抱入怀中的那一刻，心像是溺水似的几乎窒息。

十年了，十年中他拼命告诉自己应该放弃，不应该再想她。

可是多少个不眠之夜眼前闪过的都是她的影子，多少次他在梦中抱着她和她同游，却在醒来的那一刻面对一室孤冷。

不知不觉中她成了他斩不掉的心魔，不知不觉中她在他心里成了罂粟般的存在。

如今重新将她抱在怀中，熟悉的感觉、渴望的感觉铺天盖地而来，几乎让他窒息。

在抱她入怀的那一刹那，他有一种将她揉进自己怀抱里，再也不放她离开的冲动！

她轻得如同一片随时会飘飞的叶子，闭着眼睛动也不动，脸色苍白得可怕，曾经饱满的唇干裂苍白，再看不到一丝鲜亮之色。

她身上并没有外伤，却比任何外伤都重。

她就这么了无生气地躺在他怀中，苍白、虚弱，无半点儿生机。

"雪陌！"神九黎心脏一抽，像是被插入无数钢针，一寸寸翻搅。

他宁愿看到她还像是在天书山那样生龙活虎地虐人，也不想看到她如此衰弱，而她的衰弱还是拜他所赐……

他握住了她的手腕，颤抖着手指为她把脉。

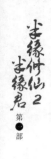

油尽灯枯！她真的已经油尽灯枯！

她身上的血几乎已经流尽，如果是普通人早就死了，她之所以还没死，只不过是因为她已经是半仙之体，魂魄又强大而已。

她的手腕已经变得冰冷，那冰冷似乎能顺着神九黎的手指直接钻入他心中。

而他认真探查她的脉象后，微微变了脸色！

宁雪陌并不是单纯产后大出血，她在大出血之前还使用了什么两败俱伤的禁术！

眼前闪过宁雪陌如修罗般狂虐乐子音的画面，他心脏猛然一紧！

乐子音好歹也是刚刚升上天阶一级的人物，而宁雪陌是地阶九级，按道理说宁雪陌应该不是乐子音的对手，他当时看到的情景却是宁雪陌占了绝对优势，杀得乐子音毫无还手之力。

神九黎知道宁雪陌极聪明，在战斗中鬼点子多，常常能做到以弱胜强，把念力远远高于她的人揍得哭爹喊娘，日月宗直到现在还流传着她当年入日月宗时大杀四方，把高她好几个级别的人杀得找不到北的事迹。

所以他当时看到宁雪陌用残忍手段对付乐子音，并没有对这一反常现象感觉有多奇怪。

现在看来，她当时是使用禁术暂时性地提高了功力才达到那个效果的。

她用的这种禁术是以燃烧她一半的精血为代价才能使用出来的。

但她怀了孩子，按道理说，一点儿精血也是弥足珍贵的，她就算为了腹中的宝宝着想也不会用这样两败俱伤的法子……

乐子音到底做了什么事才会让宁雪陌如此疯狂？如此不顾一切？

他又想起在见到宁雪陌的那一刻，她一身血，尤其裙子上更是满满都是血污，脸色却苍白得可怕，那一双眼睛里更像是燃了火，在他面前还要拼命地杀乐子音……

难道是乐子音伤到了她腹中的宝宝？

自己赶到的时候，她已经流产？她身上的血其实有一大半儿是她自己的？！

没有人不心疼自己的孩子，她如果被乐子音给弄流产，那么她和乐子音拼命就不奇怪了。

而自己做了什么？

打了刚刚流产的她一掌！还是打在她的小腹上，让她雪上加霜，这才引发血崩，一直血流不止。

她那时便已经极度危险，自己却撇下她抱着别人一走了之……

一个真相似乎就要浮出水面，神九黎心脏颤抖起来，握着宁雪陌手腕的手指也开始轻颤。

他垂眸看着怀中的人，现在的她毫无生气，脉搏也时有时无，弱得几乎摸不到，

168

连呼吸也快没了，他如果不是仔细感应她，几乎以为她已经……

神九黎长吸一口气，现在不是考虑这些的时候，真相他回去就会查！

现在他只想救活她！

就算她不能留在他身边，他也希望她能活得好好的。

雪陌，我不会让你死的！

别怕，我一定会救活你。

他深深吸了一口气，然后缓缓俯下头去……

从帝尊出现的那一刻，大街上原本纷纷关门闭户的人又跑了出来。

只片刻工夫，他们四周已经聚拢了好多人。

当然，这些人并不敢真的围拢过来，只远远地跪倒好奇地看着。

受伤最怕伤到骨头，碎骨之痛绝对比任何疼痛都销魂。

风云门膝盖被摔得碎裂的七名弟子已经疼得满头大汗，如不是惧怕帝尊的天威，他们只怕当场就会号叫起来。

他们强压住疼痛各自点了穴道，那疼痛才减轻些。随后他们勉强抬起头来，看到了让他们无比震惊的一幕！

一向高高在上、不染凡尘的帝尊大人居然吻了怀中的女子！

帝尊大人有洁癖，这个大陆的人都知道。

而他怀中的女子一身脏污，甚至连头发也被血黏在一起，脏得不可救药，而帝尊大人不但将她抱在怀中还半跪在那里吻了下去！

帝尊大人此举简直惊掉一地眼球！

雪衣澜站在一边，也直接傻了！

他原本十分不愿意将怀中的陌陌交给那个强大的情敌，可是他也明白如果他想救陌陌的话，也就只能指望眼前这个人了！

所以他握拳再握拳才忍住没把宁雪陌再夺回来。

他以为神九黎在夺过宁雪陌以后会立即救治，却没想到对方会低头吻她！

他瞬间怒了！

这混账！这都什么时候了，他还想着占陌陌便宜？！

是可忍孰不可忍！

雪衣澜一掌袭了过去："混蛋！谁让你这个时候耍流氓的？！"

他今天奔波了半天，受尽众人的白眼，原本就憋了一肚子气，此刻再压不住，所以这一掌分外有力道！

一道红光如闪电般向着神九黎的后背拍去！

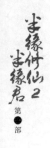

他虽然生气，还是有分寸的。

神九黎正抱着宁雪陌，雪衣澜自然不能攻击他的前面，所以照着他的后背下手！

"小心！"有人惊呼出来。

神九黎此刻却似已经痴了，抱着宁雪陌吻得投入，雪衣澜那一道红光正击在他的后背上！

砰的一声响，众人似乎听到了骨头碎裂的声音，神九黎脸色微微一白，身形却压根不动，唇也没离开宁雪陌的唇。

雪衣澜简直无语。

这混账不是已经和别的女人订婚了吗？还这么占他家陌陌便宜做什么？

雪衣澜想一掌直接将神九黎轰死，但那个人毕竟是救陌陌的唯一希望，他只觉得一股怒气冲上了头顶，偏偏找不到撒气的地方，一转眼便看到风云门的那七个人。

那几个人也是人精，大概知道再在这里待下去没有好果子吃，正想连滚带爬地逃走。

雪衣澜眼眸蓦然一眯！

他为了宁雪陌才肯背对这些人低声下气，不惜下跪相求，这几个人却想趁火打劫戏耍暗算他！真当他这妖皇是当假的？

刚才这几个人暗算他的时候，他心中其实也是戒备着的，那几道白光袭过来的那一刻他立即施展妖术避开，扑向宁雪陌。

无奈那第八人也奔到榻前，一双手眼看就要将宁雪陌抓起来，一道白光却疾闪而至，将那个人裹挟住向那七个人的方向一拖，于是，那七个风云门弟子就将自己的同伴给杀死了。

雪衣澜明白，那白光是神九黎射出的，那力道、那时间把握得不是一般精准！

因为刚才的一切发生得太快，那几个人并没有看清自己的同伴如何到自己剑下的，不过看现在这情形，他们已经激怒帝尊是真的。

所以这几个人就算腿疼得难受，就算以这样的形态逃走太丢人，他们也全顾不得了。

他们刚想逃走，就听到雪衣澜冷笑一声："戏弄了本座还想逃走？！"

七道红光同时自他掌心发出，和袭击神九黎的红光一模一样，每一道都追上了一个人的后心。

于是，那七个人只发出短促的惨叫，每个人的后心都多了一个前后贯穿的血窟窿……

只一瞬间，七个人变成了七具尸体。

他这一招镇住了远远围观的其他人，有人惊叫一声，慌忙爬起来跑了。

有一个人跑自然也带动了其他人，于是原本围观的人群眨眼间作鸟兽散。

周围发生的一切神九黎都恍如未觉，他半跪在那里，将宁雪陌抱在怀里，姿势有些奇怪，仿佛捏了什么法诀的样子。

随着他的深吻，原本没有半分生气的宁雪陌脸色有所变化，仿佛有新鲜血液重新输入她体内，到最后脸上终于有了一点儿血色。

那血色虽然极淡，却是生的希望。

雪衣澜原本想再给神九黎一掌，此刻看到宁雪陌的脸色心中一动，本来凝聚在掌心的红光又慢慢消散。

神九黎这一吻足足持续了七八分钟，而这七八分钟对雪衣澜来说，几乎像一个世纪那么漫长。

终于，神九黎放开了宁雪陌的唇，抬起头来。

他的脸色似乎比刚才苍白了不少，他微垂着眼睛，睫毛纤秀，唇上带着淡淡的血色。

而他怀中的宁雪陌，嘴唇原本像被风雨打得褪色的花瓣，此刻却有了一点儿鲜亮色泽。

她依旧闭着眼睛，动也不动，乖乖地躺在他的怀中。

"她怎样了？"雪衣澜沉不住气终于问了一句。

神九黎并没有回答他，垂眸看着怀中的宁雪陌，一只手掌轻按在她的背心上，神之念力催动，在她体内流转。

他看了她片刻，顿了顿，再次俯下头去——

还有完没完？！

雪衣澜怒道："神九黎，你没有亲近她的资格！不要借疗伤来行不轨之事！"

神九黎依旧不理他，这次唇落在了宁雪陌眉心的朱砂痣上。

雪衣澜觉得气不打一处来，握了握拳，冷笑："神九黎，你现在做这副深情款款的模样有什么用？我告诉你，陌陌已经被你伤透心了！你要治就给她好好治，要亲回去抱着你未婚妻亲去！陌陌嫌你脏！"

神九黎现在全副精力都在怀中的宁雪陌身上，压根没听雪衣澜的叫喊。

他的唇轻触在她的朱砂痣上，一只手按在宁雪陌的背心，一只手掐诀，嘴里念念有词，自他唇上有血如游丝般钻入宁雪陌的眉心之中……

雪衣澜叫嚷完了，终于看到神九黎唇上那一丝鲜红的血线和宁雪陌的眉心相连，宁雪陌的脸上又增添了几许血色。

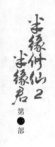

这是什么治疗术？！

雪衣澜睁大眼睛停止了叫嚷，看着宁雪陌的脸色一寸寸转好，像是一片枯黄叶子重新注入活力……

而神九黎的脸色越来越苍白，片刻后这种诡异治疗法子终于停止。

神九黎抱着宁雪陌缓缓起身，不知道是因为跪久了还是别的，身子微微晃了晃！

"她怎样了？"雪衣澜紧张地问。

"暂时无妨了。"这"次神"九黎终于开了金口，依旧抱着宁雪陌，似乎一刻也舍不得放手。

"暂时？"雪衣澜挑眉。

"她魂体虚弱，血气不稳，随时还有血崩之险，必须再用洗精换髓之术为她重理气机。"神九黎难得解释了这么多。

雪衣澜听得云山雾罩，不过他也明白这医理不是一时半会儿就能速成的："具体如何做？"

"我需要一间绝对的静室。"

"好，我去预备！"雪衣澜也干脆，一转身就不见了。

雪衣澜弄的这静室绝对干净，绝对安静，是他用功力在一片青绿山坡上造出来的。

神九黎在看到这院子的时候，足下顿了顿。

这建筑风格和雪衣澜在不老国同宁雪陌隐居时简直一模一样！

看来雪衣澜对这种风格的建筑还是情有独钟的。

雪衣澜看着神九黎抱着宁雪陌，心里火大！

虽然知道这个人是来为宁雪陌治伤的，但一想到他已经和其他女人订婚，雪衣澜就替宁雪陌憋屈，绷着脸伸出手："把她给我！"

神九黎顿了顿，抱着宁雪陌没有松手的意思，轻吸了一口气道："她现在不能离我的手。"他的掌心一直按在宁雪陌的后背上，似乎正为她输送念力，没离开过。

雪衣澜冷笑一声："但愿你不是趁机占便宜！她现在可是和你没一点儿关系！"

神九黎不语。

"神九黎，你现在就算救了她，她也不会感激你半分！"

"知道！"神九黎答得简短。她醒来不扎他一刀就不错了，哪里还会有什么感激？

因为救人要紧，神九黎和雪衣澜都懒得说废话，直接进静室救人！雪衣澜不等神九黎说话，直接在外间做了护卫。

洗精换髓的法子烦琐无比，步骤多得数不清，而且一点儿也不能出错，这就要求施术者必须专心致志，丝毫不能分神。

偏偏雪衣澜那混蛋把这间静室弄得摆设和格局完全拷贝当初宁雪陌在不老国隐居时的寝室！

神九黎当初在那间寝室外不知道徘徊了多久，向里面看过不知道多少次，自然对里面的布局烂熟于心。

现在重新看到，心头一阵闷堵。

十年，雪衣澜和她就是在这种屋子内度过的吗？

他的目光落在屋中那张床上，那是一张颇为宽大的大床，大得足够睡八个人！

上面被褥松软，最上面是一层大红被褥平平铺展，被褥上绣的是一只在原野中奔跑的狐狸，小狐狸模样比较小，蓬松松的白毛，八条尾巴在身后摇曳……

神九黎眼瞳又是一缩！

这小狐狸的模样正是雪衣陌儿时和他相遇时的样子，甚至那八条尾巴都一点儿不差。

他望着那小狐狸片刻，目光猝然离开。

他是无所不能的神，平生只有不想要的东西，没有得不到的。

他以为凭他的本事就算对方抱着某种目的而来，也能让她中途改变想法，没想到……

当年他以为能和她携手终生，如今二人却成陌路……

她现在是别人的妻子，而他就算抱一抱她也是奢侈。

雪衣澜那个混蛋，妻子怀孕，他却把她放出来独自乱跑。

他的目光又在大床上扫了一圈儿。

翻云覆雨，被翻红浪，不知道为何这八个字自脑海中浮现出来，让他手臂一僵，胸口骤然一窒！

神九黎吸了一口气，觉得他不能再想下去了，再想下去说不定他会直接拆了这屋子！

雪衣澜这混蛋绝对是故意的！

神九黎顿了顿，一挥衣袖，一道白光闪过，室内那些碍眼的家具都不见了，原地多了一张白玉寒榻和几个蒲团。

既然他要静心救人，那这屋子一点儿碍眼的东西也不能留！免得他到时候分神，以至于在救人过程中出错，抱憾终生。

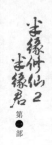

　　雪衣澜坐在小院外一株大树的树杈上，这个地方视野好，既能看到小院，也能将四周景致全看在眼里，就算飞来一只苍蝇他也能瞧见并及时将其格杀！

　　雪衣澜觉得自己还是挺细心的，想得也很周到。

　　静室都是按照陌陌曾经喜欢的风格来布置的，她醒来后看到这种熟悉的布局或许能少伤心些。

　　雪衣澜在树杈上伸展了一下身体，他才从太空中回到这个世界没多久，一回来就碰到这种状况，一心想要救人，始终没静下心来好好思索过。

　　现在难得有了一点儿闲暇，他开始考虑一些事情。

　　首先想到的就是，到底是哪个混蛋害得陌陌流产的？她肚子里的孩子是谁的？

　　他和她分离了足足十年，再见面时她已经受伤即将昏迷，只留下"宝贝，妈咪来陪你了"这样一句炸弹似的话语把他震得三魂跑了两魂，一时摸不到北。

　　因为急着救人，他一时没考虑那么多，现在却纳闷起来。

　　这十年她到底经历了什么？

　　她是怎么从那个黑洞似的旋涡中逃回来的？

　　看神九黎的反应，这十年神九黎和她像是没多少交集，他也压根不知道这孩子的存在，所以这孩子八成不是他的，那到底是谁的？

　　难道陌陌在这十年内又认识并爱上了别的男子，所以有了那个人的孩子？

　　可她带着别人的孩子去神九黎的订婚宴做什么？

　　还以舞做礼物，最后砸了琵琶斩断一切……这……这有点像余情未了啊。难道她肚子里的娃娃是神九黎的？

　　可是……可是这时间对不上啊！

　　太古怪了！太让人想不透了！

　　雪衣澜觉得自己的脑筋要打结了！

　　他看了看那一处静室，里面一点儿动静也没有，甚至窗纱也密密落了下来，让他看不到里面的情景。

　　神九黎在进去前曾经说过，无论外界发生什么天塌地陷的事情都不能打扰他，所以雪衣澜心里虽然憋了不少疑问，也暂时不能问。

　　他垂眸看着自己的手指，手指纤长白皙，这双手也曾经握着妖界兵权呼风唤雨，笑傲江湖，却无论如何也无法得到心仪女子的心……

　　现在他最心爱的女子在里面生死不知，他却只能坐在这里无望地等待再等待。

　　时间的沙漏就在这各自的焦灼中流转。

第九章 再造宁雪陌

静室内。

宁雪陌那一身血衣已经不见了，取而代之的是一套红裙，那红裙料子极好，是极品天蚕丝所制，不但轻盈飘逸，还有防刀剑所伤的用途。

这一套红裙是异世界的宝贝，当初异世界的那些侠客魔头为了抢这套红裙拼个头破血流，却被神九黎捡了个便宜。这件红裙很合他的眼缘，所以他随手拎回来放在了储物空间里。

这些年他每年都会在各空间之门里转转，去各种异世界走走，常常看到一些适合女孩子用的东西，头脑一热就买下来，买回来后看着又闹心，便塞到自己储物空间一个很偏僻的角落锁着。

他以为这套红裙永远不会有派上用场的一天，却没想到会用在这个时候。

她穿自己买的这一套红裙果然很好看，尺寸却偏肥了些。

她明明是孕育过宝宝的人，身材却比原先还要瘦，腰肢纤细得似乎一只手掌就能握住。

她身上满是血污，极为刺眼，而他在为她疗伤前必须给她清理干净。

他把她当妻子时，如果碰到这种情况会毫不犹豫地将她剥光，然后用无根仙水彻底清洗。

但现在——不行！

她是别人的妻子，就算他再忘不了她，这个时候也不能唐突了，所以他只能为她

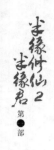

使用清洁咒。

使用清洁咒需要念力，而他现在因为刚渡给宁雪陌三分之一的神血，有些虚弱，后面再为她疗伤又要耗损小半念力，他真心感觉自己自以为磅礴无比的念力似乎有些不够用……

将她重新抱在怀中的时候，他便知道自己还是极度渴望她的，渴望到想将外面的雪衣澜一刀杀了以绝后患！

可是，不行！他已经伤她够重了，如果再杀了雪衣澜，她醒了找他拼命是小事，怕的是她会极度伤心……

所以，他就算看雪衣澜再碍眼也不能杀！

说不定以后他还得派人保护雪衣澜，免得不小心被那些修仙派给灭了。

这事想想就闹心！所以神九黎干脆不想了。

此刻她闭着眼睛躺在他为她准备的白玉榻上，他已经用清洁咒给她弄干净，用术法为她穿上那套红衣。青丝在她身下蜿蜒，大红衣裙终于将她俏丽的小脸映出一丝红晕。她果然还是穿红衣最好看。

这一套衣裙看着像喜服，她就这么躺在他为她准备的白玉榻上，像他的新娘子……

神九黎轻轻吸了一口气，将这个不甚靠谱的念头拍出脑外。他慢慢将她扶抱起来，两人正面相对，他拉过她的手和她十指相扣。

她像个木头娃娃似的任他摆弄，难得乖得很。

这是最亲密的姿势，仿佛当年的新婚夜，他也曾和她这样十指相扣，问她后不后悔嫁给他，对她说他还能给她一次反悔的机会。

她当时怎么回答的？

她说嫁给他是她这辈子最大的渴望，她绝不后悔。说完她还红着脸亲了他一口……

不能再想了！现在不是想这些的时候！

神九黎压下此刻不该有的乱七八糟的念头，微微闭眼，先探查了一下她的身上。带着神之力的气息缓缓进入她的丹田，那里曾经是魔的滋生地，当时那个魔就住在这里面，那一场铜鼎之炼，他记得并没有完全将那个魔炼化，里面应该还有残存，十有八九受了重伤后在里面沉睡。

可是，没有！他压根探查不到一丝魔的气息，她的丹田内现在很正常。

他知道那个魔很狡猾，也很会躲藏，平时不会轻易让人探查到，却无法瞒过神九黎的神力感应。

现在连他也感应不到，难道那个魔真的已经彻底消失了？

神九黎沉吟片刻，一个念头忽然冒出脑海：不会是陌陌灵魂太强大，趁那个魔最虚弱的时候，将它彻底吸收了吧？！

这个念头一冒出来，神九黎也僵了僵。

将体内的魔吸收就算是修到天阶四级的仙也做不到，更何况宁雪陌现在还只是地阶九级，更不可能有这种能力。

除非她也像自己一样，是天生的神……

而这更不可能，陌陌前世只是一只修炼得道的九尾狐而已，和神压根不搭边。

神九黎百思不得其解，不过既然一时想不出来，他也就暂时搁置了。

无论如何，她体内的魔消失是好事，现在还是疗伤要紧。

神九黎开始忙碌，一个步骤连着一个步骤，动作之快让人眼花缭乱。

他的身影围着她闪动，手指飞点她身上诸多穴道。

这个过程对她来说很疼，神九黎已经做好了她在昏迷中喊疼的准备，却没想到她始终没动静，像被点中的不是她。

她是真的不疼，还是已经疼得麻木？

她的脸色有些发白，额头沁出汗珠，却抿紧了唇，一声不吭。

她这样虽然不至于扰乱医者的心神，却让神九黎心中一痛！

他勉强稳定心神，开始最后一个步骤，再次拉过她的手和她十指相对，闭上眼睛。念力催动之下，他的十根手指都冒出了血珠，自她的手指钻进去……

洗精换髓，就是两个人血脉相连，他的血脉流动也加入她的血脉流动中，等于血在两个人之间循环。

神九黎的血是神之血，有净化一切的力量，她的血就算再枯竭再衰败，也会在神之血的影响下重新焕发生机，获得能量。

如果他成功的话，宁雪陌的功力不但不会降低，还能增长不少，说不定能突破地阶九级，直接进入天阶一级，让她因祸得福。

让他没想到的是，他的血刚刚进入她体内一半，她原先流速缓慢的血忽然沸腾起来，仿佛里面原本潜伏着一条沉睡的巨龙，而他的神力是侵入它领地的外来者，巨龙腾空而起，张牙舞爪地迎击外来者，誓要将入侵者赶到体外！

神九黎一个不察，放出去的神力险些和宁雪陌体内那股力量打起来！

真要打起来那宁雪陌的身体便成了战场，眨眼间就能把她的身体毁得一根头发也不剩！

所以他一察觉不好，只能拼命后撤，但是撤得太快太急，神力反噬他自己的身

第九章　再造宁雪陌

177

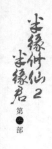

体，刹那间如同时被数千钢针刺中。他脸色一白，冷汗沁出，身子后退半步，险些从白玉榻上翻下去！

宁雪陌没了他的护持，身子一歪，倒了下去。大概是她体内的力量被惊醒，在她身体里沸腾喧嚣起来，神九黎甚至能看到她肌肤表面筋脉如蛇般窜行，起伏如潮。她原本稍稍红晕的脸又变得惨白起来，鼻尖也沁出了汗，贝齿无意识地咬紧了唇，唇上甚至被咬出了血。

神九黎虽然一时不知道到底哪里出了问题，却也知道绝对不能再这么下去！

不顾身体的剧痛，他重新扑到她身边，再次将她抱起，用普通念力为她顺导血脉。

他毕竟念力深厚，而普通念力又不会激发她体内力量的反击，片刻后，她体内之力像是被顺毛成功的小狮子，终于平静下来。

神九黎轻舒一口气，垂眸看着怀中的宁雪陌，目光复杂。

她到底——是什么？

他还是第一次见到这种力量！

他想了想，再次用普通念力探寻她的身体，却压根探寻不到什么，仿佛她身体内的那股神秘力量打退外敌后，终于安心睡了，再次蛰伏起来。

神九黎抬手揉了揉眉心，这次事情有些难办，看来他得进行第二套方案。

只是——第二套方案有些唐突佳人……

但现在为了救人，他也顾不得了。

神九黎缓缓将她胸前的衣襟解开，完美的锁骨、精致的隆起逐渐在眼前显现，雪白的肌肤在头顶珠光的映照下更加晶莹玉润。

神九黎虽然一向定力极强，但眼前这女子是他一向渴望的，是他内心深处最难以割舍的罂粟，前世的她不知道和他恩爱过多少次，她的身体他极熟悉，而此刻她衣衫半褪，就半坐在他身前，那绝世春光依旧让他口干舌燥、旖念丛生……

他猝然移开视线，稳定心神，将手掌轻轻按上她的半个山丘，然后极力忽略掌下那滑腻的触感，念力自他掌心涌出，缓缓注入乳突穴……

这种疗伤方式不但考验他的定力，也考验他的念力，比用神之力要多耗费一倍力量。

他的念力在她体内运行一周天，然后他惊奇地发现她受损的筋脉正在自动恢复！而且自动恢复的速度比他用念力助她恢复还要快！

难道他刚才用神力激发出的她体内那神秘力量在作怪？

神九黎松了一口气，缓缓撤回手掌，再替她拉上凌乱的衣襟。

既然她已经开始自动恢复，他就不能再跟着参与了，要不然两股力量恢复的筋脉会因为速度不同而出现偏差，说不定会让她因此走火入魔。

他现在要做的事就是守在她身边，时不时探查一下她的恢复速度，及时发现不对的苗头，再加以调整便可。

她躺在白玉榻上宛如熟睡，他则坐在她身边看着她，始终握着她的一只手。

或许他和她真的是情深缘浅，他能安静守在她身边或许只有此刻，以后各自安好。

至于这次的事件，他需要知道一个真相，给她一个交代！

不知不觉就过去了三个时辰，那一间静室的门终于打开，神九黎自里面缓缓走了出来。

他的脸色苍白得厉害，但脚下的步子还很稳健。

红影一闪，雪衣澜飘身而下，落在神九黎面前，直直地盯着神九黎的眼睛："怎样？她……她好了吗？"他的声音有些发抖，唯恐自神九黎嘴里蹦出什么不好的话。

"应无大碍。"神九黎惜字如金，顿了顿，抛出一个药瓶，"这是她每日应服的丸药，每日辰时让她服三粒即可。"话毕，他一转身便消失不见。

雪衣澜："……"这个人走得也太干脆了！他甚至还没来得及问出心中的疑问。

算了，那些都是次要的，只要她能活过来，只要她还好好的，其他一切都是浮云。

乐子音已经被挪回其原先常住的小院，虽然昏迷着，但到底眼瞎身残，时不时疼得浑身发抖，身边需要有人伺候，所以耶律静安依旧派了两名女弟子在它身边伺候着。

伺候这种病号并不轻松，得时不时为它拭汗，免得汗水流进伤口造成感染。

已经是半夜时分，这两名弟子也有些疲累，一人在外间小床上眯着，另外一人则趴在乐子音所躺的云床上打瞌睡。

灯光暗了暗，室内忽然多了一人。

正在打瞌睡的女弟子迷迷糊糊地睁眼，吓了好大一跳，扑通跪倒："帝尊！"

她实在太吃惊，所以磕头磕得分外响亮，一不小心，磕出了一个包。

帝尊居然半夜到这小院来了，这是这些年从来没有过的事！她在这院中伺候乐子音这么多年也没见过帝尊。

"出去！"神九黎只说了两个字。

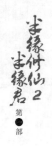
那弟子二话不说，立即答应一声，再磕个头出去了，顺便将外间的同伴也一起提了出去，临走的时候还不忘帮帝尊大人带上门。

神九黎站在乐子音的床前。

经过这大半天的调养，它身上的毛看上去不再那么暗淡，鲜亮了点。

它受伤不轻，还昏迷着，若等它正常醒来，或许要等到一天以后，而他一刻也不想再等！

他迫切需要知道一个真相！

在他出关时耶律静安就向他禀报说乐子音去了灵草禁地为他采集药草，他当时并未放在心上。

这灵草禁地位于天书山上空，里面药草遍布，其中确实有治疗雷劫的避雷草。但他既然早就预备为她挡雷劫，自然考虑到了这一步，这药草他早已备下，压根不需要乐子音多事，不过她既然已经去了一天一夜，他就随她去了。毕竟灵草禁地里虽然有一些凶猛守护兽，但级别都不算太高，以乐子音的功夫足以对付过去。

而灵草禁地离日月宗并不近，以乐子音的脚程，能在两天内回来就算不错了。

所以在他看来，乐子音失踪这一天一夜也很正常，没什么可担心的。

而宁雪陌是唯一让他有些担心的。

虽然知道自己和她无缘，不该牵念她，但理智并不能完全控制情感，他还是忍不住想要知道她的近况。

本来他还需要闭关两日才能完全恢复，但在闭关的后期不知道为何心浮气躁得很，莫名心慌，仿佛生命中有什么重要东西正在失去。

这种感觉第一次出现，他下意识掐算，却没掐算出什么来。

而这世上他唯一算不出来的人就是宁雪陌，他的第一感觉就是宁雪陌出事了！

这下他再沉不住气，立即又联系耶律静安。耶律静安向他禀报，派往凤凰城的赫连箫出了点儿小意外，不知道在途中误闯了什么禁地，结果遭遇鬼打墙，一天一夜才出来，现在正赶往凤凰城。不过凤凰城的弟子也没见宁雪陌，现在正派人沿途寻找……

换言之，宁雪陌失踪了！

得到这个消息后，神九黎更沉不住气。他当年为宁雪陌驱除体内的魔时，为了保护她的魂魄不被伤害，曾从自己身上分离出一魄在她身上，后来她含恨和雪衣澜离去，那一魄他也没收回来。

有那一魄在她身上，他还是能感应到她的，虽然无法感应她的喜怒哀乐，但只要她在这个大陆上，他就能感应到她大体所在方位。

他立即凝神感应，却惊异地发现宁雪陌所在的方向居然是天书山！

她如果要去凤凰城的话，压根不会经过天书山！

她好端端的怎么转道去天书山了？难道是需要采集什么药草？

他知道宁雪陌极为聪明机灵，那跟踪的弟子十有八九被她察觉，她为了迷惑那弟子，故意在空中飞向凤凰城方向，但在飞行不久后就更改了方向，这样才摆脱了耶律静安所派弟子的跟踪。

而天书山的凶险没有人比神九黎更清楚，尤其是第九峰的那些灵兽，就算是地阶九级的宁雪陌在上面也是十分危险。

想起自己那莫名出现的心慌，神九黎更沉不住气，所以立即动身前往，结果……结果却看到了那么残忍的一幕！

当时他在气怒之下并没有多想，而救人回来后又各种忙碌，压根没有思考的时间。

直到他刚才守着宁雪陌的时候，才真正静下心来思索，越想越心惊，越想手足越冷！

宁雪陌怀了孩子，以她的性子，必然将那孩子视为珍宝，为了腹中的宝宝着想，应该不会故意找念力高于她的乐子音的麻烦！

更何况乐子音去灵草禁地的事也只有耶律静安知道，宁雪陌应该没有渠道知道这事，自然不可能故意去天书山找乐子音。

他开始还以为这二人只是偶然间狭路相逢，现在看来事情远远不是那么简单，十有八九是乐子音主动找宁雪陌麻烦……

要想快速了解事情真相，唯有找乐子音，所以他连夜赶回来，来到她的房间。

神九黎垂眸看着床上的九尾狐。

乐子音似乎尚在昏迷中，身子时不时抖动一下，喉咙里模糊发出痛苦的呻吟，显然就算昏迷，该有的痛楚还是有的。

神九黎顿了顿，他无法再等了！

他伸出手，正要用术法强行让乐子音苏醒，忽然又顿住。

望了它片刻，神九黎忽然淡淡开口："不必装了，本座知道你醒了！"

乐子音身子猛然一抖，耳朵颤了颤。

它已经没有眼睛可睁，只是转了转头，面向神九黎的方向，喉咙里再次发出呜呜的声响，似乎在哭诉委屈。

奈何它没了舌头，腹部又被刺穿，刚刚被修补，腹语也说不出来，只一双眼眶里滴出两滴血，仿佛是泪。

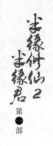

它这模样极惨，神九黎却不为所动，缓缓开口："本座问你，你是如何碰到宁雪陌的？"

乐子音身子略僵了僵，它说不出话，喉咙里发出呜呜声，血泪流得更急。

神九黎微微眯起眼眸："本座需要知道真相，你现在口不能言，本座便自己读取你之记忆吧。"

这一句话让乐子音整个身躯都僵住了！

它愣了片刻，身子忽然拼命向后缩，拼命摇头，拼着腹部如刀绞的剧痛，勉强用腹语道："不必……我……我可以用手写……"它的爪子已经被接好了，虽然不能运功，但勉强可以写字。

它唯恐神九黎通过读取记忆知道真相，也顾不得全身疼痛，身上光芒一闪，就要恢复人形，以方便写字。

但它身上光芒刚刚闪动，便感觉额头骤然一冷，一根手指正点在它的眉心上。

那手指带着抹幽凉之意，让乐子音忍不住打了个寒战！

鼻中是神九黎身上那特有的清淡幽香，乐子音原本极度希望能和他接近，现在却吓得整个身子都哆嗦起来。

她压根没想到神九黎有这个技能！

一旦被他读取记忆，那她的所有秘密岂不是就无所遁形了？！

"呜呜……"它想要猛烈摆头，奈何对方的手指像是定住了它，让它压根动不了。

它额头剧痛，感觉脑海中关于宁雪陌的一切记忆正疯狂向外涌——

神九黎轻易不会读取他人的记忆，虽然这是最快知道真相的方式，却没有挑战性。

一切通过读取记忆知道，那也会少许多乐趣。

他的生命无穷无尽，无聊中正需要培养乐趣，这种乐趣被剥夺了并不好。

而他也不记得什么时候，他用这一招时被人批判过，好像还惹得谁孝毛，给他留下了心理阴影，以致就算这次重新苏醒，他也没靠这技能来恢复自己的记忆。

他刚刚一直盯着乐子音的反应，所以乐子音的每一个小动作都落在他眼内。它明显在心虚！明显想要撒谎！

那他还有什么客气的？

神九黎立即动用了读取记忆的术法。

当然，他读取她的记忆也只截取了一部分，从历完劫后开始。

他看到乐子音历劫结束后，在小院中养伤，每天有七八次问他的消息；看到她伤好得差不多后一个人在屋里走来走去，心事重重的样子；看到她出来散步无意中看到耶律静安和赫连箫站在一起说话，听到了宁雪陌前往凤凰城的消息；看到她若有所思地走开，回到她自己屋里拿了几件东西然后出来对耶律静安说要出去为他寻药……

她出了日月宗后，很快追上赫连箫，在他前面设局，让赫连箫跌入云海幻境之中。

然后她在云海幻境中逼出了赫连箫的魂魄，以术法描摹他的行为以及说话方式。最后将赫连箫弄晕困在某处后，她又暗中追赶上了正御剑飞行的宁雪陌……

在乐子音的记忆中见到宁雪陌的时候，神九黎手指微微一抖。

那时候的宁雪陌脸色苍白得厉害，眼睛却极亮。她时不时抚摸腹部，嘴里念念有词："宝贝，妈咪带你去吃好的啊，一定让你吃最好的，让你长得壮壮的。你的爹爹不要你，妈咪会疼你，疼出双份来，不会让你感觉是没爹的孩子……"

"宝贝，对不起，妈咪不坚强，受到一点儿打击就病倒了，害得你也跟着受苦。不过妈咪很疼你哟，烧那么厉害都没吃药的，妈咪物理降温也不错的，泡澡泡了好几天皮都要泡皱了……不过总算挺过来啦。就是那里的店伙计一定很奇怪我泡澡为什么这么勤，说不定还会以为妈咪有病，哈哈，妈咪是有病，爱子病……"她脸上都是母性光辉，叽叽咕咕地和肚子里的宝贝交谈。

看到这里，神九黎已经脸色苍白，她肚子里的孩子到底是谁的？！

如果孩子是雪衣澜的，他怎么可能不要孩子？

神九黎心里隐隐似猜到了什么，却又不敢相信！

听到她说物理降温，他心里一绞！

原来她在那个穷小城是病倒了……

她在那样穷的地方生了重病，身边连个伺候的人也没有，只能靠泡澡降温，那个时候的她又该是多么无助？

那个该死的探子，居然没看出来！只说她深居简出，喜欢泡澡，还说偶尔看到她走路生风，气色也不差……

雪陌！雪陌！

神九黎按在乐子音额头上的指尖已有些发白。

再然后他便看到乐子音恶毒地自语："绝对不能让你把这孩子生下来！不然我就半点儿希望也没了……"

他又眼睁睁看到乐子音赶到了宁雪陌前面，设了一种有毒结界，而宁雪陌明显有点心不在焉，闯入了那结界之中……

神九黎的手指抖了起来！

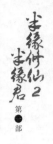

他是医学大行家，乐子音这毒术虽然极隐秘，却瞒不过他的眼睛。这种毒普通人闻了压根没什么，却有极强的堕胎效果！乐子音果然算计了宁雪陌的孩子！

乐子音对他有什么感情他其实早就明白，只是他既然对她无意，对她的这份情自然视为无物。替她挡了雷劫他便完成了他的承诺，没必要再牵扯不清，他以为他把一切都说得很明白，乐子音也听得很明白，没想到她压根没死心！居然算计宁雪陌……

她为什么要算计宁雪陌的孩子？

难道那个孩子——

神九黎不敢再想下去，一颗心却像是沉入了深渊，按在乐子音眉心的手指抖得险些滑下来。

随着记忆画面一段段播出，神九黎的脸色越来越苍白。当看到乐子音幻化成赫连萧诱骗宁雪陌吃落婴桃时，他的手指全凉了！他恨不得走入现场将宁雪陌手里的落婴桃打掉！

好在宁雪陌足够聪明，在那样的情况下也识破了乐子音的诡计，及时揭穿她的身份。

而后面的发展对神九黎来说不亚于被九天神雷劈在了脑门上！

那个孩子……那个孩子居然是自己的！

他虽然不知道这十年宁雪陌究竟经历了什么，但他还是明白乐子音的异能的，她有一双透视眼他也早知道，甚至领教过。

他却没想到她看出了宁雪陌的孩子是他的，不是告诉他而是直接去算计宁雪陌！

乐子音的记忆依旧在他脑海中翻腾，神九黎脸色煞白，眼睁睁看着宁雪陌拼命想要保住那个孩子和乐子音斗智斗勇，看着她坐在大石上拼命用念力保护孩子，看着她目光发直，手指却忙个不停，嘴里一直念念有词，无望地求肚里的宝贝要坚强，不要离开她……

神九黎心里像是插进几把钢刀在翻绞，他却只能眼睁睁看着她无助地忙碌。当她裙下冒出鲜血那一刻，他看到她僵在那里，像是整个世界要离她而去……

而神九黎的整颗心也像是跌入地狱！

她裙下有血一股一股地冒出，而她徒劳机械地忙碌着，整个人像是被打击成木头娃娃，却还抱着万分之一的希望。

他甚至看到她用很粗的银针猛刺身上某个穴位，那个穴位是保胎的，但扎一下比扎其他穴道疼数倍，她却像不知道疼似的一遍遍地扎，试图挽留那个孩子……

直到最后一刻，她裙下滚出一个小肉团，她整个人颤抖得如同风中的落叶。她将那小小的肉团捧在掌心里，眸子里一片昏黑，满满的全是绝望……

神九黎脸色惨白。

这明明是乐子音的记忆，他却能在这记忆中感受到宁雪陌那铺天盖地的绝望和悲凉。

也不知道过了多久，神九黎点在乐子音眉心处的手指终于缓缓滑落下来。

他脸色煞白得可怕，整个人定定地站在那里，低头看着自己的手，十指痉挛。

怪不得宁雪陌会和乐子音拼命，原来如此！！

而他呢？他做了什么？

他一掌打伤了刚刚流产的她，然后抛下垂死的她带着杀死他们孩子的仇人离开……

"神九黎，我恨你！"这是她最后对他说的话，当时他没多想，现在终于明白她说这句话时心里到底有多泣血……

他医治了她的仇人，却害得她一直在死亡线上挣扎，几度垂危。

她才是他的妻子啊！孕育他宝宝的妻子。

她怀着宝宝归来，想必是想给他一个惊喜的，却没想到听到的是他要订婚的消息……

耳边似响起宁雪陌来到订婚现场时所说的那句话："神九黎，你真的想和她成婚？"

她一向是坚强和骄傲的，问出那句话是想试着挽回他吧？

而他直接一句"与你无关"扼杀了她的全部希望！

他为那个女人挡雷劫的时候，她一个人绝望下山……

那个女人只是受了一点儿轻伤，他却派了两名弟子去细心伺候，每天山珍海味……

而他的妻子怀着他的孩子在一个穷得叮当响的破城里发着高烧也没人管，她想为了孩子吃顿好的还要跋涉到其他城市去……

最后，他还为了那个女人打伤不但流产还使用了禁术的宁雪陌，害得她大出血。

宁雪陌，他一心爱的女人，他自认为一直对得起她，问心无愧，却原来他已经给她造成这么多难以挽回的伤害！

神九黎全身都在控制不住地发抖，眼前阵阵发黑，胸口气血翻腾不休。

层层叠叠的懊悔如海潮般在他胸中翻涌，终于涌上喉头，一口血喷了出来。

乐子音在他的手指离开的那一刻便知道大势已去！

它吓坏了！

它虽然看不到神九黎的表情，但还是能感应到周围情景的。周围气温急剧下降，

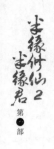

他身上那磅礴的迫人杀气直逼过来，让它全身的狐狸毛全部竖了起来，整个身子都颤抖成一团！而强大的威压让它连头也抬不起来！

不行，它必须做点什么，要不然它或许会被活生生打死的！

乐子音也顾不得说话会肚子疼了，拼命发出腹语："帝哥哥，您……您息怒……我……子音知道错了！子音其实没想杀她，只想弄掉她肚子里的孩子……"

砰！乐子音一句话没说完，便被一股狂风给卷了出去，直接砸在墙面上，又滑下来。

而它身下的软榻直接成了碎渣，一点儿原本的影子也看不出来了。

这一下也让乐子音好不容易快要愈合的伤口登时全部裂开，它眼前发黑，险些背过气去，嘴角鲜血直流。

"乐子音，本座自问没有对不起你的地方，你为何要算计她？！算计我的孩子？！"神九黎的声音自它头顶上方传来。

乐子音颤着爪子向他身前爬去："帝哥哥，您误会了，子音不是想害您。这些年您一直忘不了她，您昏迷那阵常常在梦中叫她的名字……那个女人把您害得这么惨，子音不想让她再缠上您。子音怕她以孩子要挟，逼您做这做那，所以才冒险去……去算计她。子音一直没想要她的命的……"

它的爪子尚未碰到他的袍角，便被他一挥袖像挥苍蝇似的拂开，砰的一声又撞在墙面上！

"本座的事，何容你插手！乐子音，你这是自己找死……"神九黎语调森寒，"你害了她的孩子，她伤的是你的身！你坑害了本座的妻儿，本座会让你直接魂飞魄散！"

神九黎手掌虚空一握，乐子音的身子就像是被一只无形的手倒提起来，下一刻只要他掌心白光一出，十个乐子音也会直接了结，就连灵魂也投不了胎！

乐子音吓得大叫："帝哥哥，子音知道错了！子音再也不敢了！子音已经受到惩罚了不是吗？求您看在我父王救您一命的面上饶过子音这一次……"

神九黎看着倒悬的血淋淋的九尾狐狸，眯起眼眸，声音冰冷："乐子音，你父亲临终之际将你托付于本座，本座承诺帮你渡雷劫治你旧疾，如今承诺已兑现，本座再不欠你什么！而你坑害了本座的妻儿，这笔账你必须还！"他说着缓缓握起手掌。

乐子音的身体如被一只无形的铁箍箍住，箍得它头昏脑涨。如果它还有眼睛，只怕眼球会被挤爆出来！它也再说不出话来，只剩四肢和尾巴颤抖似的痉挛，身上所有的伤口都已开裂，比原先还疼数倍！

知道无法幸免，它索性放弃挣扎。

死就死吧！它现在的身子已经残破成这样，原本还寄希望于神九黎，希望无所不能的他能为它换双眼睛，再接个舌头，治好它身上的伤口，让它恢复如初。

它心里甚至还有一个隐秘的希望，希望神九黎会因为内疚对它好，不但给它治好伤，也不会再赶它走，说不定它还能因祸得福长久留在他身边成为他的女人。

但现在——一切都不可能了！

他就算不杀它，也不会再为它治疗。它与其这么残破地活着，倒不如死了痛快！

就在它这一口气再也透不过来的时候，那无形的箍住她的铁箍却蓦然一松，它落在地上，惊慌地抬头看去。

"本座不会杀你！"神九黎声音冰冷。

乐子音得了他这一句，却一点儿也感觉不到轻松。它想开口，但腹部再次受伤，它连腹语也发不出来了。

"本座会命人送你回碧水并公布你的真正身份，你好自为之吧！"神九黎再不看它，转身离去。

乐子音却吓得魂飞魄散！

碧水的狐狸最重亲情，对小狐狸也极看重，若让他们知道它专干让所有母狐狸流产的勾当，只怕……只怕会活剥了它！

它清楚记得它在碧水最后施展那种毒术，害得好几个狐族长老的孩子死于非命，那几个狐族长老那时就眼睛发红地发誓一旦抓住元凶就将其生吞活剥……

不要！不要！

那样的话，它还不如现在就死了的好！

乐子音强自挣扎起来，一咬牙，拼着最后一点儿真元之力，死命向墙上撞去！

噗！它没撞到墙，却撞到一个软绵绵的结界上，它心中一沉抬头，就听一个声音轻叹了一口气："乐子音，你这是自作孽！"

乐子音呜呜叫，身子向后缩，它已经听出那个声音是耶律静安的。

耶律静安也感觉分外苦命，大半夜的被师父召唤来，嘱咐他几句话后，师父就直接转身走了，却害得他还要收拾这个烂摊子！

本来师父嘱咐他，待乐子音渡过雷劫，身上的伤好利索后，就让他送它回碧水国。

他还计划着到碧水国好好玩玩，看看其他狐狸精。

却没想到……

他也没想到一贯爱笑、看上去很仙子、很慈悲的乐子音会是这种女人，曾经干过那种差事！

第九章 再造宁雪陌

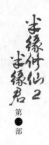

这让他对乐子音的好印象直接下降到负数！

师父临走时吩咐，要活着将乐子音送回去，他自然不能让这个女人在这里自杀。

耶律静安虽然不知道这期间到底发生了什么，但师父既然救回伤重的乐子音悉心治疗，又重新施重手将其伤成这样，还下了那样的严令，那必然是乐子音做了人神共愤的事情，激怒了师父。

耶律静安不顾乐子音的拼命挣扎，随手将它装进一个盒子里带了出去。

他得赶紧完成这个任务，回来还有一个更巨大的任务等着他。

师父说让他预备一场婚礼，只给他六个字——最盛大、最隆重！

短短几个字，道出了师父对这场婚礼的重视程度，和当初吩咐他办一场订婚宴的态度不可同日而语。

他心里隐隐猜到什么，也激动起来。

是不是……小师妹终于要回来了？！

神九黎正在向长空国国都飞行，速度快如流星。

心脏在胸膛里激烈跳动，似甜又似酸，胸中似藏着一盆滚水，有一种时刻要沸腾的感觉！

她是爱自己的，要不然她也不会留下这个孩子，他的孩子。

如果不是读了乐子音的记忆，他几乎都不敢相信这件事。

他是这世上唯一的神，能力最强，法力最高，但也有一个致命弱点。神的力量太过强大，是不容易孕育孩子的。

他就算是娶个修到高阶的仙，千万年也未必能给他孕育个孩子出来，却没想到宁雪陌这个只到地阶九级的人可以做到！

他的孩子啊！那是他的孩子啊！

如果他早知道她怀了他的孩子，无论如何他也不会放她离开的！他就算用禁锢的法子也会将她留在身边。

他真是混蛋！那明明是他的妻子，他居然差点拱手让人！

雪陌，等我，我来接你回家！

我会尽我所能地补偿你，再不让你受一点儿伤害。

他腰间的传音符忽然亮了起来，他垂眸一看，大红的颜色一闪一闪。

他心中一沉，是雪衣澜发过来的！

神九黎当时离开，怕宁雪陌再出其他意外，给雪衣澜药瓶的时候，又顺手给了一个传音符，让雪衣澜有急难的时候联系他。

现在看着那闪着血红光芒的传音符，神九黎居然有片刻的愣神。

难道——宁雪陌出现什么意外了？

他吸了一口气，颤着手接起传音符，那边传来雪衣澜颇为气急败坏的声音："神九黎，你究竟怎么给她治疗的？她出事了！"

神九黎脸色一变，险些从云头栽下去："她出了……什么事？"

"她……她好像……好像是不认人了……我没法说，你过来看看她……"

不认人了？失忆？

神九黎一口气险些没上来，不会是像他一样失忆了吧？！

那也没关系，无论她失忆与否他都不会再让她离开自己身边，大不了他重新将她追回来就是。

神九黎本来打算先去天书山一趟，为自己的孩子招魂，但现在……现在他还是先去看看孩子他娘吧。

事实上，宁雪陌的情况远比神九黎想象的要糟糕。

她确实已经醒来了，但那双大睁的眼睛里没有任何焦距，神九黎赶到的时候，雪衣澜正围着宁雪陌转圈圈，不时地唤她叫她，她却没有一丝反应。

看到神九黎进来，雪衣澜一跳而起，原本幽绿的眼睛猩红，伸手就去扯神九黎的衣襟："混蛋，你到底在她身上下了什么魔咒？！"

神九黎一袖子拂开他，坐在宁雪陌身边，二话不说拉起她的手就为她诊脉。

她的脉象虽然虚弱，但已经算是正常，并没有什么不妥。

而且看她的模样，应该是醒了，却无论怎么呼唤也不理人，像少了魂魄，成了木头人。

她也乖得很，任神九黎将她摆弄来摆弄去，让她张口她就张口，让她伸手她就伸手，丝毫没有反抗的意思。

只是那一双原本灵动的眼睛里一片暗黑死寂，仿佛里面是冰冷的荒原，看不到一丝绿意。

神九黎探查了一下她的魂体，三魂七魄都在，一个不少，也不是失魂症。

"到底是怎么回事？她是不是失血过多伤到脑子了？"雪衣澜提出自己的质疑。

神九黎没理他。

这个时候他不能慌，不能乱！他必须冷静下来！

神九黎强压住心慌围着宁雪陌忙碌。

不是失魂，不是少魄，也不是身体出了毛病，甚至她的大脑也是正常的，没有任

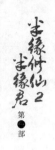

何损伤。

没有一个他知道的病症能和她对上号，那她到底是怎么了？

"雪陌！"神九黎伸臂将她抱在怀里，搂得紧紧的，心中痛悔交加。

她一动不动地任他搂着，既不推开也不回应，那一双眼睛依旧无神地盯着前方。

雪衣澜怒了："神九黎，我是让你来给她看病的，不是让你来占她便宜的！"

神九黎对雪衣澜的呵斥充耳不闻，只是抱着宁雪陌，感受她的灵魂气息。

时间一分一秒过去，一个时辰过去了，两个时辰过去了……

外面天光早已大亮，阳光正好，难得的晴朗天气，适合踏青、游玩、呼朋唤友尽欢。

而屋内的两个人心中却阴云密布，雪衣澜插不上手，只能在旁边干看着。

神九黎已经忙碌了几个时辰，却依旧没什么效果，曾经那么精灵跳脱的女子如今像个没有生命的瓷娃娃，眼里看不见任何人，她虽然还活着，却和死了没两样。

"她到底是怎么回事？！"雪衣澜终于不耐起来。

神九黎依旧没说话，手足却有些发凉。

这种病症他也是第一次见到。

他是神，医术虽然了得，但轻易不会给人医治，如果是一些关于念力或者练功受伤的疑难杂症难不倒他，哪怕她是失了魂魄，他也能给她招回来。但现在这些全不是。

他生平第一次感到束手无策！

她柔软的身子就在他的怀抱中，却好像离他十万八千里，他无论怎么努力也无法握到她的灵魂。

"雪陌！"

"宁雪陌！"

"雪衣陌！"

"陌陌！"他把曾经呼唤的名字都叫了出来，还是用念力叫的，她就算耳朵聋了，这声音也能到达她身体最深处，被她接收。

但她就是没反应！甚至眼睛也不眨一下，就这么一直空洞地睁着。

雪衣澜一横心，不知道从何处摸出一根针，试探着问："要不，我扎她最疼的地方一针？"

"不必！没用！"神九黎终于开了金口，缓缓俯身抱起宁雪陌，转身就向外走。

"喂，你去哪里？！"雪衣澜追过来。

"带她去求医！"神九黎是行动派，说话的工夫人已经腾空而起。

雪衣澜自然不甘心被抛下，也跟着飞起："到哪里求医？"这世上还有比神九黎医术更好的？

"逍遥岛。"神九黎吐出几个字，足下催动，飞得更快。

容月天澜那家伙常在人间行走，自称医仙，说这世上没有他治不了的病症，号称专治一切疑难杂症，神九黎现在只能带着宁雪陌去找他，但愿，他有办法。

雪衣澜毕竟在魔界混了这么久，对真正的仙界人物还是了解一些的，所以容月天澜这个仙虽然处事低调，几乎不和魔打交道，雪衣澜还是知道的。

传说中的医仙，或许真的能治好陌陌。

雪衣澜的打架功夫虽然不如神九黎，但跑路功夫还是相当不错的，神九黎飞得很快，雪衣澜居然也能跟上他的脚步。

两个人原本是命定的冤家对头，现在却为了同一个女子摒弃前嫌一路同行。

"把她给我！"雪衣澜不客气地向神九黎伸出手。

既然这个神没法子救陌陌，那他就没必要再看对方好脸色，忍对方的霸道了。

神九黎淡淡瞥他一眼："我的人凭什么给你？"

雪衣澜一怔，脸色一变："你什么意思？"

"字面意思。"神九黎回他四个字。

"混蛋！什么你的人？！你压根配不上她！你已经和别的女人定了亲，压根没资格再得到她！"雪衣澜怒了。

"没有订婚，也没有其他女子，本座从头至尾只有她一个女人！"

"胡说！那个乐子音是怎么回事？你订婚的事昭告得全天下皆知，陌陌刚回来就听到这种消息，你让她情何以堪？！"雪衣澜怒气冲冲道。

宁雪陌对神九黎的感情没有人比他更清楚。

那个傻丫头那一阵子和他在一起的时候，常常出神，在大街上看到个穿白袍的人她的目光都情不自禁追随半天。

那个时候她虽然从来不说什么，甚至还刻意表现得很快乐，但他从她眼中看到了不快活，看到了那种想忘忘不了的刻骨相思。

偶尔在梦中她还会呼唤大神这个称呼，呼唤的时候嘴角带笑，眼角却常常有泪珠沁出来。

这让暗中观察她的雪衣澜心中像是被泼了一盆滚水，滚烫般疼痛！而那滚水又转瞬变冷，冷得他心脏紧缩。

她表面快乐无忧，似乎已走出那些阴郁，但内心一直空茫。

她答应和他试试，但是他每一次的刻意靠近她都下意识躲避，他搂着她的腰肢时

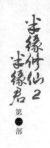

她的身子会发僵。

她出神的时间比欢乐的时候多。

雪衣澜早就尝到过这种相思滋味，自然明白她这种状态代表的是什么。

她在害相思，相思的对象从来不是他雪衣澜，前世是这样，这世还是这样。

无论那个人伤她到什么地步，无论她恨那个人恨得有多切齿，都和他雪衣澜无关！他甚至无法成为她最恨的人……

爱也好，恨也罢，她都在为了同一个人喜怒哀乐。

这让雪衣澜恨得牙痒痒之余，又有些悲哀，自己又何尝不是执着？

这就是宿命吧？

他放不开她，为她痴为她狂。

而她放不开另外一个男人，为那个男人心伤。

就因为知道宁雪陌的心思，所以雪衣澜十年后归来，听说神九黎订婚，宁雪陌"一舞送礼"时，他的第一反应便是心疼。

知道那个丫头必然会因为这个受到极严重的打击，离开日月宗后她不知道会躲去哪个角落独自疗伤，他才会疯狂找她，不为得到她，只为能陪在她身边，让她最伤心的时候有个肩膀可以倚靠，却没想到找到的是那么伤重的她！

"到底是哪个混蛋伤的她？如被我查出来，我必然要将他粉身碎骨、碎尸万段！"雪衣澜发狠。

神九黎脸色微微一变，看着怀中的宁雪陌，心头如有一把刀在慢慢地绞。

伤她最重的是他，害她变成这样的凶手就是他……

他不敢想象他带着乐子音离开时，宁雪陌到底是什么心情。

"神九黎，你会后悔的，你这么待我你会后悔的……"这是她曾对他说的话。

她要多么绝望才会说出这两句话？

是的，后悔了，他早就后悔了！

后悔得恨不得立时让时光倒流，恨不得再插自己几刀！

他暗吸了一口气，这个时候他自然不便对雪衣澜说出实情，要不然这红衣混账非和自己拼命不可！

他倒是不惧怕和雪衣澜打，甚至如果雪衣澜因为宁雪陌揍他，他也情愿挨着不会还手。

可是，现在给宁雪陌治病要紧，其他的都要靠边站。

"这十年你们去了哪里？发生了什么事？"神九黎终于问出心中的疑问。

雪衣澜明显不买他的账："我们去哪里与你何干？要你管啊？！"

神九黎瞥了雪衣澜一眼，如果他在不知道这个孩子的时候得到雪衣澜这一句回答，十有八九会不再问询。但现在，他是真的好奇。

这些年他虽然逼自己放手，表面上似乎忘了宁雪陌，却常常下意识周游各个空间，心里还抱了一丝希望，希望能感应到她，能偶遇到她……

可是，没有！他从来没有遇到过他们。

这也让他更绝望。

而魔界时不时传来一些传言，说他们的两位妖皇大人其实已经成婚，在魔界时已同住在一起，现在二人是出去游玩了。

各种传言层出不穷，每一个传言都无法证实，每一个传言都如一柄刀插入他心间，于是，他更要逼自己彻底放开手。

再后来又有魔界的人传言雪衣澜之所以迟迟不出现是受了重伤，生命垂危……

因为这个，当宁雪陌在他的订婚礼上出现的时候，他的第一反应是她又为雪衣澜而来。

哪里想到全部错了！她是为他而来。

上一世她或许爱的是雪衣澜，但这一世她爱的是自己！

如果她爱雪衣澜，她不会留下这个孩子。她自己就是大夫，想不要这个孩子的话方法，多的是……

所以，既然明了她的心思，他无论如何也不想再放手！

"雪衣澜，她肚里的孩子是我的。"神九黎冷静地抛出这样一颗炸弹。

雪衣澜一个踉跄，险些自云朵上栽下去！

"你胡说什么？！这一年你和她……那你还敢辜负她和别的女人订婚？！"雪衣澜登时怒了。

"本座也是才知道……订婚宴上我和她是十年后第一次相见。"

"不对啊，陌陌肚里的孩子也就三四个月的样子，你和她没见面，怎么可能是你的？！"雪衣澜像看怪物似的看着他！

"这也是我所疑惑的，这孩子是我的，可我们也确实分离了十年……所以我才问你这十年的事。"

雪衣澜冷哼一声："我为什么要告诉你？再说你说孩子是你的就是？这得由陌陌醒来以后亲自说我才信！"

"雪衣澜，这十年在她身上发生了一些古怪的事，或许这也是她得这怪病的主因，你说出来医者才有可能对症下药。"

神九黎这句话明显戳中了雪衣澜的软肋，雪衣澜顿了顿，吸了一口气，冷冷地

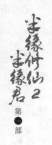

道："我和她在十年前误闯入一个不毛之地，发生了……几句口角，她独自离开，等我追上去时眼睁睁看着她被那墨黑的怪异黑洞吞没……"

雪衣澜还不知道宁雪陌和神九黎之间到底是怎么回事，更不知道关于孩子的事是真是假，所以他一时不想对神九黎说实话，万一陌陌肚里的孩子另有其人呢？

如果神九黎知道前世雪衣陌的死因，只怕更对陌陌丢不开手了吧？

更何况这位大神还有一位未婚妻在日月宗，他的陌陌就算再喜欢神九黎也受不了这个！他的陌陌值得人全心宠爱！

而神九黎明显不配了！

再说雪衣澜在未确定宁雪陌的心意前，也不预备放手。

他坚持了两世，现在轻易放弃也就不是他了。

神九黎自然不知道雪衣澜话里隐瞒了主要内容，他的注意力被那个黑洞吸引了去！

他常在那里行走，自然知道那个黑洞，有名的有去无回！宁雪陌居然曾被那黑洞吞噬过吗？

神九黎手足发冷，怒视着雪衣澜："她陷进那里面，你为何不来找本座？！"

"找你？神九黎，你别告诉我，你进去过那黑洞！再说那黑洞把她吞噬掉后立即消失了，我原本也想跟着跳进去，结果跳了个空。这些年我一直在找这个黑洞，却找不到……"中间迷路的事雪衣澜不打算说，在情敌面前说那个毁形象。

"这么说，你们十年前就分开了？"

"废话！"

神九黎垂眸看着怀中的宁雪陌，一个念头忽然浮上心头。

莫非黑洞那边的世界计时方式比这边慢？

那边一日，这边一年？或者类似的计时方式……

她在黑洞里说不定只待了一两个月，所以她肚里的孩子才三四个月的样子，这边却已经过去十年了！

一切都只能等她彻底醒来才能得到一个答案。

神九黎闭了闭眼睛，速度骤然加快！

他是在飞行中忽然用上了缩地术，雪衣澜没有防备，登时被他拉开距离，眼睁睁看着他如光影般消失在前方。

空气中只留下让雪衣澜几乎气得跳脚的话："雪衣澜，你可以走了。"

雪衣澜："……"

这大神过河拆桥啊这是！

194

哼，他以为他能将自己扔下？

不就是逍遥岛吗？爷又不是不认得！

容月天澜望着从天而降的神尊颇为头疼地用扇子敲了敲头。

等他再看清神九黎怀中抱的那个人时，脑袋更是大了一圈儿！

容月天澜是个悠闲的散仙，情趣高雅，性子散漫，虽然生活在这天赐大陆上，但并不买这大陆上各路仙魔的账，自由自在活得无比逍遥。

当然，那是两千年前，他没结识神尊之前。

容月天澜有一个爱好，喜欢寻宝，未必有多么稀罕宝贝，他喜欢的是寻宝的过程。

两千年前他寻宝时进入一个看上去很高大上、很神秘的山洞，尚未看到宝贝，就受到了无陌的袭击！

无陌严厉警告他趁早滚蛋，说此地绝不是他能来的。

容月天澜有个倔脾气，越不让进的地方他越想进，无陌越疾言厉色不让他进，他越认为洞里肯定藏了绝世好宝贝。

一般护宝的人或者兽和要守护的宝贝价值成正比，护宝的，功夫越厉害，被守护的宝贝价值就越高。

无陌的功夫和那些护宝神兽简直不可相比，算得上高手中的高手，所以他守护的肯定也是逆天的好宝贝。

抱着这个推断，容月天澜打败了无陌，将其定住后，便兴冲冲地闯入山洞深处，结果看到了躺在一张白玉古床上的神尊大人。

神尊大人正在昏睡，周身罩着淡淡的白光。更让容月天澜感到惊讶的是，这位昏睡的美男子和被他定在外面的无陌容貌像了个九成九。

容月天澜以为这两个人是双胞胎，一位昏睡一位守护。

躺在床上的神尊大人虽然俊美得不像话，但容月天澜并没有什么想法。

一来他自己就是帅得不得了的帅哥，一度认为自己是这世上最俊美的仙，二来他性取向十分正常，帅哥再美他也不感兴趣。

所以他在看清白玉古床上只有这一位美得惊天动地的男子时，还是有些失望的。

他费了这么大劲才入宝山，没有空着手再出去的道理，所以他摇着扇子围着那白玉古床转了几圈，心里打算把这白玉古床弄家里去。

他觉得这古床花纹质地都极不错，拖回家可以放些坛坛罐罐的东西。

当然，他也不好意思让这玉床上的男子睡地上，所以打算弄走白玉床后，变张古

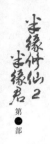

藤床出来让对方睡。

他是个仙，心地还是很善良的，太缺德的事他不好意思做。

没想到他围着古床才转了两圈，还没想好这古床拖回家后安放在哪个房间好，神尊大人就醒了……

神尊大人当时大梦初醒，对一切都还懵懂。他虽然没有任何记忆，但智商依旧极高，一眼看出眼前摇着扇子的骚包男子在打他的床的主意！

越没记忆的人对外界越防备，对于入侵自己领地的人也分外不客气。

而容月天澜当时也没把这神尊放心上，根据他的推断，双胞胎嘛，外面的那位功夫就那样，里面睡觉的这个能强到哪里？

于是，二人一言不合，立即动手，容月天澜终于发现他这一般推断错得究竟有多离谱！

里面这位的功夫和外面那个无陌简直不是一个级别！

容月天澜被修理得很惨，现在想起来他都要流一把辛酸泪。

也就从那时起，他认识了这位神尊，也因为那一时的贪念沦为大神的跟班……

好在大神比较有格调、有情操，对他这个跟班并不太使唤，就是偶尔来找他下下棋、聊聊天，偶尔让他出手救个人而已。

总体来说，大神还是把他当朋友来对待的。

也就从那时起，大神到日子再昏睡时，守着他的不再只有无陌，又多了个容月天澜。

容月天澜注重享受，不像无陌那么刻板无趣，原先大神要昏睡时，都会找一个极偏僻谁也找不到的犄角旮旯，从认识容月天澜后，大神每到昏睡之期都会来找他。

容月天澜就会将大神安排在自己逍遥岛某个灵力浓郁又保证不被打扰的地方休息，守护他十年，直到他醒来再向失忆的他语重心长、无比真诚地介绍自己的身份。当然，容月天澜也会把神尊提前写好的记忆册递给他，让他自己去琢磨熟悉。

前两"次神"尊昏睡都没出什么意外，也太太平平的，却没想到第三"次神"尊出了绝大的意外。

神尊提前百年进入昏睡期，容月天澜接到神尊传来的消息拼命赶到的时候，神尊在那火焰之地险些被烧化，所受的伤不是一般重！

容月天澜使出吃奶的力气，耗费了无数丹药、无数念力才让神尊恢复正常。

待神尊正常昏睡后，容月天澜的功力也消耗了将近三分之二，整个人苍白得连洒脱的外形也保持不住了。

他只能让在逍遥岛做客的云兮帮忙守护神尊，他则闭关恢复。

他知道神尊十年后才会醒来，所以他为自己设定的也是闭关十年后出关，这样两不耽搁。

让他没想到的是，神尊居然会提前两年醒来！

更让他无语的是，他在闭关修炼时因为太急于恢复，气入岔道，走火入魔了，也昏睡过去。

等他醒来时已经是十年后，他当时瘫痪在洞中一时也出不来，又修炼恢复了三年才出关。

而待他出关后，神尊那边早变天了。

宁雪陌入了魔道，和雪衣澜双宿双飞失踪了。

神九黎则从碧水狐族带回一个乐子音，民间传言，神尊和乐子音关系不错，二人常在一起。

容月天澜听到这个消息的时候，心里也不知道是该替神尊高兴还是替他难过。

他是深深知道神尊没失忆前对宁雪陌的感情的，不是一般好，就差昭告天下她是他的妻子了，为了她出生入死，几次使用禁术救人。容月天澜甚至怀疑神九黎这次提前陷入昏睡就和频繁使用禁术有关。

而容月天澜也是比较欣赏宁雪陌的，一个极聪明、极坚强的女孩子，唯一的缺点就是命不好，天煞孤星的命格，容易给身边人带来厄运。

宁雪陌的真正身份容月天澜也是不知道的，一来神九黎嘴严，他掏不出什么料来，二来宁雪陌做事也滴水不漏，他并不知道她是穿越人。

他所了解的神九黎和宁雪陌之间的事儿，不过就是神九黎几次为宁雪陌出生入死不顾一切，至于宁雪陌到底爱不爱神九黎，说实话，他绝大多数时候不在现场，所以无法感觉。

神九黎并不是喜欢把喜怒哀乐和好朋友分享的人，所以后期神九黎和宁雪陌的相处容月天澜并不知道。他只知道神九黎对宁雪陌非常上心，比对任何人都上心……

他出关后，云兮正在他的岛上做客，他能看出这妮子非常失魂落魄，于是询问原因，云兮就把这几年里发生的事情大体说了说。

云兮非常绝望，本来她以为宁雪陌入了魔界成了妖皇，自己就有了机会，却没想到神九黎自那以后对她也不假辞色，甚至不允许她再去天音峰做客，明显是和她也一刀两断了。

云兮对这个结果自然不甘心，几次三番想要前去探望，却又怕神九黎彻底和她翻脸。

后来她就想了个法子，想和神九黎偶遇一次，却没想到偶遇倒是偶遇了，遇到的

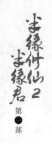

却是神九黎和一个小狐狸精在一起，神九黎对那小狐狸精还不错，小狐狸精要什么他就给买什么。

这个画面把云兮打击得不轻，她失魂落魄几天便开始打听这个乐子音和神九黎的事，听说的内容和宁雪陌之后听说的也差不多。

她也远远看了乐子音两眼，世所罕见的九尾狐，人也飘飘欲仙得不像话，那两个人站在一起的时候看上去很相配。

于是云兮更颓废，跑来逍遥岛窝着。

容月天澜出关以后，云兮自然向他倾诉。她苍白憔悴得厉害，让作为好友的容月天澜颇为心疼。

事情发展到这一步，容月天澜不得不正色地劝云兮放手，这一场梦该醒了！

落花有意、流水无情的戏码是苦情戏，并不适合她，及时放手才是王道，别迷失了自己，让自己变得面目可憎，以后说不定连朋友也做不成。

他的劝说这次没绕任何圈子，对云兮来说不亚于当头棒喝。

她也终于明白神九黎身边无论有没有宁雪陌，她和他都没可能……

这个认知虽然残酷，但好在还不算晚。她终于考虑抽身的事，答应容月天澜她会好好想想，然后便离开了。

容月天澜对失忆后的神九黎以及那小狐狸还是很好奇的。

于是他收拾收拾摇着扇子去拜访，神九黎自然不认识他，好在神九黎做事并不冲动，见了他并没有不管三七二十一地把他踢出去。

再说容月天澜手里也有好几样属于神九黎的东西，有他们是朋友的凭证！

更何况两人之间还有特殊联系的传音符。

于是，一番交谈之后，神九黎又认下了这个朋友。

其实容月天澜对那传说中的小狐狸还是很好奇的，于是拐弯抹角地向神九黎打听，神九黎却不是个话多的，只说了一句"她修炼去了，不在山上"，便把这话题绕了过去。

容月天澜是在那次拜访过去半年以后才见到乐子音的。

原因无他，是神九黎带她来看病，让容月天澜看看有没有办法。

容月天澜一番诊断后得出一个结论，乐子音胎里带了弱疾，必须在三千岁前历雷劫，如不能及时历雷劫她便会魂飞魄散。

这个结论和神九黎所得出来的结论一样。

而容月天澜也测了乐子音的资质，资质一般，修炼了将近三千年才到地阶九级，离最后的期限只剩五年时间。

也就是说，如果乐子音在五年内不能升到天阶一级，她就历不了雷劫，等待她的只有魂飞魄散。

看得出来神九黎很为这件事闹心，容月天澜一横心忍着肉疼贡献出自己所有能提升功力的丹药送给那小狐狸，只盼着她能及时升级及时历雷劫……

但小狐狸不争气，那么多灵丹妙药投喂进去依旧没多少效果，她的功力增长速度慢得让人发指。

这几年容月天澜跟着帝尊为了让小狐狸升级想尽了办法，无奈收效甚微。

转眼到了乐子音大限的最后一年，也就是宁雪陌失踪的第十年。如果乐子音再不能成功触动雷劫就只能等死。

眼看最后的期限越来越近，容月天澜急得头发都乱了几根，他只能问神九黎，如果小狐狸到最后那一天还不能引来雷劫该怎么办？

神九黎沉默半晌，最后只说了一句："神之诺，值万金，本座会让她历雷劫的。"

容月天澜正纳闷神九黎会用什么法子引来雷劫时，日月宗传出消息，帝尊要和乐子音订婚！

于是容月天澜淡定了。

神九黎订婚那日他也懒得去。一场只为糊弄老天降下雷劫的订婚仪式有什么可参加的？

事后他听说那日的亲并没有订成，因为乐子音恰在那时升级了，成功引来雷劫，神九黎帮她挡了之后就闭关了。

容月天澜总算松了一口气。

他原本打算过几天去探望探望，哪里想到帝尊他老人家今日居然从天而降，还抱了一个人来。

宁雪陌痴痴呆呆的，像个小木头人一样乖巧，把她放在哪里她就待在哪里，两只眼睛虽然黑却没有任何光泽，仿佛整个人沉入一个未知的、谁也进不去的地方出不来。

容月天澜为她诊断了半晌，终于得出一个结论："这有点像自闭症啊。"

神九黎抬头看他，很显然没听说过这个词，容月天澜叹气："这种病大部分是天生的，但也有极少部分是后期受到重大刺激而形成的。这类病人对外界一律无感，意识只躲藏在自己的世界里……"

神九黎不想听他谈论医理："可有法子医治？"

容月天澜看着一直将宁雪陌抱在怀中不放手的神九黎，问了一个不相干的问题：

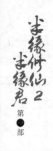

"帝尊，宁姑娘……现在，应该是雪衣澜的妻子吧？我瞧她像是刚流产，不如您把雪衣澜叫来？"

"叫他做什么？"

容月天澜咳了一声："小仙倒是有一个法子可以试试，可是那个法子有点……那个啥，最好还是让她最亲近的人来操作比较好。如果雪衣澜是她的丈夫则最好不过。"

神九黎脸色不太好："谁和你说雪衣澜是她丈夫了？"

容月天澜挑眉，江湖上不都这么说吗？更何况宁雪陌刚刚流过产，而这十年和她走得最近的只有雪衣澜，所以孩子他爹是谁，简直是秃子头上的虱子——明摆着。

神九黎淡淡地道："她和雪衣澜没有半点儿关系！她肚里的孩子是本座的。"

平地惊雷！

容月天澜目瞪口呆："可是，帝尊，小仙记得您和这位宁姑娘已经十年未见，她怎么可能有您的孩子？"

"此事另有隐情，你不必再问。你那法子到底是什么法子？有几分把握？"神九黎极干脆，只关心最重要的。

容月天澜用扇子挠挠头："这个……这个法子我也是在一本古籍里见到的，具体还没使用过，只能试试。"

神九黎："……"原来他还是第一个踩雷的？

"你那个法子对她有何危害？"

"对她倒无危害，但对帝尊您怕是有点危险。还有，您老人家大概要牺牲一下色相……"

神九黎面无表情地开口："具体说说步骤！"

于是，容月天澜咳了一声，厚着脸皮说了具体步骤。

神九黎瞧了他片刻："这么猥琐的法子你到底从哪本古书里瞧来的？"

容月天澜再咳一声："那本书是我在异世界一个山洞里所得，据说传下这个法子的也是一位远古神尊叫古瑶尊者……"

"没听说过！"

容月天澜赔笑："小仙也没听说过，不过他既然是异世界的神，他的法子应该会中用些吧？当然，帝尊如果不想用这法子的话，就容天澜再想几日，或许……或许还会有其他法子。"

"不必！"

神九黎抱着宁雪陌转身就走："预备静室吧！"

静室是现成的，神九黎这次昏睡的时候就是在这静室里醒来的，极干净，灵气也浓郁。

一张八卦大床摆在中央，大床的床幔上用红线绣着繁复的咒语花纹，室内没有风，那床幔却像是波浪般飘荡，让那些咒语花纹也跟着晃动不休，闪过点点光芒。

神九黎轻轻将宁雪陌放在床上，在她唇上亲了亲："雪陌，我一定会唤回你的！我绝不会让你离开我！"

宁雪陌不言不动，只一双眸子望着虚空处，没有半分光泽。她乖乖地任他摆弄，任他为她脱去层层衣物……

随着衣衫褪落，她如羊脂白玉般的肌肤也寸寸显现。

神九黎极力凝定心神，不让自己心猿意马。

他多年修道，几乎没有男女之欲，在遇到宁雪陌之前，他压根没有这方面的心思。

后来宁雪陌作为他的徒弟回归，他在和她接触不久后就有想抱抱她的欲念，再接触深了，看她在跟前，他又有一种想将她扑倒的感觉……

后来他因为气怒半是强迫地得到了她，再接着不久就恢复了和雪衣陌相关的回忆，他才明白自己和她原先就有过很多次肌肤之亲。

她是他命中的罂粟，明知有毒他却甘之如饴。

十年没见她，他渴念她要渴念疯了！

现在伊人重回怀抱，当她像一只白羊般出现在他眼前时，他修行再高，也有点把持不住。

他猝然移开视线，快速将自己身上的衣袍也解了，然后跳上床，将她搂在怀中……

按照容月天澜的说法，他和她之间裸裎相见，他要将她抱在怀中呈对坐姿势，然后他的手按在她背心和后脑的几个穴道处，让念力徐徐透入，待两个人气息完全交融，他便可以用追魂术进入她的识海，在里面找到她的主魂，将她带出来。

神九黎将宁雪陌抱在怀中的时候，总感觉这法子自己似乎使用过，一时却又想不起到底是什么时候使的。

怀中女子肌肤滑腻如凝脂，触感不是一般好。

神九黎闭上眼睛，极力控制心神。他毕竟心急救人，所以这种考验对他来说也不算什么，他又是神，自控能力不是一般好，所以片刻后便完全冷静下来，按照容月天澜所说的法子一步步做。

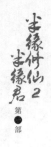

二人肌肤紧紧相贴，抱得像连体鱼似的，彼此喘息相闻，这极亲密的姿势，也唯有夫妻之间能做。

神九黎无比庆幸知道了那孩子是自己的，知道了她不是雪衣澜的妻子，要不然如果他知道这个法子，只能眼睁睁地看着雪衣澜为宁雪陌这么做。

他怕他会有毁了这逍遥岛的冲动！

他深蓝的眼睛盯着宁雪陌墨黑的眼睛，然后让自己的魂魄一点点进入她的识海。

人都有七情六欲，所以一般识海内也是光怪陆离，意念一个接一个，每一个都可能将误闯入的魂魄带飞出去。

所以容月天澜郑重地嘱咐再嘱咐，那个主魂的意念应该是最大的，也是最华美的，因为那是主魂之向往……

然而神九黎一进来，心中就是一沉！

她的识海里一片黑暗，仿佛暗黑的黑洞，他根本看不到任何色彩。

他一进入就踏入一片绝望的黑暗中，前不见出路，后不见归途。

雪陌！雪陌！

他在识海中向前行走，一遍遍叫她，却得不到任何回应。

怎么会这样？她的主魂在哪里？

他在里面仓皇寻找，左顾右盼，希冀能找到一点儿蛛丝马迹。

前方一片深黑，仿佛脚下随时会出现万丈深渊，他却全顾不得，只想找到她，带她回来！

然而她的主魂像是失踪了，甚至她所有的希望也全部失踪了，他在里面跌跌撞撞找了半天，没能找到一点儿她的影子。

"帝尊，切记，您在她的识海里不能超过两个时辰，一旦超过，您的魂魄会受重伤，说不定还会被她的识海吞噬，再也出不来。"

这是容月天澜嘱咐过的话，神九黎在里面眼看就要到两个时辰了，却依旧一无所获！

容月天澜坐在自己的屋内，一直盯着代表时辰的线香。

线香一寸寸变短，眼看就要燃到尽头，而神九黎那边依旧没什么动静！

容月天澜终于沉不住气，手按在那施了术法的线香上，通过这个他可以和进入识海的神九黎互动两次。

"帝尊，怎样？时辰要到了，如果一时找不到她的主魂，可以先出来，待您养养神再重新使用。"

神九黎没说话，这个法子自然还可以再用，但那要等一个月以后，而他现在一天也不想多等！不到最后一刻他也不想放弃……

前面忽然有点点白光闪烁，神九黎心中一动，忍不住向那白光闪烁处冲去。

然后，他发现他落在一条落满积雪的街道上，地上的积雪深达一尺，踩在上面如同陷入泥潭里。

在她的识海中，神九黎不能使用任何术法，甚至连轻功也不能用，以免震动她的识海，让其彻底坍塌。

所以他只能在积雪中深一脚、浅一脚地跋涉。这街道明明该极为繁华的，在这识海中却冷清得可怕！

空中飘舞着密集的雪花，寒风卷着雪花吹打在脸上刀子般凌厉。

街道上一个行人也没有，两边的商铺也一片破败，仿佛是被人抛弃很久的古城。

这是哪里？

神九黎忍不住四望，恍惚觉得这里是——不老城！

只不过不老城四季温暖如春，而且每间商铺都是竭尽所能地华丽，哪像这里一片死寂？

前面忽然出现一道单薄的人影……

神九黎心脏狂跳！

宁雪陌！她终于出现了！他终于找到她了！

他不敢叫她，识海之中瞬息万变，他怕一旦惊动了她，她说不定立即就会消失……

他稍稍运用了一点儿轻功提纵术，很快就奔到她身后，手里结了一个法诀，抬手就去扳她的肩膀："雪陌！"

他这一扳却落了个空，手掌从她的身体内穿过，没能握住她半点儿。

宁雪陌依旧前行，压根没回头看他一眼。

神九黎在原地呆立了片刻，他这术法抓魂魄百试百灵，这次怎么不管用了？

他眼睁睁看着她又走向远处，忙跟了上去。

他冲到她的前面，终于看清她的面目，心中一寒！

她一张小脸木呆呆的，没有任何表情，她只是机械地走着，在这寒冷孤寂的街道上漫无目的地跋涉。

他伸手想将她搂入怀中，但抱住的总是虚空。

在她眼中他看不到任何希望，她的灵魂和她的躯壳一样似乎只是机械地活着。

"雪陌！"他一遍遍喊她，她却没有任何反应。

前面忽然出现一间成衣铺，而那成衣铺居然是正常颜色的，也成了整条街道上唯

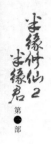
一的亮色。

神九黎眼前一花之际，身边的宁雪陌忽然消失不见。

他心中一沉，慌忙寻找时却发现她出现在那间成衣铺中。

她的装束也变了，灰头土脸的，看上去有些落魄，一双眼睛却极亮，像她平时的模样。

她正在和那成衣铺的老板交流着什么，不时拿过旁边的一张纸在上面勾勾画画。

神九黎走过去，看向她画的那张纸，然后足下一僵！

那纸上画的是一套套小孩子的衣服，有男孩的，也有女孩的，每一套都设计得很精致很漂亮，可以看出设计者的用心。

那店老板在旁边看着，不时惊叹两声，最后终于忍不住问："小娘子，你到底是要给男孩定制还是给女孩定制啊？"

宁雪陌不假思索道："他还太小，我也不知道他是男孩还是女孩。每样都来几套吧，就算其中一样现在用不到以后也用得到的，早预备着总是好事。"

那店老板笑了："小娘子这一胎还没生出来，就开始为第二胎做预备了啊，你和你家相公一定很恩爱。"

宁雪陌正在勾画的手指一顿，但随即她又笑了："当然，我们一定会恩爱，我要给他生一堆小猴子。他素来喜静，让这些孩子闹腾死他……"

她说到这里的时候，眉眼弯弯的，脸上俱是笑意，嘴角甚至还有丝得意，显然对所勾画的未来很憧憬。

她终于将那些图样画好，郑重交到那店老板手里，嘱咐对方一定要精心裁制，钱不是问题。

那店老板满口答应，送她出门的时候还加了一句："下次和你相公一起来取这些小衣服吧，他看到一定会很高兴。"

宁雪陌一甩长发，洒脱地回眸一笑："当然！我现在就去找他，他一定会陪我来的！"

神九黎在旁边看着，脸色苍白，心痛如刀绞！

他终于明白了，这里应该是宁雪陌自那个黑洞回来后的第一站，那个时候的她对他、对未来还满怀希望，还希望自己陪她来拿那些小衣服……

而自己给她带来的是什么？

一场彻头彻尾的噩梦！

他身不由己地跟着她出门，看着她手抚着自己的肚子喃喃自语："宝贝，妈咪终于带着你活着回来了！我真的好怕回不来，真的好怕保不住你，真的好怕再也见不到他……你一定在嘲笑妈咪不争气，这么没出息地惦念一个男人，一点儿也不像曾经霸气的特工是不是？"

她抬头望天，轻叹了一口气："可是，我就是想他啊，前世今生我都只爱他一个。我想忘记他的，可是忘不掉。"

她又叹一口气："前世是我先对不起他，为了朋友刺他一刀。我那时以为他是神，就算取一点儿心头血也不会死的，没想到……好在妈咪那个时候就够勇敢，为了复活他用了魔界的禁术，将自己放逐在黑暗之地，自己做了一具棺材自我了断，用后世天煞孤星的命格换来他的重生……可恨他还一直以为他的复活只有龙川的功劳，其实我也有功劳。这次见面我一定和他说明白，他如果还总惦记这个，我以后就不让宝贝唤他爹爹……"

神九黎在旁边听着如遭五雷轰顶，脚下踉跄了一下，脸色苍白得厉害。

自己的复生原来还有这么复杂的内幕！

前世的她居然是这个结局，原来她这天煞孤星的命格是这么来的！

他跟在宁雪陌身边，看着她为她自己买了一身漂亮衣服，穿上之后飘飘转了一圈："宝贝，妈咪现在是不是很漂亮？我一定要让他为我惊艳。"

神九黎呆呆看着她，伸出的手臂微微颤抖，想要狠狠拥抱她："雪陌！雪陌……"

他的手刚刚伸出去，眼前狂风骤起，有滚滚浊流自天际直泄而下，瞬间把刚刚恢复生机的小城淹没，世界重新变得一片黑暗，再看不到一点儿生机。

"雪陌！"神九黎看着刚刚还在自己眼前转圈的宁雪陌被浊流卷走，猛扑过去，向着她挥舞的手臂抓去！

明明手掌已经碰触到她的手臂，却依旧像先前那样一穿而过，他压根抓不到她的实体，只能眼睁睁地看着她被浊流吞没。

她始终没有看他，被浊流吞没时甚至没挣扎，仿佛已经认命。

空气中缥缥缈缈响起一句话："宝贝，妈咪来陪你……"

神九黎肝胆俱裂，不顾一切也向浊流中跳去，想要捞回她，想要将她拥抱在怀中，但那浊流像是极为排斥他，他这一跳之下，身子居然被弹飞出来。

接着一个声音蓦然在他耳边响起："帝尊，您必须回来！"

神九黎眼前一黑，接着一暗，"神识"被强迫撤回来，他依旧坐在大床上，怀中的宁雪陌身体温热，眼睛依旧空茫地睁着，无论他怎么呼唤她，她都不肯应一声……

神九黎刚刚撤出"神识"，便觉喉咙腥甜，胸口气血翻涌，几欲喷血。

他怔怔地看着怀中的宁雪陌。

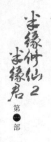

她明明就在自己怀中，他却感觉和她像隔了十万八千里，再也触摸不到。

他为她穿好衣衫，她一直乖乖的，让她抬手就抬手，让她动脚就动脚。

他自己也穿好衣袍，然后抱起她，柔声道："雪陌，我陪你去拿衣服。我陪你……"

他抱着她大步走出来，迎面正碰到匆匆赶来的容月天澜。

容月天澜脸色很不好，他是在隔壁屋子做法的，神九黎没有按规定时间出来，他怕出意外，所以强行用禁术将神九黎拉出，法子使出来之后，他也像脱了力似的几乎动弹不得，恨不得躺下来大睡一觉。

但他惦记神九黎这边的情形，超时不出对神九黎的魂魄损伤很大。

如果是普通的仙，超过这么长时间魂魄只怕早已被对方的识海吞没，再也出不来。

神九黎虽然是神，魂魄比任何仙都要强大，但在这种术法面前是人人平等的。

当年仙界的某位仙为了追回妻子，也用了进入对方识海的法子，只不过超了不到半分钟，出来后功力直接降到零，差点魂飞魄散，转世了七次才把魂魄补全。

神九黎却在里面足足超了将近一个时辰！如不是容月天澜强行用禁术将他扯出来，他说不定能在里面待到地老天荒去！

现在他倒是成功把神九黎扯出来了，就是不知道伤成什么样，不会直接变童子吧？！

容月天澜强撑着赶过来，却没想到神九黎居然抱着宁雪陌飘飘走出。

很好，神果然是神，很禁折腾！

他伸臂拦住神九黎，脸色发臭："帝尊，哪里去？"

神九黎抿了抿唇："本座带她去不老国走一遭！"

容月天澜握了握手指，吸了一口气："小仙觉得帝尊此时最应该做的就是打坐恢复两天！"

"本座无事，无须休息。"神九黎绕开他就走。

容月天澜一把扯住他的袖子，终于控制不住地发了脾气："帝尊，你仗着自己是神是不是？神就了不起啊，神一样会受伤！一样需要休养！您现在苍白得像个鬼，您到底几天没休息了？！您别忘了，您刚扛完了雷劫……您就算是不死神尊，也不能这么折腾……"

他这一肚子牢骚还没说完，手里一空，眼前一花，刚刚还站在这里的神尊不见了踪影。

空气中只留下神九黎的一句话："本座去去就回。"

容月天澜："……"

他气得手发抖，扇子也快握不住了，忽然一脚将身边的一块山石踢到了半空，大逆不道地喊了一嗓子："神九黎，老子倒了八辈子血霉才遇到你……"

他这一嗓子刚刚落地，岛上的结界忽然裂开一个口子，一道大红身影落了下来。

红衣乌发，面容俊美无匹，是名帅得不得了的帅哥，这帅哥面上神情既是得意，又有点咬牙切齿："这破结界终于被爷破开了！神九黎，你休想甩掉爷！"

容月天澜握着扇子面无表情地看着他："雪衣澜？"

雪衣澜上下打量容月天澜两眼，直接奔过来，抬手就扯容月天澜的衣领子："你就是那个医仙容月天澜？雪陌怎么样了？她清醒了没？"

容月天澜一向注意自己的形象，如何允许被人扯了衣领子去？

更何况他也正一肚子火无处发作，所以他行云流水般一退，光风霁月地笑了笑："你想知道她的情况？很好，那你先破了我的阵法再说。"

说话的工夫，他的身影以光速消失，眨眼间不见了影子。

而雪衣澜周围的景致全变了，他仿佛一头扎进一个迷魂阵里……

外面已经沧海桑田，事物俱换，而不老国依旧那样。

岁月仿佛在这里停滞，街道依旧繁华。

神九黎抱着宁雪陌走在人来人往的街道上，并没有刻意隐藏行迹，以本来面貌出现。

他的容貌就算是在颜值普遍高的不老国，依旧是美得不可思议，更何况他怀中还抱着一名红衣的美貌少女？

这自然引来好多人的跟随围观。

神九黎对这些围观跟随者一概不理，抱着宁雪陌自顾自走入那家记忆中的成衣铺。

那家店老板还是认得宁雪陌的，长舒了一口气："哎呀，公子就是这位姑娘的相公？小人还以为她再也不来了，正可惜了那些小衣服。客官你知道的，我们不老国没有小孩子，那些小衣服再美也卖不出去……咦，这位姑娘怎么了？是生病了吗？"

说话的工夫，店老板已经拿出那些小衣服，摆满了一柜台："客官您看，这些衣服都是你家娘子自己设计的，谁见了都说漂亮。"

神九黎手指慢慢落在那些小衣服上，一件件挨个抚摸，小衣服无论质地还是样式都是顶尖的，男女都有，各有八套，可以想见她在设计这些衣服时，心里是如何憧憬……

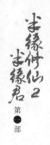

“雪陌，看，你要的孩子衣服都做好了，我们一起将它们拿回去好不好？”神九黎搂着宁雪陌的腰肢，温声和她商量。

宁雪陌目光依旧一片空茫，"神识"也不知道落在了何方。

神九黎心中一痛，将最小的一套衣服放在她的手里："雪陌，我们的孩子出生时最先让他穿这套，他娘亲亲手设计的，他穿着一定很舒服。"

他又将那些女童的衣服全部收起："这是我们下一个宝贝穿的，我先给你收着。"

他将那些衣服一件件小心折叠好，收到了储物空间中。

旁边的店老板忍不住打量宁雪陌，问了一句："这小娘子来的时候还好好的，她这是……患了失魂症吗？哎呀，这病可不容易好，她……"

“她会好的！”神九黎打断店老板，又加了一句，"以后我们还会来这里定制孩子衣服。"

神九黎并没有问还欠多少余款，而是直接抛下了一袋晶石，便带着宁雪陌走了。

他又带着她去往另外一家女式成衣铺，在宁雪陌的识海中，他曾经见她在这里买了一套衣裙，穿了以后想要给他看，想让他夸夸她。

结果他并没有看到，他再看到她时，她穿了一身舞娘衣服来向他献礼，然后砸了琵琶……

神九黎轻吸了一口气，揽着她在那家店铺里转了转，终于找到她曾经买的同款式的衣服，买了一套就要放在她的手里："雪陌，你再穿上它，给我看看。"

他望着宁雪陌的手，话语忽然顿住，一颗心狂跳起来！

她自从自闭之后，虽然乖乖的很听话，让她做什么她就做什么，但手里并不能紧握什么东西，无论什么东西放到她手里，随意一拿就能从她手里拿出来。

而神九黎先前放在她手里的那套小衣服她此时却紧紧握着！

神九黎试着向外抽了抽衣服，却没抽出来，她的两只小手将那小衣服握得死死的。

她的目光落在她手里的小衣服上，虽然依旧呆呆的，却不再茫然地只盯在虚空的某处。

她有反应了！

神九黎只觉心脏几乎要跳出来！

“雪陌！雪陌！”他试着呼唤她。

她依旧呆呆的，目光却不曾离开那小衣服分毫。

神九黎将她连同那套小衣服一起紧搂在怀中，在她耳边轻语："雪陌，我会唤回你，我会找回我们的孩子……"

"帝尊，万万不可！"这是容月天澜听了神九黎的打算后所说的第一句话。

神九黎却主意已定："她现在就是对这个有点反应，我把孩子找回来，她说不定立即就好了。"

"她想要孩子，你们以后还可以再生！想生多少生多少！未必非要弄回原先那个！"容月天澜难得激动。

"不，这个孩子是她的执念。只有找回这个孩子一切才有可能。"

"可是……"

"没有可是了，只要她能回来，我便是受点……那也没什么。"神九黎看了看在旁边床上一直呆呆坐着，眼睛始终不离手中小衣服的宁雪陌，轻吸了一口气，"天澜，照顾好她，我去去就回。"

他转身要走，容月天澜一把扯住他："帝尊，您就算要去那也得先歇歇吧？您现在脸色实在不好，而使用那个法子又极耗念力，小仙怕您老人家就算有力气将那孩子复活成功，也无法带回来……"

神九黎扯回自己的袖子："无妨，本座坚持得住。照顾好她，别再让她出任何意外。"一转身，他便不见了影踪。

容月天澜一屁股坐在旁边的椅子上。

帝尊，咱能消停几年，不这么折腾了吗？

小仙跟着您，这心脏都被您折腾得瘦了几圈，头发也白了几根……

他再看看坐在床上像木头人似的宁雪陌，抬手揉了揉眉心："宁姑娘，但愿你醒了之后和帝尊好好过日子，他都被你折腾得不像个神了……唉，好怀念帝尊和人悠然下棋，气死人不偿命时的样子。"

他自叹了一会儿，再看看宁雪陌，她坐在那里动也不动，那小衣服被她攥得都是褶子，她却半点儿没有松手的意思，仿佛那成了她现在还能呼吸的唯一倚靠。

曾经那么鲜活灵动的少女如今变成这么个呆模样，容月天澜也颇为心疼，再叹口气，摇了摇头："看你这模样，肯定受的打击不小，也怪可怜见的。唉，真不知道你俩到底谁是谁的劫……"

宁雪陌像块木头似的，放哪里就扎根在哪里，不会跑，不会闹，比睡着的小娃娃还乖，容月天澜自然不怕她再捅出什么娄子，也不想和她孤男寡女待在一间屋子里，想了想，便走了出来。

他到底不放心，接连在这屋子外面罩了几层结界，确认穿山甲来了也掏不出一道

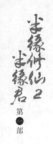

缝后，才转身离开。

帝尊这次前去复活孩子肯定要耗费大量念力，回来只怕虚弱得站都站不住，他得再去炼些恢复念力的丹药预备着。

他悲催地用扇子敲敲头，容月天澜，你当初就是想弄回一张床，结果搭了多少药进去？！帝尊，您能结交到我这样的朋友，真是您八辈子修来的福气！

容月天澜正在肚里埋怨，远处有淡红的光芒一闪，空气中发出爆裂般的声响。

容月天澜额头的青筋跳了跳。

糟糕，那个雪衣澜居然是个破阵法的行家！他要破阵而出了！

容月天澜准备再给雪衣澜设几重阵法，免得他早出来烦自己。

雪衣澜简直要把那个穿蓝衫的家伙恨到骨头里！

他不过是想知道陌陌的近况，又不是来杀人放火，那混蛋居然二话不说就把他困到一个迷魂阵里！

幸好他这些年破阵的技能见长，所以在里面左冲右撞了三四个时辰后，终于找到阵眼所在。雪衣澜冷笑一声，运足力气一掌朝着那阵眼劈下去。

砰一声响，周围的迷雾终于四散开来，雪衣澜终于又看到了逍遥岛上那些真实的大树房舍，同时也看到了站在不远处，骚包地摇着扇子的容月天澜。

雪衣澜朝着容月天澜直扑过去："骚包澜……"

他尚未扑到对方面前，容月天澜再次挥动扇子，雪衣澜面前陡然出现了一片落英缤纷的桃花林，桃花林中桃花烂漫，蜂蝶翩跹，景致美极。

雪衣澜骤然回头，这才发现身前身后、身左身右都是粗壮的桃树。

很明显，他这是陷入桃花阵了。

雪衣澜简直是火冒三丈！

人都说医仙容月天澜医术高明，没想到他阵法也如此高明！

他那个破扇子也不知道是什么来历，扇一扇就扇出一个阵法来。

雪衣澜身陷阵中，把这破岛拆了的念头都有！

骚包澜，有本事你永远困住爷，要不然爷一旦破了你这破阵，立即拆了你这破岛，把你丢海里喂王八去！

雪衣澜长吸一口气，开始寻找破阵之道。

阵法外，容月天澜站了片刻，用扇子敲了敲手心，皱眉思索：骚包澜？这红衣混蛋居然一见面就送了这么个外号给他！

他骚包吗？不骚包吧？！最多就是风流不羁了些。

魔就是魔，没见识！

他看了看自己手中的扇子，这扇子是他的宝贝，名为乾坤扇，平时摇着风流倜傥，打架的时候它就是一柄极好的武器，必要的时候它还能及时设出阵法来，直接困住来找碴的魑魅魍魉……

容月天澜抬头看了看天空，轻轻叹了口气，现在的帝尊大概正在天书山施法吧？

但愿他能够一次成功！

天书山第六峰

乱石依旧在，断折的树木依旧倒伏着，只不过枝叶已经干枯。

地上乱草覆盖，如果仔细寻找的话，依旧能在枝叶间看到已经干涸的血渍。

神九黎站在那个山坡上，看着眼前的一切，袖中指尖冰凉。

当日的一切仿佛就在眼前，刚刚流产的宁雪陌被他一道白光击飞出去，撞在那边的大树上……

神九黎脚下有些踉跄，他走到那大树下，手抚着树干，眼睛看着树下，仿佛还能看到当日的她伏在树下然后挣扎而起时的情景。

雪陌！

心中如有一柄利刃在翻绞……

他对一心爱着他、怀着他的宝宝的女人下了重手，救了杀自己宝宝的女人……

只可惜时光无论如何也不会倒流，事情发生了就是发生了，他再也无法扭转当日的局面。

重返这里，一切仿佛昨日重现，他看到了宁雪陌曾经坐的那块大石，在那里她小心翼翼地护着她的肚子，拼命想要挽留孩子，直到鲜血流出，直到她最绝望的时刻到来……

神九黎慢慢走过去，胸口痛得厉害，热血又有上涌的趋势。

他吸了一口气，稳了稳心神。他必须让孩子复生，这样才能弥补一点儿对她的伤害。

那是他和雪陌的第一个孩子，他还一点儿没疼过，就这么没了，他又怎么甘心？！

神九黎坐在那块大石上，大石上还有不少血迹，已经转为暗褐色。

当日他也看到了这上面的血，还以为是乐子音的，哪里知道是宁雪陌流产时流的……

现在看到他只觉异常刺目，心脏又一阵发紧！

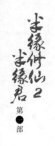
他再轻吸一口气，将诸多杂念摈弃到脑外，接下来他要做的一切必须静气凝神，一点儿杂念都不能有，这样才能有成功的希望！

那个孩子毕竟才四个月大，尚未真正成型，魂魄更是不全，甚至连成为婴灵的能力都没有。

这个孩子流产了，如果要招来魂魄超度倒不难，神九黎随手就能做到，但是如果想要孩子复生就难如登天了！因为要修补他的魂魄，等修补完后，还需要为他重塑血肉。

婴儿的血肉来源于父精母血，神话传说中就有哪吒曾经剔骨还父，剔肉还母……

神九黎如果想要让孩子完整地回来，就需要在自己身上弄一块主骨出来，让孩子先附在上面，然后再说其他的。

这种术法最为逆天，可以说从古到今用这个法子来复活不足月胎儿的几乎没有。

这可以说是真正夺天地之造化，容易遭天妒，从而反噬施术者，一个操作不好，甚至会招来天雷，将施术者劈个魂飞魄散。

这个术法在修仙界是大忌，犯这个忌讳的仙者也少之又少。

就算仙家的孩子不足月流产了，等养好身子再要一个便是，没必要为了一个小的搭上一个大的……

这也是容月天澜听说帝尊的想法后，极力反对的原因。

神九黎是神，这世上能难住他的事情少之又少，让他真正关注的人或者事也少之又少。

在他眼里，事情只有想不想做，而没有能不能做。

神九黎闭上眼睛，手指连续掐诀，指尖无数白光在流转跳动……

随着他手指的动作，他身卜那些已经干涸的血渍居然渐渐重新变鲜红，开始流动，如一条鲜红的小蛇顺着他的白袍下摆攀爬上来，爬上他的手背，向着他的指尖蔓延……

血红的"小蛇"越来越粗，攀爬上他的指尖后开始绕着他的指尖流动盘旋。

咔一声轻响，神九黎的掌心冒出一小截白生生的骨头，那骨头极细，比婴儿的指骨还细，极白极亮，闪着微弱的光芒。

这并不是普通的骨头，而是神九黎用神之精血凝成，破体而出的时候，他脸色更白，几乎看不到半点儿血色。

炼制这个显然是极疼的，神九黎面上虽然没有显露什么，身上的白衫却以肉眼可见的速度迅速湿透。

他却只是抿了抿唇，手指依旧不停掐诀。

那些血见到那根小骨霎时游走过来，围着小骨头团团转，白生生的骨头上慢慢现出一层层红光，红光下小骨上有血肉生长出来，如同肚腹中的胎儿在快速增长，逐渐长出四肢和头，成为一个小小的肉团……

神九黎身上的冷汗已经将他身上所有衣衫都湿透。

一个时辰后，这重塑血肉的功法终于完成，他终于停止运功。

神九黎整个人像是刚从水里捞出来似的，连头发都已经湿透。他显然不习惯自己这邋遢的模样，抬手想为自己施一个清洁术，奈何力气耗尽，抬一抬小指都感觉困难。

他只得暂时放弃，垂眸看着掌心中那小小的肉团。肉团蜷缩在他的掌心中，因为尚没有魂魄入体，所以他一动不动。

这个肉团应该和宁雪陌孕育的那个一模一样，现在虽然看不出眉眼来，但神九黎还是觉得他很漂亮！

以后这孩子的眉眼应该像自己，嘴巴鼻子会像他的娘亲……

神九黎透过这小小的肉团，甚至能想象出他出生以后的模样。

完成了这一步，就算完成了全部复活任务的一半，神九黎用念力白光将那肉团护住，先吃了几样丹药，闭着眼睛休息了片刻。

他到底是神，恢复能力还是很惊人的，片刻后，他身上的白袍重新恢复干爽，长发也再次飞扬。

他站起身来，望向远方逍遥岛的方向，轻轻叹了口气："雪陌，我们的孩子就要回来了，你也该回来了……"

他将那肉团护好后，又开始做法，这次是招魂的术法……

逍遥岛。

正在炼丹的容月天澜刚刚炼好一炉丹，便似感应到了什么，蓦然起身，疾步走了出来。

半空中一阵落英乱舞，一道大红身影终于突破那个桃花阵，顶着一身桃花冲了出来！

雪衣澜浑身杀气弥漫，俊美的五官如同修罗，不待刚刚现身的容月天澜说话，他便一道红光打了过去："骚包澜，你去死吧！"

他含恨出手，破坏力自然惊人，一出手就狂风大作，劲风如刀。

容月天澜不能闪躲，因为他身后就是他的宝贝药田，他如果不挡下这一招，他身后的那些花花草草就遭殃了。

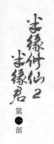

他只得提着扇子硬接，一扇子扇了回去！

两道刚猛的力道撞在一起，半空中像是打了个焦雷，震得整个岛都在颤抖。

旁边的一个小亭子受不住这样的爆发力，直接飞到了半空，变成漫天碎片落下来。

天，他的陶然亭！

他纯手工一砖一瓦修建起来的，他最得意的作品，居然就这么飞了！

容月天澜也怒了："雪衣澜，你找死不成！"他张开扇子，扇子周围有狂风聚拢，就要对着雪衣澜一扇子扇过去，想把他直接扇出岛！

雪衣澜哈哈一笑："找死？你再不把人交出来，爷就拆了你这破岛！"

二人一言不合，便在这里乒乒乓乓打起来。

容月天澜心里也恼火，想要给雪衣澜一个大教训，要不然这红衣妖孽还以为他这个岛主好欺负！

他怕再毁了他的花花草草、亭台楼阁，干脆在打斗中又开启了阵法，再次将雪衣澜引入阵中，二人便在阵中开打，一时之间斗了个天昏地暗、日月无光……

血，都是血。

脚下是血，身上是血，远处的石板路上也是大片大片的血，甚至连天空也是一片血红……宁雪陌不自禁地浑身发抖！

她在重复做一个梦！

梦中她先是开开心心地感应到孩子的存在，再是在墨黑的天空中拼命想要穿越回来，然后来到不老城给孩子买衣服……一直到被乐子音所害，开始流产，最后在被拍飞中结束……

这个梦循环往复，一次比一次真实，一次比一次撕心裂肺，让她的心情一遍遍从欢喜的高潮跌落绝望的深渊，也让她一次比一次绝望，只想找个地方把自己藏起来，再也不理会这个世界，再也不感受这痛楚！

她这辈子所受的罪不少，甚至被扔到铜鼎里煮过，她以为那种痛已经是极致了，却没想到那痛和现在的痛苦比起来是小巫见大巫。

随着梦一遍遍循环往复，她的肚子也像是被人一遍遍用刀子剐。那一种绝望的痛，令她冷汗出了一层又一层，恨不得立即死掉。

她想自我了断，可是在梦中她找不到自己的手，若非那种钻心似的疼，她几乎也感受不到自己的身体。

她下意识想要逃避，于是开始奔跑，不顾生死地奔跑。

这么奔跑之下，她倒是不再循环往复地做那个梦了，但身体上的疼痛半分也没减少。

眼前铺展开一条血路，她就奔跑在一条看不到边沿的血路上，想要逃避什么，又似乎想要追寻什么。

这样跑着跑着，她就跑得晕了头，跑到后来头脑空白，压根无法思考。

她已经不知道自己为什么要奔跑，也不知道要去哪里。

这样的奔跑只是下意识的，似乎这样跑着身上就不再疼。

"呜哇……"前方隐隐传来小孩子的哭声，那哭声撕心裂肺，让她的心也跟着揪起来，整个身体都僵住。

然后她像是终于想起什么，颤抖着下意识去摸自己的小腹，那里瘪瘪的，除了翻江倒海似的疼，她再感觉不到什么。

宝贝！她的宝贝！

心像是在刹那间裂开，她足下踉跄，拼命向着那哭声跑去。

剧烈的疼痛让她疲惫欲死，但孩子的哭声让她无法停止狂奔的脚步。

这样不知道奔跑了多久，那哭声忽然停止，周围陷入一片寂静，她再听不到一点儿声音。

"宝宝？"宁雪陌惶然四顾，却再听不到那哭声。

前方却出现一个血红的肉团，在不远处悬着一颤一颤的。

宁雪陌慢慢走过去，终于看到了她的孩子，像她内视时一样，有手有脚有头有尾，蜷缩在一包血水中，他似乎十分痛苦，在不停地颤抖，有细细的哭声传出来。

她仿佛听到那孩子在哭叫："妈咪，我好疼……

"呜呜，妈咪，我疼……

"妈咪，你杀了我吧，我不要这么疼……"

那声音开始还十分细小，接着便越来越大，一声声如刀子般刺入宁雪陌的心脏，让她心中痛不可当。

她颤颤地伸出手去："宝贝，你忍忍，妈咪会救你。"

"呜哇，不要……疼啊，好疼啊……"那孩子在血水中剧烈挣扎起来，像她当时流产前用内视法看到的那样，不停抽搐。

她的孩子！

她再无缘的孩子！

她用尽办法也无法挽留的孩子……

或许，这就是她的命吧，想要的永远也留不住，爱情是这样，孩子也是这样。

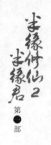

宁雪陌眼睛大睁着，看着那个不停哭喊，却不可避免一点点融化的孩子，心如被一寸寸凌迟！

她就这么痴痴地看着，身子不停地颤抖。

为什么？如果是她做错了事、爱错了人，那老天惩罚她也就是了！为什么要这么对待她的孩子？！

孩子有什么错？！只因为他是她的孩子？！

不公平！

她在原地不知道僵硬地站了多久，才慢慢伸出手去，手指抚摸上那个肉团，闭上了眼睛："宝贝，对不起，妈咪送你一程，很快，你就不疼了……"

指尖冒出火光，将那个肉团包围，火光中那肉团终于不再挣扎。

宁雪陌眼睁睁看着那孩子慢慢消失，似乎整个心也跟着消失了，整个人跌入无间地狱，再也爬不上来。

火光终于一点点消散，所有的痛全部消失，心中只剩下恨意，滔天的恨意！

她慢慢睁开眼睛……

容月天澜二人正在阵法中打得天昏地暗。

容月天澜已经很久没打这么痛快过了，他觉得很爽！简直一舒这两天憋的那些无处发作的窝囊气！

雪衣澜却很愤怒，他不过就是来探望一下陌陌，想知道她的具体病情，就遭到这变态大夫这么变态的阻拦！

愤怒之下，他也施展了所有的本领，想把容月天澜击退。

奈何他和容月天澜的本领半斤八两，一时谁也打不过谁。

陌陌到底怎么样了？！雪衣澜一时心急如焚。

容月天澜这次设的阵法比较古怪，他们可以看到外面真实的情景，但真正打斗起来又毁坏不了真实世界的东西。

雪衣澜到底挂念宁雪陌，在打斗中也不停扫视外面的景象，猜测宁雪陌有可能在的地方。

这一次，他再次击退容月天澜的进攻后，偶尔一抬头，忽见容月天澜背后某一个建筑内冒出一缕缕青烟，仿佛是走了水……

是谁这么好，火烧这骚包澜的破岛了？

不行，不能让这骚包澜看到这个！把这破岛烧个干净才好！

雪衣澜下意识想在容月天澜身后设个结界，以阻挡容月天澜无意中向那边看，却又忽然想起了什么。

不对！陌陌还在这破岛上！不知道她身边有人照应没有，万一没人照应，烧了这破岛不要紧，烧坏陌陌怎么办？！

"走水了！"他情不自禁叫出口。

容月天澜开始还以为是雪衣澜故弄玄虚，下意识回了一句："怎么可能走水，我这岛……"他却情不自禁也随着雪衣澜的目光瞧过去，脸色骤然一变！

那间像是失火的建筑正是宁雪陌现在所待的地方！

这下子他再顾不得和雪衣澜打架了，身形一闪，流星般向着那个方向扑了过去。

雪衣澜见他变脸便也知道不好，心里一沉，也向那里猛扑！

容月天澜二人眨眼间便奔到了那楼阁前，窗户里冒出火光，通红的火舌让容月天澜一颗心险些没沉到地底去！

天哪，宁雪陌还在屋内！

她那呆呆的模样压根不会逃走，这要烧出个好歹来，帝尊只怕会彻底劈了他！

容月天澜再也顾不得什么，一脚踹开屋门，冲了进去。

宁雪陌，你千万不能有事！

他在冲进屋的那一刻，难得地呆了呆！

屋内确实着了火，不过并没有烧着屋内的家具，屋子中央的火盆里有许多东西冒着烟，还在燃烧，屋内却不见宁雪陌的身影。

怎么回事？！

容月天澜下意识去查看那火盆里的东西，心脏骤然一缩！

那些烧着的东西有小孩子玩的拨浪鼓、玩具、长相特别的书，以及一些看上去有些特别的纸，甚至宁雪陌一直紧握在手里的小衣服也在其中。

雪衣澜也闯了进来："陌陌怎么样了？！她如果有什么意外我和你这混蛋没完！咦，陌陌呢？！"

他再看看火盆里的东西，有些狐疑："怎么回事？！陌陌没在这屋子里？那你奔丧似的跑什么？这盆里是什么？怎么烧的都是小孩子的玩意儿……"

说到这里，他忽然意识到了什么："这不会是陌陌自己烧的吧？！她醒啦？！"

容月天澜沉声道："只怕是的！"

"太好了！那她现在在哪里？"雪衣澜眼睛都亮了，在屋内迅速扫了一圈儿，没见到宁雪陌的半片衣角。

容月天澜心中生出一点儿不妙的感觉。他的仙术极高，惯会识破人的隐身术，如果宁雪陌在这屋里的话，他一眼就能找到她！

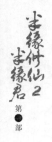
她在这种情况下醒来，烧了这些关于孩子的东西，又会做什么？

他顾不得多想，闪身出去："分头找！必须找到她！"

雪衣澜这个时候自然也不能追究别的，跟着出来。

容月天澜原本可以开启天眼寻找，但他最近耗费的功力太多，又刚和雪衣澜打了一架，所剩的念力在短时间内压根开启不了天眼。

他只能调动全岛的弟子搜寻，一时没敢开通传音符告知神九黎，一来他知道神九黎正在用禁术复活孩子，不能打扰，二来心里还抱了万分之一的希望，毕竟他这个岛上空有结界，是封闭的，宁雪陌应该跑不出岛去。

她或许就躲在某个角落伤神，只要找出她来就是了。

一时之间，逍遥岛上一片鸡飞狗跳，所有人都挖地三尺地在寻找一个人。

但是岛上所有地方都找遍了，压根就没有宁雪陌的踪影。

容月天澜简直要急疯了！

宁雪陌刚刚伤好，会躲去哪里？

雪衣澜也是急得嘴里冒泡："她是不是出岛去了？容月天澜，你这破岛不是有结界吗？她如果出岛的话，你应该有感应吧？！"

容月天澜没好气道："她如果破结界出去，本岛主自然有感觉，所以说她不可能出岛，一定还在这岛上！"

"既然在你这岛上那为什么找不到？她总不能变成个耗子钻出去吧？！难道你这结界有漏洞？"

"本岛主的结界怎么可能有漏洞……不对！真有漏洞！"

容月天澜蓦然想起了什么，脸色再次变了，身形一闪，便到了靠近海边的地方，抬头一瞧，上面还有一个二尺见方的破口。

那是雪衣澜硬闯入时留下来的。

容月天澜当时因为事情多，又忙着和雪衣澜打架，一时忘记修补，现在才想起来。

宁雪陌十有八九是从这里逃出去了！

世界这么大，她会去哪里？

神九黎呆呆地站在原地，看着空空如也的指尖。

没有！

他一丝那孩子的魂魄也感应不到！

婴灵一向虚弱，尤其是只有四个月的胎灵，那就更是弱得厉害，一般死后魂魄会被天风吹散，几乎连转世投胎的机会都没有。

不过，以神九黎的本事，那胎灵就算被天风吹成几万片，他也能用特殊法子一片不少地招回来，而不是出现这种情况。

更何况那孩子是神之子，他的魂魄应该比任何一个孩子都强壮，不会那么容易被天风吹散的。

而且神九黎是以自己的血为引子，那孩子如果还在的话，不可能不回来。

难道乐子音把孩子弄掉不算，还将孩子的魂魄也打散了？

可就算打得再零散，他也不可能一片也找不到啊！

发生这种情况只有两种可能，一，这孩子压根没死，还活着；二，他的魂魄在飘荡时碰到了某些以食魂为生的灵兽，被灵兽吞了！

神九黎手脚冰凉，在原地几乎站立不住。

他在乐子音的记忆中，明确看到宁雪陌确实已经流产，所以孩子没死这种情况压根不可能！

那么，就只剩第二种情况了，那孩子的魂魄已经被吞了！

那种灵兽食魂魄为生，就算他把那灵兽找出来，也找不回那孩子的魂魄了……

他耗费一半的神力来复活这个孩子，明明还差最后一步了，却没想到最后功败垂成。

这是他能想到的让宁雪陌恢复的唯一办法，是他挽回她的必然条件。

现在他却失败了！

原来他神九黎也有失败的时候，也有无能为力的时候！

难道老天也不看好他和她的这段缘分，想要彻底拆散他们？

这就是他和她的命吗？

不！他不信命！

神九黎一横心，不惜耗费神力接连使了几次招魂术，依旧无果。

他正在忙碌之际，腰间的传音符却忽然亮了起来，是容月天澜发过来的。

神九黎心里一沉，他明白地给容月天澜说明过，没有紧急事情不要打扰他，那现在是……

他接了起来："何事？"

"帝尊，宁姑娘应该醒了，可是……她又不见了。"容月天澜声音里有着惶急。

神九黎虽然淡定功夫到家，此刻也禁不住咬牙切齿："什么叫不见了？！"

他的声音冰冷得隔着传音符似乎都能把容月天澜冻一个趔趄，容月天澜也不敢啰唆，忙把逍遥岛发生的事情和神九黎简要说了。

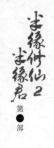

神九黎手指在袖内握起，他并没有和容月天澜多啰唆，直接挂断传音符，闭目遥遥感应宁雪陌所在之地。

片刻后，他身子微微一僵，睁开眼睛。

她在日月宗！

宁雪陌这辈子没干过多少缺德事，作为曾经的特工，她虽然能做到心狠手辣，对敌人下手毫不留情，甚至用极残酷的手段来折磨对手，但她做人还是有底线的，讲究恩仇必报。

对她有恩的，她会记在心里，择时而报，可以为了自己的朋友两肋插刀，不惜跋涉万里。

和她有仇的，如果对方不是故意的，偶尔性行为冒犯，她要么一笑了之，要么很干脆利落地回击过去。你打我一拳，我还你一脚，讲究个痛快适意，和这样的人打完了，说不定还会成为朋友。

至于那些成心算计她的，那么对不起，她奉行的人生信条是：你伤我一分，我还你十分！你给我一刀，我把你凌迟！

在乐子音做出那些伤害她的举动之前，她对乐子音并无恶感。

毕竟在这一场爱情里，是神九黎变了心又喜欢上别人，是这个男人的关系，和乐子音没有多大牵扯。

神九黎和乐子音订婚，她虽然失魂落魄，虽然饱受打击，却从来没有报复乐子音的冲动，最多就是在订婚宴上听乐子音唤"帝哥哥"觉得有些寒而已，其他并没有什么。

她有她的骄傲，既然男朋友在这种情况下劈腿喜欢上别人，那她没必要因为有了孩子就要死要活地去大闹他的订婚宴，搅黄对方的亲事。

她只想远离，只想一个人带着宝宝去其他大陆太太平平地活下去，活出一份独属于自己的精彩。

只是她没想到的是，自己痛快放手换来的却是对方的暗算追杀！

如果乐子音只是算计她的命，她还没这么恨。

可是这贱人是用毒计暗算她最在乎的宝宝！

她威胁乐子音拿出解药时那一番话并不是吓唬对方，而是实话！

那是她给乐子音的唯一机会，乐子音却鬼迷了心窍一样和她的宝宝死磕！

所以流产的那一刻，她对乐子音下了毒手！她要让乐子音为此付出惨重的代价！她要让乐子音为她的宝宝偿命！谁护着也不行！

神九黎一来就不分青红皂白给了她一掌，把她拍飞在树上，在那一刻，她悲愤绝望之下，终于彻底心死！

她并不是会轻易绝望的人，无论陷入什么绝境她都能设法博取一点儿生机，都想要活下去。

而那一刻，她陷入前所未有的绝望之中。她没想到自己冒着九死一生的代价回到这个世界会得到这么个结果！

爱人背叛、孩子流失、自己的世界也再回不去，再没有什么能支撑她在这个世界活下去。她一心求死，所以明知道自己大出血时也没有任何动作。

既然报不了仇，那她就去陪孩子……

但她没想到的是自己还有活过来的一天。

当她在逍遥岛上醒来，看清自己所处的环境时，她只想大笑三声！

原来自己没死成！

看来神九黎后来良心发现不想让她死得太利索，还是救了她，把她送来逍遥岛请他的朋友医治。

她不想去考虑神九黎这么做的目的，是为乐子音赎罪也好，还是他仍念着对她有一点儿香火情也好，她都不想再纠结。

杀人偿命，欠债还钱。

乐子音既然杀了她的宝宝，那就要偿命，给她的宝宝偿命！神挡杀神，佛挡杀佛！

如果她之前死了那也就算了，就当便宜了乐子音。但现在她又活了！既然老天让她活过来，她自然要为宝宝报仇！

所以她在苏醒的那一刻，便已经决定了未来要做的事。

她在火盆中烧了关于宝宝的所有东西，也了断了对这世上所有的牵挂。

她知道现在乐子音是神九黎的未婚妻，他必然将其护得好好的，像当年他没失忆前护自己一样，说不定也是形影不离……

自己去刺杀乐子音，十有八九不会成功，说不定激怒了他，他还会把自己拍墙上，或者干脆杀掉。

但是她早已不在乎！

她现在这条命本来就是捡来的，她就用这条命去搏乐子音那条命，势必将对方格杀！

所以她烧完那些东西后，立即离开逍遥岛前往日月宗！

她必须速战速决，早把事儿办完也早解脱！

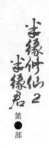

宁雪陌一路风驰电掣，很快就赶到了佛莲山。

她在空中停顿了片刻，垂眸看着那座曾经让她无比留恋的仙山，勾了勾嘴角，二话不说，直接扑了下去。

她知道有一条直接通向天音峰的天路，乐子音现在应该就住在天音峰上神九黎所居的主殿内。

不知道是神九黎太自信，还是因为别的，那条路并没有关闭。

宁雪陌很顺利就来到天音峰上空，但进入天音峰时她还是遇到了一点儿阻隔。

天音峰上重新设置了结界！

宁雪陌用手一触便知道这结界很厉害，应该是神九黎亲手设置的。

看来乐子音真的在这里面，神九黎怕有人暗算她，才重新设置了结界护着她。

这结界宁雪陌没见过，应该是神九黎新研究的。

宁雪陌眯了眯眼睛，嘴角轻轻勾了勾，二话不说开始破结界！

或许是豁出去的关系，这结界在她手下破起来居然异常容易，片刻间便破解开，顺利得让她自己也呆了呆。

宁雪陌看了看自己的手，好像功力提升了不少啊！

提升了更好！那她报起仇来也更容易些。

宁雪陌并没有多想，立即进入，在看清里面的景致后，足下顿了顿。

喜气洋洋，里面的布置让她唯一能想到的就是这四个字。

依旧是那些亭台楼阁，不同的是，都换上了红彤彤的新装。

鲛人织就的精美纱幔随风飘荡，深海极品红珊瑚在偌大的广场上排列出一个大大的双喜字，楼阁的匾额上都镶嵌了极品红珍珠，这些红珍珠每一颗都有鸽子蛋大小，都是价值连城的宝物，现在却被人镶嵌成各种并蒂莲的形状，在夜色中微微闪着光芒。

到处都是大红的颜色，直直刺入人的眼睛。

这么奢华、这么喜庆的布置居然出现在一向冷肃的天音峰上，宁雪陌如果不是亲眼所见，只怕也不会相信。

她脑子里忽然闪过雪衣陌和神九黎成亲时的情景。

当时的新房貌似就用几段红绸装饰了一下，神九黎甚至连喜服都懒得穿，穿了一件白袍子，只在袍角绣了一枝梅花作为唯一的红色装饰……

她还以为他这辈子注定和大红无缘，原来也是会改变的。

宁雪陌的目光落在那座主殿上。

曾几何时，她看到这里便感觉心里暖暖的，现在这些热烈的红却让她心头更加冰冷。

他为了乐子音真的改变了许多啊！

看来他认为乐子音受委屈了，所以想用一场盛大的婚礼来补偿她。

宁雪陌知道她当时伤乐子音很严重，但以神九黎那出神入化的医术，肯定能让乐子音恢复如初。

她眼前似乎闪现出乐子音那得意的眼神，以及那一句"帝哥哥很疼我，他一刻也离不开我"。

宁雪陌垂了眸子，勾唇笑了笑！

她不管神九黎到底有多疼乐子音，她也不管神九黎到底会如何对待闯入的她，她只有一个念头——杀了乐子音，为孩子报仇！

宁雪陌想着，向主殿闯去！

天音峰除了帝尊的嫡传弟子外，并不允许其他人入内，现在又是夜晚，所以天音峰上并没有人。

宁雪陌知道神九黎的脾气，看到这里没有其他人并不感觉奇怪。

她对神九黎的寝宫还是很熟悉的，所以一路几乎连个弯也不拐，直奔印象中乐子音曾经歇息的地方。

让她没想到的是，那个乐子音住宿的小偏殿居然不见了！连个影子也找不到了！

奇怪，难道被神九黎用什么结界隐藏起来了？

宁雪陌在那个位置转了三圈，也没找到那小偏殿的行踪，原地也没有任何结界。

她怔怔地站在原地，目光落在旁边神九黎的寝宫上。

难道他为了保险起见，将乐子音安排进他的寝宫里疗伤了？

反正也要成亲了不是吗？

以神九黎的性子，这种事他不是干不出来！

到了这个时候，宁雪陌的脑筋几乎是懒得开动的，满脑子都是"报仇"两个字，其他她一概拒绝去思考。

她既然到了这里，自然二话不说去闯神九黎的寝宫！

她上次来闯的时候，神九黎的寝宫外设置了很厉害的结界，她压根闯不进去。

这次她却闯得异常顺利，他设在寝宫外的结界居然轻易被她破了。

只不过进去以后她大失所望，寝宫内冷冷清清的，并没有人，当然更没有乐子音。

宁雪陌已经许久没来他的寝宫，这次进来后虽然只是瞥了一眼，也知道这里面的

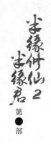

格局已经完全改变了。

曾经月白色的床帐换成了淡蓝色的，上面画了一只活灵活现的雪白小狐狸，那小狐狸蹲在一丛竹林中，身后几条尾巴摇曳万千。

宁雪陌目光微微一颤，后退一步。

她记得乐子音是只白狐狸，看来这上面画的是它……

既然乐子音没在这里，她就懒得再在这里多待上一秒，转身出来在天音峰上旋风似的搜查了一圈儿，也没找到乐子音的影子。

神九黎会把她藏在哪里？

日月宗这么大，她要去哪里寻找？

宁雪陌站在原地，只觉脑袋里轰轰作响，一片茫然。

她想了想，便下了天音峰，迎面看到几名日月宗弟子走来，有两名宁雪陌还认识，正是当年和她同批进入日月宗的。

他们每一个手里都有一样喜庆东西，品种虽然不一，但无一例外都是大红色的。

这几个人一脸兴奋，并没有瞧见隐身的宁雪陌，在那里边走边谈。

"没想到我们有生之年能见到帝尊成亲，哎呀，想想就太兴奋了！"

"是啊，是啊！我直到现在都感觉不像真的！"

"这次耶律会主吩咐过，一切都弄最好的！不能马虎，一点儿瑕疵也不能留，还说这是帝尊亲口吩咐的。所以你们都要仔细检查一下手里的东西，千万别有纰漏。"

"明白的，这次的红珍珠我是一颗颗选了再选。"

"听说耶律会主又去碧落海了，去找一颗最大的极品蚌珠来镶嵌在大红喜字上。"

"大手笔！真是大手笔啊！看来帝尊这次是认真的，就是不知道新娘子到底是谁？"

"这还用问？当然是乐子音乐姑娘啊。"

"这倒是……不过我听说乐姑娘受了重伤，这几天一直没见她出来呢。"

"嗯，这事我也听说了，帝尊也没出现，大概是为她疗伤去了吧？这盛大的婚礼应该就是补偿她的。"

"乐姑娘真是好福气！"

几个人边讨论边前行，异常欢快。

宁雪陌隐在黑暗里，忽然想笑，也忽然觉得疲惫。

神九黎将乐子音藏得不是一般严实，她这么转悠着找只怕找上三天三夜也找不到！

她不想再费那个神了，干脆就用最直接的！

宁雪陌垂眸想了片刻，忽然在那几个人面前现身："几位，对不住了！"

日月宗山顶上代表重大事件发生的传音钟蓦然被人撞响，钟声嗡鸣，响彻整个日月宗，惊动了所有日月宗弟子。

佛莲山上一片混乱，大家都不知道发生了何事，但这钟声一响，众弟子手上就算有最重要的活也丢在一边，纷纷赶向集合的广场。

广场可容纳数千人，正是日月宗弟子碰到大事时集合的地方。

而此刻，在广场的半空中悬空站着几个人。

有四名是日月宗弟子，他们站在前面，身子僵硬，脸上的表情有些奇怪。

而在他们身后，立着一名大红裙衫的女子，秀眉俊目，银发飞扬。

众人看清那女子的面目那一刻，都傻了。

宁雪陌！十年前被帝尊逐出门的那位！一直是日月宗禁忌的那位！几天前在帝尊的订婚宴上一舞惊四座，又一砸震全场的那位！

她怎么又出现了？她的头发是怎么回事？怎么全白了？！

还有，她抓四位同门算怎么回事？

所有的人都一头雾水，看着半空中立着的宁雪陌一时不知道该如何反应。

耶律静安并不在山上，但日月宗的其他长老还在，他们也不知道发生了什么事情，纷纷御剑赶过来，将宁雪陌围在中间。

"宁雪陌，你这是何意？"沉声问的是帝尊的十三弟子，此人性子最是冷硬，也最是古板，平时并不在山上，这次是碰巧了。

"乐子音在哪里？"宁雪陌也不客气，直接问出一句。

下面众人面面相觑，都是一脸茫然，很显然，他们也不知道乐子音在何处。

十三弟子皱眉："你找她做什么？宁雪陌，你好歹曾经也是日月宗弟子，可知挟持本宗弟子犯了日月宗大忌？"

宁雪陌轻飘飘一笑，她如何不知道？挟持日月宗弟子，格杀勿论！这是日月宗的铁律。

可是现在她压根不在乎！

一个连生死都不放在心上的人，任何戒律对其都是浮云。

"告诉我乐子音的藏身之地，我就放了他们！"宁雪陌开出自己的条件。

"做梦！日月宗弟子怎能受人威胁？！宁雪陌，我劝你赶紧放人，束手就擒，乖乖等帝尊回来发落，要不然你这次只怕要吃不了兜着走！"

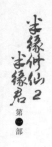

宁雪陌轻轻一笑，笑容很美，眼神却寒凉慑人："冤有头，债有主，我只想找乐子音！我给你们半刻钟时间，要么说出她的下落，要么替这几位收尸！"

宁雪陌手一抬，同时便有四柄飞刀直逼被擒四位的背心，在堪堪碰到他们的肌肤时停住，她再一笑："我的耐心有限，不要让我失望。"

她站在半空中，银发飞扬，一双眸子隐隐发红，笑容绝美中又透着妖娆之气。

日月宗众弟子："……"

宁雪陌还是了解日月宗弟子的，知道他们都有一身硬骨头，她这么逼问他们十有八九不会说，她也没指望他们真的会说出乐子音的下落。她这么做，不过是想逼出神九黎，然后彻底做一个了断。

她相信绝大多数日月宗弟子不知道乐子音的下落，但应该有个别弟子能联系上神九黎的。神九黎应该是和乐子音在一起的，逼出他说不定也就逼出了乐子音。

她很累，非常疲累，身体内像有什么洪流拱来拱去，时时冲击她的神经，让她头脑时不时空白一下，一阵阵发蒙，也让她的一切行为不能以常理来推断。

如果在以往，以她的聪明，绝对不会使用这种笨法子，她会潜藏在日月宗内部，慢慢打听，一旦打听清楚，再出其不意地下手。

但现在她没多少时间了……

宁雪陌抬头望了望天上，有白云迅速向这边堆积，每一朵白云上都有一圈儿淡淡的金边，猛一看像是阳光在白云后面发射出来的光线。但现在是晚上，又哪里来的太阳？

而且今夜是初一夜，没月。

空中隐隐似有雷声滚过，那声音极低，几乎传不到人耳中，所以众人没有注意。

所有人的注意力都落在宁雪陌一人身上，唯恐她手掌一起，就有一人死于非命！

现在宁雪陌的功夫高得恐怖，举手投足间便能彻底将人制住。

日月宗的长老护法个个是武学的大行家，宁雪陌一出手，他们便知道她现在的功夫确实深不可测，在场众人只怕没有一人是她的对手！

"雪陌，你不要做傻事！先放开几位同门……"赫连箫终于赶到了。

宁雪陌的行为在日月宗来说，简直就是大逆不道！她一旦失手被擒，只怕难逃死罪。

赫连箫本来正在后山闭关修炼，听说这事以后，什么也顾不得了，匆忙跑了来。他想劝宁雪陌赶紧悬崖勒马，免得做出难以挽回的事来，却在看清宁雪陌的形貌之后，呆了呆。

她的头发……她的头发怎么白了？！

赫连箫呆愣片刻后，才叫出这一声来。

宁雪陌垂眸看了他一眼，却理也不理他，手指似在掐算什么，片刻后她轻轻一笑："没人说吗？"声音冷森森的，让被擒的那四位日月宗弟子瞬间打了个寒战！

原本他们还觉得宁雪陌或许会顾念同门之谊不会真的伤害他们，现在却不敢这么以为了！

他们已经清楚地感觉到刀尖碰触到肌肉时那冰凉的寒意！

下面的人脸色也全变了，宁雪陌刚才放出来的飞刀刀尖莹绿，像是涂抹了剧毒。

宁雪陌的毒术之出神入化，他们还是很清楚的。

"宁雪陌，你如果真伤了几位同门，就再也没了回头路！你先放了他们……"十三师兄面沉如水。

宁雪陌轻轻一叹："看来你们都把我的话当耳旁风啊……"她手指一弹，一柄短刀噗的一声扎入一人后背！

那人蓦然睁大眼睛，身子一晃，自半空栽下。

十三师兄脸色一变，一拂衣袖将那人接住，仔细一看，顿时脸色铁青！

那人脸色碧绿，背后流出绿色血液，一丝气息也没了。

她真的下了辣手！

所有人的脸色都变了！

耶律静安去了碧落海，那里是传音符的盲区，所以他临走时将日月宗所有事务都交给了耿直的十三师兄以及山上的八位护法。

这位十三师兄和宁雪陌并没有多少交情，而八位护法中有四位是和宁雪陌一起喝过酒的，对她颇为看顾。

现在见她忽然做出这种事来，一时也变了脸色。

当年宁雪陌拜入神九黎门下，大部分时间是和他游历在外的，所以她和神九黎的相处模式以及暧昧情愫，大概也就耶律静安能猜出一二来，其他人还是不太清楚的，只知道当年帝尊对这个小弟子颇为看顾重视。

而神九黎订婚时，宁雪陌那一场献舞让大家心里又有了新看法，觉得帝尊当年和宁雪陌之间确实有点情愫，但时过境迁，现在帝尊身边多了一个乐子音，宁雪陌当时摔琵琶走人，现在忽然又头发全白地回来找乐子音算账，这……这怎么看怎么像一位为情入魔，放不开要找情敌麻烦的。

没有人了解事情的全部过程，所以都只能凭借已知的线索推断。

这里大部分人本来还觉得宁雪陌是个敢爱敢恨、拿得起放得下的姑娘，现在见她如此，都大跌眼镜！

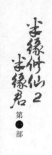

日月宗规矩森严，任何人不得违背，当年耶律静安犯了一个小小的错误，还按规矩被责罚了一顿板子。

现在宁雪陌闯出这样的祸来，下面的人立即躁动起来。

十三师兄脸色铁青，现在在场的人中，属他身份最高，而他也以公正严明著称，如何容得宁雪陌如此"嚣张"。

他一挥手，八大护法、十大长老便不动声色地在宁雪陌身边分散开来，隐隐包围，将她所有的退路全部封死。

宁雪陌依旧半悬在空中，对他们的包围仿佛没有看到。

她微微屈起指尖，轻笑："时间要到了啊！我数到三，再无人说的话，就又要多一个屈死鬼了，一！"

"雪陌，你不能这样！他们是和你同时入门的啊，当年我们一起玩过闹过的！乐子音在哪里大家也确实不知道，你不能再错下去……"赫连箫忽然也御剑飞了上去，大概是真急了，愣头愣脑地直接撞入包围圈！

十三师兄没想到他会如此莽撞，一下没扯住他，眼睁睁地看着他闯到宁雪陌的攻击范围内，一颗心差点跳出来！

赫连箫是这几年日月宗所收的天分最高的弟子，也是最有希望能够冲破天阶的人物，又是耶律静安最得意的弟子，人人当他宝贝一样，他如果有个闪失……

十三师兄等人结的这个阵是日月宗极厉害的法阵，叫"十八擒魔阵"，此阵一旦结成，被包围的人就算有三头六臂也飞不出去，要么束手就擒，要么被就地格杀。此阵为帝尊亲传，暗合天地之玄机，威力奇大。

十三师兄原本下一个手势就是发动法阵，拼着那被擒的三名低阶弟子不要，也要将宁雪陌擒住，以儆效尤，却没想到多了赫连箫这个变数！

这小子哪里是帮着他们擒人的，简直就是添乱的！

十三师兄一个手势打了一半，硬生生停住。

宁雪陌似乎也没想到赫连箫会冲上来，这小子动作快如闪电，眨眼间就到了她身前，简直要和那三个俘虏并站在一起。

"雪陌，你别做傻事！"他居然越过那三个俘虏，直接伸手去抓宁雪陌的手臂。

宁雪陌刚一抬手臂，他便打了个哆嗦，站在那里像个大号的盾牌落在宁雪陌手中。

宁雪陌："……"

"雪陌，以我做要挟闯出去！"赫连箫传音给她。

他虽然不知道宁雪陌为什么要做出这样的事，可是在看到宁雪陌一头白发出现在

228

这里的时候，他心里一绞，心脏几乎拧成一团麻花，看到护法长老们列阵的时候，胸中热血瞬间上涌！

不管宁雪陌做了什么事，他相信她这么做必然有自己的缘由，他不能眼睁睁地看着她被擒或者被处死，所以他心一横借机闯了进来，准备做宁雪陌的人肉盾牌。

宁雪陌目光微闪，她并没有说话，而是忽然飞起一脚，将赫连箫踢飞出去，只送他一个字："滚！"

赫连箫万没想到宁雪陌会如此做，等反应过来后为时已晚。

他在空中翻了个筋斗，等立住身形时，人已经在包围圈外。

他再想向里闯，已经被两位同门扯住。

十三师兄自然不会再给赫连箫这个机会，一挥手，阵势立即发动。

十八道光芒自这些人手中交错射出，在空中飞转交织，转瞬间就织成一张剑网，剑尖都对着圈内的宁雪陌。

"宁雪陌，再给你一次机会！放了那三个人，束手就擒！不然让你在这里魂散魄消！"十三师兄手指轻握法诀。

宁雪陌站在那里，天风吹起了她的衣袂，吹乱了她的发，她仍笑容倾城。

她没有说话，只做出了一个回应，手指一弹，三枚一直抵在三位弟子后心的匕首瞬间入肉。那三个人闷哼一声，纷纷自上面跌下。

下面自有人接着，还有人不死心地检查三人的伤势，发现和第一人一样，同样脸色碧绿，再无气息。

第十章　金色渡雷劫

云端中的宁雪陌哈哈一笑，忽然再一抬手，指尖又冒出无数碧绿匕首，每一柄都和刚刚她刺死那四名弟子的匕首一模一样。

她眯起眼睛："既然大家还不肯交出她，那就陪她一起死吧！"

她手掌微屈，那些匕首就要向着下面日月宗的同门激射而去……

这女人疯了！这样的人不惩罚天理难容！

十三师兄怒喝一声："宁雪陌，你这是自己找死！可怨不得别人！"

他说着法诀一握，漫天的飞剑终于发动，如飞蝗急雨，齐齐向着宁雪陌射了过去！

宁雪陌微微一笑，一直掐诀的手指忽然松开，那些缠绕在她指尖的碧绿匕首忽然消失不见。漫天的飞剑中她不避不闪，反而张开手臂，迎向那些剑光。

凌厉飞剑所带起来的劲风吹得她长发随同衣衫猎猎飞舞，她闭着眼睛迎向那些飞剑，嘴角是解脱般的笑。

就这样吧！

她无法找出乐子音为自己的孩子报仇，也无法逼神九黎出来，那她就死在他的弟子手下，等于死在他手里，也算一个解脱！一个了断！

她早就不想活了！

无论是恨也罢，爱也罢，一切都在此刻终结。

她再也不必做那些循环的噩梦，再也不必为报不了仇绝望到白头……

原来，她回到这个世界就为了这一个结局。

他在意也好，不在意也罢，她都想用这样的法子来了结自己！

前一世、这一世，她把欠他的都还得干干净净！她也不想再有来世，只想真真正正结束。

这个伏魔阵不但能诛杀人的肉体，也能诛杀人的魂魄，所以她逼迫他们使用这个阵法，就为了这个结果。

"住手！"远处传来一声急喝，声音几乎震动天际，一道白光如飞卷的怒潮，向着那些飞剑撞去！

但是，还是晚了！

那些飞剑已经发出，且距离如此近，宁雪陌又不做任何抵挡，那些人就算察觉不对想要撤回去，也不能了！

等那飞卷来的白光撞上那些飞剑之时，已经有十几柄飞剑刺入宁雪陌的身体。

血光自她周身喷射出，她的身子在空中晃了晃，跌了下来。

"雪陌！"一声呼喊，几乎扯裂空气，一个人飞掠过来，抬手接住了自半空中坠下的宁雪陌，将她紧紧抱在怀中，"宁雪陌！"

他声音发颤，身子也在发抖，脸色更是煞白一片，他死死抱着浑身染血的宁雪陌，想要说什么，喉咙里却像堵了一团棉花……

"帝尊？！"所有人都呆了。

来人正是神九黎，他也是第一次不戴面具出现在众弟子眼前，如不是他那一身标志性的白袍，如不是他那如海般磅礴的气场，众弟子几乎不敢认。

所有人在一呆之后又跪了下去："帝尊！"

"师父！"

十三师兄也变了脸色，他跟随师父这么多年，还是第一次见师父如此不淡定，如此失态！

自己……自己是不是犯下滔天大错了？！

他也跟着跪下，一颗心忐忑得险些跳出来。

神九黎压根不理会众人，眼中也根本没有其他人！

他将宁雪陌抱在怀中，看清宁雪陌的模样的那一刻，心脏便不可控制地颤抖起来！

白发！她的头发居然全白了！

不用问，他也知道是她醒来以后心情起伏太大所致。

宁雪陌身上所穿的并不是他当初给她穿的那一身衣裙，而是她自己幻化出来的。

这身衣裙虽然也很好看，但没有任何防御功能，而伏魔阵射出来的剑又都附着极

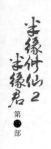

强的念力，不但伤人身体，也伤人魂魄。就算雪衣澜被这伏魔阵所伤，也未必能逃出一条命去。更何况是原本就重伤未愈的宁雪陌？

她身上中了八柄飞剑，飞剑其实都不是实体，却比任何实体剑都要厉害。那八柄剑都扎在她的要害处，鲜血顺着伤口向外喷涌……

她就这么一身是血地落在他的怀中，让他心里像是被人插了几十刀，疼得几乎窒息。

他也顾不得别的，手指在她身上连点，为她止血，为她涂抹最好的伤药……

"雪陌，你坚持住，我不会让你死的！你给我坚持住！"他低声颤抖着说道，手中动作不停，快速为她处理着伤口。

宁雪陌一双眼眸墨黑却无光泽，她抬手似想将他推开，却已经没了力气。

她不想让他救！不想躺在他怀中！

他救人的手法让她想起了他为乐子音处理伤口时的模样。

或许他是刚刚为乐子音疗伤完毕，觉得那个女人没事了才匆匆赶来……

曾经自己是多渴望这个怀抱啊！

她从来不知道自己会如此疯狂地渴望一个人。

多少个午夜梦回的夜里，她都梦到和他相见，梦到一头扑入他的怀中，一边死死抱着他的腰，一边像个孩子似的大哭着诉说自己的委屈，醒来时枕巾都能湿透。

为了这一天，她冒着九死一生的危险穿越时空；为了这一天，她在太空找不到路时拼命给自己鼓劲，就算憋得要死要活她也拼命坚持。

现在，她终于又回到他的怀抱里，却再没了那种渴望。

他将她抱得很紧，她却不觉得温暖，只感觉恶心！

这个怀抱她现在一刻也不想多待！一想到前一刻乐子音还在这个怀抱中撒娇，她就有一种要吐的冲动！

她真的吐了出来，大口大口的鲜血从她嘴里喷出，喷了神九黎一身。

神九黎脸色大变，她的心脉本来就是将断未断的危险阶段，她却不顾生死地还要挣扎。她体内的念力涌动着没有自动修复心脉，反而有强行要扯断它的趋势。

她在求死！

"神九黎……"宁雪陌在人前叫出了他的名字，那声音仿佛从天际飘来，缥缈得不像话。

"别说话！雪陌，别说话！我们之间有太多误会，等你好转我会慢慢向你解释，一切都是误会，你相信我！来，乖，不要试图抵抗我，让我为你接续心脉……"神九黎顾不得自己胸前的鲜血，手掌按在她的背心处，汹涌的念力进入她体内后又凝成一线，顺着她的血脉迅速游走，直接向她的心脏奔去。

他拼命让自己镇定，拼命让自己冷静。

现在宁雪陌的命就悬在他手上，他稍不注意她的心脉就会彻底断掉。

然而他治疗的念力刚刚游动到她的心脏附近便遇到了阻力，那股阻力不大，却让神九黎瞬间不敢动了！

她的心脉现在禁不住一点儿波动，他不能强行进入修补。

"雪陌，不要试图阻拦我救你！"他脸色煞白地迅速开口，"我不会放弃的！我知道你恨我，那就等你好了再找我算账好不好？我任你杀任你砍，先让我为你接续心脉。"

他的念力又试着向前一点儿，但遇到的阻力更大！

"雪陌！你也是修仙之人，应该知道，就算你现在死了，我也有手段让你复活！不要再赌气！"

宁雪陌对他的威胁充耳不闻，仰首看着天空。

天空中不知道何时那些白云已经向着这边聚拢过来，白云上有金光在闪烁，仿佛里面藏了一条金龙，正在寻机扑出，毁天灭地！

轰隆隆——一道惊雷终于划过天际。

众人原本注意力都在帝尊和宁雪陌身上，这突至的惊雷把他们吓了一跳，纷纷抬头，在看清天空异相时骇然变色！

这是劫雷！

还是最高端的劫雷！

谁要在这么敏感时刻渡劫了？！

神九黎也骤然抬头，随后身子蓦然一僵！

也就在他这一僵之下，他怀中原本已经无力的宁雪陌骤然出掌朝他胸口拍下一掌！

神九黎没有防备，被拍得身体一晃，忽觉怀中一空，一身是血的宁雪陌居然直接升上天空，天上的金光瞬间罩下，将她罩入其中！

"雪陌！"神九黎直扑上去，想将她抓出来。

但他手掌尚未碰到她的一片衣角，便被环绕在她周身的金光给挡了回来！

就在金光将宁雪陌罩进去的那一刻，天上汹涌的白云瞬间全部转化为金色，一道道金色闪电在云间流窜……

金色雷劫！

宁雪陌居然在这个时候要渡劫！渡的还是金色雷劫！

怎么会这样？！

她只是地阶九级，就算要升天阶一级，要渡的也应该是紫雷劫或者银雷劫，怎么会是这天地间煞气最重的金雷劫？！

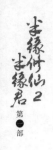

这样的劫只有品阶极高的仙或者魔才会渡……

更何况这金色闪电隐隐还透着极亮的紫光，就算在神九黎的记忆中，他也没见过这种雷劫！

这样的雷劫不要说现在如此虚弱的宁雪陌，就算她在全盛时期也渡不过去！

"陌陌！"远处又传来一声大叫，一道红影自空中飞驰而来，正是雪衣澜，他身后还跟着容月天澜。

这两人一看眼前情景脸色也全变了！

雪衣澜二话不说就向金光里冲："陌陌！"

砰！他直接撞在了金光上，然后又狠狠地被反弹回来，让他险些跌下云头。

他忙立定身形，看着金光笼罩之下的宁雪陌，眼睛全红了，不顾一切就要再向里冲："陌陌，让我进去替你挡雷！"

任何人要历雷劫的时候，历劫的光往往只罩历劫者，别人想要替他挡雷，必须经过历劫者的首肯。

而此刻，金中带赤的闪电眼看就要劈下来，宁雪陌一身红衣被罩在里面，闭着眼睛，仰首向着天空，压根不瞧外面众人。

"宁雪陌！你让我进去！这雷你挡不住！"神九黎手掌直接压在那金光之上，苍白着脸迅速开口，他再镇定，到了这个时刻，手也颤了！

他是真的怕了！从未如此怕过！

现在如果他失去她那就是永恒失去！

金色劫雷一旦渡不过去，那就是真正魂飞魄散，她的魂魄会消弭于天地之间，无论他如何做她也不会再回来。

巨大的恐慌席卷了神九黎，如果她再回不来，如果她就此消失……那他留在这世间还有何用？！

他是神，自以为无所不能的神，现在却连自己女人的雷劫也不能替她挡！

宁雪陌！你不能这么残忍！

他不顾一切地撞击着那该死的金光！

"雪陌，你听话，你误会我了，我没和乐子音订婚，我和她订婚只是因为欠她人情替她挡雷劫。我喜欢的是你，你放我进去，让我替你挡它……雪陌，你听话……

"雪陌——"

他生平第一次语速这么快，生平第一次用哀求的口吻和人说话。

无奈金光中的人似乎听不到他的话，她只是张开双臂对着天空，闭着眼睛，睫毛纤长，脸上的神情很平静，仿佛终于彻底放下，仿佛在迎接一场盛大的毁灭。

234

就这样结束吧！以后她再不会为一段情纠结了，再不会心痛了，再不会这么累了……

神九黎在外面的喊话她听到了，却压根不放在心上。

或者事情发展到现在，她已经不信他了，也懒得再去相信……

"宁雪陌！"神九黎怒喝一声，双掌向着金光齐出！

他是神！他就不信震不破这金光，硬闯不进去！

毕竟宁雪陌还在金光笼罩之下，他硬击金光的话，震碎金光的同时也会震动里面的宁雪陌，说不定一下就会要了她的命！

所以不到紧急关头，他也不想用这一招。

但现在——眼见那金雷就要劈下来，他再不做出决策，金光笼罩下的宁雪陌被劫雷劈中的话，不但肉体保不住，就算是魂魄也保不住！

万般无奈之下，他只有强攻了！

他只想扯出她，然后将她护在怀里。

或许这一次她的命无法保住，但他能保住她的魂魄，只要魂魄还在，他就能强行逆转轮回为她重塑身体。

宁雪陌，无论如何，你得给我机会！给我赎罪的机会！给我向你解释一切的机会！

神之力，毁天灭地！

蕴含全部神力的掌风力道之大已非恐怖能形容！

炽烈的白光撞在金光上，发出恐怖到极点的撞击声，真真正正惊天动地！

周围的大树被震得连根拔起，枝叶枯萎；不远处的亭台楼阁则被震得直接倒塌，化为无数土木碎石在空中飞舞；甚至脚下的大地也跟着颤抖扭曲起来。

在场的日月宗弟子虽然个个功夫不低，但也抵挡不住这种恐怖撞击，虽然纷纷抵挡自保，但也被震得七零八落，那些功力稍低的则直接被震吐了血！

牢不可破的金光在神九黎这绝命一击下终于裂开一个大口子！

神九黎飞身就要入内！

轰！围绕在宁雪陌周身的金光中忽然爆出一层鲜艳的红光，那红光瞬间填补了金光刚刚裂开的空白。

神九黎的身子正撞在红光上，再次被阻住进入的脚步。

也几乎在刹那间，他便听到霹雳一声响，一道金中带紫的闪电劈了下来！

金光中的宁雪陌一点儿抵挡的意思都没有，被那紫金色闪电直接劈中——

"陌陌！"

"雪陌！"两道身影徒劳地向着金光猛扑，却再次被弹开。

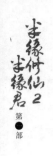

金色闪电对着金光笼罩下那抹娇小的身影劈了一次又一次，强光照得大地一片通明，这种亮度也压根不是人眼能够承受的。

而那劫雷的声音也震得人耳朵嗡嗡作响，几乎所有人都下意识闭上了眼睛，捂住耳朵。更有新进弟子大概是第一次见到这种状况，吓得蹲在地上，站不起来。

终于——那震动天际的惊雷停止了，金色闪电消失了，天边的金色云团又转为白色，仿佛什么事也没发生。

那道金光终于不见了，但被金光笼罩的人也消失了，空气中甚至没留下一点儿关于她的痕迹，仿佛这个人从未在这世上出现过。

风吹过，风中尚带草木的清香，却再没了她的存在……

神九黎呆呆地站在原地，衣襟一片凌乱，雪白长袍上又是血渍又是泥污，几乎看不出原色。

高高在上的帝尊有生以来第一次如此狼狈，所有的风度似乎都化为云烟消失。

他双眸发直，还望着曾经金光所在的地方，仿佛那个让他又爱又恨的身影还在，仿佛她还未离去。

无数回忆呼啸而来，汇集成汪洋几乎将他整个淹没。

"人参娃娃！来，来，快到姐的怀里来。"初见她时她把他当人参娃娃抓……

"九尊？这名字好怪，你不会是向帝尊看齐吧？他是老头子，你可不是，乖，听话哈。"

"我说我来自另一个时空你信不信？你在我的幻梦中看到的枪啊炮啊火箭筒啊，都是我们那个时代的东西……"

"寒山月，我和你没仇没恨吧？你干吗算计我？"

"寒大师，我就知道你会来，会来救我……"

"大神，我就唤你大神吧！在我们那个时代大神可是很牛的称呼，是尊称。"

"大神，来，让我调戏一下。"

"大神，你到底把我当什么？不会还是当妾吧？我告诉你哟，我虽然喜欢你，但也绝对不会做你的妾！你想都不要想！"

"大神，为什么地阶八级才能告诉我答案？又卖关子！算了，那就等八级以后再说，现在我和你什么也不是，你不许再吻我，唔……"

"大神，你该减肥了，好沉啊——"

"大神，你是要出去很久？好，十天，我在这里等你回来，我保证乖乖的，不乱跑……"

"……"

一波一波的回忆如同浪卷涛翻，在他脑海中汹涌，让他的脸色更加苍白，身子更加僵硬！

所有关于她的回忆如海水倒灌，每一个波浪上都浮荡着她的身影。

她唤他大神，她喜欢他，喜欢得就算是瞎子也能看出来。

她那么骄傲、那么洒脱无拘的一个人，为了他在天音峰上苦等了一个月，最后遭无陌暗算，险些命丧九泉……

她被雪衣澜关了十年，在被他救了以后，她欢喜得要爆炸，在他怀里的时候也紧紧揪着他的衣服，明明在笑，眼圈却通红……

她爱的一直是他！飞蛾扑火一般热烈。

自己让她等自己十天，结果却让她枯等了十年，等来的是自己的失忆，把她当陌生人……最后更是只记得她的前生，把前生的她和今世的她混为一谈！

"神九黎，我是宁雪陌，不是雪衣陌！你不要总把她的账记到我头上……"

她活得潇洒，不想被前世所累，而对她来说生命中的两个男人却都把她当成另外一个女子，把宁雪陌的一切全部抹杀。

他只记得雪衣陌的一切，所以一直以为她现在爱的也是雪衣澜……

哪里知道错了！全错了！

她拼命自那黑洞中逃回来，拼命回到这个大陆，只为回到他身边，只为以后一家三口在一起，自己却给了她当头一棒。

一幕幕往事清晰如昨，所有的记忆全部回来。

原来就算没有前一世的存在，她也真正走入自己的生命中。

她是宁雪陌，不是雪衣陌，她是来自另一个时空的洒脱女子，而不再是当年那个背负太多的魔界公主。

雪陌！雪陌！

他的身子颤抖得越来越厉害，脸色也越来越苍白。

前世的他是个懦夫！为了忘记她，为了再不受情伤他弄出这么一个频繁失忆的神谕，却没想到兜兜转转还是重新爱上她，又因为这该死的失忆和她误会重重，以致如今彻底失去她！

宁雪陌，你够狠！用这么惨烈的方式来选择放手。

"混蛋！你到底害死她了！"雪衣澜也终于回过神来，一双眼睛全红了，双掌红光连发，不顾一切地向着神九黎猛攻。

容月天澜终于怒了！

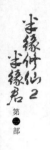

在宁雪陌被劫雷劈消失的那一刻，他的一颗心也几乎沉入地狱里。

他又是自责又是后悔，神九黎临走时让他看着宁雪陌，自己却以为她不会做什么而放任她一人在屋内……如果自己一直陪在她身边，在她醒来那一刻就向她解释帝尊的一切，她或许暂时不会原谅帝尊，却不会如此绝望。

渡劫的金雷一道道劈下来的时候，他便知道一切全完了！

现在见雪衣澜向神九黎出手，他也怒气勃发，抬扇将雪衣澜的杀招全接了："你发什么疯？！雪衣澜，如果不是你来岛上闹事，她就不会离开逍遥岛；如不是你一直死皮赖脸地赖在她身边，帝尊和她之间就不会有那些误会！你还有什么脸来怨他？雪衣澜，你才是他们之间的灾星！"

这一番话骂得雪衣澜脸色再次苍白，他颓然垂下衣袖："不错……怨我！"他忽然仰天大笑，"怨我啊！陌陌，是我对不起你！"狂笑中他飞身而起，眨眼间便去得远了。

容月天澜总算松了口气。在这样的多事之秋，如果这个魔头在这里发起疯来，后果不堪设想。

他一抬头，看到神九黎的动作，脸色一变！

神九黎站在那里，对周围的动静置若罔闻，原本修长如玉的手指上全是淋漓的血迹，他却全然不管，手指在空中连连划动，有白光自他指尖爆出，这正是最厉害的招魂术！

以神九黎本身的神力为引，就算是魂飞魄散的人也能唤回几个魂魄来。

"帝尊，不能如此！"容月天澜飞扑过去，想要阻止。

但神九黎周身明显有结界，容月天澜被阻止在外围，不由得大急。

用这法子逆天命不说，而且极耗损神力，一个不小心神九黎或许也会消失。

更何况现在的神九黎因为连连使用禁术和神力，已经是强弩之末。

容月天澜甚至在他身上发现有白光溢出之相，这是天人五衰之征兆！

再任由这位大神这么肆意妄为下去，或许这世上唯一的神就真的要不存在了。

可是，容月天澜找不到任何法子来阻止他。

神九黎的动作很快，片刻后，他才缓缓停下，然后看看指尖。

指尖上空空如也，他已经用了这样的法子，居然连她的一缕魂魄残片也无法招来！

神九黎轻吸一口气，再次动作。

容月天澜在外围眼睁睁看着他一次次使用禁术，一次次绝望……

神九黎似乎已经陷入疯狂，也或许现在的他已经陷入一种绝望的深渊，用这样的法子来惩罚自己！

周围的空气似乎也感应到了他的情绪，原本已经晴朗的天空不知何时阴云密布，远处的惊雷闪电一道连着一道，天边飞鸟哀鸣着直冲云霄，脚下的大地传来震动……

他这么下去也会死的！

容月天澜知道自己该阻止神九黎，可是一时想不到法子，急得团团乱转，手无意间在衣袖中触摸到一物，硬硬的，带着一丝热度，上面似乎有远古的气息在流转。

刚才神九黎掌劈金光之时，曾经引起天崩地裂，再加上连连劈下的金雷也让周遭大石碎裂，飞上天空，再纷纷砸落，其中这么一块小石头好巧不巧地落在容月天澜的肩头。

他当时正要随手将其拂落，但手指无意中碰到它，竟然自它身上感受到一丝上古气息，于是，他随手将这石头塞进衣袖中，忙碌之下就把它忘到了九霄云外。

现在无意中捏到它，他随手将它拿出来一看，石头不大，红彤彤的，有流光在上面变幻，他甚至在上面感受到一点儿神力。

容月天澜心中蓦然一动！

这不是普通的石头，它更像是有生命的，透着灵性，也绝不是周围的山峰能自产出来的。

更奇异的是，这上面的气息和神九黎似乎有一丝共通之处。

容月天澜惯会识宝，但这种奇异的小石头还是第一次见到。

他看着这通红的小石头，忽然联想到了宁雪陌的大红衣裙。

这块小石头似乎也是在宁雪陌被雷劈没影后，从空中跌落下来的。

难道是宁雪陌炼化后的舍利子？

不对，舍利子不是这个模样。

无论如何，这石头是这么出现的，而且上面似乎也有宁雪陌的气息……

容月天澜不假思索，向着神九黎一晃手里的石头："帝尊，您瞧这是什么？上面有宁姑娘的气息。"

正在拼命招魂的神九黎手指蓦然一僵，下一刻，他已经向容月天澜伸出手："拿来！"

容月天澜将那石头放进神九黎的掌心之中，再不动声色地靠近他身边："帝尊，您看。"

容月天澜在袖中握了握手指，正要不客气地施展仙术将已经是强弩之末的神尊敲晕，忽然瞧见他握着小石头的神色，呆了呆，刚刚掐好的诀也无声松开。

帝尊的神色好奇异！

该不会——这石头刚刚好真是宁雪陌变的吧？！

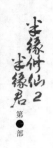

神九黎握着那块小石头，手指也微微痉挛！

孩子！他刚刚神力透入石头的刹那，感应到的是小孩子的气息！

确切地说，是他在天书山遍寻不见、宁雪陌腹中胎儿的魂魄气息！

那魂魄离开母体这么久，居然很完整，比在娘肚子里还要完整，还要健康。

这毕竟是他的孩子，父子骨血天性，他的神力探入的时候，那小小的魂魄先是在里面瑟缩了下，接着就伸出小手试着碰触他的神力，再然后干脆手脚并用地抱住了他探入的神力，还在上面蹭了蹭。

没想到他躲在了这里！

没想到他还活着。

这是她最在乎的孩子，如果自己能早一步找到他，早一步让宁雪陌看到，或许结果就不同了。

可惜……她直到魂飞魄散那一刻也不知道这个好消息。

神九黎紧紧握着那块小石头，仰首望天，在心中低语："雪陌，我们的孩子回来了，你什么时候回来？我会让你回来！再回到我身边……"

容月天澜心惊肉跳地看着神九黎，他虽然不知道帝尊心里想的是什么，但也知道自己无意中捡到的小石头似乎起了大作用，最起码帝尊的精神似乎回来了一点儿。

"帝尊——"他试探着叫了一声。

"天澜，为我预备一些东西……"神九黎开口，一口气说出了一串事物名称。

能要东西了那就是好事，最起码他短时间内不会寻死了！

容月天澜几乎不假思索就答应下来。

神九黎握着那块小石头，像握着生命中最重要的宝贝，身形一晃，从原地消失。

容月天澜自然也跟着消失，神九黎所要的这些东西都不太好找，他要抓紧一切时间去找！

原地只剩下日月宗的弟子们面面相觑，脸色苍白，不知道如何是好。

八大护法、十大长老，以及那位十三师兄更是面如死灰！

他们没想到帝尊对宁雪陌的感情如此之深，更没想到最后是这个结果！

宁雪陌是伤在他们手下的，他们居然亲手伤了帝尊最重要的人！

就算帝尊没惩罚他们，他们自己也已经后悔得想要自杀了！

十三师兄低头看着自己的手，扎到宁雪陌心脉的那两柄念力之剑有他射出去的一柄。

师父待他恩重如山，他却毁了师父最在意的人。

他掌心忽然凝出一柄短剑，向着自己的心口扎了下去！

"十三师叔！"有一位护法手疾眼快，猛然握住他持剑的手。

"我对不起师父。"十三师兄面色惨然。

"十三师叔，这也不能全怪您啊，是宁……宁师叔故意……她毕竟杀了日月宗的弟子，您下那样的命令并没有错。"

他话刚说到这里，忽听人群里有人惊呼一声："活了！"

十三师兄等人一怔，立即向声音发出的地方瞧过去。

刚刚还被好好安置在那里，被宁雪陌杀死的一位弟子居然坐起身来，一脸懵懂："我……我没死？"

十三师兄心中猛然一动，他飞掠过去，稍一检查那弟子身上，随后垂下双手，心中悔意更重！

那弟子后背曾经被宁雪陌一刀刺入，流出好多吓人的绿血，这弟子又当场气绝，这才让人以为他是被宁雪陌下毒手毒死。

但十三师兄仔细检查以后才发现，那刀口并不深，那毒也并不是真要命的毒，而是能让人呈假死症状的毒……

也就是说，宁雪陌压根没真想要这几个人的命，不过是一种逼迫手段而已。

众人立即又检查其他三人身上的伤，和第一个一模一样，相信过不了多久，他们也会醒过来。

十三师兄后退一步，看看宁雪陌消失的方向，心中百味杂陈。

他以为这小师妹真的入了魔，杀人不眨眼，没想到……

是他的错！想当然地这么以为，没有细查这几位"遇害弟子"的具体伤势，才会铸成大错。

他忽然抬手，以迅雷不及掩耳之势挑断了自己的手筋，这才满头大汗地抬头，冷声吩咐众弟子："本阁做错事，以致造成不可挽回之损失，现自断手筋以作惩罚，待帝尊回归，罪徒自当去师父跟前以死谢罪。宁姑娘是帝尊最重要之人，她虽然身死，但须为她正名。任何人不得再对她有半分不敬……"

日月宗为天下第一大门派，当其要为一个人正名的时候自然容易得很。

于是，若干天以后，在天赐大陆上，再提起宁雪陌的时候，无人诋毁她一字一句。

江湖上流传的是她曾经救人的那些事迹，甚至有的百姓开始为宁雪陌立牌位上香供奉……

这些都是后话。

二十多年沧桑岁月，宁侯府却还保持了老样子。

现在宁侯府的主人是汤姆，他将宁侯府治理得井井有条。

亭台楼阁还是那些，唯一改变的是曾经在宁侯府的人，那些仆从基本已经换了一遍，钟叔也已经故去。

神九黎到来的时候，并没有惊动这府邸的任何人。他直接进了宁雪陌当初居住的屋子。

可以看出汤姆对宁雪陌还是极忠心的，这么多年过去，这里面的家具一件也没变动，每一件物品都擦拭得干干净净，甚至她当年使用的梳子、镜子都还在，仿佛她还生活在这里，从未离开过。

神九黎慢慢坐上那张牙床，手指轻抚那些被褥。

宁雪陌在这里住的日子虽然不多，但这里毕竟是她来到这世界的第一站，所以如果她有魂魄残存的话，或许这里会有一丝半缕。

这里一切依旧，神九黎坐在床上，仿佛看到那个让他魂牵梦萦的女子还在这里活动……

雪陌，无论如何，我势必找你回来！我就不信倾我毕生之神力救不回你……

他手指一动，正要施展搜魂之术，衣袖内传来一个声音："这里就是娘亲住过的地方？我要看！"那声音是娇嫩到极点的童子音，说出的话却很像大人。

神九黎没说话，自衣袖中掏出一块血红小石头放在桌子上。

血红的小石头一闪一闪，呈现半透明状，石头内隐隐有小胎儿在欢快地畅游。

当日神九黎对着这石头研究了半天也没研究出到底是个什么东西，不过能看出这石头灵力极强，而且这东西看似极小，内里空间却很大，他家儿子的魂魄在里面可以很开心地打滚撒欢成长，属于真正的芥子空间。

当日他发现他那宝贝儿子藏身在这里面时，便一直把这石头贴身带在身边。

待容月天澜凑齐那些孩子复生所需要的东西时，神九黎便将石头拿出来，神力探进去想将其魂魄勾出来，没想到小家伙开始时还抱着他的神力荡秋千，发现神九黎有将他带出去的意图时，立即放开他的神力，向着深处猛游，很明显，他不愿意出来。

一般小魂魄碰到能重生的机会都巴不得到他手边，神九黎倒没想到这小子是个另类。

神九黎只得开口诱哄他，告诉他是要将他复活，但小家伙压根不吃神九黎这一套，缩在里面就是不出来。

神九黎不耐烦，想用强势的手段将他逼出来，没想到手段还没使出来，小家伙就发出婴儿的哭声，哭得撕心裂肺，还会叫娘亲……

神九黎这辈子没和这么小的孩子打过交道，也不知道别人家的孩子是不是也这样淘气。

他一哭着叫娘亲神九黎霎时心软，不忍再勉强他。

小家伙对神九黎的神力虽然没有免疫力，但对神九黎这个人似乎有很强的戒备心，自从发现对方要把他弄出那块红石头后，就一直躲着。

容月天澜在旁边看得想笑，给帝尊出主意："帝尊，小孩子是需要哄的，您对他说一说您的身份，他或许就买您的账了，毕竟是亲生儿子。"

神九黎顿了顿，便对着那红石头说出了自己的身份："我是你父君，不会害你，只想救你。"

那红石头上光芒微微闪烁了半晌，终于传出小婴儿奶声奶气的疑惑声音："夫君？我是男宝宝……"

神九黎黑线，他这孩子是不是太早熟了？还在娘肚子里没怎么成形就能懂这么多？！

他却不知道宁雪陌怀着宝宝的时候，几乎天天和宝宝聊天说话，一来二去小家伙就懂了许多。

神九黎给他解释："不是夫君，是父君……"觉得这个词儿对这么小的孩子来说大概太难懂，他就换了个通俗易懂的，"我是你爹爹。"

红石头顿了顿，忽然弹了弹，传来那孩子愤怒的回话："我是你爹！"

"噗！"旁边的容月天澜不厚道地喷了。

被神九黎看一眼，他立即咳了一声："这孩子不愧是神之子，真早慧！帝尊，您慢慢和他沟通，小仙去预备其他东西。"他说完转身遁了。

神九黎压住把这石头拍墙上的冲动，慢慢和小家伙沟通，和他说话。

到底是父子天性，经过一番艰难沟通，那孩子终于认可他了。

而通过和孩子的交谈，神九黎也知道这红石头内另有乾坤，简直就是一个天然的养胎之地。

这孩子不过在里面待了这么几天，无论智慧还是魂体都强大不少。

神九黎原本打算将孩子复活后，纳入自己的身体内，以自己的血肉来滋养他，现在既然这石头有此功能，他就没必要再勉强孩子。

但一直是魂魄状态也不妥，所以他将自己为孩子所造的小身体拎出来，让孩子的魂魄自己进去，然后又施法将那小身体也送到了红石头内。

这石头也怪，胎儿的身体进入后，石头内立即自动生出一种灵力极足的液体，将胎儿包入其中，小东西在里面游来游去，就像在娘亲的肚子里一样，自在得很。

神九黎只需要每日给这石头滴一滴神之血就可以。

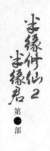
小家伙在里面成长得很快，似乎比在娘亲肚子里还快。

神九黎才将他复活时，他说话还不太利索，有些颠倒，但将他带在身边不过这几日，他已经能够正常和神九黎交流。

神九黎发现自己这孩子是个话痨，一有空就在石头里叽叽咕咕的，还嫌弃神九黎话少，不如娘亲那么喜欢和他说话……

神九黎本来被他吵得头大，想要让他闭嘴安静一会儿，但他一提他的娘亲立即让神九黎心里一抽，破天荒地也和他多聊几句……

神九黎要到各地寻找宁雪陌的魂魄，自然也带着他，父子二人倒也算形影不离。

小家伙好奇心极高，无论走到哪里，他都要出来瞧瞧……

这次也不例外，他在小石头里已经成形，是个标准的胎儿模样，只不过比同月的孩子要早熟不少，四肢和头脸已经是完全的人形。此刻他游过来，在石头里打量这屋子里的景致，喃喃："原来娘亲曾经就住这里。"他伸出一只小手贴在石头壁上，"真想摸摸这个地方……"

他再眨眨眼睛，声音里带了委屈："念陌想娘亲了……"

神九黎心中一痛！

这孩子自从能和他对话，认下他这个父君后，常常哭着说想娘亲，想娘亲的声音，想要她和他说话……

后来他大概知道想也没用，便不常说这话了，却常常重复宁雪陌曾经和他说过的一些话，说着说着他就会想哭，要哭的时候再安慰自己："妈咪说，男人流血不流泪，不能随便哭，一哭就屄包了，女孩子才可以哭一哭。我是男宝宝，我不哭……我出生之后要做真正的男子汉！"

这么安慰自己一番后，他就能把泪意忍下来。

宁雪陌把孩子教育得很好！懂这么多！

神九黎欣慰之余，又心痛如刀绞！

如果她现在还活着，如果她现在就在自己身边，一家三口又是何等其乐融融？！

只可惜……

"父君，你真的能将娘亲找回来？"小家伙在石头里眼巴巴地看着他。

"会。"神九黎只回了他一个字，静了静心，开始做法。

片刻后，他慢慢垂下手臂。

这次和前面无数次一样，他依旧没找到她的半丝魂魄。

每到一个地方，他都是抱着微弱的希望开始，然后再收获失望。

他的打算就是找到这些散碎魂魄，再慢慢用神力拼凑起来，最后复活她。

一般人魂飞魄散后，那些散碎魂魄会对自己生活过、喜欢过的地方有所留恋，往往会游荡到那些地方。

但神九黎这些日子已经找遍无数个她曾经留恋、喜欢的地方，却没找到一星半点儿她的魂魄，她像真的没在这世界存在过。

会发生这种情况只有两种可能。一，她对这世界是真的无任何留念；二，她没死，在哪里历劫重生了。

但凡是历劫重生者降落之地都会出现异象，神九黎也不是没抱过这种微弱希望，所以他已经下了帝尊令，日月宗以及其他门派乃至整个天赐大陆的人只要听说哪里出现异象都要向他禀报，都要去查探……

但没有，他没有听到一点儿关于这方面的消息，甚至魔界他也亲自去探查过了，都没有。

至于其他大陆，他所有能穿越空间之门的弟子都被派了出去，分别奔向不同大陆，但现在也没什么消息传回来。

"父君？父君？"那小石头蹦进了他的手心，在那里蹦跶。

"嗯？"神九黎垂眸看着他，小家伙能力越来越强了，已经能操控着栖身的石头四处蹦跶了。

"这里还是没有娘亲吗？"小家伙问得小心翼翼。

"嗯。"

小家伙蔫了一下："那……父君，我们能不能在这里休息一晚？这里是娘亲的床，我想我们三口都能躺在这张床上……"

孩子虽然是神之子，比一般小孩能力强大，但他毕竟是个小孩子，甚至还没出生……就连出生的儿童都眷恋母亲的怀抱，更何况他这个小胎儿？

这石头里虽然好，但没有在母体里那种暖暖的安稳感觉。

他渴望母亲的怀抱，渴望母亲的气息，渴望母亲的声音……

可惜，这些渴望他都得不到了。

神九黎心里一酸，本来他教育孩子应独立自强，不要被情感左右，但现在……

"好！"他应了一声。

铺展开她曾经盖过的云被，神九黎宽了外袍上床躺在外侧，把小石头放在里侧中间的位置。

小石头在被子里滚来滚去，很显然，他在找母亲的味道。滚了一圈儿后，他又挨着神九黎的手臂停下，不动了。

很显然，他在这里面没闻到宁雪陌的味道。

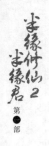

毕竟这里是二十年前她曾经住过的屋子，就算这些被子还是曾经的，但经过这么多年的晾晒，又怎么可能还留有她的气息？

小石头蔫蔫的，连话也不说了。

神九黎心里疼得难受，他顿了顿，不知道从何处拿出一套衣衫，放在了臂弯里。

这套衣衫是宁雪陌曾经穿过的，上面倒是残存了一点儿她的气息，他一直舍不得拿出来，就怕拿出一次这气息就散一点儿。

但现在为了失落的孩子……

小石头在衣服下面僵了一下，忽然蹦了起来，直接蹦进衣衫里面，在里面滚来滚去："娘亲！娘亲！娘亲的味道！"

他像是欢喜疯了，操纵着小石头滚遍这衣服的每一个角落，贪婪地闻着里面的味道。

在里面滚了一会儿，他忽然哇的一声哭出来："娘亲到底什么时候回来？念陌想听她说话，想让她抱一抱……"他大概是压抑得太久了，这次终于忍不住大哭起来。

神九黎没有说话，只是将那衣服和小石头都向自己怀里搂了搂，仿佛还抱着她，抱着她和孩子。

他闭上眼睛，在无人看到的暗夜里，有泪自他眼角缓缓流下……

雪陌，你到底在哪里？

我该怎么找到你？

小家伙哭累了，终于钻到那衣服的腹部位置蜷缩着睡着了，偶尔还能听到他的抽噎，一声一声虽然细微，却像鞭子似的抽打在神九黎心上，让他整颗心都痉挛起来。

他一直没出声，闭着眼睛慢慢等那疼痛过去。

外面有几颗星子闪烁，正是夜深人静的时候，小家伙已经睡熟，那颗红石头的色泽也暗淡下来。

神九黎坐起身，看了那石头半响。

他明白，这石头不是这世界之物，而自这小家伙的絮叨中，他知道宁雪陌曾经回她自己那个时代，在那边她有许多朋友。

当然，小家伙毕竟心智尚未发育完全，他那时又在娘肚子里，也看不见什么东西，对外界的感知基本是靠听，听那边的人说话，听娘亲和他说话……

所以他对神九黎说的时候也是东一榔头、西一棒槌的，说不连贯，有时候甚至颠颠倒倒，把张三的事记到李四家去。

他每次说起关于他娘亲的事时，神九黎都不会打断他，甚至鼓励他说，贪婪地听他说……

然后神九黎再根据已知的线索慢慢整理，连蒙带猜，倒也能明白个八九不离十。

他知道了宁雪陌在太空中迷路险些憋死，知道她回到她自己的那个时代，却又拼命想回来……神九黎已经恢复前世记忆，知道宁雪陌曾经有多想回她自己的时代，拼命回来自然是因为他……

这个小石头就是她那边的朋友送给她的东西，她当时放进储物空间内，后来发生的事情太多，她大概就忘了这小石头的存在。

而念陌当时被乐子音坑害，小小肉体被杀死，魂魄惊慌失措，四处乱撞，无意中就撞到了那小石头，那小石头立即将他包裹进去。

那一次流产也让念陌魂魄受伤，在小石头里一直昏睡着，如不是那时候神九黎的神力探进来测他，他估计还要睡……

他毕竟是神之子，对神力有一种天生的敏感，所以他待在神九黎身边后，恢复得也越来越快，变得越来越活泼。

现在，孩子是保住了，孩子的娘却再也找不到了。

神九黎在静夜里独坐了半响，便下了床，拿起纸笔挥毫作画。

记忆中的人分外清晰，闭着眼睛他也能描绘她的模样，一笔笔细细勾勒，一个女子在纸上渐渐显现，灵动的眉眼、丰润的红唇，全部是记忆中的模样……

他站在桌前画了一张又一张，每张画上都是不同形态的宁雪陌，含笑的、薄怒的、羞涩的、得意的……每一张都是她，每一张都惟妙惟肖，似乎每一张的画中人都在看着他……

心仿佛越来越痛，而他反而喜欢这痛，只有这么痛着，他才能感觉到自己还活着，仿佛是在自我惩罚。

窗纸渐渐发青，天色渐亮，又是一天过去，又一幅画接近尾声，神九黎身后忽然有了点动静。

啪！小石头跳上桌面，他大概是刚睡醒，还有些蒙，判断方位不太准确，正跳在桌子边沿上，晃了晃，差点跌下去。

神九黎一把捞住小石头，将其放在桌子上："小心些！"

小石头又晃了晃，里面的小家伙视线落在画上："这是妈咪吗？好漂亮！"

"你妈咪是最漂亮的。"神九黎回他一句，在这个世上、在他眼里，没有哪个女人比她更漂亮。

小家伙明显欢喜了，在画上蹦蹦跳跳："我第一次见到妈咪哟。"他伸出小手贴在石头壁上，仿佛是要触摸画中人的手。

这只手曾经无数次隔着肚皮温柔地触摸他，让他感觉到被呵护的温暖。以往他每次用小手去碰触肚皮，都能得到母亲的回应。他甚至听到母亲在哼唱一首奇怪的歌，

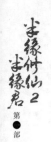
什么大头儿子小头爸爸，大手牵小手走天涯……

她曾经不止一次地用手和他的小手隔着肚皮碰触，还做出承诺："宝贝，你快长大，快出生，到时候妈咪就能牵着你的手走路了，到那时我可以带你去玩好多东西……"

所以那时念陌就有一种以后要牵着妈咪的手走路的执念，那种感觉一定很棒！

现在他终于看到妈咪了，妈咪和他想象的一样漂亮，她却不肯抬起手来和他对一对手指……

念陌有些委屈，试探着又用小脚去踢、小屁股去拱，可画就是画，不会给他半丝回应。

最后他干脆跳到画上之人手的部位："妈咪，抱抱。"

神九黎心脏窒息似的痛，小家伙无意识的一些动作常常让人有泪崩的冲动。

他放下画笔，把小石头握在掌心里，用手指隔着石壁和他对碰："父君陪着你，以后父君会牵着你的手走路……"说到这里他说不下去了。

念陌小心翼翼地和他对手指，小心翼翼地问他："父君，以后父君不会也离开念陌吧？"

"不会！"神九黎做出承诺，"父君会看着你长大。"

念陌撇撇嘴："妈咪当初也这么说过，可是她不要念陌了，念陌这么想她，她也不回来看念陌。"

"你妈咪——最疼你。放心，只要我们齐心协力去找，她会回来的。"

"嗯，那我们再找！"

小孩子还是比较好哄的，终于又开心了，重新跳到桌子上，看着那一沓画："好多妈咪！我能要一张在里面看吗？"

说话的工夫，他已经伸出小手隔着石壁企图去扯一张画。

或许他在里面又修炼出了新技能，又或许他执念重，那张画居然自动飞起，像是被一只无形的手扯动，钻进了那石头之中。

等神九黎想要阻止时，那画只剩一个角——

里面传来小念陌的欢呼："真的进来了！呀，它化了……"

那只是普通的纸，画也是普通的画，自然是不防水的。

而小念陌身边全是羊水似的液体，画一进去，当然是软了皱了化了，上面的颜料也模糊成一团。

"哇！妈咪没有了！"小念陌哭了。

神九黎头大如斗，忙一道清洁咒打进去，把里面的颜料废纸化掉，省得污染了里面的液体，让小家伙生病。

全部处理完了，他才在一张画上加了防水小结界，再用术法将那画送进去，这才把小家伙又哄高兴了。

神九黎忽似察觉到什么，衣袖一拂，将桌上的小石头卷入袖中。

门外传来脚步声，在门口顿了顿："雪陌？是你回来了吗？"

那声音年轻磁性，还带着点儿卷舌音，语调有些怪。

神九黎神色微微一动，听出是那个验贞兽汤姆，轻咳了一声，声音冷冷淡淡："进来。"

汤姆一怔，他耳力惊人，对帝尊的声音还是极有印象的，僵了僵后，立即推门而入："拜见帝尊。"

神九黎摆手让他起来，手指微动，一缕气息不动声色地围绕汤姆转了一圈儿，眼眸微垂下来。

汤姆身上也没有宁雪陌的魂魄气息。

汤姆见了这位大陆第一人还是有些局促的。自从恢复人身后，他也随之长大，只不过长大的速度比正常人类慢了一些，现在看上去像十六七岁。

神九黎原先自然不会随意和人交谈，现在却和汤姆交谈了片刻。

他知道汤姆和宁雪陌是同时代的，想多了解一些那个时代的事物以及穿越经过，他现在有点怀疑宁雪陌历劫后是回她自己那个时代了。

但汤姆穿越的经过特雷人，一个跟头跌晕了，醒来就变成了兽……

他虽然对那个时代的事物熟悉，却不知道穿越回去的法子。

神九黎在他这里也没得到有价值的线索，便转身出来。

"父君，我们再去哪里找妈咪？"衣袖里发出声音，念陌很好奇。

这些天父君带他去的地方不少，冰原、月华山、不老国……每一个地方都留下了父子俩的足迹，也让小念陌长了不少见识。

而每一次去一个地方，父君都是急匆匆地去，再慢慢地回……

小念陌还是很敏感的，在神九黎身上能清晰地感应到他的情绪由希望到失望再到绝望……

"父君，我们慢慢找妈咪，不急的。您别伤心。"小家伙必要的时候还是很贴心。

"好。"神九黎只回应了一个字。

他也觉得自己的情绪大概太影响孩子，轻吸了一口气："我们去麒麟族地。"

小苹果当年带着红潮来日月宗投奔神九黎，他那时刚刚恢复关于雪衣陌的那段回忆，认出了小苹果是龙川的族亲。

那时他正预备给宁雪陌驱除体内的魔，不想让小苹果再打扰，干脆就将它送回了

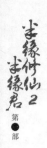

麒麟族地。

至于红潮，是一只魔凤凰，虽然并没有做多少恶事，但身上毕竟有魔气，放它在宁雪陌身边更容易增强她体内之魔的力量，所以神九黎将那只小凤凰打入了一个有净化之力的禁地去修炼，小凤凰要想净化成功，最少也要二十年之久。

麒麟族地所在之地极为隐秘，整个天赐大陆也没几个人知道。

神九黎便是其中之一。

十年未见，小苹果居然长大不少。

它原本在麒麟一族颇受歧视，因为神九黎将它送回来的时候特别关照过，它的那些同类倒是不排斥它了。

再说小苹果这些年跟着宁雪陌和神九黎学了不少本事，已非昨日吴下阿蒙。

回到麒麟一族后，小苹果也痛下决心，觉得自己应该好好修炼以后才有脸去见主人。所以这十年它一直闭关修炼。

听到帝尊到来的消息，它便飞奔而来。

它已经能自由变化人身，现在的人身像个十三四岁的少年。

"帝尊，我家主人呢？"这是它见了神九黎的第一句话。

当年它和宁雪陌相依为命，在它心里，宁雪陌已经不单单是个曾经和它建立血契的主人，而是过命的朋友。

这十年它想念她想念得很，只是苦于在麒麟一族它不能随意出入，只得忍着。

麒麟一族与世隔绝，又不在天赐大陆之上，所以天赐大陆发生的事根本没传到麒麟族地来，小苹果也不知道宁雪陌历劫魂飞魄散……

看到神九黎，它第一个想到的就是宁雪陌，自然把最关心的问出来。

神九黎没说话，探出"神识"，在小苹果身上环绕一圈儿，手指慢慢垂下。

小苹果可以说是宁雪陌在世时最惦记的，现在它身边也没宁雪陌的半丝魂魄，那他又该去何处寻找？

"帝尊？我家主人还在修炼？"小麒麟心里生出一种不太妙的感觉，试探着向最好的方向询问。

神九黎没说话，小麒麟接着道："帝尊，我觉得不能让她只憋在哪里修炼，她那么跳脱的性子，总憋在一个地方会很难受的。我其实也在修炼，不如……您把我带回去，我和她待在一起修炼还能给她解解闷。"

神九黎手指在衣袖内握了握，如果他知道她在哪里修炼倒好了……

既然在这里也找不到她，神九黎不愿意多耽搁，转身就走。

小麒麟知道帝尊一向性子淡漠，不喜说话，可是他既然来了，还专门找了它，总得有什么事情吧？怎么看它一眼后，帝尊不发一言就走？！

小麒麟跟在宁雪陌身边混得一向胆子大，一旦急了，就算对上这位世上唯一的神也敢和他呛声。

它牵挂宁雪陌牵挂了十年，现在好不容易来了个知情人，它哪能允许对方就这么走了？

它一闪身就蹦到神九黎身前："帝尊，您老人家倒是说句话啊。"

"咦，父君，它就是娘亲的守护兽吗？"神九黎尚未说话，他衣袖中就探出一颗红石头的尖角。

小麒麟张大了嘴巴，这一瞬间像是遭了雷劈！

父君、娘亲？石头？

它家主人嫁给大神了？居然生养了？还生了一颗石头？！

三个名词简直就是三个霹雳，震得小麒麟一时回不了神。

"我要看看它……"红石头干脆从神九黎衣袖里蹦出来，直接跳到小麒麟的头上。

小麒麟："……"它被雷蒙了。

神九黎依旧没说话，还是很娇惯儿子的，既然念陌想看麒麟，那就让他好好看看好了。

于是他一挥衣袖，小苹果身子一震，直接被恢复原形——一头威风凛凛的青色麒麟兽。

小石头在它身上弹跳着滚了一圈儿："鳞片好滑！颜色也漂亮……"

"帝……帝尊……它是？它是我家主人生的？"小麒麟僵着身子站在那里，话都说不利索了。

主人明明是个人，怎么可能生出一颗石头来呢？

难道帝尊的原身是块石头？！

真有可能，帝尊这么冷，性子这么硬，真的像一颗石头……

小麒麟的思维瞬间发散，小石头还在它身上蹦来蹦去，它也不敢动，怕把那小石头摔到地上摔出毛病来。

小石头在它身上蹦够了，再一闪，又蹦到它的双眼之间，小麒麟忙抬高头，两眼向正中聚焦，险些成斗鸡眼："宝贝，你慢些……你的娘亲真是雪陌？"

"是呀。"小石头奶声奶气的，然后趴在小麒麟脸上看它的眼睛，"你的眼睛好大。"

这么凑近了，小麒麟终于看清小石头里另有乾坤，里面有个小婴儿正趴在那里和它大眼瞪小眼。

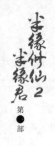

石胎？孙悟空？

小麒麟跟在宁雪陌身边的时候，听她和它侃过《西游记》，知道孙悟空是从石头里蹦出来的。

它当时只是这么一听，没想到现在终于见到活的了。

石头里居然真有个小婴儿……

小婴儿的五官已经十分漂亮，看上去粉嘟嘟的。

这是它家主人的孩子！

小麒麟虽然一肚子纳闷，但还是很激动。它抬起一只爪子，小心翼翼地将那石头从脸上抓下来："让我看看你……话说你是怎么跑到石头里去的？你娘亲呢？"

"娘亲消失了啊，呜呜，我和父君正在找她，一直找不到……找不到……"说起这个神念陌就委屈了，眨眨眼睛要哭……

这小家伙一颦一笑都极有感染力，他这一扁嘴，小麒麟也感觉心里酸酸的，同时也察觉到不妙："什么叫消失了？她又失踪了？是不是又被雪衣澜那厮抓走了？上次失踪十年就是因为这个……"

神念陌毕竟还是个婴儿，有些话他还是听不太懂的，也不知道母亲为什么消失了，又是怎么消失的，所以他只是想哭："不知道，妈咪不要念陌了，不要父君了……我们找她，一直找，一直找……"

这天下间怕是没有神九黎找不到的东西，再说宁雪陌毕竟有孩子了，以她那么喜欢孩子的性子，怎么可能无缘无故抛下孩子玩失踪？

小麒麟猛然抬头，望着在旁边一直站着不说话的神九黎："大神，到底是怎么回事？我家主人她……"

神九黎微微一僵，他有好久没听到"大神"这个称呼了，现在却从小麒麟口中听到，他心中一阵刺痛，语调却淡淡的："念陌，过来，我们回去，再去其他地方找找你娘亲。"

"喔。"小石头就要从小麒麟手里蹦出去。

小麒麟忙将石头握紧，主要还是怕石头摔地上："你们怎么找你的妈咪？"

"父君说搜寻她的魂魄，搜到了凑全了，妈咪就能回来。"神念陌说出了他知道的。

小麒麟猛然晃了晃，睁大眼睛："她……她魂飞魄散了？！"它骤然抬头看向神九黎，"帝尊，她魂飞魄散了？！"

"是！"这"次神"九黎终于回了它一个字。

小麒麟如遭五雷轰顶，半晌才蹦出一句话："怎么……魂飞魄散的？谁……谁伤

252

的她？"

"我。"神九黎的回答永远这么言简意赅。

小麒麟登时怒了，头脑之中热血上冲："为什么？！她做了对不起你的事？！"

"是我对不起她。"

小麒麟红了眼睛："她那么喜欢你！你凭什么伤她啊？！"气怒之下，它一爪子拍过去，一道蓝光直击神九黎前胸。

神九黎不避不闪，任凭那蓝光击中自己。

小麒麟现在的功夫已经极高了，最起码到达了地阶七级。

它这一下又是愤怒出爪，几乎包含了它全部的功力，就算拍到铁板上也能拍个大坑出来，但击中神九黎后，他的身子却纹丝不动，像是被击中的不是他。

他并没有再说话，只是一抬衣袖，小麒麟手里的小石头自动飞到了他手中："念陌，我们走。"他说完转身离去。

小麒麟气怒地在原地转了三圈，不行，它要出去！

它也要去寻主人的魂魄，当然，它还要了解事情真相。它可是主人的娘家人，不能就让她这么不明不白地死了！

"父君，您流血啦。"在路上小念陌在神九黎掌心里蹦跳，极力想要看清他。

神九黎嘴角确实有血沁出，他一个清洁术使用过后，那血就消失无踪了，只是脸色更苍白了些。

"那头麒麟凭什么伤您啊？！"小念陌怒了。

刚才他本来想在石头里咬小麒麟一口的，只是他还没付诸行动，就被父亲弄回来了。

"它应该出手。"神九黎只说了五个字。

小麒麟算是宁雪陌的娘家人，她的娘家人要揍他，他没有还手和躲避的理由。

他甚至没有用念力防御，实打实地挨了这么一下。

虽然很疼，但他现在需要的就是一种痛，仿佛这么痛过了，她就能解气，就能回来……

胸口有气血在翻涌，他强行咽下，不在表面露出来。

小念陌在石头里拼命睁大眼睛看着他，看了一会儿，忽然哇的一声哭出来："父君，我不要你有事！妈咪没有了，不要念陌了，父君不能也魂飞魄散，不能也不要念陌。念陌不要成为孤儿，娘亲说孤儿很可怜很可怜的……"

他哭得很大声，几乎要震破石头。

他极端聪明，显然看出自己的父君现在近乎自残，似乎也不想活了的样子。

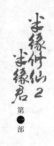

孩子的哭声撕心裂肺，他如果能出来，大概就要揪着神九黎的衣领子哭了。

神九黎心神一震！

他现在确实有点自暴自弃，也确实有些厌世。那个人不在了，他的生命也像是被带走一大半。

每一日每一夜都是煎熬，每一时每一刻都是蚀心之痛。

但现在，他还有念陌。

念陌已经失去他的母亲，不能再失去父亲……

神九黎抬手拍了拍小石头，心情就算再低落，也不想再影响到孩子，牵着嘴角笑了笑："念陌不哭，父君是神，神不会魂飞魄散的。父君不会不要你，会一直陪在你身边。念陌是男子汉，男子流血不流泪，哭是熊包的行为，不哭了，再哭就把你周围的胎水淹了……"

小念陌果然停止了哭声，还抽抽搭搭地更正："娘亲说这叫羊水，不叫胎水……"

"嗯，你娘亲说得对，好了，不哭了。"

他捧着石头轻轻摇晃，小家伙感觉像在摇篮里似的，终于在里面睡着了。

神九黎怕他哭伤了元气，又滴了一滴神血进去。

神九黎瞧了瞧他的面容，小小婴儿五官精致，嘴角和鼻子这一块有点像他的娘亲，眼睛像自己。

这脾气——神九黎一时没想起念陌这脾气像谁来。

绝对不像他！

他虽然不记得自己儿时的样子，但应该也是这种冷淡脾气吧？万事不放心上那种。

哪里像这小家伙，一会儿哭一会儿笑的，还这么爱说话，性子活泼得很，一哭一笑都能影响到别人的心情，让人巴心巴肺地想要对他好。

这一点，应该像他娘亲吧？

他娘亲儿时或许也是这个样子，笑起来的时候似乎天晴月明，让人想要抱抱她；哭起来的时候让人也跟着阴云密布，更想抱抱她……

他的目光落在腰间一直悬着的一柄剑上，做工精致，用料考究，却不是什么神兵利器，只是材料特殊了些，用作一般防身还很不错。

月光剑，宁雪陌送给他的礼物。

他记得她当初才送给他的时候，他还得意地悬在腰间在日月宗转了一圈儿，恨不得让全日月宗的人知道。

后来他失去了关于宁雪陌的记忆，这柄剑就一直放在他的储物空间中蒙尘。

直到他恢复记忆，才想起这柄剑，才又将其悬在腰间。

他的手指在剑身上一寸寸抚过，仿佛还能在这上面感应到她的气息、她的温度，仿佛还能看到她将这柄剑送给他时那得意扬扬的模样。

这是她打了将近一个月的月光翼龙才得到的原材料，是她的心血所在。

现在剑依旧在，而送剑的人……

心脏间那熟悉的窒痛又传了过来，神九黎微微垂眸，在原地站了片刻。

天赐大陆该转的地方他都转遍了，自己或许该再去不老国瞧瞧，毕竟在那里他和她也发生了许多事情，或许，他能在那里找到她的一魂半魄。

神九黎身形一转，向着不老国掠去。

外面已经天翻地覆，不老国的时间却仿佛是停止的，一切照旧。

神九黎慢慢在街上转着，甚至不时进商铺里转一圈儿。

他隐了真实面目，和不老国百姓没什么区别，所以他转来转去，也没人注意到他。

这些地方都是当年他和宁雪陌在一起或者宁雪陌自己刚穿越回来时，所转过的。

如今故地重游，却有一种孤单寂寞之感。

物是人非事事休，欲语泪先流。

这是宁雪陌在世时曾经在他跟前背过的词，那时她抱着他的脖子在他怀里，背这些词不过是"为赋新词强说愁"，哪里想到会一语成谶？

他在不老国溜达来溜达去，时不时买上几样东西，那些东西都是她当年买过的，喜欢得不得了。

现在他买了之后却再无人可送，只能再放到储物空间里。

他甚至又买了一个包子，那包子提起来像灯笼，放下像菊花，每一个包子褶都充满了艺术气息。

他记得他第一次带她来这里时，她买的第一个东西就是这个，吃得异常香甜。

他慢慢将包子吃下去，包子其实很好吃，他吃了却感觉嘴里发苦，喉头发涩。

神念陌也睡醒了，自他衣袖中探出头来，两只眼睛盯着他手中吃了一半的包子，很好奇："父君，这个好吃吗？念陌也要吃。"

神九黎用手指弹了一下石头："你现在还不能吃，等你出生以后长了牙再吃。"

神念陌在里面抿了抿小嘴，伸出小手摸了摸石头："父君，我什么时候能出生啊？"

神九黎顿了顿道："常言说十月怀胎，瓜熟蒂落。你现在六个月了，应该还有四个月吧。"

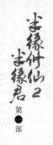

神念陌在里面翻了个身，小脚扑腾着水花："还要这么久……"

神九黎将他塞回衣袖中："在里面好好生长，快快长大！"

经过神念陌这一折腾，神九黎心里的窒痛感似乎轻了一些。

在所经过的地方他都用搜魂法搜过，依旧没发现宁雪陌的一丝魂魄，所以她在这里的可能性也几乎为零……

天不知何时下起雨来。

风里飘着雨丝，带着抹沁凉之意，沾在衣襟之上。

周围的人撑起了雨伞，街道上盛开出一朵朵伞花，五彩缤纷，煞是好看。

前面跑来一对手牵手的情侣，同撑了一把伞，嘻嘻哈哈地从神九黎身边跑过去，经过神九黎身边的时候，那女子禁不住看了他一眼。

风中传来那一对情侣的对话。

"咦，那个人怎么不打伞呢？他的头发都湿了呢。"

"宝贝，你应该关心的是为夫，我的头发也湿了一点儿呢。"

"那把伞给你。"

"那可不成！淋了你我心疼，那还是淋我吧。"

"我们刚才拴的那把锁会不会淋坏了？"

"放心吧，不会，铜锁不怕淋。我们要长长久久地在一起，那锁自然也要长长久久的。"

两个人一边说着一边跑远了。

神九黎心中一痛！

他漫步也向那座情人桥走去。

情人桥上挂满了密密麻麻的锁，每一把锁都是一个希望、一个希冀。

神九黎手指在那些锁上轻轻抚过，眼前一阵恍惚，仿佛看到那个红衣女子撑着一柄天青色雨伞行来。

"大神，我们要不要也在这里拴一把锁？这个很好玩的。"

"一把锁能锁一段情？笑话。"

"拴嘛，拴嘛，取个好彩头而已。莫非大神不想和我长长久久的？"

"好吧，依你。"

"那我们拴个什么锁好呢？铜锁？铁锁？咦，你从哪里摸出一把玉锁？"

"铁铜都会生锈，此物不会生锈。"

"哎呀，玉锁虽然好看不生锈，但它怕摔啊，磕磕碰碰的说不定就坏了。"

"不怕，念力加持不怕摔。"

"嗯，还是你想得周到，那我们就拴它了，等我刻字哟。"

　　"……"

　　一些久远的记忆越来越清晰，越清晰也越令他心痛！

　　曾经不经意的事他如今想来都是难以言喻的幸福，等真正失去了才知道那是永难愈合的伤，想一想就痛彻骨髓！

　　他手里多了一柄伞，和当年她打的那柄一模一样，如今重站在这桥上，他有一种恍若隔世的感觉。

　　神九黎不知道在桥上站了多久，久得细雨打湿了衣袖，冰凉了脸颊。

　　他记得那把玉锁的命运，被她摘下来毁掉后扔到了水中。

　　他摊开掌心，那把破损的玉锁静静地躺在那里，上面所刻的"神九黎""宁雪陌"两个名字之间被划了深深的一道痕迹，仿佛不可逾越的鸿沟，一如他和她之间的距离。

　　他垂眸看了片刻，将那把玉锁收起，又凝了一把铜锁出来，然后用刻刀在上面刻下了几个字：神九黎、宁雪陌、神念陌。三个名字之间用心形相连，仿佛牵手的一家人。

　　他将铜锁郑重拴在桥上，再加持了几道法咒在上面，这样就不会有人能破坏掉，这把锁会锁到地老天荒去。

　　雪陌，我和念陌都在等你归来，你到底在哪里？

　　他手扶着桥栏杆，一时陷入沉思。

　　这些日子，他已经把该转的地方转遍了，甚至不可能的地方他也去过，都找不到她的半丝魂魄，这种情况很不正常！

　　她就算临死前再心如死灰，魂魄被劫雷劈得再散碎，应该还存在的，以他的这种找法不可能一丝一毫也找不到！

　　更何况她是在日月宗的佛莲山上被劈的，那个地方原本就有聚魂效果，如果是普通弟子在那里被劈个魂飞魄散，那些散碎魂魄连佛莲山也跑不出去，会游丝一样散在佛莲山各处，只是无知无识而已。

　　宁雪陌未死前是地阶九级，尚未成仙，就算她的魂魄再强壮，不可能所有散碎魂魄都跑出去，一丝也不留。这本身就不太合理。

　　就算她前生是九尾狐的魂魄，也不可能达到这个程度。

　　他又想起了她渡劫时金中透紫的雷，如果是普通的人地阶九级升天阶一级，渡劫的雷是银色闪电式。而仙族或者普通魔族，升级时是紫云，譬如乐子音，她是仙狐一族，所以渡劫时是紫云紫闪电。

　　极高级的仙或者魔再升级时才是金色的，而宁雪陌渡劫时是金中透紫，她就算是升天阶也不该是这个颜色。

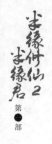

那当时到底是怎么回事？

难道——她其实还有另外一层身份？她渡劫成功回归本位了？

可这世上的仙也好，魔也罢，他都认识个八九不离十，如果有极高级的仙或者魔此次渡劫成功，整个大陆会有祥云缭绕或者魔云盘旋，不可能像现在这样一点儿动静也没有。

他又想起了她最早的来历，貌似来自黑洞那头……

难道她历劫以后回归原世界了？！

想到这一点，神九黎握紧了桥栏杆。

已经去了另外一个世界吗？

雪陌，既然你能穿越到这个时空来，那么，我也能穿越到你那个时空去！

既然你不肯再回来，那么，就换我去找你！

"父君，父君，我们要再去哪里寻找？"小石头探出了头。

"念陌，你想念你妈咪吗？"

"想！"神念陌大声回答，毫不犹豫。

"好！那你就时不时在心里叫她几声，说我们要去找她吧！"

"念陌叫她，她会听见吗？"

"会！"

"妈咪，念陌好想你！呜呜，妈咪，念陌好想你！"神念陌立即大声哭叫起来，声音之大，震得神九黎耳膜也嗡嗡作响。

神九黎黑线，拍了拍小石头："不必哭出来，在心里念叨就可以。"宁雪陌如果已经回归本位，那她必然也是极高级的仙或者魔，她和念陌母子连心，神念陌如果常在心里念叨她，会形成一种磁场效应，她只要还活着，应该就能接收到。会在心里形成一种反射，和神念陌磁场共通，他只要找到共通的磁场，就能顺着那种磁场找过去……

他这么做，其实有点利用儿子，可是，他真的顾不上了！

茫茫星空，不知道存在着多少空间之门。

神九黎在各个空间之门里穿梭，寻找那个几千年也难遇到一次的黑洞。

但他运气显然并不好，他在这些空间里已经穿梭了两个月，依旧没找到。

神念陌在心里不知道念叨了多少遍妈咪，却接收不到任何回应，这也让他大受打击，每天在小石头内蔫头耷脑的，提不起精神来。

"父君，妈咪是不是真的不要念陌了？"

"父君，念陌不乖吗？妈咪为什么不要我了……"

"父君……"

类似的问题神念陌每天总会问几次，神九黎终于觉得，这样下去不是办法，不能给孩子留下阴影，或许自己找的法子原本就不对……

"念陌，你妈咪最疼你，她不会不要你，她现在只是离我们太远了，听不到而已。等我们再找找，只要离她近了，她就能听到了，就会回应念陌，她就算……就算不要你的父君了，也不会不要你的。"

这么一说之下，神念陌终于精神了点，重重点头："嗯，妈咪一定要念陌的，或许是念陌本领不高，等念陌本领高了，就能感应到妈咪了。"

他说完不知道从哪里扯出一本书读起来。

那书是神九黎亲手写的心法，当然，书上同样做了防水处理，神念陌在里面修炼倒是不耽搁。

说来也怪，神念陌现在已经八个月了，但体形比原先没大多少，倒是越来越聪明，常常能举一反三。

神九黎在寻找妻子的过程中，并没有忽略儿子的教育。

他原本就是带徒弟的高手，现在带儿子更是尽心尽力，甚至专门为儿子设计了一套练功心法。

当然，因为他先前也没带孩子的经验，曾经还专门买了关于教育孩子的书。

所以小念陌虽然跟着神九黎天南地北地跑，倒是没耽搁什么，还没出娘胎——不，石头胎，已经学会很多功法。

"父君，这个聚顶三花是什么意思？"

"这个的意思是……"神九黎正给他讲解，脚下猛然一沉，一股大力将他向下一扯，他打了个趔趄，险些跌下去，忙在空中立稳。

他此时依旧在星空之中，穿梭了这么多的空间之门，还是第一次碰到被吸的情况。

他低头一瞧，见下方一个乳白色旋涡正在旋转。

神九黎心中猛然一动，或许，这里面有什么玄机！

几乎是不假思索地，他将神念陌向袖中一塞，向那白色旋涡跳了进去。

噗！神九黎从一片海底冒出头来，踏波上岸，却发现这是个死地。

呼啸的寒风透骨的冷，满地大石翻滚。

这个地方除了深蓝的大海，就是遍地的岩石了，一丝绿意也看不到，一丝人气也没有。

神九黎在岸上站了片刻，心中一凉。这个地方压根不是生物能生存的地方，宁雪陌就算历劫成功，也不可能来这里。

但既然来到这里，不转上一转他不太死心，便向前慢慢走去。

荒凉、孤寂、冰冷！这是这个地方给人的唯一印象。

似乎有悲哀之气随风飘来，让人心情无端沉重。

神九黎一愣！这气息——隐隐有些熟悉！

既然是不毛之地，怎么会有人的这种情绪散出？

他袖子里一阵抖动，小石头探出头来，里面的神念陌满眼激动："娘亲的气息！娘亲的气息！"

神九黎头脑中轰然一响，他也终于感应出来了！

这气息是属于……属于雪衣陌的！而且这气息极为古老，不像是才留下的。

他猛然想起在宁雪陌的意识里，听到她说前世的雪衣陌为了复活他，把自己放逐到一个不毛之地并做了具棺材自杀在里面的事，心中一颤！

难道这个地方就是那个不毛之地？！

他顺着那气息快步向前行，片刻后，足下顿了顿，他又感应到了另外一个人的气息。

再向前行进了一会儿，他来到一片山崖下，抬头向上望去，眼眸微微一眯！

在那片直上直下的山崖中央有一个小小的平台，在平台上横着一具血红的棺材，棺材旁边还坐着一个人，一身大红衣袍随风猎猎飞扬。

雪衣澜！

神九黎没想到会在这里和他相遇！

这几个月都没有雪衣澜的任何消息，神九黎却没想到他是猫到这里来了。

雪衣澜看上去很是颓废，一直坐在那棺材旁，怔怔地看着那棺材，似乎要看到地老天荒去。

神九黎的目光也落在那棺材上，眼瞳微微一缩！

魔界的一些禁术神九黎虽然不知道用法和作用，但这棺材明显诡异，那大红的颜色仿佛是用血染成的，透着极为不祥的气息。

这棺材——

神九黎的心脏像是被人狠狠攥起，他飞身而起，直接向那个平台落去。

出神的雪衣澜大概是听到了动静，抬头看向飞临的神九黎："你来做什么？！"

神九黎没理会他，悬空而立，仔细打量那具棺材。

棺材盖已经消失，里面也没有尸体，只有一具棺材横在那里，像是提醒着什么。

"呵呵，神九黎，你一直以为陌陌前世欠你，可是她早已不欠你！她前世用这么惨烈的手段自杀在这棺材里，用永世天煞孤星的命格来换取你的重生……"雪衣澜似哭似笑。

神九黎脸色苍白，目光在那棺材上一遍遍扫视，似乎在寻找什么，片刻后问道："她的……尸身呢？"

"烧了！陌陌那次和我无意中闯到这里来，看到这具棺材。只有原主读取了前世的记忆，并烧掉里面的尸体和棺材，她那天煞孤星的命格才能解开，所以陌陌将那尸体烧了，连棺材也烧了的，可是不知道为何这棺材又重新出现了……"雪衣澜将手掌按在棺材上，再抬起来时掌心有鲜血，"这棺材居然流血了……呵呵，这会不会是陌陌的血？会不会？"

神九黎手指冰冷。

他脑海里忽然自动浮出五个字：血咒还魂术！

这很像是传说中魔界的不传之秘——血咒还魂术！

神九黎虽然恢复了记忆，但仅仅是两世的记忆，一世是雪衣陌的，一世是宁雪陌的。

他在遇到雪衣陌之前以及宁雪陌之前的三世记忆都还是空白的。

他虽然不记得很久以前的事，但隐隐觉得自己活了最少上万年，而遇到雪衣陌不过是三千年前的事，前面最少还有七千多年的空白……

他在这两世的记忆中并没有"血咒还魂术"这个概念，现在这个名词却忽然冒出来，连他自己也不清楚这概念是怎么来的。

据他所知，血咒还魂术是魔界最高也是最惨烈的一种术法，施术者要用全身的鲜血为引，凝出血棺，再以魂魄转生为世世天煞孤星命格之人为代价换取另外一个人的重生。

神九黎有雪衣陌记忆的那一世，也不知道这世上还有这种咒术，自然也想不到自己的复生是雪衣陌在背后付出了这么大的代价。

他那时醒来已经是十年后，龙川以他自己的魂魄、身体为引，化为修补神九黎心脏之灵线，让神九黎能够复生。神九黎醒来后，龙川死了，而仙界的仙者凋零了一大半儿，魔界也混乱不堪，有人说魔界魔祖和魔祖之女以及魔女之侍从雪衣澜一起消失。

有人说他们是内讧而死，也有人说三人是一起隐居研究绝世功法去了，随时有可能杀回来。

总之，各种传言层出不穷。

而那时的神九黎心伤之下，不想再听到关于雪衣陌他们的任何消息，自然也懒得

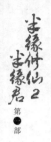
去调查她日后的行踪。

下了那道神谕后，他又陷入沉睡。再醒来后他身边多了一个无陌，也如愿忘记了关于雪衣陌的一切。

现在他看到这具血棺，再看清上面的符咒花纹，关于这个咒术的具体特性才从脑海中冒出来。

这个咒术还有个就算施术人也未必知道的特性，那就是要想彻底解除咒术，不但需要那个转世者来烧尸体，还需要被救活的人来烧血棺，要不然血棺会生生不息地出现，天煞孤星的命格也不会改变。

神九黎闭了闭眼睛，手指在血棺上摩挲片刻，指尖有火光冒出，让那血棺瞬间燃烧起来。

火光冲天，空气中满是淡淡的腥甜味道。

"娘亲！"神念陌从神九黎的衣袖中蹦出来，就要向棺材里蹦，他舍不得娘亲的味道。

神九黎自然握住他："念陌，这里没你的娘亲。"这里有的不过是她曾经的怨念和咒力罢了。

"可是这里有娘亲的味道……"神念陌眼巴巴地看着那棺材，一副想让那棺材也抱一抱他的样子。

雪衣澜睁大眼睛看着那颗蹦蹦跳跳的"红石头"，他目力强，自然看到了红石头里的小家伙，一副被雷劈到的样子："他……他是陌陌的孩子？"

神九黎没有回答雪衣澜，把神念陌又塞回衣袖中，这个咒术的怨念太强，而神念陌毕竟是个小婴儿，神九黎怕对他有所冲撞。

那棺材噼里啪啦地燃烧着，似乎有无穷无尽的凄苦怨念自棺材里散发出来，让人有一种想哭的冲动。

神九黎功力强，自然能忍着，他袖中的神念陌却大哭起来："妈咪，妈咪……"

神九黎在袖子上施了一道法咒，彻底将袖管和外界隔绝，不让那气息再影响到孩子。

雪衣澜站在原地只觉眼睛一阵阵发酸。他冷眼看着那棺材燃烧，冷笑道："这棺材烧不掉的，老子都烧过八回了，每次烧完，它第二天又会在原地出现……"

神九黎依旧没说话，站在原地看着那棺材化为灰烬，轻吐出一口气。

雪陌，无论你现在在哪个世界，这天煞孤星的命格不会再跟随你。

他闭上眼睛，感应着那风中的气息，片刻后，失望了。

他以为这包含雪衣陌怨念的气息会自动搜寻原主人，没想到这气息只是原地消散了，并没有去追踪原主人的意思。

宁雪陌这次走得决绝，将所有的牵扯一刀斩断，不留一点儿牵挂。

神念陌蔫蔫的，他好不容易嗅到母亲的气息了，没想到依旧没用。

这个地方就是不毛之地，神九黎不想再在这里多耽搁，腾空而起。

他记得听雪衣澜说过，当初宁雪陌就是在这个地方升空以后无意中碰到黑洞，被卷入其中。所以神九黎现在也想碰碰运气。

他刚刚飞到半空，忽似察觉到什么，猛然回头，心中一沉！

在刚才棺材所在的上空，有云迅速聚集，云层开始是白色，渐渐便呈现淡红的颜色。

渡劫？！

这个时候在这里渡劫的不作第二人想！

神九黎转身飞下来，看到雪衣澜站在那小台上，仰首看着天上的云层，双臂张开，目中露出狂热："陌陌，是你来接我了吗？"

"雪衣澜，你闪开。"神九黎飞身扑下。

这是应劫之雷，以雪衣澜现在的功力，怕是对付不过去。

神九黎虽然不喜这家伙，但念在他曾经是宁雪陌在乎的人的分上，还是不想让他有意外！

神九黎一扬衣袖，一道袖风飞出去，想把雪衣澜先拍开。

却不料就在袖风飞出去的同时，一道淡淡红光已经笼罩住雪衣澜，神九黎的袖风击在那红光之上，将那红光击打得晃了晃。

"哈哈哈，一定是陌陌不忍心看我这么痛苦来接我了！"雪衣澜在红光里哈哈大笑，张着手臂面向翻滚的红云，"来吧！"

这次的闪电来得又快又猛，尚未等神九黎再做出反应，一道道红色闪电便如火蛇般蹿下来，击打在雪衣澜身上。

雪衣澜压根没有一点儿抵抗的意思，红光越来越亮，他被罩在红光里，衣衫已经燃起，整个人如同沐浴在红莲业火里。

他动也不动，只两只手臂拼命迎着红光："陌陌，陌陌……"声音痛苦，微微颤抖。

他不允许别人为他挡雷，神九黎也没办法，只能眼睁睁地看着他被红色闪电劈了一次又一次，整个人像一团燃烧起来的火球。

火光中雪衣澜终于看向神九黎，脸上仿佛还有得意："哈哈哈，陌陌终于来接我了——"语毕，他的身体忽然像一道烟火般炸开。

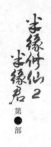
红云散去，大地恢复平静，仿佛什么也没发生。

神九黎的身子在空中晃了晃，就连雪衣澜也消失了吗？

他想了想，心中一动，立即做法收魂！

雪衣澜刚刚被劈散，就算魂飞魄散了，原地肯定有一些散碎魂魄在的。

片刻后，神九黎垂眸看着自己空空如也的指尖，再看看曾经出现红云的地方，手指再次握紧！

雪衣澜消失得也极为彻底！一丝魂魄也没留下。

难道他真的被宁雪陌接走了？两人同去一个地方了？

神九黎飞身而起，在刚刚红云出现的地方转了几圈，没找到关于宁雪陌的任何气息。

他失魂落魄地落下来，落在刚才雪衣澜所站立的石台上。

刚才红色闪电将雪衣澜连同石台一起笼罩，却只劈了他这个人，石台却安然无恙，甚至连被雷劈过的印迹也没留下。

神九黎在石台上站了片刻，被闪电劈过之后，这里的空气像是得到了净化，雪衣澜的气息、雪衣陌曾经留下的怨气都消失得无影无踪，再也感应不到。

神九黎在平台上垂眸坐下，也不知道在想些什么。

风吹得他的衣袍猎猎作响，他的身影映在山壁上，看上去带着从未有过的寂寞和凄凉。

他虽然一直没什么反应，但他袖中的宝宝明显感应到了他那如山般压抑的情绪，自他袖子中探出头。父君身上那冰冷绝望的情绪让神念陌瑟缩了一下，他怯怯地叫了一声："父君？娘亲真的把刚才那叔叔接走了吗？呜呜，她为什么不接走念陌？她不要我们了吗？"

他的声音细细的、怯生生的，带着抹失望和不解："娘亲不是最疼念陌吗？为什么接走那叔叔也不接走念陌？念陌已经这么乖了……"

说到后面，他已经要哭了。

神九黎吐了一口气，将那石头捧在掌心里："念陌，你娘亲不是不要你，而是不知道你……放心，我们会找到她的！念陌，以后的路大概更难走，你得学会坚强。"

神念陌睁大眼睛看着他："父君？"

神九黎用手指摩挲了一下小石头，也让神念陌在里面晃荡了一下："念陌，无论什么时候，你得记住你是个男人！男人遇到问题不是哭哭就能解决的，得学会面对。"

神九黎趁势教育神念陌，这孩子似乎太爱哭了。

是因为太小？还是因为他性子就是这样？也或者是自己太娇惯他了？

神九黎开始反思。

这孩子是他和宁雪陌唯一的牵连，现在更是他坚持走下去的支撑。

他自然期望这孩子好，以后能顶天立地。

但他毕竟原先没带过小孩子，和这么小的孩子相处更是第一次，自然不知道其实神念陌比起同龄人来说，已经不知道坚强了多少。神念陌毕竟还太小，爱哭本来就是小孩子的天性，无关男女。

神念陌对他这一套说辞还是似懂非懂的，不过知道父君不喜欢看到他哭，于是很认真地在石头里点了点头："念陌以后尽量不哭了，念陌以后要做男子汉！"

神九黎松了一口气，拍了拍石头："这才乖。"

"可是，妈咪曾经说，只有娶了媳妇的男子才叫男人，没娶媳妇的叫男孩，小的时候叫男童、男婴……"神念陌给他纠正。

神九黎："……"

经过这么一番父子对话，神九黎终于能够控制住情绪，站起身来，先飞上天空，去查看这里的空间之门。

这里似乎是个乱流之地，各种空间之门不时冒出来，又瞬间消失，不过他始终没看到曾经吞没宁雪陌的黑洞。

神九黎在各空间之门间查看，不时掐算着什么。

他自己也不知道怎么回事，自来到这个荒凉的星球后，有一些远古记忆时不时冲击他的脑海。

那些远古记忆倒不是牵连什么事的，主要是他曾经拥有的技能，因为一次次沉睡忘记了，现在却有渐渐复苏的迹象。

譬如现在，他能根据这些变幻莫测的空间之门推测一些东西……

他在这些空间之门前也不知道推算了多久，忽然返身直接又冲了下去，跳入那荒凉星球上汹涌澎湃的大海之中。

他计算方位计算得极准，冲下去后，居然在几百米深处发现了一个飞卷的大漩涡。

那大漩涡极大、极深，如一张黑洞洞的大嘴吞噬着周围的海水！

神九黎一横心，直接冲入漩涡之中，被漩涡卷入了大海深处。

说来也怪，那大漩涡也就出现了一分多钟便自动消失不见，大海又恢复平静。

穆丹枫

著

尘缘修仙2

第二部

尘缘君

青岛出版社
QINGDAO PUBLISHING HOUSE

第十一章　父子云门行

一扇看上去几乎顶天立地的玉石大门出现，玉石在海水的浸泡下已经长满绿苔，在那些绿苔的遮掩下，隐隐可见这门上繁复的花纹。

在大门上有两个古朴的篆字——云门。

这个地方的海水格外深冷，而且这云门之上似乎有一种反作用力，这反作用力推开了一切靠近云门的物体。

神九黎其实也不知道这道门开启以后会碰到什么，更不知道这道门是否通向宁雪陌存在的空间。但他总要试一试，只要有一线希望，他都要试一试！

他清楚地知道若干年前他是从这道门里走出，然后进入这个世界的。

那么他再走入这道门后，会碰到什么？

他心里隐隐有个预感，一旦走入这道门，他的人生将会再次发生重大逆转。

他的目光落在那道玉门上，玉门上的符咒隐隐流转，闪闪烁烁，仿佛在呼唤他。

神九黎慢慢伸出手掌按上玉门，玉门霎时亮了亮，轰隆隆一阵响，门上慢慢现出十个洞，每一个洞的大小正如鲛珠，以一种不规则方向排列。

神九黎顿了顿，手中十颗鲛珠连续弹出。

他弹出鲛珠的手法看似杂乱无章，其实却是按照一定的阵法排列的，每一颗鲛珠都陷入那门上的小洞之中，镶嵌得严丝合缝。

随着第十颗鲛珠嵌入，那巨大的玉门忽然如水波似的晃荡起来，轰的一声响，那玉门居然凭空消失无踪。

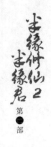

随着玉门消失，一阵巨大无比的金色海浪狂啸着自门那边涌来，对着神九黎迎头罩下！

神九黎不避不闪，反而迎着那金色海浪冲过去。

他身影如闪电，在金色海浪中逆行，终于冲到门内，向着极深处滑过去。

这金色海浪有破坏一切的力量，任何东西都能腐蚀，任何术法在这里都用不上，而神九黎周身毕竟有那一层护体结界在，那金色海浪倒是化不了他，但落在里面像是活生生地被煮，那种痛无法言喻。

神九黎脸色苍白，微微垂目，咬牙苦忍。

这种痛宁雪陌曾经也尝过，现在终于轮到他了。

他其实能用念力再为自己加持一下，减少痛楚，但他还要护住袖中的神念陌，几乎将所有的念力围绕在孩子身边，结成了层层防护。

所以神念陌虽然和他同处一个环境中，倒没受多少罪，就是在父君的衣袖中翻滚得有些头昏脑涨。他死死地扒住身下的石壁，还有些纳闷。

父君这是带着他坐云霄飞车吗？旋转得好厉害！

也不知道在金色海浪中逆行了多久，久到神念陌在翻滚中也要打哈欠的时候，他蓦然感觉身子一震，外面传来噗的一声响，像是破开一个什么结界，接着他在衣袖中再也藏不住，骨碌碌滚了出来。

"天，火金海中怎么蹿出人来了？！"

"哎呀，还是个活的！"

"快看看，快看看！"有人声传来，语调有些怪，不过好在神念陌能听懂。

他滚得有些蒙，在石头里摇了一会儿头才将眼前的星星小鸟摇走，抬头一看，天是蓝的，地是绿的，海是金色的……

他的父君躺在地上，动也不动。

而他所栖身的石头就落在他父君的胸前，他一抬头就能看到父君精美的下巴。

"好俊的男人！只可惜年龄大了点，要不然献给我们魔主大人作为贺礼也不错！"

"这倒是，我们魔主大人只喜欢十岁以下的俊俏孩子，这个男人明显不合格……咦，这个石头有些怪。"

"算了，既然不合格，那就把他杀了炼丹吧！这人看上去仙气凛然的，炼出来的仙丹肯定很不错。"

在他父君的周围站着三位穿着各异的男子，相貌算得上俊美，看上去也极为年轻，此刻正低头打量似乎昏迷的神九黎。

这三个人明显没把神九黎放在心上，其中一人手上宝剑一闪，就冲着神九黎当胸刺下，另一人则伸手来拿神九黎胸前的红石头。

这三人功夫显然很不错，那一剑刺下的时候，隐隐带着风雷之声，这一下如果刺中的话，神九黎得被他们刺个对穿！

"父君！"神念陌大叫一声，红石头蓦然闪了闪，一团粉光自石头里爆射出来，迎向那柄刺下的宝剑！

砰！粉光撞上了那宝剑的剑尖，宝剑微微歪斜了一下，但下落的势头没变，依旧朝着神九黎的心口刺下。

"父君！"神念陌大急之下，几乎就要不顾一切地滚过去用石头挡剑了。

叮一声，那柄宝剑的剑尖将要刺中神九黎的胸口的时候，被两根如玉石般的修长手指夹住。

奔雷似的一剑居然被人这么轻描淡写地夹住，那袭击之人也吓了一跳，低头看去，见神九黎已经睁开眼睛，一双冰蓝的眼睛正淡淡瞧着他。

一只手懒散地抬起来，两根手指轻捏住他的宝剑，像捏住一个纸糊的拨浪鼓，他一寸也再刺不下去。

另外两人一看不好，对望一眼，立即把手一招，掌心同现长刀，斜斜一指，两柄长刀团团一转，化为七八柄短刃，向着神九黎全身各大穴道齐射！

他们显然不是善茬，出手极为狠辣，一见面就是置人死地的招数。

这火金海中任何人也无法进入，就算是个铁家伙掉进去，也会瞬间熔化，千百年不曾出现一个活物。

这个男人却从这海里出来，还能保住一条性命，显然功夫极为高深。

这三个人本来见神九黎昏迷想捡个现成便宜，没想到他会适时苏醒。

既然双方已经动手，那三个人就觉得反正已经得罪这个人，倒不如趁他刚从海里爬出来正虚弱的时候动手！

这三个人很少联手对敌，但一旦联手，便是很让人头疼的劲敌！

神九黎目光微微一闪，他并没有说话，只是手指微一用力。

那被他夹住剑的男子忽然惊叫一声，身子像个陀螺似的在神九黎上方旋转，正好形成一个人肉盾牌，那七八柄短刃一个不落地全部刺入那人体内！

那人仅仅发出一声惨叫身子便软瘫下去。

神九黎再一弹手指，那人连同他死也不撒手的剑飞了出去，好巧不巧正跌入旁边的火金海中，刺的一声连人带剑被熔了个干干净净，连个水花也没冒出来。

剩下的两个人脸色大变，明显知道自己不是这人的对手，再也顾不得什么，转身就跑！

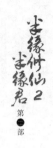

他们居然是会飞的，跑出两步就手臂一展飞了起来。只不过他们刚刚飞起不足五六米高，肋下就忽然一麻，同时被什么小石子投中，又跌了下去。

他们跌也跌得很有水平，正好一左一右落在神九黎两侧，跌了个狗吃屎，门牙也磕掉两颗，疼得起不了身。

神九黎缓缓自地上坐起，头发有些散乱，衣襟有些松散。那个火金海差点熔掉他半条命，好在他活下来了，活着回到这个世界，这个似陌生又似熟悉的世界。

他起身的动作很随意、很懒散，却又行云流水般翩然，让人移不开眼睛。

"父君好帅！"神念陌趴在他的肩膀上夸奖，随着他起身的动作，险些顺着他的身子滚下去。

神九黎将他握在掌心，垂眸看着他："小子，出息了啊，会发出念力之光了。"

这小子到底是什么投胎的，居然还在胎儿期就能发射出念力来，想要保护他的父君，虽然他的念力之光还很弱，但也足够神九黎欣慰了。

这个宝贝是个天才！

神念陌眨眨眼睛，被夸了他也十分得意，傲然地一挺小胸脯："那是，我可是你的宝贝。"

"你的念力之光发出的角度不对，你的念力还弱，不宜和人正面交锋，应以……"神九黎趁势教育他。

旁边那跌在地上的两个人彻底被晾在那里，看看正交流的父子俩，一脸似被雷劈的表情。

那颗小石头里居然藏了一个孩子！

太神奇了！

如果能把这小石头献给魔主，他们定然能够得到极大的奖赏！说不定能在魔界混一席之地，只可惜……

那两个人眼中同时露出遗憾之色。

"这里是哪里？"神九黎坐在一块石头上，垂眸问还躺在地上的两个人。

那两个人对望一眼，一人回答："这里是火金海海岸。"

神九黎思索了片刻，对这个名词有点印象，另一个名词忽然在脑海中浮现，他再问："这里是神魔大陆？"

那两个人一怔，先是点头，但随即又摇头："这里前些年唤为神魔大陆，三年前改名了，改为魔仙大陆。"

魔仙大陆，魔在前……

神九黎在脑海里过了一遍这四个字，继续问道："为何改名？何人所改？"

270

那两个人又对望一眼，再一起看向神九黎：“阁下不是这大陆之人？”

神九黎弹了弹衣袖，声音淡漠：“现在是本座问你们！”

他身上自有一种慑人气度，那两个人不敢招惹他，只得说道：“是我们魔主所改。”

魔主……这名字也隐隐有些耳熟。

神九黎心中微微一跳，依稀记得这名字的主人和自己有些牵扯。

“你们魔主是谁？是男是女？”

现在这两个人终于明白神九黎果然不是这个世界的人了，居然连他们鼎鼎大名的魔主也不知道！

其中一人立即开口：“我们魔主是一位女子，她三年前在这大陆历劫重生，当时红光照射天地，河流山川为之动容，惊动了四海八荒的仙魔妖各道。她重生之日，有数万神鸟围绕她飞翔起舞，万兽对她伏拜……”

“不错，当时整个神魔大陆……啊，不，魔仙大陆各门各派的人都惊动了，纷纷前来我们魔界祝贺，流水席足足摆了七七四十九天……”

这两个人显然很为他们的魔主自豪，一提起她来就滔滔不绝，所说的都是这三年来她的丰功伟绩。

这个大陆也分六界，仙、妖、魔、人、鬼、兽。

六界曾经有些混乱，在这位魔主没有降临之前，以仙界最为强势。仙界之人常常举着为民除害的幌子欺压妖、魔两界，让妖、魔两界众生苦不堪言。但自从这位魔主重生回来后，和几位前来除魔卫道的仙家较量了几场，揍得那些仙家屁滚尿流，极大地震慑住仙界之人，让仙界之仙再不敢欺凌魔界，魔界众生终于扬眉吐气。

这位众魔之主也叫魔祖，翻手为云，覆手为雨，在这个大陆上她不用和人动手，就身上那份纯魔之气的威压就能让人吓得不敢抬头，自动臣服。

就连仙界众仙对她也极为忌惮，在她面前轻易不敢造次，一直恭恭敬敬。

她来到这大陆三年，终于彻底扭转魔界在六道中的地位，现在这片大陆上，以魔为首。

这位魔主也不客气，将神魔大陆更名为魔仙大陆，如今除了仙界尚能和魔界分庭抗礼外，其他各界对她唯有恭敬巴结的份。

因为她的横空出世，让整个仙界都震动了。仙界为了拉拢她，想要和她联姻，仙界之首——玉云帝曾经向她求婚。

但她扬言她要嫁就嫁这世上的最强者，还要嫁那种未婚的。至于出身则不限，无论是仙界还是妖界，抑或魔界，只要功夫足够高，可以和她一竞长短，她都可以

考虑。

玉云帝法力虽然高，但他已经拥有两名妻子，显然不符合这个条件。

六界中人都想将她拉到自己的阵营，各路能人异士齐云集在魔界，参加了轰轰烈烈的PK。几番明里暗里的较量后，一位仙界的隐者拔得头筹，现在这位魔祖和这位隐者走得比较近，双方已经到了谈婚论嫁的阶段。

魔主只要嫁给这位隐者，那么也代表着魔界和仙界正式联手，不再争斗。这个大陆上，其实主要就是这两界争斗得厉害，只要这两界停止争斗，这个大陆就会太平不少。

后日就是魔主和那位仙界隐者订婚的大日子，六界众生各自挖空了心思想要献上奇巧物以做贺礼，想给这位魔主留个好印象。

这三个是魔界中人，地位不算高，也想给魔主献上一件拿得出手的礼物，这几天一直四处寻找，正好经过这里，好巧不巧地碰到了从火金海中飘出来的神九黎。

重生的魔主有一个怪癖，喜欢小孩子，尤其是漂亮的小孩子。

幸存的这两人把魔主的爱好来历说得很清楚，神九黎默不作声地听着，冷不防问了一句："你们魔主是何模样？"

这两人曾经远远见过魔主一面，还是很有印象的，立即回答："她极为漂亮，喜穿红衣，模样看上去十三四岁……"

神九黎指尖有些发抖。

会是她吗？！

他略顿了顿，手中忽然变出一幅画，在那两人面前一晃："可是这个模样？"

画中正是宁雪陌一身红衣翩然起舞时的模样。

那两个人看了一眼后，立即点头："模样倒对，可是我们魔主没这么大，她看上去很小，发型也不对……"

神九黎没有说话，闭了闭眼睛，再睁开时，那一双眸子里似有湛然之光，他上下打量那两个人一眼："你们想送她什么礼物？漂亮的小孩子？"

那两个人谨慎地点了点头："确实想找这种小孩子来着，可是不太容易找。"这个大陆上漂亮的小孩子不少，但符合魔主心意的少之又少。

神九黎身形微微一转，一团白光闪过，高大帅气的男子不见了，站在原地的是一位漂亮到极点的小男孩，吹弹可破的肌肤、长长的睫毛、微微上挑的眼角、如海水般的眼波，穿着一身白得耀眼的小袍子，整个人像是用雪堆砌出来的。

那两个人瞪着小男孩目瞪口呆："你……你……"

神九黎个子虽然小小的，但气势依旧不小，他站在那里微微一笑，这一笑之下，仿佛这天下的花全都开了："把本座送给她吧！"

那两个人像是被天上突然掉下来的馅饼砸中了头，一副晕头转向不敢相信的表情："这……你……你要做这个礼物？"

他们忽然像想到了什么，立即又后退一步："你是不是想要对我们魔主不利？！我们告诉你，你趁早死了这个心！我们魔主可是这个大陆唯一的主人，没有人能伤到她的！你如敢对她不利，会遭到全魔界之魔的追杀！"

神九黎目光微闪，弹了弹衣袖，淡淡地道："放心，你们魔主本事这么大，本座又怎么可能暗算她？本座只是对她有些好奇而已，所以想去见识见识。"

"可是……"那两个人还是有些不确定。

神九黎轻轻一叹，一扬衣袖，一柄宝剑转眼化为两柄，冰寒的剑尖分别指向那两个人的脖颈："你们有意见吗？"

小命就在人家剑下悬着，那两个人哪里敢不答应？只得满口应承下来。

这两个人向空中打了个呼哨，片刻后，一辆华丽马车自天而降，落在神九黎面前："请！"

神九黎倒不客气，转身就登上了马车，进入车厢内。

他刚刚坐下，外面传来喇喇喇数声响，原本木制的车厢四周忽然落下铁板，将整个车厢密封得严严实实，铁板上同样有各色流转的符咒，看上去颇为光怪陆离。

车厢外传来那两个人的得意笑声："对不住，你既然非要做这个礼物，那就要按照我们的规程来。这马车是特制的，可以封印你身上的所有念力，你如果乖乖在里面做礼物也就罢了，如果用念力相抗，这马车内就会变成火之炼狱，将你整个人炼化，可别怪我们没提醒你！"

神九黎脸色丝毫不变，他只是在里面用了一个小小的清洁术将车厢清洁了一下，就安心坐里面了。

他衣袖中一阵抖动，小红石头探出头来，蓦然看到神九黎现在的模样，神念陌呆住了，愣了半晌，蹦出三个字："哥……哥哥？"

神九黎："……"

他下意识想要纠正神念陌，但垂眸又一想，自己现在这个模样再让神念陌叫他父君也确实不妥。

"念陌，我是你父君！你想不想见你娘亲？"

"想！"

"想见你娘亲的话，就乖乖听父君的，按父君所吩咐的去做。"

"念陌听父君的。可是，父君看上去像哥哥耶。父君，等念陌出世后，父君可不

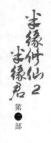

可以也这样子和念陌玩？"神念陌忽然兴高采烈起来。

他从有自主意识后，就一直和父君待在一起，只在大街上见到过跑动的小朋友，却没在一起玩过。

小孩子还是喜欢找同龄人的，神念陌也不例外，他感觉这样的父君看上去更亲切了些。

神九黎："……"

他目光微微闪动了一下，慢条斯理地道："念陌，你想和同龄的小朋友玩？"

神念陌重重点头："嗯！"

神九黎微笑道："那念陌见了妈咪后，让她给你生个小弟弟或者小妹妹好不好？他们会天天和你玩……"

神念陌眼睛亮了："好！"

神九黎拍了拍小石头："好了，念陌该修炼了。"

神念陌果然兴冲冲修炼去了。

神九黎将他放回衣袖之中，然后微微闭了眼睛打坐。

他在那火金海中受伤不轻，功力得少一大半儿，对他接下来的行动大概很不利，他得争分夺秒恢复。

雪陌，你还活着就好！雪陌，不知道你见了我们会是什么反应？

要订婚了吗？

他嘴角轻轻牵了牵，他既然来了，哪里还有让她和别人订婚的份？！

不要说订婚，就算是要结婚他该抢还是要抢回来！

明月几时有，把酒问青天，不知天上宫阙，今夕是何年……

有琴声叮叮咚咚自园林深处缥缈传来，风拂落花，水泄流泉，异常好听。

一幢大到无边际的园林，园林内各色鲜花正灿烂盛开，有彩色蝴蝶翩跹其间，春意满园。园中有奇花异草，有亭台楼阁，有小桥流水。

在一幢小亭里，坐着一位青衫男子。

那男子眉目难得一见的秀雅，一身天青色衣袍拖曳在地上，风吹得他的衣摆和长袖翩翩翻飞，面前一架焦尾梧桐古琴，他低垂着眉目，十指在琴上旋舞，一缕缕琴音自他指尖飞散出来，飞出小亭，飞到前面不远处的一片空地上。

空地上有一个古色古香的秋千架，秋千架上坐着一位红衣少女，那少女看模样有十二三岁，眉目如画，墨发垂鬓，额前密密的刘海几乎遮住了眉毛。她微垂着眼睛，长长的眼睫毛似鸦羽般覆在眼睑上，在日光下安静如静止的蝴蝶，身子半倚在秋千

274

上，似在熟睡，又似在听琴音，看上去甚是惬意。

在这片空地的不远处，还有一片草地，草地上有几个稚童正在玩闹，有女童也有男童，每一个都眉清目秀，玉雪般可爱。他们或追赶，或打闹，看上去极为和谐美好。

琴声袅袅而止，那男子目光凝注在那少女身上，目光柔和："阿陌——"

那少女缓缓睁开眼睛，她的眼珠居然是宝石般的红色，似乎极深邃，让人看不清底色，又似乎极通透，让人能一眼看到她的情绪。

是人都带着七情六欲，或喜或悲，或哀或怒，她却是平静的。

她形容一直懒懒的，一双宝石般的眸子落在那男子身上："有何指教？"

那男子悠悠一叹："阿陌，刚才那曲子极为动听，我竟未听过，仓促弹出来，你感觉可有不对的地方？"

阿陌伸了个懒腰："挺好的啊，我美美地睡了一觉呢。"

那男子："……"原来她把他的曲子当成催眠曲了吗？

"阿陌，这曲子是你写出来的，必定是你的心血之作……"

"这曲子不是本座作的。"阿陌在秋千上荡来荡去，红裙翩然飞舞，形容依旧懒懒的。

男子微怔："不是你……"

阿陌歪头看着他一笑，脸颊上露出两个深深的梨窝："那你还觉得好听吗？"

她的笑几乎有些恶意，带着淡淡的嘲讽，似乎看透一切世情，又不在乎一切。

男子微微一笑："这曲子无论是不是阿陌你作的，好听总是好听的。阿陌还有没有其他曲子，不如再传小仙一首？"

阿陌将头靠在秋千上，张开小嘴打了个哈欠："今日我倦了，明日再传你吧。你可自行离去，出口左拐，好走不送。"

这是不客气地在赶人了。

叶天离眉毛微微一挑："阿陌……"

阿陌却不再看他，只留下一句话："放心，只要你还是仙界的最强者，后日本座便与你订婚。"

叶天离微微一僵，脱口问了一句："那……如果我不是最强者呢？"

阿陌头也不回："本座只嫁最强者。"

叶天离袖中手指缓缓握起，也就是说，她要嫁给他并不是因为他这个人，而是因为他这个最强者的身份？

他在她身边这么久，还不能让她动心吗？

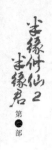

"阿陌，你有没有喜欢过我？"

"喜欢？什么东西？"阿陌终于转身，微微歪着头，看上去天真烂漫，眼神却淡漠平静，"本座从来不知道喜欢为何物。"

叶天离微微一僵，他俊美强大，无论走到哪里，都能得到无数仙子的青睐，无论喜欢谁都可以得到。当然，他生性骄傲，对任何女子都没动过心。

而对阿陌，他一开始不过是因为一种骄傲。阿陌扬言要嫁给最强者，他不过是想证明他是最强者，倒没想真娶这位魔主。但自从见到她后，却越来越被她吸引。

她身上有一种特殊的气质，让人移不开眼。

冰冷仙子他见过不少，但没有一个人有她那种自骨子里发出来的满不在乎的冰冷。

她也会笑，尤其是她歪头看着人笑的时候，说不出的风流也说不出的邪气，那一双眼睛眼波流转间仿佛会勾魂，轻轻一转便能让人神魂颠倒，看似有情实则无情，眼眸深处如同藏了一潭水，一潭无法激起任何波澜的水。

自己似乎有些贱，那么多的女子前仆后继地想要博取他的一瞥，他却对一个几乎无心的魔女越来越心动。

仙界最老的神仙也不知道她到底是什么时候现世的。

未重生前的她极为神秘，据说她有千万化身，男女老少都有，所以整个神魔大陆也无人知其真面目，只知道她是魔界的精神领袖，不出手则已，一出手就是天翻地覆，不知道让多少神仙头疼。

在整个神魔大陆，貌似只有那唯一的神能和她较量。

仙界有神撑腰，魔界有魔主为领袖，仙、魔两界谁也不服谁，据说数万年前双方曾经打斗过。神魔之战，天翻地覆，整个六界都遭了灾，不知道多少六界生灵在那一战中做了炮灰……

无论是仙界还是魔界，都在那一战中受了重创，仙魔两界幸存下来的几乎寥寥无几。

就算是叶天离，也是在那一战后出生的，他只是从祖辈人口中知道那一战的惨烈，从祖辈人口中知道魔主叫"阿陌"……

他一直把她想象成一位三头六臂似的人物，万没想到她的实际面目是一位看上去只有十几岁的女孩子。

几万年前她和那位神一起在神魔大陆失踪，群仙和群魔还以为她和那位神在那一役中消散于天地之间，却没想到她会重生归来。

叶天离抬头看向女子的背影，大红的衣衫在阳光下明艳如火，明明那么鲜艳的颜色，给人的感觉却仿佛她身处地狱之中，而那火是红莲业火。

过了后日，她便是他的妻……

阿陌今日不知道为何，有点心神不定。

这是她在这个大陆重生后，从未有过的情景。

她万事随心，无论什么事高兴了就去做，不高兴了就随手毁掉，也没有什么人能为难她，所以她一直生活得很逍遥适意。

她为魔主，这世上所有的魔见了她会有一种天生的畏惧。

按世人的说法，魔天生就该生活在阴暗的地界里，她却不喜欢！

三年前她重生在这个世界，众魔欢欣鼓舞地将她迎回魔界，她只住了两天便不喜欢了！

她不喜欢永远黑暗的天空，不喜欢冷冰冰的穷山恶水，不喜欢永远飘着血水的暗黑色河流……

魔界的一切她都不喜欢！

所以她干脆直接闯上仙界和仙界的人提条件，分地盘。

没有任何地界的头目愿意把自己的地盘让出来，仙界的天帝自然也不愿意。

但这位魔主实在是太厉害，实力太恐怖，她不但能打败仙界所有的仙，还会兵法战术……

如果仙界不给她分地盘，她就二话不说带兵开打！

仙界在吃了几次亏后，终于明白和这位魔主对上，他们不但会付出极大的代价，赔上那些仙兵仙将，而且还打不赢！

如果他们不同意分一块地界给她，只怕仙界所有的地界都会保不住。

所以这仗打了半年后，天帝当机立断，划给魔界子民一块很大的地盘，把三十三重天中的两重天分给了魔界。

这两重天内灵力极为充裕，是个春暖花开、桃红柳绿、万物生长生息的好地方。

对修仙者来说，这里是神仙福地。

魔却只对魔气有感，魔气越浓郁的地方，他们修炼得越快。

灵气浓郁对仙来说是福地，而对魔来说，不亚于一场灾难。

天帝把这样的地盘让给魔界，其实并没有安好心，等着魔自动衰败，等着魔自动把这两个地盘还回来。

他却没想到阿陌率领众魔将这两重天占据了以后，也不知道使用了什么手段，居然将那些灵气直接转化为魔气，魔们在这地盘上生活得很舒服、很适意，自然也就没有再让回来的意思。

好在，阿陌将这两重天占据了以后，似乎就满足了，后面没再提什么要求。她独占了一重天，每日里的生活很简单也很适意，让仙界众人终于放心不少。

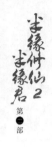

仙魔两道虽然内里波涛汹涌，最起码尚能保持表面的和平。

这些阿陌似乎知道，又似乎不知道，她只遵循内心，喜欢了就去做，不喜欢就算天崩地裂也和她无关。

她自己也不知道对现在这种生活能满意多久，生命太长，岁月太久，谁又能长年累月满意一件事，喜欢一件东西？

她只要现在喜欢就够了。

她这次重生后，并不记得远古之前的那些往事，只记得自己的身份。

不过那些往事都已如烟云，过去了就是过去了，知道如何？不知道又如何？于她现在的生活都没多大关系。

她懒洋洋地看了一阵那些孩子玩耍，总觉得心有些不静，仿佛有什么不在预料之内的事将要发生。

她掐算了片刻，没掐算出来，又伸了个懒腰。

算了！兵来将挡，水来土掩吧。

好大一片宫殿！

方圆也不知道多少里，就算在空中俯瞰，也看不到边沿，在外面望进去，只觉重重楼阁一直向里漫延。

亭台楼阁连霄汉，玉树琼枝做烟罗，有五彩烟霞时不时浮荡其中，远远望去，如半浮在云中。

此景就算天上的瑶池也未必比得上，更别提人间的皇宫了。

高大的门楣上有两个古朴大字——陌宫。

因为后天就是魔主和仙界隐者叶天离订婚的大日子，所以陌宫门外很是繁忙。

有些离得较远的六道中人带着各式各样的贺礼，已经提前到来。

陌宫外自有负责应酬接待的魔族人士将各路人马检查完毕后，再带入陌宫之中。

陌宫门口停满了各式各样的车辆，这些车辆或奢华，或古朴，或典雅，很显然，每一辆的主人都很不凡。

当然，六道中那些最主要的头头脑脑是不会提前来的，一来是为了显示其尊贵身份，二来也是他们个个功力非凡，基本都会瞬息千里的功夫，到订婚的大日子他们再来也不迟。

六道中无论哪一界的人，都不想送礼的时候和最大的boss撞上。

送的礼品比那些大boss好，那些大佬会不高兴，如果比他们差太多，又有些丢人。

所以这些人不如提前到来，提前送礼，倒皆大欢喜些。

这个大陆上的人基本都知道魔主喜欢小孩子，尤其是漂亮的小孩子，所以这次送这种"礼物"的人也特别多。

陌宫中自然有专门接收这种特殊"礼物"的，甚至专门为这种"礼物"开辟了一条通入陌宫的新通道。

在这通道门口，已经停了好几辆运送这种"礼物"的马车，每一辆的风格虽然都不太相同，但都是极为精致的。

因为接收这类"礼品"的陌宫总管说了，最精致的马车才配得上最精致的孩子。

天近晌午，又有一辆马车奔来，停在了门口最外围。

陌宫总管看了看那辆马车，皱了皱眉毛。

那马车模样比其他马车普通了些，寒酸了些，尤其是赶马车的那两个人，身上的衣衫虽然还算齐整，但鼻青脸肿的，像是刚挨过胖揍。

陌宫总管便有些瞧不上，连迎上来的意思都没有，只给身边两名小厮打了个手势，让他们去接待。

那两名小厮看了眼那马车，还是比较识货的："怎么车厢上有锁念咒？里面的人很难缠？"

那两个人顿了顿，咳了一声："确实有些难缠，我们为了抓他甚至还吃了一点儿亏。不过，里面的人绝对罕见，我们活这么久，还没见过美成那样的，魔主大人见了肯定欢喜。"

那两名小厮点了点头："很好，那把车厢打开吧！让他下来，我们要先看看。陌宫可不是随便什么阿猫阿狗都能进入的。"

那两个人对望一眼，然后走到车厢外，轻声询问："那个……里面的那位，能否请下车一趟，让人先看看……"他们又加上了一句，"其他人都是如此，并不是专门针对阁下。"

那两名小厮睁大眼睛，像看西洋景似的看着那马车。

说实话，这些作为"礼品"送来的孩子虽然个个长相不俗，但大部分是被强迫来的，送他们来的那些人压根不会询问他们的意见。来到这里后，只要陌宫中人开口要"验货"，这些孩子就会像货物一样被拎下车。

他们还是第一次见到像现在这样的，送来礼物的两个人对里面的孩子似乎有些惧怕？

"可。"马车里只传出一个字，明明是童子清脆的童音，却又如高原之雪般带着清逸的冰寒气。

那两人如蒙大赦，立即打开车厢门。

众人只觉眼前一花，一位白衣童子已经飘飘然落在地上。

当他落地的那一刹那，所有的人都屏住了呼吸！

好美！好冷！

那童子看上去有六七岁，蝶翼般的睫毛，雪一般的肌肤，目似秋水横波，唇如淡红芍药，发如墨染，披散一肩，白袍如云，在他身上翩然翻转——

他站在那里，衬托得周围的所有人都成了土石，也让其他马车上刚刚下来的原本漂亮的孩子黯然失色。

在他下车的那一刹那，几乎所有人都倒抽了一口气！

陌宫主管原本刚刚接下一个漂亮女童，正要亲自送入陌宫，感觉到周围气氛不对，立即也向这边看过来，然后——他直了眼睛！

绝品！简直就是前所未有的绝品！

和这孩子一比，原先送入宫的所有孩子加起来也没这个好看！

陌宫主管激动得几乎手都抖了，大步走过来，上上下下打量那白衣男童几眼，直觉这孩子不但容貌漂亮得惊人，就连身上那隐隐的气势也极为惊人。

"孩子，你叫什么名字？来自哪里？"陌宫主管温声相问。

"九尊。"那孩子只回答了两个字。

哎呀，连声音也这么好听！简直太完美了！

虽然他只说了名字，没说来历，但陌宫总管并不放在心上。

一个小孩子而已，就算再神秘又能翻腾出什么大浪花？

这样的绝品魔主见了一定欢喜！

陌宫总管没再询问什么，道："小九尊，你入选了！随本总管来吧。"

他太喜欢这孩子了，忍不住伸手就想牵他，以示亲热。

但那童子目光微微一闪，斜退半步，让他牵了个空。

陌宫总管一愣，再看那孩子一眼，觉得这孩子未免有点不识抬举，有心想斥责几句，但看看对方绝色的脸蛋又作罢。算了，小孩子而已，不必计较。

送神九黎来的那两个人毕竟不太放心，便用传音之术传声给陌宫总管，隐约说了这孩子法力不低，不如调查清楚再送到魔主跟前。

陌宫总管却挑唇一笑，压根不放在心上。

如今整个神魔大陆都找不到魔主的对手，也没人暗算得了魔主，眼前的小孩子再厉害，也不过是个天才孩子而已，能做什么？

这样的绝品太难得，陌宫总管心情愉悦，重赏了那两人，然后亲自带着这次入选的几个孩子进去。

第十二章　叫九尊的人

那个叫九尊的孩子自然是神九黎，他以为自己这样的"礼物"会是独一无二的，没想到是和这群小萝卜头一起入宫。

这画面颇像皇帝选秀，而自己就是待选的秀女。

神九黎也没想到有朝一日自己会沦落到这个地步，自己想想也感觉有些哭笑不得。

他跟着陌宫总管向里走，沿途也打量周围的风景。

这里的风景很美，一砖一瓦都独具匠心，有些地方隐隐让他有眼熟的感觉。

他抬眼望向楼宇深处，她重生后会是什么模样？还记不记得他？

穿过重重院落、道道回廊，陌总管带着他们也不知道走了多久，总算在一个大园子门前停住，让孩子们在门口等待，他进去禀报。

这群孩子还是蛮怂怂的，毕竟他们不知道被当成礼物送进来后，最后的下场会是什么样。

越是未知越是害怕，有的孩子甚至猜测里面藏着怪兽，他们被送进来是要喂怪兽的。

神九黎沉默不语，他耳力惊人，已经听到里面有孩子的嬉闹声隐隐传来，可是，他没听到她的声音。

片刻后，那位总管回来了，不过他带回来的消息让神九黎垂了眼眸。

总管神色有些怪，传了魔主的口谕，魔主大人说了，她近来对小孩子无感，所以

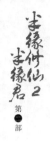

今天送来的这些小孩子原样退回去，她不必见了。

这道口谕传毕，一群孩子有喜有忧，反应各不相同。

魔主的口谕无人敢违背，所以那位总管虽然遗憾，还是带着这群小萝卜头又走了出去。

陌宫总管领着这群孩子快走到陌宫的大门时，无意中一回头，忽然怔了怔，身后跟着的孩子还剩七个！那个最漂亮、最让人惊艳的孩子却不见了！

他问其他孩子，其他孩子似乎也才发现那个孩子的失踪，比他还要茫然。

陌宫总管心里一沉，他的功夫在魔界也算是数一数二的，身后就算飞过一只蚊子他也能在瞬间辨出公母来，现在身后不见了一个孩子，他居然没发觉。

那个孩子果然不简单！

陌宫总管也顾不得别的，将剩余的七个孩子交给另外一个小厮，他自己回头去找。

"父君，这里真的有妈咪吗？"神念陌憋坏了，现在总算有时间询问。

"应该有。"神九黎回了他三个字，人已经来到先前的大园子外。

"可妈咪为什么不见我们呢？她不想我们吗？"神念陌委屈。

神九黎道："没关系，她不想见我们，我们可以去见她。"

他眼睛看着园门，足下顿了顿。

这园子有结界！而且还是那种魔力极强的结界，如没有特殊身份，只怕不能随意出入这园门。

目光落在结界上，他眸底似有波澜暗生。

这么强的结界，她的功夫看来已经足够强大了啊，这让他颇为欣慰。

唯一让他不欣慰的是，这结界以他现在的功力，强行破除倒不是不可能，但也会惊动满园的人，如果再惊走了她……

忽然，他似察觉到什么，回头一望，就见那位总管飞奔而来。

他目光一动，没做出什么动作。

那总管在这里看到他，长舒了一口气："小祖宗，谁让你自己回来的？！"

说着总管一抬手，就要扯上他的衣袖将他带走。

神九黎行云流水般向后一退，那总管拉了个空。

"我要见魔主。"神九黎开口。

那总管呆了呆，他刚才那一抓暗中用上了魔界最上乘的功夫，就算一员猛将也逃不开他这一抓，没想到被这孩子轻描淡写地躲开了。

282

他面色也稍稍凝重起来：“你到底是何人？”

眼前这孩子的功夫太出乎他的意料了！

神九黎抿了唇道：“她的一位故人，你把我的名字报与她，她会见我的。”

那总管哧地一笑：“小家伙，你的名字刚才我在魔主面前提过了，她压根没有要见你的意思。魔主的命令无人可违背，我劝你还是乖乖离开吧。”

神九黎眸中似有暗芒一闪。

这么说，她不见这批小孩子是自己的原因？看来她还记得他？！

他不怕她不见，不怕她和他翻脸，唯怕她彻底将他忘记。

“好了，好了，别在这里磨叽了，赶紧走。再不走的话，你只怕就走不了了！”那总管威胁道。

他是魔，原本对小孩子无感，但魔主曾经明令禁止任何人伤害孩子，如有违背，则会受到很严厉的惩罚。

所以那总管现在虽然很生神九黎“不听话”的气，还是不敢真对他怎么样，想先把他吓走再说：“这陌宫内有专门吃小孩的凶兽，你再不走就把你喂凶兽了！”

神九黎微垂眼眸：“好，我走。”

那总管总算松了一口气，神九黎又道：“不过，还请总管帮我转交一件东西给魔主。”

“你一个小孩子有什么东西可转交的？”那总管不耐烦。

神九黎一垂衣袖，一颗鸡蛋大小的红石头出现在他的掌心里：“就是此物。”

那总管一呆！石胎？！

那红石头晶莹剔透，外形倒也没什么可奇怪的，唯一让人奇怪的是，那石头里居然有一个小婴儿，那婴儿还是活的，在里面像尾鱼似的游来游去。

这确实是个稀罕物，那总管将那红石头接过来，托在掌心看了看。

红石头里的小婴儿睁着眼睛控诉地瞧着神九黎，不相信自己老爹就这么把自己给“卖了”。

那总管感应了一下那石头，没觉得有什么危险性，再稍一琢磨，自家的魔主大人喜欢孩子，如果把这个稀奇的石胎送给她，或许她真的会喜欢。

于是他点了点头，把石头收下，又叫了一个小厮过来，让他把这个小九尊领出去。

他眼瞅着神九黎确实跟着那小厮走开，这才转身进了园子。

这园子外的结界是认人的，除非他亲自带领，要不然外人休想无声无息地闯进来。

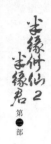

"魔主大人。"总管恭恭敬敬地在秋千下面行礼。

阿陌也不睁眼，淡淡开口："你又来做什么？"

总管将那红石头托在掌心高举过头顶："魔主，有人送来这么个稀罕物，属下猜测魔主大人可能会喜欢，斗胆献上来。"

阿陌懒洋洋地睁眼，眸子落在那石头上，眼瞳蓦然一缩！

她缓缓自秋千上起身，手掌一抬，一道淡淡红光闪过，那红石头已经到了她的掌心里。

她垂眸看着石头里的孩子，那石头里的婴儿也大睁了眼睛瞧着她。

一般刚出生的孩子都皱巴巴的，实在说不上好看，但这小婴儿不同，他的五官已经生得十分精致，尤其是那一双眼睛，大大的，水汪汪的，被这样一双眼睛望着，就算是铁石心肠也能在瞬间软成一汪水。

那婴儿几乎趴到了石壁上瞧着她，一双眼睛越睁越大，越来越水汪汪，小嘴扁了扁，再扁了扁，像是越来越委屈。他这样的表情也让阿陌心中莫名紧了又紧，她正要说什么，那婴儿忽然哇的一声哭出来："妈咪！"

阿陌手一抖！手里的小石头失手坠落。

她脸色微微一变，一挥衣袖，在小石头将要落地的时候将其兜住，正要将小石头挑上来，忽听刺的一声碎裂响，她的衣袖湿了半副。

糟了！

她没想到这小石头这么脆弱，还没摔到地上就直接破碎，那里面的漂亮孩子……

她衣袖一翻，将那颗破碎了的石头卷上来，想看看有没有修补的可能，但在卷上来的刹那，她又呆了呆！

那块红石头已经碎裂成两块，而一个光溜溜的小婴儿正趴在她的衣袖上，两只小手死命攥着布料，哭得撕心裂肺："妈咪，娘亲，念陌可找到你了！你不要念陌了吗？"

下面尚未来得及离开的陌宫总管也险些被这一幕惊一个跟头，大张的嘴巴足能塞下一个鸭蛋。

阿陌呆了！

她低头看着在自己衣袖上像八爪鱼一样死命扒着不放的小婴儿，怕他再跌下去，忙用衣袖将他整个兜着，却有些黑线。

这石头里产出来的婴儿是不是有雏鸟情结，出生后见到的第一个人就当作自己的娘亲？

不过，好在小家伙没事，看他哭声这么响亮，底气这么足，应该没伤到。

小家伙哭得很痛快，似乎要把这些日子见不到娘亲的委屈全哭出来，眼泪滚滚而下，哭得阿陌整个心都拧成一团："别哭，你别哭啊……"

陌宫总管总算回过神来，这石胎太怪了，早不出世，晚不出世，偏偏刚刚到魔主手里就出壳，还把魔主身上弄得这么湿这么脏。更重要的是，这石头里滚出来一个小婴儿就罢了，怎么还滚出这么多乱七八糟的东西？

有书，有画……甚至还有拨浪鼓！

更奇异的是，这些东西虽然是从胎水里滚出来的，居然一点儿也不湿，干干净净的，像新的似的。

魔主大人爱洁，身上多个水渍她都直接毁衣服，现在衣袖上沾了这么一大片不明液体，再加上那光溜溜的娃娃……

陌宫总管忙上前一步："魔主，先把他给属下吧。"这娃娃是个怪胎，他得弄出去研究研究，最起码弄干净了再考虑要不要送给魔主大人。

阿陌看了看趴在她衣袖上大哭的某娃娃，也觉得该先将这孩子处理一下："那个……你先……"

她正要说"你先和总管出去好好洗个澡"之类的话，没想到小娃娃身子一僵，然后又死命扒在她身上，眼泪汪汪地抬起头，控诉地看着她，抽抽噎噎："妈咪，你又不要念陌了吗？念陌已经这么乖了，你不要抛弃念陌……"

阿陌："……"

小家伙唯恐被抛弃似的紧抓着她，哭声让她心里一阵发紧一阵发酸。

她顿了顿，挥了挥手，示意那总管可以自行离去。

那总管手里还抱着一堆刚刚从石头里滚出来的东西，他自然不会违背魔主的命令，转身正要离去。

不料那小娃娃却向他张开了手："我的东西！不要抢我的东西……"

阿陌唯恐小娃娃又开始哭，索性再一卷衣袖，将总管手里抱着的东西都卷了来："莫哭，你的东西在这里。"

小娃娃这次心满意足了，再次趴在她的衣袖上，还疑惑道："妈咪的衣服怎么这么湿？"

阿陌："……"

她轻叹了一口气，自然不想和小孩子一般见识，挥手让那总管离去，她则在秋千上一转身，直接没了影子。

那总管一脸被雷得外焦里嫩的表情离开了，他知道自家魔主喜欢小孩子，可没想

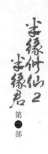

到喜欢到如此纵容的程度，那石头里蹦出来的小娃娃把她身上弄得那么脏，她也没舍得戳对方一指头。

微风吹来，又吹得那无人的秋千架晃了晃，周围恢复了宁静祥和。

片刻后，旁边的一棵大树上现出一个人的身形，黑发白袍，俊美如画。他垂眸看着不远处还在摇晃的秋千架，眸中有暗波涌动，也不知道在想些什么。

他身形一动，直接落在了秋千架上，秋千架载着他轻轻摇晃起来，秋千架上隐隐有久违的她身上的气息，那么清甜，那么熟悉，吸入胸中让他的心像是烫伤般颤抖。

雪陌，无论如何，我总算找到你了！

你记得也好，不记得也罢，我都不会再放手。

他坐在秋千架上，微风吹动他的白袍，飘雪般摇曳。

"喂，那是魔主的秋千，不允许人坐的。"不远处一个小孩子跑过来，指着他大声指责，"喂，你是谁……"

他后面的话并没有再说出来，因为他发现秋千架上空荡荡的，一个人影也没有。

那孩子揉了揉眼睛，咕哝了一句："奇怪，难道我眼花了？"

一个澡盆，盆中有温度适中的热水，一个小娃娃正在里面欢快地扑腾："能出来的感觉真好。"

阿陌蹲在盆边，垂眸看着他。小家伙哭得快，笑得也快，刚才还哭得像是天塌了似的，现在又笑得像个天使似的。

她望着小家伙有些出神。

她喜欢孩子不假，但弄到园子里来的这么多个孩子还没有一个能像现在这个似的，很能撩动她的情绪，难道是因为——自己亲自接生的他？

她看这孩子自得其乐在盆里玩得欢，便也任由他去。

她一抬手，掌心再次现出那块碎成两块的红石头，垂眸研究了片刻，又用手拨了拨，没想到这石头居然还有孕育小娃娃的功能。

再看看地上的拨浪鼓等物，她摇了摇头，颇觉不可思议。

目光又落在那画轴上，她顿了顿，衣袖轻轻一拂，画轴无声打开，现出画中人。

画中是一位弹琵琶的少女，十八九岁的年纪，一身红衣似火，眉眼灵动，灵气逼人，仿佛吹一口气就能从画中走出来。

"妈咪，那就是你啊，好看吧？"神念陌两只小手扒着盆边沿，看看画再看看阿陌，"妈咪果然很好看呢！比画上的还好看。"

阿陌抬手摸了摸自己的脸，再垂眸看了看那幅画，歪头似想了想什么，点了点头："确实挺像的。"

她将小家伙从盆里拎出来，用旁边的毛巾擦干。

小家伙乖乖的任她摆弄自己，惬意地闭上眼睛。

妈咪的手指好软啊，也好暖啊，以前都是隔着肚皮碰触，现在总算是真真切切抚在他身上了。

婴儿都喜欢被自己的母亲抚触，这是一种本能，神念陌也不例外。

他没想到他还有再见到妈咪的这一天，没想到一出生就能到妈咪的怀抱里。

在这个时刻，神念陌再不在心里埋怨老爹果断出卖自己了。

在妈咪身边的感觉真好，神念陌开心地用自己的大头在妈咪的手上蹭了蹭。

不过，妈咪看上去好小，如不是闻着味道确实是妈咪的，他刚刚才落到她的衣袖中时差点要喊她姐姐了。

小家伙不愧是石头里蹦出来的孩子，才出生肌肤就粉嫩柔软得不得了，让人爱不释手。

尤其是这小子长得简直要把人萌化了，他用他的大头蹭她的手的时候，阿陌觉得冷硬的心像是被蹭开了一条缝，露出了心中的柔软。

她这里并没有预备这么小孩子的衣服，所以给这小子洗完澡后，阿陌一时找不着能给他穿的衣服。

她有心给他变一套，但变出来的衣服毕竟包含了术法，她怕这孩子肌肤太嫩，受不了那个。

阿陌略一踌躇，便拿过传音符，吩咐陌宫总管火速购买几套小婴儿衣服来，当然，要求是越快越好，越舒服越好。

"你叫什么名字？"阿陌随口问道，顺手给他梳柔软的头发。

"神念陌。"神念陌乖乖坐在那里。

阿陌顿了顿，看着这个孩子，有片刻失神："你是有父母的？"

神念陌转过脑袋，疑惑地看着她："妈咪，你不就是我的娘亲？"他扁了扁嘴巴，又要哭，"妈咪，你不会还不认念陌吧？念陌这些日子好想你……"

他伸出小手扯着她的衣袖，一双眼睛包着一汪水，水汪汪地望着她，唯恐被抛弃似的。

阿陌心头一软，将他抱在怀中，很自然地在他的额头上亲了亲："念陌乖，娘亲……娘亲认你了。""娘亲"两个字出口，她虽然觉得有些别扭，心里却有些暖暖的。

小家伙很会打蛇随棍上，立即伸出小手臂搂住她的脖子不撒手了，在她脸上也亲

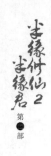

了一口，然后大头趴在她的肩膀那里，贪婪地嗅着她的气息，张开小嘴打了个哈欠："娘亲，念陌困了。"

门口传来轻轻的敲门声："魔主，属下给您送衣服来了。"

阿陌微微一愣，好快！

这次这总管的办事效率倒不是一般高！

她弹了弹手指，门向两边打开，顺手还用衣袖遮了遮怀中娃娃的小身子，怕他受风。

陌宫总管垂眸进来，手里是一个托盘，托盘中整整齐齐摆着几套男婴衣服。

"魔主，看看这几套如何？"总管把衣服向她递过来。

阿陌并不用手去接，只吩咐一句："放在那边的桌子上吧，你出去。"

陌宫总管递衣服的手指微微一僵，缩了回去，他应了一声"是"，将那托盘放在了桌子上。

阿陌并没有注意他，注意力都在怀中的孩子身上，小家伙头发还湿着呢，吹了风说不定会病。

陌宫总管目光在她和孩子身上一扫，看着小家伙光着屁股趴在她的怀里，两只手臂还环着她的脖子，口水几乎要流到他娘亲脖子里了。

"魔主，不如，让属下为他穿衣？"陌宫总管自告奋勇。

陌宫总管其实是位长相颇为俊美潇洒的青年男子，一边说一边走了过来。

阿陌微微皱眉："不必，出去！"不知道为何，她不想让任何人代替她照应这个孩子。

陌宫总管怔了怔，手臂垂了下来："是。"他倒退着出去了，临走还瞧了小家伙一眼。

小家伙眯着眼睛正犯困，被这一眼瞧得莫名打了个寒噤，迷迷糊糊抬起头来，想看看那寒意是来自哪里。

室内却只有他和他的娘亲，他扫了一圈儿也没看到外人，于是又向娘亲怀中拱了拱，想找个舒服的姿势睡大觉。

阿陌将他放在床上，正要起身看看那些衣服，小家伙却抱着她的手臂不撒手："娘亲不要离开念陌。念陌要和娘亲一起睡。"

阿陌拍了拍他的小身子："等着，娘亲给你拿衣服。"

她这被子里也有魔气，而这个小家伙遍体仙气凛然，怕是受不得这个。

她看了看那几套小衣服，衣服不是一般精致，无论是剪裁还是布料，都是绝无仅有的。

她用手摩挲着那几套小衣服，这衣服貌似不是这大陆的料子啊。

她挑拣了一套，给小家伙穿上，柔软的布料如云，小家伙穿上以后伸伸胳膊，再蹬蹬小腿，看出来他还是很满意这衣服的。

阿陌看着他出神片刻，便也上了床，把他塞到旁边的被窝里："好了，睡吧。"

自己也闭了眼睛，她现在也容易犯困，所以一天也是必须睡两觉的。

她迷迷糊糊正要培养出睡意，手臂处一软，一个肉肉的小家伙已经挤进她的被窝："念陌要娘亲揽着睡。"大头三拱两拱就拱到了她的怀里，他扯过她的一只手臂枕着，然后又闭上了眼睛。

怀中忽然多了这么个小奶包，阿陌颇为不习惯，刚刚培养出来的睡意又全跑了。

她睁开眼睛看看怀中的孩子，心头隐隐似有什么要泛上来，那是一种尖锐的、疼到灵魂深处的痛楚，那画面尚未翻上来便被她强行压了下去！

她闭上眼睛，将手臂自睡着的孩子身下抽出来，无声地向旁边让了让，和孩子稍稍拉开一点儿距离。

越在乎的东西越容易失去，与其那样，她还不如什么也不在乎。

这三年她不是也这么过来了吗？

这样不在乎一切的心态很好，她不想再改变。

至于这个孩子——她还是不要太接近比较好。

神念陌大概是被抛弃怕了，很没安全感，在睡梦中察觉到母亲的远离，就算是迷糊中他的身子也滚了滚，滚到她的手臂前才停住，然后两只小手吃力地将她的手抱在怀中，小嘴咕哝了一句："妈咪不要抛弃念陌……"

阿陌本来正想将手抽回，听到他这一句梦呓又僵住，微垂眼眸，便任他抱着了。

她喜静，所以她的寝宫周围并没有其他建筑，只有无数高大的树木遮天蔽日。

在一株枝繁叶茂的大树上，神九黎垂眸而坐，重重叠叠的枝叶掩住了他的身形，他又隐藏了气息，就算有人从树下经过也不会发现他的行踪。

树下不远处就是宁雪陌的寝宫，寝宫内，他的妻和子都在里面安睡。

如果可能，他也想进去搂着妻儿同睡。

可是，不行，现在不是他该出现的时候，他现在出现在她眼前的话，只会让事情变得更糟！

所以他要等！等到最合适的时机再出现在她面前，而且还要让她没有拒绝的余地！

神九黎做事鲜少有冲动的时候，要么简单直接，以雷霆之势快刀斩乱麻，将事情彻底解决；要么就步步为营，层层推进，等对方警觉之时，他已经布好所有的局，想

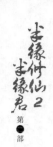

逃也逃不了了。

当然，这世上能让他费心思的事太少，他解决大多数问题的时候用的是第一种方式……

他并不急，这么长时间都熬过来了，他不在乎多等几天。

他垂眸想了想，闪身离开。

孩子跟着他的娘亲，神九黎很放心。

现在他的首要任务是恢复，抓紧一切时间恢复功力，而他知道一个恢复功力的好地方。

叶天离没想到他不过离开不到一天，再见到阿陌时，她怀中居然多了一个孩子！

天高云淡，凉风习习。

阿陌抱着一个孩子在玩荡秋千，那孩子趴在她怀里，随着她飘来荡去，被逗得咯咯直笑。

叶天离抱着琴站在秋千下，有些诧异地看着这一幕，顿了顿，才开口："阿陌。"

阿陌红裙在秋千上翻飞，她单臂抱着孩子，歪头看了叶天离一眼："你来了，再弹一曲吧，本座随着乐声荡他一下。"她发现这孩子乐感挺强的，她随意哼哼个小曲，他都用小手来为她打拍子。

叶天离有点黑线，他确实琴技不错，用琴声来取悦她是个情趣，可用琴声帮她哄孩子……

"阿陌，这孩子……"他正要问是不是也是其他人送来的，不料那孩子用手臂搂着阿陌的脖子，软软地叫了一声："娘亲，念陌饿了。"

叶天离如被雷劈！

娘亲？！这个称呼是不是……太随便了？

他忍不住看向阿陌，阿陌对这个称呼似乎已经认可，她抬手揉了揉神念陌的脑袋："好，娘亲叫人为你做点吃的。你要吃什么？"

她还没养过这么小的孩子，还真不知道他能吃什么。

神念陌立即开口点了几样，阿陌倒不犹豫，立即唤来陌宫总管，让他去预备。

叶天离被晾了半晌，终于忍不住："阿陌，这孩子什么时候来的？"

"昨晚上刚生的。"阿陌随口回了一句，低头又问神念陌，"你渴不渴？"

"渴了。"神念陌乖乖回答，他其实并不渴，但他喜欢这种被娘亲呵护的感觉。

还有，他不喜欢下面站着的那个男人，总感觉对方要抢他的娘亲。

叶天离一个趔趄："刚……刚生的？"温文儒雅、泰山崩于前也不变色的仙界贵公子说话第一次有些结巴。

他被结结实实打击到了，他明日就要和心上人订婚了，结果她今天有了个孩子……

问题是，他没见她怀孕啊！

她的模样甚至还是一位处子。怎么会？

恰在这时陌宫总管进来，多嘴解释了一句："这孩子是有人送来的，自石胎中出生……"

他还没解释完，阿陌一眼瞥了过来，陌宫总管当即闭嘴。

叶天离却松了一口气，吓他一跳！

他再看看那孩子，那孩子正抱着一个玉杯喝水，姿势居然挺优雅的，真不像一个才出生的小孩！

石胎中出来的？妖童？

不对，那孩子身上没有半点儿妖气，周身倒似有淡淡的白芒，那是普通仙也没有的圣光。

叶天离抬手发出一道柔和的银光，想测测这孩子的资质，不料他的银光刚刚发出，那孩子就惊叫一声："妈咪，他要杀我！"身上一道白光也射了出来，直接迎向那银光。

银光毕竟强势一些，瞬间将那白光打散，眼见银光就要罩上神念陌的头顶，阿陌一抬衣袖，淡淡红光迎上银光，银光一颤，瞬间消失。

"你做什么？"阿陌瞧了叶天离一眼，声音微冷。

叶天离黑线："我……我只是想测测他的资质。"

"不必。"阿陌将孩子抱在怀里，"他是本座的，你无须过问。"

叶天离顿了顿道："阿陌，明日我们便要订婚了，我会是你未来的丈夫，这孩子认你做娘亲的话，我就是他未来的父君……"

神念陌开始还没听懂他说什么，后面这句却听懂了，立即睁圆了眼睛："不要！念陌要自己的父君，不要他做父君！"

叶天离目光微闪，温声道："你叫念陌是吧？你的父君是谁？告诉伯伯，伯伯帮你把他找来可好？"

他不喜欢这孩子，如果这孩子是有父母的，那他帮着找来，这孩子就不用这么缠着阿陌了。

"不好！"神念陌把头摇得像拨浪鼓，一脸戒备地望着他，"你是坏人，要分开

第十二章　叫九尊的人

291

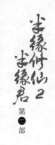

我和娘亲！我不要和你说话！"

叶天离："……"这小鬼！

他笑了笑，自然不和小孩子一般见识，摇了摇头，不再理会他，只望着阿陌："阿陌，这孩子倒真黏你，大概真把你当成他亲娘亲了。"

"她就是我亲娘亲呀。"神念陌不悦地打断他，还示威性地抱着阿陌的脖子亲了她一口，亲了她一脸口水。

叶天离再度无语，他总不能和一个小孩子较真吧？

他再瞧神念陌一眼，心中忽然一动，这孩子小嘴和鼻子似乎和阿陌真的有些相像！

是巧合？还是……

念陌这个名字似乎也有些特别……

他脱口问道："这孩子真是从石头里蹦出来的？"

陌宫总管这时候总算能插上话："千真万确，这孩子藏身的那块石头还是属下送进来的。"

陌宫总管应该不会说谎，叶天离点了点头："那这孩子来路确实蹊跷了点，这石头又是从哪里来的？"

"是……是一个孩子送来的。"陌宫总管顺嘴回答。

"禾木，你是本座的总管还是他的总管？"阿陌在旁边冷冷开口。

禾木总管打了个寒战，总算醒过神来，自己……自己似乎多嘴了。

他忙后退一步，一句话不肯多说了。

阿陌似笑非笑地望着叶天离："本座的事，你有必要查得如此清楚？"

"阿陌，我只是为了你好……"叶天离轻轻一叹，"我还是第一次见你对一个孩子这么上心，所以想把他查得清楚些，免得出什么意外伤了你。"

"不必你好心，本座心里有数。"阿陌又向神念陌的小嘴里塞了一个小糕点，封住了他将要开口的话。

叶天离微微一笑，聪明地不再纠缠这个话题："阿陌，今日我们去梨落海一游可好？那边的梨花开得正好。"

阿陌形容有些懒懒的，正要回答说不去，她怀中的神念陌眼睛却亮了："梨花？念陌要看！娘亲带念陌去看好不好？"他软着一把小嗓子这么一说，阿陌心中一软，点了点头："好！"

叶天离心中又是一动，目光不动声色地在神念陌身上扫了扫。他其实不想让阿陌带着这个小拖油瓶，但……

他笑了笑："既然如此，我们走吧。"

他伸出手："阿陌你总抱着他未免疲累，把他给我吧？正好也让我和他培养培养感情。"

"不要，不要！"神念陌立即抱着阿陌的脖子不放，"我只让娘亲抱，不要他抱！"

这孩子确实太黏她了，通常之下，黏她的人下场都不太好……

阿陌俏脸微微一沉："松手！"她声音微冷，周身隐隐散出的气势让神念陌小身子一僵，他慢慢松开手，一双大眼睛不相信地看着阿陌："娘亲？"娘亲这是凶他吗？

阿陌也不看他，淡淡说了一句："要想跟着看梨花，那就乖乖地让叶伯伯抱。"

她将神念陌向叶天离怀中一塞，转身向外走去。

叶天离嘴角一勾，看了看怀中的小家伙，拍了拍他的后背："乖乖的才是好孩子。"

神念陌怒了，他是个有洁癖的宝宝，只允许他的娘亲和父君抱，这个男人又是哪棵葱？他才不要听他的话！

他立即一掌向叶天离拍过去："放开我，不要你抱！"

啪！他这一掌好死不死正拍在叶天离脸上。

他毕竟是神之子，虽然不像传说中的哪吒那么一出生就会翻江倒海，但还是很有力气的，他甚至已经修炼出念力，所以这一巴掌拍在叶天离脸上分外清脆响亮，那一声响过后，叶天离俊脸上多了一个鲜红的小巴掌印。

叶天离似乎也没想到小家伙会出手揍自己，手臂一松，小家伙险些坠地。

"你……"

"怎么了？"阿陌转了回来。

叶天离苦笑："这孩子的脾气……似乎急躁了点，他大概不稀罕我抱他。"

"念陌，道歉！"阿陌看看叶天离脸上的小巴掌印，俏脸沉了下来，这孩子确实骄纵了些。

神念陌扁扁小嘴，小脾气也上来了，大头一仰："偏不！念陌不要这个人抱，他是坏蛋！"

阿陌一抬手，将他从叶天离怀中提了出来："我再说一遍，道歉！如不道歉娘亲再也不认你！"

神念陌小脸涨得通红，娘亲居然为了一个男人凶他！

他一双大眼睛里有泪珠在滚来滚去，他其实还是很有脾气的，这个时候又委屈：

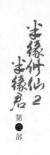
"我偏不……"

呼的一声响，他小小的身子被抛了出去，落在正在旁边看傻眼的禾木总管怀里。

"那就不要去了！禾木，看着他。"

禾木总管抱着怀中软软的小包子，只得苦着脸说了一声："是！"

"妈咪，你又不要念陌了吗？"神念陌终于哇的一声哭出来。

阿陌心里像被什么刺了一下，她微微垂眸看了神念陌一眼，小家伙在禾木总管怀里哭得梨花带雨，她在袖中握了握手指，转身道："叶天离，我们走吧。"

二人相携飞去。

空中隐隐传来二人的对话声。

"阿陌，你唤我天离便好。"

"习惯而已。"

"但愿有你习惯称呼我为夫君的那一天。"

娘亲真的不要他了！

神念陌在禾木怀里哭得声嘶力竭，他出生以来还是第一次这么大放悲声。

小家伙哭起来很有感染力，禾木总管这样铁石心肠的人都被他哭得有些眼酸。

千树万树梨花开，雪白的梨花花瓣迎风飞舞，飘飘荡荡落了一地，景致美不胜收。

阿陌行在其间，黑发飘扬，红裙翩跹，人入画，画如人。叶天离和她并肩而行，轻轻一叹："阿陌，愿我们年年有今日，岁岁有今朝。"

阿陌抬头环视梨花林，有点心神不属，不知道为何，眼前总闪现神念陌那双含泪的大眼睛，甚至耳边还能听到他的哭声。

她凝眉，自己这状态貌似不太对！

那孩子就算和她再亲，毕竟也不是她的，不过是自己把他从石壳里接生出来而已，他唤她娘亲，她未必就是他的娘亲了。

"阿陌，你怎么了？"

阿陌一时走神，被脚下树根一绊，打了个趔趄，叶天离忙扶住她。

阿陌抚了抚额，闭了闭眼睛，再睁开时已经一片清明，她勾唇一笑："没什么，叶天离，再给本座弹一曲吧。"

她飞身上了一棵梨树，斜倚在树杈上，一副洗耳恭听的模样。

叶天离自然不会拒绝她的要求："好！"

他目光微微闪动，今天的阿陌似乎格外好说话，笑容也多了些。

二人一个在树上倾听，一个在树下弹奏，倒也和谐美好。

时间就在这和谐美好中滑过去，二人这次玩得分外畅快，等回去的时候，已经星光漫天。

临分别时，叶天离握住阿陌的手，星光下，他眸子如星子般灿烂："阿陌，明日就是我们的大日子，过了明日我们就可以长相厮守了，你喜欢吗？"

阿陌打了个哈欠："喜欢啊。"这样有人陪的日子似乎也不错，日子也不那么难熬了。

星光下的她美得惊人，她那种满不在乎的模样更有一种奇异的气质，让叶天离心中激跳。

他忍不住抬手将她一扯，想顺势将她扯到怀中吻一吻，却不料这一扯之下，对方只是轻轻一抬袖，便脱开他的掌握。她朝他挥了挥手："好啦，去吧，明儿见。"一转身便消失不见了。

叶天离在原地站了片刻，看了看自己的手，手上尚有她的余温，那小手似乎一直是凉的，如冰凉的软玉，握着的时候似乎能冰到人心里去。

是因为她是魔吗？

不知道她的唇是否也如她的手一样冰冷……

明日订婚的时候，他应该能品尝到她的唇的滋味吧？

他和她交往一年多，几乎天天腻在一起，却从来没有过任何亲热行为。

不是他不想，而是她身上有一种令人望而生畏的气度，让他不敢造次。发展到现在，他也就是握握小手而已。

不过，过了明日应该就不同了！

明日他就是她名正言顺的未婚夫，一切都变得不一样了！他再和她有亲密行为她应该也不会拒绝了。

阿陌回到陌宫的时候，已经将近凌晨时分，她本来想唤来禾木问问小奶包的情况，再一想，算了！

那孩子也就是哭几声的事，现在只怕也睡了，自己明日再去看看他也不迟。

想到这里，她便直接回了自己的寝宫。她喜静，身边并不需要侍女伺候。

她的寝宫也只有每日早晨某一个特定时间由侍女快手快脚打扫一遍完事，平时并没有人。

她走到自己寝宫门口忽然顿了顿，门口蜷缩着一个小身影，小小一团，坐在那里，动也不动，仿佛睡着了。

她心里像是被什么重重击了一下。

小奶包！他怎么在这里？！

禾木那混蛋做什么去了？！怎么放任这孩子独自跑出来？

她上前一把将小家伙抱起来，一抱之下，又感觉不对了。

小家伙身子火烫，似乎发了烧。

她就着星光向他脸上一看，心里又像被什么扎了一下！

小家伙小脸苍白色，两只眼睛却肿得像核桃似的，显然哭了很久，此刻不知道是睡还是晕，小小鼻翼翕动着，不时梦呓一句："妈咪不要抛弃念陌……"

阿陌手臂微微一颤，抬手摸了摸他的额头，同样火烫。

她心中一紧："念陌，念陌。"她试着叫了他几声。

小家伙身子一僵，慢慢睁开眼睛，眼睛肿得太厉害，睁开也是一条细缝，在看清阿陌的刹那，他努力睁大了眼睛，有水光在里面晃来晃去。他伸出小手，小心翼翼碰触她的脸颊："妈咪？"

阿陌心头发酸，嗯了一声："念陌，你怎么在这里？禾木没把你安排好？这个混蛋！娘亲这就把他叫来……"

神念陌却身子一抖，死死抱着她的手臂，小嘴扁了扁，似乎要哭，却又强忍着，和她商量："念陌要和娘亲睡，不要他……娘亲不要再抛弃念陌好不好？念陌会乖，会听娘亲的话，不耍脾气了……"他的声音奶声奶气中带着哽咽。

他这小心翼翼的模样让阿陌心头莫名一堵，喉咙中似塞了一团棉花，差点说不出话来。

"念陌！"她叫了他一声，却又一时不知道说什么，叹息一声，正要将他抱入自己的寝宫，远远看到禾木总管急急跑来，她脚步一顿，冷冷瞧着他。

禾木瞧见她怀中的孩子，松了一口气。

可看清魔主的脸色时，他又打了个寒战，伏身跪倒："魔主，属下办事不力，还请魔主责罚。"

"到底怎么回事？这么晚了怎么放任他自己在这里？！"阿陌声音冷得几乎能下霜。

禾木总管心头发苦，他没想到这小祖宗这么能哭！

从魔主和那个叶天离走后，他就一直哭一直哭，一会儿哭要妈咪，一会儿又哭着说"念陌会乖，妈咪回来"……

无论怎么哄都不行，他几乎怀疑这孩子是水做的，那眼泪不要钱似的往下滚。

明日就是大婚的日子，禾木总管手头也是千头万绪的，没时间常抱孩子。

这孩子又哭得厉害，他焦躁之下，就将他关进了小黑屋，想治治神念陌的性子。

当然，他也怕神念陌出意外，那小黑屋四周的墙壁都是软的，就算神念陌在里面撞来撞去也撞不出毛病来。

将小家伙关进去以后，他就去忙别的了。

等禾木总管再想起神念陌来，已经是两个时辰以后。

他到底不放心，又跑了回去，远远地居然还能听到小家伙撕心裂肺的哭声，那声音已经哑了。

他心里一紧，终于意识到关黑屋是不行的，只会让事情越来越糟，忙又把神念陌抱出来，哄了很久很久。为了止住小家伙的哭声，禾木总管连在地上学乌龟爬这样没格调的事都做了，才总算让小家伙由号啕大哭变成抽噎。

或许是哭得太久了，小家伙也累了，天还没黑就睡着了。

禾木总管总算松了一口气，将他抱回自己屋内，放在自己的床上，不料刚一放下神念陌又醒了，一醒就哭闹着要找妈咪，要去妈咪的寝宫睡。

禾木总管被他闹得头大如斗，吓唬他说：你再哭闹你妈咪就再也不要你了！她会彻底抛弃你！一辈子不见你！

这一句话很管用，小家伙终于停止哭闹，乖乖留在禾木总管这里。

大概小家伙身上神九黎的基因太强，他有轻微洁癖，禾木总管那么干净的床铺他居然还是嫌弃，把他放在上面后，他就是不肯钻被窝。

还不能训斥，一训斥他就哭。

禾木总管没办法，只得让人打造了一张新床，铺上新被褥，小家伙这才勉强钻被窝睡了。

禾木总管被他折腾这一天，简直比爬一天山还累！

他还有许多工作没有做，所以等小家伙睡着后，就出去忙了。

等几个时辰后他拖着疲倦的身子回来，结果发现小床上的小祖宗不见了！

他清楚知道这小家伙在魔主心里的分量，这一急非同小可，只得拼命搜寻，幸好他还记得小家伙想要找娘亲睡，便抱着试试看的心态找到这里来。

没想到小家伙找到了，而魔主也回来了……

见魔主脸色不善，他只得磕头谢罪，将事情经过简单说了。阿陌也有点哭笑不得，抿紧了唇，心里也不知道是什么滋味。

她训斥了禾木总管几句，又吩咐他去做一些事情，这才抱着小家伙进了自己的寝宫。

小家伙明明是从石头里蹦出来的，一出生就会说话会跑，甚至还会发招，这样的

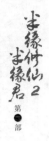

孩子无论在六界中的哪一界都是奇葩的存在。

阿陌以为，这样的孩子是最强壮的，却没想到他也会生病也会发烧。

进了寝宫后，神念陌大概终于清楚不会被丢出去了，松了口气。小孩子本来就喜欢睡觉，他又折腾一天，再加上生病，阿陌把他往床上一放，他迷迷糊糊就要睡着。

大概是被丢怕了，他就算半睡半醒，一只小手也牢牢捏着阿陌的衣袖。

阿陌本来想给他拿点药，不料她刚起身扯出自己的衣袖，他就哇的一声又哭出来，两只小手在空中乱抓，不停哭叫妈咪。

这孩子不是一般没安全感！

阿陌眼中也微微一酸，只得将他抱起来，抱着他给他找来药，再喂他吃下。

神念陌倒也乖，只要是被娘亲抱着，他就不折腾，再苦的药他皱着小眉头也能吞下。

阿陌又给他做了一遍按摩，折腾了足足一个时辰，终于让他出了一身汗。

小家伙身体素质还是很好的，出了一身汗后，高烧终于退去。他大概累坏了，高烧一退，很快睡熟。

阿陌躺在他旁边，小家伙像个狗皮膏药似的贴着她。

今天的事大概给他造成心理阴影了，他就算在熟睡中偶尔也会抽噎一下，咕哝一句："念陌会乖，妈咪不要丢下念陌……"大头再向她怀中拱一拱，才能继续睡。

阿陌睁眼看着床顶，一双眸子里有光芒闪烁不定。

她抬手抚了抚额头，直觉自己自由自在、无牵无挂的生活将要到头。

这小家伙才来到她身边一天，便成了她的软肋。

她转眸看着身边的孩子，细细看着他的眉眼。

他的眼睛她已经给他处理过，渐渐消了肿，恢复本来模样，此刻睫毛还有点濡湿，长长的覆在眼睑上，形成密密的剪影，让人想在上面亲上一亲。

她也忍不住俯头亲了亲，那睫毛上还有泪液，沾在舌尖咸咸的，有些发涩。

那涩似乎能一直涩到心里去，让她心中又酸又软。

她忽然轻轻一笑。

"如果你的孩子还活着，应该和他一样可爱吧……"

心脏某处猛然一疼，像是久已封存的伤疤被人掀了掀。她手指抚上胸口，不知道在劝谁："傻瓜！那个孩子和你无缘的，放下吧！放下你才会获得大自在！这三年你不是生活得很好？"

心头莫名有些浮躁，她抿紧了唇，看了看指尖，自己那个术法似乎有点失灵，或许该再加强一下？

她闭上眼睛，指尖冒出淡淡红光，将胸中浮浮沉沉的莫名情绪再次压了下去，压到记忆的角落里，不让它再泛上来。

当红光消失的时候，她的俏脸终于恢复往日的平静，脸上露出满意的笑容，这才沉沉睡去。

人山人海，锦绣满眼。

魔主和仙界最强隐者的订婚仪式自然惊动了整个六界。

一大早，陌宫内外已经是人的世界人的海洋，穿着各色服饰的六界中人在宫内外出出进进，六界的首脑也基本全到了。

魔主不喜太过热闹，所以能出入陌宫来贺喜的人物基本都是身份比较尊贵的，品阶太低的，最多也就是把礼物送到门口，便被人打发走了。

举行订婚仪式的地方不是宫殿，而是一个大玉石铺就的大广场。

广场能容纳数千人，在广场中央此刻竖起了一个玉石高台，这高台整个用红玛瑙垒成，在阳光下闪着璀璨光芒。

在高台四周则按品阶设置了无数席位，席位分为六色，六界贺喜之宾客各按各的位置坐好。

仙界坐在白色那一列，魔界坐在红色那一列，鬼界坐在黑色那一列，妖界坐在绿色那一列，人界则是蓝色一列，兽界坐在黄色那一列。

每一列最前面的是各界首脑，自空中俯瞰的话，六色齐整，蔚为壮观。

快到中午的时候，广场上已经座无虚席，将近万人坐在那里，那场面已经不能用震撼来形容。

这一场订婚仪式有人欢喜有人忧愁。

仙界是松了一口气的欢喜，魔界是扬眉吐气的欢喜。

而其他四界有的是漠不关心，譬如人界和鬼界，仙、魔亲如一家也好，势同水火也好，都和他们没多大关系，他们就是打酱油的。

人界尊贵的帝王来到这里，并没有得到什么特别对待，甚至还要看人脸色行事。

妖、兽两界则有些忧愁，唯恐仙魔联合以后，会来对付他们，他们的日子或许会更难混。

无论他们乐不乐意，这一场盛会他们该参加还是要参加的。

当远处的钟声响起的时候，高台上的赞礼官终于高喊了一声："凌华尊者到！"

凌华尊者正是叶天离的尊号，他骑着一只六角赤焰兽飘飘而下，站在高台上。他刚一落地，便博得四周宾客一阵喝彩！

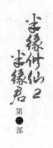
因为是订婚，他虽然无须穿一身新郎官的大红，但为了代表对此事的重视，他穿了一身紫袍。

他的相貌异常俊美，剑眉星目，高鼻薄唇，头上束着白玉簪，紫色本来就代表华贵，他那一身紫袍又是特制的，宽袍大袖，敞开的时候如翻飞的紫云，腰带上悬着白玉佩，莹然生光。

为了压住场子，他难得气场全开，身上仙气凛然，周身似乎有祥光缭绕。他落地的那一刹那，身下那珊瑚红的高台似乎也失去了颜色。

他看上去虽然是人间男子二十岁左右的样貌，但众人都知道他的实际年龄已经上万年了。

他的功夫在仙界是顶尖的，不在仙界天帝之下，再加上他俊美的外貌，无论走到哪里都能造成一场轰动。

此刻也是如此，在台下不知道有多少云英未嫁的少女，见到这样的他，不少人已经眼冒星星。魔界的少女们比较泼辣，已经大声叫起好来。

叶天离薄唇轻轻一勾，对这种场景显然已经习惯。

他不卑不亢地向四周行了一圈礼，说了一些在这种场合下才会说的客套话，声音清朗如玉石，袅袅回荡在整个广场上，将现场整个气氛推向高潮。

叶天离面上从容淡定，心中还是有些得意的。

不是任何人都能驾驭这种场合，看看仙界的天帝，在看他的时候眼中都似有羡慕之光。

魔主可是这个世界的主宰！他能娶她为妻，是挑战也是骄傲。

在整个六界，大概也只有她才能与他匹配。

他从容倜傥的态度自然又博得了又一波喝彩。

众人还是蛮兴奋的，毕竟这样的盛事不是年年都能看到的。众人的目光又忍不住向陌宫深处望过去。

不知道那位最近风头正盛的魔主这次又会是什么装扮、什么风度？

魔主虽然已经重生三年，但她真正抛头露面的时候并不多，看到她真面目的人更是少之又少。虽然外界有传言描述她的面貌，但百闻不如一见，大家还是很想亲眼看看的。

就在人们的期待中，赞礼官又高喊一声："魔主到！"

高喊响彻云霄，似乎连天上飘浮的白云也跟着抖三抖。

众人纷纷向某一个方向望过去，然后睁大了眼睛！

一个红衣女子驾云而来。

那红衣女子看模样十三四岁，穿着一身极简单的红裙，既没有骑极拉风的神兽，也没有在身上戴华贵配饰，一头秀发随风飘扬，连同她的红裙在身后飘荡出如云的弧线。

她的模样极美，美得不带丝毫烟火气，明明还是稚气未脱的容貌，偏偏带了成年女子的风情。

这些都不是最重要的，最重要的是她怀中居然还抱了一个粉雕玉琢般的小孩子！

那小婴儿看模样也就几个月大，穿着一套和她同色的小袍子，一双大眼睛仿佛会说话，眨啊眨的。

这世上许多人知道魔主喜欢小孩子，但听说她喜欢的是六七岁的孩童，她这陌宫里养的那些孩子也大部分是这个年龄段的。没想到她今天居然抱来一个这么小的！

红衣女子衣袂飘飘地落在高台上。

"阿陌。"叶天离走了过来，伸手想牵她的手，却发现她两只手都抱着孩子。

他不由得有些黑线，阿陌平时宠爱这孩子也就罢了，现在可是订婚的大日子，她抱个孩子来，未免不合时宜。

"拜见魔主！"除了各界的帝王外，其他人都起身跪了下去。

阿陌眼波流转，懒懒吐出一个字："免。"

众人起身，又分别坐下。

赞礼官上前询问："魔主，仪式是否开始？"

阿陌点了点头。

叶天离和她并排站在一起，传音道："阿陌，先把孩子让其他人抱一抱？"

阿陌懒懒一笑："本座抱着就可以，这孩子不找别人。"她伸出手指捏了捏念陌的脸蛋，"是不是啊，小东西。"她这句话却是用正常语气说出来的。

神念陌立即抱着阿陌的手臂，戒备地瞪着叶天离："不错！我只找娘亲！你这坏蛋休想拆开我们！"小家伙声音异常响亮，几乎全场的人都听到了。

所有人的眼珠子差点掉下来！

娘亲？！

在这个大陆这可不是随便就能叫的称呼，只有亲生子女才可以。

魔主居然有儿子了？

还是说是这些日子魔主和叶天离情难自禁，然后就……

可是貌似也不对，这孩子看上去对叶天离戒备心极重，不像是他的。

众人心里各种猜测，叶天离自然知道大家心里想些什么，轻咳了一声，微微一笑："阿陌，我知道这孩子是从石头里孕育出来的，来路稀奇，你把他当宝贝也不奇

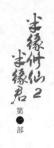
怪，我也挺喜欢他的，待你我婚后，我会待他如同己出。"

他这一番话看似深情告白，其实间接向人们解释了神念陌的来历。

众人这才恍然大悟，总算不再胡乱猜测，但看着那个孩子又都觉稀罕。

石头里孕育的？

那岂不就是天地所生？

一般这种孩子都是夺天地之造化的奇才！

仙界的天帝一双眼睛紧紧盯在那孩子身上，发现在他身上似隐隐笼着淡淡的光芒，那光芒似仙又非仙，似魔又非魔，十分奇怪。

天帝很想好好看看这个孩子，便站起身，向魔主施了一礼："魔主，不如让朕先替您抱着这个孩子，抱着他举行订婚仪式未免不便。"

"不要！我不要大叔抱！我只要娘亲抱！"神念陌立即开口。

天帝："……"他的相貌还是青年人好吧？！怎么就成大叔了？

阿陌淡淡地道："一个仪式而已，抱着他本座也应付得来。"昨天小家伙哭惨了，今天更是一直扒着她不放，一定要她抱。

她难得对孩子有些愧疚，便也就抱着了。

她并没将这订婚仪式放在心上，走个过场而已，抱着孩子也没什么。

她现在做事万事随心，喜欢就去做，不喜欢就不做，也没有善恶观念，只有喜好。

她既然这么坚持，自然没人敢勉强她，叶天离心里虽然不悦，但也不能再说别的。

他抬头看了看天色，温声道："阿陌，我们开始吧？"

阿陌点头："好。"

叶天离立即向赞礼官打了个手势。

赞礼官点头，去预备了。

神念陌大急，一双眼睛拼命四望。

父君怎么还不来？

父君再不来娘亲就不要他了！

这个大陆的订婚仪式和别处不同，需要祭拜天地，还需要取无根之水注入酒杯之中，订婚的男女将各自的血滴入酒杯之中，再混合佳酿，男女双方共同晃动那酒杯，待里面的液体完全混合之后，再共同用术法将这杯加了料的酒泼洒向大地，酒的面积越大越好。

叶天离觉得，以他和阿陌的功夫，这杯酒肯定能化为一场酒雨遍洒这广场，成为史上第一佳话。

在订婚仪式上，无根水越新鲜越好，最好在决定仪式开始时，现场取，那就最佳了。

无根水可以由赞礼官代取，也可以由订婚男子自取，就看订婚男子的功夫了。

而这次，叶天离自然是要自取的，赞礼官为他取来了专门收取无根水的玉容器，那容器是特制的，碧绿如翡翠，形状也古色古香。

叶天离接在手里，高高举过头顶，袖底手捏法诀，嘴里念念有词。

片刻后，他的头顶开始有云堆积，渐渐形成雨云，再片刻后，那雨云中终于有雨落下来。

那雨一滴滴接连滴下，叶天离身子一旋，接四落的雨滴，不到半盏茶工夫，终于接够需要的无根之水。

他接雨滴的时候，身法曼妙，紫衫晃动之下再次赢得一片掌声。

那常常主持仪式的赞礼官目中也闪过敬佩之色。

他常常接这种无根水，但要召集雨云最后到雨滴落下来，最少也需要一炷香的工夫，而落下来的雨滴也不是能全接住的，总会落一些在主持高台上的。

叶天离却一滴也没落下，地上也一滴雨水也没有。

除了玉容器里的无根水有点多，其他根本没有一点儿瑕疵！堪称完美！

叶天离飘飘站定，气定神闲地看了看杯子，微微一笑："阿陌，我总算不辱使命。"

他缓步走到阿陌身边："我们可以开始了。"

他指尖一弹，一滴血珠高高扬起，落入那酒杯状的容器里面。

阿陌目光落在那杯子上，略略一深，她翘起指尖，正要也弹出一粒血珠，怀中的神念陌忽然打了个惊天动地的喷嚏，无数唾沫星子飞溅出来，叶天离显然没防备这个，他正满心满意地等着阿陌的血液滴入，一时躲闪不及，让几滴唾沫星子喷进了酒杯。

神念陌这喷嚏很有气势，居然把那杯中的液体也吹得起了涟漪。

叶天离："……"

阿陌："……"

下面的众宾客："……"

"你——"叶天离藏在袖中的手也抖了一下，这小子绝对是故意的！

他的俊脸有点青白交错，他却也不能在大庭广众之下冲一个小孩子发作。

神念陌无辜地看着他，还用小手揉了揉鼻子，嘟囔一句："鼻子好痒。"

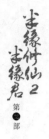

阿陌抬手摸了摸他的额头，大头温凉，没有发烧迹象。

她再瞧这小子一眼，这小子已经抱着她的脖子，将头搁在她的颈窝处，蹭了蹭："娘亲，念陌头晕……"

这小子小脸嫩嫩的，那软软的呼吸在她颈窝处吹拂，让她心里一暖，想要斥责的话又咽了回去，反而抬手拍了拍他的背："乖些。"

叶天离这个时候也不能说别的，这种液体是需要祭拜天地的，丝毫不能亵渎，杯里多了小孩子的唾沫星子，算是污了，不能再用。

他只得将那液体倒掉，又用清洁术清洗了杯子，这才又去施法。

神念陌缩在他娘亲怀里，心里还是很急的。

父君到底去哪里了？怎么还不登场啊？！

再拖下去，那个想抢他娘亲的坏男人可就弄出第二杯水来了！他总不能再打个喷嚏吧？

何况这个叶天离肯定也会有所防备，他只怕故技重施不能成功。

要不，等叶天离再端来杯子的时候，他再趁其不备尿一下？可他没穿开裆裤……

神念陌很是纠结，再想一想，不管了！

实在不行他就开尿，虽然会把自己的裤子尿湿，但也会将他娘亲的衣衫弄湿，她身上带着童子尿总不能再举行那个见鬼的仪式吧？

就是当众尿裤子有点丢人……

神念陌觉得他为了以后一家三口的团聚也是拼了！

他正拼命想坏点子的时候，叶天离终于接好了第二杯水。

这次他对神念陌明显有了防备，将自己的血滴进去以后，再端到阿陌身边的时候特意半侧着身子，指尖掐诀，时刻防备那小鬼再捣乱打喷嚏。

"阿陌，这次可以了，来，你也将血滴进来，你我以后就是夫妻一体了。"

阿陌翘起指尖，神念陌立即一闭眼，正要开尿——

刺一声轻响，不知道何处飞来一道白光，正弹在叶天离高举的酒杯上。

啪！酒杯瞬间碎裂成一地渣渣，捡也捡不起来。

叶天离："……"今天怎么这么好事多磨？！

他猛然抬头，怒喝一声："谁？！"

众人也被这突来的白光惊到，白光出现的速度太快，现场这么多人居然没有一个人看到这白光到底从哪个方向射出来的！

"我！"一个声音自云端传出，清冷如雪，清朗如玉，随着这道声音落下一道白衣人影自天空飘落。

玉为精神雪为骨，云为衣裳月为容。

当那一袭白衣降落高台之时，仿佛整个天地也跟着一片清凉。

宽大白袍如云般在他身后飘荡，墨黑长发如帘幕般轻扬，发间有深蓝宝石抹额若隐若现，他从容落在那里，五官之美似乎用任何语言描述都嫌不够，眼眸流转间如有海波轻拍，让每一个和他对视过的人一颗心忽上忽下，如同擂鼓。

他不过漫不经心向下扫了一眼，却让每个人都感觉被他盯了一眼，男人们个个打了个寒噤，女子们则个个心脏乱跳。

他的气质极冷，如高天上的流云，如高山上的寒冰，他不过随随便便往那里一站，便站出了一种高高在上的尊贵气息，那种气息仿佛骨子里带出来的，让人就算不知道他的身份也有一种膜拜的冲动。

偌大的广场上将近上万人，在这一刻彻底静了下来，几乎人人都屏住了呼吸，似乎出气重了都是对高台上那人的亵渎，再大胆的女子也不敢发出尖叫。

这个人一落地，天地万物仿佛自动全部变成陪衬他的背景。

禾木总管站在台下也张大了嘴巴，这个人……是从哪里来的？压根不是前来的宾客啊！

宾客虽然很多，他认不过来，但这样一个超级存在无论出现在哪里都会引起轰动吧？他不可能不知道。

更重要的是，他隐隐觉得这人有点面熟，一时却又想不起在哪里见过。

叶天离的目光落在这忽然出现的男子身上，眼瞳微微一缩，这个人他从未见过！但刚才在他有防备的情况下，这人还能轻松击碎他掌心的玉器，这人功夫很不简单！几乎可以用深不可测来形容。

叶天离接连两杯无根之水都被人破坏，心情很是不爽，尤其是这个男人一出现就夺去现场所有人的注意力就更让他不爽！

叶天离一向涵养好，作为仙界第一尊者涵养好那是必须的。

所以他心里虽然很不爽，面上表现出来的却是云淡风轻、不急不躁："阁下何人？击碎本尊的杯子又是何意？"声音温文中带着犀利。

他一身紫袍站在那里，气势倒也不比眼前男子输多少。

"父君！他是我父君！"阿陌怀中的神念陌终于叫出来，清脆软糯的童音在整个广场上飘荡。

他极兴奋，父君终于来了！他终于不需要用童子尿来逼迫娘亲回去换衣了！

他挥舞着小手乐得一双眼睛都弯成了月牙，手舞足蹈得几乎要飞出来。

叶天离黑线，一个石头里蹦出来的孩子哪里来的父君？

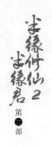
他自然不把神念陌的话放在心上，眼睛盯在那白衣男子身上："阁下究竟何人？"

白衣男子自然就是神九黎，他淡淡一笑，目光落在神念陌身上："那孩子叫我一声父君。"

神念陌适时加了一句："他是我的亲爹爹哟！"他骄傲地仰高了小脑袋，又抱着阿陌的脖子问了一句，"是吧，娘亲？"

爹爹、娘亲、孩子，这几个称呼像重磅炸弹雷翻了在场所有人。

叶天离顿了顿，也微微一笑："原来你是那孩子的义父，看来他在石头里的时候，是阁下看顾他，这也没什么。阁下这次前来不知有何事？可是来抱回孩子的？"

他极力圆场，想要化解这越来越诡异的气氛。

神九黎却压根懒得再理会他，目光落在阿陌身上，微微一笑："多日不见，一向可好？"他声音柔和低沉，如同古琴般悦耳，又如春风拂过树梢，让人刹那间心也暖了起来。

阿陌歪头看着他，目光幽深却又如琉璃般清透，她也终于开口，声音一如既往的淡漠："阁下是谁？"

这一句话出口，台下气氛更诡异了。

人人都在猜测这男子的身份，以及整个事件的起因经过。

自然，这个时候每个人的八卦细胞都开始调动，联想丰富的已经想出一幕幕狗血大戏。

神九黎目光微微一缩，眸底一抹黯然飞快闪过，他却笑了："不认识了吗？那好，来日方长，我们再重新认识也不晚。"

他这句话充满了无形的霸气和志在必得，让台下的人又是一震。

阿陌却懒懒一笑，不为所动："阁下有何资格让本座重新认识？"

神念陌忙道："娘亲，他是念陌的父君啊，应该也是娘亲的夫君，娘亲你不能不认他，他很辛苦很辛苦地找了娘亲很久啊，念陌也辛苦……"

虽然说童子的话不可信，但他这一番几乎有些颠三倒四的话里包含的消息太多，众人觉得，又够他们消化好一阵的了。

阿陌又打量神九黎一眼，忽然也笑了："原来阁下是来寻妻的，只可惜本座不是你要找的人。这个孩子虽然是本座接生的，却不是本座的骨肉，如果他确实是你的孩子，你不妨把他带走……"说着她将怀中的神念陌向前一递。

神念陌脸色一变，哇的一声又哭了，转身拼命去抱阿陌的手臂："娘亲总喜欢抛弃念陌吗？娘亲明明答应不再抛弃念陌了……"

他的眼泪说来就来，珍珠似的向下滚。

阿陌对任何人都可以心狠，唯独对这小祖宗的眼泪有些抵抗不住。

她本来想把这小鬼抛给那个自称是他父亲的人，但被他这一哭，心中微微一软，稍一犹豫的工夫，已经被这小祖宗抱住手臂。他两只小手抓得死死的，甩都甩不开，除非用术法，但对着这小人儿，她有些使不出来。

于是又顺理成章地被这小祖宗趴回身上，他像个树袋熊似的抱着她，扯也扯不下来。

阿陌淡然的"面具"险些开裂："闭嘴！别哭！"她低喝道。

神念陌小身子一抖，眼里含着一包泪看着她："娘亲凶阿陌……"他说着小嘴扁得越来越厉害，眼看就要泪飞顿化倾盆雨……

"念陌，乖，是男子汉的话就不许哭！"阿陌终于明白小孩子是不能凶的，尤其是这小子更不能凶，不然他能给你哭出一条天河来。

她改为教育，这句话几乎是脱口而出。

神念陌属顺毛驴的，一旦给他捋好了毛，他还是很听话的，已经快滚出眼眶的眼泪终于有回收迹象："嗯，娘亲原先就教育过宝宝，女娃娃才喜欢哭，男娃娃要做男子汉，流血不流泪。"

这小子不是不懂道理啊！

阿陌也终于松了一口气："知道就好，不要哭了啊。"

神念陌把脸蛋在她怀里蹭了蹭："娘亲不抛弃念陌，念陌就不哭，念陌就会做男子汉。"

这小子不是一般会见风使舵，还会要挟！

阿陌被他蹭得头都大了一圈儿，一时拿不定主意是继续把他丢出去好，还是不丢出去好。

她有些后悔把这小子带到现场来了。

抱着他，她的威严都快荡然无存了。

叶天离再好的涵养，这个时候也俊脸发黑，他轻咳了一声："阿陌，我们不必理会不相干的人了，还是继续订婚仪式吧？"

阿陌闭了闭眼睛，再睁开时，表情已经是云淡风轻。她随手在神念陌身上点了几指，在神念陌瞪大的双眸中，她又将他圈在一个淡红色的结界内，使其悬空在她身后。

她弹了弹身上的衣襟，仿佛弹去那些不相干的人和事，轻轻一笑："好啊。"

她笑容甜美，却又带着说不出的邪气，让看到她这笑容的人都心中一跳。

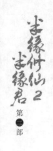

叶天离终于松了一口气，只要阿陌还同意和他订婚便好，其他的都好说！

台下仙界的天帝也终于反应过来，起身开口："不错，今日可是魔主和尊者订婚的大日子，不要误了吉时。"

无论如何，仙界和这位魔主要联姻，这样才能给整个六界带来安宁，而后来出现的这白衣男子，气度虽然也极不凡，但到底来历不明，众人在他身上甚至看不出他的来历。

仙界自然不想让人把这一桩大好姻缘搅黄。

所以天帝一开口，其他仙界众人立即附和，这次仙界为了助威，来的人不少，这一附和效果颇为震撼。

叶天离腰杆顿硬，他颇为得意地看了神九黎一眼，想看对方被孤立后气势有所收敛，最好乖乖离开，自动退出。

神九黎站在那里，并不因为自己在这个世界被孤立而不安，面上始终淡然如水，俯视众人的附和。

他的目光如冰水，在这样的目光洗礼下，那些大声鼓噪附和的人不知不觉放小了声音，最后终于全部闭嘴。

待那些浮躁的声音终于消散的时候，神九黎终于淡淡开口，目光看向宁雪陌，也就是现在的阿陌："听说魔主曾经放言要嫁就嫁这世界的最强者？"

这一句话整个神魔大陆都知道，阿陌自然也不会否认："不错！"

神九黎笑了，他轻易不笑，但来到这个高台上之后，笑的次数比以往都多，他干脆利落地说了三个字："那就好！"

然后他目光转向叶天离，声音依旧平淡如水，说出的话却不亚于一颗深水炸弹："那你和她的这场婚就不必订了，你不是最强的！"

在这么多人的眼睛下，被人说这么一句，叶天离涵养再好，脸上也有些挂不住了。他冷笑一声，目光也冷锐起来："阁下可要为这句话负责任！本尊是六界最强者可是得到公认的！"

下面也有人附和："不错，尊者是六界中最强的，他是靠实际本事赢得的这个称号，并非浪得虚名。"

"是的，是的，当时他可是和六界中的强者比试过，小可也在场。"

下面一片为叶天离呐喊辩解的，叶天离再看向神九黎，勾唇一笑："众人的眼睛是雪亮的，阁下还有何话说？阁下说本尊不是最强的，那谁是最强的？"

神九黎慢条斯理地理了理衣袖，然后淡淡回了两个字："本座！"

叶天离冷笑起来："阁下来历不明，在这个大陆上谁又认识阁下？何以见得是最强的？"

神九黎的目光终于落在他脸上："最强者和出身来历有关吗？"他又转头看向阿陌，"魔主只是放言要嫁六界最强者对不对？可指定需要验明出身来历？"

阿陌抿了抿唇，回答得满不在乎："没有。"

神九黎笑了："这就是了，本座只要证明自己是最强者，那阿陌就会嫁我是不是？"

阿陌："……"她不能否认。

台下的天帝沉不住气了，站起身来："那阁下怎么证明自己是最强者？"

神九黎的目光又落回叶天离身上："既然他是这大陆的现任最强者，本座只要打败他岂不就证明了？"

叶天离："……"

神九黎居高临下道："还是说，叶尊者不敢应战呢？"

叶天离强吸一口气，他在这大陆纵横多年，自然也不是菜鸟，更不是别人三两句话能逼退的。他微一仰头，轻笑一声："原来阁下是来砸场子的，倒不是本尊不敢应战，今日是本尊和魔主订婚之大喜日子，不宜动刀兵，更不宜见血光。阁下想要比试，不如等本尊把这仪式完成，再择日与阁下一较高低如何？"

他也十分滑头，这番话说出来既不掉价，又能继续完成这订婚典礼，不会被人非议。

神九黎勾了勾唇，叶天离这点心计他又如何看不出来？

"魔主既然要和最强者订婚，现在你的最强者身份未定，又如何能完成这个订婚仪式？你拿魔主的誓言当玩笑吗？"

叶天离一时竟找不到词来反驳。

神九黎再上前一步："还是说叶尊者觉得不是本座的对手，不敢迎战？"

叶天离吸了一口气，哼了一声："你这不过是激将法而已，本尊才不会……"他娇妻即将迎娶到手，实在不愿意增加不必要的变数。

"是啊，是啊，叶尊者是最强者为公认的，实在没必要再和人比试浪费时间。如果在这种时候随便上来几个人都说要和叶尊者比试，那岂不是乱套了？依朕看，还是先举行仪式要紧，别误了吉时……"天帝也站出来为叶天离打圆场。

"怕误了吉时吗？"神九黎抬头看了一眼将要移到天际正中的太阳，淡淡一笑，"不会误的。"他一挥衣袖，淡淡白光瞬间笼罩全场。

等白光散去后，众人目瞪口呆地看着不远处的沙漏，沙漏停止了流动，远处的树梢如同定格一样向一侧倾斜。

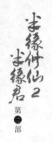
所有流动的东西都在瞬间静止，甚至连天上翻卷的白云也停留在原地，不动分毫。

唯一能活动的就是在场的人，大家你看看我，我看看你，不明白发生了什么事情。

仙界天帝目光几乎要定格在神九黎身上："你……你这是……"

"时间静止。"神九黎缓缓吐出四个字，"在未决出胜负之前，吉时不会到来。"

他清冷的声音响遍全场，也让所有人呆住，六界的首脑人物你看我，我看你，从每个人脸上都能读到"震惊"这两个字。

在这个大陆还没有能施展出这种术法的人。

话说到这个份上，叶天离再也找不到其他借口来推托。他看了神九黎一眼，目光深沉："好！本尊迎战！不过比试中拳脚无眼，如果误伤了阁下，还请海涵。"

神九黎也干脆："你尽管放开手脚便是。"他已经好久没和人痛痛快快打架了，没有对手的人生是寂寞如雪的。

叶天离一挥手，身上宽大的紫袍被他随手甩在了一边，他里面是一身颇为紧身的青衫，看上去宽肩窄臀，越发显得他身材修长挺拔，笔直如竹。

神九黎却仅仅挽了挽袖子，披了披衣角，手中玉箫轻晃："这个最强者要比试什么？"

叶天离哼了一声道："剑法也好，术法也罢，甚至琴技也可，叶某无不奉陪！"

神九黎目光微微一闪，和他商量："要不，这几样都比一场？无论你赢了哪一场都算你赢如何？"

叶天离："……"

神九黎这句话简直就像是在打他的脸！

叶天离怒道："本尊既然答应和你比试就要公平地比！无须你让！本尊只想速战速决，你选一种吧！"

神九黎淡淡地道："无论本座选什么，一场定输赢的话，注定你没机会。"他上下打量叶天离一眼，似乎才开始正眼看他，"你最擅长什么？"

叶天离："……"对面这人说话一直不急不躁，但叶天离就是有一种深深受辱的感觉！

台下有人还是很喜欢凑热闹的，曾经被叶天离修理得很惨的一位立即叫道："叶尊者最擅长的是剑法！"

神九黎点了点头："那就剑法吧。"

叶天离看了看神九黎腰间悬着的长剑，轻轻一勾嘴角："阁下就预备用那柄剑和在下比试？"

神九黎手抚剑柄，一挑眉："那又如何？"

叶天离冷冷一笑，在这个大陆修炼剑法的剑仙极多，凡是学有所成的人都会修炼一柄仙剑，仙剑会随着人的意愿随意变幻大小，可以放在任何一个地方。

除非那些还没得道成仙的半吊子才会把剑佩戴在身上。

所以叶天离看到神九黎这个装扮未免觉得好笑，他毕竟在这大陆上活了上万年，还是极识货的。

他能看出神九黎腰间的佩剑确实是把利剑，却不是仙剑，对方用这柄剑来和自己比试，他分分钟就能断了它！

叶天离一抬手，掌心光华一闪，一柄青光琉璃宝剑凭空闪现，剑锋薄而利，在阳光下闪着湖水似的波光。他轻轻一勾嘴角："这是本尊未真正得道时所持之物，你既然用凡剑，那本尊也用一柄最差的，免得说本尊占你便宜。"

神九黎瞥了他那柄剑一眼，一旦决定开打，他的话就少了："随便！"反正无论对方持什么剑，都只有被毁掉的份。

天帝在下方忽然开口："阁下既然来争这最强者，还须留下姓名。"

神九黎抬头看了看不远处站着一直作壁上观的阿陌，她看上去很淡定、很随意，似乎这一场因她而起的纷争与她无关。

她的目光随意落在他身上，无喜无悲也无恨，像是在看一个陌生人，她也根本没有为他说话的意思。

神九黎心中微微一痛！

曾经最相爱、最亲密的两个人如今形同陌路，原来被心爱之人遗忘是这种感觉。

他仿佛体会到了自己再次苏醒后重见宁雪陌时她的心情。

"神九黎。"他吐出三个字，无论在哪个世界他只记得他的这个名字。

天帝脸色一变，睁大眼睛看着他："你……您……"神魔的故事已经湮灭太久，现在这世上极少有人还记得那一对神魔的名字。就算在那时候世人对那一对神魔的称呼也只是"神尊""魔主"，鲜有人知道他们的真名。只偶尔有人听说那位魔主自称"阿陌"，但具体名字叫什么，还是没有人知道的。

现在阿陌虽然重生归来，但她并不记得数万年前的事，仅仅记得她的小名叫"阿陌"，所以她便以此自称了。

至于那位神尊，也就是天帝这位仙界最高统治者才知道他的名，但也仅仅知道其中一个字，那个字就是"黎"，其他就不知道了。

现在这位突兀出现的白衣男子居然叫神九黎，那他和那位神尊是否有关系？难道是他的后裔？也或者他就是那位神尊本人？

不对！听说那位神尊也羽化在那一场大战中了，魔主重生天地震动，没道理神尊重生天地没有异象。

天帝站在那里惊疑不定，一时猜不透神九黎的身份，但已隐隐开始为叶天离担忧。

他微微垂眸，向魔主拱手为礼："不知魔主对这二人比试有何高见？"

阿陌抱着手臂懒懒一笑："本座早就说过，只嫁最强者，这誓言不会改变。这人生忒无聊，如能有一场热闹可看，倒也颇能解闷。"

天帝："……"

神九黎的目光落在阿陌身上，眸底也有一丝黯然闪过。

他不怕她恨，不怕她给他脸色看，就怕她对他如同对待陌生人。

但是……她现在是不在意。

她真的彻底忘了他！

几个人心情各异，天帝轻咳了一声道："魔主既然如此说，那是同意这一场比试了。小皇觉得，为显公平，还是三局两胜的好，不能一局决胜负。"

看热闹的永远不嫌事儿多，天帝此言一出，众人自然纷纷附和，都想多看几场。

阿陌似乎也有些兴趣，点头："那就三局两胜吧。"

她现在地位最高，这句话说出来自然就一锤定音。

叶天离刚才其实也是一时激愤，才会说一局定输赢，他也怕有个万一，万一眼前这人是剑道高手，自己落败那就什么都完了！

原先和其他人比赛也是比好几种技能，魔主的夫婿自然不能只擅长一样。

神九黎并不在意几局，他活了这么久，几乎所有的东西、所有的技能他都研究过。

而他有个毛病，无论学习什么他都要做到最顶尖，直到再无向上研究的空间才罢手。

他虽然隔几百年就失忆一次，但学会的技能不会丢，所以在这世上他不会的东西极少。现在既然对方提出三局两胜，他自然也无异议。也就是多虐对方几次而已，他没意见！

既然几个当事人都没意见，那此事就算定了下来。

六界首脑既然适逢其会，恰好也为这两个人做个见证。

第十三章　两尊大比拼

第一局自然是比剑。

要开打也不能在这举行订婚仪式的高台举行，叶天离一招手唤来了赤焰兽，腾身飞到了空中。

他这赤焰兽极威风，腾空之时烈焰熊熊，如在空中平铺出一段云霞，极为耀眼。还没比试他就先赢了一阵喝彩，尤其是仙界的喝彩声更为响亮。

神九黎却慢条斯理地将了将袖子，再慢条斯理地看了台下众人一眼，又慢条斯理地飞到空中，最后停在赤焰兽前面。他看了一眼威风凛凛的赤焰兽，夸赞了一句："这赤焰兽不错。"

叶天离咬着牙笑了一声："过奖！"

神九黎莫名瞧他一眼："本座是夸它而不是夸你，你不必为它谦虚。"

叶天离："……"

他不想再同这个人说话了，免得被气死！

他一抬手，宝剑唰的一声飞到空中，剑尖上吐出丈许长的剑芒。他礼数还是很周全的，起剑也是起手式，沉声说了一句："请！"

他这一个起手式极规范、极标准也极气派，下面懂剑的又是一阵喝彩！

这才是仙界的尊者，有派头！有本事！

众人再看神九黎，他看上去极随意，也拔出了剑，但他持剑的姿态可说不上标准，随手拎着那柄剑，既没有让它飞起来光华四射，也没让它平举以示尊重。他更像

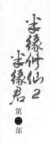

拎着一根铁棍，剑尖甚至还向下垂着："不必客气，开打吧。"

叶天离简直无语，他打了这么多次架，还是第一次碰到这种不按常理出牌的对手！

尤其是对方的态度，明显没将他放在心上。

自己是仙界尊者，而对方只是一个不知道从什么地方蹦出来的白衣，连身份都没有，叶天离和他比试都感觉跌份。

这个时候他自然不会先出手，再说他对自己的剑术还是极有信心的，毕竟曾经打败无数剑道高手，不知道砍得多少人哭爹叫娘。

他现在对神九黎已经动了杀心，越起杀心他越要有风度，所以微微一笑："本尊可让你三招。"三招之后面子做足，他就可以大杀四方，将这个人削成人棍也不会有人说什么。

神九黎这辈子打架的机会虽然不是太多，但每一场架打下来那都是惊天地泣鬼神的。

打了这么多场，一直是他让别人三招，现在居然有人要让他，他觉得挺稀奇。

他拎着剑看着这个第一个敢吃螃蟹的人："你真想让本座？"

"自然！"叶天离答得斩钉截铁，微眯着眼睛看着神九黎，以为神九黎脸上会有受辱的表情，也或者会怒而反驳他。

如果更激烈一点儿的话，这个对手或许会昂然扬言反让他三招。

当然，最有风度的做法是神九黎向空中虚劈三剑，代表对方相让了，然后再正式开打。

叶天离觉得以神九黎的性子大概采取最后这一种方式的可能性最大。

但他明显错估了神九黎的行事态度，神九黎脸上没有丝毫愤怒表情，还笑了笑夸奖他："有勇气！那本座就不客气了！"

他说着掌中剑一起，一剑刺出。

他这一剑没有任何花架子，唯一的特点就是快！前所未有的快！就算是闪电也比不上他此刻的速度！

他话音刚落，掌中宝剑剑尖已经指到了叶天离的眉心！

神九黎这剑上甚至没有耀眼的剑芒，但剑上之气比剑锋更尖锐，那猎猎剑风尚未到叶天离眼前，已经让他的肌肤裂开一般疼痛！

叶天离不愧是这个大陆的最强者，反应不是一般灵敏，在对方剑锋将至的时候他下意识一俯身，头顶蓦然一凉，头上的青玉簪瞬间断为两截，流水似的头发瞬间披散下来。

这还是他反应极快的情况，如果反应稍微慢些，他只怕会直接被削成秃子！

叶天离后退数步，掌心已经惊出冷汗。

这个大陆的最强者居然在一招之内就被削断簪子！在下面观战的所有人都倒抽一口冷气，目光都集中到了神九黎身上。

在场的人几乎全是行家，自然也看清了神九黎的动作，那真是极平常的一招，在场的人几乎都会使用，却没有一个人能发挥出他这样的效果！

"好啊！"终于有人叫了出来。

"父君，削他！"被困在结界内的神念陌终于能出声了，第一句喊出来的就是这个。

阿陌侧眸瞧了他一眼，她刚才嫌他吵得慌，所以顺手点了他的穴道。

当然，对方是小孩子，她下手极轻，只是封了他的哑穴而已，对他的身体并没有妨碍。

这小子被点穴以后很安静，在那结界里坐着不哭不闹，只睁着一双大眼睛看外面事态的发展，乖得像只小猫。

阿陌正喜他终于乖了，没想到他居然自己冲开了穴道，还忙喊出这么要紧的一句。

宁雪陌一看他，他立即正襟危坐，紧抿小嘴不吭气，又扮乖宝宝了。

当然，在下面观战的人，还是偏向叶天离一方的多一些，最起码仙界是和叶天离同仇敌忾的。

不少人在下面叫他要小心。

下面这些声音神九黎自动过滤，他看了叶天离一眼。

"反应不慢。"神九黎给了四个字评价，他轻易不夸奖人，这四个字能从他嘴里吐出来已经很难得了。

这个人确实有真本事，好好培养培养，不失为真正的对手。

神九黎是真心夸赞，叶天离却感觉受了莫大的侮辱，一张俊脸阵青阵白。对方剑术之高，远超他的想象。

"没想到阁下居然是剑道高手！"叶天离轻吸了一口气，再不敢轻敌。

神九黎点了点头，把他的话当成夸奖照单全收，还实实在在地问了一句："后面的两招你还让不让？本座可以给你一个反悔的机会。"

叶天离："……"

他心里知道后面不能再让，可是如果此刻反悔……

下面的天帝朗声开口："叶尊者，这是最强者比试，对方既然来挑战你，便以平

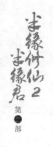

等身份对待，这才是对对方的尊重，你无须再让，还是认真打这一架吧。"

他这一番话自然给叶天离找了一个很好的台阶下，叶天离终于在心里松了一口气，对着神九黎一拱手："既然如此，在下就不再容让了，我们公平争斗吧。"

"聪明！"神九黎夸了他两字，"这一次你可以先出手了。"

叶天离一横心，立即出手！

他急于把刚才丢的场子找回来，所以一出手就是杀招。

那一柄青光琉璃宝剑直接在空中幻化成无数柄剑，旋风般向着神九黎激射。

漫天的剑雨煞是好看，但只要被其中一柄剑刺中，那就是穿肠破肚之祸！

当初不知道多少成名剑仙剑魔折在他这一招之下，这一招威力极大。

他对付其他人的时候，剑只幻化成八柄就是极限。现在他对付神九黎，知道对方是个强劲对手，自然不能再藏私，一出手就是最高幻化，一柄剑直接幻化成三十六柄，暗合三十六天罡之数，无死角、无空隙地彻底将神九黎包围。

破解他这一招只有两种方案，一是设结界硬接硬挡，二就是找出其中的主剑，将主剑击飞，那其余幻剑便不攻自破。

但在这么近的距离下，这三十六柄剑看上去又一模一样，要想找出主剑谈何容易？可以说是痴人说梦！

所以叶天离发出这一招后，就等着对方设出结界来抵挡，而他这一招还有一个隐藏功能，一旦遇到防御结界会自动将其炸裂。

一柄剑爆炸的威力足以将一栋极结实的建筑物直接炸上天！

如果三十五柄剑一起爆炸——那绝对够眼前这个人喝一壶的！

就算炸不死对方，最少也能炸破结界，炸烂对方的衣衫，让对方狼狈出丑，一报刚才断簪之仇！

他盘算得很好很精密，但他碰到的是最不按常理出牌的神九黎！

神九黎压根没设什么结界，在三十六柄剑向他激射的那一刻，他掌中剑一起，直接向着其中一柄剑劈了过去！

当一声响，神九黎手中的长剑自那柄剑的剑尖劈入，如削豆腐似的直接劈到了剑柄！

那柄剑已经修成仙灵，在被劈的那一刹那发出一声刺耳的尖啸，如同临死时的惨叫。尖啸声未歇，那柄曾经横扫八荒的仙剑就被从中间劈为整整齐齐的两半跌落尘埃。

主剑被削，其他幻剑自然也再支撑不住，尚未到神九黎身前便纷纷消散。

叶天离呆了呆！脸色白了白！

他怎么也没想到对方居然能在这么短的时间内看出幻剑和主剑的区别，更没想到对方凭借一柄凡剑毁掉了他的仙剑！

既然是仙剑，其灵根和主人是有共通之处的，仙剑被毁，叶天离也跟着受伤，胸口气血涌动。

幸好他在这柄剑上注入的仙元不多，要不然受伤更重。

他旋风般向后退了数步，惊疑不定地看着神九黎："你……"他已经看出神九黎刚才出的这一剑依旧是平平一剑，还是众人都能使用的，明明没多少花样，他却该死地躲避不开！

神九黎并没有乘胜追击，气定神闲地轻弹了一下剑锋，淡淡地瞧着叶天离："你可以再换一把剑。"

叶天离咬了咬牙，没有多说废话，而是亮出了他赖以成名、威震八方的神剑——天道剑！

那是一柄墨黑的宝剑，黑得纯粹，看上去诡异而又神秘。

下面的人见他亮出这柄剑，都屏住了呼吸。

天道剑，神魔大陆最有名、最无情的仙剑，天道一出必见血，不食魂魄，绝不还鞘。

这柄剑的剑灵极厉害，可以在无主人的情况下自动攻击，这柄剑的剑灵也极邪乎，一出鞘必见血，和它对上的无论是仙还是魔，一旦不敌，就会连魂魄一起被它吃掉，连投胎转世也不能。

这柄剑原本是对付大奸大恶之徒的，叶天离随身携带这么多年，用它的机会也是寥寥无几，没想到他此刻会把这柄剑亮出来。

可见叶天离是真的豁出去了！

天道剑一出，原本晴朗的天空忽然阴霾起来，乌云翻滚，空气中隐隐有厉啸之声，有电光在云中流窜，围绕着天道剑旋转。

叶天离被笼罩在天道剑的剑光之下，衣袂飘舞，恍如战神降临。

神九黎微眯起眼睛，瞧了一眼那天道剑，隐隐觉得那剑似乎有点眼熟。

他是个识货的，这剑貌似是剑的鼻祖啊，其上的剑灵是个嗜杀的主，无血不欢。

叶天离冷冷瞧着他："阁下来历不明，就让这天道剑来测测阁下的斤两吧！"

他也懒得再和神九黎废话，手指一弹，天道剑嗡地一响，有飓风自剑身上飙出，在空中直接化为无数墨黑剑针，剑针又组合在一起，幻化成一条墨黑的龙，龙刚一形成，整个天空便形成一个大旋涡，龙啸之声惊天动地，向着神九黎狂扑过去！

漫天黑云狂聚，眨眼间便将神九黎困在正中！

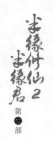

"父君，小心！"神念陌吓坏了，大喊出声，猛然自结界内站起，直接扑到结界壁上，想要撞破结界扑出去。

但他忘了这结界是他娘亲设置的，他娘亲现在的功夫也压根不是他这个小豆丁可比的，他这一撞没撞破结界，反而把自己反弹开来，噗的一声坐在那里。

幸好这结界壁是软的，他的额头才没撞出包。

他也顾不得眼前飞舞的星星小鸟，睁大眼睛向上看去。

他不要父君出事！他要父君好好的！无论父君、娘亲他都想要！一个都不能少！

他胆战心惊的，唯恐会看到父君一身是血地从空中坠落的画面，连睫毛都在颤抖。

但在看清天上所发生的一切时，他一双眼睛睁得更大、更圆！

而台下观战的那些人一开始也以为会看到血肉横飞的场面，有些胆子小的甚至闭上了眼睛，却听到了此起彼伏的抽气声，显然都吃惊到极点。于是胆子小的也睁开了眼睛，向天空一看，立即张大嘴，一时说不出话来。

天空中那条由剑针组成的墨黑巨龙飞临到神九黎跟前，而神九黎并未出剑，仅仅伸出一根中指点在"巨龙"的眉心位置。

那么凶猛，那么无敌的黑龙居然在他面前摇头摆尾，如同见了主人的小狗，拼命摇晃尾巴，哪里还有半分威势？

那柄天道剑的原身还在叶天离手上，此刻却猛烈震动起来，似乎想要脱离主人的掌握奔腾而去。

叶天离脸色苍白，拼命抓着剑柄，虎口都被震出了血。他拼命掐诀念咒，试图重新控制这柄剑，奈何这剑像疯了似的，墨黑的剑身猛然亮了亮，有金光爆出！

不好，这宝剑居然要弑主！

那原本的剑柄居然瞬间化为足能削断一切的利刃，叶天离再不松手的话，五根手指只怕就会被齐齐削断！

无奈之下，他只得松手，天道剑瞬间飞了出去，旋风般飞到神九黎身前。主剑一到，那条幻化出来的剑针黑龙瞬间消失，神九黎的手指正点在主剑的剑尖上。

天道剑剑尖居然在这刹那幻化出一个圆头，在神九黎指尖上一阵颤动，然后剑身自动弯曲，环绕上神九黎的手臂，蛇一般在他手臂上拼命蹭，仿佛见到久别重逢的主人，那亲热狗腿的模样哪里还有此前的威风？

神九黎慢慢缩回手，那剑立即又贴上来，剑柄拼命向他的手心里挤，仿佛求他抚摸求他握。

神九黎刚才是左手点中"黑龙"的脑袋，右手还是持着那柄月光剑的，这天道剑缠过来的时候，拼命向他的右手挤，恨不得把那月光剑挤出去，甚至发出威胁的龙吟之声。

它是剑的祖宗，任何有灵性的仙剑、魔剑都怕它，会自动给它腾位置。

它以为这月光剑也不会和它抢，会乖乖自动离开，却没想到这月光剑只是一柄凡剑，没啥灵性，所以就算天道剑逼过来，月光剑依旧在主人手里握着，压根没有让窝的觉悟。

天道剑怒了，身上忽然亮了亮，就像豹子亮出它的獠牙，直接向月光剑咬去。

很显然，天道剑是妒忌心极强的仙剑，它要占据主导地位。

它还没咬中月光剑，有两根雪白的手指伸过来夹住了天道剑的剑身，天道剑剑身微微一抖，老实了，不甘心地退出来，围着神九黎盘旋了一圈儿，最后狗腿地钻进他的左掌之中。唯恐神九黎不握住它，它还自动变出一个圈，套在神九黎的手腕上。

脸色苍白，是叶天离此刻的表情；震惊，是台下观战者的表情，所有人都张大了嘴巴，就像和平世界的人看到一只恐龙在天上飞。

"好呀！父君好棒！"神念陌在结界中又笑又跳，震得那结界颤动不休。

"娘亲，父君很棒吧？娘亲，父君才是这个世界的最强者，其他人都得靠边站！"神念陌小脸上满是骄傲，那一双大眼睛亮晶晶的，仿佛要放出光来。

阿陌抿了抿唇看着天上，俏脸上并没有多少表情，不见喜不见悲。

神九黎随手握着那柄天道剑，熟悉的感觉在心中蔓延开来，脑海中似有无数画面飞掠而过，虽然不连贯，但其中几幅画面就是和这天道剑有关的。

别的他记不得，也不想记起来，但他明白，这天道剑曾经是他的所有物，他才是它真正的主人。

剑灵认主，所以在认出他的那一刻立即叛变新主人，拼命想要回到神九黎手中。

此刻天道剑紧紧贴着他的手臂，发出类似小龙的嗡鸣声，仿佛在撒娇又仿佛在诉说委屈。

到这个时候，所有人也都明白神九黎才是这天道剑的原主人，现在人家是认祖归宗了。

叶天离手里空空如也，面色惨然。看着那柄叛逃出去的天道剑，他连斥责的话都说不出来。

这天道剑是几千年前他在一处深谷中发现的，当时这天道剑并没有认他为主的意思。

因为一直插在石缝之中，剑身上有点锈，叶天离天天用洗剑的无根水浇它，天道剑嗜血，叶天离就每天一滴血地喂它……一来二去的，天道剑才终于被他打动，勉强

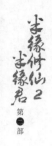
认他为主。

但这天道剑极有个性，并不轻易为叶天离出战，除非碰到真正强有力的对手，它才傲然出现，而且说闹脾气就闹脾气，大爷得不得了。

一旦出战，则完全以它的自由发挥为主，它想将对方杀个屁滚尿流就杀个屁滚尿流，叶天离就算想放水提前把它收回来也不成。

这次如果不是被逼无奈，他也不会亮出这个剑祖宗。

没想到这剑祖宗居然会在此刻离他而去，他更没想到的是，这祖宗原来也有如此狗腿的时候。

他毕竟将这剑带在身边这么多年，深知这剑的威力，就算神九黎什么也不做，只祭出这柄剑来和他斗，他也未必斗得赢，更何况这对手又是个深不可测的？

到这个时候，他就算再不甘心，也只能选择认输。

好在这个时候认输也算输人不输阵，叶天离勾了勾唇，向着神九黎一拱手："在下的宝剑临阵倒戈，它毕竟跟随在下多年，在下如何忍心对它出手，如今也只能……"他认输两个字尚未出口，神九黎就打断他道："你不必不甘心认输，此剑虽是本座旧物，但此阵不会使用。"

神九黎一抖手，刚才还拼命纠缠着他的手腕的天道剑不见了影踪，很显然，被他收到储物空间里去了。

神九黎手里依旧握着那柄普普通通的月光剑，面上淡然："刚才不算，你还可以再换一柄剑。"

叶天离轻轻一叹："在下只带了这两柄剑。"也就是说，他没有第三柄剑可以用了。

"本座送你。"下面忽然传来一声轻喝，一柄绯红长剑飞了上来，直接落在叶天离手中。

绯红之剑，色如夕阳，名为弑天，魔主纵横天下之圣物。

没有它摧毁不了的兵器，没有它破坏不了的护身结界，身中此剑，就算不被伤到要害，也会被吞噬魂魄，让魂魄日日在剑灵内哭号。除非剑主大发慈悲，将所收魂魄放掉，要不然被伤之人永远受吞噬之苦，不得超生。

三年前魔主重生之日，此剑自动寻主而来，阿陌就是用它纵横六界，打败天下无敌手，奠定了她至尊的地位。

这柄剑在仙界无人不知，叶天离自然也听说过它，甚至曾经还在这柄剑下吃过亏，没想到今日阿陌会将这柄剑借给他！

这柄剑的威力并不比天道剑差，又因为此剑是阿陌亲手送出来的，所以这剑在叶天离手中十分听话，绯红的光芒在剑身上流转，仿佛少女动人的眼波，多看一眼就能把人的魂儿勾走。

此剑在手，叶天离胆气顿壮！

他看向神九黎，神九黎却没看他。

神九黎的目光正落在下方仰望着他的阿陌身上，二人的目光在空中碰撞，纠缠。

神九黎脸色微微苍白，阿陌嘴角含笑，一双眸子里甚至含有恶趣味的光芒，带着抹挑衅的意味。

神九黎和她对视片刻，终于移开目光。

他缓缓抬头看向叶天离，刚刚尚有些风云波动的眸子已经恢复如初，他淡淡开口："本座也要换一柄剑。"

叶天离心中一沉，原本他还想借这弑天剑杀神九黎个屁滚尿流，但如果对方也换剑的话，肯定是换那柄天道剑，两柄剑的功力算是半斤八两，他在兵器上就再也占不到分毫便宜。

可这个时候也不能不让对方换剑，所以他顿了顿，勾唇一笑："当然，阁下可以使用那柄天道剑。"

下面的人也全睁大了眼，等着神九黎将天道剑祭出来。

却不料神九黎将月光剑收起来之后，手掌一伸，掌心直接凝出一柄普通的玄铁剑，他淡淡加了一句："本座用这个。"

叶天离："……"

众人："……"

这玄铁剑一看就很普通，还不如那柄月光剑呢！

阿陌长长的眼睫毛垂下来，遮住了眸色，她向后一挥衣袖，后面出现了一张古朴椅子，她坐在上面，手掌支着下巴，懒洋洋看着上面的情景。

看了片刻，她忽然似意识到什么，侧头又看向一直悬在身边的圆球结界。

结界内神念陌一双眼睛睁得大大的，正不相信地瞧着她，似乎不相信自己的娘亲居然偏着外人对付他的父君。他扁着小嘴，眼睛里有泪珠滚来滚去……

阿陌和他目光一对，心神微微一震，心底深处似被利针微微一刺！

她顿了顿，不愿意再和他这样的目光相对，轻轻一挥衣袖，原本透明的结界变成粉红非透明的。

神念陌小小的身影藏在结界中终于看不到了。

她轻吐出一口气，这么小的孩子还是不让他看太刺激的场面了，免得刺激到小心脏。

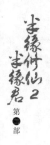

她抬起一只手，轻按在粉红结界上，粉红结界便像摇篮似的晃起来，她的声音也传入结界内："乖，好好睡一觉。"

小人儿在结界内很老实，他现在肯定看不到外面，居然也没在里面焦急地乱冲乱撞，而是一动不动地坐在那里。

阿陌能感应到他此时的动作，见他果然乖乖的，也松了一口气。

上面的两个人已经开打，天上一片风起云涌。

弑天剑果然非同凡响，就算不用人来操纵，它也能在空中随意纵横，每一招发出都有惊天动地之势。

弑天剑也是一柄杀气极重的魔剑，一旦出鞘，无论对方是谁，它都会发挥出绝大的威力，每一招每一式都是嗜血而要人命的。它围着神九黎急转，抽冷子就是一剑，仿佛他是它的刻骨仇人，要将他斩于剑下才甘心。

而神九黎始终抿着薄唇，掌心的玄铁剑上灌注了他的神力，发出沉沉的光芒，在神九黎周身形成一圈玄铁防护罩，弑天剑几次撞击过来，都被那防护罩给反弹了回去。

弑天剑如果是掌握在魔主手中，那真是没有破不了的结界，但此时使用它的人是叶天离，叶天离的仙力也和这弑天剑的魔力相克，所以弑天剑在他手中发挥不出应有的威力。

饶是这样，当弑天剑撞击在玄铁剑上的时候，玄铁剑剑身上也被撞出一道道凹痕，有的地方甚至已经开裂，不到一盏茶工夫，玄铁剑已经被撞击得残破不堪。

幸好神九黎神力惊人，他在打斗的过程中会随手修补玄铁剑上的裂痕，这才不至于让这柄剑瞬间报销。

叶天离悄悄松了一口气，他虽然主要凭借的是宝剑之威，有些胜之不武，但到底还是占了上风。

只要占了上风就好！他就有迎娶阿陌的希望！

他其实还是有些奇怪的，这一局自开打后，神九黎几乎都是在防守，压根不进攻，甚至没有向那柄弑天剑反攻一剑！

台下的那些人也看出这一点，不由得面面相觑，不明白神九黎为何会如此。

在场这些人中不乏绝顶高手，这些高手看了片刻后便明白，如果他们对上这柄弑天剑，就算是有神兵在手，也没有半点儿赢的希望！

高手比斗最忌束手束脚，也让不得分毫。现在神九黎明显顾忌颇多，他手里拎一把破剑居然怕伤了弑天剑似的，没有刺出一下！甚至偶尔两剑相交时，他还会刻意斜过剑锋，不让玄铁剑和弑天剑正面碰撞。

神九黎明显是对这弑天剑有所顾忌。

他身处劣势，居然也不忍伤那剑分毫，那他对这位魔主……

众人的目光又不自禁转向高台上的阿陌。

阿陌面无表情地坐在那里，托着下巴看天上的打斗，面色平静得让人看不出她内心有任何心理波动，像争斗的那两个人和她没有任何关系。

众人一开始还以为她谁也不帮，现在看来，她对叶天离还是有一些香火情的，还是愿意嫁给他。

而对神九黎，她应该是排斥的吧？

众人隐隐觉得魔主和神九黎之间似乎有点不正常，似有很多猛料可挖，但一时谁也挖不出来，只能静观其变。

至于天帝，他在天道剑自动归顺神九黎的那一刻，神色就似有所动。不过他也是个深沉人物，喜怒不溢于言表，就算是他周围那些仙界臣民也弄不清他此刻到底在想些什么。

他也注视着天上那一场风云之战，看着神九黎被弑天剑逼得连连后退，看着他渐处下风。

叶天离眸中现出兴奋之色，终于到他能出一口恶气的时候了！

这个人刚才让他出了大丑，他决计容不得对方，这个时候趁机将对方斩于剑下也是个不错的主意！那样才能永绝后患！

而且如果是用这柄剑诛杀对方，下面那些人也不能说他什么，毕竟这剑也是有自己的意志的，他到时候就说控制不住也就完了。

眼看弑天剑将神九黎攻击得毫无还手之力，叶天离身子往前飘了三丈，想再给弑天剑加一把力，一举将神九黎格杀。

而突变也就在这一刹那发生！

原本被弑天剑逼迫得毫无还手之力的神九黎电闪而至，绕开了弑天剑的攻击，玄铁剑直削叶天离的手腕！

没有人能形容神九黎此刻的动作究竟有多快，也没有人能形容他这一剑是如何出神入化。等叶天离反应过来的时候，对方的宝剑已经点上了他的腕脉！

叶天离手腕剧震，全身念力瞬间被封，他整个人像是被点了穴一般动弹不得。

而弑天剑也恰在此时掉转过头来，自背后袭向神九黎，刺一声轻响，神九黎的护体结界被弑天剑刺破，凌厉的剑锋刺破他的衣衫，有血自剑锋下沁出，鲜红淋漓。

那剑微微颤抖了一下，似要刺进去却又后继无力，忽然嗡地一响飞了下去，直接遁入阿陌的衣袖之中不见了。

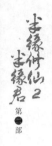

神九黎并没有管身后的弑天剑，剑尖直指叶天离的眉心："你败了！"

短短三个字直接说出了结果，对这个结果任何人都没有异议，这一局以神九黎胜利画上句号。

神九黎重新落在高台之上，眼睛落在阿陌身上，目光有些复杂。

阿陌含笑望着他，笑容甜美，眼神冰寒，说了两个字："恭喜。"

"多谢。"神九黎也回了她两个字，目光又落在她身后悬着的结界上，声音平静如水，"现在你可不可以把他放出来了？"

阿陌歪头看着他："他真是你的儿子？"

神九黎望着她："也是你的儿子。"

"嗯，不错，也是本座的儿子。"阿陌笑了，"我亲手接生的他呢。"

她一挥手，粉色结界消失，露出里面的神念陌："小鬼，念在你还算乖的分上，本座放出你……"她说到这里忽然顿了顿。

神念陌坐在那里，一双大眼睛已经红肿，正看着她，眼神里似乎有着陌生，有着疏离，似乎不再是那个伸着双手拼命要她抱，拼命向她怀里拱的孩子。

他现出身形后，慢慢在结界中站起来，两只小手撑着结界边沿，看向站在不远处的神九黎："父君！"他叫了一声，然后向前伸出小手，"父君，抱！"

阿陌抿了抿唇，瞥着那小人儿："小鬼，你是要父君还是要娘亲？"

小人儿看看她再看看神九黎，然后再看看她，似乎有些纠结，咕哝一句："念陌想都要……"他又扁了扁小嘴，"可是娘亲不要父君，还向着外人，念陌……念陌要父君……"

阿陌没说话，只是又挥了一下手，环绕着神念陌的结界终于全部碎裂。

神念陌立即扑了出来，直接扑向神九黎："父君！"

小小的人儿眼睛里还含着一包泪，却倔强地不再哭，像颗小炮弹似的直接扑入神九黎怀中。

神九黎抱起他，看着孩子红肿的眼睛，手指在袖内握了握，终于看了阿陌一眼。

阿陌笑吟吟地看着他："神九黎，你现在还想和本座订婚？"

神九黎的目光终于又落在她脸上，他和她对视片刻，也笑了："为什么不？"

阿陌悠然一笑："你应当知道，本座对你并无好感，就算你赢了，我和你依照誓约定了这门亲，本座也未必会嫁给你。"

神九黎手掌轻按在儿子的眼睛上，嘴里淡淡地道："一步步来吧。"

他掌心里冒出淡淡的白光，在儿子眼睛上盘旋片刻后，移开手，神念陌那红肿的眼泡终于不见了，又恢复了他的双眼皮大眼睛。

"念陌，父君记得你曾经说过，你还在娘亲肚子里的时候，你娘亲教育你说男子汉流血不流泪，你这么快就忘了？"

神念陌抿紧了小嘴，小脸有点红，他也觉得自己哭这么惨挺丢人的："父君，念陌错了。"

他偎在神九黎胸前蹭了蹭："父君，念陌想你了。"

神九黎抬手揉了揉他的脑袋，嗯了一声，没再说话。

小家伙自出生后，神九黎还是第一次抱他。

明明才出生几天，小家伙的个头却像是一岁多的孩子，粉粉嫩嫩，像个小糯米包子，抱在怀中沉甸甸肉乎乎的。

小孩子表达喜恶很明显，神念陌也不例外。他在石头里的时候，就很好奇趴在父君的怀抱中是什么感觉，现在他终于尝到这种感觉了！

父君的怀抱像山，给他一种极安全的感觉。

他刚才在结界中担心坏了，现在扑入父君的怀抱中，终于放心，他也不客气，趴在神九黎脸上亲了神九黎一脸口水。

神九黎："……"他这儿子太热情了！

阿陌在旁边冷眼看他父子互动，那是一种父子亲情的自然流露，无论如何也作假不来。

她眼眸微微一动，有片刻的恍惚，但随即眼神又一片清明，恢复漠不关心的模样，轻轻一笑："你既然不肯退却，那就再比试两场吧。"

此刻叶天离也落下地来，形容有些落魄，不过依旧是翩翩佳公子。他向着阿陌一拱手："阿陌，多谢赠剑。"

阿陌懒洋洋一笑："不必客气，预备第二场吧。"

叶天离在刚才便已经思索清楚，通过刚才那一轮交手，神九黎的念力明显深不可测，术法肯定也极厉害，如果第二场比术法，他只怕依旧会惨败。

所以第二轮的时候，他提议比试琴技。

他的琴技可是在六界有名的，曾经引来无数飞鸟翩翩起舞，他也是六界有名的琴圣。

他觉得比赛琴技的话他应该十拿九稳能赢。

当他提出比琴技的时候，神九黎颇为怪异地看了他一眼："你确定要比琴技？此技不过是休闲之技，再强似也不能算是强者技能。"

叶天离听他话语中似有推拒之意，以为他不擅长，立即道："要做魔主的夫君单靠打打杀杀又怎么成？还需文武双全，而魔主也喜听琴，成婚后才能琴瑟和鸣。"

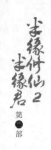

"依你如此说，这第二场比琴？"

"不错，比琴技，比过这一场后，第三场比试内容可由阁下定。"叶天离表示大度。

神九黎淡淡地道："本座不必再选了。"三局两胜，这一局过后，叶天离只会被淘汰，压根不用第三局。

于是，两人直接开始了第二局比试。

台下众人表示欢欣鼓舞，叶尊者的琴声并不是时时能听到的，听他弹琴是一种享受，他绝对是大师级别。

也有人暗暗为神九黎担忧，将怜悯的目光投向他，只盼着第三局他能选自己最擅长的，扳回一局。

琴桌、琴凳、弹琴的紫袍男子，当琴声响起来的时候，整个广场安静下来，众人微闭双目听那天籁，心情随着琴声跌宕起伏。

琴声叮叮咚咚响彻天地，极远处有飞鸟一只又一只地飞来，红的、白的、花的、灰的、蓝的，五彩缤纷，围着广场绕圈子。

弹奏到一半的时候，天空中的飞鸟已足足有百来只，在空中随着乐声翻飞起舞，煞是好看。

一曲既终，飞鸟犹自在天空盘旋，不忍离去。

叶天离拨下最后一个音符，飘飘然起身，瞧了神九黎一眼。神九黎正坐在一边，膝上坐着神念陌，他一只手掌按在神念陌的背心上，似正为他做推拿，指尖不时有淡淡白光闪烁出来，很显然，他正趁这个间隙给神念陌治病。

神念陌毕竟刚发过一场高烧，小身子还有些虚，神九黎将他抱在怀中后，就察觉到了这一点。

这个儿子是他一手带出来的，他自然分外疼宠，舍不得小家伙受一点儿罪，更容不得小家伙有一点儿不健康，所以立即为其诊治。

他的医术无疑是最高的，叶天离弹琴的工夫，他已经将神念陌逼出一身透汗。

这过程显然不怎么舒服，小家伙微拧着眉头，但紧抿着小嘴忍着。

叶天离弹完，神九黎也给孩子按摩完了，神念陌出了一身汗后，神九黎又随手给他使了一个清洁术，让其全身清清爽爽的。

这一番收拾以后，小家伙神清气爽不少，所有的病气消失无踪。

"父君，刚才那么疼，念陌都没有哭。"神念陌睁着大眼睛邀功。

神九黎拍拍他的脑袋："像个小男子汉了。"

神念陌得到夸奖，立即神采飞扬，小胸脯也挺了起来。

他忍不住又看向自己的娘亲，他的娘亲坐在那里一手托腮正望着他，眼神若有所思。

神念陌刚才是出于一时义愤才选择了父君，现在再看到自己的娘亲，还是极为眷恋的。娘儿俩目光一对，他连忙对着娘亲露出一个大大的笑容。

阿陌却对他这天使般的笑容免疫，随意移开眸子，不再看他爷儿俩了。

糟糕！娘亲是不是生他的气了？

神念陌又忐忑又委屈，扁了扁小嘴，试探着向着娘亲的方向伸出小手，眼巴巴地看着她，期望她再看他一眼。她只要再露出要抱他的动作，他立即就飞扑过去。

但是娘亲再没看他，对他伸出的小手压根视而不见。

神念陌蔫了，将小手慢慢缩回来。

怎么办？父君、娘亲他都想要！他想要他们在一起。

神九黎微垂眸子，儿子的失落他如何看不出来？可是——

他的目光再次落在阿陌的脸上，在初见她的那一刻，他就有一种不顾一切将她抱了就走的冲动。

但是，不行，她明显已经忘了他，又是高高在上的魔主，他强行和她在一起只会惹来她更大的反感，说不定再也回不去。所以，他必须一步步来！

原先他总是勉强她跟上他的脚步，总让她在后面跌跌撞撞地赶。

现在——就让他来追随她的脚步吧。

她会是他的！这点永远不会改变！

叶天离一曲完毕后，台下照例掌声雷动。

叶天离对着刚刚起身的神九黎微微一笑，笑容里有掩藏不住的得意："阁下可以开始了，小仙刚才弹奏时共引来一百二十八只祥鸟，阁下只要超过这数目就算阁下赢了。"

神念陌撇了撇小嘴："可不都是祥鸟，刚才我看到里面有五只乌鸦来着。"

叶天离："……"他想把这小混账拍出去！

神九黎懒得说话，能用实力碾压对手的时候，说任何废话都是多余的。

他一抬手，一架古琴出现在他的膝上，神念陌盯着自己老爹的这琴，再看看叶天离的焦尾琴，大声道："父君，你这琴是普通古琴吧？人家那可是仙琴呢！"

他小眼睛很毒，能看出叶天离那架古琴上有仙气环绕，而自己父亲的这架就是没有任何仙力的古琴。

神九黎一只手臂抱着他，一只手调弄琴弦："无妨。"

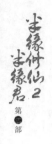

"父君，你放我下来，你也方便弹琴，我保证乖乖的不乱跑。"神念陌一心想要父君赢，不想给他增加一点儿负担，他现在已经能自己跑了。

"不必，你乖乖的便好。"神九黎头也不抬，单手在琴弦上轻拂，流泻出一串音符，终于调好了音。

叶天离脸色很不好。对方居然想要抱着孩子弹琴！这是赤裸裸的蔑视啊！

下面的人也一个个面面相觑，只觉神九黎简直太自负了！单手弹琴和琴圣斗？

他不会是知道比不过，所以待会儿失败了好找个托词吧？！

天帝站起来："阁下如觉得无人看顾令郎，朕可以派二妃代为照顾。"

"不必。"神九黎依旧是这两个字，手指一起，音符在他指下流泻。

叶天离失魂落魄地坐在一边，木然地看着天空中一只凤凰率领群鸟随着琴声盘旋飞舞，鸟类无论数量还是品种都多得数不过来，周围那些建筑物上停留的鸟也是密密麻麻的，没有一万也有几千。

每个人都听得如痴如醉，浑然忘了今夕是何夕。

一曲终，整个广场陷入空前的安静，所有的人还处在震撼中，而那些飞鸟也明显意犹未尽，静静地停在亭角屋檐上，一双双小眼睛睁得圆溜溜的，饱含期待地望着神九黎。

片刻后，现场爆发出雷鸣般的掌声！无数少女崇拜地望着神九黎，眸底是影迷见了偶像的狂热！

这一局神九黎是压倒性的完胜！简直是太没有悬念了！

叶天离毕竟是仙界尊者，既然赌了就要服输。他脸色灰白，冲着神九黎拱了拱手："阁下赢了！小仙输得心服口服！"他又对阿陌深施了一礼，"阿陌，对不住！"他辜负她的期待了。

说完这句话，他一转身就消失不见了。

神九黎这才向阿陌望过去，微微一笑："魔主，现在你订婚的对象是不是可以换成我了？"

阿陌托着腮望着他，也懒懒一笑："本座确实要找个最强的人订婚，不过，也有个前提条件，那个人得是未婚的，而阁下……"她的目光落在神念陌身上，"阁下连孩子都有了，明显不符合本座的条件。"

神九黎尚未说话，神念陌已经急急忙忙插嘴："念陌是自石头里出生的，娘亲你亲手为念陌接生的应该还记得，而父君……父君是无意中捡到了我……我是他捡来的，所以父君是未婚的。"

神九黎："……"

众人："……"

神念陌是自石头里蹦出来的这事刚才已经由叶天离亲口证明，这个时候自然谁也反驳不得。

众人都看向神九黎，想看看他怎么说。

神九黎抱过儿子，只说了一句："本座以天道的名义起誓，本座确实未婚。至于这个孩子……他是本座的，也是你的，是我们共有的。"

在这个世界上，任何人不敢以天道的名义起誓撒谎，一旦撒谎会立即遭天雷劈！

天雷会劈破他的谎言，让他无所遁形。

所以神九黎说出这一番话后，众人看看依旧晴朗的天空，终于相信了。

神九黎缓步走到阿陌身边，向她伸出手："阿陌，现在我们是不是可以订婚了？"

阿陌笑了，歪头看着他："本座好像对你依旧没好感呢，你不怕本座会一个不爽杀了你？"

"不怕，就算被你杀了我也是心甘情愿的。"

"你这人看上去虽然冷，倒是会说情话。"

"我这不是情话，是实话。"

阿陌终于站起身，懒洋洋一笑："好吧，既然你已经证明你是这个世界的最强者，那么本座便同你订婚好了。"

她将手放入他的掌心之中。

不知道是不是她是魔的关系，她的手掌虽然一如既往的柔软，却一片冰凉，仿佛一直没有人的温度。

神九黎眼神微微一沉，看着她含笑却无情无欲的眸子，心里像是又被刺了一刀！

他握紧她的手，他的手火热，但握紧了她也无法温暖她的一寸指尖。

他一手抱着念陌，一手牵着她，这两个人是他心中最爱，他们才该是一家人。

无论如何，他和她又走到了一起，他们一家人又在一起了。

他会彻查她如此无情无欲的主因，让曾经那么活泼开朗、精明可爱的她回来。

下面的人虽然心思各异，但事情发展到这一步，谁也无法阻拦。

那位赞礼官迟疑地走过来："魔主，是不是重新预备一个燕好杯？"

神九黎摇头："不必。"他其实早有准备，既然打算来抢这门亲，自然把所有东西都预备好了。

神念陌唯恐耽误老爹祭天，向阿陌伸出小手，露出一个大大的笑容："娘亲，

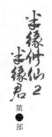
抱。"

阿陌瞧了他一眼："你父君不是抱着你了？"

"念陌喜欢娘亲抱。"神念陌小脸上的笑容更大更甜，那一双大眼睛里却有着怯生生和不确定的神色，唯恐他娘亲再拒绝他。

阿陌心中不知道为何一揪，还没想好怎么做，她已经将小家伙接了过来，抱在怀中。

她从来到这个世界后，一直感觉一切都空荡荡的。但自从这小家伙来到身边之后，她空荡荡的心似乎得到一点儿填充，尤其是抱着他肉肉的小身子，她居然感觉到一点儿满足。

刚才小家伙选择离开她的时候，她竟然感到失落和妒忌。

当然，这些她都没表现出来，一直表现得很淡然。

至于神九黎，她对他确实没什么感觉，甚至有一种本能的反感，不想让他做自己的未婚夫君，所以她才想帮叶天离。没想到叶天离和神九黎相差真的太远，就算她帮叶天离，依旧更改不了结果。

算了，反正自己现在的生活也挺无聊的，说不定这个人还能带给她一点儿乐趣。

神九黎始终牵着她的一只手，仿佛怕她跑了似的，他不知道从何处变出一个白玉杯子，杯子极为精致，上面镂刻着鸳鸯戏水的花纹，那雕工极为逼真，鸳鸯的每一根羽毛都栩栩如生。

下面的人也有识货的，看清那杯子的一刻，暗吸了一口冷气。

那并不是普通的白玉，而是幽冥死海中一种恶兽的骨头！

这种恶兽脊椎部位天生一段玉石，传说用这种玉石雕刻出燕好杯的话，可以让用这杯子祭拜天地的男女生生世世在一起。

但这兽实在是极其凶残，几乎可以称得上是上古魔兽，力大无穷，魔力无边，无人敢去招惹。一只兽就可以灭仙界一个军团，更何况这种兽还喜欢成群结队地活动，那就更不容易捕捉了。

就算是叶天离，也没敢去招惹它们。

没想到这来历不明的神九黎居然提前得到了这种玉，还刻出这么精致的杯子来。

阿陌的目光也落在那杯子上："你倒是有备而来。"

神九黎垂眸看了她一眼："为了你，我向来是有备而来。"

这情话说的，这个人比叶天离厚脸皮多了，貌似也比叶天离强势。

阿陌试图抽回自己的手："你接无根水吧。"接无根水时一般是双手做法的，他一手牵着自己肯定做不了。

这仪式早些完成她也能早些去休息，她又困了。

神九黎却没有半分要松开她的意思："我们共同来接才有意义。"

阿陌："……"

"你不会接不了吧？那就让赞礼官去操作！本座不会帮你这个忙！"

"我们自己的仪式，一切自己完成才有意义。来，握住杯子，无须你帮忙，只握着就好。"

神九黎将细长的柄塞到她手中，让她握着，然后他再握着她的手。

他的大手包裹着她的小手，两只手握在一起，看上去居然十分和谐。

神念陌伸出他的小手："父君、娘亲，念陌也握一下好不好？娘亲握住我的，父君握住娘亲的。"

神九黎没理会这小子的要求，这是他和宁雪陌的订婚仪式，又不是全家福仪式，这小子凑什么热闹？

他也怕夜长梦多，宁雪陌现在变成阿陌，脾气阴晴不定，让人难以捉摸。万一她不耐烦起来……这订婚仪式铁定进行不下去！

所以他立即做法，并没有像叶天离那样捏很繁复的法咒，他只是手指捏了一个法诀，向空中一指，空中的雨云瞬间凝聚在一起，而且就聚在神九黎头顶那一小片天空，片刻后，铜钱大的雨点自空中连绵成一条直线，直接注入那白玉杯中。随着无根水的注入，杯子上刻的鸳鸯也似活过来一般，在日光的透射下，仿佛在水中交颈游弋……

转眼间杯中水已接好，一分不多，一分不少。天空中也雨散云收，一滴多余的水滴也没留下。

下面再端庄的女仙也忍不住叫起好来，这里面包括天帝那两个眼高于顶的妃子，她们的手几乎都要拍肿了！

当承载着神九黎和阿陌的血珠的杯中酒化为雨水自天上落下时，整个广场上响起雷鸣般的掌声。

订婚仪式终于圆满完成。

阿陌打了个哈欠："好了，自现在开始，你算是本座的未婚夫了，本座困了，你照应这些宾客，本座去休息一下。"她转身想走。

神九黎手掌却微一用力，将她拉住："等等，还有一个仪式没有完成。"

阿陌挑眉："什么仪式？"

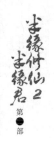

神九黎凝望着她，那深蓝的眼眸中似乎有浪潮在滚动，他微笑，声音低而清晰："在我们那里，定亲还需要亲吻对方。"

他语速很快，尚没等她完全反应过来，便趁势将她拉入怀中，低头向她的唇上吻去……

她的唇软软的、嫩嫩的，水晶豆腐一样，甚至还带着一种极清淡的奶香……

神九黎猛然睁开眼，看到的是神念陌那近在咫尺的一双漂亮的大眼睛……

原来在刚才最关键的时候，阿陌将怀中的神念陌挡在了身前，于是，神九黎亲吻到的是儿子的小嘴……

神九黎："……"

神念陌还不知道自己的初吻已经被老爹抢走了，只知道他喜欢父母亲吻他，这让他有一种被宠溺的感觉，所以他大方地在神九黎的脸颊上亲了一口作为回礼……

神九黎："……"

一场定亲典礼就这样画上了完美的句号。

阿陌不喜应酬，带着孩子提前退场了。

而神九黎刚刚成为魔主的未婚夫婿，也算是这个陌宫的半个主人，在这样的场合，他理应八面玲珑地应酬。

但神九黎我行我素惯了，不想做的事，任何人也勉强不了他。

而且他无论走到哪里也是习惯性做主导，这次为了定亲仪式真正圆满，他还是留下陪着众宾客喝了几杯酒的。

如果是别的人，在这一天要谦逊，要到每一桌去敬酒。

但神九黎不会，他只是在高台上端起一杯酒，目光向下一扫，便让有些喧闹的广场静了下来。

他身上自有一种气度，久在上位者的气度，这种气度让六界的首脑们也感觉到了一种压力，对他没下来敬酒心里虽然不满，嘴里居然没能说出来。

神九黎站在台上，敬了大家几杯酒，话不多，但每一句都说在点子上了，总而言之就一个意思。

他神九黎现在是魔主的夫婿，那么他就会和她共进退，他们夫妻一体，他会不计任何代价地保护她……

他这一番话说出来，让仙界的人心中格外郁闷。仙魔本是对立，仙界因为没有足以与魔界为敌的主心骨，才屈从于魔主的"淫威"之下，一个超级的魔主已经够他们头疼的了，现在又多了一位超级厉害的夫婿……

那仙界哪里还有翻身的余地？岂不是要永远屈服在魔之下？

至于其他界的，其实心里也惴惴的，神九黎和魔主双剑合璧，那简直就是所向无敌，以后魔界的人只怕会横着走，无人敢招惹了，真正一家独大了……

当然，魔界的人还是真正欢声雷动的！

一个个腆胸叠肚看着其他界的人，那气势简直爆棚。

还是天帝不甘心，问了一句："朕听说天道剑曾经是上古神物，甚至有可能是那位湮灭的神之旧物，现在它却归了阁下，不知道阁下和那位湮灭的神是何关系？"

这一句话问出来，全场都静了下来。

众人虽然不知道远古神魔之间到底有什么具体故事，却人人知道那时候的神魔是对立的。

甚至一场架打下来险些毁灭了整个神魔大陆……

现在魔主回归了，那位上古之神却并未回归，而神九黎出现得如此突然，又收服了天道剑，而且他身上也没有半分魔气，甚至还有淡淡的祥光环绕，那么他修炼的功体应该不属于魔界……从以上种种总结来看，让人不得不怀疑他的身份。

有一个人脱口问出："阁下不会……不会就是那位远古之神吧？！"

神九黎落在天帝身上的目光平静如水，天帝却有一种被冷水从头浇到脚的错觉！

"本座不知道你们口中湮灭的神是谁，但请你们记得一点，本座是神九黎，不是其他任何人！也不会做任何人！"

天帝："……"

其他人："……"

天帝原本还想方设法想把他拉入自己的阵营，以期和魔界对抗。现在他只能暂时打消这个念头。

至于其他界的人则悄悄松了一口气，如果那位远古神真的回归，神魔不两立，正如天有正负极，两者早晚还得打起来，到时候神魔大陆又得遭殃……

一山不容二虎，一个世界只有一个尊主就够了，更何况这个尊主是不怎么管事的，也没啥野心，六界中人觉得这样挺好，不想改变这个格局。

一场定亲宴就这样画上了圆满的句号。

这一场定亲宴后，神九黎的大名也瞬间传遍这个世界的角角落落，几乎人人都知道他是现今魔主的未婚夫君，术法剑术都深不可测，甚至琴技也极惊人，一曲弹奏曾经引来凤凰献舞，万鸟盘旋……

这还是在人家一手抱孩子，单手弹奏的情况下，没有人能够想象他如果双手专心弹奏又会是什么效果……

当时在场的人都成了幸运儿，有幸看到这一幕，不知道多少人回去后都在唾沫横

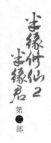

飞地诉说那一场最强者争霸战，说者骄傲，听者动容。

尤其是在场的那些少女，成为全六界少女羡慕的幸运儿。

在这大陆上，原本叶天离是众少女心中的梦中情人，但自从这一场定亲宴过后，神九黎以超高人气迅速碾压叶天离，取代了叶天离的位置，成为最新偶像，不知道多少少女想偶遇他一回，为他害相思病……

当然，魔主阿陌那冷漠而又奇特的气质、那至高无上的地位，也让无数少男动了心，在场的人有擅长丹青的，早就将她的模样画了下来，不知道怎么的，就在这大陆流传开来。

原先人们心目中的魔主是那种三头六臂、面目狰狞的形象，没想到是这样一位漂亮得不得了的小姑娘，很难想象这么娇滴滴的小姑娘居然已经活了不知道多少万年……

人们普遍觉得，自己的三观被刷新了。

阿陌发现，她的日子忽然过得繁忙起来。

神九黎从和她定亲后，就以未婚夫的身份堂而皇之地住进了陌宫，和她的寝宫只一墙之隔。

他每日里是必来她这里报到一次的，而且这一次时间还特别长，早上来，晚上走，一整天都腻在她身边。

她这三年孤单惯了，而且潜意识中她是谁也不相信的，自然不想这么密集地和一个人见面，所以她在第三天开始义正词严地和他交涉。但他有他的理由，他说念陌在她这里，孩子这么小，需要父君的照顾……

这话一听就是托词，所以阿陌转身就把一直缠着自己睡的小鬼丢给他，让他全天候照顾。

结果那小鬼死抱着她的腿不撒手，哭得惊天动地，说什么"娘亲不能不要念陌，念陌要和娘亲在一起"……

她从来到这个世界后，就一直保持着十三四岁的模样，看上去就是萝莉形态，现在被这么个小家伙哭着喊着叫娘亲她也感觉醉醉的，却该死地没什么违和感……

她对任何人都能硬起心肠来，唯独对他硬不起来。

那小家伙一哭一笑都莫名牵动她的心，这孩子像缺乏母爱似的，每天都腻在她怀中，尤其是晚上睡觉的时候，更必须抱着她的手臂睡，她抽出手来后他闭着眼睛迷迷糊糊也要寻找，两只小手乱抓，直到再抓住她的手臂抱在怀中才算完……

她不知道正常人家的小孩子是什么样，唯觉得这小祖宗不是一般缠人，比狗皮膏药还黏。

孩子推不出去，孩子的爹自然也推不出去。

而且也不知道神九黎和谁学了泡妞秘籍，每日他踏着朝雾到来时必然会送她一束花，那些花都是她没怎么见过的异种，清幽芬芳，不但摆放着好看，还有提神作用。

不过，那些花阿陌一束也没留下，他前脚送来，她后脚就给他丢出去，或者当着他的面丢出去……

那些花被丢出去后，就凋零在他的脚下，他面上虽然没表现出什么，眸中却偶尔有失落之色滑过。

他会收拾起那些花，将那些零星花瓣也收拾得干干净净，然后第二天再送不同的花来。

也不知道为什么，阿陌看到他眼中的失落心里会有快意的感觉，于是她像是终于找到了一点乐趣，乐此不疲地这样做。

发展到后来，他每次送花来，她不但把花丢出去，连花的芬芳气息也挥袖挥走，一丝气息也不留，无论什么花都一样。

就算有些花她心里是喜欢的，但就因为是他送的，她都毫不犹豫地丢出去。

丢花已经成为一种本能，一种乐趣。

这样坚持了一个月，终于有一天他不送花了。

阿陌下意识等了一早晨，也没见他到来，心里还是有些纳闷的，但也没表现出来。

小念陌这些日子求知欲还是极强的，总是缠着她传授这个传授那个，小嘴还极甜，娘亲娘亲地不离口。这一个月的时间，他就对她亲近了许多，让她抱让她夸让她带他玩。

对于父君送花娘亲不接受这一件事，小念陌开始觉得好玩，后来就有点为父君脸红，再后来还给父君出主意，说娘亲大概讨厌花，劝他送点别的，别送花了，别在一棵树上吊死。但他老爹在这方面特别一根筋，屡送屡扔，屡扔屡送，百折不挠……

小念陌每次看到自己老爹抱着一束花进来，都有点替他难为情了，下意识不去看他，等娘亲将那束苦命的花扔出去以后才若无其事地爬到老爹的膝盖上，和他玩，听他讲解一些术法和其他东西。

父君的学识不是一般渊博，小念陌所问的问题再稀奇古怪，父君也能做到有问必答，让小念陌增长了不少知识，当然，学习起来也很快。

短短一个月的时间，他明明是小豆丁的模样，却已经能似模似样地使出许多就算是仙人也不能轻易学会的术法……

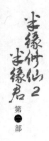

有些事最怕成为习惯，一旦成为习惯那就是根深蒂固的事。

譬如神九黎送花，阿陌虽然扔得爽，但也成习惯了。他忽然不送花来，她就有一些不习惯。就连小念陌也有些不习惯，伸长了脖子等着父君的到来。

他们这一等几乎是半个上午，神九黎始终没露面。

小孩子常闷在屋里不好，阿陌每天都要带着小念陌出去散散步的，大部分时间不去别处，而是去陌宫那巨大的后花园。

"父君今天怎么没来？"小念陌第八次问道，眼巴巴地看向窗外。

阿陌站起身来，抱起他："出去走走吧。"

外面阳光晴好，暖风习习，神念陌死死巴住娘亲的手臂："娘亲，听说天火花开了，念陌要去看天火花。"

在整个陌宫之中，唯一生长天火花的地方就是隔壁神九黎的院子。

阿陌知道神念陌的心思，小家伙这是惦记他的父君了，想去那里看看……

阿陌勾唇一笑，她知道这世上有一种追求叫欲擒故纵，那位大神大概就是玩这一手，只可惜她并不吃这一套。

他送花来也好，不送花来也罢，她都不会放在心上。

她拍了拍神念陌的大头："想看天火花？走，娘亲带你去别处看。"

她现在魔力无边，在花园中随便一个空地上一指，原本生长在那个院子中的天火花就从土里冒出来，片刻的工夫生长了一大片，红彤彤的看着很喜庆。

神念陌看着那一大片花无语了。

半天他才说了一句："娘亲，听说这花是父君移植到他院中的，这么红，原来父君喜欢这么红的颜色……"他一双大眼睛盯在阿陌身上，"和娘亲身上的衣衫一样红。"

阿陌看看一丛丛天火花，亭亭玉立，微风吹动之下，像是翩翩起舞的美人。

这花是被她瞬移过来的，也就是说，这花依旧是神九黎的，并不是她另外变出来的。

她把神念陌放在花前："乖，你不是想看？那就好好看看吧。"

神念陌只得站在那里赏玩，一双眼睛看着花，心里还在琢磨将娘亲骗到父君的小院的法子。

他看着看着，忽然叫了起来："娘亲，这花怎么枯萎了？"

阿陌一瞧，那些花果然开始打蔫，花瓣耷拉下来，像是水土不服，有的花瓣已经开始凋零……

阿陌微微皱眉，明明她弄的这片空地水土和那小院中的水土一模一样，这些花怎么就要死了呢?

她对花花草草并没有多少研究,看了片刻也没看出个所以然来,心里正琢磨着要不要将这些花再移回去,一道声音忽然自她身后响起:"你们在做什么?"

"父君!"神念陌欢呼一声,朝着那声音扑过去。

阿陌也缓缓转身,看着不知道何时出现在自己身后的神九黎,声音淡漠:"你儿子想看天火花,所以本座就弄来让他看看。"

神九黎脸色微微苍白:"你可以带他到我的院中去看!"这是这一个月来,他第一次用这么重的语气和她说话。

阿陌歪头一笑:"本座懒得去。"

神九黎垂眸看着她:"我那院子和你的院子就隔着一道门。"

"本座对你的院子像对你的人一样不感兴趣。"阿陌依旧在笑,说出的话却毒。

神九黎脸色更加苍白,薄唇微微抿起,没再说话,而是转身去看那些天火花。

也就这么小半个时辰的工夫,那些天火花已经凋零大半,好多只剩半个光秃秃的花蕊。

他手指落在天火花上,指尖微微翘起,很明显要做一个什么术法,应该是想用瞬移术再将这些花移送到他自己的院子里。

阿陌眼眸中有微光一闪,忽然一挥衣袖,有淡红光芒自她的衣袖中发出,直接化为一股飓风,在那些天火花上一掠而过——

于是——所有的天火花都倒伏在了地上,像被大火烧过一般,焦黑一片,再也看不到原先的模样。

"你!"神九黎猛然转过身来,显然怒了,衣袖带起来的狂风吹得阿陌火红的衣衫猎猎飞舞。

阿陌抬头瞧着他,那一双美丽的大眼睛里闪过一抹光芒,她丝毫不惧地看着他:"怎么?怒了?忍受不了本座了?如果忍受不了,你可以选择退亲……"

神九黎看着她,阿陌和他对视,她个头虽然矮,气势却强大,有暗黑气息隐隐自她身上透出。

神九黎缓缓垂下衣袖,声音清晰:"不,我不会退亲。"

阿陌目光微微闪烁了一下,冷笑一声:"怎么?舍不得魔主夫婿这个位置?"

神九黎眼眸沉静如水:"我只是舍不得阿陌夫婿这个位置。"他转身去看那些天火花,似乎想看看还有没有救活的希望。

阿陌:"……"她有一种一拳打在棉花上的错觉。

她莫名有些焦躁,这个人她无论怎么刺激,他也不向她发脾气,偏偏还那么强

势，让她一直拒绝不得。

不像叶天离，她的脸色稍稍不好看一些，叶天离就会失踪两天……

神九黎在那堆枯焦的花里寻了半晌，终于找到一株漏网之鱼，小心翼翼地将其捧起来——

阿陌在袖中握了握拳，不明白他为什么会宝贝这么一株花。不过既然是他喜欢的，那就是她想要破坏的，她就是想激怒他，想让他主动提出退亲……那样就不算是她违背诺言。

她一抬手指，一道火光打过去，想把神九黎手里那唯一幸存的幼苗烧死。

却不料神九黎这次早有防备，掌心之中的天火花瞬间消失不见。

阿陌那道火光正打在他身上，他身子微微一晃，又若无其事地站稳，看了她一眼：“你们先逛着。”然后他一转身就消失不见了。

阿陌垂下袖子，忽然觉得有些意兴阑珊，一低头，却见神念陌正睁着圆圆的眼睛看着自己。

她摸了一下他的脑袋：“小鬼，想去哪里玩？”

“娘亲，你不要欺负父君了好不好？”神念陌在下面扯住她的衣裙，“父君好可怜的，他……他都流血了呢……”

流血？

阿陌微微挑眉，她可没见他哪里流血！

也或者她刚才只是瞥了他一眼吧，甚至连他的脸都没看清楚。

不过，这个人忒可恶，如果真哪里受重伤了，以他的功夫，随手就能医治好吧？

偏偏还流血让孩子看到……苦肉计啊！

念陌还小，她不想给孩子解释那么多，不知道为什么，她不想让孩子早早接触到黑暗的那一面。

所以她眼眸微微一闪，将神念陌抱起来：“他受伤了啊，那我们去看看他好不好？”

神念陌眼睛顿时一亮，这还是娘亲第一次提出去看望他的父君……

他立即抱住她的脖子，唯恐她会反悔似的：“好啊，好啊，娘亲，我们现在就去！”他刚才看到父君的脸色好苍白，后背上似有血渍……

第十四章　欲解除婚约

陌鹭居，这里正是神九黎现在居住的地方。

院子内收拾得极干净，院中有山石，有花圃，只不过花圃中的花现在不见了，只一片光秃秃的土地。

这个院子虽然紧邻阿陌的寝宫，但明显是给做杂役的下人住的，房屋比较窄小，院落也不大。

当初神九黎搬进来的时候，阿陌故意指给他这样一处院落，她承认是想羞辱他一下，想让他自动退缩，退了这门亲。

没想到他却二话不说住了下来。

原本这院中住了一个魔族花匠，这花匠并不是干净的人，所以他住的屋子有些脏也有些乱。

神九黎到来的时候，花匠刚搬走，那屋子里还有一种可疑的臭脚丫子气息。

神九黎足足使用了七八次清洁咒才将屋子清洗干净，当然，里面的家具也被他随手化去，重新变幻出新的。

阿陌原先并没有来过这里，这次还是第一次来。

她在进来的那一刻，眼前微微恍惚了一下，总感觉这里的布局似乎有些眼熟，就连屋檐下的风铃她都有一种熟悉的感觉。

她足下微微一顿，神九黎正在花圃中忙碌，那一株仅存的天火花刚刚被他种进去，那花耷拉着脑袋，也不知道能不能活。

他背对着他们，她能清晰地看到他后背正有血一滴滴沁出来……

"父君，您流血了！"她怀中的神念陌跳了下来，向着神九黎跑过去。

神九黎骤然回身，看到他们，下意识一退，遮住了那株花。

神念陌直接扑到他的怀中："父君，您怎么受伤了？是哪个浑蛋伤的您？说出来念陌为您报仇！"

他把脑袋探向神九黎的后背，伸出小手想要去摸。

神九黎将他的小手拉下来，淡淡地道："皮外伤，不碍事。"

然后神九黎一抬头，见阿陌倚着大门正懒洋洋地看着他。

二人目光一对，阿陌笑了："原来阁下也有受伤的时候，流的血不少呢。本座觉得你或许该歇息几天。"

她这一番话似关心又似讥刺，神九黎看了她一眼没说话。

神念陌毕竟还小，以为自家娘亲终于开始关心自己父君了，小脸上顿时露出笑容："父君，你看，娘亲也关心你呢。"

孩子的笑容太天真、太无邪，阿陌一顿，她本来还想再讥讽神九黎几句的，现在却有些说不出口。

小念陌太懂事，大人之间的冷战或者暗潮他能感受到，孩子夹在当中正拼命用他的方法和稀泥，想让他们真正和好……

神九黎叹了口气，揉了一把孩子的头："嗯，父君很高兴。"

阿陌将目光落在他身后的花上："阁下很宝贝这花啊……"

神九黎下意识又遮住了那花，目光有些深："阿陌，不要再毁了它，我种它有用途……"

"呃？什么用途？"阿陌难得有一点好奇心。

"这……以后你会知道。"神九黎略一犹豫道。

阿陌打了个哈欠："算了，其实我也没兴趣知道，一株花而已，养在陌宫也没什么。"

她在院子中随意一打量，最后目光落在他的手上，他大概是刚刚种完花，手上还有泥，这在他身上可是难得一见。

她眼中的他永远是那种衣衫整洁、衣领紧扣，禁欲男神模样，还第一次见他这么有人间烟火气，不知道为何，这样的他有一丝萧瑟的味道，让她的心莫名一紧！

她不喜欢这种感觉！

阿陌歪头打量他一眼，慢慢走过去："我看看你的伤。"

自重逢以来，她这还是第一次用这种关心的口吻和他说话。

神九黎却向后微微一退："不必了。"

神念陌大急，紧紧抱着父君的肩膀："父君，让娘亲帮您看看吧！让她帮您看看，娘亲的医术也很高的……"

父君为什么不抓住这唯一亲近娘亲的机会呢？要急死他了！

神九黎面对着她，让她看不清他后背的伤处，阿陌笑了："阁下又玩欲擒故纵这一套？我可是上当了哟，既然不让看那本座就不看了。"

神九黎松了一口气，将孩子向她手里递过去："你带他出去玩吧，伤我自己会处理……"

刚刚说到这里，他眼前一花，那大红的人影已经不见。他脸色微微一变，正要猛然转身，一只微凉的手已经点中了他的后背。

他身体微微一僵，手指微起似要做什么，但到底没有做。也就这么稍一停顿的工夫，他的穴位已经被她点中，他后背的衣衫被人不客气地一把撕开，他感应到了空气的微凉。

神九黎苦笑，他忘记她现在是魔主，功夫应该和他差不了多少……

神念陌也想看看父君的伤势，所以他就想从父君手里挣出来，但父君将他的小身子握得紧紧的，他一时挣不脱，忍不住叫："父君，念陌看看，念陌看看，放开念陌……"

神九黎自然不会放手，那么狰狞的伤口他就怕儿子看到。

但小家伙挣扎得太厉害，神九黎的穴道又被点，差点抱不住他。

阿陌眼睛落在神九黎的后背上，那里有一道贯穿性的伤口，应该是剑伤，只不过伤口附近肌肉有腐烂迹象，甚至能看到里面隐隐的白骨……

那伤口狰狞的可怕，极大地刺激着人的感官……

阿陌一拂衣袖，神九黎后背的衣衫再次自动合上，将伤口盖住。

也几乎就在这刹那间，神九黎自己冲开了穴道，抱住差点挣脱跌落在地的孩子，向旁边微微一闪身。

阿陌已经转到他的前面，她并没有说别的话，掌心中有光芒微微一闪，有一个碧绿的小瓶在她的掌心里出现："阁下这伤无法自己治愈，本座倒是可以帮你一次，不过本座有条件。"

神九黎似笑非笑地望着她："和你解除婚约？"

阿陌："……"他怎么一猜即中？

"不错，只要你同意解除这婚约，你这伤立即就能好。"阿陌觉得自己这条件提得极是时候。

她已经看出他后背上这伤是当初她那柄诛天剑的"功劳"，受这剑伤的人如得不

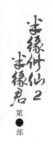

到特有的解药，就算伤不到要害，那伤口也不会好，会寸寸腐烂，不但腐蚀肉体，也会腐蚀魂魄，让肉体和魂魄只要不死的话就在剧痛中煎熬，直到肉体和魂魄全消为止。

她当时知道神九黎受了她的剑伤，但他一直若无其事，她还以为他自己的医术终于突破天际，可以医治诛天剑的伤了，没想到……

看来平时他和她在一起的时候，是把这剑伤用术法遮掩了，这次不知道怎么回事暴露了出来。

或许是这剑伤终于将他强悍的魂魄腐蚀虚弱了，所以他才无法再遮掩，今天早晨也没来给她送花……

这个时候提条件正好，痛了这一个月他应该尝到了那种灵魂和肉体痛不欲生的滋味，会同意解除婚约。

这个人在眼前的时候，她越来越心浮气躁，她十分不喜欢这种感觉！

阿陌目光炯炯地看着神九黎，就盼着能从他口中得到"同意"两个字。

不料神九黎只是看了她一眼，淡淡地回答了两个字："不必。"说罢他转身进了屋。

阿陌气得在袖中握紧了拳，忽然冷笑一声。

好吧，这可是他自己找死，并不是她见死不救！

她一低头，见神念陌站在她的脚下，正眼巴巴地看着她。看到她看他，他扁了扁小嘴："娘亲，爹爹后背的伤厉害吗？你不要提条件给他治疗好不好？流那么多血他肯定很疼的……"

阿陌："……"小家伙的眼睛太无邪，里面明晃晃地写着渴望，这渴望让阿陌心底像是被什么刺了一下。

她将孩子抱起来，淡淡地道："无妨，他既然不要娘亲给他治疗，那他自己肯定有办法的。娘亲不想勉强人，走，娘亲带你去别处玩。"

她一边说，一边大踏步出去了，这院子里她一分钟也不愿意多待！

神九黎坐在云床之上，在垂眸练功。

他自然知道这伤是怎么回事，不能不说这诛天剑果然是一柄上古大魔器，这功能简直逆天了！

如果是普通仙人中了这么一剑，三天内必然会皮肉皆烂，以魂飞魄散画上句点。

而神九黎的体质一向异于常人，也不是那些仙能比的，他轻易不会受伤，就算受伤了也能飞速自愈，再加上他高超的功法和医术，就更没什么伤能难倒他。

他却没想到在这诛天剑下踢到了铁板！

这一个月内他寻遍了各种医治法子，也只是延缓了这伤势的发展，并不能让它痊愈。

　　他自然也知道她那里肯定有解药，但他不想向她讨要，他也明白她知道他这伤后，必然会以解药相要挟，逼他解除婚约……

　　而她永远不会明白，这婚约对他来说有多重要！可以让他不惜以命来搏！

　　本来他已经控制住这伤势，但因为昨夜那一场冒险，挨了一头妖兽一爪子，这才又加重伤势，也让他暂时没有力气遮盖那剑伤，被孩子看到。

　　他打坐片刻，这才睁开眼睛，撩起衣袖，露出了肩上的伤。这伤是被妖兽抓伤的，看上去凶险，却在他的医治范围内。

　　他自己上了药，单手为自己包扎好。

　　唯一让他头疼的是后背上的伤，貌似所有的药用在那里都没用……

　　目光又落在窗外那一株孤零零的天火花上，他轻叹了一口气，这花不知道能不能再活过来。

　　他正沉吟，忽似察觉到了什么，沉声道："外面是谁？"有人进了他的院子！

　　他披衣起身，外面传来一声娇滴滴的声音："公子，奴婢是香草，奉命前来伺候公子。"

　　"不必，出去！"他爱洁，除了那两个特定的人，不希望其他人踏足这里一步！

　　"公子，魔主说公子是这里的娇客，不管怎样身边也得有人伺候，听说公子又受了伤，魔主更不放心，所以才派奴婢前来，务必把公子伺候得妥妥帖帖的。"

　　那声音的主人已经走到了屋门前……

　　不过她也仅仅止步在这里了，因为下一刻，有一股飓风忽然自身周盘旋而起，直接将她卷住，吹了出去，啪的一声拍在了院外的树上，把她拍得头晕眼花，险些喷出一口血来！

　　香草踉跄着爬起身来，只觉全身上下的骨头像是散了架似的疼痛，动一动就咔咔作响。

　　这下她不敢造次了！

　　原来这位看上去清冷的娇客功夫真的如此惊人！他没现身就直接把她震飞出去了！

　　她如果再去招惹，只怕就不会这么囫囵着出来了……

　　她只得回去向魔主禀报。

　　神九黎坐在云床之上，薄唇抿得紧紧的，有怒意在他眸底闪烁。

　　他缓缓握紧手指，胸中似有气血在翻涌，一时压不下去。

　　自受伤后，他的自制力就比原先稍稍差了那么一点，不再像从前那样万事不萦于

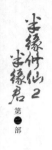

怀，现在的他有了执念，有了牵挂，有了羁绊……自然，也有了被触犯时的愤怒。

她真的试图在挑战他的极限……

诛天剑这该死的剑伤不但会腐蚀人的魂魄肉体，还有一种让人无语的毒性，当它发作的时候，不但让他全身剧痛，还能激发他体内的欲……

原先他一直压制着它还能若无其事地忍过去，现在一时压不住了，在忍痛的同时，他还得忍焚身的欲火……

诛天剑是她的，她肯定知道这剑伤的特性，也知道他有可能会有的反应，偏偏在这个时候派了一个女人过来伺候他……

她就这么想把他推出去吗？！

这么想把他推给其他女人？！

背上那钻心刺骨的痛再次传来，他喘息着闭上眼睛，默默调息。

阿陌坐在后花园的一个亭子里，有些心神不宁，望着远处的一丛花出神。

那丛花也是红色的，是美人蕉，和天火花有点相似，其作用却天差地别。

美人蕉只是纯观赏的，天火花却是一种奇药。

阿陌研究过这天火花的药性，有致幻效果，有点类似于罂粟，药效却比罂粟要浓烈百倍。

她从知道神九黎背上的剑伤并没有好时，就在想这天火花的功效，但想了半天也没觉得这花对他的伤有帮助。

炼制诛天剑解药的药材中也压根没有天火花，那他到底为什么这么宝贝它？他想用它做什么呢？

"娘亲，娘亲。"神念陌爬上了她的膝盖，小手在她眼前晃啊晃的。

阿陌回神，这才发现自己貌似出神的时间有点久。

她抿了抿唇，似乎她从那小院中出来，就一直在想他的问题，想他的伤，想他的花……

这状态不好！这三年来，她还是第一次想一个人的事情想这么久！

"怎么不扑蝴蝶了？"刚才这小子一直抓蝴蝶来着，一抓一个，不知道多少蝴蝶惨遭他的"毒手"……

"娘亲，你一定会救爹爹的对不对？"

阿陌无语，在这里坐了不到一个时辰的工夫，这句话这小子已经叨咕八遍了，想起来就跑过来摇着她的膝盖说一遍，而且每一次都会变个花样。

什么爹爹真的很疼，什么爹爹受了这么重的伤还替娘亲采花，什么爹爹这么好的人一直疼娘亲也不忍心……他的理由不要太多！

她几乎怀疑这小子就算是抓蝴蝶的时候，小脑袋瓜只怕也在琢磨怎么说动她……

这些理由有些几乎称得上可笑，但由他嘴里说出来，再配上他那眼巴巴看着她的目光，那杀伤力居然不是一般大！

让她差点动摇！

就像现在，神念陌又想起了一条更棒的理由！

"娘亲，你只要给爹爹治好了伤，念陌会很乖很乖哟，再也不会哭闹，再也不会烦你……"

阿陌忍不住叹了一口气，揉了揉他的脑袋："娘亲不是派人去照顾他了？放心，你那父君死不了的。"那样强悍那样强大的人怎么可能会死？

"可是，爹爹不愿意让人照顾啊。"神念陌还想再说，不远处有人影一闪，一名妖娆女子走了过来，拜在阿陌脚下："魔主，香草无能，没完成魔主交付的使命……"

"怎么说？"阿陌看了看她凌乱的发、撕破的裙，问道。

她眯了眯眼睛看了看香草，香草是个风骚入骨的魔，身材极端妖娆，脸蛋极端诱人，尤其是那迷蒙如雾的眼、潋滟如火的唇，不用说话，只往那里一站就是一道让男人疯狂的风景。更何况香草一颦一笑都有一种入骨的魅惑，只要见过她的男人，几乎都要拜倒在她的裙下。

这香草是禾木总管依照阿陌的要求找来的，阿陌当时看到的时候还比较满意，所以便派了她过去照顾神九黎。却没想到她去了不足十分钟就回来了，还这么狼狈！

香草低下了头："公子压根没见香草，香草还没进屋就被他给拍了出来……"丢人死了，她还是第一次这么丢人！

阿陌目光闪了闪，挥手让她下去了。

"娘亲，你看，爹爹压根不用人伺候，他的伤肯定很厉害……"神念陌趁机又想劝说。

阿陌伸出一根手指点住他的小嘴："好啦，你自己先玩，娘亲困了，先睡一会儿。"

她将神念陌放下，倚着亭柱在那里打盹。

阳光投射在她身上，留下了深深浅浅的剪影。

渐渐地，她仿佛真的睡着了，手臂懒懒垂下。

神念陌在草地上玩了一会儿，这个时候又跑过来，站在那里，抬头看着娘亲的睡颜，最后目光落在娘亲那垂落的衣袖上，衣袖中那碧绿的药瓶若隐若现……

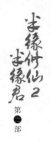

可以治愈爹爹的药!

神念陌还是认得这药的!

他蹭了过去,伸出小手,想去抓出那药。父君曾经给他说的话又响在他的脑海里:"念陌以后要做个顶天立地的男子汉,有些坏习惯不能有……"

爹爹列出的那些坏习惯中就有"偷盗"。

他现在自娘亲衣袖中拿药算不算偷盗?

爹爹会不会不喜欢?娘亲会不会一怒之下又不要他了?

神念陌有点纠结,小手伸出去又缩回来,缩回来又伸出去……

风吹得他娘亲的衣袖飘飘扬扬,轻拍在他的小脸上,让他一颗小心脏也跟着起来又落下,落下又起来……

他的娘亲大概被他缠得太累了,他在这里站了这么久,她都没有醒过来。

这几天他一直跟着娘亲睡,而且一定要窝在她怀里睡,娘亲也由开始的不习惯,常常睡着睡着把他推开,到他偶尔滚出她的怀抱的时候,她会顺手将他扒拉到怀中睡……

娘亲的身子似乎一直是凉的,但每次抱着他的时候,她的身子就会变成温的,让他每次窝在她怀里的时候都很舒服。

娘儿俩一起睡的时候,他偶尔翻个身说个梦话都能惊醒他的娘亲,大概是那次他发烧让他娘亲产生了心理阴影,他每一次翻身每一次哼哼,他娘亲都会下意识摸摸他的额头……

娘亲看上去挺冷,不太爱说话,但还是很疼他的,把他当亲儿子养。

呸呸,他本来就是她的亲儿子,要不然他才不会随便拉着一个女人叫娘亲,他神念陌可是很有神格的!

这一刻神念陌的思维有点发散,一双眼睛盯着他的娘亲不知道该如何是好。

毕竟这是第一次做贼,他比较下不了手。

他又踟蹰片刻,眼前闪过父君那苍白的脸色,以及后背上的血珠……

不行!就算做贼他也要救爹爹!

神念陌终于下定决心,把小手在身上的小袍子上蹭了蹭,慢慢探入母亲的衣袖内,握住那个药瓶,慢慢又缩了回去……

很好,他娘亲自始至终没有醒,睡得很安详平和,呼吸也那么均匀。

当神念陌终于将那药瓶死死握在手里的时候,他一颗小心脏险些跳出来。

他真的偷出来了!

他毕竟还是个小孩子,也是第一次做贼,所以情不自禁有些紧张。

他屏住呼吸慢慢一步步后退，他人小个矮，一不小心脚后跟绊到一根树枝上，咯地响了一下，他虽然没有被绊倒，但那树枝断裂的响声让他胸口像被扔进一只兔子似的，蹦跳得厉害！

他下意识看向他的娘亲，她依旧倚着栏杆睡着，长长的睫毛覆下来，睡美人一样好看。

神念陌吓出一头汗，还好，他娘亲没醒，实在是太棒了！看来连老天也想让他救爹爹成功！

神念陌不敢再磨蹭，转身飞奔而去……

他人虽然小，跑起来却不慢，眨眼工夫就奔出花园了。

阿陌慢慢睁开眼睛，看着那个奔远的小小背影，缓缓坐起身，嘴角轻勾起一抹笑，但这笑才闪现一半又慢慢凝固在嘴角。

如果让儿子知道她也在利用他，不知道会不会哭得天地变色……

她有些头疼地揉了揉眉心，对那小子的哭她真的缺乏一些免疫力，想想就有些发怵……

不行，她不想再这么拖下去了，不想再让那个人影响她的心情……

她起身，也向外走去。那个人正在最痛苦的时候，见了解药应该会吃下吧？

只要他吃下她的解药，就算同意了她当初所提的条件，他们的婚约就会自动取消，她又会恢复自由身……

或许是在疗伤的过程中动念力的缘故，神九黎这次的剑毒发作得异常猛烈。

他坐在那里，身上的汗出了一波又一波，后背又疼又痒，像是里面有无数蚂蚁在钻来钻去，那是一种腐蚀般的疼，比普通的疼要强烈百倍，其中又夹杂着痒，入骨的痒，让人忍不住想要将那里的肌肤狠狠撕开扔掉，把里面的罪魁祸首揪出来。

这还不说，身上的血仿佛要沸腾起来，汇成热流，向他下腹某个地方汇集，叫嚣着要释放……

他在那里动也不动，咬牙苦忍，汗透重衣。

院外忽然传来急促的脚步声，有人奔进了他的小院里。

他猛然睁开眼睛，因为疼痛，他的眼眸有些发红，看上去如同俊美的修罗。

剧烈的疼和痒以及那莫可言说的欲让他有一种想要破坏一切的冲动！

任何闯入他领地的人，在这一刻他都想将对方拍成渣渣！

他屈起手指，正要做点什么，忽似听出了什么，脸色微微一变！

砰！他的屋门被人撞开，一团小小的人影冲了进来："父君！"

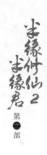
神九黎手指一抖，下意识在自己身上使用了个清洁术，掩盖一身狼狈，看着跑到云床前的小不点："念陌，你来做什么？"他下意识向外面看，没看到阿陌跟过来。

神念陌跑得呼哧呼哧的，此刻二话不说就吭哧吭哧地向他的云床上爬。

那云床比他还高，他一时爬不上去，急得伸出小手："父君，拉念陌上去。"

到底不忍见自己儿子如此辛苦，神九黎一把将他扯上来，揽在怀中："你娘亲呢？"

"娘亲……娘亲还在花园里……父君，瞧瞧，这是什么？"神念陌终于松开了一直攥在小手里的东西，一个碧绿的小药瓶，瓶身上还沾了小家伙的汗……

神九黎眼眸微微一凝，他自然认得这个。

解药。

"念陌，这东西你哪来的？"神九黎并不接儿子手里的东西。

"是娘亲的……娘亲让念陌送来的……"神念陌不敢说是自己偷的。

"说实话！"神九黎的声音冷了下来，小家伙这么小就想骗他？

神念陌不敢再撒谎了，低下脑袋："娘亲睡着了，念陌从娘亲的衣袖中拿的……"他又想从父君怀中挣脱出来，"父君，您赶紧用吧，念陌给您涂抹上……"

神九黎紧箍着他，并不松手，看着孩子因为急促跑动涨红的小脸，他的脸色很不好看。

从花园到他这个小院距离并不近，得有三四里路，如果是神仙，自然抬脚就到，但对才一个多月大的神念陌来说，是一个很遥远的距离，他那一双小短腿得跑一阵……

直到现在小家伙还累得有些喘呢！

不过，小家伙眼睛亮晶晶的，像献宝似的把药瓶捧在手心里："父君，父君，您快用吧。您的脸色很不好呢。是不是很疼？"

他抬起衣袖吃力地去擦神九黎额头上刚刚沁出来的冷汗："父君——"

神九黎胸口一窒，为儿子的贴心，也为那个女人的没心没肺！

他活了这么多年，什么人情世故没见过？什么阴谋诡计没见过？

阿陌的这个伎俩又怎么可能瞒过他的眼睛？

那个人居然连孩子也要利用！

他深吸了一口气，接过孩子手里的药瓶："念陌，父君教你的《太上感应篇》你背诵得如何了？"

神念陌额头上滴下一滴大汗，他忘记背了！今天就惦记父君了……

神九黎看着他明显心虚的小脸，将他放下云床："乖，回书房去背，背不熟不许出来，背不熟父君的伤会更疼。"

348

这最后一句话明显威胁到了小家伙，再说看着父亲接过了药瓶他也放心不少。

他立即答应一声，转身就跑，跑到门口还不放心，又嘱咐一句："父君，那药您一定要用啊。"

"去吧。"神九黎向儿子挥了挥手。

神念陌终于放心地跑了，小小的背影消失在门口。

神九黎垂眸看着手中的药瓶，拔开药塞闻了闻，他是医学大行家，自然能闻出这确实是解药。

他又缓缓将药塞扣上，缓缓抬头："出来吧！我知道你在！"

屋内有红光闪了闪，阿陌现出身形，挑眉瞧着他："你居然看出来了！"

神九黎抬手就将药瓶给她扔了回来："我并不傻！"

阿陌只得将药瓶接在手里，再上下打量了一下他，他的脸色不是一般苍白，他虽然极力隐忍，面上可以做到云淡风轻，但频频冒出的冷汗他控制不住。

很显然，他现在依旧处于剑伤发作之中。

曾经那么强大的他，脸色苍白，冷汗直冒，看上去竟有一种脆弱的病美人之感，琉璃般易碎。

阿陌稍稍靠近他一点，把瓶子在他跟前一上一下地扔起又接住："你很疼很难受对不对？其实你只要用上这药，立即就能消除所有不舒服的感觉，你又何必强撑？你应当知道，没有解药的情况下，你的剑伤发作得会一次比一次厉害，你也会越来越难受。念陌心疼你，本座也不忍心让孩子心疼，所以才任由他偷了药给你送来……"

她的声音里充满了诱惑，如同吸引夏娃偷吃禁果的撒旦。

她的目光又落在他的身下，他坐在那里，某个地方已经让袍子有了异样的形状。

她笑了："你又何必苦忍？你只要放弃……"

她后面的话尚未说完，一只手掌忽然伸到她跟前，一把扯住她的衣领——

下一刻，她眼前一花，整个人飞了起来，跌入他的怀中！

他的动作太快，快得让阿陌压根来不及反应！也或者她压根没想到他会这么做！

等她反应过来，人已经在他火热的怀抱之中，她大惊也大怒，双臂齐出，拍向他的胸口！

他居然敢轻薄她！

以她现在的功夫，任何人也不能轻薄她！

她这两掌挥出的时候用上了全力，神九黎如果被她击实，只怕会立即飞出这小院！

但她明显低估了神九黎的功夫，她双掌刚刚一动，就被他擒住，顺势向头顶一

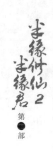

锁，他再翻身将她压在了身下。

他的身躯火热，而她的身子微凉，一冷一热交叠在一起，居然像磁铁的正负两极，紧紧纠缠在一起。

阿陌简直不敢相信眼前的一切！

她居然被在伤重情况下的他给制住了？！

她下意识要使用魔功，但身躯刚刚一动，便被他死死压住，他身上有一种莫名的力量，这力量将她整个人笼罩，魔功一时间居然使不出来。

她双手被控制着，一横心之下又想抬腿踢，但双腿也被他压着，使不出力气。

他火热的身躯压在她身上，让她心脏狂跳，他的双臂紧紧箍着她，眸子里有红光若隐若现："其实，还有一种解药——"

他伸出手指，指尖压在她柔嫩的唇上："雪陌，你想不想知道另外一种解药是什么？"

雪陌，他不再叫她阿陌，而是雪陌……

这个名字似已久违，他叫出这个名字的时候，又似带着一种烫伤般的疼痛，让阿陌眼眸骤然一缩！

"神九黎，本座不是……"她下意识想要否认这个名字，似乎这个名字是洪水猛兽，要将她拖入深渊的洪水猛兽——

不过，她辩解的话并没有说完，因为他的唇已经压下来！

火热的唇侵袭了她微凉的唇瓣，她骤然睁大眼睛，恶狠狠地想要咬他，但他的吻很有技巧，她压根咬不到他，反而让他的唇舌在她口中侵袭得更厉害……

他的吻带着一种久违的狂暴和激情，仿佛要将她整个人吞噬进去，让她几乎透不过气来。

神九黎一开始这样吻她，其实是惩罚的意思居多，但一旦抱着这个朝思暮想的身子，思念便铺天盖地而来，将他整个淹没。再加上剑伤的影响，如今他一旦将她压在身下，那欲就更如熊熊烈火般燃烧起来！

这个世上，他唯一想要的只有她！唯一渴念的只有她！

他寻找了她这么久，魂里梦里想念了她这么久，他渴念她渴念得灵魂都疼了！

在初见她的那一刻，他就想将她狠狠箍在怀中，一解相思之苦。

但是，他知道，那样不行！

他想要尊重她，想要凭借自己的魅力，再将她追到手。

他想要一步步来，真正打动她，再和她欢好。

这一个多月以来，他和她相处的时候，一直在控制又控制，控制想要抱她的念头，控制想要吻她的念头。

天知道，看到心爱的人在眼前，却不能抱不能亲到底有多辛苦。

他却没想到她居然会一次次来挑战他的底线。

她对他冷漠也好，偏帮另外一个男人伤了他也好，丢他的花也好，哪怕毁了那些救命的花，他也能原谅，也能理解，觉得是自己应该受的……

他却没想到她会在这个时候给他送女人，更没想到她会利用孩子想让他上当……

如果他猜不出真相用了这药，从而自然解除了这婚约，那孩子以后会怎么想？

念陌那孩子那么敏感，只怕会因此事形成一辈子的心理阴影！

他受伤颇重，或许现在的念力不如她，但是他毕竟有数千年的记忆，而她只有三年的记忆，论真正的实战经验，她就算是魔主在他面前也还是菜鸟！

她的动作还没做出来便被他提前预知，他的几个动作做下来，就将她压制住，让她再动弹不得！

他的吻异常火热，在她唇上肆虐，唇舌纠缠之下，阿陌能感觉到他身体某个部位的坚硬和火热……

到了这个时候，阿陌总算认识到她和他力量上的悬殊……

她以为自己在这个世上已经是天下无敌，却没想到一旦碰到他还是束手束脚，激怒他还是被他困住……

他惩罚似的吻着她，怀中的柔软娇躯让他心脏如烫伤般颤抖，脑中闪过的是当年和她亲热的画面，而这画面更让他身体坚硬如铁！

她曾经是他的妻，是他生死相恋的恋人，是他爱了三世的女子，如今又是他的未婚妻，就在他的身下，而他又急需要"救赎"……

是不是这一切就该顺理成章地发生？！

他剧烈地喘息着，拼命控制着自己。

情感和理智在这一刻拔河，他眸中神色剧烈变幻，显然天人交战得厉害。

刺啦！她的前襟被他撕开，她胸前一凉，无限春色展现眼前……

"雪陌……"他的声音喑哑透了，仿佛这个名字是救赎，是疼痛，是百转千回难以言喻的伤，让阿陌的心也跟着颤抖起来。

她推不开他只能被动承受，而这个名字也让她有一种想流泪的感觉，仿佛这个名字的主人曾经是她生命中的一部分，曾经是她记忆中的一部分……

她微微闭上眼睛，眼睫毛渐渐濡湿，有一滴泪顺着眼角流下。

而那滴泪终于惊醒了险些沉沦的神九黎，他在看到那滴泪的那一刻身子一僵，蓦然放手，向旁边滚去……

阿陌乍得自由，也几乎是本能地一跃跳下云床。

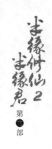
她脑海中轰轰作响，站在那里看着自己的一身凌乱，不由得又羞又怒，抬手就是一道红光向着神九黎劈过去："你找死！"

神九黎刚才那一滚之下，又磕碰了背后的伤口，疼得死去活来，冷汗如浆，眼前更是阵阵发黑。

阿陌的这一道红光劈过来，他压根没有躲，也或者他压根不想躲。

她这一掌就这么结结实实地击在他的前胸上，有骨折的脆响传来，他身子一颤，一双眼睛就这么直直落在她的身上，明明是深蓝的眼睛，此时却如深渊般漆黑。他一句话也没说，就这么看着她，然后——眼睛缓缓闭上……

阿陌拍出这一掌以后，似乎也没想到真能拍中他，站在原地愣了愣！

他看她的眼神让她心脏一沉，心脏深处似有一根莫名的细线一勒，有一种窒息般的疼痛传来。

她原本打完这一掌后转身就想走，但脚下像是被什么拴住一样，一时动弹不得。

"神九黎，这是你轻薄本座给你的教训！"她声音恨恨的。

他没动静。

"神九黎，如果不是看在念陌的分上，本座会立即杀了你！"

他依旧没动静。

"神九黎，你别装死！我告诉你，装死也没用！本座不吃你这一套！"

他闭着眼睛横躺在云床上一动不动，嘴角却有血沁出来。

阿陌眼眸一深，轻吸了一口气，忽然转身就走，快步出了这个险些让她失了贞操的屋子！

这个人居然敢轻薄她，她就算真的打死他也是他活该！

但足下的步子越来越慢，越来越慢，不知道为何，她一想到"他死了"这三个字心脏那里就像是被插了一刀，仿佛这三个字曾经伤害过她，让她生不如死……

在走到院门口的时候，她终于站住，足下像是拴了个铅球，再挪不动。

他后背的伤、嘴角的血、深渊般的眼神……频繁地在她眼前晃动，让她忍不住握紧手指！

他如果真死在这里……

这个念头刚刚冒出来，她似乎察觉到了什么，抬眸向前看去，目光微微一缩！

神念陌那小小的身子从路的另一头冒了出来，正向这个方向跑过来。

他两条小腿虽然短，但跑得并不慢，大概是把吃奶的力气都用上了。

他果然是聪明的宝宝，这么快就把老爹布置的作业完成了，将那《太上感应篇》背得滚瓜烂熟。他跑来就是想向父君秀一秀的，顺便瞧一瞧父君的伤，看看他痊愈了没有……

他刚刚跑到门前，忽然被一道红影拦住去路，他吃了一惊，一时刹车不及，一头撞入那红衣人的怀中。

他摇了摇脑袋，有些蒙地抬头，然后缩了缩身子："娘亲……"他有点心虚。

阿陌垂眸看着他，俏脸上没多少表情："小鬼头，跑什么？"

"娘亲，念陌来看看父君……"说完这句话后，他又有些诧异，"娘亲，你怎么在这里？"他忽似想到了什么，眼睛又一亮，"娘亲，你也是不放心爹爹，所以来看看他的对不对？你肯给他疗伤啦？"

他的眼里是纯净的真正欢喜，小脸笑得像花儿一样，让阿陌的心又是一揪。

她轻吸了一口气，拍了拍念陌的大头："好了，我要去看你爹爹，给你爹疗伤，不能被打扰，你自己先去花园玩，待会儿娘亲去找你。"

"好啊！"神念陌不疑有他，又扯着阿陌的袖子，"娘亲，你一定要把爹爹治好呀，爹爹一定会很欢喜！"

"不要啰唆，快去！"

神念陌唯恐自己的娘亲会后悔似的，转身就跑走了，跑得比来时还快。

阿陌站在院门口看他跑远，微微松了一口气。

幸好她没让孩子看到……

算了，看在孩子的面上，她就救他一次，退亲的事以后再说！

她终于找到光明正大救他的理由，转身又跑了回去。

神九黎还晕在那里，动也不动。

阿陌上前为他查看伤势，这一查看，心里咯噔一跳。

拜她那一掌所赐，他胸前的肋骨断了四根，有一根险些扎到心脏。他的后背剑伤处又有扩大的迹象，看上去更加狰狞。

除了这两处伤，他身上还有一些伤痕，有爪印、牙齿的撕裂伤、烫伤……各种各样的伤层叠分布在他的躯体上，看上去让人心惊。

这个人不是一直强大得不得了吗？

怎么会受这么多的伤，她记得原先的他身上并没有伤痕，肌肤如毫无瑕疵的美玉……

她正为他检查的手指忽然顿住！

不，她不想记得他！她不应该记得他的任何事！也不想记得！

阿陌掌心红光一闪，轻击在自己的脑门上，让所有不该出现也不想出现的记忆再次消失……

让他这次昏迷濒死的伤共有两处，一是后背，二是胸前……貌似，这两处伤都和

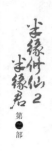
她脱不了关系。

阿陌抿了抿唇，一把撕开他的衣袍，先为他接了胸前断掉的肋骨。她接骨的手法很熟练，娴熟的动作让她自己也呆了呆。

她知道，这肯定又是历劫前的人生所学会的本事，也懒得多思索。

她是魔主，虽然没有前世的记忆，但她也知道自己是活了不知道多少万年的。这些时间不知道经历过多少事情，历劫前的人生充其量也就是几十年的事，几十年和她数万年的生命比起来那就是沧海一粟，她何必在意那几十年的事？又何必记起？

她要的是现在，活在当下，当下她是神魔大陆的魔主，至于其他，不过是浮云而已。

强大的外科医生接骨手法再配上她作为魔主特殊的治疗手段，倒是让他的前胸没了大碍，相信等他醒来再配上他的自疗手段，应该很快就能痊愈。

至于后背……

阿陌看着他的后背那狰狞的伤有些出神。

如果她现在就给他医治好，只怕再找不到逼他退亲的法子。

这个人这么强势，对她的执念如此之深，让她感觉不是一般头疼。

他嘴里的雪陌不用问是她历劫前所化之人的名字，那个人未必是真正的她，不过是她的化身……

她总感觉他叫她雪陌的时候，眼里虽然是她，心里却是那个化身……

这就像一个演员，扮演了一个万人迷，让一个人为她如痴如醉。

但那个人迷上的不过是戏中的人物，而不是现实中真正的她。

念陌、念陌……难道小念陌真的是她化身时的孩子？！

可是，那孩子不是没了吗？

阿陌虽然刻意封印了那段记忆，但孩子没了这一段她还是有零星印象的，似乎她曾经亲眼见证过孩子流产那一刻……

这个情节是她最不想记起来的，却又是让她印象最深的，就算记不起具体情况，她潜意识中也知道那孩子没了。

她虽然不知道那个化身和神九黎之间到底发生了什么，但唯一能确定的是，那段记忆极不美好！甚至是极为惨烈的！

惨烈到她刚刚历劫醒来，就强行用一种最厉害的术法将那段记忆封印。

既然那时候的自己拼死也要抹杀那段记忆，那么现在的她就没必要想起来，给自己找虐。

念陌，念陌，想念雪陌吗？

呵呵！

可惜那个人再也不会出现了！

所以他的寻找也好，忏悔也好，注定是一场空！

现在的她更不会上他的当，再一头扎进他的温柔陷阱。

她收拢住有些凌乱的情绪，认真思考了片刻，算了，既然答应念陌要给他疗伤，就不能食言。

她实在是怕了神念陌那失望的目光……

"神九黎，你应该感谢老天让你有一个好儿子。"她喃喃了一句。

她终于拿出那个解药瓶，将里面的解药撒在他的后背上。

独门的解药对付独门的伤自然有立竿见影的效果，这药撒上去以后，那伤便不再恶化，隐隐还有见好的迹象。

一切处理完毕，她这才松了一口气起身，一刻也不愿意多待，大踏步走了出去。

她刚刚走出院门不久，就接到禾木总管的禀报："禀报魔主，刚刚接到妖界的求救，说妖界新近来了一个神秘人，刺杀了妖王，在妖界掀起腥风血雨，妖王之妻向魔界求救，魔主是否需要去看看？"

阿陌微微一皱眉，妖魔两界本就是同气连枝，那妖王对她还是极恭敬的，已经算是她的属下。

他遇害她自然要去瞧瞧，看看那神秘人究竟是何方神圣，居然敢在她的地盘上撒野！

她正要起身的时候，忽然想起了还等在花园中的小念陌，足下微微一顿，再一想，神九黎应该很快就能醒，他自然会去照应孩子。

再说这是她的陌宫，防卫森严，小念陌在陌宫之中就算没人照顾也不会出什么意外。

想到这个，她吩咐了禾木总管几句，当即飞离陌宫。

神九黎是被剧烈的痒给痒醒的，那痒就像是有无数蚂蚁向肉里死命地钻，让他在刚醒来的刹那就出了一身冷汗。

他在迷迷糊糊下意识想去抓挠，但好在他意志力极为强大，及时醒过神来，控制住了自己的手。

他睁开眼睛，首先看到的是自己胸前的伤，像是有人处理过了。

他在昏迷前自然明白自己胸前的伤到底是什么情况，现在一感应就知道自己的伤已经被人治好，断骨接得很齐整。

他心中一动，手放在胸口上，微闭着眼睛似乎在感应什么，片刻后，他睁开眼

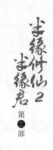

睛，眸底闪过一抹亮光。

是她为他处理的！看来她打了他那一掌后，还是有点后悔了，所以又为他医治。

看来她对他也不是全然无情，他终于……终于打动她一点了吗？

心中像是潮汐动荡了一下，他轻吸了一口气，忍不住四顾，室内很安静，夕阳的余晖洒在窗棂上，有些淡淡的红，淡淡的暖。

后背痒得更厉害，已经让他无法忽略。他咬牙变出一面水镜，水镜中映出了他的整个后背以及那道伤口。

然后他怔了怔，那道伤口已经有愈合的迹象，看上去不再那么狰狞了，这钻心的痒难道是伤口快速愈合的征兆？

不过，痒得这么厉害不像是愈合时的那种感觉……

他心中一动，伸出手碰触了一下伤口，然后收回来嗅了嗅，隐隐有那种解药的味道。

她到底还是为他用了解药？不再附加任何条件？

神九黎眼睛里已经有微光闪烁，连后背那古怪的痒也忘记了。

他缓缓起身，撑着额头笑了笑。

明明刚挨了一下揍，被揍得还不轻，他却像是连阴天终于等来了丽日晴天。他站起身来，折腾了这么久，身体还有些虚，站起来的时候身体竟然晃了一下。

他一只手扶住桌子角，等那阵突来的眩晕过去。

好在那阵眩晕来得快，去得也快，待那阵眩晕过去后，他又发现连背后的痒似乎也减轻不少。虽然还是痒，却在可忍受的范围。

这已经比以前好很多了！

他很想见她一面，估计她依旧不会给他好脸色看，不过那又如何呢？

他毕竟和她又近了一步不是吗？

他这辈子最不缺的就是耐心，他有耐心等她，等她真正回心转意。

他重回这个世界，也不想再去做那个神，只想好好待在她身边，太太平平地过日子。

无论她是雪衣陌，还是宁雪陌，抑或如今的阿陌，他爱的都是她，从来没有别人。

他和她似乎总欠缺那么一点缘分，他也始终推算不出他和她的最终结局，他也不想再推算。

他是神，这个世上从来没有任何人能够真正干涉到他，他相信凭借自己的力量，就算争也要争个缘分出来！

她是宁雪陌和雪衣陌的时候，爱的都是他，那么她就算变成阿陌，失去了所有记忆，也会重新爱上他，这段三生三世的情才算圆满。

"雪陌，阿陌……"他咀嚼着这两个名字，嘴角又露出点笑意。这个名字最近在他心中闪过的时候，常常夹杂着痛，此刻却又带上了暖，那暖似乎一层层熨帖进他的心里，他闭上眼睛开始调息。

或许是被那剑伤折腾得太久了，现在一旦松懈下来，他格外疲惫，不过心情却是放松的。

现在的她估计正处于恼羞成怒又放不开的状态，他还是不去找她了，免得她面子上过不去，再给他几句难听的。

倒不如静上一静，他也趁机歇上一歇，把精神养足些，明日再去见她也不迟。

明日……明日他应该送她另外一种花了，那种花夜里才开放，才能寻到，而且看护那花的守护兽也格外难缠，所以他必须好好养养精神。

他沉沉睡了过去。

他自受了那诛天剑的伤后，就没怎么睡过好觉，如今总算能好好睡一睡，合上眼睛片刻，就直接见周公去了。

他本来打算就睡上两个时辰，没想到这一觉睡得香，醒来已经是半夜。

他匆忙起身，走出门，看看外面的星辰，略一推算时辰，居然已经是凌晨时分了！

睡了这一觉后，他的精神回来不少，后背上那麻痒的感觉几乎已经消失不见，不仔细感应也感应不到。

他再看看院中那株花，那花果然很坚强，这么小半天的工夫，它居然已经重新舒展开枝叶。

他松了一口气，走出院子，想了想，一挥袖在院子外罩了一个结界。有这个结界在这里，其他人再进不去，当然，飞鸟也进不去，他那株好不容易才养活的宝贝花不至于再被荼毒……

他站在阿陌的寝宫外，寝宫内静悄悄的，一如往常那样静谧，她现在已经搂着小念陌睡了吧？

说起来他还真有些羡慕小念陌那小子，可以肆无忌惮地躺在她的怀中求安慰，求抱抱，甚至不知道得到她的多少香吻……

不像他，控制不住吻了一次还挨了她一掌！

这一个月来他其实常常像今日这样半夜不睡觉，在她院子里站着，一站就是大半夜……

为谁风露立中宵，大概就是他的真实写照吧？

那些日子虽然抱不到她，触摸不到她，但只要想到她就在宫殿里面和儿子歇息，他心里就有一种安全感，不再像一个月前在天赐大陆上奔忙那样空落落得可怕！

他望着那寝宫，目光沉静，星光勾勒了他的白袍，让他的身影格外挺拔沉稳。

雪陌，无论如何，我不会再放开你。

也请你，不要再推开我，或者推开得轻一些……

那娘儿俩睡觉呼吸一向极轻，她又习惯在寝宫外设一个结界，所以他就算在她的宫殿外面也听不到他们的呼吸。

这一次也是一样，她的寝宫静悄悄的，没什么动静。

他在宫殿外站了片刻，便飞身离开。他要抓紧时间去采花，要不然就来不及了。

妖宫一向以奢华著称。

此时在奢华的宫殿内却不复往日的纸醉金迷，而是遍地鲜血，遍地尸首，显示着这里刚刚经历过一场屠杀。

阿陌来到宫殿外的时候，所见的就是这一幕。

到处都是断肢残体，到处都是血，这情景让阿陌眼眸微微一缩。

禾木总管陪在她身边看得咂舌："好毒辣的手段！这简直就是单方面碾压啊！这神秘人士会是谁？"

阿陌没说话，隐隐觉得空气中似乎有她熟悉的气息，仿佛那神秘人士曾经是她的一位老熟人……

殿外并没有人，殿内却有人声，殿门敞开着，像个噬人的巨兽，大殿内有一种杀气蔓延出来，那杀气让空气都有些沉重起来。

禾木总管自告奋勇："魔主，让属下先进去探一探！"

"不必！"阿陌嘴角一勾，满不在乎地笑了笑，身形一起，就这么光明正大地飞进大殿去了。

禾木总管："……"魔主霸气威武！

大殿内人还真不少，似乎妖族那些在职的头头脑脑都聚集在这里，乌压压一大片。

大殿内横七竖八地躺着几具妖尸，其中就有那位妖王，此刻已被人劈为两段，现了原形躺在那里，在他身侧躺着的则是他的妻妾儿女，一个不剩，都已死亡。

当然，在他们的外圈，还躺着十几具妖族将领的尸体，这十几个人是原妖王的忠心部下，如今为了护卫主人已经拼尽最后一滴血。

至于其他人，此刻则跪伏在地，对着殿上主座上一位男子俯首称臣。

空气中满是血腥味，主座上那男子一身红衣也仿佛是被鲜血染红的，他眉目秀美，嘴角甚至还含了一丝文雅的笑，懒懒瞧着下面跪着的一干人："现在谁是你们的王？"

他的声音磁性得如同大提琴般悦耳，谁又能想到拥有这声音的主人却是个杀人如割草的恶魔？

刚才他问这一句时，那位妖王还没死，还在众侍卫的保护之下。

现在他又问这一句，下面的人如果回答错误，自然也会像妖王那样血溅五步！

妖族这几年挺混乱的，谁的拳头硬谁就能做妖王，短短百年时间，妖王就像韭菜，割了一茬又换一茬。

现在的妖界就像五代十国那时候，妖王更换频繁，所以这些妖族的首首脑脑还是很识时务的，立即向上磕头："恭喜大王坐上妖王之位！"

呼喊之声倒是难得齐整，那红衣男子嘴角一抿，微笑着正要开口说什么，忽然看到殿门外堂而皇之地飞进来的女子，整个人像被雷劈了似的，猛然站了起来，脱口说出一句："陌陌！"

阿陌红衣旋舞，飘飘立在空中，垂眸望着那红衣男子，眸色莫辨："你认得本座？"

那红衣男子自然是雪衣澜，他历劫成功，等再醒来时便来到了这个大陆上。

往事如云烟，在他心头一掠而过，他终于记起他曾经是这世上最强大的妖王，曾经率领妖界子民和仙界分庭抗礼，杀得仙界之人屁滚尿流。如不是仙界最后不敌，请出神尊直接超度了他，或许他能在仙界的地盘上为妖界开疆扩土……

他坐在重生的地方有一种恍如隔世的感觉，足足在原地坐了两个时辰，才把自己的前世今生理清。

神尊！当年他和那位神尊对上的时候甚至没看到对方的真面目，也没听到对方的声音，就在他的剑下做了亡魂，现在想来还真是不甘心！

那个神尊是天地的主宰，一向是不管闲事的，那次却不知道为何对上他这个妖，拿他开刀，还真是给他面子！

他重生后自然不想再浑浑噩噩，首先就是千方百计地打听神尊的下落，这才知道对方在几万年前就羽化在这世间了，现在主宰这大陆的是一名叫阿陌的魔主……

雪衣澜自然也是知道这位魔主的，几万年前他还是一个小妖的时候，就听说过她的名头。

在六界中无论哪一界都信奉一位精神领袖，像人界、仙界、鬼界信奉的就是那位唯一的神尊，妖、魔、兽三界信奉的则是魔主。

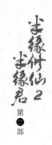

　　神尊是上古之神，魔主自然也是上古之魔。

　　这二位几百年也不会露面一次，神秘得不能再神秘，雪衣澜虽然听说过魔主，却从来没有见过她，只隐隐约约听说她是个长不大的小萝莉，名字中有一个陌字，其他就不知道了。

　　现在他历劫重生，再打听到这位魔主，心里却有一种怪异的感觉，对这位魔主的身份有了一丝怀疑。

　　他很想见见这位魔主，但魔主所居之地不是他这样一个毫无身份的白丁能去的。

　　再说如果魔主真是他怀疑的那个人的话，他也不想没有身份地位地去见她……

　　所以他想了想，还是进入了妖界——

　　妖界曾经是他的地盘，虽然这里的妖早已不是他曾经的属下，妖界也早已物是人非，但他毕竟熟悉这里，也熟悉妖族的法则。

　　他重生后，不但恢复了曾经妖王的记忆，也恢复了妖王的功夫，要想重夺妖王之位，他只能选择一条路——杀！

　　就像猴群中的猴王一样，新猴子想要取代老猴王总要经过一番血腥杀戮的。

　　当然妖族争王位比猴群争猴王位复杂多了，也麻烦多了。

　　但禁不住他对妖族的法则门清！

　　反间计也好，釜底抽薪也罢，他先是暗中使用一轮手段，将原妖王弄得离心离德，也为自己培养了一批跟随的小弟，等时机成熟这才带人杀进来，杀原妖王一个措手不及！

　　妖界最重视的是实力，做妖王的功夫自然很有两把刷子，按照妖族法则，要想接任妖王之位，将原妖王赶下台，雪衣澜自然要和妖王单独斗一番。

　　很不幸，雪衣澜功夫太强，原妖王压根不是他的对手，死在他的剑下。

　　新任妖王一旦夺得妖王之位，要做的第一件事就是杀尽原妖王家眷，斩草必须除根，这也是妖界的法则。

　　所以原妖王一家和妖王一起做了雪衣澜的剑下亡魂。

　　雪衣澜那雷霆般的功夫和手段已将所有的妖族将领都镇住，原妖王那么高的功夫在他剑下都没过上十招！

　　这些将领自然不会再去做炮灰，立即尊雪衣澜为新任妖王。

　　雪衣澜原本想继任妖王之位后，以妖王身份去陌宫拜访魔主，却没想到她会主动到来！

　　而且这人还是缩小版宁雪陌的形容！只不过她周身的气势比曾经的宁雪陌不知道黑暗多少倍。

她果然是陌陌！他的陌陌果然没有死！

不过看她的意思，她似乎不记得他了？！她失忆了？！

雪衣澜眼眸中闪过狂喜之色，失忆好！失忆真是太好了！

她只要失忆就会忘记和神九黎的一切，就像一个新的人，他只要努力些说不定就能重新得到她，而不是一直站在她背后，无望地看她为另一个男人患得患失、要生要死……

他直到现在仍忘不了她躺在那棵树下奄奄一息，眼神空洞的模样，更忘不了她渡最后雷劫时那宛如解脱的表情……

曾经那么努力要活着、那么努力想要活得精彩的她在那一刻是真的一心求死。

现在老天真的待他不薄，居然让他历劫重生后再次碰到她。

还是全新的她！

在这个世上再也没有人和他抢了！

神九黎还在天赐大陆上傻乎乎地四处寻找呢！他没历劫所以不会到这个大陆来……

雪衣澜站在原地看着她，目光温柔，嘴角的笑妖冶迷人，回答她刚才那一句疑问："不，我们是第一次见面，尊敬的魔主大人。"

他的语调略略上挑，那声音磁性中透着勾魂的妖魅，惹得殿里的妖女们几乎要为他尖叫。

阿陌垂眸看着这个和自己一样一身大红衣袍的男子，一双深瞳里流转过暗波，她淡淡开口："不，你在撒谎！"

雪衣澜心里一沉，难道陌陌还是认得他的？！并没有失忆？

他不知道是喜是忧，望着她一时不知道该怎么答话。也直到此时他才发现眼前的魔主和心目中的女子不同，她现在拥有一双通透的红眸！

一般的魔族眼睛会带一点红色，不过那红色普遍不纯，或黑中透红，或黄中透红，而红色越多，代表魔的等级越高、功力越纯。

阿陌的眼睛却红得纯粹，不带一丝杂色，眼波微微流转的时候，如有幽暗的火光在里面跃动。

雪衣澜从来没见过如此纯粹如此美丽的红瞳！当她盯着他看的时候，异常幽深，仿佛能将他的灵魂也吸进去……

现在，她就用这样一双眼睛看着雪衣澜，语气明明没有什么波澜，却给人一种惊心动魄的感觉："本座不管你曾经是否认识本座，你现在杀了妖族的王成为新妖王，那么本座问你一句，你是否会臣服于本座？"

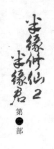

她站在那里，明明个头矮小，但其强大的魔之气息让所有人胆寒！

大厅中的妖足足有几百人，此刻却全被她的气势压住，大气也不敢喘。

雪衣澜也被她身上那强大的魔之气息压得有些透不过气来，心头莫名惴惴.

在这一刻，他忽然意识到他和她之间的差距。

他虽然是强大的妖王，但和一位上古之魔比起来明显隔了一个世界的距离啊！

当她魔主的气势完全释放的时候，那种上古魔主的威压让他膝盖发软，几乎要顶礼膜拜！

前一世或者前前一世的时候，他和她虽然身份不同，但相差并不太悬殊。甚至在她是宁雪陌的时候他还比她高那么一点点，可以圈禁她，稍稍对她为所欲为。

而这一世，看着她那双极美的眼睛，他……他居然本能地有些害怕——

她是妖族和魔族集体供奉的主啊！高高在上！

不再是对他来说，那么平易近人的陌陌……

他一时有些出神，阿陌没有等到他的回答，有些不耐起来，手指微微屈起，眼眸更加深邃：“怎么？不臣服？”

那声音几乎有些森寒起来！那强大的威压让整个大殿中的妖全部跪伏在那里瑟瑟发抖。

雪衣澜：“……”

他默默咽下喉头涌上来的一口血，终于也拜了下去：“自然臣服，我的魔主……”

阿陌终于笑了，那是一种征服的笑，也是一种意料之中的笑。

她这一笑之下，那强大的魔之威压终于消失，似有阵阵春风掠过众妖的心田。

她看向雪衣澜，目光中透着温柔：“告诉本座你的名字。”

“雪衣澜。”雪衣澜沉声回答。

她再一笑，向他伸出自己一只雪白粉嫩的小手：“雪衣澜是吗？很好，现在你就帮本座做一事……”

当阿陌带着雪衣澜回到陌宫的时候，天色已经微明，远处的天空露出了鸭蛋青色，晨曦尚未洒下，黑暗却将退去。

阿陌心情颇好，她相信明天以后她的心情会更好。

她最怕麻烦，最怕拖拖拉拉，做事喜欢干脆利落，只要过了明天，她相信就会结束让她有些糟心的一切，回归正途。

她身边的雪衣澜从知道她的打算后，看她的表情说不上是哭还是笑。

阿陌对着一直跟在身边忠心耿耿的属下禾木总管一挥手："好了，下去准备吧。"

她又看了雪衣澜一眼，声音放得柔和："你也下去准备吧。"

雪衣澜："……"

禾木总管一向对她是言听计从的，对着阿陌躬身行了一礼后，便带着一脸莫测表情的雪衣澜下去了。

阿陌慢慢回了自己的寝宫。

寝宫中一如既往地冷冷清清，她下意识向床上看去，床榻上被褥整齐，没有神念陌的踪影。

她眼眸微微一垂，又走出来，眨眼工夫就出现在隔壁院的门前。

这院里有结界，这结界对她来说并不难破解，不过要破了这结界的话，必然会惊动院内好梦正酣的两个人吧？

那没必要，就让他再睡个囫囵觉吧。

阿陌又回到自己的寝宫之中，随意拉过被子盖在身上，微微闭上眼睛。

身边没有那个温软的小东西她居然有些不习惯，半睡半醒的时候，迷迷糊糊将一个枕头搂在怀中，像是还搂着那个小家伙。

她闭上了眼睛。

适应吧，她是不祥之人，那个小家伙还是不要离她太近为好。

那个男人是神念陌的父君，他会将小家伙照顾得更好，小家伙身上满是光明气息，不适合待在暗黑的她身边……

她已经逍遥自在了三年，不应该被任何东西牵绊住。

不走近则不在乎，不在乎则不必牵绊，不牵绊就不会受伤……

而那个人最近让她的心绪时不时凌乱一下，现在这一切终于可以痛快结束了！

那个人在她身边看上去忍辱负重，其实骨子里是极为骄傲的，当明天的一切展现在他眼前的时候，他会死心离去吧？会吧？

她想到天亮后会发生的一切，心中在痛快之余又隐隐一绞！

熟悉的张灯结彩，熟悉的红花在四处怒放，神九黎回到陌宫的时候，看到陌宫配殿所布置的一切时，足下踉跄了一下。

对这样的布置他并不陌生，这辈子见过没有一万次也有几千次。

陌宫正在办喜事。

他自然不会自恋到认为阿陌会给他一个惊喜，布置喜堂是想和他成婚。

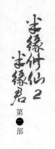
而且这喜堂布置得并不合乎真正魔主成婚的规格，倒像是大户人家纳妾的规矩。

他停在空中，脸色苍白地望着下面的一切，眼眸深邃得可怕，无人能猜出他此时在想些什么。

还是禾木总管先发现了他，忙忙飞上来向他行礼："先生。"自神九黎以魔主未婚夫的身份住进来后，魔族的人都称呼他为先生。

神九黎微微点头，没有说话。

禾木总管："……"他以为神九黎会怒气冲冲地询问到底是谁举办婚礼，以为神九黎会劈头问他话，却没想到对方居然一言不发。

这……这不合乎事先演练的剧情啊！

既然他不询问，禾木总管只得硬着头皮自己回答："先生，魔主昨日带回一位旧友，对其一见钟情，欲纳为魔主妾室……当然，先生如果不介意的话，今日魔主和那人成亲后，还会让他给您敬茶的……"

禾木总管完全是一口气说出这些的，在神九黎的注视下，他有些压力山大！

在魔界，魔王三妻四妾很正常，甚至有的魔王拥有极庞大的后宫，全魔族的漂亮女魔都和魔王有一腿，成为他大大小小的妾室。

阿陌却是比魔王还要高出不知道多少品阶的魔主，她要三妻四妾……应该也很正常吧？

她既然是位女子，她的后宫团自然是男子……

禾木总管觉得，魔主就算真的纳妾也很正常，更何况这只是一场戏。

禾木总管极力让自己看上去淡定些，胸脯挺得高些，以期让这场戏看上去更像是真的。

禾木总管并不敢直视神九黎，这个人身上的气势太强，让他这个久经沙场的魔也心头惴惴。他等着神九黎再问一句那个"妾"的名字，然后他就可以正大光明地说出来了。

却没想到神九黎一直俯视着他，让禾木总管瞬间有一种被神俯视的错觉，身子忍不住发僵。

而神九黎后面说出来的话，更让他的身子直接僵硬成一根木条！

神九黎只吐出了三个字："雪衣澜？"

"你怎么知道？！"禾木总管脱口就是一句！

他太震惊了！雪衣澜这个名字他还是昨夜才知道的，眼前这个人怎么这么快就知道了？！这不科学！

神九黎没再和他废话，只问了一句："她呢？"

禾木总管下意识答了一句："在主殿……"

神九黎身形一转，直接没了影子。

禾木总管微张着嘴站在那里一时没反应过来。

神九黎的反应远超他的预料，所以他也不知道自己这算是成功没成功……

待神九黎走后片刻，禾木总管忽然反应过来。

不对啊！这先生不是从陌宫深处飞出来的，而是自陌宫外面飞进来的，这么说他是一夜未归？

陌宫主殿内的布置风格也是喜气洋洋的。

只不过如果仔细看，这里的布置并非鲜艳的大红，而是偏向粉红一些，就连雪衣澜那身衣袍也偏向粉红。

雪衣澜生得极美，此刻穿这样一件粉红袍子看上去居然也不惊悚，反而映衬得他的俊脸粉扑扑的，有一种别样的美。

然而雪衣澜的表情看上去像是有些便秘，他一双桃花眼望着阿陌，苦笑："陌陌，一定要这样？"

阿陌依旧穿着她那一身大红裙子，一双眼睛看向他："你想反悔？"她声音微冷。

雪衣澜心内一寒，脸上的笑容有些僵："这个……没有后悔，只是觉得……觉得……"老天爷，他穿着这样一身粉红袍子坐在这里，怎么感觉怪怪的啊！

被纳为妾——

雪衣澜从来没想到自己会有这么一天！

昨夜阿陌向他提出这个条件的时候，被惊雷劈也不足以形容他的感觉。

虽然这纳妾不是真纳，只是一场做给别人看的戏，但身为其中的配角，雪衣澜还是觉得有些毁三观！

但魔主的威势压下来的时候，他不能不答应。

更何况魔主许给他的条件还很优厚，只要他成功配合她演完这出戏，达到她想要的效果，她就划一大片地域归妖族，还说事成之后再送他两名极漂亮的魔女妹子……

他对魔女妹子不感兴趣，但对那片将要划在妖族名下的地域很有兴趣。

在六界中，仙界占的地盘最大也最好，魔族次之，其次是人界、兽界，妖族可悲的是垫底的，所拥有的土地最贫瘠。

能够拥有一块肥沃的地盘是妖们最迫切的愿望。

当然，几万年前雪衣澜为妖王的时候不是这样子的，那时候妖族在他的带领下还

是很吃香的，几乎能在六界横着走。

怪就怪当初那个神尊，将他这个妖王灭掉后，妖族就一年比一年没落，一年比一年衰败，到雪衣澜再次接手的时候，简直已呈现烂泥糊不上墙之势……

所以阿陌提出来的这个条件简直是及时雨，综合以上这些因素，雪衣澜咬牙答应了。

重生的阿陌言语不多，雪衣澜从她嘴里并没有套出什么料来，只知道她要他在一个人面前演戏，也没说那个人是谁，只让他适当的时候和她秀秀恩爱便可。其他她没多说，雪衣澜旁敲侧击地问了几句，也没问出个所以然来，索性不再问了。

论演戏，他在行！

他又向阿陌瞧去，却见她望着一个方向有些出神，也不知道在想些什么，有死寂沉郁之气自她周身散开，让人不敢和她说话。

他又瞧着正中墙壁上悬挂的孤零零的一个"天"字，轻叹了口气，就算是纳妾，这阵仗也太寒酸了！

阿陌这是有多敷衍了事啊。

桌上有几盘菜，还有一壶酒、两个酒杯，杯中酒半温。

阿陌和雪衣澜分坐在桌子两边，各自守着一杯酒。

雪衣澜表示对魔界的纳妾程序不太懂，纳妾就不需要拜天地吗？纳妾只需要一人喝上一杯酒就算完事了？

他正想问，门口忽然有光影一闪，一个人缓步进入。

雪衣澜正等得有些口干，端起那杯酒抿唇润喉咙，却在看清那个人的刹那，手中酒杯失手坠地。

这些他都顾不得，他猛然站起，看着刚刚走入的这个人："神九黎！"

那个人自然是神九黎，他站在门口，看着大殿内的一切，阳光在他背后镶嵌了一层银边，却让他的面目有些模糊不清。

他在大殿内扫了一圈，最后目光落在阿陌身上。

他并没有说话，只是目光沉静地看着她，眸底如有风暴凝聚，面上却一派平静。

阿陌懒洋洋地瞧着他："你来做什么？"她端起酒杯转了一圈，"不必如此看着本座，本座只是纳个妾而已。并不违背与你的协定。你如果看不惯，不妨……"

"不妨退婚是吗？"神九黎接口，声音沉稳得听不出任何起伏。

阿陌倒被他这么干脆的话给噎住，一时没接上话。还是雪衣澜及时反应过来，眸中闪过微光，一抬手握住了对面阿陌的小手，向着神九黎微微一笑："没想到在这里碰到阁下。"没想到阿陌想要他陪着演戏给人看的对象是神九黎！

早知道是他，就算阿陌不提那些条件他也会麻溜地答应！

雪衣澜在神九黎手下不知道吃过多少明亏暗亏，现在难得逮着这个机会，自然要好好虐对方一把。

"阿陌是魔主，我是妖王，妖魔本是一家，本王只要能留在陌陌身边，就算是个妾也无所谓。"雪衣澜笑得妖冶而深情，再看了看神九黎，"放心，本王看在陌陌的面子上，不会抢你正室的位子。当然，你如果识趣自动退亲，本王就会争一争那正室之位了。"

他一边说，一边将阿陌向自己这个方向拉了拉，但隔着一张桌子，他再拉也只能拉过一只手。

神九黎的目光落在他们交握的手上，片刻后又落在阿陌的脸上，他依旧声音沉静地道："你为了同我退亲，不惜这么糟蹋自己？"

阿陌脸色微微一变，雪衣澜却怒了。

他好歹也是堂堂妖王，如今沦为魔主的小妾，要说糟蹋也是他被糟蹋了好不好？怎么会说陌陌被糟蹋？！

他身形一转，飘飘如蝴蝶落在阿陌身侧，伸手揽住她的纤腰，又抬头挑衅似的看着神九黎："什么叫糟蹋？我和陌陌是两情相悦！若不是你横亘在中间，我和她早已是最恩爱的夫妻！神九黎，你才是让陌陌如此不幸福的那个人！识相的，就退了这门原本就不该属于你的婚事，回你的仙界去！"

神九黎又将视线转到雪衣澜的手臂上，声音冰寒："雪衣澜，不想让你这条手臂消失的话，就放开她！"

雪衣澜脸色微微一变，知道神九黎是个说到做到的主，并不是单纯在威胁他……

但如果听到他的一句威胁就放开……那自己多没面子！

他稍一犹豫的工夫，阿陌已经抬手拨开他的手臂，她抬头看着神九黎，声音清冷决断："神九黎，我真的十分讨厌你，不想看到你。所以和你的这门亲事还是早日退了吧！"

这一番话说得十分不留情面，雪衣澜站在一旁，都感觉有点替神九黎脸上挂不住。这位神尊一向高高在上，没想到他也有被人逼着退亲的这一天！

雪衣澜看着神九黎雪白的脸，心中涌上快意的同时又有点兔死狐悲的感觉。

"如果无论如何我也不退呢？"神九黎沉声开口，平静的外表下像隐藏了风暴。

"那本座会寻找各种各样的法子，包括各种弄假成真……"阿陌也豁出去了，事情既然发展到这一步，她只能不顾一切地走下去。这一刀既然已经斩下，她怎么也得把这纠结的乱麻全部斩断才行！

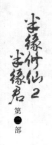

殿内气氛不是一般凝重，压抑得让人直想尖叫。

神九黎目光凝注在阿陌脸上，停顿了片刻，他终于一字一顿说出："好，我退亲！"

没想到他这么痛快就答应了！

阿陌的表情有一瞬间的空白，她也顿了片刻，才说了一个"好"字，声音有些平，最后一个字的时候，终于微微上挑，带上了一抹欢快。

当初在高台上定亲成功后，神九黎和阿陌的手腕上各自多了一条淡红的细线，如同月老的红线。

而随着神九黎"我退亲"三个字出口，那细线自动断裂，在空中闪了闪，消失不见。

这个东西一旦消失，那他们的婚约也就自动解除了，从今以后他再不是她的未婚夫君，他也和她再没什么关系。

阿陌垂眸不动声色地看了看自己的手腕，那里光滑如初，再也没有让她感觉像是禁锢的东西。

这也是她这一个多月想要的结果，如今成功了，却又让她有一种不真实感。

她明明是该松一口气的，明明是该开心的，可是心脏深处那抹说不清道不明的疼痛又是怎么回事？！

神九黎转身就走，受了这么大的打击，他的步子依旧很沉稳，只是速度快了些。

他的背影看上去有些萧瑟，有些孤独，有些刺眼。

阿陌顿了顿，在后面干巴巴加了一句："你可以将念陌带走。"那毕竟是他的亲生儿子，孩子还是跟着他前途光明些。

神九黎背影顿了顿，他并没有回身，只是应了一个淡淡的"好"字，又加了一句："他在哪里？我带他走！"

阿陌变了神色："他没和你在一起？"

神九黎骤然回身，目光落在她的脸上："他不是和你在一起吗？"

阿陌："……"

陌宫里前所未有地鸡飞狗跳起来，所有的人为了寻找一个孩子忙翻了天。

可所有的地方他们都找遍了，甚至连蛇洞、老鼠洞也没放过，都没找到那小祖宗的身影，小家伙如同人间蒸发，谁也不知道其下落。

阿陌紧紧抿着唇，运用各种术法寻找，却依旧无果。她脸色越来越苍白，一颗心也越提越高！

小家伙虽然聪明，但毕竟是个才出世一个多月的孩子，这样的他一旦走失会落到什么人手中？

　　她眼前闪过小念陌的影子，闪过他那双渴望亲情的大眼睛，闪过最后见他的那一幕。

　　小家伙一直盼望他的娘亲和父君相亲相爱，那么小就在拼命想法子把他俩向一处凑……

　　每次他求她救他父君的时候，甚至是讨好、乖巧的……

　　听她答应救他父君的时候他是那么欢喜，眼睛亮得像星星一样。

　　他跑走时的脚步很欢快，那时小小的他心里一定是雀跃的。

　　他昨天一定在花园里等着她的好消息，等着她说已经把他的爹爹治疗好了。

　　他是个性急的孩子，一定等得很焦急……

　　阿陌似乎看到了孩子那眼巴巴等着她的样子，心里越发像是有一盆沸水在翻滚。

　　这小子一直在跟前她尚不觉得什么，现在一旦丢失才知道那感觉如同天塌地陷……

　　她一向精明的头脑嗡嗡作响，手足一阵阵发冷，脑中闪过的都是孩子被拐走受虐待的各种画面……她似乎还听到小念陌在哭，哭着叫爹爹娘亲……叫得她整颗心都揪起来，像是被一只无形的大手攥紧再攥紧，紧得让她无法呼吸。

　　念陌！念陌！你不能有事！

　　她步履越来越匆忙，花园、书房、寝宫……凡是小念陌常去的地方她都一寸寸翻看过了，却找不到那小子的一丝痕迹。

　　人就是这样，越找不到什么东西的时候，越想要一遍遍寻找，明知道无果，却控制不了自己的脚步。

　　她又跑到花园中，她明明让小念陌在花园中等着的，明明陌宫的防卫这么森严，明明小念陌对任何人都无害，他怎么会失踪？怎么可能会失踪？！

　　她跑得太急，脚下不知道绊到了什么东西，猛然一个踉跄，前冲了几步，直接撞进一个人的怀中。

　　如同佛莲花的幽幽清香沁入鼻端，阿陌身子一僵，那人却已经将她扶稳，然后默不作声地后退一步，和她拉开一点距离。

　　阿陌暗吸了一口气，看着不远处正查看什么的那个人："你……你发现什么了没有？"她的声音不自觉有些发抖。

　　"没有。"神九黎只回答了两个字，神色冷淡得很。

　　似乎他和她退了亲后，他就待她如陌生人了。

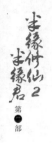

刚才在匆匆的寻找中两个人也碰了几次面，他都没有同她说话，匆匆与她擦肩而过。

阿陌微微闭上眼睛，极力让自己镇定下来。

她也没再说话，开始在周边搜查。

小念陌活泼好动，这园子内外到处都是他的气息，所以凭借气息寻找那是绝对不行的。

她只能根据已知情况和周围的一切来推断……

她让小念陌在这花园中等着的，那小子虽然精怪淘气，但还是很守信的，他既然答应她在这里等，那就会在花园中等……

就算没等到她不耐烦，他也只会再跑回神九黎的院子去寻找，顺便去探望他的老爹——

按照那小子的耐心程度，他大概能等待一个时辰——

阿陌将目光落在神九黎身上："你什么时候离开陌宫的？在离开陌宫之前一直没看到他？"

"子时！未看到过。"神九黎回答得一贯简洁。

阿陌心中一沉，神九黎离开得这么晚，那小家伙一直没到他的院中寻找，那说明小家伙早就出意外了！

他的失踪十有八九在这花园中，也或者在去往神九黎那偏院的路上……

无论这花园还是路上都是极安全的所在，按道理说他不可能丢失，难道是有外人混入掳走了他？！

这花园是陌宫的禁地，平时也只有有限的人能进来。

除了那些孩子，就是禾木总管、叶天离、神九黎来过，所以气息并不算太杂……

阿陌的嗅觉并不算灵敏，只能把希望寄托在正在附近搜查的神九黎身上，他查得很仔细，不放过一片树叶、一处草丛。

阿陌在心里组织了一下语言，将自己所知道的快速说给他听。

神九黎默不作声地听她说完，只是瞥了她一眼，那一眼虽然平静，却如冰似雪。

他仿佛在谴责她，既然向孩子许诺了，为何不能在离开之前先和孩子见一面？让他不必傻等……

阿陌被他那一眼看得心头一刺，忍不住冷笑一声："你没资格谴责我，你自己的儿子不看好……他如果出了什么意外，你……"说到这里，她喉咙如被一团棉花塞住，后面的说不下去了。

第十五章　不必去谴责

如果小念陌真出了什么意外，她不知道要怎样才能原谅自己，也或者一辈子也不会原谅！

她早就想过，小念陌不该跟在她身边的。

她会害死她在乎的一切人，越在乎谁越容易失去……

老天已经不止一次这么对她！

她明明想把他们推开的！把一切在乎的都推开，为什么还要让她承受失去？为什么？！

不知道为何，心里那委屈铺天盖地，让她鼻子发酸，喉咙发紧！

她站在原地，垂着眼睛，手指一阵阵发凉，蓦然手腕一紧，她的小手被人握住。

那温热的大手将她冰凉的小手完全笼住："别怕，念陌不会有事。"他的声音一如既往地沉静。

阿陌骤然抬头，不期然望进一双深蓝的眸子，那眸子沉静如水，却有一种稳定人心的力量，无声地安抚着她已经慌到极致的心。

此刻的她像只见人就扎的刺猬，看上去锋锐到极点，但其实她在怕，怕得厉害。

这种感觉似乎曾经有过，让她记忆极为深刻，恨不得将其压到记忆最深处，永生永世不想再品尝。

她却没想到如今就像重新经历，那无望无助焦急恐惧的感觉像噩梦一样纠缠着她，让她几乎透不过气来。

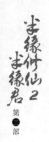
这个时候，她不再是那位高高在上的魔主，而是一位丢失孩子的母亲。

她恍惚记得当初流产时就是这种心情，最在乎的东西拼命挽留也留不住，只能眼睁睁地让其消失——

没有人帮她！那时候没有任何人帮她！她求遍诸天神佛也无人向她伸出援手，救一救她的孩子——

人就是这样，当曾经受过一种极深的伤痛后，无论身体还是本心对这种伤痛都极为敏感，一旦再遭受类似的伤痛，便会方寸大乱，行为大失往常水准。

就像现在，她又像被打入那种噩梦之中无法醒来

她腰肢挺得笔直，小脸却苍白得可怕，死死咬住唇，嘴角咬出血来也不自知。

头脑中更是一片空白，她几乎无法思索，整个人如同站在悬崖边上，一只脚已经悬空，似乎随时会坠落。

她的身子忽然被有力地拥入一个怀抱之中，一个沉稳的声音在她耳际响起："别怕，雪陌，一切有我，我会找回我们的孩子。念陌不会有事！"

那怀抱熟悉而陌生，带着微微的暖，阿陌身子一僵，尚没做出什么反应，他已经将她放开，然后后退一步，去寻找线索了。

阿陌站在原地，身上还有他的怀抱残留的温度，他松开她的那一刻，她身上一凉，心中也仿佛一空。

当然，这感觉只是一瞬而过，她很快将其忽略掉，明明只是极短促的一个拥抱，却奇异地有安抚作用，她慌乱的心终于稍稍稳定下来。

她略思索了一刻，就想再沿途找找，正在一棵树下寻找的神九黎忽然从地上的草丛中捡起一个东西，在阳光下细看。

阿陌直觉他有了新发现，忍不住凑近他身边，向他手中看去。

那是一颗玉珠，颜色碧绿，很小的一颗，像是串珠中的其中一颗，在神九黎的两个手指间莹莹闪光。

阿陌的记忆力还是极强的，她立即道："这是叶天离手腕间的玉链串珠……"

神九黎瞥了她一眼，她对别的男人身上戴的东西倒是很清楚。

不过现在不是追究这些乱七八糟的事情的时候，他将那珠子凑在鼻端闻了闻，片刻后开口："他昨天来过！"他能根据上面的气息来推断这珠子离开人体的时间。

他又看了看四周："这里念陌的气息最重，没有打斗痕迹，如我所料不错，念陌是被叶天离从背后袭击后直接带走的。"

阿陌握紧手指，一言不发，转身就走！

她要去把这叶天离千刀万剐！

她正要腾空而起，传音符忽然亮起，她打开，里面传来禾木总管的禀报："魔主，仙界的天帝及其几百属下现在陌宫外面求见魔主和……和先生。"

他们来干什么？！

阿陌不耐，她现在急着去找叶天离算账顺便带回孩子，哪有空去应付什么天帝。

她正要说一句"没空"，小手忽然被人握住："走，去看看。"

神九黎一向动作快，阿陌稍一愣神的工夫，已经被他带着飞起，直接向宫外飞去。

阿陌怒道："本座无心看他们！"她想要抽出自己的手，但神九黎的下一句话让她顿住所有动作："如我所料不错，念陌就在他们手中！"

阿陌："……"

她不挣扎了，抽回自己的手，比神九黎向外飞得还快！

神九黎看着她急急的背影，微微松了一口气。

母子连心，无论怎样，她还是极在乎孩子的。

只要——她还有在乎的东西就好。

陌宫外站了乌压压一群人，毕竟都是大大小小的仙，周身的祥光彩瑞闪闪烁烁，几乎要突破天际。

这群人目的不明，陌宫的那些魔族护卫自然不敢大意，一字排开队伍和仙界的人对峙。

好在仙界的人也没有进攻陌宫的打算，让人禀报过后，天帝等人就在外面垂手等着了，这让魔族护卫们放心不少。

阿陌和神九黎飞出来的时候，所看到的正是这一幕。

阿陌一出来，魔族的人立即乌压压跪倒一片："参拜魔主。"

阿陌一挥手示意他们起身，目光却在对面众仙身上飞速扫了一圈，却没看到孩子。

而众仙这次见她有些古怪，原先他们见她都会跪下磕头的，就算天帝也要对她躬身一礼的。

现在那群人却只是集体向她躬身行了一礼，而天帝只是向她拱手为礼："魔主。"

阿陌笑了！

她一旦冷静下来，推理能力还是极强大的！

她懒得同天帝寒暄，开口直奔主题："念陌在你们手上？！你是来同本座谈条

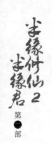

件的？"

天帝一噎，似乎没料到她会如此干脆，顿了顿，这才回答："魔主放心，念陌世子极安全，现在梵天宫无人敢为难他，他唯一惦记的就是他的爹爹……"

梵天宫？！

在场的人每一位都不是才出江湖的菜鸟，自然明白梵天宫是哪里。

传说唯一神尊曾经居住的地方，位于三十六重天之上。

自那位神尊羽化消失后，那里便自动封印，再也无人进去过。

当然，也没有任何人有这个本事进去，就算天帝也不行。

现在神念陌却轻而易举地进去了，难道他是那位神尊的转世？或者说他是那位神尊的血脉？！

所有人的目光都聚集在自出现以后就一言未发的神九黎身上。

如果神念陌是神之子，那么这位神九黎……应该就是那位神尊！

这世上谁都知道神、魔曾经势不两立，在他们之间曾经爆发过一场大战，天生的冤家对头——

魔们呼啦啦将魔主保护在正中，而将神九黎孤立出来，无数魔剑魔刀对准了神九黎。

而仙们也不甘示弱，立即冲上前，想要围拢在神九黎周围……

神九黎压根不理会对准自己的那些魔刀魔剑，面沉如水，目光望在天帝脸上，声音淡漠："敢算计本座了吗？"他的声音不高，却极有威慑力，让天帝心内也一寒！

天帝缓缓向着神九黎跪下去："小仙不敢，小仙只为求证……有冒犯神尊之处，还请神尊责罚。但求神尊回归本位。"

他身后的群仙一起跪了下去："但求神尊回归本位！"呼声如山呼海啸，极有气势。

在此多事之秋，仙界盼神尊归来几乎盼得眼睛都绿了！

天帝自那日魔主的定亲之宴上便对神九黎的身份产生了怀疑，回去以后就多方打探他的来历。

仙界的消息自然也极为灵通，只要认真打听还是能打听到许多蛛丝马迹的，于是天帝知道了他是从火金海漂流出来的，在此之前从来没有人见过他的行踪。

火金海是片神鬼难近的海，无论什么东西掉进里面都会溶解成渣渣，连个分子也剩不下，这人却能从火金海活着出来，这简直称得上是神迹！

于是天帝的疑心更大，越发怀疑神九黎就是那位神尊……

神尊重生的话自然也会引起天地震动，产生无数祥瑞，仙界自然会知道。

可是如果神尊原本就没有羽化呢？如果神尊当年只是离开这大陆了呢？如果神尊不是重生，而是低调地回来……

这大陆上自然不会产生什么异象！

想明白这一点，天帝一颗心就像是被小钩子钩住，不停地抓啊挠的，更加觉得神九黎就是那位神尊，只是不知道为何他自己不愿意承认……

当然，保险起见，天帝还想多求证一下。

他想到了那个只有神之血脉才能进入的梵天宫，神九黎他暂时不敢招惹，所以他就把目光投在神念陌身上。

神念陌一直待在陌宫之中，那里的防卫不是一般严密，对里面的地形不熟悉的人压根进不去。

于是天帝便派人将窝在一个角落里喝酒买醉的叶天离找来，对他说了自己的猜测。

这件事牵扯整个仙界的安危，叶天离再颓废此刻也不敢颓废了！于公于私叶天离还是很想解开这个真相的，偷小包子神念陌出来就成了他的任务。

叶天离在陌宫里待了将近两年，对里面的布局自然熟悉得不能再熟悉，他的功夫又高，所以很轻松就又混进了陌宫内寻找下手的机会。

在陌宫内，无论是阿陌还是神九黎功力都不是一般高，神念陌几乎从不曾离这两个人的手，叶天离在陌宫里埋伏了好几天，始终没找到下手的机会。

可巧昨日神九黎受伤在屋内静养，而阿陌又有事离开，让花园中的神念陌落了单。

神念陌虽然不同于一般的孩子，警觉性也不是一般高，但他和叶天离比起来，相差得不是一星半点，叶天离想要袭击他那是一点悬念也没有。

所以叶天离得手后，很轻松就离开陌宫回到仙界。

当然，叶天离对神念陌下手还是很有分寸的，只是弄晕了他，没敢让他受一点伤。

神念陌自昏迷中醒来就发现自己一个人在一座宫殿门前，周围静悄悄的，连个围观群众也找不到。

神念陌不知道发生了什么事情，一脸懵懂地看着那宫殿，隐隐觉得那宫殿很亲切。小孩子又好奇贪玩，于是他就直接跑进了那座谁也进不去的宫殿……

当然，这一切也让隐在暗处的天帝和叶天离看得清清楚楚。

到了这个时候，天帝和叶天离基本就没怀疑了，那位忽然冒出来的神九黎就是传言羽化的神尊！

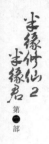

他们盼星星盼月亮盼回归的神尊已经在这大陆上！还做了魔主的未婚夫婿！

既然是神尊，他们自然要设法将他恭迎回来，当然，小包子神念陌还是要赶紧还回去的！

打过一次交道后，天帝等人便知道神九黎并不好说话，如果不将神念陌完好无缺地送回去，只怕他会立即杀上仙界。

所以天帝就在外面用术法呼唤，让神念陌赶紧出来，说带他去找爹爹……

结果他呼唤半天，里面也没半丝动静！

天帝等人不知道他在里面怎么样，想了各种各样的办法来联系他后，他们终于听到里面传来神念陌隐隐约约的哭声，他在叫"父君""娘亲"，然后他说他在里面找不到出来的路了……

天帝等一干神仙进不去，小包子在里面出不来，双方各急得跳脚。

天帝原本计划得挺好，率领一干神仙带着神念陌一起去陌宫接人，那样就算神尊和魔主再生气，看到孩子完好无缺也不会真责罚他们。

他甚至想好了各种词，做了各种准备，还专门挑了个吉祥时辰……

但现在神念陌失陷在梵天宫里，天帝他们也不敢再耽搁了，立即派人在梵天宫外守着，和里面的小家伙说话，安抚小家伙几乎要暴走的情绪，天帝则率领一众有官职的神仙去陌宫恭请神尊。

这才发生了今早这一幕。

天帝也豁出去了！他跪在尘埃里，摆出一种任打任罚的姿态将事情的经过简略说了。

神九黎脸色铁青！

他从来到这个大陆后，脑中常有各种零星画面层出不穷，都是曾经在这大陆生活的点点滴滴，那个时候开始，他便知道自己曾经是属于这个世界的。

他心思一向缜密，在这大陆上稍一打听，便知道了神魔传说。

他心里已经隐隐猜测到自己是谁，但他做事一向随心所欲，就算知道自己大概就是那位传说中羽化的神尊，也不打算再坐回那个位置。

他现在是神九黎，那他就永远是神九黎，不是那个与魔为敌的神尊，他只想要追回自己的恋人，想要和她在这世上携手活着。

至于传说中什么除魔卫道、兼善天下、公正无私、大慈大悲的神格——那是什么？能吃吗？

他没想到的是，天帝居然会来这么一手，众目睽睽之下逼他归位，还是拿小念陌要挟！

这位天帝大概是觉得他身为神尊，要顾及自己的身份，不会真对恭迎他回仙界的人责罚，所以才这么做小伏低先跪在地上认罪……

而且天帝整出这么一出，当众挑明神九黎神尊的身份，莫说阿陌原本就对他看不顺眼，就算他现在已经和阿陌两情相悦，他的身份暴露后，魔界众魔也容不得他再待在陌宫。

谁愿意让冤家对头待在自己的地盘上？！

他此刻就算不承认自己曾经的身份，只怕魔族的人也对他心生顾忌了……

天帝还真是打了一手好算盘！

神九黎的目光落在天帝头上，视线冰凉，他忽然勾唇笑了笑："云琅，你可知道算计神尊会受什么惩罚？"

云琅正是神魔大陆上天帝的法号，也是他的俗家姓名，这个名字已经不知道多少年无人敢直唤，没想到现在轻易就被神九黎叫出来。

天帝身子一僵，实在不知道这位神尊到底是从什么地方得知自己的真名的，他心中惴惴，低头道："小仙不知……小仙为了仙界和神尊的安危，所用手段确实有欠光明，现在甘愿认罚。"

他这番话说得十分漂亮，又谦恭地认错，说是为了仙界大义，神九黎如果确实是大慈大悲的神，必然不会再和他计较，最多也就是训斥一番了事。

"是啊，是啊，天帝陛下也是为了六界安危，神尊大慈大悲定不会计较，原谅陛下。"

"不错，神尊胸怀天下，自然不会将一点点冒犯放在心上。"

"……"

群仙在仙界混了这么多年，自然个个都是老油条，一顶顶高帽向神九黎头上扣下来。

这些人看似捧着神九黎说话，话里话外却透着"阁下作为神尊就该大慈大悲，宰相肚里能撑船，不计较那些小过，一旦计较，你就有失神格了"的意思。

神九黎垂眸看着跪在那里一排排小白杨似的仙，嘴角忽然又轻轻勾了勾。

他没说话，而是缓缓向天帝走近，他身上自带气场，让跪了一地的小神仙们个个如受重压，惶恐不已。

天帝更是脸色大变，直觉自己要倒大霉了！

但刚才认罚的话已经出口，这个时候也收不回来，天帝只能僵着身子等着。

眼见对方那雪白长袍在他跟前定住，天帝一颗心几乎也要跳出来。头顶上方的神尊缓缓开口，声音从容不迫："逆神旨者或者杖责三百仙棍，或者废去一身仙力贬为

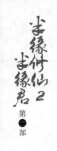

凡人。你选哪一种？"

天帝："……"

作为仙界之尊却要当众挨揍，疼痛是一回事，丢人才是大事！

"神尊……神尊大慈大悲……"天帝一张俊脸阵青阵白，脑子里只剩这一句。

神九黎语调平淡："看来你们对神尊两个字有误解，那就长长记性吧！你领哪种罚？"

他一句话堵死了天帝所有的退路。

最终，天帝选择了第一种，杖三百仙棍总比被废去一身仙力成为凡人强。

神九黎还是比较人性化的，让他自行叫来仙界的行刑官行刑。当然，仙界其他人和陌宫门口的魔众则是监刑者。

神九黎并没有在原地看行刑，临走时只对行刑官说了一句话："不得放水，放水加倍！"他又一扫周围乌压压的人，"诸位做个见证便可。"

有神九黎这句话放在这里，再在这么多人面前行刑，就算借给行刑官八个胆子也不敢放水，一杖一杖打得实实在在。

也直到此刻，众仙终于明白这位神尊实在不是个大慈大悲的主，而是有仇必报、半点也招惹不得的！

传言，传言有误啊！

神九黎不再管挨罚的天帝，转身看向被魔众围在正中的阿陌。阿陌也正看着他，二人的目光一对，阿陌忽然笑了，说了一句："恭喜！"

原来他就是自己几万年前的大对头，原来……他们一直是仇敌……

现在他恢复了身份归于神位，就不会再纠缠她了吧？

神九黎眼眸微微一深，他自然明白她说的"恭喜"是什么意思，他的眸光落在她的身上，然后他向她伸出了手："阿陌，和我一起去接孩子。"

"魔主，不要！"

"魔主，不能去！"

"魔主，这人心怀叵测一直隐在我们陌宫，怕是不怀好意！您去恐会对您不利。"她身边的群魔鼓噪起来。

神、魔不两立，仙、魔自然也不两立，原先双方也只是维持表面的和平而已，其实仙、魔对彼此有极深的防备。

群魔深深相信，这些仙绝对不怀好意！

群魔如潮水，将阿陌围拢在正中，唯恐她会上神九黎的当。

神九黎虽然当众责罚天帝了，但谁知道这是不是他们演的苦肉计呢？

目的就是骗他们好不容易才回归的魔主上当……

所以他们绝对不能让魔主上他的当！

禾木总管在边上哼了一声，皮笑肉不笑地道："神尊果然心思莫测，居然肯在我们陌宫做小伏低，这些日子尚有怠慢之处，还请见谅。现在神尊既然已亮明身份，还请回归您的梵天宫吧。"

神九黎并不理会他，他一向有视其他闲杂人等为空气的本事，目光一直落在阿陌身上："怎么？不敢？"

禾木总管立即道："魔主，他这是激将法，您老英明，万不会上他的当……"

魔族好不容易有了今天的扬眉吐气，全赖魔主在魔族坐镇，如果魔主有什么闪失，魔族只怕又会被赶到这大陆的穷山恶水处去！

所以为了魔界的安危，禾木总管也是豁出去了。

他笃定魔主不会上当，却不料阿陌一拂衣袖，推开围绕在身边的群魔，一步步走向神九黎。

禾木总管："……"

"魔主！"

"禾木，你不必多言，本座去去就回！"阿陌一语定乾坤，让所有的魔瞬间闭嘴。

阿陌并没有牵神九黎的手，而是和他擦肩而过，只说了一声："走吧！"

二人并肩离去，徒留下一众仙、魔在原地大眼瞪小眼。

雪衣澜慢慢自门后走出，看着飞向空中的那两道人影有些出神。

阿陌虽然变得沉默寡言了不少，但她最基本的性子并没有改变，做事干脆，一旦决定做什么，并不瞻前顾后，任何人也影响不了她……

只是不知道她这一去，和神九黎会有什么发展？

也或者她只是单纯看看孩子？

梵天宫位于三十六重天之上。

梵天宫外，叶天离正站在那里时不时和宫内的神念陌说上两句。

神念陌开始还和他对答两句，到后面忽然惊叫一声没动静了，险些把叶天离的心脏吓得跳出来。

如果这小祖宗在里面出了什么意外，他有八条命也不够赔的！

不要说归位后的神九黎饶不了他，就算是阿陌也肯定不会罢休啊！

他曾经是这六界最强者不错，可是那要把神尊和魔主排除在外的，他在这两个人

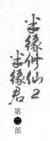

跟前，那就是"战五渣"！只有被虐的份！

一个人和他对上他就吃不消，如果这两尊大神一起和他对上……

他简直连自己会怎么死也不敢想象了！

他为了联系上里面的神念陌，几乎使出了吃奶的力气，各种术法轮番使用，恨不得开个天眼看到里面的情况。

奈何里面就是没什么动静，像是小家伙在里面已经出了意外。

梵天宫虽然是神尊的旧居，但毕竟几万年无人居住了，谁也不知道里面到底还有些什么。

神念陌这样一个小孩子在里面如果碰到什么古怪神秘的东西，他连和人家过招的资格都没有！

当神九黎和阿陌赶到的时候，叶天离正在外面急得团团乱转，几乎要急疯了！

看到这二位一起到来，叶天离脸色猛然一白，硬着头皮上前行礼，快速说了里面的情况。

神九黎压根没搭理他，不等他说完便立即闯入宫内。

那道对诸多神仙如同天堑的宫门对他来说形同无物。

看到这情形，叶天离忍不住叹了一口气。

他原本还抱了一分希望，希望神九黎并不是那位神尊，而神念陌才是神尊的转世。

现在看到神九黎像进自己家门一样冲进去，他还有什么话可说？！

叶天离忍不住向阿陌看过去。

阿陌站在宫门外，看着那道宫门似有些出神，隐隐觉得这宫门其实很眼熟……

她并没有跟着神九黎进去，因为她知道，神九黎不作法开宫门的话，她这个外人进不去……

而神九黎大概惦记着里面被困的孩子，直接就冲进去了。

"阿陌……"叶天离其实很有趁机拔腿就走的冲动！

但他也知道跑得了和尚跑不了庙，如果他现在跑了的话，神九黎二人铁定更饶不了他！到时候他会死得更惨！

所以他只得硬着头皮去和阿陌套近乎。

毕竟——他和她朝夕相处了将近两年，没有爱情也有友情在的，看在这两年友情的分上，他希望阿陌能为自己说点好话。

阿陌终于回头看他，上下打量他一番，忽然嫣然一笑。

这笑容让叶天离狠狠恍惚了一下，只觉她这一笑似乎有天花在飞舞。

只不过她随后说出的话却让叶天离如挨了一棒子！

"叶天离，你用哪只手抱了小念陌？"

这句话明显含有森森的恶意，叶天离脸色一变，稍稍后退一步："阿陌！"

阿陌依旧笑吟吟地看着他，目光却已经在他的两条手臂间打量："或者说，你用了两只手？"她小手一伸，掌心里那柄诛天剑缓缓闪现。

叶天离全身的汗毛几乎都要竖起来了！

他脸色苍白地道："阿陌，我并没有害念陌之意……"

阿陌声音森冷："你如有害他之意，你以为你还能活着？"居然敢在她的陌宫掳人！还掳走了她最在意的心肝宝贝！

她剑尖斜指叶天离："本座耐心有限，你再不回答的话，本座只有自己选了……"让她选的话，他这两条手臂都保不住了！

叶天离知道自己今天逃不过去，只得一横心伸出了右臂："用它……"

他这两个字刚刚出口，一道风掠过，他的手臂骤然一疼——

他满头大汗地睁开眼，见自己的半截右臂已经不见了，不是被削断，而是被气化……

断口处鲜血狂涌，叶天离额头冷汗瞬间冒了出来。诛天剑剑伤之疼抓心挠肝，他抬手自点穴道，止住血流，那疼却几乎让他站不住。

他面色惨然地看着阿陌，不相信她待他会如此冷酷。

"阿陌，你心真狠！"他低语了一句。

魔就是魔啊，无论他曾经对她多好，只要对不起她一次，就会遭到最惨烈的报复！

他虽然只是被削了一条手臂，但是诛天剑的剑伤不是他能抵御的，如没有解药的话，他压根活不过三天！

他的性子也是桀骜的，不想开口向她求饶，惨然一笑："阿陌，你保重。"他转身就要离去。

一个小绿瓶忽然飞到他的脚下，阿陌的声音从他背后凉凉地传来："这是解药！"

叶天离一愣，下意识将那解药瓶子抓起来，紧紧握在手中，回头看向阿陌的目光有些复杂："阿陌……"

阿陌只回了他一个字："滚！"

叶天离哪里还敢说别的？匆忙抓起那瓶解药，低头道了一声谢，踉跄离去。

阿陌看着尚在滴血的剑尖，目光微微闪动，也不知道在想些什么。

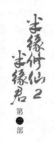

"娘亲！"一团小小身影扑了出来，直接抱住了她的腿。

阿陌收起了剑，看着脚下的小人儿，小人儿脸蛋红扑扑的，眼睛水汪汪的，一看就没受什么罪。

阿陌终于松了一口气，俯身抱起他，摸摸他的头再摸摸他的脚，确定全没什么外伤内伤才终于放心，还有些纳闷："你看上去很不错啊，刚才那个人在外面扯破了喉咙叫你，你怎么不回答？"

神念陌哼了一声："他是抓念陌的坏人！我就是不说话，就是要让他在外面急死！"

阿陌："……"

小家伙这么小就这么腹黑了！

怀中的宝贝失而复得，抱在怀里嫩嫩软软的，阿陌抱住他有些不舍得放手，可是再不舍得又如何？

不是她的终究不是她的……

她一抬头，见神九黎倚在宫门上，一双眼睛神色莫测地望着她，眸底似有温柔流转。

风扬起了他的衣袂，衬着他身后的朱红色宫门，如同画卷。

阿陌心中一紧，移开视线。

孩子见着了，知道他确实毫发无伤，那她就放心了，也该回自己的地盘了。

心里虽然如此想，但她一时舍不得怀中的小宝贝。

神念陌尚不知道她的心思，抱着她的脖子还有些委屈："娘亲，你昨天为什么不来找念陌呢？念陌在那里一直等一直等，想跑回去看看，又怕娘亲说念陌不守信用，最后不知道怎么眼前一黑就被人抓了去……"

对这一点阿陌还是愧疚的，她忍不住在他的小脸蛋上亲了一口："念陌好乖，是娘亲对不住念陌，没守信用，害得念陌被抓……"她从身上掏出一个比较烧脑的玩具塞到念陌手里，"喏，给你这个玩。"

神念陌笑眯了眼："娘亲还是第一次送念陌玩具呢。"

按道理说，这么大的孩子该玩拨浪鼓这类的东西，但这个孩子太聪明，再给他拨浪鼓就不合时宜了！这几天她一直想送孩子一件礼物，却没选到合适的。后来她灵机一动，就自己做了一个，是一种极为烧脑的魔方玩具。

小念陌摆弄两下，立即就爱上了它，在她怀中摆弄起来。

神九黎目光一直在娘儿俩身上，他并没有过来，当阿陌将玩具塞到小念陌手里时，他似乎猜到了什么，目光变得深沉。

他缓缓走过来："不要在外面说话了，进去吧。"

阿陌暗吸了一口气，正想将孩子塞给他然后麻利地告辞，耳边传来神九黎的传音："我知道你要走，但孩子刚刚在里面受了一点惊吓，他现在刚刚见到你，正是惊魂未定的时候，你忍心现在就抛下他离开？"

阿陌："……"

她看了看怀中的孩子，唇红齿白的，哪有半点受惊吓的模样？他又拿孩子忽悠她！

神九黎轻轻一叹，继续面不改色地忽悠："我进去的时候他眼都哭肿了，缩在一个墙角发抖，是我用神力帮他治疗过了，又安抚了魂体，才能让他看上去正常不少，其实他现在还是很怕……"

这一番话让阿陌心里一揪，她现在对任何人都可以心狠，唯独对小念陌狠不下心来。

她微一沉吟的工夫，神九黎已经面向孩子道："念陌，还不请你娘亲进去？"

小念陌浑不知自己老爹已经将他作为一张王牌打了出去，他立即搂住娘亲的脖子："娘亲，我们进去吧！里面的风景好美，宫殿好大，还有许多神兽，娘亲看到一定会喜欢！"

面对着小念陌那一双亮晶晶的大眼睛，阿陌一时做不出扔下他就走的事。

神九黎仿佛知道她顾忌什么，再次似笑非笑地传音："放心，你我婚约已消，你莫非还怕我对你做些什么？本座好歹是神……"

阿陌冷冷瞥他一眼，传音送他两个字："神棍！"

然后她大踏步向殿门走去。

进去就进去，谁怕谁啊？！

她就进去再和孩子玩一会儿，顺便看看他这神宫的布局。

他已经将她的陌宫看了个底儿掉，她不看回来就太不够本了！

再说神九黎好歹是神，又有小念陌在身边，他也不至于干出太没神品的事。

而且她一身魔力也不是吃素的，他如真敢对她怎么样，她绝对有把他这梵天宫毁掉的本事！

梵天宫的宫门与其说是一道门，倒不如说是一道结界，平时只有神尊和拥有神尊血统的人能自由出入。

当然，如果神尊想要客人入内，便会作法打开宫门，让外人进入。

梵天宫一直像是蒙在一道朦胧的罩子内，让人就算站在它跟前也看不到它的全貌，海市蜃楼一样。

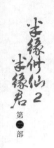

待神九黎施法开了梵天宫的大门后，那一层罩子也不知所终，终于露出梵天宫的真容。

什么巍峨宏伟，什么气势恢宏，什么金碧辉煌，什么霞光万丈似乎都无法形容这梵天宫的气势。

梵天宫给人的唯一感觉是震撼！如同在沙漠中苦苦挣扎的游子忽然看到了最美、最震撼的海市蜃楼，让人看到这栋建筑就想顶礼膜拜。

阿陌站在外围看了这梵天宫几眼，隐隐又觉得熟悉。

她再看站在门口的神九黎，忽然感觉这栋建筑和这个人如此相配。这建筑仿佛已经有了灵性，也成了精似的。

神尊……她几万年前的死对头——

却没想到今天他们会有这种纠缠。

阿陌心中生出一种颇为怪异的感觉。

她抱着孩子大踏步走了进去。

紫竹林、云雾海、在云中若隐若现的亭台楼阁……每一种景致无一不美到了极点。

说来也怪，这梵天宫已经几万年没有人进来，居然没有一点颓败荒凉的感觉，无论是花草树木还是亭台楼阁，全像是有人时时修剪打扫，美得不像话。

阿陌踏在青玉鹅卵石上，两边是烈焰般的红枫林，她低头问怀中的孩子："你在这里到底被什么吓着了？"

神念陌眨眨眼睛，他没被吓到啊，他也就是才进来的时候想要出去却找不到出去的路急了一会儿而已……

他一脸兴高采烈："念陌没害怕，念陌觉得里面很好玩，一直四处跑呢，如果不是爹爹进来把念陌抱出去，念陌还要继续逛……"

阿陌目光扫向旁边同行的神九黎。

神九黎轻咳了一声："念陌，你进入这里后哭没哭？"

"哭了啊，出不去的时候哭了……"

"那有没有缩在那面墙下发抖？"神九黎指着一处宫墙的方向。

神念陌挠了挠脑袋："念陌发现那里有个窟窿，想钻进去，但刚刚靠近就觉得冷得很……"所以他抖了抖。

神九黎转眸看向阿陌，一脸理所当然："哭了，缩在墙角发了抖，本座没说错。"

阿陌："……"

神九黎，你脸皮还可以更厚些！

"娘亲，娘亲，那边有神兽呢！念陌带你去看啊……"神念陌的身子拼命向一个方向挣。

穷奇、梼杌、烛龙、朱雀……以及一些压根叫不出名字的神兽或在湖水中，或在岸边，或在道路两旁，或在屋檐下，悠闲自得。

无论是鳞片羽毛，还是颜色爪勾，无一不栩栩如生，仿佛吹一口气就能活过来。

不错，这些神兽都是雕像，而且是看不出什么材质的雕像。

神念陌已经跳下地来，爬上了一头穷奇的背部，神气活现地站在上面："娘亲，这些神兽看上去好威风！"

他再抱着穷奇的大嘴："念陌也好威风！"

阿陌咪地一笑："小笨蛋，看上去再威风它也是假的，真想威风一下那就骑真的。"她开始听念陌叨咕有神兽时还吓一跳，为小念陌独自闯进来没招惹到神兽觉得庆幸。现在才知道原来神兽是假的，自然也就放下心来。

她已经打量了这梵天宫的布局，确实比她的陌宫高出几个档次。

不过这也不奇怪，梵天宫是原先的神尊住所，不知道细化修建了多少次，自然就算一块石头也能展现出气质来。

而她的陌宫才修建不到两年，还没有真正的文化沉淀，不如梵天宫也很正常。

就是不知道她几万年前的住所又在哪里？

或许比他这梵天宫也不差呢！

她原先对自己的住所并不好奇，按她的说法，何处青山不埋骨，我心所在之处即为家。

但现在，看到老对头几万年前的住所如此美轮美奂，她起了争强好胜的念头，也开始想念自己的旧居了。

神念陌自然不知道娘亲的思维已经开始发散，他坐在那穷奇的背上正欢天喜地地小脚乱踢，还用指头抠穷奇的鼻孔……

"小鬼，别毁坏文物……"阿陌开口，走上一步想教育教育神念陌。

不料她手指刚刚碰到神念陌的小手，那穷奇雕像忽然动了，猛然打了一个惊天动地的喷嚏！

阿陌没防备，下意识后退一步，脚后跟不知道绊在什么上面，打了个趔趄，跌入一个怀抱之中："小心！"

熟悉的气息沁入鼻端，阿陌心中一跳，正要起身，对方将她扶正后已经及时放开

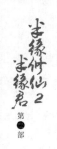

了手。

与此同时，那头穷奇四脚一蹬，驮着神念陌腾空而起！

神念陌自然也吓了一跳，身子在上面趔趄了一下，跌了下来！

只不过他刚刚滑落，那穷奇大嘴一张，已经将小人儿一口吞了下去！

这一切发生得太快，让人来不及反应。

等阿陌发现时，神念陌已经没了踪影！

被吞了？

她脸色大变："念陌！"然后一掌就向那头忽然活过来的超大号穷奇拍了过去！

神九黎一扬衣袖，发出一道白光，在中途截断了阿陌挥出的红光。

于是，阿陌眼睁睁看着那大号蓝色穷奇在空中伸展开一对翅膀，眨眼就飞走了，然后扑通一声跳入远方烟波浩渺的大湖，不见了影子。

阿陌："……"

她手脚都凉了！

她一掌拍向突发神经的神九黎："你疯了！"他居然眼睁睁看着孩子被吞而无反应！

她这一掌乃含怒拍出，一旦掌风出来，那便是魔气纵横，能将这里的风景毁坏一半！

不过，她的掌风并没来得及出来，神九黎出手如电，眨眼间就欺近她身前，抬手握住了她的手腕："阿陌，别急，念陌没事！"

她的右手手腕被擒，掌风自然发不出，正想用左掌再拍一下，听到他这一句话微微一愣。

也就在她一愣神的工夫，他已经搂着她的腰飞身而起："我带你去看看。"

阿陌心中惦记着被吞的小念陌，一时居然没注意他是搂着自己的腰的，一双眼睛盯着远处的湖面："他明明被吞了，怎么会没事……"

一句话还没说完，她便见那湖面上翻滚起波涛，露出了穷奇那阔大的背部，小念陌就骑在穷奇的背上，乐得手舞足蹈："太好玩了！"

"阿嚏！"穷奇的脑袋也冒了出来，又打了个响亮的喷嚏，像鲸鱼似的喷起两三丈高的浪花，白花花的浪头飞扬下来，却又在小念陌头顶上方四散开来，丝毫没溅到小念陌身上。

穷奇回过头来，温柔地用大舌头舔了小念陌一口，小念陌也淘气，直接用手臂抱着那大舌头打秋千。

那穷奇张着大嘴，将舌头慢慢回收。

片刻后，小念陌就坐在他的舌头上，抱着它的獠牙向外看，穷奇就这么含着他在湖水中游弋。满湖都能听到小念陌咯咯的笑声。

阿陌："……"

她一颗提得高高的心终于放了下来，也直到此刻，她才发现神九黎还抱着她的腰，俏脸一沉，正要挣脱，不料神九黎却在她开口前放开了她，还向旁边退了一步，诚心道歉："冒犯了。"

面对着君子一般的他，阿陌斥责的话到嘴边又说不出来了。

"这到底是怎么回事？"阿陌一双眼睛还盯在湖中的穷奇身上，唯恐这货一不高兴就闭上嘴把里面的小不点给嚼了。

"它们确实是我座下的神兽，靠神之气息复生，小念陌身上有神之气，所以他激活了它们。"神九黎解释。

"那为什么你不直接去激活它们？却让一个孩子冒险！"阿陌想想刚才的情景还心有余悸。

"它们沉睡了数万年，谁能再次激活它们，它们就会认谁为第一主人，对第一主人是绝对言听计从，不会伤害他的。"神九黎继续给她普及神兽知识。

这个孩子是他心尖至宝，他自然想给儿子找一些守护神兽。

而他院中的这些都是上古神兽，功力奇高，寻常仙魔压根近不了它们的身。

有它们在念陌身边保护，他也能更放心些。所以这激活众沉睡神兽的任务他直接就交给儿子了。

以后就算他不在孩子身边，也再不会有人能抽冷子暗算这小家伙，陌宫发生的一切再不会发生。

阿陌又扫了一圈周围那些尚未被激活的神兽："它们也是？"

她还是松了一口气的，这个梵天宫虽然没有守卫，但有这些神兽在这里，念陌在里面就算是横着走也不成问题了。

趁着念陌在湖里玩得开心，她或许该趁机离开，省得小家伙哭闹……

"好了，既然他在这里玩得挺开心，那本座也该告辞了……你自己看着他吧。"阿陌开口。

她等了片刻，却没听到神九黎的回答，下意识一回头，岸边就剩下自己，神九黎却不知所终。

阿陌："……"

她迅速在四周扫视了一圈，依旧没看到神九黎的影子，他居然在这个时候玩失踪！

阿陌看看湖中的孩子和那头看上去危险万分的穷奇，一时不敢走了。

这么小的孩子身边总不能一个大人也没有吧？！

那多危险！

神九黎不见了，那她就得在这里守着。

阿陌简直有想骂神九黎祖宗的冲动！

他把她忽悠进来后，确实没对她做什么，甚至一直很彬彬有礼。

但他扶也扶了，握也握了，抱也抱了，现在还单独把她扔在这里看孩子，让她一直找不到离开的机会……

"娘亲，娘亲，你要不要也上来玩一玩？"穷奇游到了岸边，神念陌抱着穷奇的一颗牙探出了半个小身子，一脸渴望地向她张开了小手。

阿陌额头青筋跳了跳："念陌，去穷奇背上玩！"他这么一直待在穷奇的嘴里，总让她感觉胆战心惊的，就怕穷奇一时心血来潮一合嘴，直接把他咬成两半。

"娘亲也来玩，念陌才去它的背上。"神念陌和她谈条件，不知死活的小子还把他的小肚子在穷奇牙齿上蹭了蹭。

阿陌唯恐他自己蹭个肠穿肚烂，只得答应他，一纵身飞到穷奇的背上。

穷奇貌似只对神之血脉有感，阿陌一跳上它的背，它立即感觉受到了冒犯，全身的鳞片全竖了起来！嘴里发出威胁似的呼噜声。

"不许对我娘亲无礼！"神念陌一面出声威胁，一面七手八脚地爬出了穷奇的大嘴，跳上它的背。

穷奇大概是听懂了，又怕伤了小主人身上娇嫩的肌肤，所以小家伙爬到哪里，哪里的鳞甲就倒伏下。

但它毕竟是只听从神或者神之血脉的神兽，不乐意让阿陌坐在它背上，所以偷偷在阿陌坐的地方将鳞甲弄成尖刺状，钉子板似的，想让阿陌知难而退。

阿陌眼眸中有光芒微微一闪，她忽然对着神念陌微微一笑："念陌，你先下去！"

神念陌诧异地睁大眼："娘亲？"

"乖，你先下去，不听话的话，娘亲可就自己离开了。"

这句话对神念陌来说，比任何威胁都管用，他立即手脚并用地跳下去，站在岸边："娘亲，你小心些。"

他刚刚下去，那穷奇就直接呼的一声飞起来，倒飞、直飞、一百八十度大翻转、三百六十度转圈，全身冒出锐利钢刀，一头扎入水下，在水下转圈翻滚……

穷奇把所有能把人甩脱的法子都使出来了！

奈何阿陌就像生长在它的脊背之上，它压根不能甩掉她……

穷奇开始的时候还顾念着神念陌的面子，怕伤到阿陌，只想甩脱她，所以使出的手段比较温和。

后来再使出来的手段就越来越暴戾，它是水生兽，各种水系法术都使用出来了，但依旧没有任何用处。

它载着她足足折腾了小半个时辰，也没把背上的人给折腾下去，不由得有些灰心。

"你折腾够了？该我了！"阿陌在它背上冷冷开口，伸出小手轻飘飘一掌拍在它的后颈处！

于是……穷奇又狂叫一声，忽而腾空、忽而落水地折腾起来……

一个时辰后，那穷奇已经被折腾得没有力气了，趴在水里大口喘息，全身的鳞片都顺服下来。阿陌依旧坐在它背上，浅笑着拍了拍它的头："不但是你家主人不好惹，本座也不是好惹的哟。"

穷奇嘴里呜呜有声，不敢再炸毛。

它是上古四大凶兽之一，平生只服神的管教，几万年前它纵横六界作恶，大大小小的神仙魔头想要收服它，都铩羽而归，被它揍得屁滚尿流，只有神尊去了以后，才收服了它，它平生极自傲，虽然沉睡了数万年刚醒来身体不那么灵活，但它自信等闲仙子魔头也近不了它的身，没想到眼前这个看上去娇嫩的小丫头居然将它辖制得无可奈何。

神兽的法则中，也是只服从于强者，所以穷奇终于乖了。

"娘亲好棒！娘亲带着念陌玩吧？"神念陌冲了上来，爬上穷奇的背。

阿陌将他搂在怀中，带着他骑着穷奇兜风。

在不远处的树梢上，神九黎坐在那里，凝目瞧着嬉闹在一起的娘儿俩，嘴角露出笑意。

他所求也不过就是今天的温暖，心爱的女人、懂事的儿子都在眼前，都在他的保护下快快乐乐的。

他垂下眸子，看着自己的手，这是一双能翻天覆地的手，可是这双手也不是能将所有的命运都拨转的……

他只求在自己的女人和孩子变得极强之前，保护他们更久一点。

那边的母子玩得很开心，连阿陌似乎也忘记了一切，抱着儿子笑得很开心。

他自和她重逢后，还是第一次见她这么开心，笑得这么无忧无虑……

神九黎一直凝望着她，不错眼珠地看，仿佛要把她的身影深深镌刻在灵魂深处。

也不知道看了多久，他才转身而去。

神九黎那浑蛋到底去哪里了？！

他的儿子到底还要不要了？

阿陌一边骑着穷奇带着儿子兜风，一边默默地观察各处，一为了解梵天宫的建筑布局，二为寻找神九黎的身影。

这人不能为了留住她，就这么把儿子丢给她吧？！这算什么？！另一种留住她的手段？

玩到后来，她心里就有了一些火，觉得自己仿佛又上了他的当。

"娘亲，念陌饿了。"神念陌撒欢撒够了，终于想起小肚子来了。

应景似的，他的小肚子咕噜噜叫了好几声。

阿陌揉了揉眉心，她对这梵天宫不熟，不知道该去哪里找吃的……

再说这个地方到底封印了数万年，就算还储存有食材，只怕也早腐烂坏掉了吧？

要不，她将念陌再带回陌宫里养着？

她那里可是养着好多顶级厨神呢！做出来的东西小念陌也喜欢吃。

她刚刚生出打道回府的主意，忽听远处的紫竹林中传出悠悠扬扬的琴声。

那琴声穿云渡水而来，让人如沐春风。

阿陌心中一跳。

神九黎！

这人让她在这里带孩子，他倒悠闲地弹琴去了！可恶！

她身下的穷奇听到琴声，两只小耳朵一竖，双翅一敛，向着那琴声方向飞扑过去。

第十六章　燕草桃花开

燕草如碧丝在风中摇曳，这草地在紫竹的环抱之中，草地之中有一株极茂盛、极高大的大树，叶片如红枫，却又比红枫颜色要鲜艳得多，如火如荼，灿如云霞。

神九黎一身白袍坐在树下，膝上古琴横放，他舒指弹奏，一连串的音符在他指尖流泻，火红的枫叶飘飘而落，围绕着他翩翩飞舞。那景致美到了极点。

阿陌不得不承认神九黎确实美到人神共愤，他不必刻意去做什么，随便在那里一坐，就是一道画圣呕心沥血也画不出的美景。

琴声实在太美好，穷奇显然怕打扰到弹琴之人，缩着翅膀落下地来。

难得它这么庞大的身躯落地时居然一点动静也没有，连片草叶也没惊起来。

阿陌本来憋了一肚子火，但他的琴声有涤荡心灵的效果，居然让她满心的火像个泄气的皮球似的慢慢消退。

她本来想好好斥责他几句，但落地后又不忍心打断，在原地顿了一顿。

她还是等他弹完再和他算账吧！

好在他这一首琴曲并不长，只有两三分钟的时间，最后一个音符在他指下一拨，琴音袅袅而停。

那围绕着他飞舞的枫叶也飘飘落了下来。

"阁下好悠闲好自在！不管你儿子了吗？"阿陌冷声终于把斥责的话说出来。

神九黎抬头看她，目光柔和："有你看着他，我很放心。"

阿陌："……"

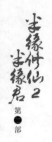

她再冷笑一声："原来你把我拐来是帮你看孩子的！"

神九黎飘飘然站起身来，一步步走向她。

阿陌挑眉看着他，一步不退！

别人都惧怕他的神威，她可不怕！她的气势一点也不弱于他！

她个头虽然小，气势却很不小，强大的气场向四周发散，让旁边站着的穷奇身子也抖了抖，向后退了退。

神九黎走到她跟前："很生气？"

阿陌哼了一声，没说话，

他身材本来就高大，她却是相对矮小的，和他一比，她简直称得上娇小玲珑。

那是男女身高上的差异，却不是神魔之间气势的差异。

他的身影几乎将她整个人笼罩，这身高上低人一等的感觉让她不太舒服，可是如果临时变高似乎又有点刻意……

要不，她站在旁边那块大石头上去？

她微微一愣神的工夫，他已经欺近了她。

阿陌想退又不甘心，不退气势上又无法压过他，略一纠结的时间，他的手已经落在她的肩头："怎么像个小刺猬似的？怕我？"

怕他？！

阿陌勾唇一笑："你想多了！"

她正要不客气地拍落他的手，他的手已经自动挪开，像变戏法似的变出一束花："这个送你，算我赔罪如何？"

天哪，老爹又送花了！老爹这是对花有多强的执念啊？！

屡送屡被扔，屡扔屡送……真坚强！

神念陌不忍再看，别过头去。

阿陌瞧了瞧送到眼前的花，淡蓝色的花苞有些透明，花苞上隐隐似有荧光闪烁，是她从来没见过的品种。

话说那些被她丢掉的花又有几束是她见过的？

她每次看到这些花，就有一种自己植物等级认识不够的错觉，明明她在花草的知识方面很博学的！但和他送的这些花一比，她就有一种自己很小白的感觉……

说实话这束花尤其好看！而且也极合她的眼缘，如果是别人送的，她或许就会收下了。

但他送的嘛……她已经习惯性想要毁掉了！

所以她勾唇一笑，抬手接过来，正要像往常一样，一口气将所有花朵都吹跑，他已经适时开口："这是我送你的最后一束花了，让它开久一点可好？"

最后一束？

看来他终于认识到送花并不能打动她了，所以以后不送了……

算他识相！

阿陌抬眸看看他，再看看手中的花，浅浅一笑："好，我让它开得稍稍久一点。"

她开始一瓣瓣揪那些花瓣，揪到手心里的时候再轻轻一吹，看着那花瓣飞向远处。

于是，一瓣飞走她再揪一瓣……

神念陌："……"娘亲，你牛！

神九黎目光微微闪动，大概是被打击得多了，他已经不会生气，还抬手在她的头顶轻轻一揉："这是个好法子，你慢慢撕……"

还没等阿陌躲闪，他便已经退开，到她几步开外，微笑着看她撕花瓣——

阿陌："……"她这本来是气他的举动，却不料没气到他，她反而觉得这么一瓣瓣撕扯花瓣有点很二的感觉……

所以她撕了片刻后便停了手，又张口对着花蕊一吹，霎时花瓣飞扬如雨，蓝色花瓣星星般飞坠。

这还不说，这花的花蕊内居然有不少花粉，她一吹之下，花粉飘散出来，不可避免地吸入她的鼻子，花香醉人，幽幽淡淡，居然让她精神一爽！那感觉像是吃了人参果一样，连身体内的血脉也骤然活泼起来，在她体内飞速流动！

气血流动得太快，她来不及问神九黎又捣什么鬼，便下意识后退一步，想要打坐。

蓦然她眼前光影一暗，唇瓣一热，被人含住……

她正和几乎要暴走的血脉斗争，万没想到他会趁这个时候吻她！

脑中轰然一响的工夫，他已经熟练地撬开了她的齿关，然后一口气吹入她的口腔内！

那气极清冽，尚没等她反应过来，便直入她的肚腹之中。

浑蛋，他居然当着孩子的面狼性大发地吻她！

阿陌气怒，一掌向他拍了过去！

她不把他揍个满面桃花开，他就不知道花儿为什么这么红！

不过，这次的神九黎显然早有准备，她的手掌刚刚拍出，就被他直接擒住，然后他又向她口中吹出第二口气。

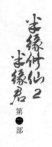
这次的气体却是灼热的，直接呛入她的喉咙之中，也像第一口气那样，直入她的腹中。

这一切都发生在电光石火的刹那，再赶上阿陌身上气血翻涌得太厉害，让她大脑稍稍有点迟钝，所以等她完全反应过来，想要直接发魔功揍人的时候，他已经松开她，后退几步。

阿陌简直是火冒三千丈，俏脸一冷："混账！"她双掌一翻，一道红光如电飞出，在空中直接爆开，化为无数利刃，像一张网向着神九黎当头罩下去！

"娘亲！"旁边小念陌一声惊叫，他害怕之下，嗓子几乎要喊劈了！

阿陌心中一紧，下意识把魔力又向回收了收……

"不要收！"神九黎忽然一掌向她拍了过来，白光炽烈，向她呼啸而来。

他有病啊！

阿陌简直气冲斗牛，索性掌力全开，向着神九黎猛拍！

神九黎一挥袍袖，将旁边已经看傻眼的神念陌用结界护起来，然后才发掌去接阿陌的掌力。

高手比拼最忌分神，他这么稍稍一耽误的工夫，身上挨了那红光一下，脸色稍稍白了白，却不退反进，像是诱惑阿陌发招似的，围着她打转。

阿陌脑中轰轰作响，脑海中像是有什么在咆哮！

她和神念陌玩的时候，心情平和，那一双眸子不知不觉就转为墨黑色，而现在她的眼睛又全红了，比夕阳还红！

她头脑中一片空白，只有莫名其妙杀戮的念头在胸中肆虐，她像是疯了似的，一掌接一掌地拍出，压根没注意拍中没拍中。

说来也怪，她越拼尽全力发掌，身体内那要爆炸似的血脉就越舒服，仿佛是身体内部的恶魔得到了释放，终于得到了爆发的机会……

终于，她的速度渐渐放慢下来，仿佛恶魔终于释放出去了，她的头脑渐渐清明。当理智爬回大脑的时候，她猛然收掌，看着周围的一切，直接呆了——

草地不见了，远处的紫竹林也像是被台风扫过，倒伏一地，而草地中心那棵枝繁叶茂的大树也不见了影踪，只在原地出现一个看不到底的大坑……

甚至远处的一些亭台楼阁也遭了殃，崩塌了一地。

她触目所及，所有的东西像是被十几级台风扫过，再看不出原来的模样。

这破坏力——她下意识向四处看去，到处是断壁残垣、断枝残叶，压根看不到其他人的影踪。

神九黎呢？！念陌呢？！

不会被她魔性大发时给灭了吧？！

阿陌心脏狂跳，不知道是脱了力还是心中紧张，手指在衣袖中居然微微颤抖起来。

她身形一闪，忍不住四处寻找，深坑内、倒伏的紫竹下、断壁残垣中……

凡是能藏人的地方她都找过了，却没找到那爷儿俩的半分行踪。

不是吧？神九黎可是神尊啊，他怎么可能这么不禁揍？！

她越来越紧张，双腿已经不自禁地开始发软了，失魂落魄地站在深坑边上，正预备跳进深坑找。

肩膀处突然被人轻轻一拍："在找我？"声音清冷如常。

阿陌骤然回身，看着背后飘然而立的那个人。

神九黎就站在她身后一臂的距离，他看上去并没有受伤，白袍依旧耀眼，风度依旧脱俗，只是脸色稍稍发白。神念陌在他身后飘浮的结界中坐着，一脸懵懂的模样，像是刚睡醒。

他看着她嘴角似有一丝笑容，声音柔和却又带了几分打趣："担心我了？"

阿陌一颗高悬的心终于放回肚中，听到他的话，她揉了揉眉心，冷冷道："我是担心念陌！幸好他没事。"

"有我保护他，自然不会有事。"神九黎终于打开结界，将里面的小家伙放出来。

神念陌一落地就哇的一声哭出来："娘亲、爹爹，你们不要打架好不好？念陌害怕……"

阿陌心中一悔，自己刚才是怎么了？像个爆发了的活火山似的。

在最初的最初，她明明是想给他一耳光教训他的登徒子行为的，后来不知道怎么的，就变得不可控了……

"念陌，我和你娘亲没打架，只是切磋而已。"神九黎抱起儿子安抚他。

"可是刚才娘亲好凶……"神念陌吓坏了。

神九黎有点后悔，他刚才引着阿陌发招的时候，因为她的攻势太猛，他没能及时封了小念陌的五感，让他看到了一些东西……

刚才的阿陌好像是煞神附体，周身红光笼罩，每一掌都使出了全力，让他不得不拼尽全力去抵挡、去引导……

"念陌，过来，我看看伤到你没有？"阿陌看到儿子那雪白的小脸心中悔意更重，想将他抱过来瞧瞧。

小念陌身子向神九黎怀中一缩，下意识避开了她的手，望着她的眼睛里有惧意一

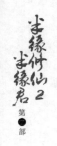

闪而过。

阿陌被他这个表情给弄得心中一窒，像是被针扎了一下，伸出的手慢慢收了回来。

然后她抬眸看着神九黎："你刚才对我做了什么？"

她刚才的状态明显不正常，似乎是他那花和那两口气的关系，现在她的血脉倒是不沸腾了，就是感觉周身疲惫得厉害，像刚跑完马拉松似的。

"为你治疗痼疾。"神九黎似笑非笑道，"你现在什么感觉？"

阿陌心中微微一跳，他怎么知道她有痼疾？

她挑眉看着他："我有什么痼疾？"

"长不大算不算？"神九黎回答了一句。

阿陌："……"她确实是长不大的。她在这大陆才苏醒的时候就是这个模样，三年后还是这样，身高、样貌都是萝莉样。

不过她对自己的样子并不在意，萝莉也好，成熟女子也好，对她来说都没什么区别。

"我长不大和你何干？"

"有很大干系。"神九黎把她从头打量到脚，还在她尚未完全发育的胸前顿了顿。

他的目光太有形有质了，简直就像是登徒子！

阿陌被他这样的目光看得耳朵一红，如果不是有小念陌在这里，她几乎要骂他一声"变态"，她不想再在这里面对他，转身就走。

"雪陌，你真不喜欢我了？"他在她身后忽然开口。

阿陌足下微微一顿，终于回过头来，诚心诚意地看着他："神尊，我们已经退了婚吧？"

"是……"

"那就是了，你我之间已无婚约，我对你……真的没什么感觉，以后你走你的阳关道，我走我的独木桥，我真心觉得，你刚才这个问题我压根没有回答的必要了。还有，我不是雪陌，我是阿陌……"

神九黎眼眸微垂，笑了笑："好，那你保重。"他没有再挽留的意思了。

阿陌这才转身离去。

眼见她的背影要拐过前面的拐角，神念陌忍不住了，在后面叫了出来："娘亲……"

阿陌足下顿了顿，没有再回头，身影在紫竹林中消失，再也瞧不见。

神念陌哇的一声哭出来："父君，娘亲再也不要我们了吗？"

神九黎脸色苍白，手掌在他头上揉了揉："放心，不会，你娘亲不会不要念陌的。"

父君从来没有骗过他，这一次自然也不会，神念陌终于放心，肚子饿得瘪瘪的，他扁了扁嘴："父君，念陌饿了……"

神九黎抬袖一拂，平地出现了一张桌子，桌子上有几样菜、几样糕点，看上去倒也丰盛得很。

诱人的食物清香扑入鼻端，神念陌立即欢呼一声，跳下地扑到桌子前："哇，好多好吃的！"说完他就坐在那里开吃。

"呀，这几样居然都是娘亲也喜欢吃的！父君，刚才您该留娘亲吃一顿的。她看到这些一定会欢喜。"神念陌小嘴里塞得鼓鼓的，还有些遗憾。

神九黎坐在一边，看着儿子吃，没说话，自己也一箸未动。

片刻后，神念陌吃饱了，小孩子精力充沛，吃饱了就像是满血复活了，扯了神九黎的手想让他带着自己逛逛。

神九黎拍了一下他的脑袋："念陌，你以后可是神君，神君要独立，总要父母跟着成什么话？乖，自己去玩，回头父君考校你的功课……"

一番话让神念陌挺起了小胸脯："好，念陌自己去玩！"然后他便撒开小腿跑走了。

神九黎瞥了一眼刚刚溜达回来的穷奇，那穷奇打了个哆嗦，立即随同小念陌去了。

神念陌刚走，神九黎身子就微微晃了晃，险些扑倒在地。

他跌坐在地上，嘴角有血丝沁出来，脸色也变得雪似的白。

阿陌刚才那疯狂的攻击他虽然化解了不少，但还是伤到了他，气血翻涌，害得他险些撑不下去。

他坐在那里打坐，风吹得他的衣袍猎猎飞舞，仿佛他随时会随风而去。

阿陌回到陌宫时，雪衣澜、禾木总管都已经等得不耐烦，看到她回来齐齐松了一口气。

雪衣澜身上居然还穿着那套粉红衣袍，别的男人如果穿这一身会让人感觉恐怖，他穿这一身却精致得如同一幅水墨画，比桃花还要娇艳夺目。

"陌陌，我们这婚礼还进不进行？"雪衣澜跟在她身边，笑得妖娆。

阿陌摆了摆手："卿家可以功成身退了。"她已经成功退亲，自然不需要再

演戏。

雪衣澜一双妖魅的桃花眼潋滟生波："陌陌，其实，我不介意把它变成真的。"

"本座介意。"阿陌很干脆地回答了一句，懒洋洋地打了个哈欠，"雪衣澜，你可以回你的妖族了，放心，本座许给你的条件是算数的。"今天折腾了一天，她是真的累了，只想去睡一大觉，不想再应付任何闲杂人等。

雪衣澜目光微微闪动，顿了顿，轻轻一叹："好！那陌陌，以后我还能不能来看你？"

"随缘吧。"阿陌又打了个哈欠，转身进去了。

雪衣澜看着她的背影出了片刻神，他知道她现在对情情爱爱的事很反感，所以，这次他不能再像以前那样纠缠她，他要慢慢来。

阿陌回到自己的寝宫，什么也没想，结结实实睡了一大觉，恍惚还做了一个梦，梦中狂风阵阵，雾气森森，山崩地裂，河水倒流，她和一位白衣男子相对而立。

"你我相爱，便是为民除害。"缥缥缈缈响起一个含笑的女声，似含了戏谑，"你娶了我吧！或者我嫁你？"

"做梦！"清冷的声音穿云而来，随同这两个字飞来的还有一柄流光四射的剑。

阿陌打了个激灵，自梦中惊醒，揉了揉眉心。

梦中情景她倒是还能记得大半，只不过记不住梦中那白衣男子的模样，仿佛是极清隽的。对那声音她也还记得，好像是——神九黎？！

难道自己的梦是几万年前的一幕场景？

她坐在床上思索了半晌，除了这一幕场景外，她压根也想不起别的。

梦中的神九黎对她下手真的毫不留情，她醒来后似乎还能察觉到那森森的寒意和杀气。

她打了哈欠，拍了拍小嘴，看来传言不假，自己和他在几万年前是真正的大对头！

怪不得这次她见了他就觉得不顺眼，和他定亲以后整个人如坐针毡，想方设法也要退了这门亲，原来是这么回事。

她起身洗漱，在梳发的时候无意中向铜镜里一瞧，忽然呆了。

镜中现出一位二八年华的女子，眼睛大大的，嘴巴小小的，唇红齿白，美丽不可方物。

相貌还是曾经的相貌，只是她长开了不少。

阿陌望着镜中出神片刻，抬手摸了摸脸，镜中女子也抬手摸了摸脸。

自己居然长大了！一夜之间长大了！

原先她像十三四岁的孩子，现在像十六七的姑娘，正是一朵花将开未开的时候。

看来神九黎所说的为她治疗痼疾是真的，他送她的花以及最后那个强吻渡气就是为了这个……

她再照照镜子，看着自己的额头，额上有一朵云状朱砂痣甚是娇艳，为她平添几分美丽。

她走出殿来，禾木总管正等候在殿外，骤然看到这样的她，呆了呆："魔……魔主？"

阿陌微微一笑，笑容倾城，原地转了一圈："如何？我好看不好看？"

禾木总管差点口吃："好看！好看！"真是太好看了！他从来没见过比魔主更漂亮的女子！尤其是她身上的那种气质，清纯中带着妖娆，妖娆中又透着妩媚，有孩童般的纯真，又有少女般的娇憨……

明明是极矛盾的几种特性，集中到她身上却又无比和谐，禾木总管险些移不开眸子。

原先的阿陌虽然也笑，但她身上总带着几丝说不清道不明的阴霾，让人跟在她身边便有一种莫名其妙的压抑感。

现在她身上那种阴霾感却没有了，甚至还带了几分阳光般的明媚。

禾木总管总算想起了自己这次来的使命："魔主，隔壁那个院子……要不要清出来？"那个人是神尊，他铁定不会再回来了。魔主又看他不顺眼，有那个院子在那里未免让人不爽。

阿陌的目光向那个院子扫过去，然后她眼前一花，似乎看到他飘飘行来。

她再揉揉眼，那人又消失不见，自己居然眼花了。

这些日子他一直住在这里，她每天睁开眼睛必然能看到他的身影，居然已经成为习惯，会眼花也不奇怪。

她心里莫名有些焦躁，摆了摆手："本座会处理，你不必管了。"

禾木总管答应一声，退了出去。

阿陌闲着无事，便到隔壁院子里溜达了一圈，在门口顿了下，走入他的屋子。

她极少来这里，上次来发生的事情太多，她也没来得及看这里的布局。

此刻有了时间，有了心情，她就随意瞧了瞧，屋内的布局低调而又大气，无论是绘着狐狸的屏风还是桌上的玉石小摆件，无一不显示出主人的品位。

他的品位和情趣不是一般高雅。

这里的布置让她隐隐觉得眼熟，甚至连屏风后的那张牙床她都觉得眼熟，仿佛她

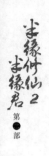

曾经在这种地方住过。

她走过去，坐在了牙床上，一个恍惚，似看到一对男女滚倒在牙床上，吻成一团。那吻极热烈，热烈到两人几乎要上床！

"喂，喂，大神……你还没给我一个说法，我可不想就这么和你不明不白……"那女子终于将身上的男子推开。

"雪陌，快快升级……"男子声音喑哑，似乎苦苦压抑着什么，终于放开了那女子……

那女子翻身坐起来，一张脸红得胭脂似的："行了，行了，你快离开吧，我这庙小可容不得你这尊大菩萨。"

"呃，那你去本座的正殿如何？本座的庙大，容你应该绰绰有余。"

"去你的正殿？好啊，给我一个相应的位置，庙这么大，和你并列没问题吧？"女子笑嘻嘻的，几乎吊在那男子的手臂上，亲密度显而易见。

"看你的表现。"那男子回了她四个字，抬手揉了揉她的脑袋。

"哼，我一定会在两年内升到八级的！"女子信心满满。

"拭目以待！"

阿陌心神一动，正抚着牙床的手一颤，幻觉消失了。

刚才那男子应该是神九黎，而那女子……女子倒像是自己！

她下意识又摸了摸脸，那女子的相貌和她现在的容貌几乎如出一辙，唯一的区别是额间的朱砂痣，雪陌的朱砂痣是雪花形的，而自己的是云形的。

雪陌，难道自己重生前是叫雪陌？

她和神九黎居然有了这么深的纠葛……

而这屋子的布置，真的很像她刚刚在幻境中看到的那偏殿的样子。

也就是说，这个屋子是按照雪陌原先所居之地布置的，看来他对雪陌倒是痴心的样子……

而雪陌对他的爱意也明晃晃的，只是他们到底为什么分开？

她忽然有些心慌起来，也不知道怎么回事，她只要一想重生前的事，下意识就想逃避，仿佛里面藏了极惨烈的事，让她不惜一切代价也要忘掉。

她手指轻抚上胸口，能感觉到那里有一个魔之封印，封印的应该是一段记忆。

让她动用这种术法封印的记忆一定不是好记忆！她还是不要想起来了，免得给自己找不自在。

而且要解开这个封印，需要她付出很大代价，耗费四分之三的魔力……

不值得！

她不想再想，站起身来，看了看这室内的一切，这里似乎充斥着神九黎和雪陌的气息，让她心里不自在。

她一挥袍袖，一道红光闪过，屋内的一切都已经消失，被她直接挪到异度空间去了。

屋子里空空如也，再也看不到什么，也没有了他曾经在这里生活的气息。

她微微吐了一口气，走出屋子，一眼看到了那片花圃中亭亭开放的天火花，孤单单一株在那里，花瓣层层舒展，在微风中摇晃。

阿陌屈起手指，下意识想将这株他亲手栽种在这里的花也毁去，脑海中却忽然闪现他拼命护卫这株花的模样，指尖微微一僵，术法发不出去了。

算了，一株花而已，长在这里也没什么，她没必要毁得这么干净，是死是活且看它的造化吧。

她转身走了出去。

秋千依旧是那架秋千，草地依旧是那片草地。

阿陌在秋千上轻轻荡着，不远处那些孩子依旧在嬉闹。

一切又回归正常，一切又像是回到了当初，唯一改变的是她的心境，当然，还有她的容貌。

她看着那些孩子心情忽然有些烦躁。

她有些想小念陌了！

时间如流水，距离神九黎带着孩子回梵天宫已经两月有余，她一次也没见到过他们。

这两月她曾经参加过仙界举办的什么赏花会，她是魔主，当然也在被邀请之列。

阿陌原本对这类邀请没兴趣，她曾经也被各种盛会邀请过，都被她干脆利落地推了。

但这次她大概是太无聊，居然破天荒地答应参加。

她以为在那赏花会上能遇到神九黎父子——

当然，她没有想遇到神九黎的意思，她和他一神一魔，天生的对头，碰到一起不打架已经是万幸，还是尽量少见面的好。

她主要是想念小念陌了！

那小家伙待在她身边不过一个多月，她居然有越来越放不下的趋势，晚上睡觉的时候，好几次把旁边的枕头当成他给揽在怀中。可枕头毕竟是死的，揽在怀中没有那

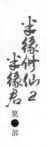

个感觉，她甚至因为这个失眠了几次。

禾木总管是个善解人意的，居然给她弄来了一个和念陌差不多大小的小孩子，那小孩子长得也是粉雕玉琢的，伶俐可爱，但她抱着那孩子的时候就是找不到当初揽着小念陌的感觉，有一种很强烈的陌生感。

抱一抱、揽一揽就觉得很别扭，所以她又让禾木总管把那孩子送走了。

禾木总管不死心，四处搜罗这种小孩子送来给她，让她找感觉。

但她都没有感觉，反而越来越烦躁。

到最后她便将禾木总管斥责了一顿，总算阻止禾木总管的送孩子行动。

她以为自己只是不习惯，时间是治愈一切的良药，随着时间流逝她大概会慢慢习惯，却没想到她越来越不习惯。

到最后她终于承认，她想念孩子了！

她有几次想要去梵天宫瞧瞧，但想起那日自己临走时所放下的狠话，她又不想去了。

既然她已经和那人桥归桥，路归路，总惦记人家的孩子做什么？

那次赏花会上，她并没有见到小念陌，因为神九黎压根没去！

她自那些小神仙口中，知道这两个月梵天宫的宫门一直是关闭着的，连天帝亲自上门拜见也没能见到人，甚至宫门也没开。

若不是那梵天宫内有神尊居住才会发出的淡淡白光，天帝几乎以为神尊带着儿子离家出走了！

这次赏花会天帝自然也想请神尊的，但对方压根不给他这个面子，他也没法子。

没有见到小念陌，阿陌在赏花会上也觉得没什么意思，所以在那里晃荡一圈，就又回来了。

转眼又过去半个月，她觉得自己对小念陌的思念与日俱增，有点做什么也提不起精神的样子。

"禀魔主，妖王来访。"禾木总管向她禀报。

"让他进来吧。"阿陌吩咐。

妖王自然是雪衣澜，他一身大红衣袍，站在那里的时候，像草地上盛开的大红花儿，看着还算提神。

近日他常往陌宫跑，已经成为陌宫的常客。

当然，他十分会把握尺度，看着阿陌神色有不耐烦的时候，他就会自动告辞，绝不会烦到她，而且也不会天天来，基本是隔三五日来一次。

他的本事不少，弹琴弹得好，又知情知趣，谈吐幽默风趣，常常给她讲一些最近六界趣闻，倒是为她排遣了不少寂寞。

雪衣澜满面春风地进来，看到秋千架上明显有些百无聊赖的阿陌，微笑道："陌陌，你闷不闷？我们出去游玩一遭好不好？"

阿陌在秋千上顿了下，她最近貌似确实宅了一些，出去玩玩也不错，再不出去她感觉自己要闷出病来了！

"好！"她从秋千上闪身下来，"去哪里？"

"去人界怎么样？"雪衣澜提议。

阿陌凝眉，下意识摇头："不去！"不知道为什么，她对人界有些抵触心理。

"那去我们妖界？最近妖化池中的花忽然开了，艳丽得很。"

"咦，那池子中的花不是千年一开吗？本座听说三年前已经开过一次，怎么现在又开了？事出反常必有妖……"

"魔主，我们本来就是妖好不好？或许它是在魔主的魔力滋润下，提前盛开呢？"雪衣澜笑得比花还妖，"不如我们去看看，说不定它们感应到魔主的气息，会开得更艳丽。"

"雪衣澜，你最近倒是油嘴滑舌不少。"阿陌斜睨着他。

雪衣澜微笑着看着她，眸中有光芒闪动："不，不是油嘴滑舌，是小王对魔主的一片诚心可昭日月。怎么样？去不去？"

"去！"阿陌也干脆，她倒要看看那不按规矩开放的花儿到底有多妖艳。

雪衣澜立即眉眼弯弯，躬身向她伸出手："就让小王为魔主带路如何？"

他这姿态像是奴才请老佛爷起身，阿陌扑哧一声笑出声来。

"一笑倾人城，再笑倾人国……"雪衣澜瞧着她情不自禁地念出两句诗。

阿陌隐隐觉得这两句诗耳熟，问他："你倒是会掉书袋了，哪里学的？"

"跟你……"雪衣澜下意识蹦出这两个字，正想说"跟你学的"，忽然又像想起什么，改了口，"跟你掉书袋很正常，这两句诗嘛，无意中看到的……好了，我们走了，去得晚了说不定那花就败了……"

他刚刚说到这里，前院忽然传来一阵喧闹声，远处一只庞然大物向着陌宫俯冲而来。

阿陌下意识抬头，看到那庞然大物，神色一动！

那庞然大物足足有一栋房子大小，模样有些像没有脑袋的猪，生长着两双肉翅，全身是粉红色的，看上去极为怪异。

上古恶兽——混沌！

此刻陌宫里的护卫已经被惊动，眼看那混沌以雷霆万钧之势直冲陌宫，他们纷纷

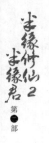
飞起阻拦，祭法宝的，使术法的，劈出兵器的……向着那混沌劈头盖脸砸过去！

混沌压根没有减速，身周似乎有一层防护罩，所有法宝、术法、兵器，尚没碰到它的身子便纷纷飞弹开去，不是一般强大！

禾木总管脸色一变，正要调兵遣将。

阿陌一抬手："传令下去，不许攻击，放它进来！"她认得这混沌，在梵天宫中她就见过它，只是那时候它还只是尊雕像，没被激活……

禾木总管心中虽然担忧，但对她的话还是言听计从的，于是发出一个信号。

众陌宫守卫这才为那混沌让开一条通道。

几乎是一眨眼间，那混沌就来到这后花园中，双翅一收，落了下来。

阿陌心脏怦怦乱跳，抬头望去。

"娘亲！"一道娇嫩的声音自混沌背上响起，随着叫声，一名童子飞了下来，直接向阿陌扑去。

"念陌！"阿陌抱住了他，娇软的小身子一入怀，阿陌激跳的心便像是落进暖融融的温水里，说不出地满足。

那孩子自然就是神念陌。

将近三个月未见，他居然长大了不少，原先像是一周岁多的样子，现在却像是三四岁的孩子，墨发垂髫，小嘴嫣红，眼眸明亮，神采飞扬！

尤其是他那一身大红袍子，如火光一样耀眼，整个人像是画儿上画的红孩儿。

阿陌忍不住抬手摸了摸他的胳膊腿儿，感觉小家伙结实了不少。

原先小东西像是水晶做的，虽然美好，但容易破碎。

现在他却像是用白玉做的，肌肤细腻、光滑、结实。

"娘亲，念陌好想你！"神念陌大概是真的想念坏了，一入她的怀就大方地在阿陌脸上亲了一口！

再次抱着这个小东西，阿陌心中所有的阴霾扫荡一空，她也在儿子脸上亲了一口："娘亲也想你！"

这娘儿俩在那里亲亲热热，彻底将雪衣澜晾在一边。

雪衣澜哑然地看着这一幕，一时开不了口。

他是第一次见到神念陌，上一次见面时这小子还在石头里……

神念陌的相貌肖似其父，几乎是神九黎容貌的翻版，性格却大相径庭。

"娘亲，你漂亮了不少呢！"神念陌睁着大眼睛将母亲细细打量，他还是第一次见到长大的母亲，不过并不陌生，因为这样她就和父亲所画的人更接近了。

小家伙嘴挺甜！

阿陌忍不住揉了揉他的脑袋："你也长大不少。"她再看看不远处已经变小的混沌，"居然会驾驭它了！"

"那是，娘亲，八大神兽我已经全部激活了，它们都听我的话。"神念陌得意扬扬。

阿陌眼眸一动，不过三个月没见，小家伙的功力简直是井喷似的增长，刚才凌空一跃已经是仙界高手也未必能达到的风骨。

已经被忽视很久的雪衣澜终于开口："阿陌，不如一起出去游玩？"

"不去了！"阿陌拒绝得干脆，眼睛依旧在神念陌的小脸上。

雪衣澜顿了顿，展开三寸不烂之舌："你舍不得念陌？我们可以带上他，他可是男孩子，原先一直闷在梵天宫中，现在好不容易出来，你还想让他闷在陌宫里？小孩子还是多出去见识见识为好。"

这倒说得在理，阿陌立即低头问儿子："念陌，要不要出去玩？"

神念陌看看她，再看看不容忽视的雪衣澜，大眼睛里有光芒闪了一下："念陌要出去！不过，念陌只想和娘亲出去，不想要其他人……"

雪衣澜嘴角一抽，心里隐隐觉得不妙，他正想开口，阿陌已经冲他摆了摆手："雪衣澜，你自己去看妖花吧。"她又低头问儿子，"你想去哪里？"

"人界！"神念陌响亮地答出两个字。

"好！那我们就去人界！"

雪衣澜："……"魔主，你留点节操行不？你不能有子万事足啊……

他正要提醒阿陌一句，不料她怀中的小鬼头一双大眼睛向他瞟过来，很天真地问了一句："娘亲，怎么这个叔叔还不走？"

于是阿陌也向他望过来，有些诧异地问了一句："你还有事？还没走？"

"……"雪衣澜干巴巴地嘱咐一句，"那你们小心些，玩得开心……"

然后他捧着几乎受伤的小心灵离开了，那背影看上去有点萧瑟……

万丈红尘，众生忙忙碌碌。

青石板的街道、鳞次栉比的建筑、沿街叫卖的小商小贩、匆匆忙忙的行人……不同于仙界的高高在上，也不同于魔界的肆意繁华，这里更接地气一些。

阿陌和神念陌行走在街道上，对周围的一切似熟悉又陌生。

混沌已经变成了一只小猪的样子，大摇大摆地跟在神念陌身边，不时惹得旁人看一眼。

他们所来的这座城市养兽宠的不少，但绝大多数是猛兽猛禽类，狼熊虎豹，一个

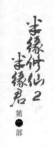

比一个威风。

唯有这娘儿俩，身边跟着一头迷你版的小猪……

这娘儿俩长相极出色，身边再有这么一头小猪，那回头率简直是百分之百！

不知道多少人看呆了去，甚至有一部分闲人开始远远跟随他们……

很快，人们发现了那头小猪的不同！

那小猪长相比一般的猪秀气不少，双眼皮大眼睛，睫毛长长的，看人的时候眼睛还忽闪忽闪。

这小猪还傲娇得很，高高昂着头，甚至那本该打着卷的小尾巴也竖得像天线似的。

更奇异的是，那些被主人带着在此路过的猛兽一看到这头猪，那身子就像筛糠似的抖，几乎要瘫在原地，主人拉都拉不起来。

直到那一对母子和那一头小猪离去很远，那些猛兽才胆战心惊地强撑着爬起来，却再不敢走同一个方向，几乎全是掉头向回飞奔，一时之间大街上有些鸡飞狗跳。

神念陌自然知道是自己这头混沌惹的祸，他拍了拍小猪的脑袋："小朱，你低调点。"

混沌无语，它一头堂堂神兽都变成猪了还不够低调？

不过，既然是小主人的吩咐，它自然要无条件听从，于是它把高高竖起来的尾巴垂下来，特意盘成一个问号，眨巴眨巴眼睛："这样？"

神念陌点头："嗯，好多了。"

阿陌抬手揉了揉眉心，一头可以翻天覆地的神兽在神念陌跟前像小猫一样乖顺，这也叫本事！

她已经和神念陌交谈过了，知道这三个月他一直在梵天宫勤奋练功，早晨起来背一个时辰的书，背书完毕就去练功，下午或者晚上唤醒一头神兽，唤醒还不行，还得掌握各神兽的饲养要领，还要让它们真正服从于他……

小念陌这三个月很忙，不是一般忙！

因为这些神兽各有各的臭脾气，有童心十足的，譬如这头混沌；有高大威猛的，譬如穷奇；还有笑眯眯显得很多才，其实一肚子坏水的，譬如梼杌……

小念陌必须根据它们各自的脾气来因势利导，才能真正驾驭它们。

神九黎对他的要求极严格，每天亲自督促他练功，一丝也马虎不得。

小孩子毕竟是贪玩的，小念陌有时候练功练烦了也会耍脾气，会消极怠工，但只要被神九黎看到，就会被狠狠罚一顿！

每一次受罚对小念陌来说都是一次血泪史，被罚一次他就会牢记好几天，慢慢就不敢倦怠了。

这样下来小念陌自然是有怨气的，觉得自己的老爹不像是老爹，倒像是要求极变态的师父……

他深深觉得自己的老爹太急功近利，像是想将所有的知识都在极短的时间内塞进他的小脑袋瓜里似的！典型的填鸭式教育！

好在神九黎对他练功上虽然很严厉，在生活上还是很照应他的，变着花样给他做好吃的。

看在老爹堂堂神尊还要亲手为他做羹汤的分上，小念陌又觉得老爹的严厉其实还是可以原谅的。

小念陌到底是个孩子，晚上休息的时候，他还是希望让人陪，最好像娘亲那样揽着他睡。

但神九黎大概是锻炼他的独立性，单独分给他一座大殿，让他孤零零一个睡在大殿内。

小念陌开始还很不习惯，常常半夜里爬起来懵懵懂懂地向父君的大殿跑，但父君的殿门紧闭着，上面还有结界，小念陌使出吃奶的力气也弄不开，急得在外面又拍又挠还哇哇大哭。

但他这些小孩子向父母百试百灵的法宝用在神九黎身上却是没用的，他哭哑了嗓子他父君也不会给他开门，他只能再抽抽噎噎地回去，乖乖爬上自己的大床睡觉。

说来也怪，无论他的嗓子哭得有多哑，第二天都能恢复如初，声音脆得像百灵鸟似的。

他有时候迷迷糊糊之间似乎还能感觉父君坐在他身边，一只手揉他软软的头发，仿佛在看着他、守护着他，让他感觉很温暖，很温馨，想睁开眼睛瞧瞧，却又睁不开，然后迷迷糊糊又睡过去。

等醒来想找找父君来过的痕迹却压根找不到，于是小念陌觉得自己肯定是在做梦。

正是因为神九黎教育孩子严格，这三个月让小念陌像脱胎换骨似的，有了一些小男子汉的担当。

小念陌自然是十分想念娘亲的，不止一次在神九黎面前念叨，神九黎给他允诺，待他唤醒八大神兽就可以去找他的娘亲。

这个条件像强心剂，小念陌练功像打了鸡血一样勤奋，让神九黎省心不少。

八大神兽要唤醒是需要特殊技能的，所以当小念陌将这些神兽都唤醒时，功夫也到了一定的级别，等闲人也近不了他的身。

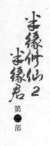

于是，当小念陌今天把最后一头神兽混沌唤醒并驯化好，神九黎终于给他放大假，给他一个月的时间，让他去和他的娘亲相聚。

这就是小念陌这三个月的全部经历。

娘儿俩这一路同行，小念陌像竹筒倒豆子似的把所有的经历说了一说，眉飞色舞，说得十分欢畅。

阿陌牵着他走路，一边悠闲地在街上晃荡，一边听着他说，忽然觉得这样也很温馨。

这些日子她唯一想念的就是小念陌，现在他终于在她身边，还这么活蹦乱跳的，按道理说，她应该很满足，可是不知道为何，她心里还是隐隐有点失落的感觉，仿佛少了点什么。

"娘亲，爹爹允许我可以在你身边一个月呢！"小念陌眼睛弯弯的，显然很开心。

阿陌看了看他，终于忍不住说了一句："你这么小，你父君就允许你自己飞越这么多重天？就不怕你在路上迷路？"那个人也太不负责了！

她的陌宫在第三重天上，梵天宫却在三十六重天上，每一重天都会有一些变数，一些看不到的危险，这么小的孩子独行真的没危险？！

神九黎未免也太放得开手了！

阿陌心中生出一些不满，语气中带着薄怒和谴责。

小念陌却不放在心上："没关系的娘亲，念陌现在功夫不低呢。这一路风景也不错，倒是没碰到什么危险……我本来想让爹爹也一起来的，想让他也探望探望娘亲，但他说什么'独木桥'和'阳关道'根本不同道，还说他需要练功，所以就让念陌自己来了。"

阿陌："……"

她心里冷笑一声，看来那个人倒是把她临走时说的话记到心里去了！

看这样子，他也终于死心，不再来纠缠她了。

那她终于能放心了！不必担心他是借小念陌这个纽带和她纠缠。这个人不愧是神尊，放手也放得干脆！

她像是终于松了一口气："走，念陌，娘亲带你去吃顿好的！"

一栋酒楼，正是饭时，酒楼里的人不少。

这酒楼和阿陌印象中的酒楼不一样，她印象中高档的酒楼二楼都是有雅间的，但她牵着小念陌走上酒楼才知道，二楼依旧是一个大厅，大厅中桌椅一行行摆放有致，和一楼并没有什么不同，依旧有不少客人。

她微微皱眉，现在只想和儿子独处，便抬手招来了店伙计，问他要雅间。

那店伙计一脸茫然："客官，什么是雅间？"

阿陌额角青筋跳了下，只得给他普及雅间知识。

那店伙计把头摇得像拨浪鼓："客官，青花国从来没有雅间一说，对任何客人一视同仁，任何酒楼都是如此。"

店伙计又把阿陌上下打量一番："客官您不是青花国人吧？"

此刻阿陌因为不想太招摇，在自己和念陌身上施了术，遮去了本来面貌，现在显现在大众面前的不过是一位普通美女和漂亮男童而已，和这里的百姓从面貌上看并没有什么区别。

阿陌揉了揉眉心，摆了摆手："算了，给我们找张比较僻静的桌子。"

店伙计送上菜单，阿陌让小念陌来点餐，今天这小家伙是她捧在手心里的宝，一切以他高兴为前提。

小念陌也不客气，点了好几种。

不能不说小家伙很贴心，点的几种菜都是阿陌喜欢吃的。

阿陌发现小念陌懂事不少，刚才临坐下的时候，小家伙不但提前给她拉开椅子，还顺便施了清洁术，一切弄得干干净净才让她坐下。

吃饭的时候，他还为她布菜，把她喜欢吃的菜都挪到离她最近的地方。

阿陌瞧着他有条不紊地忙碌，忍不住一笑，抬手摸了摸他的脑袋："念陌，现在应该是娘亲照应你才对。"

"不，父君教导念陌说，男人天生就应该照应女人的，尤其是照应最亲最近的女人，所以念陌应该照应娘亲，和念陌最亲最近的女人是娘亲……"

阿陌手中的筷子一顿，看不出那位神尊倒是个情种。

她看了看满桌的菜肴，一大半是自己喜欢吃的，看来小念陌和自己的口味倒是差不多的。

她尝了几口，总感觉这菜肴卖相虽然不错，但味道好像不太对。

小念陌吃了几口后，也皱起了小眉头："这里的饭菜和父君所做的差远了！"

他品尝一样就点评一句，譬如说这个太咸了，那个太淡了，这个调料放多了……

"对了，娘亲，你对酒楼的一些格局很熟啊，是不是原先下来过？"

阿陌微微一愣，她自来到这个大陆后，并没有来过人界，但自己对人界的一些规矩和布置似乎天生就懂……

不用问，和她曾经的转世有关，毕竟她转世为宁雪陌的时候，是人类……

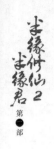

　　她明明封存了那部分记忆，没想到有一些骨子里形成的习惯并没有完全忘却，从而形成本能。

　　她笑了笑，没回答儿子，只是给他剥了一个蛋，堵住了他继续询问的嘴。

　　"刘二，听说城南嘉仪山最近在冒烟，那烟还很怪，是紫色的？"

　　"是啊，确实在冒烟，一股一股的，转着圈儿向上冒，形状还挺好看的。"

　　"你说为什么会冒烟？"

　　"你问我我问谁？我就是远远看过一眼……"

　　邻桌新坐了两名客人，正在谈论最新的八卦。

　　会冒烟的山——不会是火山要爆发了吧？！

　　阿陌的第一个念头就是这个！

　　她还有些奇怪，这里的人难道没听说过活火山？

　　她不知道那嘉仪山离这座城市有多远，如果很近的话，只怕会殃及这一城的百姓！

　　"两位叔叔，那嘉仪山离这里远吗？"旁边的小念陌已经问出来。

　　"不算远啊，也就是四五十里路的事……"其中一位顺嘴回答。

　　"小家伙，那山可有些凶，不是人能去的地方……"另外一人也开口，但说到这里忽然顿住。

　　咦，人呢？！

　　那张桌前的娘儿俩已经消失不见，只在桌上留了一锭银子算是饭资。

第十七章　嘉仪山险境

　　嘉仪山并不高，也就一千三四百米，但山脉很广，蜿蜒看不到头，形状有些像富士山，呈圆锥形，典型的火山模样。

　　这火山应该有数万年或者几十万年没喷发了，周围植被不是一般茂盛。

　　有深山密林必然有各种动物，这里也不例外，林间时不时有动物的身影一闪而过。

　　阿陌和神念陌共骑在混沌身上，半悬在空中，俯首看着下面那座山。

　　山顶果然冒出一缕缕紫烟，和那个人的描述一样，每一缕紫烟都呈螺旋状升起，下细上粗，远远看去有点像紫色的蘑菇云。

　　那一缕缕紫烟从山的八个方向冒出，看上去倒像是竖起来的图腾柱。

　　这……不像是火山要爆发的模样，这烟也不像……

　　阿陌挑眉，目光落在那些紫烟上，她有极强的第六感，此刻见了这些烟柱，心里隐隐觉得不太对劲。

　　神念陌也抿起了小嘴："不是火山爆发啊，我还以为能趁机在这里修炼修炼火之术呢！"火山喷发时的岩浆含有极高的能量，用这种能量练功的话，能达到事半功倍的效果。

　　父君和他讲过火山喷发前的一些征兆，和他看到的压根不同。

　　不过，这些紫烟到底是什么？模样很怪！

　　神念陌正是初生牛犊不怕虎的年纪，好奇心又极强，他扯了扯阿陌的袖子："娘亲，我们下去瞧瞧？"

　　阿陌瞧了瞧那些紫烟，那么亮丽的颜色却给人一种极阴森的感觉，仿佛那里面藏

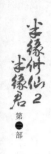

着什么极恐怖的事物。

不过她向烟中看了半晌，眼睛像X光一样将那些烟来回透视了好几遍，也没发现里面藏着什么东西，就是单纯的烟……

那烟升上天空后，缓缓向四周扩散，已经覆盖了一小片山林。

她又瞧了瞧那片山林，山林依旧枝叶茂盛，里面的动物也没慌乱地狂奔而出……似乎那烟就是普通的彩云，没有半点不妥现象。

无论在什么时代，生活在山林中的动物都是最敏感的，总能及时准确地捕捉到危险，然后在危险来临前迅速做出反应。

现在动物们没有不安现象，是不是代表这紫烟其实没什么危险？

"娘亲？"神念陌扯了扯她的衣袖。

"好，我们下去！不过到下面后，你一切要听娘亲的，不许乱跑，不许自作主张！"阿陌的声音前所未有地严厉。

"好！念陌不乱跑！"神念陌答应下来。

阿陌一挥手，就让神念陌指挥混沌飞了下去。

阿陌做事虽然干脆，但在敌情未明的情况下，她还是很谨慎的。

她和神念陌并没有直接冲向那些紫烟，而是落在那片被紫烟笼罩的森林外围。

落地以后她才发现这里的树木都极为高大，树林之间荆棘藤蔓横生。这里人迹罕至，压根没有人类活动的痕迹，荒草都生长了一米多高，神念陌一落地就被淹没在草丛里，连个人影也找不到。

"娘亲，我们落在这里做什么？"小念陌拨开面前的荒草，吃力地看向树林。

"观察！"阿陌回答了两个字，想了想，又补充，"念陌，无论什么时候做事不可莽撞，对不明事物要先观察，了解得差不多再决定怎么做，而不是不管三七二十一冲上去就干……这样你能少吃点亏，少走弯路。"她趁势教育他。

"嗯！"神念陌重重点头，一双大眼睛忽闪忽闪地看着自己的娘亲，"娘亲，你懂得真多！"

阿陌再揉揉他的脑袋，眸中却闪过一抹异色。

这些知识明显不是她做魔主时总结出来的，仿佛是骨子里带来的，一旦碰到相应情况，她自然而然便生出这种反应……

阿陌一拉他的手："我带你进去！"

娘儿俩踏着枯枝败叶向里行进。

两个人功夫都极高，树林中虽然荆棘极多，却难不住他们，两个人基本算是在草叶上滑行……

阿陌显然很有野外生存的经验，无论挑开荆棘的手法还是前进的路线都无比专业，她甚至没用任何念力，只是单纯凭借轻功，便将所有拦路的东西轻松搞定，一举一动看上去干脆利落，分外帅气。

神念陌一双眸子兴奋得闪闪发亮，他喜欢这样的娘亲！

原先的娘亲身上总有一种沉郁之气，阴森森的有些吓人，而那沉郁之气似乎在逐渐消失，现在的娘亲更像父君画儿上的娘亲……

原先的娘亲对任何事物都漠不关心，现在却开始关注民生……

他不止一次自父君口中听到娘亲原先所做的一些事情，知道她原先面冷心热，可以为朋友两肋插刀，虽然曾经是废材，却努力拼搏向上，碰到任何困难都不退缩……无论何时都给人一种勃勃生机之感。

说实话，他喜欢那样的娘亲，充满活力、有正义感的娘亲。

现在他的娘亲似乎终于开始回归了！

刚才娘亲听到那两个人说话的时候，还以为是火山将要爆发，所以压根没有考虑就带着他一起过来探看究竟。

小念陌正有点走神，他的娘亲忽然将他一拉，两人藏于一棵树后。

前面山林深处一阵乱响，先是有一只小鹿飞奔出来，后面追逐着一只熊……

很普通的野兽猎食场面，也没什么特别之处。

小念陌打了个哈欠看向他娘亲，却发现阿陌双眼盯着那两只野兽，眉尖微微蹙起，似乎发现了什么不妥之处。

于是小念陌回头又看，一看之下兴奋地睁大了眼。

生死关头兔子急了都要咬人，何况是一头鹿？

这鹿大概被追急了，居然掉转身子像一颗小炮弹似的向大熊撞去！

一鹿一熊居然开始打架了！

"看它们的眼睛！"阿陌的声音传进小念陌的耳朵里。

小念陌果然去盯两兽的眼睛。

居然都是紫眼睛，那紫看上去很绚烂，却充满了死气，看不到眼白和眼珠，完全融合成一片。

更怪异的事还在后面，那熊毕竟力大牙齿利，小鹿再拼命也不是它的对手，很快就被它咬断了脖子。按道理说，发展到这一步这鹿应该死翘翘了，却不料它居然还在四蹄乱蹬，那断头甚至还极力在地上跳起来咬住了熊的耳朵……

太诡异了！

小念陌吃惊地睁大眼睛，这个人界的野兽也太坚强了！

　　他身边的阿陌心念一动，手指微动，一根树枝激射而出，射入那熊的脑门，贯穿了它的脑袋。

　　那熊一声痛号，被贯穿了脑子居然也不死，而是向着大树后扑过来！

　　一直藏在小念陌身边扮小猪的混沌兴奋地前冲一步，就要现出原形吞大熊。

　　小念陌一把揪住它的尾巴：“不许吃，这熊古怪！”

　　阿陌拍了拍小念陌的头，以示嘉奖，反手就天女散花一样射出无数树枝……

　　魔主的暗器可不是这大熊能够躲开的，眨眼间大熊就被扎成了刺猬，全身各大要穴被树枝插满，如果是普通熊，被扎成这样早死掉了。

　　这熊却极坚强，压根没有倒下的意思，像一只超大号的绿刺猬奔到阿陌跟前，张开大嘴就想咬她。

　　它的耳朵上甚至还挂着那只鹿头，那鹿的嘴还是死命咬着……

　　阿陌宝剑斜挥，熊头飞了出去。

　　这熊和那头鹿一样，身首都分家了，还死盯着“仇人”不放，那颗熊头在地上连跳数下，还想来咬阿陌。

　　阿陌眉尖一蹙：“安歇吧。”

　　她一抬手，一道红光发出，那熊、那鹿都化为无形。

　　“娘亲，这是怎么回事？”小念陌看得心惊肉跳，他倒是不怕熊，却被它这种拼命精神惊着了。

　　“这紫烟有古怪！”

　　阿陌抬手为儿子和那头混沌各自罩上一个结界：“跟紧我，我再查查！”

　　阿陌做事自然快捷，带着儿子很快查看了密林内外，发现一个很要命的问题。

　　被紫烟笼罩过的地方，动物都发生了变异，紫眸、凶狠、嗜杀，就算身首分家也会紧盯着仇家不放……

　　而尚没被紫烟笼罩的地方，动物都是正常的，没有丝毫不妥。

　　而且仔细观察后会发现，被紫烟笼罩过的地方，连植物也发生了变异，一缕缕紫色正顺着上面的树冠向下延伸，那树也比其他地方的树高大不少，仿佛生长速度增快了！

　　动物如此，植物如此，那人呢？

　　阿陌一个念头刚转到这里，她就看到从密林深处奔出两个人。

　　这两个人都是道士打扮，看样子应该也是听到冒紫烟的消息过来探看的。

　　其中一人明显着了紫烟的道儿，双眸深紫，看不出眼球眼白，跑动的姿态如同僵尸，一跳一跳的，一掠数丈，在追赶另外一个人。

另外一个人倒是正常的，被追得豕突狼奔，几乎要大哭："师兄，师兄，你醒醒，醒醒，别追我啊……"

紫眼的这位武功显然很高，已经变异的手一伸，终于抓住那个大哭的人，向怀里一扯，张开嘴就咬下去！

嗖！一道白光发出，射在那紫眼发疯的人身上，将他直接撞退数步，他骤然抬起眸子，向着刚刚发出白光的神念陌看来！

神念陌被他这样的眼睛盯得心中一寒！

那紫眼人已经嗷的一声放开了自己的师弟，向着小念陌扑过来！

小念陌倒不真害怕，小手发出道道白光，向着那紫眼人身上飞射。

他这不是杀人的招数，而是父君传授给他的驱逐邪气的招数……

他使出来虽然没有神九黎的威力大，但这种功法本身威力极大。

他父君说就算有人中了僵尸毒，也能用这个法子驱除，而且百试百灵。

可是这次他已经连发六七道光了，那人的一双眼睛依旧是紫色的，神念陌还险些被他一把抓到……

阿陌一抬手，一道红光将那人缠绕，瞬间像是给他上了枷锁，那人被红光寸寸勒紧，再也动弹不得。

阿陌抬手揉了揉神念陌的头顶："乖，在他身上慢慢试。"

于是，神念陌兴高采烈地在那人身上试验各种解毒法子了……

那位师弟松了口气，向着阿陌拱手："多谢姑娘相救，请一定救醒我的师兄，他可是好人，一直是以降妖除魔为己任……"

阿陌打断他："到底是怎么回事？他怎么中招的？"

那位师弟说了经过，原来他们是修仙派的，也是途经此地，见到此地紫烟怪异，就御剑飞来，想看看是什么妖魔在作怪。他们也怕中毒，临进林子前还使用了防毒咒，没想到压根没用，刚进这林子不久，一直走在前面的师兄忽然止步，那位师弟诧异地拍了一下师兄的肩膀，想问问他是怎么回事，没想到他师兄就变成这个样子，紫着一双眼睛追他来了……

那位师弟简明扼要地把事情说完，依旧向阿陌求救，为了打动她，还不停述说师兄曾经的降妖除魔事迹。

听在阿陌耳朵里，感觉这个师兄简直就是法海重生，见了妖就像见了刻骨仇人一般！无论作恶与否，一律斩杀……

那位师弟滔滔不绝，阿陌俏脸却越来越冷！

那位师弟说着说着似也察觉到不妙，终于住口。

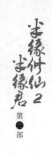

阿陌慢条斯理地掸了掸衣袖："知不知道本座是谁？"

"阁下是？"那位师弟心中隐隐生出不妙的感觉。

"魔主。"阿陌笑吟吟的，"你这师兄残害了本座的不少子民哪！"

那人脸色大变，接连后退了几步："您……您……"

阿陌温柔地看着他："说，你残害了多少？和你师兄一样多？"

"没……没有……"那人明显有些慌乱。

阿陌再温柔轻笑："不许撒谎哟，撒谎本座可是惩罚得更狠！"

那人脸色阵青阵白了一阵，忽然一挺胸膛："我承认除过三个作恶的魔……不是我本事不够，而是我心太软……非大奸大恶之徒我不忍下杀手，师兄常说我是妇人之仁……"

阿陌打量了他一眼，这个人确实妇人之仁，他师兄差点把他咬死，他也没舍得拍那师兄一巴掌……

那师弟一副豁出去的模样："这怪异的紫烟是不是阁下放的？想将人间也变成炼狱？"

这人想象力倒真丰富！被他师兄洗脑了吧？！

他抽出剑，剑尖冲着阿陌："今天我就算拼着一死也要……"

他话没说完，手猛然一烫，那剑居然瞬间熔化！如不是他撒手及时，只怕连他的一只手也不保。

阿陌声音淡淡的："你连和我一战的资格都没有！可以滚了！前方六十里有座城，告诉那里的州官，速速带百姓逃离！"

那人呆了呆，似乎没想到阿陌会这么轻易就放过自己，而且听她言语，这紫烟显然也不是她放的。

他不由得松了一口气："那小可的师兄？"

阿陌反问他一句："是你师兄一人重要，还是满城百姓的安危重要？"

一句话噎得那人脸色青白交错，一咬牙一横心，御剑跑了……

那边神念陌已经在那位师兄身上试验了不下十几种法子，都如泥牛沉海，半点用没有。

"娘亲，是不是我功力不够啊？"神念陌毕竟是第一次出道，一时也弄不清自己的斤两。

阿陌看了看神念陌的几种驱邪招式，发现自己好像也会。

于是她也发出一招，一团炽烈白光直接将那个人笼罩。

神念陌欢叫："原来娘亲也会这个！"

她发出来的白光自然和神念陌的不可同日而语，威力奇大，和神九黎的似乎也差不了多少。

神念陌满心等着那人复原，没想到白光散去后，那人依旧是那个德行，力气还大了不少，将困住他的红光挣扎得连连晃动，频频冲着神念陌亮出他刚刚生长出来的獠牙……

"没救了！"阿陌不想再在这人身上浪费体力，一道红光发过去，于是那人直接化为微尘消失。

神念陌紧皱着小眉头："娘亲，貌似中了这种毒烟就没救了呢，这可如何是好？如果这烟一直扩散，不知道多少生灵要遭殃……"

阿陌也揉了揉眉心，这简直就像禽流感病毒啊！

兽类、人类只要吸入这东西都不能幸免，只怕其他族类碰到这个也未必能幸免……

她刚才之所以在那位"师兄"身上耗费这么多功力救治，也是拿对方做试验，看看有没有解救的法子，现在看来没用……

她拿出传音符，联系雪衣澜，不待他寒暄就直接简要说了这里的情况，并让他赶紧下令让附近的妖类挪窝……

雪衣澜担心她的安危："陌陌，你别轻举妄动，我这就赶到！"

"不必，你传令便可！"阿陌不待雪衣澜再说废话就关了传音符，顺手在神念陌身上罩了一个防护罩子，"我们去那冒烟的地方看看。"

她带着他飞身而起，出了那林子，直奔山顶而去。

她也知道这紫烟极度危险，不想让孩子跟着涉险，于是让混沌驮着神念陌在半空停着，嘱咐他不要被紫烟侵袭，也不要乱跑，要在她的可视范围内……

神念陌也知道这个时候不能给母亲添乱，点头答应："娘亲小心些！"

"我会的，我去去就来。"阿陌俯冲而下，打算先查看查看，然后再定夺。

她艺高人胆大，在自己身上直接设置了一个防护罩，然后奔向那发散出紫烟的一处地方，身影没入紫烟之中。

神念陌只恨自己现在还是太弱小，不能和娘亲并肩作战，现在只能在这里眼巴巴地看着。

混沌护佑小主人很尽心，一直驮着小主人在空中兜着圈子，既不会脱离这个地方，又不会被那紫烟侵袭。

十分钟过去、一刻钟过去、半个时辰过去、一个时辰过去……

时间就在神念陌焦急的等待中一分一秒过去，那紫烟越扩散越大，几股紫烟已经连成片，快要蔓延半座山……

混沌绕的圈子也越来越大，神念陌眼睛一直盯着母亲跳进去的地方，一颗心火烧火燎的，急得快要燃烧了！

娘亲明明说去去就回来的！为什么这么久了还不回来？！

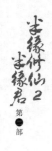

他一开始还怕打扰到娘亲在下面做事，一直抿紧了唇克制着自己不呼唤她。

半个时辰以后，他沉不住气了，开始试探着叫："娘亲，里面怎么样？"他现在的功力已经很不错，这一嗓子发出去整座山都能听得到，相信他娘亲更能听得到。

但下面没有任何回音！

到了后来，神念陌越来越沉不住气，一声连着一声，嗓子几乎喊哑了，却没换来母亲的任何回音，她像是被那紫烟吞噬了，再不会回来……

已经一个半时辰过去，神念陌再沉不住气，头脑一热，就想不管不顾地冲下去瞧瞧。

幸好混沌还有理智，一口叼住他刚刚跳落的身子，闷声闷气地给他提建议："你母亲是魔主，下去以后尚生死不明，你现在的功力连你母亲的千分之一都不到，跳下去也是平白搭上你的小命，万一你娘亲脱险上来找不到你，反而更急。"

"那怎么办？"神念陌声音都抖了，过度的焦急让他头脑一片空白。

"遇事冷静！"混沌只说了这四个字。

神念陌心里一抖，这也是他的父君常常教导他的，告诉他无论遇到什么事情，首先要做到的就是冷静！这样才能做出最准确的判断，想出最完美的应对之策。

神念陌长吸了一口气，自衣袖中拿出一枚金色传音符。

这是神九黎在神念陌临来时送给他的，告诉他没有极特殊的事不要开启这个……

他的父君似乎真的对他的娘亲死心了，这三个月来极少提起她，就算提起也是一语带过去。

神念陌不想让自己的父君放弃娘亲，有时候会故意在他面前提起娘亲，但都被神九黎三言两语绕开去，害得神念陌还以为老爹以后再也不让他见娘亲了。

他临来时，神九黎曾经亲口告诉他，自己要闭关修炼，让他没有急事不要打扰。至于神念陌和母亲相见的一些零星事情，更是不必向他言明……

神念陌也知道闭关修炼是最忌讳人打扰的，要不然很容易走火入魔，尤其是最近他的父君脸色并不太好，真的很需要打坐恢复。

父君说过，这传音符只能用一次，所以神念陌一直不敢接通这个特殊传音符。

可是现在娘亲出了这样的意外，他也只能向自己的父君求救了！

他指尖冒出血珠，用特殊法子开启了这传音符，传音符一闪一闪，却迟迟没有接通……

神念陌一颗心几乎要提到嗓子眼，难道父君也出什么意外了？或者是他正在练功的紧要关头无法接听？

父君，求您接啊！

对神念陌来说，一秒钟也像一世纪这么漫长！

好在，半分钟过后，那传音符终于转为全金色，传来他父君的声音："念陌，何事？"声音有点暗哑，但依旧清朗。

神念陌险些要哭出来！

他极力镇定自己："父君，我和娘亲来人界游玩，在青花国嘉仪山中看到了怪异的紫烟……"

神念陌声音虽然微微发抖，却表述得极为清楚明白，时间、地点、事件，都有了。

他说到最后声音终于带了哭腔："父君，您能不能来救救娘亲？念陌真的很担心，念陌想要下去看看……"

"你娘亲没有生命危险……你给我待在那里，不要轻举妄动，父君这就到！"那头神九黎声音清晰低沉，像是给神念陌吃了一颗定心丸。

金色传音符熄灭了，在神念陌手里燃起，然后化为灰烬。

娘亲没有生命危险？

神念陌及时捕捉到这句话，终于松了一口气，随即又有些纳闷，父君尚未看到这里的实际情况，怎么知道娘亲没有生命危险？！

推算的？

又是半个时辰过去。

这半个时辰内，神念陌一直没有放弃呼唤，当然，他没有得到半分回应。

若不是有老爹那句话，他只怕会不顾一切地冲下去了。

他正骑着混沌各角度转悠，远方有白光一闪，一人在他面前现出身形。

神念陌一呆，看着来人几乎不相信自己的眼睛。

父君！

这么远的距离，他的父君居然这么快就赶过来了！

他和娘亲来这里的时候，娘亲动用魔界风行术，还飞行了将近三个时辰呢！

他以为就算父君速度快也最少要两个时辰，没想到他父君半个多时辰就赶到了！

来人正是神九黎，他这次的装束有点怪。

宽大的淡蓝色法袍，法袍上有淡银色的花纹隐隐流转。

大概是赶路太急的缘故，他的脸色有些苍白，但一双眸子依旧内敛幽深，声音也依旧磁性清冷，他说的第一句话居然是："念陌，你的假期取消，你该回去了！"

神念陌目瞪口呆："父君——"

他顿了一下，终于把想说的说出来："父君，取消念陌的假期不要紧，但念陌想

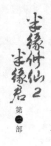
跟着父君进去救娘亲……"他要担心死了!

他必须亲眼看到娘亲安然无恙才放心。

神九黎扫了他一眼:"给你两个选择,一,现在就回去,父君保证还你一个完完整整的娘亲;二,父君亲自押送你回去,此地的事父君不会再管。你可以选择了!"

神念陌睁大眸子,没想到自己的老爹会如此无情!

他哇的一声哭出来:"父君,你不是一直喜欢娘亲吗?怎么可以拿她的安危来要挟念陌?"

神九黎语气冷淡:"父君累了,既然已经桥归桥,路归路,便无须再惦念。我这次来,主要是为你……这次就算下去救她,也是为你。"

"那……念陌在这里等着成不成?只要父君救了娘亲上来,念陌马上就走!绝不会拖延。念陌会在这里乖乖的,不会给父君添乱……"神念陌还想再据理力争一下。

神九黎看看远处几乎要被紫烟遮蔽的日光:"神念陌,你确定要和父君在这里讨价还价耽搁工夫?父君倒无所谓,反正失陷在里面的那人对父君来说不重要,让她多受点罪也没什么……"

神念陌:"……"到了这个时候,他就算再不甘也只能选择离开了!

混沌驮着神念陌向远处飞去,眨眼便消失在天际。

神九黎看着儿子远去的背影眸中闪过一抹黯然。

神念陌还小,待在这里压根一点用也没有,还会让父母分神。这个时候,他已经没有精力再多分神了!

除了混沌,其他神兽已经被他全部带了出来,只不过它们不如他的速度快,现在还在来的路上,它们会迎接念陌并护送他回梵天宫。

他转身又看向阿陌跳下去的那道紫烟柱,身形一起,正要下落,忽然似察觉到了什么,缓缓转身看向不远处已经合拢在上方的紫烟团,目光凝注在那紫烟团中若隐若现的人影上,稍稍顿了顿,终于开口:"原来你已经自己出来了。"

那人影自紫烟中穿梭而出,一身红衣在夕阳下猎猎飞舞,正是被困紫烟中杳无音信的阿陌。

她双眸如红宝石般明亮,上下打量了神九黎一番,神色淡然:"嗯,刚出来不久。"

神九黎看着她,自梵天宫一别,他已经有三个月没见到她。

此刻的她已经是妙龄少女模样,大大圆圆的眼睛,似笑非笑的表情,和他记忆中宁雪陌的模样已经高度重合。

她被困紫烟内这么久,身上倒没看到有伤,只是脸色苍白了点,没有其他不妥。

她居然能自己从这八方紫煞阵中逃出来!

看来她的功夫已经足够进步了……

两个人相对而立，曾经那么相爱、那么生死不渝的感情似乎都已经烟消云散，她看他的目光像看陌生人。

神九黎硬生生转开眸子，看向那紫烟："你既无事，那很好，念陌很担心你，你不妨用传音符给他报一声平安。"

阿陌嘴角一翘："这话不用你说。"她果然掏出传音符，接通了神念陌。

那头的神念陌在听到阿陌的声音那一刻，几乎不敢相信自己的耳朵："娘亲，娘亲，真的是你？"

"如假包换！"阿陌安抚他，"这下你可以放心啦，先乖乖回你的梵天宫，等这里的事结束娘亲会接你出来。"

那边神念陌欢天喜地地答应了，不过幸福来得太快，他还是有些不敢相信："那个……你不是父君故意变幻了娘亲的声音来忽悠念陌的吧？"

阿陌淡淡瞥了不远处的神九黎一眼，回答儿子："当然不是！笨蛋儿子，难道你没发现呼唤你的传音符是我们母子之间专用的？"

那头的神念陌似乎也终于意识到这一点，放下了唯一的疑虑。

他还纳闷："娘亲，你怎么去了那么久？你明明说去去就回的……"

"嗯，那里面有个阵法，不太容易破解，娘亲其实也很急。好了，娘亲还有事，你先回去吧。"

挂断传音符后，神念陌终于心满意足地回去了。

阿陌收起传音符，一抬头，和神九黎的目光对了个正着。二人目光在空中碰撞了一下，阿陌眸色冷淡。

神九黎移开眸子，声音也冷淡："这是八方紫煞阵，一旦真正爆发，六界会全部遭难！变成真正的修罗场。此阵五万年前曾经爆发一次，六界皆受荼毒。这次要想再将它封印，必须仙魔联手。本座已经通知了天帝和冥帝，他们应该很快到来。魔主也请通知妖界……"

"陌陌……"远处一道声音遥遥传来，打断了神九黎的话。

紧接着远方一道红光如电射来，眨眼便到了两个人跟前。

这个人正是雪衣澜。

他压根不看站在一边的神九黎，目光直接落在阿陌身上，然后长长松了一口气："陌陌，幸好你没事！"他再一打量阿陌的脸色，微微皱眉，"陌陌，你脸色不太好，可有受伤？"关切之情溢于言表。

"没事，这么个东西还困不住本座。"阿陌靠近雪衣澜身边，"雪衣澜，你来得

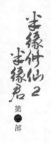

正好。"

雪衣澜眼睛微微一亮，这一次他隐隐感觉到阿陌对他似乎有了些不同。

他瞥了一眼旁边不远处的神九黎，神九黎压根没看这边，似乎正观察下面的紫烟，看得很入神。

"想我了？"雪衣澜半开玩笑半认真，试探着伸臂轻揽住她的腰。

阿陌并没有躲，反而把头靠在他的肩头："待会儿大概还有硬仗要打，你先让我靠靠。"

熟悉的软玉温香就在自己怀里，雪衣澜心弦一颤，几乎不敢相信这种好运，将她搂得更紧了些："没事，你先休息一下。"

他索性在云上坐了下来，让她靠在自己怀里。

阿陌似乎也确实累得很了，打了个哈欠："雪衣澜，你有没有带什么吃的？"

雪衣澜一愣："你想吃什么？我给你去买。"

阿陌抿了抿小嘴，有些不满："原先你在我身边的时候，一直随身带着我喜欢吃的东西……"

雪衣澜心神一震，垂眸看着她："陌陌，你……你记起我们的曾经了？"她恢复记忆了？！

阿陌没有回答他，只闭着眼睛嘟囔了一句："好饿……"

雪衣澜是真纠结！

她是雪衣陌的时候，二人相依为命，他惯她宠她，知道她喜欢吃东西，身上总是带了各类食物，更学了一手好厨艺，随时随地将她喂得饱饱的。

这次重生后，二人虽然也见了几面，但阿陌对他一直很冷淡，也从来没向他要过东西，所以他这随身携带食物的习惯已经改了。

现在他身上不要说好吃的，就算一块馒头片也找不到……

他很想去为她找吃的，可是又舍不得这怀抱美人的机会，天知道他等待这机会有多久了……

他正纠结，一只手忽然伸了过来，掌心里是一碟精致糕点，雪衣澜顺着淡蓝色袖管望上去，是神九黎那无表情的脸："吃这个吧，可以补充一下体力。"

阿陌抬眸瞄了他一眼，一抬手将他的手拨开，懒洋洋地打了个哈欠："本座不想吃你的东西。"

她又转眸看向雪衣澜："我记得你野味烤得不错？"

雪衣澜看看下面的山林，眼睛一亮："好，我带你下去烤野味！"他半搂着阿陌的腰向尚没被紫烟笼罩的地方冲了下去，眨眼就没入密林之中没了影子。

神九黎手臂慢慢缩了回来，掌心的糕点甚至还冒着热气，那清甜的味道氤氲在空气中，是他做得最成功的一种糕点，于今不会再有人稀罕。

他慢慢扬手，掌心的糕点化为齑粉，风一吹，齑粉也飘得无影无踪。

他缓缓坐在云上，垂眸开始打坐。

一堆篝火上一只山鸡将要烤熟，金黄的鸡皮上有油脂滚落，香气扑鼻。

雪衣澜看着身边倚靠着自己沉睡的阿陌，再抬头看看远处的天上。

神九黎看到他和阿陌如斯亲热，居然没什么反应也没追来，难道对方真的死心放手了？

山鸡烤熟，他在手上转了转，滚烫的山鸡已经是很合适的温度，他这才轻轻拍醒阿陌，把烤好的山鸡递给她。

阿陌眼睛一亮，接过山鸡，看来她是真饿了，风卷残云一般，片刻工夫一只鸡已经成为一堆鸡骨头。

雪衣澜嘴角微微一抽，他的陌陌饭量见长啊这是。

此时天已经黑透，篝火映照下，阿陌的眼睛亮晶晶的。一只鸡吃完，她还有些意犹未尽："雪衣澜，多烤些吧。"

"陌陌，你没吃饱？"

阿陌摇头："马马虎虎。"事实上她觉得有些撑，不过胸腔里有个位置总是有些空，填多少东西也填不满。

于是，雪衣澜又开始烤东西了。

他现在打猎极轻松，不必起身，只要吹响一种哨声，各种小动物就会前仆后继地自动送上门来。

雪衣澜随意挑选了几只肉质鲜嫩、小巧肥实的品种，宰杀了挨个烧烤的烧烤，炭烧的炭烧……

他有意在她面前显露本事，自然竭尽所能地向最美味了做。

"陌陌，这紫烟到底是什么东西？"

阿陌正啃一只兔子腿，目光向空中看了一眼，摇了摇头："本座也从未见过，不过那位神尊应该是知情的，待会儿人齐了他应该会跟大家解说。"

雪衣澜目光微微一动，他对这紫烟没多大兴趣，却对阿陌刚刚说的话感兴趣。

这些日子阿陌偶尔和他提起神九黎的时候，还直呼其名，说神九黎怎样怎样，这次却直接称呼对方的身份，生疏之意溢于言表。

她和神九黎之间到底又发生了什么？怎么会又走到这一步的？

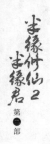

雪衣澜并不敢直接问，唯恐触了她的逆鳞，他挑选了个最保险的问题："陌陌，你们……是三人同游？对了，小念陌呢？"

阿陌已经在啃第二根兔子腿，头也不抬地道："本座和念陌来游玩的，无意中发现这里不对劲，就跑过来了。此地太危险，所以小念陌回梵天宫了，至于那位神尊，他是来找儿子的，顺便解决这里的问题。"

雪衣澜心中一动，一句话脱口问出："陌陌，你是不是……恢复一些记忆了？"

两人话刚刚说到这里，忽见天空瑞气蒸腾，霞光万道，有几个人现出了身形。

阿陌拍拍手站起身来，并没有回答他的问题，而是懒洋洋一笑："好了，人差不多齐了，该开会了！"

难得的六界精英人物集会。

天帝、冥帝、妖王、神尊、魔主、魔族四大护法、仙界四大天王，还有叶天离也来了，人界也派了术法最高的国师前来。

足足上百人集合在空中，倒也蔚为壮观。

神九黎、阿陌身份最高，自然站在最上方的位置。

而天帝、雪衣澜以及其他帝者分列两旁。

仙界、冥界一列，魔界、妖界一列，无形中已经壁垒分明。

这些人中绝大多数不知道到底发生了什么事情，对这紫烟也是一头雾水。

天帝毕竟在大陆上生活的时间长一些，能查到的资料也多一些，在一些残卷上看到过一星半点这紫烟的描述和威力，不过很不全。

幸好阿陌刚从这紫烟中出来，了解一些，当下便把自己所看到的一些危害说了出来。

当然，她也说了她下去时所看到的构造，言明下面是一个前所未有的大阵，应该是封邪之阵，最下面封住的就是这种可以让六界众生疯狂的紫烟，这次大阵应该出了什么纰漏，所以才让紫烟泄露……

"至于这紫烟的来历……"阿陌看了一眼旁边一直默不作声的神九黎，"神尊应该是知道一些的。"

于是众人齐刷刷看向神九黎，对这紫烟的解释神九黎只简明扼要地说了几句话："此紫烟为八方紫煞，乃天地至邪之物，五万年前此紫烟曾经毁掉六道众生。"

这番言语让所有人脸色大变。

天帝似恍然大悟，现存的六道众生中，无论仙魔鬼兽，几乎没有超过五万岁的，就是五万年前的资料也被毁了个干净，只偶尔有一星半点残卷现世。

无论仙还是魔，一旦修炼到巅峰，基本都是不老不死的，除非极特别的原因才会要了他们的命。

对五万年前的事《仙魔志》残卷是这么说的。

神魔相争，六界大劫至，生灵涂炭，无一生还。神魔皆羽化，天地重入轮回，万年方得六界重生……

简单地说，就是五万年前神魔大战，让六界陷入动乱，六界众生皆应劫消亡，神尊和魔主羽化不知所终，神魔大陆所有生物重新洗牌，万年后才又形成六界之格局……

天帝也一直以为是神魔相争才引得灭世之灾，现在听神尊如此一说，居然是他一直以来误解了？

这么说神尊已经恢复五万年前的记忆了？要不然神尊也不可能如此说。

天帝想起了阿陌所说的封印紫烟邪气的上古大阵，忍不住问："神尊，那上古大阵是何人所设？"

神九黎目光淡淡地道："是本座和魔主以及其他上古仙魔联手所设。"

一石激起千层浪，众人你看我，我看你，然后再看向上方站着的神尊和魔主，神色诧异。

不是说五万年前神魔势不两立，以至于二者打了一场旷古之战吗？原来他们曾经有联手的时候？

尤其是那些仙者更是震惊，在他们心里，魔是不干好事的，而魔主更是干坏事的祖宗。

这次魔主重生归来，他们对她其实是又惊又怕的，并非真正崇敬。

现在众人听说她居然也是挽救神魔大陆的主要人物，惊讶之余，对她的不好印象也略有改观。

原来魔也是可以拯救这世界的。

此刻，那紫烟已经蔓延大半座嘉仪山，不过还算不错，这些紫烟将要溢出嘉仪山的时候不知道碰到了什么屏障，没有满溢出去，只是向高处堆叠累积，越堆越高……

远远望过去，给人一种大祸临头的感觉。

众人的心都提了起来！

五万年前神魔大陆被此紫煞灭世，那现在紫煞重新现世，他们要如何做？

所有的人又把目光投向神九黎，等他再解说。

"这次是紫煞泄露，不是大面积喷发，只要控制得当，修补好上古大阵，便可免除这场横灾……"

"神尊，具体要如何做？请明示。"

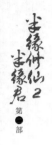

神九黎也不废话，直说重点："在此山中，本座五万年前曾经设有禁制，可以防止紫煞外泄，但一旦紫煞开始泄露，这禁制也仅仅能维持三天，三天内如果无法修补好上古大阵，禁制会炸裂，此山会彻底消失，到时候紫煞会在一天内蔓延六界，众生皆化为无知无识的恶魔，然后被天道所灭……"

神九黎说完了这件事的利害关系后，又讲解了上古大阵的修补之法。

这紫烟十分霸道，对天阶二级以下的人有损伤，天阶以下的人更是会百分之百中毒，而要修补大阵就要深入紫烟最浓处的地底，此大阵共崩坏了九处，每一处都需要有一对仙魔各施术法修补，而且这一对仙魔还必须是一男一女……

神九黎说了封印修补的办法和要点，目光一扫众人："大家可以自由组合，但必须一仙一魔。八队进入八个破损之处，本座会亲手封印中央之处……至于其他人，则分列山之四周，用术法支撑禁制……"

神九黎先挑出修补大阵的十六人，然后让他们自由重组。

到了这个时候，众人自然不会怠慢，自寻搭档。

雪衣澜自然想和阿陌一组，但妖魔不能同组，他只能心不甘情不愿地选择了仙界的一位仙子。

阿陌抿着嘴，始终没说话，看着他们分组。她是魔主，能和她做搭档的只有神尊。

不用问，神九黎是想和她一起封印中央那个最主要的地方。

她要和他单独成行了吧？

不知道他……算了，就算她和他分在一组也没什么，只不过暂时做搭档而已，以后依旧是桥归桥，路归路……

在这样的关键时候，她不想另出幺蛾子。

"宫欢颜，你跟随本座去修补中央。"神九黎的声音忽然再次响起，目光看向魔界一名女护法。

这名女护法呆了呆，抬头不相信地看着那位高高在上的神尊，微张着小嘴，一只手指向自己，难以置信地道："神尊是叫我？"

"不错，你有意见？"神九黎反问，声音平淡自然。

"没……没有！不过，不过小女子功力是最低的，小女子怕……怕跟不上神尊的脚步……"宫欢颜是魔界四护法中功力最弱的，现在被神尊钦点，她几乎以为自己是在做梦。

"不必怕，到时候本座会指点你怎么做。"神九黎声音柔和。

宫欢颜忍不住看向自己的主子——阿陌。

阿陌脸色倒是如常，依旧站在原地不发一言，应该是默许了。

到了这个时候，宫欢颜自然是答应下来。不知道为何，她心中有点忐忑，觉得有些对不住自己的主人……

自魔主重生以来，对待属下面上虽然冷漠，但并不苛责他们，还给他们最大程度的自由，是个难得一见的好主子。

宫欢颜答应下来以后忍不住又看了一眼阿陌，阿陌却压根不看他们，嘴角还有一抹笑容，看不出任何不悦之色。

其实做搭档的话，谁都愿意和一位强者在一起，最起码压力轻安全系数高。

本来大家都以为神尊会和魔主做搭档，现在见神尊忽然挑了其他魔女，那些仙界的男子还有什么客气的？纷纷来和阿陌商量搭档的事，都被阿陌拒绝了。

连天帝也诚心诚意邀请："不知小仙可有幸和魔主同行？"他觉得除了神尊外，也就是他够资格和魔主做一次搭档了。

阿陌微微一笑，并不理会他，一只纤纤玉手忽然指向一直在偏僻处站着的叶天离，声音清脆："叶天离，你敢不敢和本座搭档？"

叶天离一呆！

他曾经是仙界最强者，但自从被阿陌一剑削断手臂后，他的新手还没再生出来，功力和原先相比大打折扣，曾经帅遍六界的男子如今已经变得有些落魄。

刚才自由组合的时候，那些魔女妖女没有一个主动来邀请他。

他未免觉得有些难堪，但这也在意料之中，所以站在一个角落里一言不发，等着随机配对……

却不料阿陌居然点中了他，这大出他的意料，他忍不住抬头，目光有些复杂："你……"

阿陌瞧着他："本座不会勉强任何人，你可以拒绝。"

叶天离笑了："小可为何要拒绝？谢魔主赏识之恩。"他的语气隐隐似有一丝讽刺。

神九黎脸色微变，目光在叶天离身上一转，再转到阿陌身上，终于开口："魔主要负责的是第二要地，非同小可，必须选一个能在关键时刻配合无间的仙。"

阿陌终于转眸看他，两人的目光在空中微微碰撞。

阿陌从容不迫，眼波平静如流水："神尊怎知本座和叶尊者不会配合无间？"

神九黎噎了一下。

阿陌又看向叶天离："神尊是怕本座曾经砍掉叶尊者的右手，叶尊者怀恨在心，关键时刻掉链子是不是？"

这句话她这么直白地问出来，不但让神九黎再噎了一下，也让叶天离俊脸有些青

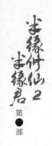

白交错，叶天离下意识反驳："本尊又岂是那等无耻小人！本尊就算心胸再狭隘，也不会拿六界众生开玩笑！难得魔主看得起本尊，本尊必当竭尽所能，全力配合魔主，神尊大可放心。"

阿陌手掌轻轻一击，笑道："这话我爱听！叶天离，如果你对本座怀恨在心，这件事过去后你尽管找本座复仇，本座接着就是。大不了本座也还你一只手臂罢了。"

她一笑之下宛如异花初绽，明珠生辉，她又自有一种磊落风骨，让叶天离心神又是一震！

叶天离本来心里还有点其他想法，此刻所有不好想法都烟消云散了。

他向阿陌深深施了一礼："魔主，叶某自断手后，对魔主确实曾有怨念，但如今已经想明白，此次叶某定当竭尽全力配合魔主封印紫煞，绝不敢有二心！如有异心，立受五雷轰顶之灾！"

他这是发毒誓了，天上隐隐有雷滚过，代表他这誓言的成立。

话既然说到了这里，神九黎自然不能再有异议。他率先前行，向着那大阵跳了下去，那些被点中封印八方的仙魔自然也跟上。

众人要想进入大阵内部，必须同走一道门——生门。

进了生门之后，一行人再各自分道扬镳。

要确保此次行动百分之百成功，就要保证任何一组都不出意外。

而大阵内虚实变幻莫测，杀机遍布，岔路就像蜘蛛网一样多，稍稍走错那就全盘皆错，一旦误入死门，不要说封印漏洞，只怕人也会立即灰飞烟灭。

而对大阵熟悉的唯有神九黎，所以他责无旁贷要将每一对送到规定地点……

按照事先约定好的队形，一行人初进入那窄小生门的时候，神九黎走在最前面，他身后则跟着他的搭档宫欢颜，再往后就是其他人，阿陌则殿后，她前面是叶天离。

这样的队形最方便应对突发情况。

众人冲下来以后才发现这大阵是在山腹之中，穿过生门以后就是一条幽暗的通道，通道内紫烟弥漫，浓郁得如有形有质，在众人四周蔓延，挥都挥不开……

众人都打开了护身结界，以抵御紫烟的侵袭，紫烟太浓稠，人行其中有一种要喘不上气的憋闷感觉。

大概是封印数万年的关系，阵内还滋生了一些说不清道不明的东西，时不时突然从紫烟中冒出来袭击众人。

幸好阿陌已经提前进来过，知道里面的大体情况，也提前向大家讲明白了，众人又都是高手，所以应付起来倒不会太吃力。

通道内的墙壁上有各种不时闪现颜色的符咒，一闪一闪如同鬼火……

进入这通道的人哪一个不是在这世上打滚千年的？

什么诡异奇怪的事情没见过？什么恐怖的地方没去过？

大部分人以为自己早已不知道恐惧二字是何物，但进入这里面后，能明显感觉一种极强烈的恐怖气息！

仿佛在紫烟深处隐藏着一头极恐怖的怪兽，正张大了嘴巴等着这一串人自投罗网。

那是让人发自骨子里的恐惧，功力稍弱一点的只怕不等碰到什么怪物就先被那恐怖气息压瘫了！

大多数人心脏一阵阵狂跳，都下意识屏住呼吸。

宫欢颜在这里面是功力最弱的，进来后不久就开始双腿发抖，越向里走她越害怕，连身子也微微颤抖起来。

"别怕。"走在最前面的神九黎似乎感应到了同伴的颤抖，低声安慰了一句，"有本座在这里，不会有什么危险。"

他的声音低沉稳定，给人极强的安全感。

宫欢颜心里安稳了一点，颤声道："是……多谢神尊……"

"牵着吧，你能心静些。"神九黎再次开口。

"多谢神尊！"宫欢颜的声音里有着惊喜。

通道内紫烟太浓，几乎隔开几步就再看不清人了，阿陌又在队伍最后，所以她并不能看清楚最前面的神九黎他们，但声音还是能听到的。那样的人无论走到哪里都给人一种山一般的感觉，被他罩着的人会觉得分外安全，只是……

他让宫欢颜牵着的是他的手吧？

呵呵，这么有洁癖的人为了大局也打破他自己的规矩了。

她微微垂眸，略一走神间，脚下不知道绊到了什么东西，打了个趔趄！

"小心！"走在她前面的叶天离扶住了她，"魔主，你没事吧？"

"没事，被石头绊了一脚而已。小心！"紫烟中一只紫色蝙蝠冒了出来，伸着尖嘴差点啄上叶天离的脑门。

阿陌横出长剑，紫色蝙蝠直接化为几滴血水落下。

她出手如电，叶天离甚至没看清她的动作，她已经还剑入鞘。

"多谢。"叶天离低低开口。

"不必客气，保护同伴是职责。"阿陌的声音浅浅淡淡的。

神九黎在进来时确实说过，在这大阵里，搭档之间要生死与共、互帮互助才能取

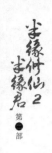

得最好的成果。

"是!"叶天离只说了一个字，心中却隐隐有些惭愧。他是男人，男人就要有保护女人的担当，而不是等着女人来保护他。

他已经下定决心，会拼尽所有力量来保护身后的女人……

雪衣澜就在叶天离前面，他忽然开口："叶天离，现在还没到封印之地，我们先换换位置！"

叶天离皱眉，并不挪窝："神尊吩咐过，要保持这个队形不能改变。"

"这不是还没到封印之地嘛，换换！"雪衣澜不死心，总感觉站在阿陌身边的应该是他，尤其是在这危险地带。

他一回身就要扯着叶天离的衣领强行换位。

"现在正是锻炼你们各组互相配合的关键时刻，任何人不得换位！"前面的神九黎头也不回地开口，声音冰凉。

"雪衣澜，你和冰玉仙子配合无间就好，现在不是计较小事的时候，大局为重。"阿陌适时开口。

好吧，大局为重！

雪衣澜虽然很想骂人，但也知道现在不是耍脾气的时候，封印紫煞才是第一要务。

这条通道还挺长的，沿途各种袭击层出不穷，好在这些人都不是省油的灯，倒也应付得绰绰有余。

这些人不过是临时分组，又是两个派别，开始时对对方还有所顾忌，不敢把后背交付对方。

但在这通道内行得久了，知道对方才是自己不会出意外的倚靠，慢慢地也就开始合作，应付那些袭击的时候，注意与同伴配合，渐渐越配合越熟练，也越来越信任对方。

阿陌不再注意神九黎那一对的情景，而是专心和叶天离合作。

为了培养彼此的默契度，一旦遇到袭击，阿陌和叶天离就会并肩作战，对于从叶天离那个方向冲来的怪物她压根不理会——

世人都知道叶天离右手剑极厉害，却很少有人知道他左手剑法也极高，只不过他平时没显露而已。

当无数妖魔袭来的时候，他和阿陌背对而立，手中剑如电闪，将从自己这个方向攻击来的怪物通通格杀，而阿陌始终背对着他，没有回过一次头。

对方是一个魔，却能够对他这个有点仇怨的仙如此信任！甚至他现在还是一个残废……

应付过袭击过后，叶天离半真半假地笑着问了一句："阿陌，你就不怕我这个半残废护不住你？"要知道那些攻击而来的吸血蝙蝠可是几百只一起来的，他只要稍微手慢点，只怕就会有一两只扎上她的背。

阿陌不在意地一笑，只说了几个字："我相信你。"

短短四个字让叶天离心潮一阵激荡。

这一次却并非关乎爱情，而是同伴那种绝对的信任让人热血沸腾。

当初才走近阿陌身边的时候，他是好胜心作祟的成分大一些，再后来就是因为男人的征服欲，越得不到越想得到。

而现在，他在她身上看到了一种洒脱的明朗！

她的相貌变了，没想到性子也发生了改变，干脆利落，明朗大方，这些特质渐渐在她身上显露，她自己或许不觉，却不自觉吸引了他的目光。

不过，他知道，她现在当他是同伴，是可以生死与共的同伴！

有时候，这种同伴情谊比爱情更能打动人。

也直到这一刻，叶天离才真正当阿陌是朋友！生死之交的朋友。

他没再说话，朋友无须言语，一切用行动来表明！

最前面那对的动静叶天离是听在耳内的。

神九黎将宫欢颜护得很好，宫欢颜也由开始遇袭时的慌张而逐渐淡定下来，因为她知道无论她遇到多大的危险神九黎都会给她摆平，不会让她受一点伤，她也总算能够发挥出平时的水平。

叶天离耳中时不时能听到宫欢颜欢喜又小心翼翼的声音："神尊，小可这招使得还行吧？"

"还好。"

"神尊，对不住，小可刚才险些就抵挡不住，让那蝙蝠咬到神尊……"

"无事。"

"神尊，小可刚才那招角度是不是偏了点？"

"不偏。"

"神尊……"

叶天离原先是见过这位宫欢颜的，功夫确实不错，就是胆子小了点，身为魔族，却有一个害羞的毛病，和男人说话就脸红，每次在陌宫见了他都会脸一红地走过去，连招呼也不打。

他倒没想到她原来也是这么多话的。

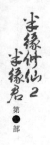

神九黎果然有一手，居然也能让这种性格的魔女渐渐放松，而且像换了个人似的。

他虽然看不到宫欢颜的表情，也能想象到，必定含羞带怯，我见犹怜……

宫欢颜虽然及不上阿陌漂亮，但也自有一种风情，在陌宫之中，还是有不少魔为她着迷的。

叶天离忍不住又看了看身边的阿陌，阿陌对前面那一对的对话似乎压根没听到，面上根本没什么不对的表情。

看来阿陌真的对这位神尊无感，听说他们已经退亲了，那不知道自己还有没有机会……

叶天离有点走神。

唰！一道剑风自他耳边掠过，他吃了一惊，醒过神来，看着阿陌手里那柄绯红的长剑上一只吸血蜈蚣正在挣扎。

阿陌手微微一震，蜈蚣直接化为飞烟消散。

"多谢。"叶天离讷讷道。

"不必客气，想要活着出去的话就少走神！"阿陌声音略为严厉。

叶天离如果是她曾经的属下，非被她训个满头包不可！她原先所带的那一批特工在这样的时刻，就算心里有天大的事也会放到一边，全身心投入以完成任务为目标。

"是。"叶天离情不自禁地应了一声，应完才发觉自己似乎有些乖。

要知道他平时恃才放旷，就连天帝他也不怎么放在眼里的，天帝和他说话也没敢训斥……

现在被阿陌训了，他心里居然没有半丝不悦的感觉，还真是奇怪了……

此刻众人到了一个相对比较开阔的地方，紫烟也少了很多，后面的人已经能够影影绰绰看到前面的人，自紫烟中跳出来袭击众人的怪物也不再层出不穷。

大家总算松了一口气。

没多久，一行人来到第一个应该封印处，神九黎留下了功力相对最弱的一对人。

越向里走越凶险，所以最先留下的人都是功力相对弱的。

又经过一轮浴血奋斗，杀死一地的吸血白骨人后，众人来到第二个封印点……

就这样，一场又一场的拼杀后，一对又一对的人被留下，队伍也越来越短。

走到第六个封印点的时候，雪衣澜也被留了下来。他冷笑一声有些不服："本王觉得本王应该在第七封印点！"如无意外，阿陌应该在第八封印点，他想离她近一些，相互之间也能有个照应。

面对雪衣澜的抗议，神九黎只回了他一句话："此处是本座说了算！"

雪衣澜看向阿陌。

阿陌依旧是那句话："雪衣澜，大局为重！"

雪衣澜不说话了，和那位仙子留在原地，眼睁睁地看着那六人走远，看着阿陌的背影渐渐没入紫烟之中。

他忽然怔了一下，叫了一声："陌陌！"随后身形一起，就要离开所站的方位去追赶。

按神九黎的吩咐，一旦一对人入了封印之处，便不能随意挪动，要不然会让阵法晃动，或许会引来阵法的反噬。

幸好那位冰玉仙子冷静睿智，一把扯住雪衣澜："不能动！"

这一路这位冰玉仙子都像块沉默的冰似的，虽然也和他配合得很好，但几乎没和他说过话，冷冰冰的，不愧她这冰玉仙子的称号。

除了心上人之外，其他女人在雪衣澜眼里全一个样，所以他压根没注意这个搭档的长相，更何况这位冰玉仙子周身似罩了一层雾气，容貌半遮半掩，在人群中的时候存在感超级低。

雪衣澜倒没想到她这个时候居然敢直接将他扯住，眉头一皱，险些就一袖子朝对方挥过去！

但想到大局，他又忍住，只是将自己的袖子一把扯回来，瞥了冰玉仙子一眼，冷冷地道："本王虽然和你搭档，那也只是暂时合作而已，不要对本王动手动脚的！"

冰玉仙子撤回手，也淡淡回了一句："若非为大局，本仙也不会管你！"

居然还有人敢这么和他说话？！

雪衣澜的目光落在冰玉仙子的脸上，他正要嘲讽她几句，忽然觉得她的容貌似乎有些眼熟，仿佛在哪里见过。

雪衣澜想了想，一个名字忽然蹦入他的脑海——明琬郡主！

这个冰玉仙子居然和他在天赐大陆认识的那位明琬郡主有八成相像！

雪衣澜又扫了对方一眼，倒没放在心上。

这世上相似的人多了去了！冰玉仙子和明琬郡主有点像也不奇怪。

他现在全副注意力还在阿陌身上，他刚刚似乎在阿陌的后背上看到了血渍。

她不会是受伤了吧？！

他心中忐忑，忍不住拿出传音符来想传音问问，但拿出来才想起来，在这个大阵中普通的传音符是没用的，只有一种传音符可用，但这传音符只能和神九黎单向联系……

该死！

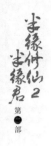
雪衣澜握紧了拳，他这辈子都不想和神九黎说话！

话说，陌陌身上那块或许是汗水渍吧？

毕竟她一身大红衣裙，就算有水渍看上去也像血似的。

再说他看不出她有任何异常啊，或许他真的看错了。

不过这个时候雪衣澜也顾不得再思考这个问题了，因为又一批怪物袭来，他得和冰玉仙子联手对敌。

这个大阵就像打游戏冲关，越向里走越艰难，不但道路越来越难走，遇到的怪物也越来越高级，那莫名的恐怖威压也越重。

剩余的六人中，就数宫欢颜功力最低。

她明显已经有点承受不了那种威压，心脏像是要从口腔里跳出来，身子颤抖得厉害。

此刻他们走的这通道是白骨通道，各种奇形怪状的骨头排列成各种奇形怪状的图案，似乎一眨眼间就能化为恶魔扑过来。

"神……神尊……"宫欢颜忍不住将身子靠向前面的神九黎。

唰！一道红光扑过来，直接将宫欢颜罩在里面。

宫欢颜正在最紧张的时候，吓得尖叫一声，凄厉的叫声震动人的耳膜，在这白骨通道中回荡。

"叫什么？本座给你设个防护罩而已！"阿陌冷冷开口，她有点后悔带这个宫欢颜来了，胆子太小，关键时刻说不定会掉链子，最重要的是丢她魔主的人……

宫欢颜俏脸煞白，这才看清这是个防护结界，她惊魂未定地道："多……多谢魔主……"说话都有些结巴。

"闭嘴！"阿陌看到她那瑟缩结巴的样子更来气，忍不住斥责了她一句。

"是……是……"宫欢颜更瑟缩了，在那结界中几乎要团成一个球。

我见犹怜的小白兔类型……平时没有事情发生还看不出什么，一旦到了关键时候，一个人在恐惧之下，缺点暴露无遗。

禾木那浑蛋这是给她找的什么破护法，丢人死了！

"宫欢颜，等此事了了，你不用回陌宫了。"阿陌不想让这种"小白兔"留在身边。

宫欢颜立即睁大眼睛，声音更抖了："魔……魔主。"她几乎要哭了，一双明眸中泪珠滚来滚去。

"不必担心。"一直默不作声的神九黎忽然开口，一挥袖，便将阿陌设在宫欢颜身上的结界破去，随手另外为她设置了一个结界，淡淡的白色结界在幽暗的白骨通道中如一颗微微发光的夜明珠，"本座会为你安排去处。"

一句话让宫欢颜吃了定心丸！

神尊亲自安排的肯定是绝佳的地方，说不定比陌宫还好。

宫欢颜看了阿陌一眼，然后破涕为笑，又转眸看向神九黎："多谢神尊。"她的声音甜甜的，如风吹银铃。

"走吧。"神九黎再不看后面神色不一的众人，率先向前走去。

宫欢颜自然寸步不离地跟上。

阿陌在原地顿了一下，手指在衣袖中发抖。

"阿陌？"叶天离跟着队伍走了两步，忽然似察觉到不对，回头叫落后的阿陌。

阿陌只觉咽喉处有一口血在那里滚来滚去，她勉强咽了下去，同时咽下去的还有那几乎要沸腾的各种说不清道不明的纷乱情绪。

大局为重！

这是她曾经的做人信条，也曾经是她做人的铁律！

她不能因为个人情绪而影响大局，尤其是在这关系六界生死存亡的时候。

阿陌微微闭了闭眼睛，然后大踏步赶了上来。

"神尊，你这是要撬本座的墙脚？"公然在她面前挖人，真当她这个魔主是泥捏的了？

这个哑巴亏她吃得堵心，干脆直接责问。

"若本座没记错的话，魔主已经将她驱逐出陌宫。"神九黎的目光终于落在她脸上。

阿陌挑唇一笑："本座只是将她驱逐出陌宫，可没将她驱逐出魔界！她既然还是魔，那依旧是本座的下属，和阁下这神尊没多大关系！"

她缓缓抽出了诛天剑，眼睛又落在宫欢颜身上，声音冰冷："本座还有一个要不得的毛病，就算不想要的东西，也不容许别人染指，宁肯毁去！"

在这刹那间，她身上的杀气几乎是铺天盖地而来，似乎下一刻就会劈开宫欢颜周身的结界将她一招诛杀！

宫欢颜傻了！

神九黎微微凝眉，将她护在身后："魔主，你胡闹什么？！你觉得本座会容许你在这里杀人？"

阿陌笑了，说出的话却尖锐如刀："神九黎，你不容许又如何？一掌拍飞我？或者干脆杀了我？"

神九黎脸色一变，目光落在她脸上，心像是骤然被什么一绞，一直戴着的面具险些破裂："你……"

她真的恢复记忆了？！还是碰巧这么说？

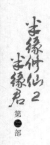
"雪陌"两个字险些脱口而出，但他到底还是忍住了。

幸好他忍耐功夫不是一般深，心中就算激流汹涌，面上还是不动声色："魔主，请你理智些。"

阿陌轻掸了一下衣袖，声音冷静得可怕："神九黎，为了大局着想，本座不会杀她。但你如果一意孤行的话，那就别怪本座对她不客气！你要阻拦我只有一种方式，杀了我，或者重伤我，让我再无伤人之力。不过你以为你重伤我，我还会再管这劳什子法阵吗？"

神九黎："本座并没有伤你的意思。"他虽然极力镇定，但细听之下他的声音还是透着一丝暗哑。

阿陌自然没有细听，只是仰头一笑，目光有些尖锐："那你此时还要不要在本座手下挖人呢？"

神九黎看着她，明明他们之间只有几步的距离，却像天涯般遥远。

她的性子依旧是那样，能不吃亏便分毫不吃，恩怨分明！

他望着她，目光微微闪动，淡淡说了一句："魔主，本座只是希望你以大局为重。她既然还是你魔界中人，本座自然不会再……"

宫欢颜这次脸色直接青了。

她已经在魔主面前背弃魔族选择了神尊，本来就已经触怒魔主。如果神尊一直罩着她，那什么都好说，她也没必要怕魔主杀她。可如果神尊不再管她，那她出去以后哪里还有活路？！

她泪光盈盈地看着神九黎："神尊……"

神九黎已经转过身去，不再理会她。

宫欢颜只好扑通一声跪在阿陌跟前："魔主，属下知错了，求魔主饶命……"

阿陌垂眸冷冷地瞧着她。

她自问在陌宫之中对待这宫欢颜不薄，没想到她会这么没原则，这样和叛徒有什么区别？！

自己还是看走眼了！

阿陌刚才说不让她再留在陌宫做护法，确实是从宫欢颜的性格上来考虑的，这样小白兔的性格压根不适合做护法。所以放在魔界其他地方比较好些。

她也不是想赶尽杀绝真对宫欢颜怎么样。

现在认识到这魔女的本质，她只觉得好笑！

她任由宫欢颜在那里足足磕了三四十个响头，这才淡淡开口："宫欢颜，自现在开始，本座不再是你的魔主，而魔界也再没你这号人物！你自由了，可以随便去任何地方。"

她看了前方的神九黎一眼，声音依旧淡然："神尊，你现在可以继续罩着她了，本座绝无二话！"

神九黎身体微微一僵，宫欢颜也愣了一下，这才像绝处逢生似的，立即起身向神九黎贴了过去："神尊……"她娇娇弱弱一副求宠求罩的模样。

神九黎嘴角抽了一下，忍不住侧睨看了阿陌一眼。阿陌却再不看他们。

这个时候同行的是六个人，神九黎一组，阿陌一组，还有天帝一组。

和天帝做搭档的也是魔族的一名护法，她是个脾气比较火爆的，若论真实功夫，她比宫欢颜要强一些。

她进来这个地方后，因为那恐怖气息她心里也有些紧张，但她不想屄包地表现出来，一直努力战胜那份恐惧跟上大家的脚步，和天帝配合得也很好，是个可信任的好搭档。

宫欢颜那屄包的样子不但阿陌看了觉得不舒服，就连她看了也觉得刺眼，觉得脸上火辣辣的！

在血与火的战场上，要的是敢打敢拼的精神，而不是吓得在那里哆嗦，时时刻刻要人保护！尤其这个哆嗦的人还是自己这阵营的……

丢人啊！不是一般丢人！

这个宫欢颜和她同为护法，平时还常常和她说魔主真是一个好主子，一副可以为了魔主眼也不眨就去死的模样，没想到到了关键时刻，她是这个德行！

这位火爆护法看向宫欢颜的目光充满鄙夷，对宫欢颜的人品很是不齿，冷冷开口："宫欢颜，恭喜你又找到新主子了。你我交情也到此为止！"

宫欢颜看看这个，再看看那个，然后又向神九黎身边靠了靠："神尊，小奴已经被驱逐出魔界了，和魔界再无瓜葛，还请神尊收留则个。"

她娇软的身子险些就倚到神九黎身上，神九黎不动声色地向后退了退，淡淡地道："本座会为你安排去处的，现在你只要专心配合本座就是。"

"是！"宫欢颜终于放下心来，还想趁机再为自己博一个好机会，"神尊，这里的事完结后，欢颜愿入梵天宫为奴为婢，只要能得到神尊教导，欢颜无论做什么都是心甘情愿的……"她开始向神九黎表忠心了，眼睛水汪汪的，声音软绵绵的，她做出这样的表情时不知道收服了多少男人为她做牛做马。

神九黎转身就走，宫欢颜像个狗皮膏药似的连忙跟上。

阿陌依旧走在最后，自说出将宫欢颜驱逐出魔界的话后，她整个人也就彻底淡定下来。

现在宫欢颜就算整个人趴在神九黎身上，她也不会再皱一下眉头，甚至睫毛也不会颤一下。

第十八章　前尘的恩怨

她确实恢复记忆了。

她没想到这极邪恶的紫煞居然能破开她的封印，让她恢复记忆。

当初她独闯入这紫煞之中不久，脑中记忆就开始自动向外蹦，那回忆有少量的欢喜，更多的是生不如死的痛！

回忆如海般翻滚，将她打得晕头转向，手脚发凉，一时无法回神。

她终于明白自己在这大陆上重生后，为何会拼出三分之一的修为去做那个忘记的封印，原来那段回忆真的太痛，深入骨髓！

原来她一个魔主化为人身后也活得那么窝囊过！

旧事纷纷涌来，重生前的痛仿佛就在昨天！

原来自己和那位神尊有那么深的纠葛！原来自己曾经那么豁出命去爱一个人……

她晓得自己一向要强，只要活着就想活出精彩、活出自我，无论遇到什么艰难困苦她也要拼出一条生路。

可是这样的她有朝一日也被这段感情折磨得一心想要求死，窝囊得只能用死在他手里来报复他……

她犹记得历劫前的那一刻，心绝望到无法呼吸，只想求一个解脱。

她没想到她还有复生的时候，更没想到自己是魔主。

她浑浑噩噩地在那紫煞阵的一块石头上出神了好半晌，煞白着脸拼命整理这些回忆，力求将它们一样样理顺。

她没想到神九黎还能找到这里来，还会带着孩子来纠缠她。

既然恢复了关于宁雪陌的回忆，她自然也对小念陌的身份产生了怀疑。她知道神九黎是神，没有什么事是他办不成的。

或许他在她死后终于知道那个孩子是他的，终于知道乐子音祸害他们孩子的真相，心中愧疚之下才聚来孩子的魂魄，用神术复活了孩子，还养在女娲石中……

他拼命想要和她复合，不惜在她的陌宫做小伏低，对她言听计从，一来是对宁雪陌的愧疚，二来也是想给念陌找回真正的娘亲吧？

在恢复记忆的那一刻，无数念头无数情绪纷至沓来，让她在这紫煞阵中差点走不出去。

而她在紫煞阵中探看的时候，也隐隐觉察出这紫煞的厉害，只怕将会是六界的一场大灾！

她知道现在不是考虑个人情感的时候，也不是追究那些往事到底谁是谁非的时候，所以她勉强压下纷乱的情绪终于闯出了紫煞阵，立足未稳时听到了他和神念陌的对话。

他果然是为了孩子——

经历了那么多，她已经无法相信神九黎的感情，也不愿意去想现在自己对他的感情，到底是恨多一些还是爱多一些……

恢复记忆后，她表面虽然看不出什么，内心却像是在沸油里翻滚了好几圈。

这种情绪是剪不断理还乱的，所以她干脆就不想了！

当一段情实在理不清的时候，那就不如暂时搁置一下，待彻底冷静下来再好好思考。

更何况现在重新封印这紫煞才是重中之重，一切都该为这件事让路……

她独闯紫煞阵的时候，因为记忆的恢复让她一时走神，遭遇了里面恶兽的攻击，后背受了伤，如果不是她功力强大又天生对邪气有一种抵抗力，她只怕就真的挂在里面再也出不去了。

那伤她自己已经处理过，用术法遮掩了，这才能做到行若无事。

不过，她还是小瞧这紫煞阵中这些凶兽的威力了。

她出来后就感觉后背疼得钻心，腿脚也有些发软，再加上乍恢复记忆心绪不宁，让她手脚一阵阵发凉，她很想找个地方靠靠。

她跟着雪衣澜下去时，一来是休息休息恢复体力，二来也是在默默用念力为自己疗伤，让自己疼得轻些。

她这伤如果好好休息休息，将养个三两天，说不定就能彻底好利索。

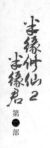

但是她没有这个时间。

跟着队伍进入这个阵后，她经历了一场又一场的厮杀，她性子强硬，不想拖累队伍。

但她虽然表面让人看不出什么，后背的伤却让她越来越难以忽视。

她在行走中一直在悄悄地用体内魔力驱毒，收效却不大。

伤口处像是有无数小刀向里剐，让她心里也火烧火燎的，心口隐隐作痛，像是痼疾要发作的前兆，只是她极力按捺着。

按她原先的经验，有这种前兆之后，真正发作要到一天后，他们只要行动快一些，等把这里封印完毕她再回去闭关也不迟……

队伍已经又开始前行，这一行人就算再各怀心思，但为了同一个目标，也要携手并肩走下去。

这一路阿陌再没开口说一句话，像是哑了似的。

倒是那位宫欢颜，因为终于傍上了神尊这个大保护伞，心情颇好，时不时和神九黎说几句话，终于惹得神九黎不耐："本座不喜话多之人。"

一句话终于让宫欢颜闭了嘴，不敢多说废话，也让众人耳根清净不少。

这一路遇到的袭击更多，都被几个人应付过去。

除了神九黎那一组，其他两组彼此之间又默契了不少。

六人终于来到第七个封印点，天帝那一组留了下来。

看着那四人再次走入紫烟深处，魔女护法微微皱起了眉头。

因为她敏锐地发现他们的魔主走路的姿势有些怪异，看上去身子似乎僵直了些。

"宫月影，没想到你能和朕配合如此默契。"天帝在她身边开口。

这名护法的名字正是叫宫月影，她淡淡地道："陛下配合得也不错。"

天帝有点欣赏她，一般的魔女见了他都有些紧张有些怕的，但这宫月影和他做搭档看上去一点心理压力都没有，进退有度，动作也快速麻利，压根不用他照应……

更难得的是她性子火辣，和她的主子其实有的一拼。

这样的女孩子很吸引人的目光，天帝身边的女人虽然不少，却没有这样的。

尤其是她和他配合打架的时候，那简直配合得天衣无缝，足足发挥出两倍的威力，他要是能将她拉拢到自己身边……

"月影，朕很欣赏你，你一直待在陌宫做个护法其实也没什么前途，终究是下人……不如等这件事过去后，你跟朕回天庭如何？朕可以封你为月妃……"

天帝以为，他开出这么优厚的条件，对方一定会欢喜，就算不会立即答应，那也是因为女孩子的娇羞和矜持。

那个宫欢颜为了能留在神尊身边不惜为奴为婢，而他堂堂仙界至尊，封宫月影为妃，已经算是天上掉馅饼了吧？

所以天帝有十成的把握宫月影会答应。

没想到他这句话刚刚说完，宫月影就不客气地打断他："陛下，自恋是一种病，得治！"

天帝："……"

神九黎一行四人继续前行。

"前面的路最是难走，各位都要小心些。"走在最前面的神九黎开口。

"是，神尊。"宫欢颜答应得最快。

"明白，会注意。"叶天离也沉声应了一句。

阿陌却没说话，这一路她都没再开过口。

神九黎有意无意地挑起过好几次话题，其他人应得活跃，她却始终没应过一声。

这次也是，神九黎顿了片刻，也就作罢。

他也曾忍不住瞧过她，她神情始终淡定无波，再加上光线昏暗，他也瞧不清她的具体脸色。

好在她每次碰到袭击时出招依旧干脆利落，毫不含糊，而且和叶天离配合得更默契了。

眼前忽然出现一个断崖，这断崖极窄极长，只有半尺宽，却足足有数千米长，紫烟中只看到它像一条露出脊背的蛇一样蜿蜒伸向远处，看不到尽头。两边都是深不见底的悬崖，悬崖下隐隐有红光闪现。

"下面是可以燃尽一切的红莲业火，行到断崖上时会遇到冥鹰的袭击，冥鹰生于红莲业火之中，它的特征是……可用水之术法攻击。过了这道断崖就到第八封印处……"神九黎快速解说着这里行进需要注意的事项。

宫欢颜俏脸发白，答应得挺利索，心里却打着紧紧贴着神尊走的主意，遇到危险神尊自然会护卫她。

"叶天离，这次你断后。"神九黎再次开口。

行进到这里，大家已习惯了听从他的命令行事，所以叶天离并没有问为什么，相反他倒在心里松了一口气。

再怎么说他也是男人，总让一个女子断后他自己心里也过意不去，就算那女子是魔主也一样。

他转到了阿陌的后面。

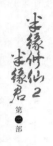

阿陌的身子却微微一僵，她在最后面的时候，没有人会注意到她后背上的伤，所以她对后背施放的术法稍稍不那么勤，现在后背衣衫上说不定沾染了一点血渍……

"阿陌，你的后背受伤了？怎么有血渍？"叶天离还是很细心的，很快就发现她后背衣衫上的不妥。

此刻他们已经走上了断崖，窄窄的一线，那断崖是血红色的，还黏糊糊的，像是被血浸透过，空气中满是血腥味儿。

走在前面的神九黎足下微微一顿，宫欢颜忽然轻轻说了一句："魔主……魔主才不会受伤，她身上大概是沾上的怪物血……"

叶天离一想也对，刚才杀的怪物确实不少，而阿陌又是杀怪物的主力，沾上点血也不奇怪。

不过他记得阿陌一向爱洁，容不得身上有一点污渍，她又是魔主，就算是从怪物堆里杀出来也可以做到片尘不沾。

"阿陌？"叶天离还不放心。

"无事。"阿陌终于开了金口，声音冷冷淡淡的，听不出什么。

叶天离还想说什么，身边翻滚的紫雾中蓦然有红光闪动，向着他们四人飞扑而来！

冥鹰！

神魔大陆最邪恶的一种鹰，相传它是冥界忘川河中一直无法解脱的恶鬼所化，凶戾异常，有八头十六爪，还有八对翅膀，飞动起来像个飞旋的风车，八对眼睛全部是血红色，长相怪异，让人不寒而栗。

这种鹰有一个最大的特点，它有八条命，要想杀死它们，就必须削掉它们那八颗脑袋！

它们锋锐如弯刀的嘴和爪子都是血红色的，每次攻击的时候就好像一个飞速旋转的血滴子。

这东西全身都是剧毒，就算沾上它们的一片羽毛，也有可能中毒不治，更让人头疼的是，它们会隐身术！飞行无声，等发现时它们已经攻击到眼前！

这种东西碰到一只便足够让人头疼，叶天离原先曾经在别处冒险时碰到过一只这东西，耗费了好大精神才将其杀死，还累得够呛差点受伤！

那时候他尚是全盛时期，现在……现在他还半残废着哩！

更何况这次他们碰到的居然是一群冥鹰，足足有百八十只，分八个方向轮番向他们发起攻击！

叶天离没时间再询问阿陌的伤了，集中精神和阿陌背靠背联手对敌……

在没碰到足够强大的劲敌时，叶天离尚不能真正了解阿陌的功夫，到了此刻，他才明白这位魔主的功夫强大到何种地步！

出剑如电闪，绯红的光芒闪烁如潮水，在天地之间翻滚，剑光所及之处，攻击而来的冥鹰都被绞入她那绯红的光芒之中，几乎是片刻之间就有一只冥鹰的八颗脑袋齐落！

叶天离的任务就是暂时护住她的后方，她解决了前面的冥鹰自然会和他频繁换位再解决后面的……

空气中满是冥鹰的惨鸣，冥鹰被诛杀时，身体会爆炸，有毒的血像紫雨一样向他们身上飞洒。

那血有剧毒，能腐蚀万物，因为要和其他冥鹰打架，又不能设置结界防御，所以他们抵御这些紫血唯一的途径就是用剑光对自己进行全身防护……

因为攻击叶天离这组的冥鹰基本都是阿陌杀死的，所以紫血雨基本都是朝着她飞洒，由她抵挡大部分紫雨攻击，叶天离只要护好后方即可。

叶天离在百忙之中也瞥了一眼神九黎那一组，嘴角微微一抽！

那一队宫欢颜只是个搭头——白送！

她压根什么也抵挡不了，只是缩在神九黎身边，神九黎一人兼顾两个方向，还得防备身边的娇弱同伴掉下去，看上去颇为辛苦。

宫欢颜身上被神九黎罩了结界，她只要乖乖待在他身边，不被冥鹰抓破结界就可以。

唯一让她有些头疼的是那些冥鹰的眼睛，她只要和这些眼睛对上，就觉得极端恐怖，双腿哆嗦得厉害，好几次险些从半尺宽的地方滑下去！

乍看到冥鹰出现攻击他们的时候，她控制不住地尖叫了一声，那尖叫声太凄厉，把叶天离也惊得一哆嗦！

后来不知道是她自己控制住了，还是被别人控制住了，她再也没尖叫出来，只一双眼睛睁得圆溜溜的，好几次她都想去扯住身边神九黎的衣袍寻求保护，但也不知道是怎么回事，明明就在身边的人她却压根碰触不到……

这次应付冥鹰的攻击主要靠神九黎和阿陌，天地之间白光和红光纵横交错，看上去美丽而残酷。

因为两队人都是频繁交换方位，偶尔神九黎和阿陌也能碰到一起，偶尔他的手甚至会碰到她的手……

从进来这个大阵后，二人一个队头一个队尾，虽然同在一队，但相隔距离一直很远，直到此刻，才偶尔如此接近，甚至偶尔肌肤相接……

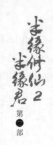

　　每次碰触到对方，阿陌都会不动声色地把手向后一缩，彼此之间甚至尚未感应到对方肌肤的温度便已经闪电般分开。

　　有时候神九黎会顺手解决攻击阿陌的冥鹰，当冥鹰爆炸时的紫血飞洒下来时，他的剑光闪烁间也会护一护阿陌。

　　但阿陌似乎不太喜欢欠他这个人情，他帮她杀一只冥鹰，她就会也帮他杀一只；他护她一次，她也会回护他一回，哪怕再吃力她也会这么做。很明显，她不想再欠他人情。

　　偶尔二人目光也会相遇一次，阿陌都会不动声色地转瞬移开，她偶尔也能感应到他的目光落在她的脸上……

　　她看不清他的目光，或者也不想看清，但敏锐的第六感让她对他的目光无法忽视——

　　她依稀感应到他目光中似压抑着什么，或者是她的错觉？

　　在这样生死攸关的时刻，她不想过多考虑，所有剪不断理还乱的情绪都被她强行压到心底最深处，她只想一门心思地杀冥鹰！

　　心里积压了太多难以言喻的情绪，她也想找个渠道发泄，而杀冥鹰成了她此刻宣泄的一个渠道。自恢复宁雪陌的回忆后，她的眼睛时不时会转为墨黑色，此刻却又变得全红，夕阳般通透，身上魔气全开！

　　一行四人中就宫欢颜最弱，她偶尔转到阿陌这个方向，看到阿陌的眼睛和那利落嗜血的身手，感受到阿陌身上那强势的威压，都直打哆嗦，忍不住想要下跪……

　　她一紧张脚下就会打滑，好几次险些跌下窄窄的断崖，若不是神九黎及时将她扯回来，她只怕早已掉下去喂红莲业火了。

　　神九黎要救她未免就会略微分神，到底现在都是同一条船上的人，这个曾经的下属再窝囊废，阿陌也不能让她频繁成为拖累，所以在换方位的时候，她会尽量选择恰当的时机不和宫欢颜对上。

　　就算无奈对上，她也会尽量收起身上的魔之威压，免得宫欢颜不合时宜地腿软。

　　她身上的魔之威压一旦全开，对那些冥鹰有一种不小的震慑作用，还会让它们的攻击稍稍变缓慢，阿陌再动手能轻松些。

　　而她为了照顾宫欢颜的情绪收起魔之威压时，那些冥鹰速度就会骤然加快，她再应付就吃力些。

　　神九黎显然也很快发现了这一点，所以当阿陌转过来时，他也会尽量和宫欢颜换方位，来减缓阿陌这方面的压力。

　　如此一来，二人相对的机会也越来越多。

二人虽然都没说什么，但打斗一会儿后，彼此便默契起来。

红光白光交错飞舞，如同盛开在暗夜中的双色花。

宫欢颜不是一般羞愧！

在这样的关键时刻，她的无能简直就像是个笑话，她不但帮不上任何忙，反而成为一个拖累。

虽然没有任何人说她什么，她自己脸上却火辣辣的。她甚至能从叶天离眼眸中读到"鄙夷"两个字。

至于阿陌，从把她驱逐出魔界后，阿陌就一眼也没再看过她。

她吓得尖叫也好，哆嗦也好，阿陌都没什么反应，对她无视个彻底。

当她羞愧到极点，那便是恼羞成怒，甚至妒忌也爬了上来！

同样身为女人，为什么阿陌就是魔主，就能做到受万众瞩目？

而她，好歹也修炼两三千年了，在这位魔主跟前简直就像是废物一样，成为一个笑话！

同样是女人，她宫欢颜却为了在神尊跟前争一个奴婢之位而费尽心思。

凭什么啊？老天凭什么这么不公平？把最好的事物都给那个女人？！

本事是这样，男人是这样……

而且自己在她跟前连个响屁都不敢放，被她多看两眼都要忍不住下跪……

一个人一旦让妒忌爬升起来的时候，对方曾经对自己的恩情便也全部被抛开不想了！

她忘记了阿陌曾经传授她功夫，忘记了阿陌曾经救过她的命，忘记了阿陌曾经给她治疗暗伤……

她心里被不平填满，尤其是察觉到身边的神尊故意去和阿陌相对时，那不平不满更是上升到巅峰。

她开始有意无意地捣乱，譬如神九黎和她换方位的时候，她故意行动迟钝，让神九黎无法把握准确时机。

当然，她比较胆小，在高人面前也不敢太玩花样，免得被识破，所以她也仅仅不动声色地在一个让人看不出的范围内捣鬼。

阿陌、神九黎、叶天离三个人的注意力都在冥鹰身上，倒也无人看出来。

宫欢颜只捣这么点小乱对神九黎来说并不会耽误什么，而且他也很快掌握住阿陌换方位时的节奏和规律，再换方位时他会提前，而且把握时间极为精准，每次几乎都是和阿陌同时落地。

很显然，这位神尊就算在这种激烈战斗的时候也是时刻注意那位魔主的动

静的……

宫欢颜心里的妒忌简直要突破天际！

当妒忌心满格的时候，她便忘记了害怕，生出了孤勇情绪！

她也要出手！她也要让神尊看看她不是窝囊废！

其实来袭击的冥鹰绝大多数已经被格杀，只剩下三只。

有两只被神九黎和阿陌截着，正在各自拼杀，另外一只大概一眼看出宫欢颜这个软柿子最好捏，一个俯冲向她扑过来！

铁爪就在她眼前！

她如果不出手，这冥鹰仓促之间并不能抓破她周身的结界，而攻击神九黎的那只冥鹰已经被削掉六颗头，用不了片刻就会了账。

神九黎有足够的机会杀死那只冥鹰后再来对付这一只……

宫欢颜为了展现一下自己的本事，一横心，宝剑斜出，直接刺破了保护她的结界，一道绿色剑光向着那冥鹰的其中一颗头削去！

神九黎给她设的这结界是挡外不挡内的，所以她很轻松就破解开结界，这一剑削出颇有威势，也算凝结了她全部的功力精华！

她在结界内时，看到阿陌和神九黎削冥鹰的脑袋如削豆腐，以为这冥鹰也不过就这么回事。

但一旦她自己出手，才知道远不是那么回事！

环绕在她周身的护体结界一破，她立即感觉到冥鹰扑面而来时腥甜的飓风，飓风像要把人的皮肤也直接撕裂开，使她刚刚脱离结界就被那飓风吹得睁不开眼睛！连刺出的那一剑也直接刺偏！

几乎是一眨眼的工夫，那冥鹰的血红利爪就直接抓到了她眼前！

那冥鹰个头很大，就算一只爪子也有小圆桌大小，五根利爪如五根血红弯刀，向着宫欢颜刺过来！

宫欢颜吓得尖叫一声，那冥鹰速度太快，她也压根躲闪不及，吓得闭上了眼睛！

"白痴！"阿陌正好在她这一侧，看到这一幕禁不住咒骂一声，危急中不及细想，一抬衣袖，将宫欢颜向自己这个方向猛然一扯！

宫欢颜立脚不住，噗的一声趴在了她的脚下！

阿陌在宫欢颜倒地的那一刻猛然一挥宝剑，趁势削掉那冥鹰的一头！

那冥鹰立即掉头来攻击阿陌，阿陌刚刚解决了另外一只冥鹰，压根没来得及喘口气，看到这只冥鹰再次袭来，她不及思索，一抬宝剑，正要刺出第二剑，忽觉胸口处骤然一痛！

那痛比刀剐还要强十倍，疼得她一个趔趄，眼前一黑，跌了下去！

这一切都发生在一瞬间，等神九黎发觉时，阿陌的身子已经向下跌落……

也几乎同时间，趴在那里的宫欢颜身子猛然一滑，尖叫一声，自另外一个方向跌了下去！

那断崖本来就是半尺宽，两边都是悬崖，而好死不死，阿陌和宫欢颜掉落的正好是断崖的两个方向……

两面悬崖下都是红莲业火，以宫欢颜的本事，她跌下去一点活路都没有！

而阿陌是魔主，功力超群，她就算掉落悬崖也有自救本事，很快就能自己跳上来……

宫欢颜那凄厉的叫声几乎能刺破人的耳膜！

"救命！救命！"

叫声一路翻滚向下，断崖上的人影在急剧变小！耳边风声呼呼！几乎要割裂阿陌的裙衫，下面的火光也越来越亮……

如果在平时，她掉个悬崖压根没什么，翻身略一使力就能上去。

但现在，她心口疼得死去活来，手脚发软，压根使不出力气！

她从在这大陆上重生后，便多了一个暗疾，每年发作一次的心口疼，每次发作都疼得她恨不得没有出生！

在心疾发作期间，她身上所有的魔力都会消失，手脚软如棉花，这个时候的她甚至没有自保能力。

这心疾比较守时，每年的五月中旬发作，每次发作一天，只要熬过这一天，她就能再次恢复。

她是魔主，觊觎她的仇家不少，有这样的心疾自然不会让人知道。

每到心疾将要发作之时，她会提前安排好陌宫的一切，然后闭关，将自己封闭在一个空间内，打滚也好，号叫也好，不会有任何人知道。

而现在刚进五月，按道理不该是心疾发作的时候，而且按刚才身体的征兆，要发作也要等到明天。

但这次这心疾不按常理出牌，居然在这么关键的时候发作，让她连自救的能力都没有，只能眼睁睁看着自己跌向下方的红莲业火。

她在跌落的时候，也听到了宫欢颜跌落的尖叫，她没看到对方的身影，不用问是跌向了另外一面——

神九黎……应该是救宫欢颜去了吧？

毕竟她才是他的搭档，毕竟她的功力最弱，是最需要救的。

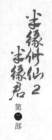
而自己是强大的魔主，在他心目中怕是压根不需要他出手救的。

这种自由落体的速度非常之快，眨眼间她已经跌下几百米。

她的脸不由自主地转到了下方，在她瞠大的双眸中，她看到那跳跃奔腾的红莲业火红艳艳的，仿佛正等着一顿血肉盛宴。

当然，她的性子原本就是不服输的，不到最后一刻她也永不言败。

在下落的过程中，她双手拼命挥动，想要向断崖方向靠拢，她掌心的诛天剑甚至有一次刺入了崖壁。

但宝剑是刺入崖壁中去了，她握剑的手却实在太软，在巨大的冲力下，她压根握不住剑柄，于是，她又失去了她的宝剑——

这诛天剑很怪，她身上有魔力的时候，它会自动寻主而来，如果她身上没有魔力，那货压根不会动！

掌心火辣辣的，心口疼得让她恨不得把心活生生挖出来，再加上后背的疼，所有加在一起让她眼前一阵阵发黑，几乎看不清任何东西。

巨大的绝望袭上心头，她干脆闭上了眼睛。

算了！就这样吧！

她已经努力过了，但命运不肯放过她……或许这就是她这个魔主的命运。

她眼前不由自主地闪过小念陌的影子，心中翻搅得更厉害！

那是自己的孩子，她亲口答应要陪他好好玩一个月，现在看来，她终究是要失信了。

她已经感应到下方红莲业火那独有的灼热之气，用不了几秒，她就会跌入那里面，直接化为飞灰。

唰！风声骤然一响，她的腰肢忽然一紧，被人猛然抱在了怀中！

那感觉就像是高空坠落时忽然打开了降落伞，下降速度骤然变缓……

清冷的气息扑入她的鼻端，让她身子一颤，睁开了眼睛。

熟悉的怀抱、熟悉的人，入目的是对方那弧度美好的下巴和那一双深蓝如湖的眼睛。

神九黎！

他居然跳下来救她了……

他脸色有些苍白，抱着她的手臂却将她箍得紧紧的，仿佛要将她勒入他的骨头中去。

她甚至能感应到他圈住她的手臂在发抖。

他圈住她后，掌心剑向前划出，于是，他一条手臂抱着她，一只手握着插入山壁的剑吊在了那里。

两个人像荡秋千似的摆了摆。

神九黎干脆将剑刺得更深些，然后抱着她固定在崖壁上。

"你是想寻死吗？！"神九黎张口就是斥责！

那一双眼眸中翻涌着很明显的怒火："为什么不挣扎？！"

她一个堂堂魔主居然掉个悬崖也做自由落体运动，若不是他及时跟下来，她只怕已经跌进下方的红莲业火中被烧成焦炭了！

阿陌被他的手臂箍着，他箍得太紧，她几乎透不过气来。

她张了张口，脱口问出一句："宫欢颜呢？你……你没去救她？"

神九黎手臂微微一僵，声音发冷："这个时候你还关心别人？"

"毕竟她才是你的同伴……"阿陌再次脱口说出。

"救你比较顺手。"神九黎答得也不假思索，说完才知道自己回答得有点狗屁不通。

论距离，宫欢颜当时离他较近，如果真讲究顺手的话，他救宫欢颜才是最顺手的。

当时他眼睁睁看着这两个女人一左一右几乎是同时跌落，不假思索地就跟随着阿陌一跃而下。

当然，在跳下来的同时他顺便踢了看傻眼的叶天离一脚，直接将其踹下了宫欢颜跌落的那面。

他那一套动作几乎是下意识快速完成的，等反应过来他人已经在半空之中，如流星赶月一样追赶那道跌落的大红身影。

他以为她不必等他救，却没想到她一路跌落连个挣扎都没有！

她最多就是把她那柄破剑插进崖壁，人却压根不停，掉得特欢快、特利索！

好在，他跳得还算及时！

好在，她没真掉进那红莲业火中去！

要不然……要不然他所做的一切还有什么意义？！

现在，他终于在最后一刻抱住了她，也就无法再放手……

二人依靠一柄剑吊在崖壁上，身子像连体婴一样紧紧交缠在一起。

熟悉的怀抱，熟悉的气息，熟悉的感觉……一切都那么熟悉，阿陌挤在他的怀里，二人喘息相闻，还真是前所未有地接近……

阿陌身子发僵，恢复记忆后，她对这个怀抱还是该死地没有免疫力。

她既想一掌将他推开，冷冷地和他划清界限，又想不管不顾地就这么窝在他

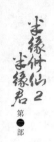
怀里。

有层层酸楚从喉咙里向外爬，似委屈，似愤怒，似恨怨，又似渴望……那说不清道不明的情绪如海潮般在她的胸中翻滚，让她一时不知道该做什么反应。

她的心疾就像是产妇将要临产时的阵痛，是一阵阵的，疼一阵就停几秒，然后再疼再停……

开始疼时是一次比一次厉害，当疼到顶点，才会一波波减缓……

现在正是疼的开始，第一波疼痛停了几秒后，更厉害的疼又涌上来……

她死死咬住唇，抵抗这疼痛。

"你后背受伤了？"神九黎抱住她后，略一停顿手便抚上了她的后背。

她的心疾发作后，魔力消失，后背的伤自然再不能用障眼法遮挡，神九黎摸了一手血。

他脸色一变，看了看染血的指尖，那血呈暗紫色，带着一种奇异的腥气。

很显然，这是毒血！

他极快地摸清了她的伤口，脸色更不好，望着她的目光如有风潮涌动："受这么重的伤为什么不早说？！"

阿陌已经被心疾之疼折磨得脸色发青，相对来说，后背的伤倒显得不那么重要了，她虽然极力忍住，不让自己呻吟出来，额头上却冒出了一层层细汗……

她想回答神九黎的话，或者想要噎回他，譬如说为了大局什么的。

但不知道是因为疼得太厉害，还是心里有压不住的委屈，她张了张嘴后，嘴唇颤抖得厉害，没说出话来反而差点哭出来。

她忙又闭住嘴，好在没有丢脸地哭出来，只憋得眼角发红。

魔力消失后，她一双眸子又转为墨黑的颜色，此刻眼眸上如蒙了一层水光，神九黎心神猛然一震，后面的话说不出去了。

这崖壁上显然不是说话和疗伤的地方，神九黎略一定神，左臂将她揽了揽，右臂一挥手中的宝剑，借势翻身向上。

在这阵法中并不能使用飞行术，所以神九黎使用的是上乘轻功。

好在他的轻功也极卓绝，就算抱着一个人，上升速度也不慢，几百米的深度他在几分钟之内便又飞纵上来，重新落在那断崖之上。

断崖之上还有一只少了一半脑袋的冥鹰在飞旋。

这冥鹰也怪，只攻击落在断崖上的人，掉落下去的它是不管的。

神九黎抱着人上来时，那冥鹰立即发现他的行踪，尖鸣一声，一个俯冲向着神九黎扑过来！

神九黎也不客气，左臂依旧抱着阿陌，右臂宝剑旋风般一转，又削落冥鹰的两个脑袋。

恰在这时，叶天离也带着宫欢颜飞了上来，刚刚立定脚跟，尚没来得及看清神九黎他们怎么样，那只剩两颗脑袋的冥鹰已经像颗炮弹一样朝他们冲过来。

随着冥鹰飞来的还有神九黎的一句话："你们解决它！"

然后，那位白衣神尊就抱着不知生死的阿陌飞纵而去，眨眼间没入紫烟之中没了影子。

阿陌万没想到神九黎就这么抱着她离开了，要知道被他扔在那里的两个人，一个废物一个带点残疾……

他就不怕这两个人挂在这里，让这个阵法再封印不了？！

不过，这个念头也只是在她的脑子里一闪而过，第三波疼又涌了上来，疼得她脸色煞白，只想大叫大嚷，在地上打滚……

好在她尚保有一丝清明，知道神九黎正抱着她，她不想让他看到她的狼狈。

所以她拼命咬紧牙关，昏昏沉沉的脑子里只有一个念头在起起伏伏。

她不能叫出来，千万不能叫出来——

不知不觉中她咬破了唇。

"疼就叫出来，这么强忍做什么？"一个声音在她耳边响起。

不想叫！她可是魔主，不想这么尿包！尤其是在他面前，她更不能示弱……

她依旧死命咬着齿关，不允许自己叫一声。

原先犯病的时候，她将自己封在一个密闭空间内，疼起来的时候，她可以在里面尽情打滚，尽情喊叫，尽情痛哭……等心疾过去，她再光鲜靓丽地出来。

现在她却只能忍，死命地忍。

"雪陌！"她听到他叫了她一声，声音有些喑哑，仿佛压抑着怒气。

这个名字让她心又一抖，当然，心脏也疼得更厉害，她紧闭着眼睛，连睫毛也疼得颤抖起来。

蓦然她唇上一凉，一个软中带硬的物事强行撬开她的齿关塞进她的嘴里："咬这个。"

她下意识咬着了。

她疼得昏沉，自己也不知道到底咬的啥东西，只觉得口感还不错，带了一点淡淡的冷香，最重要的是无论她使多大劲咬着都不硌牙。

渐渐地，嘴里那东西被她咬出了血腥味，有什么东西流入她口中，她本来疼得连

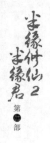

口腔都是痉挛的，但那东西流入她的嘴里后，那疼似乎减轻了一点，于是她本能地吞咽了几口……

温热腥甜还带着一抹奇异冷香的液体从她的咽喉中滑入，所到之处，痉挛的肌肉放松了一些。

那液体并不多，她吞咽了几口后，便渐渐停止了。

她本能地觉得不甘心，于是又狠狠地咬了一口嘴里的东西。

她刚才纯粹是疼得想找个东西咬着，不会使用内力，现在她为了让那东西多流点液体，干脆用上了内力，于是那液体又欢快地流出来了。

四周紫烟浮荡，在一块空地上却多了一个不透明的圆球结界。

结界内神九黎看着怀中抱着他的手指拼命吸吮的阿陌，眸色微深。

大概太疼了，她全身已经被冷汗浸透，俏脸上的冷汗出了一层又一层，她却从头至尾一声未吭，坚强得让他想要把她扯过来打一顿！

这样的疼法不像是单纯后背的伤势……

他随手变出一张床，将她放在床上，想先给她检查一下伤势，但她死抱着他的手不放，他抽也抽不回来。

他只好先让她咬着，另外一只手为她把脉，然后他渐渐蹙起眉峰，看着身边的阿陌。

她的心脏跳动速度极不正常，而且有痉挛现象，脸色也苍白得可怕，她这是心疾？看样子还是痼疾……

每次她都这么疼吗？

他不在她身边的时候，她一直自己这么扛着？

一件秘密只要有一个局外人知道，很快那秘密就不再是秘密，阿陌将她的秘密守得很好！连她最得力的手下禾木总管也不知道！

看来原先这痼疾发作的时候她是把自己封闭在什么角落咬牙硬扛着的。

他将她抱入怀中，随手为她抹去额角的汗，看着她连唇都在哆嗦的俏脸："疼就哭出来，哭出来会好一些。"

他声音轻柔，让半昏沉半清醒的阿陌鼻中蓦然一酸。

自来到这个世界，虽然地位尊崇，身边却连个能真正倚靠的人也没有。

疼得再厉害，她也只能自己扛、自己挨。

原先没觉得这事有多委屈，但她现在是在伤病的情况下。

人处在伤病中总是脆弱些。

他轻轻的一句话，就让尚在迷迷糊糊状态中的阿陌眼睛发酸，再加上确实疼得难受，那委屈就更加铺天盖地了。

她虽然尚死命咬着唇，眼泪却终于流了出来，睫毛濡湿了一片，泪珠顺着眼角向下淌。

有手指在她眼角擦过，她又被人紧紧抱在怀中，然后她又听到他说了几个字："对不起，雪陌，对不起……"那声音喑哑得厉害，仿佛直接冲击到人心里，让她那一直憋在胸腔里的委屈更加翻着跟头地冲上来，眼泪流得更急，却依旧咬着他的手指头舍不得松开。

神九黎垂眸看着怀中的阿陌，他这是多久没看到她哭了？

从前的她在他面前哭过几次，有时候是假哭，有时候是被气哭……

哭哭笑笑的，像个孩子，但都是真实的她。

重逢后的她像是戴上了面具，要么冷漠得像焐不热的冰块，要么像个见人就想扎的刺猬。

他最常见的她是面无表情的，就算笑也是皮笑肉不笑，从来没有哭过。

不像现在，她终于不再硬扛着，开始哭了。

她哭得很厉害，虽然没有声音，但那眼泪汹涌成小溪一样，沾湿了他的手，他擦都擦不干净。

她这心疾的形成八成和她心中郁积的痛太多有关系，这几年她一直憋着，不得发泄，越憋着心疾就越重、越疼。

心病还需心药医，她必须真正哭出来，才能发泄出那些郁积的伤痛，她这心疾才有痊愈的希望。

所以神九黎看着她哭，没再出声安慰。

趁她哭得厉害，他低头为她处理了手上的伤口。

她娇嫩的手心磨破了一层皮，手心里又是血又是汗还有泥污……

他用清洁术直接清理了她的全身，手上的只是皮外伤，他涂抹了特制的药膏后，那伤就开始飞速愈合，很快痊愈。

阿陌这个时候还有些迷迷糊糊的，失去魔力又半迷糊的她像个孩子。

哭着哭着她就忘了再吸他手指上的血，开始用手揉眼睛。

神九黎终于能撤回自己的手，握住她的一只手，不让她乱揉眼睛。

她大概感觉到不自在，睫毛颤动了下，有要清醒的迹象。

他手上有淡淡的白光发出，将她整个人笼罩其中。

"你这心疾多久了？"神九黎开口，声音磁性和缓，仿佛大提琴的旋律，带着一种诱哄的味道。

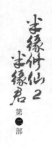

他这是催眠术，有一种让人不得不回答的力量。

阿陌如果好好的，自然不会受这催眠术诱导，但她现在魔力尽失，功力连普通的武者也不如，自然很轻易就中招了。

于是她分外老实："三年了……"

"多久发作一回？"

"一年。"

"一般什么时候发作？"

"每年五月中旬……"她还有点疑惑，"明明该十多天以后发作的，现在才五月初……"

她吞了他的血后，心疾疼似乎缓和了一些，能让她正常说话了。

神九黎："……"

她的心疾会提前发作，大概和她背后的伤有关系。

他眼眸一沉，将她的身子翻转过来，眼睛盯在她的后背上。她的衣衫是完整的，但有一大片血渍，现在还有紫血在向外冒……

神九黎一挥袖，阿陌的衣衫便自动裂开，露出了她血肉模糊的后背。

神九黎暗中咬了咬牙！

那后背上有一道极深的撕裂伤，足足有半尺长，最深的地方已经能隐约看到里面的白骨……而且看伤口的情况，她受伤最起码将近八个时辰了！

而八个时辰前，他们还没进入这阵内。

不用问，这伤是她独自探阵时留下的，难为她咬牙撑了这么久！

被这里的毒兽咬伤是怎么个疼法神九黎很清楚，他看着脸色苍白的阿陌，气不打一处来，不知道是气她不知道爱惜自己的身体，还是气自己没有及时察觉……

阿陌吞咽了他的不少血，心疾疼痛稍稍减轻了一点，她混乱的神志终于有了一些清醒。

她在醒来之初，便感觉到后背有些发凉，像是——什么也没穿的样子。

她吃了一惊，睁开眼睛，映入眼中的是那一抹浅蓝衣袍，她略显迟钝的大脑反应了一下，才想起这是神九黎的衣袍……

然后她就吃惊地发现自己俯趴在神九黎的双膝上，他微凉的手指正在她光裸的后背上忙碌——

这姿态！

阿陌身子一僵，就想翻身下来。

她的后背却突然一紧，有几根手指按在那里，头顶上方一个声音响起："你想让

454

本座看你前面？"

阿陌："……"

流氓！

她咬着牙冷笑："神尊可是六界表率，可以说这么……这么无德的话？！"她想说"不要脸的话"，话到嘴边又改了口，她可是魔主，骂人也得讲究素质。

"本座只是实话实说而已。"神九黎的声音不冷不热。

阿陌一想，她刚才确实是想翻滚一下，而她上身的衣衫已经被他撕开，只要她滚动一下，前面的风景也得暴露在他眼前……

她咬了咬牙，把胸前衣衫拢了拢，尽量遮住春光，然后又想挣扎着起来。

他身上的气息让她心绪极为不稳，所以她下意识想要离他远一点。

但他一只手就固定住她："放心，我不会对你做什么，只是给你疗伤而已。"

也不知道他往她的伤口滴入的是什么药膏，温温热热的，和他平时用的药膏压根不同。

阿陌已经恢复宁雪陌的记忆，宁雪陌又在他身边生活了那么久，对他的药膏还是很清楚的。

她记得他的药膏涂在身上都是微凉的，而且黏稠度高，算是半膏体。

这次的却是液体状，温热得很，滴入她的伤口后，有一种暖暖的感觉蔓延开来。

本来那里的疼像蝎子蜇似的，那药滴入后，疼痛也减轻了不少。

那药一滴滴滴入，连绵不断，更难得的是，一滴也没流出去，全部进入她的伤口。

他滴的不会是他的血吧？！

阿陌闻到一丝血腥气息，扭头想看看，但她的脸是伏在他的腿上的，她的头刚刚一动，便被他轻轻按住："别动！"

阿陌心里不知道是什么滋味，她潜意识不想再欠他人情："这伤……我自己能治，你放开我。"

"阿陌，我们的时间不多。"神九黎忽然冒出这么一句话。

啊？阿陌一时没反应过来。

"两天内必须将这个阵法封印，到时候所有的人都要全力以赴，你要守的第八封印点也极重要，不能出任何意外。你带着伤的话，会对计划有碍。"神九黎语调缓慢，却条理清楚。

阿陌身子微微一僵，对方是站在大局角度上来为她疗伤，她还能说什么？

她压根不能拒绝！

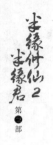

"嗯，你很棒！"神九黎顺嘴夸她一句，声音里似有一丝调笑的意味。

阿陌："……"她有一种一脚踢进棉花堆的错觉！

她张了张口还想说什么，心疾之痛却再次袭来。

她下意识蜷起身子，等着那像是要把她整个人割裂的疼再次袭来。

她这心疾疼是一次比一次疼，所以她下意识想把手缩进衣袖中，以便握紧拳头抵御。

不料她的手还没缩进去，就被他握住："心疼不要强忍，越忍这病越重，来，你叫出来。"

他的手掌冷得像冰块，阿陌下意识缩了一下。

他像是意识到了什么，手掌渐渐暖和过来，是她曾经熟悉的温度。

这辈子她不知道和这双手牵过多少次，几乎对他的每一个掌纹都很熟悉。

她依旧恨他，身体却又下意识贪恋这个怀抱，贪恋和他双手紧握时的感觉。

曾经这双手给她最坚强的倚靠，曾经她豁出命去也想让这双手永远圈着她……

他就像是她的毒药，她明知道有毒，却又可耻地贪恋……

尤其是在最脆弱的时候，再握着这只手，感应到他的温度，她竟然可耻地感觉安心了不少。

当人疼到顶点的时候，就只剩下本能，什么恩恩怨怨，什么负心不负心，都能暂时抛到一边。

她下意识死死握住他……

当那疼痛爬升上来时，她又想咬唇。

"别强忍！叫出来试试！来，叫出来！"他诱哄着她，另一只手还轻轻拍了拍她的背。

当人疼到极致的时候，确实是很想放声大叫的。

她确实有想要大声叫的欲望，但她一向隐忍惯了，就算要叫，也要找个没人的地方，而不是在他面前。

何况叶天离和宫欢颜应该很快就来了，如果让他们听到她这个堂堂魔主在鬼哭狼嚎……

"这个时候还这么要面子？"神九黎明显看破了她的顾忌，抬手又揉了揉她的发心，"放心，我设了结界，你喊破喉咙他们也听不到。"

她死死握着他的手，当疼得受不了的时候，忍不住一口又咬在他的手掌上，恨恨说了一声："要叫你陪我一起叫！"

"啊啊啊，疼！疼死了！"神九黎目光一闪，居然真的叫了出来，声音之大，吓了阿陌一跳!

这个人无论何时何地都是一派淡定从容的样子,千军万马死在他跟前他也不动一下眉毛,她还从来没见他真正失态过,更没听他大叫大嚷过。

现在骤然听到,她连自己的疼都忘了,几乎怀疑眼前这个人被什么毛毛躁躁的小屁孩附体了……

他是真的在叫,丝毫不顾及他平时的大神形象,仿佛他真疼到极点。

受到他的感染,阿陌也终于放开,痛快地叫了出来,在他怀中大声地叫,大声地嚷她疼,大声地哭,一切都依从本能……

她叫得浑然忘我,压根没注意神九黎何时停止了叫声。

他一手抱着她,一手被她握着,握得毫无间隙,仿佛这样他们就不会分开,仿佛这样就可以天长地久。

仿佛是许多年前,她和他之间尚没有嫌隙,她趴在他怀中痛快地笑,痛快地叫,甚至痛快地亲吻他……

他垂眸看着她,看得那样深情,那样久,丝毫没觉得她这样毁形象,她依旧是他心中那个女孩,那个得意扬扬说要征服他的女孩子,那个他爱了三生的女孩子……

眼角有一滴泪缓缓沁出,坠落在她的脸上,和她流的泪混在了一起,再也拆分不开。

她到底有多久没释放过心中块垒了?

再多的痛,再多的苦,她都习惯性咽下,习惯性在心里憋着,于是憋出了毒,憋出了心疾……

疼痛的时候她再不是一个人,而是有他陪在身边……

他在身边的时候,仿佛那疼痛也得到了分担,变得不再那么难以忍受。

而大叫大嚷的时候,那疼痛也确实减轻了不少,她不用再忍得全身颤抖。

不知道何时,他的手掌挪到了她的心口处,随着她的叫嚷,他的掌心有白光发出,缓缓自她的心口透进去,钻入她的心脉之中,慢慢一点点前行,一点点疏通她痉挛在一起的血脉……

郁结随着她的喊声散出,再加上他的念力催动,心疾的疼痛终于逐渐消散。

也不知道过去了多久,阿陌终于停止喊叫,微微气喘,也出了一脑门汗。叫了这么一通后,她感觉前所未有地痛快!

那一阵心疾的疼痛又过去了,她微微松了一口气,叫出来真是太管用了!这次的疼居然比上一次轻了不少。

她一低头,身子忽然一僵!

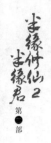

　　她不知道何时横躺在他怀中，死死抱着他的一条手臂，而他的一只手则按在她左边的高峰上……

　　虽然并不是直接肌肤相触，中间还隔了一层薄薄的裙衫，但这也改变不了他的手掌在那里的事实！

　　轰！阿陌脸红了！

　　"你……"她翻身就想爬起来。

　　他手掌一按，沉声道："别动，就快好了。"

　　她这才看清他掌心的白光，认识这是他的治疗之光，心中一动，他这是在治疗她的心疾？

　　她能感觉到他的念力正在她的心脏中游走，所到之处，逐步畅通……

　　阿陌自己也曾经是大夫，略微一想，已经想通其中的原理。

　　她上世历劫正是心结最多又无法发泄舒展的时候，以至于在历劫后，那些心结直接郁结在心，形成心疾。

　　而他刚才那样逗她，让她哭让她叫，不过是一种特殊的治疗手段，让她先发散郁气，他再用念力帮她疏通心脉，如此一来，跟随她三年，害得她生不如死的心疾说不定就会痊愈。

　　想明白其中道理，阿陌便放松下来。

　　他也适时开口："闭上眼睛，感应我的念力，然后用你自己的念力跟随……"他说了后续治疗的法则。

　　阿陌这个时候自然不会和他唱反调，极力忽视自己在他怀中的模样，跟随着他的念力走。

第十九章　恋三生三世

费九牛二虎之力杀死了那只残疾冥鹰，过了独木桥似的断崖，叶天离终于松了一口气。

宫欢颜也不屈不挠地跟了过来，她居然一步也没落下，果然人被逼急了潜力是无限的。

不过她过了那断崖后就坐下了，不知道是累的还是吓的，双腿不停地颤抖。

她四顾望去："神尊他们呢？"

叶天离的目光落在不远处那乳白色的圆球结界上，他的脸色也不怎么好："大概……在里面。"

那圆球如同一座小房子大小，从外面压根看不到里面的情景。

宫欢颜强撑着站起来，向着那圆球结界跑去："神尊……"

她刚刚唤出一声，就被叶天离一把扯住，叶天离声音严厉："闭嘴！乱叫什么？！"

宫欢颜睁大眼睛："我想看看神尊他们是不是真在里面啊，或许这结界球不是神尊设的，如果他们没在里面，我们也好去其他地方找找。"

"这还用看？"叶天离声音发冷，"这结界仙气不是一般浓郁，一看就是神尊设置的，他们自然在里面！"

宫欢颜脱口道："他们在里面做什么？"

叶天离没理她！

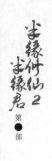

宫欢颜不死心地看着那结界："那我们现在怎么办？"

叶天离坐下来，只说了一个字："等！"然后他闭目开始打坐。

如无意外，后面还有一场硬仗要打，所以他要抓紧一切机会恢复体力。

宫欢颜也不敢再折腾，一双眼睛望着那结界，眸底闪过一抹不安。

神尊和魔主真的在里面吗？

难道魔主回心转意了？或者说神尊不甘心放弃魔主？

他们还有可能在一起？

又有妒忌之火在她心中燃起，她低垂下了眸子。

她刚才被阿陌一把拉趴下的时候，确实想使坏的，想趁机暗算阿陌一下，哪怕让对方打个趔趄，说不定就能让冥鹰抓阿陌一下！

被冥鹰抓伤的话，阿陌就算不死也要废半条命。

只不过她胆子比较小，尚没付诸行动，阿陌就自己跌了下去！

宫欢颜当时大喜，唯恐神九黎会跳下去救阿陌，所以她一横心也朝另外一边滚下。

她觉得以神九黎对她的护卫程度，会想也不想先跳下来救她，而不是去救那个女人……

没想到的是她失算了！

她掉落的同时就看到神九黎朝另外一边跳下，压根没有来救她的意思。

她这才慌了，使出吃奶的力气拼命抓挠，才止住下落的势头，等来了叶天离救她的机会。

她性子看上去温雅如仙，但毕竟在魔界长大，此刻看着那白色结界，脑中有各种不堪画面闪现。

魔主会不会后悔了，现在正在里面各种勾搭神尊？

当然，她并不敢说出这些龌龊想法，甚至不敢表现出来。

她也坐了下来，尽量打坐恢复体力，在心里告诉自己：不要紧！眼看就要到第八个封印地了，到时候魔主和叶天离这两个碍眼的人都会留下，她就可以正大光明地和神尊独处了。

她要设法变强一点，让神尊对她刮目相看！

神尊功夫超强，她以后待在他身边说不定能有一些大好处，譬如让他亲手传授她几门功夫，譬如他给她一些迅速提高功力的灵丹妙药……

如此一来，用不了几年她说不定也会成为真正的强者，到时候就去陌宫现上一现，让那些曾经小瞧她的人瞧瞧，她宫欢颜也是有咸鱼翻身那一天的！

而且她有一种特殊的勾引男人的本事，只要和神尊长期相处下去，说不定就能勾得他做她的裙下之臣，到时候神尊就会成为她的大保护伞，她就可以在六界横着走了！

那魔主以后说不定对她也心有顾忌，和她姐妹相称。

她想象得太美，嘴角禁不住露出一丝笑意。

时间一分一秒地过去，也不知道过了多久，里面的人还没有出来的意思，那圆球结界依旧矗立在那里不动分毫。

宫欢颜终于不耐烦，想了想，向那个圆球走去。

不料她刚走几步，脚下就像被什么定住，再前进不了一步！

她下意识低头一瞧，吓得发出一声尖叫！

脚下那黑褐色的土地中居然冒出了白骨手，直接握住她的脚踝，冰凉、坚硬的感觉如毒蛇般顺着她的小腿爬上来。

她凄厉的叫声终于惊醒了正在打坐的叶天离，他睁眼一瞧，并没动作。

"救命！救命！"宫欢颜尖叫起来，那双白骨手正抓着她的脚踝向地下猛扯，她的小腿已经陷入一半。

她想用宝剑去砍那双白骨手，但她明显失去了先机，那双手已经扯着她陷入地下，她砍不到它。

她开始拼命挣扎，拼命叫喊，开始是叫"神尊救命"，后来见那结界压根没动静，她便无可奈何地又喊"叶尊者救命"……

叶天离坐在原地凉凉地瞧着她，这个女人就只会倚靠男人吗？

她能不能有点出息，倚靠她自己一次？

那白骨手正将宫欢颜一点点向下拖动，慢慢地她已经下陷到大腿处。

这白骨手速度并不快，可是她也挣不脱，眼睁睁看着自己一点点没入土中，心中怎一个恐惧了得？！

"叶尊者，你不能就这么看着！我如果死在这里，这阵就封不了了！"宫欢颜终于使出了撒手锏！

"这很难说，如果你真死了，大不了本尊者再出去一趟，另外找一名魔女来顶上。嗯，我记得你们陌宫中有一位叫宫洛洛的护卫功夫也很不错，这次她也来了，可以让她来候补。"

"她功夫不如我！"宫欢颜脸色煞白。

"但她的胆子比你大不少！临场反应能力也比你强很多！更何况到现在为止，还没见过你帮神尊什么忙，倒添了不少乱。"

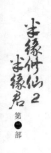

宫欢颜张了张口，却无言反驳。

两人说话的工夫，她的腰也陷进去了，已经快到她的胸口……

她已经感觉到被土层挤压的憋闷，终于被吓哭了："叶尊者，求你救救我！你只要救了我，让我做什么都行！我愿意去你那里为奴为婢……"

"呃，你不是要去神尊那里为奴为婢吗？怎么这么快就抛弃他选择我了？或者你有分身术？"叶天离笑得吊儿郎当。

宫欢颜被噎住，一咬牙道："神尊……神尊答应我要给我安排个好去处，我，我可以向他要求去你那里。"

"本尊者并不缺少奴婢。"叶天离不为所动。

宫欢颜急了："我……奴婢可以为你暖床……"

啪！离她不远的白色结界终于破了，那位难得穿一身淡蓝法袍的神尊和着大红衣裙的魔主走了出来。

宫欢颜呆了一下，立即大叫："神尊救命！神尊救命！"

神九黎的目光在她身上一扫，他又看了站起身的叶天离一眼："叶尊者真缺个暖床丫头？"

叶天离微张着口，一时不知道该怎么答话："这……不是……"他当然不是对宫欢颜有意思，只不过是看不惯她，想小小惩罚她一下。

神九黎打断他："她不行！你出去以后另选一个吧。"

叶天离一呆！

这位神尊，不会是口味特别，真相中这个魔女了吧？！

阿陌也挑了挑眉，看了看神九黎，不知道他葫芦里卖的什么药。

宫欢颜却眼睛一亮："神尊，求您救救欢颜，欢颜只想做您的奴婢。现在大阵未封，欢颜还不能死，欢颜为了封阵大计，只好对叶尊者如此说，欢颜并非真心想做他的奴婢……"

神九黎没理她，大袖飘飘，向前走去。

神尊不会也不救她吧？！

宫欢颜急了："神尊，您只要救了欢颜，欢颜情愿为您做牛做马！"

"本座不缺牛马。"

"那欢颜情愿为神尊做一切事情！赴汤蹈火，在所不辞！"

神九黎脚步微微一顿："赴汤蹈火？你可知道这可能会要了你的命？"

宫欢颜一顿，随即又斩钉截铁地回答："只要神尊需要欢颜这条命，那神尊随时可以拿走！欢颜绝无怨言！绝不后悔。"

轰隆隆——不知道从何处滚过一串雷声，清晰地响在众人耳边。

宫欢颜一呆，神九黎的声音淡淡响起："向神许诺是会被见证的。"

宫欢颜："……"

神九黎头也不回，只向叶天离丢下一句话："你也玩够了，放了她吧。"

说罢神九黎便向前走去。

叶天离摸了摸鼻子，那双白骨手确实是他弄出来的，不过是为了教训一下宫欢颜而已，没想到神九黎一眼也未瞧，就发现端倪。

他一挥手，在地上轻拍了一掌，宫欢颜终于获得自由，像个土拨鼠一样从地下钻了出来。

她一身泥土，愤怒地瞪着叶天离："你……堂堂仙人居然使用宵小手段害人。"

叶天离掸了掸衣袖："只是不想让你打扰神尊和魔主而已。"

宫欢颜："……"

叶天离懒得再和她废话，弹了弹指甲，宫欢颜脚下忽然又冒出一双白骨手。

宫欢颜尖叫一声，忙向着神九黎的方向追过去，像背后有鬼撵似的。

叶天离不由得一哂！

他看向阿陌，关切地道："阿陌，你没事吧？"

"没事。"

"你刚才怎么会掉下去的？是不是受伤了？"

"脚滑了。"阿陌回答得轻描淡写，又轻轻一笑，"好了，不要问东问西的了，我们还要赶时间，走吧！"

说完她率先向前走去。

叶天离只得跟上，目光下意识落在她的后背上时，微微一愣。

她后背上那疑似血渍的痕迹已经不见了，更重要的是，她换了新的衣裙！

她现在穿的不是先前那一件衣裙。

这一件衣裙的样式虽然和先前那件差不多，但衣料和颜色还是有差别。

她刚才和神尊一起被关在那白色结界里，她还换了衣裙……

叶天离觉得，这让他不想歪都难！

他一句话脱口而出："阿陌，你刚才后背是不是受了很重的伤？"

阿陌脚下微微一顿，只是嗯了一声，又加了一句："放心，已经好了。"

叶天离看了看她的脸色，她的脸看上去尚有些苍白，其他倒没什么，走路脊背也不那么发僵了，已经完全恢复正常。

叶天离轻叹了一口气："阿陌，你受伤该早说的。"忍受这么长时间的剧痛，还

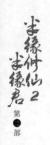

要屡次激战，难为她能支撑下来。

　　阿陌抬头望向前面的那两个人，目光有些复杂。

　　她想起了刚才在结界中的那些片段。

　　他为她治疗好了心疾，然后便痛快地放开了手。

　　她一跃而起，感应了一下身上，然后疏离地向他道谢："多谢你！欠你的恩情以后本座会补上，你想要什么？只要是本座有的，本座会送你……"

　　神九黎依旧端坐在那里，听到她的话只是笑了笑："你不必谢，本座救你不过是为了大局而已，当然，还是为了念陌……"

　　她噎了一下，终于问出如鲠在喉的一句话："念陌是我的孩子？"

　　"是！"

　　"你用神术复活了他？然后将他养在女娲石中？"

　　"是。"

　　"为什么？"

　　"他是神之子，自然不能让他就这么丧命，不然我神尊的面子往哪里搁？"

　　"那你当初将我送到逍遥岛让容月救我是为了什么？"

　　"你是念陌的母亲，又是本座伤了你，于情于理本座都该救你。"

　　阿陌觉得心里像堵了个疙瘩，目光再落在他脸上："那神尊来神魔大陆抢亲是？"

　　神九黎面色坦然："无论如何，你是念陌的母亲，曾经又是我的女人，我但凡还有一口气，自然不能让你嫁给别人。"

　　她忍不住冷笑："原来你在陌宫做小伏低是因为这个！你觉得你管得了我嫁别人？就算人类成了亲还有和离一说，有了孩子再离婚结婚的大有人在！"

　　"所以本座才会争取一下，念陌喜欢的还是他的亲生母亲。"

　　他口口声声为了念陌，不知道为何让阿陌觉得异常刺耳，她忍不住再冷笑："看来你来陌宫要做本座的未婚夫是真心的了？"

　　"当然！"

　　"那乐子音呢？你既然打算再娶我，那她怎么办？"如果她没记错的话，这位神尊和乐子音已经定亲，还相亲相爱了那么久……

　　"她没在神魔大陆。"神九黎只答了这么一句。

　　阿陌顿觉怒气上涌。他这句话回答得简直欠揍！

　　"神九黎，无论她有没有在神魔大陆，本座都不会同意嫁给你！"

　　"本座已知，所以不再勉强，只希望……"神九黎似乎已经放下。

"希望什么？"

"念陌毕竟是你的亲生子，你对他要好些。"

"哼，这不用你说！"她不知道小家伙是她亲儿子的时候就已经放不下他，更何况现在已经知道了，对那个孩子她更不会放手！

神九黎笑了："这就是了，其实本座已经想清楚，你我性格皆强硬，做夫妻确实不合适，倒不如像现在这样好一些。就算我们不做夫妻，你依旧是念陌的母亲，他如果想你，可以找你，本座不会阻拦。"

做夫妻不合适……

是的，她和他确实不适合做夫妻！

以前是这样，现在更是这样。

他是神，她是魔，神魔本就势不两立，又怎么可能做夫妻？

还是他及时醒悟，想得透彻！

神就是神，有了几万年的阅历，就是比她这个小菜鸟想得明白些。

阿陌吸了一口气，点了点头："神尊果然理智，能这样想就好。不过，本座也有一句话说在前头。"

"什么话？"神九黎望着她，眼眸幽深，让人看不出情绪。

"本座知道乐子音是你的未婚妻，可她也是曾经杀死我孩子的凶手，一旦有机会，本座不会放过她！势必杀了她！"

"你没这个机会了。"神九黎答得残酷，"这个神魔大陆进来就出不去，你以为你还能回到当初的天赐大陆？"

阿陌："……"

她重生成为魔主后，第一个念头就是回天赐大陆报仇！

但她探索了一下，发现这神魔大陆是个进来就出不去的地方，她在空中甚至找不到空间之门。

她这才真正绝望，干脆封印了一切关于宁雪陌的记忆……

现在听神九黎如此一说，虽然明知道是真的，但她还是感觉分外刺耳！

她冷冷瞧着他："你并不是重生在这大陆的，原身是从火金海中漂过来的，那通过天赐大陆的空间之门应该就在那里吧？你既然能来，本座就能去！"

神九黎的目光落在她身上："雪陌，报仇对你来说，就真的这么重要？念陌还活着，以后你还可以和他长长久久地在一起，何必为了不相干的人去冒这个险？那里确实有个空间之门，但已经阴差阳错被毁去。现在不要说你，就算是我也回不去了。"

他这一声"雪陌"，让她心里又微微一抖。

她望着他，目光冰冷："你是神，别人杀了你的孩子，你可以做到既往不咎，我是魔，魔本来就是睚眦必报的！我做不到！"

虽然他说的都是真的，但他对乐子音的护卫之意太明显，让她忍不住火向上蹿，和他呛声！

神九黎淡淡地说了一句："她已经受到应有的惩罚。"

"什么惩罚？"阿陌紧追不舍。

"你说呢？"神九黎挑眉望着她，"你不是已经惩罚过她了？"

阿陌："……"

她心头的火更旺！

她当时确实用残忍手段将乐子音挖眼断手，甚至还在她的肚子上插了几刀，可是毕竟还没要她的命。

以神九黎的医术，他应该很快就能医治好她，那个女人身上甚至连个疤痕也未必会留下。

说不定神九黎还补偿了那个女人，答应那个女人的一堆条件……

她当年找到日月宗去的时候，那些弟子不是说乐子音和帝尊在一起吗？

她无论如何找也找不到，以死相逼也没把那个女人逼出来，而他对这件事始终没给她一个交代……

呵呵，是啊，那个女人是他的未婚妻，现在说不定他们已经成婚，他理应护她。

在他心里，大概以为换回了念陌，那个女人又因为这个受了一次罪，这件事就算揭过去了。

那她呢？她当年受的罪谁又为她埋单？

她的目光落在神九黎身上，而后者也静静地看着她，目光柔和。

他静静地坐在那里，淡蓝色的外袍半敞，露出里面雪白的里衣，有些衣衫不整的模样，却又性感得要命！

阿陌想起自己刚才还躺在他怀里，心中也说不上是气怒还是别的情绪。

神九黎缓缓开口："雪陌，你如果还是不平的话，这里的事结束后，我们还可以成亲，我替她补偿你……"

"你做梦！"阿陌心头的火简直要冒起三千丈！

他替她补偿？呵呵，他以什么身份替那个女人补偿？！

神九黎垂下眸子，淡淡地道："既然如此，那就把这事放下。你这样……会让我觉得你还爱着我……"

阿陌原本因他这次救了自己，心里对他有了改观，现在火气上来，却又看他分外不爽，恨不得一刀捅了他！

"神尊，自恋是病，你得治！"

"本座一向这样，雪陌，你也不是第一天认识本座是不是？"

阿陌冷笑："当然！"她知道他有喜新厌旧的毛病，曾经再稀罕的东西一旦玩够了，他都能弃之如敝屣……

话谈到这里，他们简直就是话不投机半句多。

阿陌一刻也不想再和他在一起，转身就要破开结界跑出去。

不防他忽然伸手将她一拉，他动作快如闪电，而她又没有防备，一下子就跌入他怀中，直接扑到他身上。

熟悉的气息再次扑入鼻端，阿陌这次没感觉到温暖，却只感觉到愤怒！

她一掌拍过去："你做什么？"

这次她这一掌并没有拍中他，而是被他轻松捉住了手腕。

然后他略一用力，将她禁锢在怀中："阿陌，我觉得，我的意见你可以认真考虑考虑，我们成婚……"

"你做梦！神九黎，你可以去死了！"阿陌被他气得口不择言，又挣扎了两下。

心疾刚刚痊愈，她的魔力并没有恢复，所以不是他的对手。

"我死了你会不会心疼？"神九黎依旧箍着她，语气半认真半开玩笑地道。

"不会！我会敲锣打鼓庆祝！"

"唉，那真令人伤心。"神九黎叹气，终于放开了她。

阿陌立即跳开，离他远远的。

她深深觉得今天的神九黎有点神经，忍不住打量他一眼，见他坐在那里似笑非笑的，目光一如既往地幽深莫测，让人猜不透他的真实情绪。

算了，她也懒得猜了！

这个人做事一向是不按常理出牌的，她似乎也从来没有猜透过他，现在更不想猜透。

"你现在魔力没有恢复，出去的话容易被这里的紫煞侵蚀，先打坐休息一阵吧，大局为重。"神九黎正色道。

阿陌暗吸了一口气，已经淡定下来："我知道大局为重，你刚才救我不就是为了大局？"

"嗯，阿陌很聪明，果然是个明白事理的。"神九黎夸赞她。

"那我也不必报答你的这次相救之恩了？"

"不必。"神九黎十分开明，"本座原本就不是为你。"

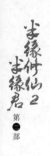
他微一垂眸，复又抬眸道："不过，本座还是求你做一件事。"

"何事？我既然不欠你未必会答应呢。"

"这次的事结束，本座会闭关一段时间，念陌就劳烦你来照顾了。"

闭关？

阿陌已经知道这个人常闭关，所以没起疑心，听到他的这个请求，勾唇一笑："他是我的儿子，我自然会照顾！这用不着你求！"

神九黎轻轻舒了一口气："这就好。"

阿陌看了看他，忍了忍，没忍住道："你要闭关多久？"

神九黎一手支着下颌，似笑非笑地瞧着她："问这个的目的是？"

"神九黎，你以为是个人都像你一样，问个话就有目的吗？"阿陌觉得今天的神九黎分外难沟通，"如果这也是你的秘密，那你就不必说了！当我没问！"

"这个没准，封印这个主阵极消耗本座的神力，我闭关个几千年也说不定。"

阿陌："……"闭关几千年？！要这么久？！

她脸色很不好。

神九黎看了她一眼，目光微微一黯，却又笑了："阿陌，你不会舍不得我吧？"

"鬼才舍不得你！我怕你闭关这么久，念陌会向我要他的亲爹！你长久不出来，他说不定还以为你死……"说到这里，阿陌顿了一下，不想说下去，换了一句别的话，"等你出来他说不定就不认得你了！你还是给我个具体日子吧！孩子问起来，我也有所交代。"

神九黎托着下巴想了想道："一千年吧。"

千年之约……他这次闭关倒是难得一见地长久！

阿陌心里也不知道是什么滋味，一时没说话。

神九黎微笑着看着她，他今天的笑容尤其多："阿陌，这一千年中你是不是会很想我？想我的话，我可以早几年出关……"

"你多想了！"阿陌觉得他今天的笑容分外扎眼，让她有一种想要一把给他挠掉的冲动。

她又恶狠狠地加了一句："你多闭关几年更好，我和儿子还能多相处几年！"

两人说话的时间，她的魔力终于有所恢复，她站起身来道："好了，不要再废话了，还是及早封印这个大阵要紧。"

神九黎在背后看着她，眸中似有万千情绪在涌动却又被他死死压住。

眼见她抬袖要破开这个白色结界，他忽然起身，自背后抱住了她！

阿陌猝不及防，身子一僵，下意识要挥开他："喂，你又做什么？！"这浑蛋仗着他现在功力比她强，频繁占她便宜！

她正要用术法震开他，他却已经松手，向后退了一步，笑道："没什么，这次分别再要相见就是千年后，这个算是我的告别仪式。我要让你因为这个拥抱记我一千年。"

阿陌简直要被他气死了！

"我才不会记你一千年！千年后你出来我早忘了你是哪棵葱！神九黎，我和你再没什么关系，我记不记得你没用，你最该拥抱的是你儿子，让他记得你才是正经！"

神九黎微笑："血脉相连，他不会忘了我的。好了，时间快到了，我们出去！"

再不舍也要分别，再难过他也不想让她难过……

她恨他怨他哪怕忘了他，也总比以后生不如死强。

雪陌，对不起，我爱你！

我只希望我不在的日子你能好好活下去。

神九黎一身淡蓝法袍走在最前面，始终没回头。

宫欢颜唯恐再被叶天离算计，紧紧跟在神九黎后面，望着自己前面这个高大的神祇，恨不得跑上前去握住他的手。

才进这大阵什么也看不见时，她因为害怕，神九黎曾抛过来一根衣带让她牵着。待她能看清周围时，那根衣带便自动燃烧，连根布丝也没留下。

其他组的搭档战斗的时候都是两人背靠背，她却是一点背也没靠上，她和他搭档这么久，就碰到过他扔过来的那一小截衣带……

很快，一行人走到了第八封印点。

阿陌和叶天离分别在各自的位置上站好。

"待会儿听本座号令，不得有任何迟疑。"这个时候的神九黎已经恢复往日的模样，神情淡然从容。

"这不用你吩咐。"阿陌说了一句，她这一组和神九黎联系的传音符在她这里。

神九黎点了点头，目光在她和叶天离身上一转，在阿陌身上微微一顿，又迅速移开，转身大步离去。

阿陌看着他二人离去的背影，不知道为何，心中有些慌慌的感觉，手指在袖中握紧。

"阿陌，阿陌……"叶天离叫了她两三声她才听到。

"阿陌，你不舒服？"叶天离禁不住问询，阿陌的脸色不太好。

阿陌摇头，她现在身体舒服得很，并无任何不适感觉。

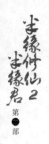
她也知道现在是封印的关键时候，容不得走神，便轻吸了一口气，看了看眼前转盘似的阵眼，此刻这阵眼中正向外冒着紫烟，腾起的紫烟柱子直冲上天。

待会儿神九黎说开始的时候，她和叶天离各自用术法驱动脚底的转盘，让这转盘转一百八十度封住冒紫烟的地方就算完成任务。

脚下的转盘踩上去像是青铜的，上面遍布各种符号，不时有淡淡光芒发射出来，射入紫烟之中，能让那紫烟稍稍消停一会儿。

阿陌因为是从其他七个阵眼那里过来的，所以对这种转盘已经很熟悉。

只不过这第八个阵眼比其他七个大不少，驱动起来也费劲得多。

她和叶天离所站的方位一阴一阳，相辅相成。

她站的地方上面是魔族的咒法，而叶天离站的地方是仙族的咒法，这转盘也确实只有一仙一魔才能驱动，一切和神九黎所说分毫不差。

这个阵法就是五万年前那些仙魔设置的。

她站在上面，有一种上古气息扑面而来，眼前一阵恍惚，似看到一男一女相对而立，面目看不清，只隐隐看到那女子勾唇一笑，不知道说了什么，忽然向着阵眼破裂处一跃而下！

那男子猛然向前一扑，却只握住她的一片衣角，在他握住那衣角的刹那，衣角变为飞灰……

"阿陌？阿陌？"

叶天离的呼唤叫回了她的神志，阿陌打了个激灵，醒过神来，再转目一望，哪里有其他男女？

是她刚刚眼花了吗？或者是出现了五万年前曾经在这里封印阵法的男女幻影？

"你刚才可瞧见什么？"她问叶天离。

叶天离摇头："没看到什么啊，阿陌，你是不是不舒服？精神状态不对……"

"没事，大概是这阵法有什么古怪，让我出现了一点幻觉。"阿陌揉了揉眉心。

"这紫烟本来就有致幻作用，你平心静气试试看。"叶天离开口。

魔的功法再高也不如仙修炼手法正宗，最起码定力这方面魔远远不如仙。

叶天离正要传给她一个最能稳定心神的仙界修炼术，却不料阿陌已经垂眸做了个指法。

叶天离睁大眼睛，阿陌这个指法极为正宗，比仙界的修炼术还要高端！

"你……"他脱口问出一个字。

阿陌抬头："我什么？"见他盯着自己的手指，她也瞧了瞧，脸色微微一变！

她居然不知不觉用上了神九黎曾经传授给她的静心指法。

这指法还是她当日被体内的小萝莉骚扰得难受，神九黎让她抵御心魔传授给她的……

现在她恢复记忆，这些功夫竟然也不知不觉使了出来。

她心中有些焦躁，不动声色地变幻出自己魔族的指法，淡淡地道："听他口令吧！"

巨大的金红双色转盘上，无数符咒流转。

在转盘前面不远处，有一道巨大的、不知道什么材料的门，那门也极高大，不同于其他门的是，它是镶嵌在地上的。

门的那头似有呼啸之声传来，如有一头巨大的野兽蹲在门那头虎视眈眈。

极端恐怖的气氛自那道门中直透过来，让人情不自禁心弦颤抖。

宫欢颜尚未走到那转盘前，已经被那气氛压得喘不过气来，双腿抖得如同弹琵琶。如不是神九黎像个保护伞似的在她前面，她只怕早趴下了！

"神尊……神……尊……"宫欢颜声音都是抖的，她忍不住去扯前面神九黎的袖子，"这里会不会……会不会有怪兽啊？"

她这一扯扯了个空，然后她尖叫一声，身子飞了起来，噗的一声直接落在那红色转盘的一个凹坑里。

她抖抖索索地站住，抬头看着已经站在金红转盘接口某刻度处的神尊，张了张嘴，却没能说出话来。

他……他不是应该站在那金色转盘的凹槽内吗？为什么站在中间？

神九黎垂眸看着她，一双眸子如海般深邃，却不带任何感情。

神之威压无形释放，宫欢颜心脏猛然一抖，扑通一声原地跪了下去。

"宫欢颜，知道本座为何要选你吗？"神九黎缓缓开口。

"为……为何？"宫欢颜心中生出一种不妙的感觉。

"陌宫四大护法中你最没用、人品最不好，本座不想让你这样的人待在她身边。"

宫欢颜："……"神九黎这话说得太直接，她涨红了一张脸，却又不知道怎么回话好："我……属下……奴家……"

"胆小不可怕，人品不好却无法改变，本座不能让她身边存在任何一点危险，你明白吗？"

宫欢颜俏脸青白交错："奴家……并无害魔主之意。以后奴家跟在神尊身边，时刻聆听神尊教诲，神尊让欢颜做什么欢颜就做什么，神尊若有娶魔主之意，欢颜情愿

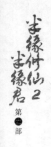
在你们身边为奴为婢……"

神九黎并不理会她说什么，淡淡地道："本座让你跟来还有一个用途。"

"什么……什么用途？"

"开启这个转盘需要一位女魔做祭品，所以本座特意选了你。"

宫欢颜脸色大变："做祭品……什么做祭品？"

神九黎没再说话，只是闭上眼睛，掐诀念咒，有淡淡的白光符咒闪烁着自他周身散出，向着宫欢颜这边飞过来。

宫欢颜情知不妙，抖着腿想跑，但脚下像是被什么黏住，压根动不了。她眼睁睁地看着那白光符咒向她罩过来，然后她感觉到脚下似乎有什么东西在融化，之后她在那凹槽内一寸寸陷落……

热！奇热无比！她陷落的地方温度高得烫死人。她惊慌之下，只得拼命凝结周围的水汽向脚下集中，却没什么用，最多能将脚下的沸油变为沸水……

眼看身子已陷落进一小半，宫欢颜不顾一切地大叫起来："神尊，你不能如此待我，欢颜并没有犯什么必死之错，求神尊饶了欢颜……"

"宫欢颜，你曾经亲口立誓，可以为本座赴汤蹈火。现在就是你赴汤蹈火的时候。"神九黎冷冷看着宫欢颜，终于开口。

"不，不！我后悔了！我不要死！求求你，放了我！"宫欢颜大哭。

"此地必须有一魔女如此牺牲，才能将这紫煞彻底封印。宫欢颜，你不会白死的。"

"不！凭什么牺牲我啊？！其他魔女也可以啊！神尊，求您看在我对您赤胆忠心的分上，饶了我……我，我再给您召其他魔女进来……"

"来不及了。"神九黎只说了四个字。

"不，不，来得及啊！欢颜可以和月影换换，让她来做这个牺牲吧……"宫欢颜已经口不择言。

"本座听说宫月影曾经救过你三次，你算计她？"

宫欢颜："……"她没想到这位神尊已经将她的事情打听得如此清楚。

到了这个时候，她心中无限后悔！

只是再后悔也晚了！

当后悔恐惧到极点，她倒是爆发了，一双眼睛冒出蓝光，身上也骤然冒出层层蓝光，那是冰晶魔光。这魔光发散出来后，她脚下的一切开始结冰，一层层向外铺展……

她这魔族护法的职位并不是凭空得来的，她还是有一些本事的，这冰晶魔光正是她的拿手绝活，可以让整个空间瞬间变成水域。

她想借这个手段再用水遁术彻底逃出去！

而神九黎之所以和她说这么多废话，等的就是她的这一招！

待那冰晶蔓延到他的脚下，他的手指骤然向着宫欢颜一弹！

宫欢颜发出一声凄厉尖叫，脚下骤然一空，整个人便自那凹槽跌了下去！

而下面就是滚滚熔岩似的东西，她在里面挣扎了两下，冒了一次头，便彻底消失了。

有红光在那个方向淡淡闪现，那是魔族之人的魂之光。

与此同时，神九黎驱动脚下转盘，拿出了早已预备好的传音符，闭了闭眼睛，下了最终的命令："开始！"

心慌一阵紧似一阵，那种仿佛将失去什么的感觉铺天盖地地袭来，让她心脏一阵阵紧缩。

阿陌一直盯着传音符，心里不知道是想让他早点进行，还是再晚一点开始……

她忽然有一种抛下这传音符，然后飞奔到那中央大阵去找他的念头。

但这种念头一冲出来，便又被她拍回脑海之中。自己那样做的话，可真神经了！

她强吸一口气，再吸一口气，稳定心神，忽然发觉自己还有个很要紧的问题没有问他！

譬如说，五万年前自己和他到底有什么恩怨？

他口口声声说五万年前怎么样怎么样，明显是恢复了那部分的记忆，她却没有，这太不公平！

这个念头一冒出来便像火一样在她心中燃烧起来。

她总算找到了一个光明正大去找他的理由，头脑一热，转身就想要跳下所站之地。

幸好叶天离一直注意着她，见此一把扯住她："阿陌，你去哪里？"

阿陌下意识开口："我还有事要问他！"

叶天离几乎要揉眉心："阿陌，刚才神尊也说了，这个地方站上去就不能再下来，不然容易出问题。你如果有问题要问他，等这次封印完毕后，有的是时间询问对不对？"

阿陌刚才也是热血上头才差点不顾大局莽撞行事，此刻也回过神来，在原地站定。

自己今天是怎么了？

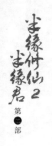

神九黎今天有点神经，也带累得自己有点神经了？

他闭关也要等出来以后再闭关吧？自己有问题可以等这次事情完毕出去以后再问他，不急于一时。

她刚刚站定，手中那特制的传音符便亮了起来，她一横心接通，里面传出神九黎那淡然的声音："开始！"

一切都是提前说好的，甚至什么位置该用多大力道神九黎都说得清清楚楚，明明白白。

所以神九黎这一声令下，八组人各自驱动了各自的转盘……

一种怪异的响声自脚下传来，八组人每一位都用了全力！

阿陌也不例外，施展魔力，和叶天离共同驱动脚下的转盘，转盘下似垂着千钧重物，一寸寸慢慢旋转……

八组人虽然处于八个地方，但所驱动的转盘速度极为协调，八个转盘同频率旋转起来。

转这个极耗费体力，转盘尚未转到一半，叶天离的额头就见了汗，双腿也一阵阵发酸，他再看阿陌，她始终抿着唇，除了脸色苍白点，倒是看不出其他异样……

最中央的主转盘上。

神九黎已经盘膝坐下，闭目掐诀，无数道淡红色光芒自他周身发出，在主转盘四周飞快交织，很快形成一个如同莲花花苞的密闭空间，空间外有朵朵红色莲花次第开放……

随着他脚下转盘一寸寸移动，转盘不远处那道镶嵌于地底的大门也慢慢开启一条缝……

缝隙中似有各种鬼哭狼嚎之声，有一道道淡红色影子自那大门中冲出来，却直接撞在神九黎所结的那"莲花花苞"上，然后吸附在上面，仿佛上面有什么极品美味，淡红影子拼命吸食，摇头摆尾向那花苞内钻……

那大门缝隙越来越大，飞出来的淡红影子也越来越多，片刻工夫，那"莲花花苞"外圈已经被淡红影子占满，几乎看不清原样了。

而花苞内，神九黎的脸色越来越白，那个"莲花花苞"是他用神力和神血一起凝结出来的，对那些淡红影子来说，是抛也抛不开的美味……

那些原本正向外喷发的紫煞也像嗅到了什么美味气息，忽然像巨龙似的掉头，向着这"莲花花苞"冲过来。

"莲花花苞"对那些淡红影子是美味，而淡红影子又是紫煞的美味，紫煞掉头直接将那"莲花花苞"卷住，想要将它一起吞下去。

很明显，它吞不下，却也像那些淡红影子一样一旦咬中就松不开口了！

随着金红色转盘转动一百八十度，那道大门也完全敞开，天地之间忽然发出一种惊天动地的响声，那"莲花花苞"蓦然脱离那个转盘，向着那道大门滚去，紫煞自然也跟着飞滚……

阿陌、叶天离刚把转盘转到一百八十度，便听到惊天动地一声巨响，他们头顶上方蓦然裂开，而他们的身子也不由自主地向上弹起，直接向着那裂口冲去。

天地之间轰鸣声不绝于耳，山崩了！

阿陌被那股莫名的力量推送着直接飞上了天空。

那力量太大，大得她也无法抗拒，等她完全稳住身形，人已经在半空之中。

其他七组人也陆续被弹射上来，一个个惊魂未定，向下望去，然后众人都屏住了呼吸！

整座山都在塌陷！

原本那八个冒出紫煞的地方，所有的紫煞都在飞快向回缩，长鲸吸川一样。

而在中央的位置，正在轰塌，现出一个超大的洞，所有的紫煞都在向那个巨洞集中、钻入……

那巨洞像一个硕大的黑洞，吸食着周围的一切东西。

紫煞、巨石、树木……那些东西像疯了似的向里面飞滚，然后消失……

那场面不是一般壮观！

原有的山峰不见了，原先的地貌发生了翻天覆地的变化，让在场的所有人看得目瞪口呆。

原本蔓延在外的紫煞迅速消失，天空慢慢回归晴朗……

阿陌站在原地，瞥了一眼下面的情景后，目光便开始四处转。她飞快扫视过周围的人，然后心脏一寸寸下沉。

雪衣澜、天帝、魔族护法、人界国师、叶天离、仙族天将……八个封印组合中的人都飞上来了，一个不少。

可是神九黎呢？！

宫欢颜呢？！

他们那组怎么没上来？！

他怎么没上来？！

塌陷之地正是他所待的地方，他不会是没来得及逃脱……被黑洞给吸进去

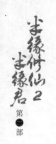

　　了吧？！

　　不可能！

　　他们都是身不由己被弹上来的，没道理他没被弹上来啊！

　　他功夫那样高，不可能连防身的法子都没有！

　　他们这些人都能出来，他没道理出不来！

　　或者他早出来了，不想再和她见面，然后提前离开了？

　　那宫欢颜呢？

　　他也带着宫欢颜离开了吗？

　　这不像是他的作风啊！

　　她的目光急急地在众人面上掠过，先前赶来救场的三界众人还没有一个离开，大家都站在空中，正望着那塌陷之地。

　　所有人都在这里，唯独没有他和宫欢颜……

　　"陌陌……"雪衣澜先找的就是阿陌，所以他瞥了一眼下方后，目光便直接锁定她，然后冲了过来，"你没事吧？脸色不太对……"

　　"雪衣澜，你看到神……神尊上来没有？"阿陌立即询问。

　　雪衣澜摇头："没有啊，我上来得比你还晚。"

　　他们这八组人是次第被弹射出来的，貌似最先被弹出来的就是阿陌这一组。

　　"魔主，你们这组是最早上来的。"旁边一位小仙回答。

　　阿陌的目光立即落在那小仙上："你一直在这里看着？"

　　"是，魔主，自你们进去后，我们就一直在外围守着，神尊吩咐过，此地未封印之前，就算一只苍蝇也不能放出去。"

　　"那你可曾看到神尊……他们那组的人上来？"

　　那小仙摇了摇头，回答得很干脆："没有，魔主，小仙说过，你们这组人是最早上来的。"

　　阿陌藏在袖中的手握了握拳！

　　她心里想着，或许是这小仙功力浅，一时没看到神九黎呢？

　　于是她接连问了好几人，仙界的、魔界的、妖界的……

　　到最后凡是在外面一直守着的人她都问过了，没有任何人看到神九黎出来……

　　阿陌的心越来越沉，腿也越来越软。

　　雪衣澜一直跟在她身边，似乎在和她说什么，她却什么也没听见，脑海中只有刚才的一些画面。

　　"我死了你会不会心疼？"

"不会！我会敲锣打鼓庆祝！"

"这次事结束，本座会闭关一段时间，念陌就劳烦你照顾了。"

"这个没准，封印这个主阵极消耗本座的神力，我闭关个几千年也说不定。"

"阿陌，你不会舍不得我吧？"

"没什么，这次分别再要相见就是千年后，这个算是我的告别仪式。我要让你因为这个拥抱记我一千年。"

　

她死死盯着那个尚在吞噬一切的大黑洞，一个念头浮出脑海：这次封印，他付出的不会是生的代价吧？！他死了？

那是他的告别仪式？！

他就这么走了？！

这个念头一浮上来，她的心就像跌入深渊之中！

她的手不禁抚上心口，在那一刹那，仿佛心疾的疼痛再次来袭……

喉咙涌上一阵腥甜，仿佛是他的血在她的喉咙里涌动。

她怎么会不知道，当她心疾疼得最厉害的时候，他塞进她嘴里的是他的手指，她吸食的是他的血……

当初他挥手破结界的时候，她亲眼看到他手指上有深深的牙印。

她身上一阵热又一阵冷，头脑中也一阵阵眩晕。

自恢复记忆后，她知道自己还恨他，恨他为了无陌关了她，恨他不分青红皂白给自己那一掌，恨他带着别的女人离开而抛下垂死的她，恨他一直护着那个女人，让她含恨历劫化为飞灰……

层层叠叠的恨堆积在一起，在她心中直接堵成了个疙瘩，消不下去。

在恨的同时，她也可悲地发现自己还是爱着他！

她从来不知道自己也有如此没出息的一天，爱一个人爱到这种地步，就算心中被恨堆满，却依旧在意对方。

尤其在他将她抱在怀中那一刻，她竟然依旧可耻地贪恋他的味道，以及他怀抱的温暖——

可是有恨堆积在那里，又让她说不出服软的话。她对他说那些话，与其说是刺他，倒不如说是在提醒自己。

雪衣澜一直跟在她身边，看她双眼发直地盯着下面的黑洞，俏脸苍白得可怕，忍不住担心地道："陌陌……"

"他死了对不对？"阿陌突然轻飘飘地问出这么一句。

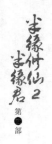
雪衣澜噎住，他也看了看那黑洞，在这样的情景下，就算是神九黎也未必能逃出来吧？

可那个人是神啊，他会死？

"陌陌，他未必会死的，他可是神……"

"那他怎么没上来？别人都上来了，他为什么不上来？"阿陌像是问他又像是问自己。

这个问题雪衣澜也无法回答她。

阿陌的神情太空洞，让雪衣澜心中生出不祥的预感，他伸手就去拉她："陌陌……"

他这一拉却拉了个空，阿陌那大红的身影已经流星般向那黑洞飞去，空中只留下她的一句话："我下去看看！"

"陌陌！"雪衣澜脸色大变，大喊一声，下意识也向下追去，"陌陌！危险，回来！"

那黑洞有吞噬一切的力量，他们这些人离那黑洞这样远，都能感觉到那黑洞的恐怖吸力，阿陌若冲下去只怕就真的上不来了！

但雪衣澜的速度哪里比得上阿陌的？

他眼睁睁看着她的身子随着那些翻滚的巨石和树木跌入黑洞之中，竟然连她的一片衣角也没捞到。

他头脑中热血一冲，也想不顾一切地跳下去，却被他妖族的下属死死拉住："陛下，陛下！不可！"

雪衣澜在这次驱动封印时耗费的妖力不少，身子被四个妖族属下拉住，一时也冲不下去。

更多的妖族围拢上来，这些人扯胳膊扯腿，拼命想将雪衣澜扯离这片恐怖区域。

笑话！他们的妖王好不容易才回来，他们妖族好不容易才有了一点好日子过，他们又怎么会容许他们的妖王再出事？

至于魔族的那些护法属下，自然也不想让他们的魔主跳进去，但一来阿陌动作太快，二来魔族这次出力不少，四名男护法和四名女护法齐齐出动，现在都累脱了半条命，等他们反应过来想要追赶时，阿陌的身影已经没入那黑洞之中。

神尊没上来，魔主又忽然冲下去，所有的人都呆了！

就连天帝也神色复杂。

仙界的其他人也是面面相觑，叶天离一横心，想要冲下去瞧瞧，却被天帝拉住。

"那个地方去不得！"

"为什么？"

"那是轮转死地，任何人进去都无法再出来！"天帝还是比较博学的，看了片刻，便看出了端倪。

叶天离脸色一变："那神尊和魔主呢？"难道他们都上不来了？！

天帝垂眸望着下方，轻轻叹了口气："朕只希望他们能吉人天相……"

雪衣澜远远地也听到了天帝的话，脸色煞白，看着下方，心中似有海潮在翻滚！

兜兜转转了三世，原来她无论重生成为谁，她爱的始终是神九黎！

雪衣陌的时候是这样，她为了复活神九黎宁肯于异世自杀，生生世世受天煞孤星的轮回之苦。

宁雪陌的时候更是这样，自己囚禁她十年也无法得到她的心，她喜欢的、爱的依旧是神九黎，她的喜怒哀乐一直和神九黎有关……

阿陌……阿陌爱的依旧是神九黎啊！

未进那紫煞阵之前，他和她在下面烤野味，他曾见她望着神九黎所在的方向出神好几次……

她自己或许没察觉，或者说她把情绪隐藏得很好，但一直关注着她的雪衣澜又怎么会没注意？

她是自己用生命爱的人，她的喜怒却从来与自己无关。

她最多当他是朋友，无论他做多少努力，都是如此！

他失魂落魄地站在半空之中，四下里的妖族都对他虎视眈眈，一副随时会扑上来拦住他寻死的架势。

雪衣澜只觉心中被汹涌的悲哀填满，嘴角牵出一丝苦笑。

陌陌就算是死，只怕也不想让他来陪吧？

周围的人忽然低低叫了起来："黑洞不见了！"

雪衣澜心中一沉，向下一看，下面飞扬的尘土几乎遮天蔽日，待那些尘土散去，那个黑洞果然不见了，在原地出现了一座极其高大的山峰。

山峰巍峨高耸，居然和先前并没什么两样，山峰上高大的树木遮天蔽日，猿啼鸟鸣，一派祥和气氛。好像刚才的山崩地裂不过是一场噩梦，噩梦醒来，一切恢复原样！

众人站在天空中惊得目瞪口呆，待尘埃落定后，有些胆大的忍不住飞下去查看。

雪衣澜也跟跟跄跄地飞了下去。

半响后，他倚靠在一棵大树上面如死灰！

他和阿陌烤野味的地方依旧存在，他甚至能找到几块烧焦的木头和剥下的兔

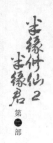

子皮!

但那些紫烟消失了，那个曾经显露在外的大阵也消失了。当然，那个大阵的入口更是不见踪影，原先的入口处立着一块小山高的大石。

雪衣澜不死心，号召所有属下想要挪开这大石，待这些妖使出吃奶的力气，好不容易移开大石后，出现在那里的不是入口，而是又一块大石……

他们接连挪了好几块大石，却发现里面根本就是实心的，看模样都是数千年未动过的土石。

很明显，这里再没什么入口。

或者说，原先那大阵入口压根就是幻化出来的，并不是真正存在于这座山中。

"陌陌！"雪衣澜失去了全部力气，缓缓坐倒，倚靠在一块大石上，再也起不了身。

陌陌，你为了那个人，连自己的孩子也不要了吗？

紫煞向回撤的力量是极惊人的，滚滚紫煞裹挟着一切能裹挟的东西形成龙卷风，向着那大洞内飞卷。

阿陌一靠近那个大洞就被卷进了紫煞龙卷风内。

断折的大树、数千吨重的大石……在她周身随着紫煞一起旋转。

这紫煞内部似乎有毁灭一切的力量，那些大树和大石以及其他杂物在紫煞龙卷风内翻滚片刻后，便直接化为尘埃，不见了影子。

阿陌如果不是周身设有护体结界，只怕也会被这紫煞给化掉。

现在的紫煞又和她先前进入大阵时的不同，先前的紫煞破坏威力没有这么大。

而现在，这紫煞见什么毁什么，她倒是没化为飞灰，最起码还是完整的，甚至衣服也没破个洞啥的。

她却感觉到了疼！

周身烧灼般疼！

更重要的是，她在这里面感觉到了排斥的力量。

其他东西都是身不由己向里飞卷，她却感觉身子在被向外猛推，似乎想将她推送到外界去。

猎猎狂风在她四周猛吹，她却拼尽力气向黑洞深处前行！

她要进去看看！她一定要进去看看！

神九黎，你不出来，我就进来！

我倒要看看你到底在捣什么鬼！

就算你死了，我也得寻着你的尸体，生要见人，死要见尸！

我不想抱着这个闷葫芦过一辈子，我不想等一千年就为了验证你的死活……生要明白，死也要明白！

眼泪不知道什么时候流了出来，转瞬间却又被狂风吹干。

她死死抿住唇，不再去想前尘往事中到底谁负了谁，心中只有一个念头。

她要见见他，哪怕——见到一具尸体也好！

她在这紫烟中如同逆水行舟，前进得分外艰难。

前方一片昏黑，她看不清任何东西，仿佛通向的是无间地狱。胆子稍微小一点的人，不要说前行费劲，就算是顺风顺水，只怕也要拼命走回头路了。

好在她功力不错，又有一种敢打敢拼的狠劲，只要下定决心，前面就算有刀山火海她也不眨眼地闯了！

她自己也不知道前行了多久，或许时间并不很长，但在心急的人心里，一秒钟也仿佛是一个世纪。

砰！她也不知道撞在了什么上面，撞得她有些头晕眼花，额头几乎要鼓一个包。

随着那紫煞来到这地底深处后，因为被裹挟在其中的那些东西都被紫煞化去，她四周除了呼啸的狂风外，她再没碰到过任何实体。

现在蓦然撞上这个物体，她忍不住伸手摸了摸，却摸到一个滑腻腻的东西，那东西被她一摸吱地叫了一声，吓了她一跳！

她是魔主，功力自然非同小可，就算是在漆黑的空间中她也能像戴了夜视镜一样视物。

她瞧了一眼那东西，然后有鸡皮疙瘩冒出来。

那是一缕有了实体的鬼魂，它的实体却不是肉，而是深紫色的气体凝结而成，水一般飘飘摇摇，冰寒之气直透入人的骨髓！

这鬼魂的嘴巴紧紧咬着前面的东西，死也不松口的样子。

而被咬的东西上附着无数这样的鬼魂，让人看不清那东西的具体样子，只隐隐觉得那东西似乎正在缓缓向前滚动，轧得那些鬼魂吱吱乱叫，却不会松口。

阿陌自那东西上闻到一股熟悉的气息，她心脏狂跳，不管不顾，一把抓住几缕鬼魂死命一扯，终于将它们自上面扯掉下来。那些鬼魂自然不服气，身子一转，掉头就咬她！

阿陌眼眸一眯！

她可是魔主，这些鬼魂还想咬她？

阿陌手一抖，一道红光闪过，那几缕鬼魂瞬间在她手中化为无形。

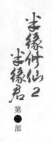

因为少了那几缕鬼魂，趁着其他鬼魂尚未冲过来填补的时候，阿陌挤了进去，然后，她终于看到了他。

在看清他的那一刻，她头脑中嗡地一响，热血全部冲上了头顶！

他如同个佛陀端坐在里面，双手各自掐了一个法诀，指尖有血珠冒出，凝成一道血线直飞他的头顶上方。天道剑正悬在那里团团转，转成一朵莲花模样，闪闪发光，只不过这莲花是血红色的，还是倏开倏谢那种。

这情景真应了那句话，刹那花开，刹那花落。

血红的花瓣自上方飘落，在他身周飞舞，形成一个花幢，看上去既诡异又好看。

而在花幢四周，有八只奇形怪状的紫色怪兽，这些怪兽的长相说不出地古怪，虽然也有鼻子眼睛，但全长在不应该长的地方。

譬如有的鼻子长在了眼睛上方，有的嘴巴里直接伸出一只爪子，爪子里握着一个眼球骨碌碌乱转……

这简直就是她前世看科幻恐怖片中那些外星怪物的翻版！或者说它们比那些怪物长相还要恶心惊奇。

这些怪兽分八个方向围绕那个花幢，长长的獠牙刺在花幢上，像疯了似的撕咬花幢。

神九黎的蓝衣下有血沁了出来，他却不动如山，指法掐得更急更快。

混沌八恶！

不知道为何，阿陌脑海中闪过这四个字！

她的眼睛死死盯在神九黎身上，知道那些花瓣是他的神血所化，而那八只怪兽啃噬的其实是他的血肉。

他的脸色已经苍白如纸，面上的表情却冷肃淡然，如她曾经常看到的那样，高高在上，纤尘不染，仿佛他不是去赴死，而只是一场普通的打坐。

当她还是一个普通人的时候，就感觉神九黎像位远在九重天的神祇，不生不灭，无情无欲，令她想要将他从神坛上扯下来让他接下地气。

原来他真的是一位神祇，还是远古神祇，这世上唯一的神。

而她是魔，远古的魔，她自己也记不清来历的魔，还是这世上唯一能和他作对的魔……

这样八竿子也打不到一起的两个人居然有了这么深的交集，居然会爱上……还真是奇迹！

阿陌在外面瞧着他，那躁动不安、无着无落的心便奇异地平静下来。

她的目光又落在那几头怪兽身上。

混沌八恶，天地初始形成时，无数恶念、怨念凝结而成，喜食魔血，不死不灭，用魔首血可封印，感念天地不和时而出世，控紫煞毁天灭地，可食尽天下万物，紫煞出，天地终……

阿陌死死抓着这莲花花苞似的结界，盯着结界内打坐的神九黎，脑海中莫名的字句层出不穷……

她不知道这些字句到底是从哪里来的，似乎早已刻画在脑子里，只是被沧桑的时间尘封，如今又浮荡出来。

如果这段话是真的，那么，应该在这里被混沌八恶啃噬的是她！而不是他！

莲花花苞结界缓缓滚动着，顺着滚动的方向，她看到了那道洞开的大门。

他坐在这里，就是要等着八恶兽将他啃噬干净，然后滚进这道门，将八兽重新封印？

原来，这就是紫煞的封印之道！

那紫煞尚在拼命围绕"莲花花苞"打转，因为花苞上那些死魂灵的关系，紫煞一旦咬中这个花苞也再脱不开嘴，等神九黎将花苞内的那八恶兽都封印，然后他再祭出全部的神力将外围的紫煞净化……

阿陌手贴在莲花花苞结界上，终于喑哑地开口："神九黎，让我进去！"

这话她是用魔力传出的，可以穿透一切有质或者无质的东西。

正在里面打坐的神九黎像是被电击了一下，蓦然睁开眸子向着她这个方向望过来，在看到她那紧贴在"莲花花苞"上的俏脸时，他脸色大变："你……你来做什么？！快出去！"

"你让我进去！"阿陌只有这一句话。

"这不是你该来的地方……魔主，这里的事和你无关！"神九黎声音严厉急促，"本座自会净化它们，你进来只会帮倒忙！出去，快出去！"

"我再说一句，你让我进去！"阿陌眼睛直盯着他，不屈不挠。

神九黎忽然直直向她望过来，眼中没有什么感情，有的只是憎恶和冷漠："魔主，你永远是这么拎不清吗？还是说，你对我旧情复燃，想要挽回我？你不在乎乐子音了？我和她……可是已经成亲了……"

他说出的话很恶毒，眼中的憎恶更像是带刺的鞭子，阿陌一双眼睛墨黑，脸色微微苍白，但她还是那句话："你让我进去！"

神九黎暗吸了一口气："宁雪陌，你不要给我添乱了，实话告诉你，本座这次封印这里后，欠你的也就全部还清！我会回天赐大陆，过回我曾经的生活，你我之间再无瓜葛。念陌是你的孩子，本座曾经对不起你，所以复活他还给你，这样我们就可以

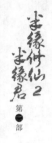
做到互不相欠！你又何必纠缠不清？"

阿陌抿紧了唇，对他所说的那些刺人的话置若罔闻，最后她只是沉声问了一句："你不让我进去是不是？"

她占了鬼魂们常站的位置，那些在外圈徘徊的鬼魂自然不甘心，在她身后缠缠绕绕，爪子伸伸缩缩，而她身后聚集的紫煞也越来越浓，越来越凶，已经快要凝成实质。

如果她身上没有自保的结界，她这个时候只怕就被这些至凶之物给吞噬殆尽。

现在的紫煞和这种死魂灵都是极凶之物，一旦和它们相处的时间稍长，就算设置了防护结界，也会给她带来不可逆转的伤害。

神九黎看着她苍白的俏脸，忽然冷笑起来："宁雪陌，你就如此不要脸吗？识相的就快滚！本座不想再见到你！"这是他和她相识以来，所说的最重的话。

阿陌刚才双手一直扒着那莲花花苞结界，此刻却慢慢放开，她轻轻一笑："好，我滚！神九黎，你不要后悔！"她俏脸苍白，连曾经嫣红的唇也被她抿成了苍白色。

神九黎倏然移开眸子，声音冰冷："本座从来不后悔！你给我滚得远远的！"

余光中忽见她右掌里有光芒一闪，一柄匕首闪现出来，他心中猛然一沉，尚没来得及说话，阿陌已经一剑割破了左掌！

鲜血瞬间流出，周围的紫煞像是闻到了绝顶美食的滋味，纷纷呼啸着向她的手掌钻去。

神九黎脸色剧变，他知道，一旦这紫煞钻入她的身体内，她只有等死的份！

到了此刻他也顾不得多想，一抬衣袖，阿陌所在那个方向的结界蓦然裂开了一条大缝，阿陌一只手正按在那个缝隙上，身子一晃，直接进入结界内。

"莲花花苞"又在她进入的瞬间合拢。

当然，跟随她进来的还有一些长相怪异的鬼魂，它们张着大嘴拼命向阿陌攻击，想要去吸她手掌上奔流的鲜血……

一道白光直接打过来，射在那些鬼魂身上，登时让它们湮灭。

"你疯了！"神九黎简直气急败坏！

阿陌闭了闭眼睛，是啊，她是疯了！

在很多年前遇到他的那一刻她就疯了，疯得不可救药，疯得自己也控制不住自己。

结界内的混沌八恶似乎嗅到了真正的美味，发出几声刺耳的尖鸣，向着她扑了过来！

果然她的血肉对它们来说才是珍品，神之血肉只是替代品……

阿陌抿唇一笑，也不知道是笑这该死的命运，还是笑自己这说不清道不明的情愫……

　　她手一扬诛天剑再次出手，向着第一个攻到的恶兽斩去！

　　她这剑无坚不摧，当日让叶天离握在手中，用他不怎么纯熟的剑法还刺伤了神九黎，更何况她现在是亲自出招？其威力更是非同小可！

　　她满以为这一剑能将这怪兽一劈为二，就算不会一劈为二，也能在它身上割个大口子吧？却没想到她这一剑刺在那怪兽看上去软滑滑的肚皮上，竟然像刺进油里似的，压根感觉不到什么，等她再撤回剑来时，那怪兽身上连个白印子也未曾留下！

　　那怪兽倒被激得暴怒，獠牙迎风长出一丈，向着阿陌刺了过去！

　　其他七只怪兽中的三只也放弃了神九黎，跟着闪出獠牙，向着阿陌冲来！

　　阿陌从来没见过速度这么快的怪兽！

　　脑海中忽然有什么猛然一闪，她勾唇一笑，眸中却闪过一抹厉色！

　　掌心诛天剑倏然出手，漫天血雨忽然自她周身飞出，血雨俱化为绯红小剑向着四只怪兽射去！

　　结界内传出惊天动地的狂吼，四只怪兽眨眼间被这些绯红小剑射成刺猬，惨号一声，倒了下去，尚未倒在地上，便直接化为飞灰四散。

　　"雪陌！住手！"神九黎的声音几乎要劈了，身子一晃，他终于绕开尚在围攻他的怪兽，向她奔了过来！

　　他奔过来的速度不可谓不快，但毕竟此刻功力丧失太厉害，比阿陌稍稍欠一点，眼睁睁看着她身形一闪，又奔向其余的四只恶兽……

　　鲜血再次自她周身爆出，又一轮血剑射出，将剩余的四只恶兽直接钉在了原地，然后也跟着化为飞灰。

　　刚才还穷凶极恶的八只恶兽转眼没了踪影，莲花花苞结界内终于清静下来。

　　阿陌全身浴血，脸色煞白，站在那里摇摇欲坠，嘴角却有笑意："神九黎，想要彻底消灭这些恶兽，不止有神贡血肉这一种法子，还有魔的心头血……"

　　"雪陌！"神九黎不顾她满身的血污，直接抱住她，声音急怒，"谁让你这么干的？！"他颤抖着手指就去摸她的脉门。

　　她却抬手吃力地避开他，微微闭上眼睛："我觉得……这样我们才是互不相欠……"她还挣了挣，似乎想脱离他的掌握。

　　神九黎死死抱着她，将她抱得那样紧，仿佛一松手她就会消失不见："雪陌，让我看看你的伤……"他的声音喑哑得厉害，摸向她脉门的手指也冰得厉害。

　　她刚才那两招是魔族的绝学，却也是杀敌一千自损八百的招数，所爆出的血剑乃

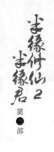

用她的心头血混合着魔力凝成，其杀伤力不是一般大，算是在万般无奈之下和敌人同归于尽的招数。

这种招数只有魔族拥有极高魔力的魔才可以学，有点类似于天魔解体大法，一旦使用，固然能将对手消灭，但自身也会伴随着心头血的流失而油尽灯枯。

若干年前，曾经有一位魔王被追兵追得走投无路，被迫使出这招，杀死修仙者数百众，他自己也魂飞魄散。

神九黎万没想到阿陌一进来就对这八只恶兽使出这招！

他想要阻拦已来不及！

此刻她喘息着伏在他怀里，嘴角还有一丝倔强的笑，眼睛却快要闭上。

"神九黎，这样我们才能两不相欠……"

她喃喃："我……我是要脸的……你不愿意……不愿意和我在一起，就……就把我抛出去吧……"

神九黎脸色雪白，心像是在刹那间被活生生撕裂！

他抱着几乎轻飘飘的阿陌："雪陌，对不起……"他无意伤她，不过是想让她走，不过是不想让她也死在这里。

这混沌八兽就是造成这紫煞的根源所在，平时只能封印，不能彻底诛杀。

要想彻底诛杀它们只有两种法子，一是神之血肉，神将一种特殊的咒术遍布自己的血肉之中，化为血莲花瓣四散飞扬，这些恶兽会啃噬这些花瓣，当它们啃噬这些带有符咒的血肉到一定数量，八恶兽会身体自爆而亡，当然神也不复存在。神会在最后时刻用最后的气息化为一场大雨，将天地之间残余的紫煞之气完全净化，以后也不会再有紫煞出现，还世界一个安宁。

而第二个法子要复杂一些，必须神魔联手，由神用第一种方法祭出自己的血肉，待八恶兽啃噬一半神血，再由魔用心剑之术将这些恶兽射杀……

而阿陌刚才使用的正是心剑之术！

使用此术首先要做的就是自断心脉，再用特殊术法令这些心脉之血飞激出身体，化为血剑。

使用这招的魔王还没有不死的……

现在阿陌俏脸雪白，躺在他的怀里，已经呈现出几分油尽灯枯之相。

神九黎脸色苍白，将她抱得紧紧的，在她耳边一声声呼唤早已刻入骨髓的名字："雪陌，雪陌，雪陌……"

同时他的手掌按在她的背心上，念力涌入她的体内，为她接续断掉的心脉。

阿陌在他怀中又挣了挣，还想挣开他："我……我没想挽回你……我只是想不欠

486

你，以我的方式两清……你……你回天赐大陆吧，过回你自己的生活，去找……找乐子音吧……我不报仇了，只求你别再让她出现在我眼前……"她眼角沁出泪珠，渐渐濡湿了她卷翘的眼睫毛，小嘴却倔强地死死抿着。

她虽然是躺在他的怀抱中，身子却想尽力离他远一些，她甚至试图摆脱他为她接续心脉的手："你不要我了！神九黎，你不要我了……就离我远一些吧……"

她的泪、她的话，都像是一把刀，在神九黎心里翻来搅去。

他抱着她，将她拥在胸前："雪陌，对不起，刚才说那些话不是我的真心……我怎么会不要你？我从来没有放弃过你，我只是……只是……没有乐子音，乐子音早被我处置了，我知道事情真相后就把她处置了。雪陌，我只喜欢你，我只爱你，从来没有过别人。你听话，让我为你疗伤……"

"骗……骗人……你说你和她成亲了，你……你还为她挡雷劫……"阿陌半迷糊半清醒，小手僵硬地握着自己的衣袖，指尖明明碰到了他的衣襟，她却不肯抓住，只握着自己的衣袖，委屈全爬上来，"你为了她拍飞了我，我肚子好疼，我那时肚子好疼，你却不管我了……"

"我那时浑蛋！雪陌，对不起……"神九黎喉间像堵了个疙瘩，他几乎说不出话来。

他自然知道自己当日那一掌给她造成了难以言喻的伤害。

他一边为她输入念力，一边对她解释："我和乐子音并没有成亲，我为她挡雷劫是因为我欠她父王一个人情，要帮她渡一次雷劫……"

他尽量简短说了和乐子音的事，用脸在她泪痕遍布的小脸上蹭了蹭："雪陌，我一直喜欢的人是你，从来没有想过娶别人。来，你乖乖的，让我为你接心脉……"

他的解释她显然听进去了，她一直僵着的身子有些放软的迹象，不再那么排斥他为她疗伤。

他的念力趁机更加深入："雪陌，乖，跟随我的念力走，我会治好你……"

她已经有些昏沉，整个人似乎都陷入旧日那些噩梦之中："好多人想追杀我，我发高烧在客栈里没人理，我哭也没人理，我为了退烧晕在澡盆子里差点淹死也没人理……孩子饿，我也饿，我却找不到吃的……"

她的眼泪又流出来，神九黎颤抖着唇低头给她轻轻吻去，更紧地抱着她："雪陌，都是我的错……"

此刻的她不再是那个冷漠疏离的魔主，倒像个受了委屈的孩子，不知不觉地把往日的委屈都说了出来。

神九黎一只手为她接续心脉，一只手将她搂在怀中，不时用唇吻去她的泪珠。

她的泪咸咸的，带着点苦，那温度似乎能直接熨烫进他心里。

听着他一声声的道歉，她终于不再抗拒他，小手不知不觉就攀上他的衣襟，紧紧扯着，仿佛终于找到了心灵的倚靠。

她将头靠在他的胸前，喃喃："大神，我冷，你抱抱我，你好久没抱我了……"

神九黎只能更紧地抱住她，眼角也有泪滴下，心中如潮汐起起落落。

她有多久没唤他大神了？她有多久没像现在这样倚靠着他？

她明显已经昏沉："大神，你不要再抛弃我好不好？我怕……你不能不要我……我怀了你的孩子啊……不，我不能拿孩子来要挟你……我要你是因为喜欢我而要我，不是因为孩子……"

"雪陌……"神九黎的唇碰在她的嘴角上，他已多久没这么亲密地抱着她了？

唇碰触到她因为失血过多有点干裂的唇瓣，心像是溺水般痛，一向不喜解释的神九黎破天荒给已经昏沉的阿陌解释："雪陌，我一直是喜欢你而要你啊。雪陌，我是怕你不要我。雪陌，你坚持一下，想想我，想想我们的念陌，他还在等着你回去……"

他一边说一边强提念力给她灌输进去，吊住她的最后那一抹生机。

他不能让她死！如果她死了那他所做的这么多牺牲是为了什么？！他拯救这个世界是为了什么？

只因为这世界上有她，所以他才想要这世界好好的！她也要好好的！

他的念力汹涌地进入她的身体，强行将她的心脉对接……

不过没有她的配合，这心脉也只是在他的念力的支撑下对上，却不会自动长好。

不知道是他刚才哪一句话起了作用，还是因为心脉之中血液重新流动，她的头脑终于自半昏沉中清醒过来，强撑着睁开眼睛看着他。

她那一双眼雾蒙蒙黑黝黝的，像是被水清洗过，由最初的迷蒙逐渐转为清明。

仿佛终于自那往日噩梦中挣扎出来，她看着他苍白如雪的脸道："你……"

她的手似要推开他，却又舍不得。

这个怀抱她实在渴望太久，如今终于又窝在这里，还被他这么抱着，仿佛是很多年前，两个人还没决裂的时候，他虽然没有表白他的心意，却常常喜欢抱抱她，而她也喜欢在他怀里窝着，在他怀里她有一种漂泊的小船终于找到港湾的感觉。

那是一种温暖心安的感觉，唯有他才能给予，其他人……其他人都不成。

本来她是想推开他，却又不知不觉靠着他，睁着眼睛瞧着他："你刚才……说的都是真的？而不是看我要死了骗我？"她又垂下眸子，"你一向喜欢骗我，还洗过我的记忆……"

神九黎："……"

看来她不但关于宁雪陌的记忆全回来了，连当初被洗去的记忆也回来了！

怪不得她不信他！

她虽然对他还是半信半疑，却像个小猫似的拱在他的怀里，小嘴还傲娇地抿着，小手却不知不觉揪住他的一片衣襟。

她像是被抛弃怕了的小孩子，倔强地表示不怕抛弃因为已经被抛弃惯了，但心里还是渴望被收留的，还是不想被抛弃的。

她自己大概也不觉得她这动作和神情有多矛盾。

她这副神情让他心中一痛，却又忍不住好笑，嘴角刚刚向上牵起，却又被心酸填满。

这是他的宝贝啊！

他一直想要捧在手心里的宝贝，不知道何时被他阴差阳错地遗失，如今终于又找回来了。

他垂首在她额头上一吻："真的！比真金还真！雪陌，原先是我对不起你，做了许多错事，害你受了不少苦，你能原谅我吗？"

他微凉的唇亲在她的额头上，却让她感觉到一抹灼热，那灼热顺着额头直入她的肺腑之中，让她的肺腑仿佛也跟着暖了起来，心也不那么疼了。

"你刚才让我滚，还说不想看到我……"她扁了扁嘴。

"我错了。"他再亲亲她。

"你说我拎不清，还说和我互不相欠……"她秋后算账。

"嗯，是我拎不清，我错了。"神九黎又亲亲她。

他的亲吻和他的话让她的心暖起来，她不知不觉伸出手抱紧了他的腰："我也有不对的地方，我也伤了你……"想起在陌宫之中自己对他的那些冷淡言语和行为，她心中一疼，抬手就向他的背心摸去，"你的伤……"

他把她的手抓了下来，然后握着："我没事，那伤早已好了。"

两个人双手交握，感受着彼此的温度，阿陌又向他怀里拱了拱："我扔了你的花，还打伤了你……"

"没关系，那些花本来就是送给你的，你无论怎么处理也不要紧。我伤了你这么多次，你打伤我一下也是皮外伤而已。"

神九黎一边说话，一边为她输送念力，他能感觉到她的心绪渐渐平稳，这是好现象！

"我还毁了你的花圃……"阿陌开始认真反思。

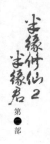

神九黎眸色微微一黯，随即又笑道："雪陌，我们不要说这个了，为你疗伤要紧，你还想不想见小念陌？"

自然是想的！

想起那粉团子似的儿子，阿陌的精神振奋了一点。

对啊，她不能死！她还有儿子！如果她就这么死了，小念陌一定会很伤心！自己还没以亲生母亲的身份和他好好玩玩。

她求生的欲望大大增强，一双眼睛微微闪亮。

看到她那发亮的眼睛，神九黎便知道是时候了。

"来，雪陌，随着我的念力来，你用……"他说了接续心脉的法则。

她眨了眨眼睛，答应得很干脆："好！"

她想活下去！儿子等着她，而神九黎，也在等着她……

她盯着他的脸，他的脸色太苍白，让她有些担心："你怎么样？"她可没忘记她进来时那些恶兽已经吃了半饱。

也就是说，他的血肉神力最少损伤一半以上！

"我没事。"神九黎亲了亲她的眼睛，将手慢慢移到她的前心，"雪陌，你不能再耽搁了！我要开始了……"他要想接续她的心脉，必须她主动配合。

阿陌极力忽略他手掌按住半个高峰的尴尬，闭上眼睛开始感应他的念力，调动自己所剩不多的念力和他配合。

刚才她头脑一热，翻身冲进这个黑洞时，其实是抱着一死的念头的。

当记忆恢复的时候，她恨他归恨他，怨他归怨他，哪怕一辈子和他成陌路也觉得没什么。

可是，她没出息地发现自己无法面对他的死亡，发现他没上来的那一刻她有一种天都塌了的感觉！

在封印路途中他拼命救她的事频繁在她眼前闪现，他的怀抱、他的拥抱，以及他的"告别方式"、他的欲语还休、他的忍耐、他的苍白……这一切都在她心中翻转。一个人对另一个人好不好有时候不在他的言语，而在于他的行动，当一切依从本能的时候，才能看出一个人到底在不在乎这个人。

当时在那乳白结界中他对她的紧张压根掩饰不住，虽然后来他说一切为了大局，但如果仔细想他的言语和行动分明是言不由衷。

有些事需要用心去感应，而不只是听他说话。

他分明是极端在乎她的！

阿陌心思敏锐，潜意识里其实是明白的，只是心里因为前尘往事哽了个疙瘩，暂时不想原谅他而已。

不原谅不代表想看到他死，所以她直接冲了下来！

如果他消失在这黑洞中，那她也不要出去了！

而她在结界中用心剑之术，一是知道了这个法子可以杀死八恶兽，二也是抱着要生一起生、要死死一块儿的念头的。

她宁肯先死，也不想眼睁睁地看着他被恶兽食尽血肉而死！

现在既然他没死，而她也有活下去的希望，她自然还是希望活下去！

要不然小念陌就成孤儿了！

他还那么小，满打满算才出生几个月而已，就被这一对不靠谱的爹娘给折腾得这么懂事……

如果她就这么死了，最对不起的就是孩子！

想到这里，她想要活下去的念头更加强烈起来。

她极力配合神九黎的念力运行，两个人原先本来就是配合习惯的，这个时候倒不陌生。

他其实可以变出一张床来，让她躺在上面他为她治疗，可是他也不知道是功力有些达不到，还是不想放下她，他始终将她揽在怀中。他的蓝袍很宽大，而她的身材又娇小玲珑，躺在他怀里几乎陷进去。

她一条手臂始终抱着他的腰，这么躺在他怀里她感觉很舒适。

每个女孩都喜欢被心爱的人呵护，疲累的时候有一双坚强的臂膀可以倚靠。

阿陌也不例外，神九黎是她唯一想要倚靠的人，其他人都不行，都不是她想要的。

她和他之间的误会其实尚未完全解开，阿陌也不是听别人的三言两语就能全盘相信的人。

如果是平常，神九黎这么给她解释，她肯定不信，最多也就是半信半疑。

现实中不知多少出轨的丈夫被老婆捉奸在床，就算男人赌咒发誓说和人家盖着棉被纯聊天，那也是不可信的。

她和神九黎之间的误会太多，心病太多，其实还真不是听他几句轻描淡写的解释就能解释通的……

更何况他为了不想让她恨他，尽快和她恢复关系，还清洗过她的记忆……

有这样的"劣迹"在，如果他只是三言两语地解释，让她相信很难！

但她现在宁愿相信他！

只要他解释了她就肯信，一是毕竟了解他的人品、他的性格，二也是潜意识愿意

相信他，潜意识中她也在为她的感情找一个台阶下……

接续心脉其实很疼，比心疾发作时的疼也差不了多少，她却觉得这是可以忍受的。

她额头沁出汗滴，抿着唇一声不吭。

"很疼？"神九黎看着怀中的她，"疼就叫出来。我不会笑话你。"

他伸过一只手放在她的唇边："要不，把它给你咬着？"

阿陌想起在封印前他为自己治疗心疾时的事，明明是才发生不久的事情，现在想来却恍若隔世。

她的目光落在他的手指上，那上面还有她当初留下的两排清晰的牙印。

他这哪是让她咬着，分明是让她看罪证嘛！

阿陌横了他一眼："这上面的伤你为什么不消掉？"

这点小伤对他来说就是随手一抹的事，他却让它这么明晃晃地留着。

神九黎垂眸看着她，要笑不笑的："这可是你留给我的纪念，我自然要留着。"

"那我要不要让你这纪念更深刻点？"阿陌捞起他那只手含在嘴里，作势要咬。

她的小嘴软软的，舌尖轻触到他掌缘的肌肤，竟让他感觉有一阵酥麻感顺着手掌直传到心脏。她这哪里是咬，分明是调戏他。

再加上一只手掌还压在她的某个关键部位上，而且怀中是爱了三世的女子，他已经很久很久没抱过她，很久很久没这么亲近过她，他就算再君子、再高大上，心里还是有一种异样感觉。

他眼眸一暗，原本苍白的脸红了红，胸中有什么似乎就要涌上喉头！

他吃了一惊，连忙压住，暗吸了一口气，用唇在她的额头上亲了一下："乖乖的！"他还给她治疗着呢！

虽然她的心脉已经接续上，但尚不牢固，还需要他用念力一遍遍为她梳理，还是不能太走神的。

如果在平时，这种治疗方式对他来说压根不算什么，但现在……

此刻虽然已经不需要阿陌配合，但那一遍遍梳理时的疼不是假的，而在爱人的怀抱中，人会分外脆弱。

她抱着他的腰，声音有点委屈："疼……"

神九黎神情歉然，梳理心脉疼是必然的，不疼才出错了。

知道疼了那证明心脉接续成功，不过看着她额头上冒出的汗珠，他也于心不忍，但也没有办法："稍微忍耐下，很快就好了。"

"你亲亲我，亲亲我就不疼了……"她虽然疼得浑身冒汗，但心情颇好，眼睛水汪汪地看着他。

生病的人最大，她喜欢他亲她。

在他还没失忆之前，她曾经不止一次窝在他怀里撒娇。

被那小萝莉缠身的时候，她还曾主动爬上他的床，在他身边窝着。

她可以在任何人面前勇敢，可以在任何人面前坚不可摧，可以在任何人面前高大上，唯独在他面前，她能完全放开自己，像个孩子。

面对她这样水汪汪的眼睛，他自然拒绝不了，低头在她面上又落下一吻，如蝴蝶的翅膀拂过她的脸颊。

他的气息有些凉，带着幽幽的独特香气，在她脸上轻触，让她心里像是被春风拂过。

她满意地闭上眼睛，似乎那疼真的减弱不少。

她还不想主动去亲他，那要等完全原谅他以后，现在她就当给他一点甜头，也给自己一点甜头了。

虽然她依旧疼得冒汗，嘴角却忍不住上翘，弯弯的像个豆荚。

神九黎望着她恬淡的俏脸，眸中似有痛楚闪过。

舍不得！他真的好舍不得她！

如果时光在此时停驻多好！他恨不得施展术法让时间停留在这一刻。

这一刻只有他和她在这里相拥相依，这样的时刻他做梦都想梦到！

可是不行，他现在功力达不到了，已经无法让时光静止下来，无法和她长长久久地厮守……

既然早已知道这个结果，他就不该再招惹她，不该让她再心生希望，他该对她冷到底，让她恨他入骨，而不是像现在，给了她希望，却只能是片刻的海市蜃楼……

这种给了人希望再让它破灭的行为最残忍！

他明知道这一点，却还是在看到她自残式使出那种绝招时再把持不住！

他只想对她好，只想让她不要哭，只想让她不要痛，只想真正好好地抱抱她，好好亲亲她……

此刻他们依旧在那"莲花花苞"之中，外面那些残余紫煞犹紧咬着这"花苞"不放，那通向地狱的门还半开着，等着这"花苞"入内……

产生紫煞的八恶兽虽然已经彻底消失，但这回流出来的紫煞实在太多，他必须用神力将之净化，要不然它们再休养生息几百年，又会滋生出新的八恶兽。而新的八恶兽出现是没有任何天敌的，就算他和阿陌联手也无法再将它们封印。

所以该做的事他还是要做，更何况今日所作所为他都已经详细计划好，前期一些

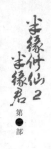

必要的步骤也做了，现在就算后悔也回不了头！

命运的齿轮已经运行到最后关头，就算是他也无法再让其重新开始。

阿陌太累了！她今日实在是太累了！

先是陪着孩子来玩，接着就去探那个大阵，还受了伤，没休息多久，就跟着大部队进入大阵，一路过关斩将，不知道经过多少场战斗才走到封印之处，中间还爆发了一回心疾，险些把一条小命搭上。

好不容易封印了大阵，她被弹射上天，却又发现神九黎没上来，然后——她就拼命又冲了下来。

逆水行舟似的闯回来就耗费了她的不少力气，她又为了进这"莲花花苞"割伤了自己，进来后还用禁术杀了八恶兽……

他这么一想她几乎没有休息的时间，两次差点丢了小命，尤其是最后一次的禁术，让她的魔力已消耗得七七八八，体力更是消耗了一大半。

此刻躺在情人的怀抱中，她就有点支撑不住，上下眼皮频繁打架。

若不是心脏传来一阵阵的疼痛刺激着，她只怕真要睡着了。

"雪陌，是不是很困？你睡一觉吧。"神九黎终于将她的心脉理顺，现在的她不能经受太强的刺激，太强刺激的话她的心脉还会断。

她必须静养一阵才行。

如果可以，他会亲自逼着她休养几天，会一直守着她。

可是现在——不行！

他最多还能守候她半个时辰……

阿陌也确实困倦了，抱着他道："大神，我若睡着了，你不会把我丢下不管吧？"她强睁开眼睛，四下里一看，"要不，我们出去再歇，这里可不是休息的好地方……"

她在他怀中想要起身。

神九黎一把按住她："乖一点，你现在还不能动，必须静养半个时辰。"

在这个世上，大概也只有他能对她说"乖一点"这种类似哄小孩子的话。

如果别人这么说她，她会笑一笑然后不客气地将对方拍飞，然后再踩上两脚让对方乖一点。

但现在听他这么说，她却感觉很受用。

自己果然是不可救药了，不可救药地爱一个人，不可救药地想要包容他的一切……

她抬手揉了揉自己的眉心，然后抬眼看四周，除了这个"花苞"外，外面一切都

494

是紫的，那紫煞已经将整个结界给吞没，现在他们就像是在紫煞的肚子里。

外面那惊天动地般的塌陷声已经停止，想必那个大黑洞已经被填满了，他和她十有八九已经被压在大山底下。

不知道她和他就此出不去的话，小念陌稍稍长大以后会不会也像《宝莲灯》里的沉香一样来个力劈华山救母……

她禁不住又勾了勾嘴角，连眼睛都弯了。

神九黎虽然满腹心事，但看她这样心情也好了些，抬手捏了捏她的脸颊："又笑什么？"

"我在想念陌，你当年居然将他养在了石头里，他算是石头缝里蹦出来的呢。可以媲美美猴王了，不知道这小子长大了会不会也像孙猴子一样有大闹天宫的本事……"

这种时候她的思维也能发散成这样？

神九黎忍不住好笑："这个本事他倒有，本座可是比孙猴子那师父的本事强多了，教出来的徒弟自然不会差。"

他垂眸再拨了拨她整齐的刘海，取笑："你就是最好的证明，把一棵废材调教成天才可不是人人都能做到的。"

"喊，我才不是废材！我那时候是璞玉，包着和氏璧的璞玉，你收我做徒弟算是捡到宝了！"阿陌捞起他的一只手恶狠狠地咬了一口，当然，下口看着重，落下去却轻，只在上面留下两排浅浅的牙印。

"嗯，确实捡到宝了，所以说本座眼光好，透过你废材的外表，看到你天才的内里。"神九黎手指弹拨着她的小嘴。

二人调笑着，一切都那么自然，仿佛未决裂前，他和她就是这种相处方式，互相偎依着，原来就是普通说说话也可以这么暖。

对这一刻，他和她不知道期盼了多久。

她始终窝在他怀里，脸贴着他的胸膛，听着他沉稳的心跳，偶尔玩一玩他的手指，微眯着眼睛，像只在阳光下的猫，享受着他的爱抚。

曾经堵塞在心里的阴霾仿佛随着彼此的相倚而一点点流失。

一直凄风苦雨的心海深处，有阳光一点点透进来。

心中其实还藏着一些疑问、一些委屈，但她这个时候不想问、不想提，免得打破这难得的安宁。

"神尊，你……"她也不知道想起了什么，又对他用上了敬称。

"唤我什么？"神九黎微眯着眼睛，任何人都可以唤他神尊，她不成！她这么唤

第十九章 恋三生三世

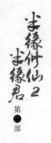

他的心会疼……

阿陌抱了抱他的腰，表示安抚他，还是问出了心中一个最大的疑问："大神，你恢复五万年前的记忆了吧？我和你真的打过惊天动地的一架？我们最后到底谁赢了？"

她认识这家伙时他就是高高在上、不可侵犯的。

就算后来他在她的陌宫做小伏低时，身上那种气质也让人无法小瞧。他虽然从来不与她动手，但她心里知道，真全力以赴动起手来，自己只怕不是他的对手。

或许五万年前的自己可以？

如果自己恢复五万年前的记忆，会不会连那时的功力也恢复？自己那时的功力究竟牛到什么样子？

她原先对五万年前的自己并不好奇，现在却有些好奇了。

神九黎眼眸微微一沉，抬手揉了揉她的头发："我们……不分胜负。"

这几个字真敷衍！

阿陌不死心："那我们到底谁厉害啊？"

"雪陌厉害。"神九黎答得毫不犹豫。三世他都栽在她的手里，自然是她厉害。

阿陌瞧着他，怎么觉得这四个字是哄她？

"那我那时候叫什么名字啊？"阿陌退而求其次。她对五万年前的自己只有一个"阿陌"的概念，觉得她堂堂魔主不可能叫一个这么随便的名字。

"雪陌。"神九黎答出了两个字。

"嗯？"阿陌一时没反应过来。

"你那时候叫雪陌。"她喜穿一身如血染红的衣裙，又是魔，于是她给自己起名雪陌（血魔）。

原来雪陌是自己的本名！

阿陌揉了揉眉心："可我怎么只记得自己名为阿陌的……"

神九黎轻轻一笑："阿陌是你要做坏事时对外的称呼，你想对外制造神秘感。"

阿陌挑眉看着他，她怎么感觉他在忽悠她？

唉，看来在他嘴里是套不出多少料来的，她想要彻底了解几万年前的自己，必须恢复几万年前的记忆。

她因为自己用术法封印过记忆，所以也忘记了才重生的时候，是不是有几万年前的记忆，要想解开这个疑问，必须解开她的自我封印。

奇怪！这紫煞只是让她恢复了宁雪陌那一世的记忆，却没有恢复更以前的相关记忆。

自己出去以后要不要解开那个封印，看看五万多年前的记忆呢？

要耗费三分之二的功力呢！只为看一段记忆似乎得不偿失。

阿陌的恢复速度比神九黎预想的要好，仅仅过去一刻多钟，她苍白的脸上已经有了一丝丝红晕，说话的时候，力气也越来越足。

照这个速度，或许半个时辰之后，用不着他帮忙，她自己也能逃出生天……

可是，以现在这个状况，她会独自逃走吗？

误会未解除的时候，她都能不顾一切追随而来，现在误会解除了，她如果知道真相，只怕更不会走，十有八九会陪着他一起死。

他如果自私一点，自然是恨不得就算是死也想让她陪着，无论去哪里他都想让她陪着。

如果可以，他恨不得将她拴在自己身上……

可是，不行！

他所做的一切牺牲不过就是为了想让她能好好活着，自在地活着。

要不然他做这一切是为了什么？

更何况他和她还有一个小念陌，念陌那么小，不能让他失去双亲……

不然那小子会哭死的！

想起儿子那恐怖的"哭功"，神九黎就觉得有些头大。

他垂眸看着怀中的人，她大概是真累了，说了这一会儿话后，她已经困得眼皮直打架了，却还强撑着不睡，和他有一搭没一搭地聊着。她的小手一直握着他的大手，和他十指交扣，扯他扯得紧紧的，他的手有点动作，只怕她就会察觉。

她现在可是魔主，第六感还是极敏锐的，而他现在是强弩之末，怕是一时"暗算"不了她……

他刚才放她进来对她好的时候，就已经打着再次清洗她的记忆的念头，想把这一段完全抹去，把她恢复的前世记忆也抹去。

这样他真正消失的时候，她才不会痛不欲生，才能再次活得快乐。

如果他成功的话，她会昏睡，他则会趁她昏睡的时候，将她送出这个黑暗的地底，回到地面上。

他相信地面上会有人等着她……

第二十章　时间会治愈

等她醒来，这一段记忆会消失，她只会记得封印了紫煞，最多再记得他和她的千年之约。

时间是治愈一切伤痛的良药，千年后他就算不回归，她也能接受，更何况他让她记住的尚是那些难平的恨……

她一直在和他说话，似乎要把憋了这么长时间的话在这一刻说尽。

他的话也不少，和她开着各种玩笑。

他一直抱着她，抱得很紧，很紧，却并没有特别逾距的行为。

他做得最多的就是亲她的额、她的鼻尖、她的睫毛……他始终没敢再去碰触她的唇……

"雪陌，你困不困？困了就靠着我歇一歇，你睡一觉才会恢复得更快。"他微笑着哄她。

雪陌抬手抱着他的脖子，看着他的眼睛："大神，你怎么不吻我？"

神九黎微僵，轻叹了一口气："你现在不能受太强烈的刺激。"

他话没说完，便被她微凉的唇瓣覆住。

这还是她和他结识以来，她第一次主动吻他。

神九黎身子僵硬了一下，心在这一刹那间跳如擂鼓，他想将她推开："雪陌，你……"

"我占主动的话不会太刺激，大神，吻我……"她在他唇边低语，然后小嘴再次吻上他……

她舌尖抵开他的唇，像个女霸王似的抱着他亲吻。

他唇里有淡淡的腥甜气息，是他来不及也无法再咽下去的腥甜气息……

她恍如不觉，只专注吻着他。

她用舌尖撬开他的齿关，抵着他的舌和他共舞……

典型的法式热吻，由她来主导，她吻得炙热而疯狂，仿佛这样就能温暖他渐凉的唇瓣，就能为他恢复所有生机。

一吻毕，她将头埋在他胸前，微微喘息。

"雪陌……"他颤声叫她，仿佛感应到了什么。

她的小脸埋在他的胸前，他能感觉到那里有湿意渐渐蔓延开来。

她哭了？

他本来抬起手掌，想要做什么，但感应到那湿意他又顿住。

"笨蛋，你哭什么？"他勉强笑了一下。

"我是开心。"她的脸还埋在他的胸前，声音有些闷闷的。

神九黎轻轻松了一口气，不能再耽搁了！他抬起了手……

她的手却摸索过来，摸着他的手后死死握住，然后扯到自己身前："大神，我困了，让我握着睡一觉吧。"

"好！"他应了一声，任她握着。

他又怎么会不喜欢这种十指交扣的感觉？这也是他最后一次握着她的手，自然是能握久一点就握久一点。

她大概是真累了，入睡得很快，只不过她这睡姿明显很没安全感，一只手握着他的手不说，另外一只手还死死捏着他的一片衣襟……

他不错眼珠地看着她，仿佛要将她这个模样刻画在脑海中。

片刻后，他闭了闭眼睛，抬起另外一只手，轻轻罩在她的头顶，淡淡白光发出，将她笼罩……

雪陌，对不起，原谅我再次清洗你的记忆，你忘了我、忘了这一段才能更好地活下去！

你要幸福，连同我的那份，一起幸福……

在他施法的过程中，她一直恬淡地睡着，也不知道又做了什么悲伤的梦，眼角有泪珠沁出来，一颗颗滚下……

神九黎颤抖着手去为她擦拭，这是他最后一次为她拭泪了，再不会有以后。

以后无论她哭成什么样，他都无法再管她。

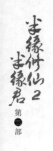

凡人死去还有个来世可期待，而他是神，他的死会是真正魂飞魄散，他会真正消失在这天地之间，再不复存在。

雪陌，好好活下去！带着我们的儿子好好活下去！

他正在为她拭泪的手渐渐变得透明，他蓝袍上的符咒也开始一闪一闪地流动。

他看着自己的手一寸寸消失，开始化为细小的流光翻转……

消失一旦开始，便会很快，片刻后，原地已经不见神九黎的身影，"莲花花苞"忽然破裂，和"花苞"内原本旋转的流光混合在一起，这流光将雪陌托起，如同情人的怀抱，笼着她向外飞去。

她的泪一滴滴落下，她却一直没有睁开眼睛，就这么一直安详地睡着，睡着……

雪衣澜正在外面疯了似的转悠，还在找能进去的通道。

神九黎是雪陌的执念，而雪陌是他的执念。

没看到她出来，或者没看到她的尸体，他不死心！

因为封印成功，六界其他人大部分离开了，没有离去的还有陌宫的几位忠心属下。

他们也和雪衣澜一起，正围着这山寻找。

蓦然，在山的一侧有淡淡的光芒一闪，雪陌的身形凭空闪现，有一道流光托举着她在外面稍稍转了一个圈儿，然后落在了一块山石上。

"陌陌！"

"魔主！"

众人自不同方向看到，纷纷扑了过来。

雪衣澜冲在最前面，飞一般冲到她跟前，看着刚刚睁开眼睛的雪陌，又顿住步子，颤声道："陌陌！"

她在哭，眼泪如同断线的珠子一样顺着她的脸颊滚个不停。

她缓缓站起身，看着那托举她上来的流光围着她转了三圈后，便又旋转而去，直冲云端。

一场豪雨瞬间落下！

大雨如同倾倒的天河，哗哗向下倒。

雪陌一言不发地跪倒在雨中，双手死死抓进身下的野草之中。

大雨冲刷着她的脸，宛如他的手又一次在帮她拭泪……

雨中仿佛有他衣袖上的冷香，哗哗的雨声仿佛是他的叮咛，叮咛她要好好活下去，活下去。

神九黎，我们约好的，一千年，我等你一千年！等你回来……

我会带着我们的儿子等你回来。

你只要回来，我就不再计较你再一次清洗我的记忆的事……

你只有回来，我才能幸福，我和儿子才能幸福！

是的，她并没有被洗去记忆。

她是魔主，就算是最虚弱的时候，其敏锐度也非一般人可比。

她刚才伏在他怀中的时候，已经感应到他不正常的体温。

他的体温越来越低，但他为了不让她察觉，还在拼命用术法恢复那一点点可怜的体温。

他的心跳也越来越慢，越来越慢，然后就停止了……

那是真正的天人五衰，没有任何人可以扭转乾坤，就算是她也不能。

那个时候她什么也做不了，唯一能做的就是不让他再为她担心！

她知道他放心不下她，她知道他想洗去她的记忆，只为了让她能够幸福……

所以她依照他的心愿睡着，让他有机会在她身上施展最后清洗记忆的术法。

她不想让他走得不安心，所以她一直没有睁眼，只是控制不住地眼泪汹涌成河……

她想让他放心，不代表就真的放弃那段记忆。

她是魔主，只要她不愿意，没有任何人能够真的洗去她的记忆。

雪衣澜呆呆地站在她身边，看着她在那里哭。她始终没有出声，只是眼泪汹涌不绝，连同四周连绵的大雨，仿佛天地也在陪着她一同哭泣。

这种无声的泪最揪人心。

大雨下了三天三夜，而她也跪在雨中哭了三天三夜。

没有人劝得了她，也无人能真正靠近她，大家只能看着她哭。

三天后，大雨终于停止。

天边升起一道彩虹，青山如洗。

瓢泼似的大雨洗去了一切尘世污垢，也将世间尚残余的紫煞全部净化，再没留下一丝一毫。

雪陌缓缓起身，她的膝盖似乎跪得酸麻，她刚一起身便晃了一下！

"陌陌！"一直陪同她淋雨的雪衣澜冲过来，想要扶住她。

她却向后退了几步，雪衣澜扶了个空。

他站在原地，抬眼瞧着她："陌陌——"

她脸上已经没有了泪，仿佛这三天她已经将这辈子的泪流完了。

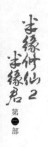

她的小脸素素净净的，只一双眸子如同被水洗过般清亮。

那是一双墨黑的眼睛，再不是宝石般的红。

这样的她不像是曾经的魔主，而是当年的宁雪陌。

这样的她让他感觉有点陌生，尤其是她脸上的表情更让他感觉陌生，让他站在那里竟然不敢再上前。

他顿了顿，到底问出了一句："陌陌，他呢？"

三天前托着她上来的那些流光他也看到了，他是妖王，见多识广，隐隐猜到了什么，这么问只是想从她嘴里求证而已。

雪陌不答，转眸看了一圈周围的青山绿水。

神能化生万物，这里的一草一木、一石一山应该都有他的气息……

眼泪又想涌出来，被她憋了回去。已经没有了他，再无人为她拭泪，她不会再哭，除非等到他回来……

"我会等他！"雪陌微笑，笑中却似含有泪，也有无法撼动的决心。

一千年而已！她等得起！

雪衣澜的心终于真正沉了下去！

他转眸看了看四周的景致，似乎想从这些景致中找出那个人来，虽然明知道问出来未免残酷，他还是问了一句："如果一千年后他还不回来呢？"

"那就等两千年、三千年、五千年……直到他回来为止！他舍不得我的！"她仰望着天空的那一抹彩虹微笑。

神九黎，我知道你是舍不得我的，所以你一定要回来！

雪陌离开了，和那几名忠心魔将一起离开的。

她走的时候目光终于转到雪衣澜身上，然后微微一笑："雪衣澜，本座可以当你是朋友，真正的朋友。"

她笑容纯净，目光却沉静，看向他的时候，那是真的看朋友的目光。

雪衣澜心中一痛，他也笑了笑，只答了一个字："好！"

他站在原地，看着她的背影在空中消失，却再没追上去的勇气。

他知道，无论他再在她身后追多久，也无法真正追上她，她眼里心里始终只有那个人。

而他最多只能算是她的朋友……

只能是朋友啊！

他久久站在原地，一时没动地方。半晌他轻轻一笑："神九黎，虽然你死了，但本王还是很羡慕你……"他抬头向天，忍不住大笑，"原来我连一个死人也羡慕……"

他的笑声似哭，在山谷里回荡不绝，惊起飞鸟无数。

雪陌先回了陌宫，直奔神九黎曾经居住的那个小院，去看那株花。

然后她怔在了院门口。

那个花圃中原本那株天火花已经不在了，原地只有几片凌乱干枯的叶子。

"禾木！禾木！"她叫。

禾木总管其实一直担心地跟在她身后，听到她的呼唤，忙现出身形："属下在！"

"那花呢？禾木，那花呢？"她的声音微微颤抖。

禾木总管看着那花圃也有点愣神："它……它前几日还好好的，属下……属下不知道它怎么会消失的……"

奇怪，那天火花虽然稀奇，但并没有什么用处，谁偷这个？

"去查！"雪陌只下了这一道命令，便让禾木像火烧屁股似的去了。

她慢慢走到那曾经生长天火花的地方，蹲下身子，顿了顿，便用手刨挖这一块的泥土。

他当日那么宝贝这花，或许有什么大用途，却让她把整片花毁了，只幸存了一株，现在他"走了"，连这花也要跟着不见吗？

她直奔这里，原本就是期望从这花上找出一点希望的，却没想到连这希望也落空。

她不甘心地在地上用手刨挖，却没有挖出什么。

除了地上那几片已经干枯的叶子外，她再找不到任何和那花有关的东西。

她两手泥巴地站起身，呆呆地看着花圃，眼前恍惚了一下，似乎看到他就站在那里，正在照顾那株花……

"大神……"她伸出手想去抱他，却抱了个空。

幻觉，一切只是个幻觉而已。

她像傻了似的在原地站了片刻，俯身捡起一片枯叶，那叶子枯得一点绿意都找不到，像是被烈日荼毒过很多次一样。

她抬手小心地摸了摸那叶片，唯恐碰掉一点。

叶片就是叶片，还是干枯的叶片。

她闭上眼睛，将那叶片小心放进自己的储物空间内。

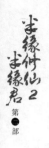
　　她又研究了一下那花圃中的土，这里的土和其他地方并没有什么区别，她几乎能研究出它的各种化学成分，还是没研究出个所以然来。

　　不过，这天火花只能长在这里，或许有特别的原因，神九黎应该知道，可惜他永远不会亲口告诉她了。

　　她站起身来，环顾四周。

　　这个院子里空荡荡的，自神九黎离开后，禾木管家并没有再让别人住进来，屋子一直空置着。

　　时间隔得太久，而她那时候又将关于他的所有东西扔了，所以在这里她几乎闻不到他的任何气息。

　　她又走入屋子。

　　屋内同样空荡荡的，一样关于他的东西都找不到。她看着自己的手，她那时候好干脆，处理得不是一般干净！于今她在这屋内想找一件属于他的东西就好难……

　　她坐在床上，这张床也不是先前他曾经睡过的那一张了，只是一张普通的木板床而已，坐上去还有点硌人。

　　她长久地在这床上坐着，低垂着眼眸也不知道在想些什么。

　　或者直到现在她的脑子还是一片混乱的，她还没有找出真正的头绪来。

　　她知道现在该去梵天宫看看儿子，可是她一时不知道该怎么面对他……

　　而且她现在精神极为不济，眼睛涩得厉害，头也疼得厉害，心口……更堵得厉害！

　　她的心脉毕竟刚刚断过，稍微活动多了，心口就发疼，疼得像要重新断掉的样子。

　　她不能让它断，她也不要死。

　　他的愿望是她要好好地活着，她怎么能不遵守他的愿望呢？

　　所以无论再苦再难，她都会设法活下去。

　　她要稍稍调整一下心态再去见儿子，要不然他看到这样的她会更难过。

　　不用照镜子，她也知道自己现在苍白得像个鬼！

　　她一挥袖子，在床上变出一套被褥，和神九黎曾经使用过的一模一样。

　　是的，她那时候虽然反感他，恨不得赶他走，但只来过一次的她奇异地记住了他屋内所有的设置，包括被褥的花色。

　　现在她重新变了一套出来，然后躺上去钻进被窝，紧紧抱着被褥，迷迷糊糊就睡着了。

　　这一觉也不知道睡了多久，等她再次醒来的时候，已经是一天后。

她活动了一下手脚，在床上坐了起来，然后怔怔地向窗子外看去。

这屋子实在是太小，还赶不上她寝宫的三分之一大，自然更比不上他在日月宗的寝宫大。室内空间窄小，难为他这样的人在这样的空间内窝了一个多月还无怨无悔……

许多往事不能想，她一想心就如同再次裂开般疼。

雪陌觉得自己大概癔症了，像游魂似的在陌宫里转了一整天，凡是他曾经到过的地方她都转遍了，像寻宝似的搜寻关于他的一切东西。只可惜她那时候太绝情，和他退了亲后，为了断掉他的一切念想，凡是属于他的东西都被她毁的毁、扔的扔了，现在想找也找不回来。

但他毕竟在这里生活了一个多月，她细心地找，还是找到了一点蛛丝马迹，譬如他曾经喝过水的杯子、他插过的花瓶，甚至他送她被她随手扔到垃圾筒里早已干瘪的花……

那些东西琐碎细小，绝大部分早已没有他曾经留下的气息，但只要是他摸过的，她都忍不住收集。

当初他送她花时，那些花她都没见过，压根不知道是什么品种。

那时候他每天送花她只认为是他泡妞的一种方式，现在想想他那么不屈不挠地送，或许是有什么目的，这花说不定有什么特殊意义！

因为日子太久，那些曾经被抛进垃圾桶的花早已不复存在，她唤来禾木总管，问明白那些垃圾的倾倒之处，便直奔了去。

在那垃圾堆里翻找了半天，终于被她翻找出一些花来。

当然，花本来就是娇贵的东西，被扔在垃圾堆里这么久，大部分早烂没有了，她翻找了很久，才找到几片花瓣或者一根枝条。

花几乎已看不出原本的样子，她每一样都研究了片刻，也没看出什么来。

她想了想，转身问一直跟在身边的禾木："这六界之中谁是最懂这些花花草草的？"

禾木还是极见多识广的，立即回答："地母。"

雪陌对这个世界的人物知道的并不多，自然也不知道地母这号人物到底是谁，随口吩咐："你去把地母唤来，本座要问她一些事情。"

禾木总管为难："魔主，这地母不属于六界，她不听从任何人吩咐，而且她也不能离开土地，要想见她必须亲自去找。"

地母所居之处有些特别，深在地下，要想找她必须用土遁术钻入土层几十里，中

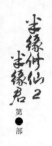

间还要穿过几道岩石层和岩浆带，十分曲折艰难。

　　就算是叶天离这么高的功夫，要想进入她这地宫也要费九牛二虎之力，找一趟得脱一层皮。

　　雪陌的功夫虽然比叶天离要高很多，但现在她毕竟刚刚接好心脉不久，如果走这一趟估计能把小命直接搭上。

　　她这命是神九黎换来的，金贵得很，她不能丢掉，不然她对不起他。

　　雪陌将那些花和枝枝叶叶先放在储物空间内，预备自己稍稍将养一下身子就去找这个地母。

　　现在她该去看儿子了。

　　神念陌被父君强迫着回梵天宫的时候，心里还是有很大怨气的。

　　说好给他一个月的假期，就因为他和母亲探了一次险就被取消了！

　　这还不说，父君还给他留了一大堆作业，那些作业的名目是守护他的神兽白泽转述给他的，一条条、一列列，说这些不读好、学好，就不让他出梵天宫。

　　神念陌看到那些书的时候，只觉头嗡地大了好几圈！

　　他想和父君讨价还价，但父君留给他的唯一传音符已经自动烧了，他也暂时联系不上他的父君。他在心里盘算着等父君回来就和父君讨价还价，不能这么摧残小孩子。

　　他回到梵天宫后，也稍稍翻看了一下那些书，大部分是他父君的字迹，也不知道他这老爹是什么时候写出来的。

　　看到那一屋子书，神念陌很厌烦，为了表示他的不满情绪，他还特意挑出几本他父君亲手写上"必读"字样的书扔在地上狠狠踹了几脚，在上面印了一堆小脚印代表一个儿童的愤怒，然后便跑出书房和神兽们玩去了。

　　他那一天玩得很欢实，第一次玩成这样还不被人管的。

　　他玩了一整天后，直到天黑透，也没见父君回来。

　　他再联系母亲，依旧和之前一样，联系不上，心里开始有慌慌的感觉，仿佛有什么最重要的东西即将失去……

　　那种感觉很奇怪，他明明什么也不知道，心里却开始难受，莫名其妙想要大哭。

　　留在他身边的这八只神兽各司其职，居然还有一个会做饭的。

　　其中的螣蛇就是做饭的高手，所以神念陌虽然独自待在梵天宫中，却也没有饿到，螣蛇所做的饭虽然不如他父君做的饭好吃，但也很能说得过去。

　　神念陌这些日子虽然独睡习惯了，但那是他知道父君在这宫里，就在他隔壁不远。

这次他吃过晚饭后，玩了一会儿，也没等到父君回来后，他就开始不安了。

再次联系母亲无果，他忍不住就想跑出宫去看看。

但梵天宫离那个人界不是一般遥远，他回来时有八大神兽接应还走了将近一天，如果他再去那里怕是一时半刻也到不了的。

再说他的父君也吩咐过他，不背诵完那些书册并真正融会贯通，就不能出这梵天宫，八大神兽是他的护卫，也是监视他的。

他一时也出不去梵天宫。

实在没办法，他只能爬上床睡觉。

半梦半醒之间，他似乎看到他的父君站在他的床前，正垂眸看着他。

他吓了一跳，在梦中还惦记着自己的功课没有做，还以为父君是来惩罚他的。

于是他决定先下手为强，撇了撇小嘴，一副要哭的模样："父君，你怎么才回来？念陌独自在这宫内很害怕，我娘亲呢？她现在没事了吧？那紫烟到底是什么东西？能让动物们发疯呢，你们将它除掉了吗？"

他一口气说出一串话，觉得父君怎么也要答出一句两句的，却没想到他父君的身影居然开始消散……

他吓了一跳，上前一扑，却扑了个空，身上一冷，醒了。

他一颗小心脏扑通乱跳，他还是第一次梦到这样的父君。不知道为何，他出了一身冷汗，眼睛更是一阵阵发酸，有一种想要大哭一场的冲动！

他还没回过神来，梵天宫内忽然大雨瓢泼，哗哗的雨声似天地在呜咽。

他在床上呆愣了半响，赤脚就跑了出去，直奔他父君的寝宫，拼命拍打那寝宫的门："父君！父君！"

寝宫的门紧紧地关闭着，冰冷异常，没有半点开门的意思。

他浑身湿透，却不管不顾地拼命喊叫，叫声凄厉："父君，你开门啊，念陌害怕！念陌害怕！你回来了是吧？"

他一遍遍地喊，嗓子都喊哑了，也没叫出半个人来。

原先他父君为了锻炼他的胆子，晚上无论他怎么哭叫也不会给他开门。

现在也是一样，他在门上抓挠了半天，忽然发现一个问题。

原先这寝宫无论他的父君在不在，门口会一直笼罩着一个薄薄的结界，有这结界在，只要他的父君没有给他开门的意思，他无论怎么抓挠也没用的，但现在那结界不在了，门上只虚虚挂着一把锁。

"父君？"神念陌看着那把锁怔了片刻，心中涌起失望。

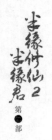

父君还没回来啊，不然不会在外面挂一把锁。

他到底不死心，一跳脚就把那锁摘下来，然后将门死命一推，门吱呀一声开了。

神念陌一颗心怦怦乱跳，他已经很久没到父君的寝宫来了，平时他父君见他基本在书房或者客厅。

他推开门，走了进去。

屋子里静悄悄的，果然没有一个人，床上被褥整齐、洁净。

而屋内的布局也全变了。

玉石屏风、博古架都不见了，却多了一排的橱子，橱子里是排列整齐的大大小小的瓶子。

药瓶！

神念陌认识其中几个，是类似金疮药的药物。他淘气贪玩，时时磕磕碰碰的，磕破了、碰青了是常有的事。有时候他磕碰得厉害，他父君就会拿其中几味药膏给他涂抹，灵得很，几乎是药到痛消。

平时这些东西他的父君都是放在储物空间的，这次怎么全摆放在这里了？密密麻麻的居然这么多！

而且每个瓶子上都贴了标签，名称和简单功效介绍都有。

那标签也是他父君的笔迹，龙飞凤舞的一笔好字，字如其人。

神念陌傻傻地看着这一排排药瓶，心中那不妙的感觉越来越重！

他无意识地在这房间里转了一大圈，恍惚觉得这里面似乎少了什么东西，却又一时想不起是什么来。

想了想，他又冲了出去。

他年龄虽然小，却是个实打实的天才，再加上神九黎教得好，所以神念陌小小年纪已经可以设结界了。

外面虽然大雨瓢泼，他如果不想挨淋，还是可以随意设个结界避雨的。

但他此时心里太慌，也顾不得下雨了，一溜烟又跑回了自己的卧房，急如星火地打开了自己的衣橱，然后呆住！

他的衣橱内是个小小的储物空间，挂了一排排他的衣服，内衣、外衣、外袍、练功服……无所不有，足足有几百套，他想穿什么衣服就穿什么衣服，想穿几套就穿几套！

他的父君怎么忽然为他预备了这么多衣服？

他跑过去看了看，连他那时候拼命想要的一件天蚕丝衣都有了……

在他的衣服下面的橱子里，还放着一些崭新的玩具，都是他喜欢玩但父君一直不给他玩的。

这些玩具奇巧百怪，有会飞的木鸟，有弹弓，有枪……还有一些他叫不上名字的，林林总总地摆在那里，似乎等着小主人来赏玩。

神念陌傻了！

他刚才睡觉前还没看到这些，清楚记得自己自那个人界回来后曾经换过一套衣服，当时这橱子里还是正常的。

怎么他睡了一觉起来，多了这么多新鲜东西？

他父君回来了？偷偷给他留下东西又离开了？

"父君！父君！父君……"神念陌冲出门去，开始满梵天宫转悠着寻找自己的父君，一边呼喊一边寻找。

八大神兽都被他的喊声给招了来。

神念陌自然问它们有没有看到自己的父君，没想到八大神兽一起摇头。

"没有！小主人，神尊并没有回来。"

"是的，小主人，如果神尊回来，我们会第一时间察觉的。"

"小主人，你不要叫了，神尊没有回来啊……"八大神兽纷纷劝解。

神念陌自然不听，如果父君没有回来，那他衣橱里是怎么回事？！他父君一定回来过了！

他在大雨中疯跑了一夜，所有的地方都转遍了，依旧没找到父君的半丝影踪。

他浑身透湿地站在院子里，心里的惶恐铺天盖地，他却不敢哭出来。似乎他一哭出来，心中那不敢去想的事就成为事实了。

他呆愣了半晌，一个念头忽然浮上来。

他的父君现在不出来说不定是惩罚他不读书……

他拼命寻找着父君不出现的理由，又一溜烟跑回书房，被他扔在地上的书还静静地躺在那里，有几页上甚至还有他的小脚印。

他忙把书捡起来，整整齐齐摆好，还洗了洗手，把自己身上也弄清爽，然后对着虚空里开口："父君，念陌听话了哟，这就读书，你出来吧。念陌一定好好读书，好好修炼，不让父君再操心……"

四下里寂静无声，他的父君自然没有出来。

"父君？你出来啊！念陌的清洁术又提高了呢！不信你出来瞧瞧，念陌身上的衣衫刚才湿得透透的，现在我一眨眼的工夫就能弄干，你可以出来考校考校……"

神念陌搜肠刮肚想自己的优点，想可以将自己的父君逼出来的法子。

但他想了不下十几种，依旧没什么动静。

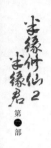

他冒着大雨疯跑了一夜，此刻有些头昏脑涨的，自己摸了摸头，撇了撇嘴：
"父君，念陌发烧了呢！生病了！"

他扑通一声坐在地毯上，涨红着小脸喘息了几口："父君，念陌好难受，父君出
来抱抱念陌……"

风从窗外扑簌簌吹进来，吹得窗纱翻翻起舞，也吹拂在神念陌身上。

他打了个寒战，然后眼巴巴地看着四周……

他功夫虽然高，但还是两三岁小儿的个头，他又长得玉雪可爱，这么躺在那里看
上去分外惹人疼爱，让人想要亲一亲、抱一抱。

这是他的撒手锏，他太淘气惹得父君不高兴不理他的时候，他为了让父君不惩罚
他，就会使出这一招。

他的父君往往沉不住气会来看看他，摸摸他的额头，甚至把他抱起来在怀里拍一
拍。他的父君医道惊人，自然很快就能发现他是装病，往往惩罚他惩罚得更狠！

譬如原先要罚他围着梵天宫跑十圈，发觉他撒谎就会让他跑二十圈、三十圈！

罚得神念陌哭爹叫娘，轻易不敢再用这法子逗自己老爹。

不知道是不是他的父君识破了他的小伎俩，还是真的没回来，他等了半晌，依旧
没有等来父君疼宠的一抱。

他撇了撇小嘴，哇的一声哭了："父君，这次是真的啊！念陌生病了！父君出来
抱抱念陌啊。"他躺在地上哭得声嘶力竭，最后连威胁也用上了，"父君，你再不出
来，念陌就哭死在这里给你看。你出来念陌就不哭了，你出来罚念陌跑三十圈念陌也
愿意……"

自然，他的父君并没有出来，再也不会出来了！

他也确实有发烧迹象，越哭脑子越沉，哭着哭着就睡着了。

他真的发了烧，烧得他昏昏沉沉的，一有意识就叫父君，就说自己不是撒谎，张
着小手等着父君抱……

本来这书房八大神兽是不能进的，但神念陌在里面哭了太久，也不出来吃饭，八
大神兽在外面呼唤他他也不应。最后八大神兽没办法，就让心思比较细腻的白泽进
去，看看小主人到底怎么样了。

白泽一进去看到躺在地上烧得小脸通红的神念陌就傻了，慌忙将他抱起。

他小身子烧得像个火炭似的，让白泽也抖了抖。

八大神兽能够千变万化，其实个个都有变化成人的本领，但不到特别必要的时
候，神尊是不允许它们化为人身的。

而且这几个神兽也都认为自己的原身是最美的，不愿意以其他形态出现。

510

所以它们平时待在神念陌身边的时候都是原身，兽身不容易抱孩子，所以白泽没奈何变化为人了。

白泽的化身极美，一身白袍优雅迷人，书卷味十足。

神念陌迷迷糊糊中一睁眼，看到一片白衣，立即死死地揪着："父君！父君！你终于出现了！"

白泽吓得够呛，他可不敢冒充神尊，忙辩解："小主人，我是白泽……"

但神念陌已经烧迷糊了，依旧死揪着他不放："父君，念陌生病了，别离开念陌……"

白泽没办法，只得把他抱出去想法给他退烧。

好在神尊临离开梵天宫时，曾经给白泽一些药物，主要就是针对小孩子生病的，现在倒用上了。

神念陌清醒过来，看着守在自己床边的白泽，哭得不要不要的！他开始绝食，一绝食就是三天，把八大神兽急得不得了，唯恐他会饿出个好歹来。

正在八大神兽无奈的时候，宫门口似有些动静，好像有人进来了……

梵天宫的宫门平时是对外关闭的，外人根本进不来。

那这个时候进来的人是？

刚刚还在床上躺着做奄奄一息状的神念陌弹射而起，一溜烟向外跑去："父君！"

雪陌刚刚打开梵天宫的宫门走进来，就见神念陌像颗小炮弹似的冲过来："父君……"

他却在看清来人后稍稍愣了一愣，随即又扑过来："娘亲！"

雪陌足下一顿，心中骤然一绞，将他紧紧抱在怀里。几天不见，小家伙瘦了不少，眼窝陷了进去，原先吹弹可破的娇嫩肌肤也变得有些青白干瘪……

她下意识就去摸小家伙的脉门："生病了？"

神念陌等了几天终于等来一个亲人，自然死抱着不放，将自己的脸贴在雪陌的脸上，扁着小嘴要哭不哭的样子："念陌被雨淋了，生病了，父君也不出来看念陌……"

雪陌紧紧抱着他，他无意中的话像一把刀在雪陌心中搅来搅去，她亲了亲儿子："来，娘亲给你看看。"她抱着他就向里走。

神念陌却眼巴巴地看着她身后，似乎想要找出另外一个人来："娘亲，父君呢？你们没一起回来？"

雪陌足下稍稍一顿："你父君……受了伤，闭关养伤了，暂时不会回来。"她

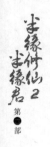

到底还是不忍心将神九黎的实际情况告诉儿子，孩子还太小，告诉他这样的结果太残忍……

再说她也不相信神九黎真的会消失！

她自己也死过两次了，甚至还魂飞魄散一次，不是也好端端的回来了吗？或许神九黎也是这样……

这次或许是他的一道劫，他在这里魂飞魄散，又在别处重生了，现在说不定正在找回这神魔大陆的路……

他会回来的，只是时间早晚问题。

神一诺，值万金，不是吗？

但神念陌毕竟不如一般小孩子那样好糊弄，睁大眼睛问："父君受伤了？！严重不严重？在哪里闭关？"

雪陌将他放在床上，揉了揉他的脑袋："有点严重，所以他才要闭关啊。至于闭关地点，你父君从来不和任何人说的。念陌放心，到时候他伤好会回来看念陌的。"

神念陌眨巴眨巴眼睛，还有些不死心："还有什么地方比梵天宫更好？灵气充足，又安静没人打扰……父君是不是怕念陌打扰他，所以不回来？念陌会乖的，一定不会吵他……娘亲，我想父君了，你让他回来好不好？"

心里像是有无数利针在刺，却不能在儿子面前表现出来，雪陌在儿子的小脸上吻了吻："念陌乖，先把病治好。"

她自己也是大夫，一摸儿子的脉便知道他是受了风寒，治疗这个她也很拿手。

她围着孩子忙碌着。她现在是孩子的母亲，容不得她再伤心颓废，再伤再痛，她也只能去无人的地方流泪，在孩子面前，她不能再脆弱。

神念陌毕竟是个小孩子，父母都不在身边的时候他会没着没落，会害怕，现在母亲回到他身边，他心里总算安定了一点，抱着雪陌的一条手臂，问出了心中的疑惑："娘亲，父君三天前明明回来过，还给念陌送来那么多衣服玩具，可他就是不见念陌……"

雪陌手臂微微一僵，心中猛然一跳！

三天前？神九黎那时刚刚离世……他回来过？

"你父君一向很疼念陌啊，他给你送什么衣服玩具了？"

神念陌就把自己衣橱的事说了，雪陌没说话，她慢慢走到那衣橱前，将其打开，看着那些小衣服玩具有片刻出神。

神念陌或许不懂，她却是明白的。

这些东西是神九黎早就预备在这里的，只不过他在这里设了个小结界，他活着的

512

时候，有结界在，神念陌不会发现结界中的东西。而他一死，他所设的一切结界都会消失，孩子自然就看到了……

看来他早就预备好了。

奇怪，那紫煞的爆发是忽然才发生的，他难道预知了？预知他会羽化在那里？

她知道神九黎的推算能力极为强大，前世的时候，给人算命从来没出过错，但他不是也曾经说过，算者不能自算？

他不但不能推算出他自己的未来命运，也推算不出她的。

这次怎么能预知？

她想起了神九黎在封印紫煞时许多异常的行为，譬如他第一次穿的法袍，譬如他对她的冷漠，譬如他对她的似近似远……

这些都像是他预知到结果才会做出的反应。

他才来到这神魔大陆时，还一门心思地想要重新追回她，不惜纡尊降贵住在她的小别院中，每天风雨无阻地送她花……

她使尽办法想逼他退亲，不惜用出纳妾的法子逼迫他，他那时候同意退亲其实更像是以退为进，不然不会在神尊身份暴露以后，他还千方百计地忽悠她来他的梵天宫……

他对她也不是真正冷淡。

而真正的冷淡似乎是从他回到梵天宫开始的，难道他在梵天宫里恢复了什么记忆，知道了什么内幕，知道他自己命将不长，所以才真正冷落她？

梵天宫里或许隐藏着什么秘密！

雪陌本来就是一个极为冷静的人，先前神九黎消失让她如天塌地陷般失措，现在随着时间的流逝她却慢慢冷静下来，试着认真分析。

"娘亲，父君是不是回来过？"小念陌眼巴巴地望着出神的娘亲。

雪陌暗吸了一口气，转过身去："是啊，你父君回来过，他要闭关很久很久，不放心念陌，所以给你带来这些东西……念陌要乖，不能辜负你父君的期望，哪，你看看你小脸瘦的，来先吃点东西睡一觉。"

小念陌终于松了一口气。

他折腾了好几天也确实困倦了，现在娘亲在旁边守着他，让他心里有了一些倚靠。更何况他也算是得到了父君的消息，一直提着的小心脏终于放下一些，果然吃了一些东西后，就睡了。

雪陌安顿好他后，又在他床前坐了片刻，便走了出来。

想了想，她直接去了神九黎的寝宫。

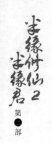

她这还是第一次进他在梵天宫的寝宫，这里的布局和当日他在佛莲峰上的寝宫颇为相似，就连床榻的模样也雷同，都是莲花白玉床。

干净的被褥、干净的房间、熟悉的环境，还有残留的颇为熟悉的气息，都让雪陌眼睛微微发涩，胸中似有什么在涌动。喉咙里堵得厉害，她却并没有掉泪。

那三天她的眼泪已经流尽了，现在心里就算再难过，也再掉不下一滴泪。

她的目光落在那些药瓶上，一排排的，大部分是她认识的，甚至她曾经拿到过……

这些都是神九黎的储物空间里的东西，那时候她无论受了什么伤得了什么稀奇古怪的病，他都会像变戏法一样拿出对症的药，让她吃，为她涂抹，有些常用的小瓶子她闭着眼睛摸也摸得出来。

她记得她曾经好奇地问他，身上到底带了多少药、到底带了多少好东西时，他会揉揉她的发，高深莫测地送她一句："你猜？"

现在她终于不用猜了，因为所有的药品都放在了这里，足足上千种，琳琅满目。

在角落里甚至还有一个炼药炉鼎，看上去古韵十足。

在炉鼎旁还有两册书，雪陌拿过那两册书看了看，上面记载的都是各种炼药法则，极为详尽周全。

上面的字也是他的字体，熟悉得像是要化为小刀刻画在她心上。

这些炼药法则不用问，是他给她留的，而且看上面的墨迹，也是新的，不超过一个月。

她手握着那两册书，心脏一阵阵紧缩，闭了闭眼睛。

人有了孩子后就格外坚强。

如果没有小念陌，她或许会颓废得连再活下去的念头也没有。但有小念陌在身边，为了孩子，她心里再苦也要支撑下去。

她这几天也是赶得厉害，此刻疲惫得要命，看了看那张大床，抿了抿唇，并不想躺上去。

神九黎，我等你回来给我个名分。

我和你纠缠这么久，连孩子都有了，你却从来没说会娶我。

你不回来，我不会睡你的屋子、你的床……

她转身出了他的寝宫，在附近转了转，收拾出一个偏殿来，随意弄出一张床就躺了上去，想先歇一歇再说别的。

她原本就想在上面打个盹，却没想到居然黑甜地睡了过去。

恍惚中她似乎还做了一堆乱梦，梦中无数个场景在环绕，梦中她自一个蛋中爬出来，软着小脚站不稳，满心里都是饿的感觉，恨不得咬自己那蛋壳一口。

不知道从哪里蹿出来一只饿狼，龇着一口獠牙就来咬她。

她天生就有一种力量，倒不知道怕，在那狼扑过来的时候，她反而扑到了狼身上，直接用小手撕开狼脖子，趴在它的脖子上喝血……

一头饿狼眨眼工夫就被她喝成了狼干，她抹了抹小嘴，意犹未尽地起身，好像依旧饿，她依照着本能开始找吃的。

兔子、狗熊、老虎、鹿……她沿途逮着什么吃什么，当然，她只喝血，并不吃肉。

随着喝的血越来越多，她的行动能力也越来越强，奔跑的速度也越来越快。

山林中的动物也压根不是她的对手，大概是她身上自带戾气，她所经过的地方，那些狼虫虎豹都远远地遁了，不敢和她打照面。

她那时刚刚喝了一头肥壮野猪的血，感觉有些撑，就趴在一棵大树上晒月亮。

无意中她看到极远处有一头大象，后面跟着一头小象，那小象时不时伸着小鼻子去母象身下吃奶，母象用长鼻子轻拍着它，那画面看上去很温馨。

她就低头瞧瞧自己，形单影只，没有人来关怀她……

小小的心里第一次不是因为饥饿烦恼，她第一次渴望除了血以外的东西。譬如，她渴望被爱抚，渴望被拥抱……

当然，这个渴望在她心里并没有存在多久，因为她又饿了。

她好像极容易饿，半天不喝血就饿得发慌，偏偏后面又找不到能吃的东西。

饿了一天后，她已经头晕眼花，毒日头照下来，她就有些发蒙，趴在一块大石上正半迷糊半清醒的时候，她听到了一阵琴声。

她那时虽然懵懂，但真正的天籁她还是听得如痴如醉的。

生平第一次她觉得这山林很好看，头上的毒日头也很好看。

她顺着琴声跑去，结果就发现在一块高高的山石上端坐着一名长得极顺眼的白衣男子，他的膝上横着一张古琴，那极美妙的琴声就是从那里传出来的。

更让她感到欣喜的是，这里的动物特别多！大大小小地围了那大石一圈，都在摇头摆尾地听琴。

于是，她就不客气地扑过去，一边扑倒一头鹿趴在它身上吸血，一边竖着一双小耳朵听他弹琴。

她刚刚喝了几口腥甜的血，那琴声忽然一停，她诧异地抬头，尚没看清对面那人的动作，她小小的身子就飞了起来。

她从蛋壳里爬出来后就一直在山林中奔走找吃的，没洗过澡，身上也没穿什么

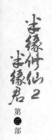

衣服。

她那时尚在懵懂状态中，更当自己是一个动物，有哪个动物是穿衣服的？

她的小身子飞到空中的时候，身上有白光闪了闪，身上的那些泥污就不见了，在落入那男子怀中时，她身上还多了一套小衣服。

那人身上有一种幽香，味道很好闻，她趴在他身上闻闻嗅嗅……

当然，她对自己身上多出来的衣服感觉不怎么舒服，伸出小手就去扯。

她人虽然小，力气却不小，那么结实的布料眨眼就被她撕碎，她又成了光屁股娃娃。

她胳膊腿儿重新得到了解放，注意力又回到他身上，他身上的味道太好闻，她情不自禁抱着他的手就想咬，却被他捏住小嘴，咬不下去。

他眼睛盯着她红宝石一样的眼睛，眉峰轻蹙："魔？"

她还是第一次听到人声，便也跟着他的声音说出了第一个字："魔？"

他微微笑了，眼睫微弯。

她觉得他的笑容真好看，便也跟着笑了，眼睫也弯弯的。笑完她还想咬他的手。

"居然有这么纯净的魔，你这一双眼睛真好看。"他抬手摩挲她的脑袋，顺便把她的一头乱发理顺。她一出生头发就很足，几天的时间就长长的，几乎垂到脚踝。

他以手为剪刀，为她修剪了头发，前面是齐刘海，覆着她饱满的额，只露出那一双红宝石一样的眼睛。

"你父母是谁？"他问，声音如大提琴般好听。

她不懂他说什么，对他的血很有执念，依旧千方百计想咬他的手，想要吸血。

他的手按在她的背上，不知道探查了什么，再望着她的眸子里有些诧异："居然是天生地养的魔……"

他指尖冒出白光，似想要对她做什么，她觉得那白光真好看，于是又弯着眼睫对他笑了笑，露出了一对小虎牙和一双小酒窝。

那男子手指一顿，望着她的目光颇为复杂，片刻后他手指上的白光消失，他轻轻一叹："老天既然生出你来，必然是有道理的。这么可爱，也做不了多少恶……"

说完他眼眸之中闪过一抹兴味之色："小家伙，你想必是没有名字的，不如本座给你起个名字吧？"

她不懂，眼睛依旧盯在他的手指上，撇了撇小嘴："饿……血……"这是她一出生就会说的两个字。

"血魔？"那男子看着她嫣红的小嘴。

"雪……陌……"她大着舌头跟着重复。

他目光微闪："那就叫雪陌吧，雅致，还暗喻了你的身份。"

她饿得受不了，不想和他多废话，主要是她听不懂，她一直踮着小脚想要咬他的手，后来实在咬不到就退而求其次，想趴下咬他的手臂，他手腕一翻，一指头点在她的眉心上："这么可爱，只吸血可不好！"

他指尖有一滴血滴入她的眉心，白光闪了一下，那滴血便在她的眉心形成了一颗朱砂痣。

说来也怪，她眉心多了那颗朱砂痣后，那一直如影随形的饥饿感也随之消失。

她也像开了灵智似的，忽然学会了思考，学会了说话。她歪头看着他："雪陌……"

"嗯，自今日起，你就叫雪陌吧。"那男子飘飘然起身，随手收起了琴，又变出一套衣服穿在她身上，"小女孩一直光着可不成话。"

她站在地上，第一次觉得穿着衣服也不算是很难受，她还在他面前转了一个圈儿。

他垂眸看着她："你是跟我回梵天宫，还是继续在这里待着？"

她重复了后面一句："继续在这里待着。"

他抬手揉了揉她的头："不错，你是天地孕育而生，这点和本座颇为相同，还是散养着好。"

他把她领到一处山泉边："你渴了就喝这个。"

他又随手猎了几只野味，教她烧烤的法子："饿了就吃这个。"

她眨巴着眼睛跟着他学，学得还挺快。唯有烤野味上她很没有天分，一时烤不好吃，一生气就扭头跑了。

这段镜头过后，接连又过了好几个快镜头。

雪陌看到小女娃不再以吸血度日，开始在山中修炼。她不愧是天生地养的魔，会自动吸收日月精华，渴饮山泉水，饥食烧烤的野味。

神九黎隔个十多天就来看看她，他本事不小，无论她躲在哪里，他只要想找她就一定能把她找出来。

他常常给她带衣服，以及一些他亲手做的糕点食品，还教她使用清洁咒，当然，还教了她一些生活技能。

就这样足足过了三年，她毕竟是天地所生的魔，成长得很快。

她的个头虽然不怎么见长，本事却极见长！

山中有几个成了精的妖怪对她比较好奇，偶尔瞅一个机会会来欺负她，被她揍了个屁滚尿流，直接杀上它们的洞府，将那一洞府的妖怪都杀得屁滚尿流后，她做了那

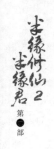

里的洞主，收了妖怪做小弟。

再以后的镜头转换得更快，每一个镜头都是她的一个征战史，每一个镜头过后，她的小弟就多一些。

只是这些镜头中再没有了神九黎的影子。

镜头中再出现他的身影是在一个阳光晴好的午后。

她那时懒洋洋地托着下巴坐在一个长相俊美的大妖怀里，她身后是一座装饰颇豪华的山洞，什么夜明珠、祖母绿、红宝石……各种闪亮宝石将整个山洞门口镶嵌得耀眼生花。

在她身后是四个属下小妖在为她捶肩打扇，身前不远处同样有四个小妖为她烤制野味。

她已经是这一片的老大，整个山区的妖认她为王，她活得很风光。

她的生活极简单，修炼、吃饭，再加上揍人！

谁来欺负她她就揍，谁欺负她的属下她就带人去揍，于是揍着揍着，她就变成了被揍者的老大……

她的队伍已经像滚雪球一样越来越大，这漫山遍野的妖怪都是她的下属。

手下一多，未免就乱了套，她那时候大字不识，自然也不懂得管理，只知道谁不听话就揍谁，所以这些下属只要不得罪她就行了，其他则是拉帮结派，胡作非为，搞得那片地界乌烟瘴气。

这些她当时都不清楚，直到他的到来。

她正打盹，忽然似感应到了什么，睁开眼睛向空中望去。

空中飘飘然站着的正是好久没见的故人——神九黎。

他依旧是那一身宽大白衣，五官俊美得比身后的阳光更耀眼，她身前身后的女妖怪们见了他，都看得呆了，烧烤的忘了烧烤，打扇的忘了打扇。

他并没有看旁人，目光直直落在小雪陌身上。

她确实小，已经过了百年，她依旧是四五岁童子的模样，睫毛出奇地长，眼睛出奇地亮，五官精致得如同水墨画。她把一名大妖当靠枕，坐在人家怀里。

他垂眸看着她，面无表情。

她还是认得他的，在看到他的那一刻，又笑出了她的小酒窝，向他张开了小手，向他要抱抱。

她喜欢让人抱着她，自从在最初的时候被神九黎抱过之后，那三年他只要来，她必然会张开手臂让他抱。而他也习惯性将她抱起，放在怀里教给她一些知识。

这样的习惯养成后，他却不来了。

于是她就找别人抱她，譬如身边的大妖，而且还是要长相看上去顺眼的大妖来抱。

她让许多大妖抱过她，但她总觉得任何大妖的怀抱都不如他的怀抱让她心安，让她舒服……

现在又看到了他，她立即想起那个舒服的怀抱，习惯性向他张开了双臂。

他眼眸中闪过微光，随即他一挥衣袖，她的小身子就飞起来，在空中团团一转，待清洁咒的淡淡白光闪过之后，她便落入他怀中。

她立即圈住他的脖子，在他身上东嗅嗅，西嗅嗅，她喜欢他身上的味道。

这么柔软这么可爱的孩子落入怀中，他一直面无表情的脸微微现出无奈，线条终于变得柔和起来。

他摸了摸她的胳膊腿儿，自言自语："怎么还这么小？"

她不理会他的诧异，见了他是非常欢喜的，扯着他的手就向她的洞里拽。

他倒是不拒绝，随着她入内，于是差点被一洞的各色宝石闪瞎了眼。

这个洞显然是她现在所住的窝，只能用四个字来形容——五彩斑斓！

各色宝石镶嵌了整个洞壁，就连她的卧榻上都镶满了宝石。

她得意扬扬地站在地上，拼命仰头看着他，扯着他的衣袖，等着他的一声夸赞。

神九黎嘴角微微一抽，这么闪瞎人的设计到底出自哪个暴发户的手笔？

低头看着手边忽闪着大眼睛的小萝莉，他觉得他似乎找到了她长不大的原因。天天在这种闪瞎人眼的地方睡觉，她能睡好吗？小孩子睡不好不长个……

他垂眸看着她，然后揉了揉眉心："本座觉得应该教你读书了……"

他看她的目光就像是看到一棵原本该长成参天大树的小白杨正向歪脖子树方向飞奔而去……

她张开手臂想让他再抱她，他却摇了摇头，觉得他给她养出来的这个毛病不好，得改！

既然要改，他当然要从自我做起。

他教育她，女孩子不能随意让人抱着，尤其是被男人抱着。

她还是比较听他的话的，而且她也觉得其他人的怀抱不如他的怀抱舒服。他用"再看到她让别的男人抱着就再也不抱她"做要挟，果然治好了她随意让人抱的毛病，不让其他大妖抱她了。

自那以后，他又来得勤了些，依旧十多天来一次，每一次来都会带一套书来。

当然，每一次来他都会教她认字。她无疑是天才，认字极快，几乎是过目不忘，他一天可以教会她几百个字。

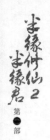

几天之后，她就可以自己磕磕绊绊地看书了。

他并没有教她那些做人的大道理，一切都让她自己去领会。

他欣喜地发现，随着她知识的渊博，她那闪瞎人的屋子格局也开始悄无声息地变化。

那些花花绿绿的宝石逐渐消失，取而代之的是一些颇有意趣的家具。

她喜奢华，喜欢闪亮的东西，所以她的屋子也是向奢华气派的方向靠拢。

这和他的性子不符，但对这一点，他并不勉强她。

每个人都有自己的品位，只要有品位就好，只要有风格就好。

有了知识，她的视野也开阔不少，每天不再局限于吃和睡以及打架，她开始试着管理她的属下，譬如各种分派，譬如分封大大小小的属下，让他们各司其职。

无规矩不成方圆，她开始慢慢给它们立规矩，甚至还慢慢制定出一些律令，让这些妖遵守……

当然，只要出了律令就会碰触到一些大妖的底线，就有起兵反她的。

她在平复叛乱的过程中，又学会了兵法战策，于是定出来的律令越来越多，越来越规范。

这一片妖域终于不再一团糟，妖们也不再盲目作恶。

不知道是不是天生魔的关系，她的管理手段和心智虽然越来越成熟，个头却长得极缓慢。

上千年的时间，她的外表依旧像个七八岁的女童，曾经和她一起长大的小妖们早已不在了。

妖并不是长生的，大部分妖的寿命只比人类长一些，也就四五百年而已。

当然，天赋高、修炼得好的妖们，可以夺日月之精华，修炼成千年不死之身。

但那些是凤毛麟角，而且它们也早已长大了，长成大妖，娶妻生子，甚至当奶奶、爷爷。

唯独她，还是一副娃娃模样，她感觉有些形单影只。

她也曾经就这个问题向常常来看望她的神九黎讨教过。

神九黎摸摸她的头："雪陌，你是天生的魔，和其他妖魔不一样，长得缓慢很正常，慢慢会长大的，别急。"

雪陌睁着圆圆的大眼睛看着他："九黎也是天生的魔吗？也曾经长得缓慢吗？"

神九黎眼神微微一深，他又摸了摸她的头，没说话。

他和她正相反，他是天生的神，长得奇快，出生一年就是现在这个模样。

他并没有告诉她他的全名，所以她一直唤他九黎。

这个世界还是第一次出现天生的魔，所以他也不知道这天魔的生长规律到底是什么样的。

不过小家伙虽然长得缓慢，但到底还是长了不是吗？

一千多年过去，她由一个光屁股小娃娃长成四五岁模样的幼儿……

或许再过几千年，她就能成为成年人模样了。

她人虽然小，但心智极高，妖界逐渐被她统一，她成了妖王。

她虽然天生为魔，但本性并不恶，再加上神九黎这个神时不时来教导，她倒是没做什么大的坏事出来。

那个时候六界还一团混乱，各界时不时掀起战争，弄出一番腥风血雨来。

谁的拳头硬、谁最有本事谁就是老大。

各界为了抢好地盘打得头破血流……

魔界打不过仙界，便来抢妖界的地盘，无意中撞见了雪陌，认出了她这个天生的魔。

魔要想变得强大，吞噬同类是最快捷的法子，所以魔和魔之间争斗得很厉害，魔界出了好几位魔王。

魔王和魔王之间也打来打去的。

其中一位魔王比较弱，被人抢了地盘和小弟，无意中逃到妖界来，看到雪白粉嫩的小雪陌如获至宝，第一个念头是将她吞噬。

他没想到的是，雪陌这个小人儿魔功会那么高，他没有吞噬她，反而被她收拾得鼻青脸肿。

幸好她尚不懂得吞噬魔族来提高自己的修为，要不然这位魔王当时就折在她手里了。

既然不是她的对手，这位魔王倒起了将她忽悠到魔族的想法，想利用她的本事来为自己抢地盘，恢复往日的风光身份。

这位魔王本事虽然不大，嘴皮子功夫却是极好的，一通舌灿莲花，终于说动了正有些无聊的小妖王。

她对成为魔界之王不怎么感兴趣，最感兴趣的是这落魄魔王告诉她，魔界占地盘最大的那位魔王手里有一种奇花，这花有让人长大的功效。

她正因为自己长不大而烦恼，这个消息对她来说简直就是及时雨。

于是她二话不说在一个阴雨天，抛弃妖界，直接去了魔界。

小雪陌果然不负所望，来到这里不久，就替那个落魄魔王抢回了地盘。

其他魔王自然不服，联合起来集体讨伐她。但她的功夫不是一般高，在魔界没有

人是她的对手。

讨伐的结果是，这些魔王也逐渐被她收拾成跟班。

她惦记着那个奇花，但拥有那奇花的魔王本领奇高，手下又高手如云，她单打独斗的话自然不是对手。

所以她的手下也必须有势均力敌的势力，于是她不动声色地挨个收拾其他魔王。

等那个魔王反应过来的时候，魔界那些小魔王已经被她收拾得差不多，小爪子向着他伸过来了。

魔界有史以来最大的一场战争，就是小雪陌和那位强势魔王两军对垒掀起来的。

那场战争过后，那位强势魔王战死，他的地盘属下尽归小雪陌所有。

小雪陌成为众魔之王，被尊为魔主，成为魔界名副其实的王者。

这些事说起来容易，但做起来并不容易。小雪陌从进入魔界那一刻算起，直到统一魔界成为魔界之主，其间经历了几千年的血雨腥风。

她从进入魔界后，就再也没有见过神九黎。

不知道他是没找到她，还是他觉得她足够独当一面了，不再找她。

在夜深人静的时候，她还是怀念他的怀抱。

但想要长大的念头牢牢盘踞在她心里，让她暂时顾不上别的。

她并不知道那个教育她长大的白衣男子是一尊神，不知道他和她其实是站在对立面的。

她统一魔界之后，终于得到了那朵奇花，欢天喜地地吃下去后，她终于如愿在一个月内长大，由一个看上去六七岁的小萝莉变成了看上去十二三岁的少女。

她欢喜地回到妖界，想让九黎看看她长大的模样，但回到妖界之后，才想起一个很严重的问题，她不知道九黎的身份来历，更不知道他住在哪里。

从来都是他来寻她，而她是无法寻找他的。

她也在六界打听过，却压根没有人知道"九黎"是谁。而他就像是真正失踪了，她在妖界眼巴巴等了三年，找了三年，一直没再看到他到来。

他在她的生命中真正失踪了。

她此时已经是妖、魔两界的王，能在六界中呼风唤雨，挥斥方遒。

她的日子过得很爽，唯一让她不爽的是，她好像不长了！

原先她个头虽然长得缓慢，好歹还是见长的，但自从她吃了那花后，她就彻底不长了，永远是十二三岁女童的模样。

她开始还没注意这个，等她注意时已经又是五百年后。

这五百年她一厘米也没长，出现在镜子中的一直是那个长相甜美的少女。

她开始还以为是魔界的水土不好，便回到妖界，在妖界又生活了五百年，事实依旧让她绝望。

她开始四处寻找长大的法子，各种奇法偏方她都用过了，依旧没有效果。

她的一名高级下属——一位曾经的魔王，不知道从哪里听来一个特殊偏方，说魔主长不大或许和阴阳失调有关，她只要嫁了人，说不定就能打破这个长不大的魔咒。

这个魔王是妖、魔两界除了魔主之外，无论功夫和名望都极高的，算是除了魔主之外的最强者。

他这么说，不过是想让魔主嫁给他。

他还向魔主暗示，要嫁就嫁最强者，越是强者和她双修时才越容易让她长大。

他没想到的是，魔主虽然相信了他提供的这个偏方，却并没有想嫁给他。

她心里想的是当初帮助她的那个男人，可是那个男人再没出现在她的生命里。

她也压根找不到他。

于是她的目光就转向了六界中的最强者。

她当时在六界中已经拥有极大极强的名气，就连仙界也不敢触她锋芒。

而当时六界中传言最有本事的是三十六重天上的神尊。

她觉得这位神尊或许不错，但不知道他是老是丑，因为这位神尊几乎是不现世的。

他就算是偶尔在六界中现身，面上也永远戴着一张白玉面具，没有人知道面具背后的人是不是丑破天际。

直到那一次，她去参加仙界的一个赏花会，恰巧碰到这位神尊在天帝的陪同下从一道门内走出……

在那一刻她欣喜若狂！

虽然他面上戴着面具，虽然他周身那强大的神之威压让在场所有人都低下头大气不敢喘，但她依旧认出了他。

九黎！原来他就是神尊！

她是魔主，既然来到仙宫，天帝自然也要给她面子。

于是天帝朝她走了过来，向她躬身问安，她的目光却落在站在不远处的神尊身上。

那位神尊也在瞧她，面具下看不见他的表情，只看到他一双深蓝的眼睛如幽深的湖。他望着她的时候，眼睛里无波无澜，看不出他到底认出她还是没认出。

而现在的雪陌也不再是两千多年前才出生不久的懵懂孩子，做事虽然还是很泼辣，却并不莽撞。

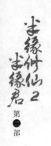

　　她弯着眼睫向他打了个招呼："神尊，好久不见。"

　　神尊向她淡淡点了点头，然后便转身离去。

　　她心中还是有些失望的，说实话，她还是很想念他的怀抱的，可是他像是已经不认识她……

　　没关系，她再让他重新认识也一样！

　　于是她派人向三十六重天的梵天宫递上了求婚帖……

　　这些事情在宁雪陌的梦中都是一个个跳转的镜头。

　　在梦中她知道这是自己的前世，属于魔主阿陌的前世，所以她一直站在虚空中乖乖做个观众，并时时做总结。

　　她其实一直很想知道五万年前她的事，没想到原先一直梦不到，刚来梵天宫一天她就梦到了。

　　虽然这些梦境有些混乱，有时候甚至是东一榔头西一棒槌的，但好在她有个强大的善于总结的头脑，居然也能将这些零碎梦境归纳得井井有条。

　　而最后一个梦境分外清晰。

　　他正在一处山崖上独自下棋，她忽然出现在他的棋盘前："神尊，你考虑得如何了？"

　　神九黎头也不抬："考虑什么？"

　　"你没接到本座的求婚帖？"她挑眉，在他对面坐下。

　　"接到了，当引火纸还不错。"他回答得云淡风轻。

　　"你……"她似要发怒，转眼却又笑了，眉眼弯弯，"没关系，君子如玉，佳人好逑，你矜持些也没关系，本座不会放弃的。"

　　她这口气简直像是当众调戏良家女子的风流少年，充满了一种为求娶佳人百折不挠的精神。

　　啪！他手中的棋子落在棋盘上，他抬眸看着比自己矮了一个头的人："你胆子不小！"

　　她信手拈起一粒黑子，个头小小却意气风发："本座的胆子一向大，本座想做的事、想要的东西还没有办不到、得不到的！"

　　神九黎神色冷漠："本座是你想要的'东西'？"

　　她在指尖转了转棋子，笑如花开："口误，口误，神尊是本座想要的人。神尊为何不能慎重考虑一下我的条件呢？我长相极好，功夫极好，身份也和神尊相配，神尊对本座到底有什么不满的？"

"为何一定要选本座？"神九黎信手下了一粒白子。

"你是这个世界上最强的男人啊。我魔主择婿自然要找个门当户对配得上我的。"她回答得理直气壮。

她这句话不知道怎么就惹毛了他，他脸色冷了下来："本座对阁下没兴趣，阁下可以走了。"

"喂，你到底要怎么样才能同意嘛？给个痛快话！"她有些不耐烦。

他却不再理会她，只管在那里下棋。

绯红的光影一闪，她一剑向他的棋盘劈下去！

他低着头也似长了眼睛，衣袖一拂，已经卷住了她的剑刃，再一拂，她便后退几步。

他也没说话，收拾了棋盘，转身就想走。

她不死心地跳到他面前，拦住他的脚步："我到底哪里不好？！"

她拦他太急，几乎撞进他的怀里，忙后退几步，发现自己个头太矮，需要仰视对方，顿时又感觉气势上有点不足，跳上了旁边一块石头，这才勉强和他等高，可以平视他的眼睛。

神九黎没说话，只是看看她脚下的大石头，再看看她，嘴角轻轻勾了勾，虽然没说话，但意思显而易见，他似乎嫌弃她个头矮？

她小脸微微一红，却依旧抬头望着他："本座虽然个头矮了点，但只要我们成亲，本座就会长大的。"

神九黎本来想走，听到她这句话却又停住："成亲你就能长大？谁告诉你的？你着急找人成亲就是为了这个？"他的语气实在说不上好。

她似乎也觉得自己说漏了嘴，懊恼地揉了揉眉心："你不必管是谁告诉本座的，你说吧，你到底答不答应？如果你答应了本座不会让你太吃亏的，会带一大笔嫁妆过去……听说你正在找蜃珠做棋子，本座倒是收集了一套，如果你答应做我的夫君，我可以送你一套当聘礼……啊，不是，当嫁妆。本座也可以不必住在你的梵天宫内，我们一个月只需同房一次便可，其他时间你随意，你甚至还可以纳妾……"

她开出了自己的条件，简直前所未有地优厚，完全倒贴还是深明大义类型的。

神九黎却越听脸色越不对，待她说完，眼巴巴等他给个意见时，他只回她两个字："做梦！"说罢他便头也不回拂袖而去。

她在后面紧追不舍："喂，九黎，要不然条件任你开？你如果嫌成婚后我们需要同房的次数多了，可以改为两个月一次，不过坚持的年限要稍长一点，需要六年……"

他身形一转，忽然回来，直接来到她面前，她没提防，立脚不住，直接撞进他的怀中，额头撞到他的胸膛上，撞得她有点眼晕，正要再向后退一步时，她的腰肢忽然被他抱住。

她一直惦念的好闻气息又充斥她的鼻端，她的两条手臂立即又自动自发地缠上他的脖子，那是她儿时常做的一个动作，这次做起来也分外熟练。

他这次并没有将她扒拉开，而是手一抬，抬起她的下巴，气息危险："你知不知道什么是同房？"

她眨巴着眼睛看着他："同房不就是男女睡在一起？你看我身体这么小，占不了多少床位的，而且两个月才睡一晚，你就算不习惯也不会累，做我的夫婿你真的不会吃亏……"

不知道为什么，她感觉他这次的气息有点危险，让她莫名心跳加速。

神九黎听到她这一番话不知道为何神色倒不像先前那样冷了。

他看着怀中的她，虽然比原先长大了不少，但依旧是个孩子模样，虽然成为魔主，但在一些方面还很天真……

他无意娶任何人，这其中也包括她。

更何况她给出的理由如此可笑！

他将她放下，然后退后一步，淡淡道："本座不会娶你，你不必白费力气了！"他转身离去。

她这么诚心诚意地求婚还是遭到他的拒绝，雪陌的倔脾气也上来了，她在他身后叫嚣："神九黎，我不会放弃你的！我说要得到你就一定要得到！"这个男人真是太小气了！她不过就是两个月睡他一次，还给他这么优厚的条件，他就这么推三阻四的，一点也不爽快！他越这样她越想征服他！

神九黎没再回头，自然也不将她的威胁放在心上，转眼间就去得远了。

在梦中看着这一切的宁雪陌忍不住揉了揉眉心，前世的自己情商好低！

追男人，还是追神九黎这样的男人，她居然用这么简单粗暴的法子，能追上才有鬼！

她在虚空中看着站在那里握着小拳头的自己，忍不住想上前教育教育她，但刚上前一步，所有的景致都变了。

青玉的宫墙内巍峨建筑若隐若现，门庭上是"梵天宫"三个字。

少女模样的雪陌坐在宫门前，身前身后是一束束鲜花，她就斜躺在鲜花丛中的白玉床榻上，一只手撑着头，一只手翻看一本书，看上去颇为惬意。

很显然，她是准备在这里打持久战了。

梵天宫她进不去，干脆就在人家门口打了个地铺，坐等那个人出现。

鲜花并不能保鲜，那一束束花不过一天就开始枯萎凋落，花瓣在她周身飘飘扬扬，景致倒也美极。

她打了个喷嚏，揉了揉鼻子，自言自语："这都一个月了，他一直闷在宫里不怕闷得长毛？"

她觉得身上有点痒，便抬手挠了挠，刚挠了两下，她忽似感应到了什么，抬头，看到神九黎大袖飘飘自远处飞来，眨眼落在梵天宫的宫门前。

她呆了呆，低咒了一声："该死的探子！"

很显然，她的探子探听的消息有误，神九黎并没有在宫中，而是早就出门了。

害得她像只呆鹅一样在这里苦苦等了一个月，每天换一种花换了一个月……

她打听到的消息是神九黎如果要外出都是早晨，所以她每天早晨都会预备一束花，而现在已经是晚上，那花已经蔫了。

但好不容易碰到他，她不想放弃。所以在愣了一下后，她就抄起一捧花跳到了他的跟前："神九黎！"

她人小个矮，那花束又是最大号的，这样一抱之下，整个人几乎被淹没在花束中，见不到人。

她为了追求神九黎可谓下了血本，向很多妖魔请教过。

但妖魔求爱大部分极直接，基本都是双方看对眼了就直接滚草窝，如果一方没看中另外一方，一方就会用抢的，打得赢就直接把人扛回家，打不赢就被人揍得屁滚尿流，从此以后再不敢肖想对方。

这些招数对付神九黎显然是没有用的，所以有人给她在人间搜来一些话本。

这些话本果然是好东西，里面就有好多追求美人的方法，其中有一条是送花。据说美人都喜欢花的，最好一天一束，一般送上个十天半个月的，就能打动美人，从而抱得美人归。

她觉得这个法子不错，于是就先施行起来。

她是魔主，要送花自然也要送最大束的才能彰显她满满的诚意。

于是她弄的每束花都庞大得能将她整个人淹没。

她自花的缝隙中抬头看他，却见他微微蹙了蹙眉峰，不动声色地绕开她，抬手就要打开梵天宫的结界。

好不容易见到他，她自然不甘心就这么被无视。又转到他身前，将那硕大的花束向他一递："送你的。"

神九黎嘴角微微一抽！

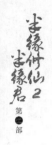

从来都是男人追求女人送花，为什么到他这里就全反过来了？

这小东西到底拿他当什么了？

他抬手一拨，将眼前硕大的花束拨开，淡淡地道："本座不稀罕！"

那花本来就已经有些蔫了，再被他一拨，那花瓣直接掉落一半，落了花束后的小丫头一头一脸。

雪陌拨了拨脸上的花瓣，并不气馁，话本上说最少要连送十几次呢！她这才正儿八经送了一次，无法打动他在她意料之中。

她露出一张比花还有朝气的小脸，豪气干云道："那你喜欢什么花？本座去给你采！"

"本座什么花也不稀罕，你不必白费力气了。"神九黎再次绕开她。

她却一把扯住他的袖子："九黎，你不是一直很喜欢我吗？为什么不肯答应呢？"

神九黎顿住脚步，垂眸看着她抓着自己袖子的小手："放手。"他的声音极冷。

如果是普通仙魔，听到他这一声或许就吓得松手了，但雪陌不会，她可不是被吓大的！

她小手把他的衣袖握得更紧："九黎，你给我个理由。我觉得你是喜欢我的，当年你还喜欢抱我……"

神九黎垂眸看着她："喜欢抱你就是喜欢你？魔主是不是多想了？"

他话刚说到这里，他的衣袖中一阵抖动，从里面钻出来一只毛茸茸的小脑袋，那尖尖的小嘴险些碰到雪陌的手。

雪陌愣了一下，松手。

她看出那是一只雪白的小狐狸，蓬松的一身白毛，漂亮得不得了。

那小狐狸看上去娇娇嫩嫩的，钻出来以后直接爬到神九黎的手臂上，然后有淡淡白光闪了闪，小狐狸变化成一个粉嫩嫩的小娃娃。

那小娃娃看上去有三四岁的样子，雪白精致的一张小脸。神九黎抬手抱住她，那小娃娃的两条手臂便抱着他的脖子，然后回头圆睁着一双眼睛看着雪陌。

雪陌手里还抱着那凋零了一半的花，看着那小娃娃一时有些震惊，没说出话来。

那小娃娃在神九黎怀里的姿态和她小时候一模一样，都是占有味十足的。

雪陌心中忽然一疼！她虽然不懂是为什么疼，却知道那疼很清晰。

她看着那小娃娃，再看看神九黎："她？"

神九黎神色淡淡的："她是本座在山中捡到的，很不错是吗？本座一向喜欢小小软软的孩子，看到了都想抱一抱。"

528

这句话的潜台词就是他当年喜欢抱她、教养她，也是这个原因。

他对她和对这小狐狸娃娃并没有什么不同。

雪陌抿了抿小嘴："她不如我小时候好看！我小时候最好看！"

这句话一说出来，那小狐狸娃娃立即冲她龇了龇牙，露出一对小犬牙。

"她的牙也不如我的虎牙好看！"雪陌立即又开口打击那个狐狸娃娃。

她不喜欢看到他抱着其他孩子，那感觉像是自己的所有物被人占了。

神九黎大概没想到她注意的会是这个，眼角跳了一跳，淡淡地道："各花入各眼，本座现在喜欢她。"

雪陌的自尊心又受到了打击，她小嘴抿得更紧。

顿了顿，她和他商量："你是喜欢这么小的？其实本座也可以变成她这么小的。"

怕他不信，她索性一转身，果然身子又缩小了一半，变成三四岁时的模样，像他曾经看到时那样，睁着一双大大圆圆的眼睛努力抬头看着他："你看，还是我比她好看些。"

她儿时的模样是最萌最美的，在山间行走的时候，连最凶恶的猩猩都想抱一抱她，可以说是绝杀一切生物。

神九黎望着地上的小萝莉魔主，只觉额头青筋一跳一跳的。

尚未等他说话，雪陌又开口："我记得你是喜欢我这个模样的，每次都会抱抱我，我们成亲后，我可以这个模样和你同房……"

她以这个模样和他同房？

那画面太猥琐！神九黎拒绝想象！

躲在虚空中作为旁观者的宁雪陌有一种买一块豆腐拍死自己前世的冲动，她那时简直是蠢得可爱……也勇猛得可爱！

当功夫太强的时候，大脑往往就懒得多转悠。

前世的雪陌天生是武道上的强者，不听话的一律揍得听话，没人反得了她，所以她更不太容易看到一些阴暗面，做事也直接干脆！

譬如她这次认准了神九黎，那便一口气追到底。

而她所用的法子——那简直是直白得不忍直视，让宁雪陌也忍不住脸红。

目光重新落回神九黎身上，她能清晰明白自己是在做梦，也记得睡着前的一切事情。

现实中她再也看不到他了，那在梦中再看看他也不错……

虽然梦中的他看不到她，也不会和她交流，可是能再次看到他，她已经感觉是上

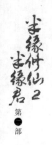

天的恩赐。

庄生晓梦迷蝴蝶，梦里和梦外谁能分清呢？

现实中的大神已经彻底离她而去，那个现实太残酷！

她暂时不想回到现实中去。

她看着下面的大神，虽然明知道是梦中的虚幻，她还是贪婪地看着，甚至飞到他身边，伸出手臂去抱他……

但她抱了个空，手臂在他身上一掠而过。

她和他无法有任何实质上的接触。

神九黎怀中的小狐狸娃娃忽然打了个喷嚏，抬起小手揉了揉鼻子："痒。"那声音奶声奶气的，娇嫩得很。

神九黎看看坚强不屈地戳在自己眼前的一束几乎快要光秃秃的花丛。

雪陌变小后，还没舍得扔掉那束花，现在她已经完全被花给遮住了。

"你的花让她不舒服了！"神九黎凉凉开口。

"啊？"小雪陌没反应过来。

他一挥袖，那束花直接飞到空中，不见了影子，也不知道被他丢到哪个垃圾空间去了。

"你……"小雪陌握了握拳！她弄这些花来很不容易的！

神九黎却绕开她，打开梵天宫的结界入内，他压根没有回头再看她一眼。

宫门在小雪陌跟前缓缓合上。

小雪陌并没有跟进去，因为没有神九黎的同意，任何人也进不去他这宫门。雪陌早就试过了，次次都是以失败告终。

小雪陌望着那关闭的宫门，一双眼睛睁得圆溜溜的，小拳头握起又松开，松开又握起。

她这样子，似乎随时会跳起来砸门。

片刻后，她也不知道想起了什么，整个人像个泄了气的皮球，耷拉着脑袋回到她自己的床榻上，坐在那里抱着膝盖出神。

半晌她撇了撇小嘴，喃喃了一句："原来我并不是他唯一养大的孩子……他那时好久没去看我，大概就是去养别的孩子了……"她的声音有些失落。

她干脆翻身躺在那白玉榻上，却被什么硌了一下，摸起来一瞧，居然是个紫红的瓶子，瓶子内有药液在轻轻晃动。

这是哪里来的？

她将那药瓶翻来覆去地看，那药瓶像是玻璃的，上面能映出她小小的脸。

530

待她看清自己的小脸时吓了一跳！

她的小脸上好像起了一层红疙瘩？！

她还不太相信，随手又变出一面镜子来观看，镜子里映出一张满脸小红疙瘩的幼儿脸……

天！怪不得他看她的目光不对，原来她起疙瘩了！

这么丑！

她这样子自然不如他怀中那狐狸崽子好看！

亏她还大言不惭地自夸漂亮。

宁雪陌在虚空中也看着她那张小脸，明白她这是花粉过敏了。

而那个小药瓶应该是神九黎扔给她的，里面的药应该是抗过敏的药物。

但那时候的雪陌明显是不懂的，她一直摸她的小脸，时不时在上面施个术法。

但这种过敏性的病症显然用术法糊弄不过去，所以她小脸上的红疙瘩越来越多……

到最后她的小手、脖子上，甚至身上都起疙瘩了。

浑身痒得难受，她忍不住去抓挠，但越挠痒得越厉害。

她大概第一次经历这种状况，有些慌，把身上所带的药都摆了出来，但这些药都是金疮药、解毒药，或者是增强魔力和体力的药，没有一瓶对症的。

她将那些药瓶扒拉来扒拉去，一不小心把曾经硌她一下的药瓶给扒拉到地上去了，药瓶啪的一声碎了。

小雪陌似乎这才注意到那个药瓶，转身去看时，发现里面的药液洒了一地，收也收不起来了。

她痒得难受，忍不住又把身子变回十二三岁的模样，想看看恢复原身症状是不是就能变轻些。

但她恢复原身以后，却痒得更厉害了，她第一次知道原来痒也是这么要人命的！

她胡乱吃了几种解毒药，强忍着等了一会儿，忽然在床榻上蹦了蹦！

痒！痒死她了！

现在她连眼皮上也起满了小疙瘩，痒得她不知道该挠哪里比较好。

她索性在床榻上滚来滚去地挠和蹭……

她不知道她的床榻上也沾了那种花粉，她这么滚来滚去的，身上花粉也越沾越多，过敏就越来越厉害。

宁雪陌在虚空中看得平白为她急，却无法出声提醒她赶紧远离那床榻……

大概是太痒了，她眼角沁出了泪，身上也被她抓出一道道的血印子，小嘴里忍不

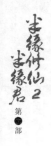

住发出颇为痛苦的哼叫……

她几乎要不顾一切了，摸起旁边那些药瓶，不管三七二十一就要把里面的药一股脑向嘴里倒。

手腕忽然被人握住！她手中的药瓶被人劈手夺去。

她已经痒得几乎没有神志，小嘴里呜呜了两声，就开始挣扎……

她感觉她像是跌入一个怀抱中，紧接着全身一凉，像是被什么冷水彻底清洗了一下，那凉意让那痒的感觉稍稍减退了一点，也让她的神志回来一点……

她正要睁开眼睛看看，小嘴便被人撬开，一股冰凉微苦的药液倒入她的口中。

她下意识吞咽，她本来连喉咙也痒得几乎要被挠破，现在那药液滑过喉咙的时候，她感受到了一阵清凉，痒的感觉减退不少。

但身上其他地方还是痒，甚至连眼球也在发痒，她双手还是忍不住想要去抓挠。

她的双手被人捉住，连在腿上乱蹬乱挠的双脚也被控制住，再也动弹不得。

"忍一忍，一会儿就好了。"她耳边似传来一个清冷的声音。

呜呜，她忍不了！她痒得想要发疯！

双手双脚被禁锢住，她拼命想要挣扎，不知不觉就用上了魔力，想要将禁锢住自己的东西弄开。

她身上一会儿似火焰熊熊，一会儿又似冒出无数刀子……

各种自救的花样百出，她功夫不低，又是在拼命的状态下所使出的招数，似乎给禁锢住她的那人造成不小的困扰。

最后那人忽然一把将她抱在怀里，双臂紧紧搂住她："乖乖的！别动！"

那个怀抱有些暖，带着令人安心的气息，奇异地安抚了她几乎要暴走的情绪，她身子僵了僵，想要睁开眼睛看看。

但她连眼皮也完全肿了，那么大的眼睛这个时候连条细缝也睁不开，但这怀抱她还是很熟悉的，她混乱的脑子似乎也反应过来了，小嘴张了一张："九黎？"

抱着她的人双手紧了一下，气息略沉："忍一忍，忍过这一阵就不痒了。"

她潜意识还是很听他的话的，虽然依旧痒得难受，她还真的忍住不动了。

时间一分一秒过去，因为吃下了对症的药物，她身上的痒感果然逐渐消失。

她一直紧绷着的肌肉也逐渐放松，肿成一条缝的眼睛终于能看到一点东西，入目的便是一片雪白的衣衫和对方那弧度美好的喉结……

一切都那么熟悉，若干年前他抱着她的时候，她常常看到的就是这一幕。

现在重新看到，雪陌觉得心里很温暖，她的视线盯在那喉结上。原先看到的时候她就想亲一亲，现在——她更想亲了！

她属于行动派，既然想到就立即想做，她忽然抬头，小嘴碰触到他的喉结上，然后在上面狠狠蹭了一下。

因为她还痒着，唇上的控制力不是那么好，口水流了出来，亲了他一脖子的口水。

他骤然一僵，双臂一挥，于是刚刚还颇为享受地躺在人怀里的雪陌直接飞上了半空。

她倒是个反应快的，身体猛然凌空之际，顺势翻转，然后飘飘然落在地上。

"九黎，你是喜欢我的！"她笑，如果不是眼皮太肿，她的眼睛已经闪闪发亮起来。

神九黎淡定地在自己身上施了一个清洁术，将脖子里的口水弄走，再淡定地瞧了明显有些兴奋的雪陌一眼："魔主多想了，只是不想让魔主在本座宫门前出太多洋相而已。"

"你口是心非。"雪陌打断他，"我听说神尊平时可是冷酷到别人死在跟前也不会管上一管的人，现在我只是痒了一下，你便不忍心了……"她极力想要证明。

虚空中一直以雪陌视角来看这一切的宁雪陌忍不住抚了抚额。

对前世自己的求爱方式，宁雪陌只有八个字评价——勇气可嘉，情商堪忧。

神九黎的视线终于落在雪陌身上，表情看不出喜怒："魔主，你一向这么自恋吗？"

"好丑！她好丑！"他脚边那只小雪狐蹦蹦跳跳，口吐人言。

雪陌二话不说一道光打过去："臭狐狸，闭嘴！你才丑！一身的毛！"

她发招太快，神九黎大概也没想到她会和一只小狐狸一般见识，一时阻拦不及，让那道光打在了小狐狸身上。

小狐狸尖叫一声，在地上连翻了几个跟头，头晕眼花地站起身，又扑通坐在地上。

它身上居然接二连三地掉了好几撮毛，原本光滑如缎子的皮毛上这里秃一块那里少一块的，看上去分外难看。

小狐狸哇的一声就哭了，扑到神尊脚边："神尊，呜呜——"

雪陌还得意扬扬："你现在比我还丑，和我争男人你还嫩了点……"

砰！一声巨响打断了雪陌的话，雪陌闻声回头，发现自己的玉榻已经被神九黎轰成了渣，原本放在榻角的那些话本飞了起来，在空中四散而开，有几页落在神九黎身前。

他眼利，一眼看到上面的一行字：追男宠百计

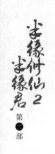

追男宠？！

她把他当男宠了？！

神九黎这么淡定的人此刻脸色也隐隐泛青！

他嫌恶地一挥袖子，那些散落一地的话本碎片直接燃烧起来，全部化为飞灰。

神九黎的声音比寒冬腊月的北风还冷："你给本座滚！"

一道袖风挥出，那些玉榻碎片全部呼啸着向雪陌劈头盖脸地砸过去，伴随着那些碎片砸来的还有他冰寒的声音："再看到你在这里纠缠，本座会杀了你！滚！"

以雪陌的功夫，那些碎片自然砸不到她，她衣袖一卷一放，那些碎片便直接消失在空中不见了。

不过也就在她这么一耽搁的工夫，神九黎又回宫去了。

偌大的宫门前就剩下她自己站在那里。

她身体底子好，吃下对症的药后，那过敏症状已经消失得差不多了，身上也不痒了。

她望着那宫门出神，一时不太明白他忽然发这么大的火到底是因为什么。

他明明给她治病了不是吗？他明明是在乎她的不是吗？为什么一定要拒绝她？

她站了片刻，还是没想明白，想要坐下想一想，随手再凝出一张床榻，却没想到床榻刚放在青石板地上，便自动裂为四半。

看来神九黎是在这里施了什么法术，不允许她再在这里安营扎寨。

她抿了抿小嘴，忽然似想起什么，变出一面镜子照了照，忍不住发出一声惊叫！

镜中映出来的是一张血痕遍布的脸，一条条、一缕缕，横七竖八的，看上去很是触目惊心。

不用问，这是她刚才在奇痒难忍的时候自己挠的，自己挠自己也这么下血本……

怪不得他看她的眼神那么嫌恶，这么鬼见愁似的模样连她自己也被吓一跳呢！

她抿了抿小嘴，看着镜中的自己，再抬头看那紧闭的宫门，最后一横心，转身飞走了。

宁雪陌一直是以小雪陌的视角来看这一切的，小雪陌一离开，她自然跟着离开。

不过她在离开的那一刹，回头望了宫门一眼，神九黎抱养了一只小狐狸，这只狐狸会不会成为以后引发神魔大战的导火索呢？

雪陌以后转世为雪衣陌，正是投胎成一只九尾雪狐，是不是也和这个有关呢？

"娘亲，娘亲……"遥远的天际似乎有呼声传来，声音里有着惶急。

小念陌！

宁雪陌一惊，霎时醒过神来，睁开眼睛，看到的就是神念陌那张惶恐的小脸。

看到她睁开眼睛，神念陌哇的一声就哭了，直接扎进她的怀中："娘亲，你吓死念陌了！"

一间有些阴冷的偏殿，一张古朴简单的大床，这些正是她临睡时的景致。

没有小狐狸，没有神九黎……刚才的一切不过是一场前世梦！

宁雪陌有些愣神，下意识抱紧了怀中的小念陌："念陌，怎么了？"她不过就是睡了一觉而已，小家伙怎么吓成这个样子？

"娘亲，你怎么跑到这里来睡了？刚才念陌怎么叫你也不醒，念陌以为娘亲……"神念陌的身子在她怀里发抖，显然他是真被吓到了。

父君不见了，如果连娘亲也一睡不起，小念陌不知道还能再倚靠谁……

宁雪陌眼睛微微一酸，她抱紧了怀中的孩子："娘亲只是睡一觉，没事的。"

"可是刚才娘亲连呼吸也没有了呢，念陌用遍了一切法子也唤不醒娘亲。"神念陌的声音还有点哽咽。

他的声音明显哑了，看来刚才他为了唤醒她确实快喊破嗓子了。

宁雪陌目光一动，没有了呼吸，难道自己刚才不是单纯在做梦？

她一时也不知道自己到底是怎么了，也懒得去瞎想，现在安慰儿子才是必须做的事。

她正想将儿子搂在怀里好好安慰安慰，没想到小家伙已经自动离开她的怀抱，把小手搭在她的腕脉上，闭着眼睛仔细感应了片刻，像是松了一口气："娘亲现在的脉搏正常了，不像刚才，脉搏也摸不到……"

叫不醒、没有心跳、没有脉搏……自己刚才八成是灵魂出窍！睡个觉也能睡得灵魂出窍，自己果然好本事！

"娘亲，这个屋子有些邪气，你不要在这里睡了，你去父君的寝宫睡好不好？"神念陌总感觉这偏殿有些阴森森的。

"没事的，宝贝。"宁雪陌自然不想离开这里，在这里无论是睡觉也好还是灵魂出窍也罢，她能梦到前世，能再次看到他……那就是好的。

原来五万年前的他就是这个形貌，这个人倒是没多少变化。

不像自己，转世三生，成为三个人，雪陌、雪衣陌、宁雪陌……

而在这三生中，宁雪陌那一世给她留下的印象最深刻！而小念陌也是因为宁雪陌那一世而来到这世界上的。

所以她还是觉得宁雪陌这短短的一生才是自己真正的人生，也活出了自我，活得热烈恣意。

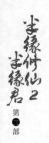

雪陌那一世她还不算真了解，但雪衣陌和宁雪陌这两世，她都得到了神九黎的爱，第一世神九黎其实也是喜欢她的吧？

要不然以神九黎的性子，她就算在他的宫门口痒死他也不会管的，更别提将她抱在怀中为她医治了。

只是这喜欢是不是爱还很难说。

毕竟前世的雪陌是他看着长大的，更类似于养女儿，他对她应该更像是父女情。

自己养大的小女孩忽然信誓旦旦要嫁给他，还是为了那种让人无语的理由，是个男人都接受不了。更何况是神九黎这种万年不动情的冰山男？

所以雪陌在他那里求婚踢到铁板是很正常的。

只是不知道后来二人之间又发生了什么，才会爆发那场神魔大战，令整个世界重新洗牌？

宁雪陌开始进这偏殿时就是想弄出一个窝来睡觉，并没有仔细看这偏殿内还有什么配置。

此刻她在床上坐起来时仔细感应了一下里面的气场，确实不太对，有些沁凉的感觉。

她在这屋子内转了几圈，在一道横梁上发现了一个尘封已久的箱子。

她心中一动，将箱子拿了下来。

箱子不大，模样也极古老，木材却是那种万年不朽金丝楠木的。

箱子上并没有锁，只有一个暗扣，宁雪陌打量了一圈那箱子，便能看出这箱子已经存世很久很久了，或许是五万年前的旧物……

原先外面应该有一层念力加持，所以就连箱子上的玄铁扣也能闪闪发光。

这个东西应该是神九黎的私藏，她要不要打开？

她稍一犹豫的工夫，就听到啪的一声暗响，她低头，看到那箱子居然自动弹开了，露出了里面的物事。

宁雪陌怔了怔，里面的东西有些杂，有两束干瘪的花，还有一枚硕大的红宝石戒指、一枚红宝石胸针，最下面则是一张红帖子。

穆丹枫

著

尘缘修仙2 尘缘君

第三部

青岛出版社
QINGDAO PUBLISHING HOUSE

第二十一章　再见求婚贴

宁雪陌打开红帖子，定睛一看，心中一动！

上面有龙飞凤舞的一行字："我们神魔相爱，就是为民除害！"

这字写得虽然并不规整，却很有气势，宁雪陌仿佛看到当年那个对这世界无畏无惧的魔主写下这两行大字时的豪气。

想必这就是那个求婚帖子吧，没想到神九黎并没有把这帖子当引火纸，而是郑重放起来了。

她的目光又落在那花和戒指、胸针上，这几样东西应该也是前世的自己送他的吧？

东西看着像前世自己的品位和风格……

她坐在那里长久地出神，神念陌也在看那几样东西，他年纪小，品位却不俗，很有乃父之风，所以点评得也极到位："这戒指宝石面打磨得有些粗糙，胸针的针也太尖，上面的红宝石看上去不太协调。这字……这字看上去没多少文化水准，锋芒外露，缺少内涵……"

这小东西将前世的自己送的东西批得一无是处！

宁雪陌顺手敲了一下神念陌的脑门："你懂什么！这字看上去很有气势啊。"

神念陌撇嘴："念陌写的也比这个好看！"

"好，那待会儿娘亲要考你功课！"

"好啊。"神念陌目光闪闪。

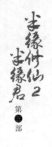
娘儿俩说了一会儿话，总算把殿中那阴冷的气氛驱散一些。

"娘亲，父君真的闭关了？"神念陌终于又问出了他一直想问的问题。

"嗯。"

强撑的欢笑如气球，儿子随意一句话对她来说也像是一枚针，轻轻一刺就有破碎的危险。

那痛楚似乎随时随地会蔓延开来，将她整个人淹没……

她挣扎着一笑，起身："走，念陌，让娘亲看看你的功课！"

思念如野草，稍有点刺激，便泛滥成灾，让人想要一醉解千愁，想要用睡觉来麻醉自己、哄骗自己。

但这些对宁雪陌来说，都不能做，因为她还有个儿子，没有放纵自己悲伤的本钱。

所有的苦她都压在心里，力求让自己忙碌，用忙碌来麻痹自己。

只不过稍一得闲，她就会出神，长长久久地出神，此刻她就望着那一书架的书出神。

这一书架的书几乎都是神九黎亲手写的，随便打开一本就是他那凝练中透着洒脱的笔迹。

这些书有新有旧，新的明显是为神念陌准备的，因为里面的内容完全是针对他的身体特质来的。

至于旧的也摆放得整整齐齐，有佛经、毒经、医经……五花八门，林林总总。

一个人活得太长久，功夫又太高，未免就有些无聊，所以神九黎所学极杂，他的兴趣也常常转移，当一项本事他学到巅峰后，他会写个总结随手将其丢弃一边，这些书就是他总结出来的。

神念陌正在背书，宁雪陌便坐在这里随便翻看。

以她现在这种心态其实什么也看不下去，只不过能在这里看看他的字也是好的。

她记得她那时候看《来自星星的你》，里面的男主角离开后，女主思念欲狂，拼命找那些认识男主的人，让他们说关于男主的事，一遍遍听，一遍遍哭……

当时她看了感觉还不解，人都走了，听那些琐碎事还有用吗？

现在她终于理解了那种心情。

她其实也很想再从别人口中听关于神九黎的事，就像刚才，她旁敲侧击地逗神念陌说话，说那些他和父君相处时的事，听了一遍还不够，她还想再听第二遍……

明明不算好笑的事她也能笑出声，笑得眼泪差点流出来，简直就像癔症了似的！

直到问得神念陌几乎要起疑了，她才强迫自己停住，佯装无事地坐在书架旁看神九黎写的书。

外面阳光正好，明媚的光线射入屋内，在屋内的人身上投射出一片剪影。

这么晴好的午后，这么明媚的阳光，如果他还在……

心如撕裂般疼！

她握紧手中的书卷，微微弯下腰去，等那一阵疼痛过去，无意间瞥见在书橱的一角有一本书模样有点特别，似乎常常被人拿下来阅读。

常被神九黎拿下来看的会是什么书？

她好奇地走过去，抬手就去拿那本书，拿一下便感觉不太对劲，这不是书，这是机关！

她毕竟做过特工，对破除机关不是一般熟练，握着那本书稍稍一转，那书架忽然缓缓向两边移开，露出其中的一条通道。

她愣住了！

神九黎居然在他的书房中弄出一间密室来，这密室是放什么的？

要知道神九黎在世的时候，他的要紧东西都在他的储物空间中，再机密的文件或者东西他只要向他的储物空间里一丢，别人压根找不到，他也不必担心会丢失会被人看到。

现在忽然弄出这么一间密室来，显然是他预感到自己会羽化，有些东西不想让人看到，但又舍不得毁掉，于是就有了这间密室的存在。

那么，他舍不得毁掉的会是什么？

她的心激跳起来，她隐隐觉得里面的东西或许和自己有关。

她回头看了看神念陌，念陌正在读书，心无旁骛，压根没向这个方向瞧。

她顿了一下，便自己走了进去。

那个通道并不长，拐过一个弯，眼前出现了一道门。

宁雪陌脸色微微苍白，这门她认识，是她在佛莲峰上所居那偏殿的门。

当时她进入魔界，神九黎下令将她逐出自己门墙，还下令拆除了她所居的偏殿……

没想到那偏殿的门会出现在这里。

她伸出手去，慢慢推开那门，然后站在门口，屏住了呼吸。

里面居然是一间新房，不，是洞房。

朝霞红的床纱、红的桌椅、大红喜字、大红的鸳鸯戏水的被褥……整个屋子一团热烈的红，红得喜庆，红得热烈，就连头顶上悬挂着的夜明珠也是粉红色的。

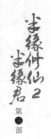

很明显，这是一间新人的喜房，还是极为富丽堂皇的喜房。

这喜房的布置格调是她曾经喜欢的风格，甚至这布置还隐隐有些眼熟。

宁雪陌觉得有些腿软，她慢慢走进去，手落在那朝霞红的床纱上，眼睛落在那被褥上。

这些东西就算被烧成灰她也认识，这是当年他和她唯一的一次亲热时，他随手布置下的。

她当时还认为那些东西都是他随手幻化出来的，没想到这些东西都是真的，现在出现在这里。

往事如烟云，在她心头浮荡而过。

那一次，她赌气说她想和人洞房，结果逼得他狼性大发，随手布置了个喜房将她抱进去，和她有了第一次也是唯一的一次亲热。

当时，她就是躺在这床被褥上，半推半就地和他成就了好事，这才有了念陌。

只不过那次亲热之后，她醒来便是在佛莲峰的偏殿之中，当时的一切连同他一道不见了踪影，她苦等他十天，等来的却是一连串的噩梦……

这一段记忆对她来说，是美丽而又残酷的。

因为前一刻他曾经带她奔赴天堂，又在不久后亲手将她送入地狱。

看来他是早将这些预备到储物空间里的……或许那时他真的有娶她的意思，想给她惊喜？

神九黎已经不在，他当时的心思到底是什么，宁雪陌已经无法再询问出来。

她只是握着那纱帐出神，在床前站了片刻，她上了床，抖开那床被子，心如溺水般一窒！

被子中有两个木雕的人像，一男一女，五官、身材、衣履无不栩栩如生，正是她和他的形貌。

那雕工只能用巧夺天工来形容，女子木像面目是笑着的，两颊各有一个浅浅的酒窝，小嘴浅浅抿着，一双眼睛弯成月牙，长长的睫毛挺翘……

形象不是一般逼真！大到整体，小到一根睫毛，没有一处瑕疵。

这简直就是宁雪陌的缩小版，似乎吹一口气，这木雕就能活过来似的。

而那男雕像是神九黎的形貌，只不过身上的衣衫变了，不再是惯常的白衣，而是和那女版雕像一样，穿着一身大红袍。

那大红袍并不是普通新郎官的样式，而是他平时的穿衣风格，红袍上有流转的花纹，隐隐是并蒂莲的模样。

这应该是他为自己设计的婚服吧？线条流畅，明明是个木雕，却给人一种衣带临风的感觉。

这两个木雕像并排躺在一起，那男雕像的手还牵着女雕像的手。

喜房、穿着大红礼服的一对木雕并排躺在喜被中……宁雪陌只觉眼眶一阵阵发热，鼻中也一阵阵泛酸。

不用问，这两个木雕像都是出自神九黎之手。

只有将一个人刻画到心里，记入骨髓里，才能不用再看本人也能雕刻出这么形象的木雕。

原来宁雪陌对神九黎尚存那么一点疑虑。

她和他之间的误会太多，虽然在最后时刻，她将那些事问了出来，选择了相信，但内心深处总像蒙了一层薄纱。

现在那些残存的尘土般的疑虑也终于完全消失了！

他爱的是她啊！一直都是！爱到骨子里，爱到不可救药，他才会如此自苦……

他其实很想和她成婚的吧？他其实很想真的和她携手入洞房吧？

在雪衣陌那一世，他虽然也和她成亲了，但是那一场婚礼更像是一场笑话。

他知道她是抱了其他目的而来，逼他成婚也是为了一个不可言说的目的，她并不是心甘情愿嫁给他。

而他不过是顺势而为，那一场婚礼弄得极为简单，就是拜了个堂而已，他连新郎袍服也没穿。

而在宁雪陌这一世，他和她真心相爱，甚至有了孩子，却在阴差阳错之下，他连一个正式婚约也没给她。

他们欠彼此一场真正的婚礼，一场真正牵手的婚礼。

他在布置这一切时，应该是明白他和她再也没有履行婚约的机会，所以就在这里设置了这个。

他在布置这一切时是什么心情？他在雕刻这一对新人时又是什么心情？

宁雪陌不敢想，也不愿意深想！

她死死握着那两个木雕，指尖都握得发白。

神九黎，我不要这假象！

神九黎，我要你亲手牵着我的手和我成亲！

你如果违背这个诺言，我就去找你！不顾一切地去找你！

她死死抓住那个男木雕，唇印在那木雕的唇上，闭上了眼睛，把胸中又涌起的一股甜腥压了下去。

这屋子中满满都是他的气息，很显然，他送走念陌后，是在这里度过的。

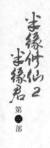

一个人的喜堂、一个人的思念、一个人的决绝……宁雪陌在这屋子中转悠着、徘徊着，又找出了厚厚一沓画作。

每一张画都是她，笑的她、哭的她、怒的她、羞的她……各种姿态，各种表情，每一幅画都活灵活现，每一幅画中的人物都像是能走下来……

她一张张看那些画，浑不知时间的流逝，光阴的流转。

当心疼到极致时，反而是麻木。

她手指细细摩挲那些画作，仿佛在临摹当时那人作画的姿态，仿佛那个人还站在桌前挥毫作画……

"雪陌……"耳边似轻轻传来一声叹息，声音熟悉得要命……

她僵硬地转过身子，恍惚似看到他站在床边，穿着他惯常穿的宽大白袍，容貌清冷如初，那一双深蓝眼眸正凝望着她，目光幽深。

她僵在原地，嘴唇颤抖了片刻，才唤了一声："大神……"

幻觉吧？！这是幻觉吧！

她想扑过去，扑进他的怀中，却又不敢！

她只能一步步走过去，然后颤抖着伸出手去……

对面的人果然不见了，只有一声叹息如清风过耳："雪陌，保重……"

这果然是幻觉啊！

她慢慢在床边坐下，只觉全身的力气都像是被抽空了，坐在那里一动不想动。

当伤心到极致，她反而哭不出来了。

她自己也不知道在那里坐了多久，出神了多久。

忽然她似感应到了什么，忽然抬头，见神念陌站在入口处，也不知道他在这里站了多久，小脸隐隐有些苍白。

宁雪陌心中一沉，忙起身："念陌！"

神念陌一双大眼睛缓缓转动，目光终于落在宁雪陌的脸上，小嘴张了张，问了一句："娘亲，父君再也不会回来了对吗？"

他是个敏感的孩子，其实早就有这个怀疑，只是不敢去想，不敢去求证……

现在他虽然问出来，其实还是期望从母亲口中得到一个否定的答案。

他想念父君，不能想象如果父君再也不回来该怎么办。

他一双眼睛睁得大大的，眸底有一丝脆弱和恐惧。

宁雪陌心脏一抽，暗吸了一口气走过去："不要多想，你父君会回来的，只是时间有点长而已，念陌要耐心点等。"

她抬手想要将孩子抱起来，没想到小念陌转身就跑："念陌要去读书了！父君给念陌留了好多好多的书，或许念陌将这些书都读完背完，他就回来了……"

宁雪陌伸出去的手停在半空，她眼睁睁看着孩子跑远，心痛得无以复加。

她微微闭上眼睛，忽然明白了神九黎最后一刻要消除她记忆的想法。

这种无处抓摸的痛最难熬，这种物是人非的相思最痛苦，这种天人永隔的痛无穷无尽。

他想要消除她的记忆，不过是不想让她再痛苦而已。

可是再痛也是属于她的记忆，她已经逃避了一次，不想再逃避第二次。她宁愿清醒着沉沦，宁肯让相思啃噬心脏，也不想再活得浑浑噩噩！

神九黎，如果不想让我们娘儿俩再痛苦，那就回来！

宁雪陌一向不是喜欢被动等待的人，神九黎的死有许多解不开的蹊跷。

譬如他先前没放弃她，待恢复神身份回到这梵天宫后，就忽然真正放弃了。

譬如他从来推算不出自己的命运，这次却像是早已推算好了，将所有后事预备得不是一般周全……

譬如他应该是在这梵天宫中恢复了五万年前的记忆，他这次的死会不会和五万年前的事有关联？

譬如他送她的那些花，肯定不是单纯追求送花，或许里面也有许多隐情。

譬如在封印之地，神九黎明知道她恢复记忆了，明知道她对他余情未了，他应该知道如果他死了，她会有多伤心，念陌会有多伤心……

他是舍不得她和念陌伤心的，如果不是万不得已，他也不会选择这条路。

他万不得已的理由是什么？

如果只是单纯为封印紫煞，他将所有的利害关系和她言明，以她现在的功夫，她和他联手未必做不到，或许他和她都不必死就能把紫煞封印得妥妥当当的。

所以，应该还有其他理由，他必须一死的理由。

她现在要做的就是把这理由找出来，然后想办法让他回来！

晚上休息的时候，宁雪陌怕孩子孤单，想带着孩子一起睡，没想到小念陌把头摇得像拨浪鼓："父君说，念陌是小男子汉，男子汉就应该有担当，早早独立起来，这样才能照顾娘亲，照顾一切在意的人，所以念陌要自己睡。父君看到念陌这么听话，或许他就会早回来了。"

他懂事得简直让人心疼！

宁雪陌没话说了，神九黎把孩子教育得很好，他是真的把一切后事都安排好了……

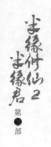

她又向那个偏殿走去，神念陌拉住她，眼巴巴地看着她："娘亲，你住在父君的寝宫里好不好？他一直很想你，他如果知道你肯住在他的寝宫里，说不定就早些回来了。"

宁雪陌眼睛酸涩，却强撑着笑了笑："好，娘亲听念陌的！"

她终于进了他的寝宫，终于睡在他的床上，他的被褥中满满都是他的气息，她躺在里面仿佛他在拥抱着她。

她的心脉已经恢复得差不多了，再休息这一夜，她就先去地母那里问问那些花的来历和用途。

她以为她又会做梦，做关于前世的梦、关于魔主雪陌的梦，没想到这一觉睡过去，她连半个梦也没做，一觉到大天亮。

或许是睡在他床上的缘故，她在半梦半醒之间感觉一阵冷风吹过，仿佛看到他就坐在她的身边，俯首看着她。

可等她下意识睁开眼睛再看时，殿内冷冷清清，一个人影也没有。

一切不过是她嗅着他的气息所产生的幻觉而已。

她起床的第一件事自然是看儿子，来到神念陌的寝殿内却发现小人儿居然不在，她心中一动，走向书房，尚未进门就听到琅琅读书声。

小家伙嗓音还奶声奶气的，却咬字清晰，读得很认真。

神兽白泽正守在门外，一脸感动地对宁雪陌夸赞小主人："小主人五更天就起来读书了！真是太用功了！神尊大人知道了肯定很欢喜！"

宁雪陌暗吸了口气，压下突至的心脏抽痛，点了点头。

她其实并不提倡对小孩子这样教育，但现在念陌一门心思想读好书换他父君回来，这是这小家伙唯一的希望，他在用他的法子努力，她自然不能给孩子泼冷水。

她嘱咐了白泽几句，并亲自到厨房查看了一下念陌将要吃的饭食，不能不说腾蛇有做饭的天赋，每一样饭菜都做得色香味俱全，比神九黎亲自动手做的也不差。

她看了看自己的双手，这也是一双灵巧的手，独独厨艺上是废的。

她闭了闭眼睛，等回来以后她也好好练练厨艺吧，最起码能让儿子吃上她亲手做的好吃的。

等他回来那一天，她还可以在他面前秀一秀自己的厨艺，震他一下！这个念头鼓舞了她。

人在任何时候总得有个信念、有个希望支撑着才能活下去，就算明知道那希望、那信念虚无缥缈，但还是宁愿选择相信。

要不然她又该如何撑过这千年的漫漫时光？

她先陪儿子吃过了早饭，嘱咐他在宫里好好读书，读累了就去找白泽、螣蛇它们玩，不要太累。

大概她嘱咐得多了一些，神念陌趴在她的手臂上掰着手指头给她数自己的计划，包括几点读书，几点练功，几点吃饭，几点吸收日月精华……

宁雪陌一算他的计划，劳逸结合，既不会太累脑子，也不会太累身子，又一分一秒不会浪费，几乎所有时间都完美利用起来了。

这学习计划堪称完美。

小家伙头脑不错！这么小就学会统筹方法了！

宁雪陌夸奖了他两句，便告诉他自己要出门一趟，大概三天以后回来，让他不要担心。

现在的神念陌已经如惊弓之鸟，唯恐失去父母中的任何一个，她如果不告而别的话，只怕小家伙又会吓得睡不好觉，说不定还会被吓得哭起来。

小念陌十分懂事，并不问宁雪陌要去做什么，只是抱着她的脖子絮絮地叨咕："娘亲要早点回来，念陌会乖……"

她揉了揉儿子的头，又在他粉嫩的脸蛋上各亲了一口："放心，娘亲会按时回来。"

宁雪陌其实并不想将儿子独自放在宫中，如果可能她宁愿带着他。

但这次出门不行，地母所居之地在地心深处，沿途危险重重，她必须用极高妙的遁地术再加上其他术法才能到达，带着儿子很不安全。

现在的她不想让儿子冒一点险，他是她现在唯一的支撑，容不得出一点意外。

人界嘉仪山。

山高而陡，木秀于林，天很高，云很淡，风很轻。

一切没什么变化，仿佛那紫煞没有爆发过。

有谁知道在那一场浩劫中有多少物种丢了性命？

当初被紫煞感染的那些动物已经因山的爆炸而灰飞烟灭，现在在里面出没的早已不是曾经的那些动物。

宁雪陌站在山下，看着不远处的高峰，那里曾经是阵眼所在的位置，而神九黎就是进入那里后再也没有上来过。

七天了！

按人间的说法，今天是他的头七……

宁雪陌目光长久地盯在那座高峰上，仿佛看着看着那座高峰就能变化成她心心念

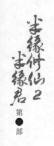

念的人。

她没带酒来，而是带来了茶。

她盘膝坐下，亲手为他泡了工夫茶，一道手续连着一道手续，动作一丝不苟。

当第一杯茶终于泡好的时候，她向着高峰举起了杯："大神，要不要喝几杯？"

山风吹过，自然无人回答她。

她嘴角轻轻一牵："这是你最喜欢喝的云雾茶呢，你曾经劝我多喝点这种茶，说这茶对我的体质好……我们共饮如何？"

她将一杯茶对着高峰浇在地上，顿时茶香四溢。

然后她慢慢将自己面前的那杯茶喝下。

她这样连敬了三杯茶，这才将杯子放下，轻轻地道："大神，我们说好的一千年哦，你不能骗我。当然，你可以回来得早一些，越早越好，念陌很想念你。他很懂事，为了让你早些回来特别努力地读书、努力练功……"

她对着高峰轻轻说着话，仿佛他就坐在她对面，正和她饮茶。

她垂下眸子，自己笑了一下："大神，当日你让我等你十天，结果我等了你十年。你知道吗？那十年我过得很难熬，不知道你的生死，每日担心得要命……可是和现在比起来，我宁愿再那么难熬。那时候我最起码还有一半希望。现在……大神，那次你食言了，但好在你回来了。这次你不会再食言了吧？你再食言……你再食言……我……"

她"我"了半天也没想到用什么话来威胁他。

忘记他？貌似他最后所做的事就是洗去她的记忆让她忘记他，所以这个威胁正中他下怀。

也跟随他而去？

只怕他知道她是无法抛弃现在的小念陌的。

现在的她不能死。

她闭上眼睛，轻叹了一口气："神九黎，我确实无法威胁你，可是，你不回来我会很伤心，非常伤心，我的心疾说不定会复发，你是舍不得我那么疼的对吗？那就回来……"

她的声音似笑似哭，在这山林中回荡。

身后忽然传来喀一声轻响，她骤然回头，大树后一个人转了出来。

大红的衣袍有些脏污，俊美的面容有些颓废，来人手里拎着个酒壶，站在那里正怔怔地看着她。

雪衣澜！

他的模样是难得一见的邋遢，仿佛好几天没洗过澡也没打理过一样，整个人像是从酒缸里泡出来的，酒气熏人。

"陌陌，我就知道你今天会来。"这是他说的第一句话，第二句话就是，"要不要喝一杯？"

他的目光转向远处那高峰："我知道他不喜喝酒，但既然是祭奠，自然要用酒祭奠才像个样子，几杯淡茶显得不郑重。"

宁雪陌对雪衣澜的感觉颇为复杂，他曾经是她最亲密的伙伴，曾经是她的护卫，无数次和她同生共死。

他曾经害过她，却也帮过她，仔细算起来，他帮她的时候比害她的时候多。

她上下打量了他一下，微微皱眉道："你一直没回妖界？"

雪衣澜明显有些醉意，但神志还是颇为清醒的："回了，本王看了看那花，那花已经谢了。"

他这话太跳跃，宁雪陌反应了一下才明白他说的是什么意思。

貌似先前雪衣澜曾经邀请她去妖界看一种不按时令开放的花，她因为小念陌的到来没有成行，没想到他还惦记着这个。

"雪衣澜，你还是回妖界吧，妖界不能一直群龙无首。"不然那帮小妖又该造反了。

雪衣澜凝望着她："你也不是没待在魔界？焉知魔界不需要你？"

宁雪陌："……"雪衣澜这话说得太尖锐，她不想再和他多说了，便向他点了点头："那随你吧。"

她要去找地母，不想再耽搁了。

"陌陌……"雪衣澜毕竟喝多了酒，有些踉跄不稳，被脚下凸起的一块大石一绊，打了个趔趄，险些扑到宁雪陌身上。

宁雪陌下意识后退一步，雪衣澜已经自己站稳，目光落在宁雪陌身上，眸底闪过一抹痛楚，他却笑了笑："你不必怕，我不会对你做什么，我知道你从来没有爱过我。"

他随意坐在一块大石上，看着远处的青山，笑容淡淡地道："他活着我争不过他，他死了我就更争不过他了……"他举起手中的酒壶，"来，神九黎，本王敬你一杯！"说着他将玉质的酒壶啪地向地上一摔，酒壶摔了个粉碎，里面的酒液淌了一地。

"雪衣澜，你喝醉了！"宁雪陌微微凝眉。

"是啊，我醉了……一直醉着，我也想清醒……"雪衣澜笑，看了看一地的碎

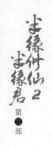

片："你怕扎到他是吗？我这就捡起来。"他蹲下身子开始拾捡地上尖锐的玉碎片。

宁雪陌闭了闭眼睛，对现在的雪衣澜，她唯一的感觉是抱歉……她对他的感情无法给予任何回应。

她一挥袖，地上那些尖锐碎片顿时消失无踪，她再一弹手指，一道淡淡的白光将雪衣澜笼罩住。

待白光散去后，雪衣澜的酒解了大半，他打了个激灵，下意识回头看去，原地已经不见了宁雪陌的影踪。

他抬头遥望青山，闭上眼睛，谁也不知道他此刻在想什么，或者他其实什么也不愿意再想。

三世追逐，不过是浮华泡沫梦一场，他想要走出来，却苦于走不出来。

三世追逐，她已经成为他的执念，或许他也要一死方得解脱。

宁雪陌施展了遁地术，在地底穿行。

无数嶙峋大石迎面而来，又倏忽而去，她的身子如无所不入的烟，快速向地下穿透。

乱石、地下暗河、有腐蚀性的泥土……甚至栖息在地底深处的怪兽，都被她一一解决。

这地底的世界不属于六界中的任何一界，黑暗、窒闷是它的代名词。

宁雪陌如果不是功夫绝高的魔主，只凭遁地术，压根到不了这么深的地方。

初入地底尚不觉什么，在里面待的时间稍微一长，就有一种被活埋的错觉，那绝对的暗黑能逼得人疯狂。

她也不知道在地底穿行了多久，前面突然现出一条暗红的河流。

那河流极宽极广，她要想继续向深处行走，必须跳入这河流中然后继续深潜。

她开始以为这是岩浆河，但靠近了才发觉不是。

这暗红的河流极寒，宁雪陌随手扔了一块石头下去，那石头哧的一声就化没了影子。看来这里面的"水"比硫酸的腐蚀性还要强烈百倍。

宁雪陌接连向水中扔了好几种东西，这水见什么化什么，所有的东西在里面都会化为泡沫。

禾木总管曾经告诉过她，这地母最不喜人打扰，所以居住的地方普通仙魔压根到不了，有好几道险关要闯。

这红泉河就是其中一关。

红泉水比黄泉水还要阴冷，必须抓住栖息在这红泉河中的独角兽，剥了它的皮披在身上才能进入水中。

宁雪陌看着红泉河中那咕咕冒泡的水，那独角兽在哪里？她怎么把它引出来？

小念陌还在家里等着她，她并不想多耽搁工夫，想了想，就在手上设了一个防腐蚀的结界，想探一探看看，如果手没事，她就把这结界笼罩在身上，直接跳下去。

她的手刚刚伸过去，尚未碰到河水，一缕红光射过来："住手！"

她缩回手，下意识回头，雪衣澜自一道岩石后现出身形，面色郑重道："这河水碰不得！"

"你怎么在这里？"宁雪陌脱口问出一句，问完了以后才觉得自己脑残。

不用问，雪衣澜是跟随着她下来的，只是她一直前行，没想到后面有人追踪，没注意到他而已。

雪衣澜自然不会回答她这句废话，目光落在那河水上，声音淡淡的："沾上一滴红泉水，便可腐蚀入骨，永不痊愈。这个险你不能冒！"

看来雪衣澜对这里的地形还是懂的，宁雪陌立即向他请教："那怎么过去？"

"这河中有一种特有的独角兽，剥其皮做衣可以通过。"

宁雪陌皱眉："可我来这里小半天了，也没看到什么独角兽，怎么引它上来？"

雪衣澜抿了抿唇道："我有办法。"

他忽然捋起衣袖，横掌如刀，在手臂多肉之处一削，削下小孩巴掌大小的一块皮肉，鲜血登时流了出来！

宁雪陌脸色一变："你做什么？！"随后她一抬手指，一道白光围绕着雪衣澜的伤臂转了一圈，止住他的血。

雪衣澜定定地看了她一眼，便转开眸子，淡淡解释："以血肉作饵，便可引那兽上来。它那一身皮不惧怕任何刀剑，唯一的缺口就是它的嘴巴，向它嘴巴里注入三昧真火便可将其杀死。"

说话的工夫，他已经将那块血肉信手一抛，那血肉便悬于那河流上空，离水面约莫有半尺距离。

也不知道他使用了什么法子，让那血的腥香充斥整个空间。

宁雪陌没说话，而是掏出个药瓶扔给了他："抹上这个！"

雪衣澜也不客气，接过药瓶，不假思索地将药涂抹在伤处。

那药是宁雪陌专门为魔体和妖体的人炼制的，对付这种伤口正是对症，片刻后，那伤口就已经有了愈合迹象。

"多谢。"宁雪陌开口，她知道他是为了她。

雪衣澜并没有看她，只淡淡说了一句："和我你永远不必客气。"

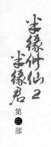

他一身红衣站在河边，漆黑的发丝如缎子垂落身旁，身姿挺拔，背影秀雅别致，像当年她才认识时的那个少年。当他褪尽妖娆，身上便多了一分孤绝的味道。

宁雪陌移开眸子，心里也不知道是什么滋味。

当年雪衣陌如果没有出手救他，或者出手救了他而没有将他带入魔道，他的命运是不是就会有所不同？

她不愿意多想，也不想多想，目光落在那红泉河上，手指握紧了诛天剑的剑柄。

红泉河开始咕嘟咕嘟冒出巨大的气泡，片刻后，天地间传来一声奇异的嗡鸣，一条似河豚却又比河豚大了三倍、头上长着尖锐独角的野兽自河中蹿了出来，张开满是獠牙的大口直扑那块血肉。

就是现在！

宁雪陌飞身而起，手中诛天剑一扬，一道早已酝酿好的三昧真火如流光、如闪电，直扑那怪物大嘴！

那怪物也是个机灵的，反应不是一般快，立即合拢嘴巴！

宁雪陌那一道三昧真火正打在它的嘴唇上！

它的嘴唇和它的皮一样厚，宁雪陌这必杀一击只在它的唇上留了两个燎泡，并没有给它造成实质性伤害。

那独角兽大怒，大概也知道自己的嘴巴是唯一的弱点，虽然怒得全身的鳞片都竖了起来，却不再张嘴，尾巴一拍，一道红色水波便向着宁雪陌两个人泼了过去！

这红泉水见什么腐蚀什么，任何东西都无法阻挡它，所以宁雪陌二人只能躲避。

宁雪陌动作快，而雪衣澜不知道在想什么，动作稍慢了一点，眼看有一小波红泉水就要泼上他的肩头，宁雪陌身形电闪而至，将雪衣澜猛然一扯，同时扔出一块大石，投向那道水波……

水波撞上大石，大石咻的一声瞬间消失，那水波到底被这大石挡了挡，哗啦啦流到地上，腐蚀出一个空洞，直接又流回红泉河中了。

雪衣澜脸色微微苍白，转眸看了看身边的宁雪陌，若不是她动作快，他的肩膀就要齐整被削掉了！

"小心些！不要走神！"宁雪陌扔下这句后，便飞身离开，直接奔向那独角兽。

雪衣澜身子微微僵了一下，眸中闪过痛楚之色。

现在这个时候，恍如当年他和雪衣陌并肩战斗的时光。

他是她的护卫，她又何尝不是屡次救他性命？

但这个时候容不得他再多想，他飞身一掠，也向那独角兽攻去。

"把它引向无水地带！"宁雪陌说了一句，二人试图将那独角兽引上岸。

但那独角兽也极狡猾，似乎知道离开水自己成不了事，所以宁雪陌和雪衣澜一旦离水域稍远，无法让它用水波攻击，它便有沉到水下的念头。

它居然有沙和尚的智商！

宁雪陌在心里低咒一句，一横心，诛天剑在掌心一横，割出一道血口子，鲜血涌出，向那独角兽的脑袋上滴落。

独角兽既然喜食血肉，那么她只要以血为引，将它引到岸上去再对付它就是。

她的计划不错，但不知道怎么回事，那独角兽对她的血并不感兴趣。

她的血都滴在它的脑门上了，它居然也能做到熟视无睹。

她这可是魔主之血，魔主之血也被鄙视啊？！

难道单是血不成？还需要肉？

舍不得孩子套不住狼！宁雪陌一横心，准备也在手臂上削一片皮肉下来。

雪衣澜已经飞临她的上空："你的血不行，用我的！"

他也割破手掌，让鲜血滴下……

那独角兽一双小眼睛蓦然一睁，如同大烟鬼忽然闻到了大烟味，哗啦一声响，自水中蹿出，张口向着雪衣澜的手掌咬去！

"用三昧真火！"雪衣澜大喝一声，身形不退反进，手臂一伸，半个拳头居然伸入那怪兽口中！

那怪兽利齿一合，鲜血飞溅中，它却咬不下去了！

雪衣澜的手骨在这瞬间变得比金刚石还硬，它一时咬不断，当然也合不拢嘴。

宁雪陌心脏蓦然一紧！

雪衣澜牺牲一只手来给她制造这个机会，她当然不能错过，手一扬，三昧真火再次发出，闪电般顺着独角兽合不拢的大嘴钻了进去。

她的三昧真火极为精纯，那独角兽哪里受得了这个？惨鸣一声，啪嗒一声摔在了岸边，身子抽搐了几下，便不动了。

宁雪陌没管那独角兽，先去看雪衣澜的手，然后倒吸一口冷气！

雪衣澜那只手皮肉俱消，只余一截白骨……

他脸色煞白，却是云淡风轻之态："没事，我可是妖王，这手还能恢复，你先去处理那独角兽吧。"

宁雪陌暗吸一口气，只说了一句："把手给我！"

她自有一种气势，不容人拒绝。

雪衣澜怔了一下，慢慢把那只白骨手递过去。

这独角兽不但牙利，舌头还有腐蚀性，将他伸入它嘴里的手上皮肉都给腐蚀

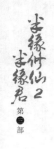

掉了。

宁雪陌先用清洁术给他清洁了一下，又拿出神九黎炼制的生肌去腐膏给他涂抹上。

神九黎说过，他这药膏只要涂抹上，就算只剩下骨头，也能将血肉复原，只不过需要的时间稍长一些而已。

雪衣澜垂眸看着在自己手上忙碌的宁雪陌。

手上明明只剩白骨，没有了触感，但她的小手握住他的白骨手为他涂抹药膏的时候，他还是感觉到一抹暖流微微涌上来，随即眸子中又闪过一抹黯然。

他知道她为他疗伤纯粹是看在同伴面上，他在她心里最多算是朋友。

宁雪陌动作迅速，很快为他包扎完毕，这才嘱咐他一句："你暂且打坐疗伤，我去剥皮。"

雪衣澜倒没和她争，点了点头，快速给她解说了剥这种独角兽皮的要点，这才打坐恢复。

宁雪陌既然做过大夫，这剥皮的手艺自然也练得炉火纯青，掌握了要点后，便立即动手。小半个时辰，那怪兽皮便被她剥了下来。

"这独角兽的皮够大，缝制两个人的皮袍也绰绰有余，给我也缝制一件。"雪衣澜开口。

宁雪陌皱眉："雪衣澜，你不必跟过去，你还是先回地面吧。我无须任何人跟随。"

去找地母危险重重，她不想再让雪衣澜跟着涉险，更不想再欠他人情。

"雪陌，你如果不想给我缝制，待会儿你走了，我再猎取一只独角兽也是一样。"雪衣澜淡淡开口，言下之意他是跟定她了！

宁雪陌头疼："雪衣澜，你何必固执……"

"雪陌，不是我固执，我也不是为私心。你是魔主，是妖、魔两界的主心骨，于情于理我都应该护你周全。放心，我知道自己在你心中的位置，不会给你造成任何困扰。"

他这样的话说出来，宁雪陌也无法再反驳他了，但她明知道雪衣澜对她的情意，如果一直和他这么牵扯不清，只怕日后这种事会更多。

她顿了顿，正想重新措辞。雪衣澜却再次开口："雪陌，我这次跟来保护你也不是白保护的，还想求你一事。"

宁雪陌挑眉："你说。"只要不是勉强感情的事，她都能答应他。

雪衣澜眼睛凝在她身上："雪陌，我知道和你已经不可能，而雪鲛一族也不可能

552

无后，我现在倒是对……对那位冰玉仙子有意。冰玉仙子对我也很有感觉，但她是仙，我是妖，神魔大陆的规矩，仙、妖不可相爱。不然她会遭受天劫之灾，除非天帝亲口许婚……"

宁雪陌愣了一下，雪衣澜终于动了娶妻念头了？！

她对那位冰玉仙子还是很有印象的，而且印象不错。

她心上像是忽然移开了一块大石，她忍不住笑道："你和冰玉仙子什么时候相熟的？"

雪衣澜瞥了一眼她的脸，看到她的笑容，那是真的放松的笑……

他眸底一黯，但随即又恢复正常："就是封印紫煞之时，我和她……合作得很愉快，出来以后又喝了几次酒，彼此很谈得来。我这次来这里找你，也正是想让你出面为我们做主……"

"那没问题！"宁雪陌几乎是不假思索道，"放心，天帝这个面子还是会给我的。"

"那——多谢了。"雪衣澜微笑，笑容艳如春花。

"朋友嘛，不必客气！"宁雪陌答得爽快。

"有你这句话我就放心了，雪陌，缝制袍子去吧，记得分我一件。"

话说到这里，雪衣澜明显主意已定，宁雪陌不让他跟随他也会在后面暗暗跟随，那倒不如一起，彼此之间还能有个照应。

她只得用那独角兽的皮裁制了两件皮袍子，分给雪衣澜一件。

她不放心，再看一眼他的伤臂道："你现在这样……"

"放心！就算断一臂我也照常行动，何况只是伤了皮肉？"雪衣澜笑容清雅，语调却决绝，"走吧！"

他将那皮袍套在身上，用术法将它完全封严实了，扑通一声就跳下了红泉河。

宁雪陌依法炮制，也跳了下去。

在这密封的皮袍子里面无法用眼睛来看水路，好在二人功力都足够高，设法开了天眼。他们这天眼和普通天眼不同，开了之后，可以看清外面的景致。

这红泉河中虽然见什么融化什么，但也只是对普通事物而言，河中还是有一些奇特物种在的。

宁雪陌在水中行走的时候，就发现好几种动物，居然鱼虾都有，当然，它们的模样和在别处常见的鱼虾是不一样的。

每一种动物都有一口锐利的尖牙，就算是虾子也是能吃肉的。

里面的物竞天择和外面比也不差，各种生物只要碰到就是拼死搏斗。

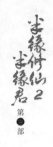
宁雪陌二人的皮口袋自然也引得其他生物攻击，有几条模样奇怪的大鱼险些咬开雪衣澜的皮袍。

幸好宁雪陌紧跟其后，双手将那大鱼扯开。

大鱼的皮是弄不破的，她干脆用掌力一震，直接震碎那大鱼的内脏，然后将其抛出去，引来数条怪鱼分抢……

好在宁雪陌并不想在这红泉河中横游，只是想穿过去。

二人互相帮助着驱除其他食肉生物，片刻工夫已经到了河底，钻入下面的红泥之中。

这红泥就算是用遁地术也极难钻过，宁雪陌还没什么，雪衣澜功力到底不如她，又受了伤，等钻出这片红泥区域后，二人来到一片颇为宽阔的地下暗流处，这才能稍稍歇歇脚。

二人脱下那密不透风的皮袍，雪衣澜脸色煞白，原本嫣红的唇也苍白一片。

宁雪陌瞧了他一眼，然后在一块大石上坐下："歇一歇吧。"

在这地底深处自然是没有空气存在的，好在二人都能用念力呼吸，倒也不觉得有多憋闷。

"你的伤怎么样了？"宁雪陌眼睛落在他的手掌绷带上，那里又有血透出来。

"不妨事，刚才用术法时稍稍用力了点，崩开一点伤口，现在已经开始愈合了。"雪衣澜微笑，还把伤手放在唇边吹了吹。

宁雪陌对神九黎的药还是很有信心的，听雪衣澜这样说，她也就放心了："待会儿我在前面开路，你尽量少用念力，护养着伤处便好。"

"好！"雪衣澜答应，还有心说笑话，"那就能者多劳了，我在后面做个跟班便可。"

二人说笑了几句，气氛变得融洽起来。

雪衣澜垂下视线，他有多久没和她这么"心无芥蒂"地相处过了？

"雪衣澜，你是不是来过这里？"

宁雪陌感觉雪衣澜对这里的地形以及事物不是一般熟悉。

雪衣澜略略一顿，嗯了一声："五万年前来过……"他又叹了一口气，"上面已经沧海桑田，这里倒是没怎么变化。"

五万年前？他记得五万年前的事？

宁雪陌心中一动，反正闲着也是闲着，便问他五万年前的事情。

雪衣澜倒也没隐瞒，把五万年前他的事都说了。

宁雪陌想起自己那个关于魔主的梦，她做魔主的时候统一了妖、魔两界，如果雪衣澜是妖王，自己没道理不知道……

她问了问年限，默默算了算，貌似魔主雪陌是在雪衣澜前面……

难道在那个时代雪衣澜也和自己有牵连？

她问了出来："五万年前你认得我？"

雪衣澜看了她一眼，略顿一顿，摇了摇头："不认识，只听说过你。"

"你听说我什么了？"

"听说你是魔主啊，是妖、魔、鬼三道的精神领袖，能和神九黎分庭抗礼……"

"其他呢？"

"没听说过其他，听说你那时避居在三十五重天上，几百年也不回妖界一次。"

宁雪陌不说话了。

神九黎那时候居住在三十六重天，她却居住在三十五重天……

莫非她那时正在一门心思地苦追神九黎做夫婿，无暇顾及下面的事？

她想了想梦中雪陌的性格，不像是个真正以大局为重、以妖魔两道兴亡为己任的……

她统一妖界不过是因为那些妖欺负她，她不想被欺负，所以将那些大大小小的妖怪给收拾了。

至于统一魔界，她的目的更单纯，只为了那朵能让她快速长大的花……

所以她避居三十五重天后，妖、魔两界就算打得乱七八糟她也是懒得管一管的。

宁雪陌抬手揉了揉眉心，自己关于五万年前的梦做得还是少了些，好多内情她还不知道。

二人歇息了一会儿，宁雪陌看雪衣澜的脸色终于好看了些，又不动声色地看了看他的手，他的手倒是不再向外渗血了，应该已在恢复。

雪衣澜站起身来道："走吧！"

森冷漆黑的骨海。

不错，眼前现出来的是一片骨海，只不过这里的骨头不是惨白色的，而是漆黑的。

每一根骨头都像是在大火中烤过，泛着森然的光泽。

宁雪陌感觉就像到了万兽骨坑，各种动物的腿骨、头骨、臂骨、尾骨、肋骨、盆骨……密密麻麻交叠在一起，偏偏所有的尖端向上，各色骨刺如剑，直指上方。

二人再要向前走，就得穿过这片骨海。

宁雪陌也知道这地底的一切不可以常理推断，所以先用鲛纱握起一块骨头来看了

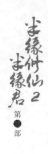

看，顿时心中微微一凉。这骨头坚硬如铁，触之冰凉，她那万毒不侵的鲛纱不过在上面稍稍缠了缠，便开始融化，若不是松手得快，只怕会熔掉她的一层皮。

这片骨海和那红泉河一样，他们绕不过去，只能从中间穿过。

"这里可以设结界通过。"雪衣澜在她身边开口，再加了一句，"设木之结界，注意别碰到那些头盖骨，应该就没事了。"

宁雪陌二话不说先给自己设了个木之结界："我在前面探路……"

她话没说完，雪衣澜已经冲到了最前面，他的声音似笑非笑的："雪陌，理应让下属开道，好歹这里我曾经来过一次，比你有经验。"

他亮出了剑，剑上冒出尺许长的火光，不时劈削挡路的各色骨头，向前猛冲。

宁雪陌自然也随后跟上。

这些骨头极怪，有很强的再生功能。

雪衣澜拼尽全力将拦路的骨头削断劈开，但二人前面行走，后面那些骨头再次恢复如初，看上去极为诡异。

这些骨头生长速度并不相同，有个别骨头刚刚折断，还没等人冲过去，便又嗖的一声长出来，如利剑般险些刺中二人的身子。

幸好宁雪陌反应快，一见不好，手中诛天剑就会出手，重新将那些骨头削断……

这片传说中最难通过的骨海居然在雪衣澜的开路下，很轻易就通过了。

当抵达对岸的时候，宁雪陌长舒了一口气。

禾木总管说这骨海之中隐藏有极奇特的怪兽，每逢人要通过，必会遭遇它的拦截和格杀，极少人能幸免。她刚才还一直握着诛天剑防备，现在看来也没事嘛，看来那怪兽在海底睡着了，没有察觉到有人通过。

这次通过骨海雪衣澜出力最大，汗自然也流得最多。

他那一身红衣已经被汗湿透，整个人像从水里捞出来的，大概汗水浸染了伤口，他身上甚至飘着淡淡的血腥气。

他一到对岸，便立即坐倒，连使用清洁咒的力气都没了，抬袖擦了擦额头上的汗，闭眼喘息了片刻。

宁雪陌没说话，而是在他身上施了个清洁咒，让他身上变干爽。

因为这地底始终一片昏黑，所以宁雪陌并不能将他的衣衫颜色看得太清楚，只隐隐觉得他的衣衫似乎更红了。

"你怎样？"宁雪陌给他一粒恢复念力的药丸。

雪衣澜接过药丸吃下，然后抬手指向东南方向："雪陌，那地母就在离此十里的离火宫内，你自己去找她吧。"

宁雪陌心中一动，原来雪衣澜早已明了她来此的目的，她看了看雪衣澜："你呢？你不去了？"

　　前面只有一个机关阵，以宁雪陌的本事，区区机关自然为难不了她，算是最容易通过的地方，雪衣澜为何会到此停步？

　　雪衣澜眸中如有水波涌动，他似笑非笑道："怎么？雪陌，现在有些离不开我了？"

　　这浑蛋！刚刚正经没多久就又不正经了！

　　宁雪陌懒得理会他，扭头就走，雪衣澜的声音在她身后响起："雪陌，再求你一事。"

　　这句话听上去挺正经的，宁雪陌回头："还有什么事？"

　　雪衣澜自怀中摸出一个盒子："帮我问问那地母这是什么花。"

　　宁雪陌打开瞧了瞧，那是一种紫莹莹的花之标本，大小如同传说中的霸王花，折叠在盒子中，倒像一把伞。

　　这花长相极奇特，宁雪陌也不认识。她将盒子重新扣上，瞥了雪衣澜一眼："这花就是你想让我观赏的妖花？"

　　雪衣澜点了点头："是啊，当时开得像个蘑菇亭子似的，下面都是累累的孢子，在妖界足足开了百十朵，好看得不得了，所以我当时想让你去玩赏玩赏……但后来我们从嘉仪山回去，这花就枯败，随风飘散了。我只抢救出这一朵……帮我问问吧，难得妖界也开个花，好歹知道它的品种……"

　　"你既然来到这里了，为什么不让地母亲自对你解说解说？"宁雪陌纳闷。

　　雪衣澜又露出他的招牌笑容："雪陌，你其实还是想让我陪着你吧？既然这样，那我和你同去……"他作势要站起来。

　　"我真心觉得，你还是在这里蹲着的好！"宁雪陌觉得真心不能太给雪衣澜好脸色看。

　　这家伙很会顺杆爬，你给他三分颜色，他就想开染坊了！

　　宁雪陌的身影飘飘然朝前掠去，片刻后不见了影子。

　　那个家伙累得够呛，他在那里歇息歇息也好。她多问朵花而已，也没什么。

　　宁雪陌如是想，没再回头。

　　雪衣澜在后面看着她的身影远去，微微垂下眸子，视线落在自己的双脚上。

　　他的双脚上不知道何时钻进了两根细细的线，在他脚踝上缠了两遭，有些像月老的红线，只不过是黑色的。

　　而且缠在他脚上的黑线里细微流动的是他的血，另外一端拴着的也不是他的良

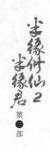

人，而是直直伸入骨海深处，仿佛什么怪兽伸出的两根触须……

这两根黑线极细，不仔细看压根看不出来。

离火宫是一座孤零零的宫殿。

它建在一片燃着火的泥沼深处，整个宫殿黑黝黝的，里面一点灯火也没有。

宁雪陌一路破除了三道机关，终于来到宫门前。

宫门上爬满了黑色的植物，一条条一缕缕像是树根又像是蛇，让人看了心底发凉。

门紧紧闭合着，整个宫殿都被这种植物爬满，里面像是并无任何生物，简直像是老巫婆所居之地啊。

这地母到底是什么样子的？一个人居住在这漆黑的地底深处，就不孤单吗？

宁雪陌暗暗摇了摇头，叩响门扉："地母，魔主雪陌求见。"

她接连说了三声，门内却毫无动静。

不会吧？难道地母没在家？

她抬手正要再敲一敲，没想到那门忽然向里缓缓塌陷进去，直接塌成一个黝黑的洞，直通门内。

宁雪陌艺高人胆大，立即抬步入内。

穿过那个黝黑的洞，进入一个满是褐色树根盘踞的大殿内，她终于见到了传说中的地母。

她以为那地母会是一个老巫婆模样的人，没想到真看清其形貌后，还是大出意料。

那是一个——阴阳同体之人。

她上半身是女人，褐色的长发直接蜿蜒在地上，眉清目秀的一张小脸，胸脯饱满，细腰不盈一握；下半身却是男子，两根大长腿异常粗壮，只在重点部位围了一块仅能遮羞的大树叶，看上去异常诡异。

她的两条腿下并不是双脚，而是分叉为树根，直接深入地板之中，和周围的树根浑然一体。

这地母是某个地底的大树成了精吧？

这是宁雪陌的第一个念头。

她的第二个念头：这地母她看着好像有些眼熟，仿佛什么时候曾经见过。

那地母有一双碧绿的眼睛，她望着宁雪陌，眼中如有荧光闪烁："呵呵，魔主……没想到你会再来……"

再来？

难道自己先前来过？

那应该是五万年前吧？

怪不得她觉得这地母有些眼熟。

宁雪陌来这里不是寒暄的，所以她点了点头："雪陌有事特来请教。"

那地母眸色莫测，笑了一笑："看在你这么拼死来这里的分上，本宫可以对你知无不言，言无不尽。"

宁雪陌没想到这地母如此好说话，还以为会被她刁难几次呢！

她松了一口气，自储物空间内将那些残碎花瓣一样样摆了出来："敢问地母，这些花是什么品种？有何用途？"

地母目光向那些花上一扫，眼眸微微一缩："这些花你自哪里得来的？"

"是……有人送的。"

地母一抬手，那些残碎花瓣就到了她的手中，她望着那些花有些出神，半晌轻轻叹了一口气："没想到那个人真的把这些花集齐了……"

她目光落在宁雪陌身上，上上下下打量个不停。

宁雪陌心中却一震，目光锐利："你说的那个人可是神尊神九黎？"难道神九黎送她花是这地母指点的？

地母目光悠长："他并没有报他的名字，本宫不知道他是谁，不过，那个人倒是男子中的翘楚，俊美得很啊！"

"他找你干什么？"宁雪陌打断地母。

地母的目光再次落在她身上："你大概不知道本宫的真实身份。"

宁雪陌望着地母不说话，知道对方会继续说下去。

"小姑娘，你大概只是听说了本宫博学的名头，所以就冒冒失失前来。本宫是地母，也就是这神魔大陆的母亲，掌控着神魔大陆上所有的花花草草，更有药神之名，这世上没有本宫治不了的痼疾，没有本宫不认得的花草……"

神魔大陆的母亲，也就是这个大陆的创造者了……怪不得称为地母，也怪不得对方会叫她一声"小姑娘"。

既然有求于人，宁雪陌还是很好脾气的，听她说完，这才适时问了一句："还请地母指教这些花的功能和来历……"

地母看她一眼："小姑娘性急得很哪……"地母不再啰唆，开始一样样介绍那些花的产地和功效。

宁雪陌凝神听着，心中有些诧异，这些花除了产地特殊了些，基本都是来自各穷山恶水之中，也基本都有恶兽看守……这么难采的花功效却稀松平常，有致幻的，有解毒的，有促进血脉循环的……并没有其他什么特殊作用。

那神九黎千辛万苦采来这些花送她有什么用途？

就为一个不容易，好让她感动？

神九黎不会这么无聊的！

终于，地母将她拿去的花都讲解完毕，那一双绿油油的眼睛望着宁雪陌："好了，本宫已经将它们各自的功效都讲解完了，小姑娘你可满意？"

宁雪陌脑中似有电光一闪，她立即问道："那它们的综合功效呢？譬如一天送一束这样的花在某个人手里，连送多少天便可以达到什么效果？"

地母眼眸微微一缩，笑了："小姑娘很聪明啊！"

果然连送有猫腻！

宁雪陌微微一笑，静等地母解惑。

目光落在那些凋零的花瓣上，地母悠然道："其实这些花并不全……"

宁雪陌挑眉，神九黎连送她一个月的花，这些花虽然都被她糟蹋掉了，但好在后期又全找回来了，虽然好多只是找回一根枯枝或者一片花瓣，但三十种花还是凑齐了，怎么说不齐？

她静等着地母继续说下去。

地母果然不负所望，继续说道："本宫让他收集三十六种花，才能达成他的全部愿望，没想到他只集齐了三十种，可惜！可惜！"

宁雪陌一颗心险些跳出来："他的什么愿望？"

地母又打量她一圈："你原先是不是长不大的？"

"是！"宁雪陌不否认。

"你是不是失忆过？"

"是！"

"这就是了，这些花单独用的话，确实没多好的功能，但如果把它们集齐，却有两个功效，其实就是治病的功效。如果集齐三十种，这三十种花都让病者摸过，最后一种花的花粉再吸入病者口内，渡一口神之气息的话，可解婆娑天晶花毒，让人恢复正常生长速度。"

宁雪陌脸色微微发白。

"你做什么？！"

"治疗你的痼疾。"这是神九黎最后送她那束花时强吻她以后所说的话，当时她还以为他是趁机占她便宜，原来他真的是在治疗她的痼疾。

不过不是她的心疾，而是长不大的痼疾。

前世的雪陌确实是吃了一种婆娑天晶花毒之后才彻底不长的。

"那，如果集齐三十六种花后又有什么功效？"宁雪陌目光落在地母脸上。

地母笑了："这些花其实有个古怪的特性，当集齐两种以上时，集花者所居之处就会长出一株天火花，当他集齐三十六种花后，他的花圃里就会长出三十六株天火花，这三十六株天火花凑齐后，又会开出一朵红豆血花，吃了这种花，可解任何术法造成的失忆症，而且将永不失忆！"

宁雪陌："……"

原来神九黎一直保护的天火花是这个功效，当时自己阴差阳错毁了他的天火花，他那样心疼是因为这个。

他想培育出红豆血花不用问是想给她吃的，想让她恢复所有记忆。

痛也罢，恨也罢，他都会守在她身边给她一个解释，有些误会也确实是需要当事人恢复记忆以后才能再解开的。

不过，永不失忆似乎不太适合她，倒符合他自己。

毕竟他是九百年一沉睡，睡醒就忘记一切人和事的人，最该吃下这红豆血花的是他才对。

那这花他到底是给谁准备的？给她，还是给他自己？

宁雪陌仔细回想了一下，心中忽然一动！

被她毁掉的天火花可不止是三十六株，她感觉要多得多……

难道他培养的是双份的？

以神九黎的聪明和本事，能培养出双份天火花确实是可能的。

宁雪陌站在那里怔怔出神，神九黎的这些花的谜团她终于解开了，可是她还是没找到他必死的理由。

神九黎在没回到梵天宫之前拼命想要挽回她，弄这些花只为治疗她的痼疾和恢复她的记忆。而且他也十分宝贝那仅剩的天火花，但他回到梵天宫之后，一切目的就全变了，他只治疗好了她的痼疾，对留在陌宫里的天火花不闻不问，压根就不在乎了。

可见他那时便不想让她恢复记忆了，还故意冷淡对她，让她对他更加无感。

这也从侧面说明他在梵天宫恢复五万年前的记忆后，大概就意识到他必死不可，所以后期才会那么做。

看来她想要找的答案还是在梵天宫内！

可是，她这些日子已经将梵天宫翻了个底朝天，除了她离魂做的那些梦外，没发现有意义的东西。

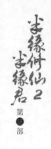

这一趟寻找地母之行她以为能找到真正的答案，没想到答案依旧在雾中，让她无论如何也看不清。

这让她未免有些失望，但也没有法子。

宁雪陌正要开口告辞，忽然想起雪衣澜交给她的那个盒子，忙又拿出来："地母，还有一花需要辨识……"她将那个盒子递了过去。

地母接过来看了看，目光微微一凝，忽然抬头看向宁雪陌："这花你是从哪里得来的？"

"妖界。"

"这花开了多久了？"

宁雪陌略略算了算日子，答道："有十天左右了吧。"

地母微微皱眉："十天了……那岂不是已经遍地都是？妖界……现在还存在吗？"

宁雪陌心中一动："这花已经枯萎了，并没有遍地开花，妖界如常。不知道此为何花？它能吞噬妖界？"

地母道："紫无常！此为乱世之花。此花一出，能毁灭天地的紫煞必会在三日内爆发。一旦紫煞爆发，此花就会遍生六界，花孢子会让六界众生感染紫煞之毒，成为无知无识只会杀戮的怪物……"

宁雪陌："……"原来这花这么邪恶！看来当时不只是妖界生长了这种花，其他地方也生长了，只是自己没得到消息而已。

这地母这么博学，或许她知道五万年前的事情！

地母重新将目光落在宁雪陌身上："此花既然已经枯萎，想必紫煞被重新封印了是吗？"

"是！不知道这紫煞到底因何而生？"宁雪陌趁机问。

地母笑了笑，目光意味深长："天地失和，天道混乱，此物才会滋生。"

宁雪陌垂眸想了想，再问："什么叫天地失和，天道混乱？地母能否举个例子？"在紫煞没爆发之前，她没感觉天地哪里不对劲了，更别提天道混乱了。

地母却忽然禅机起来："此乃天机，不可泄露。"

宁雪陌："……"她隐隐觉得自己已经接近真相了，偏偏还是像隔了一层雾。

"地母，雪陌还有一事要问，如果一个人魂飞魄散了，还能重新聚合回归吗？"

地母回答得很酷："可以去求神。"

宁雪陌心中一动！

也就是说，神九黎有这个复活魂飞魄散之人的本事？

"那——如果魂飞魄散的就是神呢？"宁雪陌屏住了呼吸。

地母顿了一下，回答出来的话把宁雪陌打入了地狱："神乃应运而生，夺天地之造化，不会魂飞魄散，只会历劫羽化，彻底消失。"

宁雪陌脸色煞白："彻底消失？无论什么法子也无法再让他复活了？"

地母垂下眼睛，这次的回答有些玄妙："难说，天地需共主，或许百年后神会再次出现。"

宁雪陌："……"

地母这句话简直就像给宁雪陌打了一针强心剂！

百年以后他会再次出现？比他给她的承诺还提前了好多好多年！

她一双眼睛顿时亮了！

这个消息对她来说，比任何消息都来得有意义！

她一颗心险些自胸腔里跳出来，这是自神九黎离开后，她得到的最美好、最鼓舞人心的答案！

小念陌如果听到这个消息，肯定会高兴坏的！

这么片刻的工夫，她的心情已经大起大落了两次，幸福来得太快，她还想再求证一下："百年后神真的会回归？"

地母看着她那发亮的眼睛，笑得意味深长："应该吧。不过……"

"不过什么？"

地母闭上眼睛："天机不可泄露。"

宁雪陌不死心，又套问了地母几句，奈何这地母像睡着一样，再不肯回答一句话了。

宁雪陌倒也不算太失望，毕竟她得到了神九黎能再次回归的确切消息！这就比什么都好！

她再套不出什么实料来，便起身告辞了。

地母看着她的背影在门口消失，舔了舔唇。

一只拥有一点神血统的魔呢，那滋味一定很美好！

呵呵，可怜的小丫头，那位神的回归她是注定看不到了……

这个小姑娘大概不知道见地母的规矩，地母只能见一次，如果不幸见了第二次，就要付出血的代价，她的小命会留在这里，除非……

她身子微微动了一下，抽出一根染血的树根，用手指蘸了一点上面的血液，放入口中咂了咂。

嗯，这小妖的血也很不错，纯正得很！

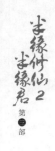
宁雪陌出来，很快就回到了那骨海边上，雪衣澜还坐在那里，正望着骨海出神，那背影看上去有些孤寂。

这家伙，居然真的在这里打坐，他就不怕有怪兽跑出来叨了他？

她现在心情颇好，看雪衣澜也感觉分外顺眼了。

她故意放重脚步走过去，看来雪衣澜果然在打坐，她快走到他身边时，他居然才发觉，转过头来："雪陌，你终于回来了！"

"是啊，我们回去吧。"宁雪陌满心里都是神九黎百年后会归来的喜悦，并没有注意雪衣澜的脸色。

雪衣澜看着她闪亮的眼睛，眸中闪过一抹黯然，却轻轻一笑："看来收获不少！"

宁雪陌眉眼弯弯，嗯了一声，将那个盒子扔给了雪衣澜："哪，我已经帮你问了，这花叫……"她把地母对此花的介绍说了一遍。

雪衣澜皱了皱眉，他以为这花这么漂亮，代表的是一种美好，没想到……

越漂亮的花越有毒吗？

他一抬手，一团火光自那盒子上燃起，眨眼盒子便烧成灰烬。

宁雪陌倒不意外，这种祸害还是早烧掉为好，雪衣澜处理得当。

那骨海此刻已经完全恢复正常，宁雪陌二人如果想要回去，还需要像先前那样过去。

宁雪陌此刻归心似箭。

此地虽然没有沙漏，但她自有计算时辰的方法，到现在为止，她已经出来两天了，而她给小念陌的许诺是三天，她必须按时回去，免得孩子担心。

"雪衣澜，这次我在前面，你断后。"宁雪陌吩咐。

"好。"这次雪衣澜答应得很痛快，难得没有和她争。

他站起身来，大概是坐得太久了，一站起就打了个趔趄，正扑在前面的宁雪陌身上。

他手里还拎着剑，好死不死，那剑锋正割在宁雪陌的手臂上，他割她这一道还不轻，鲜血一下就流了出来，直接落在地上。

"你……"宁雪陌现在对他没防备，满副心神又全在前面的骨海中，这才被他割中，忍不住将他一推，向后退了两步，"你做什么？"

这家伙又出什么幺蛾子？

雪衣澜揉了揉眉心，吊儿郎当地笑了笑："没什么，坐久了，脚滑了。没割疼你吧？呀，流了这么多血……"他上前两步，将那血用脚踹了几下，试图毁灭证据。

宁雪陌看了看自己的手臂，只是多了一道血口子而已，雪衣澜那剑并没有毒。看来他真的是失手了。

宁雪陌随手在自己的手臂上抹了点金疮药。

她是魔主，恢复能力强大，再有灵药相助，那伤口痊愈得不是一般快。

片刻后，那伤口已经愈合，看不出什么来了。

她总觉得雪衣澜今天的行为有些反常，忍不住看了他一眼。

雪衣澜的脸色还不错，不像刚才那么煞白了，有了点血色。

看到宁雪陌回头看他，他还风流倜傥地一笑："雪陌，历尽千帆你还是觉得我好看是不是？"

宁雪陌："……"

她有一种想踢他一脚的冲动。

她大步向前走去："雪衣澜，你还可以更自恋点！"

雪衣澜眸底闪过一抹黯然，他随即跟上，声音里带着笑："本王只是实话实说而已。"

宁雪陌不再理他，诛天剑在手，注入念力，一道丈许长的弧形火光剑芒冒出，向着那些漆黑骨头砍去，黑骨齐刷刷倒了一片，宁雪陌身形一起，已经跃了上去，飘然而行。雪衣澜紧跟在她身后。

她不愧是魔主，功力比雪衣澜不知道要高出多少，剑光所到之处，再坚硬锐利的黑骨也一起歇菜，甚至再生的速度也不如刚才快了。

二人这一路走得比较轻松，雪衣澜这次比较闲，还有心和宁雪陌说闲话："雪陌，神九黎是不是还会复生？"

"你怎么知道我来这里是问他复生的消息？"宁雪陌反问。

这还用问？他猜也猜得到！除了神九黎的事，谁还能让她如此不顾一切？

"我猜的，看你神情这么轻松，看来他还会回来。"

"是啊，他会回来，他是神，这个世界必须有共主的。"宁雪陌信口回答。

雪衣澜在她背后一顿："你不也是天地共主？"

宁雪陌一呆，头顶上像挨了一棒："什么？"

雪衣澜这才察觉自己失口，轻松一笑："我说笑的，你是魔主，只是妖、魔两界的主人，并不是六界共主……"

"是啊，我怎么可能是天地共主？我只是魔主而已，取代不了他……"宁雪陌也附和了一句，似乎在说服雪衣澜，又似乎在说服自己，"我和他不同……对了，地

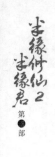

母说他百年后便可重生。如果我能取代他，百年后他就重生不了了。可见我取代不了他……"

她这番话车轱辘似的，好在雪衣澜听懂了，他在她背后一时没有说话。

"喂，雪衣澜，你听懂了没有？"宁雪陌急于找个认同她的人。

"听懂了，听懂了。"

"那你认不认可我说的？"

"认可！认可！雪陌是最聪明的，这么复杂的逻辑关系你都理顺了。"雪衣澜声音含笑。

宁雪陌这才松了一口气。她急于出去，手中剑舞得更快、更急，漫天黑骨飞舞，被炽热的剑风挥向远处，二人所过之处，像是刮过一阵飓风。

雪衣澜在她背后看着她，眸中闪过一抹痛色。

"雪衣澜，什么叫天地失和，天道混乱？"宁雪陌因为没有很久以前的回忆，对于这种禅理性的东西懂得不多。

雪衣澜似乎有些心神不宁，在后面没说话。

"雪衣澜？"

雪衣澜终于应声："在！"

"我问你话呢！什么叫天地失和，天道混乱？"

雪衣澜信口回答："就是天地之间出现异常情况吧？而且还是人力不能改变的异常情况，譬如天上出现了两轮太阳……所谓天无二日……"

宁雪陌哧地一笑："两轮太阳算什么，有个时代曾经出过九个太阳，大地焦旱，民不聊生，被后羿一口气射掉八个，只留一个才正常……"说到这里，她心上像是被什么东西重重一击，一个真相似乎就要浮出水面……

难道自己和神九黎的共存就算是天地失和？天道混乱？

这才引来紫煞的爆发？

她和他不能共存于这世上？

不是吧？！

他是神尊，自己却是魔主，最多神魔对立而已，不能算是天有二日……

这次的紫煞爆发或许是另有隐情，而不是因为她和神九黎的共同存在。

再说五万年前自己和神九黎可是共存了很久很久的，也没引出紫煞什么的。

可见不是这个原因……

可是，神九黎又为什么非死不可呢？

她心里有暂时的混乱，出招稍稍慢了一点，险些被一根突然钻出的黑骨刺中身体。

"小心！"雪衣澜在后方及时出剑，替她拨开那黑骨。

宁雪陌终于回过神来，汗了一把。

现在可不是出神的时候！她还是先回地面再慢慢思考也不迟。

她再次凝定心神，带着雪衣澜向前猛冲。

由她开路，二人的速度快了不少。

眼见对岸已经在望，宁雪陌松了一口气，只要再冲几分钟，她就能离开这个鬼地方了！

不知道是怎么回事，这片骨海总给她一种不祥的感觉，她急于离开这里，向前奔行得更快。

终于，宁雪陌一只脚踏上了地面。

而变故就在这一刹那间发生！

身后忽然风声急如闪电，那感觉就像天地忽然之间大雨倾盆，事前一点征兆也没有！

无数锐利如哨的声响自四面八方传来——

这声音来得太快，让人来不及反应！

在眼角的余光中，宁雪陌看到无数黑压压的锐利骨头向着自己射过来！

这么密集，距离又如此近，她压根来不及挥剑抵挡，只能设结界了……

不料她手指刚刚掐诀，身子猛然被狠推了一把，顺势飞纵出去，落在了岸边。

也几乎是在同时间，身后传来密集的噗噗声响，让人惊心！

宁雪陌心中猛然一沉，咬牙回头，脸色大变！

骨海的丛林之中，钻出了一条由无数黑骨组成的黑刺蛇。

它身上根根骨刺如剑，而雪衣澜就被插在这些骨刺上，整个人被无数骨刺刺穿。被刺成这样，他身上居然没有一滴血流出来，只是脸色迅速苍白下来，那黑蛇正把他向骨海深处拖去。

他的一双眸子望着宁雪陌，唇张了张，只吐出两个字："保重！"

宁雪陌脑中轰然一响："雪衣澜！"

她几乎是不假思索，身形一起，直接飞到了"黑蛇"背上，一剑向着那黑蛇斩下！想先将这黑蛇斩了再说！

无坚不摧的诛天剑砍在"黑蛇"身上，溅起一溜火星，居然只是砍裂了一根骨刺，对那"黑蛇"并没有其他损伤，它反而向骨海深处退缩得更快。

"快走！没用的……"雪衣澜终于吐出几个字。

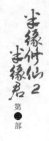

"不，我一定要救你！"宁雪陌伸手拉住了他的手，想将他的身子从骨刺上拔出来，却没想到雪衣澜的身子像是已经和那骨刺合为一体，她一拔之下，居然没有拔动。

"雪衣澜，你忍一忍！"宁雪陌横剑向他身下的那些黑骨削去！

这次她用上了全部力气，咔嚓一声大响，那骨头终于被她削断一根！

雪衣澜却闷哼一声，身子颤抖了一下，像被砍的是他的骨头。

被削断的骨头一半还卡在他身上，断口处居然流出血来……

唰！那根被削断的骨头居然眨眼工夫又飞回来，在断口处一对接，重新长好。

怎么会这样？！

宁雪陌目瞪口呆！

"雪陌，不用白费力气了……"雪衣澜再次开口，"快走！"

"不！"宁雪陌拉住他的手不放，脑中一面迅速想着各种法子，一面安慰他，"雪衣澜，你坚持坚持，我会想到法子的！你想想还在等着你成亲的冰玉仙子，你不能让她失望对不对？"

雪衣澜脸色已经苍白得不像话，听到"冰玉仙子"四个字，他只是嘴角轻轻勾了一下。

冰玉仙子很好，但是他心里只容得下一个女人……

他在来时扯冰玉仙子出来，不过是想解除宁雪陌的戒心，容许他跟在她身边。

他一双眼睛望着她："雪陌，你爱我吗？"

宁雪陌僵住。

雪衣澜微微一笑："不爱我，那就放了我吧。放手！"

宁雪陌又怎么会放？！

她一旦松手，他就彻底没命了！

她强吸一口气："雪衣澜，你听着，你是我的朋友，一直都是！我不能弃朋友于不顾！我做不到！"

雪衣澜目光落在她的背后，她此刻站在"黑骨蛇"前方，已经再次踏足黑骨海中。

在她身后，一只由黑骨组成的巨手正在缓缓成型……

"雪陌，我不想做你的朋友，只想做你的男人，三生都是如此……所以，不爱我就放了我吧，给我一个解脱。"雪衣澜掌心忽然冒出他的那柄剑，唰的一声，那剑锋自他的手腕上掠过……

宁雪陌全副精力正在对付黑骨上，压根没想到他会自断手腕，等她反应过来的时候，手里只剩他的一只断手。

"雪衣澜！！"宁雪陌的声音几乎变了调，她眼睁睁看着他被黑骨蛇拖入了黑骨林深处……

"陌陌，但愿，我下一世再不与你相见……"雪衣澜的声音传来，虚弱却清晰。

宁雪陌红了眼睛，不顾一切地向里追去。

但那黑骨林这次只给那黑骨蛇让路，黑骨蛇一过，四周的黑骨立即齐齐涌过来，堵塞了宁雪陌追击的路。

宁雪陌要想追过去，只能砍削这些黑骨，但她砍削的速度再快，也不如那"黑蛇"退缩得快，她只能眼睁睁看着雪衣澜那大红的身影越来越远，越来越远——

"日出东方兮，红衣如火。春花烂漫兮，夜色阑珊。拥美在怀兮，我心恻恻。往事难追兮，琴瑟难和……"黑骨海中有歌声传来，所唱的正是宁雪陌曾经听过的那曲。

宁雪陌泪流满面，不顾一切地拼命砍周围的黑骨。

歌声甫歇，雪衣澜一声长笑："想吃本王这个祭品，只怕不那么好入嘴！"

他笑声未绝，便听砰的一声巨响，雪衣澜所在的地方蓦然发生爆炸，腾起一股红雾，那红雾向四周飞射，所到之处，那些黑骨就像是被浓硫酸腐蚀了一般，纷纷消失。

宁雪陌只觉一股气浪迎面向她冲来，裹挟着她旋风般飞向岸边……

离火宫的地母正低垂着眸子，似乎等着什么。

忽然她身躯猛然一震，整个人哆嗦了几下，像是被火烫了一般急速抽回伸入地下的一条树根……

原本像蛇头似的树根尖端一片狼藉，有鲜血冒出来。

该死！她上了那个小妖的当！

她要抓的是那位拥有一点神血统的魔主，而不是那个小妖！

那小妖仿佛知道这一切，居然在脚上涂抹了那魔主的血，让她的"黑蛇"抓错！

既然一个人心甘情愿代替另一个人献祭，那她就不能再去抓那个魔主。

真是太可惜了呢！

她还从来没真正尝过魔主血肉的滋味，一定比普通妖魔的滋味美妙，没想到就这样失之交臂。

她的吸血"黑蛇状树根"还在流血，她也疼得哆嗦。

那个小妖居然在临死那一刻以灵魂做祭使出那样的杀手绝招，居然让她也受了伤……

一切尘埃落定，黑骨海深处传来一声沉闷的低吼，渐渐湮灭无闻。

黑骨海中有些凌乱，那些黑骨被血雾浇过以后恢复缓慢，看上去七零八落的。

而那个曾经跟随在她身边的大红身影再也不见了，以后也不会再出现。

雪衣澜，她不过就是救了他一次，他却追随她三世。

他错过、负过她，囚禁过她，却也屡次救过她，数次救她于危难之中。

他就算欠过她，也早已还清了！

他爱她，爱得如飞蛾投火，爱得不顾一切，爱得明明白白。

只是她却无法回应他，她可以把他当作最好的朋友，却无法真正爱上他。

为了让他死心，她故意冷落他，故意刺激他，他却一直无怨无悔地追随，到最后更是为她而死！

雪衣澜，我会为你报仇！我不会让你白死的！

宁雪陌站在岸边，看着那黑骨海，脸色煞白，原本一双墨黑的眼睛渐渐变红，到最后红如朝霞！

她这次来原本只是求人问事，所以一切都按照地母的规矩来，正常闯关，正常问事，正常返程，甚至没有使用多少魔力……

家里小念陌还等着她，如无必要，她并不想惹事，只想得到她想要的消息便好。

可是，她没想到她走寻常路会搭上自己的朋友！

她在这世上已经够孤单了，没想到如今连这唯一的朋友也失去了。

吃她的朋友是吗？

那她就要让对方为此得到报应！

为此她会不计任何代价！

她仰头长啸一声，啸声震动四周，让那密集如剑林的黑骨也为之颤抖！魔主之威压瞬间全部爆发……

极度愤怒之下，她全身血液沸腾，体内魔力急速流转！向着某个地方汇集！

片刻后，她周身像是某个封印被解开，忽然有金红的光芒直接爆出，几乎将这黑暗的地底全部照亮！

在那绝对强大的威压下，黑骨海中的黑骨颤抖起来，发出哗哗的响声，已经有黑骨自动向后缩。

既然对方吃了她的朋友，那这些就全部为她的朋友殉葬吧！一个也别留了！

诛天剑在宁雪陌手中发出比太阳还要闪亮的光芒，唰的一声向着黑骨海平推而去！

山崩海啸也不足以形容此刻的黑骨海所发出的声音……

《神魔录残篇》中曾记录了这么一句话：神魔大战，天地覆，日月沉，山河崩，三界倾覆……

因为隔的年限太久远，所以无人知道当时到底是怎样一种盛况。

宁雪陌自在这大陆重生后，为人做事一直比较低调，但也在三年之内扫平六界各种不服，不知道和多少真正的高手打斗过，却没有一个人能赢过她。

想要六界臣服，没有真正过硬的本领那只是一场空话，她重生后，虽然没有了五万年前的记忆，但属于当年魔主的功力还是回来了一大半。虽然她记不得当初使用的那些招数，但体内的魔力已经和当年差不多了。

她就像一条蛰伏的巨龙，一旦被激怒，那便是天翻地覆……

半个时辰后，密集如森林的黑骨全部消失不见，原地只剩下七零八碎再也聚不起的黑色碎骨，铺了厚厚一层，如同飓风过后的断壁残垣……

宁雪陌站在那黑色碎骨正中，红如宝石的眸子在碎骨中扫来扫去。

那条吃了雪衣澜的黑蛇呢？！

她刚才在摧毁这黑骨海时已经在寻找那黑蛇，那是罪魁祸首，她不会放过它！

她会将那怪物抽筋剥皮，锉骨扬灰，来祭奠雪衣澜的在天之灵！

她将这些黑骨头全摧毁了，也没见到那黑蛇的影子，难道黑蛇钻入地下了？

她嘴角轻轻一勾，眸中闪出一抹嗜血的杀意！

没有什么东西在害死她的朋友后还能全身而退！她就算掘地八尺也要把那怪物找出来！

诛天剑凌空一闪，刺目的红光再次将整个空间照亮！

离火宫内，地母正在忍着疼疗伤，她轻易不会受伤，而一旦受伤也轻易不会好。

她微微闭上眼睛，又将那根抽出来的树根慢慢放下，嘴里轻嘶了一声，那树根无声地钻入地下，蜿蜒向那片骨海游去。

那片骨海既是阻拦来人的屏障，又是她的营养之地，她的树根只有在那里才能恢复得快一些。

那只小妖！那浑蛋小妖！居然敢用那样决绝的法子伤她堂堂地母！

可惜他已经死了，要不然她会让那小妖尝到她的手段！

她活这么久，还没有一个人敢对她如此不敬！

好疼！

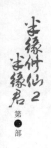

她的双腿下半部分其实就是无数虬结的树根，此刻她忍痛的时候，整个大殿上盘绕的树根也跟着伸伸缩缩，如同蠕动的蛇。

她正要运功打坐，忽似察觉到了什么，猛然睁大眼睛，向外看去。

外面如有火光冲天而起，那火却又不是普通的火，而是能焚尽一切的红莲业火！那火通红通红的，宝石一样绚烂，如凤凰的涅槃之火，刺得习惯黑暗的地母一双眼睛生疼！

怎么回事？！

她尚没回过味来，便听到那山崩海啸似的声响。

黑骨之海到底和她休戚相关，一旦遭到真正的灭顶攻击，她还是能及时察觉到的。

她的营养之海！

她眼眸中有利芒一闪，那个小魔主居然敢毁她的营养之海！呵呵，她本来碍于自己的诺言不能再伤害那个小魔主，现在既然对方自己送上门来挑衅她，那她还有什么好客气的？！

她要让这小姑娘知道，什么叫不该招惹不能招惹的人！

她手指一动，身上爆出无数树根一起钻入地下……

第二十二章　地母猎血食

噗！

砰！

唰！

无数异响自黑暗的脚下发出，无数"黑蛇"自地底钻出来，每一条"黑蛇"都有七八丈高，每一条"黑蛇"的模样都和拖走雪衣澜的那条差不多，只是大小不同而已。

这样的"黑蛇"足足冒出了十七八条，将宁雪陌团团围在正中。

狂猛的杀气自这些蛇身上弥漫，似乎要将周围的一切全部冻结。

捅了蛇窝吗？

宁雪陌微眯眼睛，那宝石般鲜艳的双眸中透着嗜血的狠绝之色！

那她就一窝将其端了吧！

她手中诛天剑再次爆出冲天的火光，向着离她最近的那一条"蛇"冲去！

那条"蛇"并不怕这个，说实话，它不怕任何事物，这个世上除了用魂力凝成的爆破能伤到它们外，其他有形的兵器都不能对它们造成伤害！

能突破重重障碍来到她那离火宫的人都不是等闲之辈，他们之所以遵循她的规矩，也是因为她本身实力极其惊人，无人可以真正抗衡……

地母最主要的变态规矩就是，一个人一生只能来她这里问一次问题，一旦来第二次，那就是甘愿做她的血食。

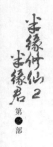

而第一次来问问题，也是需要付出代价的，譬如过那个黑骨之海的时候，会被吸走三分之一的鲜血（当然，这一条是隐形规矩，地母并未对外言明，只有真正来过一次的人才知道这条规矩，被吸血的就是在前面开路的人）。

地母那个只能来一次的变态规矩一般是等人要走的时候说明的。所以曾经来过一次的人，只要不是遇到无法解决的难题也不会再来她这里。

宁雪陌五万年前曾经来过一次，但她没有五万年前的记忆，所以莽莽撞撞就来了，并不知道自己这是第二次来，更不知道在地母眼里，她已经是地母的血食……

那些第二次来的人并不甘心做血食，一般会拼死抵抗一阵，却没有一个人抵挡得住"黑蛇"的攻击，做了地母的口中食。

地母捕猎血食的时候，一般动用一条"黑蛇"就足够，而这次，她将"黑蛇"全派了出来，可见对宁雪陌还是极重视的。

当然，地母也是志在必得的！

魔主的血肉啊，她可是一直等着尝鲜呢！

宁雪陌自然不知道这些内情，此刻她还没想到背后是地母在捣鬼，更不知道这些"黑蛇"其实是地母伸入地下的触角。

诛天剑出，火光升腾，燃亮整个空间。

"黑蛇"狂舞，无数黑骨自它们身上射出，如同根根利箭，向着宁雪陌狂射！

宁雪陌眯起眼睛，不避不闪，剑光缭绕中形成一个火焰大球，那些黑骨射入火焰大球之中，发出嘶嘶的声响，转眼消失无踪。

而火焰大球的速度并没有降低，直接飞撞在为首的一条"黑蛇"身上！

惊天动地一声巨响后，任何东西也无法伤害到的"黑蛇"身子居然被炸开了一个大洞！

啾！那黑蛇发出一声刺耳的尖鸣，无数黑骨自那大洞中倾泻而出！

那些黑骨又和普通黑骨不一样，根根染了血，空气中满是血的腥香。

那受伤的"黑蛇"像被电打了一样，噗的一头又扎回地里，眨眼不见了影子。

其他"黑蛇"像是商量好了一样，忽然四散开去，自八个方向将宁雪陌包围，不待她有动静，每一条"黑蛇"身上都射出无数黑骨箭，自四面八方无死角无漏洞地向宁雪陌齐射！

这种黑骨极毒，只要有一根刺中宁雪陌，就可以瞬间让她神经麻痹，丧失一切行动能力，然后任它们为所欲为。

如果自远处上空向下看，你会看到十几个高高的怪兽像铜墙铁壁一样将一位娇小的小姑娘围困在正中，所喷发出来的黑骨箭密密麻麻，海啸一样向宁雪陌喷涌，足足可以将她淹没八百回！

唰！一道朝阳般绚烂的红光再次亮起，像一轮太阳般自黑暗中升起，那"太阳"正中就是那位小姑娘，那"太阳"移动的速度极快，电闪一般直接奔向其中一条黑蛇！

那些黑骨箭射在"太阳"上，发出如同暴雨落地时的哗哗声，却没能阻住那"太阳"移动的脚步。

"太阳"又撞在一条黑蛇身上——

又是一声刺耳的尖鸣响起，那黑蛇也像第一条黑蛇一样，身上被割裂一个大血口子，钻入地下不见了。

那"太阳"并未停止，又向另外一条相邻的蛇撞去……

就这样，一条又一条"黑蛇"受伤，纷纷钻入地下。

最后的三条黑蛇大概也知道讨不了便宜，不等那"太阳"撞过来，便也钻入了地下。

想跑吗？

哪有这么容易？！

宁雪陌飞身一起，身法如同闪电，直接跟随最后一条蛇钻了进去。

地母简直要疼哭了！

她的触角！她无往不利的触角居然都铩羽而归！

被伤到一根触角她都要哆嗦一会儿，现在她却足足被伤了十七八条触角！

她简直不知道该先给哪个止疼了！

那个小魔主的功夫简直太出乎她的意料了！

五万年前这小魔主来她这里的时候，还单纯得不得了，功力也没有这么恐怖。

怎么五万年不见，她的功力居然高成这样了？！

更重要的是，一个纯正的魔居然使出了神的招数！

这才让地母踢到了铁板！

她也不笨，触角接连受伤之后，她也知道用这些触角无法再伤害到宁雪陌，便全部将其撤了回来……

算了，魔主的血肉她不吃了！就放过那小丫头一次。

那小丫头大概不知道这些"黑蛇"是她的触角，让她在那黑骨海里折腾吧！

反正那触角撤回来的时候，那些土石会自动将触角所经过的地方掩埋，不会留下痕迹，那个小魔主也找不到这里来。

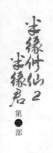
杀气！如海潮般的杀气忽然自地底狂涌而至！

红光一闪，一个人自地底直飞而上，飘飘然立于大殿半空之上。

地母脸色一变，无数树根在她周身盘旋飞舞，将她保护得密不透风。

宁雪陌居高临下地望着那位地母，再看了看周围的一切，霎时全明白了！

"害死我朋友的是你！"她轻轻吐出几个字，声音平淡，仿佛在述说一个平淡的事实。

她明明一身火红衣衫，飘飘然立在空中像是燃烧的火，周身的气势却极冷，那是一种极寒的威压，让整个大殿气温骤降，仿佛一下子从山温水暖的江南到了寒风呼啸的北极！

她这种气势让见惯大风大浪的地母心中也骤然一寒！

"第二次来见本官的人都要留下做本官的祭品！这是本官的规矩！他是代替你做了祭品，所以本官才会放了你。"地母开口，声音也冰冷。

她活的年岁不知道比宁雪陌多了多少，周身的气势自然也强大得不得了。

她非魔非神，因为深居地下，不参与六界纷争，所以知道她的人极少。但她毕竟是这大陆的创世者，其王者威压自然也极强，并不输于宁雪陌。

两者的威压同时爆发，尚未正式交手，那离火宫的大殿已经承受不住，咔咔咔一阵裂响，如不是那些盘根错节的树根笼着，只怕那些墙壁已经崩塌了！

"看在已经有人做了祭品的分上，本官就放过你这一次，赶紧走！不要等本官后悔！"地母出言威胁。

她毕竟活了这么多年，感觉还是极敏锐的，和宁雪陌这么一对上，她便知道对方是个强有力的劲敌！

如果她们真打起来，鹿死谁手还真难说。

最重要的是，人活的时间越长越怕死，所以地母也怕死，并不想真的和人拼命。她还想好好活着，继续做这世界超然的王者。

所以她见到宁雪陌的第一个念头是将她吓退！

而宁雪陌对她的威胁只是报之一笑："你想放过本座吗？可本座不想放过你呢！杀人是需要偿命的，地母，这次你必须为我的朋友偿命！"

这位红衣小魔主笑容很甜，脸颊上一边一个酒窝，但那一双眼睛里一点笑意也没有！眼瞳已经渐变为妖异的紫色，浓烈、冰冷的紫，瞳孔竖长深邃，让人看一眼后，心脏也似结了冰！她说出的话更如冰刀，透着无比的森寒气息！

地母心中又是一寒："你……你找死！"

"嗯，确实！"宁雪陌再笑，"本座就是要送你一个'死'！"话音未落，她的掌心里又现出诛天剑，她低头在剑锋上轻轻一吹，姿态妖异优美，却让人胆战心惊！

话说到这个份上，地母也知道势必有一场血拼了。

"很好，既然你自己找死，那就怨不得本宫了！"

地母眼眸一眯，手掌忽然向外一挥，自她周身忽然爆出无数黑光，这些黑光在空中一个翻转，居然变为一个个黑色魂灵，这些魂灵密密麻麻地挤在一起，形成一片浪潮似的黑海，向着宁雪陌卷了过来！

魂兵！而且还是怨气极重、本领极强的魂兵！

宁雪陌眼眸微微一眯，忽然冷笑一声！

这地母看上去与世无争的世外高人样子，原来是如此残忍狡诈的人物！

她在这地底像个土拨鼠似的住了不知道几万年，害死的人不知道有多少，那些死在这里的人都被她用秘术炼制成了魂兵。

这些人生前都是一方霸主，于今无声无息地死在这里，魂魄不得解脱，怨气自然极大，如今一旦被地母用秘法放出来，便恨不得撕碎一切活着的东西！

地母周身有控制它们的结界，它们自然无法伤害到地母，所以便直奔宁雪陌来了！

她是这里除了地母外唯一活着的生物，所以它们要撕碎她！

鬼啸之声尖锐如刀，宁雪陌触目所及，都是直拥过来的各色人头。

它们的面孔还带着死前的相貌，有丑有俊，有男有女，密密麻麻，宛如大海潮生，铺天盖地地向她涌过来。

宁雪陌脸色微微一变，她倒是不怕这些魂兵，可是她怕里面有她的熟人——雪衣澜会不会也在这里面？！

因为有了这个顾忌，她不能施展出真正绝杀魂灵的那种大面积攻击术，只能小面积地各个击破。

看清一片没有那个人后，她才真正出手。

地母还是太托大了！

她以为她拥有"魂兵潮"这个大杀器就可以遇神杀神，遇佛杀佛，无往不利。

或许她真能用这大杀器对付神，但是她这次对付的却是魔！

魔对妖邪的招数天生有一种免疫力，更何况对方还是魔的精神领袖——魔主！

如果不是宁雪陌对这些魂兵出手有所顾忌，这些魂兵压根威胁不到她！

绯红的剑光如一场流星雨，斩在那些魂兵身上。诛天剑是集天地煞气所造成，这些魂兵身上的煞气和诛天剑上的煞气一比那就是小巫见大巫！

大殿中哀号声不绝于耳，诛天剑上冒出来的红莲业火正是这些魂兵的克星！一团

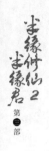

团魂兵在红莲业火中消散，化为无形。

地母的这些魂兵足足有三千，聚集在一起，就算一人吐一口唾沫也能淹死一个人。更何况这些魂兵个个本领超强？

而且宁雪陌怕里面有雪衣澜的魂魄误扑上来，所以周身并不敢设置能阻挡这些魂兵的火之结界，防守也完全靠的是挥舞诛天剑，这样一来难免就有疏漏之处。

更何况在这期间，地母那黑蛇似的树根还时时抽冷子跟着袭击宁雪陌。

所以宁雪陌还是受了一些伤，前胸中了一剑，后背挨了一刀，腹部还被扎了一枪……

这些魂兵的兵刃上都是含有魂之剧毒的，如果是普通仙魔，挨上这么一下大概就要去见上帝了。

血透重衣，宁雪陌却连眼睫毛都不眨！

她在魂兵中纵横来去，剑光所到之处，响起一片哀号之声……

没有！没有！她灭的这些魂兵里面没有雪衣澜的魂魄！

随着魂兵数量的减少，她出招也越来越快——

一个时辰后，到最后只剩一二百魂兵的时候，宁雪陌已经能一眼瞧过来。

这里面没有雪衣澜！

她像是失望又像是松了一口气，诛天剑再次横空飞起，霎时在空中化为数百柄剑，如流光般向着那些残余魂兵袭去！

鬼哭狼嚎声响彻整个空间，无数黑血泼洒而下。

地母几乎称得上完美的大杀器就这样被宁雪陌给灭了！

地母心疼得几乎要晕厥！但她现在顾不得心疼了！

她是地母，生于此，长于此，法力虽然高，却挪不了地方！换言之就是她想跑也跑不了！

她眼见宁雪陌掌心中那柄诛天剑飞起来，直接攻向那些残存的魂兵，一横心之下，无数黑蛇树根一起向着宁雪陌抽过去，明显是欺负她现在兵刃暂时离手，无法自保……

这是她唯一诛杀宁雪陌的机会，所以她不想错过！

"黑蛇"狂舞着向宁雪陌扑来，想将她刺成刺猬。

地母以为宁雪陌会设置结界抵挡，而她的树根是可以破任何结界的，所以宁雪陌免不了被杀的结局。

她却没想到宁雪陌压根就没有设置结界的意思，甚至没有抵挡——

她身形如闪电，直接扑到一条"黑蛇"身上，双手握住"黑蛇"身上的黑骨尖刺拼命一扯！

地母发出一声惊天动地的惨叫！

那条黑蛇树根居然被宁雪陌活生生撕成了两半！

地母疼得浑身抽搐，尚未等她再有所动作，眼前红光一闪，那红衣小姑娘已经飞扑到她跟前，诛天剑剑芒上吞吐出尺许长的红光，向着地母的脖颈抹来！

地母吓得亡魂皆冒，情急之下，用手阻挡宁雪陌的剑刃："你不能杀我！我死则神魔大陆灭！"

绯红的剑刃刺穿了她的手，在离她的颈项几厘米处停住！

灼热的剑息在地母的脖颈处翻腾，让她鸡皮疙瘩狂冒，也让她一贯宝相庄严的形象大毁！

她也顾不得什么，甚至顾不得一只手掌已经被对方截成两半，急急地道："我乃地母，掌管整个神魔大陆土地的精华，我若死则山崩地裂，这大陆上所有的人都要给本宫陪葬！"

"是吗？"宁雪陌嘴角微勾，绽放出一个嗜血的笑容，"但与我何干？！"

地母一窒，这才想起对方是魔！

魔又怎么会顾及所有人的生死？

宁雪陌的宝剑又前进半寸，笑容越发寒凉："本座数到三，但愿你能给本座一个其他不杀你的理由，要不然……"她必须逼这人妖把雪衣澜的魂魄交出来！

但如果直接讨要，这地母就会拿这个做要挟，不知道会生出多少幺蛾子来。

所以她要逼地母自己交出来！

雪衣澜的肉身是没有了，如果能得回他的魂魄，那她还能再送他去转生，或者干脆用他的一魄凝出他的身体，再设法让他复生。

她不甘心让他就这么死！

地母脸色煞白，身上的"黑蛇"触须已经全部受伤，现在都在抽搐，她想转回一条来背后袭击宁雪陌也做不到。

原先一直是别人做她砧板上的肉，现在换她成为别人砧板上的肉了！

越怕死的人到真正拼命的时候越容易输，越容易死。

她的功夫其实和宁雪陌差不多，甚至比宁雪陌还要高一点，但她怕死！宁雪陌则是出了名的不怕死！而且她的临战经验不知道甩这位地母多少条街，她一旦拼命，就算比她高好几个级别的对手也要甘拜下风！

怕死的人碰到拼命的人，只有输的份！

此刻在宁雪陌的逼迫下，地母全身抖得如同筛糠："我没骗你，我一死这世界真

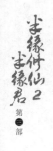

的会崩塌。你是魔主或许不怕，但你难道没有朋友亲人吗？他们也会死的……"

她话没说完，宁雪陌的剑锋已经碰触到她脖子上的细肉："你还真是学不乖，本座说了就算这世界全部崩塌了也不在乎……"

剑锋入肉，一缕血线顺着剑锋流出来，明明只是碰破了一点油皮，地母却吓得脸色如死："你……你别……你说你想要什么？或者你想知道什么，本宫有的一定给你，也知无不言，言无不尽！"

"我那朋友的魂魄呢？先把他交出来！"宁雪陌凉悠悠开出了第一个条件。

地母一愣，目光闪动："你这么在乎他？"那她就可以拿这个做名堂博取一线生机！

宁雪陌何等聪明？她一看地母的表情就知道地母要做什么！

她轻轻一笑，柔声道："你说呢？我的人我自己可以弄死，但别人弄死的话会让我很不爽！当然，你不交出来也没关系，我直接让你偿命也是一样的。他是妖王，你是地母，用你的命来偿还他的命也足够了。"

她再眨了眨眼睛，笑得越发温柔："算了，你还是不必交出来了，本座还是弄死你好了……"她手中宝剑作势用力。

"慢着！"地母大叫，不敢再卖关子，"魔主，不是本宫不交出来，而是……而是他的魂魄真的不在本宫这里。他临死时用的是魂爆之术，怕是魂飞魄散了……"

宁雪陌脸色一变！

魂飞魄散？！又是魂飞魄散！

"本座不信！"宁雪陌一字一顿地道，"你还真不乖呢！在这种情况下还敢耍花腔！"她宝剑忽然斜斜一闪，地母的耳朵就少了一只——

地母几乎要吓瘫了，急急地道："没有！绝对没有！本宫可以发誓，他那时用的确实是魂爆之术，要不然本宫的脚也不会被炸伤……"

看地母这神情言语确实不像是撒谎，宁雪陌握剑的手指变得冰凉，那一双紫眸中闪过一抹狠绝之色："既然如此，那你就要付出代价喽！魂飞魄散是吗？本座倒是也会这项术法……"

"不，不！这样吧，你那朋友本宫是交不出来了，本宫回答你一些感兴趣的问题怎么样？"地母急于活命，拼命和宁雪陌谈条件。

"本座似乎没什么感兴趣的问题了。"宁雪陌声音淡漠。

"你不是想知道紫煞的具体由来？想不想知道什么是天地失和，天道混乱？"

宁雪陌瞧着她，目光漫不经心："我觉得这个和本座没什么关系，再说焉知你是不是在撒谎？"

"本宫做事或许会有一些不是,但从不撒谎!事关天道也容不得本宫撒谎!"地母就差赌咒发誓了。

宁雪陌目光微微低垂,这些确实是她关心的,因为这些或许是神九黎必须离开的关键。

"嗯,那你先说说看。"她语气漫不经心,一颗心却微微提起。

"你……你先放开本宫。"地母见她有活动的意思,立即也提要求。

"本座让你说说看,只是想姑且一听而已。你说的内容让我满意,或许会饶你一命,但现在放了你还早一些!"宁雪陌自然不会放她,放开她再抓就不太容易了,还得费一番手脚。

宁雪陌受伤也不轻,身上的伤口疼得厉害,只不过她一向有韧劲,疼得再厉害她也能挺着,甚至在表面上让人分毫也看不出来,像是没知觉。

地母为了活命,无奈何只得在宁雪陌的宝剑逼迫下说了紫煞的来历。

而她所说的这些对宁雪陌来说,不亚于一道道惊雷!宁雪陌的一颗心更是直沉地底!

神魔大陆在很久很久以前并不叫神魔大陆,而是叫六界大陆,六界众生在这大陆上和谐共存。而六界众生只信奉一位神尊,这位神尊乃天地生成,他掌管的是六界的大体平衡,并不会偏向哪一界,被奉为天地共主,也就是六界共有的主神。

但不知道什么时候,天地间出现了偏差,居然又生出一个魔来,这魔逐渐强大,被称为魔主,慢慢地居然能和神尊分庭抗礼,成为妖、魔、冥三界的主人……

而六界大陆也更名为神魔大陆。

天无二日,民无二主,这六界大陆其实只需要一位共主,一旦出现两个,天地秩序就会颠倒,紫煞开始滋生。

当然,如果神魔只是简单共存,这紫煞就算开始滋生也不会造成什么危害。

但神、魔天生便该是对立的,神、魔一旦相爱,那才是真正的六界大劫!

紫煞会疯狂增长,神魔则必须消失一位,要不然紫煞便会在短时间内爆发,将六界尽数摧毁。而封印紫煞唯一的法子就是神魔二人必须牺牲一人,这样才能再保持六界大陆的平衡。

地母把这一番话解释完,那一双眼睛便紧盯在宁雪陌脸上:"五万年前,魔主曾经来找过本宫一次,讨教追男人的法子。如本宫猜得不错的话,那时的小魔主想要追的就是神尊……"

宁雪陌没说话,她没有五万年前的记忆,自然不知道地母所说的对与错。

不过,五万年前的自己貌似很单纯、很率真,为了找一个追男人的法子,就费尽

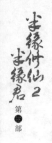

千辛万苦找地母也不是干不出来。

这些都是次要的，最给宁雪陌沉重打击的是，她和神九黎只能活一个……

她脑中轰轰作响，死抿住唇，冷冷地道："本座不信！神和魔怎么就不能相爱了？！这什么破规矩？！本座怎么从来没有听说过？！"

"五万年前的六界毁得彻底，六界众生只怕活下来的寥寥无几，就算活下来的怕也隐居世外，这规矩自然无人再知……"地母的目光在宁雪陌脸上转了一圈，"如本宫没猜错，阁下也没有恢复五万年前的记忆，自然对这规则就更不知道了。"

宁雪陌挑了挑眉："这规矩是谁定下的？难道是神尊？"

地母摇头："不，是天道！"

"天道？那又是什么鬼？"宁雪陌冷笑，"神尊不是最早的六界共主吗？难道这些规则不该是他来定？"

地母道："无论神、魔有多厉害，毕竟是天地所生成，自然要遵循这天道的规矩。"

宁雪陌摇头："本座不信！那在哪里能看到这天道？"

地母垂下眸子："天道并不在六界之中，当有事物违背天道时，天道会有所示警，自动出现。相信那位神尊也曾经看到过……本宫也曾经见到过。"

这也太虚无缥缈了！

宁雪陌用剑挑起她的下巴，居高临下地瞧着她："想撒谎骗本座？！"

地母一双眸子却没有丝毫心虚的闪烁之意："绝无半句虚言！阁下不用考虑五万年前的情况，可想想最近发生的事，那位神尊曾经来向本宫讨教治疗魔主长不大的痼疾和恢复记忆之法，想必他那时便已经爱上魔主您。只不过他那时还没入住梵天宫恢复神尊记忆，更没恢复神位。他恢复神位以后待你如何？这一次的紫煞又是何时爆发的？如何封印的？如本宫所料不错，那位神尊只怕已经不在这世上了吧？这才让天地六界恢复正常……"

宁雪陌脸色发白，被地母问得无话可答。

顿了半晌，她才像忽然抓住一根救命稻草似的冷笑："我想阁下或许忘了，你既然说我和他只能活一个，那你刚才又为何对本座说，他百年以后会重生？"

地母叹气："那是因为本宫以为阁下会死在这里，成为本宫的血食。你这个魔主一死，天地还需要一位正常共主，神尊自然会再生。但你既然还活着，神尊就不会再现世了。"

宁雪陌："……"

传说中黄泉路上有一种花叫彼岸花，佛经有云：彼岸花，开一千年，落一千年，花叶永不相见。情不为因果，缘注定生死……

彼岸花，花叶永不相见……

她和他以后的命运就像这彼岸花，他生则她死，他死则她生，彼此相爱，却永远没有相见之期。

宁雪陌也不知道自己是怎么从离火宫走出来的，心脏沉甸甸的，双脚却轻飘飘的，踏不到实处。

她没将地母处死，毕竟这人的生死牵连着整个神魔大陆的存亡。

这个大陆神九黎曾经守护过，他以后说不定还要在这大陆重生，她不想等他回来，看到的是荒芜、如火星一样死寂的大陆。

她可以不在乎其他人的生死，但她的儿子还生活在这大陆上，她不能让儿子出意外。

当然，宁雪陌也不想就这么轻易放过杀死雪衣澜的罪魁祸首，所以她干脆废掉地母的全部功力，又削断了地母的两条手臂和十六根黑蛇状树根，勉强留下她的一条命苟延残喘。

宁雪陌是用诛天剑干的这活，诛天剑有毒，还是无法医治的剧毒！

当日神九黎那么大的本事中了一剑后，都无法自愈，所以宁雪陌相信，这位地母以后再作不了恶了，她的余生应该会在拼命解毒中度过……

她算是为雪衣澜报仇了。

宁雪陌脑子里一直乱哄哄，她曾经逼问地母神魔共存的解决之道，地母当时笑得邪气："无法共存，除非你彻底放弃魔主的身份！"

宁雪陌对魔主身份是不感冒的，如果她不做这魔主，神九黎就能回来，那她二话不说就扔掉这魔主身份！

所以她当时眼睛一亮，却没想到地母接下来的一句话又将她打回地狱："你是天生地养的魔，这魔主身份不是你说放弃就能放弃的，还需要做出彻底牺牲。"

宁雪陌自然问需要做出什么牺牲，那地母却无论如何也不说了。

宁雪陌将她折磨个彻底她也不肯再说，被逼急了只说了一句："此乃真正的天机！本宫若说出来，魂魄会受天刑之灾，永生永世不得解脱……"所以她宁肯这个时候死在宁雪陌手里，也不想受那永生永世之苦。

宁雪陌晃晃悠悠第二次走出了离火宫，地母在她背后看着她的背影眼眸中闪过满满的怨毒和得意之色。

她还有一件最重要的事没有告诉这位小魔主。

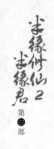

那就是如果宁雪陌死了，或者做出彻底的牺牲，就算换得神的重生，重生的神也未必就是原先那尊神了。

所以她想要再见她那情郎是不可能的了！

她生生世世注定孤独终生，除非……除非那神尊用了什么逆天的术法再行回转，要不然这位小魔主凄凉一生的结局已经注定。

百年之期的希望已经成为泡影，甚至连那千年之约也成渺茫。

爱人死，朋友亡，原先在她生命中占最大比重的两个人如今都已经消失不见。

这世上只剩下她，若不是她心里还惦记着小念陌，她几乎就想葬身这黑暗的地底，再也不出去了！

等她好不容易回到地面上时，外面天已经黑透。

青山碧水，蓝天白云，月缺月圆……从今以后只有她一个人独赏，再没有人会陪在她身边和她共看云卷云舒了！

她出来的地方正在山脚下，好巧不巧，正是当初她和雪衣澜烧烤野味的地方。

如今那些烧烤的痕迹还在，而那个男子再也不会回来了……

她在原地站了一会儿，仰望着天空出神，谁也不知道她此刻在想些什么。

她也不知道出神了多久，身后似有点动静，她下意识回头，见一白衣女子飘飘然站在不远处，俏脸微微苍白，一双墨黑的眼睛正看着她。

冰玉仙子！她在这里是？

冰玉仙子走了过来，她并没有看宁雪陌，而是望着脚下的大地，轻轻地道："他死了是不是？"

宁雪陌一僵，为这个女孩子的敏锐！

"你为什么这么问？"难道这位冰玉仙子知道什么内情？

冰玉仙子依旧不看她，死死地盯着脚下的大地，半晌才开口，说了一句："我和他喝酒喝了三天，他每次醉了都会说你的事情……"

宁雪陌："……"

冰玉仙子继续道："我有时候把话题给他绕开，他却拼命再引回来，魔怔了一样，一会儿哭一会儿笑的，他说自己是傻子，说自己中了你的蛊，无论如何也放不开手。他说他想放开的，可是做不到。他说他大概只有死了才能解脱……"

宁雪陌手指冰凉，哑声道："你不必说了！"雪衣澜对她的深情她如何不知道？可是……可是她无法回应……

冰玉仙子却像是打开了话匣子："他这些日子一直注意你的动静，知道你要去找地母，怕你出意外，便暗中跟着……"

宁雪陌心如溺水般一痛，她微微闭了闭眼睛，再睁开时眼里已经一片晴明："他知道我是第二次找地母？"

"他没提起过，不过看他的神态似乎是有这个怀疑的。"

"他早没和我说……"同行这一路，雪衣澜压根没提第二次见地母会有什么遭遇。

"如果他和你说了，让你知道其中的危险性，你还会不会去？"冰玉仙子反问。

宁雪陌一顿，终于回答："会去！"她这次的地底之行是势在必行的，所以无论知不知道这个规矩都一样。不同的是，她如果早知道这个规矩，是无论如何也不会让雪衣澜跟着的，会自己在地底寻找突破，和地母周旋。

雪衣澜大概也明白这一点吧，所以他选择不说，而是跟在她身边，代替她做了祭品。

他用他的方式来保护她，就像第一世她答应收他做个侍卫，他亲口许诺的那样，会一生一世护卫她平安，直至生命终结的那一刻。

雪衣澜用惨烈的方式为他自己的生命画上了句点，也在她心上留下永难磨灭的印迹。

天上寒星闪闪烁烁，清风依旧，明月依旧，而离去的人永远不会再回来了。

这世上唯一能救魂飞魄散之人的神尊也不在这世上了，雪衣澜自然也不会再转世投胎，更不会再回来……

胸中有热血一涌，喉中一阵腥甜，宁雪陌微微踉跄了一下。

她身上的伤已经处理过，表面并不能看出什么，冰玉仙子自然也看不出来。

她站在那里，慢慢拿出一些果盘点心，还有一葫芦酒，打开葫芦盖，对着天空一笑："衣澜，我敬你……这是你最喜欢的酒、最喜欢吃的果品和点心……"她的声音微微喑哑，似哭似笑。

宁雪陌心中一动，这才注意到这位冰玉仙子容色甚是憔悴，比刚刚封印完紫煞还要憔悴。

"你一直在这里等着他？"宁雪陌忍不住问了一句。

冰玉仙子没有回头，声音却黯然："他一直等着你回头，而我，一直在等着他回头……"

她一直站在他身后，他却永远不会注意到她，他眼里只有他的陌陌……

她知道他这一趟会死，可还是等在这里，奢望能等来一个奇迹。

只不过那奇迹没有发生而已。

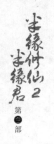

雪衣澜，那个如火般耀眼的男子真的再也回不来了。

他用一死祭奠了他的爱情，也解脱了他自己。

她却无法得到解脱，她追逐他两世，他的目光却始终没在她身上停留。

酒液泼洒在地上，空气氤氲着酒香，冰玉仙子望向宁雪陌："要不要去喝一杯？"

宁雪陌淡淡摇头："本座该走了。"说完她便转身大步离去。

她知道她这样落在冰玉仙子眼里或许显得太无情，她却顾不得了！

如有可能，她也想一醉解千愁，醉死在酒乡里远离这焚心的现实。

可是，不行！小念陌还等着她，她不能对孩子背诺……

宁雪陌终于在天亮前赶回了梵天宫，一进宫门，尚未看清门内景致，一个小身子就像炮弹似的直接扑入她的怀中："娘亲！"

宁雪陌被他撞得后退了一步，将他抱起搂在怀中看了看。三天不见，小家伙似乎瘦了一圈，一双大眼睛下居然有了黑眼圈，可见这三天他压根没睡好。

小家伙死死地搂住她的脖子，声音带了哭腔："娘亲，你吓死念陌了，念陌以为娘亲也不回来了……"

宁雪陌承诺的是三天，如果认真算起来，她应该昨夜就回来，而不是在今天黎明。

神念陌大概是有了心理阴影，虽然一直乖乖在梵天宫里等待，却一直焦灼着，唯恐娘亲也一去不回头。

他这样一直等一直等，等到真正的第三天，眼看过了娘亲承诺的时间，他一颗小心脏沉了又沉，索性就在大门口眼巴巴地等着，风吹过树梢的响动都能让他跳起来。

他很害怕，很想哭，可他小小年纪就知道哭也没用。

他能做的只有无尽的等待。

直到宁雪陌真正回来，真的打开梵天宫的大门踏进来，他才如释重负，直接扑过来。

直到他扑进那个熟悉温暖的怀抱，一颗小心脏才真正放下来，却抱着她的脖子不撒手。

宁雪陌自然知道儿子担心什么，心如被什么扎了一下！

孩子还小，她真的没有放纵自己悲伤的本钱。任何痛楚，任何悲伤，任何打击，她都要一股脑无声吞下！

小念陌已经失去了他的父君，她不能再让他失去娘亲。

她在孩子脸上亲了亲："放心，娘亲自然会回来……"

她刚说到这里，胸口处一闷，喉咙口一甜，一口血喷了出来。

幸好她及时扭头，血没喷在孩子身上。

"娘亲！"神念陌吓坏了。

"没事……"宁雪陌试着安慰他，眼前却猛然一黑，腿一软，便什么也不知道了。

她和地母打斗时受伤太重，却一直硬扛着，原本返回地面时她就该立即打坐恢复，却因为怕念陌担心而匆匆赶了回来。

再加上精神上接连的打击，她终于扛不住了，晕倒在儿子面前。

她在昏迷前唯一庆幸的是，好在没晕倒在路上，不然小念陌苦候她不归，只怕要哭死。

耳中传来小念陌的喊声，她在迷迷糊糊中还挣扎着回了一句："娘亲……没事，睡……睡一觉就好……"这句话没说完，她就彻底晕了过去。

在现实中那个人已经不在，如果在梦中能够时时见到，那她能不能把这梦境当作现实？而把现实当成一场噩梦？

宁雪陌在梦中又见到了神九黎，而且她还是能够清清楚楚明白自己这是做梦，梦的内容还是五万年前的旧事，甚至是接着上一个梦来的。

宁雪陌深深觉得，这样也很不错，她等于在梦中重新过了有关神九黎的一生，等于又赚了一世。

她这次的视角依旧是那位魔主雪陌的角度。

雪陌的小手有毒，那一次的过敏她把自己挠得不轻，一张脸也像花猫似的，好长时间出不了门，让她有摔镜子的冲动。

她虽然也时常受伤，但她毕竟是天生地养的，自愈能力不是一般强大，今天挨上一刀，明天就能痊愈。

唯有这次，她已经养了半个月，脸上的血痕依旧明显，这让她有些焦躁。

她的下属告诉她，在晴空海有一种药草治疗皮肤抓伤有奇效，于是她就去了。

她没想到的是，会在那里碰到神九黎。当然，她这些日子心心念念都是怎么拐他做她的夫君，只不过因为脸上有伤太难看，她不想去见他，但花她还是差人去送了的。

雪陌做什么很有韧劲，她的脸虽然不能见人，但功夫并没有损失多少，本领还是极高的，每天都会去采摘一些特定的花，然后派人给神九黎送去。

被她差去送花的人回来都支支吾吾的，说把花送到了（送到梵天宫门口了）。

但往往花送去时是什么样，他们再看到时还是什么样。除了蔫了点，花束的位置都没挪过。

当然，偶尔那花束也会不见，送花的人就会兴高采烈地回来向魔主禀报，说昨日的花神尊应该收了。

尤其最近几日，送花人每次都能发现昨日所送之花不见踪影，于是向她禀报的时候也更欢喜。

雪陌也觉得自己的苦心或许没有白费，终于打动他了，说不定她再努努力就能抱得神尊归了，她就能欢快地和他同房，从而真正长大。

抱着这个乐观的念头，她更想让自己的脸早日痊愈，这样才能亲自上门再求亲。

晴空海，是六界大陆最美的海。

蔚蓝的天幕，蔚蓝的大海，金黄的月亮悬挂空中，海波如琉璃，在月光下轻轻荡漾。

最美的海中却生长有最凶恶的猛兽——虎狐鲨。

每一头这种鲨鱼的功力都比得上仙、魔两界的绝顶高手，它们会术法，会变幻，甚至会融于水中，一旦靠近被攻击的猎物，立即就发动各种攻击，杀人于无形。

海中有各种奇奇怪怪的药草，却没有几个人敢来采。

这海，被称为死亡之海。

雪陌要采的那种草就长在这海水中一百米深处的大陆架上。

雪陌擅长火攻，而这里的猛兽最擅长的是水攻，水克火，她碰到这里的怪兽还是比较束手束脚的。

所以她事先也做了准备，特意穿了紧身的防水衣，和这里的怪兽打架她不能用火攻，只能用剑术，所以她把她的剑也磨得极利！

这里的景致极美，她却无心观看，站在大海上空，估算出大约一百米水深的区域，正要一跃而下。

下面水声哗啦一响，一人自水中冉冉升起。

墨色的发、银白的衣、深蓝的眸子，一出现就几乎夺了日月之光的气质——神九黎！

他虽然是从海底冒出来的，身上却没有一颗水珠，宽大的袍袖在海风中展开，那姿态不是一般洒脱飘逸。

这个人似乎有一种随便向哪里一站就能站成一幅绝佳风景的本事，让雪陌在看到他的那一刻，小心脏情不自禁跳快了几下。

雪陌还是很潇洒的，立即向前一步，小脸笑得比太阳还灿烂："神尊，好巧！我们又见面了！有缘千里自能相会，这还真是缘分来了挡也挡不住……"

神九黎在看到她的那一刻眉尖微微一蹙，他倒是不动声色，只是淡淡说了一句："你来做什么？跟随本座来的？"

这还真是冤枉了她！

雪陌立即光风霁月一笑，月光下一双小虎牙闪闪发亮："九黎你多想了，我是来采药的，竟没想到会碰到你，可见这是缘分……"

神九黎瞥了她一眼，对她这么明媚的笑容明显没感觉，没再说话，转身欲走。

雪陌好不容易才见了他，自然不想轻易放他走，身形一闪，挡住他的去路："九黎，你收到我的花没有？喜欢哪一种？你说出来我可以专送你那一种……"

她在话本上看到过，送花讲究诚意，发现对方喜欢哪一种就专送哪一种，这叫投其所好，一般美人感念到送花人的诚意，一激动就会嫁了。

而神九黎比美人还要美，他说不定感念到她的诚意，一激动就娶了她，他们就可以同房了，她的愿望就可以实现了。

她脸上的笑意真诚得不能再真诚，神九黎却有一种把她抓过来抽一顿的冲动！

她到底把他当什么了？！

他淡定功夫了得，面上依旧气定神闲，说出的话却冷得像冰："本座一样也不喜欢！"

"这……你总该喜欢一两样吧？淡雅的、浓烈的、富贵的、超凡脱俗的，这么多种……"

"本座不喜欢花！"神九黎干脆打断她。

"那——那你收下的绿牡丹、紫玲珑是？"

"本座没收过。"神九黎的声音依旧淡淡的。

"可送到你门口的几束花不见了啊，难道不是你收进去了？"

"碍事，已毁。"神九黎回答了四个字。

这四个字似乎对雪陌有了一点打击，她明亮的眸子暗淡下来："原来你不是喜欢收起来了……"

她还是受了一些打击的，毕竟那些花她采摘不易，甚至还因此受过几次伤。没想到她满满的心意就这样被他当垃圾处理掉了。

"你不必白费心机了，本座不会答应你的婚事。"神九黎懒得再和她废话，撂下这一句后，便转身离去。

"你……是不是觉得我现在丑了？我其实能好的……"雪陌在他身后不甘心地开

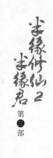

口。都说女追男隔层纱，可她和神九黎之间的纱也太厚了！

神九黎压根没再回头，身影渐远。

雪陌叹了口气，她屡屡在他身上碰钉子碰得有些受伤，不想追赶他了。

她低头看了看脚下莫测的大海，还是干正事要紧。

她身形一起，向着下面跳了下去。

哗！一道蓝色身影忽然自海水中直冲上来。

而雪陌正向下跳，好巧不巧，二人这一上一下，雪陌正砸到那人身上。

那人被砸得身子一个趔趄，好在功夫也十分了得，居然没有被雪陌重新砸落海中，而是抬袖抱住了她，晃了晃后，身子便在空中站稳，然后看了看怀中的人儿，手一抖，险些又把她丢下去："好丑！"

雪陌嘴角微微一抽，她这副样子果然被嫌弃了……

她身形一翻，已经自那人怀抱中出来，上下打量那个人几眼。

那人一身华丽的紫色衣袍，眉目如画，天生嘴角含笑，芝兰玉树般秀美。看上去风流雅致，俊雅脱俗，手里还摇了一柄扇子，迎着海风摇来摇去。

"好骚包！"雪陌回了他一句，她一向不吃亏的，嘴巴上自然也不吃亏。

那人一笑："姑娘为何要跳海？姑娘的长相……虽然另类了些，但也不至于要寻死是不是？须知人生在世不易……"

这个人看似在安慰她，却字字句句踩在她痛脚上。

雪陌有挠他一把的冲动！

她一仰头："本座才不丑，本座只是……受了点伤而已。本座也不是寻死，而是要在这里采药草。"

那人手指抚在扇子上，诧异地挑眉："本座？姑娘是？"

"魔主阿陌。"雪陌自报姓名。

她对外都是自称阿陌，雪陌这个名字大概只有有限的几个人知道。

那人一双潋滟的眸子微微一睁，似乎没想到眼前这个小不点就是大名鼎鼎的魔主。

他又摸了摸扇子，拢袖行了一礼："原来是魔主，在下不知，冒犯了。"他再打量雪陌一眼道，"魔主的脸是？"

雪陌道："受伤了，所以要采药草来治。"

"魔主要采的药草是朱兰草？"

雪陌眼睛微微一亮，点头。看来这朱兰草果然是治她脸伤的药草，眼前这个骚包男人也这么说呢。

那人微微凝眉："朱兰草怕是不容易采摘，有虎狐鲨守护呢。"

雪陌却不在意："无所谓了，虎狐鲨不是本座的对手。"

雪陌小脸上虽然横一道竖一道的伤，但一双眼睛又大又圆，亮晶晶的比星星还亮几分。五官也极为秀美，尤其是她这么傲然说话的时候，竟然能让人忽略她脸上的疤痕，感觉到她的美。

她又长得娇小玲珑，长长的眼睫毛忽闪忽闪的，让人一见就有想要保护的冲动，很容易激起男人的保护欲。

那个人显然也被她激起这种保护欲了，眼眸微微一眨，笑吟吟地道："那，魔主要不要在下做个护花使者？在下倒是会几招对付那虎狐鲨的术法。"

雪陌是个不懂什么叫客气的，眼睫弯弯如月亮，答应得很爽快："好啊！"

那人似乎没想到雪陌答应得如此爽快，微微一愣，看了看她，目光有些复杂："你认识我？"

雪陌歪头看了他一眼："不认识啊。"

"不认识我就敢让我和你一同冒险？"那男子忍不住问了出来。

雪陌眨了眨眼睛，说得很不客气："有什么不敢的？你敢捣鬼我揍你哟。"

她现在在这世上已经罕逢对手，唯一称得上对手的大概只有那位神尊。

至于其他人，她的战绩十分辉煌，凡是不服她的都被她打服了！

那男子忍不住笑了起来，他一笑便如光风霁月般好看："没想到魔主如此有趣。"

好看的男人很容易博得人的好感，尤其是爱笑的男人，雪陌也觉得这男人顺眼多了。

她看了看神九黎消失的方向，神九黎早已不见了影子，她连他的一片衣角也看不到了。

她有点怅然，追个男人好费劲！

对方油盐不进，她有点没法子了。

她就算恢复了容貌，只怕他对她依旧冷冰冰的吧？他的怀抱再不让她扑了……

她再看看眼前这个男人："你是神尊的朋友？你和他一起来这里的？"

这两个人一前一后在同一片水域出现，应该是同来的。

至于神九黎为何不等同伴自顾自走掉……这位大神等过别人吗？

都是别人在追随他的脚步好不好？

如果不是自己正好砸在这个人身上，估计这个人就直接追赶神九黎去了。

那男子微微一笑，似乎特别爱笑，一笑之下，便给人一种星光璀璨的感觉："是

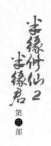

啊，我们是朋友，很好很好的朋友。我叫道天宸，你可以叫我天宸。"

"好，天宸，你既然知道那朱光草有虎狐鲨守护着，肯定知道它长在哪一片区域，我们去吧。"雪陌是个做事干脆的人，一门心思想要的就是恢复容貌。

道天宸微微点头："好，我带你去！"

天色越蓝，海水颜色越深，两人行到深处时，已经是海天一色，让人分不清哪是蓝天哪是大海。

道天宸终于停住："就是这里了。"

雪陌向下看了看，此处的海水深蓝如宝石，雪白的浪花翻卷，月光铺设在海面上，点点碎银般闪亮。

这里的景致还真不是一般美！

道天宸微笑："阿陌，要不要在这里同赏下美景再下去？"

"不赏了！"雪陌没心思玩赏景致，"下去采药吧。"她身形一起，扑通一声跳下了海！

海水看上去这么美，没想到如此冰冷！足足零下十几摄氏度的低温，偏偏没有结冰的意思，让雪陌有些措手不及，一入水就狠狠打了个寒战。

更让她没想到的是，她那一身防水的衣服在进入海水里时，居然瞬间结了冰，硬邦邦地贴在她身上，异常不舒服。

耳边哗啦一声水响，道天宸落在了她身边。

他大概早有准备，倒是看不出什么异常，他在水中看了看雪陌雾时冻得青白的小脸，伸臂轻揽她的纤腰："忘记提醒你了，这里很冷，我可以给你暖暖。"

他这一揽却揽了个空，雪陌身上隐隐有红光流动，片刻工夫后，她的小脸又恢复正常颜色："没事，我自己会取暖。"她显然运转了相应的魔功，周身似罩了一层淡红色的罩子。

道天宸微微一愣，一笑夸赞道："阿陌果然功力深厚！"

阿陌对这句恭维并不买账，催促道："那朱光草在哪里？我们快去！"

"随我来吧。"道天宸游在前面。

道天宸在前方游动的速度极快，梭子鱼般在水中穿刺。

雪陌居然一步也没落下，紧紧跟随在他身后。

她在周身设下了结界，虽然能保持身体暖和，动作灵活性高，但毕竟这样颇为耗费魔力，这样在水中游了小半个时辰后，她开始有点疲累。

"怎么还没到？"她忍不住询问。

"快了，快了。"道天宸游动得稍慢一些，和她并肩，关切地看着她，"是不是累了？要不，让我带你游一会儿？"

他向她伸出手，他的手纤长白皙，如玉石般秀气。

这让雪陌想起了神九黎的手……

这两个人的手很相似。

雪陌原本没想让他牵着，但看到这只似曾相识的手，她便忍不住向他伸出了手，让他牵着。

不过他握着她的手的时候，她立即就感受到两者的不同。

神九黎的手温暖干燥，每次握住她的小手的时候，她都感觉暖洋洋的。

但道天宸的手大概是在水中的关系，略冰冷还有些湿滑的感觉，五指也比神九黎柔软得多。被他握住的时候，她有一种被什么缠住的感觉。

所以她感觉到不对的时候，立即又想把手撤回来："还是我自己游吧。"

"不要逞强。"道天宸声音温和，握着她的动作却很强势，没有放开她的意思。

被他带着游确实轻松不少，雪陌也就不再挣脱他了。

二人携手共游，那画面倒也很谐调、很美好。

宁雪陌一直不知不觉跟着雪陌魔主，这一场景自然也落入她的眼中。

小雪陌打架确实是一等一的，但为人处世的经验还是太少了，居然就这么轻易相信了一个陌生人，跟随着人家进入这么危险的区域。

这个道天宸看上去倒是温文尔雅，秀外慧中，周身也仙气飘飘的，不像是坏人。

但坏人也不是把"坏水"刻画在脸上的，小雪陌就这么盲目跟人走真的很危险。

宁雪陌揉了揉眉心，那时的自己还真是天真烂漫得紧！

如换成现在的她，是绝对不会和这个人走的，说不定还要对这人百般防备。

宁雪陌一直盯着那个道天宸的一举一动，通过对方的一些细微动作来判断他的功夫。

看了片刻后，她挑了挑眉，这道天宸无论容貌和功夫似乎都比神九黎弱不了多少，他二人如果打一架的话，大概会是一场惊天动地的争斗。

他和神九黎真是朋友？

宁雪陌内心表示深深的怀疑。

神九黎习惯独来独往，除了找人下棋外，他和人同行的时候极少，更别提和人一起来这里"泡海澡"了。

退一万步说，如果他们真是同来的，神九黎就算不习惯等人，但这道天宸出来后，又和雪陌同行，怎么也该用传音符和神九黎知会一声的。

这个道天宸虽然长相极美，看上去也仙气飘飘的，但宁雪陌总感觉这人有点诡

异，让她心生警惕。

　　若不是做这个梦，宁雪陌压根不知道曾经有道天宸这么一号人物，可见这个人不是在那场浩劫中遇难了，就是退隐了。

　　那他在那场浩劫中又起了什么作用呢?

第二十三章　道天宸其人

　　根据已知的线索，宁雪陌分析不出来，便继续跟着。

　　"阿陌，你现在住在哪里？"道天宸询问。

　　"三十五重天。"雪陌回答得爽快，她为了方便追人，特意在三十五重天开辟出一块地盘，建了行宫，就为了离他近一些。

　　"你是魔主，为何不住魔界？"

　　"不喜欢住魔界，我喜欢三十五重天。"雪陌还是不想将自己的真实意图对外人说出来的。

　　道天宸目光微微闪动，忽然一笑："你可真不像个魔。"

　　"魔有定性吗？"雪陌反问，她只想做自己，不在意自己是什么。

　　"这句话有天赋！我喜欢！"道天宸身子和她挨近了一点，还在她手上轻吻了一下。

　　这就有点过分了。

　　雪陌从被神九黎教育过以后，已经学会和男人保持一点距离，被对方牵着手已经是她的底线，现在又被亲……

　　虽然只是亲手，还是让她微微皱了皱眉，手腕一翻，终于将自己的手从对方手中抽了出来。

　　道天宸手中一空，看了看她："阿陌，你的功夫真出乎我的意料。士别三日，当刮目相看了……"

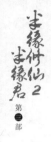
雪陌瞧了他一眼："你原先认识我？"

道天宸却微微一笑，在水中他的眸子如夜般醉人："你猜。"

雪陌最不喜欢这种猜猜猜的游戏，也懒得再和这人多说闲话了。虽然在水中她和他都有秘术可以随意交谈，但也有点耗费力气的好不好？

她现在药草还没采到手，不想多浪费一寸精力。

所以她干脆摇头："我最烦猜猜猜！你不说就算了！快走吧，采药草！"

道天宸跟在她身边，声音温柔："阿陌，你记住，我是永远对你好的人。"

鬼相信啊！她和他才认识好不好？

虽然他陪她来采药草了，但说这句话还是早了点。

雪陌身为魔主，平时身边油嘴滑舌、逢迎巴结的人也不少，所以她对这种话早已免疫，理也不理他。

"阿陌，我看你似有心事，如有解决不了的心事可向我诉说，我会帮你解决。"道天宸笑容温暖。

雪陌心中一动，瞧了他一眼："你有没有追求过人？"

道天宸目光凝在她身上："有吧。"

这句话未免模棱两可，雪陌最恨说话不爽快的人，哼了一声："不想说算啦！"

道天宸叹息，伸出手去，似想要摸她的头发，但伸到中途又停住，笑了笑，这次答得肯定："有！"

"那你追上没有？用什么法子追的？"雪陌目光闪闪。

道天宸轻轻一笑，说了一句话："好女怕缠郎。追不上的话，那是缠得还不够。"

雪陌有些苦恼："我都缠他这么久了……"不过，或许她缠得还不够！那她治好伤后再加把劲儿。

道天宸忽然道："到了！"

雪陌抬头，见前面海底现出一大片蓝色的海草，而在那一大片蓝色海草中有五株朱红的、珊瑚般闪亮的小草，小草自带荧光，顶上还长着人参花似的花瓣，想必这就是朱兰草了。

雪陌眼睛一亮，随手抽出宝剑，慢慢向其中一株朱兰草游了过去。

靠近了，她靠得更近了。

雪陌目光四处望去，怎么那虎狐鲨还不出来？不是说这里虎狐鲨多吗？她怎么一条也没看到？

难道是因为嗅到了她魔主的气息知道惹不起她，自动吓跑了？

虽然没有看到虎狐鲨，她却能明显感觉到周围的海水越来越冷，她就算在自设的结界中也冻得想要哆嗦。

"喂，你说的那什么虎狐鲨呢？"雪陌回头问了一句，却忽然睁大了眼睛。

刚才还和她浅笑交谈的道天宸居然不见了影踪，她周围只有深蓝的海水荡漾。

奇怪，这人去哪里了？居然无声无息地失踪了！

她正要找找看，忽似感应到什么，身子猛然向前一蹿，凭空移开一丈远，一张巨口在她刚才站立的地方猛然合上！

虎狐鲨！

身子是鲨鱼的形状，身上的花纹像虎纹，一颗脑袋像是狐狸头，尖尖的嘴里獠牙参差，闭上的时候挺秀气，一旦张开则像蛇，让人只能看到它的血盆大口……

雪陌毫不怀疑，她刚才如果被这东西咬中，只怕半个身子不保！

因为这东西的出现，周围的海水更冷了，甚至有结冰的迹象，雪陌在水中每划动一下，就感觉像是在冰碴子里面游动，速度变慢不少。

这怪兽不但有让海水迅速变冷结冰的本事，甚至还会隐身，它一击不中，居然瞬间融入周围的海水之中，不见踪影。

雪陌毕竟是魔主，现在的功夫不是一般高，她运转目力，终于在周围深蓝的海水中看到一抹略深的颜色，是那虎狐鲨的形状。

它正无声无息地迅速向她靠近。

很显然，它依旧想搞突袭。

雪陌手指握紧了掌心的宝剑，对这虎狐鲨似乎无视，迅速向那朱兰草靠近。

人对未知的危险才会紧张，一旦这危险变成实质的，倒能沉着应对了。

雪陌决定先采了草再说。

她的手刚要碰到那棵朱红色的小草，那小草忽然动了一下，居然霎时消失不见，原地却出现了一张巨口。

雪陌反应是真快，闪电般缩手，那张巨口中的獠牙几乎擦着她的表皮掠过！

原来那朱红色的小草不是真的草，而是虎狐鲨的舌头！

这东西居然能将整个身子隐藏在水中，只现出一条极像朱兰草的舌头来诱骗采草人上当！

已经有两条虎狐鲨出现了，那么是不是还有隐藏在暗处的？

雪陌目光转向剩余的四株朱兰草，这里面有几株是真的？

她没见过朱兰草，只是听人描述过，所以也分不清眼前的这几株是真是假。

采摘朱兰草不能用任何器皿，只能用手去采，而且不能让它有任何损伤，要不然

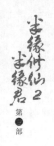

就会失去应有的效果。

所以雪陌也不能投射暗器来做这个测试，只能一株株去摸。

虎狐鲨这东西像狐狸一样狡猾，一下没有咬到，立即又隐身了，伺机再偷袭。

雪陌抿了抿唇，待在原地似乎有些出神。

一条虎狐鲨无声无息地游过来，快到她跟前的时候，慢慢张开大嘴……

唰！一声水响，雪陌手中一道森冷剑光闪过，噗的一声，直接刺入那张大嘴，一翻一搅！

水中传来一声尖锐的惨呼，有鲜血自那张大嘴里喷出来。

虎狐鲨大嘴里的舌头似乎就是它的要害，要害被割断，那条虎狐鲨尖鸣一声后便在水中直接翻了肚皮。

雪陌小嘴微微一勾，想暗算她？门也没有！她就在这片海域中和虎狐鲨缠斗起来，那些虎狐鲨明显不是她的对手，纷纷败退。

那片青青草地上原本还有四株朱兰草，此刻有三株自动不见了。

很显然，那三株所谓的朱兰草也是假的，是虎狐鲨的舌头。

雪陌看向西北角上唯一剩下的那一株朱兰草，大大的眼睛眯了一下，她终于找出真正的朱兰草了！

她果然是最聪明的！

她笑眯了眼睛，脸颊上又笑出了两个酒窝，她一剑彻底了结了这头被她折腾得半死不活的虎狐鲨，反身就向着那株朱兰草游过去。

她要冻死了！

她要速战速决，采了朱兰草跑路，不在这里耽搁了。

这个地方实在是太冷了，她的衣服都冻成铁了，她游动之下，身上的衣服居然开始一片一片向下掉。

她的注意力都在那株朱兰草上，压根没注意身上的衣服问题。

她的身子早冻得有些麻木了，穿和没穿衣服她一时没感觉。

她游动的速度倒是不慢，很快就到了那株朱兰草旁边，伸出小手就去摘——

朱兰草！你终于要是本座的囊中物了！

唰！一道白光忽然电闪而来，啪的一声击打在那株仅存的朱光草上！

水波微一荡漾，朱光草断折，在海水中眨眼枯萎、消失。

混账！是谁暗算她的宝贝草？

雪陌怒而回首，不过她尚未看清什么，一件东西就从天而降，将她从头到脚蒙了个严严实实。

雪陌大惊，这东西飞来的速度太快了，她居然没有躲避的时间。

她甚至没有看清罩着自己的到底是什么！触目所及一片白。

她七手八脚地正要将这东西扯下来，耳边哗啦一声，紧接着腰肢一紧，耳边传来一道熟悉的声音："乖乖的，别动！"

雪陌睁大了眼睛！

神九黎！是神九黎的声音！

她小手扒拉了头顶一下，终于露出脑袋，这才发现自己身上裹了一件宽大的袍子被神九黎抱在怀中。

那件袍子特大，将她裹得密不透风，连一根脚趾也看不见。

这衣料、这质感，都让她熟悉得不能再熟悉，是神九黎的外袍。

这件袍子裹在身上不但舒爽，还很暖，迅速让她冰冷的肌肤变得温热起来。

雪陌很诧异："九黎，你从哪里冒出来的？"

忽然她又想起了自己心心念念的药草，忙向那个方向看过去，那里已经连一片草叶也看不到了！

"你为什么要毁我的草？"她是认得他所发出的招数的，那白光是他发出来的！

神九黎却压根不看她，也没有回答她的问题的意思，左臂抱着不怎么安分的她，右手之中已经幻化出一柄剑，向着一个方向劈了过去："滚出来！"

剑光激得那个方向的水波像墙一样竖立起来，在水墙中现出一道紫色身影，正是刚刚忽然消失的道天宸。

他指间一株朱兰草正在盛放，他嘴角含笑，笑得风流倜傥："九黎，老友久别重逢，就发这样的大招不好吧？"

目光落在雪陌身上，他笑得更温柔："阿陌，你不是要朱兰草吗？过来拿吧。"

雪陌看看道天宸，再侧脸看看神九黎，明显是一头雾水。不过她对朱兰草还是很有执念的，一双大眼睛盯在那草上："原来这草你早采来了。"

道天宸微笑，声音更加轻柔："我说了，我会帮你啊。"他指尖一弹，那棵草就向雪陌飘了过来，速度还挺快！

雪陌下意识从神九黎怀中挣出手来就想接，神九黎一扬衣袖，那棵草就直接消失了。

雪陌："……"

"你干吗总毁我的草？"雪陌一双眼睛睁得圆圆大大的。

"有毒！"神九黎吐出了两个字。

"呃。"雪陌转头就瞪向道天宸，"原来你骗我！"

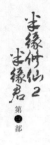
道天宸："……"

他眸中闪过一抹微光，抬手揉了揉眉心："阿陌，你就这么相信他？他说有毒就有毒了？或许只是他不想让你接我的东西，也或许他不想让你恢复原貌。"

这句话挑拨的意味很浓，阿陌却不买账："他才不会像你一样无聊！我相信他！"

道天宸："……"这小丫头对神九黎还真不是一般信任！

"她只是孩子，洛九宸，不要把主意打在她身上！"神九黎声音冷冷淡淡的，却充满了警告意味。

"孩子？神九黎，或许你只当她是个孩子，我却已经当她是个女人，她真的很对我的胃口……"

道天宸，不，洛九宸笑吟吟地开口，望着雪陌的那一双眼睛温柔得仿佛要融化："阿陌，我真的很喜欢你呢。"

"我不喜欢你！"雪陌脆生生开口，"你连名字都不是真的！"居然告诉她一个假名字！

洛九宸脸上微笑不变，说出的话也含情脉脉："阿陌，名字只是一个代号而已，但我对你的心是不变的……"

他这一番话没说完，一道白光便向他打了过来，伴随着神九黎冰凉的声音："你这套花言巧语对其他女人说去！"

洛九宸一挥扇子，一道蓝光飞出去，迎上了白光，发出惊天动地的一声巨响，白光和蓝光相撞之处激出一个深不见底的大旋涡，将周围的海水疯狂地向里飞卷。

雪陌的头发也被旋涡之力给旋得飞了起来，若不是神九黎抱着她，或许她小小的身子已经被那旋涡卷进去了！

她在这水中待久了，刚才耗费念力又太厉害，再被这强大的旋涡之力一卷，便有些透不过气来，小脸有些青白，在神九黎怀里挣了挣。他箍得她要喘不过气来了。

而那一声巨响过后，洛九宸也不见了影子，像是被那旋涡卷走了。

"别动，我带你上去！"神九黎的声音依旧冷冷淡淡的，他却抬手拢住了乱舞扯得她头皮有些疼的头发，身子一动，带着她向上游去。

雪陌已经好久没在他怀抱中待过了，这个时候趁势像个八爪鱼似的抱着他的腰，把头倚靠在他胸前，在水中聆听着他沉稳的心跳。

她太喜欢这个感觉了！

于是她的两条手臂又紧了紧，脑袋又向他怀中拱了拱。

神九黎被她这么一抱，身子却微微一僵，手臂一动，似想要做什么，但无意间垂眸看着她长长卷翘的眼睫毛以及她那满足上翘的小嘴，他又作罢，带着她直接向上游去。

不知道是不是裹着他外袍的关系，雪陌身上越来越暖，越来越热，让她有些心慌。

在水中是不能呼吸的，她原本在水中是用术法像鱼一样用身体皮肤呼吸，现在不知道怎么回事，那个功能忽然消失了！

她立即感觉到了憋闷！

她此时是下潜到一百多米深的，因为水压的关系，二人上升也不能太快，要不然身体会吃不消。所以神九黎带着她是按照正常速度在上行，一时到不了海面上。

神九黎抱着她正向上行，忽然感觉怀中的人不太对劲，他低头一看，见她小嘴紧紧抿着，小脸涨得红通通的。在憋得太难受的情况下，她极力想要挣脱他，自己蹿上去——

怎么回事？

神九黎这才察觉怀中的她不但有窒息的危险，而且身体发烫！

片刻后，她终于憋不住了，微张开小嘴，想要呼吸。

她在水里张嘴呼吸简直是找呛的节奏！但她在憋得昏沉沉的情况下，也顾不得了！

她的小嘴刚刚张开，还没有呛进第一口水，眼前一暗，唇上一凉，被人覆住，接着便有一口救命的空气吹入她的口腔。

她贪婪地吸进这一口气，又用鼻子呼出体内的浊气，在水中吹出一溜气泡。

得了这口气，她被憋得昏沉的脑子终于有点清醒。她睁开眼睛，便看到一张俊脸近在咫尺，他的唇覆在她的唇上，她睁眼的时候，长长的睫毛刷过他的脸颊。

他骤然抬头，垂眸看了看她苹果似的嫣红小脸："好点了吗？"

她点头，双眼亮晶晶的。

"刚才本座是给你渡气，你别多想。"神九黎又开口。

雪陌眨眨眼睛，知道他是为她渡气，这还能多想吗？能多想什么？

她自己也不知道怎么回事，全身软绵绵的，连魔力也消失了，自然无法在水中开口说话。

但她一双眼睛太纯澈，简直把所有情绪都写在了里面。

神九黎很轻易就猜到了她心中所想，窒了窒，原来是他多想了……

雪陌很喜欢这渡气的感觉，刚才他的唇贴上她的唇的时候，不但解决了她的憋气，还让她燥热的身体也感觉到了丝丝难以言说的凉意。

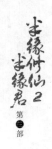
在他面前她一向不懂得掩饰喜怒，动作也随意得多。

所以她觉得那样会让自己舒服，立即就想更舒服些，抬头主动去找他的唇，想让他再渡一口气给她。

神九黎很小气，渡给她那口气后，却不肯再给她渡了，说了一句："忍一下！"然后向上游动的速度骤然加快，片刻后，他终于抱着她从海面上冒了出来。

新鲜的空气大量涌过来，雪陌大口大口地呼吸着。

呼吸问题解决了，但另一个问题亟待解决，她太热了！全身燥热得难受，她抬手就扯身上的袍子。

她的动作太快，等神九黎发觉，他罩在她身上的外袍已经被她扯掉一半，露出大半香肩和胸脯。

因为一直保持着十二三岁的模样，她的身体尚未正式发育，胸还不如小笼包大。

她原本那一身防水的红衣服被破坏得很艺术，四处都是破洞，不该露出来的全露出来了，能露出来的却捂得很严实，简直就像现在的情趣装！

只不过她自己不觉得而已。

神九黎呼吸一窒，抬手粗暴地将她重新裹紧："别动！"

"我热！"她一双水汪汪的眼睛水汪汪地看着他，小脸透着一种不正常的粉红色，连小嘴里呼出的气体都是灼热的。

她中春药了！

"该死！"

神九黎眼眸一暗，低咒了一声。

怀中的小家伙在药力的作用下越来越不安分，他钳制住她的手，她就用软软的小身子拼命蹭他，拼命向他怀中钻："我热，热，热……"

雪陌显然不懂自己到底是怎么回事，只觉得全身的血液像要沸腾似的，只有扒在他身上，她才感觉好受点。

她又想扯自己身上的衣袍，但神九黎将她的手扣得紧紧的，让她无法做这个动作，她不由得十分焦躁，在他怀中更挣扎起来。

神九黎带着她飞身而起，他身上带的药不少，唯独没有解这个的，他需要到陆地上开炉炼制。

雪陌挣不开他的怀抱，一抬头，看到的是他弧度极为美好的下巴。

她心中一热，那种莫名的渴望铺天盖地而来，她忍不住抬起头来，小嘴要去亲他的下巴。

"老实些！"神九黎斥责了一句，尽量仰高下巴，脱离她小嘴的荼毒。

中了这种药不能点她穴道让她睡觉，不然毒会缠绵进她的奇经八脉中，更难解开。

他这一仰头不要紧，她的小嘴就落在他的脖子上，吻在他的喉结上。

神九黎险些将她丢出去！他粗暴地将她向怀中按了按："乖一些！"

雪陌的小脸闷在他的怀中，鼻端是他身上特有的幽冷香气。

她原本就对他的体香没多少免疫力，此刻在药物的作用下，更控制不住自己，想亲他！

她的小脸在他的胸口蹭啊蹭的，神九黎此刻只穿了内袍，被她三蹭两蹭，蹭开了衣襟，胸口一凉，然后又一热！

一凉是被风吹到了，而一热，是她的小嘴又亲了上来，亲在他肌理分明的肌肤上。

神九黎手臂僵了一下，他忙将她自怀中拉开一小段距离，手指一弹，他的衣襟重新扣紧，这次连脖子也遮住了，让她再无处下嘴。

"魔主，你给我庄重些！"他口气有些严厉，像她儿时犯了错误他训斥她的样子。

雪陌迷迷糊糊中感觉似回到了小时候，她难受，热得难受，身体内空得难受，这种难受让她焦躁，让她委屈。

她小时在他身边的时候，想要什么东西或者犯了什么错误他要惩罚她的时候，她只要哭上一哭，他就会心软，惩罚会轻一些，给东西也会给得痛快些。

她的潜意识中早已抓到这个规律，所以此刻她情不自禁又使用出这招来。

她扁了扁小嘴，一双大眼睛里滚出了泪："我难受，九黎，我难受……我不要穿你的衣服，你的衣服太热……"

她小脸虽然还是花的，但是副我见犹怜的模样，尤其是滚泪的时候，那泪似乎滴到人的心里去了。

"你中了毒，不是衣服的关系，我这就带你去解毒，你忍一忍。"神九黎难得开口给人解释。

无奈那春药药性太厉害，雪陌已经有些迷糊，听不懂他的话，依旧拼命向他怀中拱。

她身上火烫火烫的，再加上她不停地扭来扭去，一向淡定的神九黎终于有些气息不稳。

他叹了口气，到底抬手点了她的穴道，没让她昏睡，就让她四肢不能动而已。

她在他怀中终于乖了，不再乱动，但因为身体太难受，她又不能再表达，便大睁

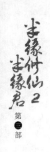

着眼睛瞧着他，眼泪不断向下滚，那模样委屈极了。

神九黎移开眼睛，凉凉地说了一句："你是白痴吗？什么陌生人的话你也信！这下吃到苦头了吧！"

嘴里说着斥责的话，他足下却飞得更快。

宁雪陌隐在空中一直跟着他们，一切景象都落在她的眼中。

她隐隐觉得自己似乎不是做梦，做梦的话一般梦境都很乱，她却做得条理分明，也一直是个隐身的看客。

那感觉像是灵魂出窍后时空穿梭到五万年前，她看一切都很真实，而这个世界无人发现她。

再大本事的人也发现不了她。

这倒是好事，她可以无限靠近他，只可惜亲近不到，因为是作为一名看客存在的，所以宁雪陌作为旁观者要比当事人理智得多。

她贪婪地望着神九黎，看着他俊美的侧脸，不忍离开。

在现实中，她再见不到他了，无论如何思念如何寻找他都不会再出现，但在这梦里，她终于能再将他看个够本！

或许，他是她的毒药，她看他永远不会厌倦……

唯一可惜的是，她碰触不到他。

她其实很想再扑入他的怀中抱抱他的腰，可是她扑过去时会直接从对方的身体内穿过去，她压根无法和他有任何身体接触。

不过，能这么近距离跟着他，她也能感觉到一丝丝满足。

她隐隐似听到有人在呼唤她，那声音像是隔了千山万水一样听不真切，她也听不出那是谁的声音，只模模糊糊觉得那声音是让她回去，让她醒来……

可是，这梦这么美好，梦中的他如此真实，她不想回去，更不想醒来。

她刻意忽略那呼唤，继续跟随着神九黎二人。

眼前的场景忽然换了。

流转着淡色波纹的床帐，绘着佛莲的屏风……眼前的情景对宁雪陌来说熟悉得不能再熟悉。

这是梵天宫的那间偏殿！

她曾经睡了一夜，以致梦到五万年前往事的偏殿。

原来，五万多年前，雪陌曾经进来过这梵天宫的。

宁雪陌往下看，看到小雪陌躺在床上一动不能动，只是一张脸越来越红，呼吸越来越急促。

神九黎并不在这里，想必去为她炼制解药了。

小雪陌十分痛苦，身上还穿着神九黎那一身宽大的白袍，灼热，莫名空虚，心烦气躁，血脉里像是有许多虫子在爬，爬得她全身痒得难受，那种痒又和当初过敏的痒不同，这种痒像是直接侵入人的心脉里去，让她全身的血像是要沸腾起来！

神九黎为防止她乱动干脆点了她的穴道，这个时候点穴对她身体不好，所以他点穴点得很轻，小雪陌身上的血流又快，她暴躁之下，狂猛地冲击着被点的穴道……

宁雪陌在空中看着，看出了她潜意识中的意图，忍不住飞过去："不行！你不能冲击穴道，会走火入魔的……"

小雪陌自然没听到，身体颤抖着冲击得更猛烈，片刻后，她身子忽然一抖，整个人从床上蹦了起来。很显然，她的穴道解开了！

门口光影一暗，神九黎走了进来，只是尚未等他看清屋内的情景，小雪陌已经像颗炮弹似的冲过来，八爪鱼似的缠上了他……

神九黎身子僵了僵！

这个时候的小雪陌已经扯掉了身上所有的束缚，未着寸缕。她已经完全失去理智，抱住他之后，立即用唇去找他的唇："九黎，你抱抱我……抱抱我……"

她整个人像火热的炭，紧贴在他身上，神九黎想将她扯开，却找不到可以下手的地方，摸哪里都是光滑灼热的一片肌肤。

或许是药物的作用，也或许是她无师自通，小手开始在他身上四处摸索……

神九黎双臂一振，有白光闪过，缠在他身上死紧的小雪陌飞了出去，扑通一声跌进被褥之中，一床被褥自动飞卷过来，将她包裹得死紧，令她再动弹不得。

她又被点了穴道，这次点得还挺重，让她不要说动手动脚，就连眨一下眼也困难。

神九黎气息略为不稳，他走过来，垂眸看了看小脸如同充血的她："这下总学乖了吧！不要仗着自己功夫高就随便轻信别人跟人走，这世界不像你想的那样简单，拳头硬并不能解决一切问题……"

他一边教训她一边将一粒紫色的药丸塞进她的口中："吃了它！吃了它你就会好了。"

神九黎明显对他自己炼制的丹药还是很有自信的，待小雪陌吃下那粒药丸后，他撂下一句"好好休息休息，睡一觉你就没事了"便转身离去。

一直旁观的宁雪陌忍不住抚了抚眉心，大神哪，你好歹等她解开药性再离开啊！

雪陌原本就热得要命，又裹了这样一床棉被，再被点了穴道，体内奔腾的血被阻

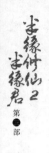
隔，站在医学的角度，这样她很容易走火入魔啊——

似乎为了验证宁雪陌的医学理论，小雪陌躺在被子里小脸越涨越红，十分钟过后，她的鼻子、嘴巴、眼角、耳朵都开始向外淌血……

这……这简直就是典型的七窍流血啊！

宁雪陌很想帮她解开穴道，掀开被子，可是做不到，她除了在旁边看着，什么事也做不了！

她想要试着冲出去唤人，可是这个梦境很怪，她像是被禁锢在小雪陌身边，哪里也去不了，只能待在这个房间内。

而且她更吃惊地发现，神九黎给小雪陌喂下去的那粒药丸明显不管用！

已经过去半个时辰，雪陌的脸已经青筋暴起，极度的痛苦让她像是离了水的鱼，张大小嘴，却无论如何也发不出一丝声响……

宁雪陌一颗心也紧紧缩了起来。

这毕竟是她的前世，确切地说，不是前世，是过往。

因为她现在已经恢复魔主的身份，身体也是魔主的身体，她虽然已经忘了五万年前的事，但此刻活生生重现在眼前，她似乎还能感受到当时的痛苦。

那是一种生不如死的痛苦，全身的血管像是要爆裂，整个人像是被充满气的气球，随时能够炸裂。

这不是一般的春药！

虽然这种药在发作初期和普通春药没什么区别，但发作时间一长，便能看出它的烈性。

若得不到真正的解脱，这位小魔主只怕真的会香消玉殒！

宁雪陌忍不住向窗外看了又看，只盼着神九黎赶紧回来瞧上一瞧。

也不知道过了多久，似乎过了一个世纪那么漫长，殿门才又一次打开，神九黎白衣飘飘地出现在门口："好些了……"

他的话语忽然顿住，然后他闪电般掠过来："雪陌！"

雪陌那一张巴掌大的小脸已经鲜血淋漓，脸上的血脉突突跳个不停，嘴巴大张着，似乎已经出气多，入气少了……

神九黎一把抱起她，一掌拍开了她被封的穴道。

"哇！"雪陌在穴道被解开的那一刹那，一口鲜血便吐了出来。

她大口大口地喷着血，神九黎抱着她，手都抖了，他再也顾不得什么，掌心按在了她光裸的背心上，想帮她梳理血脉。

但她身上的血脉此刻像是暴走了一样，他的手掌刚贴上去，便被她体内的力量弹开。

她双眸赤红，拼尽全力推了他一掌："放开！"

她这一掌力气不小，魔力汹涌之下，推得神九黎身形晃了晃。

而她也因为发出这一掌，让原本就脆弱不堪的血脉更加承受不住，她再次吐血，紧接着身子一软，脸色一白，瘫在他怀中。

她合上双眸，眼角滚下来的也不知道是血还是泪……

宁雪陌看着这一切，心里也不知道是什么滋味。

那时的自己确实走火入魔了，以至于身上多处血脉直接崩断，没搭上她的一条小命算她命大！

神九黎眸子里掠过一抹歉意："对不住……"

她此刻身上还光着，神九黎这个时候也顾不得给她穿衣服了，将她平放在床上，手掌如弹琵琶，连点她身上各大要穴。

神九黎的医术在那个时候已经炉火纯青，他为雪陌接续上断掉的血脉后，便随手为她套上一件外袍，然后拦腰将她抱起大步走出门去。

他这是要带她去哪里？

宁雪陌有些纳闷，便在后面跟着。

如果说刚才宁雪陌开始看到殿内布置猜测这里是梵天宫时，心里还有点不确定，此刻在外面走了一小圈，她终于完全确定，这里确实是梵天宫！

泛着七彩云霞的湖泊、玳瑁的亭子……无一不是她熟悉得不能再熟悉的场景。

看着前面疾步而行的神九黎，宁雪陌却忍不住红了眼眶。

这个世界的神九黎看不到她，而那个世界的神九黎已经消失……

相对于再也看不到他，她更宁愿留在这梦中，哪怕这么一直看着他，无法拥抱他也好。

她奔到他身后，伸出双臂抱住他的腰——

当然，她只能虚虚地抱着，因为稍一用力，她的手臂便会自他身体中穿过。她在这个梦中，能抱住的唯有自己而已。

"九黎……"她呢喃了一声，像个傻瓜一样，双臂虚虚地环着他，仿佛已经真正贴近了他，"大神……"她又呢喃出旧日的称呼，"我真的很想你——我该怎么让你回来？"

她真的很想念他的怀抱！真的很想让他真正抱抱她——

梵天宫那个偏殿内。

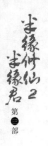

神念陌守在床榻前，小手紧紧扯着榻上人的手，哭得泪雨滂沱："娘亲，娘亲！"

他娘亲吐血晕倒在宫门前，神念陌人小个矮力气小，他又不想让别人动他娘亲的身子，所以他一直亲力亲为，但力气有限，便将母亲拖进了离宫门最近的偏殿之中。

好不容易将娘亲弄上床，他累出一身汗。

他接连呼唤几声，看到她还不醒，又忙噔噔跑到父君的寝宫内，去看父君留下的那些瓶瓶罐罐，寻到几种治疗内伤外伤的药，一股脑就抱着跑回去。

他心太急，在跑的时候还被脚下的石头绊了一下，摔了个跟头，怀中的药瓶被他抱得死紧，倒是没有摔碎，只是磕破了他两条小腿的膝盖。

他也全顾不得，爬起来又跑！

他娘亲还等着他来救命呢！

他已经失去父君，不想再失去娘亲……

神念陌毕竟还小，也没真正学习过医术，而宁雪陌在地母处所受的又不是一般的伤，她当时破那个冥灵阵法的时候，被冥灵所使用的兵器刺伤了。

那种兵器含有极重的阴毒，表面看不出什么，甚至被刺伤后流出来的血也是鲜红的，那阴毒却已经爬行到她的血脉各处。

她清醒时尚能用魔力压着它们不让其发作，昏迷后便控制不住了。

她全身越来越冷，身上甚至结了一层霜，慢慢又结了冰……

神念陌压根不知道该怎么对付这种病症，看到娘亲身上有刀剑之伤，便只能哭着在她的伤口上糊了一层金疮药，看着没有起色，又给她服下口服的药……

一切药他都用过之后，见娘亲依旧没有半丝醒来的意思，甚至连呼吸也没有之后，他就真正慌了。

他也顾不得她的手冰冷得能冻人的骨头，死死拉住她的手不放，一边哭一边喊："娘亲，娘亲，你醒醒啊，你不能不要念陌啊……

"娘亲，我害怕！

"娘亲，你抱抱念陌，念陌给你暖暖……"他不顾一切地向她怀里钻，妄图用他的小身子温暖她的身体。

他在她怀中冻得瑟瑟发抖，小嘴青白，却不肯松开一点。

他的哭声引来了八大神兽，最博学的白泽不愧跟在神尊身边这么多年，还是懂一些医理的。

白泽看了看躺在床上的娘儿俩，唰的一下幻化出人形，然后不管三七二十一将几乎要冻僵的小家伙提溜出来："小主人！不能这样！"

神念陌手脚都冻僵了，却还是不想离开娘亲的怀抱，在白泽手里连连挣扎："我要给娘亲暖暖，暖和过来她就醒了！"

白泽道："小主人，魔主是受了阴毒之伤，不是靠体温能暖和过来的！"

"那怎么才能让她醒来？"

"这……当年神尊曾经用念力为人驱过阴毒，这个极为耗损修为……"

神念陌睁大眼睛，立即就想跳上床榻："那我也用念力帮娘亲驱毒，要怎么做？"

白泽忙将他扯回来："小主人，这个驱毒之人最少需要念力天阶六级以上的功力，念力不够做不到的。"

"那你行不行？"

"不行，我们几个的功力都在天阶三级左右，做不到……"

"你们几个联手也做不到？"

"做不到，白泽原先听神尊说过，驱毒这种事必须拿捏火候，多一分对病人有生命危险，少一分则不管用。我们几个合力的话，几股力量一冲，不但救不了魔主，说不定还会让她伤势更重。"

"那怎么办？"神念陌眼睛里已经有泪珠滚来滚去，"娘亲不会也不要念陌了吧？"

白泽沉吟了一下道："或许我去找找天帝，我记得他的念力到达天阶六级了……"

神念陌却摇头："不行，只怕天帝不会尽心救娘亲。"

白泽一愣，一拍脑门！

他怎么忘了这茬！天帝只怕并不真心希望魔主好好的，很难说他会不会真心为魔主治病，万一他来了以后稍稍使用点手段……

小主人这么小，居然就懂得这个！

白泽抬头看了看床榻上已经冻成一个冰人的宁雪陌，忽然似想到了什么，又一拍脑门："神尊曾经说过，以后碰到解决不了的急难时可以去找一个人！"

"谁？"

"一位隐居在世外的隐士，神尊说敲响梵天宫最高峰处那口神钟十下，那个人就会主动出现。"

神念陌立即跳了起来，拔腿就向外跑："那还等什么？去敲钟！"

钟的花纹极为古朴，钟上镂刻了谁也不认识的字。

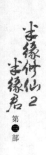

再大的狂风，也不能吹动这钟分毫。

神念陌原先曾经跑到这里来玩过，见了这口钟自然好奇，拿起旁边的钟锤去敲，但无论他用多大的力气也敲不出一点声音。

不过这次不一样了，有白泽在旁边亲口指点，原来敲这钟要有一套极复杂的口诀，由拥有神之血的人念着口诀，再去敲钟才能敲响。

神念陌记忆力原本就超强，再加上他心急救母亲，所以白泽只是传授他一遍口诀，他就很快背熟了。

等跑到山顶的时候，那口诀他已经背得滚瓜烂熟。

他抄起钟锤，口里念着口诀，然后一锤敲了下去！

钟声悠远响亮，一波波传播开来，随着这第一声钟声响起，那钟上似乎有什么字符在幽幽亮起又熄灭……

那字符闪得太快，白泽和神念陌都没看清上面写的是什么。

那字符在空中明灭不定，团团旋转，片刻后，居然凝结出一个影子来。

神念陌看着那影子直接呆住了！

白泽也张大嘴巴，扑通一声跪倒："神尊！"

那影子宽袍大袖，墨发垂散，静静站在原地，看着敲钟人。那模样分明就是神九黎！

神念陌尖叫一声，直接扑了过去："父君！"

铛！他没扑进朝思暮想的父君怀里，反而从他的身体里直接穿过去，撞在了那口钟上。

他的额头险些撞出一个包来，忙回身怔怔看着那个人影。

他的父君依旧飘飘地站在那里，仿佛在看着他，却没什么表情。

这确实是他父君的容貌，可是他身上的气质太高太冷，仿佛游离于众生之外，俯视他的时候就像俯视芸芸众生。

"父君……"神念陌撇了撇小嘴，眼里已经含了一包泪，向着那个人影张开双臂，"父君，抱抱念陌……"

白泽忙一把拉住他："小主人，这是神尊的幻影，不是真人，他应该有吩咐。"

那幻影终于开口，居然是神九黎一贯清冷淡然的语调："确有急难？此钟乃天道钟，不可随意敲响。"

"父君，娘亲受重伤了，浑身结冰，怎么也叫不醒……"神念陌到底还是个小孩子，哇的一声就哭出来，"父君，您救救娘亲……"

神九黎的幻影微微垂眸："确有急难，可用钟锤正反左各敲三下……"

"父君，您救救娘亲好不好？"神念陌想他要想疯了，此刻见到他就立在自己眼前，哪里还顾得上别的，张开小手不甘心地向他身上扑……

他的身子再一次扑空，这一次，他清清楚楚看到自己的小身子自对方的身体里穿过，而不是对方躲开。

"父君……"神念陌声音喑哑，大眼睛里泪珠滚来滚去。

神九黎的幻影消失了，白泽给神念陌解释："小主人，这只是神尊很早很早以前设定的幻影，此钟非同小可，不能轻易敲响。神尊怕有人无意中好奇敲响此钟，所以……他不是真人，小主人还是先敲钟救人吧。"

神念陌抹了抹眼睛，不顾一切一下又一下敲着，当第十声钟声响过之后，大钟蓦然冒出万丈金光，金光闪烁中一个人缓缓自钟中现出身形……

炼药炉内炉火熊熊，有淡淡的药香盈满整个大殿。

宁雪陌没想到神九黎居然将雪陌带到炼药室内。

小雪陌因为走火入魔受了重伤，经脉多处断裂，而春药的药性还在她体内肆虐，冲撞着她的血脉，他一旦松手，那些经脉还得断裂，她的一条小命说不定就会不保。

"神九黎，我恨你！

"神九黎，你放开我……

"神九黎，我难受，呜呜呜——"

怕她伤势加重，神九黎再不敢点她的穴道，所以只是用手臂将她圈禁在怀中。

她小脸涨得通红，在他身上乱动乱抓。

神九黎不但要抱着她，还要注意炼药炉内的炉火和配制相关药草，未免有些辛苦，额头上沁出了细汗。

"本座给你炼制解药，你乖一下，忍一忍，很快就好。"他口中安慰着她。

小雪陌还是有一点清醒的，脸上、身上的血渍已经被他清理干净，但一双眼睛还是血红色的，宝石一样剔透，她死死抿着小嘴苦忍着。

这两个人都没想到的是，那春药居然无比霸道，神九黎接连配制出三四种解药给她服下，却几乎没有疗效。

小雪陌体内的血沸腾得越来越厉害，莫名的渴望让她连骨头都开始发痒。她的神志终于陷入半迷糊状态，一切只剩本能，她下意识磨蹭着双腿，身体向神九黎身上猛缠，似乎他成了她焦渴状态中唯一的源泉，她像蛇一样在他身上蹭来蹭去："难受……我难受……"

她的年龄虽然已经是位妙龄少女，但还是十二三岁的身子，稚嫩得很。

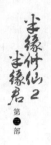
　　她平时又不注意男女之间的那些事情，所以她对自己的难受还是很懵懵懂懂的，虽然难受得要命，却不知道该怎么解决。

　　她颤抖着死命缠着他的身子，仿佛能从他身上汲取一点凉意："你帮帮我……"

　　神九黎再淡定、再心如止水，被她这样纠缠，也终于有些气息不稳："你乖一些，我现在就在帮你，下一炉药或许……"

　　"不！我不要吃药了！呜呜，不管用！都不管用！"小雪陌双手乱动，双脚乱蹬，披在她身上的外袍再次被她折腾开，半裸着躺在他的怀中，她难受得眼泪扑簌簌地掉，"你让我死了算了，呜呜，你都不帮我……"

　　药性再次涌上来，她哇的一声又吐了一口血。

　　宁雪陌在旁边看着，暗道不好，看这样子这春药只怕需要那种真枪实弹的法子才能解！

　　而且看小雪陌的状态，真的不能再耽搁下去了！

　　洛九宸那个变态，居然平白无故地向小雪陌使这种变态手段！

　　在大海中的时候，如果不是神九黎及时出手相救，她只怕就会落在那个洛九宸手中了，而她的清白也会被洛九宸夺去……

　　那个人有病吧？！得有多饥渴才会算计一个孩子？

　　宁雪陌的目光又落在神九黎身上，他会用什么法子为小雪陌解毒？不会是？不会是……

　　她的一个念头刚刚转到这里，神九黎忽然抱着小雪陌又站起来，哑声道："好，本座帮你。"

　　他一挥袖，炼药大殿内凭空多了一张床，他快步将雪陌放在了床上。

　　宁雪陌微张着嘴，他……他真……真要亲自上阵？

　　可……可小雪陌的身子还不算成熟，这个……

　　神九黎无论做什么事都讲究个情趣，就算在这里随意变幻出来的大床居然也极好看。

　　他抱着雪陌入内后，绘着蓝天白云的床帐便落了下来。

　　到了这种状态，宁雪陌也知道非礼勿视，她心里虽然好奇过程，但是她并不想做个围观者。

　　但是在这个诡异的梦中，她的行为却不是以自己的意志为转移的。

　　她本来想看看那炉药，却没想到眼睛一眨的工夫，她的人已经进了床帐之中，再接着一阵天旋地转，眼前一暗再一亮……

　　接着她整个人像是要燃烧起来一样，体内热流一阵阵翻涌。

宁雪陌吃惊地睁大眼睛，脑子中轰然一响！

她……她居然在这个时候进入小雪陌的身体了！而不是在旁边做个看客……

她正衣衫不整地躺在神九黎的怀中，感应到了他的心跳，闻到了独属于他身上的幽冷香气，抱到了他结实劲瘦的身体……

她抱到他了！她能接触到他了！

巨大的欢喜甚至冲淡身上难耐的热流，她睁大了眼睛怔怔地看着他，一时还有点不敢相信，身子像被定住似的动弹不得。

大概是她的神色太古怪，神九黎眉毛轻轻一挑，手掌直接覆上了她的手腕，为她把脉："怎么了？感觉如何？"

她能感应到他的手掌的热度，他淡而轻的呼吸就在她的头顶。

一切真实得不能再真实，她居然再次拥有他的怀抱……

没有失去这个怀抱的时候，她尚不觉得怎么样，一旦彻底失去，她才知道她到底有多渴望他！渴望得心都疼了！

她没回答他的问话，只是伸出双臂死死搂住他，眼睛里泪珠一颗接一颗地向下滚！

神九黎被她抱得整个身子一僵，她这久别重逢似的拥抱让他接下来的动作顿了一下："你怎么……"

后面的话他没有再说出来，因为宁雪陌已经抬头吻上来，火烫的唇直接覆盖住他的唇："九黎，我难受……"

她的声音喑哑得厉害，却又带了一种奇异的轻颤，神九黎呼吸一窒，双手握住她的双臂想将她推开，但看到她脸颊上连串滚落的泪珠，他似又不忍……

一愣神的工夫，她已经饿虎扑食般将他扑倒，整个人趴在他的胸膛上，双臂环着他的脖颈，唇舌在他唇上肆虐，凶猛地舔舐啃咬……

她身上原本就是随意披着他的外袍，此刻剧烈动作之下，那外袍便敞开了，松松垮垮地吊在她的身上。

她火热光滑的小身体完全趴在他的怀中，隔着他身上那薄薄的衣衫，他能感应到她身上灼热的温度。

神九黎做神这么久，对男女之事虽然很明白，但到底没实践过，也没经验。他刚才将小雪陌抱入床中，也并不是想和她真的共享鱼水之欢，而是想用一种特殊的术法为她治疗。

因为那种治疗方法需要将她的衣服全脱光，还要半躺着，所以他干脆变出一张床来方便行事。

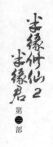

他这么做也不过是欺负她对这种事不懂，料到她就算再难受也不知道最应该干什么，却没想到她像忽然开窍一样直接扑在他身上，不但狂热地亲吻他，小手也不老实地伸进了他的衣襟内，而且指尖正抚在他的敏感处……

神九黎瞬间僵住，抬手就握住了她的手腕，将她的小手扯了出来："谁教给你这些的？！"他的声音里有着一丝怒意。

在他的印象中，雪陌还是个孩子，地地道道的孩子！

现在这孩子居然会勾引男人了……

而且这手法……不像是第一次！

宁雪陌一窒，抬头正望进他幽深的眸子里。

那眸子极深，极暗，如深潭，让人无法在这双眸子里看出情绪。

此刻他就这么看着她，眸底似有一丝汹涌的暗火，只不过这暗火让人还来不及捕捉就一闪而逝。

宁雪陌抿了抿唇，闭了闭眼睛。

她和大神纠缠了三世，但有肌肤之亲的不过有两世而已。

雪衣陌那世或许是隔得太久的关系，印象并不算深，而宁雪陌那一世，她和他只有一次肌肤之亲，她还是被他强的……

当然那时她已经爱上他，只是在还有顾忌的情况下，算是半推半就。

现在的大神对小雪陌应该还不是那方面的感情，他之所以和她在这床帐中纠缠，怕是单纯为她解毒而已。

虽然她不知道他想要用什么法子，可是看他此刻的表情，她就知道他那法子或许并不是真正的肌肤之亲，而是其他的。

在这一刹那，宁雪陌的思绪飘飞到了八万里外。

她此刻还趴在神九黎身上，衣服就搭在她的后背上，香肩、小腿，甚至部分大腿，都露在了衣袍外，她的雪白小脚勾上了他的腿……

二人的距离接近得不能再接近，简直是没有一丝缝隙。

神九黎衣衫不整地任她压着，单手却扣住了她的手腕，和她两两相望。

"说！"他的声音极沉，仿佛凝了一场暴风雨。

宁雪陌眨了眨眼睛，或许是因为她的灵魂后进入的关系，再加上她自己懂药性，所以在接手这具小身子的时候，体内魔力便自动运行，将体内的欲毒硬生生压制住了！

不过，她毕竟是经过人事的，所以对体内的这种欲极为敏感，更何况身下压着的是她思之欲狂的丈夫。

此刻的她简直有一种要将他剥光强上的念头!

她喘息着,额头上的细汗出了一层又一层。

她也没法回答神九黎的问话,难道她要说她是他五万年后的妻子?难道她要说自己在这诡异的梦境中占有了她曾经的身体?

不行,她不能说!

说了他也不会相信,说不定还会以为她是其他人的灵魂,再用术法将她强行驱逐出去!

虽然这是关于五万年前的梦,可是在梦中能和他这么紧密接触,她已经很心满意足了!

所以她并没有回答他的问话,只是眨了眨水蒙蒙的大眼睛,小嘴里吐出了几个字:"难受……九黎,我难受……"她一边说,一边还用脚指甲轻轻蹭了蹭他的腿侧。

拜雪衣陌的记忆所赐,她知道神九黎那个地方也是个敏感区域……

她的小手被他握着,一时无法伸入他的衣内,她便用指尖在他胸口无意识地轻轻画圈……

宁雪陌这两招像是无意中使出来的,却让神九黎身子骤然一僵,气息微乱。

他望着怀中小脸涨得通红、一双眸子却水盈盈的女孩,她那双眸子仿佛会说话,里面有渴望,还有说不清道不明的痛楚和爱恋。

这样的她不再是那个口口声声要嫁给他,却对爱情懵懵懂懂的女孩子。

他对小雪陌确实是疼爱,毕竟是他亲手养大的孩子。

但或许因她始终长不大,一副小孩子模样,他对她从来没有产生过那方面的渴望,也只当她是一个孩子,就算她做了魔主也一样。

现在看到这样的她,他心里却第一次有了异样的感觉,一种想要将她狠狠压在身下的感觉!

他目光蓦然变得幽深,凝神瞧着她,眸中神色让人琢磨不透:"雪陌……"他声音低低的,带了一丝低沉的暗哑,尾音还轻轻挑了一下,如同有一把小钩子,钩得她心尖颤了颤,"你知道你现在在做什么吗?"

她怎么可能不知道?!

她就是要勾引他!就是想要和他亲近!哪怕是用这具小身子!她渴望他要渴望疯了!

爱到极深处便想和他融为一体,更何况她现在体内还被欲毒攻击得火烧火燎。

她低头亲上他的鼻尖,火热的吐息喷在他的唇侧:"九黎,我……我想和你

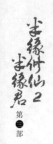
同房……"

　　这两个字小雪陌常常挂在嘴边，神九黎每次听到都有些哭笑不得，自然也不和她一般见识，现在听到，心弦却微微一抖！

　　她一双眼睛里眼波欲流，小脸红得像苹果似的，因为欲的关系，她的肌肤已呈粉红色，额头有薄薄的细汗，原本樱花花瓣似的小嘴此刻带露玫瑰似的，似乎在诱惑人来采摘。

　　他深蓝的眼眸中似有星光在浮动："同房？"她真的知道什么是同房吗？

　　他伸出手，指尖抹过她汗湿的前额，顺手将她滑落的头发给她别在耳后："乖，告诉我，什么是同房？"

　　如果是小雪陌，她估计就会钻到他怀中告诉他，同房就是一张榻上睡一觉。

　　这也是小雪陌不能理解神九黎不答应她婚事的原因，他同她睡一觉她就能长大，这么简单的事他居然还推三阻四的，可见他是不喜欢她的。

　　但现在占有这具小身子的是宁雪陌，她眨了眨眼睛，一时不知道该怎么回答好。

　　神九黎虽然一直仰躺在床榻上，任由她趴在自己身上，仿佛任她鱼肉，目光却一直凝注在她的脸上，眸底有一抹沉思，一只手也轻抚上她的后脑。

　　宁雪陌毕竟敏锐，能清楚感觉到他的"神识"探了进来，应该是对她有所怀疑了，大概是想看看她的身体是不是被其他孤魂野鬼侵占了。

　　忽然他手指一顿，宁雪陌心里一抖，却睁大一双眸子看着他。

　　自己虽然是后来的，可是这具身体原本就是她曾经的身体，所以她的灵魂待在里面一点违和感也没有，他应该也查不出什么来吧？

　　她不想再让他探查下去，一偏头，就对着他的唇亲下去，声音带着一抹颤抖："就是……就是我们共享鱼水之欢……"

　　神九黎僵了一下，头一偏，宁雪陌就亲了个空，嘴唇碰到他的耳朵上。

　　她在心里骂了一声，她趴在他身上这么久，居然没有感觉到他的情动。

　　她自然知道他情动时是什么模样，就算不和她欢好，身体的变化骗不了人……

　　她一横心，故意屈起一条腿，去碰触他白袍下那个地方——

　　只不过，她的腿尚未作案成功，便被他用一条腿别住，他的目光变得深幽："我觉得……我并没有教过你这个！谁教给你的？"

　　宁雪陌脱口道："你……"

　　"我？"神九黎挑眉，"你确定？"

　　宁雪陌心中一跳，终于改口："你……你自然没有教过，但我在魔界这么多年，耳濡目染也有一些，怎么会不懂？"

616

"原来是在魔界耳濡目染吗？"他的声音里听不出什么情绪，却有一丝淡淡的冷意。

"嗯。"宁雪陌点头。反正魔界里男女关系一直乱七八糟的，所以她这么说他也无法怀疑什么。

神九黎眼眸中闪过一抹微光，他似玩笑又似带着别的意味道："好，本座就躺在这里，你要如何与我同房？"

第二十四章　在调戏她吗

他这是在调戏她吗？

他这口气——还是有点像逗弄孩子……

可恶！

在这种事上女人天生羞涩，宁雪陌就算经历了两世，甚至做过特工也不例外。

不过，现在的她比较大胆，所以虽然面红耳赤，但既然抓住这个机会，她也想做下去！

她都没好好和他滚过几次床单，就死好几回了，太冤了！

抱着这个念头，宁雪陌果断占了主动。反正有春药盖脸呢！她怕什么！

她眨了眨眼睛，声音娇娇嫩嫩的："你真任我鱼肉？"

"乱七八糟的词儿你学了不少！"神九黎的声音里听不出喜怒，他抬手捏了捏她的脸颊，这个时候他居然开口打击她，"你现在这样……好丑。"

宁雪陌："……"

大哥，这种时候说这种话很泼人冷水的好不好？！

她自然知道自己现在是什么德行，小脸还花着呢！

她咬牙，干脆趴在他耳边轻笑："关了灯都一样的，你可以想象我皮肤白白净净的时候。"

神九黎："……"这对话太成年人了！

他目光微微闪动，手掌抚上了她的后心："本座眼神好，无论关灯不关灯都一样。"他的指尖在她满是划痕的背部轻抚。

明明是一个极简单的动作，却让被药逼得无比敏感的宁雪陌心尖一颤，腰肢一软，几乎想要软瘫在他怀中。

她喘了一口气，强撑着身子，想要抬一抬手，却发现双手还被他禁锢着，便勾着嘴角笑了笑："你不是说任我施为吗？抓着我的手算什么？"

她勾着嘴角笑的模样极迷人，那一双眸子也灵动无比，有一种神九黎从来没见过的媚态，重重地在他心弦上撞了一下！

他眼神微微一沉，放开了她的手："好，你继续。"

他眼眸里似闪过一丁点笑意，果然继续躺在那里，任由她施为。

他一直瞧着她，眸底明明让人瞧不出什么情绪，但宁雪陌还是被他瞧得心中发慌，有一种想转身逃走的冲动！

但对他极度的渴念又让她想要继续进行下去。

她一横心扯开了他的衣襟，让他一大片月光般结实白皙的肌肤暴露在她的眼睛下。

真美！

大神的身材还真是完美，完美得让她找不到一点瑕疵……

她的小手轻抚上他的锁骨，像摸一件上好的雕塑："你真好看。"她夸奖他。

神九黎没说话，夸他好看的不只她一个人，可是由她软糯的声音说出来，竟让他心脏微微一缩，眼睛继续瞧着她，看看她究竟能做到哪一步。

他原本是抱着开玩笑的心态哄她，毕竟刚才让她憋得太狠，郁结在心里不太好，让她玩一会儿，她的郁气能发散出来，也方便他用特殊的法子为她驱毒。

但现在——有一种异样的感觉自身体内部升腾起来，让他气息略为不稳。

宁雪陌也横了心，不就是占主动吗？！

她虽然没有主动过，但没吃过猪肉也见过猪跑……

她伏下身子，唇亲上了他的脖颈、喉结、锁骨、下巴、唇，最后落在他的耳侧，小舌一卷，便将他的耳珠卷入口中轻咬了两口。身下的男子身子又是一僵。

宁雪陌惊喜地发现他的身体似乎有了反应，某个地方有硌到她的感觉了。

于是她红着小脸卖力蹭了蹭。

神九黎骤然翻身，天旋地转中，宁雪陌再睁眼时，人已经被他压在身下。

他压她压得那样紧，压得她丝毫动弹不得！

她在他身上时尚不觉什么，如今被他这么压着，却能感应到他身上那极强的压迫感，让她心房狂跳。他一根手指伸出来压在她的小嘴上，眸中有暗光流动："雪

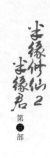

陌，你在玩火！"

宁雪陌挑眉，看着他，他的面容依旧沉静，但已经紊乱的心跳出卖了他，他身体的某个部位也出卖了他。

她没回答他，而是抬搂住了他的脖子，半仰起身子吻上了他的喉结，火热的吐息轻轻吹拂在他的耳边："九黎，给我……给我好不好？你不救我，我会死的……"

"雪陌，本座只当你是个孩子……"神九黎叹息，同时握住了她四处点火的小手，"你忍一忍，我会用其他法子救你。"他不想陪她玩下去了！

"我不小了，好几千岁了。"她抬头用牙齿轻咬他的锁骨。

他身子又是一紧："可本座亲手将你养大，当你亲生女儿一样……"他的心态一时转不过来。

宁雪陌俏脸一黑，她就知道是这样！

被男人从光屁股娃娃开始看着养大，确实挺悲催的。

"可我不是你的亲生女儿，我和你没有任何血缘关系。九黎，我只当你是我的丈夫……"宁雪陌又亲上了他的下巴。

最后两个字显然让神九黎一顿。

"丈夫？你知道丈夫是做什么的吗？"

"护我、怜我、和我携手共历风雨、和我生儿育女一辈子不会分离的男人……"

宁雪陌说着说着有些眼酸，她和神九黎纠缠了三世，一直聚少离多，现在好不容易在一起，他还问东问西的。

她抬手抱住他的腰，将脸贴在他的胸膛上："我想你，真的很想你……"

他胸膛上一片濡湿，那是她火烫的泪，她语气中带着莫名的悲凉，让他一颗心溺水似的一窒。他垂眸看着怀中的小人儿，静了静，强压抑着什么道："雪陌，你长不大不是……不是这个原因。本座正研究让你长大的法子，给我点时间。我不会不管你。"

原来神九黎并没有对她长不大不闻不问，也在寻找法子……

"你这世找不到的……"宁雪陌脱口说出。如果他在这世找到了，那么她后世重生的时候不至于还是小孩子模样。

"你说什么？"神九黎想要看清她的模样，奈何她像八爪鱼似的攀附在他身上，脑袋又紧紧地贴在他胸前，他想将她扒拉下来也不可能。

"没什么。"宁雪陌也知道自己说漏嘴了，贪婪地听着他的心跳。她不知道能在这具小身体里待多久，所以能抱他一刻是一刻。

她不想再和他交谈下去，以这个姿势交谈，所有的暧昧都会被谈跑的好不好？！

再说，她也能感觉她身体内那莫名的热流越来越快，越来越快，巨大的渴望像海潮似的在她体内汹涌，让她再次感觉到筋脉的疼痛……

她头脑中嗡嗡作响，脑中泛起来的都是曾经和他翻滚的画面，她的呼吸越来越急促，整个身子火烫得几乎要燃烧起来。

他的衣襟已经被她揉得乱七八糟，大片地敞开着，春光诱人。

"我难受，九黎……我真的……真的喜欢你……"她的声音有些急切，感觉自己要被欲毒给撑爆了，那毒太霸道，她有些控制不住了……

神九黎轻吸了一口气，抬手固定住她："你想要我……不是单纯解你长不大的毒？不是因为我只是这个世上的最强者？"

"不是！"宁雪陌摇头，一字一顿地道，"我喜欢你，九黎，我喜欢你……"她难耐地抬头去找他的唇，语气还有点怨，"你不是说任我施为的吗？你……你说话不算话……"

她的话音尚没落地，唇上忽然一热，已经被他密密封住。

"雪陌，这种事不好让你来做……"他的声音微微暗哑，那一双如寒潭水般的眸子深幽如井，像是要将她整个人吞进去，却带着一种决定了什么的决绝，他将唇贴在她的唇边道，"雪陌，一旦开始，我们就再也停不下来了！你不后悔？"

宁雪陌心跳刹那如擂鼓，她知道神九黎的意思，他想要她了——

她反手搂住他的脖子，让他靠她更近些，回答了他三个字："不后悔！"想了想，她再加了一句，"你……你得轻一些啊……"

说完这句话后，她自己脸上也如同火烧。

神九黎没说话，眼里却闪过一点笑意，按在她后背上的手重重揉了揉，有淡淡的白光闪过。

宁雪陌身上猛然一热，头脑中轰然一响，眼前一阵发花，天旋地转中她还以为灵魂再次飘飞。

等那阵强烈的眩晕感过去，她睁开眼睛，发现自己还是在神九黎怀中，他还半压着她，一双眸子正凝视着她，指尖掠过她的嘴角："雪陌……"

这一声里却有些缠绵之意，他俯身将她揽在怀中。

二人的身体紧紧相贴，宁雪陌甚至感觉到自己的高耸紧贴在他的胸膛上……

他微微一动之下，便如过电般酥麻。

咦，高耸？！

宁雪陌下意识一低头，嘴里轻咦了一声，睁大眼睛！

饱满的胸、纤细的腰、修长的腿、曲线玲珑的线条……这……这哪里还是一个

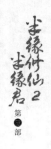
十二三岁孩子的身体，分明是二八妙龄少女的身体！

"你……"她骤然抬头，"你……有法子让我长大啊！"这话里有惊喜也有薄怒，她顶着这张萝莉脸郁闷了几千年，一直为长不大发愁，几乎为了长大不顾一切，却没想到他随手一个法术就可以让她长大！

这个人太可恶了！

他怎么不早使用呢？他明明知道她有多渴望长大。

神九黎却只回答了四个字："两个时辰。"

宁雪陌睁大眼睛迅速理解过来："你是说，我能以这种成年人的模样支持两个时辰？"

神九黎垂眸看着她："看来你变聪明了不少。"

宁雪陌张了张嘴，还想再问他，神九黎却揽紧了她，一抬手将她的发丝散开，青丝在她身下铺陈……

"雪陌，你确定要和我继续谈下去？"他手指抚上了她细嫩的脖颈，那里的青筋正突突地跳动。

很显然，她的身体虽然变成成年人模样了，但体内的毒并没有消失，还在肆虐，只不过被她勉强压制住了。

他的声音有些喑哑，那微微的喘息让她心跳乱了节奏，一张小脸情不自禁地爆红。

她的小手还推在他的肩膀上，下意识想收回来，却被他握住，牵过去在她手指上一吻，丝丝酥麻感直痒到人的心里去。

"害羞了？"神九黎低低开口，声音在她的耳边，带着抹取笑，"我以为……你一直不知道害羞……还好……"

宁雪陌只觉俏脸要燃烧起来，直到这一刻，她才明白，和大神比脸皮厚，她永远比不过他。

他一旦决定做某件事情，就会从容不迫地去做，任何人也无法再改变。

就比如现在，明明一开始是她主动，现在她却完全处于被动。

她感应到他的手开始在她身上游走，指尖火热，动作却从容不迫，指尖一挑，就挑开了她的衣带，滑入她的衣襟内……

她身子一颤，轻哼了一声，但随即又屏住呼吸。

自己是不是太……太那啥了？

他尚未正式开始，她就出声了，不会给这世的他留下很不好的印象吧？

她一个顾虑还没在脑中转完，她的唇齿便又被他强势撬开，他好听的声音低低地响起："不用压抑，依从你的本心便好……"

他的吻强势霸道，在她唇内攻城略地，不留丝毫余地。

她抱着的是他最真实的身体，而不是虚无的梦，只要想到这一点便足以让她血脉沸腾！

她颤抖着手去拥抱他的腰，仰头承受他的吻。

属于他的熟悉气息氤氲在她鼻端，让她一颗心像是充满气的气球，几乎要飞舞起来。

他的指尖很温暖，在她肌肤上拂过，让她忍不住一阵阵战栗。

她本来就爱惨了他，再加上药物的作用，让她身体分外敏感，他一个轻抚、一个轻吻，便足以让她的心脏疯了似的跳动。

两人呼出的气体全部是火热的，彼此气息交缠，让帐内温度急剧升高。

他的唇舌无处不在，所到之处像是点燃了一簇簇火苗，让她的身体忍不住颤抖再颤抖。

"大神……"她低喃，双手插入他顺滑的发中，想将他推开，又想将他压到自己的身体里去。

她刚才说要将他怎么样的时候，说得理直气壮，但一旦到了这种关头，她全身所有的力气却全都消失，小手保持着推拒的姿势，却没有推拒的力气。

全身的血如同沸腾了般燃烧再燃烧，让她脸红得像个番茄，心中却是极致欢喜的，极致温暖的。

在她的印象中，她和他的第一次毕竟不是在真正你情我愿的情况下发生的，并不算美好。

他那时候类似于在惩罚她，而她也因为他的强势心里委屈。

不像现在，她虽然中了药，内心里却是极喜欢他如此对待自己的，而他……似乎也是很愿意的。

他一遍遍深吻她，而她也一次次回应他。

彼此的衣衫次第被抛到帐外，当彼此真正肌肤相贴时，那汗湿而又火热的身体让她忍不住抱紧了他。

"雪陌，会有些疼……"他在她耳边低语。

"嗯……"她胡乱应了一声，脑袋已经变成糨糊，其实她都没听清他到底说了什么。

终于，他缓缓进入……

宁雪陌身子微微一僵，疼还是有些疼的，但这种疼和她曾经所受的那些痛楚相比

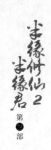

简直就是毛毛雨，完全在她能承受的范围内。

更何况这疼还是她最心爱的男人带来的，更让她不把这疼放在眼里。

这才是新婚之夜该有的浪漫，这才应该是她和他的第一次。

温暖夹杂着说不清道不明的痛楚在她胸腔里肆虐，让她眼角忍不住沁出了泪。

"疼吗？"他俯在她身上，气息已经极为不稳，动作却保持了最大的克制。他轻吻去她额头上细密的汗和眼角的泪，还以为她是疼哭了。

他的气息灼热地吹拂在她的颈侧，她抬起手臂抱住了他，然后主动吻上了他……

旁边药鼎内的炉火渐渐熄灭，而床帐的温度随着里面人影的起起伏伏而升高，有轻吟声时断时续地自床帐内传出来。

时不时也有一两句带着低喘的话随着床帐的起伏传出来。

"不要强忍着，这个时候忍着对解毒不利，来，叫出来……"

"你……你和我欢好……只是为解毒……"她的声音里有丝丝委屈。

"这方面占主因。"神九黎的声音从容不迫，他倒是大方地承认，"乖，不要对不起我的牺牲，叫出来……"

他似乎猛然做了一个什么动作，让她啊的一声叫了出来："你……你轻些……"

"好……我轻些……"

"九黎……九黎……"她不知道怎么的难受起来，那是得不到真正满足的空虚，"你……你……"

"我怎样？"

"你……你……"她有些难以启齿。

"有什么要求尽管说出来。"他声音喑哑，带着诱哄，"我会尽所能让你快乐……"

原来在五万年前神九黎已经如此腹黑了！

不过她毕竟和神九黎相交这么长时间，深深知道他的脾气，他对任何事都不在乎，对任何事都可以放开。这样的他为人处世显得淡而冷，而他的身份也让他习惯于高高在上，给人一种不可亵渎的感觉。

但他做事其实很随心，喜欢了就是喜欢了，爱了就是爱了，一旦确定自己的心意他便不会退缩，甚至是强势掠夺。

在心爱的人面前他一向是百无禁忌的。

宁雪陌不知道原本的发展是怎么样的，但她在此时此刻已经明白神九黎其实已经喜欢上小雪陌，只是他一直不自知而已，以为他对她的感情就像是对待自己的孩子。

那时候的小雪陌其实不懂男女之欢，如果宁雪陌没有附体，小雪陌就算再难受只怕也不知道究竟该如何做。十有八九她和神九黎的这层窗户纸不会被捅破，神九黎依旧不知道自己的心意，依旧拿她当孩子。至于这次的毒，他除了"身体力行"这种最直接的法子外，还有什么法子可使？

她心头滑过一丝疑问。

"这个时候还能分神？"他的声音低沉中似夹杂了隐隐的威胁，让她心脏微微一抖！

她正要开口辩驳，但微张了口却啊的一声叫了出来！

时光交缠着月光缓缓在纱帐上移动，夜正长，而他和她的美好才刚刚开始。

神念陌吃惊地看着自金光中缓缓显形的人，那是一位极为俊美的青年公子，一身紫袍在日光下闪烁，整个人如同芝兰玉树般脱俗，更奇异的是这个人长了一头银发，那银发如月光缎子般在他身后披散。

他在现身的那一刻，眼睛是微微闭着的，仿佛睡着。

直到金光全部散去，他才缓缓睁开眼睛，眼珠极黑极暗，仿佛浓缩了全部的夜色。

"终于……出来了啊——"他轻轻叹息一声，声音如清风般缥缈。

神念陌怔怔地看着他，一时弄不清他的来路，顿了片刻，才开口："你……你是谁？"

那个人先是扫了白泽一眼，最后才把目光落在神念陌脸上，端详片刻，忽然轻轻一笑："我是能解你们危难之人，你们有什么要求尽管提。"

神念陌眼睛一亮，他现在想提的要求可多了！

"无论什么要求你都能帮我做到？"神念陌脆生生问了一句。

那个人嘴角的笑如春风般缓缓拂过湖面："当然，本座是神，可以满足你们所有的要求。"

哎呀！那真是太好了！

原来还有其他神可以求！

神念陌一双眼睛更亮："你也是神？那……"

他正要开口，那人接着道："不过，本座只能答应替你们解决一个难题，你们要想好了再说。"

神念陌："……"他现在最亟待解决的问题有两个，一是让父君回来，二是让娘亲醒来。

他站在那里有些纠结，那男子含笑望着他，手中的扇子在掌心轻敲。他一向有恶

第二十四章　在调戏她吗

625

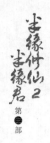

趣味，就喜欢看人纠结无法抉择的样子，这样他比较有成就感。

眼前这个小不点显然是有急事求他，但肯定不止一件，小孩子一般很难下决断，所以他唰的一声打开了扇子，低低一笑："不用急，你慢慢想。"他摇着扇子就想先溜达溜达赏赏景再说。

没想到神念陌立即开口："好，我求你一件事，你救我父君回来！"只要父君回来了，以父君的本事应该很容易救醒娘亲，压根无须这个人再出手，他们一家三口就能团聚。

这是一个很棒的抉择！

连旁边的白泽都忍不住为小主人竖了竖大拇指！

小主人果然很有决断！

那个人动作一顿，目光落在神念陌脸上："你父君是？"

"神九黎，这个世界的神尊。"神念陌昂首挺胸道。

那个人嘴角微微一抽，看着神念陌，沉吟片刻道："你其他的要求是什么？"

神念陌眨了眨大眼睛："只要你能救我父君回来，其他要求就不用你了。"

那个人："……"

"这个条件你能答应吧？"神念陌追问了一句。

那个人手中的扇子僵了僵，然后他微微叹息："这个……这个要求……或许，你得换要求了。"没想到这孩子的第一个要求他就无法做到。

神念陌的眼神黯淡下来，他撇了撇小嘴："原来你刚才的许诺是吹牛的！"

那个人轻咳了一声，这世上唯有这一条他做不到……

"我可以满足其他要求，你知道，神消失就是真正消失，连魂魄都不会有。所以……"

神念陌脸色大变，瞪着那个人："你胡说八道！我爹爹才没有消失！娘亲说爹爹受重伤闭关了！过一阵子就会出来！"

那个人："……"

他……他不和小孩子一般见识。

他目光微微闪动，淡淡地道："信不信由你……小家伙，本座可满足你其他两个愿望，你如果再不说，本座可就走了！"

他作势欲走。

神念陌却并不拦他，一双大眼睛看看那口钟，抿了抿唇。

他还是极聪明的，父君既然将这个人关在这口钟里，经过特殊召唤之术才能让他出来，为了让这个人说话算话，必然也设下了极厉害的禁制，这个人如果不能满足他的一个条件，只怕会受钟的反噬……

那个人作势走了几步，见神念陌还不开口，足下顿了一下，终于停了下来："还没想好？"这小家伙也太沉得住气了！

神念陌瞧着他："你要应三个条件！"

那人俊脸一沉："小家伙，不要得寸进尺！再贪心本座一个条件也不会应你！"

神念陌抱起双臂："那就一个也不要答应好了！白泽，我们走。"他掉转身子就要下山的模样。

白泽张了张嘴，一时没弄清小主人弄的什么玄虚，愣了片刻到底没开口，在神念陌身后跟着。

那个人："……"他还是小瞧这小东西了！这小东西简直就是朵奇葩，和他老爹有的一拼！

神念陌确实猜中了，他是被神九黎用特殊法子关进那口钟的，要想真正出来就必须无条件答应放他出来之人的一个要求，做不到的话，他时时刻刻脱离不了这口破钟，在未达成那要求之前，除非放他之人要求他跟随，要不然他都无法离开这口钟五丈开外。

他出来后，欺负对方是个小孩子，想糊弄对方提出一个要求他随意帮着圆满了，就可以获得真正的自由，却没想到这小东西这么鬼精灵！

神念陌只要走下这片山峰，那么这个人还得被关进钟里去！再被放出来就不知道猴年马月了！

所以那个人用扇子揉了揉眉心，只得开口："小东西，你回来，你那三个要求是什么？"他无形中做了让步。

神念陌转身："你都答应了？"

那个人道："你先说说看。"

"你答应了我才说。"

那个男人脸色一沉："小东西，不要和本座讨价还价，难道你乱提什么匪夷所思的条件本座也要答应？"

"你不是说除了让我父君回来这一条不能满足，其他都能满足？原来你又在撒谎！"

那个男人无语，他居然被一个小孩子挤对住了！

他看了看神念陌，忍不住一笑："万一你提的条件是让本座去死、去自我流放呢？"这小东西太古怪，他不得不防备这一手。

神念陌睁大眼睛看着他，一脸鄙视："你这是以小人之心度君子之腹，我才不会

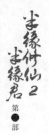
这么无聊！你只要不威胁到我和我的家人，我才不会管你的死活。"

那个男人更无语了。这，这是一个小孩子会说出来的话吗？！

通过一番讨价还价，那个男人终于答应帮神念陌做到三件事情，当然，要在不威胁到他自身安全的情况下。

神念陌提出来的第一个要求就是救他娘亲，他娘亲受伤昏迷中。

而第二、第三要求他还没想出来，待定。

一个这么小的孩子居然是谈判高手，那个男人揉着眉心暗叹基因的强大，神九黎那浑蛋的儿子原来也如此浑蛋。

"你叫什么名字？"最后神念陌问出一句。

那个人勾唇一笑："这个问题如果算一个条件的话，本座会告诉你。"

神念陌转身就走："那你就不要说了，以后我就叫你'喂'了。"

那个人嘴角一抽，悠然一笑："算了，本座不和你一个小孩子一般见识。本座道天宸，你可以唤本座宸神或者宸叔。"

神？除了他的父君外，谁也不能称之为神！

神念陌立即说出自己的第二个条件："你不能称神，和任何神沾边的字也不成！"

道天宸："……"

他有点后悔答应这小家伙的三个条件了！

他目光微微闪动，也不知道想到了什么，轻轻一笑："好！"

神念陌和白泽都松了一口气。他们都接受不了别人称神……

大殿内隐隐有淡淡的冷香透出来。

大殿的床铺之上，有一个人形大冰块，冰块中一名红衣女子躺卧着，如同熟睡。

道天宸在看清那女子的容貌那一刻就顿住了脚步，手中的扇子啪的一声跌在地上："阿陌！"

神念陌猛然扑了过去："娘亲！"他的声音也抖了！他出去的时候娘亲身上尚未结这一层冰，现在居然成冰棺材了！

他想摸摸娘亲的脉，却只摸到一块厚厚的冰。

他一咬牙，想将那冰融化，一柄扇子伸过来，挑开了他的小手，道天宸的声音前所未有地严肃："不想让你娘亲死的话，就不要乱动！"

神念陌不敢动了。

道天宸目光定定地望着躺在那里的宁雪陌，也不知道在想些什么。

"喂，你快救我娘亲啊！"神念陌在旁边催促。

"本座会救她。"道天宸这次不再犹豫，"你们都出去！"

神念陌："……"他不放心让娘亲和这个不知道来路的男子独处！

"你尽管放手去救，我会在这里乖乖的，一声不出，降低存在感！"神念陌急忙开口。

道天宸微眯了眯眼睛："小家伙，给你两个选择，一，任凭你娘亲死去，本座毁诺再被关在天道钟中。二，你们都出去，我定会还你一个健健康康的娘亲！"

话说到这里，神念陌就算再不放心，也只能出去了。

不过他在出去之前，还是向道天宸要了一个承诺："你要保证不会对我娘亲有任何不利行为！"

道天宸这次倒不啰唆，应了。

神念陌怀揣着一肚子疑问出去了。

殿门重新合拢，道天宸缓缓走近宁雪陌身边，手指轻抚在她的脸上："阿陌，兜兜转转，你到底嫁给他了呀，怪不得他会消失……"

他声音似轻柔又似叹息："我会救你。这一次，我无论如何不会再放开你。"

他微微闭了闭眼睛，宛如玉瓷般修长的手指连连挥舞，有道道紫光自他的指尖发出，向着宁雪陌身上缠绕而去。

宁雪陌身上的坚冰在逐渐融化，慢慢现出了她真正的身形。

她依旧不动，呼吸全无，若不是她脸色还像活着一样，几乎会让人以为她已经是死人。

道天宸的目光落在她的伤口上，眸底神色复杂，他轻轻叹了一声："阿陌，你是和地母拼命去了吗？好强的阴毒！"

他伸出手掌，按在她的肚腹之上，这次冒出来的是蓝光，一波波地自他掌心里闪烁而出，将她整个人包围，蓝光闪烁如同北极光，在这屋子里交织出极瑰丽的光彩。

宁雪陌身上一直无法愈合的伤终于开始有愈合的迹象，一点点封口，一点点消失……

也不知道过了多久，宁雪陌身上那些狰狞的伤口终于消失不见，道天宸额头上也出现一排细密的汗珠。

显然，他做这个也是极耗损功力的。

看到那些伤口消失，他长舒了一口气："阿陌，你该醒来了……"

他抬手也不知道做了一个什么法术，将其施展到宁雪陌身上。

半响过后，床上的人没丝毫动静。

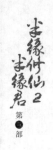

神念陌在外面等得团团乱转。

那个人在里面救治他娘亲已经超过三个时辰了，却依旧不见出来，里面更是一点动静也没有，这让他十分心焦。

又等了半个时辰，他终于沉不住气，正要不顾一切地冲进去瞧一瞧，殿门忽然开了。

"娘亲，娘亲，你醒醒啊，你不要念陌了吗？

"娘亲，念陌害怕，念陌不能没有你……

"娘亲，你想让念陌成为孤儿吗？娘亲，念陌害怕，你回来啊……"

神念陌趴在床边，愣愣地看着床榻上的娘亲，一遍遍呼唤着她，每一句都带了哭腔，都带了惊怕。

他的娘亲呼吸心跳全无，分明是已经离世的模样！

"她不知道为何离魂了，而且……魂魄不愿意回来。本座已经用秘术搜遍六界，也找不到她的魂魄，唯一能唤回她的或许只有你，你会是她唯一的牵挂，所以神念陌，你要一遍遍地在她耳边呼唤她，越凄惨越好，越苦情越好。如果她在三天内不醒，你就永远失去她了。"

这是道天宸两天前告诉神念陌的话，神念陌当时已经顾不得去斥责这个人说话不算话，没有立即救活他的娘亲，而是立即按照他所说的去做。

只可惜，他的嗓子几乎喊哑了，他的娘亲依旧没动静，没有半点睁开眼看看他的意思。

现在已经是第三天了！

如果今天他的娘亲再不醒来，他就真的要失去她了，他就会成孤儿了……

道天宸一直坐在旁边的桌前，望着床上躺着的宁雪陌出神。

她的魂魄到底去哪里了？

没在六界之中，偏偏还不是魂飞魄散，是什么让她连儿子也顾不得了，在那边乐不思蜀？

道天宸在这大殿之中已经转悠了不下一百圈，几乎将这里面外面的一砖一瓦研究透了，却没研究出这个大殿到底有何出奇之处。

虽然他一进来就感觉这大殿有点古怪，但查看一圈后，却没查出哪里古怪来。

宁雪陌真心觉得大神体力太惊人，她被他折腾了整整两个时辰，换算成现代时辰那就是四个小时！

大神从头至尾就要了她一次。

这一次就直接到半夜了，她这样的体力都累得没了力气，什么时候睡着的都不知道。

她只是恍恍惚惚觉得神九黎帮她清理了身上，自己被他抱在怀中，再然后，她就什么也不知道了。

黑甜一觉睡醒，她慢慢睁开眼睛，在睁开眼睛的那一刻，她还是有些紧张的，唯恐看不到他，或者自己又是作为旁观者飘浮在半空中。

但在看清周围的一切时，她又圆满了！

她依旧好端端地躺在锦绣被褥中，躺在他的怀中，她的手臂紧紧搂着他的腰。

她抬头，看到的就是他如画的眉眼，他依旧在睡，眼睑微合，墨黑的头发散了一枕，薄唇微微抿着，看上去美得不像话。

她突然又有些眼酸。

她和他纠缠了这么久，但在他怀里醒来的次数几乎没有。

上一次要了她之后，他直接玩消失了。

这一次他居然还在，还和她这么拥抱在一起，抱得这么紧，好像她是他此生唯一的珍宝。

日光透过窗帘的间隙洒进来，在地上跳跃，洒下柔和的光线。

淡蓝的床帐依旧低垂着，床帐外是屏风，屏风是大神自画的，每一笔都那么美不胜收。

宁雪陌一动不想动，睁着眼睛出了一会儿神。

她这个梦还真是出奇地长，出奇真实，简直就像是她又穿越了似的，穿越到五万年前，回到大神身边。在这里，他还好端端地活着，甚至和她成就了好事。

她抬头静静地看着他，用目光描摹他的眉眼，怎么看也看不够。

岁月这么好，她不忍松开一丝一毫。

看了片刻后，她便将头靠在他的怀中，静静地听了一会儿他沉稳的心跳，眼睛莫名又有点酸涩。她抬手揉了揉眼睛，目光又盯在他的头发上，突发奇想，兴致勃勃又小心翼翼地将自己的发丝和他的发丝系在一起。

结发为夫妻，白首不相离。

这个梦如果一直不醒，或者她能将他带回去该有多好！

千百个念头在她脑海中起起伏伏，到最后，她什么也不愿意想，便又闭上眼睛，意欲再培养一下瞌睡。

"我觉得你应该再看我一会儿。"头顶传来磁性慵懒的声音。

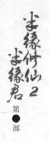

宁雪陌抬头，正和他那一双深蓝的眸子对上："原来你早醒了。"

"你这么不安分，我又怎么可能不醒？"神九黎嘴角似有笑意，他抬起她的小脸让她看自己更真切些，"本座觉得，你如果在这个角度看我应该最好看。"

宁雪陌："……"这个人的脸皮厚度见长！

"你怎么知道你这个角度最好看？你自看过？"她故意和他抬杠。

"神是无所不能的。"神九黎抬手顺了顺她的发，眸中闪过一抹深思，"你居然没有变小，难道和本座同房真的能治好你的痼疾？这不科学。"

其实宁雪陌也早发现了这一点，神九黎明明说他那个术法只能让她支持两个时辰成年人的形态，现在已经五六个时辰过去了，她却依旧是老样子。

她刚才曾经悄悄变出镜子来瞧了瞧，居然是她五万年后长大以后的模样，也就是说是宁雪陌的模样，萝莉面孔，魔鬼身材。

这让她很满足，直觉这就是自己的身体，而且以这个模样和神九黎在一起她感觉很舒服。

她嘴角勾起一抹笑来，不提防眼前一暗，他的唇亲了上来，他好听而带着磁性的声音懒懒响起："还困不困？"

这声音仿佛带了小钩子，钩得她心脏颤了一下。

他又亲上了她的耳际："本座觉得你的药性没解利索……"

宁雪陌："……"

他……他这是食髓知味啊——

不过，他的体力太恐怖了，她又是第一次，应该还疼着……

她记得他强她那一回让她足足疼了好几天。

她忙推开他："不行，我还疼……"

他将她揽在怀中，挑眉看着她："还疼？你确定？"

"当然……"不对，她那个地方居然不疼！除了身上酸涩一些，她压根感觉不到别的！

她诧异，忽然福至心灵："你……你给我上药了？"也就是他的药这么变态！

神九黎唔了一声，翻身将她压在身下，声音模糊："别浪费我的药……"

纱帐内的温度再次升高，刚刚撩开的一片纱帐又被放了回去，纱帐内人影起起伏伏……

宁雪陌又睡着了，这一觉足足睡到傍晚时分。

她在睡梦中，模模糊糊似听到他在耳边低叹了一声："本座这是做梦吗？雪陌，雪陌……"

她的回应是又向他怀里钻了钻，模模糊糊地叫了他一声："大神……"

抱着她的手臂微微一紧，神九黎垂眸望着她："你唤我什么？"

宁雪陌却不说话了，黑甜一觉睡了过去。

宁雪陌再醒来的时候已经是傍晚，外面霞光万道，道道彩霞如缎子般在天边铺陈。

她激灵灵打了个寒战！

这是她宿在梵天宫偏殿看惯了的景致，夕阳无限好，只是独自赏。

在梵天宫中她已经独自看了无数次这样的景致，每次都是抱膝自己看，不会有人陪。

难道自己又回来了？！

她急忙向两边看了看，厚重的屏风、淡蓝的床帐，一切熟悉得不能再熟悉，正是她在那偏殿看到的景致。

她的一颗心忽然沉了下去！

看来她梦醒了啊——

她的身子在被中一动，身体还酸涩得厉害，感觉软绵绵的。

难道她做个春梦也能有这种感觉？

对了！念陌呢？！

她记得她拼死赶回来却晕倒在小念陌面前，随后就做了那个长之又长的梦……

孩子吓坏了吧？是他把自己拖到这偏殿来的？

她又环顾了一下四周，大殿还是那个大殿，但里面的布置精致了不少。

譬如那扇屏风，譬如桌上那香鼎，譬如案几上的花瓶，花瓶中甚至还旁逸斜出地插着一枝梅花，给这大殿平添几分生气。

殿内布置简单而又雅致，给人一种很心安的感觉。

她下了床再低头，发现身上已经换了一套裙衫，朝阳般艳红的颜色，合体的样式，随着她的走动飘飘欲飞。

她不记得她有这样一套裙衫，这身裙衫小念陌到底在哪里淘来的？

她心中涌起好奇，再检查了一下身上，心中一跳，她里面的内衫也全换了，甚至连亵裤也不例外。

她嘴角一抽，小念陌总不至于给她换得这么彻底吧？！

难道他还请来了其他救兵？仙界的某位仙子？

第二十四章 在调戏她吗

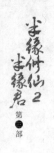

　　她百思不得其解，又活动了一下胳膊腿儿，那些伤居然都不见了，她除了身上有一种懒洋洋的酸涩外，倒没别的感觉。

　　念陌去哪里了？

　　自己就这么直挺挺地昏倒在他面前，没把他吓坏吧？

　　她打开门走了出去，一切景致再熟悉不过。

　　她尚未走出这个院子，一阵悠扬琴声忽然传来。

　　她身形骤然一僵，这琴声……有些像……像神九黎才能弹奏出来的！

　　几乎是不假思索地，她身形一起，向着琴声传来的方向飞奔而去。

　　玳瑁的小亭古色古香，小亭建立在一处断崖之上。

　　说是断崖，其实是一块摩天独石，直上直下足足有一千多米，四周滑溜溜的，就算是猿猴也休想爬上去。

　　宁雪陌没管那个，她为了寻找神九黎留下的线索，就算是这个禁地也上去过好几次。

　　不过上面除了那孤零零的小亭外，没有其他特别的地方。

　　而现在，琴声就是自那小亭中传出来的。

　　宁雪陌站在那独石山峰下，只觉腿有些发软。

　　上面会是他吗？会是吗？

　　琴声像是他弹的，可是他已经消失了啊，怎么可能再出现？除非是做梦……

　　可是，她的那个梦已经醒了，这是在活生生的现实中。

　　明明飞上去她就能得知结果，她却感觉双腿如有千钧重，竟然有些举不起来。

　　她站在峰下，怔怔地听着那琴声，自己也不知道在想些什么。

　　她也不知道在那里站了多久，直到那琴声停止她也没上去。

　　琴声袅袅，余音还在她耳边旋绕，周围寂静一片，仿佛那琴声从来没有出现过。

　　她叹了一口气，自己还是幻听了吧？

　　心里虽然如此想，但她到底还是不死心，身形一起，飞了起来，直飞山峰峰顶。

　　在飞上来站在峰顶边沿的那一刻，她心中像是被一块大石击中！

　　小亭还是那个小亭，但小亭周围多了一圈雪白飘纱，随着山风飞舞，鼓荡如云。

　　而在小亭中坐了一名白衣男子，一身宽大白袍被风吹得飞舞，他身前的桌上横放着一具古琴，手肘随意支在桌上，似笑非笑地望着她："终于舍得上来了？"

　　大神！

　　宁雪陌身子一晃，脚下一个趔趄，险些自大石上翻下去！

　　一道匹练似的白纱横飞过来，直接卷住了她的纤腰，她眼睛一花之余，人已经飞进了小亭之中，落在他的怀中。

熟悉的气息，熟悉的人，宁雪陌整个身子都僵住了，她愣愣地看着他："你……"

这是梦境还是现实？

她不会还是在做梦吧？！

"傻了？"神九黎把她放在自己膝上，目光在她脸上扫了片刻，用手背试了试她的额头，"没发烧啊，难道是那药的后遗症？"

宁雪陌整个人像是忽然被淋了一盆水，瞬间醒过神来。

原来这还是梦啊！

她还是在五万年前的梦中！

她像是失望又像是松了一口气，抬手搂住他的脖子，喃喃道："你这梵天宫数万年不变的吧？果然是岁月不留痕啊。"

神九黎挑眉看着她："怎么好端端的有这感慨？你原先进过我这梵天宫？"

我五万年后进过，和现在几乎没区别，让我分不清哪是梦哪是现实。

宁雪陌揉了揉眉心，感觉自己有些混乱。

"怎么呆呆的，掉魂了吗？"神九黎手抚在她的手腕上，为她探查身体。

宁雪陌笑了笑，忽然抬头，在他的下巴上亲了一口："我有些累……不要紧的，歇一歇就好了。"

有些累……神九黎望着她的目光有些微妙。

宁雪陌在他这样的目光注视下险些燃烧起来，她跳下他的膝盖，坐在他对面："怎么忽然跑到这里来弹琴了？"害得她还以为这春梦早已醒了呢。

"琴声对你的身体恢复有好处。"神九黎回答。

"那你该在那大殿中只弹给我一个人听，而不是跑这么远来。对了，你怎么趁我睡着把我挪到赏雪殿去了？"

她睡的那个偏殿名字正是赏雪殿。

神九黎挑了挑眉："赏雪殿？"

宁雪陌心中一跳，她刚才回头看那大殿的时候，上面似乎有个不起眼的牌匾，匾上有几个她不认识的大字，念陌曾经告诉她这是赏雪殿，她也一直将那大殿认定为赏雪殿了。

她刚才有些恍惚，没细看那殿上的字，现在想想，那三个字的笔画似乎确实和她在五万年后看到的不一样。

神九黎也不知道想起了什么，上下打量她几眼，眼神有些戏谑："赏雪殿，这名

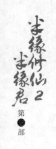

字不错，合情合景。那以后那大殿就叫赏雪殿了。"

宁雪陌："……"

他又调侃她！

她心中忽然又是一动！不会这就是赏雪殿的由来吧？这殿名还是她起的？

她站起身来，围着这山峰转了一圈，很快发现了这山峰的不同之处。

这山峰明明不算太高，站在这上面却能俯视整个天地的芸芸众生，能俯视其他三十五重天……

在山峰的一角还矗立着一块雪白的大石，那大石上有荧光闪闪烁烁，仿佛有万千光华在上面齐聚。宁雪陌不过向上面扫了两眼，便觉得心脏莫名猛跳，有些头晕眼花。

看那石头明明并不舒服，她却像是上了瘾，忍不住看了一眼又一眼，隐隐似乎看到上面有无数字符在飞旋，她想瞧得更清楚些，偏偏那些字符上像是蒙了一层纱让她看不真切。

她上前几步，想要看得更清楚些，却不料头猛然一晕，一个趔趄向后倒去。

不过，她并没有倒在地上，而是倒在一个含有幽淡冷香的怀抱中。

"不要看那个。"神九黎在她耳边开口，抱着她再次回到小亭坐下。

"这石头是做什么的？"宁雪陌纳闷，她在五万年后来这山峰上不止一次，却没看到这块石头。

"天道石。"神九黎回答了三个字，"好了，不必管这石头了，你饿了没？"

他这一问，宁雪陌的肚子还真咕噜噜叫了一声。

神九黎轻笑："果然还是饿了。"

宁雪陌脸颊微红，挑衅似的看着他："饿了又怎样？你能在这里给我做顿好吃的？"

神九黎托着下巴瞧着她，似笑非笑道："这下厨房的事，不应该是妻子做的吗？"

"妻子"两个字取悦了她，宁雪陌眼睛眯得像月牙："我现在还不是你的妻子吧？我们还没成亲呢！"

神九黎摆弄着她的一缕头发："你想要一个仪式？"

宁雪陌挑眉："当然！要知道婚礼那日可是一个女子最向往的日子……"

"嗯，那就给你一个仪式，你想要个什么样的？"

虽然明知道这是在梦中，宁雪陌还是说出了她最向往的婚礼，譬如鲜花铺道、花轿迎娶……她把她能想象到的婚礼方式一口气都说了出来，甚至一不留神把婚纱也说出来了。

神九黎听完揉了揉她的脑袋："小丫头想象力挺丰富的，好，未来本座就给你一场这种婚礼，让你彻底满足一回。"

宁雪陌笑，心头却有些发苦。这毕竟是梦，一枕黄粱，等梦醒了，他的温柔、他的诺言都会随风散去。

夕阳终于落下，夜幕降临。

到了夜晚，宁雪陌终于发现了这座山峰的与众不同之处。

那漫天的星星是浮荡在山峰下的！

她站在山峰上向下看，看到的是壮观的银河，万千繁星在下面浮荡，如同飘满星星沙的河流，景致之美是在任何地方也看不到的。

神九黎又弹起琴来，琴声叮咚，在这山峰上飘荡，居然让山下的星子仿佛也跟着琴声流动……

宁雪陌揉了揉咕咕叫的肚子，这位魔主明明学习了辟谷之术，就算一年不进食也没关系，怎么她附身以后就知道饿了？

这果然还是梦吧？

神九黎也怪，刚才问她饿不饿，她还以为他会给她变桌美食出来，结果，他问完似乎就忘了，这会儿又开始弹琴了……

她心里正有些怨念，蓦然听到啪的一声响，一尾鱼自天上掉了下来，正落在她脚边，吓了她一跳。

那鱼遍体金色，个头不小，在她脚下张嘴鼓腮，拼命蹦跶。

天上居然会掉鱼！简直比天上掉馅饼还要令宁雪陌兴奋。

她一把把鱼捉起来，眉开眼笑："九黎，我给你烧鱼如何？"

神九黎挑眉看着她，明显不信："你烧的鱼……能吃吗？"

宁雪陌得意扬扬："士别三日，自当刮目相看，我这就给你烧啊。"她在现实世界中已经学会了做饭，就为了他回归之后能给他做顿好吃的，现在既然可以露一手，她自然不想放过。

"期待。"神九黎回了她两个字。

宁雪陌立即炮制那条鱼，她是魔主，无论什么器皿，她随手就能变出来。

神九黎在旁边看她忙碌，眸中光芒闪动。

宁雪陌烧鱼很快，片刻后，一盘红烧鱼便出锅了，她递给他一双筷子："来，尝尝！"

神九黎果然接过筷子尝了尝，滋味居然不错！

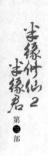

他忍不住看了看她。

宁雪陌一边大快朵颐，一边得意扬扬地看他："咋样？"

"不错。"神九黎给了一个中肯的评价。

这位大神轻易不会夸人，想当初她在一个月的时间内修炼成了一项别人修炼两年才能成功的术法，结果她跑到他跟前显摆的时候，他给了她一个"尚可"的评价，把她打击得不轻。

所以现在能从他口中吐出一个"不错"来就很不容易了。

神九黎依旧打量着她，宁雪陌被他看得有些发毛："你这么看我做什么？我脸上又没长出一朵花来。"

神九黎悠然一笑："看你像一朵花，嗯，简直像换了个人。"

宁雪陌心中一跳，小雪陌虽然是她的曾经，但那时她毕竟懵懂，思维上还是个孩子。

不像现在的她，拥有三世的记忆，经历了太多悲欢离合，在红尘中打滚了这么多年，心态也好，性格也好，其实和曾经的自己已经大相径庭，确实像换了个人似的。

她歪头看着他："那你喜欢哪一个？"

神九黎挑眉看着她："什么哪一个？"

"你不是说我像换了个人吗？你是喜欢现在的我还是……从前的我？"

神九黎抬手揉了揉她的脸："现在的你也好，从前的你也罢，不都是你吗？"

这倒是！

宁雪陌吃了半条鱼没吃饱，再向天上看了看，怎么不掉鱼了？

不过这鱼真心好吃！以她这种半吊子的厨艺居然也做得鲜美无比，吃完以后，她感觉身上的力气都增长不少，连先前的酸胀感觉都没有了。

天上能掉鱼不用问是神九黎的功劳，宁雪陌抱住他的一条手臂："九黎，你再让老天多掉几条吧？"

"这是天河鱼，千年才长成这么大，凡人吃了可以延寿千年，神仙吃了可以迅速增强功力，破除瓶颈，迅速升级。就连天帝曾经向本座讨要一条这样的鱼，拿了无数蟠桃来换，本座也没换给他……"神九黎悠然开口，"你真拿它当普通河鱼来吃？"

原来这鱼这么金贵！

宁雪陌叹气："那算了，本来我还想给你再清蒸一条呢。"她恨不得将厨艺一口气全显露在他眼前，让他夸赞。

神九黎瞧了她一眼，没再说话，却铮铮弹了几下琴弦……

片刻后，周围已经噼里啪啦落了三条鱼下来，比先前那条个头还大。

神九黎慢条斯理地吩咐："我要一条清蒸、一条烹炸、一条清炖。"他眸子里饱含期待，"你都能做出来吧？"

他这要求有点过火，宁雪陌就学会了两种做法。

不过，厨艺而已，她触类旁通，其他的她可以试着摸索一下。

她开始挽袖子，目光闪闪："我可以试试！"

试试？

神九黎一挥袖，拎走了两条个大的鱼，只给她留了一条最小的："试那一条吧。"

宁雪陌盯着他手中那两条鱼不甘心："这两条放掉？"

"这两条我来做。"神九黎慢条斯理地开口，开始炮制那两条鱼。

宁雪陌起了好胜心："那我们比赛如何？看看谁做的最好吃。"有第一条成功做出来的鱼垫底，宁雪陌有了底气。

神九黎看她一眼："好。"他又加了一句，"器皿可以随手变出来，调料不成。"

啊？宁雪陌睁大眼睛："为什么？"这不是摆明为难她吗？哪有随身携带调料包的？她甚至连盐巴都没有，她总不能就用白水煮吧？

"用术法变出来的调料对这鱼的功能有妨碍，必须是用纯天然调料。"神九黎一边对她解释，一边慢悠悠地从身上掏出各色调料，瓶瓶罐罐摆了一溜，排队似的。

一个人无论前世还是后世，一些根深蒂固的习惯是改不了的。

譬如大神的洁癖，譬如他放东西永远放得整整齐齐，随手一放也是从高到矮阅兵似的。

宁雪陌看着这些瓶瓶罐罐，不由得想起他寝宫留下的那些药瓶，也是这种排列方式。

只可惜她在现实中再也看不到他，如今也不过是在梦中镜花水月一场。

心中有酸涩翻滚上来，她手上正处理鱼鳞，一不小心割到了手，有鲜血冒了出来。

她正要自己处理一下，旁边一只手伸过来，捉住她的手腕，将她拉了起来。

"怎么这么不小心？"神九黎瞥了一眼她手上被小刀割出来的血口子，随手给她处理起来。

他的手温暖干燥，一如记忆中的温度，握着她的力道也正好，不会弄疼她又处理得极干净。

宁雪陌垂头看着他忙碌的模样，眼睛忽然发涩发酸。

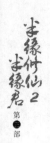

这样的小血口在神九黎这里自然是小菜一碟，几乎片刻工夫就为她止了血，伤口也飞快愈合了。

他一抬头，见她一双眼睛水盈盈的，眼角还发红，怔了怔："怎么了？哭什么？"

宁雪陌干脆扑到他怀中，搂住他的腰，感受他的温度、他的气息，那么温暖，那么好闻，那么真实……

这些都是她在现实生活中再也感受不到的。

心中的酸涩更重，她抱他抱得更紧。

如果可能，她好想将他拐出这个梦，将他拐进现实中，一家三口再也不离分……

神九黎的手落在她的头顶上揉了揉，然后他将她强行拖出自己的怀抱，看着她的眼睛："你到底怎么了？"

宁雪陌抹了抹眼睛："没什么。"

她嘴里说着没什么，眼泪却怎么也止不住。如果这是真的该多好！如果他真的在她身边该多好！

神九黎看着哭得像个泪娃娃的宁雪陌，失笑："不会是没有调料气的吧？本座的调料也借你使如何？"他一边说，一边抬手为她擦了泪，"人虽然长大了，这爱哭的毛病倒是一点没改。"

宁雪陌知道小雪陌儿时在神九黎跟前的样子，被罚或者想要什么东西得不到的时候，就用哭来磨他，神九黎往往不吃她这一套，常常在旁边悠闲地看着她哭，偶尔还会来上一句："哭吧，哭好看点，你的眼泪应该成对地掉更美感。"

他每每说出这样的话时，她都会很气愤，眼泪几乎瞬间消失无踪，心里恼恨他的心真硬，她的哭一向神鬼无敌，偏偏在他这里容易碰到铁板。

不过，每逢她哭得厉害的时候，神九黎表面上不在意甚至看她笑话，往往最后会满足她的要求，还会说上一句："你哭起来很好看，以后发扬光大。"

宁雪陌忽然一激灵，发现她似乎把小雪陌的记忆融合了。

她原先不过是在梦中见到一些小雪陌和神九黎相处的片段，并没有她哭的时候他说这些话的画面，现在居然自动在她脑海中泛出来，就像是她原本的记忆一样。

这真是梦吗？那这梦也未免太长了，她会不会是回到五万年前了呢？那她还能不能再回去？

小念陌怎么办？自己在那边是不是已经死了？

小念陌已经失去他的父君，再失去娘亲，不知道会哭成什么样子。

宁雪陌心中一揪！她最对不起的就是孩子，她还没好好疼疼他……

她蹙眉坐在他的怀中，思绪也不知道飘飞到哪里去了。

神九黎静静地看着她，并不打扰她，一手将她揽在怀中，一手忙碌着。

宁雪陌是被一种极好闻的食物清香给弄回神的，目光落在那条被烤制得略呈金黄色、香气能把人魂魄也勾走的鱼身上，忍不住吞了吞口水："你……居然烤好一条了！"

太香了！简直太香了！

神九黎从容不迫地又将鱼翻了个身，回答她："是你出神的时间太长了。"

她哪有？！她最多也就出神了一刻钟而已。

宁雪陌想起她尚未做的鱼，忙从他怀中跳出来："我的鱼还没做哩。"

她一边快速处理手中的鱼，一边眼巴巴地望着他手里已经快要烤好的鱼，和他商量："待会儿我们能不能交换一下？你尝尝我的，我尝尝你的？"

神九黎又在那鱼身上撒下最后一层调料："等你做好了再说。"

真小气！他是怕她做得不好吃，交换的话会吃亏吧？

这个人还真是无论何时何地都是一点亏也不吃。

宁雪陌在那里抿着小嘴清蒸那条鱼。

既然知道这鱼金贵，宁雪陌自然不想糟蹋，做得极用心，称得上全神贯注。

神九黎不知道何时也蹲在她身边，看着她操作，似乎漫不经心地开口："你的厨艺大有长进啊，本座记得你对这方面很白痴。"

他真会说实话，也不怕打击到她的自信心！

宁雪陌回他一句："勤能补拙。"

一句话没说完，嘴里多了一块鱼肉，那鲜香的味道充盈满口，让她恨不得把舌头也吞下去。

她本来想有骨气地不吃他的鱼，但既然这么好吃——那她就勉为其难地吃下去吧！

"什么时候开始学的？"

很久很久以后……宁雪陌很想这么回答他，但这么说出来他铁定不信！

所以宁雪陌回答了一句中规中矩的："不久前。"对现实中的她来说，学会厨艺确实是在几天前，她也没撒谎。

"孺子可教。"神九黎夸奖她，顺便又往她嘴里塞了一块鱼肉。

宁雪陌原本是蹲在那里，屁股下面忽然多了一个锦墩，让她坐得很舒服。

神九黎也坐了一个同样的锦墩和她紧挨着，一边和她说话，一边随手往她小嘴里塞鱼肉。

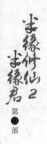

吃着美食的宁雪陌分外好说话，眉眼弯弯的，几乎是有问必答。

"你先前认识洛九宸？"神九黎又状似无意地问了一句。

"不认识啊。"宁雪陌眨眨眼睛，就算是在梦中她也是第一次见他好不好？

神九黎眸中闪过一抹深思，宁雪陌心中一动，她其实也很想问问这洛九宸的来历："你好像和那浑蛋很熟啊，他到底是干什么的？居然一见面就给我下药！"

神九黎有一搭没一搭地帮她递着一些称手的工具，回答得漫不经心："他居心不良，你以后离他远一点。"

"他到底是什么人啊？"宁雪陌不死心。

神九黎往她嘴里塞了一块鱼肉，堵住了她的嘴："一个闲汉而已。"

宁雪陌还想再说什么，神九黎拍了拍手："好了，本座的鱼已经全部给你了，你的这个到底做熟了没有？"

宁雪陌看了看他手里那一大根鱼刺，那是一副完整的鱼的骨架，鱼肉一条也看不到了。

原来不知不觉中他那一条烤鱼已经全部喂了她。

这个人的厨艺还真不是盖的！

相比他，她精心苦练出来的厨艺最多就是差强人意。

她的清蒸鱼已经出锅，味道……只能说还过得去……

神九黎坐在那里品尝，她不怎么有信心地问他："还算好吃吧？"

神九黎吃相优雅淡定，想了想回答她："尚能入口。"

吃饱喝足，宁雪陌十分餍足，觉得这样的生活才是神仙过的日子，唯一美中不足的是无法将小念陌带过来，让他也尝尝这金贵的鱼。

小家伙正是长身体的时候，吃这个对他大有裨益。

可惜啊，这只是梦，梦中的一切她都带不回去。

念陌，唉，念陌……

"娘亲，念陌想你了，你别丢下念陌……"她耳中模模糊糊传来一声呼唤，那声音极遥远、极模糊，却让她心神一震，身子一僵！

"怎么了？"神九黎正抱着她看星星，敏锐地察觉到她的异常。

"你……你有没有听到什么声音？"宁雪陌不确定地问。

神九黎看着她："你听到什么声音了？"

"小念陌的声音……"宁雪陌顺口回答。

念陌？

神九黎挑眉看着她："他是谁？"

他是你五万年后的儿子！

宁雪陌很想这么说，却不能说。

她顿了顿，又侧耳听了听，却听不到任何呼唤了，或许是自己幻听了吧。

宁雪陌看着神九黎，一个念头忽然浮出脑海，自己如果试着把真相说一下，他会是什么反应呢？

不过，她就算是要问，那也得迂回地问。

"九黎，你觉得我最近变化大吗？"

神九黎看她一眼："简直像换了个人。"诡异的是，他居然还习惯她变化后的性格，仿佛她长大了以后本该如此，而他也更喜欢她长大以后的性子。

她长不大的时候，他虽然对她的感情与众不同，但也只当她是孩子，不会对她产生非分想法。她中了春药，他甚至想耗费一半功力用特殊术法为她解毒，也没打算用最直接、最简便的法子。

直到她像换了个人似的拼命在他身上纠缠的时候，他的心态居然在那一刻迅速改变了。

这才有了昨夜，他这才顺利解开她的毒。

他瞧了瞧身边的人，她仰着小脸看着他，一双眼睛水汪汪的，小脸蛋也像是染上了霞光。

不知道怎么的，他就想起了她昨夜在自己身下婉转承欢的模样，喉中猛然一紧，眼神渐深。

宁雪陌浑然不知已经被"恶狼"盯上，抱着他的手臂，还试着绕弯子："那……你有没有感觉我成熟了呢？"

神九黎看了她片刻，眸色更深："确实更……成熟了。"

"你就没怀疑过我被什么附体了？"宁雪陌终于鼓足勇气问出来。

"你身体内是你的本魂体。"神九黎回答，望着她的目光更加莫测。

原来他早已探查过她的魂体了，看来他确实产生怀疑了。

宁雪陌也不知道是松了一口气，还是别的，一抬头，却忘了她就坐在他的怀中，二人的距离极近，她一抬头，正好将唇送上去。

她的红唇碰到了他的薄唇……

她心跳漏跳一拍，正要后仰身子，离他稍远一点。

他却将她的头一按，唇强势地吻上她的唇。

"呜——我……"她还想说别的，但一张口，他的唇舌已经开始攻城略地，让她心跳如擂鼓，头脑中轰轰作响……

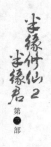

　　"专心。"他在她唇边轻吐出这两个字，动作强硬而温柔，让她再吐不出一个字。

　　她本来以为，他就是想向她索个吻而已，却没想到他抱着她吻着吻着就向地上倒下去……

　　宁雪陌在这一刹那明白了他想要做什么，在被他压着向下倒的那一刻，她心里还惊了一下，这里的景致虽然很美，但脚下的土地可是实实在在的青石，还凹凸不平，在这上面的话，她的后背只怕会被磨烂……

　　她的担忧还没转完，身子已经落在一个软绵绵的毯子上。

　　咦？

　　这个人身上还真是预备得不是一般周全，居然连毯子也预备了。

　　可是，这毕竟是外面好不好？！

　　她推了推趁势压下来的人，脸红得像个苹果："不能在这里……"

　　"放心，这里只有你我，不会有别人。"

　　"可是……"

　　"没什么可是了，乖，你身上余毒未清……"

　　宁雪陌几乎哭笑不得，她身上的那种毒早已丝毫不剩了好不？余毒未清的是他吧？

　　不，他不能称之为余毒未清，而是食髓知味……

　　原来这位神尊一旦开了荤，也会如此。

　　高峰四周的星子起起落落，天风吹得亭角白纱翻飞起舞，天地一片祥和。

　　而他和她自然也分外和谐……

　　这一场欢爱也不知道进行了多久，宁雪陌觉得她吃下的那些鱼都被这一番"运动"给耗没了。

　　斗转星移，不知不觉已经到了后半夜。

　　宁雪陌累得躺在那毯子上几乎爬不起来。

　　神九黎倒是气定神闲，在给她做清理，上药，当他为她清理某个地方的时候，她那已经离家出走的羞涩忽然回归，忍不住去挡。

　　他看了看她的手势，猜测："还要？"

　　宁雪陌睁开眼睛，翻身就想爬起来："我……自己来。"

　　但她这一动，只觉身子像散了架似的酸痛，压根不想动。

　　"我们都已经这样了，你还害羞？"神九黎觉得挺稀奇。

是个女人都会害羞好不好？！

宁雪陌自觉已经对大神了解透彻，但现在才知道自己了解的仅仅是皮毛。

这位神尊一旦没下限起来，简直能刷新她的三观！

她转头看看他，他已经衣袍整齐，仙气飘飘了，看上去依旧不染凡尘。

她再反观自己，应了《红楼梦》中那一句话：赤条条来去无牵挂。

好在他已经给她清理清爽，宁雪陌扯过旁边的衣服便向身上套。

神九黎坐在一边看她塞塞窣窣地忙碌，待她穿戴整齐后，向她招了招手："过来。"

宁雪陌哪里敢过去？！

她戒备地看着他："做什么？"她不要再来了！再来她就下不了这个山峰了。

唯恐他又施法将她拉过去，她还后退了几步，然后义正词严地拒绝："我不要再来了！"

神九黎挑眉，一脸讶然："本座只是想给你按摩一下松散一下筋骨而已，你想到哪里去了？"

宁雪陌："……"

神九黎叹气："没想到你这么快就不纯洁了。"

宁雪陌有一种想咬他的冲动！

是他一直暧昧好不好？怎么不纯洁的大帽子扣她脑袋上了？

她从来没想到神九黎开荤以后会如此恶趣味。

"你怕什么？"神九黎坐在原地瞧着她，语气挺有耐心，"怕我吃了你？"

他这一天已经吃了她三次了好不好？！

她之所以还这么活蹦乱跳的，全仗着她身体好。

"过来吧，我会让你很舒服。"神九黎宝相庄严地坐在那里，说出的话像是诱惑小红帽的大灰狼，语气却正经得不能再正经。

宁雪陌简直欲哭无泪，这……他这话还是很容易让人想歪的啊！

神九黎手指轻敲着身下的蒲团，要笑不笑的样子："雪陌，我如果想再对你做什么的话，你就算再比这个距离远八百尺，我照样能让你在瞬间对我投怀送抱。"

这句话确实不假，宁雪陌自然知道他的功夫，确实在举手投足间能做到这一点。

于是，她果然坐到他身前，把脊背对着他："好吧，看在你还有诚心的分上，就让你伺候我这一次。"

神九黎一笑，自然不想和她再有口舌之争。

他的按摩手法极专业，再加上他在按摩时也用上了术法，所以宁雪陌身上那酸痛

第二十四章 在调戏她吗

645

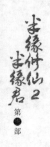

感如冰雪消融般消失。

　　而且他的动作中规中矩，没再占她丝毫便宜。

　　宁雪陌终于松了一口气，经过这么一折腾，她也忘了先前想说的话。

　　夜风渐凉，宁雪陌不知不觉就把身子倚靠在他怀中，长长叹了一口气："这一切真像一场梦啊。"如果这不是梦多好，如果她能把小念陌带过来多好，那样她就满足了。

　　二人偎依在一起，看外面星河流转，日月交叠。

　　神九黎像想起什么："我们挑个日子，把婚礼办了吧。"虽然他不在意形式，但既然她喜欢，那就尽早办。

　　宁雪陌心中一跳，忍不住问了一句："你……真要娶我？"

　　神九黎挑眉："你不是想嫁我？还自带一堆嫁妆……要不要本座再让你看看你那求婚帖子？"

　　宁雪陌咳了一声："那东西……你不是烧了吗？"

　　"嗯，想烧，不容易点燃，就随手扔空间里了。"神九黎指尖一拈，一张大红帖子就出现在他的掌心里，"要不要本座给你念念？"

　　宁雪陌咳了一声，她既然已经拥有了小雪陌的记忆，自然知道那帖子上写的什么。

　　"九黎，你我神魔相爱，便是为民除害，你娶了我吧，做我的夫君，我有无数珠宝做嫁妆。"简直直白得让人发指。

　　神九黎伸指敲了她的头一下："亏本座还教养了你几年，你还学成这个德行，简直丢本座的脸。"他当初看到那帖子的时候，简直哭笑不得，有一种将她提过来，将帖子拍她脸上的冲动。他之前只当她是孩子，从来没有娶她为妻的想法，但从昨夜某一个时刻起，他却像转了性似的，想要她的念头在胸中呼啸，想要将她彻底留在身边。

　　既然想要她，还能解她的毒，他自然就顺水推舟了。

　　他并非不负责的人，在他和她共享鱼水之欢的时候他就打定了娶她的念头。

　　现在他顺理成章地提起来，随手捏了捏她的小脸："过几日我就拟求亲文书送到你的陌宫去，预备我们成亲的事宜。"

　　宁雪陌睁大眼睛，这……这太快了！太顺利了！

　　她果然是在做梦吗？

　　她和他的婚事也有这么顺利的时候？不可能吧？！

　　宁雪陌忽然想起什么："对了，我们……是不能成亲的吧？不是说……说神和魔不能相爱？"

神九黎诧异地挑眉："哪个说神和魔不能相爱了？你为什么这么说？"

宁雪陌也愣了一下，脱口道："不是说，神、魔势不两立，神和魔相爱就会违背天道，招来大灾？引发灭世的紫煞……"

神九黎伸长了腿，托着腮若有所思地看着她："这个说法从哪里蹦出来的？本座怎么不知道？"

难道这个世界的神九黎尚不知道这个天道？

那他什么时候知道的？

宁雪陌觉得有些混乱了，咳了一声："据说这是天道预示，或许……或许天道还没出这个预示，但不代表以后不出……"

神九黎目光向不远处那块白石头瞧了一眼，再瞧瞧怀中的她："天道的事，没有人比本座更清楚。它如果真有预示，也是本座最先知道。现在本座都不知道，你又从哪里知道的？"

宁雪陌窒了一下："我……"

神九黎望着她的目光有些深邃："雪陌，你是不是有事瞒着我？"

如果自己跟他说，自己是五万年后的雪陌他会怎么想？会怎么做？

宁雪陌一横心，望着他："九黎，你听没听说过穿越一说？"

神九黎瞧着她，摇了摇头。

宁雪陌再吸一口气："我其实不是现在的雪陌，我是五万年后……"一句话没说完，她耳边忽然传来一声撕心裂肺的呼唤："娘亲！你别丢下念陌啊……"

那哭声极尖锐，像重锤一般狠狠在她心头一敲！她头脑中轰然一响，一阵头晕目眩。

等她再醒过神来的时候，她吃惊地发现自己飘浮在空中。她下意识向下望去，尚未看清楚什么，耳边又是一声哭喊："娘亲！哇，娘亲……"

宁雪陌激灵灵打了个寒战，眼前的空间忽然扭曲，如万花筒般旋转了一圈，然后她感觉眼前一黑……

第二十五章　如大梦初醒

身体前所未有地沉重，宁雪陌睁开眼睛，眼前所见是淡蓝的床帐，床帐外一颗夜明珠幽幽散发着光芒。

她的手被人紧紧握着，一个小脑袋贴在她的手上哭得撕心裂肺："娘亲，不要走！娘亲，不要走！你们不能都不要念陌，念陌会乖，会听话啊，你们不能这么对我……"

热热的泪流了她一手，宁雪陌手一颤，彻底醒过神来，唇翕动了一下："念陌……"

趴在她手上的小脑袋蓦然一僵，然后小家伙不相信地抬起头，在和她的眼睛对上的那一刹那，那孩子一双眼猛然睁大，抖着嗓子道："娘亲……"

他那张小脸上泪痕遍布，眼睛都哭肿了，大眼睛哭成了小眼睛……

他一头扎进她的怀中，小小的孩子也就二尺高，死死扯着宁雪陌的衣服，哭得惊天动地："娘亲，你吓死念陌了……呜哇——"

这个时候他终于像个几个月的小娃娃，用哭来诉说自己的委屈。

宁雪陌吃力地抱着他，感觉这具身子沉重得很，身上很多地方都在疼，不过正是她在这个世界的身子，刚从地母处归来，受了重伤……

"阿陌，你终于回来了。"一道声音在上方响起。

这声音隐隐有些熟悉，宁雪陌闻声抬头，身子微微一僵。

一位俊美挺拔简直不像人的紫袍男子站在她的床前，手里还晃着一柄扇子，正笑吟吟地望着她，墨黑的眼眸里有波光在隐隐流转，仿佛是欣喜又仿佛是在调侃，还有说不清道不明的情绪在里面。

他那一身紫袍极其繁复华丽，头顶夜明珠的光芒照射在他的紫袍上，让他那紫袍仿佛有水流在淙淙流淌。

道天宸……不，是洛九宸！那个五万年前给她下烈性药的家伙！

宁雪陌脑中似有千百个念头闪过，面上却不动声色，她还讶异地挑了挑眉："你是谁？"

她反应极快，此刻已经明白自己是在哪里。她又回到了现实世界中，而眼前这个人是五万年前唯一存在的人物，或许也是知道一切真相的人，如果她直白地去问，以这个人的心机他绝对不会说！

所以她得设法套他的话……

她的眸子太纯澈，像是大梦初醒的样子，不像是灵魂才归来的人。

洛九宸瞧着她，似乎想从她脸上找出点什么，片刻后他缓缓笑了，笑容温和："阿陌，我是道天宸，也是这个世界唯一的尊者。你受了重伤垂死，是我救了你。你知不知道你险些真正死掉？"他看了看大殿旁边的更漏，再叹一口气，"再过一刻钟，你如果还不醒，那本座也无能为力了。幸好你回来了，醒了。"

唯一的尊者？这是什么称谓？

宁雪陌对他所说的别的不感冒，唯觉得这几个字听着不顺耳，她心中一跳，生出一种不太妙的预感："唯一的尊者是什么意思？"

洛九宸在她床边一张椅子上坐下，再笑一笑，笑容倾城："就是六界唯一的尊主……"他再瞥一眼正窝在宁雪陌怀中瞪着他的小念陌，"本座应了这小家伙其中一个条件就是不能称神，所以本座称尊主。"

宁雪陌脸色一白，又一个神？！这个世界的神九黎魂飞魄散后，又一个神现世？！

这个洛九宸如果真是神的话，那是不是代表神九黎再也回不来了？！

宁雪陌只觉手脚一阵冰凉，她看了他片刻，忽然冷笑一声："阁下这牛皮也吹得忒大了。你说你是天地共主就是天地共主了？"

"你不信？"洛九宸停止了摇动扇子。

"信你才有鬼！"宁雪陌不屑。

洛九宸轻笑，他笑容绝美，自有一种惊心动魄的力量，他如果对着其他女人露出这样的笑容，那些女人就会直接被秒杀，会痴迷于他的笑容之中，任他予取予求，对他百般听从。

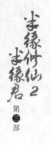

但眼前殿内的这娘儿俩，对他这笑容却不感冒。神念陌先跳起来，他娘亲回来了，他的底气也足了："你才不是什么天地共主，我爹爹才是！你休想蒙人！"

洛九宸眸中又现出那似笑非笑的神情："小念陌，你的父亲确实曾经是天地共主，只可惜他已经……"

"洛九宸！"他后面的话尚未说出来，便被宁雪陌喝断。

她的声音虽然尚有些微弱，却极有气势，洛九宸一双魅惑的丹凤眼微微一眯，目光在宁雪陌脸上扫了一圈："阿陌，你还记得我？"

居然一见面就喊出了他的真名，难道她还记得五万年前的事？

传言她不是失去五万年前的记忆了吗？

宁雪陌不置可否，只是闭上了眼睛："你出去吧，我累了。"

"阿陌……"洛九宸目光微微闪动，也不知道在想什么。

宁雪陌并不睁眼，声音也虚弱下来："洛九宸，我现在不想提任何往事……我累了，你让我歇歇。"她的脸色也确实苍白得厉害，似乎她随时会再晕过去的样子。

洛九宸顿了顿，轻轻一叹："那你好好休息休息，我明日再来看你。"

念陌已经睡熟了，这孩子不眠不休担惊受怕地守了她三天，也哭叫了三天，如今终于睡着了，就睡在她的怀中，小手还无意识地紧紧揪着她的一片衣襟，唯恐她再跑了似的。

他在睡梦中也不安稳，时不时小嘴里咕哝一句："娘亲！不要离开念陌……"她昏迷这三天估计给孩子留下心理阴影了。

宁雪陌手掌轻轻放在儿子的眼睛上，虽然很疲惫，但还是坚持给儿子的眼睛消了肿。

她又将孩子向身边揽了揽，让他靠自己更近些。

这个世界就只剩他们娘儿俩了，她是这孩子的倚靠，所以她不能任性地抛下他不管。

刚才她和儿子交谈过了，知道了自己"昏迷"过后的一切事情。

她知道自己其实是"死"了三天，知道洛九宸是念陌从那口钟里放出来的，知道洛九宸要答应三个条件，而其中两个条件已经完成。

或许等他完成念陌的三个条件之后，他才会真正成神，取代神九黎——

想到最后一点，宁雪陌还是出了一身冷汗，她绝不允许这样的事情发生！

宁雪陌感官还是极敏锐的，刚才洛九宸站在这里，周身所带的气场非常强大，和神九黎比也差不了多少，所以这个人的话也不能完全否定。

现在这个人就是个巨大的危险，而她和念陌伤的伤，小的小，一时还不能和这个人正面交锋，所以宁雪陌暂时使出缓兵之计，先将这个人打发走再说。

宁雪陌闭上眼睛，默默思索。

从神九黎羽化，她来到这梵天宫后，发生了许多事情，她必须仔细理一理。

但线索太多，在她脑海中搅得像一团乱麻，她一时也理不清。

她抬手揉了揉眉心，身子躺得久了有些泛酸，便又轻巧地翻了一个身。

这一翻身她却僵了一下。

她的双腿之间酸酸麻麻的，还有点疼……

这分明就是刚刚欢爱过以后的症状！

难道她在昏迷的时候被那个洛九宸给侵犯了？！

不对，小念陌也说了，这三天他寸步不离她身边，那个洛九宸再没品也不能当着孩子的面对她行这么龌龊的事吧？！

她又想起了那个梦，心中忽然一动。

梦中她和神九黎几度欢爱，她记得她醒来之时，还刚刚和神九黎亲密了一场。

难道梦中欢爱也能让现实世界中的她有同样感觉？

那真的是梦吗？小念陌说她这三天像死去一样，声息皆无，连心跳都没有，分明就是离魂的症状。

难道自己那不是梦？而是像当年跑去叶青鸾那里一样离魂了？

离魂穿越时空，跑到了五万年前？

奇怪，自己怎么会接连两次穿越到五万年前呢？而且每一次都是在这宫殿之中，难道这个宫殿有什么特别之处？

宁雪陌心中百转千回，她再也躺不住，索性披衣下床。

她的身体也实在虚弱得厉害，下地的时候还趔趄了一下，身上的伤口隐隐作痛。

她闭着眼睛养了一下神，便开始在这大殿之中忙碌。

她曾经是特工，搜查东西是她的强项，这大殿只要有一点异常，她就能搜出来。

但是，没有，她什么也没搜到。

她唯一的感觉就是这大殿比别处阴凉了一些，关于神九黎的气息略重一些。

宁雪陌在搜查的过程中其实还是有些恍惚的。

太像了！这大殿内的布置和五万年前太像了，甚至连那些家具都不曾改变过，连那张大床上的被褥都像是曾经的被褥。

而她和神九黎的第二次亲密就是在这张大床上……

她心里似有沸水翻滚了一圈，那一次欢爱对她来说不过是做一个梦的距离，谁能

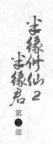

想到中间隔着五万年的漫长岁月呢？

现在一切都在，唯有他不在了——

毕竟是"死"了三天刚醒，她的身体还是很疲惫的，却没有多少睡意。

她又想起了那个穿越之旅，想起最后那一刻，她正想说自己来自五万年后，结果就直接灵魂离体，又回来了！

这到底是巧合？还是这件事不能说？

千百个疑问在她脑海中盘旋，想得她脑袋都疼了！

她干脆把被子一蒙，睡觉！

细雨蒙蒙。

小亭中，洛九宸倚栏而立，箫声悠长，辗转缠绵，仿佛在诉说离愁相思。

他这么站在那里，颇有一种落花人独立，微雨燕双飞的味道。

宁雪陌却并没有欣赏，落在亭子外，抱臂看着他。

箫声一停，洛九宸便将视线凝注在宁雪陌身上："阿陌！我的箫声好听吗？"

"好听，吵得念陌都无法用功读书了。"宁雪陌味地一笑，"不过，我想奉劝阁下一句，阁下在梵天宫毕竟只是做客，客人老是吵到主人不好吧？我和念陌都不喜箫声，阁下确实想要吹，不妨去他处吹。"

洛九宸望着她，雨夜中他的眼眸有些幽深："阿陌，你不觉得这箫声很耳熟？你曾经最爱听这箫声的。"

宁雪陌心中一跳，她恢复的魔主阿陌的回忆还停留在梦中那些阶段，后面的还不知道……

她或许可以趁机套问套问，说不定能套问出一些料来。

她淡淡一笑："曾经不是现在，人的喜好都是会改变的。时间太久了，发生的事儿也太多，恕我记忆力不好，有些事记不清了。话说，我什么时候听过你这箫声？"

"你儿时的时候……不，是你还在石卵中的时候。阿陌，你其实是本座亲手孵化出来的。"洛九宸目光炯炯。

还真是胎教音乐啊！

她挑眉看着他，不置可否："说下去。"

洛九宸低低一叹："五万多年前，本座无意中在山中发现了一个石卵，认出是天地生成的灵物，只是那时你被一条蛇盯上，险些入它腹中，是本座在蛇口中救了你，并将你置于灵力浓郁之处让你更好孵化。那时我怕你闷，天天在你身边吹箫给你听，你每次听到，都会让那蛋壳一亮一亮地来配合本座的节奏，十分乖巧。后来我有事离开了一段时间，再回来时就再也找不到你……"他仿佛陷入远古的回忆里，慢慢述说。

宁雪陌看着他没说话，原来这个人对她有孵化之恩，可是他也下手坑害过她，害得她险些丧命！

这么一反一正，算是扯平了。

"阿陌，我那时候便对你一见钟情，一直在寻找你。"他又望着她微笑，眼神深情款款。

宁雪陌微微一笑，继续套话："阁下这话说得有些不实在，对一颗蛋一见钟情我还是第一次听说。退一万步讲，如果你真的对我一见钟情，那为什么要在海中害我？给我下药？"

洛九宸眼神一深，眸中似有暗光闪烁，半晌他笑了，声音温柔："阿陌，我喜欢你啊，而你那时心里只有神九黎，所以我才对你用了药，想得到你……"他看宁雪陌脸色不善，随即又叹了一口气道，"本座也知道用错了法子，所以一直想要补偿。"

他在撒谎！

宁雪陌才不相信他是为了这么个看似正当实则胡诌的理由！

这破理由骗骗涉世未深的小雪陌可以，但骗她宁雪陌……他忽悠傻子呢！

宁雪陌抿唇一笑，歪头看着他："我不信！你是想借我算计神九黎吧？"

洛九宸神色一动："我怎么借你算计他？"

宁雪陌眨了眨眼睛："你给我下的那毒是用普通解药解不开的，除了用男女之事来解外，应该还有其他极特别的法子，譬如需要耗费神力什么的。而我那时身量未足，不宜行男女之事，你也深知神九黎的性格，不会用那最直接的法子，只能用特殊的法子来解。你想耗损神九黎的神力对不对？"

洛九宸手指握住洞箫，上下打量了她一下，低低一叹："阿陌，看来你是真的想起来了。其实，我那时对你下药确实是想得到你，却不小心让神九黎抢了先。当日他用特殊法子救了你，确实耗费了不少神力，但这并不是我的初衷，后来和他的那一战我并不知道他已经用了那个法子，毕竟他当时治好你后，就把你驱逐出梵天宫了，你又哭得那样厉害，我还以为你受了委屈，心中不忿，才在那一战中打伤了他……"

宁雪陌心中一跳，洛九宸说的和她在"梦中"看到和经历的不一样！

如果自己没有穿越过去代替小雪陌，估计神九黎为她解毒确实需要耗费神力，而且耗费得还不少，还因为这个败在洛九宸手下……

可是自己已经代替小雪陌了，还和大神滚了床单，正正经经解了毒，神九黎应该不会耗费神力了，那他和洛九宸那一战的结果是不是就改变了？

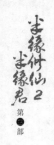

自己是不是已经改变了五万年前的一些事情了？

她不动声色地倚着柱子站着，不动声色地道："后来呢？"

洛九宸的目光落在她身上："后来的事你忘了？"

宁雪陌轻撩了一下秀发："时间太久，大部分忘记了，你说说看，我说不定就全想起来了。"

洛九宸不知道何时走到了她身边："阿陌，往事已矣，还提它作甚？你应该学会向前看。"

宁雪陌侧头望着他："你的意思是？"

洛九宸抬手去抚她的秀发，宁雪陌后退一步避开，他轻轻一叹："神九黎已经消失了，他再也不会出现了。而你的岁月还长，漫漫岁月难道你要孤独一辈子？倒不如嫁给本座，本座一直喜欢你，你当年……其实也是喜欢本座的，只是一时被神九黎蒙蔽了双眼而已。你我才该是正经的一对儿。"

这浑蛋不但想要占神九黎的神位，还想霸占他的媳妇儿！

宁雪陌淡淡地道："阁下既然是神，身份何等尊贵，想要什么样的女孩子没有？何必在意一个寡妇？"

"阿陌，我不在乎你曾经跟过他，也不在乎那个孩子，你如果愿意，我会把那孩子当成自己的亲生儿子来抚养。我喜欢你，你嫁给我好不好？"洛九宸再上前一步，抬手就想拉她。

宁雪陌心中怒气勃发，面上却不动声色，她再向后退了一步。

洛九宸身形微微一闪，居然眨眼间就到了她身后，抬手搂住了她的肩："阿陌，我对你的心意你难道还看不出来？"

他的动作极快，也极霸道，宁雪陌毕竟受过重伤，尚未痊愈，一时没有避开，被他搂了个正着。

他身上有一种淡淡的清香，和神九黎身上那冷冷的清香不同，他这香气带着微微的暖，似乎能让人瞬间卸下心防，想要接受他。

宁雪陌挣了一下，他却像志在必得一样，将她扣得更紧，干脆一条手臂揽住了她的腰："阿陌，我等了五万多年，这份痴情还不够吗？"

他的声音也似有蛊惑人心的力量，让人想对他臣服。

宁雪陌抬眸看着他，冷笑："你等了我五万多年？我不信！你只是被关了五万多年而已。"

"我被关的这五万多年也无时无刻不在思念你。"洛九宸深情款款道。

他看了看怀中的宁雪陌，很好，她居然没有特别挣扎的意思……

怀中的女子一双眼睛水灵灵的，小嘴虽然还有病态的苍白，但唇形极好，微微抿着的时候就想让人给她撬开，想要品尝她的美好。

洛九宸眼眸渐深，身上骤热，低头向她的唇上吻去。

一根软软的手指却按上了他的唇，阻止了他的靠近，宁雪陌横了他一眼："你急什么？好好说说话儿不成吗？"

她横他这一眼有撒娇的意味，真正称得上媚眼如丝，人比花娇。

洛九宸心中一荡！

他将她拥得更紧，俊脸也离她更近："我们不是全说清了吗？你还想听什么？"

宁雪陌小嘴一嘟："可我还不知道你的真实身份。你口口声声对我有心，却搞得这么神秘……"

宁雪陌毕竟曾经是特工，演戏一流，魅惑能力一流。

她现在又是魔主，本来就有魅惑能力，两者结合在一起，她一旦使用，可谓神鬼难当。

洛九宸毕竟对现在的她了解不深，心中对她的印象还是五万年前那长不大的单纯小萝莉，霎时就着了宁雪陌的道儿，心神荡漾之下，有一种恨不得将心也掏给她的冲动："原来你是顾忌我这个，其实告诉你也无妨。这世上原本有一位造物神，造物神造天地万物、六界众生……"

他终于将他的身世全盘说了出来。

混沌初开不久，六界众生处于懵懂本能阶段，善恶不分，天天为了争地盘争斗不绝，六界混乱不堪，血流成河。

无规矩不成方圆，就如同一个国家不能没有法律约束百姓一样。

天地亟待一个规范来约束六界众生，于是便有了天道。天道为天地规则，六界众生如违背天道，便会被天道惩罚。

既然有了天道，便也就有了天道的守护者和执行者，于是便有了神的出现。

神只能有一位，不知道天地是出了差错还是怕一人独大，在生成一位主神的若干年后，居然又生成了一位"次神"。

主神便是神九黎，"次神"就是洛九宸。

主神如果陨落的话，"次神"便可以升为主神，成为新的天道守护者。

而且"次神"也能挑战主神，主神要想恪守天道也要应战……

当然，洛九宸在述说自己身世的时候，是不会说什么主神、"次神"的，他说的那意思是天地生二神，二神可以竞争上岗，他洛九宸不想做权势之争，喜好在六界自由自在，所以就把主神之位让给了神九黎……

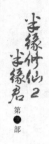

他说得冠冕堂皇，宁雪陌却心中冷笑，她和这位洛九宸虽然接触不多，但也大体了解他的性子，说他没有野心鬼也不信！

洛九宸说完自己的身世，目光又凝在宁雪陌脸上："阿陌，我其实一向不屑于和神九黎争这神位，但我舍不得你，舍不得你受伤害，所以才要和他争这一争。现在他消失了，这世间只能有一位主神存在，所以无论如何他也不会再回来，你得为自己的幸福好好想一想。你是魔主，我是主神，你我结合，正是天造地设的一对……"

他长相俊美，和神九黎也不遑多让，尤其是那一双眸子，如同流荡的波光，荡漾的都是深情款款。

这样一个男子对人柔声说话的时候，很难有人能抵挡其魅力。

宁雪陌咬了咬唇，似也受了他的蛊惑，有了点心动，却还强挣扎着说了一句："不行吧？不是说神和魔相爱便是六界大劫？会让紫煞爆发，神九黎……他就是因为这个魂飞魄散的。你如果也成神，你我相爱怕依旧会引发天地大劫，所以绝对不可！"

洛九宸含笑的双眸中露出一抹讶然："神和魔相爱是六界大劫？哪个说的？本座如何不知？"

宁雪陌心中一动，立即把天道卖了："是天道啊，据说天道有警示。"

洛九宸俊眉微微皱起："本座不信！难道是神九黎和你说的？"

宁雪陌轻轻一叹，利落地将地母给卖了："是地母，她说她看到过天道警示。"

洛九宸哧地一笑："天道石只有天道守护者才能看懂，那个什么地母就算看到也不懂，可见是撒谎！"

"可她信誓旦旦的样子不像是撒谎呢！或许后来天道石真的有这样的警示也未可知。所以我不能再冒这个险……"宁雪陌摇头。

洛九宸目光微微闪动，忽然一揽她的纤腰："走，我带你去看看天道石！"

不得不说这个洛九宸的功力是真高！

他说这句话的时候人还在湖边的小亭之中，但这句话落地后，他已经带着宁雪陌瞬移到了那座独石高峰之上。

细雨霏霏，他随手变出一柄伞笼在二人头顶。

宁雪陌将伞一推，似笑非笑："你我的功夫何须撑伞？"

洛九宸微笑："阿陌，你不觉得这样更有情调些？"话未说完，他的脚掌猛然一疼，像是被钻子钻了一下！

他一僵，宁雪陌趁势挣脱出了他的怀抱。

洛九宸的目光落在她的脚上，她的纤足上不知道何时居然穿了一双古里古怪的鞋

656

子，鞋跟又高又尖，刚才他脚上那一疼正是被她这样的鞋跟给踩了一下。

被她踩中的地方火烧火燎地疼，他眼眸一眯，周身一寒："阿陌，你这是什么意思？"

宁雪陌踩着高跟鞋走得摇曳生姿，她一脸无辜："这是我发明的新鞋子呢？所以穿出来给你看一看，怎么，你不喜欢？"

她微微垂下眸子，看上去有些委屈："原来你连我的鞋子也接受不了，那……"

美人含嗔，而且她穿着这样的鞋子走路的时候，确实有一种妖娆风骨，偏偏她还一脸纯真，这样的她有一种慑人魅力，让洛九宸心神猛然一荡，自然不会再怪她："原来如此，阿陌，你穿这鞋子很好看，我很喜欢。"

他又想去搂宁雪陌的纤腰，宁雪陌身体一旋，避开了他的手臂，瞪他一眼："不要总对我动手动脚的嘛，我们还不知道能不能相爱呢，我可不想让你平白占了便宜去……再说我这鞋子好看是好看，确实容易踩到人，所以你还是离我远一点吧。"

洛九宸也是老狐狸，知道宁雪陌在设法推拒他。她如果硬着来，他十有八九也会硬着强迫她就范，但此刻看她又娇又嗔的模样，他那些手段竟然使不出来——

算了，他以后有的是时间和她慢慢磨，也不急在这一时。

他也想凭借自己的魅力真正攻破她的心防，让她真正属于他……

宁雪陌已经开始在这高峰之上转悠："你不是要看天道石？在哪里呢？我怎么看不到？"

洛九宸微微一笑："本座这就让它现身。"

他手指结了个印，有紫光自他的指尖发出，在峰顶团团一转，待紫光散去，原地出现了一块雪白大石……

宁雪陌目光落在那块大石上，对这块大石她并不陌生，在梦中和神九黎相处的时候，她就曾经看到过。

原来这就是天道石……

神九黎是天道石的守护者，能看懂天道石上的警示，他那时说没有"神和魔相爱，会让天劫降临"这样的警示，那就是真没有。

洛九宸声音里有着得意："天道石只有它的守护者才能让它出现，阿陌，现在你能相信本座是神了吗？"

宁雪陌甚是不屑："一块白石头而已，你怎么证明它是天道石？"她不动声色地打量了一下天道石，敏锐地发现它和五万年前似乎有了不同。

五万年前它是雪白色的，上面隐隐有她看不懂的各种字符流转，灵气逼人而来，让她当时看一眼就像要陷进去。

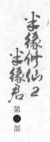

而现在这个是奶白色的，虽然也闪亮，却看不到有多少灵气。她已经围着它转了三圈，也没有什么不适感觉。

洛九宸轻轻一叹："当第一任天道石守护者陨落后，天道石会自动关闭，必须由第二任取得资格的守护者将之重新打开，它才能显示出它的灵性。"

"那你将它打开呗，让我也见识见识。"

洛九宸摇头："现在还不可以。本座还未正式成为守护者，不过，也快了……"

宁雪陌打了个哈欠："那就等你正式成为守护者再说吧。"她一转身，便飞离了这高峰。

洛九宸看着她的身影在夜色中消失，目光微微闪动，手指缓缓握紧。

以后的几天依旧很平静，宁雪陌身上的伤已经好了一大半。

这几天洛九宸依旧千方百计地取悦她，宁雪陌和他虚与委蛇，和他保持不近不远的距离，既不会让他孤注一掷狗急跳墙，也不会让他真占了便宜去。

她夜晚干脆就宿在那偏殿之中，心里还抱着一个万一的希望，想再继续做那个梦……

但不知道哪里出了古怪，她始终没再做那个梦。

和洛九宸接触得越多，宁雪陌越心惊。

这洛九宸的功夫真的深不可测！

就算她没有受伤，好端端的，真打起来，也不是这个人的对手，十有八九会吃亏……

洛九宸大概也是想到了这一点，所以不怕她故意拖延时间养伤。不过，这个人的耐心似乎越来越少了，每次见到她，那目光越来越火热，越来越不加掩饰。

就连小念陌都看出不对劲，有一次小家伙横里跳出来遮住洛九宸的目光，疾言厉色地呵斥他："不许你用这样的目光看我的娘亲！"

洛九宸涵养功夫倒是真到家，摇着扇子一笑："小念陌，这是你对本座提的第三个条件？"

宁雪陌唯恐儿子一气之下答应一个"是"，立即将儿子抱在怀中，随手塞给他一口苹果，堵住他的嘴，然后轻松笑道："你说笑了，你可是未来的守护者，这样的条件自然不能算了。阁下不要误导小孩子，免得辱没你的身份……"一番话轻松将话题绕开去。

"念陌，第三个条件绝对不能出口！他达不到第三个条件就无法恢复天道守护者

658

的身份，你的父君还有回来的希望。一旦他完成了，你的父君或许就回不来了。"晚上休息的时候，宁雪陌教育儿子。

神念陌连连点头："好，我不提。"

宁雪陌怕洛九宸趁念陌睡觉的时候算计他，所以她一直不允许儿子独睡，而是和她同在偏殿里休息。

"娘亲，你不会不要父君了吧？"小念陌还不怎么放心，他毕竟还小，总感觉娘亲对洛九宸还是客气了点，而且看上去两个人相处也有些和谐，这让他有些替父君不平。

"不会，你的父君是娘亲永远的丈夫，我会设法让他回来，我们一家三口团聚。"宁雪陌语气坚定。

小念陌松了一口气，扑入她的怀中："娘亲，念陌想念爹爹了。"

我也想。宁雪陌在心里默默加了一句。

"念陌，明天我再去找地母一趟，你独自在家好不好？"

"娘亲，你要去找地母做什么？"

"地母或许知道让你父君回来的法子，她还知道五万年前许多事情，这些娘亲都需要知道，娘亲再去问问看。"

因为这些日子的锤炼，神念陌已经提前懂事，点了点大头："好！娘亲小心。"顿了顿，他又补充了一句，"娘亲放心，念陌绝对不会向那个人提第三个条件。打死也不提！"

这孩子真聪明！

宁雪陌忍不住在儿子的额头上亲了一口："念陌真聪明！睡吧。"

她一抬手，便让那含着夜明珠的蚌壳合上，大殿内陷入黑暗，娘儿俩相拥着沉入梦乡。

大殿的窗子上，一只淡紫色的蝴蝶飞走了。

水榭回廊上，洛九宸正闲闲倚着柱子而立，望着湖面出神。

一只蝴蝶穿林渡水而来，翩翩停在他的指尖上。

洛九宸指尖在那蝴蝶身上一指，蝴蝶身上冒出幽幽蓝光，一段对话自蝴蝶身上传出。

正是刚才宁雪陌和小念陌的对话，他默不作声地听着，听完薄唇缓缓勾起一抹笑来。

地母知道五万年前的许多事情？那太好了！

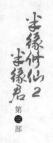

他也想知道五万年前的一些事情，正好去问问。

而神九黎，死了就是死了，他绝不会允许那个人再回来！

看来那个丫头倒也真是痴情，还不肯死心，那他就帮助她死心好了！他得行动在她前面……

洛九宸身形一闪，消失在夜色之中。

他的身影消失不久，夜色中又有一道红光微微一闪，宁雪陌在水榭中现身。她看了看空荡荡的水榭和地上已经燃成灰烬的蝴蝶，嘴角轻轻勾了勾。

螳螂扑蝉，黄雀在后。

这一夜，地母正在调息打坐，心里猛然一跳，睁开了眼睛。

离火宫特殊的宫门被人一掌震开，一位紫衣男子飘飘而入。

紫衣男子极美，地母这辈子见过的极品男人不少，但像眼前这位如此绝色的极少。

更重要的是，这人身上的气场极为强大，功力也是深不可测。

她的离火宫宫门如不是她自己来开，就算拿原子弹来轰也未必能轰开，却没想到被这个男人一掌就给弄开了！

地母目光一缩，上下打量那紫衣男子一眼，吐出了两个字："次神？"

那紫衣男子笑得温文尔雅，动作却一点不温文尔雅，手中扇子斜斜一指，地母原本扎根在地上，一道紫光闪过后，她一声凄厉长叫，整个身子被人连根拔起！

这样的硬拔自然伤到了她的那些根须，许多根须上已经冒出了淋漓鲜血。

这还不算，她的身下还忽然多了一个巨大的火盆，火盆中有烈焰狂舞。

地母拼命蜷缩起树根，拼命尖叫："喂，你做什么？！有话好好说！"

紫衣男子抱臂站着，笑得风清月朗："看来你倒真有两把刷子，居然一眼瞧破我的真身。本座也想和你好好说话，但又怕你不老实，说些胡话糊弄本座，所以本座先烤一烤你，你先忍一忍，好好考虑考虑要不要撒谎哟。"

地母毕竟先前在宁雪陌手里受了重伤，一身的功力余下不足一半，现在自然不是这紫衣男子的对手。

这么强大的她在这个紫衣男子手里像个小鸡仔一样，连反抗的力气都没有。

不知道紫衣男子在她身上加持了什么法术，让她所有的根须都无法自如地挥舞，像被捆缚住似的，缓缓向那大火盆中落。

这火并不是普通的火，而是一种可以燃尽一切的炽火，温度比熔岩还高！

在地母的尖叫声中，她的一根树根像是被人强扯开一般，直接垂落火盆之中，轰的一声燃烧起来。

这些树根就是地母的腿，这样一烧之下，简直烧得她哭爹喊娘，忙不迭向紫衣男子求饶。

紫衣男子眼看那根树根烧了一半，这才慢条斯理地问了一句："本座是谁？"

地母脱口道："次神。"

紫衣男子俊脸一沉："看来你是老眼昏花了……"

他手指一弹，一道紫光又扯开了她的第二条树根，慢慢向那火盆中牵引。

地母吓得亡魂皆冒，总算福至心灵："主神，阁下是主神！参拜主神！"她强忍着疼痛向紫衣男子弯腰做了一个跪拜的动作。

紫衣男子微笑着受了，似乎对这个答案比较满意，不但放开了她的第二条树根，还弹出蓝光将她的第一条树根上的火焰熄灭："那本座再问你第二个问题，你要想好了再回答。"

地母连连点头。

"你知道五万多年前的事情？"

地母再点头。

"那本座问你，所谓神、魔势不两立，神和魔相爱必招天劫又是怎么回事？"

地母一僵，有些为难道："这个……本宫不能说，不然本宫会受到天道惩罚。"她脸上现出恐惧之色，"神尊既然是天道的守护者，自然知道天道惩罚会怎样严苛……"

紫衣男子又笑了："你怕天道惩罚你，就不怕本座现在惩罚你？"

他的笑太冷，地母吓得身子一抖，却依旧倔强地闭着眼睛，吸了一口气道："受阁下折磨不过一时，但本宫如违了天道，则会被折磨永生永世……"

紫衣男子轻轻一叹："不错，你考虑得很对，两相权衡之下，你确实是不应该说的。但你不说，本座又不开心，本座不开心就想要使用一些特殊手段来让自己开心，但愿阁下骨头能硬一些，抵挡得住本座的一些手段……"

他像绕口令似的说了这么一大堆，地母被他绕得有些晕，一时没明白他说的到底是什么意思。

但很快，她就懂了！

紫衣男子的手指很修长，很完美，剥皮的手法也很完美……

地母身上那引以自傲的娇嫩肌肤被他用手活生生地剥开，一点点揭开撕下——

在地母已经变了声的鬼哭狼嚎之中，他笑得还很悠然："本座最喜欢剥美人皮了，没想到你这么大岁数了，这皮肤还真不错……"

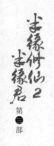

地母万万没想到这位"次神"手段居然会如此残忍，简直比所有的魔还要残忍！

她的惨叫声几乎冲破了殿顶，偏偏这紫衣男子剥得还挺慢，绣花似的，一点点剥，嘴里还轻松说着话："你得忍着点啊，你这美人皮太漂亮了，我不忍心撕破一点点，免得破坏了它的完美，所以就剥得慢了点。还有，你身上流的血太多，待会儿本座再用火盆里的火给烤上一烤，肯定能止血。"

地母身子颤抖得如同雨打的树叶，她终于不顾一切地开口了："住手！住手！我说！我说了！"

紫衣男子似意犹未尽："本座还没剥完，你现在就说还真没趣……要不，你再扛上一扛再说？"

地母声音都变了调："我现在就说，现在就说！那个说法其实是因为魔主雪陌的诅咒而起，她被神尊所负，临死之际下了这种诅咒……"

紫衣男子动作一滞，叹了口气："原来如此！这倒有些麻烦了……这个诅咒可能解开？"

地母简直怕了他的残酷手段，唯恐他再用刑，干脆竹筒倒豆子道："解这个诅咒可不容易，除非能让时间倒流，再回到五万年前改写当年的历史……"

紫衣男子皱眉："时光倒流？这个不可能做到……这么说，本座也不能娶她了？"

地母一愣，欲言又止。

紫衣男子立即觉察到她的异常："有话快说！"

"本宫可以说，但还请阁下答应本宫一个条件。"

紫衣男子握了握手指："本座最烦有人讨价还价……"

地母忙道："本宫这个条件阁下很容易做到，阁下只要做到这一点，本宫知无不言，言无不尽！"

"好，你先说说看。"

"本宫不想受天道惩罚，等本宫说完之后，还请阁下用神术彻底将本宫杀死，魂魄彻底驱散。也就神有这个本事了……"

紫衣男子眼眸微微一转，很痛快地应了："好！本座答应你。"

地母这才说出了想说的："那位魔主雪陌当年的诅咒主要是针对前神尊神九黎的，她怕她自己转世之后再爱上他，所以下了'生生世世不爱神尊，爱必殇'的诅咒。如再为魔，错爱神尊，便引动天劫，让全六界陪葬，要想封印紫煞，须神、魔一人做祭，二者只余其一，做祭之人会彻底魂飞魄散，再无轮回……"

紫衣男子眼睛一亮："你是说，她那诅咒只针对神九黎？那她嫁给本座应该没事了？"

地母喘了一口气："应当如此。"

紫衣男子想了想，再问："你可有让时光倒流之法？"

地母小心地看了看他，摇头："没有。"

紫衣男子又问："如果真的有人能够穿梭时间，重回五万年前，更改历史，会造成什么后果？"

地母摇头："这个本宫却不知道了。如果更改得不厉害倒好说，如果更改太大，那么后面发生的事就不会再发生，这现成的六界就会重新洗牌，不该出现的人或者物会自动消失……"

紫衣男子终于笑了，这次是志得意满的笑："那就好！"

他本来还担忧宁雪陌会有穿越时空之术，跑到五万年前去更改历史，现在倒不怕了！

她还有小念陌，如果更改历史太厉害，一切都会消失，那么小念陌也会消失，她舍不得的！

他本来还觉得这小家伙碍眼，现在却觉得这小家伙的存在倒是他的一个砝码。

想要知道的他都知道了，紫衣男子微微一笑，温柔地将剥下来的皮重新给地母黏上。这一番动作自然又让地母号叫了好几次。

他柔和一笑："本座一向怜香惜玉，这皮肤再给你黏上还能再生长的，只是疼了些……"

地母颤抖得厉害："但请阁下遵守诺言给本宫一个痛快。"

"你急什么？本座既然答应你就不会反悔，不过本座留你还有用，所以还得让你多活几天……"

地母如果能设天雷，会直接劈死这个恶魔似的"次神"！

紫衣男子又道："明天或者后天，那位雪陌魔主会再次到来，她大概会问你一些问题。她如果问神九黎能否复生的事，你让她越绝望越好……"他嘱咐了一堆。

地母心里虽然恨他恨得咬牙，他的话却不能不听，连连点头答应。

紫衣男子最后又嘱咐了一句："你别给本座耍花腔，本座明天会悄悄跟在她身后前来，你如果说了不该说的话……"

地母连连叩首，连声说不敢……

紫衣男子也确实好本事，不但重新黏好了地母的皮，还把她被烧的树根也重新给她变了出来。

等他忙完一切的时候，地母的模样就和先前一样了，压根看不出受过酷刑。

紫衣男子又围着她转了两圈，发现再无破绽，这才转身逍遥去了。

地母看着他的背影消失在大门外，眸中现出一丝阴毒之色——

再半晌后，她侧耳听了听，听到那个煞神果然已经离开她的地盘，她甚至能感受到他离去的踪迹，她才长长松了一口气，低低冷笑一声："雪陌魔主当初的诅咒是不能爱上任何神，可不单单指神九黎……你真娶了她，绝对会是一场大灾！哈哈！"

她一阵狂笑，才不在乎这六界会不会出现大灾，反正她也快要死了……

紫衣男子虽然又把她恢复如初，但那只是表面上，她全身依旧疼得要命，恨不得一头撞死！

但她的身体也有一个变态毛病，自己是无法杀死自己的，只能倚靠外力。

但若不是神来动手，别人只能杀死她的肉体，她的魂魄还是会活着。

原先她十分庆幸自己有这个技能，现在却十分痛恨，要不然她也不会连死也要受制于那个煞神！

她平生没吃过这么大亏，没受过这么大罪，当初那个魔主来，也没用这么残酷的手段来折磨她，还让她彻底得罪了天道……

她恨那紫衣男子恨得切齿，却也没有法子。

她正抖着身子大笑，一道声音忽然自她背后淡淡响起："这个人害你这么惨，你想不想报仇？想不想和我合作？"

地母骤然回头，呆住，身后一名红衣女子飘飘而立。

雪陌魔主。

地母在宁雪陌手下也吃过亏，宁雪陌要想凭借三言两语取得她的信任并不容易。

开始的时候地母甚至怀疑宁雪陌是那"次神"的探子，来探她的口风。

所以她防范得很紧，打定主意什么也不说。

宁雪陌并没有和她多说废话，出现以后，便开始给地母疗伤。

她的医术现在也算得上出神入化，地母身上原本疼得要抓狂，但经过她的一番治疗后，那疼痛减轻了不少，最起码在可忍受的范围内。

然后宁雪陌只说了几句话便打消了地母的一半疑虑："你听没听说过一句话，敌人的敌人就是你的朋友？我喜欢的是神九黎，我想让他回来，而这个人登上神位后，我丈夫就注定回不来了！所以，我无论如何也要弄死他！你知不知道弄死他的法子？或者他的弱点在哪里？"

地母这人本事或许不是最高的，但探听消息的能耐还是一流的，她知道宁雪陌和神九黎在这世上的大体事情，宁雪陌和神九黎的感情她也很明白……

听宁雪陌如此一说，她对宁雪陌倒信了七八成。

两个人又交谈了一会儿，地母又把所有根须都伸展到了离火宫外围，确认洛九宸没在外面偷听，这才有些放心。

　　她自然恨洛九宸也恨得咬牙，恨不得弄死对方，只可惜她出不去，没法报仇，现在宁雪陌既然问起来，她也就说了。

　　宁雪陌这次现身主要问了地母三个问题，一是洛九宸的弱项，二是五万年前雪陌和神九黎之间的大体恩怨，三则是穿越之道。

　　不能不说地母不愧是活了不知道多少万年的人，不是一般博学，除了第三个问题她无法给宁雪陌一个明确答复之外，前两个倒是说得颇为清楚。

　　作为报答，宁雪陌给她留下了几枚真正的强效止疼药，比现代的特效止疼药功效还要强十倍！

　　地母吃下一丸后，全身火烧火燎的疼痛终于消失，她很满意。她已经违背天道，原本就活不成了，只想能舒舒服服地活到魂飞魄散的那一天，至于其他，则变得不重要。

　　两个人敲定好了明日她再来时该演的戏……

　　谁能想到原本是敌对的两个人也有联手合作的那一天？

　　宁雪陌离开时，心里也有些感慨。

　　没有永远的敌人，有时候敌人也能变成盟友的……

　　第二日，宁雪陌果然再次到来，和地母合演了一场戏。

　　宁雪陌极擅长演戏，而地母也配合得天衣无缝，成功骗过了暗自跟来的洛九宸。

　　在这次演戏中，地母告诉她，神九黎消失了就是消失了，永远不会再回来。劝她不必再做无谓的挣扎，早做其他打算。

　　地母还告诉她，所谓神魔不能相爱是指她和神九黎生生世世不能相爱，相爱必遭天谴，但和其他神仙结合，便不会有这方面的担忧。

　　一切对话都是让洛九宸十分满意的。

　　他看着宁雪陌在问完几个问题后，便失魂落魄地走了。

　　他嘴角微微勾了一下，在地母面前现身，他倒是个说话算话的，终于给了地母一个痛快，解脱了她。

　　宁雪陌站在嘉仪山下，仰头望着那山峰出神。

　　半晌后，她拿出几种祭品摆上："神九黎，你真的回不来了吗？你怎么可以这么狠心？我和念陌怎么办？"她泪如雨下，跪在那里久久不起身。

身后有枯枝咔地一响，宁雪陌骤然回头："谁？！"

一道紫色身影现出身形，双眸脉脉："阿陌……"

宁雪陌一看是他，目露狐疑："你……你来做什么？你跟踪我？！"说到最后四个字，她声音有些严厉。

洛九宸轻轻一叹："我只是在梵天宫找不到你，不放心，所以下来找找。估计你就在这里。"

宁雪陌眼角还带着两颗泪珠，对他的话似乎还有些不信："你是不是在我一出宫就跟着我？"忽然似想到了什么，她脸色一变，脱口道，"那我和地母的话……"说到这里她忽然似察觉到失口，又闭口不说。

洛九宸看着她，她的俏脸异样苍白，确实是饱受打击的样子，不像是伪做出来的。

他原本还对宁雪陌和地母的这次会面有一点怀疑，此刻见她的神情，那一点点怀疑也消失无踪。

他上前一步："阿陌，我只是不放心你……"

宁雪陌抿了抿唇，心中不痛快，说话也冲："本座好歹也是魔主，这个地底之行还难不倒我，哪用你乱使好心？我最烦有人跟踪我！"

她这个时候越耍脾气，越像是正常反应，洛九宸也越放心。

他也不和她计较："阿陌，我知道你心情不好，不如我带你去喝一杯？"

此刻的宁雪陌像个见人就扎的刺猬："没兴趣！你想趁机灌醉我占我便宜？"

洛九宸哭笑不得："你把我想得太没品了吧？我堂堂尊主想要女人的话，也需要她心甘情愿，那样才有趣味。"

宁雪陌横他一眼："那记住你说的这句话！你别跟着我，我要一个人静一静！"她飞身离去，眨眼不见了影子。

洛九宸站在原地，看着她的背影消失，微微摇了摇头，终于放下心来。

一个人当伤心无望到了极点，才会暴躁，才会对任何人都不假辞色，宁雪陌现在的一切行为正符合这一点。

洛九宸颇有司马懿的性格，生性多疑，一件事喜欢多方求证，唯恐上了别人的当，所以他这次才会现身试探宁雪陌的反应。

宁雪陌的反应让他很满意，也终于不再疑心地母对他捣鬼了。

至于雪陌，他相信天长地久会搞定她的，只是个时间早晚问题。

他抬头看了看那座埋葬神九黎的山峰，嘴角勾起了一抹笑："神九黎，你一定没想到这一天吧？你的神位是我的，你的妻子也会是我的……你的一切都会是我的！你如果真泉下有知，那就尽情地绝望吧！"

他对着正午的阳光张开了手，地母的魂魄在他掌心尖啸，痛苦翻转："你……你说能让我魂飞魄散的！"

洛九宸眯起眼睛，看着掌心被烈阳一照，如同滚进了硫酸中的地母魂魄，声音柔和："你的灵魂在阳光下也能被晒得魂飞魄散的，本座并没有骗你……"

"你……你要用神力——"那魂魄翻滚得更厉害。

洛九宸笑得倾城："能用最简便的法子本座干吗要耗费神力？你忍一忍，就可以解脱了。再说你只有这样死去，下一任地母才会立即诞生，这个大陆才不会倾覆……"他才不会在不相干的人身上耗费神力，念力、内力、体力都是可以再生的，唯有神力是极不容易再生的，耗费一次，一千年也恢复不了……

地母的魂魄最怕的就是阳光，对它来说，这样的暴晒相当于下油锅的酷刑，它在他的掌心里挣扎哀号了好久，这才开始慢慢消散。

"你会得到报应的！"这是地母完全消散前所说的话，它在说这句话的时候甚至还笑了笑，那笑容让一贯狠辣的洛九宸心中也一紧！

他正想再问一问它，它却已经随着阳光四散，彻底魂飞魄散。

洛九宸站在原地片刻，摇了摇头。

人一般被折磨至死的时候，都会放几句狠话，地母这样的狠话可以说是司空见惯的，他如果没再试探宁雪陌，或许会再起疑心，现在他却没必要放在心上了。

一切都在他的掌握之内。

第二十六章　潜心炼丹药

大红的纱帐，喜庆的布置。

这里是神九黎布置成新房的密室，除了她娘儿俩之外，没有任何人知道。

而现在，这里也成了宁雪陌的炼药之地。

是的，炼药。

地母告诉她，洛九宸毕竟是"次神"，并不容易被人杀死，除非紫煞再一次爆发，让他心甘情愿做祭品，否则凭借人力，是无法将他彻底杀死的，只能封印。

要想封印他也很不容易，必须让他受重伤。

但这个人和神其实并没有很大差别，让他身上破个口子都很难，更别提让他受重伤了。

不过，他比真正的主神多了一个破绽，他怕天水毒！

只要将此毒涂抹在兵刃上，再砍到他身上就能让他受伤，破掉他刀枪不入的术法……

这是唯一对付他的法门。

不过这天水毒极为难炼，需要炼药功力九级，而宁雪陌这技能才七级，就算有材料一时也炼不出来。

而且炼制这东西的材料也很复杂，需要世上最难寻找的七七四十九味药草。

在这密室之中，已经有了四十六味药草，还缺少最关键的三种。

因为需要分别炼制，所以宁雪陌打算将这四十六味药草先炼制在一起，然后再带着念陌去寻找其他三味……

炼丹炉中炉火熊熊，映着她闪闪发亮的眼睛。

从地母处回来已经又过去半个月了，洛九宸大概打定了慢慢将她感动的念头，这半个月除了时时来找她聊天喝茶，倒没有其他不规矩动作。

宁雪陌则一副乍得知真相生不如死的模样，将自己关在神九黎的书房之中，轻易不出来，对洛九宸也不假辞色，他来请她十次，她也未必能出来一次。

洛九宸知道，她需要一个时间恢复，倒也不逼她。

神九黎已经死了，她一个女人翻得了什么天？

魔主的功夫确实不错，但比起他这个"次神"来，还是很欠火候的。

他也不怕她能捣什么鬼。

这几天他闲着的时候便去六界转悠，来了解现在的六界格局，所以他也很忙，并不常在梵天宫中。

当然，他生性多疑，还是常在宁雪陌身边安各种眼线的，譬如那种可以重复人对话的蝴蝶……以了解宁雪陌的一举一动。

他没想到宁雪陌也在他身上安装了极为小巧的跟踪仪……

宁雪陌曾经是特工，自然对现代化的一些东西门清，只要清楚那些现代化东西的原理，她就能随手变幻出原材料来制作。

洛九宸常常送她东西，而她偶尔也给他回一下礼，礼物很轻，或者是一支笔，或者是一粒玉质的纽扣……

她像是信手给他的，所以洛九宸倒没起多少疑心。

当然，他还是将她送他的东西检查了一下的，他的功力确实高，但并不了解现代化的这些东西，除了觉得这些东西磁场有点奇怪外，他倒是没觉得它们有什么危险。

为了让宁雪陌开心，他是随时将她送的东西带在身上的，方便两人见面的时候，让她看到让她感动。

他却不知道也就是因为这些东西，宁雪陌对他的行踪了如指掌，以便做出自己的计划。

白天她或练功，或喝闷酒，或者陪着念陌学习练武，晚上带着念陌在那偏殿中休息。

洛九宸向外派那种蝴蝶也是耗费灵力的，所以他一般是白天派，等夜深人静宁雪陌娘儿俩安歇的时候，他就会收回那蝴蝶听它报告宁雪陌一天的行程，然后将其烧毁，第二天再派遣新的蝴蝶。

他大概也怕宁雪陌起疑心，每次派遣的蝴蝶颜色都不太一样，就和在这梵天宫花

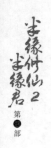

园中飞舞的其他蝴蝶差不多，他认为宁雪陌就算看到也不会注意。

当然，也有出小意外的时候，譬如有一次宁雪陌带着儿子在花园中游玩散心，他派遣的那只蝴蝶就在母子俩身后不远处的一朵花上停着。

被神念陌看到，于是小念陌忽然起了扑蝶的兴致，那只蝴蝶来不及逃跑，落到小念陌手中，被他不小心揪掉了两只翅膀，揪掉了脑袋……

于是晚上洛九宸召回蝴蝶时只召回了蝴蝶的断肢残体，无法再向他报告那娘儿俩的对话行踪了。

所以这样的情况发生两三次之后，洛九宸也不敢让那蝴蝶靠得太近了，只远远盯着。

这样的监视效果自然差了些，最起码那娘儿俩低声交谈的时候，那蝴蝶是听不到的。

但好在那娘儿俩也没什么特殊行为，洛九宸亲自隐身盯了一天后，也没发现他们有什么异常，便也就放下心了。

人常干一件事情难免就会产生倦怠感，时间稍稍一长，洛九宸盯她也就没这么紧了，派遣蝴蝶也越来越不勤。

而宁雪陌也就趁这个机会，只要那蝴蝶不在，尤其是夜深人静的时候，她便留一个障眼法在床帐内，自己则钻入那密室之中炼制药草。

又是半个月过去，她那天水毒已经炼制出半成品，只要再炼制一晚上，她就能将这四十六味药草全部炼化，制作成药丸，到时候将药丸收好再去找其他三味药草就可以了。

在这期间她还可以练习一下炼药之术，一旦提升到九级，她就可以正式炼制天水毒了。

至于五万年前的旧事……那就是一出大悲剧！

地母知道的也并不算完整，毕竟这里面牵扯到了感情问题，失之毫厘，差之千里。

所以地母也只知道个大概。

她了解到的真相就是，小雪陌在梵天宫治疗春药之毒时，不知道是不是治疗不及时或者其他什么原因，筋脉尽毁，一夕之间成了废人，后来又不知道怎么得罪了神尊，被神尊直接赶出了宫，还受了重伤。

当魔主武功高时，群魔自然拜服，一旦魔主魔功尽失，就成了一块肥肉，魔界群魔都想把她吃掉以增强功力。当然，这个吃掉分文吃和武吃两种。

文吃就是和她滚床单，得到她纯正的阴元，这是慢慢吃。

武吃就是吃她的血肉，魔主是天生地养的，本身灵力极强，魔界传言，吃魔主一块血肉，可以长生不老，增长千年修为。

于是落难的小雪陌成了群魔争抢的唐僧肉。

雪陌那些年在魔界征战，自然树立了无数仇家，这些仇家得到她的消息后，争抢得尤其厉害。

小雪陌陆续被不同的魔抓到过，只是这些魔因为本事不够强，还没来得及炮制她，就被其他魔抢去。

碰到手脚麻利的，会在抓到她的那一刻就咬她一口。

他们的咬自然不是情人的咬，而是直接撕去一口血肉。

等小雪陌辗转落在一位最强大的魔手里的时候，她除了脸蛋以外，全身上下已经被咬得遍体鳞伤。

这个最强大的魔曾经和小雪陌作对，在小雪陌手里吃过苦头，现在他得到了她，那自然是先报仇。

据说他给小雪陌使用了数十种酷刑，将她折腾得死去活来，甚至还将一根尖尖的管子插入她的心口之中，每日取她的一酒盅心头血，据说魔主的心头血是最滋养魔的，是不世出的珍品。

如果是普通的魔，受了这么重的伤，再被取心头血，只怕一次就会灰飞烟灭。

小雪陌虽然功力尽失，但她到底是天生地养的魔，一时死不了，只能每天活受着……

没有人知道她那些天到底是怎么熬过来的，只听说到最后那个强魔喝足了她的心头血后，又想得到她的身子，取她的阴元。

千钧一发的时刻，小雪陌被人所救，救她的人正是洛九宸。

据说洛九宸将她救出来时，她只剩半口气，谁也不认识了，只要有人靠近她就尖叫……

洛九宸费了好大的劲儿，才将她身体的伤治好，也让她功力慢慢恢复。

恢复以后的小雪陌性情大变，第一件事就是杀回魔界，将曾经背叛过她折磨过她的那些魔挨个血洗。据说她想出了几百种法子折磨那些魔，将那些魔折磨得生不如死，整个魔界鸡飞狗跳，动荡不安，魔界的河里流的血比流的水还要多，整个魔界上空怨气冲天。

小雪陌还用这些魔的血肉熔炼成一种绝世神兵，那就是诛天剑，又将他们的魂魄用洛九宸教给她的法子炼了炼，就炼了一个神鬼无敌的千魔阵……

小雪陌在没遇到大变之前，是个孩子，一门心思想要长大，想要嫁给神九黎，她

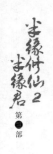

甚至想带着她整个陌宫的所有和神九黎双宿双飞。

大变后，她生出了野心，生出了仇恨之心，终于像一个真正的魔。

小雪陌就带着这件神兵和大阵以及众多被她用铁血手段降服的魔开始征战六界，服从她的收为己用，不服从的一律杀无赦，所过之处哀鸿遍野，血流成河……

她的残暴终于惊动了远在三十六重天的神尊，神尊出宫，在冥界的黄泉河边将她截了个正着。

那时她已经将冥界杀了个七零八落，冥界的精英在那一战中毁灭殆尽，人人对这位娃娃脸的魔主都又惧又怕，连那位冥王也被她杀得丢盔弃甲，丢失了一条手臂一条腿。

神九黎赶到的时候，小雪陌正认真地炮制那位被俘虏的冥王，想把他的血全放干净之后摄其魂魄，增强自己的千魔阵，其手法让人发指，让所有幸存的人集体打哆嗦。

神九黎的到来可谓及时雨，幸存的人见了他如同见了救星，纷纷向他身边聚拢。

而神九黎也不负众望，大义灭亲，他身子尚在半空之中就一掌轰飞了小雪陌，救下了冥王。

神尊出手自然与他人不同，这一掌直接将小雪陌打吐了血。

她爬起来后大笑三声，并没有和神九黎多说废话，只说了几句话："神九黎，原先是我白痴，妄想嫁给你，现在本座才知道神、魔原本就是势不两立的。废话少说，开打吧。要么你杀了我，要么我杀了你！你不杀我的话，我就扫平六界，让整个六界都在我的膝下称臣！"

她抛下这么几句掷地有声的话后，就直接冲上前去……

据说神九黎当时还想劝化她，无奈她压根不听，一心要和神九黎决斗，甚至为了逼神九黎再出手，她还一个个杀冥界尚未受降的俘虏，终于激得神九黎对她动手，一场神魔大战就此展开。

此时的雪陌已经不是当初完全凭借自己本事努力修炼的小雪陌，她在征伐中不知道强行吸收了多少六界强者的功力，她的个头虽然依旧矮小，但其功力比原先不知道上升了多少倍，在短时间内居然能和神九黎打个平手。

但时间一长，她的功力就接续不上了。

五万年前的六界书中记载的这一场神魔大战只用了四个字来概括——邪不胜正。

二人激战了三天三夜后，小雪陌到底败在了神九黎手里，再次被神九黎废掉一身功力后活捉。

魔主小雪陌这一场六界征战，作的孽不少，不知道几百万六界生灵葬送在这一场征战中，整个六界都怨气冲天。

她被活捉后，被带回了梵天宫中。

而六界那些幸存的人群情激奋，纷纷向梵天宫上书要求给这位小魔主严惩。梵天宫门前，天天有一大拨六界首脑在外面长跪不起，要求将这位扰乱六界秩序的小魔主处以极刑，以儆效尤。

据说当时神尊任凭那些人跪着，闭门不出。

与此同时，因为在那一场征战中冤死的亡灵太多，又没来得及超度，这些亡灵的怨气渐渐在六界中形成紫煞八恶兽，开始为祸六界。

这些紫煞开始并没有人当回事，等察觉的时候，紫煞已经开始在六界肆虐，所到之处万物疯狂。

被紫煞侵袭过的六界生灵绝大多数彻底变成无知无识只知道咬人的怪物……

这才是一场真正毁天灭地的大劫，紫煞之毒如同烈性传染病，以令人恐怖的速度在六界传播。

两天！不过短短两天！

六界中除了那些功力极高的人，基本都已经中毒，紫煞之毒无药可解，感染紫煞毒者只能设法处死，这样一来，又增加了不少怨气，让原本就满目疮痍的六界雪上加霜。

等六界之中的首脑察觉到不妙时，已经回天乏术。

第三天，神九黎终于出宫，将幸存的六界首脑人物集中起来，说了封印紫煞的办法。

那就是集合幸存众人之力设置封印之阵，由他负责将所有紫煞吸引到那大阵之中。

当时幸存的六界之人不过千人，这千人以毕生功力按照神九黎所说在嘉仪山下设下了那封印大阵，待神九黎将那滚滚紫煞都吸引到大阵之中之后，开启了大阵……

因为这一场浩劫乃魔主小雪陌引起，紫煞形成的八恶兽对她是恨之入骨，非用她做祭品不能封印。

最后，神九黎大义灭亲，将失去功力的小雪陌推入阵眼之中，生祭了八恶兽，才将紫煞成功封印。

而小雪陌临跳入阵眼之前，便以魔主之名发下了那样的毒誓——

紫煞虽然成功被封印了，但设阵的那些人因为使出了毕生功力，身上没了保护结界，也感染了紫煞毒，在毒发之前，这些人纷纷自杀或者互杀了。

而神九黎到最后也使出了毕生功力，凝结出净化之雨，那场豪雨下了七天七夜，

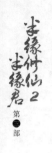

终于将世间残留的所有紫煞净化干净，六界这才能在若干年后重新休养生息，让这片大陆催生出新的六界生灵。

这就是宁雪陌从地母口中知道的五万年前的真相。

短短一席话概述了小雪陌那可悲又可叹的一生。

宁雪陌当时听到这个真相的时候也恍了一阵神。

毕竟是她自己的前生，她自然对前生自己的心意感应最敏锐。

小雪陌那时候虽然不懂爱，甚至说出的话做出的事都让人哭笑不得，但她是真的喜欢神九黎，也或者说那就是爱，只是她自己不能明白而已。

屡屡被自己所爱的人伤害，也怪不得她会性情大变，变成一位真正的魔。

也或者她征服六界就是为了逼神九黎出来，给她一个交代。

那个时候她说不定是真的不想活了……

地母毕竟说得太笼统，有些内部事就算是她也不清楚的。

宁雪陌已经在梦中见到五万年前的一部分场景了，她没附身在小雪陌身上之前，神九黎对小雪陌的在意不是作假的。

因为神九黎的托大，没有及时替小雪陌解开毒，害得她走火入魔吐血，甚至晕厥，她的筋脉大概就是在那个时候废掉的。

如果自己没附身，神九黎十有八九会用特殊法子为小雪陌解毒，那样神九黎会丧失将近一半的神力。

不过那也是他自愿的，不应该把小雪陌救活之后又把怨气撒在她身上，让她在功力皆失的情况下将她赶出门吧？

他是神尊，应该明白这样做的后果。

在那之后到底又发生了什么事才会让他做出这种无脑的决断的？

以至于让小雪陌滑入深渊，再也爬不上来，造成那么严重的后果……

宁雪陌百思不得其解，恨不得再穿越过去瞧瞧，但是这种穿越似乎也不是她能做主的，仿佛还需要一个机缘。

她轻轻叹了口气，心里还有一个疙瘩无法解开。

她其实很想再穿越过去更改整个故事的内容和结局，但又怕一旦全改变了，就不会有后面这些恩恩怨怨，甚至不会再有雪衣陌和宁雪陌的出现，自然也就不会再有小念陌……

不知道多少人的命运会随之被改变，也不知道多少人会莫名消失。

而改变结局之后，说不定自己连宁雪陌和雪衣陌这两世的记忆都没有，自然也就没有了她和神九黎的这些恩恩怨怨……

这些恩怨虽然痛、虽然苦，却给她留下了极深刻的印象，这些记忆是弥足珍贵的，她不想丢失。

而且地母也说了，就算她有穿越的法子穿越过去，也不能对那世界的人言明自己来自未来的身份，要不然又会直接消失。

她梦穿的这种法子极为危险，一不小心魂魄会找不到回来的路，又无法留在过去，只能在时间的长河中迷失，然后逐渐消亡……

要想让神九黎回归，她最好穿越过去更改小雪陌的毒誓，可是，她该怎么做呢？

宁雪陌想得脑袋都疼了，她正有些出神，忽似察觉到了什么，面色一变！

洛九宸闯进她那偏殿寝宫了！

她的障眼法能够骗过他弄出来的那个破蝴蝶，可挡不住他的法眼，他应该会很快识破！

宁雪陌看着手腕上的跟踪器玉镯，清晰看到代表洛九宸的那个光点正急速向这个方向奔过来！

不好！

她绝不能让他发现她在炼制丹药！

宁雪陌直跳起来……

第二十七章　男女需大防

砰！书房的门被人重重踹开，一道紫色的人影直闯进来，却在看清书房中的景象时顿了顿。

柔和的夜明珠下，宁雪陌正坐在桌前翻看一本书……

大概是他踹门弄出来的动静太大，她的手一抖，书落在地上。

她骤然抬头，一双冷冷的眸子看向来人："吓我一跳！你干吗这么雷霆火暴地闯来？！"

洛九宸没说话，眼睛落在那本书，手一抬，那本书便落在他的手里。他略看了看内容，是一本修炼术法的书，看字体是神九黎所著。

"你大半夜不睡觉，怎么跑来看书了？"洛九宸略略靠近她问道。

他身上有很浓的酒气，一张俊脸也微微发红，那一双眸子几乎要滴出水来。

宁雪陌将那本书自他手中抽出来，又把椅子向后挪了挪，稍稍和他拉开一些距离："白天睡多了，现在睡不着，所以来看看书。"

洛九宸眸子里有一些狐疑之色："你跑来看书为何要在寝殿弄一个障眼法假人在那里？你想糊弄谁？"

宁雪陌俏脸沉了下来："你监视我了？！"

那个蝴蝶是洛九宸偷偷弄的，自然不想让宁雪陌知道。

被她一责问，他顿了顿，摇头道："没有，本座只是回来看看你睡了没有，却感觉到里面气息不太对，所以进去瞧了瞧。你弄个假人做什么？"

宁雪陌脸色依旧不怎么好："念陌胆小离不开我，我怕我出来他会害怕，所以弄个假人和他在一个被窝里，让他可以睡得更好些。倒是阁下，不经过别人的同意，大半夜闯入女子的睡房，是不是太无礼了？"

宁雪陌后发制人，果然将洛九宸问住，他停顿片刻才回答："本座……本座只是不放心你……"

宁雪陌声音淡淡的："在这梵天宫中安全得很，你有什么不放心的？好了，天色不早了，我去歇息了。"

她不想和他多纠缠，站起身来就向外走。

洛九宸总感觉不对劲，一时却又想不出哪里不对劲。他也正想跟着出去，忽然顿住脚步，鼻子耸动了一下："怎么有药味？"

宁雪陌心中一跳，那炼丹房虽然是在密室之中，但她刚才出来得太急，没来得及清除药香……

幸好她为了糊弄洛九宸早有准备。

只见她指尖在袖子中一转，露出小半截手臂，手臂上有一道伤口，伤口上涂抹着药膏，淡淡的药香自她的手臂上散发出来："练功的时候手臂碰破了一点，上了点药。"

宁雪陌伤口上的药和洛九宸闻到的药香几乎是一个味儿，洛九宸果然不再疑心，叹了口气："阿陌，你怎么这么不小心？来让我看看……"

他抬手就想摸宁雪陌的手臂，宁雪陌后退一步，避开了他的手："没事，小伤而已。"

说罢她快步向外走去。

眼前人影一花，洛九宸拦住了她的去路："阿陌！"

他这一拦拿捏得恰到好处，宁雪陌差点一头撞进他的怀中。

她忙后退一步："你做什么？"

洛九宸身上酒气更重："阿陌，我很伤心……"他逼近了两步，将宁雪陌直接逼靠在墙上："阿陌，我对你的心你还不明白吗？他不会再回来，你什么时候才会接受我？"

他不知道喝了多少酒，那一双墨黑的眸子此刻隐隐有发红的征兆。整个身子离宁雪陌不足半尺，他将手臂撑在墙上的时候，宁雪陌几乎是在他怀中的。

深夜，喝醉的男人，孤男寡女共处一室。

这样的情景对女子来说太危险！

尤其是他这样靠近的时候！他身上的酒味熏得她头晕！

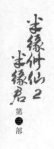

宁雪陌微一皱眉，身形一闪，用术法将自己瞬移出去，眨眼到了门口，冷冷瞥着站在室内的洛九宸道："你喝醉了，快回去吧！还有，以后不要来这里……"

这里是神九黎的书房，除了神念陌之外，宁雪陌不想再让任何人来这里，不想让任何不相干的人沾染这里的气息，就算八大神兽也轻易不敢涉足这里，更何况这个洛九宸了！

他在这里让宁雪陌有一种玷污这里的感觉！

她忍不住一挥袖，使用净化术将室内的空气净化。

神九黎不喜喝酒，她不能让洛九宸的酒气熏了这里……

洛九宸呆了呆，眼眸猛然一眯，忽然哈哈一笑："阿陌，看来本座不使出雷霆手段你是不肯死心了！你一直惦记着他是吧？一直忘不了他是吧？这些东西也能勾起你对他的回忆思念？那干脆毁了吧！"

他一挥衣袖，一道火光轰向墙角的那些书架！

宁雪陌大惊失色，急用术法阻拦，在那排书架前弄了一道屏障。火光撞在屏障上，力量异乎寻常地大。

宁雪陌被震得脸色微微发白："你疯了！"

洛九宸眯着眼眸道："我看你能阻拦到几时？！本座要做的事还没有做不到的！"他干脆连连挥动衣袖，无数道火光分别向四面墙上的书架轰去！

他是成心要毁了这里！

宁雪陌脸色大变，神九黎的东西基本都在这间书房里，如果被毁了就什么也没了！

她几乎是不假思索地猛然祭出木系水墙术，在书房四周设下了阻拦结界，将所有的书架都保护在里面。

洛九宸那一道道火光接二连三地撞在她设出的结界上。

他的神力和神九黎差不多，宁雪陌的功力又没有完全恢复，如何是他的对手？

她被震得脸色雪白，直接吐了血。

"闪开！"洛九宸沉下脸道，"今天本座非毁了这里不可！"

"你做梦！"宁雪陌只回了他一句话。

"很好，那你就看看本座是不是做梦！"洛九宸也怒了，手指连弹，无数火球呼啸着翻飞，风声锐利，哨子似的响声入耳惊心。

很显然，他为了毁这些书，用出了八成力道。

这样的火球不要说轰书架，就算轰一座宫殿也足够了！

每一枚火球都足以让一座宫殿直接碎成渣渣！更何况是这么多枚？

火球全部轰在了宁雪陌制造出来的结界上，让她身形连晃，眼前金星乱冒，所设的结界也发出即将破裂的咔咔声……

只见宁雪陌喷出一口血，却依旧固执地挺立在那里，一步不退！

洛九宸大概没想到她为了保护这些书会这么拼，他又喝多了酒，也被激发了性子，仰头一笑："阿陌，看来本座不给你个教训，你是不知道天高地厚！"

他干脆一掌向宁雪陌轰了过去！

紫光如电光，刺目般闪亮，他居然丝毫没留情！

宁雪陌脸色发白，诛天剑已出鞘，将那紫光横截下来！

霹雳一声响，宁雪陌被震得连退数步，诛天剑被那紫光一激，疯了似的在宁雪陌手中颤抖，剑柄一片紫红……

这紫光显然不是一般的火光，诛天剑被紫光烧红后，温度高达上千摄氏度，如果是普通的钢铁剑，早被紫光直接熔化了。

诛天剑虽然是神剑，也被烧得如刚刚烧红的烙铁一样烫手！

剑身内传出阵阵厉啸之声，那是被禁锢在里面的魔灵的痛苦呼号。

宁雪陌的手掌上虽然加持了念力，也被剑柄烫伤，她却紧握住剑柄不放，只觉剑柄上有无数妖异的力量向她的手臂里钻，迅速传遍全身……

她原本的一双黑眸渐渐转红："洛九宸，你要毁了这里除非从我的尸体上踏过去！"说完她将诛天剑横在胸前。

她越这样，洛九宸越怒！

他眸中现出狠辣之色："阿陌，这是你自找的！"

他有心给宁雪陌一个血的教训，也想在她面前给自己立一下威，让她知道进退，知道如今这天下是他说了算，他才是这个六界的共主，任何人都不能挑战他这个权威！

他不会把她打死，会给她留一口气。反正他也有本事再将她救活，不怕她跑到哪里去。

抱着这个目的，他对宁雪陌下了狠手！

一道道紫光接二连三地向着宁雪陌砸过去。

宁雪陌拼命抵挡，誓要与这间书房共存亡……

"不要伤我娘亲！"门外忽然传来一声童子尖锐的呼喝，一道小小的白光向着洛九宸打了过去！

"念陌！"宁雪陌脸色一变！她可以豁出命去，但孩子不行！

"念陌，退后！"她拼命向着小念陌的方向扑过去。

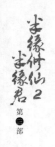

神念陌发出的那一道白光对洛九宸自然构不成任何威胁，洛九宸甚至都没有躲，那白光尚未近他的身便被他化去了。

洛九宸原本就看神念陌不顺眼，这时候见他冒出来，几乎是想也不想，一掌就朝神念陌拍过去！

宁雪陌原本受了重伤，但她为了救儿子也是豁出命去了，身形如电地扑到儿子身上，几乎同时，洛九宸的紫光球也轰到了，正砸在宁雪陌的后背上……

宁雪陌身子一软，却拼命将儿子向外一推："快跑！"

神念陌被推了出去，宁雪陌扑倒在地，后背像是要裂开一般，眼前阵阵发黑……

"娘亲！"小念陌大叫一声，转身直接扑在了宁雪陌身上。

洛九宸一挥袖，又一道紫光球向着小念陌砸过去！

"小主人！"八大神兽一起现身，八道身影分别发出不同的光波，交错着出现在这娘儿俩上空。

但洛九宸所发出的紫光球的功力实在是太强，八大神兽联手设的结界也无法阻挡住他这一击。霹雳一声响，紫光球将那结界击了个对穿，八大神兽所设的结界琉璃般消散。

紫光球却停也不停，依旧向着小念陌射去！

连宁雪陌和八大神兽联手也无法阻拦的紫光球如果击中小念陌，小念陌十有八九会被直接轰成碎片消失！

宁雪陌想要阻拦，但全身的骨骼像是要裂开似的，不要说阻拦，她就算抬一根手指也难……

轰！那道紫光球终于击在神念陌身上！

宁雪陌心胆俱裂，正要拼命去抱儿子，不可思议的一幕却发生了！

神念陌身上忽然爆发出一层刺目的白光，紫光球击打在白光上发出一声巨响后，居然又流星般飞了回去，而且比来时的速度足足快了十倍！

洛九宸怎么也没想到自己打出去的招数会再飞回来，一时躲避不及，被紫光球击中了胸口……

咔啦一声响，洛九宸险些被他自己的紫光球击得飞出去。他接连向后退了好几步，眼前阵阵发黑。

胸口剧痛无比，他下意识地用手一摸，发现自己的肋骨断了三根，胸口一闷，哇的一声吐了出来，吐出来的有酒也有血……

洛九宸摇晃了一下，又重新站稳，不相信地向着神念陌看去。

神念陌已经蹦了起来，小小的身子阻拦在宁雪陌前方，瞪着洛九宸，一双大眼睛里几乎喷出火来："不许伤我娘亲！"小家伙没受一点伤，这一嗓子中气十足。

而宁雪陌伏在地上，脸色雪白，嘴角有血流下。

她显然受了极重的伤，却依旧强撑着保持清醒，几次想要爬起来将儿子护住，奈何力不从心……

"阿陌……"洛九宸吐了酒，神志恢复了不少，看到这样的宁雪陌，心中一痛，欲走上前来。

"不许过来！"神念陌像只发威的小老虎似的站在前面，与此同时，八大神兽围拢过来，将宁雪陌护在中间。

"你给我滚出梵天宫！这里不欢迎你！"神念陌眼睛全红了，小拳头捏得咔咔直响！

洛九宸足下一停，冷笑道："本座想你误会了，这里是神居住的地方，现在本座是神，这里是本座的地盘！"

"胡说八道！这是我父君的地方，一草一木都是我父君的！和你没一毛钱的关系！你滚！"

"梵天宫是天道为守护者所建，不是一家一姓的。只有守护者才是这里的主人，你父君早已魂飞魄散，再不会回来。本座现在是天道守护者，所以这里是本座的地盘，真有人要走的话，也是你们走！"洛九宸怒。

"浑蛋，你才魂飞魄散！我父君只是闭关养伤去了，他还会回来的！你滚出这里！不要玷污了这里！"神念陌怒叫，如果不是知道自己不是这人的对手，神念陌早动手打人了！

他恨不得发一道光，将这个人扔出梵天宫！

"这是你的第三个要求？"洛九宸忽然开口。

神念陌头脑一热，就要答应一声"是"。

"念陌……"宁雪陌忽然强撑着叫了他一声。

这一声让神念陌瞬间清醒，忙闭了嘴，然后冷冷地冲洛九宸说了一句："你做梦！"然后他转身急忙去看娘亲，一看之下，眼泪又涌了出来。

他的娘亲受伤太重了！

她脸色苍白得像雪一样，几次试着想爬起来，却都无法成功。

一动之下，她又吐出血来。

洛九宸的目光落在宁雪陌的身上，眸底闪过一抹后悔之色，他这一次动手，只怕会将她推得更远……

可是他对她好她就能回心转意吗？

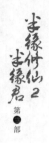

怕是不会吧？！

既然如此，那他干脆雷霆手段到底吧！

他看了看四周的墙壁，眸中闪过一抹厉色。那个人在这里的痕迹太多了，他不如将其全毁去一了百了！

他猛然一挥衣袖，八个光球向着四壁飞了出去！

宁雪陌脸色大变，神念陌更是尖叫道："不许你毁我父君的东西！"小身子不顾一切地向着一个紫光球扑了过去！

轰轰轰——四壁的书架被光球击中，猛烈晃了一晃。

与此同时，小念陌的身子也撞上了一个光球。

于是，诡异的情况又发生了，小念陌身上又爆发出极亮的白光，将那紫光球给反弹了回去……

洛九宸在小念陌扑出去的那一刻就有所准备，一见那紫光球又反弹回来，俊脸一黑，立即又射出一枚光球，去阻拦反射回来的光球……

两个光球相撞，发出惊天动地的巨响。

洛九宸飞了出去，砰的一声撞在一面书架上，撞得那书架又晃了一晃。

他眼前阵阵发黑，接连两次被自己射出去的光球以十倍的力量击中，就算是他也有点承受不了，再次吐了血。

"少主，他伤不了你！"白泽欢叫起来，像是想起了什么，"他伤不了将他放出来的人！这一定是神尊早设置好的，怕他恩将仇报，所以有这样的设定……"

神念陌也明白了，胆气顿时壮了不少。

"咦，他也毁不掉这里的书架！一定是神尊在这里设置了什么，任何人都破坏不了这里的东西！"腾蛇也叫了起来。

洛九宸的目光在四周书架一转，受了他那样的重击，这些书架居然还好好的，上面的书一本也没掉下来！

他这还真是被打脸了！

洛九宸大怒，他就不信他堂堂"次神"连几面破书架也毁不掉！

可是……有这个孩子在这里，这孩子一旦去护这些书架，他还得被反噬……

洛九宸到底狡猾，一扬左袖，一个紫光球向着宁雪陌射去。

与此同时，他扬起右袖，向四面书架射出的却是能够燃尽一切的红莲之火……

小念陌果然护他娘亲要紧，挡住了那枚紫光球，却无法再去挡那些红莲之火光球。

红莲光球射在了书架上，书架蓦然移动起来，四面书架在大殿内团团一转，居然

682

由四面变成了十六面，十六面书架上腾起白光，十六道白光在空中交织，一道白色人影在白光中缓缓现身。

洛九宸猛然后退了一步！

神念陌则欢叫起来："父君！"他跳起来就扑了过去！

他满以为能跳入父君的怀抱之中，却没想到又像上次一样，他小小的身子自那白色人影身上直接穿过……

那白色人影是虚的！

小念陌呆了呆，总算有了经验，眼巴巴地望着父君的虚幻之影，大眼睛里蓄满了泪。

宁雪陌终于缓过那一口气来，在穷奇的搀扶下勉强站起来，也看着那个影子，眼睛阵阵泛酸，却死死抿着唇！

她比神念陌见识多，知道这只是影子，类似科幻小说中的四维成像技术，一旦被触动什么机关，这影子就会显现出来……

看来神九黎什么都想到了，想到洛九宸一旦被放出来，说不定会毁掉梵天宫的东西，所以提前设置了这个机关。

"神尊！"虽然只是出现一个影子，但八大神兽还是拜了下去，如从前那样叩首。

那影子白衣黑发，一如他平时的装束，神情也如从前那样冷淡，目光落在洛九宸身上，缓缓开口道："不得毁坏梵天宫里的任何东西！不然你必定后悔！"声音如冷泉，在空气中淙淙流过。

洛九宸一愣，眯起一双眸子，看着眼前这个影子，眸底是刻骨的恨意。

蓦然，他仰头一笑："神九黎，你已经死了，还要管东管西的吗？！"

"不得毁坏梵天宫里的任何东西……"那个影子再次开口，机械地重复先前的话，只是这一次声音似乎更冷。

"好，本座不毁坏你梵天宫里的东西……"洛九宸又笑了起来，笑容依旧倾城，却给人一种森冷的感觉。

"那我就在你面前欺负你的娘子如何？"这一句话落地，他蓦然一伸手，一道紫光向着宁雪陌射去。

神念陌等人的注意力都在神九黎的影子上，一时不防被他得了手。

宁雪陌腰肢一紧，眼前一花，人已经落在了洛九宸的怀里。

"娘亲！"神念陌大惊，直扑过来，"放开我娘亲！"

洛九宸此刻也明白了不能攻击神念陌，所以他带着宁雪陌迅速一退，避开了神念

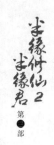

陌的冲撞。

他也豁出去了，现在他已经把人得罪透了，那就不妨得罪到底，让这些人知道进退，知道谁才是这里的主人！

宁雪陌全身如裂开般疼痛，她想挣扎，只是苦于没有力气。洛九宸嘴角勾起一抹残忍的笑意，手指钩住了宁雪陌的衣襟："阿陌，你还不死心吗？他护住了儿子，连这些书架也护着，唯独不肯护着你，可见他并没有将你放在心上，你又何必为他守身？倒不如跟了我，我会让你做我的神后，从今以后你就是一人之下，万人之上，受万众朝拜，岂不更好？"

这一番挑拨的话十分恶毒，无奈宁雪陌压根儿听不进去。她抬手就要发出魔力，奈何被他禁锢着，一时动不了手。

"阿陌，你太固执了！既然如此，就别怪我用雷霆手段了……"他手指一钩，刺啦一声撕开了宁雪陌的衣襟！

神念陌眼看着娘亲被欺负，眼睛几乎喷火，一次次地扑击洛九宸。

但只要洛九宸不攻击他，他就拿对方无可奈何。

洛九宸在屋子里飘忽移动，让神念陌一直扑空。

而他也在这过程中，将宁雪陌身上的外衫全部撕开……

八大神兽也怒到了极点，这位魔主虽然没有和神尊正式成亲，但在八大神兽眼里她已经是女主人，此刻眼见她受辱，如何甘心？八大神兽也纷纷扑击洛九宸，想让他放下人……

原本安宁祥和的书房里顿时混乱不堪……

宁雪陌身上的穴道已经被点，她连挣扎的力气也没有，在洛九宸的手指抚上她的肌肤的那一刻，她眼眸里像染了血，一字一顿地开口："洛九宸，你会为今天所做的一切付出代价！"

她的声音冰冷得如同诅咒，让洛九宸猛地一僵！

他蓦然停住身形，小念陌趁机双眸血红地扑过来，直接扑到洛九宸身上，抱着他的手臂就咬！

洛九宸身上有防护结界，原本小念陌咬不到他，但眼前这小家伙不知道是不是身体特殊，那一口小白牙居然直接咬中了他的手臂肌肉，深深入肉，鲜血瞬间渗出！

他疼得一哆嗦，猛然一甩手臂，将小家伙甩飞了出去。

洛九宸用的是普通的物理攻击，只是将小家伙丢出去，没有出招伤他，所以没有遭到反噬。

神念陌用小脚在墙壁上一蹬，凌空一翻，又像一枚炮弹一样冲了回来，眼睛已经血红："放开我娘亲！"

父君曾经说过，让他好好学习本领，长大了保护娘亲，可是现在娘亲被欺负了，他却无能为力，这几乎让他要疯掉！

小小的孩子平生第一次愤怒到了极点，全身的血液像是要沸腾了一般。

眼看他又冲过来，洛九宸一皱眉，再次躲开，却哈哈一笑："小念陌，想要让本座放手只有一个办法，把它作为第三个条件说出来！要不然你只能眼睁睁地看着你娘亲被我欺负……"

神念陌眼睛血红："你……"

"念陌，不能冲……"宁雪陌急忙开口，只是话没说完，又被洛九宸点了哑穴。

洛九宸阴恻恻地望着她："你宁愿自己被我欺负，也不想让我做这天地共主吗？！你还想着他能回来？！"

他抬手又去撕她单薄的里衣……

"我的第三个条件是，你不能动属于前神尊的任何东西！包括人！"小念陌忽然一字一顿地开口！

洛九宸顿时浑身一僵！

他以为小念陌提出来的要求会是"放下他的娘亲，不能对他娘亲不利"，却没想到小家伙居然提出这样一个要求。

他不想答应，正要反驳，小念陌再次开口："这是唯一的条件！我发誓，绝不会更改！我数到十，你如果不答应，那你就永远不会听到第三个条件，你也永远成不了什么天地共主！"

小家伙这番话说得铿锵有力，洛九宸又是一僵。

眼见小家伙数数飞快，就要数到十，洛九宸到底不想和这唯一一成为天地共主的机会失之交臂，一横心道："好，本座答应你！"

随着他这一声应诺，天上落下一道金雷，代表着承诺成立。

与此同时，洛九宸身上也冒出了一圈圈灿烂的七彩光，渐渐在他身后形成一个光圈，如同佛光。

他终于成为天地共主了！

他终于成为天道守护者了！

既然承诺了，他便不能再罔顾宁雪陌的意愿侵犯她，要不然他会重新被关回钟里，永生永世再难出来。

他将宁雪陌放下，并顺手拍开了她的穴道："阿陌，对不住，本座也是没有法子，并不是真正想伤害你……"

　　回应他的是宁雪陌劈手挥来的一巴掌，正拍在他的俊脸上，声音异常清脆响亮。

　　他眼眸一闪，生生受了，宁雪陌受重伤，能使出来的力气有限，打他这一巴掌也最多让他脸颊红上一红，并没有给他造成实质的伤害。

　　"阿陌，我知道你心中有气，那我就给你打几巴掌出气好了。我绝不会躲避。"洛九宸嘴角还含着笑意，眼神甚至称得上诚恳。

　　从今以后他如果想要得到宁雪陌，只能真正追求，不能有丝毫勉强。

　　他以为宁雪陌听他说完这一句后，会说上一句"我才不会打，我还怕脏了自己的手"，他甚至想好了应对之策，却没想到宁雪陌嘴角一勾："好，这可是你说的！"

　　她抬起手，噼里啪啦接连打了他几十巴掌！

　　洛九宸因为有那句"不会躲避"的话说在前面，自然只能生生地受着，一张俊脸被扇成了紫茄子。

　　他笑不出来了，到最后终于后退一步，避开宁雪陌的手："你……够了吧？"

　　宁雪陌喘了几口气。她毕竟重伤，也就勉强能站着，此刻手腕都变得酸麻了。她揉了揉手腕，只对洛九宸说了一个字："滚！"

　　洛九宸恼怒道："要滚也是你们滚，本座现在是真正的梵天宫主人……"

　　宁雪陌再吸一口气道："好，那我们走！"

　　洛九宸一窒："本座并没有赶你们走……"他似有些懊恼，"这里虽然已经属于本座，但你们也可以住在这里，本座并非如此不仁之人……好了，天色不早了，本座去歇息了。"他转身急急走了。他知道再留在原地，只会让事态发展得越来越严重，所以还是走为上策。

　　宁雪陌目光微微闪动，这浑蛋走了正好……

　　她会离开，但是会带着该带的东西离开……

　　梵天宫的大门在身后缓缓关闭。

　　八大神兽簇拥着宁雪陌和小念陌走出了宫门。

　　洛九宸站在门口，还不死心，目光落在宁雪陌身上："阿陌，你一定要离开？"

　　宁雪陌没理他，让穷奇驮着她向前走去。

　　"阿陌，以后我一定会让你再回来的！"洛九宸在后面如同发誓般说道。

　　宁雪陌依旧没回头，只是嘴角浅浅地勾了一下。

　　她确实会回来，回来要他的命！

　　八大神兽簇拥着两个人，头也不回地走了，渐渐消失在远方。

　　洛九宸独自站在梵天宫门前，看着宁雪陌的背影，手在袖子中握紧。

半晌，他缓缓笑了。

看来这丫头还是很健忘呢！

她忘记五万年前她丧失功力被赶出梵天宫后的下场了？

这次她虽然没有丧失功力，但受了这么重的伤，和丧失功力也没多少区别，这样的她如果回到魔界，无疑是羊入狼群……

他只要再给魔界的人透露个消息，五万年前她的悲剧肯定会再次上演。

他碍于誓言确实不能亲手伤害她，但不代表其他人不可以伤害她。他只要不亲自动手，就不算违背誓言……

等她再被折磨得半死不活后，他再把她救回来吧。

那样她就会明白，除了梵天宫她哪里也不能去，自然会寻求他的庇护，答应他的任何条件。

他转身看了看梵天宫的宫门，脸上终于露出真正的笑容。

他终于成了梵天宫的主人！

他走到神九黎的书房门前，推门想要进去，想看看神九黎留下的那些书。既然不能将其毁掉，那他看看总可以吧？

没想到他这一推之下却遇到了阻碍……

门消失了，整个书房被一团白光笼罩起来。

洛九宸愣了片刻，发出一声冷笑，开始想着破门的法子。

半个时辰后，他看着依旧浑然一体，如同一个鸡蛋壳子似的书房终于放弃……

看来神九黎防他更甚于防贼！对方知道这梵天宫以后会易主，所以提前做好了各种准备！

洛九宸确实住进了梵天宫中，可是好多地方他都进不去！

譬如神九黎的书房、寝宫，甚至宁雪陌住过的那间偏殿，都有厚厚的打不开的结界，仿佛从宁雪陌他们离开的那一刻，这些结界就自动启动，不再允许任何人进入。

"娘亲，我们要去哪里？"念陌小心地问自己的娘亲。

"回陌宫。"宁雪陌回答了三个字。

白泽紧跟在这娘儿俩身边，不放心地道："魔主，您现在身受重伤，恐怕陌宫里的群魔会生变……"

他们是在五万年前活过来的，当年小魔主失去功力被魔界的人捉来捉去的事，他们是知道的。

宁雪陌笑道："放心，今时不同往日。"

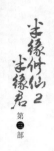

她脸色苍白得厉害，连唇色都是白的，这一笑之下却有一种神采飞扬的味道，让人只想相信她。

白泽不说话了，八大神兽更紧地围绕在两个人周围。

半天后，白泽总算明白宁雪陌所说的今时不同往日是啥意思。

在宁雪陌回到陌宫的那一刻，禾木总管、陌宫八名护法、十六位长老、三十二位护卫，以及众多魔界有头有脸的人物都迎了出来，黑压压地跪了一地："迎接魔主回宫！"欢呼声震动天地。

尤其是禾木总管，真是贴心到极点。他一看宁雪陌脸色不好，立即命人抬来一顶极舒服的软轿，有两名女护法过来，小心地将她扶入了轿中，一路将她抬进去。

宁雪陌已经很久没有回来了，她的寝宫却依旧打扫得干干净净，一点灰尘也没有。

一刻钟后，宁雪陌已经歪在自己的床上歇息，身下是软软的如云般的被褥，禾木总管流水般送来无数种疗伤的圣药，几名女护法亲自在殿内伺候宁雪陌，其他人则戒备地散在陌宫周围，防备其他界有人来袭。

一切的一切都是那么有条不紊，八大神兽本来还想只要发现苗头不对就驮着人跑路，此刻见到这种情景，一个个吃惊地睁大了眼睛。

这些魔都转性了？

魔不都是只讲究对自己有没有好处，翻脸无情的吗？这次是怎么了？

他们还不放心，有六个虎视眈眈地巡逻在宁雪陌的寝宫周围，有两个则留在她的寝宫内。

白泽和螣蛇是最细心的，他们唯恐这些魔做表面文章，背地里算计宁雪陌，所有送到宁雪陌跟前的药和食物他们都要不动声色地检查一下，确认没什么古怪，才让宁雪陌服用。

为了方便，白泽和螣蛇还专门变化出了女身。

他们毕竟是雄性动物，骨子里还是以威武雄壮为美，变化出来的样貌看上去也雄赳赳气昂昂的，标准的女汉子样，大眼一瞪，能吓退一批人！

他们两个一左一右地守在宁雪陌的床头和床尾，除了神念陌外，不许任何人靠近，送给宁雪陌的东西必须先让他们过目。

禾木总管自然看出了他们的防备，忍不住抚了抚额，试图和他们讲理："两位，这是我们的魔主、我们的主人，我们拼死效忠的对象，我们绝不会有二心，你们防备我们是不是太过分了？"

白泽丝毫没有要通融的样子："特殊时期，不得不防！"

禾木总管："……"

宁雪陌休养了片刻，也慢慢回过神来，挥了挥手："白泽，他们是自己人，无须防备。禾木，你过来……"

禾木松了一口气，忙走上前，宁雪陌强打着精神向他吩咐了一些事宜，禾木总管立即答应一声去了，着手安排。

宁雪陌又闭上了眼睛，洛九宸将她伤得不轻，几乎动到她的本元，没有十天半个月，她是恢复不了的。

她明白洛九宸的算盘，知道他正等着看她被人追杀，最后再去向他求救……

但他忘记了，现在的宁雪陌已经不是当初单纯莽撞的小雪陌！

小雪陌是凭借铁硬的拳头坐上魔主之位的，并不懂御人之道。

那时候听话的属下虽然不少，忠心的属下却不多，更何况她那时刚刚平复魔界各种叛乱，魔界的各路魔王被她夺去了地盘，对她恨得牙痒痒的多，就算对她服从那也是没办法，骨子里还是时时刻刻想把她推翻的。

所以那样的她一旦落难，便会成为众矢之的，落得那么个下场。

而现在的宁雪陌极懂御人之道，又为魔界抢得好地盘，让他们能够真正休养生息，魔界的这些人对她是真正敬服和感激，所以她就算落难，他们也不会造反。

尤其是像禾木总管他们这些忠心的属下，她落难时，他们只有拼死保护的份儿……

再者，她前阵子刚刚封印了紫煞，几乎救了六界，六界中人对她早已没有了敌意，所以会趁火打劫的人已经是少数。

洛九宸毕竟没有真和她弄得水火不相容，他甚至还在设法挽回她，这种情况下，他最多就是在背后算计她，搞一些小动作，而不会在明面上对她不利……

宁雪陌将所有的利害关系都考虑到了，所以才会大模大样地回陌宫。

一来这个地方灵力极浓厚，对她休养有好处。二来，有这些忠心的属下在这里，她和小念陌的生命安全比较有保障。

事实证明，宁雪陌的判断是极正确的。

禾木总管对陌宫群魔进行了重新调配，将陌宫保护得像铁桶似的，就算一只苍蝇也休想飞进来！

这样的保护之下，就算群魔中有个把人心怀叵测，也不敢轻易动手。

至于外面其他界的那些人，大部分是按兵不动的。

就算有极少数人被洛九宸放出去的消息挑拨了，跑来想捡个现成的便宜，还没靠近她的寝宫，便被埋伏在陌宫中的各路高手截杀，连个囫囵尸体也没留下。

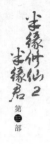

阿陌魔主受重伤垂死的消息已经在六界传得沸沸扬扬，但真来找麻烦的人还真不算多。

其他各界的首脑人物甚至专程来看望过她，当然人心不齐，有的人是诚心来探望，有的人则是来探查她的伤势到底如何，以便判断有没有便宜可捞……

宁雪陌通通以身体不适为由推了，一个人也没见。

当然，禾木总管是个八面玲珑的人，他客气又不失风度地将那些人打发走了。

就算那些怀有二心的人来了，看到戒备森严的陌宫以及雄赳赳气昂昂似乎要找个倒霉鬼吃肉的八大神兽，也把坏念头给打消了……

转眼又是十天过去。

宁雪陌在陌宫之中活得很滋润，伤也好得比较快。

至于念陌，他练功更勤奋了！

他必须好好练功，让自己早日强大起来以便保护娘亲，他绝不允许上次的事情重演！

这十天陌宫倒也风平浪静，宁雪陌虽然一直在寝宫中养伤，但对外面的消息还是一清二楚的。

洛九宸登上天地共主之位，为了让六界知道，他还挺能折腾的。

前前后后他已经召开了三次六界大会，让六界的首脑认识他这个六界新至尊，每次大会弄得都很盛大、很威风。

而且每一次他都会给陌宫送帖子，邀请宁雪陌参加。

宁雪陌知道这个时候不能和他对着干，她自己虽然不去，但还是派了人前往，让洛九宸一点错处也抓不到，自然不能公开对魔界发难……

六界处于一个微妙的平衡状态，内里虽然波涛汹涌，但表面还是一片祥和。

洛九宸很会作秀，他为了提升自己的威信，还是为六界做了一些好事，加上他处事八面玲珑，倒也慢慢聚了一些人气，有了一批为他效忠的属下。

入夜，宁雪陌正在床榻上闭目休息。

外面禾木总管忽然送来一个帖子，是张邀请帖。

帖子十分精致，银白的封面，封面上画着巍峨的建筑，正是梵天宫。

是洛九宸派人送来的，他已经以梵天宫主人自居，帖子大体内容就是一个月后八月初八是个吉利日子，洛九宸会在那一天正式登上天地共主之位，故而办个普天同庆的大会，邀请宁雪陌这个魔主参加。

言辞甚是恳切，字里行间透着一股优雅高贵之气。

宁雪陌没说话，只是笑了笑，将那帖子随手一撕，扔在地上。

禾木总管会意，将那帖子捡起来远远地丢了。

天上斜挂着一弯冷月，宁雪陌站在一个小院中。

这个小院曾经是神九黎居住的地方，里面的东西已经恢复如初，一切都是按照他在这里时的样子来布置的。

"九黎，你到底什么时候回来？你再不回来，你的位置就真的要被人抢走了。"宁雪陌站在小院中，手扶在一株大树上，望着天空出神。

她的身体还很虚弱，但好在已经能正常活动，她白天睡得有点多，晚上就有点睡不着，收到那个邀请帖以后就更睡不着了。

她便索性走出来，信步走到了这小院中。

这小院已经很久没有人来，带着一种冷清的味道。

她在小院中转了一圈，又停在那花圃前。

花圃里长满了杂草，看上去有些萧条。

宁雪陌蹲下身子，开始拔那些杂草。这里曾经是他精心捯饬的地方，里面哪怕没有天火花，也不能让它成为各色杂草丛生之地。

她拔着拔着忽然手指一顿。

她居然看到一个小鼓包，刚刚破开一点地皮，掩映在那些杂草中。宁雪陌如果不拔草的话，绝对看不到它。

难道那天火花又长出来一棵？

宁雪陌小心地将那小土包上的土揭开一点，然后……愣住了！

她看到的是一株小小的荷叶幼苗……

那幼苗只有两个嫩嫩的小嫩芽，碧绿得如同翡翠，颤巍巍地冒出芽尖儿，和周围的杂草浑然一体。

宁雪陌在原地顿了片刻，伸出指尖去抚摸那幼苗，隐隐感觉上面似有灵气流动。

那嫩叶还真不是一般娇嫩，宁雪陌的手指一到，它们立即像含羞草一样合拢了……

宁雪陌本来想为它除去周边的杂草，但想一想又作罢。

木秀于林，风必摧之，让它孤零零地在这里，更容易出危险，倒不如让这些杂草和它做伴，这样更无人注意，它还能长得苗壮些。

侍弄完了那株奇异的荷，宁雪陌干脆进了那间屋子，躺在他曾经睡过的床上，迷

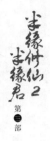
迷糊糊地睡了过去。

宁雪陌看着下面的两个人，有些蒙。

古香古色的书架，古色古香的书桌，书桌上一个陶制花瓶，花瓶中一枝白玉兰正开放。

小雪陌坐在桌前，正紧皱了眉头，手里紧握着一支笔在那里写字。

而神九黎坐在旁边自己和自己下棋。

岁月静好，这画面给人一种很温馨的感觉。

"好累，我不写了！"小雪陌抛掉了手中的笔，摇了摇手腕，"手臂都酸了，比我打一场架还累。"

神九黎头也不抬："写够二十张了？"

小雪陌看了看旁边的纸，还数了数，皱起好看的眉头："二十张太多啦！本座还小，没必要写这么多。本座其实已经进步很多了。"

她抄起一张刚刚写好的字，跑到神九黎跟前，将那张纸在他面前晃来晃去："你看，你看。"

宁雪陌也好奇地飘下去观看，看了以后忍不住揉了揉额。

小雪陌肚子里的墨水真的不多，这字写得张牙舞爪的，实在说不上漂亮。

神九黎看也不看，一把扯过她那张纸，指尖一弹，那纸直接化为纷纭蝴蝶："重写！再罚十张！"

小雪陌眉毛挑得高高的："我不要写了！我是魔主，就算不写这些东西也活得挺滋润的，为什么一定要写这个？"

她转身想跑出去，但神九黎的一句话生生定住了她的脚步："你还想不想嫁给本座？"

小雪陌将快要迈出门的脚收回来，乖乖地回答："想！"

她似乎想起了什么，蹲在神九黎脚边，一只小手扯着他的衣袖，像是有些烦恼："九黎，我们也算是同房过了吧，我怎么还没长高？"

啪！神九黎手中的棋子落在棋盘上。他瞄了她一眼，不动声色地扯回自己的衣袖："你的身高和同不同房没关系。"

撤回衣袖的同时他又拍了拍她的头："乖，去练字。"

小雪陌抿了抿唇："那我的身高到底和什么有关系？"

"放心，本座以后会让你长大、长高，现在去练字。"神九黎又开始下棋。

小雪陌嘟着嘴回去练字了。

宁雪陌看看这个，再看看那个。她现在明白了，她的魂魄搞不好又穿越了！她又回到了五万年前……

看来她当时离开后，小雪陌就自己苏醒了，还恢复了萝莉样貌，不知道神九黎有没有察觉？

他们又同房了？不是吧？

宁雪陌心中胡乱猜测，目光又落在神九黎身上，他的目光正落在小雪陌身上。

宁雪陌总感觉他的目光有些奇怪，仿佛是透过小雪陌的身子在看另外一个人……

书房门忽然被人敲响三声，传来一名女子的声音："九黎？"

宁雪陌愣住。她知道神九黎的这梵天宫平时压根儿不会有外人在，现在怎么忽然多了一个女人？对方叫他的名字还叫得这么熟稔。

"进来！"神九黎头也不抬地开口。

一名白衣女子袅袅婷婷地走了进来，手里托着一个托盘，托盘中有一碗粉红的粥，腾腾地冒着热气。

"九黎，为姐新熬制了一份新荷玉兰粥，你来尝尝。"

宁雪陌被白衣女子的这句话给吓住了！

姐？神九黎的姐姐？

他不是天生地养的神吗？怎么可能有姐姐这种生物存在？

她上下打量了一下那女子，觉得后者看上去有二十岁左右，眉眼清丽如画，是个美人，走动间似带了一种脱俗仙气，声音也柔和得如云一般。

异香满室，那碗粥果然煮得很地道，宁雪陌在魂体状态中也闻到了香味。

神九黎却似不在意："你不必弄这个，我并非贪图口腹之欲之人。"

"你尝尝吧。好歹我做了这一次，你总不能让我再倒掉吧？"白衣女子将碗放在他旁边的小几上。

神九黎瞥了那碗粥一眼，抬手揉了揉眉心，忽然看向已经停了笔，正眼巴巴地向这边看的小雪陌："你想吃？"

小雪陌不客气地道："想！"

"嗯，那就乖乖写完那一张字，只要写得好，这碗粥就赏给你了。"

"此话当真？"

"本座骗你个小孩子做什么？"神九黎轻轻勾了勾唇，"快写！"

小雪陌立即低头又写了起来，这次写得又好又快。

白衣女子俏脸有些发青："九黎，这是姐的一番心意……"

"嗯，所以本座才不会将你的心意浪费，把它用在最合适之处，必然不会辱没了

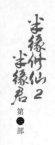

你的这碗粥。"

白衣女子无话可答了，摇了摇头，看了看在那里抄写的小雪陌："九黎，恕姐姐多说一句，明天你还有一场硬仗要打，为姐觉得你应该闭关恢复一下，而不是守在这里。这位魔主已经算是大人，她有自控能力的。"

"本座无须闭关。"神九黎答得毫不在意，再瞧小雪陌一眼道，"她淘气得很，不盯着的话，不会乖乖地写字。"他语气中的宠溺之意任谁都能听出来。

女子顿了顿道："这样吧，我替你在这里盯着她。你先去休息休息，毕竟你刚用融雪功为她解了毒，神力消耗太大。"

"无妨。"神九黎压根儿不想解释什么。

女子抿了抿唇，叹了口气："随你吧。那你明日那场大战……"

"本座心里有数。"神九黎打断她道。

"什么大战？我也去！"小雪陌扔下笔，一双眼睛闪闪发亮。

"你现在武功尽失，跟着去只会添乱！明日乖乖待在宫里，不许乱跑！"神九黎的声音有些严厉。

小雪陌不说话了，鼓着小嘴又在那里抄写起来。

宁雪陌看着下面发生的一切，心中忽然一动。看神九黎这个样子可不像是转眼就会将小雪陌驱逐出宫的，后面到底发生了什么事，才会让他下那样的狠心？

或者是地母所说的话有误？

她又将目光落在白衣女子身上，又或者和这人有关？

片刻，小雪陌终于写完了几张字。她还是很聪明的，一旦有动力写，就写得极快。

那几张字写得有模有样，神九黎看过之后，比较满意，将那碗粥给了她。

那碗粥放了这么长时间，但经过神九黎之手递到小雪陌手中时，不凉不热正好。

小雪陌吃得眉眼弯弯的，眼里俱是笑意。

宁雪陌一直跟着这两个人，她看着神九黎带着小雪陌在某个灵力充裕的地方练了一会儿功，又看着他带着她上了那座独石高峰。

明月高挂，山风徐来，漫天星辰闪闪烁烁。

他悠悠弹琴，她则在旁边坐着抱着膝盖听。

小雪陌失去功力，就比较容易犯困，听了一会儿，她的头便一点一点的，不知不觉就睡着了。

琴声悠悠停下，神九黎侧眸看了看在旁边沉睡的她，低低地叹了口气，俯身抱起她，直接下了高峰向寝宫走去。

宁雪陌不知不觉地跟着，心里不知道为何七上八下的。

神九黎将小雪陌放上了床，为她盖好被子后，一挥袖，又在殿内另外设了一张床榻，他自己在那床榻上躺下，头顶一颗夜明珠照得这屋子有点亮。

他一挥袖，夜明珠就被什么遮住了，殿内暗了下来。

宁雪陌只能看到神九黎一双眼睛在夜色中微微闪亮。

他似乎是在看小雪陌，半晌后低低叹了口气："你什么时候变回来？我一直守着你，便是想让你变回来……"

他的声音原本就磁性偏低，现在则更低，简直要人命的好听！

宁雪陌心中猛然一跳，他不会是察觉到现在的小雪陌和那时自己附体后不同了吧？

他在等她再附体？

宁雪陌围着昏睡的小雪陌转了一圈，这附体不是想附就能附的……

现在她是无法附体的，只能做旁观者。

神九黎似乎有些辗转反侧，片刻后披衣而起，将夜明珠移到了桌子上，握了一本书看起来。

旁边的沙漏一点点地漏下，时间一分一秒地过去，宁雪陌看着他的影子出了会儿神。

等她回过神来向窗外看了看，外面已经有星光明灭，显然已经是深夜了。

宁雪陌皱眉，若她所料不错，明天神九黎应该是和洛九宸大战。按照历史来说，神九黎因为失掉大半神力救人，在那一场大战中败了并受了重伤……

洛九宸是个很变态的对手，性格变态，武功也变态。

神九黎就算不失去神力和他打架，应该也要付出全力吧？

他今夜真该养精蓄锐的，而不是在这里看闲书！

宁雪陌瞧了瞧他看的书的封面，不是术法书，也不是战术书，却是一本猎奇书……

书中所列的都是一些奇奇怪怪的事件，譬如一个人有两种性格，譬如借尸还魂等——

神九黎又将目光落在熟睡的小雪陌身上，低语："难道她也是双性格？那她另外一种性格什么时候再现？"

宁雪陌轻咳了一声，看吧，神九黎果然怀疑了！不过他怀疑她是双重人格——

她一个念头尚未转完，虚空中出现一股吸力将她猛然一拉，她便眼前一黑，身体

一沉。

过了一会儿，宁雪陌慢慢地睁开眼睛，抬手揉了揉眉心，再看了看自己的小手，无比实在！

很好，她又附体了！

她看了看桌前坐着的那人，想了想，便起身下了床，自背后靠近他。

神九黎背后似长了眼睛，头也没回地开口："吵醒你了？乖乖去睡吧。明日你还要做一些功课，我回来是要检查的。"

宁雪陌扑哧一笑："你拿我当徒弟养啊？"

神九黎背影微微一僵，回过头来，上下打量了她一下："雪陌？"

她有很久没看到他了，很久没抱一抱他！

虽然现在抱也是抱的五万年前的他，但宁雪陌不在乎！

宁雪陌懒洋洋地打了个哈欠，很干脆地扯开他的袖子，坐在他怀里，贪婪地嗅着他身上那清冷却极为熟悉的气息，咕哝了一句："大神，我想你了！"她还把头向他怀中蹭了蹭。

神九黎眼眸猛然一亮，将她扯离自己的怀抱，看着她的眼睛："雪陌？你是那个雪陌？"

宁雪陌抬头在他下巴上一吻："雪陌只有一个，只此一家，别无分号！"

这种说话方式、这种态度，和天真单纯的小雪陌大为不同！

是那个她！那个和他有过肌肤之亲的她！

神九黎依旧紧盯着她的眼睛："那日你说话说了半截就睡过去了，你所说的五万年是什么意思？"

宁雪陌忍不住揉眉头，地母说过，她是五万年后穿越过来的这件事绝对不能说！

她抬手搂住他的脖子，语气半真半假地道："大神，我想你想了五万年，呜呜。"五万年的时空穿越，她可真不容易！

她这次穿越过来是调查当年的真相顺便更改历史的！

她像只慵懒的猫似的在他怀中乱蹭，神九黎忽然抬手让厚厚的纱遮盖了夜明珠的光芒，然后抱着她起身，声音有些低沉："我也想你——你总算回来了！"

一道白光自她身上闪过，她的身形再次恢复到十七八岁少女的模样。

宁雪陌一呆，看了看自己雲时间有料的身材，嘴角抽了抽。

神九黎要干什么她自然很清楚，可是……可是他明天还要大战，不宜过多消耗体力……

她刚刚被放在床上，便向里翻滚了一圈，扯过被子来，靠里窝着，再打了个哈欠："天色不早了，我们各自睡吧。"

她脸冲墙躺着，听到床边一阵窸窸窣窣的声音……

夜明珠的珠光朦朦胧胧，却也在墙上留下略模糊的影子。

宁雪陌虽然没回头，却是能看到影子的，她看到他的影子正在慢条斯理地脱衣……

她的一颗心又怦怦乱跳起来。

她从再次附体在小雪陌身上后，就顺便把之前的那些事都接收了。

自己穿越回去后，小雪陌便自动回来了，同时身子也恢复成十二三岁的模样。

小雪陌并不知道到底发生了什么，但能感觉到神九黎对待她已经和原先不一样了。她的思维还停留在神九黎把她救回来后，不但不给她解毒，还把她闷在被子里不让出来，最后她被热晕的事情上……

她醒来后，不知道自己为什么会在那座孤峰顶上，还待在神九黎的怀中。

她一向喜欢钻神九黎的怀抱，当时见到自己被他抱在怀中，一双眼睛立即弯弯如月亮，问了他一句："九黎，你是不是要应我的亲事了？"她还伸出小手摸了摸自己的脸，有些苦恼，"可我的脸还花着，那药草呢？咦，那药草呢？对了，你险些闷死我呢……"

当时她说的那些话有些颠倒，神九黎原本目光复杂地看着她，听到她说完那一番话后，脸色都变了。

他二话不说探查了一下她的身上，怔了半晌后，再望着她的目光有些莫测："你把刚才的事全忘了？"

小雪陌则一脸茫然："刚才的什么事？"

神九黎当时似乎受了一点打击，脸色有些不对，一遍遍地打量着她。

他甚至还伸出手指轻按在她的眉心读取她的记忆，结果读取完了，他的脸色更加莫测。他没再说别的，直接带着她下峰了。

那几天神九黎待她很好，不但亲手为她治好了身上和脸上的那些抓伤，还天天亲自督促她读书认字，晚上和她同屋而睡，只是两个人分睡不同的床榻……

小雪陌是不懂，而神九黎是不想。

两个人同处一室，也相安无事。

神九黎依旧把小雪陌当孩子，当一个与众不同的孩子来抚养。

宁雪陌恢复小雪陌的这些回忆后轻舒了一口气。

随即她背后的床畔略一沉，很显然，神九黎上了她这张床榻。

宁雪陌心中一跳，下意识裹了裹被子，还没裹严实，便被人扯着一角扯开来，接

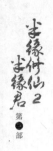

着她后背一热，他自她背后抱住了她。

"那个……大神，我觉得我们还是分榻睡比较好，我们不是一直分榻睡的吗？嗯……"她义正词严的话尚未说完，便被他转过身子用唇堵住……

他的动作依旧优雅稳定，说出的话却远远不是那么一回事："今夜本座不想和你分榻了……"

这句话他是贴着她的唇说的，他身上好闻的气息将宁雪陌全部笼罩着，她有些晕，明明没中什么药，体内的血却仿佛要沸腾起来。

他将她抱在怀中，深深地吻着，吻得她头昏脑涨，飘飘荡荡，再说不出一句话来。

但她在被吻得神魂飘荡的情况下，还能抽出一抹名叫理智的东西来推拒他："别……今夜不行……"声音刚刚出口，她自己也吓了一跳。那声音软糯得厉害，甚至还带着一种媚惑的味道。

她那点推拒的力量对神九黎来说，压根儿可以忽略不计。

不过，他还是比较尊重她的，抬起手半压住她推拒的手，将它们推到她的头顶，一双眸子极深极暗。宁雪陌和他对望的时候，有一种想要溺毙在他的眼神里的感觉。

神九黎就用这样的眼神含笑望着她道："为什么今夜不行？"

他的眼睛里映出了衣衫有些不整的她，仿佛他的眼里也只能有她。

宁雪陌心中像是有一根弦被人轻轻拨动，颤了颤，她却还是强撑着说了出来："你明日还有大战，不能过多消耗不相干的体力。"

神九黎笑了。

他极少笑，这一笑便有惊心动魄的感觉。

"不妨事。"他答了她三个字，手指慢条斯理地搭上了她的肩头，手指微动间，衣衫自她的肩头滑落，肌肤渐渐显露。

他亲吻上她的肩，另外一只手却镇定地挑开了她的衣带——

他的动作始终有条不紊，却也极为强势，容不得人拒绝。

宁雪陌原本就舍不得拒绝他，一晃神的工夫，她身上的衣裙已经离她而去——

他的技术似乎又有所提高，指尖虽然保持着十足的克制，但每到一处宁雪陌便觉体内似被撩拨出泼天大火，让她血液沸腾……

她心里被这大火催生出一股渴望，渴望和他合为一体，要不然就会空荡荡得难受——

她喘息加剧，忍不住攀住了他的脖子，小嘴里吐出几个字："你是学过的吧……"

698

他现在简直比得上调情高手了！让她所有的理智都丢盔卸甲，溃不成军。

她软在他的怀抱中，任他为所欲为。

他冲了进来，带着雷霆万钧的力量，还有微微的胀痛，让她空荡荡的心像是一下子被填满。

她心中忽然莫名一酸，原本揽在他腰背间的手紧了紧，指甲在他后背上掐了几道印子，忍不住吐出了几个字："你……轻些……"

一场欢爱也不知道持续了多长时间，直到宁雪陌连连告饶三次他才意犹未尽地停止。

为她清理干净后，他却并未放开她，依旧将她揽在怀中。

宁雪陌窝在他怀中，鼻中满满都是他的味道，觉得异常安心。不过她也没忘记她的目的，掌心贴着他的小腹，想试试他身上神力少了没……

她却忘记这具身子是失去了功力的，她按上后，发不出探查的念力。

他的腹肌是真结实，他穿着衣服仙气飘飘，不穿衣服时没想到身材这么有料，六块腹肌肌理分明，带着一种隐隐流转的劲力，手感还这么好！

她乱摸的小手被他握住，他似笑非笑地望着她："还想来一次？"

不要了！再来一次就天亮了！

宁雪陌挣出了自己的手，想了想，干脆地问道："你又对我使用融雪功解什么毒了？"

她是来更改剧情的，就怕既定的设定不好改。不会她身上还有其他毒需要神九黎耗费一半神力来解吧？

那样的话，这一场大战他还是会败……

"没有。"神九黎回答，暗夜中他的眼睛微微闪亮，"雪陌，你到底是怎么回事？"

宁雪陌心中一跳，装糊涂地道："什么怎么回事？"

"明明是一个魂魄，但你的性子却时常变化……"

宁雪陌懒洋洋地回道："人的性子总会有所改变的。"她知道她不能说自己来自五万年后，所以想了想，便说了句模棱两可的话，"就像一个人，八九岁时候的性子和二十几岁时候的肯定不一样，对吧？"

神九黎望着她的眼神有些深沉："你的意思是说，你现在的性子是你长大成熟以后的性子？"

他果然聪明！

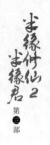

宁雪陌打了个哈欠："我倦了，睡了，我们睡了！"她索性把身子转过去，背对着他。

后背半晌没什么动静，宁雪陌侧着耳朵听了听，听到他依旧没什么动静，松了一口气。

他这是睡着了吧？

睡着好！睡好了明天他才有精力去打架，把那个洛九宸打得满地找牙！

他只要打赢了这场仗，那么历史就被她改变了。

话说，如果历史完全改变了，她似乎就会丢掉雪衣陌和宁雪陌的回忆啊，还有关于雪衣澜的……

想起雪衣澜，宁雪陌心中一痛！

那个人为她而死，她却没能力复活他……

"睡不着？"耳边神九黎的声音忽然懒懒地响起。

宁雪陌吓了一跳："你也没睡着？"

"你在我怀里转来转去的，我自然睡不着。"神九黎不客气地指控。

原来宁雪陌已经不知不觉在他怀中翻了三次身了。

这个时候最好不要打扰他休息，宁雪陌起身就要下榻："我去另外一张榻上睡……"

她的身子却被他伸臂捞住，重新塞回怀里圈着："乖乖的，不要动了，天色不早了，真要睡了。"他闭上了眼睛。

宁雪陌欲哭无泪，她这样被他禁锢在怀中，不容易入睡啊……

算了，明日去打仗的是他不是她，她现在睡不着等白天再睡也一样……

"有心事？"神九黎忽然又开口，并没有睁开眼睛。

她的心事多了去了，现在数都数不清……

"和我说说吧，我给你解决。"神九黎又把她向怀中搂了搂，下巴搁在她的肩上，声音懒懒的。

宁雪陌心中一动，忽然问了一句："大神，一个人……不，一个很强大的妖如果魂飞魄散了，你还能将他召回来吗？"

神九黎眼也不睁："你属下有魂飞魄散的？"他又加了一句："你的那些属下都不太靠谱，你得注意他们些，不能一味地用拳头来让他们屈服，攻心为上，攻身而下。"

宁雪陌暗翻了一下眼睛，是攻心为上，攻城为下吧？大神！

不过，神九黎所说的话还是很对的，小雪陌的那些属下确实不靠谱，日后还会成为她的冤家对头，直接将她逼入地狱……

宁雪陌还惦记着雪衣澜的事，不想让神九黎把话题带跑："大神，你到底有没有法子？"

神九黎嗯了一声，也没睁眼："可以召回，但要耗费一些神力，你想救谁？"

宁雪陌松了一口气，心里嘀咕一句：我现在就算说了救谁你也不认识……

她打了个哈欠："以后我告诉你哈，困了，睡觉，睡觉！"她得想法把他拐到五万年后去！

该怎么拐呢？这是艰难的问题。

她揣着这么多的心事本来以为自己依旧难以入睡，却没想到趴在他怀里没多久，就睡了过去。

一觉醒来时外面已经天光大亮，床榻上不见了神九黎的影子。

他赴约去了？

宁雪陌坐起身，发现身上的衣裙穿得妥妥当当的，很显然，是神九黎为她穿的。

床榻外的桌上摆着几道饭菜，腾腾冒着热气。桌旁还有一张信笺，上面只有短短四个字：等我回来。

她瞧了瞧，都是她喜欢吃的，便跳下来略略梳洗了一下，不客气地大快朵颐起来。

她其实很想跟神九黎去看看他和洛九宸的大战，但他连招呼也不打一个就走了，她又不知道他们约斗的地点，没地儿找去。

那她就干脆随遇而安吧。

宁雪陌总感觉小雪陌当初被赶出梵天宫应该另外有猫儿腻，那她就留下看看到底发生了什么事情……

她现在身上没念力，便如普通人一样，吃完饭菜后还得去洗碗收拾。

梵天宫这种高大上的神仙住的地方，自然不会有洗碗之地。

神九黎显然用不着，只是苦了她……

幸好她知道梵天宫有一片湖，湖水清冽，直接喝都行，洗碗更没问题。

她抱着一堆盘盏走到湖边，蹲下身子洗了起来，刚洗了两个，忽然背后像是被一只手猛然一推！

她扑通一声跌下了湖！

宁雪陌水性极好，掉下湖后并不慌张，在水下猛然向前一冲，离开岸边三四丈远，然后冒出头来，看到湖边站着那名自称神九黎姐姐的白衣女子。

自己是被她推下水的！

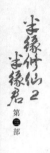

宁雪陌眸底闪过暗光，她就知道这梵天宫中其实有猫儿腻，如今猫儿腻果然来了！

这个所谓的"姐"难道也是喜欢神九黎的一枝桃花？

神九黎的桃花真多！一朵朵地掐也真麻烦！

宁雪陌划了两下水瞧着岸上的人，白衣女子也看着她，眼眸中明明白白地写着厌恶。

"此湖乃圣湖，不得有任何污浊之物沾染，你在这湖边洗碗是何道理？难道这也不懂吗？"白衣女子居然先开口斥责起来。

宁雪陌仰脸瞧着她："这梵天宫是九黎的还是你的？"

女子一噎："此话何意？"

宁雪陌淡淡地道："九黎嘱咐我在这里洗碗筷，你却说不可以。在这梵天宫难道你做得了九黎的主？"她相信神九黎绝不会因为这点小事惩罚她，干脆先祭出了他，用他来堵这女子的嘴。

神九黎不在宫中，而自己这具小身子失去了功力，和这名女子硬碰硬没有好果子吃。这个道理宁雪陌还是很明白的。

果然，她说出是神九黎的授意，女子便无话说了，抿了抿唇道："九黎生性爱洁，才不会吩咐你来这里洗碗筷……"

"不来这里洗又去哪里洗？"宁雪陌挑眉。整个梵天宫就这里是有水的。

女子看看地上尚有些油腻腻的碗筷，一拂衣袖，一个清洁咒使过，盘盘盏盏整洁如新。她的声音冰冷而得意："这样不就好了？"

宁雪陌从另一侧湿淋淋地爬上岸，拧了拧身上湿透的衣衫，蹙了一下眉毛。

没有念力在身真麻烦！

她看了看那些干净的盘盘盏盏，一双眼睛弯成了月牙，笑眯眯地道："这样果然方便，姐姐如此说，想必是允诺以后给我洗碗了。嗯，以后我会直接把用过的碗盏送到姐姐的房间里，让姐姐施展这个法术。"

女子冷下脸道："我不是你姐姐，你不要胡乱称呼！"

宁雪陌睁大眼睛："怎么是胡乱称呼？九黎既然称呼你为姐，那作为他妻子的我自然也要称呼你为姐。"

她面上一派纯真，却直接又将那女子噎在了那里。

女子俏脸上青白交错："九黎……九黎才不会娶你！"

宁雪陌挑高了眉毛："我们都已经同房过了，他也答应要娶我。你怎么知道他不会娶我？"

女子脸色一变，脱口道："你们同房……"她又上下打量了宁雪陌那娇小玲珑的身子一眼，"我不信！"

宁雪陌醒来后就发现自己又变回十二三岁时的模样了，现在的她脸上还带着稚气，一双眼睛大大圆圆的，不用照镜子宁雪陌也知道自己此刻很可爱……

女子还是比较了解神九黎的性子的，知道他绝不会对一个小萝莉下手……

事实上，他压根儿不近任何女色。

"你……知道同房是何意？"女子随口问了一句。

宁雪陌瞧了她一眼，再瞧一眼，那一双亮晶晶的眸子瞧得女子身上发毛："你这样打量我做什么？"

宁雪陌歪头看着她："姐姐你还未成亲吧？"

女子一窒："那又怎么样？"

"姐姐一个未婚女子和人在这里公然讨论同房不同房的事不妥吧？"宁雪陌脸上依旧一派天真，却气死人不偿命地道，"我觉得这个问题你以后和你的夫君讨论比较好，他自然会身体力行地告诉你……"

白衣女子不提防她会说出这么不着调的话来，一张俏脸通红："你……胡说八道！"

宁雪陌眨了眨眼睛："难道姐姐觉得我说得不对？姐姐不想和未来的姐夫讨论同房这件事，而只想和我这样一个小姑娘讨论？"

白衣女子的生活环境显然比宁雪陌单纯得多，也仙气飘飘得多，所以被她这一番话气了个倒仰，她竖起蛾眉道："魔就是这么没教养吗？口口声声把什么同……房挂在嘴边。"

宁雪陌眼睛睁得更大："这话头不是姐姐提出来的吗？姐姐也一口一个同房说得很欢快呢。"

白衣女子碰到宁雪陌，简直有一种"秀才碰到兵，有理说不清"的感觉，一张俏脸红了又白，白了又红，手指握起又放下。

宁雪陌也觉得差不多了，这个时候她要见好就收。

她向着白衣女子春光明媚地一笑："好了，我不和姐姐讨论这个问题了，怪羞人的。姐姐能豁出去，我脸皮薄还是豁不出去的。姐姐再见，回头再有了脏的碗筷，我就给姐姐送去啊。"

说罢她抱着干净的碗筷转身就走。

只见白衣女子憋了片刻，只是冷冷甩出一句话："不许叫我姐姐！"

"好吧，不叫就不叫，那我走了。阿姨，再见。"宁雪陌头也不回，只是向身后

摆了摆手，一溜烟走了。

白衣女子："……"

阿姨？！她有这么老吗？！

她情不自禁地在湖边照了照，白衣飘飘，五官秀美，脸上看不到一丝皱纹……

她看着宁雪陌的背影消失在花木掩映之处，忽然笑了笑，笑容里似含有绝大深意。

第二十八章　莲花神九黎

这两天宁雪陌活得比较滋润，神九黎居然在寝宫之中给她留下一个极精巧的布置，每到饭点时，他的寝宫里都会冒出一桌饭菜。

分量不多不少，正好够宁雪陌一顿吃的。而且这些饭菜永远像才做好似的，热气腾腾，新鲜得很，好吃得很。

宁雪陌在大快朵颐的同时，也有些纳闷。她已经把那桌子研究了四五遍，始终不知道这些饭菜到底是从哪里冒出来的。

至于洗碗，宁雪陌说到做到，果然不去湖边洗了，而是直接送到妙梵，也就是白衣女子的房里，笑嘻嘻地请她使用清洁术清洗。

妙梵有时候不耐烦，会一挥袖子让宁雪陌的那些碗盘成为一堆碎片，宁雪陌却耸耸肩，全然不当一回事。

一堆盘盘碗碗而已，碎了就碎了，反正她的饭菜会有新的盘子盛上来。

她之所以要清洗旧的，只是不想让它们看上去太脏而已。

第二天晚上，宁雪陌又将碗盘给妙梵送过去，妙梵这次不知道抽什么风，居然对她和颜悦色："雪陌，你是叫雪陌吧？我有没有给你讲我和九黎的故事？你要不要听听？"

宁雪陌从旁边扯过一张凳子坐下，手托着下巴表现出一副津津有味的模样："请讲。"

妙梵被她这个模样噎了一下，这才开口。

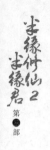

她讲了很多，杂七杂八，扯了一大堆。

宁雪陌给她简略总结了一下。

一、神九黎是从一株莲花中爬出来的，他开始时被认为是莲花妖，因为他长得玉雪可爱，被睡莲花神收养，而妙梵正是睡莲花神的女儿。两个人算是青梅竹马……

但不能说两个人是一起长大，因为神九黎生长速度太快了，一年便已经是成年人的模样。

妙梵却是按部就班地成长的，神九黎长大成人后，她还是八九岁的童子样。

到了这个时候，妙梵的母亲终于明白神九黎不是莲花妖，而是绝无仅有的神，他身上有诸多神迹。

这娘儿俩觉得捡到宝，妙梵的娘抱着肥水不流外人田的想法，一直明里暗里向神九黎提亲，说他和妙梵可谓青梅竹马，正是天造地设的一对。

二、据妙梵说，神九黎已经应允，但她和他都不急着成婚，还是各自修炼各自的。

而她这次前来，就是和神九黎商量婚期的。

最后，妙梵还大度地看了宁雪陌一眼："虽然九黎和你之间没什么，但你毕竟在他的寝宫里住过，传出去对姑娘的清誉也有影响，我可以劝九黎将你纳为妾室。不过要等你长大以后，你这样小是不可以的。"

她款款地说完，目光定在宁雪陌的脸上，想看到她伤心的模样。

没想到宁雪陌兴致勃勃地听完，哧的一声笑了："原来你是他的青梅竹马啊，阿姨。那等他回来，你把这番打算好好和他说吧。"说完她就蹦蹦跳跳地抱着盘子跑了，把妙梵噎得够呛！

宁雪陌回到房间后，暗中自有分析。

这青梅竹马应该是真的，甚至妙梵的娘想利用曾经养过他的恩情来逼他娶妙梵应该也是真的。

但所谓的神九黎答应……那就明显是胡说八道了！

宁雪陌辗转和神九黎相恋了三世，早已摸透他的性子。他如果想娶谁肯定立即就娶了，才不会有这么多顾忌！

再说看神九黎对待这个妙梵的态度，带着淡淡的疏离，就算妙梵刻意拉近两人之间的距离也没多大反应，哪里像他爱上她的样子？

宁雪陌略一分析，便明白了其中的关窍，自己笑了一笑。想用这种话骗她？门也没有！除非是骗小孩子……

想到这里，她心里忽然一动。

这番话她自然是不信的，可是小雪陌呢？她会不会信？

当年妙梵肯定也把类似的话都说给小雪陌听了，她会是什么反应？

自己和他纠缠了三世，才彻底明白他的性格和为人，而小雪陌对他只是盲目地崇拜和喜欢，只怕对这个人是不了解的。

小雪陌甚至对真正的夫妻要做的事也是似懂非懂，妙梵的这一番话落在她的耳朵里，就算她不会完全相信，只怕也是半信半疑。不过以她直爽的性格，心里有疑问会立即找神九黎问出来，那妙梵岂不是露馅了？

第三天的时候，神九黎依旧没有回来，梵天宫消息闭塞，宁雪陌又出不去，心里开始惴惴不安起来。

难道神九黎依旧败了？

历史并没有改变？

她心里烦躁，便跑去神九黎的书房找书看。

她还要炼制克制洛九宸的天水毒的药，而神九黎的书房里关于炼药的法子不少。她这几天常常在书房里找这类型的书看。

她坐在书桌前正看得入神，忽然嗅到了一种奇怪的味道。

那味道像是什么东西烧煳了，但味道极淡，屋内又燃了檀香，那煳了的味道混合在檀香中极不易闻出来。

等宁雪陌发觉时，书房一角的书橱内已经冒出明火……

着火了！

她急急地用力拍打，却没想到越拍打那火越旺，逐渐有燎原之势。

她现在如果尚有念力，自然一个灭火决过去就能将火熄灭，但她现在没有分毫念力，只能用普通的灭火方式灭火！

可她围着书房团团转了一圈，也没找到半滴水！

她想跑到外面挖点土用土灭火，但这梵天宫内基本是用青玉小石子等物铺地，平时看上去精美绝伦，想挖点土却很难。

这个时候她也来不及考虑别的，急急地抄起一个大肚花瓶，向着湖边飞奔。

幸好那湖离书房并不远，宁雪陌匆匆灌了一瓶水再回头看时，足下顿了一顿！

这么片刻的工夫，书房方向已经火光冲天，那火苗足足蹿起三丈高，绝不是她这一花瓶水能灭的……

啪！宁雪陌手中的花瓶坠地，摔了个粉碎，里面的水洒了一地。

怎么办？！

宁雪陌和小念陌住着的时候，没少逛神九黎的书房，自然对他的书房的布局以及

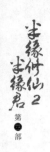

里面的藏书了如指掌。

这几天她在书房里看书时，发现里面有好多书都是五万年前没有的，好多还是应该珍藏的绝品。她当时还有些纳闷，为什么五万年后没有了这些书，原来是被烧了！

这八成就是妙梵算计小雪陌的诡计！

小雪陌不太爱读书，甚至对其有点深恶痛绝，这点神九黎是知道的。

如果是小雪陌在家，神九黎外出时，必然交代妙梵让她督促小雪陌读书，而妙梵就在这读书上做了文章。她趁着小雪陌在里面读书时，暗藏了引火的东西烧着了书架，烧了神九黎的书，等神九黎归来时，她再告一状，那样小雪陌浑身是嘴也说不清了！

小雪陌八成就是因为这个被打伤赶出梵天宫的！

该来的终于要来了吗？

那神九黎就这么好糊弄？

她看着那熊熊冲天的火焰一时没有反应。

梵天宫中没有别人，八大神兽尚处于石头状态，救不了火。

至于妙梵，她只怕正躲在暗处看笑话，肯定不会跑出来救……

不过，就算明知没用，宁雪陌该呼救还是要呼救的，要不然妙梵更有的说了！

她正要大声呼叫妙梵，忽然天空一暗，紧接着一场大雨从天而降——

那大雨极怪，只在书房位置倾盆而下，其他地方却依旧艳阳高照。

宁雪陌心中一动，难道神九黎回来了？还是说妙梵觉得烧得差不多了该做做样子了？

她拔腿就向着书房方向跑……

她远远地看到书房前站着两个人，白衣少女和白袍男子各自掐着法诀，引来天河水浇书房的大火。

宁雪陌深深觉得，这灭火速度和方式比消防员的喷射水龙头还要厉害！简直是无死角全方位覆盖！

那白袍男子正是神九黎，他忽地似察觉到了什么，向着宁雪陌所在的方向扭过头来。

那白衣少女自然就是妙梵，她也向宁雪陌看了过来。

"雪陌！"妙梵立即冲过来，"你这孩子到底是怎么回事？你不是一直在书房读书吗？刚刚你跑哪里去了？九黎还以为你在里面，冲进去找你……"她噼里啪啦一通说，已经暗暗把一个屎盆子悬在宁雪陌的头顶上……

此时书房的火已经彻底熄灭，神九黎冷冷地向宁雪陌这个方向看了一眼，这一眼如冰似雪，胆子小的被他这一眼看得只怕立即就会吓趴下。

"我在里面看书，最东面的一个书架忽然起火，我没有念力，只能取水来救……"宁雪陌开口解释。

"奇怪，书房里照明的是夜明珠，又不是烛火，怎么会忽然起火呢？不会是……雪陌，我知道你一向不喜读书，但九黎这书房里的书都是绝世珍本，每一本都是他的心血所在，你不喜欢看也不能烧啊！你这孩子，我不过就是去打了一下坐，你就闯出这等祸事来，还说谎话……"妙梵终于将屎盆子扣在了宁雪陌的脑袋上，这一番话她显然是早就想好了的，连一点破绽也没有！

宁雪陌心中已经明了，总算明白小雪陌当年是怎么被陷害的了！

神九黎爱书她早就知道，当年她无意中烧了他一本书，还被他罚了一通，现在可是烧了一书房的书！那么神九黎在怒极的情况下惩罚小念陌也是在情理之中了。

她暗吸了一口气，那时候小雪陌和神九黎还没有任何亲密关系，神九黎又明了小雪陌不喜读书的性子，妙梵说出这番话来，他只怕是信的。

但现在呢？

现在他信不信她？

她目光转向神九黎："你信不信我？"

神九黎面无表情，声音依旧冰冷："事实摆在这里，你让本座怎么相信你？书房中的确没有任何能引起大火的物事。唯一的可能就是人为！而书房中只有你……"

"这次确实是人为，但焉知不是有人故意陷害我，提前在书房哪个角落放了容易引火的东西，到了一定的时候便自动燃烧起来……我刚才确实是去湖边取水灭火，那个盛水的花瓶还在那里，你不妨去湖边看看。"

宁雪陌这句话意有所指，妙梵脸色微微一变："雪陌，你这句话是什么意思？这梵天宫只有你我在，你说有人陷害你，是说我喽？"

宁雪陌抿了抿薄唇："谁做了谁心里明白！"

妙梵却哧的一声笑了，眼睛看向神九黎："九黎，你看她被你抓了个现行，还在这里血口喷人。她大概不知道这些书中有一小半是我曾经的珍藏，平时缺一点角我也心疼得不得了，怎么会将这些书全部一把火点燃，就为陷害一个孩子？这也太说不过去了吧！雪陌，再说我和你往日无冤，近日无仇的，又怎么可能用这个法子骗你？你这个孩子……唉，终究是魔啊，养不熟的……"

她这一番话说得冠冕堂皇，让人找不到一丝破绽。

宁雪陌看了妙梵一眼，这人如果放在皇宫中，绝对是宫斗的一把好手！

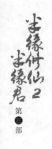
"本座只是不喜写字而已，并非不喜读书。退一万步说，就算我不喜读书，不看也就是了，为何要烧书房？他一向爱书，你知道我自然也知道，在我现在失去功力寄人篱下的情况下，我烧了他的书房，那是找不自在吗？你觉得我有这么傻？"宁雪陌反问，"至于你说的往日无冤，近日无仇，那不过是你的托词罢了。你喜欢他，想把他从我身边抢走，故而设下这个嫁祸于人的毒计。你果然是好手段！"

妙梵似乎没想到宁雪陌这么伶牙俐齿，愣了愣，忽然扑哧一笑，看向神九黎："九黎，以你我现在的关系，我还用得着使出这等阴招从她身边夺走你吗？呃，对了，她似乎不太相信你我之间已经有婚约的事。你不妨告诉她，省得她做下这等错事还不认账。"

宁雪陌心头猛地一跳，妙梵和神九黎的婚约是真的？！

她也看向神九黎，神九黎目光冰寒："魔主，本座和妙梵确实已经有婚约，妙梵是本座未过门的妻子。"

宁雪陌脸色一白，情不自禁地后退一步！

神九黎和妙梵真的定亲了？！不是吧？！那他怎么还能那么无所顾忌地和她滚床单？还说要娶她？！

妙梵在旁边叹了口气："九黎，我不想让你名誉有损，本来瞧着她三番五次纠缠于你，对你也是一片痴心，你曾经又和她同室而卧，我为了你们彼此的声誉着想，还想等你回来后，劝你纳她为妾的。没想到她人心不足蛇吞象，居然想要独占你。我现在明白她烧这书房的目的了！想必是想栽赃给我，幸好天可怜见，九黎你恰好赶回来了。她狗急跳墙干脆反咬一口……"

不能不说妙梵早有准备，这一番话说得头头是道，很轻易就驳斥了宁雪陌的话。

宁雪陌脑子里却有些嗡嗡作响，相比烧书房，她更在意神九黎和妙梵有婚约这件事！

如果不是他亲口说出来，她无论如何也不相信！

现在听他亲口承认了，她都感觉她是幻听了！

原来整了半天，她在五万年前是个小三？

神九黎居然让她做了小三？！

他在和她滚床单的时候怎么不说？！

难道他心里想让妻妾共处？

可是，既然如此，他又为何对妙梵那样冷淡？

他那实在不像是对未婚妻子的态度……

在这一刹那，宁雪陌脑海里疯转的都是这些疑问。这个真相也像是一桶冰水对着她的脑袋哗的一声浇了下来，令她从头凉到脚。

她的第一反应是，他是不是又撒谎了？是不是又有不得已的苦衷才撒这个谎？

可是他不得已的苦衷是什么？

她脑子里一时有些混乱，压根儿没听到妙梵后面的那一番话。

其实她也不必听，现在事实摆在这里，她和妙梵说得再多，也不过是打口水仗而已，就看神九黎相信谁了，或者说他宁愿相信谁……

"魔主，你现在还有何话说？！"神九黎一步步走过来，在离宁雪陌一丈的地方站定，目光逼视着她，"本座知道你一向胆大妄为，没想到你居然妄为到这种程度！本座还真是错看你了！"

宁雪陌从头到脚都是冷的，他这么说，是相信妙梵了？！

原来不管神九黎受没受伤，自己都要走魔主小雪陌的老路？

她盯着神九黎，忽然勾了勾嘴角："你只相信她？"

神九黎冷冷地道："本座只相信自己眼睛看到的！本座问你，书房起火的时候，里面是不是只有你？"

"是！"

"妙梵压根儿没在场，你还想血口喷人？！"

"她可以提前把易燃的东西放在里面！"

"一派胡言！"神九黎一步步逼近宁雪陌，"妙梵一向知书达理，从不争风吃醋，她的为人在仙界是有名的与世无争。她又怎么会用这么卑劣的手段害你？"

"你的意思是本座的风评在六界不好，所以这次你就一厢情愿地相信她喽？"宁雪陌怒极反笑。

"你自己在六界的名声你自己知道！你为了得到自己想要的东西一向不择手段！本座以为你只是小孩子占有欲强，所以一直宠着你、惯着你，没想到你这次居然做出这等事来！本座原本就对你无意，不过是看在把你养大的分上才容忍你的各种行为，现在你既然如此不知好歹，那就休怪本座对你无情了！"

神九黎声音冰寒，一抬衣袖，一掌向着宁雪陌的胸口拍下！

他出掌之时衣袖带起一缕风，掌未到，掌风先到！

宁雪陌现在虽然失去了念力，但身法还是极灵活的，更何况她又是提前知道剧情的，一见神九黎微抬衣袖，便知道不好，早已全神戒备。

他手掌未到，她已经流水般以一种诡异的角度退后一丈，避开了神九黎的手掌，但没避开他那道掌风，被掌风拍了一个趔趄！

他真的向她下狠手了！

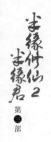

这一掌她如果避不开，非受重伤不可！

不对！

宁雪陌骤然抬头，看着神九黎的脸！

相貌没错，身材没错，声音没错，可是他的气息不对！

神九黎身上有一种极特别的冷香，但那冷香极淡，靠他近的人才能闻到，而且他出掌的时候，那掌风所带的气息和他本身的气息是一样的。

但现在这掌风所带的气息和宁雪陌平时闻到的他的气息还是有差别的。

当然，这差别很小，若不是嗅觉极灵敏的人也闻不出来。

神九黎让人近身的机会也极少，宁雪陌如果不是和他有了肌肤之亲，也分辨不出来。

她抬头之际，神九黎的第二掌已经拍过来！

这一掌比第一掌更狠，而且覆盖面也猛然扩大了数倍，宁雪陌再想躲避已是不易！

砰的一声响，宁雪陌被拍中，骨碌碌滚了出去。

她胸口发闷，在地上挣了挣，没爬起来，反而吐了一口血！

神九黎居高临下地看着她："看在本座毕竟养过你的分上，不会取你性命，自今日起，给我滚出梵天宫，本座再也不想看到你！"

宁雪陌缓缓地站起来，脸色雪白，看向他的目光中有不信、有震惊、有愤怒、有恨意……

"神九黎，我恨你！"她一字一顿地道，"我再也不要看到你！"

她似乎愤怒伤心到了极点，大眼睛里涌起一团泪雾，又被她强忍了回去。

她转过身，一步步慢慢向外走去。

那背影孤单而凄凉，她就这么一步步地走出了梵天宫……

背后，神九黎并没有挽留她，当然，妙梵更没有这个想法。

宫门在她背后缓缓关闭。

宁雪陌站在宫门口，似乎还有些茫然。她抱着手臂蹲下来，整个身子都在发抖，似乎在压抑着什么。

半晌，她站了起来，回头望向梵天宫宫门，手握得紧紧的："神九黎，我恨你！"她情不自禁地嚷了一句，泪水顺着脸颊滑下，"以后就算你求本座，本座也不会回来！"

说完这句话，她扭头就走，这次却是再也不回头了。

宁雪陌一晃一晃地走过了好几个拐角，直接拐进一片菩提树林中才停了下来……

菩提树林中枝叶婆娑，她前后看了看，咳了一声，掏出一条手帕来吐了一口血……

舌头疼死了！

装吐血也是个技术活，她得咬破舌尖，还得咬深一点……

"你真受伤了？！"一道声音忽然自她身后传来，然后她腰间一紧，落入一个温暖的怀抱之中。

紧接着她腾云驾雾般飞起，落在枝叶茂密的枝干上。

宁雪陌尚没来得及回头，手腕又被人捉住，三根手指搭上了她的腕脉……

她乖乖地躺在他的怀中，任他为她号脉。

片刻后，他的声音再次响起："雪陌，你有哪里不舒服吗？"

宁雪陌点了点头，老实回答："有，舌头疼！"

她的身子被转了过去，宁雪陌终于和身后那人面对面。

一身宽大的白袍如雪、俊美如天人的眉眼，对宁雪陌来说，这人简直熟悉得不能再熟悉。

神九黎！

"张开嘴巴。"神九黎永远这么言简意赅。

宁雪陌乖乖地张开嘴，伸出舌尖给他看，那粉嫩舌尖上果然被咬了个破口，她下嘴挺狠的，现在舌尖上还冒着血丝。

神九黎眼神一黯，忽然将她压向自己，唇覆了上去……

呜呜——她的舌头都伤成这样了，他还想吻她？

吻了她会更疼的！

宁雪陌下意识想躲，但他一向强势，她现在又没啥功力，只得被动地被他吻……

他的舌尖却一片清凉，探入她口中的时候，不知道他在那伤口上抹了什么药，居然霎时间止疼了，伤口也好得飞快。

原来他吻她是为她抹药……

宁雪陌不挣扎了，乖乖地待在他怀中任由他吻。

一吻完毕，她的舌头也好得差不多了。

神九黎稍稍放开她，眼睛里有一丝不悦之色："你咬这么深做什么？"

宁雪陌小嘴一抿："你在暗中把他那一掌给挡了，还传音给我让我装作受重伤，既然受重伤不吐几口血怎么成？我只能咬破舌尖喽。"

舌尖不疼了，精神回来了不少，她抱着他的一条手臂，一双眼睛亮晶晶的："怎

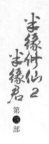

么样？我刚才演得像不像？眼神、动作、语气，我可是都注意到了。"

神九黎看着她得意扬扬的小脸，给了四个字的评价："惟妙惟肖。"

他险些都被她骗过了，看她接连吐了几口血，还以为自己挡得不够利索，到底让人伤了她……

他看了看怀中的人，这小丫头简直太聪明了！

因为事情发生得太紧急，他都没来得及向她提醒，只是传音让她装受重伤，然后再离开，并为她挡了那一掌后，他就没来得及说别的，之后全靠她临场发挥……

没想到这丫头还有这个技能！

宁雪陌笑吟吟地瞧着他："你现在可以把你的计划说一说了吧？"

她先前和他滚了最重要的床单，果然还是更改了一些历史的。

神九黎这次并没有受伤，所以能及时赶回来，及时救下她，还能将计就计。

他眸色微微一闪，揉了揉她的脑袋："你乖乖地等在这里，我先去处理了那两个人再说！"

宁雪陌一把扯住神九黎，快速地对他说了一句话："顺势而为！现在洛九宸的诡计不能直接被揭破……相信我，这点很重要，对你我绝对有好处！这场戏还必须演下去！"

神九黎深深地看了她一眼，只应了一声："好！"一转身便不见了影子。

宁雪陌倚靠在树杈上，长长地吐了一口气。

累死了！她必须还得让这场戏演下去，这样才不会改变太多历史……

不过，只要知道神九黎没背叛她，喜欢的还是她，那她就算再累也甘之如饴。

神九黎，姐姐为了把你弄回去，为了让你真正重生，也是拼了！

她揉了揉眉心，真正的历史发展方向她还不能对神九黎说，要不然她又得离开了，还不知道什么时候才能再过来。

如果她再也穿不过来，说不定小雪陌会把事情搞砸，或者再次入魔，走上命定的不归路，或者她和神九黎解开误会，从此以后恩恩爱爱，甜甜蜜蜜地"生猴子"了，那就没她宁雪陌什么事了……

这样她不但会没有雪衣陌和宁雪陌的记忆，甚至小念陌也会消失不见——

两种情况貌似都挺严重的，所以说不得自己要受点罪了。

可是……可是她一想到小雪陌以后会受的罪，就忍不住脚底板发寒……

身上的血肉被一堆魔咬得体无完肤，还要承受十大酷刑，像黑熊被取胆汁似的，在心口被插一根管子让人取心头血……想想她就瘆得慌！

唉，如果能跳过受罪那一项，直接到封印紫煞那一段就好了……

714

在梵天宫的宫墙之上，"神九黎"隐身站在那里，看着宁雪陌的背影逐渐远去，嘴角忽然轻轻勾了一下，似乎终于放心，翻身下了宫墙，缓缓走回梵天宫书房处。

妙梵还愣愣地看着那里的断壁残垣出神。

"神九黎"拍了拍她的肩膀："想什么？一堆乱砖头有什么可看的？"

妙梵终于醒过神来，振奋了一下精神："如何？"

"神九黎"一笑，这次的笑容有一点妖娆："很好！计划很成功！"

妙梵也笑了笑道："现在你让我做的我做到了，他呢？你到底把他怎么样了？你答应我的，不会真伤到他……"

"神九黎"轻佻地笑道："本座没要他的命，只是重伤了他而已，他现在大概还在哪个山旮旯养伤呢，一时不会回来。"

"你说过不重伤他的！"妙梵怒了，杏眼圆睁。

"本座只是答应你不要他的命而已。"

"他是神，原本就是不死之身，你不是不要他的命，而是要不了！"妙梵揭穿他。

"神九黎"眼眸微微一眯，又笑了，叹了口气："妙梵，你真是女人见识，若不重伤他，本座又怎么能回来和你合演这一出戏，让她对他死心？他重伤后肯定会回来的，到时候你再好好伺候他，必要的时候也可以用点手段，不信他不会答应和你的婚约。妙梵，必要的时候，心要狠。舍不得孩子套不到狼……"

妙梵瞪着他道："我直到现在也不明白你到底图什么，九黎不死或者他不犯下弥天大错，这主神的位置你是抢不走的……"

"神九黎"又是一笑，这笑却有些邪气："本座和他交手这么多年，能算计他这一次不过是出一口恶气而已。还有，本座喜欢那个小丫头，想要她做本座的妻子。"

妙梵睁大了眼睛："你喜欢她还这么算计她？"

"神九黎"意味深长地看她一眼："这你就不懂了。若不用此狠招，那小丫头又怎么会对神九黎死心？她会投入我的怀抱。好了，神九黎应该不日就会归来，你还是趁早好好将他勾引到手比较重要！"

"可是，他最重视的就是这书房，他回来发现书房被烧只怕……我都不知道该怎么向他交代。"妙梵苦恼地道。

"神九黎"瞧了她一眼道："笨！那个丫头跑了，你不正好将这项罪过推到她身

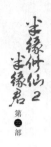

上？就说她畏罪潜逃……更何况他伤成那样，回来的第一件事只怕就是闭关……嗯，本座倒还有一个主意，为免回来他问起那个丫头，倒不如你现在就去找他，休说书房着火的事，只专心伺候他，他那伤还是原地闭关比较好……"说到最后，他说了神九黎现在所在的地址。

妙梵眼睛一亮："好主意！一会儿我收拾收拾就去！"

"神九黎"拍了拍手："好了，神九黎这边你自己搞定！本座还要去看看那个丫头……"说完他转身飞身离开。

妙梵心中又欢喜又紧张，遂也转身向回跑，想取上足够的东西就去。

不料她刚刚跑了几步，蓦然停住，看着飘飘立在那里的白衣男子窒了窒，眨了眨眼睛："咦，你怎么又回来了？还有事？"

那男子目光冰冷，没说话。

妙梵有些纳闷："怎么了？你还有什么事没交代清楚？快说，快说，我还急着去找他……"

"去哪里找？"那男子终于开口。

妙梵皱了皱眉："就是去你刚才所说的那个山谷啊，你不是说已经把他打成重伤了吗？我得去瞧瞧……"

男子缓缓开口："不必去了！你不配探望我！"

妙梵下意识地道："我不是探望你，我是探望他……"说到这里她终于意识到不对，脸色一变，"你……你是……九黎……"

男子淡淡地瞧着她，目光冰寒："妙梵，没想到你如此卑劣！"

妙梵脸色煞白，不知道神九黎到底听到了多少，还想要辩驳："九黎，你……你误会了……"

"本座都听到了！"神九黎打断她，上前一步，声音更冷，"从头至尾全部听到了！"

妙梵接连后退了几步："我……九黎，你听我说……"她语无伦次地辩驳着，神九黎一挥衣袖，片刻后，妙梵倒在了地上。她惊恐地睁大眼睛，发现自己不但一身功力尽数化为乌有，身子还忽然缩小了。她忍不住抬起手臂一看，惊叫了一声！

她原本的白衣已变为红裙，这红裙还和雪陌刚才穿的一模一样！

"你……"她心里忽然涌起一种不妙的感觉，"九黎，你要做什么？"

神九黎俯视着她，目光莫测："妙梵，你太让本座失望了！你千不该万不该去算计她！"

妙梵脸色发白："九黎，我只是……只是太喜欢你了。还有，她毕竟是魔女，她真的配不上你……我也是为你好……"

"配不配是本座的事，和你无关！妙梵，本座对你无意，在未遇见她时便已经对你言明，你自己也说绝不会再有其他想法，甚至还和仙族的一位尊者定了亲，本座才容许你进梵天宫，尊称你一声姐。你却联合洛九宸算计我，你就是这么对我好的？"

妙梵咬了咬唇道："我……我和人定亲，不过是想让你不要彻底冷落我……我心里一直放不下你。九黎，母亲也希望我们能成为一对，我们……我们毕竟是青梅竹马一起长大……"

神九黎淡淡地瞧着她："青梅竹马？不到十天的共处便是青梅竹马？"

妙梵眼巴巴地看着神九黎："九黎，为姐……为姐知道错了，你就原谅为姐这一次好不好？为姐下次保证不敢了。"

神九黎瞧着她："你以为还有下次？"

"那我再也不敢了好不好？我依旧只做你的姐姐……"她噘起小嘴，还觉得有点委屈，"如果你还不开心，我……我再向你赔个礼如何？"

神九黎声音冷漠："妙梵，冒犯神是要受罚的，更何况你还和外人联手，不但烧了本座的书房，还逼走了本座的妻子……"

妙梵脸色大变："她……她怎么可能是你的妻子？她压根儿不配啊，母亲也不会答应的！"

一句话没说完，神九黎一拂衣袖，妙梵便出不了声了，她睁大眼睛看着他。

神九黎周身被寒意包围，他缓缓地开口："本座的婚事任何人也无权干涉，这其中包括你的母亲！妙梵，你算计了雪陌，你自己种的苦果得自己吞下才行……"

妙梵变了脸色，终于开始害怕。她其实很想问问他会把她怎么样，但苦于穴道被点，说不出话来，只一双眼睛望着他……

他要让她怎么吞下自己种的苦果？

很快，她就知道了——

宁雪陌坐在三十六重天和下一层天的连接处，深深地叹了一口气。

话说，小雪陌当年失去了全部功力，到底是怎么被弄到魔界去的？

她压根儿下不去好不好？！

向下一看就头晕目眩，她毫不怀疑如果她一闭眼跳下去，不要说回魔界，就算落在三十五重天上也能摔个稀巴烂……

地母那故事还是省略了啊！

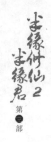

她发现自己就算想回魔界在这种情况下也回不去啊……

她坐在那里，很是忧愁。

虽然明知道下去是无法回头的地狱，她也必须走这一步。

她从地母那里也得知，历史的主线故事还是不可改变的，也就是说，那一场大劫还是会来。

这一世的亿万众生都要在这一场大劫中丧生，而她就是制造这一场大劫的源头和凶手。

宁雪陌做人做事其实还是有自己的底线的，如果不是真的冒犯了她、算计了她，她还是与人为善的。现在让她违背自己的良心下去制造这么一场灭世大劫她还是很有压力的。

尤其是为了制造这场灭世大劫，她还得先受一场活罪，那就更"压力山大"了。

她坐在那里，背影凄凉，仿佛是在伤情。

洛九宸远远地看着她，目光幽深莫测，然后慢慢走过去。他走路是用飘的，无声无息，坐在那里的宁雪陌压根儿没发现他的靠近。

洛九宸来到她身后，干脆利落地一挥手，宁雪陌身子晃了晃，倒了下来。

他将她接着，抱在怀中，望着她的小脸，幽幽一叹："雪陌，对不起，为了我的大业只能暂时牺牲你……本座以后会娶你为妻补偿你……"说完他便抱着她飞了下去……

宁雪陌再次醒来的时候，是在一片旷野中，永远乌云翻滚的天空、黑漆漆的山石、浊浪汹涌的大河、随处可见的各种骨头……

很好！她终于回到魔界了！

远处有七八个人向着她这个方向直奔过来，黑雾滚滚，带着说不出的煞气。

宁雪陌打了个寒战，该来的终于来了！

套用某部影视剧中的一句话：命运的齿轮开始转动，历史的车轮顺着原有的轨迹向她轧过来……她现在就算想后悔也不成了！

"在这里！在这里！"有人呐喊，有人欢叫。

宁雪陌坐起身，已经认出跑在最前面的两个人是小雪陌跟前很得力的属下。

"魔主！"这两人终于最先跑到她跟前，在离她一丈的地方停下，一双眸子里光芒莫测，"魔主，您终于回来了，您没事吧？属下一直很担心您……"

宁雪陌直起身子，事到临头，她还是有些紧张，想强撑着再把将要受罪的期限延长一点。她开口想说话，但张了张嘴，连一个音节也发不出！

糟糕！她被洛九宸那浑蛋点了穴！难道她受活罪的时候连声音也发不出来？

那两个人见状，对望一眼，又走近几步："魔主？您怎么样？"他们脸上看上去忠心无比，关切无比，但眼神飘忽，眸底有贪婪之色若隐若现。

魔主真的变成废人了！

"魔主，我们扶您起来啊……"

两人再次对望一眼，忽然一左一右电闪而至！

他们尚未奔到宁雪陌跟前，一阵狂风忽然平地刮来。

这阵狂风异常猛烈，将地上的灰尘全部吹了起来，天地昏黄，霎时间已看不见对面的人……

这两个人一愣，顿住脚步，眼睛都被风沙眯住了，一时睁不开。

好在这狂风只是一小阵，片刻后，狂风消失，天地又恢复清明。

两个人再看看对面，他们的小魔主还坐在那里，眸子里满是惊慌之色……

不要说在魔界，就算在任何一界，平地起狂风也是很正常的事，所以这两个人并没将此事放在心上。

看到那位小魔主一身狼狈地坐在那里，他们贼心又起，狞笑了一声："魔主，您老总坐在地上做什么？来来来，让属下好好伺候您起来……"

两人伸手就将她拖了起来，嘴里说得是"扶"，可动作却丝毫不温柔，只能用四个字来形容——简单粗暴！

两只手同时摸上了宁雪陌的脉门，片刻后，两人忽然哈哈大笑："小魔主，你也有今天！"

宁雪陌双眸睁得又圆又大，她拼命动着双唇，似乎想要说什么，却苦于说不出来。

那两个魔在她的脸蛋上捏了一把："小魔主，你不会又想斥责我们大胆吧？哈哈，我们不会把你怎么样的，最多就是吃了你……"

其中一个魔笑得格外猥琐："我们说的吃可不是吃你的血肉，而是……"他伸手在宁雪陌的胸前摸了一把，"有点肉了呢。"他又再捏了捏她的小手，"这皮肤雪白粉嫩，看着就让人兴奋，放心，哥哥们会好好疼你。你不是一直想嫁人吗？哥哥们会教给你嫁人要做的是什么，让你好好尝尝男人味……"

这两个魔一旦无所顾忌，露出真面目，便是粗言鄙语随口就来，不堪入耳。

随后这两个魔看着远处奔来的其他黑影，皱起了眉头！

看来得到这个消息的人不少！僧多粥少，这么个小人儿可不够分……

两人再次对望一眼，然后说了一个字："走！"

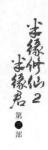

其中一人像背破麻袋似的将宁雪陌向身后一背，身形一闪，向着远处奔逃，想找个僻静的角落好好"吃"她……

"糟糕！被人抢先了！追！"

"追！"后来的那些人立即发现情形不对，向那弟兄二人追去，一行人转眼就去得远了。

有打斗厮杀声在远处响起，这里却恢复了曾有的安静。

宁雪陌原本坐的那地方不远处，有一棵大树，此刻大树上传出了人声。

"这就是你说的顺势而为？被这些人渣占便宜？"这声音清冷淡漠，甚至还带着凉意，正是神九黎的。

"喀喀，那个……我也没想到他们会如此迫不及待……"另一个女声底气稍显不足，居然是宁雪陌的声音。

"没想到？还有什么是你想到却不想说的？"神九黎声音更淡。

"呵呵，我想到你会救我，可是没想到会这么快。"宁雪陌抱住他的一条手臂，讨好地摇了摇，诚心诚意地夸赞道，"大神，你简直是宋江投胎转世，及时雨啊！"

刚才那两个魔向着她奔过来的时候，她抱着"姑奶奶今天豁出去了，被他们咬两口就咬两口"的想法，认命地闭上了眼睛。

她知道洛九宸应该在暗中看着，她最多少几块肉，咬牙忍一忍就过去了，却没想到平地会起一阵狂风。尚未等她回过味来，身子就落在一个怀抱中被带着飞了起来，落在这棵大树上……

她险些被那狂风吹起的黄沙给刺激出一个喷嚏，幸好她忍住了。

她知道是谁救了她，身后那温暖的怀抱、淡淡的冷香也不会是其他人。

她比较关心的是，她忽然被掳走了，洛九宸会不会猜出是神九黎干的？会不会又整出新的幺蛾子来？

狂风过后，她下意识地向下看，然后惊讶地张大小嘴。

下面她原来坐的那个地方又多了一个自己……长相、身材和她一模一样！

她眼睁睁地看着那两个魔在那替身身上左摸一把，右摸一把，占足便宜，额头上密密地冒出一层冷汗。

她只知道小雪陌并没有失身，却没想到会被这些人猥亵……

幸好那只是个替身！如果是她自己——那还真是惨了！

她就这么看着，都有一种将那两个魔的一双手剁掉的怒意……如果是本身尝到这种滋味，她估计想把那俩货锉骨扬灰的心都有！

待那些人都走后，神九黎才一掌拍开她的穴道，和她说话。

神九黎脸色实在说不上好，望着她的目光也称不上特别友善："雪陌，你欠我一个解释！"

宁雪陌抬头看着他，如果能解释她早解释了！这么憋着她也感觉很难受好不好？！

她伸出小手，放入他的掌心之中，然后和他十指相扣，再诚心诚意地看着他："大神，你信不信我？"

神九黎看着她的眼睛，半晌叹了口气："相信！"

他知道她有苦衷，所以也不再逼问她，将她抱在怀中："雪陌，无论你要做什么，我都会支持你，只是别把自己置于太危险的境地。"

宁雪陌将小脸贴在他的胸前，听着他平稳有力的心跳，感觉很满足。

她和他相爱三世，却聚少离多，而他也极少说情话，没想到他今天会说出这一番话。这番话比任何情话都中听，让她一颗心也暖洋洋的，像是浸泡在温水里。

她手搭凉棚看向远处，那里隐隐传来厮杀之声，很显然，那些魔为了分一块魔主肉厮杀正烈。

"九黎，那替身是你弄出来的吧？哎呀，那可真像！简直像照着我的样子克隆出来的，分毫不差！没想到你还有这本事！不过，你做的这替身肉感真实吗？他们会不会咬一口就能咬出原形来？话说，那替身到底是用什么材料凝出来的？"

神九黎也看向那个方向，神色莫测。他抬手揉了揉宁雪陌的脑袋："放心，绝对真实！"

"那洛九宸刚才一定在暗中看着，你居然能在他的眼皮子底下玩这种偷梁换柱的游戏，了不起！"宁雪陌表示佩服。

神九黎声音淡淡地道："我看到他了，但他看不到我。"换言之，他偷梁换柱洛九宸也看不出来。

"话说，九黎，你这一仗已经打赢了，那为何要装作败了？"这是宁雪陌最奇怪的地方，她几乎怀疑神九黎也是穿越过来的，为了修正历史……

神九黎低头瞧了她一眼，不动声色地道："我想瞧瞧这洛九宸到底有什么阴谋诡计。"

他望着宁雪陌的眼睛，后者似乎有些欲言又止，最后却又转开眸子不看他了。

宁雪陌开始转移话题："对了，九黎，你那个姐怎么处置的？她还在你的梵天宫待着？"

神九黎向远处厮杀正烈的地方轻飘飘地看了一眼，回了一句："她得到了她应该

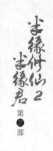

受到的惩罚。"

神九黎做事一向讲究公平公正，妙梵既然算计了小雪陌，那么小雪陌因此要遭受的苦果，无论好的坏的，就由妙梵来承受……

既然已经由替身替她遭罪，宁雪陌也松了一口气，扯着神九黎的袖子："我们要不要跟过去看看？"

神九黎垂眸看着她："你想去？"

宁雪陌揉了揉鼻子，她其实就是想跟过去看看那替身露馅了没有……

不过，如果让神九黎一直跟着，看到那个替身被咬得遍体鳞伤，遭受十大酷刑，不知道他会不会忍不住直接将这些魔"咔嚓"了，将替身救出来……

那样的话，或许计划就另外有变动了。

她正有点举棋不定，神九黎已经抱着她飞身而起："既然想看，本座就带你去看。"

宁雪陌："……"其实是他也想看吧？！

宁雪陌没想到的是，不过就是过去小半个时辰，局势已经进行到白热化的地步！

地上横七竖八地倒着无数魔族人的尸首，其中包括刚才想吃独食抱着替身跑路的两个魔。他们什么好处也没捞到，反而先把命赔上了，正应了那句话：人为财死，鸟为食亡。

魔主的肉确实是唐僧肉，但也得看你有没有本事吃到。

现在那个替身被一名人高马大的魔横抱在怀中，鲜血顺着她那大红的衣裙滴滴答答地向下淌，她的小脸被强迫埋在那魔的怀中，所以宁雪陌看不到她脸色如何，却能看到她的身子在发抖，抖得像风中的树叶似的。

有七八个其他的魔正在围攻这名抱着替身的魔，一片刀光剑影闪过，鲜血和哀号在这片荒原上蔓延……

那魔虽然够强，但独木难支，好虎也架不住群狼，很快，他就在那七八个魔的攻击下呈现败势，一不小心，肩膀上还挨了一刀，险些把怀中的少女扔出去……

他大概也知道挽回不了败势，又不甘心就这么把到嘴的肥肉送人，居然趁着打架的时候，捞起怀中少女的手臂咬了一大口，活生生撕下一片肉来！

怀中少女发出如野兽般的闷哼，霎时间身子僵直，显然已经疼到极点，偏偏还叫不出来！

这一幕异常血腥，就算是宁雪陌这种久经沙场的人，脑门上也冒出一层冷汗！

如果不是神九黎救了她，那么现在承受这一切的就是她了……

虽然她从地母口中知道当年的小雪陌会有这一劫，但亲眼看到这一幕的冲击力还是很大！

小雪陌原先从来没受过这样的罪，却因为爱神九黎饱受这样非人的折磨！怪不得她一旦得到自由恢复功力会立地成魔，疯狂报复……

神九黎的脸色也极难看！

如果……如果他和洛九宸这一战真的落败，就无法及时赶回来，那么他的雪陌就要承受这样的折磨了！

想到这些他甚至有些后怕，更紧地抱了抱怀中的人儿。

远处又传来悠长的啸声，啸声震动四野，正迅速向这边靠近，很显然，一个超级大魔赶到了！

其他正在争抢的魔听到啸声，齐齐一怔，脸色一变，顿时轰的一声作鸟兽散，独留下另一个尚抱着"宁雪陌"的魔一时不知道该把手里的"宝贝"扔了好，还是抱着跑好……

略一迟疑的工夫，他也狠狠地自"宁雪陌"身上撕下一块肉来，然后扔下她跑了——

那个替身的生命力不是一般顽强，到了这个地步居然还不晕，拼命颤抖着，发出嘀嘀的怪声，如野兽悲惨的低鸣声……

那个超级大魔终于到了！

他看着地上那个颤抖着的小人儿，眼睛里放射出红光。

宁雪陌认出这个超级大魔正是除了小雪陌之外的最强者，让小雪陌一直长不大的那花，也是她从这个魔手里抢来的，这魔名叫朱桓。

当时小雪陌将朱桓打败抢到花以后，便没把朱桓的生死放在心上，还留了对方一命。

小雪陌在魔界任魔主期间，这个人再没出现，肯定是去哪里休养生息了。现在他也听说了小雪陌的消息，自然想跑来分一杯羹。

朱桓的魔功极高，仅次于全盛时期的小雪陌，在魔界也是横着走的人物，其他魔自然怕他，一见他来，便作鸟兽散……

"小魔主，你也有今天！"朱桓像提溜小鸡崽似的将那血糊糊的替身提起来，伸出衣袖将她血糊糊的小脸擦干净。还不错，那替身全身上下虽然被咬得没一块好肉，但一张小脸没受伤，只不过煞白一片。

替身还没晕，小嘴一张一合，似乎拼命想说什么，却苦于说不出来。

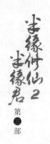

朱桓哈哈大笑："小魔主，看到你这个样子，我怎么感觉这么开心呢？"

他猛然揽过替身的头，不由分说开始强吻，替身大概想要挣扎，但已经没了力气。

朱桓笑："被人点穴了？哈哈，本座就发发善心，给你解开，本王喜欢听你叫。"

他在她身上一拍，半晌后，替身依旧嗬嗬有声，却发不出半个有意义的音符……

"可惜了……看样子，你是被惊吓得失语了呢。"朱桓轻柔地抚摸上她的小脸，"没关系，只要能发出声就好，本王会好好疼你的……"他不知道从哪里掏出个药包，将一些粉末撒在替身身上数也数不清的伤口上……

那替身身子颤抖得更厉害，拼命挣扎，很显然，这些粉末撒在身上有刺激伤口的作用，让她疼上加疼了……

"乖，本王可不是害你，本王是想让你的伤口长好呢。你这样血淋淋的本王可没胃口……走了，本王带你回家。啧啧，这样一个小美人被弄成这个样子，本王看了也不忍心呢……"

朱桓志得意满地抱着替身飞奔而去，眨眼不见了影子。

神九黎在树上看得手脚都凉了！

他此时已经隐隐猜到洛九宸到底下了一个什么套子给他！

那个浑蛋分明是要将小魔主彻底逼成真正的魔！

幸好他用了偷梁换柱的法子将人替换过来，要不然后果不堪设想！

他抬眸看了看另外一棵树上，洛九宸正垂眸站在那里，也紧紧握着手，似乎也有些不忍。

片刻后，洛九宸长长叹了口气："阿陌，别怪我心狠，我也是没办法……日后我会补偿你，给你最好的……"他一转身飞奔而去，显然是去继续跟踪了。

神九黎身形一动，也想跟上去，一双小手却忽然攀附上他的脖子："九黎，我……我难受……"

神九黎低头一看，吓了一跳！

怀中的人儿脸色苍白得厉害，连嘴唇都白了！

"雪陌！"神九黎将手指搭在她的手腕上，"你怎么了？"

宁雪陌小小的身子在发抖："我难受，好难受……"

她的心脏跳得不是一般的快！她像是恐惧又像是中毒……

她抿着小嘴，一副要哭出来的样子："我……我的心脏难受……我想回……回梵天宫……"

724

神九黎垂眸深深看了她一眼，柔声道："好，我带你回去。"

　　反正人已经被他调包了，那个妙梵代雪陌去尝那些苦楚，就算被逼得疯魔也成不了什么气候，他没必要再跟着，任由他们狗咬狗吧。

　　宁雪陌有一种想吐的感觉。

　　她这辈子没少见血腥的场面，所以普通血腥场面对她来说不算什么。

　　但她看到那替身所遭遇的一切，心是真的颤抖了！

　　因为她明白这是小雪陌真正遭遇的一切！当年她遭遇这一切的时候该是多无助、多绝望？！

　　就因为爱了一个人，却得到这种生不如死的待遇，不要说当年单纯的小雪陌，就算是现在的宁雪陌，如果没有提前得知真相，被如此对待也会疯的，立地成魔是必须的！

　　替身虽然是假的，但这些魔的行为是真的！

　　宁雪陌现在就有一种将这些魔千刀万剐的冲动！当然，对那个始作俑者洛九宸她更是恨到了骨头里。

　　原来当年的小雪陌并不是单纯地被咬几口，或者被取心头血这样简单，身体上的疼痛外加心灵上被摧残，她会崩溃从而性情大变简直是顺理成章的事！

　　宁雪陌明白接下来会发生什么，以神九黎的个性，他肯定不会允许事情继续发展下去。

　　而不让事情继续发展，就不会有紫煞的出现，最后就不会由她来更改命运……

　　所以她不能再让他继续跟着看了……

　　综上考虑，宁雪陌干脆悄悄吞下一种独门炼制的毒药，再加上她本来就恶心，这样看来她确实虚弱到了极点。

　　神九黎将宁雪陌带回梵天宫，立即为她诊治，查出了她身体内的毒。幸好是慢性毒，他解得又比较及时，她倒没有大碍。

　　"九黎，我要恢复功夫！"神九黎的寝宫内，宁雪陌抱着神九黎的手臂不撒手。

　　这种没了功夫，任人鱼肉的感觉太不爽了，她必须赶紧好起来，才能进行下一步计划。

　　神九黎明白她是被那一幕吓到了，将她拥在怀中："放心，以后有我保护你，绝不会再让你受磨难。"

　　宁雪陌摇了摇头："我想还是自己恢复功夫比较好。"她眼巴巴地看着神九黎，

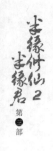
"不会是……不会是我的功夫彻底废了吧？再也恢复不了了？"

"不会，你是因为……前期走火入魔太厉害，才让血脉彻底堵塞了，我会慢慢给你调理，一年后你的功夫会恢复的。"

一年！宁雪陌的下巴差点掉下来！

那太久了！

如果她在这边待的时间太长，只怕她在那边的身体会死掉，小念陌会哭死的！

再说地母当时说，小雪陌被洛九宸救走后，不到半个月就恢复了全部功力，甚至功力还翻了数番，这样她才会灭世……

难道洛九宸那里有极特别的恢复法子？

"有没有快一点的法子？我等不及了！"宁雪陌继续眼巴巴地看着神九黎。

神九黎："……"

他试图说服她："雪陌，一年的时间并不长，功夫还是循序渐进恢复的好。"

在神仙眼里，一年时间确实很短，但对宁雪陌来说——不行！

她继续和神九黎纠缠，想让他找出更快、更好的法子来。

一横心，她吻上了他的唇："九黎，帮帮我……"

她这次走火入魔和神九黎脱不了关系，神九黎原本就对她有愧，到底拗不过她的坚持，叹了口气："法子是有，不过会让你受很大的罪，真的没必要。"

"有必要！实在太有必要了！"宁雪陌听他松了口，眼睛一亮，忙不迭道，"我不怕受罪！我必须赶紧好起来！"

神九黎看了她半晌，他的眼神极深，深得让宁雪陌一颗小心脏忍不住又快速跳了起来。

"好！"神九黎只说了一个字。

宁雪陌松了一口气，趁热打铁："那什么时候开始？"

"十天后。"神九黎言简意赅。

宁雪陌垂眸暗算了算时间，按地母所说，小雪陌就是在那个朱桓手里受了十天活罪后才被洛九宸救走的……

"能再提前几天吗？我觉得现在就可以……"宁雪陌试图和他讨价还价。

"你的毒刚解，身体尚虚弱，必须调养十天方可。"神九黎断然拒绝。

好吧，十天就十天，应该也误不了事。

"好了，你好好休息休息，我待会儿来看你。"神九黎将她塞进被窝里，转身离去。

宁雪陌隐隐感觉神九黎对她应该产生了怀疑，这个人极端聪明，她的一些小动作只怕是落在他眼里了的，譬如自吃毒药，譬如她这么心急火燎地要恢复功力……

神九黎只是不揭穿她，但是在他心中只怕会留下阴影……

可是自己要如何和他坦言呢？

一坦言只怕说不了一半她就又回去了！

她好不容易才过来的……

话说，她到底改变命盘没有？

只是个替身在受罪，那替身也弄不出紫煞来吧？

没有紫煞，这个世界就不会灭亡，那么神九黎就会在这里长长久久地生活下去，小雪陌也不会死，后面就不会有雪衣陌和宁雪陌，更不会有小念陌……

宁雪陌躺在被窝中，感觉自己要被这种无解的方程式绕晕了！

神九黎不知道何时又回到了寝宫，坐到宁雪陌床前。他看她睡得正香，便没有打扰她，只是又为她诊了诊脉。

宁雪陌忽然动了动，小嘴里无意识地咕哝了一句："念陌，娘亲该怎么办？娘亲……"

她又咕哝了几句话，后面声音就极模糊，听不清楚了。

神九黎动作一僵，垂眸看着她，半晌没有动作。

片刻后，他抬手，将她额头上的乱发捋了捋，似想做什么，却到底没有做，在她床边坐了坐，便转身走了出去。

宁雪陌这一觉睡得很香甜，醒来后感觉神清气爽，所有不适的感觉都消失了。

她起来活动了一下手脚，又在镜台前梳妆了一下。

镜中映出了她精致小巧的面容、大大圆圆的眼睛、小巧的嘴，一笑脸上两个酒窝儿。

这是小雪陌的面容，也是她十二三岁时的面容。这么可爱的孩子，洛九宸那浑蛋也忍心向她下手，让她受那么大的罪！

更可气的是这个人渣害小雪陌那么惨，还在五万年后取代神九黎成为天地共主，现在正春风得意！想想就让人气得牙疼！

所以她一定要设法弄死他！

宁雪陌又想起了那个天水毒，想起了自己炼药七级的技能……

她眼睛微微一转，神九黎的炼药级别足够了，自己何不向他请教快速升级法？

这可是现成的师父呢！

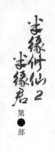

想到这个，她在屋子里一刻也待不住，跑了出去。

梵天宫很大，布局有点类似于天赐大陆佛莲山上神九黎的那座行宫，不过还要再大上几倍。

里面亭台楼阁不少，几乎是移步换景，宁雪陌却没心思赏景。

她在梵天宫里转了一大圈，也没找到神九黎的下落。

奇怪，他去哪里了？

宁雪陌正纳闷，一阵悠扬的琴声忽然自远处传来。

她眼睛一亮，立即顺着琴声寻去。

很快，她便靠近那块独立的大石孤峰。

琴声是从那上面传下来的，宁雪陌仰头看着，有踹一脚那孤峰的冲动！

这么高！以她现在的能力，根本上不去，只能在下面转悠。

古语云，君子听琴不语。

宁雪陌琢磨了一下，如果她一直做君子，肯定上不去。

所以她运足一口气，喊了一嗓子："我要上去！"

下一秒宁雪陌眼前一花，再回过神来她已经坐在神九黎身边。

神九黎瞄了瞄她："你会不会弹？"

宁雪陌心中一跳，点了点头："会！"

神九黎目光微闪，让开了位置："来，你来弹奏一曲。"

宁雪陌坐在琴前，双眸低垂了片刻，手一伸落在琴上，叮叮咚咚地弹起来。

她有现在小雪陌的记忆，知道小雪陌是个坐不住的性子，虽然喜欢听神九黎弹琴，但她自己是不喜欢弹琴的。

神九黎只怕也是知道这一点的，现在让她弹奏大概是测试她。

她其实恨不得让神九黎多多发现她的异常，从而引发真正的好奇心，自己探知真相。

所以她此刻弹得十分卖力。

神九黎一直静静听着，表情莫测。

以他强大的记忆力而言，一首好听的曲子他听上一遍便能永远记住，绝不会忘记。在他的记忆中，这首曲子他是从来没听过的，但是这莫名的熟悉感是怎么回事？一个明明不会弹琴的人忽然能弹出这么动听的曲子，除了被鬼上身这种说法，几乎无法再用其他原因解释。

但灵魂分明是同一个！

就算是双胞胎，长相一模一样，灵魂还是不同的，这个绝对假冒不了。

神九黎侧眸看着她，一直在推测各种可能。

一曲终，宁雪陌停手，看着神九黎，一双眼睛亮如星星："怎么样？好听吧？"

"不错！这首曲子你是从何处学来的？"

"一个你从来没有去过的地方。"宁雪陌试探着说。说完之后，她静了静，不错！她说这句话没有泄露天机，没被弄回去……

这六界大了去了，也确实有神九黎没去过的地方，他摇了摇头："你弹奏的这首曲子本座应该是第一次听，却莫名有熟悉之感。"

宁雪陌心中猛然一跳！

他有熟悉之感？

当年她在天赐大陆跟在他身边行走历练的时候，曾经给神九黎弹奏过这首曲子，其他时候从来没有过。

那五万年前的他对此又怎么可能也有熟悉感？

"大神，你是不是忘记了什么东西？譬如丢失一段记忆什么的？"宁雪陌目光闪闪地问道。

神九黎摇头："没有！"他从出生到现在的所有记忆都有，不可能丢失记忆。

"你再想想，或许丢失了你自己也不知道。"宁雪陌不死心。

神九黎瞧了她一眼："你为何要说我丢失了什么记忆？从何推断出来的？"

宁雪陌咳了一声："这首曲子……其实吧，我对着你弹过。"

"什么时候？什么地点？"

宁雪陌头疼地揉了揉眉心，变态的老天不让她说实话，她该怎么说呢？

她忽然灵机一动："在梦中！"

看神九黎面露不以为然，明显以为她在开玩笑的表情，宁雪陌继续像打禅语似的和他说话："大神，我给你讲个'庄生晓梦迷蝴蝶'的故事吧……"

她口才极不错，把这个故事讲得头头是道，前因后果交代得很清楚，最后叹了一口气道："其实吧，人有时候挺奇怪的，你以为的梦说不定是现实，而你以为的现实或许是一场梦，就看你怎么看了。说不定梦和现实都是真的……"

神九黎听她绕弯子似的说完，终于缓缓地开口："你是说，有些梦其实是真实发生的？譬如你说在梦中对我弹过这首曲子，其实那个梦是真实的？"

聪明！

宁雪陌点头。

"你在那个真实的梦中不但在我面前弹过琴，还生育了孩子，孩子叫念陌？"神

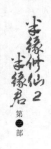

九黎坐在那里手指轻敲旁边的石头，神情似笑非笑。

宁雪陌神色一僵，脱口道："你怎么知道得这么清楚？你读取过我的记忆？"

神九黎抬手敲了一下她的脑袋："笨蛋，读取记忆需要被读取者是清醒着的。"

宁雪陌心中一动，自己不能说，如果……如果让他读取自己的记忆呢？或许他就知道一切真相了！

可是如果他知道了真相，也会知道接下来发生的事，他是守护这世界的神尊，如果提前知道一切，会不会设法阻止？那样历史可就大变了！

她的小念陌就回不来了……

以神九黎的性子，不可能为了一个孩子而置六界安危于不顾吧？

他说不定会劝她以后再生一个就是。

所以请他读取记忆这话到了宁雪陌嘴边，又被她咽了回去。

她站起身来，在山峰上转了一圈，心中一动，转头问神九黎："大神，你有没有想过有一天这个梵天宫会归其他人所有？"

神九黎回答得漫不经心："它不过是身外物。"意思就是他不在意了。

宁雪陌小嘴一翘："但如果那个人是洛九宸，他不但抢了你的神位，还觊觎你的妻子、算计你的孩子呢？"

神九黎微微皱眉，冷冷地开口："那也得他有这个本事！"

宁雪陌咳了一声："如果……如果他已经做到了呢？如果他已经抢了你的神位，正逼迫你的妻儿呢？"

神九黎挑眉："他当我是死的？"

宁雪陌暗道，在那个世界你确实死了，要不然那浑蛋也不敢这么嚣张……

宁雪陌抱着他的手臂："大神，像洛九宸这种人怎么配做神尊？你说是不是？人品太卑劣了！"

神九黎抬手抚了抚她的头发："确实，只是天道……放心，有我在，他翻不了天。"

宁雪陌暗叹了口气，就怕你不在啊！

她坐在那里拨弄着琴弦，思索着该怎么说。

神九黎将她抱起来，放在自己膝上，看着她的眼睛："心事挺重的，就不能和我明说？"

宁雪陌懒洋洋地倚靠在他怀中，她顾忌太多，自然不能明说。

她忽然想起了自己找他的初衷："对了，大神，你教我炼药术吧？"

神九黎上下打量了她一下："你确定？当年我教你炼药，你毁了我的一堆药草不说，还炸了我的炼丹炉……"

宁雪陌知道他说的是小雪陌儿时的糗事，咳了一声："人都是会变的嘛，现在的我炼药术可是到达七级了！"

神九黎再打量她一眼，忽然抱起她就走："炼一把给我看看！"

第二十九章　七级炼药术

炼药房内。

宁雪陌手法熟练地炼制了一炉七级丹药。

神九黎一直在旁边看着她娴熟自如的动作和手法，目光闪动得更厉害。

他自从和宁雪陌滚了床单后，便对她的身份起了疑心。那些日子他又到魔界暗中调查了一圈，了解了小雪陌的整个生活习惯和拥有的技能，知道她压根儿不懂炼药，身上那些药基本是她的下属孝敬的。

现在她却忽然到达七级炼药水平了……

再结合她在独峰上所说的那些话，一个推断在他的脑海中成型。

难道她真的来自未来？

可能吗？

"大神，看看我炼制得如何？"宁雪陌踮着脚把手中的药丸在他眼前晃了晃。

神九黎拿起药丸看了看，点了点头："不错！"

宁雪陌笑眯了眼："那你现在相信了吧？来，赶紧告诉我，怎么快速提升炼药等级？"她几乎要抱着他的脖子打秋千。她恢复成小雪陌的模样后，仗着自己的萝莉样，又是在心上人面前，性子倒欢脱得很。

神九黎看着她那圆圆亮亮的眼睛，不动声色地道："身体大好了？"

宁雪陌急于学习炼药，听他这么问，立即生龙活虎地蹦跶了两下："当然！"

神九黎看着她晕红的小脸、粉嫩得让人恨不得咬一口的肌肤、亮亮的眼睛，小丫头恢复能力很强，睡了一觉就活泼如初了。

他抬手捏了捏她的脸颊，不动声色地道："在我这里学东西是要付出代价的。"

"啊？"宁雪陌一时没反应过来，"什么代价？"她一挑眉毛，"你我现在这种关系，还用得着我再付报酬给你？"

"很用得着。"神九黎表情似笑非笑，"而且本座只想要一种报酬。"

宁雪陌心中一跳，脸蛋微微一红："你想要的报酬是……"

"你！"神九黎在她身上一拂，白光闪过之后，她又恢复成十八九岁的少女模样。再一眨眼，宁雪陌就发现自己已经在寝宫里，再一个天旋地转，人已经被压在床上了……

在神九黎这尊大神的指导下，宁雪陌的炼药技能确实突飞猛进，已经到了八阶，但与此同时，她深深认识到，神九黎绝对是个毫不吃亏的大尾巴狼！她每向他请教一个问题，都要付出一次代价，而且是概不赊欠那种。

于是，宁雪陌为了得到这最后三株药草的生长地信息，一共付出了四次"代价"。原本应该是三次，另外一次他说是买三送一的利息……

当时宁雪陌气愤地从床上爬了起来，告诉他自己才是买主，自己买了他三次信息，他应该附送一次其他信息，那才叫买三送一。

神九黎却懒洋洋地对她笑道："你说得对，本座确实应该无偿送你一次，不过送什么可是我说了算的，你说是不是？"

宁雪陌想了想，一般买几送一的，送出来的东西确实是商家选定的商品，而不是让顾客自己选定。

不过，神九黎全身是宝，知识更似大海般渊博，无论他送她什么，应该都是难能可贵的东西。

于是，她点了点头，应了，目光闪闪地看着他："那你要送我什么？"

神九黎躺在那里，衣衫半敞，玉石般肌理分明的肌肤在衣衫中若隐若现。他躺得随意，看上去慵懒而又风流，说出来的话却很欠扁："送我自己如何？本座可以任你鱼肉一次。"

宁雪陌："……"

她抄起旁边的枕头就砸到他的俊脸上，干脆利落地回了他一句："不要！"

神九黎哈哈大笑，笑声清越，直透到殿外。

神九黎天生性子冷淡，宁雪陌这辈子还没见过他这么大笑，从床上下来后，揉了揉酸疼的腰，诧异地看着他感叹："大神，原来你也是会这么笑的，我和你纠缠了

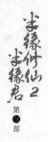

三……"她本想说"我和你纠缠了三世也没见你这么笑过",但后面的话她没来得及说出来,就感觉胸中一闷,眼前一黑……

神九黎眼睁睁地看着她忽然倒了下去,不及细想,忙一把捞住她,却看见她的身体在他怀中急剧缩小,又恢复成了十二三岁的模样。

她睁开眼睛,一双眸子纯澈如水晶,如大梦初醒一样:"九黎?"

神九黎却像是被人兜头泼了一盆冷水,从头冷到了脚!

"娘亲!"一声娇嫩的欢叫唤醒了宁雪陌。

她睁开眼睛,眼前是神念陌那一张粉雕玉琢般的小脸。这孩子正一脸惊喜地望着她,看到她睁开眼睛,他哇的一声就扑到她的怀中:"娘亲,你又睡了五天!你要吓死念陌了!"

他大概是委屈极了,趴在她怀中,眼泪把她的衣襟都沁湿了。

自己这是又回来了啊。

宁雪陌瞬间有一种大梦浮生的错觉。

何为梦?何为现实?

连她自己也有片刻混乱的感觉。

如果不是有小念陌,她是真不愿意回来!

不过,等她把小念陌那肉肉的小身子抱在怀中,看到小家伙那一双唯恐失去她的大眼睛时,她又庆幸自己及时回来了!

自己居然又睡了五天,把小念陌吓坏了吧?

她翻身坐了起来,她睡前明明身子很虚弱,也就勉强能独立行走溜达,现在却没什么不适的感觉了。

她把小家伙抱在怀中,小家伙死死抱着她,紧扒在她身上,唯恐她又跑了的样子。

虽然一回来就得到儿子这么热情的拥抱让她很感动,但宁雪陌也有点无奈,揉了揉小家伙的脑袋:"念陌,娘亲不过是太累睡了五天而已,你不必紧张……"

小念陌抽抽噎噎地道:"可是,你不像是睡着啊,你连呼吸都没有,心跳也停止了。禾木总管他们比念陌还紧张,不知道请了多少大夫过来,都说没救了……呜呜,若不是娘亲先前也这么睡过一回,念陌也以为不中用了。念陌真不想活了……"

这么小的孩子忽然说出"不想活了"这句话,让人感觉分外惊悚!

宁雪陌抱着他的手臂一紧:"不许胡说!念陌要好好活着!念陌可是娘亲的小心肝!"

她心中却一跳，原来自己所谓的做梦穿越不是睡着，而是真正灵魂出窍，像死了一样，怪不得孩子害怕。

对这孩子她有说不出的愧疚。孩子还这么小，便经历了这么多事，简直比她还多灾多难……

她没给孩子多少疼爱，倒是给了不少惊吓，真不是个合格的娘亲！

她将孩子抱在怀中又拍又哄，总算让小家伙破涕为笑，她在孩子耳边轻轻地道："宝贝，以后再碰到娘亲发生这种情况，你不必紧张，娘亲只是出去办事了，还会回来的。娘亲不会不要小念陌，明白吗？"

"娘亲去办什么事呀？也带念陌去好不好？"神念陌掌握的玄学知识还是很丰富的，模模糊糊知道灵魂出窍这件事。

宁雪陌叹气，如果她能把孩子带去早就带了！

她替小念陌把小脸擦干净，声音依旧压得低低的："念陌，娘亲是为了你爹爹的回来而奔忙……"

小念陌眼睛一亮："爹爹？！"

"嘘！"宁雪陌将一根手指压在他的小嘴上，"乖宝宝，这件事你绝不能让第二个人知道，明白吗？"

小念陌懂事地点头："好！"

"无论何时，无论处于什么情况下，也不能说哟。"宁雪陌再嘱咐了一句。

"嗯，念陌听娘亲的。"小念陌信誓旦旦地道。

宁雪陌这才放心。她提前和儿子打了招呼，以后她再穿越过去，也不至于再让小家伙担惊受怕。她还嘱咐儿子："宝贝，以后再碰到这种情况，你只要保护好娘亲的身体不至于被野兽叼走，那就行了。娘亲早晚会回来的。"

小念陌点头，也严肃地回答："好！念陌全听娘亲的！"

宁雪陌松了一口气，发现自己还是在神九黎所住过的那个小院中，看来因为她忽然没了气息，她的这些下属都不敢移动她……

外面守护的八大神兽听到了里面的动静，派白泽探进头来观看。看到相拥的母子二人，白泽顿时吐了一口气，把头缩回去，向其他伙伴报告好消息。

她苏醒的消息传播得很快，外面几乎是一片欢腾。

宁雪陌听这小院里人声不少，忽然似想起了什么，脸色一变！

她从床上一跃而起，跑出门去，在看清院内情景的时候，倒吸了一口冷气！

八大神兽都是原身在院子里威武地溜达，禾木总管还有其他几位陌官的护法也守在小院里。小院并不大，因为这些人的存在而显得拥挤，甚至花圃里也站了两

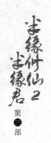

个人……

"都给我出去！"宁雪陌厉喝一声，吓了正欢腾的人们一跳。众人纷纷转过头来看她。

那些人原本要过来参拜，也被她这一嗓子惊到，怔怔地看着她。

宁雪陌吸了口气，又冷静地说了一句："都出去！以后不得本座谕令，任何人不得进来！"

众人虽然不明所以，但还是迅速撤了出去。

"娘亲？"小念陌不太明白娘亲为何会如此疾言厉色。

宁雪陌顾不得回答他，待所有人撤出去后，冲到花圃里，那花圃已被踩得面目全非，好多杂草被踩平，看上去一片狼藉。

宁雪陌脸色苍白，在记忆中的地方小心翼翼地扒拉，将被踩扁的草拨开，寻找那株好不容易拱出来的小荷……

片刻后，她终于找到了它，长长地松了一口气，一屁股坐在地上。

那株小荷依旧在，只是边角的叶片大概被蹭了一下，有点受伤，但还是绿意逼人，而且这么五天的时间，它似乎个头儿也长了那么一点点，看上去甚是纤秀。

宁雪陌想起了妙梵的话，说神九黎的原身就是从荷花里爬出来的，那么现在这株奇怪的小旱地荷，说不定就是神九黎的原身！

或许待它长大后，开花时神九黎就会回来。

当时妙梵对她说起这个的时候，她首先联想到的就是这株小荷……

她手指轻抚着叶片，能感应到上面丝丝缕缕的灵气。

她小心地侍弄着那株小荷……

小念陌也蹲在她身边，好奇地看着那株还不如小草粗壮的小荷："娘亲，你也种花了？"他又伸出小手想拨弄一下，"这小东西看上去也没啥特别的。"

宁雪陌嘴角一抽，这株小荷如果真是神九黎，那对神念陌来说，这就不是"小东西"。

她阻拦了儿子的小手，免得他没轻没重地伤到它："它的特别之处……等它开花之后你就知道了。念陌，这花对娘亲来说很重要，一定不能让人伤到它，你要好好保护它，知道吗？"

神念陌郑重地点头："嗯，念陌会好好保护它，不让别人拔它，我也不拔。娘亲，它是什么花？"

"莲花。"宁雪陌顿了顿，还是告诉了儿子。

神念陌睁大眼睛："娘亲，你是不是认错了？莲花不是生长在池塘里吗？"

宁雪陌严肃地点头："所以说它是一株与众不同的花。"她又嘱咐儿子，"念陌，这株花你要暗暗保护，绝不可以和任何人说起它的品种，也不可以和任何人说起它的珍贵性。"

有时候人越在意的东西越容易成为别人的把柄，也容易受到威胁。

宁雪陌虽然知道陌宫上下大部分是自己的人，但也不能保证里面没有被洛九宸收买的人。

只怕洛九宸是知道神九黎的原身的，如果让他知道她这里长出这么一株莲花，后果不敢想象！

在神九黎回来之前，宁雪陌绝不能拿这个冒险！

"好！"念陌又点头。

宁雪陌松了一口气。说也奇怪，最近没下雨，这花圃里的土地却一直挺湿润的，宁雪陌也不敢胡乱给小荷加水加营养。

或许因为周围那些草被踩得有些稀烂，这小荷看上去也有点蔫蔫的。

宁雪陌琢磨了一下，看向儿子："念陌，乖，取一滴血出来，小小一滴就行。"

神念陌点点头，果然用细针在手指上刺了一下，刺出一滴血，宁雪陌蘸了一点点那血抹在小荷上。

片刻后，那一点点血居然被小荷吸收，不见了。

小荷看上去似乎有了点精神。

念陌的血果然管用！

这下宁雪陌更有信心了，对此荷是神九黎的认定加强了一点。

她将念陌手指上的那一滴血完全涂抹在小荷上，小荷晃了晃，片刻后又将那滴血吸收了，叶片看上去不但嫩绿不少，似乎还长了那么一点点。

神念陌也看出来了，眼睛一亮："娘亲，我的血对它是好营养呢！"不等宁雪陌说话，他又刺了一大滴血出来，滴到那荷叶上。

宁雪陌忙拦住儿子："不用这么多。"虽然她很想让神九黎早日回来，但也不想让儿子太受罪。

这次那荷叶却吃不下去了，抖动了好一会儿，那血依旧在叶片上滚动……

看来它也是有胃口的。

宁雪陌唯恐它会吃撑，便将那滴血抹去，再嘱咐儿子："不能给它多吃，隔几天滴上一滴即可。"

她又看向儿子的手指，神念陌的恢复能力和他爹有的一拼，这么片刻工夫，针眼已经不见了。

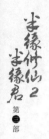
"娘亲，它开花以后会有什么奇迹？"小念陌兴致勃勃地问道。

或许给你长出个爹来——

宁雪陌咳了一声，还不怎么靠谱的事她不想告诉儿子，万一不是，让儿子抱了希望再失望更残忍。

"它开的花会很好看。嗯，到时候你就知道了。"宁雪陌含混过去。

神念陌为了这小荷能长快些，还想为它除除草，被宁雪陌拦住了，说这小荷也是需要伴的……

它在一堆杂草中才不显眼，不容易引起别人的怀疑。

宁雪陌还不放心，又走出门去，和白泽说了，让他派两个靠谱的神兽护卫这小院，任何人也不能入内。

当然，为防泄密，宁雪陌并没有说小荷的事，只说这个地方神尊曾经待过，她想让这个地方保持原貌，里面的一草一木、一桌一凳都不许动……

她对神尊的感情八大神兽是明白的，自然答应得很爽快。

当然宁雪陌以同样的理由嘱咐了禾木总管，禾木总管是个办事极稳妥的人，没怀疑什么，也约束了所有下属。

做完这一切，宁雪陌这才稍稍放心。

她又在花园中待了半日，正出神时，一个紫衣人影在院中缓缓现身，紫衣白发，容貌倾城，一双眸子笑吟吟地瞧着她："阿陌。"

洛九宸！

宁雪陌猛然后退一步，被脚下的土一绊，噗的一声坐倒，砸了一堆花花草草。

"阿陌！"洛九宸似乎有些哭笑不得，走过来要搀扶她。

她却又在花圃中后退了一下，又压倒几株花花草草，然后她双手在地上一撑，跳了起来。

她这一撑一跳，又压倒了数株花草……

洛九宸："……"

宁雪陌终于落定在花圃外，冷冷地望着洛九宸："洛公子，不请而入谓之盗，你堂堂未来尊主居然干这种勾当？"

洛九宸叹了口气："阿陌，你多心了，本座只是来看看你。这些日子一直不见你出来。"

"不劳牵挂。"宁雪陌说了四个字，挥手一掸，将身上的尘土完全掸掉，转身便走。

"阿陌，你何必如此拒人于千里之外？本座是亲自来送帖子的。"他手指一弹，一张金色请柬落在宁雪陌的掌心里，"后日在仙界天机宫要开个清谈会，阿陌，本座希望你能参加。"

宁雪陌哼了一声："本座甚忙，无空！"

她打开了院门，外面守卫的八大神兽听到动静，纷纷围拢过来，虎视眈眈地望着洛九宸，怕他会忽然发难。

洛九宸扬唇一笑："阿陌，不必如此紧张，本座不会勉强你。"一转身他便不见了影子。

宁雪陌在原地站了片刻，挥手让八大神兽各自散开，然后转身返回花圃，去检视那些被她砸坏的花花草草。

她刚才那一跌、一坐、一退、一起，看似忙乱，其实是有路数的，绝不会压倒她在意的那株小荷……

洛九宸忽然出现绝不是偶然，十有八九是来探查她的。如果让他探查出她分外在意这花圃，他势必会细查。

而她刚刚这一番动作，就能让他看出她对这花圃中的花并不放在心上，这样便能消除他的疑心。

密林郁郁葱葱，这里平时人迹罕至，轻易不会有人前来。

此刻却有一紫衣人闲立树下，似乎在等待什么人。

片刻后，一蓝衫女子纵身掠来，看到紫衣人，忙跪倒："尊主！"

紫衣男子正是洛九宸，他看了一眼蓝衫女子："可有什么新消息？"

蓝衫女子禀报道："魔主在尊主走后便对着禾木总管发了一通脾气，责他守卫不严，以致把什么……人放进来了。然后她便回寝宫了，一直没再出来……"

洛九宸点了点头，冷声道："你说她喜欢在那偏院待着，本座已经去查看过，里面也没什么值得注意的东西。"

蓝衫女子道："她常带儿子去那偏院待上片刻。听说那里曾经是神尊所居之地，或许她是去那里睹物思人吧。"

洛九宸哼了一声，他既然已经查看过，自然不再把那偏院放在心上。

何况那偏院中已经没有任何神九黎的气息，看来那个女人一时还是不能接受这个现实。

"给本座盯紧点，有什么异常及时向本座禀报！"洛九宸吩咐。

"是……可小奴在陌宫只是一名不入流的打扫侍女，平时是无法接近魔主身边的……"蓝衫女子叹气。

第二十九章 七级炼药术

"你多打听便是！这也用本座教你？"洛九宸声音更冷。

"是。"女子又应了一声，却低下头道，"尊主，陌宫规矩森严，赏罚分明，若被人发现奴家做了内应，奴家怕是……"

"不妨，你小心些就是。阿欢，你就暂时在那里受些委屈，事成之后，本座不会亏待你。"洛九宸脸色又转温和。

女子嘤咛一声扑入他的怀中："可是，阿欢还是有点怕……"

"不怕，日后本座自会给你想要的好处。"

"阿欢只希望能待在尊主身边，为奴为婢也甘愿。"

"只要你好好做，本座身边会给你留一席位置。"洛九宸许诺。

蓝衫女子心满意足地去了，洛九宸站在原地，勾了勾嘴角，眸中现出一抹嘲弄之色。

一个卑贱小魔还想待在他身边？做梦去吧！

阿陌，本座任由身边千帆过，心中却只想要你一个，也只有你才足够有条件站在本座身边……

五万年前本座利用了你……

想到这里，他顿了顿，他的记忆似乎出现了偏差。

在他的原始记忆中，他将小雪陌逼成了魔，但现在一想，似乎不是那么回事。成魔的不是小雪陌，而是另有其人……

他原本的记忆挺清晰，现在想想却一片模糊，五万年前的记忆似乎正在他的脑海中消失。

他揉了揉眉心，倒也不怎么在意。

或许在那口天道钟中被困太久的关系，他对五万年前的记忆一直有些模糊，而且还有越来越模糊的趋势。

他开始觉察到此种情况时还有些焦躁，后来时间稍稍一长他便不放在心上了。

他想要的是可以把握的现在和未来，过去的事记不清就记不清了，他不必介怀。

他只要知道他现在想要的一切是什么便好。

"魔主，已查明，这次的内奸是阿欢。"密室内，禾木总管向宁雪陌汇报。

宁雪陌点了点头，和她料想的一样，陌宫果然出现了内奸。幸好那魔女不是她身边伺候的，只是一个洒扫侍女……

想到这里，她心中一动，她当初被宫欢颜乖巧伶俐的假象所迷，对宫欢颜并没有多少戒心。如果神九黎当初没挑中宫欢颜做他的同伴，或许宫欢颜直到现在还待在自己身边……

像宫欢颜这种人在非常时刻是最容易被人收买的，那现在的内奸或许就是宫欢颜了！

如果宫欢颜做了内奸，绝对比这个阿欢带来的危害要大得多！

而神九黎似乎早料到会有今天一样，提前出手替她把这种不安定因素除掉了……

"魔主，要不要把阿欢处理掉？"禾木总管询问。

宁雪陌摇了摇头，忽然微微一笑："切莫打草惊蛇，我们也可以利用她一下。"

所谓六界清谈会有点类似于现代酒会性质，开会地点也选在了富丽堂皇、无比高大上的地方。

仙界的云霞宫特别符合这一要求。

云霞宫位于一仙山峰顶，唯一的通道是白玉道，一大早就有各界之王带着手下精英骑乘着各色交通工具赶到。

有骑着珍禽异兽的，有乘着云轿的，也有乘着马车的，当然，拉车的也不是普通的马，乃赫赫有名的天马。

各种祥云缭绕，各种瑞气蒸腾。

现在洛九宸在六界炙手可热，可以说注定是个只手遮天的人物，六界之人自然不敢招惹他，他的面子无论如何也要给。所以凡是他下帖子请的人，没有一个敢不来。

众人在路上碰到的时候，彼此寒暄，倒也颇为热闹。

冥界之王是位八面玲珑的人物，此人也甚有心机，和洛九宸也走得很近。现在算是洛九宸的心腹。

他是乘坐一头青鸾来的，因为平时并不喜人多，这次又是来清谈的，所以只带了四名属下，算是轻装简从了。

四名属下的骑乘不如他的鸟儿飞得快，所以他飞在最前面。

眼见前方云霞宫在望，他正要催动青鸾鸟下去，身后忽然传来一声清丽的鸟鸣，一人骑着一头火凤赶了上来："冥王。"

冥王下意识地侧头，愣了愣，似乎没想到会碰到此人，但还是在青鸾背上拱手为礼："魔主。"

火凤上的女子正是魔主宁雪陌，她一身红衣，再骑着一头火凤，整个人如燃烧的云霞般耀目。

宁雪陌微微一笑："既然相逢，便是有缘，我们一路走吧。"她说完和他并肩飞行。

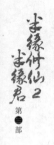

冥王自然不能拒绝，他虽然知道这位魔主现在和洛尊主不睦，但洛尊主好似对她有些意思，很难说他们以后会不会成为一家人……

更何况这位魔主的功夫他也是明白的，一百个自己也不是她的对手，如果真的得罪了她，他怕是会死得很惨。

宁雪陌和他一路同行，语笑嫣然地闲谈着。

冥王不知道她到底什么目的，也只能应付。

这一路他们自然也碰到了好几拨其他界的人马。

而宁雪陌也怪，只要看到有其他人赶上来，她便和冥王稍稍拉开一些距离，等那些人打过招呼超过他们后，她又和他并肩而行……

转眼到了主会场，宁雪陌稍稍落后一步，向着冥王微微一笑："冥王，你先下去吧，我还有点其他事，待会儿再去。"

冥王正巴不得她这一声！

洛九宸生性多疑，如果他发现自己和这位魔主走得近，说不定会想歪……

所以他向宁雪陌拱了拱手，说一声"那小王先走一步"，便急急忙忙地下去了，像后面有鬼追似的！

宁雪陌在天上骑着火凤晃荡一圈，这才慢悠悠地飞了下去。

宁雪陌的身份毕竟是魔主，三年前她纵横六界收拾得各界刺头人物屁滚尿流的事迹人们记忆犹新。

所以到场的六界首脑见了她下意识还是不敢得罪，见她忽然到来，虽然心中纳闷，但还是要寒暄一二的。

这半个月几乎算是风云突变，六界中人人知道新任尊主和这位魔主不太对盘，有意针对。而这半个月魔界也夹着尾巴做人，魔界中人几乎不出界，很显然魔主是比不上新尊主的。

既然新尊主针对她，其他人自然不敢和她热络交谈，表面上寒暄两句后，便分散开，唯恐她身上有细菌传染似的。

大厅中人虽然不少，宁雪陌周围却空荡荡的，一根人毛也没有。

宁雪陌也不在意，大厅中的布局真的有点像酒会，有专门放各种水果、酒菜的餐台，品种丰盛，海、陆、空齐全，中间还有各种鲜花点缀。

侍女仆从穿梭其中，添置着各种东西。

这些大人物来这里自然不是吃吃喝喝的，而是来联络感情的，所以他们三个一堆，五个一伙，各自交谈着。

独宁雪陌是自己站在一边的，她走到哪里，哪里的人就会借故自动离开。

宁雪陌嘴角轻轻勾了一下，在人世间这种情景她早已看惯，只是没想到六界中的这些人也这样势利。

她并没有故意去和人凑堆，而是独自坐在一个角落，慢慢品酒。

那位冥王其实一直在注意她，唯恐她又找上自己套近乎，让他拒绝不是，不拒绝也不是。他心里甚至想好了如果宁雪陌走过来和他交谈他便离开的托词。

他却没想到宁雪陌进来后压根儿没有上前和他说话的意思，甚至看也没看他……

她刚下来时他迫不得已随同别人过来和她打招呼见礼时，她面上也一副淡淡的神情，一双眸子扫过他的同伴，却从来不和他有目光交会，仿佛在刻意和他疏远……

她越这样，冥王心里越没底。

她对他异常热络时，他担心，恨不得将对方推开，离她远远的；她特意冷淡他，他在松一口气之余又摸不到门道，不知道她葫芦里卖的什么药，忍不住时时看她……

而这一切，都落在一双时时监视这里的眼睛里。

这双眼睛的主人正是洛九宸，当然，像他这么尊贵的身份，是不会这么早就到场的，免得掉身价。

他人没到，不代表他的眼睛没到。

此刻他就坐在梵天宫里的湖边，面前是一道水镜，镜中显现出来的正是云霞宫内外的情景。

水镜里显示出来的景致是可以随意调的，他想看哪里就看哪里。

从宁雪陌出现的那一刻起，水镜上便显现出有她的画面。

宁雪陌的一举一动、一言一行，都在上面显示得清清楚楚、明明白白。

当然，这上面只有画面，没有声音。

不过这也足够洛九宸看清一些东西了。

宁雪陌在大厅中所受到的冷遇他自然也看到了，禁不住勾了勾嘴角。

这丫头多吃点亏就能明白现在的六界已经不是往日的六界了，如果她想要再在六界混得风生水起，就要来抱他这个新尊主的大腿，只有他才能给她想要的，包括地位、身份，以及宠爱……

宁雪陌在天空中骑着火凤和冥王并肩飞行，二人有说有笑的情景，洛九宸自然也看到了。

其实他不喜欢宁雪陌和任何男人走得太近，看到就会心里不舒服。

但他到底是个阴沉人物，心机颇深，看宁雪陌和冥王有说有笑，也不排除她是认识到她自己的尴尬处境，想拉个同盟军，将冥王拉到她那一边的意思。

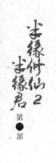

但后来他看到宁雪陌和冥王谈笑时是故意避开人的，而冥王也有点鬼鬼祟祟的样子时，他心里有了一点疑窦，但这疑窦并不大。

而现在，宁雪陌在大厅里对冥王压根儿不理会，冥王却时不时偷看她……

这两个人之间似乎真的有点不正常！

冥界、妖界、魔界原本就最容易成为一派，关系也比其他派好一些。

难道冥王和宁雪陌这个魔主暗地里有什么牵连？

洛九宸原本就是多疑的性子，此刻疑心更大，他也更注意看宁雪陌和冥王之间那细微的互动。

他看到冥王终于和其他人寒暄完毕，独自去餐台那里取食物，而宁雪陌也恰好站起来，去了餐台，在冥王后面不远处取了个蟠桃。

而那蟠桃洛九宸曾看到冥王拿起来又放下了！

宁雪陌取了蟠桃后便离开餐台，回她自己的位子坐下。

她并不急着吃蟠桃，而是任那蟠桃在她细白的掌心里转来转去，然后似有微微的白光一闪，从桃中掉下一物，被宁雪陌迅速笼在袖中，然后她还向两边看了看。见周围并没有什么人，她笑了笑，手撑着额头似乎开始打盹儿，一双眼睛却向袖子看了片刻，然后抿了抿唇，垂下袖子，一小缕淡白轻烟从她袖中冒出，然后飘散……

洛九宸蓦然握紧手指！

昨天那名藏匿在陌宫之中的阿欢细作传信告诉他，魔主和冥王之间似乎有点不对，魔主新得到一封信，是禾木总管亲手呈上去的。恰好阿欢在附近洒扫，看到魔主接到那封信后看了一眼便让禾木总管随她进入大殿……

阿欢悄悄跟过去偷听，她功力低微，唯恐那两个人发现，不敢靠得太近，只隐隐听到什么"冥王""内应""不可与人知"的字眼。

具体内容她没听到，但怀疑冥王和魔主有所牵连，所以便向洛九宸传音告密了。

洛九宸心中本来就对冥王有点怀疑，于今在水镜中看到这种情景，他那疑心几乎就要冲破胸膛了！

好！冥王！

一次可疑的行为或许能解释为偶然，但这么多可疑的事连成一串，洛九宸就算是不想怀疑也不可能了！

这个冥王是最早向他投诚的，在他面前一副忠心耿耿的模样，原来是为魔主做内应的！

幸好他有这面水镜看到这一切，要不然他被冥王卖了还不知道呢！

洛九宸眼眸中闪过一抹阴狠之色。

在这样的关键时候，他不允许任何人对他不忠！

他一直盯着水镜，目光落在宁雪陌娇俏的脸上，伸出手指去触摸水镜，仿佛在触摸她娇嫩的脸颊："阿陌，你会是我的……当年，是我先发现你，所以我才是你的有缘人，而不是那个男人！"

水镜晃了晃，一个人忽然出现在水镜上，确切地说，是出现在宁雪陌身边。

那是一位仙者，俊秀挺拔，一袭蓝衫飘飘若飞。

洛九宸眼眸微微一缩，这个人他认识，是那位曾经的仙界最强者叶天离！

洛九宸知道叶天离的事，知道他差点成为雪陌魔主的未婚夫，还知道他的一只手毁在宁雪陌手上。

这两个人的关系其实有点微妙……

洛九宸盯着镜子，看到叶天离含笑对着宁雪陌说了什么话，宁雪陌则懒洋洋的，对他爱理不理的。

叶天离却在她对面坐下来，手里晃着一杯酒，嘴角含笑，似乎又说了什么。

那句话大概不中听，宁雪陌握着酒杯的手指一紧，然后她冷冷瞥了叶天离一眼，说了句什么。这两个人似乎发生了口角，惹得大厅中的其他人向他们望过去。

宁雪陌抬手似想做什么，却又忍着，转身拂袖离开了。

洛九宸摸着下巴，虽然听不到这两个人说什么，但看他们的神情也知道他们相处得并不愉快。

十有八九是叶天离趁宁雪陌落魄时报复她，说了几句怪话，惹得宁雪陌不快，两个人不欢而散。

敌人的敌人就是自己的朋友，洛九宸明白这个道理。或许他该将叶天离拉到自己麾下，这个人虽然残了一只手，但并非不能治，如果他为叶天离治好了手，不愁叶天离不对他忠心耿耿！

洛九宸正在盘算，腰间的传音符忽然亮了起来，他瞥了一眼，接起，里面传来一声轻脆女声："尊主，我们是不是该启程了？"

洛九宸笑了笑道："好！"

是到他该出场的时候了！

洛九宸出场场面很盛大、很隆重，他是乘坐一辆八匹天马拉着的金色马车来的。

那马车是天帝进献给他的，极奢华，极有品位，也极符合他的身份。他一身紫袍乘坐马车而来，倒是极拉风，有一种天地唯他独尊的架势。

当马车出现在云霞宫上空的时候，漫天彩霞铺陈，霞光万道，几乎照瞎人的

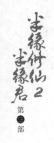

眼睛。

众人闻声出来，看着他的马车在云霞宫上空缓缓绕行一周，这才飞了下来。

因为他尚未正式登上天地共主的位子，所以按规矩来说，众人尚无须向他行叩拜之礼，只需弯腰拢袖一揖便可。

越是高层越是讲究规矩，所以在场的人没有失礼的，一切都是按规矩来。

他不是一个人来的，和他一同走下马车的是一名烟鬟雾鬓的女子。

仙界之中最不缺的就是美人，而此女显然是美人中的翘楚，一双丹凤眼、高鼻梁，嘴唇略薄，看上去冷艳而又强势。

宁雪陌还是认得这位美人的，是天帝的亲妹妹，一位修炼得道的仙子，名叫天幻荇。

据传此女眼界极高，非世间第一男儿不嫁，曾经有意于叶天离，但叶天离那时不将任何女子放在心上，她在他那里碰了一次钉子后便放弃了。

后来叶天离主动追求阿陌尊主，虽然因为神九黎插入，叶天离没有追求成功，但还是让这位仙子心里很不自在，见了宁雪陌总有些莫名仇视，看不顺眼。

幸好，宁雪陌并不太在六界行走，两个人见面的机会极有限。

宁雪陌来到这神魔大陆三年多，也仅仅见过这位仙子两次而已。

宁雪陌成为魔主后，性子一直懒懒的，只要不招惹到她，她便不会找任何人麻烦。

这样的她自然和天幻荇没有什么交集，宁雪陌只隐隐感觉这女子对自己有一丝敌意，但并未放在心上。

没想到天幻荇和洛九宸搅和到一起了，居然是手牵着手自马车上走下来的。天幻荇和洛九宸并肩站在一起，无形中似也接受了众人的一揖。

宁雪陌坐在原位没动，手里转着一杯酒玩儿。

她是魔主，就算被洛九宸暗暗挤对了，但她的身份摆在那里，就算洛九宸登上天地共主的位子，她和他也是平起平坐的，何况他现在还没登上这个位子，自然无须向他行礼。

洛九宸和众人寒暄，样子看上去尊贵中透着疏离，疏离中又透着几分上位者见到下属的亲切……

总之，他的姿态拿捏得非常到位，眉眼风流，春风得意。

他一边寒暄，一边向里走，终于——他的目光落在一直坐在原位没动的宁雪陌身上，他微微一笑，居高临下地和她打招呼："魔主也驾到了，幸会，幸会！"

说着他向着宁雪陌拱了拱手。

宁雪陌似笑非笑地勾了勾嘴角："洛公子，幸会。"她依旧没有起身。

天幻苓见她懒洋洋地坐在那里，屁股也没有抬一抬的意思，俏脸微微一沉，开口："魔主，洛尊主可是天地共主，他和你打招呼，你就这么坐着于理不合吧？"

宁雪陌目光微微一转，瞥了天幻苓一眼，淡淡地开口："你是何人？"

"小仙是天帝之妹天幻苓。"

"你的兄长见了本座还要下拜，你算什么？见了本座就这么戳着，还想和本座讲什么理不理？"

天幻苓俏脸微微涨红："小仙……小仙是洛尊主的未婚妻……"

宁雪陌笑了："哦，是吗？恭喜。"她话锋一转，"莫说你是他的未婚妻，就算你已经是他的妻，他此刻尚不是天地共主，你见了本座于理也该下拜！"

天幻苓："……"她没词了，忍不住拉了拉身边洛九宸的衣袖，"尊主……"

她的意思是让他为她出头。

其实洛九宸一直盯着宁雪陌的脸色，期盼能从她脸上看到哪怕一丝一毫的失落。

没有！她压根儿没有一点失落之意。

眸中暗光一闪，他似笑非笑地看着宁雪陌："魔主，看在本座的面子上，是否能免了她这一礼呢？"

宁雪陌转着酒杯，答得漫不经心："本座一向不在意这些俗礼，若不是阁下的未婚妻向本座讨要一个礼，本座也懒得和她计较。"

这一场小小的风波就这样过去了。

清谈会正式开始。

或许是天幻苓说出自己是新尊主的未婚妻，而新尊主没反驳的关系，她在整个清谈会上一直以新尊主的未婚妻自居，惹得此次前来的众人都有意无意地巴结她，渐渐以她为中心，不时向她敬酒。

反观宁雪陌，独坐在那里，压根儿没有人再去和她说话，她周围空出老大一片地方，未免就显得孤单，凭空给人一种凄凉末路之感。

至于洛九宸，此刻就像一轮太阳，将所有的光芒吸引到他身上，无论走到哪里都是一个耀眼无敌的存在。虽然他尚未登上共主之位，但已经有了共主风骨。

可以说，在这大会上他是最春风得意的。

宁雪陌正在饮酒，眼前微微一暗，一人站在她面前："阿陌。"

宁雪陌抬头，看到一张春风得意的俊脸："洛公子，有事？"

洛九宸在她对面坐下来，手里晃着一杯酒："没事，来找你喝一杯。"

宁雪陌勾了勾唇，没说话，目光随意地向天幻苓一扫："你不怕她吃醋？"

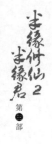
洛九宸盯着宁雪陌的眼睛："阿陌，如果你喜欢，本座愿意把属于她的光环送给你。"

宁雪陌笑："那多谢了，可惜我不稀罕。"

洛九宸轻轻叹了口气："阿陌，你何必倔强？你再这样下去日子会很难熬，你又何必放着康庄大道不走，非要走独木桥？"

宁雪陌喝了一口酒："或许独木桥比较适合我吧。"

洛九宸见她如此油盐不进，眸中闪过一抹暗光："阿陌，你会后悔的。"

宁雪陌叹气："这句话我听阁下说过无数遍了。"

洛九宸一笑："是吗？我相信这是你听到的最后一遍。"似乎决定了什么，他起身走开了。

宁雪陌依旧没动地方，饮了一口杯中的酒，自有侍者又给她倒了一杯。

酒尚未碰到唇边，她眼前又一暗，一名女子在她面前落座。

今天苍蝇蚊子似乎格外多！

宁雪陌抬头，看到的是天幻荇那写着得意的脸："魔主，你看上去好寂寞呢，天幻荇来陪你喝一杯？"

宁雪陌没说话，抿了一口酒。

天幻荇居高临下，微微一笑："魔主，其实有一句话叫识时务者为俊杰，你又何必总和尊主过不去？"

宁雪陌依旧懒得理她。

天幻荇明显是来做说客的，接连说了好多话，总体意思就是今时不同往日，现在是尊主的天下，宁雪陌这个魔主不过是在魔界称称王，要对尊主恭敬有加什么什么的。

她说了不少，宁雪陌坐在那里完全不理会。

天幻荇开始和她说这些话的时候，还怕激怒她，不敢说太过分的话，自然也不敢靠近她。

后来见她没反应，天幻荇还以为宁雪陌怕了，便越说越兴奋，也越来越过分，到最后甚至说，宁雪陌这个魔主见了她这个未来尊后也应该行三跪九叩之礼……

她得意的话尚未说完，一杯酒就直接从她的头顶浇了下来。

她不像是被一杯酒淋到，倒像是被一桶酒淋了个透心凉，云鬓、衣衫，从头湿到脚，酒液顺着她的衣裙滴滴答答。

更诡异的是，一个酒杯倒扣在她的脑袋上，随着她的动作颤颤巍巍的。

酒香熏人，天幻荇直接僵住了，片刻后才爆发出一声尖叫："你——"她头顶的酒杯似乎承受不了她的高分贝，啪的一声直接在她头顶炸裂，又刺激得她尖叫一声，酒杯碎片落在地上，发出叮叮当当的脆响。

这边的动静显然也惊动了整个大厅的人，无数目光向这边望过来。

宁雪陌坐在那里，依旧没动地方，手中的酒杯却不见了。

仙界的建筑虽然都是瑞气腾腾，仙气十足，天牢却和普通的人间天牢一样，窄小，黑暗，墙角铺着稻草，脚下是极北之地所产的寒玉砖，踩上去硬邦邦的，冷硬得厉害。

宁雪陌坐在一堆稻草上，身上挂着锁住念力的铁链，随意一动就叮叮当当乱响。

仙界的天牢也分三六九等，犯罪轻的在最上一层，有床有桌，甚至还有窗户，透过窗户能看到外面的天空。

犯罪较重的在中层，房间比较窄，床也是光光的木板，好歹房间内还是干净的，没有老鼠、跳蚤之类的东西蹦跶。

罪行最重的则在地下，阴暗潮湿，又窄又小，人在里面转个身就能碰到墙，房间只有一米五高，就算身材比较娇小的宁雪陌待在里面也站不起来，只能坐着或者蹲着；没有床，只有一捆稻草勉强能隔一隔地面的寒气。

宁雪陌对坐监并不陌生，仙界的天牢倒还是第一次坐。

而且她还是一次到位，直接坐的是最下面的那一层。

她盘膝坐在稻草上，下面那寒玉砖里的寒气就算是稻草也不能隔绝，顺着她的肌肤向里钻，她感觉全身的血也像是要冻住了！

她轻轻叹了一口气。

这还真是一杯酒引发的血案！

她不过就是倒了一杯酒在天幻荇的脑袋上，当然这杯酒看上去是一杯，其实是一桶。

但宁雪陌并没有使用任何念力，而天幻荇好歹也是天阶五级的高级修士，不要说被浇一桶酒，就算被浇一缸酒除了难堪点，应该也没有什么。

却没想到天幻荇这么不禁浇，居然在被浇后不久，全身打起摆子，迅速结冰，还没等人瞧清楚是怎么回事，她就直接成了个冰疙瘩，砰的一声炸开，满大厅都是她的血肉……

如果只是浇一杯酒，最多就是恶作剧，但人因为这一杯酒死了，还是这么惨烈的死法，对方还是天帝的妹妹，也算是公主，这一变故自然引得全场大哗。

而宁雪陌这个魔主也就成了众矢之的——

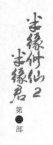

她这一次赴宴是自己来的，身边连一个侍从也没带，一旦被围，连个帮拳的也没有，而她的功力又没有完全恢复，加上最后洛九宸亲自动了手……

于是，最后宁雪陌失手被擒，被押进了天牢，等候六界会审。

洛九宸甚至还给她找了一个伴，这个伴不是别人，正是冥王。

因为洛九宸查出天幻苻并不是被酒活活浇死的，而是因为中了酒中的一种冰冥毒，这冰冥毒十分厉害，滴一滴在酒中被人喝下，就能让人五脏六腑全部被冻住。

如果在酒中掺上小半瓶，再浇到人身上，就能造成天幻苻死时的那种效果……

而这种毒是冥王的看家法宝，六界之中也只有他会制作。

酒是宁雪陌浇的，毒是冥王的，于是在洛九宸三言两语的判案中，明显是他二人勾结，将天幻苻置于死地。

于是，宁雪陌和冥王都被抓了，分别关在不同的牢狱中。

冥王自然是大声喊冤的，但洛九宸在他身上搜出了另外半瓶冰冥毒……

这样人证物证俱在的情况下，冥王喊冤喊得再大声也没用。

宁雪陌听人说，冥王就被关在隔壁的天牢内，这天牢内隔音效果非常好，她没听到冥王发出任何动静，估计就算嚷也嚷累了。

这天牢四面都是墙，墙也是寒玉砖垒成的，不能倚靠，一旦倚靠，人会被冻在上面，想要挣开，得要挣掉一层皮……

宁雪陌深知这寒玉砖的厉害，所以她的坐姿很标准，一点也没碰到墙壁。

在天牢内是看不到门的，只有提审犯人的时候，最前面的墙才会缓缓裂开一个大洞，把犯人提出来或者扔进来。

宁雪陌已经在里面坐了两天，因为身上的念力被身上的锁链封住，她现在就像个普通人。

长期这么一个姿势坐着，未免腰酸腿疼，她坐在那里活动了一下胳膊腿儿，感觉所有关节都硬邦邦的，也要被冻成个冰疙瘩了。

活动片刻后，她缓缓伸手，摸到身后墙角处一个伞状小蘑菇已经长了出来，那小蘑菇冰冷而柔软，摸上去颇为滑腻。

宁雪陌温柔地在上面摸了摸，然后咬破手指在上面滴了一滴血，期待那小蘑菇能再长快些。

这天水毒的配料太变态了！

怪不得当年神九黎只配齐了四十六种，因为其余三种的生长地极为奇特，而且生长条件苛刻得要命。

其中以这个寒冥红蘑最为奇葩。

它只生长在仙界最阴暗的天牢之中，地面是寒玉砖那种的。

所以她这次赴会，原本就抱着惹个大事坐重监的主意来的。

她知道洛九宸时时刻刻想要找她的麻烦，给她个教训，好让她真正向他屈服。

她只要给他这个机会，他一定会抓住。

要想在这样的大会上惹个大麻烦很容易，宁雪陌正在酝酿的时候，这天幻荇就找上门来了……

宁雪陌的本意是惹怒天幻荇，然后两者开撕，她再出手将对方打个半死不活，差不多也就够坐几天重监的罪了。

没想到天幻荇被淋了一杯酒后就结冰爆炸……

宁雪陌聪明绝顶，当洛九宸审出冥王是她的同党时，她便完全明白了。

原来洛九宸也有将她关一关的念头，天幻荇不过是他随手扔出来的棋子。天幻荇被浇了一杯酒后，转身就扑到了洛九宸的怀里，洛九宸则趁机向天幻荇下了冰冥毒……

看来洛九宸真的对冥王起了疑心，这一招可谓一箭双雕，够毒，够狠！

于是，宁雪陌顺理成章地进了天牢，而且很符合她的心意，住的是重牢中的重牢。

洛九宸那个浑蛋真是太善解人意了！

而且他为了给她一个大教训，将她关入天牢后，便不闻不问，大概想关她个十天半个月的，挫一挫她的锐气再来提审她……

宁雪陌种出来的小蘑菇三天才能采摘，现在已经过去两天了，她只要再熬上一天，等小蘑菇完全成型能够采摘，她就能够离开这个鬼地方了，潇洒地走，不带走一片云彩。

她既然定下计策敢来，自然有逃出去的法子，现在就等这小蘑菇长成了。

她正闭目养神，前面的墙壁忽然发出声响，缓缓向两边裂开……

宁雪陌心中一跳！不是吧？今天就提审她？洛九宸那王八蛋这么沉不住气？！

一个人在门口现出身形，华丽的紫袍，挺拔俊美的身材，微弯的唇不笑也似带了三分笑意。

正是洛九宸。

宁雪陌久在黑暗之中，乍一见外面的阳光，有些刺眼，便闭上了眼睛。

她并没有动地方，在门开的那一刹那，她就用衣袍的后襟将那朵小蘑菇盖了起来。

"阿陌，让你受苦了。"洛九宸弯腰走了进来，顺势坐在她的对面。

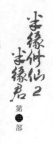

他上下打量了她两眼，眸中现出怜惜神色："你瘦了。"

宁雪陌不理他，眼睛也懒得睁开。

"阿陌，非本座要和你过不去，而是形势逼人……你不该杀她的，现在天帝痛失其妹，不依不饶……"洛九宸开口。

宁雪陌勾了勾嘴角，没说话。

洛九宸说到最后，话锋一转道："阿陌，现在形势对你很不利，这样下去，你怕是要上雷神台的。我即便想保你，若没有个正当名头怕也不行。除非你换一换身份，我再为你出头才能名正言顺。"

雷神台相当于诛仙台，是仙界惩罚死刑犯人的地方。

一般上了那雷神台，就别想再下来了，犯人会在那上面受天雷劈，轻则被劈焦肉身，留几缕魂魄去投胎，重则直接被劈个魂飞魄散，消失于天地之间。

宁雪陌终于睁眼："换什么身份？"

洛九宸看着她那双黑白分明的明澈眼眸心中一荡，连他自己也不知道是怎么了，每当看到这样的阿陌，就有一种抱一抱她的冲动。

他双眸凝视着她："最好的身份就是本座的夫人，没有人敢为难天地共主的夫人的。"

她就知道他的最终目的是这个！

宁雪陌一笑，不置可否："不是说天子犯法，与庶民同罪？"

洛九宸扑哧一笑："那不过是糊弄普通百姓的说法而已。"

宁雪陌瞧了他一眼："天道不是讲究公平？你这个新守护者却如此作为，不怕天道惩罚你？"

洛九宸轻叹："阿陌，你太天真了，成大事者不拘小节。这世上哪有这么多公平存在？天道……天道也不过守护六界总体走向不太歪便可。一些小事，不管公平不公平，天道才懒得管。"

宁雪陌抱膝坐在那里，笑了："原来如此，怪不得你一直作恶不断，原来天道是不管小恶的。"

洛九宸一窒，眨了眨眼睛："阿陌，你说什么？本座不懂。"

宁雪陌扑哧一笑："洛九宸，咱们明人不做暗事，这里也没有外人，干脆打开天窗明说了吧。我知道这一切是你背后搞的鬼，我泼天幻苻那一杯酒里并没有毒，有毒的是你的手！可怜天幻苻还拿你当倚靠，受了委屈就向你怀里扑，却让你趁机向她下那种毒，要了她的命，让她成了你威胁构陷我的棋子。你陷害我也就罢了，一山不容二虎，你要做天地共主，容不下我也在情理之中。但你为何要陷害冥王？他对你忠心耿耿，你这样做不怕跟随你的人寒心？"

洛九宸看了她半晌，叹了口气，笑道："阿陌果然很聪明呢。居然这么快就想通了这其中的关窍，我喜欢！"他再一勾嘴角道："你不管你自己，还想为冥王脱罪？"

宁雪陌吸了一口气："他是无辜的！你我的恩怨，没必要牵连无辜进来！"

洛九宸冷笑一声："无辜？他明着投靠本座，暗里却是你的眼线，想在本座身边做内奸，本座又岂能容他？"

宁雪陌皱眉："谁说他是我的眼线了？我和他关系一般，你莫名其妙地乱怀疑什么？他是无辜的，你若还有点良知，便放了他吧！"

宁雪陌越为冥王求情，洛九宸越不爽，越怀疑冥王对他不忠……

说到后来，洛九宸冷冷一笑："他是绝对放不得的！这件事总得给六界一个交代，本座若想保你，就只能牺牲他了！阿陌，你若识相，便答应我的要求，我自会将所有责任推到冥王身上，将你平安带出去。前提是你得配合我……"

宁雪陌不说话了，也不知道是听进去还是没听进去。

洛九宸也不催她："本座再给你三天时间，你好好想想吧。想想念陌，他还在家等着你，你忍心让他再失去娘亲？"

宁雪陌瞪着他道："洛九宸，你当初答应的三个条件中，便有不得伤害原属于神九黎之物这一项！念陌是他的儿子，你若敢伤害念陌，你便违背誓言了，永远做不了天地共主，还要被关入天道钟里去！"

洛九宸一笑："放心，本座自然记得。就连你，本座也舍不得伤害一点。这次如果你不犯事，本座也不能名正言顺地抓你……好了，你再好好想想吧，是要走康庄大道，还是走你那独木小桥！"

他转身欲走，忽然又耸动鼻子："你这里怎么有血腥味儿？"

宁雪陌一抬手，手腕间的锁链叮当作响，她的手腕被锁链磨破了一层皮，有血沁了出来。

她没说话，但血腥味儿从何而来不言而喻。

洛九宸脚步略顿了顿："害你又受苦了……"他不知道从何处变出一瓶药来，伸手想为她涂抹。

宁雪陌将手向后猛然一撤，洛九宸手指僵了僵，吸了一口气，淡淡地道："这可不是什么好地方，你还是给自己留条活路吧！"他将那药瓶放在地上，大步走了出去。

天牢再一次关闭。

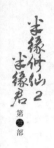

宁雪陌却松了一口气，一挥衣袖，将洛九宸留下的那瓶药扫到了一个角落里，然后手腕一翻，掌心缓缓现出一枚血红色的符咒。她瞧了这符咒片刻，手指在上面轻轻抚动，符咒亮了亮，里面传来一阵对话声，正是刚才她和洛九宸的对话！

宁雪陌勾了勾嘴角，轻舒了一口气，将那符咒收回到储物空间内。

洛九宸还是小瞧她了。

她被抓的时候，洛九宸用术法将她身上之物搜了个干净，连储物空间里的东西也没放过。

所以宁雪陌初进来这天牢时，可以说两手空空，什么也没有。

她身上的念力又被那锁魔链锁住，也凝不出别的什么法宝来，所以洛九宸刚才在这里说话时才这么肆无忌惮，什么都敢认，什么都敢说。

因为他知道他这话传不到外面去，外面的人听不到。

而宁雪陌这个听到的人也不能拿他怎么样，就算她事后跑出去大嚷，谁又能听她的？

他却没想到宁雪陌身上的锁魔链其实已经被人动过手脚了，她身上的念力还是存在三分之一的。暗暗凝结个血色储音符出来对她来说还是很轻松的事。

这个储音符就是未来扳倒洛九宸的一个铁证！

收好那储音符，宁雪陌又转身看那奇葩的小蘑菇，小东西没受到一点伤害，红彤彤地立在那里，看上去分外喜人。

宁雪陌吐出一口气，还算不错，一切都按照预定的方向发展，至于她现在所受的这点苦，一点皮肉之伤而已，对她来说，压根儿不算什么。

她只要再熬过一天，差不多就成功了。

一天的时间很容易过，第二日的正午时分，那朵小蘑菇终于亮了亮，蘑菇盖凭空大了一圈。

宁雪陌立即将它采下，稍稍处理了一下，便将其放入储物空间内。

她长长地舒了一口气，成功了！

现在的她只要等到午夜时分的援兵到来就成了……

因为这小蘑菇时时需要她的血气滋养，半个时辰就得给它滴一滴血，宁雪陌好不容易才培育出它来，不敢有失，所以这三天连眼也没合。现在小蘑菇已经成功收获，宁雪陌在松一口气之余，困意也随之袭来。

她打了个哈欠，闭上眼睛，想打个盹儿熬熬时间，却不料这一闭眼，立即就睡了过去……

波光粼粼的大湖、曲折的木质回廊、蹲在道路两旁的螣蛇和玄武……一切都那么熟悉，宁雪陌飘浮在半空中，望着湖边垂钓的小姑娘，有些蒙！

穿越了！她又穿越了！又回到五万年前了！

湖边的小姑娘正是雪陌小魔主，看上去依旧是十二三岁的模样，此刻正蹲在湖边一本正经地钓鱼，她旁边的桶里已经有几条鱼在冒泡了。

她钓鱼的姿势有些怪，大马金刀地蹲在那里，宁雪陌这辈子还是第一次看到这种钓鱼姿势，忍不住多看了几眼。

她有小雪陌的记忆，小雪陌是活泼得坐不住的性子，今天居然能在这里蹲着钓鱼，还真是稀罕！

而这大湖宁雪陌也很熟悉，正是梵天宫里笼着五彩霞光的大湖。

这大湖灵气十足，湖里的鱼也是五彩的，鱼桶里时不时有五彩光波闪过。

小雪陌手里稳稳地握着钓竿，小脸上却有一些不耐，小嘴里嘟嘟囔囔："鱼儿鱼儿快上钩！鱼儿鱼儿快上钩！"

这种鱼也叫守时鱼，只要钓法得当，一个时辰准能钓上一条，不少也不多。

这鱼的特性还是小念陌告诉宁雪陌的，她当时就一个评价："变态人养的变态鱼。"

原来这种鱼五万年前就有了，五万年前的自己还这么钓过。

宁雪陌看了看小雪陌，没想到这小家伙也有这么有耐心的时候，而且她钓鱼还是换姿势的，钓一条换一个姿势！

宁雪陌才看到她的时候，她是蹲马步钓，等钓上一条以后，又换成了金鸡独立着钓鱼……最后一个姿势是身子前倾，飞机起飞似的高难度动作！

宁雪陌看得目瞪口呆，不太明白小雪陌这是抽什么风。

不过看她一个姿势维持一个时辰不动摇，宁雪陌就明白小雪陌的功夫已经恢复不少了。

啊，对了，当初她离开的时候，神九黎承诺十天后给她疗伤，现在已经过去半个多月了，难道现在小雪陌以这种诡异姿势钓鱼就是在恢复功夫？

果然挺受罪的！

宁雪陌看着就替小雪陌累得慌！

等第十条鱼钓上来的时候，小雪陌欢叫一声，将鱼扔进桶里，低头揉了揉酸疼的胳膊腿儿，然后拎起桶就跑。宁雪陌自然在她身后跟着。

小雪陌的功夫果然恢复得差不多了，她提着水桶直接就飞了起来，直奔神九黎的书房。

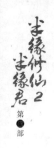

"九黎，我钓够十条鱼了……"小雪陌尚未进门就喊。

室内没有动静，神九黎一向有泰山崩于前而不变色的本事，他就算在屋内，也是不会答言的。

小雪陌看来深深了解他这一性格特点，喊完以后就推门进去了。

书房内静悄悄的，神九黎并没有在书房里。

小雪陌愣了愣，宁雪陌也迅速在书房内扫了一圈。

书桌上有摊开的书以及记事的册子，神九黎显然是匆匆出去的，书和记事册都是敞开的。

宁雪陌先看了看记事册上的字，心中一跳！

上面的笔迹有些凌乱，写着：穿越、未来、过去……

她再看了看那册摊开的书，上面是一些极高深的术法，都是跳跃空间术之类的……

宁雪陌手指一紧，难道这一世的神九黎已经意识到她是来自未来，所以在研究这方面的术法？

越想越有可能，她正要再看看那书的内容，小雪陌却转身跑了出去。

宁雪陌自然身不由己地跟了出去……

"九黎！九黎……"小雪陌放开嗓子喊了起来。

没有人应声，偌大的梵天宫只有小雪陌一个人的回音。

"难道出去了？不对啊，他出去的时候都会知会我一声的……"小雪陌凝眉自言自语，想了想，干脆满梵天宫地乱搜起来。

小半个时辰后，小雪陌终于在一处水榭中找到了神九黎。

看到那个水榭，宁雪陌忍不住叹了一口气。

五万年后，洛九宸那个浑蛋就是住在这水榭里，以至于她现在看到这水榭就有点心理阴影。

水榭其实极雅致，淡蓝色的飘纱，乌木的架构，飞檐斗拱状如飞燕。

水榭内的窗子都是打开的，自窗子中望进去，就见神九黎笔直地坐在一张长几旁，微垂着眼睛，像是打坐又像是出神。

长几上有酒却无菜，他身旁横七竖八地倒着几个酒坛子。

宁雪陌看得愣住。她和神九黎接触了这么久，一向只看到他饮茶，却从未见过他饮酒，尤其还喝了这么多！

宁雪陌围着他转了一圈，看着他微合的眼睛，有点纳闷。

他这是睡着了还是在打坐呢？

还有，这些酒是他喝的吗？他脸上可是不带半丝酒意……

"九黎？"小雪陌走进来，手里还拎着那只桶。

一直垂眸而坐的神九黎终于睁开眼睛，神色有些茫然，目光转了一圈后落在小雪陌的脸上，看着她没说话。

"九黎，我今天钓够十条鱼啦。你可以给我炖了吧？"小雪陌一屁股坐在他对面，抬手开始揉腿，"腿酸死了。"

"呃。"神九黎应了一声，反应有些迟钝，思维也慢半拍，目光又落在那鱼桶上，却没什么动作。

这样的神九黎宁雪陌从来没见过，她好奇地睁大了眼睛，他不会真的喝醉了吧？！

小雪陌揉了片刻腿，一抬头，见他还在望着那桶鱼出神，有些诧异，伸出小手在他眼前晃了晃："九黎？"

她的小手忽然被他抬手握住，他的目光终于转回她的脸上，表情沉静和平时似乎并没多大区别，甚至他的腰肢也是挺拔的，坐姿端正，宛如打坐。

他盯着她的小脸，又是半晌没反应。

小雪陌满心奇怪，又被他盯得发毛："九黎，你怎么了？"

神九黎缓缓抬起一只手，轻抚她的头发，将她耳前的一缕头发别到耳后。"雪陌……"他终于开口，声音也四平八稳的，"你怎么还不回来？"

小雪陌："……"她不就在他面前吗？

"我已经开始恢复你的功夫了，你怎么还不回来？"

小雪陌抱着他的一条手臂："我一直在你眼前啊，九黎，你怎么了？"

神九黎看了看她，再看看她脚边的鱼桶，低语："我找不到法子……一直找不到法子……"

小雪陌明显听得云山雾罩，宁雪陌却听得心脏猛然一跳！

神九黎找的是她！

"我在这里。"宁雪陌一时无法附身在小雪陌身上，便索性飞到他跟前，在他面前晃来晃去，"我在这里，九黎，我在这里。"

无奈神九黎是看不到她的，他坐了片刻，忽然拎着小雪陌的鱼桶走了出去。

小雪陌唯恐他把她好不容易钓上来的鱼放生，忙跟出去："九黎，我要吃你做的各种鱼……"

神九黎没把鱼放生，而是在里面找了一条最大的，三下五除二刮了鳞去了内脏。

那鱼被他宰得血淋淋的，他用手甩了甩，又拎起来看了看："得洗一洗……"然

后他忽然扑通一声跳下了水！

小雪陌："……"

宁雪陌："……"

这下宁雪陌无比确定神九黎真的喝醉了！

这个人就算是喝醉酒也醉得这么与众不同，表面看上去压根儿没什么，做出来的事却和平时大相径庭！

神九黎一跳下水就像颗炮弹似的沉了底，小雪陌在岸边胆战心惊地等了片刻，也没见他冒头，不放心地对着湖水喊了几声，湖中却没半丝动静，连他跳水时荡起的涟漪也不见了。

糟糕，他不会在水底被淹到了吧？！

宁雪陌几乎想也不想地转身跳了下去。

可跳下去后，她才想起自己是魂魄状态，只能轻飘飘地浮在水面上，压根儿下不去。

扑通一声，小雪陌跳下了水……

小雪陌的水性一般，她大概又太心急，跳下水不久双腿像是抽筋了，在水中挣扎了一下，心里一急又呛了一口水……

糟糕！小雪陌救人不成反被淹到了！

宁雪陌忙冲过去，想去扯她，不料手指刚刚碰上小雪陌的身体，宁雪陌便感觉眼前一黑……

片刻后她便感觉鼻子和嗓子都火辣辣地疼，头脑中也嗡嗡作响，明显是呛了水的症状。

她猛然睁开眼睛，抽了抽嘴角，她又附体成功了！

宁雪陌水性好，瞬间冲上水面，吸了一口气后，便一个猛子扎了下去！

她很快在水底找到了神九黎，在看清他的状态后，她哭笑不得。

神九黎居然是端坐在水中的，手里还握着那条被他宰好的鱼，眼眸低垂，似是打坐又似是出神。

大概是听到了水响，他抬眸看着冲下来的人，还有些纳闷："你来做什么？"他功力高，在水中是能说话的。

宁雪陌有拍他一巴掌的冲动，他在哪里打坐不好，跑到水底来打坐！

害得她以为他被呛晕过去了！

她上前就去扯他的衣袖，传音给他："跟我上去！"

神九黎一抬袖，避开了她的拉扯，眉峰轻蹙："让我静一静，你太吵了。"

神九黎果然醉了，连手里已经宰好的鱼也忘了，随手将其丢在了一边，被旋涡卷出来，恰好冲到宁雪陌手边。

宁雪陌一把捞住鱼，看了看神九黎，再看看手中的鱼，又摸了摸咕咕作响的肚子，果断说了一声："大神，你先在这里练着哈，我上去烤鱼等着你。"她说完掉头就向上游。

她刚刚向上游了两三米，还没蹿出水面，耳边蓦然水花一响，她的腰肢被人狠狠勒住，整个人落入一个人的怀中。

宁雪陌回头，望见的是神九黎发亮的眼睛："你……叫我什么？"他的声音有些喑哑。

这人喝醉了速度还如此快！

宁雪陌眨了眨眼睛，眼眸纯澈："九黎？"

神九黎手臂微微一僵，抱着她的力度小了一点："不对，你刚才叫我什么？"

宁雪陌再眨了眨眼："神尊？"

神九黎盯着她的眼睛，宁雪陌也一脸好奇地回盯着他。

两个人就这么互相瞧了片刻。

终于，神九黎眸中的光芒暗淡下去，他慢慢松开她，抬手揉了揉额角，低语了一声："本座……幻听了吗？"

他的声音很小很小，但宁雪陌还是听清了，她很诚恳地向他解释道："我觉得你是喝醉了，不是幻听了。"

神九黎凝眉，又恢复了淡漠语气："本座没喝醉，本座喝酒从来喝不醉！"

宁雪陌心中一动，一般喝酒喝醉的人从来不承认自己喝醉，这是常识，所以宁雪陌自动忽略了他的前一句解释，对最后一句却有了兴趣。喝醉的人的话往往需要反着想，他说从来喝不醉，是不是代表他每喝必醉？

宁雪陌眼睛闪闪发亮。

神九黎的身子又向下沉了沉，有要再沉入水底打坐的意思。

宁雪陌也不管他，继续向上游，快游到水面上的时候，回头向下瞧了他一眼，他正缓缓向下沉。

大神就是大神，沉水也能沉得像佛陀似的，四平八稳。这水极清澈，宁雪陌看着他缓缓下沉，衣带被水带着漂起的画面，居然觉得美不胜收……

"大神，我深深觉得，你这沉水图也能画成一幅画裱起来供人膜拜……"宁雪陌忍不住打趣他一句，又翻身向上游去。

她的功夫恢复得不算多，在水中待久了有点憋气，她得浮出水面呼吸呼吸新鲜

空气。

只不过她的口鼻尚未露出水面，身子却被一股巨力一扯，猛然向下沉去！

几乎是眨眼的工夫，她的身子又重新被锁入一个怀抱之中，再动弹不得！

神九黎垂眸看着她，深蓝的眼底似有汹涌波涛，面上却一片沉静，他缓缓开口："我听到了！不是幻听，你唤我大神！"

宁雪陌装糊涂："唤你大神怎么了？"

"你回来了是不是？"神九黎死死扣着她的身子。

"嗯？我不是一直在？"宁雪陌再眨了眨眼，强忍住自己想伸出手臂抱他脖子的念头，每次落入他的怀中，她就想反手抱他……

神九黎没说话，就一直看着她。

宁雪陌却不想和他在这水里两两相望下去了，她真憋得慌了。

她忍不住挣扎了一下："那个……你先放手让我上去透口气，我憋得慌。"

神九黎目光又是一闪，他忽然低下头吻上了她的唇，直接将她后面的话堵回了肚子里去。

宁雪陌头脑中嗡的一响，她一向对神九黎的吻没有抵抗力，尤其是半月没相见相思如狂的情况下，她忍不住微张开口，想要回应他……

他却先渡过来一口气，那口气尚带着淡淡的酒香，却异常清冽，窜入她的肺腑之中，让她因为憋气有点缺氧的肺叶舒张开来。

好舒服！

宁雪陌忍不住伸出舌尖去撬他的齿关，想再从他口中多汲取一点氧气。

神九黎眸色一暗，直接深吻了下来。

宁雪陌这辈子不知道被他吻过多少回了，现在一旦开始，便自动开始回应。二人唇舌交缠，对彼此的气息和动作都无比熟悉，仿佛能勾动内心最深处的烈火，让其在唇舌相交的那一刻自动燃烧起来……

一个深吻，便能让彼此热血沸腾。

一个深吻，便似能抚平心头的不安和焦躁。

深吻中，宁雪陌忍不住抱住他的脖子，熟悉的动作、熟悉的人、熟悉的欲……

一吻甫毕，宁雪陌睁开眼睛，看到的是神九黎那仿佛能溺毙人的眼眸，此刻这双眼眸里有光芒在闪烁。

他认出她了！

他肯定根据这一吻认出她了！

小雪陌没有她这么娴熟的技巧，配合度也不会这么高……

可恶，他居然是用这个法子来求证——

宁雪陌抬手，看到自己并没有变大，还是十二三岁的模样。

"喂，你这是猥亵幼女……"宁雪陌先给他扣了个大帽子，只不过声音有些暗哑，不像是指责，倒像是在撒娇。

神九黎没说话，唯恐她会跑了似的，左臂仍然圈着她，右手中却闪烁出一团白光将她周身笼罩……

片刻后，他得意地勾了勾唇："这样呢？"

宁雪陌不用看也知道自己又变大了。

虽然是在水中，她却能感觉到他身体火烫，那条箍着她的腰的手臂更是恨不得将她勒进他的身体中去。

他的体温让她心脏狂跳，毕竟和他滚了这么多次床单，她已经熟悉他的身体……

他望着她的眼神极深，嘴角也浅浅勾起，似笑非笑的，像个做了恶作剧的得意孩子。

宁雪陌心脏又是一阵猛跳，他平时冷漠强势的时候多，高高在上的时候多，这种神情在大神脸上她还是第一次见到。

他这是还醉着，还是已经清醒了？

宁雪陌有点拿不准，故意刺激他："你这算是强行催熟的，不算，人家本来的身体是小姑娘……"

"一千二百三十一岁了，雪陌小姑娘……"神九黎抚上她的唇，声音低沉，"如果你不是吃了那种破花，你的孩子都可以打酱油了……"

宁雪陌惊悚，大神也会说打酱油！

不用问，是她原先常在他耳边叨咕的词儿，被大神记住了。

其实她和他的孩子已经能打酱油了，可惜带不过来……

宁雪陌想起小念陌，心里像火燎似的。

小念陌毕竟还太小，有些计谋跟他说了他也不懂，也不会演戏。

洛九宸将她关进天牢后，势必会暗中观察小念陌的动静，以此判断宁雪陌到底有没有阴谋，所以这次宁雪陌并没有告知小念陌她的坐监之计。当时赴会的时候，她只告诉孩子要耐心在陌宫里等待，她可能要晚几天回去……

她坐监的事，以洛九宸的德行，必然会明里暗里地通知陌宫上下的人，小念陌或许已经知道了，这几天不知道会急成什么样子。

而她以为今天晚上就能出去，却在这么关键的时候穿越了，不知道来接应她的人看到她已经"死亡"会是什么反应，能不能将她的身体带出天牢……

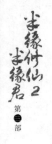
她不醒的话，后面的计划都无法实施——

唉，这实在不是个穿越的好时机！

她正懊悔，腰肢猛然一紧："这个时候还能走神？"

宁雪陌这才醒过神来，忽觉眉心一凉，神九黎一根手指点在她的眉心上，有白光冒出，像是在结一种什么符咒。

"你做什么？"宁雪陌愣愣地看着他，她能感觉到神九黎的念力正在她体内游走。

"留下你。"神九黎的神情很认真，"你不能再跑掉。"

宁雪陌毕竟跟在他身边习过术法，认出他这术法是个安魂咒。

一般被吓到或者丢了魂又招回来的，会用这术法安一下魂，定一定神。

这种术法就算是神九黎手下最差的弟子也会使，宁雪陌学成之后，甚至用这种术法给一个小孩子招过魂……

很低级简单的术法，没想到神九黎今日会用在她身上。

他以为她的离开是普通丢魂？

宁雪陌看着他认真地在她身上罩下一个又一个安魂咒，简直就是安魂咒大全。他大概把他会的各种安魂咒都砸到她身上了，只为让她不离开……

宁雪陌心中一酸又一暖。

她默默算了算，离她和救兵约定的时间还有一个多时辰，那还来得及……

她不附体的时候，还真没办法回去。

但现在附体成功，如果她想要离开，只要直接对大神说出她是来自五万年后的未来，她就能嗖的一声回归……

难得和他重聚，宁雪陌忍不住抱紧了他："大神！"她还抬头在他光洁的下巴上吻了一口。

神九黎正忙碌着为她施咒，她的亲吻让他手指一颤："乖一些。"

他低语，又是一个符咒使了出来……

宁雪陌知道施咒期间是不能被打断的，不然容易让符咒失效。

她看着他认真施法的神情，忽起恶作剧的心思，不但不乖，反而变本加厉地伸出手指去抚他的唇："大神，你的唇形很好看，完美得让人想要亲了再亲。"

神九黎又僵了一下，但一时空不出手来制止她，只是箍着她的腰肢的手臂紧了紧："乖，别闹。"

他不让闹，她偏要闹。

宁雪陌眯起眼睛，又踮起脚在他的嘴角吻了吻，再稍稍低头去吻他的喉结……

她能清晰感觉到他心跳加剧，呼吸渐粗……

把一位不食人间烟火的神尊拉下神坛，让他有人间普通男子该有的七情六欲，这其实也是一种征服。

宁雪陌现在就有一种征服的快感。

她大部分时候是被他调戏的，现在难得有调戏他的时候，自然不肯放过。

趁他忙碌的时候，她小嘴如同蜻蜓点水在他的脸颊、鼻尖、唇瓣、喉结、锁骨上游弋……

她玩得正开心，浑不知神九黎什么时候已经停止施咒，直到他忽然将她的上身压向他，俯身在她耳垂上咬了一口，她才一哆嗦回过神来，脱口道："怎么这么快？"

她以为他这一系列咒术要施展最少一炷香的时间呢！

"快吗？"他在她耳边低语，"那……我们就慢慢来吧——"

宁雪陌尚未回过味来，衣带已经被他挑开，衣衫自肩头滑落……

天，她真是搬起石头砸自己的脚！

她忙伸手抵住他的动作："大神，我们还在水中……"

神九黎握住她的手，侧头看着她，一字一顿地道："我想尝尝你在水中的味道……"

他说得淡然，动作却强势无比，压根儿没给宁雪陌反抗的余地。

宁雪陌还想说什么，他的唇却堵住她的嘴，又给她渡了一口气。他有些气喘，哑声道："乖，让我感受真实的你……"

宁雪陌："……"

在他强势而娴熟的攻势下，她很快就无力反抗了，终于让他感受到真实的她。

当然，她也感受到了真实的他，无比真实！

第三十章　爱意正浓时

宁雪陌无力地躺在岸边，一丝挣扎的力气也没有了。

她身下是厚厚的毛绒毯子，身上是轻如薄絮的被子，微风吹过来，她打了个喷嚏，抬手揉了揉鼻子，有些欲哭无泪。

果然，男人是不能轻易给他开荤的，一旦有了第一次，再见面时他想到的第一件事永远是这个……

她本意是在水中调戏调戏他，却没想到与兴致勃勃的他滚了一个"水单"……

更要命的是，她说了一个"快"字，便付出了很惨重的代价，他在水中折腾了她将近三个时辰！

她才入水的时候，太阳还高悬在天空中，但等她出水面的时候，月亮都已经出来了……

她累得一根手指也不愿意动，感觉比打一场架都累。

最要命的是，神九黎的酒似乎还没醒利索，因为他把她抱上岸随手变出一条毯子当床后，就把她塞进被窝里，然后他也钻了进来，随手把她扒拉进怀抱之中，抱得紧紧的，然后在她的眼睛上轻轻一抚："乖，睡吧。"

露天睡？

这边的计时天数虽然和那边同步，但季节并不一样。

宁雪陌过来时，那边正是深秋，而这边似乎是初春，这么躺在湖边上睡觉容易感冒的好不好？

她在他怀中挣了一下："我们进屋睡……"

神九黎还奇怪："这不是在屋里吗？"目光落在天上那轮月亮上，他微微皱了皱眉，"那夜明珠太亮……"说着他向着月亮方向一挥袖，片刻后，月亮还是那个月亮，还是那么亮地悬在那里。

宁雪陌总算明白了，原来大神还醉着，没真醒！

大概第一次见"夜明珠"这么不听话，神九黎又向那月亮挥了两次衣袖，每次挥出都是一道白光……

到最后不知道是真的被大神吓到了，还是觉得大神的举动有点无聊，月亮自动躲到云层后面去了，再看不到影子。

神九黎终于满意，把她向怀中搂了搂："乖，睡吧。"

宁雪陌："……"

大神你这是醉成什么样了？折腾了这么久，你居然还这么萌……

她也确实疲累，大脑都不转了，更何况他的怀抱又这么温暖，她闭上眼睛，模模糊糊地想，有他这个人体火炉在身边，她就算在这湖边睡上一晚也不会感冒吧？

于是她又向他怀中拱了拱，放心大胆地睡了过去。

一夜无梦，等宁雪陌一觉醒来时，天光已经大亮，阳光透过窗子透了进来。

宁雪陌在被子中愣怔了片刻，目光四转，终于看出这是那个水榭，水榭的窗子是那种水草花纹的，所以宁雪陌能一眼认出来。

她抬手揉了揉太阳穴，昨夜的疯狂在她脑中一幕幕闪现。

她记得睡着时是在湖边的，什么时候被挪进水榭来了？

还有，神九黎呢？

她掀被子下床，发现自己身上的衣衫也已经穿好了。

当然，不是她惯常穿的那一身，而是一身宽大的睡裙，穿在身上保暖又舒服。

不用问，这也是神九黎的功劳。

宁雪陌又活动了一下胳膊腿儿，昨夜睡着时明明疲惫得要命，现在却像是满血复活一样，浑身上下有使不完的劲儿。

看来他在她睡着时又给她按摩了。

更奇怪的是，她发现自己的功力似乎也提升了一些。

难道和大神"滚水单"还能提升功力？

宁雪陌正在狐疑，忽然闻到一阵奇异的食物清香，引得她肚子咕噜噜响了起来。

她揉了揉肚子，也对，这具小身体已经一天没吃东西了，又激烈"运动"了一番，不饿才怪！

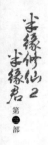

等等！一天？！

宁雪陌似是想起了什么，整个人像被惊雷劈中。

不好！在那个世界接应的人应该早已来了！

对方看到自己"死"在天牢中，不会发生什么事吧？！说不定会惊动洛九宸那个浑蛋！

她必须马上回去！

她下意识地想找神九黎，通过向他说出真相再穿回去。

她知道这样很对不起神九黎，可是这次穿越的时机太不对了！她必须回去……

她顺着食物的清香找去，很快就在水榭后面看到了神九黎。

他正守着一排锅，慢条斯理地做着饭。

宁雪陌足下一顿，神九黎似听到动静，回过头来："醒了？过来坐。"

他一挥手，身侧就多了一个锦墩。

宁雪陌走过去坐下，看着那一排锅，有煎锅、炒锅，还有炖锅，甚至有烧烤……

在旁边的桌上有几个青花细瓷盘子，盘中有几样已经做好的鱼。

煎鱼、炸鱼、烤鱼、炖鱼……还真是鱼的花样百吃。更难得的是，这些鱼做出来都是色香味俱全，品相极佳，显示出做鱼人的认真。

神九黎显然心情不错，嘴角甚至带着一点笑意，一双眼睛映着不远处的湖水，光芒微转。

大神极少表露情绪，而像今天这种让人一见便知道他心情极好的情况更是难见。

宁雪陌自然知道他为什么开心，心中莫名一酸！

他因为她的回来开心成这样，如果知道她马上就会回去，不知道会不会很失望？

更要命的是，她还不知道这一次走了下一次什么时候能再来……

"大神。"她咳了一声，酝酿着开场白。

"饿了吧？想吃什么你先吃着。"神九黎随手变出一双白玉象牙筷子递到了她手里。

宁雪陌顿了顿。

要不，她等吃完他做的这些鱼再走吧，不能白费了他的劳动成果……

两个人对坐着开始吃饭。

宁雪陌想着吃完这一餐就得走，心里有些舍不得："大神，还有没有酒？"她想和他共饮几杯。

神九黎却不同意："你现在的体质尚不宜饮酒，过几天再喝。"

过几天我就不在这里了。

宁雪陌心里默默地说了一句，不过暂时不能说出来。

她比较爱吃烤鱼，伸手就去拿。

神九黎推给她一碗鱼羹："先吃点软的，一开始就吃烤鱼对身体不好。"

大神真不是一般体贴！

宁雪陌心里暖暖的，又酸酸的，如果可能，她真不想离开。

可是——

唉，等她安排好那边的一切，再穿越的时候一定多待一阵。

宁雪陌低头努力吃着各种鱼肉。

这些鱼的味道和普通的鱼不一样，异常鲜美滑爽，吃好几顿她都不会觉得腻。

神九黎不太动筷子，大部分时间都看着她吃，眸中若有所思的样子。

大神的目光有如实质，宁雪陌被他看得有点发毛，抬手将一块剔掉刺的鱼肉塞进他的口中："是不是馋我手中这块鱼肉啊？哈哈，送你，送你！"

她的小手被捉住，然后整个人就落入他的怀中，他的声音清冷而带有磁性，似玩笑又似有着别的情绪："你这个动作的意思是——任我鱼肉？"

宁雪陌慌忙从他怀中挣出来，真心诚意地道："大神，你想歪了！"

她唯恐再被抓过去滚床单，又向边上挪了挪。

她和他本来就坐在水榭边沿上，她这一挪不要紧，不提防忽然一脚踏空，哎哟一声跌了下去，扑通一声掉到了水里。

她忙划了几下，从水中冒出头来，眼前白光一闪，身边忽然多了一个人。神九黎搂住她的腰，声音慢条斯理，说出的话却很欠揍："你这是……食髓知味？"

宁雪陌一开始没反应过来，等反应过来，连耳朵都热了！

她有想撩他一脸水的冲动。大神，咱的高冷范儿呢？！

她想跳上岸，神九黎却是不放的……

两个人在水中玩闹了一会儿，中间宁雪陌被吃豆腐若干，两人这才一起跳上岸来。

初春天气颇冷，宁雪陌一上来就打了个喷嚏。神九黎挥袖给她弄干了头发和衣服，搂着她的腰："我们进去吧。"

他的意思是进水榭，宁雪陌将目光落在这水榭上，心里总感觉不舒服。

这是她和神九黎曾经睡过的地方，五万年后却成了洛九宸的寝宫……

她又打量了一下这雕梁画栋，外面的布局和五万年后是一模一样的。

她心中忽然一动，抱着神九黎的手臂："大神，我不喜欢这个水榭，你把它拆了好不好？"

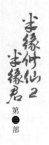

神九黎挑了挑眉，这个水榭其实修建得很有格调，也是他喜欢来的地方之一，她怎么会不喜欢？

神九黎想了想，终于想起雪陌魔主当年那珠光闪闪能闪瞎人眼的窝……

她好像喜欢金碧辉煌的建筑和格局……

"你喜欢什么样的水榭？"神九黎开始在脑中勾画新格局。

宁雪陌瞧着他："你想改造这里？"

"我可以把它改造成你喜欢的风格。"神九黎摸了摸她的头发，他必须让她在这里住得舒服，她才会愿意长久留下。

宁雪陌兴致勃勃地道："那还是我自己来吧！"

她现在功力已经恢复一大半，用术法平地弄个建筑出来对她来说易如反掌。

她默运玄功，手指几下屈伸，四五道红光便向着水榭飞去。

她要先拆了这里，然后在这里弄个水帘洞！

看五万年后洛九宸还敢不敢住这里，敢住的话就浇他一身水……

她发出的红光威力极大，不要说这样一个小小的水榭，就算是数层高楼一样直接碎成渣……

片刻后，宁雪陌瞧着依旧巍峨立在那里的水榭有些愣神："大神，你这水榭到底是用什么修建的？怎么这么牢固？"

神九黎忍不住想笑："笨，这里是神之居所，想要修改这里的建筑只有本座才可以做到。"

原来是这样！

宁雪陌想了想，忽然想起一个问题。

现在那个洛九宸已经是梵天宫的主人了，那个浑蛋会不会将梵天宫整个拆了重建啊？

她越想越堵心："大神，如果这里换了主人，新主人是不是可以将这里重建？"

神九黎眼眸一深，想到了她真正的身份，她应该是来自五万年后……再联想到她第一次穿越过来后，死命抱着他的腰，仿佛死别重逢的模样——他心中微动！

神九黎的推理能力不是一般强大，根据只言片语，他便能推测出大体真相。

他是天生的神，当心无牵挂时，对生死并不放在心上，生也好，死也罢，他都是顺其自然的。

但现在，他有了牵挂的人。

他想和她永永远远在一起，而不是只相守五万年……

在这个世上，能取代他的人只有一个——洛九宸！但"次神"就是"次神"，想

768

要取代主神并不容易，要达到好几个条件。

首先主神必须已经真正羽化，其次，"次神"要得到六界人真正的信任。这两个条件都不容易达到，尤其是最后一个条件，更是艰难。

他想了想，问得漫不经心："雪陌，你可曾看到梵天宫改建后的模样？"

宁雪陌摇了摇头："没有，我感觉你这梵天宫数万年如一日。"她离开梵天宫的时候，梵天宫还是老样子。

不过她走了以后，里面的建筑格局变没变她就不清楚了。反正据探子回报，梵天宫外一直没什么动静，看外观没有任何变化。

"大神，我想把这里改造成水帘洞的样子……"宁雪陌开始设计图样。

她也会画画，虽然不如神九黎画的那样形神兼备，但画出来的东西还是很写实的。

片刻后，宁雪陌画出一张标准的建筑图纸。

神九黎拿起来看了看，然后再看了看她："看不出你胸中还有如此丘壑。"

宁雪陌有些得意。

神九黎又看了片刻道："我怎么感觉你这个特殊水榭不像能住人，倒像是个机关地？"

大神果然够聪明！

她几乎忘了，大神也是个搞机关的高手！

她立即道："嗯，我就是要把这里设计成特殊的机关地，让住在这里的人痛苦不堪……"

神九黎似乎意识到了什么，微微一笑："你这里有几个机关还是简单了点，要不要本座再帮你改进一下？"

"要！"

于是，神九黎果然帮她改进了……

当神九黎完成最后一笔，宁雪陌看着那图纸越看越欢喜。

这哪里是一间水榭啊，简直就是一个机关阵！

"大神，就按照这个图纸改造！"宁雪陌拍板定案。

神九黎嘴角一勾："你再回头看看。"

宁雪陌下意识地回头，愣住了！

不知道什么时候，原本的水榭不见了，平地而起的正是她图纸上所画的那个机关楼，分毫不差！

宁雪陌双眸闪闪发亮，神不愧是神，勾勾画画间便将这么复杂的楼给建好了！

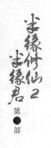

呀，她在这里看到的是新楼，不知道那个浑蛋洛九宸看到的又是什么？

月上中天，洛九宸躺在室内有点辗转反侧。

那个丫头会屈服的吧？两天后她会给他一个什么答案？

不知为何，他今夜心里总有不安的感觉，大半夜的还无法入眠。

他闭上了眼睛。他不能这么沉不住气，现在主动权在他手里，也不怕那丫头再整出什么新花样来。

临近天明他才睡着。

这些天他要应付的事太多，所以分外疲累，睡得极沉。

他原本睡着是无梦的，临到后来却梦到自己行走在大雨里，而且那大雨他用术法还避不开，直接被浇成个落汤鸡……

片刻后，他便感觉自己像是被浸入冷水里，冻得打哆嗦。

他打了个寒战，猛然睁开眼睛，然后吓了一跳！他几乎不敢相信自己的眼睛！

他在睡前明明是躺在一张软榻上，现在那软榻却不见了，取而代之的是个冰池。

冰池中水波荡漾，直冒寒气。

更要命的是，头顶也不知道从哪里下来的水，哗哗哗地向他头上浇！

怎么回事？！

他猛然从池子中跳出来，却不知道踩中了什么东西，咔一声响，不知道从哪里冒出一排排利箭向他射来！

洛九宸皱眉。他是"次神"，功力超凡，自然不会惧怕这小小的利箭，一挥衣袖，发出一道紫光，笼罩在他周身，那些利箭都射到了他的紫色光罩上……

哧哧几声响，有数支利箭居然穿透了他的护身光罩，直接射到他的身上！

洛九宸吃惊地睁大眼，这世上除了那位已经羽化的神九黎外，还没有任何人能够射透他的护身光罩，这些看似普通的箭是怎么做到的？！

箭射在他身上，箭尖直钻入他的肉中，有血自他身上飙出。他就算是"次神"，也是知道疼的。

他不由得闷哼一声，那箭仿佛刺穿的不是他的肉体，而是灵魂……

箭还在狂射，这下他不敢再托大用护身光罩抵挡，而是拔出了剑，在周身舞出一圈剑气。

箭如暴雨，射在他的剑气上，叮叮当当不绝。

好不容易等这阵箭雨过去，他的掌心已经被震破，整只手臂都麻了！

洛九宸站在原地，脸色大变！

770

对这种箭雨他并不陌生，和那个人交手时，他尝到过这种滋味！

这箭，是神九黎的！

上面流转的念力也是神九黎的！

洛九宸脸色煞白，目光禁不住朝周围看去，这才发觉，自己睡的这个地方，整个格局全变了！

在屋顶、墙壁上有轰隆之声传来，仿佛有什么机关正在启动……

这情景太诡异，他来不及细想，下意识觉得这屋子不能再待！

他身形一起，向看似门的方向冲了过去……

而他身形一动不要紧，也不知道又触发了什么机关，自头顶上方直接罩下来一张大网……

一个时辰后，洛九宸站在一个地方，直接蒙了！

他甚至不知道自己到底冲没冲出那间无比诡异的屋子，只知道他在躲过一轮轮的天网，一轮轮的寒箭、火箭、尖刀、天火的袭击后，好不容易才从一个窗口跳出来，却不料跳入了这云雾之中，四处都是茫茫的云雾，天空不时有雷电一串串滚过，他看不到任何疑似出路的地方。

他将手握得紧紧的，掌心有冷汗沁出。

他像是跌进一个阵里了！

而对这阵他也不陌生，若干年前神九黎曾经用这阵困过他，他在阵中闯了好久都没闯出去……

当然，既然这阵他原先闯过一次，再闯第二次倒也不算太难。

让他出冷汗的不是这个阵，而是设这个阵的人！

难道神九黎没有死？！他回来了，回来收回他的东西了？！

怎么可能？！如果神九黎没死的话，自己也不可能出那个天道钟！

这到底是怎么回事？

洛九宸在阵中一边左冲右突，一边思索。

但他很快就不能分神了，因为他发现这个阵看上去和曾经那个一样，里面的几个关键点却改变了，譬如原先的生门变成了死门……

这阵中机关无数，杀机无数，洛九宸这么大的本事，在里面也有些举步维艰，甚至接连受了几次伤，鲜血染红了紫衣……

他正满心焦躁和奇怪，腰间的传音符忽然又亮了起来。

传音符的光泽是浅红色的，代表对方是他安排在天牢那里的暗探。

难道雪陌终于想开了，想要见我？

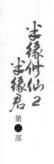

洛九宸也不知道是该欢喜还是紧张，忙打开传音符。

片刻后，他失望了。

传音符中都是忙音，他根本听不到任何人说话。

很显然，他现在所处的这个阵是连传音符的信号也屏蔽的……

只要他闯不出这个阵，就无法真正接通传音符，无法了解那边的事情——

洛九宸又是心慌又是焦躁，但短时间内他一点法子也没有。

宁雪陌蹲在那里看神九黎勾勾画画，他似乎画上了瘾，不时修改增添一下。

她已经看出他在设置一个极复杂的阵法，那纵横的线条如果不懂行的人看只怕要眼晕。

"大神，你这阵有人闯过吗？是不是闯过一次后，下一次就容易闯了？"宁雪陌询问。

神九黎顿住，随手将她揽过来放在膝上："你有什么更好的法子？"

宁雪陌歪头研究那阵半晌儿："你这阵有些复杂，我一时看不懂，不过如果有人闯过的话，不如改进几处，把生死门换换……"

神九黎目光闪动："是个好主意！"

他一面画图，一面给宁雪陌讲解这阵图……

讲解完他把笔给了她："来，你做修改。"

宁雪陌也是机关术行家，瞧着那图研究半响，用手指点着几处："我觉得可以修改这几处，一般闯过此阵的人再落入此阵后，会有一种惯性思维，依旧会顺着曾经的路出去，我们不如反其道而行之……"

她说得头头是道，而且也确实推陈出新，有些地方甚至连神九黎也料想不到，但一经她说出，他竟也有一种茅塞顿开之感。

他看了看怀中的人，她总能给他惊奇——

"大神，我动笔的话，是不是也能立即改变里面的真正格局？"

神九黎用手握住她的小手："来，这样就可以了。"

他的大掌很温暖，握着她的手的时候仿佛有一股暖流顺着她的手背直接传到心脏去。

她真的很贪恋他的怀抱，舍不得离开他。

宁雪陌依偎在神九黎的怀中，两个人商量着不时修改一些地方。

不知不觉间，这"水榭"中的阵法已经集合了两个人的智慧，可以说效果完美。

当宁雪陌勾画完最后一笔的时候，她舒了一口气，满意地看了看那效果图："大神，你说，如果有人不懂阵法误闯入里面，会不会直接能要了他的命？"

神九黎道："就算要不了命，也能困他几天，让他脱一层皮！"

宁雪陌目光闪闪："有没有可能直接要了对方的命？"那样她就省事多了，回去以后设法将洛九宸那浑蛋引到那里去就是了。

神九黎摇了摇头："阵法毕竟是死的……"

是啊，单凭一个阵法，如果能直接困死洛九宸，那他也就不是"次神"了，该称为次品了！

宁雪陌心中一动："对了，大神，那个洛九宸太卑鄙了，我怕他以后会算计我们……如果你不在，有没有对付他的法子教给我？"

神九黎思索了片刻道："他是'次神'，按道理说，如果他弄出天怒人怨的事，就无法彻底封印他。"

"彻底封印？就不能彻底杀死？"宁雪陌挑眉。连神都可以羽化，这"次神"就不会死了？

神九黎淡淡地道："天道让他事事不如主神，总要给他个特殊技能。"

宁雪陌："……"洛九宸那浑蛋的特殊技能就是不死之身？这太让人头疼了！

"那彻底封印是怎么回事？"宁雪陌退而求其次。

"将他弄成重伤，封于一地，以神咒为媒，若神不死，他则永远不能出世。"

可问题是在那个世界大神已经死了，还是羽化那种，她上蹿下跳使尽法子也弄不回他……

如果大神也是不死之身就好了，或者就算羽化也能在很短的时间内重生……

想到这里宁雪陌心中忽然一动！

当年小雪陌的咒术那么灵验，那是不是她所发的魔之咒也有这个功能呢？

"大神，你能随便发神之咒吗？"

神九黎失笑："哪有这么容易？神之咒要在特定条件下才能发，神发此咒，也会付出极大代价。"

原来如此，看来自己这魔之咒要想发出也需要特殊条件，也要付出极大代价，说不定付出的是生命……

"大神，你和洛九宸打过这么多次交道，他的弱点是什么？"

神九黎微微摇头："我只和他打过几场架，阵法是他的弱项，他的功夫比我略差一点，但他的体质是百毒不侵……"

"百毒不侵？那'天水毒'呢？"宁雪陌心中一沉，脱口问道。

别告诉她天水毒是没有用的，为了它她可是坐了一次监……

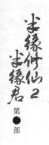

神九黎挑眉："什么天水毒？"

大神居然不知道？

天水毒是那浑蛋的克星这话到底是不是真的？

宁雪陌心里一阵阵打鼓，她一横心便说了："我听人说，天水毒是洛九宸的克星，大神，你……好像还炼制过，集了一堆药……"

神九黎看着她，片刻后，抱着她长身而起："走，去本座的炼药室！"

神九黎看着宁雪陌默写出来的四十九味药出神，宁雪陌看着他出神。

"这些药材……"神九黎顿了顿道，"有一大半我在这大陆没听过。你这药方到底从何处得来？"

"地母说的……"

神九黎凝眉："这个人虽然无良了些，但说出的话却一向不假。"

宁雪陌微微松了一口气，只要不假就成！

"大神，你说这里面的药草有一大半没听说过，是不是这些药草生长的位置比较偏僻，不为人知？"

神九黎微微摇头："非也，那些药草只要是生长在这个大陆上，我便不可能不知道……这样吧，我这两天去地母那里一遭，问问那些药草的生长地便是。"

如今也只有这个法子了。

宁雪陌却心中一动。

或许这里面有些药草确实不是这个大陆所有，要不然以大神之能，不可能集不齐。

五万年后大神的特殊炼药房中集齐了四十六味药，或许其中的二十几味是转世后的神九黎在天赐大陆等地采集的，一直放在他的储物空间内，他恢复五万年前的记忆后，便把那些药归置在一起……

她越想越有这个可能。抬头看了看天色，她真该回去了！

她咳了一声，狠了狠心："大神，其实我不是这个时代的人，我是来自……"

她的小嘴上忽然封上一根手指，神九黎制止了她再说下去："你不必说，我全知道。"

宁雪陌一呆，他已经知道了？！

可是她不说不行啊，不说她就回不去……

她将神九黎的手指抓下来，正要再开口，神九黎已经打断她："雪陌，你想不想永远和我在一起？"

当然想啊！

她所做的一切都是为了能永远和他在一起啊！

宁雪陌点头："想！"

神九黎的嘴角似有笑意浮现，他揉了揉她的发："这就是了，雪陌，不要离开了，一直留在我身边吧。"

宁雪陌："……"她怎么感觉神九黎似乎话里有话？

算了，不管了！她必须走了！

"大神，其实我很想留在你身边，但我们还有念陌在那边。他还那么小，按年龄算，还不足半岁……"宁雪陌说到这里忽然顿住。

奇怪！她说了这么多未来的事了，为何还没有离开这个躯壳的意思？

神九黎抱臂瞧着她："念陌是我们的儿子？不足半岁？"

"是……是啊。"

神九黎缓缓地道："雪陌，你我现在已经在一起了，只要再调养个十天八天你的身体就能完全恢复。至于你长不大的原因我也已经找到了，正在配制药方，相信在一年内也能帮你医好。按道理说，你我成婚后，不可能会蹉跎五万年以后才有孩子，这不合理。"

宁雪陌："……"确实不合理，如果她不是穿越过来的，她也不会相信！

可是……

"雪陌，你既然来自未来，那必然知道这五万年间发生了什么事，不如和我解释一下？"

宁雪陌觉得这情景有点诡异，原先她只要稍稍一提五万年后的事，人就会嗖的一声穿越回去，现在她和大神讨论这么久了，她却没有一点要离开的意思，还好端端地坐在这里。

到底哪里出了意外？

至于这五万年所发生的事情，她能提前和大神说吗？

其他还好说，如果让大神提前知道了紫煞问题，他必然会防患于未然，阻止紫煞发生，那样的话，历史会彻底改变……

她的小念陌或许就会真正消失！

不对！其实历史已经改变，最起码小雪陌没有成魔，受那种非人折磨的不过是个替身……

替身总不能也有怨气而立地成魔吧？或许紫煞再不会发生了？

不对，她现在还有宁雪陌和雪衣陌的记忆，这就证明紫煞的历史没有改变，小雪

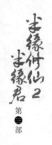

陌还是会转世投胎……

难道那替身真有这么大的本事？

宁雪陌在这一刹那间脑子有点混乱，坐在那里怔怔出神。

神九黎将她搂在怀中："雪陌，你是不是怕说出来以后，历史会彻底改变，小念陌会真正消失？"

大神果然是心细如发的！

他居然这么快就猜到她的顾虑了！

她摇了摇头："不单单是念陌会消失，好多东西都会消失……"

"雪陌，你不想说就算了。不要担心，既然小念陌五万年后出生，那我们五万年后要孩子便可以。"

宁雪陌摇了摇头，事情哪有这么简单？！

她脱口道："如果我们就这么下去，五万年后，小念陌未必就是那个小念陌了！"

说不定她都会慢慢消失，毕竟她是转生两世才来到这里的，历史彻底改变后，这世上就没有特工宁雪陌这个人了。

太多的念头在她心中缠绕，她一时有些混乱，理不清头绪。

奇怪！她已经泄露这么多未来世界的事了，怎么还没有穿越回去的意思啊？

或许因为这些内容神九黎已经猜测到，所以不算泄露天机？

那她说个劲爆的！

她吸了一口气道："大神，五万年后你会羽化，再也回不来了，我上天入地地寻找，也找不到复活你的法子……"说到这里，她又顿住了。

她已经泄露这么多事情了！怎么还没有穿回去的意思啊？

她忽然想起昨夜神九黎施放在自己身上的安魂咒，心中一跳，不会是——那些安魂咒的作用吧？！

"大神，你在我身上使了什么？你的那些安魂咒……"宁雪陌心中忽然生出不太妙的感觉。

神九黎一直看着她，一条手臂不动声色地圈在她的腰上。听到她这一句询问，他似乎窒了窒，微微垂眸："雪陌，那些安魂咒其实不是安魂咒，是锁魂咒……"

宁雪陌睁大眼睛看着他，等着他说下去。

神九黎微微闭了闭眼睛："你忽来忽走，让我……我极力想要留下你，所以研究出那个，以便你再来时将你锁住，不会再离开……现在看来，我成功了。"

宁雪陌只觉一口气憋在胸口，有点提不上来。

她回不去了？那念陌怎么办？！

他已经失去了父君，现在却又失去娘亲，他会哭成什么样？洛九宸那浑蛋会不会欺负他？

宁雪陌脑袋里嗡嗡作响，已真正心乱如麻，同时也有火气冒上来！

她猛然抬头，将神九黎的手臂一推，再向后退几步："你为什么要对我使用这法子？为什么不提前和我说？你这样独断专行考虑过我的感受吗……"

她像机关枪似的问出一连串问题，越问越火大！

他一向这样，一点也不尊重她这个当事人的意见，也不提前和她商量……

神九黎脸色有些苍白，他将她的愤怒看在眼里，心像是被什么东西细细割了一下！

她口口声声说爱他，和他相处又这么融洽，却不想长久待在他身边？还想回到那个没有他的世界？

他吸了一口气："雪陌，我以为你十分愿意留下……"

"我留下念陌怎么办？洛九宸那个浑蛋还不得把他算计死……"

"雪陌，你留在这里，或许历史就已经改变了。历史改变了，念陌就会在你我的呵护下出生成长，任何人也欺负不了他……放心，我会改变一切历史，绝不会让你五万年后再尝到失去丈夫之苦，到那时我们一家三口依旧可以团聚……"

不是这样的……到那时的念陌未必是现在的念陌。如果她现在和神九黎就这么一帆风顺地生活到五万年后，那么就不会有后面的雪衣陌和宁雪陌，她的那两世记忆都会消失，她还是她吗？

她心里混乱得厉害，忍不住冲神九黎发怒道："那不一样！我要的是曾经的小念陌，而不是他的代替品！"

"那你宁愿守在没有我的未来，也不想要能和我在一起的现在？"神九黎的声音还是很冷静，只是有了一丝冷意。

宁雪陌被他问得一窒！

她吸了一口气道："我已经在想方设法让你能回归了……"她又想起那株生长在陌宫里的小荷……

"你喜欢的……是五万年后的我，而不是现在的我？"神九黎再次询问，问出的问题却一个比一个犀利。

宁雪陌："……"大神其实还是那个大神，无论性格还是容貌都是同一个。

他甚至没有转世重生过，无论历史改没改变，他一直活到了五万年后，唯一的区别就是现在的大神没有五万年后的那些记忆。

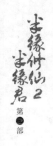

他不知道他曾经叫寒山月，不知道他曾经是天赐大陆的神，不知道他的那些徒弟，也不记得和她的那些过往……

宁雪陌闭了闭眼睛。

是的，现在和他在一起很幸福很快乐，可是她总感觉那样就丢失了很多生命中最重要的东西，就此变得残缺……

她吸了一口气，压下心头的那些混乱，苦涩地道："你一直是你……无论是现在还是五万年后……可是，你既然爱我，这么大的事就不该擅自决定，最起码要先征得我的同意……"

神九黎顿了顿道："雪陌，我本想你回来之后就和你商量的，但昨夜我喝醉了……"

当喝醉的他遭遇回来的她，在狂喜之余第一个念头就是留下她！他压根儿就不会考虑那么多，所以才会在认出她的那一刻立即就对她下了这种锁魂咒。

他昨夜醉得实在太厉害，以致做出的事也有点颠三倒四，现在回想起来，有些事他甚至记不清了。

他在醒酒之后，对她下锁魂咒的事他还是有印象的，心中也有些不安，知道她可能会生气，只是没想到她的反应会这么大。

这让他心里多少有点不舒服，她就这么不愿意留下来陪他？

宁雪陌却像是想起了什么，猛然抬头："大神，你既然能下这种咒，应该也能解开的对不对？那你给我解开吧……"

神九黎脸色不太好，掉头就走："无解！"

宁雪陌紧追两步："你不能这么自私——"

眼前人影一闪，神九黎一把握住她的手腕，声音发沉："雪陌，我想方设法留下你叫自私？你到底……"

宁雪陌吸了一口气道："我还可以再回来。但这次我必须回去！"她抱住神九黎的手臂，"大神，你帮我解开好不好？"

她满眼都是急切和渴望，看在神九黎眼中却有些刺目。

他手臂发僵："真的无解……"

宁雪陌心中一沉，她急怒之下，一句话脱口而出："早知你如此自私，我这次就不该来！"

神九黎变了脸色，后退一步，瞧了她片刻，眸底似有汹涌的波涛。

宁雪陌说出这一句后，也有些后悔，但话已经出口，她已收不回来。

更何况她也正气着，不服输地回看着他。

半晌，神九黎终于缓缓开口："本座会设法……送你回去。"

宁雪陌心中松了一口气，他是神，应该会想出办法来的吧？

嘴角终于露出一点笑容，她下意识地说了一句："多谢……"

这句话说完，她就意识到不对了。她和他现在这种关系说这两个字，明显太客气疏远了。

果然，神九黎的脸色变得更不好，他淡淡地扔下了一句："和我无须这么客气！"然后他转身离开。

他走得太急，被门口的门槛绊了一下，微一踉跄，随即站稳大步离去。

宁雪陌看着他的身影离开，不知道为何，居然从他身上看出萧瑟孤单的味道，心脏深处像是被什么一拨，隐隐作痛。

她知道这么说肯定伤到他了，可是——

宁雪陌摇了摇头，强压下心里异样的情绪，干脆窝在他这个炼药室内修习炼药之术。

不知不觉一天过去了。

宁雪陌炼药炼得废寝忘食，连吃饭也忘了。

等她再醒过神来的时候，外面天色已暗，几颗星子零落地布在天空中，似乎伸手就能摘下来。

大神去哪儿了？

宁雪陌想了想，向那座独峰奔去。

她现在功力已经恢复大半，很轻松就飞上了那座独峰。

独峰上一个人也没有，神九黎没在这里，峰上只有那天道石一闪一闪地发着微光。

宁雪陌站在天道石前，望着它心情有些复杂。

"天道？何为天道？你到底是什么啊？能主宰整个六界的生死？"宁雪陌瞧着那天道石斥责起来。

天道石上无数她看不懂的字符缠缠绕绕，盘根错节地飞速旋转，看着它时间稍稍长一点，宁雪陌甚至感觉有些眼晕。

"喂，你既然能让大神守护你，应该比他强吧？那你能解开他下在我身上的锁魂咒吗？"

"……"

"不能吧？连这样的事你都做不到，还叫什么天道？你该不会就是一块天外陨

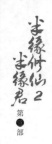

石吧？"

宁雪陌干脆坐在天道石前，一副打算长谈的姿态。

"你如果真的有灵性，那就在我面前显一下灵，或者把洛九宸那浑蛋回收了，我就信你是天道……"

"或者你干脆把我送回到五万年后，我也信你……"

"喂，你说话啊，要么给我显示出几个字来也行。你不会就是一块看上去让人眼晕的石头吧？除此之外没其他功能？"

那块天道石似乎不屑理她，该怎么闪光还怎么闪光，一点变化也没有。

宁雪陌叹了口气，揉了揉眉心，自己冲一块破石头撒什么气？

或许天道石不过就是一种信仰，而不是真有什么神迹。

她正要站起身来，脑海中忽然显出一段话：勿泄天机，泄必改，改必祸！

这十个字就像是自动在她脑海中出现的，让宁雪陌整个身子一僵，她猛然回头看向那天道石。

天道石依旧那样，看不出任何异常。

那十个字是天道石给她的警告？！

它竟然显灵了？

"喂，你还确实有点灵性嘛，我也不想泄露天机啊，如果你不想让我泄露，你就送我回去呗……要不然我怕一时管不住嘴就泄露了……"宁雪陌趁机和天道石讨价还价。

天道石上忽然闪出一道晶莹的白光，直直向着宁雪陌罩过来！

宁雪陌心中一喜，这白光是不是要送她回去？！

她不闪不避，眼看着她的身体就要被白光笼罩住，一道飚风忽然从斜刺里冲出来，将宁雪陌斜撞退了几步。

那白光扑了个空，擦着宁雪陌的一片衣角飞了过去。

宁雪陌呆了呆，不甘心地还想再冲过去，眼前白影一闪，接着腰肢一紧，整个人被带着飞了起来。

而天道石上的白光一下扑空之后，居然自动翻转，又向宁雪陌追击而来！

那白光看似普通，但速度极快，仔细看会发现它还能变幻出七彩颜色……

宁雪陌一入那人怀抱便知道对方是谁，她身子微微一僵，还有些不甘心，挣扎了一下："喂，你放开我，我要回去——"她好不容易才引得天道石射出这白光，这说不定是她快速穿越回去的路，她不甘心就这么放弃。

抱着她的人自然是神九黎，他扣紧宁雪陌的腰肢，并没有说话。

那白光追击得太快，他也来不及说话，带着她呈之字形闪避，身法如电，白光在二人身后紧追不放，似乎不把宁雪陌送回去就不甘心……

神九黎这么快的速度好几次险些被它追上，看上去惊险万分。

白光忽然呈扇形展开，几乎眨眼工夫就将整个山峰铺满，向着一直在峰顶飞来飞去的两个人逼过去！

神九黎脸色一变，忽然立定身形："要杀她先杀我！"

他将宁雪陌向怀中一抱，以背部去硬接那白光……

唰一声响，白光击在了神九黎的背上，他身子一颤，向前跟跄了一下。

宁雪陌在他怀中，虽然没有和白光正面接触，但当白光击中神九黎的时候，她也感觉像是被一股强电流击中，不由得闷哼一声，险些吐出血来。

白光终于消散，峰上又恢复了往日的平静。

神九黎片刻不停，几乎在白光消散的那一刻，抱着宁雪陌飞下山峰去……

刚一落地，他就将怀中的宁雪陌扔到地上，怒喝道："你是想找死吗？！"

宁雪陌心中一紧，不由自主地往前赶了两步，干巴巴地问了一声："你受伤了吧？"

神九黎足下略一顿，却并没有回头，直接离开了。

他走得飞快，霎时间便不见了踪影，凭空消失一样。

宁雪陌追着他跑了几步，没追上。

她站在原地，出了片刻神，没想到事情会演变成这个样子。

他独自离开，大概是看她想方设法非要回去，伤了心……

她干脆在路边的一块石头上坐了下来，整理自己的思路。

她刚开始知道自己被锁魂咒锁在这里后，是急躁了些，和大神说话有些冲，说了几句伤人的话，估计伤到他了……

待会儿回去见了他再好好谈谈吧，她要让他明白，她坚持离开是有理由的，并非不爱他。

现在的大神只有这世的记忆，不知道小念陌很正常，不将小念陌放在心上也很正常。

而她不行，她记忆里有小念陌的存在，有那两世的记忆存在。不可否认，她爱的也是那个拥有两世记忆的大神……

对现在的大神，她也爱，也喜欢，但她更希望他能在五万年后真正回归，拥有完整的三世回忆……

可是，她该怎么和他解释呢？

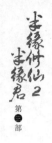
宁雪陌忍不住抬手捶了捶太阳穴。

她刚才说大神自私，说他只想留在现在，为了留住她不惜使出手段，其实她也是自私的，因为她也想留住她的现在——拥有三世记忆的现在，拥有小念陌的现在，和大神纠缠三世的现在……

她也不想失去现在拥有的一切。

宁雪陌坐在那里左思右想，不知不觉想入了神。

一阵寒风吹过来，将几片落叶拍在她身上，也拍回了她的神志。

她站起身，抬头看了看天，天色有些阴沉，有乌云在空中迅速堆积翻滚……

这是要变天了！

她转身就向寝宫方向奔去。

如无意外，神九黎这个时候应该回那里了，她还是平心静气地好好和他谈谈吧。

她速度很快，片刻工夫就奔到了神九黎的寝宫门口。

她抬头看了看，寝宫依旧黑灯瞎火的，神九黎并没有回来。

宁雪陌这几次穿越而来，每晚都会歇在这里，这次虽然和神九黎闹了一场小矛盾，但她也不想赌气找其他殿睡。

她推了推门，还不错，门一推就开了。

宁雪陌走了进去，殿内有一床一榻，想必是神九黎和小雪陌相处的时候，二人虽然同室，却是分开睡的。

她便在那小榻上躺了下来。

不是她拿乔，毕竟两个人刚吵了架，如果她再睡到他的床上去，那她就太没面子了。

他会去哪里呢？

书房？偏殿？炼药室？

他不会赌气不回来了吧？

外面的风越刮越大，在窗外呜呜地响，窗外有一棵大树，被风吹得乱晃，枝叶映在窗上，鬼影一样。

梵天宫内虽然也有四季交替，但真正刮风下雨这等恶劣天气却并不多。

宁雪陌在梵天宫也曾住过一段时间，几乎天天阳光明媚，实在没想到这里也会刮这么大的风。

外面突然又炸开一道闪电，映得窗子一片雪亮，随即又暗下去。

要下雨了？

宁雪陌坐起身，仿佛是回应她的猜想似的，这道闪电过后，外面果然哗哗下起雨来。

闪电、暴雨、大风在窗外肆虐，大雨如鞭子般抽打着窗台，发出哗哗的声响，仿佛炸开了天河，水哗哗地向下倒。

这样的大雨让她无端想起神九黎刚刚羽化的那三天，也是大雨倾盆，仿佛整个天地都在为他哭泣。

而她那时在大雨中跪了三天，哭了三天……

自那以后，她就对大雨天有一种天生的反感，甚至无端会感到恐惧。

哗哗的雨声就像抽打在她的心上，让她绷紧了心弦。

这种雷雨天他不会回来了吧？

不过他是神，如果想回来的话，这点风雨压根儿阻拦不住他……

他到底受没受伤啊？走的时候步子有些踉跄……

无数猜测在她心头翻转，她这一天也极为疲累，此刻困得上下眼皮直打架。她很想好好歇息一下，所以闭上了眼睛。

说来也怪，明明困得难受，她却睡不着，耳朵不受控制地听着殿门处的声响，殿门被风雨吹得发出吱嘎吱嘎的声音，仿佛在随着风声开开合合……

宁雪陌这才想起，她进来时似乎没关门。

她跳下那张床榻，绕过屏风跑去了外间，见那殿门果然还是敞开的。

大雨已经斜吹进来，殿门口湿了好大一片，雨水在殿内横流……

神九黎是个爱干净的人，如果看到他的寝宫被水泡了，估计更不高兴了。

宁雪陌抬手敲了敲脑袋，骂了自己一声猪，跑过去关门。

一道天雷从天而降，正落在宁雪陌脚边，直接炸开。

若不是宁雪陌见势不好，直接一跃躲开，这天雷就劈中她的脑门了！

她心中乱跳，不至于吧？天打雷劈？她又没做什么，那天道还不放过她？

殿门被风吹得忽开忽关，闹鬼一样，那吱嘎吱嘎的声音挺闹心，宁雪陌又去关门，没想到她的手尚未碰到门扇，一道天雷又劈下来——

宁雪陌这次有准备，急忙闪开。

外面风雨更大，说来也怪，只要宁雪陌有关门的意图，那天雷就迎头劈下来，百试百灵。

这大雨是想要畅通无阻地进大神殿内溜达溜达，所以不允许她关门？

还是说，她只要一出这寝宫的保护，天雷就来和她"哥儿俩好"？

宁雪陌也是无聊，略思索了一下，没做关门的动作，而是在门口一立……

于是，一道天雷再次准确无误地劈下！

宁雪陌向后一退，苦恼地揉了揉眉心。

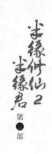

果然——天雷是劈她的。

看来她真把天道石给得罪了。

幸好她没在室外，要不然非被这天雷追着跑不可！

这雷并不同于凡间下雨天那种普通的雷，倒像是渡劫的天雷。

不过那吱嘎作响的门扇实在让人头疼，宁雪陌想了想，干脆用术法去关。

她的指尖冒出红光，却不料那红光刚碰触到门扇，又一道天雷劈了下来！

更要命的是，这天雷不是劈向门内的宁雪陌，而是劈向她指尖的红光——

红光是和她的指尖相连的，一旦天雷劈中那红光，就能直接传到她身上！

"小心！"一道身影迅速掠来，正撞在宁雪陌指尖的红光上！

宁雪陌吓了一跳，尚未反应过来，那道身影抱着她猛然向里一滚，耳边响起一串惊雷声，顺着他们滚动的身影炸开……

雷声消失后，室内陷入短暂的寂静。

宁雪陌一颗心怦怦乱跳！

她对神九黎熟悉得不得了，所以刚才被抱着一滚她就认出是他。

虽然被他抱着滚得狼狈，但她心中首先生出的感觉却是欢喜，随即又有些吃惊——

她被那一串雷声炸得耳朵嗡嗡直响，却顾不得这些，忍不住反手去抱还抱着她的神九黎："大神，你——你怎么弄得这么湿？！你有没有受伤？"

她刚才发出的那一道红光是去关门的，所用的力气自然不大，虽然到最后红光射到了神九黎身上，但应该伤不到他……

不过他身上太湿了，简直像是从水里捞出来的！

刚才他抱着她滚动的时候，简直就像冰块抱着她在滚……

她心里生出一种不祥的预感，一边说，一边去抓他的手腕，想看看他受没受伤。

神九黎却猛然松开她，身子向旁边一滚，避开了她的触摸，无声地坐起身来。

宁雪陌自然跟着坐起，屋里夜明珠没有打开，有些黑暗，宁雪陌只能看到他的大体轮廓，却看不清他的脸色。

她干脆跑到桌前，打开了藏有夜明珠的蚌壳，屋内终于充满了柔和的光线，也照出了神九黎一身的狼狈。

他的长发一缕一缕的，雨水顺着衣襟向下流，衣服也紧贴在身上，他所在的地方很快就聚集起一个水洼。

宁雪陌也终于看清了他的脸色，心中猛然一沉！

他脸色发青，连嘴唇都是苍白的，很不正常。

他真的受伤了！而且伤得不轻！

宁雪陌心脏骤然一疼，像是被人用针扎了一下。

他大概是第一次在她面前如此狼狈，向阴影里退了退，却被宁雪陌一把握住了手腕。他身子一僵，顿住动作。

宁雪陌为他诊了一会儿脉，有些怒道："受这么重的伤又下这么大的雨，你还跑来做什么？！"

神九黎声音冰冷："你平白无故地跑到门口做什么？"

"我关门来着！这风吹得门扇吱嘎吱嘎地响，听着不舒服。"

"听着不舒服总比站在门口当靶子被雷劈强吧？"神九黎简直无语，"你能不能安生些？好好待在屋里？"

说话的工夫，他去关了殿门，将风雨声都关在了门外。

一回身见宁雪陌站在原地忽闪着一双大眼睛看着他，他窒了一下："你……"她还没死心？还想着出去被雷劈？

"这雷是劫雷，被劈到的话也会要命……"他沉声对她解释，不想看着她再做傻事。

"我没想出去被雷劈，只是去关门。"宁雪陌忍不住再次开口解释。

神九黎没再说话。

"你是不是原本在别处疗伤，听到雷声不对赶回来的？你是为了我……"

神九黎打断她道："我只是怕这殿被水给淹了。"说完他转身向殿内走去。

宁雪陌抿了抿唇，跟着走入内殿。

内殿才是真正的寝宫，宁雪陌身上刚才也被雨水打湿了一点。

这次下的大雨挺怪的，刚刚她被淋到的时候，不过就是觉得凉了点，但在能承受的范围内，现在却感觉越来越冷，被雨淋湿的地方冷得像冰，那寒意似乎能顺着湿透的衣衫钻到人的骨头里去，让她情不自禁地打了个寒战！

她不过被淋湿一小部分就冻成这样，那他全身湿透……

宁雪陌的目光又落在神九黎身上，他原本就一身白衣，此刻白衣上仿佛有微弱的光，像是冰！

她二话不说就运用法力向神九黎身上罩过去，想先把他身上弄干。

却不料一束红光罩上去，待红光消散后，他身上该怎么湿还怎么湿，那水还在向下滴。

怎么会这样？

宁雪陌不死心，正要再使用一次术法，神九黎却走了开去："不必忙了，这雨水

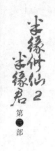

用术法弄不干。"

他走向的是衣橱，那里面有几套换洗衣服。

原来这梵天宫下雨也下得这么有个性。

宁雪陌服了。

他受了重伤，又冒雨跑来，湿成这样，单换衣服怕是不成……

宁雪陌一挥手变出一个大浴桶，浴桶里有热气冒出来。

"你别急着换衣服，还是先泡个澡吧，祛祛寒气。"宁雪陌去扯神九黎的衣袖。

神九黎一抬衣袖，不动声色地避开了她，回身看了看那个冒着热气的大浴桶，再看看一直瞧着他的宁雪陌，终于说了两个字："多谢。"

他转身将旁边的屏风拉过来，在那浴桶周围圈了一圈，然后才从衣橱中拿出一套衣袍走入屏风内……

宁雪陌被他的"多谢"两个字砸得有些蒙，站在原地怔了片刻。貌似这词还是她先向他说的，现在再被他砸回来，杀伤力还挺大的。

屏风几乎是不透光的，屏风后面窸窸窣窣的，很显然，神九黎在脱衣……

宁雪陌坐在小榻上，瞧着那屏风有点出神。

她和他不知道已经滚了多少次床单，他脱她的衣服脱得特利索，常常像剥粽子似的把她剥个精光，而她也熟悉了他的身体。现在这大殿中就她和他，他洗个澡还用屏风围这么严实，是怕她会偷看，还是故意借此来和她拉远关系？

屏风后传来哗啦一声水响，很显然，他已经入了水……

宁雪陌心中一团乱麻，她和衣躺在小榻上，听着外面的风雨声。

神九黎没回来的时候，她独自卧听风雨声还感觉有些凄凉，现在他就在屏风后面，她却莫名心安下来。

她侧耳听着他的动静，他身上那么冰，她放的热水只怕很快就会凉。

"要不要我给你加热一下水？"片刻后，宁雪陌向着屏风后开口。

"不必。"他答了两个字，带着点鼻音。

他果然还是受凉了吧？！

宁雪陌想了想，干脆绕过屏风走了过去："我看看。"

说话的工夫，她已经看到了那个大浴桶。

自然，她也看到了浴桶里的人。神九黎泡在里面，只有肩膀以上露在外面，脸色还是很苍白。看到她大咧咧地走进来，他薄唇微抿："出去！"声音偏冷。

宁雪陌却并不看他，淡淡地说了一句："放心，我不是进来占你便宜的。"

她伸出手在水中一划，那水果然凉了，就差结冰了！

宁雪陌伸手在他肩头上摸了一把，指尖一僵！

他的肌肤冰冷得像是死人的！

神九黎身子向后微微一缩，避开了她的狼爪。他大概是第一次泡澡时被人这么看，声音里似乎带了冰碴子："出去！"

才进来这么片刻就被他驱赶了两次，宁雪陌若是脸皮薄点，估计就真滚蛋了。

但现在她只当没听见，缩回手指，然后盘膝在浴桶前坐下，双掌按在浴桶上，运起念力，用术法将浴桶里的水加热。

她微垂着眼睛，表面不动声色，心中却如同被利针一扎！

看来神九黎这次受的伤果然挺重的，连加热水这么简单的术法他也使不出来了，身上还这么冷！

天道发出的白光原来对守护者也这么不客气……

"你的伤势到底如何？"宁雪陌终于将那浴桶里的水加热，忍不住问了一句。

"死不了。"神九黎回了她三个字。

宁雪陌一噎，他一定要和她这么说话？

但她对他毕竟心中有愧，就算神九黎给她脸色看，她也全当看不到，试着和他讲理："你可能误会我了，我不是不想留在你身边，而是念陌在那边很危险……"她正要说一说洛九宸对自己的逼迫和自己所用的计谋，不料头脑中忽然轰然一响，居然在刹那间一片空白，后面不知道该怎么继续下去。

与此同时，她脑海中又出现了那十个字："天机勿泄，泄必改，改必祸。"

宁雪陌："……"这十个字的意思她很清楚，如果她此时把这些事说出来，那么这些事的发展就会改变，而且情况只会更糟！

这些事牵扯到小念陌，她自然不想让儿子的处境变得更糟，便闭嘴不说了。

洛九宸虽然承诺不会做伤害他们母子二人的事，不代表不会派人去做……

小念陌还那么小，怎么可能是那只老狐狸的对手，只怕分分钟就会被虐死！

想到这个可能她就心急火燎，恨不得立即回去！

偏偏她被锁在这里，回不去……

"是洛九宸对你们母子不利？"神九黎忽然开口。

宁雪陌顿了顿，那十个字又出现了！

她含混地应了一声："那个人太可恶！"

"雪陌，你有没有想过，我们可以在这个时代防患于未然？"神九黎缓缓开口，目光终于落在她的脸上，"你未必非要回那个时代的。既然是五万年后才发生的事，那么我们有足够的时间改变这一切，甚至让那些灾难来不及发生，不是吗？"

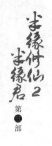
宁雪陌闭上了眼睛："不一样的，说了你可能不相信，那边的时间……"她正想说"时间是同步的"，不料那十个字又紧箍咒似的在脑海中闪过。

宁雪陌："……"天机！天机你大爷的！

神九黎还在等她说下去："那边的时间如何？"

宁雪陌吸了一口气："大神，你这边的天道不让我泄露天机，不然只会让事情变得更坏，所以有些事我不能说，我可不是故意隐瞒你……"

神九黎："……"他虽然是天道的卫护者，但像宁雪陌这种情况他也是第一次碰到。

他将目光落在她的脸上，有些狐疑："你得到天道石的暗示了？"

按道理说，天道石上的字或者天渝只有守护者通过开启一种秘法才能获得，其他任何人休想在天道石这里得到一星半点暗示。

宁雪陌抿了抿小嘴："不是暗示，是警告。"

好吧，毕竟她来历特殊，必定会知道很多将要发生的事情。天道阻止她说出实情那也情有可原。

她抓着他的手，眼睛看着他："大神，我真的有不得已的苦衷，我抛不下小念陌，你那时也那么疼他……"她说到这里，鼻子有些发酸。

这世的大神对小念陌是没有丝毫印象的，但五万年后的大神疼小念陌疼到了骨头里，临死的时候，为孩子安排了那么多事……

"我那时……"神九黎低语了一句，"是五万年后的我吧？"

宁雪陌怔了怔，点头。

"其实，你喜欢的还是五万年后的我对不对？"

宁雪陌："……"她无法否认。

"五万年后的我羽化了，撇下你和孩子，你上天入地也想要寻回我，结果……你穿越到了过去，遇到了现在的我是不是？"

宁雪陌："是呀。"

"那……如果没有五万年后的那个我，你还会不会喜欢现在的我？"神九黎凝视着她的眼睛，说出了有些让人费解的一段话。

宁雪陌："……"

她如果没有和五万年后的神九黎恩怨纠葛了两世，他羽化后她失魂落魄地四处找他，那么她莫名穿越到五万年前再遇到他，肯定不会这么快将自己交付于他，说不定会想方设法地逃离他……

她吸了一口气道："没有那些假设，事实上我先认识了五万年后的你……"

神九黎微垂下睫毛，这么说，她现在爱他，不过是他沾了五万年后的自己的光。在她心目中，现在的他不过是五万年后的自己的替身。

神九黎从来没想到有朝一日自己会吃自己的醋——

他一向骄傲，自然不想做任何人的替身，就算是未来的自己的替身，也令他感觉很不舒服！

他撤回了一直被她紧握的手，微微闭上了眼睛："出去。"

她胸中似有酸涩泛上来，冲得她眼睛发胀。

她张了张嘴似想要解释什么，一时却不知道该从哪里说起。

顿了片刻，她终于找到一句："你何必吃自己的醋？无论现在的你，还是五万年后的你，终究都是你啊。"

神九黎睁开眼睛："你确定五万年后的我还是现在的我？而不是重新转世投胎的？"

"你的容貌、性格、行事手段，都没变化……"她总感觉神九黎一直是这个神九黎，并没有改变。

神九黎又闭上了眼睛，宁雪陌所说的这些，并不能证明五万年后的他还是现在的他……

"你出去吧。"神九黎开口，声音比刚才更冷了。

"你的伤——"宁雪陌不放心，一只手一直贴着浴桶，就为了一直给他加热。

"我自己心里有数。出去！"神九黎干脆下了逐客令。

宁雪陌眼圈一红，心里当真说不出是什么滋味。

她吸了一口气，伸出手在他的浴桶里探了一下。

神九黎向后微微一靠："你——"

宁雪陌道："你什么你？以为我想占你的便宜？我只是试试水温而已！"

那水已经足够热，他的脸色看上去也比刚才好看不少，显然他已经暖和过来了。

这里确实用不到她，她这才大步走了出去。

神九黎微闭上眼睛，心里也乱得很，一时理不出头绪。

片刻后，脚步声又响起，他下意识地睁眼，皱眉道："你又回来做什么？"

宁雪陌将一套换洗的衣袍放在他旁边的小几上，并不看他："放心，我没有占你便宜的意思，只是给你送干净衣袍。"说完她转身又走了出去。

神九黎："……"

他已经拿来一套换洗衣服了好不好？

不过，好像她拿过来的这一套看着更顺眼？

穆丹枫

著

尘缘修仙2

尘缘君

第四部

青岛出版社
QINGDAO PUBLISHING HOUSE

第三十一章　雨夜起争执

宁雪陌看了看角落里那小榻，神九黎貌似不想看到她了，那她还要不要在这里碍他的眼？

外面风狂雨骤，她一出去就要遭雷劈，这个时候自然不能出去。

所以她想了想，干脆去了外间，变出一张床来，这才躺了上去。

这寝宫外间的密闭性自然不如内间好，外面的风能透过门缝吹进来。

她躺在那张床上，听着外面的风雨声，明明困倦极了，却睡不着。

她不想和他起争执，可是——

外面的雨声更大更猛，她心中混乱得如同这雨丝。

这是她穿越以来最难熬的一天，那风吹得有些冷，她拢了拢身上的被子。

已经又过去一天了，小念陌那边怎么样了？

一阵狂风吹过，竟然将紧闭的殿门吹开。

狂风夹杂着雨丝吹了进来，宁雪陌在被中打了个哆嗦。

她盯着那两扇洞开的门有些发愁，如果她去关门会被雷劈，如果不关，就这么吹一晚上冷风那滋味也不好受。

或者她回里间去睡？

虽然面子上不好看，说不定还会被他耻笑，但好过她在这里吹一晚上冷风吧？

不管了！

宁雪陌爬起身来。

"宁雪陌！"一声呼喝忽然自里屋传出，话音未落，神九黎自里屋冲了出来。

外殿漆黑，神九黎最先看到的是那两扇敞开的门，他还以为宁雪陌又赌气冲到殿外去了！

外面那劫雷正等着她！

说不定她立即就会被劈个魂飞魄散，踪迹皆无！

他脸色铁青，手都凉了，正要追出去，身后却传出一个声音："我在这里。"

他蓦然回身，看到了在大殿角落里的那张床榻，自然也看到了床榻上的人。

神九黎："……"

他一颗高悬的心又落回了肚子里："你……你跑出来做什么？里面的床榻容不下你？！"

看到她安全无虞，他在松一口气的同时，心火又冒了出来。

刚才他自屏风后出来，见到两张床榻上都没人，心里就咯噔一下！

然后又听到门响，他还以为她不管不顾地冲出去了……

他的语气实在称不上好，明眼人一看就知道他在发怒。

他身上气场原本就强大，这一发怒，几乎让殿内温度也跟着下降了几摄氏度。

他轻易不发怒，一旦发怒直面其峰的人都会吓得跪倒。

他没想到宁雪陌不但没跪倒，反而直接扑入他的怀中，几乎要将他撞个趔趄。

"你……"他手臂发僵，一时不知道顺势将她抱在怀中好，还是将她推出去好，"你好端端的跑到外间来干什么？"声音不知不觉自动柔和了下来。

"你刚才一直让我出去，我以为你不想看到我了，所以……"她的小脸埋在他的怀中，声音听上去有些委屈。

神九黎："……"

他正想将她自身上扒拉下来，忽然感觉到胸口那里有些湿意，微微一窒。她哭了？

心中像是被什么扎了一下，他忍不住将手臂圈过来，将她抱住："你哭什么？"

他觉得该哭的是他啊，明知道对方只是拿自己当个替代品，却该死地放不开手……

"你自作主张没和我商量就强行将我留下，我发个小脾气你就对我凶……"她开始指控，声音里带着哽咽。

神九黎："……"这确实是他的错！

"我当时喝醉了……"他无力地再一次解释。

"你如果没喝醉，是不是就不用这术法了？"

"这……"这个问题神九黎自己也不知道，或许还是会用的，毕竟他没日没夜地研究了好几天才研究出这术法。

"你刚才还对我凶，一连赶了我好几回，一副和我划清界限的模样。是你不想要我了……"她继续指控，声音哽咽得更厉害。

神九黎："……"他有一种秀才遇到兵，有理说不清的感觉。

"神九黎，你占了我这么多次便宜，说翻脸就翻脸，说不要我就不要我。呜呜，我怎么这么命苦？我怎么会爱上你的？"她就差哇的一声哭出来了。

她的眼泪似乎将他的心脏烫到，他的心脏紧缩成一团，在这刹那间，他有一种兵败如山倒的错觉，只想将她抱在怀中，再也不松手。

他活在这世上，无论想要什么只要动动手指就能得到，所以他对任何人也不放在心上，压根儿也没有人能乱他的心境。

现在他却第一次对着一个女子有些手足无措，也是第一次有想不择手段地得到一个人的念头。

他搂着她向室内走去，还忍不住和她抬杠："你爱的不是我，是五万年后的人……"

"可那都是你啊！从来没有变过啊！一直是你……你怎么可以这么不讲理？"她更委屈了，终于露出小脸，眼泪却不停地向下掉。

她哭成这个样子，让神九黎再无法对她板起脸来。

同时他也深深明白，当女人不讲理的时候你和她讲理，简直就是搬起石头砸自己的脚！

"算了，是我错了，你别哭了。"他只想止住她的眼泪。

好在她哭归哭，脚下还是跟着他走的，没有耍脾气要待在外间。

他半扶半抱着她走到床边，看看那张小榻，再看看自己的大床，一时拿不定主意把她放哪里。

他站在两张床榻之间稍一犹豫的工夫，怀中的宁雪陌像是被什么一绊，向着那张大床扑了过去。

神九黎正抱着她，身上又没多少力气，自然也被她带着扑上了床榻，好死不死，她还压在他的身上，将他压了个结结实实，几乎动弹不得。

神九黎："……"

他推了推宁雪陌："下去。"

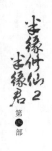

宁雪陌一双含泪的眼睛瞧了他片刻，瞧得他心脏又是一紧。

宁雪陌眸底现出黯然之色："你……你要和我分床睡是吧？那我下去……"

她自他身上滚下来，一个趔趄，险些一头扎下床！

神九黎几乎是下意识地出手，一把捞住她，于是她又名正言顺地趴在他身上了。

她眼睛重新发亮："你这是要和我一起睡？"

她一双眼睛在暗夜中忽闪忽闪的，让神九黎的心跳也似漏掉一拍，拒绝的话他怎么也说不出口。

他本来下定决心要找那个解开她身上锁魂咒的法子，然后送她走，同时也将自己的感情强行抽回来，把她当普通人对待。

但是，他做不到！

连他自己也不明白为何会如此疯狂地喜欢一个人，明明在这之前他只当她是一个孩子的。

是的，他对她的感情从来就与众不同，却不是现在如同罂粟般让人疯狂的爱……

他从来没有这么在意过一个人，恨不得天天将她拴在身边，让她寸步不离。

这种在意已经形成一种执念，而这近乎疯狂的执念让他自己也有点害怕，有点茫然……

他没有再说话，却也没有推开她。

宁雪陌知道他受了伤，还是怕压到他，向旁边一滚，滚落在他的身侧，窝在他的怀里，小手横过来揽住他的腰："大神，你还爱我的对不对？我们不要吵架了。"

神九黎："……"

重新抱着她，感觉不是一般的温暖，就像找回缺失了一半的心脏，这么搂着她，他居然觉得无比安心。

不过，他还是在意一件事："你称呼他就是'大神'？"

宁雪陌知道他嘴里的"他"是指五万年后的神九黎，一个人和未来的自己较劲吃醋，她觉得……有点头疼。

她把脑袋向他怀中拱了拱："不是称呼他，是称呼你，一直是你。"她开始打太极了，又揉了揉眼睛，声音有些可怜兮兮的，"大神，我困了……"

她的眼睛水汪汪的，鼻子也还红着，神九黎心中一软，认命地将她往怀中揽了揽："睡吧，不要再折腾了。"

"嗯，大神，晚安。"宁雪陌在他脸颊上轻轻一吻，然后心满意足地搂着他睡了。

她的唇如蝴蝶般只是在他的脸颊旁轻轻一触，却让神九黎心脏漏跳一拍。他侧眸看了看身边的人，有一种将她压在身下吻个天昏地暗的念头。

不过，好在他及时控制住了自己的欲望。

他现在的身体容不得他这样做。

他也疲倦到了极点，现在怀中又搂着她，一颗心终于稳定下来，闭上眼睛也睡了过去。

宁雪陌不知道何时又睁开了眼睛，看着合眼沉睡的他，然后把手掌轻轻按在他的胸口上。

他被天道击了那一下受伤很重，宁雪陌刚才抱着他的时候便感应到了，所以她才会死皮赖脸地爬上他的床，只为能和他身体相贴，为他疗伤。

宁雪陌现在的医术虽然比不上神九黎，但也不可小瞧，她自创了一种复原术，十分了得，一个人就算身体器官破裂她也能用这法子让对方迅速痊愈，而神九黎现在所受的伤用她这法子正好。

不过这法子第一次使用的时候，必须等患者睡着心神完全安宁才有效。

所以她一直在等待这个机会。

现在他终于睡了，她便无顾忌了，掌心逐渐冒出淡淡绿光，一波波向神九黎受伤的脏器涌过去……

不知道这样持续了多久，眼看外面的天空露出了鱼肚白，宁雪陌才停止运功。

又摸了摸他的脉门，欣慰地发现他的伤势已经好了大半，她松了一口气，得意地勾起了嘴角。

她的医术也是不可小瞧的哟！只不过平时他太强大，让她的医术黯然失色而已。

这套手法还是很耗体力的，宁雪陌忙了半夜，简直比打一场架还累。

她向他怀中偎得紧了些，想了想，还是将他的手臂挪到一边，免得被她枕到。他现在还伤着，被枕着手臂会血脉不通……

一切都弄好，她才真正睡过去。

神九黎有着超级强大的生物钟，无论睡得有多晚，一到那个时辰必然醒过来。

他睁开眼睛，窗外第一缕阳光已经洒在窗台上，仿佛昨夜的狂风暴雨没有存在过。

他侧眸看了看怀中的人，宁雪陌睡得很熟，长长的睫毛覆着眼睑，她的眼睛周围有淡青色，很显然，她昨天也是极疲惫的，黑眼圈都出来了。

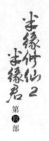

他下意识地伸出手想要轻抚她的眼睑，为她抹去那黑眼圈，却又想起自己的伤不适合再用任何念力。

他轻叹了口气，正要将手臂撤回，却忽然感应到自己的伤居然莫名其妙地好了大半！

神九黎瞬间愣住了！

他自己的伤自己明白，被天道击了那一下险些让他的五脏全部移位！

体内数种脏器出现裂纹，这种裂伤不是能用普通药物治疗的，必须用念力一点点催动治疗。

偏偏他被劈了那一下后，念力几乎丧失殆尽，疗伤时颇为力不从心。

原本他离开宁雪陌后，躲在一处静室疗伤，听到雷声不对才不顾伤痛冲回寝宫来。

而昨夜的那一番作为也让他的伤势恶化，所以才那么容易被宁雪陌扑倒……

这种伤不是休息休息就能自动复原的，必须进行治疗。

现在他不过睡了一觉，伤居然就痊愈了大半！

他的目光落在宁雪陌那有些苍白的小脸上，她昨夜对他做了什么？

他慢慢摸上她的脉门，感应了一下，她的念力没见少，但体力耗损很厉害。

他临睡时看到她的小嘴还是粉红色的，此刻却有些白，这明显是体力耗损过度的症状。

"念陌……"熟睡中的宁雪陌忽然咕哝了一句。

神九黎握着她的手腕的手指微微一紧，她其实还是牵挂孩子的吧？

半岁的孩子……

神九黎平时高高在上，不与凡人共语，并不太了解半岁的孩子到底是怎么个情况。

貌似他半岁的时候已经开始在六界闯荡了，甚至那时已经成名——

至于雪陌，雪陌半岁的时候已经在妖界的一座小山头上混成小霸王，还自己装饰了一个珠光闪闪能闪瞎人眼的窝，得意扬扬地拉着他看……

他和雪陌都是无父无母的孩子，所以他压根儿体会不到孩子失去父母的庇护到底是什么状况。

那小子应该能独立了吧？

一直缠着娘亲也不叫个事，以后他如果有机会，一定好好调教调教那小子，让其先学会独立！

神九黎不怎么厚道地想。

他本来想起身练功，但看着怀中的宁雪陌，有点不想动。

"好饿……"宁雪陌又咕哝了一句，眉峰轻蹙。

神九黎这才想起来，她昨天一天没吃东西……

宁雪陌睡到日上三竿才醒过来，一醒来就发现神九黎坐在自己身边，正垂眸练功。

仿佛感应到了她的动静，他睁开眼睛："醒了？醒了就去吃饭。"

"大神，陪我一起吃吧？"宁雪陌又来扯他的衣袖。

神九黎无奈。他其实已经辟谷了，平时极少吃饭，就算偶尔吃一点也是尝尝鲜而已。

现在看着她水汪汪的眸子，他忽然觉得有些饿了，有了吃东西的欲望。

两个人坐在桌前开始吃饭，气氛倒也融洽。

宁雪陌吃着吃着，却想起了儿子，如果念陌也在这里，那该多好！

一家三口围坐着吃饭，这本该是最普通常见的场景，于她却像是奢望……

现在不知道小念陌怎么样了？

自己在他面前已经"死"了两三回，他应该有心理准备了，不会太害怕。

但前提是，洛九宸那浑蛋不会找他麻烦……

她原本嘴角还有笑意，但吃着吃着那笑意就不见了，眉峰轻蹙，明明夹了一块肉，肉却啪的一声又落回了盘子里。有几滴菜汁飞溅到她的脸上，她也似不觉。

神九黎不动声色地拿起一块手帕为她擦去脸上的菜汁，不动声色地问："小念陌……是什么样子的？"

宁雪陌眼睛一亮！

这还是大神第一次主动提起未来的儿子，她立即道："特别聪明，特别漂亮，特别可爱……"

她一连用了好几个特别，语气中满是为人母的骄傲。

神九黎看着她亮晶晶的眼睛："那你一会儿把他画出来，我瞧瞧。"

"好啊！"宁雪陌答应得极爽快。她是个急性子，把筷子一放，就想要变出纸笔来画画。

神九黎按住了她的手："你急什么？先吃饭！"他看她吃得并不多。

宁雪陌只好又拿起筷子，心里急，不免狼吞虎咽，差点被一块肉噎到。

神九黎揉了揉眉心："吃饭最忌狼吞虎咽，要细嚼慢咽，对你的身体恢复才有好处。"

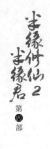

"我的身体恢复得差不多啦。"宁雪陌抬起脸，眉眼生动，"大神，咱们的儿子真的特别棒！"

"像你还是像我？"

"容貌上有些像你，帅得无可救药；性格上有些像我……"宁雪陌一谈起儿子就眉飞色舞。

帅得无可救药……

神九黎强忍住纠正她乱用成语的毛病，似笑非笑地瞧了她一眼："性格上像你？爱哭？爱撒娇？"

宁雪陌感觉自己挺坚强的，所以一扬眉道："我才不爱哭！"

神九黎瞧了她一眼，慢条斯理地道："昨夜是谁哭得泪雨滂沱的？"

宁雪陌摸了摸鼻子，她昨夜的哭一半真一半假，如果不哭，估计神九黎还得和她赌气……

"我平时不爱哭的。"宁雪陌为自己辩解。

"嗯，看来你只喜欢在我跟前哭啊？那我能把你弄哭还挺有成就感的。"神九黎又恢复了他的毒舌。

宁雪陌："……"

她不知道她小时候怎么样，但大了以后就极少哭了，有印象的几次哭好像都是因为神九黎……

在他面前，她不自觉地就像个孩子，想要他呵护的孩子，她的开心想要和他一起分享，她的甜蜜想要和他一起品尝。

"昨夜你是怎么帮我疗伤的？"神九黎忽然问了一句。

"呃，一种秘术，我新研究成功的。"宁雪陌信口回答，答完才抬头，有些诧异，"你怎么知道我帮你疗伤了？"她记得他那时睡着了啊。

"我感觉得到。"神九黎瞧着她，"没想到你医术也这么好。"

宁雪陌又笑眯了眼睛："那是，当初我可是连心脏修补手术也做过，治疗过许多疑难杂症。"

"那好，等有时间和我切磋一下吧，让我看看你的真实水平。"

"可以！保证让你对我刮目相看！"宁雪陌自信满满地道。

神九黎就喜欢看她这种眉眼生动、盈盈含笑的样子，看到这样的她，就算心情不好也会莫名变得心情好了。

是的，他舍不得她离开。

如果她再离开了很难说还能不能回来，如果不能回来，那他就得和她分离五万年……

　　既然她能从五万年后穿越而来，那他应该也能穿越到她那个时代吧？只是该用什么法子呢？

　　他沉吟的工夫，宁雪陌已经将桌子上的残羹剩饭都收拾利索。她急于让他看到儿子，所以变出纸笔画了起来。

　　神九黎回过神来的时候，她已经画出了儿子的大体轮廓。

　　出现在画上的是一个看上去一两岁的小娃娃，一双水灵灵的大眼睛，一张微抿的小嘴，仿佛能从画纸上扑下来，在地上打滚儿……

　　神九黎心中一震！

　　这个孩子他明明是第一次见到，却有一种莫名的熟悉感，仿佛能听到孩子娇嫩的声音喊他"父君"，仿佛能听到孩子那软软的哭腔："父君，念陌要娘亲……"

　　他心头被狠狠一撞，仿佛自己真的疼宠过这个孩子……

　　宁雪陌画完像献宝似的将其捧到他跟前："大神，你瞧，这就是咱们的儿子。是不是挺可爱？其实他比我画的还要可爱一百倍！"

　　她挨他挨得极近，身上淡淡的馨香传入他的鼻端，让他又有一种想要抱抱她的欲望。

　　"大神，这么可爱的孩子你总不忍心让他平白无故消失或者被欺负吧？"宁雪陌开始把话题向那个方向引。

　　神九黎没说话，知道宁雪陌是什么意思，她还是急着回去救儿子……

　　可是当初他研究那锁魂咒的时候压根儿没想过要解开，所以没留后路，现在想想基本无解……

　　就算他能研究出来，也不是三天两天就能成功的。

　　虽然宁雪陌因为天道的警告，好多事情没敢说，但他通过听到的只言片语，已经对整个事情推断得差不多了。

　　十有八九洛九宸趁他不在，威逼利诱他们母子……

　　神九黎毕竟和洛九宸交手这么多年，对洛九宸的功夫还是很清楚的。

　　洛九宸的功夫只比他差一点，宁雪陌和八大神兽加起来也不是洛九宸的对手，更何况她身边还有小念陌……

　　想必她在那边的事情已经焦头烂额，而她穿越过来时也是最危险的时候——

　　本来相对这个时代来说，那是五万年后，那么她在这边如何耽搁应该也不算晚，她却这么急，明显不正常。

　　她还吞吞吐吐地说了"时间"两个字，莫非两边的时间其实是同步的？

这种推测虽然有些匪夷所思，听上去甚至不合理，但一个原本生活在五万年后的人却忽然来到五万年前，这本身也是不合理的，却真实地发生了……

她还说回去安排好了再回来，从种种迹象来推断，两边的时间确实是同步的。

最起码对雪陌来说是同步的。

神九黎接过那张画，指尖轻抚上画中童子的眉眼，仿佛又听到了他软软的童音，心中仿佛有什么微微化开……

"确实可爱。"他做出了客观评价，心中开始思索下一个步骤。

雪陌曾经说梵天宫换了主人怎样怎样，也就是说，洛九宸已经入驻梵天宫了。

一个"次神"在取得主神资格前，没经过原主神的同意，梵天宫的好多地方他是进不去的，能住的也就有限的几个地方。

而雪陌又特别讨厌那水榭，看来洛九宸住在水榭里的可能性大一些……

或许自己可以从这些地方入手，来保护自己的妻儿！

宁雪陌压根儿不知道神九黎在琢磨什么，目光落在那画上，仿佛看到儿子那可爱的小脸。

念陌……他现在在做什么呢？

五万年后，陌宫内。

各路魔兵刃出鞘，弓上弦，人人面色凝重，气氛不是一般紧张。

陌宫外，仙界、人界、兽界人马聚集，将整个陌宫围了个水泄不通。

"禀陛下，陌宫守卫极为森严，八大神兽运用上古秘术将陌宫上下完全罩起来了，我们的人一时攻不破！"有兵将飞驰而来向亲自督战的天帝禀报。

天帝面沉如水："继续攻！要不惜一切代价攻破陌宫！"

"是！"带兵的天将转身安排去了。

天帝望着前面黑压压的、仿佛笼罩在水波中的陌宫，缓缓握紧手指！

陌宫内，宁雪陌的身体就安放在神九黎曾经居住的偏殿内。

"娘亲……"小念陌搬了张凳子坐在床榻前，小手抓着宁雪陌的手，心中有些忐忑不安。

虽然他娘亲这种情况不是第一次了，甚至他娘亲也曾经嘱咐过他，再看到她身上发生这种情况，就乖乖地守着她的身体，只要她的身体不遭到毁灭性的破坏，她就能回来。

可是小念陌直觉这一次娘亲的昏迷和前几次都不一样。

前几次他的娘亲虽然也是没有呼吸心跳，但她的肌肤是微温的，不像这次这么冰！

现在这种冰寒简直就像死人一样，让小念陌每次握着都忍不住打哆嗦。

他拼命用自己的小手去温暖宁雪陌，试图把她的手弄暖："娘亲，你还会回来吧？你不会丢下念陌的对吧？"

念陌现在已经有了一定的功力，他发功的时候，就算手里握着一块冰，也能让它瞬间融化。

所以他握着宁雪陌的手时，只消片刻就握热了，但只要他松手片刻，那手又冰冷下来……

这让神念陌心里很没底。

最主要的是他娘亲是在天牢里死亡的，才运回来的时候，身上好多地方都有血，尤其是手腕上，更是被那铁链子给磨去了一层皮，看上去血肉模糊的，让他心惊。

小念陌曾经将父君留给他的最好的伤药给娘亲涂抹上，原先她这么"昏睡"的时候，身上的伤抹上伤药就能慢慢痊愈。

可这次那药已经抹上一天了，她的伤处还是那样，不但没有丝毫好转的迹象，伤口颜色还发黑发暗，更让人觉得触目惊心。

娘亲这次的"昏睡"真的不一样，简直就像是真的死了……

随着时间的推移，小念陌越来越心慌。

他想了想，又跑到殿外，冲到那花圃中去寻那株小荷……

娘亲说了，这小荷会是个奇迹，它开花的时候说不定会开出奇迹来。

他现在不想要什么奇迹了，只想让他的娘亲醒过来，哪怕只是睁一睁眼，看一看他，让他知道她还能活过来就成。

他的娘亲临行前曾经嘱咐他一定要每天给这小荷浇一滴血，他都照做了，小荷也长得挺让人放心的，几乎每天都能长一点儿，这几天已经拱出地面一寸高了。

神念陌本来每天都来给它加营养兼和它说话的，但自从他的娘亲被救回来后，他一门心思扑在他娘亲身上，已经有两天没来给小荷滴血了。

小念陌很快找到了那株小荷，心却咯噔一跳！

不过两天不见，那株小荷居然蔫了不少。

五个小叶片耷拉着，发枯发黄，就剩半寸高了！

这模样简直就像是随时会死掉的样子，似乎来一阵风就能把它吹飞！

神念陌还是第一次见到这小荷出现这种症状，吓得睁大眼睛！一面自责自己疏忽了，一面忙将一滴血滴在小荷上。

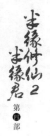
原先他把血滴上后，小荷就会立即将那血吞掉，很快变得生龙活虎，叶片嫩得似能掐出水来。

这次却不管用了，小荷依旧蔫蔫的，血滴在上面压根儿没被叶片吸收，反而缓缓滑落在地上。

神念陌呆了！

他娘亲有多宝贝这小荷他比谁都清楚，如果小荷就这么死了，他娘亲醒过来看到还不得伤心死？！

呜呜，娘亲一直没醒，这小荷居然也要死了！

神念陌对着那小荷惶恐无措，忍不住又向小荷身上滴了几滴血，却半点用也没有……

他想跑来小荷这里要一个奇迹的，结果却被吓到了。

神念陌蹲在那里，一时不知道该怎么办才好。

想了一会儿，他又站起身来跑回屋里。

"娘亲，你最宝贝的小荷快死了，你起来看看它好不好？念陌害怕……"小念陌扑到床榻上握住了宁雪陌的手，眼泪汪汪地求着。

床榻上的人毫无反应，而且……手更冷了！

神念陌抓着她的手就像抓着一个冰块。

他呆了呆，赶紧又运功去暖她的手，但在运功的过程中，他又发现了一件更恐怖的事情！

他娘亲的手臂有点僵硬了！

小念陌慌了，忙活动活动她的手腕、肘关节……

等活动肘关节的时候，眼泪已经在小念陌的眼眶里转悠了。

不是他的错觉，他娘亲的手肘真的僵硬了，他摇晃着甚至有些吃力……

"娘亲！呜哇！娘亲，你不要吓我……娘亲，你要暖过来，不要这么冷……"

他一连在宁雪陌身上盖了三四层厚棉被，然后整个人又钻进去，窝在她的怀里："娘亲不要丢下念陌……念陌在等娘亲回来……"

他的眼泪浸湿了宁雪陌的衣襟，整个身子像八爪鱼似的攀附在她身上，妄图用自己的体温来温暖她……

外面又传来阵阵喊杀声，八大神兽共同设置的结界被无数法宝砸得微微摇晃，小念陌在这陌宫深处也能感受到那种震动。

他红了眼睛。

那帮浑蛋杀死了他的娘亲还不肯罢休！还来陌宫欺负他！他和他们拼了！

他跳下床就向外跑，小短腿跑得虎虎生风，他又是魔主之子，整个陌宫的普通下属无人敢阻拦，眼睁睁看着他向着大门方向跑去。

幸好在大门口，他被禾木总管及时拦住："少主，哪里去？"

"我要和他们拼了！我要让他们赔我的父君和娘亲！"小念陌整个身子都在发抖。

禾木总管脸色微变："魔主……还没回来？"宁雪陌离魂的事禾木总管是知道的，所以这次宁雪陌被这么救回来，他心里还是抱着很大希望的，希望魔主能及时醒过来。只有魔主醒过来，这场危机才有化解的可能！

现在外面三界攻打得异常猛烈，陌宫外的结界看似牢不可破，但也支持不了多久。

八大神兽已经快支撑不住了！

退一万步说，八大神兽能支撑住，让所有敌人攻不进来，但陌宫这么多人总是要吃饭的，而陌宫中余粮并不多，最多只能再支持四五天。一旦弹尽粮绝，整个陌宫就会不攻自破！

到那时，陌宫就真的大势已去了，丢了地盘还是小事，只怕整个魔界都会被血洗……

可以说，现在魔主的生死牵动着整个魔界的兴亡，禾木总管不能不紧张。他将小念陌拉到僻静处，仔细询问了魔主的具体情况，又亲自跑到那偏殿看了看，眉峰紧紧蹙起！

看来他要做最坏的打算了！

陌宫可以不要，甚至整个陌宫的魔道众生都可以拼死一战，但魔主的这点血脉必须留下！

如果魔主再也无法复生，那么魔主之子就是整个魔界再次兴旺的关键。

"少主，这个时候您绝对不能冲动！留得青山在，不怕没柴烧，您先回去守着魔主，说不定……魔主一向能制造奇迹，说不定她还能醒过来，只要她醒过来，我们就有救了。"禾木总管嘱咐小念陌。

"他们怎么可以这么无耻？害死我的娘亲，还敢来攻打我们！"小念陌小拳头握得紧紧的，"父君和娘亲为了护住这六界做了那么多事，甚至把命都搭上了，他们不是应该感激涕零吗？"

禾木总管叹气，这个世界并非除了黑就是白，一旦牵连上利益之争，谁还管你有恩没恩？

这道理太深奥，禾木总管一时和小念陌讲不明白，只能等他大了以后自己去

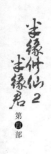

领悟。

　　禾木总管安抚好了小念陌，让他继续守着魔主的身体，自己则大步向外走去。他要好好安排安排，筹划筹划。

　　到万不得已之时，他会安排八大神兽护送着小念陌离开陌宫，找一个安全之地隐藏起来，他则会和众魔一起死战到底，为少主的逃亡争取时间……

　　他抬头望天，日已西落，天色薄红，云团如血般在天空中展开。

　　这是要大战一场的预兆吗？

　　"娘亲！"一声凄厉的呼唤似响在耳边，宁雪陌猛然哆嗦了一下。

　　"小心！"神九黎一把扯住险些一脚踩进陷阱的宁雪陌，"你怎么了？"

　　宁雪陌脸色发白："我……好像听到了小念陌在呼唤我……"心像被烫伤了似的紧缩起来。

　　今天上午吃完饭后，神九黎便带着她出来在梵天宫布置阵法，通向那个水榭的所有通道都已布置好，每一处的阵法都不一样……

　　因为宁雪陌对阵法也颇为精通，又有一些稀奇古怪的点子，时不时帮神九黎出出主意，几乎所有的阵法都是两个人智慧的结晶……

　　宁雪陌开始布置的时候还挺欢快，后来不知道为何就时时走神，刚才更差点一脚踩到自己设置的陷阱中去。

　　神九黎把她往怀中搂了搂："雪陌，是你太想念他了……"

　　或许是吧，可是她心里就是慌慌的，随着时间的推移，她心慌得越发厉害。

　　宁雪陌张了张口还没说什么，神九黎先开口道："今日下午我开始闭关研究解开那锁魂咒之术，我会设法送你回去。"

　　他这是向她做出了承诺，宁雪陌松了一口气，知道他言出必践。

　　她还是担心他的身体的："你身上的伤？"今天早晨吃完饭后宁雪陌原本想再给他疗伤的，却被他不由分说地拉着出来布置陷阱了。

　　也不知道他到底是想坑谁……

　　神九黎摇了摇头："不碍事了。"他的伤好了大半后，功力也恢复了大半，自己再疗伤自然快捷不少，加上他自己配制的药，这么一上午的时间，伤又好了很多，基本算无碍了。

　　宁雪陌知道他的性子是属于苦痛独自承担的，没再问他，而是直接捞起他的手腕为他诊脉。

　　神九黎任她握着手腕，眸中若有微光。

宁雪陌终于放下他的手，叹气道："神果然是神，恢复能力也非常人可比！"

她如果受了像他那样的伤，估计得老老实实地在床上趴几天才妥当。

他肯闭关研究解开这锁魂咒的方法了，那事情就等于成功了一半。

她确实很急，恨不得一下穿回去，可是事情发展到这一步，她急也没用，只能等待。

他闭关研究的这段时间，她也正好修炼炼药术。她发现她在这边修炼也是很管用的。

如果能在这期间把炼药术修炼到九级，那就再好不过了！

"对了，大神，你这机关是针对谁的？"现在这宫里就他俩，别人进不来。宁雪陌总觉得大神在自己家里整出这么多机关有些多余。

神九黎刚刚又设置好一个机关，声音淡淡的："你不是说，这梵天宫有朝一日会被别人占去？本座提前给他加点料。"

转眼又是三天过去。

这三天两个人各做各的事。

神九黎去研究术法了，宁雪陌则将自己关在炼药室内炼药。

这三天两个人并没有见面。

因为神九黎这次要研究的东西十分高端，他必须集中全部精力，容不得一点外事干扰。

他连与外界沟通的传音符也关了。

而宁雪陌也急于提升自己的炼药等级，这三天几乎没离开炼药室一步。

她的功力已经大致恢复，不用进食也没关系，所以更专心。

当人专心做某事的时候，时间就过得格外快。

炼药炉内有淡淡的青光闪了闪，炉盖自动打开，几颗闪烁着青光的药丸映入宁雪陌的视线。

九品药！

宁雪陌的手微微抖了起来，她成功了！

她炼制出九级炼药师才能炼制出来的九品药了！

宁雪陌不顾烫手，将那几颗药丸抓了出来，掉头就向外跑，急于找大神分享喜悦之情。

砰！她一头撞在一个人身上。

来人将她扶住："干吗这么冒冒失失的？"

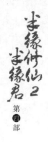

她揉了揉被撞疼的鼻子抬起头："大神！"这还真是说曹操曹操到！她笑眯了眼睛，将手中的药丸献宝似的给他看："来，看看，这是什么？"

神九黎看着在她掌心里滚动的药丸，再看看她一脸灰的小脸，一抬袖，用衣袖为她擦去那一脸灰："雪陌果然是最强的，居然这么快就炼制出九品药来了！"

宁雪陌得意扬扬地道："那是！我可是魔主，自然是最聪明的。"

神九黎顺势揽住她的腰向外走去："走吧，去透透风，你瞧你像小鬼似的。"

湖波微微荡漾，湖水轻拍湖岸，湖水上方有七彩光芒转换，精美绝伦。

湖边青草地上，又一字排开了好几口锅。

神九黎不知道何时钓了一桶鱼，又开始做全鱼宴。

宁雪陌也想帮忙，鉴于她每逢做饭时是越帮越忙那种人，神九黎让她在石凳上坐下，乖乖等着吃就好。

神九黎做事一向如行云流水般利落，从容优雅，做个饭也能做得仙气十足。

宁雪陌却觉得神九黎似乎有心事，他这架势有点像在弄最后的晚餐？

呸！这句话好不吉利！

宁雪陌忙将这个念头拍掉。

神九黎弄的全鱼宴很丰盛，宁雪陌吃得很满足。

她其实很想问问大神那解锁魂咒的术法研究得怎么样了，但不知道为何有点问不出口，问了就像在催他似的！

还是不问了，如果他研究出来自然会对她说的。

说实话，宁雪陌这三天疲累到极点休息的时候，似乎又听到几次小念陌的呼唤，而且一次比一次凄厉，到最后那一次小念陌简直像是大哭着喊出来的，让她的心像是狠狠被揪了一把，她也一身冷汗地醒来。

这次的鱼做得异常鲜美，神九黎却吃得并不多，只是夹了几次陪她。

二人这次虽然同在梵天宫，但到底三天没见面，算是小别一场，现在重聚便情不自禁地坐在了一处。

本来两人是并肩坐着的，但坐着坐着宁雪陌就不知不觉地被他搂在怀中了，只不过她一直在走神。

神九黎淡淡地道："雪陌，那解锁魂咒的术法我已经研究出来了。"

果然，这个话题成功引起了宁雪陌的全部注意力，她的眼眸立即变得晶亮："真的？！那快……"

神九黎将一根手指按到了她的唇上，眼神深沉："再陪我一会儿……"

宁雪陌立即明白了他的意思，他是舍不得她，想再多留她一会儿。

怪不得他会做这顿全鱼宴……

宁雪陌知道，只要神九黎为自己解开那个锁魂咒，她就能随时离开。

而这次离开，不知道何时她才能再穿越回来，更不知道两人还有没有再相见的机会……

她抬头看着他的侧脸，看出他的脸色有些苍白，眼睛里虽然没有血丝，却能看出疲惫之色。

这三天，他怕是一刻也没休息吧？

心头被柔软的情绪铺满，她抬手抱住他的脖子，在他下巴上轻轻落下一吻："好！"

"大神，我这次回去后将咱们的儿子安排得妥妥当当的，就会设法再回来，不会离开太久的。"宁雪陌在他怀中承诺。

神九黎微笑："好，我等你！要不要我弹首曲子为你送行？"

宁雪陌眼睛一亮："好啊。"她兴致勃勃地道，"我还会跳舞呢！要不要我跳一曲给你瞧瞧呀？"

"求之不得！"神九黎轻笑，"让我看看你到底还有多少我不知道的真本事。"

"我的本事多着呢，属于宝藏类型，你掘之不尽的，以后你就知道了。"宁雪陌得意地道。

神九黎这辈子不知道看过多少场歌舞，却感觉没有一场比得上她跳的舞。更让他心神震动的是，他恍惚觉得她这舞似乎在哪里见过……

这让他心里仿佛也有根琴弦被拨动，泛起微微的酸楚，微微的疼。

他略一走神之际，险些弹错一个音。

她诧异地看过来，一双眸子如水波潋滟，神九黎这才醒过神来，指尖轻拨，音符再次流泻。

这次在他的古琴上仿佛有光芒流转出来，弹出来的音符似乎能够直入听者的心灵深处。

宁雪陌完全沉浸其中，身形翩翩，不知道何处的花瓣飘过来，在宁雪陌周身随着她的起舞轻盈地翻转……

终于，一曲终了，余音尚在耳边萦绕。

宁雪陌停下舞姿，那花瓣却依旧恋恋不舍地围着她旋转……

她额头上有一层薄汗，一双眸子却亮得惊人。她笑吟吟地看着坐在不远处的神九

黎："如何？"

　　神九黎向她招了招手，她跑过去，在他面前又转了一个圈儿："是不是挺赏心悦目的？"

　　神九黎没有回答，而是一挥袖直接抱起了她，在她的低呼声中将她放倒在身边由无数花瓣组成的软垫子上，磁性的声音在她的耳边响起："很好……"

第三十二章　违天道者罚

这是一场酣畅淋漓的欢爱，当宁雪陌攀附着他冲到顶端的时候，仿佛看到了缀满星光的天堂。

也不知道过了多久，二人才意犹未尽地分开。

天边繁星如棋，宁雪陌坐在神九黎的怀中，倚靠在他的胸前，和他一起看星星。

和他相依偎的感觉如此让人眷恋，宁雪陌知道她该走了，却舍不得……

爱一个人就想时时刻刻和他在一起，短暂的分离也似永久。

如果能把小念陌带过来，她宁肯再也不回去了！

管他前生今世，管他谁做天地共主，她只想和他在一起，永生永世。

再舍不得终究也要分别，神九黎和她十指交握，只说了一句话："一定要回来！"

宁雪陌点头。她会回来的！一定会回来的！

她本来想应一声的，但喉头像是被哽住，又酸又涩，说不出话来。

神九黎微微闭了闭眼睛，叹了口气："雪陌，我等你！"

他集中精神，指尖冒出点点白光落在宁雪陌身上……

片刻后，宁雪陌打了个寒战，身上骤然一轻，似乎有什么东西脱身而去。

她睁开眼睛，发现自己浮在空中。

而下方神九黎怀中的人正在迅速变小，身材又恢复成十二三岁的样子。

宁雪陌诧异地睁大眼，心脏猛跳。她这次倒是成功脱离小雪陌的身体了，可

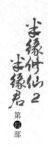

是……可是为什么没有穿越回去？！为什么？

原先她都是一脱离小雪陌的身体就立即回去了啊！

难道是因为刚才没说禁语的关系？没有触动重新穿越的机关？

宁雪陌几乎要哭了！

她一横心，又向下冲去，想重新附身在小雪陌身上，和大神交流几句，却没想到在她将要撞上小雪陌的身体的时候，被一层无形的墙给阻拦回来了。

她没成功附身，反而被弹飞了出去。

宁雪陌在空中急得团团转，这无法附身又无法回去的感觉还真不是一般糟糕。

她正努力想着办法，脑中忽然闪过几个大字："天道不可轻侮。"

宁雪陌手指蓦然一紧！

天道！原来这才是天道的报复！够狠！够绝！

怪不得劈了一晚上天雷后，再雨过天晴天道就没动静了，她还以为天道的报复也是有时限性的，没想到是在这里等着她……

她低垂着眸子，一时没反应。

"辱天道者须受惩罚！"她的脑海中又出现了一行字，充满了一种得意扬扬的味道。

"天道为公，人必敬之；天道不公，人必远之！"宁雪陌淡淡地应了一声，并没有因此暴走。

天道大概没想到她会如此冷静，一时噎住了，半晌没动静。

宁雪陌垂眸看着高峰上那块白石头，刚才天道在她脑海中闪字的时候，她的魂魄便到了这高峰上，和石头面对面。

宁雪陌轻轻一勾嘴角："天道应为公，胸怀万物，兼善天下，方为天道。和一个女孩子计较算什么？"

那石头似乎没想到这女孩子到了这时候还不服软。

片刻后，天道在宁雪陌的脑海中又提醒道："天道只守六界大体安危，四海须敬之，你辱及天道，须受惩罚。"

"好！我认罚！"宁雪陌也痛快，"要怎么罚？"

"大声向吾认错，再磕三个响头！"

"这是你将我送回原来世界的条件？"

"这只是吾谅解你的条件。"

宁雪陌沉默片刻后，缓缓开口："既为天道，定不撒谎，你其实也无法将我送回去吧？"

天道："……"

宁雪陌轻轻笑道："我是你这个世界的一个变数对不对？"

天道："你如认错，吾自会设法送你回去。"换言之，它现在也是没办法的。

"等你想出法子来，我自会向你认错。"宁雪陌飘身而下，再不看天道石一眼。

可惜天道石是块石头，要不然它铁定在宁雪陌身后气得暴跳如雷！

它身上的字符像疯了似的旋转不停，显示出它的怒气值有多高。

明明它才是至高无上的，为何一个两个的都不能真正对它尊重？

守护者如此，跑出来这么一个怪异小丫头也是如此！气死石头了！

疯狂旋转的字符忽然一顿，它猛然想到了一个极重要的问题。

天道石看上去是块极牛的石头，掌管六界众生，可以说是至高无上的存在，但能和它交流的只有守护者一人，其他人再厉害也休想从它这里得到一个字的启示。

那个丫头怎么能和它这么畅快地交流？！这不合理！

天道石似乎才想到这个问题，身上立即闪过一排排问号……

神九黎打开了关闭数天的传音符，里面立即传来好几个求救声。

他这传音符有留言功能，于是宁雪陌听到了最重要的信息。

天帝在求救，冥帝在求救，人帝在求救，甚至妖王也在求救……

宁雪陌在听清他们的求救内容的那一刻，心脏沉了下去！

魔主雪陌入魔，在魔界大杀四方，血流成河，如今她正率兵攻打冥界……

一切和宁雪陌自地母口中听到的一样。

只是小雪陌明明一直在陌宫之中，在外面冒充她大杀四方的又是谁？难道是那个替身？替身也成精了？！

传音符中最新的一条信息是冥王发过来的，他几乎是在号叫："神尊，救命……"很明显，他正处于危机中。

"本座一直在这里，没有大杀四方啊！这些人的脑袋进水了吗？"小雪陌大马金刀地向旁边的石头上一坐，握了握小拳头，"是哪个浑蛋冒充本座？！"

神九黎面沉如水，嘱咐小雪陌："雪陌，你在这里等着，不许乱跑，我去去就回。"

小雪陌自然想要跟着："九黎，你是要去降服那冒牌货吧？我也要去！居然敢冒充我……"

神九黎略一沉吟，点了点头："好！"

他一挥手将一个银质面具扣在了她的脸上："不过你得先戴上这个！"

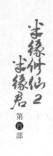

小雪陌纳闷，伸手要抓下面具："为什么要戴这个？我又不是不能见人的！"坏事又不是她做的！

"乖，我自有计较，想要跟我去就听话！"

好吧！小雪陌不再抓那面具了，随同神九黎飞身而起……

宁雪陌一直盘旋在小雪陌的上空，自然明白神九黎的用意。

幸好小雪陌虽然一头雾水，却知道神九黎不会坑她，这一路没捣蛋，就是叽叽喳喳话不少，毕竟她心里有一堆疑问。

神九黎话极少，对小雪陌的那些疑问大部分时候仿佛没听到，碰到重点的几个问题会三言两语回答一下。

这让小雪陌有点不开心，她总感觉自己像是拿热脸在贴对方的冷屁股……

再到后面她就不怎么说话了，决定自己现场调查比较好。

"雪陌，到那里时我让你做什么你就做什么，不要擅自做主知道吗？"眼看冥界就到眼前，神九黎嘱咐身边的人。

小雪陌微微皱眉。她总感觉神九黎拿她当孩子，可是她已经不小了，不是孩子了！

她硬邦邦地答了一句："我心里有数。"

神九黎看她的神情，似乎猜到了她心中的不满，顿了顿，伸臂抱了她一下，声音微微放柔："雪陌，我是为你好，听我的好吗？"

小雪陌是很好哄的，立即眉开眼笑，重重点头道："好！"

宁雪陌在上空看着，心里不知道是什么滋味。

吃醋是没有的，她不会和自己的前世吃醋。

她的目光落在神九黎身上，其实他在对待小雪陌的态度上还是改变了吧？

原先他一直冷冷淡淡，说话硬邦邦的，现在却知道要哄了……

从他们进入冥界后，所见到的一切事物只能用两个字来形容——惨烈！

一条血红的河，河水如同血水，掀起滔天巨浪，巨浪中隐隐有鬼哭狼嚎之声。

而在河两岸，两军正在对峙。

河这边是仙界的支援人马，河那边则是魔界的兵马。

宁雪陌终于又看到了那个替身，心脏一阵猛跳！

那替身依旧是小雪陌的容貌，只是眉目之间染上了浓墨般的戾气，一身大红衣衫在风中猎猎飞舞，如同泼洒的鲜血。在她的头顶上方则是一片诡异、煞气逼人的红云，里面阴气翻滚如有鬼嚎。

和宁雪陌从地母口中知道的信息一样，神九黎赶到的时候，那替身正在用手里的剑对付冥王……

冥王已经看不出本来样子了，手指和鼻子没了，眼睛被挖了，身上的皮被剥了一大半，已经看不出人形……

他的舌头好像也被割了，发出的声音像是野兽的闷吼——

那替身明显是在用冥王威逼冥界众生屈服，笑声尖厉："顺我者生，逆我者亡！再不投降，任我驱使这人就是你们的榜样！"

在她背后，乌压压的魔界兵将随着她发出得意的吼叫，以壮声势。

而对岸前来支援的仙兵仙将大概也被这一幕吓住，一个个脸色苍白。就连天帝也变了脸色。

目光在天帝面上转了一圈后，宁雪陌在心中叹了口气，此天帝不是五万年后的天帝……

看来命运的齿轮依旧在转动，一切在沿着既定的轨迹前行。

那替身将一双雪白的小手按在了冥王的脑袋上，勾唇一笑："冥王，原先你好像瞧不起本座呢，现在……就做本座煞云阵里的鬼魂吧！"

她手掌上瞬间有红光冒出……

"住手！"一声清喝后，一道白影电闪而至，一个掌印在空中迅速成型，直直印到了那替身胸前！

那替身猝不及防，闷哼一声，身子飞了出去！

几乎就在这刹那，冥王那残破的身子也被一股无形的力量扯起，直接飞到了河对岸，落在残余的冥兵阵营里。

"神尊！"

"呀，是神尊！他老人家终于来啦！"

"神尊，魔主忽然入魔血腥屠杀六界……"

"神尊，魔主疯了，犯下了滔天罪行……"

河对岸的三界众生欢呼起来，就连天帝和妖皇也松了一口气。

神九黎并没理会众人的欢呼，目光落在被他一掌拍飞出去的"魔主"身上，冷冷地开口："妙梵，你倒是真敢捅娄子！"

正在天空中做飘浮状的宁雪陌一呆，妙梵？！

那个替身居然是妙梵？！

原来神九黎将妙梵变成小雪陌的模样来代替她受那些苦楚了……

怪不得神九黎一直没再提妙梵的事，原来如此！

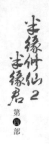

只不过这种人为的变化术只能维持一天，而且只能改变人的形貌，改变不了人本身的气息。

而好多高级魔都是认气息的，并不单单认相貌。

这妙梵落入魔界也有二十多天了，怎么还是小雪陌的样子？那些魔居然也没能识别她的不同……

神九黎到底在妙梵身上捣了什么鬼？

而神九黎这一句话也让在场的所有人吃了一惊，众人纷纷看向神九黎，有小声询问的，有表示诧异的……

面对周围众人的无数质疑，神九黎没进行任何解释，拍了拍身边小雪陌的肩膀："雪陌，露出真面目来给他们瞧瞧。"

小雪陌早憋不住了，闻言立即摘掉面具，露出真容，朗声道："本座才是魔主！她是冒充的！"

众人集体呈石化状。

场中出现了两位小魔主，一位雄赳赳气昂昂，看上去爽快干脆，和大家平时认识的雪陌小魔主没什么区别，且她待在神九黎身边。

而另一位虽然也顶着雪陌的容貌，却满身戾气，一举一动都透着怨毒阴森的气息，和平时的雪陌气质大相径庭！

众人看看这个，再看看那个，两者比较之下，谁是真谁是假几乎是一目了然。

宁雪陌此刻抱着手臂在空中看热闹。

她这一路其实已经试了无数种法子想要穿越回去，但压根儿没效果。

当然，她也想再附身在小雪陌身上，但小雪陌身上有一层莫名的结界，她进不去。

现在她进退不得，只能暂时认命，先在这边做"阿飘"。

宁雪陌将目光落在妙梵身上，挑了挑嘴角。

在场所有人的目光都集中在妙梵身上，有的人已经开口质疑。

"她真是妙梵仙子？不可能吧？刚才她还杀了孟仓尊者，那可是她的未婚夫！"

"是啊，孟仓尊者对她一向不错，而且她也一直很喜欢孟仓尊者的……"

"刚才她是将孟仓尊者折磨死的，活剥了皮……"

宁雪陌眯起了眼睛，这妙梵已经被折磨到变态，六亲不认了吗？

小雪陌因为没有妙梵算计她的记忆，一脸好奇状，询问身边的神九黎："九黎，你怎么知道她是妙梵？妙梵怎么变成这个样子了？"

神九黎不语，衣袖低垂，面无表情地望着妙梵，并没有乘胜追击。

妙梵因神九黎那一掌原本已经受重伤，在地上一时起不了身，却不料她头顶的红云在她身边盘旋一周后，她居然又像是充了电般原地蹦了起来。

她一双血红的眼睛望着飘飘然站在对面的神九黎，忽然仰头大笑："神九黎，你终于来了！"她的嗓子明显坏了，声音嘶哑难听。

"妙梵，你不该如此作恶！"神九黎在衣袖中缓缓握紧双手。

"我作恶是被谁逼的？！是谁把我害得这样惨的？！神九黎，是你！你使用秘术将我变成她的模样，让我受那些苦楚！我险些被他们活活吃掉！这些都是拜你所赐！神九黎！"她的声音尖厉起来，话里满满都是怨毒气息。

神九黎声音淡漠："本座不过是让你自己品尝你害人的后果而已。"

妙梵："……"她也知道自己这次是搬起石头砸了自己的脚，只是没想到砸得这么厉害！

"我没想害她至此！我只想将她赶出梵天宫，让她别再缠着你，对你彻底死心！神九黎，我好歹是你的姐姐，是你的嫡亲，你怎可如此狠心？你知道我在魔界受的什么罪吗？我……"

"无论你受什么罪，都是你应得的。"神九黎冷酷地道，"你睡莲一族的恩情本座早已还清！你若真当自己是本座的姐姐，就不该和洛九宸设下这样的毒计来害她！若不是本座及时回来，识破你们的阴谋，今日受此折磨的就是无辜的她了！妙梵，你这样的人有何面目自称是本座的姐姐？"

妙梵："……"

神九黎平时话极少，做什么事都是我行我素，就算被误解了也懒得解释。

她刚才那么叫嚣还以为神九黎不会解释，想趁机让他在众人面前出丑，让众人认为这位神尊薄情寡义，连自己的姐姐都要坑害。

却没想到他会说出实情……

这样一来，她更丢人了！

她瞪着神九黎，几乎以为他被什么附体了。

围观的众人虽然不知道具体发生了什么事，但听他们这你来我往的对白，也大体明白过来，对妙梵的为人更加鄙夷！

"妙梵，原来是你先坑害小魔主的，你这次是自作自受啊。"

"呸！还拿你睡莲家族的恩情要挟人，睡莲不过是下界的一个低贱品种，若没有神尊，你以为你能修成仙？你的家族能跟着上仙界？亏你好意思拿这个来压人……"

六界之中最不缺的就是爱好八卦者，专好打听消息的神仙妖怪多得数不清。

而神尊这么风头强劲的存在，他的身世来历这么多年早已被人挖得差不多了。

只不过妙梵正得意的时候无人当面"扒"她，现在她作下如此大恶，还算计神尊、魔主在先，神尊肯定不会再罩着她，就有人当面把她的老底揭了出来。

人人都喜欢打落水狗，仙界、冥界的人也不例外。

更何况妙梵这次杀了这么多六界的人，和她有血海深仇的大有人在。

于是，众人纷纷揭发她、声讨她……痛骂她的声音如同浪潮，在忘川河上翻滚。

神九黎微微凝眉，略一抬袖。

他身上自有一种威压气势，这一个动作便让周围的吵嚷声停了下来。

"洛九宸在哪里？"神九黎开口。

一切罪恶的源头是那个"次神"！是该向那个"次神"清算总账的时候了。

妙梵忽然哈哈大笑："神九黎，你以为我还是曾经的那个妙梵？告诉你，我现在未必比你差了！你想要知道他的下落？可以！打败了我再说！"

随着她的笑声，她身后的红云也发出尖锐的狂啸，一时之间如山崩海啸一样。那红云阴气极重，一旦被催发，周围的温度迅速下降，连翻滚着血浪的忘川河水也在刹那间冻住！

不能不说洛九宸确实是个奇才，居然在这么短的时间内，将妙梵培养成了这么个厉害的大杀器。神九黎和她交手时一阵电闪雷鸣，霎时间天昏地暗，日月无光……

忘川河中的坚冰被两个人交手时激荡的空气所逼，直接化为齑粉在空中飞扬……

二人交战到哪里，哪里就是旋涡中心，凡是被卷入其中之物无不化为齑粉……

观战的众人不待人说，便远远避了开去。

神九黎给小雪陌设的应该是这个世界上最结实的结界，交战时所催生出来的空气旋涡对这结界没半点影响，结界一点破损的意思都没有。

不过，小雪陌被困在这结界之中也是无法移动的，只能像块磐石般站在原地。

那两个人越打越远，渐渐把战场转移到了天空之中。

小雪陌在结界中仰着脑袋看天上那两个人倏合倏分，风起云涌，霹雳闪电不绝，她看得热血沸腾，恨不得也冲上去打一场！

而下面观战的三界之人也一个个看得如痴如醉。

小雪陌抬头看了半晌，缓缓握紧双手。

现在的妙梵武功之邪太出人意料，妙梵身后的红云简直是无所不能的，既能做抵御外力攻打的铠甲，又能做呼啸锐利的兵器，红云内怨灵呼喊哀号，怨气冲天……

宁雪陌也在看那一团红云，心里已经明白了大概。

这红云并不是云，而是由万千怨灵组合而成，这些怨灵每一个都死得极惨，所以它们身上的怨气极重。就算生前它们只有三成的功力，成为怨灵后也能施展出十成！

表面看，神九黎是和妙梵一个人在打斗，实际他却是在和万千怨灵搏斗！

这万千怨灵不知道被妙梵用什么禁术控制住不得解脱，只能充当她的兵器，怨气就更浓烈十倍！

在这无数怨灵中，宁雪陌看到好多熟人的面孔，魔界曾经欺负小雪陌的那些狂魔厉鬼都被禁锢在其中，一个个面目狰狞，保持着临死时的模样，密密麻麻一大片，不要说和它们斗，就是看到它们的模样也让人心头发冷。

当然，里面不但有妙梵在魔界的那些仇人，也有很多冥界、仙界、人界的新鬼……

很显然，妙梵的功夫之所以越来越强，提升得如此之快，和这些怨灵厉鬼有极大关系。

她逮着一个就折磨死一个，然后吸收他们的怨气来提升她自己的功力，随着她杀的人越来越多，她的功夫自然越来越高。

她已经杀了数十万人，也就是说，她身上集中了这数十万人的功力，怪不得她现在的功夫会高得如此恐怖，可以和神九黎战成平手！

她现在真称得上神挡杀神，佛挡杀佛了！

洛九宸那浑蛋到底从哪里学来这种邪术的？他既然懂这种法子为何自己不以此来提升功力？

使用这个法子应该有极大的副作用吧？！

宁雪陌正思索着，忽似感应到什么，向下看去，心中咯噔一跳！

小雪陌不再孤零零地站在原地，她身边忽然飘然落下一个人。

那人一身白袍如雪，俊美的容貌让这修罗地狱般的河岸也增色不少，仿佛漫天的花忽然开放。

神九黎！

他怎么下来了？

宁雪陌下意识地去瞧天上，那两个人刚才越打越远，已经消失在天边。

而宁雪陌只能守在小雪陌身边，无法飞到天上去看热闹，所以她现在看不到那两个人的身影，只隐隐听到极远的天空中依旧像电闪雷鸣般传来闷响。

奇怪，神九黎忽然下来难道是那一场架打完了？

那为什么不见妙梵？

宁雪陌脑海中划过一串疑问，她又凝神向"神九黎"看去，心中忽然一震！

不对！这人不是神九黎！他是洛九宸！

这位"神九黎"站在小雪陌身边，正微笑着和她说话："雪陌，来，把手

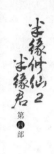

给我。"

小雪陌一向听他的话，闻言立即伸出了手，却碰触到护身的结界。

"神九黎"目光闪动，手靠近那个结界，隔着结界和小雪陌相贴，声音更温柔："雪陌，你运转魔力于这手指之上，将血逼出中指……把鲜血涂抹在这结界上。"

小雪陌满眼问号："为什么呀？"

"神九黎"道："雪陌，听话，本座有用，现在来不及向你解释……来，快点。"

"不要按他说的做！他是假的！他是洛九宸！"宁雪陌用脚指头想也知道洛九宸此举不怀好意，忍不住冲下去大嚷。奈何她的声音压根儿无人能听到，小雪陌自然也不能听到。

她最近很听神九黎的话，所以不再问了，爽快地答应一声："哦。"她立即按照他说的去做！

白嫩的小手贴上了结界，中指有血沁出来，沾染在结界上……

"神九黎"眸中闪过一抹亮光，趁势横掌如刀，朝着小雪陌的护身结界劈下！

啪！那么结实的结界居然像颗气球般破裂了！

小雪陌呆了呆，尚未反应过来，手腕便被"神九黎"扣住，被他向怀中一拉，他的手臂圈上了她的纤腰……

小雪陌："……"她的腰肢被他箍得有些紧，她有些透不过气来。

她不明白神九黎为何突然要抱她，忍不住挣了一下："九黎，你勒疼我了。对了，抓住妙梵了没？怎么不见她……"

说到这里她忽然察觉到了什么："你……不是九黎！"她猛然向着那人的胸膛拍出双掌，"放开我！"

那人手臂猛然一紧！

小雪陌像是受到了他的什么暗算，俏脸瞬间变得煞白。

那人在她耳边轻笑："阿陌，我也是喜欢你的人，不要对我这么粗鲁哟。"声音磁性优美，是极好听的男中音。

小雪陌却僵住身子，咬牙切齿地瞪着他："洛九宸！"

那人杀了小雪陌一个出其不意，此刻已经将她制住，抱着她斜飞而起，在她耳边轻笑："阿陌，原来你还记得我，我很开心。"

观战的其他人为免受池鱼之殃，早已远远避开这个战斗旋涡圈，此刻都不在这里。

洛九宸抱着小雪陌飞起来的时候，并没有几个人看到。

就算有人看到，也因为隔得太远没有看清具体情况……

宁雪陌被迫跟随在小雪陌身边，简直恨这个洛九宸恨得牙痒痒！

她看洛九宸抱着小雪陌向风云变幻最猛烈之处飞去，心中一沉！

洛九宸这浑蛋不会是想拿小雪陌的安危来逼迫神九黎屈服吧？！他真能干出来的！

洛九宸抱着小雪陌越飞越高，越飞越高。

宁雪陌自然也跟着飞，不离小雪陌身边三丈左右。

终于，她又看到了神九黎。

九天之上，青云之中，神九黎一身白袍分外耀眼，仿佛足下踩着星辰。在他周身一圈雪白琉璃剑环绕，那怨灵组成的红云化为一柄巨型血红长剑向着神九黎劈下！

神九黎面目沉静，衣袖一翻，风云变幻间，那一圈雪白琉璃剑激射而出，在空中化为千千万万柄，眨眼间形成一个剑阵，和那红云迎了个正着……

"九黎！你当真忍心杀我？"妙梵号叫起来。

"天作孽，犹可恕，自作孽，不可活！"神九黎回了她十二个字，指尖上的法诀丝毫未松，雪白小剑一寸寸蚕食红云，妙梵的脸色也越来越白。

很显然，这诡异的红云和她的身体是紧密相连的，红云上的怨灵受损，她的魂体也受损。

眼看红云越来越淡，妙梵终于害怕了，哀求道："九黎，看在这么多年的姐弟情分上，你饶我这一遭……

"九黎，不要再逼迫我了……

"九黎，我这么做其实全是因为爱你啊，看在我是爱你的分上，你放过我……"

神九黎却丝毫不为所动，一句话也不答，表情沉静，手下法诀掐得稳稳的。

很显然，妙梵哀求的这些话没在他心头留下一片阴影。

妙梵终于绝望起来："神九黎，你如果放了我，我就告诉你洛九宸的下落！"

"不必，本座自己会去找他，他跑不了的！"神九黎终于开了金口，声音越发冷静。

妙梵变了脸色："这么说，你今日一定要杀了我？"

"本座不会杀你……"神九黎淡漠地道，"本座会将你交给六界公判，他们自会给你最公正的惩罚。"

妙梵面如死灰。她犯下这样的罪孽，如果落在六界那些首脑手里，等待她的只怕是五雷轰顶之刑罚，到那时她连投胎转世的机会都没有！

那她还不如死在神九黎手上！

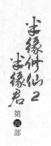

他就算再心狠，毕竟她曾经做了他这么多年的姐姐，他心里对她应该还是有点香火情存在的，说不定只是诛杀她的肉身，会留她的一魂转生……

"九黎！我宁愿死在你的手上！"妙梵一字一顿地开口，把眼睛一闭，那把血红大剑忽然消失无踪！

神九黎祭起来的那些雪白小剑由于强大的惯性，向着妙梵冲了过去！

就在此刻，一道紫光忽然斜飞过来，正截在那些雪白小剑前面……

不过因为那雪白小剑已经距离妙梵太近，剑上的剑气激荡之下还是撞上了妙梵的身子！

因为妙梵撤掉了护体的红云，这一下撞得分外实在！

她直飞出三丈远，在半空中就狂喷鲜血！

"神九黎，不要毁了本尊的'兵器'。"一道声音自远处传过来，带着抹懒洋洋的笑意。

"洛九宸，你终于出来了。"神九黎的声音同样慵懒。

他知道一旦逼妙梵紧了，洛九宸必然会出现。

神九黎不再看几乎失去战斗能力的妙梵，转眸向着洛九宸所在的方向看过去，眼瞳忽然微微一缩！

洛九宸飘飘然行来，而原本在下面等待的小雪陌却在他的手上！

洛九宸笑得文雅，他怀中的小雪陌却一脸懊恼，紧抿着小嘴。

他一条手臂圈住她的腰，另外一只手上的竹笛幻化成一柄绿莹莹的刀横在小雪陌的颈项处，向着神九黎从容一笑："神九黎，我觉得我们应该好好谈谈。"他的口气像是碰到了老熟人随口谈论天气，自然得不得了。

手里那柄刀却"不小心"碰上了小雪陌细嫩的脖子，一缕血丝登时顺着她的肌肤滑入她的衣襟……

神九黎缓缓握紧衣袖内的手，表面却不动声色："谈什么？"

到了这个时候，形势等于完全逆转了。

妙梵死里逃生，出了一脑门汗，忙从云端爬起来，向着洛九宸冲过来："九宸！"

只不过她尚未冲到洛九宸身边，身子忽然被一道白光禁锢住直飞起来。

等她醒过神来时，人已经落在神九黎身侧。

妙梵："……"

她心里也不知道是什么滋味，这些年她心心念念想要站在神九黎身边，现在这个愿望终于达成了，她却是人质的身份。

不用问，神九黎也把她当人质了。

只不过他大概洁癖太厉害，并没有像洛九宸禁锢小雪陌那样抱着妙梵，而是直接用一个结界困住了妙梵。妙梵虽然做了神九黎的人质，却依旧摸不到他的一片衣角。

她眼含怨毒之色，颤声道："九黎，你是要以我为质来换她吗？"

神九黎压根儿懒得理她，目光落在洛九宸身上："放了她！"

他口中的"她"自然是指小雪陌。

洛九宸却并不理会神九黎，拇指的指腹轻轻摩挲小雪陌流血的脖子，面上露出心疼之色："阿陌，对不住，我可没想伤你，你疼不疼？"他的声音异常温柔。

洛九宸手里的显然不是普通的刀，普通的刀伤不到小雪陌。

小雪陌俏脸涨得通红。她大概也没想到自己会成为神九黎的累赘，脖子虽然疼得厉害，却死抿住小嘴一声不吭。

"阿陌，你真的很坚强呢，疼得这么厉害也不出声……本尊这刀乃用玄冥海中玄铁所制，不但能割破人的肌肤，还会顺着血气吸食人的魂魄，将其一点点吞食……所以阿陌你一定要乖乖的，也撑久一点哟。"洛九宸像是好心提醒小雪陌，暗里却是对神九黎赤裸裸的威胁！

神九黎面上虽然看不出什么，但隐在袖子里的手指指节已经发白。

洛九宸这刀对神仙并没有这么大的威力，唯独对魔才会有这样的效果。

小雪陌却是正宗的魔！

这刀对她的损伤就可想而知了！

小雪陌看上去小，骨子里却极坚韧，她已经疼得额头冒出了冷汗，却不肯叫一声，对洛九宸的威胁置若罔闻。

"真是个坚强的孩子。"洛九宸叹息，抬头看向神九黎，"九黎兄，你怎么想的？"

神九黎心理素质虽然足够强大，但眼看小雪陌如此，心绪也开始浮动。

他暗吸一口气道："洛九宸，你到底要怎样？说个痛快话！"

洛九宸笑了，笑容温暖，眼眸中的光芒却锐利如针："我要怎样，九黎兄这么聪明，难道猜不出来吗？"

神九黎沉默片刻道："你想要主神之位？"

洛九宸轻笑："主神之位嘛，本尊自然是要的，但本尊还想要你的一件东西。只要你把那东西送给本尊，本尊立即放了小阿陌。"

"什么东西？"

"你的命！"

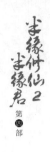

神九黎挑了挑眉，没说话。

洛九宸再轻轻一笑："我也知道主神不会那么容易死的，别人也轻易杀不死你。但如果你自裁的话总能想到法子的，对不对？"

神九黎掌心的宝剑淡淡地闪着白光，映着他沉黑的眸子："你觉得本座会为了一个女孩子弃天下于不顾？"

他再瞥了身边的妙梵一眼，那一眼如冰似雪。

妙梵心中一跳！她还是极了解神九黎的脾气的，他从来不受任何人威胁，也不会因为任何事物失去他的原则。

神要守护的是天道，不能有太在乎的东西，不然很容易因此而失去公允。

现在洛九宸居然拿着那个小魔主的性命来威逼神九黎去死，神九黎肯定不会就范的！

妙梵心里七上八下，也很快计算好了得失，一双妙目落在洛九宸身上："九宸，你先救我。"

洛九宸眸光轻轻飘飘地看过来，轻轻一笑："本尊为何要救你？"

妙梵呆住："你……九宸，你不是一直对我……"

洛九宸微微勾起嘴角，笑容残酷："一直对你怎样？对你好？妙梵，你不过是本尊为了对付他而培养的一个大杀器，现在本尊已经找到更好的对付他的法宝，为何还要救你？你这样的女人在本尊眼里其实连棵草也不如。"

妙梵脸色煞白。

洛九宸却懒得再理会她，望向神九黎："九黎兄，你考虑得如何了？其实本尊不介意耽搁一点时间，但只怕阿陌等不起了呢。瞧瞧她的小脸，看上去好苍白，啧啧，还出了这么多的汗，一定很疼很疼……"

他字字句句如重锤敲打着人的耳膜，神九黎终于开口："放了她，本座任你处置！"

妙梵骤然睁大双眼！满脸的难以置信！

就连在洛九宸掌控下的小雪陌也骤然抬起眸子，看了他一眼。

洛九宸却扑哧一笑："神九黎，你明知道你是主神，就算落在我手里，我也不敢把你怎么样。要不然我就会背上弑神的罪名，不但无法取代你，还会被天道惩罚。"

所以就算神九黎不反抗地落在他手里，他也不能杀神九黎。

除非是公平决战，而公平决战的话，洛九宸无论怎么修炼也不是神九黎的对手！

宁雪陌一直在小雪陌的头顶悬着，把这一切看在眼里。

太狗血了！这么狗血经典的桥段居然也出现在这里！

神九黎对她的感情宁雪陌是无比清楚的，他肯定不会眼睁睁看着小雪陌就这么死了！

"天道！你这是选的什么破候补人啊？这么卑劣也能做'次神'？天道你不愧是块石头，天生没长眼睛……"宁雪陌很想扑下去代替小雪陌来应对这一切，但她扑了好几次都被小雪陌身上那无形的结界给弹了回来。

这无形的结界也怪，不能保护小雪陌不受伤，却能阻止宁雪陌附体……

宁雪陌在急得团团转的同时，忍不住开始吐槽天道！

她脑海中忽然刷出一排金色的感叹号。

那显然是天道的显示！

"天道，你在这附近？我有事问你。"宁雪陌开口。

她脑海中瞬间又刷出三个问号。

宁雪陌满头黑线，这天道居然这么会用标点符号！

"天道，你真的在吧？你不是在梵天宫吗？"

"石身只不过是吾表象，吾无所不在！"一行大字几乎是得意扬扬地显现出来。

"原来你是无所不在的，既然如此，那你怎么不设法把这个"次神"回收？任由他如此作恶？"

"神乃应时而生，'次神'则是应劫而生……"一行行禅机似的大字开始在宁雪陌的脑海中刷屏。

宁雪陌无语，她是懂这些话的。

也就是说，这世间天生有好人也有坏人，救民于水火之中的算应时而生，害百姓颠沛流离的就算是应劫而生……

其实这"次神"才是真魔吧？祸乱这六界的真魔！

"'次神'并未违背天道规则，故而天道无法对其进行惩戒。"这是天道显示在宁雪陌脑海中的结束语。

宁雪陌又是一笑："他没亲自动手杀人就不算是他作的恶？他可是始作俑者！"

天道这定的是什么狗屁规则啊？

"天道，我真心觉得你该改改规则了，墨守成规是不对的，你虽然是块石头，但也得讲究变通对不对？太守旧的话会被时代抛弃的……"

天道又开始刷感叹号。

"看，看，你会运用标点符号了，证明你是一块听得进意见的石头，广开谏门才能做块英明的石头……"

"吾是天道！不是石头！"

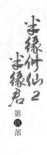

"嗯，你是天道石，你想想我说得对不对。唐太宗因为勇于纳谏才做了被千古传诵的明君……"宁雪陌开始给它举例说明。

天道石没动静了。

宁雪陌心里急，等了片刻，立即又问："天道，你一定是觉得我说得对，所以开始想办法了对不对？你总不能眼睁睁地看着你的守护者换人吧？神九黎是多么高大上的存在啊，他可比这个'次神'强万倍呢！"

"他不该动情，天道守护者需无情无欲。"天道石终于又显示了。

"动情总比动欲强吧？！这个'次神'动的可是贪欲！贪欲无穷大，他真做了主神说不定把你这块石头也取而代之……"宁雪陌循循善诱道。

天道："那你要怎样？"

"灭了'次神'啊！关键时候你得保护你的守护者！"

"吾……"天道居然也结巴了，顿了片刻，忽然又闪出一行亮闪闪的大字，"吾派你解除此危机！"

一行大字闪完后，宁雪陌只觉眼前一黑，身体一沉，然后她便感觉到了由脖子上传来的铺天盖地的疼痛以及僵硬！

她又附体了！附体成功了！

附体成功后她才明白小雪陌为何在洛九宸怀里一动不动，她被点穴了！

宁雪陌耳边已经传来洛九宸的数数声："九黎兄，你再不做决定，那我只好让阿陌先受一下活罪了！一！"

宁雪陌刚才虽然一直和天道争论，但还是听到了洛九宸这边的争执。

洛九宸不能亲手伤害神九黎，所以逼神九黎先用诛天剑自断双臂、双腿……

宁雪陌在这一世里终于见到了诛天剑。

这柄剑原本该是小雪陌成魔以后炼制出来的，现在因为更改了历史，改由洛九宸炼制出来。

而此刻，这柄剑就悬在那里，神九黎一抓便能抓到。

这柄剑的威力宁雪陌是知道的，当初只是刺了神九黎一剑，那么长时间伤处也没痊愈，险些要了他的命！

如果用这柄剑斩断胳膊腿，神九黎哪里还有活路？！

现在的神九黎虽然是第一次见到这柄剑，但他是兵器大行家，一看便知道此剑极厉害！

只见他微抿薄唇，衣袖内的手因为紧握，手背已经暴出青筋。

他是神，为守护六界而生，应该无情无欲，放弃小雪陌。

可是他好不容易才有了真心想要守护的人，又怎么可能放弃？！

小雪陌虽然极少看他，但他也看到了她额头上疼出来的冷汗，很显然，她在苦熬。

"二！"洛九宸的声音如同恶魔，催促着神九黎做出决定。

他的那柄刀已经转移到了小雪陌的手腕处，只要再数出一个数字，小雪陌的这只手就会飞出去！

"阿陌，可不是本尊不疼你哟，而是你心心念念惦记的这个男人不疼你……"洛九宸在笑，语调却十分残酷，薄唇轻启，准备吐出最后一个数字。

"好！"神九黎别无选择，终于松口，一挥衣袖，抬手就去握那柄诛天剑。

洛九宸在听到神九黎说那一声"好"时简直就像大夏天吃了雪糕一样舒坦，一直紧绷的心弦也为之一松！

他其实还真怕神九黎不答应，毕竟他还是不太想伤害小雪陌的。

神九黎的手指已经握住了诛天剑的剑柄！

在这一刻，气氛沉重得仿佛连空气也凝滞了！

"啊啊啊……"一声凄厉长啸突如其来，声音之大，几乎震得周围的云团乱飞！

这声音太突然了！

所有人都被这一声震得心神一震，耳朵发麻！

尤其是洛九宸，因为他离这长啸声最近，几乎要被震得眼冒金星了！

他握着刀的手一哆嗦，险些割到自己的手！

这叫声正是宁雪陌发出来的！

洛九宸虽然封住了小雪陌的穴，但为了能让她在受折磨的时候因为吃痛叫出来，并没有封她的哑穴。

而且为了造成更好的效果，他甚至点了能增大她音量的穴位。

刚才小雪陌无论受到什么折磨都一声不吭，洛九宸也就放弃了让她出声音的想法。

万没想到她会在此刻石破天惊地叫这么大声！

这叫声太凄厉了！

洛九宸心弦都为之一颤！他还以为已经割到了小雪陌的手，下意识地将手中的刀子移开几寸，低头去瞧她："你怎么……"

而几乎在这一刹那，一道白光电闪而来！

叮一声脆响，白光正射在洛九宸持刀的手指上！

洛九宸此刻的注意力在宁雪陌这里，压根儿没防备，手指猛然一疼！五指齐断！

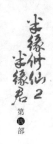

手中的刀子自然也落下了云端。

剧痛让他手臂一颤，而一直在他怀中动也不能动的小雪陌忽然反手一掌朝他的左肋拍下！

她的动作快如闪电，洛九宸连遭骤变一时居然没反应过来，被她一掌拍中！

她这一掌大概使出了所有力气，威力奇大，洛九宸肋下像被一个大铁锤击中，他闷哼一声，抱着小雪陌的手臂终于松了。

而小雪陌趁机向下一蹲，在云端中一个连环十八滚，在滚出去的那一刹那，她还绷起足尖，顺势踢了洛九宸裆下一脚！

这一切发生得太快！

电光石火间小雪陌已经成功逃开洛九宸的攻击范围。

洛九宸也算是反应快的，立即纵身去抓。

但他快，神九黎速度更快，身影一闪，已经到了小雪陌身边，一把捞起她，将她护在身后。

洛九宸纵身飞来时，迎接他的是神九黎所发出的光芒耀眼的飞剑……

"洛九宸，这次我会让你付出代价！"神九黎真正动了杀机！

洛九宸脸色骤变，手下没了人质，若单纯动武的话，他肯定不是神九黎对手！何况对方还是在盛怒之下！

他身形一转就想逃走。

但神九黎如何肯放过他？

毕竟交手这么多年，神九黎早了解洛九宸打仗时打不过就逃的路数，身形一闪，提前阻拦住他。

洛九宸险些一头撞到神九黎的剑尖上！

既然逃不掉，洛九宸只能开打，在打斗中再寻找逃跑的机会。

二人在空中打斗起来，一时之间风起云涌，天昏地暗……

两天过去了，神九黎这次是真正动了杀心，两个人的这一场打斗可以说是不死不休。

这样的拼斗最耗念力，那两个人额头上都已经见汗，看上去不如原先那样仙气飘飘。

宁雪陌的目光在神九黎脸上停顿了片刻，他在这一场打斗中镇定得可怕，一招一式都如行云流水，却又带着绝对强大的威力，就是此刻脸色有点苍白，很显然，他也疲累了……

当然，洛九宸更加疲累，他比神九黎狼狈得多，衣衫破了几处，头发凌乱了

826

不少。

其实在打斗中他受过好几次伤，甚至曾经被神九黎削掉一只臂膀，但他有一种变态的恢复能力，在打斗中很快就能长出来，比异形还异形，让宁雪陌看得牙痒痒。

"天道，你给这浑蛋'开的挂'也太厉害了吧？你是不是看美国大片《异形》了？"

她的词太抽象了，天道表示没听懂。

"都说老天给你关上一扇门，但会给你留一扇窗，可你给这'次神'留的窗也太大了吧？简直比门还宽敞！居然让他有这么变态的恢复能力！简直就是不死之身，这样打下去什么时候是个头？我家大神会累的！"

天道："……"

"天道，你说，如果把这家伙的脑袋削掉，他会不会也能嗖的一声长出一个来？"

天道："天机不可泄露！"天道还是很有原则的，不会泄露任何人的秘密。

"天道，你知道我最讨厌的是什么吗？就是你明明不知道，偏偏像什么都懂似的卖关子。"

天道："你又侮辱天道，不怕被劫雷劈吗？"

"好了，好了，我知道我又踩到你的痛脚了。嗯，我知道你其实不知道'次神'的罩门在哪里，所以才会这么说，这是你们高层一向爱玩的伎俩，在我们那个时代叫打禅机，我明白的，理解你。"

她明白个鬼！理解个屁！

天道怒了："吾无所不知，如何不知灭他的法子？他怕天水毒……"说到这里，天道忽然顿住。

宁雪陌心中一跳，原来这天水毒是灭洛九宸的法宝是天道传出来的……看来是真的！只可惜她现在炼制不出来。

天道大概也知道中了她的激将法，一连在宁雪陌的脑海中闪过四五排闪电符号代表自己的怒气。

宁雪陌全当没看到，想着自己的事情。

怪不得神九黎说这洛九宸只可封印无法杀死，原来是这么回事。

看来这"次神"九黎就算打败洛九宸也只能封印他……

天道石刚才无意中被宁雪陌刺激得泄露了一点天机，以为宁雪陌必定会接着问天水毒到底是什么东西以及制作方法，却没想到她压根儿就没再问！

天道石觉得……有点憋得慌！

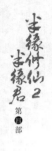

天道石等了一会儿后，先是在宁雪陌的脑海中刷了一堆无意义的符号，没得到她的回应，再刷了一堆只有神九黎能看懂的天文字，见她依旧没反应，遂有些愤怒，开始一溜一溜不停歇地刷标点符号……

宁雪陌的思绪几次被天道石打断，有些不耐烦，说了一句："别闹！"

天道石终于有些憋不住："你不想知道天水毒是何物？"

宁雪陌心中一动，或许她该问问，看看是不是和地母说的一样？

于是她顺嘴问了一句："是何物？"

天道石立即又高傲起来："天机不可泄露！"

宁雪陌轻轻一笑："其实你泄露不泄露都没关系，我都知道了，是一种混合九品毒药对吧？需要九结草、天命花……"她一口气报出一堆药草名，一个也没漏。

天道石有一种被雷劈的感觉！

这么机密的事情她怎么会知道的？！

宁雪陌看到天道石刷出的那一排感叹号便知道自己猜对了！看来地母为人虽然不怎么样，但说出的话还是很靠谱的。

"你从何得知的？"天道石憋不住了。

宁雪陌用一根手指在唇上一点，洒脱地做了一个嘘的动作："天机不可泄露。"

天道石蔫了。

宁雪陌得到了自己想要的答案，也不再理天道石，注意力再次被天上打斗的那二人吸引了去，然后她发现了一个问题。

洛九宸虽然再生能力奇强，但他每一次受伤再生时会消耗一部分念力……

或许将他的念力耗尽了就能捉住他，将这货封印了！

神九黎显然也打的这个主意，所以一直步步紧逼，不给洛九宸喘息的机会。

已经两天半了，看洛九宸的模样，他或许还能支撑两天……

时间这么长！就算最后把这货封印了，她家大神也会累坏的！或许她该想想办法了。

宁雪陌目光微微闪动，心里盘算起来。

她直接上去帮忙是不行的，毕竟她原本的功力就和他们差得远，加上功力尚未完全恢复，上去也是做炮灰的份儿，说不定还会给神九黎帮倒忙……

沉吟片刻，她瞧了一眼尚昏迷着的妙梵，知道妙梵一时半刻醒不了，更逃不出去，所以她便飞身离开了，开始远远围绕着打斗的两个人绕圈子。

那两个人这个时候谁也没空理会她，放任她活动。

宁雪陌绕了一会儿，好像终于绕够了，便在一朵云上坐了下来，忽然朗声开口：

"洛九宸，你不是我家大神的对手，赶紧弃剑认输吧！"

她的声音不小，在天空中回荡，正在打斗的两个人自然都听到了。神九黎神色不动，洛九宸也忍着。

他现在正在和神九黎拼斗，半点也不能分神，自然没工夫搭理宁雪陌。

"洛九宸，你不愧是'次神'啊，还真的自带次品属性，神做事就该敢作敢当，你却一点没有这样的觉悟。自己不敢杀人害人，就挑唆别人去害，妙梵这个大杀器就是你挑唆出来的吧？其实挑唆罪也是罪，和执行者的罪是一样的。如今天道已经知道你的所作所为，不要说你想做主神，以后只怕'次神'也做不了啦！天道就快要降劫雷惩罚你了，你看天上的云层越来越厚了，这就是天道在积蓄力量的象征……"

天道憋不住了，在宁雪陌的脑海中愤怒地刷屏："我降劫雷才不用积蓄力量！"自己都是想劈就劈的！以为是雷公电母呢？！

"天道说了，像你这种祸国殃民之徒，早该被劈了！"

天道："……"自己什么时候说了？她这简直就是假传圣旨啊！

宁雪陌压根儿不理天道石的抗议，依旧说一些刺激洛九宸的话，总体来说，她把洛九宸骂得简直猪狗不如、人神共愤，什么气人她说什么。她声音清脆、吐字清晰，说话又快，在洛九宸耳边萦绕不绝。

洛九宸真的不想理她的，但她实在太能说，好多话都戳中了他的痛脚，譬如无能只会使阴招、长着一张人皮却不办人事，甚至怀疑他其实是太监，因为他变态的性子和容貌与太监很贴切……

洛九宸在打斗中不能回嘴，听到宁雪陌的那些词却又忍不住火冒三丈，心绪浮动之下，略一分神，挨了神九黎好几剑！

宁雪陌的声音太聒噪，一个人的话语能伤人到什么地步他今日终于见识到了！

洛九宸恨不得缝上她的嘴，或者塞上自己的耳朵。

但这两样他都做不到，在神九黎的阻拦下，他靠近不了宁雪陌，而在打斗中他还需要耳听八方，自然不能塞住耳朵……

他想忽略她的声音，但她骂他时明显用上了什么功夫，每一句话都一字不漏地钻入他的耳朵里。

高手拼斗时最忌讳分神，他此刻就是连连分神，被神九黎一掌打得差点吐血。

"神九黎，你让她这样做，未免胜之不武！"洛九宸终于怒了！

他开口说话的工夫，又挨了神九黎一剑！

神九黎听宁雪陌在那里语音轻快地骂人，也有点哭笑不得，他自然知道她是为什么，但……

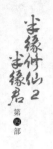

他正想阻止宁雪陌再说下去，雪陌却又开口道："洛九宸，这是我自己想骂你的，可不关神九黎的事！他现在也管不到我！洛九宸，你做了还怕别人说吗？啊，对了，我听说你在下界养了七八房小妾，是做样子的吧？"

洛九宸几乎气得发抖："才没有！"

宁雪陌所说的那些，有一大半是她自己编派的，让洛九宸听了想吐血。

"啊，不是做样子啊，那你这七八房小妾是真实的喽？不是做样子的？"

洛九宸咬牙切齿："闭嘴！"

"哎呀，恼羞成怒了呀，被我踩中痛脚了吧？你什么都不如大神，却事事要和大神攀比，你这样无情无义、卑鄙阴险的小人有何面目做主神啊？就算大神肯让位，天道也不会答应啊！天道可是公平公正的。对不对，天道？"

天道石在今天终于见识到了宁雪陌的口才，正听得欢实，冷不防被她点了名，还被她夸了，有点欢喜，高傲地刷出一行字："当然，吾是最公平的。"

"哈哈，天道也同意我说的哟，洛九宸，你还有什么不服气的？连天道都说你不够格！"

洛九宸胸中一直翻涌着怒气，听到她这一句，忍不住冷笑一声："又撒谎！你不过是魔，又非天道守护者，如何听得到天道说什么？！"

"本来我是听不到看不到的，但天道想借我之口给你警告！你做的那些缺德事天道可都是看在眼里的。善恶到头终有报，不是不报，时候未到……天道，你劈一道雷，给他显示一下你的神迹！"

天道原本对宁雪陌前面说的那些话挺认可，但她让自己无缘无故地遭受雷劈……

天道装死，没反应。

洛九宸简直想要大笑："就知道你在撒谎！天道石在梵天宫，又不在这里，能看到什么……"

"天道，这个人在骂你耳朵聋、眼睛瞎，他可是辱及天道了！"宁雪陌立即接口，"显示一下神迹吧，不然他真的以为你不过就是一块石头……"

天道石也觉得洛九宸太嚣张了，居然以为自己看不到……

轰！一道金色闪电忽然自云端劈出，就响在洛九宸的头顶！

洛九宸原本以为宁雪陌不过是信口胡说，却没想到居然是真的！

当那道金色闪电劈出的时候，虽然没给他造成什么伤害，却让他整个人僵了一下！

连一直不动声色的神九黎眸中也露出讶异之色。

在这一来一往的说话中，洛九宸一直是和神九黎动着手的，因为频频走神，身上又添了数道伤。

洛九宸原本就落了下风，现在又被宁雪陌搅动了心神，再无法集中精力和神九黎拼斗，接连受伤……

宁雪陌见好就收，微微一笑，在不远处坐下。她说了这么多话，口也有些干，嗓子有些疼……

她大概是见洛九宸快要落败，心里放松，居然驱动身下的云朵稍稍靠近了那两个人的战区，悠悠闲闲地在那里看着。

洛九宸在打斗过程中便知道神九黎这次不会放过自己，知道自己不会死，但会被封印！

他不想要这个后果，时刻在寻找逃走的机会，奈何神九黎防他防得滴水不漏，他左冲右突也无法逃出对方的掌控。

现在又接连受伤，功力大失，他失手被擒几乎是早晚的事。

洛九宸心里大急，偶尔一侧眸，却见宁雪陌居然在他身边不远处坐着。那丫头大概是骂累了，在那团云上半躺着看戏，悠闲自在得让人想咬牙！

他眼睛一亮，眸中闪过一抹幽光！

眼看着神九黎又一悬空掌拍过来，洛九宸像是躲避不开，被神九黎一掌击中肩头，整个人被击飞，飞去的正是宁雪陌所在的方向！

洛九宸强忍着肩胛骨要碎掉的疼痛在空中趁势一翻身，向着看热闹的宁雪陌抓过去！

他要再抓她当人质，这样才有逃脱的希望！

所以他拼着挨神九黎这一下，借力向宁雪陌扑去。

他如同一只飞翔的大鸟，眼看手指就要抓到宁雪陌的衣襟，却不料刚刚还躺在那里看上去毫无防备的人居然闪电般一滚，滚下了云团。

洛九宸抓了个空，一时收势不住，整个人扑在了那云团上……

他肩膀疼得几乎要吐血，但还是下意识想要一跃而起，身子却像是被什么粘住，一时没蹦起来。

不但如此，他还像陷入泥潭似的，身子下面像有强力胶，将他的身子牢牢粘住，他越挣扎被粘的面积越多……

中计了！

他又中了那丫头的计！

她这云团有古怪，应该是个很强大的机关！

她刚才故意在那里躺着就是要诱惑他上当！

　　洛九宸简直气得要吐血，他到底也是强大的，全身蓦然冒出一道紫色火焰，在身下一烤，烤得那云团像烧开了的水般沸腾了一下。

　　他也终于挣出身子来，从那云团上跳起。

　　用这金蝉脱壳之计他倒是脱身了，但身上的紫衣整个被那怪异云团给熔掉了，甚至皮肤、头发都像是被硫酸洗过，原本的俊秀风流不见了，猛一眼瞧上去像个被烧煳了的炭人。

　　他原本恢复能力惊人，但现在因为念力损耗太多，一时之间居然无法立即恢复，就这么在几近裸奔状态下狼狈地奔逃出来……

　　神九黎还在他身后紧追不舍，洛九宸甚至没有自储物空间中扯出衣衫来换上的时间。当然，他也没有寻找宁雪陌的时间。

　　那个丫头这么算计了他，肯定找好了退路，现在不知道在哪个角落里抱臂看他的笑话呢……

第三十三章　洛九宸心机

洛九宸向着一个方向飞奔过去。

若他计算得不错，那个方向是通往冥界的，说不定仙界的那些人还等在那里，他先抓个人质再说！

这是他现在打的主意。

但理想很丰满，现实不是一般骨感！

他在飞奔中不知道踩中了什么机关，眼前一亮，一道红光闪过，随后无数红光飞出来，他稍一愣神的工夫，已经被缠得像个蛹！

他拼尽所有力气再次挣脱了，代价是刚刚长好的皮肤再次被活生生地撕掉大半……

他原本已经接近强弩之末，再接连受伤，接连被暗算，接连损耗念力，终于有些支撑不住，再逃走时脚步已经有些虚浮。

他头昏脑涨地向前冲，头顶忽然有万道金光罩了下来！

他骤然抬头，看到的是一口黄澄澄的、飞旋着无数符文的大钟……

他想躲，但那钟有一种极特别的吸力，他如果是全盛状态下自然不会在乎这种吸力，但现在他已经没有力气再挣脱这股吸力了，就这么被定在原地，眼睁睁地看着那大钟当头罩下来。

最后他看到的是不远处并肩站立着的两个人。

神九黎一身白衣，手掐法诀；宁雪陌就站在神九黎身边，笑吟吟地看着将要被金

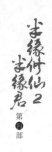

钟罩住的洛九宸，还向他做了一个再见的动作……

"这是天道钟，专为惩罚神的神器，此神器已经通灵，可自动根据所关之神犯下的罪行来设定被关押年限。小丫头，天道为公，一向惩恶扬善，并无偏私的，只不过要恰逢其时方可。"天道石又开始在宁雪陌脑海中刷屏。

"嗯，天道果然是公平的天道，原先是我误会你了，对不住啊。"宁雪陌毫不吝啬地夸奖天道，向天道道歉。

天道石其实也是顺毛驴，宁雪陌原先一直呛着说话让自己十分不爽，却又奈何不了她。

她在魂魄状态时，它甚至无法降下劫雷劈她，后来她附身在小雪陌身上时，它和她居然奇异地达成了一些共识，它有点不好意思再劈她了。

再说它难得能碰到一个陪它唠嗑的人，也有点舍不得劈她。

现在被她夸赞，天道石心中原先那一些不快终于烟消云散，高傲地刷出了一行字："吾不会和你一个小丫头一般见识。"

"天道果然是宰相肚子里能跑船，胸怀宽广！"宁雪陌再给它扣了一顶高帽，"你说，这个浑蛋要在这口钟里被关多少年？会不会是永远？"

"不会，天道钟最长时限是五万年，五万年后他会再出世。"天道开始给她普及知识。

宁雪陌心中一动，看来当初就算小念陌没放他出来，他也会以别的法子出世……

这个人被天道钟关了五万年居然还没接受教训，还在设法作恶，简直太可恶了！

宁雪陌握拳。

"雪陌，过来。"神九黎终于完成了某种仪式，将天道钟变小收了起来。

这样一场架打下来，神九黎的脸色也有些苍白，显然他也是极为疲累的，身子有些摇晃。

大神虚弱的模样看着很招人疼，宁雪陌立即跑过去，抱着他的一条手臂："大神，你没事吧？"

神九黎没有说话，而是拿出一粒碧莹莹的药送到她面前："吃下去。"

干吗？她貌似没受伤啊。

宁雪陌不解地看了看他，还是将那粒药接过来。那药有一种淡淡的冷香，她随口吞下，一缕清凉瞬间顺着咽喉滑下，异常舒服。

"这药是？"

"治你的嗓子的，你骂了这么久，嗓子很干吧？"神九黎似笑非笑地道，抬手揉了揉她的脑袋。

原来大神是体贴她，宁雪陌笑眯了眼睛："现在不干了。"她刚才是在用念力骂人，确实有些损伤嗓子，尤其是一开始那一声惊天动地的号叫，更是差点将她的嗓子吼破！

她后期说话的时候，嗓子有点发哑，没想到大神早就听出来了。

"大神，你是不是挺累的？"宁雪陌看着他苍白的脸。

"嗯，来，雪陌，让我靠靠。"神九黎看上去更虚弱了，不客气地靠在了宁雪陌身上。他长手长脚的，这么倚在娇小的她身上，几乎将她整个人都包起来。

宁雪陌还是第一次见他如此虚弱，原先大神也有虚弱的情况，但从不示弱，一直像尊天神般守护在她身边。

现在他却向她示弱了，这样的大神让宁雪陌一颗心瞬间柔软得不要不要的。

她吃力地半抱半搀着他："我们先回梵天宫吧。"她还顺手拎起了那个装着妙梵的圆球结界。

神九黎瞥了那结界内的妙梵一眼，手指微屈。

妙梵作孽太多，理应遭受天罚，将其就地解决。他不想再让这个女人回梵天宫。

宁雪陌却握住了神九黎的手："还是把她交给六界公决吧。"

神九黎果然作罢。

"你那边的事解决了？"神九黎开口，他实在没想到她能回来得这么快。

宁雪陌摇了摇头："我一时回不去……刚才一直在你们附近飘着。"

"可我并没有看到你的魂魄。"神九黎挑眉。他只要开了功法，就能看到不同的魂魄。当时宁雪陌离开后，他开了功法看过，没找到她。

"因为我是一个特殊的魂魄。"宁雪陌一点也不懂得谦虚为何物。

神九黎忍不住失笑，抱了她一下："嗯，你是一个特殊的魂魄、特殊的人，对我来说，你是最特殊的存在。"

原来大神说起情话来也能如此要命！

他的头就靠在她的肩膀上，唇几乎碰触到她的耳朵上，他呼出的气息吹拂在她的耳郭上，酥酥地痒，也让她心中热热的……

两人回到梵天宫后，神九黎将天道钟放在了一座山峰上，并设下了重重禁制。

宁雪陌在他设禁制的时候，跟着看了看，心中微动。神九黎设下的禁制和小念陌说出的他解开天道钟的情景几乎一致。

宁雪陌其实一直在感应自己的记忆，她的记忆并没有消失，也就是说，历史尚未改变，依旧在按照曾经的轨迹向前运行……

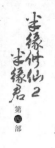

按照地母所说，紫煞是在那场血腥屠杀过去六天后真正蔓延开的。

而神九黎和妙梵以及洛九宸打架就用了三天，那么紫煞应该在三天后爆发……

神九黎觉得，宁雪陌这三天对他分外热情，几乎一直待在他身边，腻在他身上。

当然，这是好事，神九黎还是极喜欢的，同时心里还有一丝疑惑，感觉她有点不寻常。

他没有问她为什么，知道如果她想对他说，是会说的。

既然她不说，那就是有不说的理由。

"雪陌，你真的能和天道石交流？"神九黎还是问出了他心中的疑惑。

"嗯，它常直接在我的脑海中刷字，每一次都金光闪闪的。"宁雪陌也不瞒他。

神九黎微微点了点头，眸中闪过一抹深思。因为那一场大战神九黎耗神不少，闭关休息了三天。

而宁雪陌一直在身边陪着他，神九黎传授给了她一套专门修炼魂魄的功法，她修炼了以后，等她再回到原来的身体的时候，在这边修炼出来的功夫也不会消失。

宁雪陌除了用神九黎教给她的法子修炼外，还向大神讨教了和洛九宸对战时应该注意的事项……

神九黎对她知无不言，言无不尽，和她说了许多要点，宁雪陌一一记住了。

神九黎已经知道她无法回去的事，顿了顿，问她："雪陌，或许历史已经改变，你永远回不去了，倒不如安心留下，五万年后我们的孩子还会出世。"

宁雪陌垂下眸子，既然她的记忆还在，那证明历史的大致走向并未改变……

天道石已经严重警告过她，不得再泄露任何和后世有关的事情，不然她极有可能再也回不去，就算脱离这个躯壳也不行，十有八九会湮灭在时间长河中彻底消失。

她这次之所以回不去应该也和她无意中泄露了一些事情有关。

这种不确定还被宁雪陌吐槽："什么叫应该有关？是你惩罚不让回去就是你惩罚的，敢做为何不敢当？"

天道石直接无语，最后闪出来一段话："所谓天道乃自然法则，而吾不过是代传喉舌，自有其规律性……"一大段话几乎要闪瞎宁雪陌的眼睛。

又过去三天后，紫煞真正大爆发，六界混乱，彻底陷入危机。

一切和宁雪陌在地母那里得来的消息一样，紫煞就像是突然爆发的，杀了六界个措手不及。

神九黎自天道石上得到启示，要想封印紫煞，必须建封煞大阵，以始作俑者的血肉做饵将所有紫煞吸引到那封煞大阵中……

当紫煞大爆发的消息传到梵天宫的时候，正在打坐的神九黎顿了顿，看了一眼身边坐着的宁雪陌，目光有些复杂："雪陌，这也是历史中应该发生的？"

宁雪陌点头，既然已经发生，那她再承认也没关系了。

神九黎又道："那你留下妙梵也是因为这个？"

宁雪陌又点头。

妙梵造的孽太多，六界怨气沸腾，六界尊者纷纷要求将妙梵交出去公开处死，宁雪陌却提议将妙梵留在梵天宫中，说以后用得着。

神九黎二话不说就顶着六界尊者的压力将妙梵留在了梵天宫中。

他起身道："是天道不让你提前预示吧？"

宁雪陌再次点头。

"那你我这一世的最后命运会如何？"神九黎的目光落在宁雪陌的脸上。

宁雪陌张了张口无法作答。

神九黎看了她片刻，缓缓开口："雪陌，我虽然是天道守护者，但向来不信命，尤其是你我二人之命！我只想和你长相厮守，就算因此逆天改命我也不惧。只可惜……"

宁雪陌心中一跳，隐隐觉得他话中有话："可惜什么？"

神九黎转身向外大步行去："你喜欢的……终究不是现在的我。"眨眼间他便不见了影子。

宁雪陌心上像是被什么重锤敲了一下，她在原地站了片刻，微微握紧双手。

她正出神，一抬头见神九黎站在不远处看着她。

她心中微跳，走上前去："你现在就去设封煞大阵？我和你同去！"这段时间内，她想和他共进退，能多待一刻是一刻。而且她也能帮他不少忙……

他神情淡漠而冰冷："不必。"说罢他转身便走。

宁雪陌窒了一下，跟着走了两步："我觉得我能帮上忙的，我现在功夫很好。你瞧，前几天你和洛九宸打架我也能帮上你，设这样的封印大阵需要高手，而且高手越多越好……"

神九黎却理也不理她，在前面越走越快。

宁雪陌一横心，干脆就在他身后跟着，反正他别想甩掉她："大神，你这次就算不带我，我自己也会去！"

走在前面的神九黎蓦然顿住！宁雪陌险些一头撞进他的怀里。

她忙后退一步，抬头看着他："你带我一同去吧。"

神九黎看着她，迟迟没有出声。

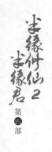

宁雪陌伸手去扯他的衣袖："我们共进退……"

神九黎向后一退，宁雪陌牵了个空，她的手顿在空中，讪讪落下。他的冷漠让她心里有些不好受，眼角有些发红："你生我的气了？"她的声音里带了点鼻音。

神九黎顿了一下，忽然上前两步，抬手抱住了她！

他把她抱得那样紧，紧得宁雪陌有些喘不过气来。

他突来的拥抱让宁雪陌心中一暖又一酸，她自他怀中抬起头来："大神……"

正是朝阳初升的时候，阳光在他身后镀了一层淡淡的银光，衬得他一双望向她的眸子极深极暗，带着一种直逼人心的专注，他终于缓缓开口："雪陌，对不住，这次无论你恨我也好，怨我也好，我都不会放开你！"

他声音虽然淡，语气却极为坚定。

他左臂抱着她，右臂却抬起，一道淡淡的白光自他的指尖飞出，点在她的眉心之间："此次事件我自己便可处理，你乖乖等在这里。"

宁雪陌："……"她的穴位居然被他用奇法封住了！

神九黎横抱起她，将她放回自己寝宫内的床榻上，在她眉心轻轻一吻："雪陌，等着我，我不想长久的岁月里再也看不到你。"

他不想管将来如何，他想要的是现在，想把握的是现在！

他内心深处隐隐感觉这次一旦让宁雪陌跟着去了，她大概就再也回不来了……

如果命中注定他和她今生无缘，那他也会逆天改命，争一个缘分下来！就算违了天道又何妨？他才是这六界共主不是吗？

他抬手又在宁雪陌身上结了一个极牢靠的结界，这才转身大步离去。

宁雪陌躺在榻上心里也不知道是什么滋味。

有那么一刹那，她也动摇了心智，想干脆就这么顺其自然算了。

来世毕竟虚无缥缈，五万年后的大神能不能复活还是个未知数。

而她如果在这一劫中死了，谁又能保证她一定能再穿越回去呢？

说不定她会彻底消失！也说不定五万年后的命数已经发生改变了。

她现在甚至感觉记忆已经有些模糊，好多东西像是隔着一层雾气正在逐渐远离……

而现在，她只要什么也不做，在这里等着他回来，那她和大神就会长相厮守，再也不会分开……

她闭上眼睛，顺其自然吧！

她现在被神九黎关在这么个壳子内，就算想要做什么也做不了啊。

或许，这就是她和他的命运……

要不然她上次明明脱离这个躯壳了，为何回不去呢？

她也不知道自己躺了多久，一天？两天？抑或三天？

她也想试着解开被封的穴道，但努力了很久半点用也没有，只得放弃。

在这个壳子里她最容易感觉到的是困意，迷迷糊糊睡了一觉又一觉。

神九黎虽然困着她，但她躺在里面一点也不会感觉到疲累，甚至也感觉不到饿，倒像是被困在了氧吧里，空气清新，身下被褥柔软，躺在里面十分舒服，甚至身上的念力都在睡眠中自动增长。

外面一片淡青色又自窗纸上透进来，预示着又过去了一天，又是一天的早晨到来。

差不多三天了，神九黎和那些人应该已经设置好封禁大阵了吧？

或许封禁紫煞仪式已经开始？他们能够成功封印吗？

念陌的面容又浮上脑海，宁雪陌只觉心像溺水似的一窒。那孩子怎么样了？洛九宸会不会为难他？

如果神九黎他们这次就这么封印成功，那么自己和他的历史就算改变了。小念陌可能会消失，自己的那些记忆也会消失……

"你就想如此了？"天道石忽然在她脑海中刷出字来。

"那还能如何？"她现在就算想出去也出不去啊。

"若想出便能出。"天道石回了她六个字。

宁雪陌心中一动："你有办法？"

"办法在你心中，你想出便可出。"天道石开始打禅语。

宁雪陌头疼："都这个时候了，你就别卖关子了！您老还是明说了吧。"

天道石却不说话了，宁雪陌接连问了好几句，天道石都没啥反应。到最后实在被问急了，冒出一句万金油话："天机不可泄露。"

天机你妹！

宁雪陌无奈，只得自己想。

天道石这句话的意思是，如果她真正想出去，应该是可以出去的吧？

也就是说，要想破解神九黎的封禁术，所用的法子应该是她已经掌握的，或者见过的……

她心中一动，开始回想神九黎封禁她时所用的法子，然后试着用所知的方法一个个去破解。

这种盲目的试探对她的血脉冲击很大，四肢百骸无处不痛，她额头上已冒出一层又一层的汗。

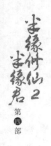

她试验了一个又一个方法，却都徒劳无功，身上却越来越疼，冷汗已令身上湿透。

她每一次冲关都会让身体的疼痛更上一层楼，到最后整个身体忍不住发抖，和刚才的轻松适意截然相反。

更奇怪的一点是，她只要停止运功冲关，立即就能恢复刚才的舒服逍遥状态，一旦运功身上就一波更比一波疼。

人都有趋利避害的本能，这种情况冲击的不单是她的筋脉，更冲击了她的心智，她只要有一点不坚定，便会前功尽弃……

当她疼得全身都忍不住打哆嗦的时候，心里不自觉就打了退堂鼓。

自己这样做值得吗？如果自己强行出去，出现在他面前，只怕帮不了他什么忙，反而让他更绝望，等待她的会是个莫测的结局……

如果她一直安稳地待在这里，等他回来后和他双宿双飞，永远不离分，说不定会温暖和谐生生世世。

一方是疼痛莫测的未来，一方是舒服温暖的现在，她应该选哪一个？

"紫煞不一定能正常封印，你留在这里结局或许会更惨……"一行大字又在宁雪陌的脑海中闪现出来，让她身子微微一僵！

不一定能正常封印？莫非如果自己不去，神九黎就会有危险？！她穿越回来逆天改命不会是让他在这一世就消失了吧？！

这个念头彻底惊住了她，让她脑门上瞬间又冒出冷汗！

不行！无论如何她必须去那里一趟！绝不能让他在这里又羽化！她已经失去他一次，如果再失去他，她几乎不敢想象自己是否还能接受这样的冲击！

她静下心来，开始玩命地用各种法子冲击穴道……

再疼她也顾不上了！

约莫半个时辰后，又一个法子使出去，她身上忽然一松，她的穴道终于被冲开了！

她大喜过望，不过穴道被冲开了，她还要破开神九黎设在她周身的结界。这一次她身上倒是不疼了，但这围绕着她的结界实在是太小，她施展不开拳脚，好多法子施展不出来。

无论怎么样，她要出去！

这个念头像磐石一样矗立在她心中，她正在忙碌的当口，脑海中闪出叹息般的一行大字："吾帮你。"

随着这行大字闪过，宁雪陌的手掌中忽然冒出灿烂的金光，金光闪过处，那结界应声打开！

"多谢！"宁雪陌冲了出去。

"做你该做的。"天道石帮她这一次后，似乎也耗费了不少力气，原本闪现在她脑海中的金光闪闪的大字颜色浅了很多。

宁雪陌却顾不得考虑这些，立即向梵天宫的大门冲去。

神九黎这次是真的下定决心要留下她，临走的时候居然在梵天宫的宫门处也设置了结界。

他这是……有多怕失去她？

宁雪陌掌心冰凉，微微闭了闭眼睛。

大神，对不住……

她开始破解这个结界，这大概是神九黎所设的最牢固的结界，宁雪陌又施展了无数种破除结界的法子，最后是和天道石联手，才将那结界破开……

"天道石，大恩不言谢，以后我会报答你！"宁雪陌现在对天道石是满满的感激。

"不必，这也是吾之劫……"这次天道石只闪出苍白的一小行字，就像断电似的熄灭了，再不出现……

无数符咒在金色大阵中闪烁，神九黎站在大阵中央，将结界内的妙梵取出来，手一抬，指尖冒出白光，聚拢在妙梵身上，他垂眸看着她："妙梵，你自己欠下的债是要自己还的。"

妙梵心里涌上不太妙的感觉，她下意识地想要坐起："你……九黎，你要我做什么？我……我知道错了。我只是受洛九宸利用，我是无辜的……"

神九黎一只手按住了她，神色不动："错就是错，受人利用也不能抹杀这滔天大罪。所以……妙梵，你要为你的错误付出代价。"

不知道他从何处取出了几滴血滴入她的眉心……

妙梵脸色大变，神九黎的这个手法她很熟悉！

当初他将她变成小雪陌时就用的这个法子！

她大叫："九黎，不要再把我变成她！求求你，不要再让我变成她……"

她话没说完，便被神九黎点了哑穴，她再吐不出一个字，只一双眼睛睁得大大的。

神九黎动作有条不紊，片刻后就又将妙梵变成小雪陌的模样："你造的孽不能让别人为你承担。妙梵，这次封印成功后，我会收拢你的魂魄送你投个好胎。"

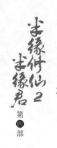

看在她曾经是他名义上的姐姐的分上，这是他唯一能为她做的……

妙梵眼角滑下泪来，她很想反驳，很想求饶，只可惜神九黎压根儿不给她这个机会！

万事俱备，只欠东风。

神九黎闭上眼睛，站在阵图的一个位置，对着腰间的传音符说了两个字："开始。"

阵法被启动，有无数字符在阵法中跳跃旋转，空气中似有一股无形的力量推动神九黎脚下的石板，随着轰轰声响，在阵法中央缓缓裂开一个黑洞，黑洞幽深，洞内有啸声传来……

那啸声极怪，似有万千冤鬼在齐声号哭，中间夹杂着八大恶兽的怒吼，仿佛打开了地狱之门……

周围的紫煞随着阵法的开启团团涌来，顺着大阵翻转，却似是有什么顾忌，不肯进入那个黑洞。

这些紫煞其实是万千死难者的怨灵所化，凶暴残忍，又没有思想，无论侵入到什么生物身上，都能激发生物体内的狂暴因子，让人彻底陷入疯狂，还无药可治。

它们其实也是一种执念，只对仇人和神的血肉感兴趣，要想将它们彻底引入黑洞之中，就要投之以饵。

而这个饵就是妙梵！

神九黎手掌一伸，妙梵的身体凌空飞起："妙梵，好好赎罪，下辈子投个好胎！"

随后他一弹手指，白光过处，妙梵的四肢有血滴下。

这血让那些正在旋转的紫煞一顿，忽然向着妙梵涌过来！

神九黎一扬衣袖，妙梵的身子便旋转着掉入黑洞之中，那些紫煞也如同长鲸吸川，跟着向黑洞内冲下！

黑洞中传来兴奋的呐喊、沉闷的咀嚼，以及种种让人毛骨悚然的声音。

神九黎手指作法，用神力控制着整个大阵。

旋转着钻入黑洞的紫煞在空气中呼啸，声音之大如同天崩地裂，整个大阵中几乎听不到别的声音。

和神九黎预想中的一样，阵内阵外的紫煞纷纷向这处集中，飞速钻入黑洞中……

也不知道过了多久，周围浓稠的紫煞越来越稀薄，整个大阵的模样就算不用术法也能清晰可见了。

神九黎额头上沁出汗珠，心里却松了一口气。

一切都很顺利，他只要再坚持半个时辰，就能将最主要的紫煞封印。

等出去以后，他再用神力将世间残留的紫煞化掉，那这世界就有救了……

两刻钟过后，情景忽然发生了变化！

这里的紫煞依旧如大河入海般向黑洞中倾泻，黑洞深处却传来沉闷的厉啸之声，脚下大地忽然震动起来，仿佛地底的那些紫煞变成了熔岩，叫嚣着想要爆发……

神九黎脸色一变，这是紫煞不甘心被封印的命运，想要造反的意思！

一旦让它们重新突围出来，它们的力量会比原先强一倍！到那时神魔大陆就彻底完了！

那震动越来越剧烈，仿佛火山将要爆发，神九黎腰间和众人联系的传音符中传来一声声惊叫……

"神尊，它们在反击！"

"神尊，紫煞恶兽本来已经沉入地底，现在有要浮上来的趋势！"

"神尊，怎么办？呀，它要出来了！！"

神九黎一边指挥众人随着他的口令压制紫煞，一边抽出竹笛，重新吹奏。

笛声响起的时候，下面的沸腾似乎缓了缓，脚下的大地震动得轻了一些。

一阵琵琶声忽然叮叮咚咚地响了起来，正好配合上神九黎的琴音，功效瞬间增强一倍！

神九黎心中一震，侧眸向琴声传出的方向瞧过去。

宁雪陌一身大红衣裙逶迤行来，她那一身大红衣裙并不像她平时穿的衣服样式，有些像道袍，极为宽大，随着她的行走而飘飞。

她的黑发就这么披散着，并没有绾成发髻，如瀑布般在她身后飞扬。

明明没有经过神九黎的术法，她却忽然长大了，不再像十二三岁的样子，而是像二八年华的豆蔻少女；眉如远山横，目如秋波聚，眉间一粒雪花状的朱砂痣开得分外妖娆；纤腰如束，体态妖娆风流，一举一动都似透着要命的风情。

十指在琵琶上旋舞，她就这么一步步走了过来。

笛声和琵琶声和谐地结合在一起，在整个大阵中流荡。

神九黎还是第一次见到如此装束的她，心中微动，不过现在是全力镇压紫煞的时候，不能分神，他心中疑惑再多，也只能暂时压下。

宁雪陌走到大阵中，和神九黎隔着尚在吞吐紫煞的黑洞遥遥对立。

她并没有看他，而是专心弹着琵琶，仿佛这是她生命中的最后一曲，每一个音节、每一个手势都做得那么完美无缺。

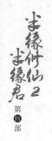
神九黎闭上眼睛，也没看她，笛声更急更悠扬，神力灌注处，有金色符咒自他的笛子中旋转而出，在空中盘旋。

宁雪陌微勾嘴角，手中灌注魔力，有红色符咒自她的琵琶中飞出，也升到了空中。

金色符咒、红色符咒在空中交会，流转着组合在一起，扑入那黑洞之中。

这样珠联璧合地吹奏了足足半个时辰，地底的震动越来越小，紫煞似乎真的被两者的合奏给压制住了。

神九黎的神情却不见轻松，他抬眸看向对面的宁雪陌，眸中如有光波闪烁。

宁雪陌也终于抬起头来，目光落在他的脸上，表情沉静。

神九黎见过各种各样的她，撒娇的、被他气哭的、淘气的、爱娇的、耍赖的、笑眯眯的……

每一个她都是那么灵活生动，像一团火般强势闯入他无波无澜的生命之中，让他的目光不知不觉就围着她旋转，等他自己发觉不对时，已经泥足深陷，再拔不出来。

他见过这么多面的她，唯独没见过她现在的样子。

明明还是那五官，气质却和曾经大相径庭，她身上似笼了一层金红的光。

纯粹的魔周身一般笼罩的是黑光或者红光。

而仙者、神者周身笼罩的则是白光或者金光。

像神九黎，一旦气场全开，那么他周身笼罩的就是白光。

至于金光，一般是佛才会拥有的光芒。

而宁雪陌身上笼罩的居然是双色光，似魔又似佛，内里是红光，却镶着金边……

这样的她就站在他的对面，在她的眸子中他看不到任何情绪。

这样的她让神九黎无端有些心慌，仿佛这个人就要远去……

"雪陌，这次封印完毕，我们好好谈谈！"因为地底的紫煞已经有减弱的迹象，神九黎终于能分神说一两句话了。

他和她或许欠缺的是一次沟通，而这样的她又让他感觉有点陌生。

宁雪陌微微垂眸，遮蔽了眸底汹涌的情绪，她小嘴微微勾了勾："我觉得……该说的我全说了，我们之间也没什么可谈的了。"

这句话其实很噎人，也很尖锐，尤其是她淡淡的口气更让人抓狂。

神九黎却并没有抓狂，静静地看着她，眼神深沉："你有事瞒着我！"

宁雪陌轻轻一叹："神尊，你何必纠结这些？我……毕竟不是当初的小雪陌，我和她的性格相差很远，我是五万年后的灵魂，而你，或许五万年后依旧是你，也或许不是，你们的性格、处事手段也有很多差异之处。我因为实在太想他，所以才无意中穿越而来，移情于你……你说得对，我其实真的把你当成了他的替身，这是我的不对……我甚至对不起他，对不起他当初为我的付出……你不知道他那时是多么爱我，我却一直对不起他……等我意识到这一点的时候，他已经不在那个世上。我疯狂地寻找他，可是再也找不到了……"

她的声音有一丝丝哽咽，神九黎却越听心越沉！

自己深爱的女子在身边毫无顾忌地说怎么样爱着后世的他……

神九黎敢打赌，只怕这世上没有任何人比自己更悲催，这么让人吐血的事情也能碰到！

她眼眸中似有泪珠盈盈闪动。

神九黎伸出手臂想要抱抱她，可是想到她的泪并非为自己而流，他的手臂又颓然放下，心中缠绕上丝丝缕缕的疼痛，偏偏他无法做什么。

顿了片刻，他才哑声开口："你爱的是五万年后的我也好，不爱现在的我也好，你终究无法再回去了，不是吗？"他闭了闭眼睛，语气里有一丝几不可闻的恳求，"雪陌，我终究是我，无论五万年后的我还是现在的我，灵魂是同一个，你能爱上他，自然也能爱上我……我们之前相处得不是很好吗？"如在以往，他不会说出这样的话来，可是现在他想试一试，他无法忍受失去她……

她爱五万年后的自己也好，终究爱的还是他，总比她爱上别的男人强。

宁雪陌凝视着他："神尊，我和小雪陌也是同一个灵魂，你爱上她了吗？"

神九黎一窒。

小雪陌在他心里确实与众不同，一直是极特别的存在，可是如果说爱……似乎为时过早。

比爱少一些，又比喜欢多一些，和对待现在的宁雪陌感觉压根儿不一样，他也无法将她们混为一谈。

他不想撒谎，也不屑于撒谎，所以摇了摇头。

宁雪陌垂眸："这就是了，你和他虽然也是同一灵魂，但……你毕竟不是他，而我爱的一直是他。原先是我一时糊涂，给你造成了错觉，对不住。你如果因此恨我，我也无话可说。"

神九黎缓缓握紧手中的竹笛，指节隐隐泛白，眼眸中的光芒渐渐暗淡下来，良久他才道："本座不恨你……"

宁雪陌勾唇笑了笑："这就好。神尊，无论如何，我希望从今以后你能忘了……"她正要说"忘了我"，神九黎却打断了她，声音淡漠："从今以后我如何与你无关。"

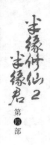

宁雪陌强笑了一下："是……"

"如果我未投胎转世，那么我以后也不会再爱你，五万年后也不会。"神九黎一字一顿地道。

宁雪陌闭了闭眼睛，嘴角笑容不变："那样……也好。"

轰隆！地底忽然传来一声巨响，大地剧烈地颤抖起来！

那刚刚吞进无数紫煞的黑洞蓦然喷出一大团紫烟，直直向着宁雪陌冲过去！

"小心！"神九黎脸色一变，他和宁雪陌分别站在黑洞的两端，他动作再快，毕竟隔着一段距离，眼睁睁看着那一大团紫烟将站在对面的宁雪陌裹住，向黑洞中拖去！

"雪陌！"神九黎再顾不得什么，衣袖飞卷，缠上了被紫烟笼罩着的宁雪陌的身子，咬牙向回拖动，"雪陌，你给我坚持！"

可紫烟的力道异乎寻常地大，死命将宁雪陌向下扯。神九黎这样强的功夫，居然扯不上她来……

两股力量在宁雪陌身上较量。

紫烟缠着的是宁雪陌的双腿，而神九黎的衣袖缠住的是她的纤腰。

两股相反的力量拉扯之下，就算强大如宁雪陌，也有点受不住了。

她闷哼一声，声音虽然极低，却如同利刃切割在神九黎心上！

他忽然身子一斜，倒挂而下，一把握住了宁雪陌的手："雪陌！我救你上来……"他的声音都颤抖了。

宁雪陌抬头直视着他的眼睛，那眸底似有风云滚动，她嘴角微微抖颤，忽然一口咬破食指，手中结了个奇怪的印："我以我身，相救六界，天道有信，偿我誓约，勿要违背……"

一串咒语似的话语说完，宁雪陌反手一掌，将血印拍在了神九黎的手背上。

神九黎如被电击，手掌忽然无力，宁雪陌的小手从他手中脱落……

他大惊失色，幸好他的衣袖还缠着她的纤腰，他想要再用衣袖将她提起来。

宁雪陌的掌心之中忽然现出那柄诛天剑，她的声音也有了一丝颤抖："神尊，我去找他了。如若有缘，五万年后天赐大陆再见……"

大神，对不起……

"不！"神九黎大喝一声！

但是……晚了！

宁雪陌掌心的诛天剑一闪，将他的衣袖齐齐割裂，那紫烟拖着她的身子翻滚着跌了下去……

神九黎脸色大变，几乎是不假思索地纵身跟着跳了下去："宁雪陌，如果你只爱转世后的我，那么我便随你一同转世！"

他刚刚跳下去，脚下忽然升腾起一团极亮的金红色光芒，那光芒如同一个极瓷实的结界，将他托了上来……

他尚来不及站稳，下面便传来轰隆一声巨响，黑色的洞口骤然合拢，再看不到一丝一毫空隙。

"雪陌！"他大喝一声，忽然挣脱了金红色光芒的束缚扑下去，一掌向着那已经合拢的洞口拍去！

他要拉她出来！

他不允许她一个人在那黑暗的地底！

他是神，他能逆了这乾坤的！

他这一掌有毁天灭地之能，不要说合拢的洞口，就算是一座石头山也能被他这一掌给轰平！

惊天动地的一声巨响后，原本洞口所在的地方终于被他轰出一个深不见底的大坑，尘土石屑飞扬，一时遮天蔽日。

他纵身跃下："雪陌，我来救你……"

他的脚踏上了实地，但也仅仅是实地而已，这个坑就是个实实在在的大坑，是有底的。他双手拼命在里面摸索，却摸不到她，再也摸不到她……

她已经消失了，连同那些见鬼的紫煞一起消失了，从今以后他再不能见到她的半分影踪……

心像是被活生生剖开，痛不可当！

轰隆隆！他刚才惊天动地的那一掌加上原本的封印阵法成功启动，整个山峰开始崩塌……

无数巨石飞坠，无数落木翻滚，尘土石屑遮天蔽日，整座嘉仪山都在倾覆。

这次封印之战中，幸存下来的也不过寥寥数十人而已。

此刻，这数十人就半浮在空中，看着下面的一切，人人在松一口气之余，心情又无比沉重！

紫煞封印成功了，可是整个六界已毁，只有他们数十人幸存，也只是短暂幸存而已。

因为他们在最浓烈的紫煞中待过，身上又都有伤，紫煞之气已经侵入他们的血脉，他们毒发身死是迟早的事。

也不知道这个神魔大陆要休养生息多久才能恢复先前的繁荣？

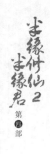

空气中还有丝丝缕缕的紫雾在飘荡，那是残存的紫煞之气，虽然失去了源头不会再增长，但也不会自动消失，一直飘浮在世间还是很有危害性的。

"神尊呢？"有人向四处望去。

"不知道，没看到他弹出来……"他们这些人都是在阵法启动成功后自动被弹出来的。

"呀，魔主也不在！"有人又发现了问题。

"会不会是神尊和魔主封印完毕一起走了？我听到他们的笛声和琵琶声合奏来着，那声音堪称天籁！"

"不会吧？残余的紫煞还没净化，神尊不会放手不管的……"

"……"

"哎，神尊上来了！"

"神尊！"

"神……"

下方尘土飞扬处，一个人冉冉升了上来……

当众人看清那人的面貌的那一刻，都惊住了！

曾经最有仙味儿、白衣飘飘、从容威仪、身上衣衫永远纹丝不乱的神尊此刻居然难得一见地灰头土脸，头发灰白，宽大的白袍凌乱破败，黑一块、黄一块的，几乎看不出本色来，飞上来时身形几乎趔趄不稳……

"神尊！"

"神尊！"

众人纷纷迎上去，有人急不可待地问了出来："神尊，魔主呢？魔主在哪里？"

神九黎深蓝的眼眸转了过来，目光森寒而空洞。他身上自有一股强大的气场，寒意骤发之际，四周温度陡然下降！

众人脚下的云团瞬间被冻成个冰疙瘩，直直地坠落下去……

神九黎站在那里，衣袖下垂，风扬起了他的长发。

他微微垂着眸子："魔主？魔主是谁？"声音冰冷无感情，似茫然又似冷淡。

远处还有一名仙者功力高，又因为离得较远，所以脚下的云团没被冻住，他听到了神尊的这一声低语，吃惊地睁大了眼睛。

神尊…似乎失忆了！

神九黎的眸光又落在自己身上，他似乎有些不解："本座怎会如此狼狈？"

他用衣袖在自己身上一拂，凌乱的衣袍终于整洁如新，衣袖中忽然滑出一支簪子，坠落下去……

他下意识地将其接住。

那是一支雕工极为精美的凤凰玉簪，玉是羊脂玉，雕刻的凤凰每一根羽毛都是那么丝丝入扣栩栩如生。

他认出这是他自己的手笔，纯手工雕刻，没用任何念力，雕刻这样一根簪子不是朝夕之功。

他望着掌心里的这根簪子眼神幽深，这簪子他是为谁雕刻的？

他虽然一向喜欢雕刻东西来打发时间，但从来没雕刻过女孩子用的东西……

这簪子明明极精美，他看着却感觉无比扎心，眼眸一敛，随手将其一丢，那簪子就打着转落下去，霎时间不见了影子。

心中无端一痛，一口热血涌上喉头，又被他强行咽了下去。

等那阵刺痛过去后，他向周围一扫，看到了尚在浮荡的紫煞，吐了一口气，微微掐诀……

一场豪雨下了三天三夜，神九黎用残余的大半神力化为无根仙水净化了六界。

十天后，熔金海边。

神九黎一身白袍在海边静立。

熔金海，神仙也难飞渡的死亡之海，传言海天深处有一处时空之门，是神魔大陆中唯一通往外界的地方。

当然这只是传言，没有人能够验证这传言的真假。

神魔大陆已经是一片荒芜，六界难觅人影，只剩一个神九黎。

他很寂寞，前所未有地寂寞，潜意识中不想面对如斯惨淡的六界，想要离开。

所以他关闭了梵天宫，来到这海边。

天赐大陆，他的脑海中只剩下这几个字，海的那头是不是能够通向天赐大陆？

他一拂衣袖，海中出现了一艘用念力凝结的筏子，他纵身而上……

半个月！三界联兵攻打陌宫足足半个月了！

各种能人各种术法齐出，震得八大神兽费尽神力建立起来的结界摇摇晃晃，越来越稀薄。

陌宫内已经断粮，群魔一个个饿得眼睛发绿，见了路边的石狮子都想咬一口。

而八大神兽在断粮几天的情况下，还能支撑这么久实已到了强弩之末的境地。

外面三界的那些兵将冲不进来，但陌宫的人也出不去，只能困守愁城。

陌宫内一片愁云惨雾，被围困不可怕，可怕的是不知道要被围困多久！因为他们

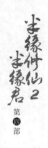

看不到一点希望！

三界的人似乎已经下了狠心，不得到一个他们想要的说法，他们不会退兵！

在这一次包围战中，三界的人占了上风，攻克陌宫是迟早的事。

而三界首脑所要的说法是：交出曾经在仙牢大开杀戒的八大神兽和魔主，当然，魔主的儿子也要交出来，因为有传言，八大神兽是他派去劫牢的，他算是始作俑者……

陌宫的人虽然绝大多数是狠辣的魔，但能入主陌宫的都是经过禾木总管精挑细选的，不但本领高，而且对魔主绝对忠诚！

魔大部分是桀骜不驯的，天不怕地不怕，从来不愿意受其他界的威胁，现在自然也是不愿！

他们宁肯和六界的人拼个你死我活！

让他们交出他们的精神领袖——魔主，那简直是痴人说梦！

不过一直这么被围着，像龟孙子似的躲在陌宫中，实在太憋得慌了！

每个魔几乎都被憋出了一脑门的火！

每天向禾木总管请战的魔络绎不绝，有那性子暴躁的魔几乎要指着禾木总管骂他是缩头乌龟了！

禾木总管对任何请战者只有一个字答复："等！"

第一天在等，第二天在等，第五天又是等，第八天还是等，这都半个月了，居然还是一个"等"字！

所有的魔都等得火冒三丈，若不是大家平时对禾木总管比较服气，只怕他们就要撸起袖子先把他胖揍一顿了！

"我们究竟要等到什么时候？乌龟木，你给个痛快话！老子受不了了，不想再受这个窝囊气！被那群龟孙堵着门口打还不让出去，太窝囊了！"

"不错！老子宁肯出去和他们拼个你死我活！脑袋掉了碗大个疤！老子就算要死也能拉几个垫背的！"

"乌龟木，你放个话吧！不能再等下去了！"

议事大厅内，各种怒骂请战声几乎要顶破屋顶。

"乌龟木，这样下去真的不行，大家已经断粮三天了，现在冲出去打架的话，咱还有力气，最不济能拉几个垫背的。再等下去，咱都饿得没力气了，人家攻破陌宫我们只有被屠杀的份儿！"

禾木总管嘴上也起了个大泡，他依旧眉目沉静，眸中有杀气凝聚："再等一天！"

他还是知道魔主的一些内情的。

魔主常常莫名其妙地"死亡"，但一般过个七八天就能"起死回生"。

魔主曾经说过，如果她身上再发生这种情况，那就等，等她复生。她给他的最长期限是十六天。

而现在距离这个最后期限还有一天……

所以他要等！

他相信，只要魔主醒过来就能化解这场危机，将外面三界的人打得屁滚尿流！

魔主常常"死亡"在陌宫中是绝密之事，整个陌宫知道内情的只有小念陌、八大神兽，以及禾木总管。

至于其他人，他们得到的消息是魔主病重，已经昏迷，禾木总管正在设法为其治疗……

在陌宫内，禾木总管既是统领陌宫的大总管，其医术也是顶呱呱的，在魔界素来有神医之称，他既然说在为魔主治病，众魔也就相信了。

大家像盼星星盼月亮般盼着魔主能够醒过来，然后带领他们胖揍外面的那群龟孙！

"禾木，魔主到底怎么样了？"有些人沉不住气了。

禾木总管抿紧薄唇，没正面回答："大家再等一天吧。"说罢他便转身走了出去。

一口血色水晶棺内有半棺血水样的液体，宁雪陌的身体就被泡在这血水中，在里面浮浮沉沉。

神念陌坐在血棺旁，紧紧握着小手，一双大眼睛里布满血丝。他紧紧盯着血棺内的娘亲，整个人瘦了一大圈，原先圆乎乎的小脸现在变成了尖下巴，显得一双眼睛更大。

血棺是禾木总管的法宝，而里面的血水是陌宫群魔一人一碗血混合而成的，当然，中间也有小念陌的神之血……

这是禾木总管的秘术，以血养尸，可以让泡在里面的尸体不僵不腐。

娘亲原本已经有点僵硬了，被泡入这里面后，肌体又慢慢恢复了柔软度，除了冰凉些，倒是和活着时没什么区别。

可是，娘亲到底还能不能回来？

这都半个月了！她还没有要醒来的征兆，甚至脸色……脸色也是死人才有的那种苍白无光泽……

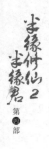

前几次他娘亲离魂时，身体都没出现过这种症状，这次却——

外面传来脚步声，禾木总管走了进来，先是看了看血棺内的宁雪陌，手掌贴在水晶棺上感应了片刻，微微摇了摇头。

棺内的人没有一点气息，压根儿没有要清醒的迹象。

人一旦死亡身体内的血液便不会流动，身体会逐渐变得僵硬。

宁雪陌原先几次离魂，身体内的血是流动的，只是流速缓慢很多，不仔细感应的话感觉不出来。

但这次她的身体开始僵硬那刻起，血液便真正停止流动了。

禾木总管弄的这血棺术有让尸体内血液再次流动的功效，开始那几天还挺管用，但现在效果越来越弱，魔主的身体又有要僵化的迹象了！

如果身体再次僵化，那就算魔主的魂魄回来，这具身体也不能再用了，魂魄怕是无处安身……

更何况魔主还未必能回来。

禾木总管在袖内紧握双手，他每一次都是饱含希望地碰触水晶棺，希望能见到一点奇迹，但每次都失望，到如今几乎已经绝望！

"禾木，我娘亲是不是再醒不过来了？"神念陌低声开口，嗓子已经沙哑，似乎好几天没喝水了。

禾木总管看着眼前的孩子，这孩子已经在这口棺材前不眠不休地待了半个月！

怕念陌熬坏身子，禾木总管几次苦口婆心地劝他歇一歇，但神念陌只是摇头，他一定要在这里守着，仿佛只要一眨眼他娘亲就会彻底消失不见……所以他不敢眨眼。

他原本也不吃东西的，压根儿没有心情吃。

但禾木总管劝他，让他必须保重身体，这样他的娘亲回来看到他才不会心疼……

这句话重重砸在神念陌的心坎上，所以他开始吃饭了，就算没胃口也强逼着自己吃。

他到底还是一个小孩子，一般这么小的孩子还在父母怀中撒娇牙牙学语，他却已经经历数次生离死别……

他已经失去了父君，现在又面临着失去娘亲的处境。

他就算性子再坚强，也有点经受不住，所以他还是迅速消瘦下去，瘦得只剩一颗大头……

禾木总管蹲在他身边道："少主，你如果想哭那就大哭一场吧，哭出来你会好受些。"

这孩子现在把所有情绪都憋在心里，禾木总管担心他会憋坏身子……

神念陌缓缓摇头。他不是不想哭，而是就算他哭了，也哭不回父君和娘亲，也找不到能真正抚慰他的人……

禾木总管毕竟和他接触这么久，还是知道他的性子的。其实神念陌是个颇为爱哭的娃娃，一点小事他就能哭个惊天动地，常常哭得魔主手足无措，恨不得摘下天上的星星月亮来送给他……

这次魔主始终不醒，禾木总管还以为小念陌会哭得泪雨滂沱，却没想到他自始至终一滴眼泪也没掉！

禾木总管看到这样的神念陌，心中像火烧般疼！

这孩子毕竟是个娃娃，该是在父母面前撒娇的年龄，再早熟、再是神魔之子，也毕竟是个孩子……

禾木总管几乎想要抱抱他，抚慰他，但是小家伙不让任何人抱。魔主在的时候，他常常像狗皮膏药似的黏在魔主身上，甩也甩不脱，现在他却不允许任何人抱他！

他身上甚至自有一种威严气势，有一种神之威压，让任何人不敢造次。

原先禾木总管没感觉出来，这几天却隐隐感觉神念陌越来越有神尊的范儿……

神念陌抬起头来："禾木，我娘亲这次不是离魂吧？"他缓缓握紧手指，小小的手指指节咔咔作响，"是不是洛九宸那浑蛋在她身上设置了什么法术，在天牢中其实他就已经要了她的命了？"

这些日子以来，禾木总管其实也有这个怀疑，这个时候却不敢说，免得让这么小的孩子绝望，虽然他本身也几乎绝望了……

他顿了顿道："洛九宸应该……不会这么缺德吧？少主不是说他发誓不会亲自出手伤害你们母子吗？如果他违背了誓言怕是要遭天打五雷轰的！"

神念陌默了默，又道："他可以不必亲自动手的……"

禾木总管窒住，确实如此。

洛九宸那浑蛋就算不亲自动手，也能让别人在魔主身上做手脚……

神念陌又加了一句："这其中只怕还有仙界的'功劳'！"

禾木总管吸了一口气，没说话。

神念陌眼睛血红，一字一顿地道："如果这次我娘亲真的遭遇不测，日后我定会血洗仙界！将洛九宸剥皮拆骨，报仇雪恨！"

他语调森然，身上居然有煞气透出，让禾木总管心中无端一寒！

"少主，留得青山在，不怕没柴烧。这次若真到了万不得已之时，属下希望少主以大局为重。"禾木总管沉声道。

如果魔主再不能醒来，那么少主就是未来魔界兴起的希望，他不希望少主因为一

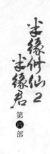

时激愤做出冲动的事。以他现在的本事，想要和魔界拼个你死我活无疑是以卵击石，除了搭上一条小命外再无益处。

真到了玉石俱焚的时刻，禾木总管会设法送少主离开，就怕送少主逃走了他再强行返回来……

所以他必须和小念陌说清楚。

只是这么小的孩子，懂得这种以退为进的大道理吗？

禾木总管心里有些没底。

他还准备再想一些话来劝劝，不料神念陌抬起头来，语气前所未有地冷静："禾木，我不会做冲动的事！"他再吸一口气，一字一顿地道，"我会在有实力后将他们一个个灭掉！不放过任何一个！"

禾木总管眼睛一亮，这才是魔主之子！

他终于可以放手安排后续的一切事宜了！

他看了看血棺中的宁雪陌，闭了闭眼睛。

魔主，有子如此，您当可瞑目。

属下拼死也要护少主万全，绝不会让他有任何损伤……

禾木总管起身向窗外看去，外面天空如墨，又是一天过去了，如果明天魔主再不醒，他就要施行最后一步了……玉石俱焚的一步！

因为上空笼罩着结界，不时有外面其他界的高手用术法攻击结界，震得天空像有一层水波震荡不休。

就算人在陌宫深处，也能听到宛如烟花绽放的攻击声，从三界攻击陌宫以来，陌宫外面总是轰鸣声不绝……

禾木总管大步走了出去，找到了最北端支撑结界的白泽神兽。

白泽是以原形守在那里的，曾经油光水滑的皮毛已经暗淡无光，眼睛里也满是血丝，却依旧雄赳赳气昂昂地挺立在那里，高山一样牢靠！

八大神兽支撑这个结界并不容易，耗损的是他们的神力，好在能将整个陌宫护个周全。

三界的高手有好多想通过地底钻进来，但钻到陌宫底部的时候，头顶像是遇到了金刚石，他们无论如何也钻不进来！

这次有冥界的人助战，他们通穿透术，按道理说，没有任何实体能阻挡住冥界之人的脚步，但碰到八大神兽的结界，他们一样束手无策。

只是八大神兽支撑了这么久，现在也接近强弩之末了。

"魔主醒了没？"这是白泽见到禾木总管说的第一句话。

禾木总管微微摇头，白泽眸现失望之色，只沉声说了一句："这结界最多能再支撑一天了。"

禾木总管道："我知道，或许我们该启动最后的计划了，以后少主就交给你们了……日后的逃亡之路会很艰难，你们得有心理准备。"

白泽眸中现出坚毅之色，仰头笑道："我心理准备早就有了！我们弟兄八个只要有一口气在，就会护小主人安全！"

这次陌宫一旦陷落，魔界势必被毁，其他三界的人肯定会设法对他们兄弟几个以及少魔主进行无穷无尽的追杀，以斩草除根，所以未来的路还很长，很崎岖……

禾木总管自身上拿出一坛酒："即将分别，要不要喝一个散伙酒？"

白泽大笑："你小子居然藏私！不是已经断粮好几天了吗？你怎么还藏了这么个好东西？"

禾木总管笑了笑："这坛酒就是为了今天准备的，一直舍不得喝……"

他又变出一个空坛子，将一坛子酒分成两半坛，丢给白泽一个坛子，白泽直接用大嘴接着。

"为了日后少主的王者归来，干！"

"定不负所托！干！"

灯火通明的大帐内。

"陛下，如无意外，八大神兽所支撑起来的结界明日便可被攻破！"仙界的统帅向上座上的天帝躬身禀报着。

天帝点了点头，声音威压十足："给他们下最后通牒，再不交出八大神兽和魔界少主，陌宫上下将鸡犬不留！"

"陛下，小皇有一事不明。"旁边的人皇插言。

"请讲。"

"陛下，明日既然能攻破陌宫，到时候还怕抓不到想抓的人？又何必下最后通牒？依小皇之愚见，他们现在已经是案板之肉，我们想怎么处置他们就怎么处置，无须向他们提任何条件。"

"不错，小王也这样以为。魔界原本该生活在暗黑魔界那种穷山恶水之地，却因为魔主的关系，抢占了许多六界的好地盘，让六界乱了章法。现在正是拨乱反正的时候，我们也不必和他们谈任何条件，到时直接抓住八大神兽和那个小崽子，将他们正法还死难者一个公道。至于其他人，该杀就杀，该放就放，彻底将他们赶回魔界就是了。"冥界的少主如此提议。

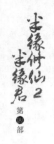

天帝不置可否，只是淡淡一笑："诸位觉得，陌宫结界一破，就能抓住八大神兽？"

众人面面相觑，其中一人道："这陌宫结界为八大神兽所设，此结界一破，他们不就是强弩之末了？捉拿他们还不是手到擒来？"

天帝冷笑一声道："你们还是小瞧八大神兽了，他们的事迹你们大概没听过。"

"愿闻其详。"

"八大神兽其实曾经是八大恶兽，每一个的出生都带来腥风血雨，每一个的力量都足以掀翻一座高山，他们打一场架就能毁掉一界，令其一片狼藉，周围数千里找不到一个活物。他们当年为祸一方的时候，十万天兵也无法将他们拿住，还损失惨重。是神尊出面，以无上妙法将他们一个个降服，然后带回梵天宫内，将他们化为石像，用神力长年累月地去除其身上的戾气，数万年才彻底将他们驯化，神尊怕他们外出惹祸，平时都是用秘术将他们禁锢于梵天宫中，一直做石像来着。直到最近他们才彻底复生，还认了魔子为主……"天帝给众人科普他在古籍上所看到的关于八大神兽来历的知识，虽然只是寥寥数语，却也让众人异常心惊。

其中一人还有些疑惑："依陛下所说，这八大神兽果然厉害，但这次他们被围困为何不直接还击，而是设这种结界？"

天帝道："他们毕竟是神尊教化过的神兽，平时还是不喜伤人的。再说被封印了五万多年，功力和以前相比应该弱了不少。"

"陛下说得有理，不过臣总感觉有些奇怪。以八大神兽的能力，如果开始就横冲直撞地跑了，我们大概也捉不住他们。没想到他们却甘心在这里困守愁城，他们要守护的是什么？换言之，魔界并没有其他救兵，他们这样一天天坚持到底是在等什么？还是说他们其实还在等某位神秘救兵？可这神秘救兵会是谁呢？据探子汇报，那位魔主病重不省人事，难道他们其实在等她醒来？"

天帝面沉如水，他得到的确切消息是，魔主雪陌已经身死，但到底没有亲眼看到尸体，他也不放心……

如果那位魔主只是昏迷，一旦她醒来发现自己的儿子以及下属被人如此逼迫，只怕不会善罢甘休！

偏偏这些日子，那位将继任神尊的"次神"如同失踪了一样，无论天帝使用什么法子都联系不上他。

天帝曾经亲自到梵天宫外看了看，只隐隐听到里面似有声音，却听不出是什么声音。

没有梵天宫的主人开门，天帝他们也进不去……一来二去，天帝也不敢指望洛九宸了。

夜长则梦多，他只想尽早捉住八大神兽，将雪陌魔主的身体弄出来，用秘术真正将其处死。

当然，斩草要除根，那个神念陌也是要除去的……

神魔之子，怕是天赋惊人，一旦让他成长起来，只怕他的报复手段会极惨烈！

这是天帝心中的打算，但这个打算有些龌龊，他也不方便在大庭广众之下说出来。

所以他只是咳了一声道："那位魔主犯下大错，无论她是昏迷还是已死，都要受六界公审，按天法处置，还六界一个公道。"

在大帐中的人基本是四界的头头脑脑，原先是三界，后来冥界打着为冥王报仇的幌子也加入进来，现在已经是四界联合了！

这些头头脑脑都是久在世间混的"老油条"，自然明白这其中的利害关系。

如果那位魔主已死，八大神兽必然会带着少主逃脱，后患无穷。

如果那位魔主没死，那她一旦醒来，则又是一番腥风血雨……

所以无论魔主死没死，他们都必须尽早攻克陌宫，迟则生变。

"陛下，您是说，一旦陌宫结界被破开，八大神兽就会带着那位少主逃走？"

天帝点头："十有八九会如此。瘦死的骆驼比马大，八大神兽就算到了强弩之末的状态，如果联合突围的话，应该无人能挡其锋锐，所以能逼着他们自己将人交出来才是上上之策。"

他顿了顿，又找了一个光明正大的理由："无论如何，祸是八大神兽和魔主闯下的，和陌宫的其他魔并没有多大关系，我们是仁义之师，尽量不要赶尽杀绝，只要他们识趣地交人，我们可以放其一条生路。"

第三十三章 洛九宸心机

857

第三十四章　群魔战陌宫

陌宫上空忽然爆发出一道绚丽得如同烟花的亮光，陌宫群魔正聚集在广场上商议对策，纷纷抬头看去。

墨兰的天空中缓缓闪现一行行大字："最后通牒，交出八大神兽和魔主、魔子，可放尔等一条生路。绝不妄杀无辜。如若不然，血洗陌宫！"

那一行行大字是金色的，威势十足。

群魔躁动起来，纷纷骂骂咧咧。

陌宫八位护法互相对望一眼，忽然一起抬手，八道红光射了上去，在结界下方也笔走龙蛇地写了一行铿锵有力的大字：伪君子们，战场见！

这注定是个不眠之夜。

陌宫的魔一个个摩拳擦掌，做缩头乌龟的日子终于到头了！他们宁肯力战身死，也不愿意被这样围困着慢慢饿死！

热血在血管中沸腾叫嚣，他们想要释放，想要大杀一场！

陌宫外四界的中军大帐内。

"陛下，他们依旧不肯屈服，还下了战帖。"有探子来报。

天帝眯起眼睛，冷冷地开口："朕已经给了他们机会，是他们自动放弃的，那就休怪我们不客气了！现在是除魔卫道，重振仙威的时候了！"

他立即和其他三界之主调派兵马。

"如果陌宫的结界被攻破后，他们分四五路逃走又该如何？"有人询问。

天帝眼中透出锋锐的光："集中所有兵力，追杀八大神兽和魔之子！其他可暂时不管，日后再围剿！"

擒贼先擒王，八大神兽和魔之子才是他的心头大患！

至于其他魔，不过是乌合之众，一旦头目被抓，他们也成不了什么气候！慢慢收拾也不迟！

"陛下，叶天离尊者求见。"有人进来禀报。

天帝眼睛一亮："快请！"

叶天离这个曾经的仙界最强者，当初被宁雪陌砍去一手，两人从此结下了梁子。

天帝还以为叶天离必然废了，却没想到他的手还能再接上，他在封印紫煞那一役中的表现可圈可点，让天帝对他刮目相看。

叶天离原本就是仙界第一高手，紫煞一役后颇受天帝重用。

宁雪陌在仙界参加宴会错杀天帝之妹，捉拿宁雪陌的人中就有叶天离，他出力最大。

这次攻打陌宫，天帝派他出去联络其他各界的隐世高手来助攻，如今他终于赶回来了。

叶天离果然不负所望，这次带来了十位高手，都是各界有名的隐士，随便拎出一位就可敌万人！

天帝大喜，重赏了叶天离和他带来的同伴，并交代给叶天离一个新任务，明日攻破陌宫结界以后，叶天离和他的同伴持天网埋伏在空中，伺机擒拿八大神兽和魔之子……

东方渐渐现出一线鱼肚白，天将破晓。

神念陌又守着血棺枯坐了一夜。

没有人来打扰他，也没有人来安慰他。

在这样的情景下，任何安慰都是多余的。

外面晨曦渐透，第一缕阳光升了起来，透过窗棂照射进屋内。

神念陌眯了眯眼睛，然后转头向血棺内瞧去，原本就没有血色的小脸更白了，手指握得紧紧的！

"娘亲……"他抚上血棺，声音沙哑干涩，"你到底也不要念陌了……"

"少主，魔主如何了？"禾木总管大踏步走了进来。

神念陌没有说话，只是望着血棺。

禾木总管向血棺内瞧去，身体微微一僵！

血棺内，随着第一缕晨曦的射入，宁雪陌的尸身已经发生了惊人的变化，皮肉迅速干瘪，像一具裹着一层皮的骷髅……

魔主是真的死了，再不会回来了！

禾木总管心头仿佛在滴血，最后一点希冀终于破灭。

不过现在不是悲伤的时候，禾木总管强吸一口气，向神念陌躬身道："少主，现在是您该做决断的时候了！"

神念陌闭了闭眼睛，缓缓起身，只说了一个字："好！"

他一抬手，便将血棺内的尸体捞了出来。

那尸体已经缩成了骷髅，身上还有一些血渍，看上去有些吓人。

如果是其他孩子，估计早吓得躲到大人身后了。

神念陌却一点害怕的样子也没有。

他个头儿虽矮，但功力到底已经到了一定的火候，这样抱着一具尸体还是不费什么力气的。

他站起身，那血骷髅在他怀里几乎将他整个人遮住。

他抱着这具骷髅大踏步向外走去。

"少主？"禾木总管不知道他要干什么，忙跟了出来。

一张沉香木大床上，宁雪陌已经被洗得干干净净、穿着一身簇新的衣衫躺在那里。

在大床上没有别的陪葬物，只有那一株已经枯萎的小荷。

这小荷曾经是娘亲最宝贝的东西，娘亲告诉他，这小荷或许能带来奇迹，他没等来奇迹，只等来了父母双亡的结果，从今以后他将亡命天涯，身边再没有父母的陪伴……

他将这小荷放在娘亲身边，算是给娘亲喜欢它的一个交代。

"娘亲，你安心去吧。念陌日后会为你报仇！"

神念陌坐在大床上，俯身在娘亲的脸颊上亲了一下。

禾木总管以及其他魔界高级将领都在旁边看着，一个个一脸悲愤。

禾木总管吸了一口气："少主！魔主的在天之灵会保佑少主王者归来的！"

神念陌没说话，他的娘亲十有八九已经魂飞魄散了，要不然她怎么舍得抛下他不回来？哪里来的在天之灵？

他向着大床拜了几拜，然后一横心发出三昧真火，一个火球过去，那张沉香木大床轰轰燃烧起来……

三昧真火烧东西不是一般快，片刻后，大床上再不见魔主的尸体，只在原地留下一抔灰。

神念陌将骨灰收在一个小瓷坛中，背在身上："娘亲，念陌带你一起走！"

轰！半空中似乎炸开一道闪电，那个牢不可破、保护了陌宫整整半个月的结界终于破裂了！

喊杀声瞬间传入陌宫内，头顶的天空中已经现出无数四界高手的身影！

"踏平陌宫！诛杀邪魔，还我六界安宁！"

"踏平陌宫！踏平陌宫！"

口号声惊天动地，震得大地都微微颤抖。

天上、地下，不知道多少四界高手冒了出来，出现在陌宫之中，却又在看清陌宫内的场景时，有些愣神。

这些人以为攻破陌宫后，魔族的人会纷纷向外奔逃，而他们早已在外面布好了天罗地网，就等着这些魔出去自投罗网，却没想到这些魔压根儿没有一点逃走的意思。

他们聚集在陌宫最大的练武场上，几千魔兵魔将摆成了一个个奇异的图案，像是列成了一个什么惊天阵法。

他们的服饰也怪，人人一身麻布衣袍，披着头发，胸前绣着火焰图案，额头上也有一个火焰图案。几千魔兵魔将整整齐齐地按照一定的规律站在那里，一双双眼睛死死地望着四界的这些入侵者。

而魔族的八大护法分别站在一个队列中，和魔将同一装束，在阵法当中则是八大神兽，一头雪白的兽站在中央，而神念陌就坐在那头雪白巨兽的背上，他的四周有七大神兽环绕，将他保护得密不透风。

在魔族的阵法外，有一个鲜血淋漓的诡异图案，仿佛是一个张嘴大笑的骷髅头，那两只骷髅眼仿佛活了一般在地上流动，仿佛也盯着这些入侵者。

诡异的阵形、诡异的陌宫部众……这陌宫中处处透着诡异气息，让人看到就心头发冷。

四界最先的闯入者看到这情景愣了愣，有擅长地行术的人潜入地下，想钻入魔族的阵法中央，直接刺杀八大神兽。

但他们刚钻到那阵法图附近，一个个又急不可耐地直蹿了出来，只见他们身上像被硫酸浇过，皮焦肉烂，惨叫连连。

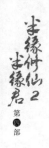

显然，地行术行不通。

既然不能玩袭击之术，那就只能明攻！

这次四界足足来了数万人，对方却不过寥寥数千人，还是已经饿了好几天的！

四界的统帅向着一队人马发出攻击的号令，那算是先锋部队，试探这些魔的深浅，自然也是想看看魔族到底在搞什么鬼。

那队人可以说都是精英，他们呐喊一声，冲了上去——

魔族阵法中的一队人终于动了！

守阵的魔族护法大笑一声："不知好歹，不知感恩的浑球们，老子要让你们尝尝我们魔族的厉害！"他猛然一挥手，围绕在他四周的魔族部众不是正面迎击敌人，而是匍匐在地上，那位护法忽然一弹指，一道红光闪过，眨眼工夫在队伍中匍匐在地上的魔们身上转了一圈……

匍匐在地的人忽然爆发出惊天动地的大喝，震得远处的大殿都在抖动，瓦片哗啦啦直响。

当然，这声音也把攻到跟前的四界高手给震了一把，一个个被震得耳朵嗡嗡作响，人人倒退一步！

这是什么战术？

四界高级将领们一头雾水。

但他们自然不会被这大喝给惊退，索性祭出各色法宝，向着拦路的那群匍匐的魔攻击。

半空中各种法宝发出或刺耳，或悦耳的声响，各色光芒闪烁，每一道都带着凌厉的杀气，每一道都足以割裂一个人的身体，劈开一个人的灵魂。

匍匐的魔一动不动，每一个人身上却都爆起一圈红光……

地上匍匐着的魔不见了，取而代之的是一只只血红鹰隼！每一只都巨大无比，带着森然的鬼气，在空中盘旋，双翅一扇，烈火夹着狂风向着四界的进攻高手滚滚扑来，将他们攻了个人仰马翻！

"血冥鹰！是血冥鹰！"有人惊呼起来。

"天哪，他们竟然动用了血魂禁术！"

血魂禁术，传说中魔界最高级也最惨烈的一种术法，是以魔族人的生命为代价，将魂魄转化为至凶至猛的血冥鹰！

血冥鹰不怕刀兵，不怕火烧水淹，可以说全身铜皮铁骨，想要杀它们压根儿找不到可以攻击的地方，只能用天河之水浇它们，而天河之水也只有天帝一人可以调动，其他人想也不要想！

而它们的攻击力又是极为恐怖的，比紫煞阵中那些高手碰到的冥鹰还要厉害十倍！

只不过那些魔将一旦将魂魄转为血冥鹰之后，便再无法复生，血冥鹰也会在三天的时间内燃尽魂魄而死，真正魂飞魄散。

没想到魔族的这些魔居然不是想着逃走，而是选择和他们同归于尽！

几十只血冥鹰上下翻飞，口中喷出三昧真火，爪击翅拍，眨眼工夫就将第一队攻击来的四界人马杀了个丢盔弃甲，伤亡惨重。

四界的人频频后退，一时间不知道该怎么对付。

"让你们这些王八蛋尝尝厉害！"

"想欺负我们魔界，门儿也没有！"

"老子要和你们同归于尽！一个都别想跑！"

又有三组魔族护法发出狂放大笑声启动了血魂禁术，他们被围困了这么久，实在是太憋屈了，人人心中憋了一肚子火，宁肯死也要扯几个垫背的！

四组共有八百人，每两个人的魂魄组合在一起，化为血冥鹰，共有四百只血冥鹰向着四界人马扑击……

进入陌宫内部的四界人马差不多有一万人，却被这四百只血冥鹰给杀得屁滚尿流，无数惨叫声从四面八方传来。

有的人被烧成焦炭，有的人被撕开了身子，地上到处是断肢残体，血顺着广场的土地奔流……

四界的将领一边手忙脚乱地组织人马抵挡，一边想要派人出去搬救兵……但他们一时完全出不去！

血冥鹰遮天蔽日地将整个天空遮满，它们训练有素，变成这种凶兽动作居然也有条不紊。

有守候在天空中的，有向下扑击的，还有守住各个出入口的……分工合作，居然将这个大广场守得像铁桶似的，而闯入的这些四界兵将就被瓮中捉鳖了……

短短一个时辰，进来的这些兵将已经伤亡大半，有见机不对动作快的，立即施展了地行术向外逃去，才逃得一条小命……

这种身先士卒的事四界首脑是不会做的，他们都待在自己大军的中军帐中，等着捷报传来。

一个时辰后，捷报没有传来，倒有浑身是血的将领灰头土脸地冲进来，报告了四界皇者一个噩耗——

魔族在陌宫内开启了血魂禁术，大杀四方，进去的一万人如今大概不足三千，而

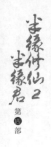

且还在迅速减少……

天帝大惊失色，其他三界皇者因为见识少，还一头雾水地询问着情况。

天帝这个时候也顾不得向他们解释，立即率领众人出了中军大帐，一路烟尘地向陌宫方向赶去。

这中军大帐是大军的核心之处，离战场自然远，所以天帝等人飞过去也是需要一点时间的。

让他没想到的是，他们刚刚飞到空中，便远远地看到陌宫中升起一团红云……

那些血冥鹰冲出陌宫了！

不好！它们准是想护送着八大神兽以及那位魔之子逃跑！

几百血冥鹰在前面冲锋陷阵，有哪个埋伏之兵将是它们的对手？

只怕四界首脑苦心布置的天罗地网会被活生生撕开一个口子！如果此时让八大神兽逃脱那就真的后患无穷了！

天帝预料得不错，那一大团血红的云刚刚冲出陌宫，立即选择了一个方向，一路狼烟滚滚而去，那速度宛如一道闪电，割开了蓝色天幕……

天帝大急，立即下令让那个方向埋伏的人马迅速现身，不计一切代价对其进行拦截……

他自己也脚下生风，急急向着那个方向追赶。

让他没想到的是，他带着无数仙界护卫刚刚奔行百十米，便遇到了禾木总管带领一众魔兵魔将列队将他拦住！

天帝看着眼前瞬间摆了个人墙大阵将他的去路堵了个密不透风的魔将们有一种被雷劈的感觉！

魔们平时不都是最自私、最无情的吗？

大难来时各自飞才是他们应该会有的常态吧？

为什么现在一切都变了？

原先天帝带兵攻打魔界的时候，只要先进行斩首行动，擒拿或者处死魔首，那些魔兵魔将就会不攻自破，四散奔逃，再成不了什么气候。

他以为这次也一样，陌宫一破，这些魔就会趁机四散奔逃，能逃一个是一个。

而他只要集中优势兵力专心对付八大神兽就行了。

他却没想到这些魔不但没跑，还迎了上来！

要知道现在天帝身边所带的人无一不是顶尖高手，而且人数也最多。

这些高手一个人就可以对战陌宫这边十名高手！

禾木总管带的魔有两千人，除了那些化为血冥鹰的死士，几乎所有的魔兵魔将都在这里了！

他们这是想拼死一战？！就为了保护那个小不点？

魔都转性了吗？！

那个魔主不过统领陌宫三年，就能把人心收服到这种程度了？！她到底是怎么做到的？

天帝简直是一肚子疑问，目光落在禾木总管身上，沉声道："你们这是来送死？值得吗？你们识相的就快滚开，朕还会放你们一条生路，若不然鸡犬不留！"

天帝急着追八大神兽，不想把精力浪费在这里，所以故意这么说，想先给这些魔一个逃生的希望，让他们不攻自败让出道路。

禾木总管双眸中满是血丝，此刻他却笑得云淡风轻："鸡犬不留？天帝，你认为能把魔族杀个鸡犬不留？这还真是有嘴就敢吹，有脸就当墙！你就不怕风大闪了你的舌头吗？天帝，枉你是仙界第一人，没想到会如此卑鄙！"

天帝的脸沉了下来，他自持身份懒得和人争论，更何况现在还是先追八大神兽要紧，至于这些小喽啰，以后再处置也不迟！

仙界这边的兵将想要开口反驳，被他摆手制止："他们不过是逞口舌之快，不必理会！魔界妖人，人人得而诛之！不必和他们进行口舌之争！"

他一抬手，一道金光蓦然从掌心中飞出，一个霹雳，直接劈到了禾木总管身上！

天帝既然贵为万仙之尊，自然有两把刷子，功夫绝对是一流的，甚至可以称得上恐怖！

只不过他平时一直高高在上，有什么事属下服其劳，压根儿用不着他出手。

所以这么多年六界中人几乎忘记了他的真实本事，忘记了他曾经是纵横六界无敌手的第一人……

现在他这雷霆一击，禾木总管首当其冲，一时又没防备，等发觉不妙再想抵挡时已经来不及！

他只来得及躲开要害部位，整个人便被这道金光给轰飞了出去！

在空中禾木总管就口吐鲜血，砸入魔兵魔将群中，若不是三护法拼命捞住他，他只怕会直接摔下云头，跌个粉身碎骨！

自家现在的头儿被人揍了，魔界的人自然都红了眼！

"浑蛋！说不过人就动手吗？！"

"原来仙界的至尊也不过如此！"

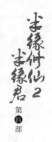

"拼了！和这帮龟孙子拼了！"

"……"

魔界的人纷纷出手，向着对面的人攻了过去！

天帝这边的人自然也开始反击……

一时之间，双方的人混战在一起，法宝魔光齐飞，断肢与残体一色，哀号怒骂充斥着整个天地……

这一场战争格外惨烈，也不过短短半个时辰的工夫，双方已经有无数人受伤，无数人丧命。

这次天帝身边的人虽然不如魔界的魔多，但贵在都是精英中的精英，平时打起架来能够以一当十、以一当百的那种。

加上这次四界联兵人数比较多，只不过刚才被天帝给调派到四面八方设置天罗地网去了，现在魔兵魔将都聚集在这边，他们自然接到命令纷纷赶了过来。

混战中，四界的人越来越多，而魔界的人越来越少……

天帝自然不屑于参加这类混战，他很快运用术法脱身出来，带着十几名得力干将去追赶八大神兽……

八大神兽簇拥着神念陌逃得并不轻松，虽然有血冥鹰在前面冲锋陷阵，但对方派出来的人马实在是太多，实力也实在太强！

可以说陌宫方圆百里内都是四界联军所设下的阵法和埋伏，而且牵一发动全身，又因为四界的将领早得到上面的死命令，要不惜一切代价拦住八大神兽，所以八大神兽在冲关的路途中也遇到了绝大阻力！

最前面的血冥鹰一直在厮杀，它们呈现尖锥形将八大神兽护在正中，然后向前猛冲，不知道多少人死伤在它们的爪下，一路血雨腥风，沿途的云朵都是血红色的……

神念陌一直在白泽背上紧抿着小嘴，偶尔出手帮着摆平冲到跟前的明刀暗箭。

因为沿途碰到的敌人太多，又是四面八方攻击而来，血冥鹰偶尔有保护不到的时候，八大神兽自然也会出手。

用神力设置了半个月的结界抵挡四界强有力的攻击，八大神兽身上的神力其实已经将要消耗殆尽，所以发出来的招数并没有惊天动地的能量，不过他们也在拼，为了保护少主在拼！

白泽其实还是有些担心的，怕小念陌看到自己人在眼前一个个牺牲会接受不了，热血上头拼命想要返回去拼杀，到那时陌宫上下为他所做的努力将尽数化为泡影，神尊和魔主的这根独苗会保不住。

却没想到小念陌一直在他身上坐得稳稳的，看到陌宫那些曾经带着他一起玩的属下豁出性命化身血冥鹰后，他小小的身子忍不住颤抖起来，虽然僵硬得可怕，但一直极为冷静，没热血上头做出莽撞的事来。

这让白泽放心不少，少主不愧是神魔之子，真遇到事情甚至比成年人还要冷静！

这一路神念陌都没说话，若不是白泽能感应到他在自己背上偶尔出手抵挡一下飞刀飞箭的，他还以为他变成小石像了。

白泽到底还是有点担心他的情绪，怕他小小年纪骤然遇到这样的大变会憋出病来，在打斗的间隙，还会开口劝慰他几句。

什么少主如果难受可以哭一场，什么少主小小年纪就算哭一场也没人笑话……

"白泽，你不必说了，我不会哭！不用担心我，我没事！"小念陌在白泽唠叨第四遍的时候终于开口，声音虽然干涩，却无比坚定。

娘亲说过，哭是弱者的表现，所以他从今以后不会哭了！

在这世上他再没有亲人，他最需要的就是坚强起来！让自己变强！再变强！

这样他才对得起他的娘亲，对得起他的父君，对得起神魔之子的称号。

早晚有一天他会王者归来，将六界重新洗牌，为陌宫的所有人报仇，将这世上所有的不公都踩在脚下！

而现在，他要做的就是活下去！

神念陌的小牙咬得紧紧的，小嘴抿成一条直线，偶尔有血喷溅到他身上，他似也不觉。

血冥鹰所组成的队伍像一支射出的利箭，所向披靡。没有哪支队伍能伤到它们，也没有哪支队伍不怕它们的三昧真火。

所以虽然一路狼烟滚滚，这支特殊的队伍还是一路向前……

白泽用爪子抹了一下眼睫毛上喷溅上来的鲜血，看了看前方，出了一口气："少主，我们已经冲破五道防线了，还剩最后一道，只要冲破这最后一道防线，我们就安全了！我们会带少主去最安全的地方休养生息！"

神念陌嗯了一声，没多说话。

这个世界上还有哪里称得上是安全的？只有变成像父君和母亲那样的绝对强者才称得上是安全的，这个世界才能由他说了算！

一片喊杀声自四面八方传来，第六道防线前的伏兵终于现身，拦住了去路。

双方都懒得说废话，一照面就是白热化的打斗。

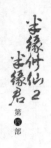

第六道防线的伏兵果然没有拦住这些血冥鹰，被它们杀得七零八落。

血冥鹰上下翻飞，如同一个个燃烧的火轮正和拦路兵将厮杀的时候，天上忽然大雨倾盆！如同天河水倾泻而下！

正在战斗的血冥鹰猝不及防，被这大雨浇了个正着，惨鸣一声，居然像是被浇上了浓硫酸，整个身子开始溶化，纷纷坠落……

天河水！真正的天河水！

几百只血冥鹰被天河水浇中一大半，损失惨重。

八大神兽猛然抬头，看着在前面飘飘然落下来的天帝一行人，眼眸渐渐变得血红……

"不必再逃了！"天帝身侧的大将大喝道。

"不必废话！先将其捉拿下再发落！"天帝下了旨意。

这个时候八大神兽自然也不想和他们废话，说得越多对方的援兵来得就越多！

八大神兽虽然没和天帝交过手，但根据他身上的气场就能判断出他究竟有多强，是个难缠的劲敌！

这是拼死的一战！

天帝自然也明白这是极为关键的一战，需要他亲自动手。

他缓缓地脱了外袍，掌中慢慢出现一柄光彩琉璃的剑，这柄剑一出现就霞光万道，几乎映亮了半边天空。

他将目光落在白泽身上，知道他是八兽之首："你们只有两条路，要么束手就擒，要么死！"

若有可能，他还是想收服八大神兽的，如果他们以后能为他所用，那他在六界就更至高无上了，会是仅次于神尊的存在。

这是一个天大的诱惑，所以不到万不得已，天帝还是不想真要了八大神兽的命。

至于八大神兽如眼珠般保护的孩子，却是非死不可的！

斩草除根不是一句空话，是每一个上位者都会考虑的事。

白泽哈哈一笑，笑声如同打雷，在空中隆隆滚过："我们走第三条路，杀了你做垫背的！"

血冥鹰被天帝唤来的天河水给杀了一大半，还剩下几十只，螣蛇见势头不好，腾空而起，在空中化为一柄巨无霸的大伞，将其余血冥鹰保护在伞下，阻挡了天河水。

天帝皱眉，看来神尊和魔主将八大神兽驯化得不是一般忠心，既然这样，那他就只有将其诛杀了！

他捏了个法诀，掌心长剑直接飞到半空，在空中转了一圈，化出上千柄剑，每一柄都寒光闪闪，剑尖直指八大神兽和小念陌。

八大神兽也是严阵以待，虽然双方尚未交手，但场中的杀气已经搅动得周围云朵乱飞，空气凝重得几乎要滴下水来。

"既然你们如此不知死活，那就由朕亲自出手送你们上路吧！"

空中长剑结成密雨似的剑阵，带着凌厉的风声向着八大神兽飞去！

八大神兽齐齐仰头，口中各自吐出一道光芒，八道光芒在他们头顶呈扇形铺展，将他们的身形护住，承接着上面的剑雨暴风骤雨般的击打……

天帝这个剑阵明显不同于其他人的剑阵，异常厉害，八大神兽又确实到了强弩之末的境地，拼了所有力气还是有些顶不住，眼看着头顶的光罩晃动得越来越厉害，变得越来越稀薄，到最后已经发出将要破裂的声响。

八大神兽嘴角有血丝沁出来，白泽和他的弟兄们互相对望了一眼。

或许到他们该使用最后一招的时候了！

他们可以将自己的魂魄提出来，凝结成一兽。

天地间最厉害的兽，有毁天灭地之能，不但能保护着小主人轻松逃出去，说不定还能把天帝灭了报仇！

这一招唯一的缺点是，一旦他们凝结成一兽，就会身亡，而幻化出来的那兽也会在八天内死亡，到时候小主人就真的成为孤零零一个人了……

这是标准的同归于尽的招数，如果不是这样的紧急时刻，他们也不想用。

现在却由不得他们了，小主人的命比任何事都重要！

"少主，你要保重！"白泽低声道。

神念陌似乎预感到了什么，小手握紧了白泽身上的毛发，像握着唯一的依靠："你们……不要丢下我……"

白泽心里一酸，悲愤直冲上头顶！

"我们不会丢下你，我们会化为另一个形态来保护你。小主人，你要坚强。"

眼见头顶的七彩光就要破裂，八大神兽再次互相对望一眼，知道不能再拖延下去了，忽然身形一转，呈八角形排列。

他们没看到的是，天帝背后的叶天离已经拔出了剑……

八大神兽正要各自抽出魂魄，天空中忽然传来一声巨响，青天白日的，居然有金红色光芒齐放！

那光芒如一轮小太阳，撕裂了天幕，自天空中落下来！

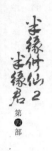

那声响太强，震得整个天地都为之颤抖，所有的人都一哆嗦，有功力稍弱的居然被这声音震破了耳膜，口中喷出血来。

天帝也吃了一惊，心神微分之下，剑阵就刺不下去了……

所有的人都被那金红色光芒照得睁不开眼睛。

这金红色光芒极怪，居然给人一种极强大的威压，一闪现出来就镇住了所有人的心神，就连天帝也无端地心脏狂跳！

他功力深厚，眯着眼睛向那金红色光芒来源处瞧过去，恍惚看到金红色光芒里似乎裹着一道苗条的身影，万丈金红色光芒中，那道身影如电光坠落，向着他们这个方向飞过来！

天帝脸色大变！手指猛然一颤！

那身影……那身影好像是……好像是魔主！！！

八大神兽也睁大了眼睛，不相信地看着那道身影，张大的嘴巴里几乎能塞下一个篮球！

魔主！是他们的魔主！

而神念陌一双眼睛更是睁得溜圆，别人下意识地畏惧那金红色光芒，他却是不怕。这金红色光芒照射进他的眼中，让他更有一种亲切温暖的感觉。

而更令他觉得亲切温暖的是金红色光芒中的那个人！

他以为再不会出现的那个人！再也不要他、丢下他孤零零一个人的那个人！

娘亲！娘亲！

"娘亲！"他终于喊了出来！声音似哭似笑，沙哑又尖厉，直直刺入天空，又像刺在人的心脏上，让八大神兽都心脏一抖！

神念陌喊出这一声后，失去了所有冷静，不顾一切地就想冲着远处飞速掠来的身影扑过去！

还是白泽冷静，一张嘴叼住了他的小身子，重新把他扔回自己身上："小主人，淡定！"

天帝就站在对面，小念陌这一冲出去，非被他逮去做人质不可！

其实天帝这个时候已经忘了捉拿小念陌的事了！

他看到宁雪陌出现的那一刻，第一个念头就是撤退！

他和这位小魔主在两年前就交过手，败得很惨烈！

那时宁雪陌只想抢仙界的地盘，以打赢他为目的，并没有想要他的命，所以才让他从容离开。

而现在……他把人家的孩子逼成这样，估计这位魔主知道真相后，会抽了他的筋，扒了他的皮！

他错开一步，回身就想撤退，不提防被叶天离挡住了去路。叶天离似笑非笑地看着他："陛下，魔主没死，居然好端端地又出现了，我们是不是该趁机拿下她？"

天帝有苦说不出。

也就他这么稍稍一耽搁的工夫，宁雪陌已经落了下来，正落在白泽的背上。小念陌欢呼一声直接扑进她的怀抱之中："娘亲！娘亲！娘亲！"

或许是太激动了，他的小身子抖个不停，他一迭声地叫着，一声比一声急，也一声比一声沙哑，最后干脆哇的一声哭了出来，眼泪滚滚不停，似乎要把这些日子的委屈担心全部哭出来。

那女子正是宁雪陌，她抬手抱住儿子，手指缓缓触上儿子的脸颊。儿子瘦了！瘦了一大圈！

谁之过？！

是谁把她的儿子逼成这样的？！

是谁把八大神兽逼成这样的？！

是谁把她的臣民逼成这样的？！

宁雪陌虽然是刚刚在这个世界重生的，但她所有的记忆还在，她又冰雪聪明，虽然没有经历前面那些事，但一看现在这个场景就明白发生了什么！

她缓缓在对面那些人身上扫视了一圈，目光冰寒如铁！

天帝等人被她的目光扫过，心中一寒！情不自禁地后退了几步！

尤其是天帝，脸色更是苍白无比！原先他感觉自己的那柄剑威风凛凛，现在却感觉它有些沉重。

他握着那柄剑，一时不知道该收起来好还是继续拿着好。

在这个时候他无比怀念洛九宸，如果他在这里，就算这位魔主回归也不怕！

现在……现在他一直联系不上洛九宸，再面对这位魔主，他心里的底气十分不足！

顿了顿，他决定先发制人："魔主，您……您回来得正好……这八大神兽劫了天牢，还杀死了无数仙兵仙将……"

"所以你就联合其他三界派兵来攻打陌宫？还亲自对一个小孩子下毒手？云琅，你真是好本事啊！"宁雪陌终于开口，声音轻飘飘的，却带着森然寒意！

她是武学大行家，刚才在空中就看到了天帝发出的那一招！

那一招一旦击实，不但八大神兽会死，小念陌也会直接消失不见，甚至连这孩子

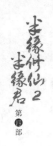

的魂魄也不会留下!

堂堂天帝居然如此心狠手辣地对付一个孩子,可真是让人大开眼界!

云琅是天帝的本名,她每次这么喊他,就是被激怒将要动手的时候。

天帝心内一寒,咬牙解释道:"朕只是想抓令郎带回去审问,因为……因为有人说八大神兽是受他指使,所以……"

宁雪陌笑了:"嗯?只是审问吗?"

"是……"

天帝还没答完,眼前红光蓦然变得耀眼生花!

这简直像是天外飞来的一招,空灵不可方物,也凌厉不可言传!闪电也比不上它的速度!

天帝大吃一惊,慌忙一闪,那红光贴着他的头皮掠了过去。

顿时漫天黑发狂舞,他的头皮还火辣辣地疼痛。

天帝下意识地一摸,眼前几乎一黑!

他束得高高的羽冠被那红光一劈两半,他半头的头发被红光削掉,成了半个秃瓢,还是血淋淋的秃瓢!

他的头皮也被削掉了一层!

鲜血唰的一下流下来,头皮还很疼。

这些其实都能忍受,让他最不能忍受的是,他这滑稽的造型!

他这辈子还没这么失去体面过!还没这么丢人过!

当初封印紫煞的时候他在那紫煞阵中闯了三天三夜也没狼狈成这个模样!

天帝身边的人也表示惊呆了!

他们还是第一次见到一向威仪的天帝被人一招修理成这个样子!

天帝这个模样简直毁他们的三观!

众人在好笑之余又有些心惊!

这位威严无比不可冒犯的天帝居然被对方一剑就给削了头皮。

而天帝甚至连躲避的机会都没有!

这位魔主的功夫似乎又提升了很大一截!简直可以用恐怖来形容!

这样的功夫只怕那位"次神"洛九宸也忌讳,其他人就更不必说了!

宁雪陌一招出手直接镇住了全场!

冥王、人皇、兽皇忍不住悄悄后退!

天帝抬手摸了一把血,受的打击更大,羞愤心惊交集在一起:"你……"

宁雪陌一手抱着小念陌,一手拎着那柄诛天剑,并不看天帝,而是哄儿子:"宝贝,想不想和娘亲学一学打狗剑法?"

小念陌小手紧紧扯住她的衣服,唯恐她跑了似的。他本来哭得上气不接下气,现在看到天帝那诡异的造型,又含着泪花扑哧一声笑出声。听娘亲这么一问,他重重地点了点头,很响亮地答了一声:"想!"

"嗯,好,既然想,那就好好在这里看着,娘亲给你做示范,以后再见了疯狗就可以亲自出手了。"宁雪陌声音温柔地道。

"好!"小念陌点头,乖乖地任娘亲将他放在白泽身上,一双眼睛虽然还含着泪花,但已经睁得圆溜溜的。

天帝心里却忽然生出不妙的感觉,他猛然后退一步:"你……魔主……你别乱来!"

宁雪陌掂了掂手里的宝剑,俏脸上笑吟吟的:"云琅,其他事先放一边,你吓到我儿子了,本座要哄哄他,委屈你和我走上一趟剑。放心,我们只是切磋,就像你只是想审问他似的,不会动真格的……"

也不等天帝说话,宁雪陌身形一闪,已经出手!

来如雷霆收震怒,罢如碧海凝清光,所说的就是此刻宁雪陌的剑法和身手……

她的剑招来得太快,天帝压根儿没有拒绝的机会!

他想呼唤他身边的护卫上来,但宁雪陌的剑光逼人而来,他根本无法分神!只能拼命!

二人的宝剑一彩光一红光,动手的时候漫天闪烁,如同在空中绽放的烟花,煞是好看。

可是没有一个人把这当成烟花看,因为这"烟花"的每一道光都是要人命的!

天帝的护卫本来想冲上去护驾,却被叶天离拦住:"诸位,现在陛下是和魔主切磋功夫,咱们上去不妥,会低了咱们陛下的名头。"

众护卫你看看我,我看看你。

最近陛下挺看重这位叶天离神君的,他既然这么说了,那他们就不必上了吧?

于是,众护卫安心地在旁边掠阵了。

"念陌,看到这一招了吗?这叫回身挑狗!

"念陌,再看这一招,这叫赶狗入穷巷!

"念陌,娘亲再传你一招,这叫关门打狗!

"念陌……"

天帝被宁雪陌如风般的攻击逼得说不出话,偏偏宁雪陌每出一招必然会解说一句,每一招都离不开一个"狗"字。

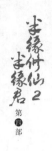

天帝再淡定、再深沉，此刻也被气得浑身发抖！

"魔主，你不要欺人太甚！"他终于在打斗的间隙蹦出这么一句。

而他也为分神说这一句话付出了代价！

宁雪陌长剑一转，天帝一只手上的五根手指被齐齐削飞！

他闷哼一声，鲜血飙出！

"哎哟，见红了。不小心伤了你一下，对不住，后面本座会小心些。"宁雪陌语声清脆，后面还跟了一句，"念陌，刚才那一招叫反削狗爪……"

天帝："……"

她的俏脸始终笑吟吟的，甚至声音也温柔和顺，出招却极为狠辣！

对天帝来说，她出的每一招都是羞辱！偏偏她还一直打着切磋的幌子！

如果真是切磋，她明明在十招之内就能斗败他，偏偏她每一招都留了余地，并不急着下毒手，甚至不给天帝任何再开口说话的机会！

每当天帝想要开口，都会迎来她暴风骤雨般的攻击，让他一个字也蹦不出来！

这简直就是单方面的海扁！

不到一炷香的工夫，天帝的手臂少了一截，肋下中了一剑，裤子少了半拉，小腿上被削飞了一块肉……

她每一招都有名堂，每一招都有一个"狗"字，每一招都有讲解……

而每伤到天帝一下，她都会歉意一笑，道一声歉，然后继续毫不留情地海扁！

二十招后，天帝已经全身挂彩，险些被她削成一根人棍！

天帝的侍卫沉不住气了，看到现在，他们也明白就算他们冲上去也是白搭，所以他们开始催叶天离。

叶天离叹了口气，终于拔出剑来，问了一句："陛下，你们二人切磋，可需要臣来帮忙？"

天帝被宁雪陌压得压根儿说不出话来。

于是叶天离一摊手："陛下是不需要我们帮忙的。切磋而已，不必当真。"

天帝侍卫："……"

小念陌在白泽背上看得双眸亮晶晶的。他郁闷压抑了这些日子，几乎忘记了笑是何物，如今看到天帝被收拾，他终于扬眉吐气，嘴角终于露出一点笑意，那笑意越来越大，到最后小嘴已经笑得像个豆荚似的。

看到兴奋处，他忍不住拍手："娘亲，再来个赶狗入穷巷，这招我没看清。"

于是，宁雪陌剑光一闪，果然又是一招，闪烁的剑光削掉了天帝的一只耳朵……

"对不住，刀剑无眼，又伤到你了。其实我就是想和阁下过过招，教教儿子的。"宁雪陌含笑收手。

天帝："……"他几乎要站立不住了！

如果是普通的剑伤，以天帝强大的自愈能力，就算不用治疗包扎也能用术法很快治疗好。

可是，宁雪陌和他对战时用的是诛天剑！

当日神尊受了她一剑，都好长时间不见好，更何况是天帝？

疼！他唯一的感觉就是疼！

全身都在疼，如同正被人千刀万剐，疼得他脸色煞白，摇摇欲坠！简直堪比被抽筋割皮！

他张了张口，强撑着伸出血肉模糊的手，说出两个字："解药。"

宁雪陌一摊手："不好意思，本座刚刚重生，尚未炼制什么解药，阁下可以慢慢等着。"

"好啊！魔主万岁！"

"魔主万岁！"

"魔主，您终于回来了！"

"……"

四周人声鼎沸，都是激动的口号声。宁雪陌转头一瞧，原来是陌宫的那些幸存部众赶了过来。

每个人都一脸激动之色，有些人眼里甚至含了泪花。

刚才宁雪陌那样拉风地出现，不但惊到了天帝这一行人，也让正围攻禾木总管的四界人马大惊失色。

阿陌小魔主三年前在六界征战，不知道成为多少人的噩梦，四界人马知道她一旦复生，那绝对是惨烈的报复，心惊之下，手下攻势就缓慢了。

而禾木总管等魔人本来已经抱了必死的心，此刻骤然见到自家魔主从天而降，简直是欣喜若狂！在最绝望的时候等来了真正的救兵，而且这救兵还是他们的主心骨，试问哪个不激动？

许多魔当场飙出泪来！尤其是一些女魔，眼里更是泪花闪闪！

三护法宫月影一剑劈飞了一位冥界人士："娘的，不要这么没出息！哭什么哭！"

她自己说不哭，但抬手一抹自己的脸，却抹了一把泪！

禾木总管呐喊道："兄弟姐妹们，我们的魔主来了！我们去迎接她！"

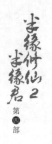
说罢他率先向前冲去！

陌宫部众这个时候个个儿像打了鸡血似的，原本已经没力气的现在忽然又有了力气，呐喊着、咆哮着，齐心协力地向着那个方向冲去。

而围攻他们的人一个个却心神不宁，也不知道这场仗还该不该打，一愣神的工夫，已经让陌宫的人跑了个精光！

有几位拦在前方的四界人士一时躲闪不及，还被他们给直接踢飞出去了！

陌宫部众跑了，四界的将领互相对望一眼，硬着头皮赶了过去。

所以，无论陌宫还是四界的人，都看到了宁雪陌单方面海扁天帝的场面……

陌宫的人被四界的人围困了这么久，憋屈了这么久，甚至绝望了这么久，看到这情形简直是大快人心啊，心里像是装了一盆沸水，人人想要围着自家魔主狂舞一番才痛快！

至于四界的人却一个个面面相觑，不知道下一步该怎么办才好。

宁雪陌已经重新落回白泽背上，抱起恨不得在白泽背上跳舞的儿子，亲了他的小脸一口："念陌，怎样？娘亲的这一套打狗剑法学会了吗？"

神念陌眉飞色舞，抱着娘亲的脖子，笑得比花还要灿烂："娘亲，你这套剑法真棒！念陌大体学会了。"

宁雪陌伸出手指在他的眉心点了一下："小笨蛋，大体学会不行，你得完全学会学精，以后才能灵活运用，再碰到野狗咬就不怕了。是不是还有几招没记住？不明白？"

神念陌老实地点头："嗯，娘亲一共示范了二十八招，念陌记住了十八招……"

宁雪陌笑道："那不要紧，娘亲再找个人给你示范一次，你就明白了。"她的目光在人皇、冥王、兽皇身上扫了一圈，"你们三个谁要陪本座练练？"

她的目光明明很清亮，语气甚至说得上温柔，仿佛在谈论今天天气如何，但那三人被她这样的目光一扫，激灵灵地打了个冷战，齐齐向后退了一步！

到了这个时候，四界的人终于明白，这位魔主明着是给儿子做示范找陪练的，其实是在为魔界的人报仇，为儿子报仇！

这三位功夫都和天帝差远了，天帝都被修理得如此之惨，他们三个就更是白给了！三人一起找着各种理由推托……做了缩头乌龟。

魔界部众见他们如此，自然大声嘲笑，纷纷喝骂，骂得够打脸、够恶毒。

那三个人这个时候只能咬牙装聋作哑，宁肯自认怂包，也不应战。

宁雪陌抱臂看着他们，脸上虽然一直笑吟吟的，但眼神冰寒！

他们居然趁她不在，欺负她的下属！欺负她的儿子！

她临穿越前儿子还白白嫩嫩的，小脸苹果一样圆，只不过半月没见，儿子居然瘦成这个样子，小胳膊小腿麻秆似的，脖子上顶了个大脑袋，连头发都失去了光泽。

刚才骤然看到儿子那个模样，她心里像被拧成麻花似的！痛不可当！

她放在手心里的宝贝她自己都舍不得戳一指头，现在居然被天帝这一行人给逼成这个样子！

她如果晚来一刻，只怕儿子的小命都要丢在这里了！

没有人能够欺负了她的人还全身而退的！任何人都不行！

她的目光在那三位皇者脸上一扫："儿子呢，本座绝对要在今天教导，本座不过是让你们做个陪练，你们推三阻四的，是不给本座面子吗？"

她这一番话让三位皇者白了脸。

冥王接了一句："我们……我们当时只是想捉拿闯了祸的八大神兽，对令郎……也只是想将他请到仙界来弄清一些事情而已，并没有真正害他之心……"

"放屁！"

"有你们这么请的？你们一直口口声声捉拿魔之子好不好？！"

魔界的人立即怒骂起来，揭穿他的谎话。

宁雪陌听了片刻，一抬手，众魔停止了谩骂，她晃了晃手中的诛天剑，轻轻一笑："原来你们这么瞧得起我儿子！我这个做娘的是不是该感觉很开心？来，来，为了感谢你们几位，本座也教你们几招吧！放心，本座会点到即止的……"

红光一闪，向着兽皇直扑过去！

兽皇大惊失色，被迫应战，宁雪陌长剑一转，将想要趁乱避开的冥王也划拉了过来，再翻身一转，又将人皇圈了进来……

不到一炷香的时间，宁雪陌又将那套"打狗剑法"演练了一遍，和三位皇者也停止了战斗。

宁雪陌很讲信用，是真的点到即止，把他们刺得像刺猬似的！

三个人身上的伤密密麻麻的，没有一处是割裂伤，都是剑尖的刺伤！

三个人同样疼得说不出话来，人皇最屄包，被身边的侍卫架着，站也站不住了。

这四人在六界可以说都是呼风唤雨的人物，现在在大庭广众之下被修理成这样，往日威风尽数扫地，简直恨不得找个地缝钻进去！但现在，没有地缝给他们钻，因为宁雪陌并不打算结束！

宁雪陌修理完了这四个领头人，镇住了全场！

四界的人个个儿心寒。他们不是没想过群殴，但是有这位魔主在这里，群殴他们也未必是她的对手！

三年前他们被这位魔主追着打的时候，就曾经一起上过，事实证明，当实力相差太大的时候，群殴也不能改变失败的结局。

更何况魔主背后还有两三千魔力高强的魔、几十只血冥鹰，以及现在这不知是敌是友的叶天离……

更重要的是，他们的主公都没有下令！

相对魔众此刻的欢心跳跃，四界的将领看到自家主公被修理成这样，还是感觉无比悲愤的！

众人感觉这位魔主做得太过分了！士可杀不可辱，这位魔主却将四位皇者给羞辱到尘埃中去了！

自家的主公被如此羞辱，他们也像是被打了脸，站在各自的主公身后，一个个面沉如水！

好多人已经动了豁出去拼命的念头，不为别的，就为争一个公正！

尤其是仙界的那些人，一个个更是悲愤难抑，看向宁雪陌的眼光充满了仇视……

其中一位疾恶如仇的仙长排众而出："魔主，你好威风啊！好本事！仗着先天得来的优势就如此横行霸道！这世上权势再大也大不过一个理字，魔主却仗着一双拳头欺人！你就算打败了所有人，也未必能得到人心……"

他声音激昂："这六界万万众生也不会服你！"

宁雪陌瞧了他一眼，认出他是仙界有名的一位神君，名叫聂武昶，以刚正不阿、疾恶如仇闻名。

宁雪陌淡淡一笑，漫不经心地晃了晃手中的宝剑："居然敢这么和本座说话，你不怕死？"她身上的威压向着那位仙长直接逼了过去！

功力稍弱一点的，只怕就会立即被她逼趴下。

聂武昶却高昂着头，也豁了出去："本君只对值得尊重的人尊敬！本君既然敢这么说，便早已将生死置之度外了！"

宁雪陌轻拍了两下掌，不怒反笑："好！倒是个铁骨铮铮的汉子！本座就和你说道说道。你认为你们仙界联合其他三界攻打陌宫捉拿一个不满半岁的孩子很占理？欺负一个孩子很正义？"

聂武昶一窒："令郎非常人，乃煞星转世，半岁功力便早已非常人可比，他会给六界带来狂灾……"

宁雪陌本来一直笑眯眯的，此刻俏脸蓦然沉了下来！

哪个做母亲的听到别人这么评价自己的孩子都会愤怒的！

她还没说什么，旁边的魔将就不干了！

"放屁！我们少主虽然聪明得不似常人，但那也是因为他是神魔之子，是天才！什么煞星转世？！老子瞧你是扫把星转世！专克你六亲族人的！"

"就是，老子瞧他不但是扫把星转世，还是瘟神转世，一张嘴就放狗臭屁……"

魔界的人性子普遍火暴，做事喜欢直来直去，粗鲁热血汉子不少，一旦开骂，那简直能把人损到姥姥家。

聂武昶被骂得脸色铁青！他碍于身份，自然不屑于和人这么对骂，只是冷笑一声。

宁雪陌一抬手阻止了众魔的谩骂，目光在聂武昶身上一扫，语调森然："聂武昶，说话要有凭据，你这样诬蔑一个孩子是何用意？！你又从哪里得来他是煞星转世这个说法的？"

聂武昶傲然道："在下这么说自然不是空穴来风，是将要坐上六界共主之位的洛尊者所说。他自天道石上得此箴言，也因此我们陛下为救六界于水火，这才冒天下之大不韪来捉拿一个孩子……并非单纯以大欺小，实乃为了六界安危……"

宁雪陌眯起眼睛："洛尊者？天道石？"

"不错！这个说法是陛下亲自从洛尊者口中得来的，绝不会有假！"

宁雪陌冷冷一笑："原来你是从天帝口中听来的……你怎么就确定这不是天帝想要忽悠你们跟着他出征捉拿一个孩子所找的借口？退一万步说，这话真是洛九宸说的，那他一定说了假话！天道石只有真正做了天地共主的人才能和其沟通，而洛九宸压根儿没登上那个位子！"

她的一番话让聂武昶直了眼睛，不由自主地看向天帝。

天帝咬牙不语。

旁边的叶天离忽然开口："这个说法是陛下和臣商量以后定下来的，和洛尊主无关。"

一石激起千层浪，无数目光向叶天离看过来。

天帝也顾不得疼了，怒道："胡说！叶天离，朕一向待你不薄，没想到你今日为了巴结这魔主，居然如此诬蔑朕！这话朕明明是从洛尊者处听来的，又怎么会是同你商量的？"

叶天离瞥了他一眼，慢条斯理地从怀中取出一枚蓝色法螺，点开了某处，然后一段对话便从法螺中传了出来……

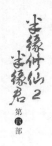

"陛下，那神念陌毕竟是个孩子，又是神魔之子，这样讨伐一个孩子只怕会被六界诟病……"这声音是叶天离的。

"不妨事，朕给他捏造一个必杀不可的理由便可。煞星转世如何？就说他是紫煞星转世，世人对紫煞十分忌讳，给他安个这种罪名必然能堵住悠悠众口……"这是天帝的声音。

"臣不明白，陛下捉拿八大神兽也就罢了，为何一定要抓那个孩子？他还那么小……"

"哼，他是神魔之子，他的娘亲死在牢狱之中，焉知他长大后不会向仙界寻仇？天离，你一向聪明，难道不明白斩草须除根的道理？"

"……"

法螺声音不小，在场的人都能听到，众人神色微妙地望着天帝……

天帝脸色发青："假的！假的！这分明是你栽赃陷害……"

"陛下！这可是真法螺，一旦留下声音，任何术法也无法改变！"叶天离冷然开口。

天帝："……"

聂无昶简直像是被人迎面打了一巴掌，对天帝的信仰崩塌了一半！

他涨红了脸，憋了半晌才又开口："陛下……陛下要害令郎确实不对，但魔主也有不对在先。六界自有六界的法度，魔主在酒宴之上毒害了公主，害公主死于非命，自然要被关入大牢之中再作处理。八大神兽却趁夜劫了天牢，还打杀了那么多天兵天将，犯下滔天大罪……无论如何，我们仙界出兵也是正义之师……"

禾木总管仰头一笑："正义之师？堂堂仙界追杀一个不足半岁的孩子也叫正义之师？你们是给'正义'两个字抹黑吧？！"

"胡说！他可不是普通的孩子，他是魔之子，是他下令让八大魔兽胆大妄为地劫了天牢，还杀了那么多无辜仙将！"

"他下令？你有什么证据证明是我们少主下的令？"

"这……如非他下令，当时魔主被关天牢之中，是谁指派八大魔兽来的？"

禾木总管声调发冷："是本总管！你们忘恩负义地抓了我们的魔主，还不允许我们救她出来？仙界口口声声称正义之师，可你们现在做的事哪里称得上正义仁慈了？我们魔主前些日子拼死出手封印了紫煞，挽救六界于水火之中，你们不知道感恩便罢了，居然过河拆桥将她擒拿，不问青红皂白就将她关入大狱之中！我们少主是魔之子不假，但他同时也是神尊之子！神尊为了救世封印紫煞而羽化，他的孩子不是应该得到六界的善待吗？可你们做了什么？你们杀死了他的母亲！还要对他赶尽杀绝！这样的你们称什么正义？明明是想趁我们魔主落难，抢魔界的地盘，还非要扯正义的大旗，你当六界众生都眼瞎啊？！"

天帝怒道："你们魔主明明就在这里，她哪里被害死了？"

一直作壁上观的宁雪陌终于慢悠悠地开口："本座确实是死在天牢之中。至于现在回到这里，乃因为本座大难不死重生了！"

众人："……"宁雪陌伴随着金红色光芒出现这是人人都看到的事，确实……确实很像是重生。

宁雪陌弹了一下手指，悠悠一笑："至于你说本座杀了令妹，你觉得她那样的货色也值得本座出手吗？"

"就是，就是！天帝和他那个妹子一向不和，平时压根儿不来往，那个妹子背地里常说天帝的坏话。听说兄妹两个因此常吵架，焉知这次不是天帝他老人家自己背地里下阴手，给自己的妹子下毒，却把屎盆子扣我们魔主头上？这可是一石二鸟之计啊！"

"仙界之主应该也是大公无私的表率，现在却表面一套，背地一套，还真让人瞧不起。不知道仙界其他人会不会因为有这样一个主公脸上挂不住？"魔族的魔众立即又暴躁起来。

天帝气得脸色已经涨成猪肝色了！

宁雪陌拍了拍手，众魔的声音停止，她这才缓缓开口："这个……确实是你们误解天帝了，这事不是他干的。干这事的另有其人……"

她转头问小念陌："念陌，我的东西还在不在？"她是重生的，不是重新附体，所以原身体储物空间里的东西不在她这里。

神念陌点了点头："娘亲的东西念陌都留着呢！"

片刻后宁雪陌也收到了储音符。

储音符里面的音正是她当日在天牢中和洛九宸的对话……

一切真相大白！

四界的人面面相觑。

不但天帝的脸涨得像个紫茄子似的，就连他身边的仙兵仙将也人人感觉脸上火辣！

这些人中大部分是不知道其中内情的，天帝出兵的时候扯出来的理由又很光明正大，所以众人还以为自己这边确实是正义之师，现在却有一种被打脸的感觉，再站在这里就有些气不壮。

天帝脸色发青，却没说什么话。

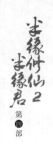
他曾经的下属此刻留在他身边的不多，一个个均和他拉开了一些距离。

至于其他三皇，都做出一副恍然大悟的样子，表示自己这次是受人利用了，向宁雪陌弯腰赔礼道歉。

这个时候找这种台阶下并不丢人，倒显得大度。

宁雪陌勾了勾嘴角，并不理会他们，看向禾木总管："这次我们魔界损失多少人？"

禾木总管是个能干的，早已统计好人数，如实向宁雪陌汇报："禀魔主，这次将血冥鹰算在内，我们陌宫共损失一千六百八十八人……"这算是很惨烈的数字。

宁雪陌点了点头，目光在那些血冥鹰身上一扫："他们可以不必算在内，本座可以恢复他们的本身。"

剩余的将近一百只血冥鹰眼睛顿时亮了！

连禾木总管也睁大眸子，不相信地看着自家魔主。

宁雪陌一掸衣袖道："除了这些能救活的，我们陌宫共损失一千五百人，这些人可不能白白牺牲，这个场子本座还是得找回来的。"

仙界的人脸色一变，有人忍不住道："我们的人比你们损失得多，将近一万……"

"你们是入侵者，死多少也是白死！"宁雪陌说话干脆利落。

众仙："……"确实是这么个理儿。

侵略了人家最后还败了，他们自然无资格再和对方谈任何条件，只能任由对方提条件。

"难道魔主还要再杀我们一千五百人？"有人戒备地询问。

宁雪陌牵起嘴角："既然是一场战争，普通兵士不过是听令行事，军令如山，和他们无关，本座不会惩罚普通兵士。"

她这句话出口，所有兵士都松了一口气。

四界将领的小心肝却全提了起来！

难道魔主要处死他们一千五百个将领？！

宁雪陌目光如冰地在四界众将领身上一掠而过："你们共有四百二十人，念在你们也是受人蒙蔽，听令行事的分上，本座不会赶尽杀绝，你们自断一臂吧，勉强算抵偿了。"

宁雪陌提的这个条件虽然残酷，但也算合情合理，赏罚分明……

没有人不服气，也不敢再不服气！

毕竟大家还留下了一条命不是吗?

这些人都是武将，武将比较不怕疼、不怕死，于是一炷香的时间过后，四界大军撤去，只在原地留下一堆血淋淋的手臂……

四界大军临走的时候，宁雪陌还给他们留下了一句话，一句让他们再也不敢造反的话："为防止诸位出尔反尔找陌宫的麻烦，本座在这空气中撒了蚀骨之毒，见血而入，如无本座特制解药，沾染者十日内必死。"

众人："……"

第三十五章　断壁残垣后

到处都是断壁残垣，到处都是碎骨血肉，曾经一个花团锦簇的陌宫如今就像个修罗地狱。

宁雪陌抱着小念陌落在陌宫的练武场中，望着倾覆的殿宇和满是沟壑的大地有些出神。

禾木总管怕她伤心："魔主放心，只要人还在，陌宫还能重建的。"

宁雪陌点了点头，宫殿没有了还可以再建，可人没有了呢？是否还能回来？

不远处血冥鹰在一个残破的架子上站成了一排，它们原本是魔，为了保护少主出逃，才用禁术变成了血冥鹰。它们原本只有三天的寿命，现在回来了，它们其实很想回曾经住的屋子去看看，但这种形态无法回去，此刻只是瑟瑟地站在那里，有些茫然。

它们还是有思维的，一双双眼睛望着宁雪陌，眸底却是对生的渴望。

宁雪陌暗吸了一口气，向禾木总管嘱咐了几句，让他去预备各种需要的法器，她要将这些血冥鹰变回来。

禾木总管答应一声立即去置办了。

大乱之后，百废待兴，陌宫中所有的魔都在忙，忙着疗伤，忙着重建陌宫。

大部分人心情很复杂，本来劫后余生应该值得兴奋，但许多人的亲戚朋友在这一难中死去，他们又高兴不起来。

但好在魔主回来了，他们又有了主心骨，也又有了希望。

唯一让他们心里忐忑的是那位洛尊者！

那个人才是一个极强大的存在，一直和自家魔主不对盘，让人提心吊胆。

但这一次事件中，那个人一直没出现，这让众魔在松一口气之余又有些犯嘀咕。

不过魔们一贯心宽，这次他们能安稳地回到这里就等于捡回一条命，以后再有劫难拼了就是！脑袋掉了碗大的疤，不怕！

"天离，这次谢谢你了。"宁雪陌向身边并排行走的叶天离道谢。

她先前的计策很大一部分就是和叶天离一起策划的。

叶天离在她入狱后悄悄为她送了储音符，在她最危难的时候帮了她一把。

天牢通向外界的隐秘地道也是叶天离用术法弄出来的，这才方便八大神兽进天牢救人……

叶天离一直在暗中帮她，为了她去天帝身边做内应，并成功取得天帝的信任，这才让天帝对他无比信任，什么隐秘的话也对他说，让他顺利地抓到天帝的把柄，揭穿天帝的阴谋……

而他这次找来十几位隐士朋友围剿陌宫，明着是帮天帝，其实暗里为小念陌的逃走放了好几次水……

如果宁雪陌没有及时出现，叶天离在小念陌真正遇险的时候，已经准备孤注一掷地拔出剑暗算一下天帝，就算杀不了他，也要让他受伤，给小念陌逃走制造机会。

当然那样的话，他就彻底暴露了，等待他的只有一个字——死！

幸好，宁雪陌在关键时候出现了！

而他也和她成功揭穿了天帝和洛九宸的阴谋，为宁雪陌洗刷了身上的冤屈。

不过，他的内奸身份也暴露了，不能再回仙界……

"叶兄，对不住！"宁雪陌忍不住叹气，"害你无法回仙界了……"

叶天离微微一笑，笑容一贯温雅："雪陌，你永远无须和我客气。我一直当你是朋友。而且天帝所做的事我十分看不惯！至于那位洛尊者，更无天地共主的心胸气度，不保也罢！我做事只求对得起朋友、对得起天地良心，其他不在考虑之内。"

宁雪陌一笑，她也没想到能和叶天离成为真正的朋友。

她瞧了他的手腕一眼："你的手……怎么样了？"

叶天离活动了一下手腕："已经完好无缺，和先前并无区别，放心吧。对了，雪陌，为何要那些将领的一臂？你真是为了给魔众报仇？要知道他们其实也是奉命行事……"对这一点叶天离有些不解。

宁雪陌也不瞒他："报仇只是一方面，更重要的是削弱他们的战斗力，不知道为何洛九宸一直没有现身，这个人一直是个隐患，背地里不知道又算计了什么，不得不

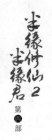

提防他再撺掇四界进攻陌宫……而那些将领是各界战争时的中流砥柱，现在受伤中毒被我所制，他们就算想再攻打陌宫也有心无力，必然会投鼠忌器……"

叶天离不由得笑了："说不定还会有贪生怕死之人为了取得你的解药，四界一有风吹草动他们就来通风报信对不对？"

宁雪陌摸了摸鼻子："被你看穿了。"

四百多名将领呢，总有几个贪生怕死的，为了解药还是什么都能做出来的。

她早已让禾木总管安排下去，注意这些将领的动静，趁机策反……

至于天帝等四皇，每一位都被她的诛天剑伤得不轻，也是需要她炼制的特殊解药的。

他们为了解药，自然也不会轻举妄动，等于变相地被她控制了。

宁雪陌本来不想使用这个法子的，但非常时期就要用非常手段，这样她才能化被动为主动。

叶天离也极聪明，稍一思索，便明白了宁雪陌的用意，叹了口气："那些人所中的毒……厉不厉害？"

宁雪陌笑道："如果他们两年内不妄动念力的话就不厉害。一旦他们再对陌宫不利，那就休怪我不客气了！"她下在那些人身上的毒颇像"生死符"，如果他们敢再来进犯，她只要使出特殊的术法，就能让那毒迅速在其体内蔓延，砰的一声爆炸……

叶天离望着她的目光有些复杂，她并不是个善良的女孩子，不会对人以德报怨。

她是恩仇必报的性格，对她好，她能为人豁出命去；对她不好，她能追杀人三千里……

她或许不是六界最美的女子，却是最耀眼的那一个！

只可惜她已经心有所属……

不过，自己能成为她的朋友也不错！

叶天离微笑着看着她："后面需要我再做什么？"

宁雪陌也不和他客气："如有可能，再帮我救治一下受伤的魔众吧，我记得你的医术也不错。"

叶天离点头："好！我那几位朋友也有几个通医术的，我叫上他们一起帮忙。"他转身大步去了。

宁雪陌舒了一口气，有朋友如此，又有何憾？

刚才她一直忙碌，直到此刻才能喘口气。

小念陌一直在她怀中不下来，这孩子这半个月几乎没合过眼睛，大概累坏了，一双大眼睛红得像兔子似的。现在重新扑入娘亲的怀抱，他分外安心，在宁雪陌回来的路上他就睡着了。

睡着了他也没安全感，两只小手都握着她的衣襟，扯都扯不开。

宁雪陌终于又回到那个偏殿小院中。

刚才在回来的路上，小念陌没睡着之前怯怯地告诉她，那株小荷在她"睡着"的第三天也枯萎了，他想了无数办法都无法将它救活，最后把那株枯萎的小荷给她做了陪葬品，烧了……

一句话险些把宁雪陌打到地狱里去，让她在飞行中也踉跄了一下，险些翻下去。

但那时整个陌宫的魔都看着她，等着她给他们力量，而儿子……

儿子一双眼睛也望着她，这孩子大概被她"死过"这一次给吓怕了，见她脸色稍稍不对，立即扯紧她的衣服："娘亲……"

宁雪陌吸一口气，这才稳住心神，冲儿子笑了笑："没事，娘亲没事。来，念陌睡一觉，你瞧你眼睛红得像小兔子似的。"

她连拍带哄，终于把念陌哄睡着了。

现在她终于回到这个小院里，还不太死心，想在那个花圃中再找找。

她将念陌放进屋里的床上，自己走出来蹲在曾经的花圃里寻找，盼着能再找到一点蛛丝马迹，哪怕再找到一根根须也好。

半个时辰后，她终于失望了。

她把花圃的每一寸土地都搜遍了，压根儿什么也没找到，那株曾经带给她希望的小荷再也看不见了！

她蹲在那里全身发冷，手指都有些发凉。

怎么会枯萎的？！

她明明更改了命运啊！

为什么她回来后，连这个唯一的希望也破灭了？

她跳了那紫煞黑洞后，神九黎是不是也发生意外了？

想起最后一眼看到神九黎时的情景，想起他几乎疯狂的眸子、疯狂的动作……心像是被什么东西一寸寸绞紧，宁雪陌疼得几乎无法呼吸！

她缓缓坐在那花圃里，直到此刻才能整理一下自己的思路。

她在那个时代被困梵天宫的时候，天道石为了激励她和她做了一个交易，说她只要去封印紫煞，天道就会帮她，让她武力值瞬间更上一层楼！

她那时正为神九黎担心，得到这个承诺哪有不拼命的？

于是她拼命破除梵天宫的结界，终于闯了出去。

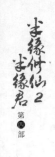

而在那个封印紫煞的大阵中，她又得到了天道石最后的启示。

那个启示有些"坑爹"，却又和历史惊人地暗合！

紫煞必须要她和神九黎两个人有一个牺牲，以身献祭，才能封印成功。

如果她不死，那么死的就会是神九黎……

宁雪陌别无选择，当然选择了自己来做这个牺牲。

于是，天道为了奖励她，允许她可以许一个愿望，这个愿望会等她做祭品跳下去后通过咒术实现……

但天道极苛刻，只给她半分钟的思考时间，并言明她许的这个愿望仅仅有八个字，而且只能许一个愿望！

这要求太突然，宁雪陌紧张之下也想不起别的，

终于在半分钟之内她急急地向天道索要了一个愿望——愿神九黎永不羽化！

不羽化就代表他永远不会死，五万年后也不会死！

因为知道自己将要做祭品，宁雪陌自然想要疏远神九黎，甚至和他划清界限，故意伤他的心，想让他对她失望，想让他恨她，希望这样在她跳入那黑洞时神九黎不至于太伤心，做出什么过激的事来。

而她也说了五万年后天赐大陆相见，能给他一点点希望，让他支撑着活下去……

大概是她拯救了神魔大陆的关系，她终于又穿回来了，而且还不是魂穿，是直接在这个世界重生！

她睁开眸子的那一刻，就发现终于回到了原来的世界，自己身带万丈霞光自天空中出现……

她重新理整了一下思路，回忆了一下过往，发现关于雪衣陌和作为特工的宁雪陌与大神爱得死去活来的事依旧鲜明，也就是说历史并没有发生重大改变，一切都在按照原轨道运行，甚至几个月前神九黎羽化时的情景都历历在目……

她许的那个愿望天道石没帮她实现？！

那她是不是该去梵天宫找天道石算账？！问问它到底是怎么回事？

这个念头一冒出来，她简直一刻也不想等了，正要起身，屋子内却忽然传来儿子的哭声——

"娘亲？！哇，娘亲——"那哭声就像被狼叼着的小羊发出的，要多凄惨就有多凄惨，要多紧张就有多紧张。

宁雪陌几乎是不假思索地身形一闪，已经出现在殿内的床前，扯开床帐一瞧，心像是被人拧了一把！

小念陌已经在床上摇摇晃晃地站了起来，却还闭着眼睛，两只小手在空中乱抓，

不停地哭叫着娘亲。

很显然，他是在梦游……

在梦中他也是极度没有安全感的，所以才会在梦中也要找娘亲。

宁雪陌心中一酸，抬手将他抱在怀中："念陌，娘亲在这里。"

小念陌立即牢牢地抓住她的衣袖，整个人拼命地向她怀里拱："娘亲，不要……不要死了……"

宁雪陌将他搂紧："嗯，娘亲不会再离开念陌，乖，再睡一会儿。"

她干脆也上了床，将孩子搂在怀中，也闭上了眼睛。

小念陌在她怀中终于安稳不少，他实在是困极了，迷迷糊糊地又睡了过去。

宁雪陌原本想再次起身，但看到孩子紧抓住她的衣襟就算睡着也紧张兮兮的模样，心中一软，决心陪儿子好好休息休息。

她迷迷糊糊地也睡了过去。

一觉睡醒的时候，宁雪陌觉得鼻间有个温热的东西在蹭来蹭去。

她睁开眼睛，对上的是儿子那一双墨黑中又透着点蓝色的大眼睛，他坐在她身边，一只小手放在她的鼻端……

很显然，他在下意识地测她的呼吸，大概是唯恐她又没呼吸了，一双大眼睛睁得圆溜溜的，有些紧张的模样。

见她睁开眼睛，小念陌才如释重负，重新钻入她的怀中，在她身上拱了拱："娘亲……"声音里有点求抱抱的意思。

宁雪陌揉了揉眉心，自己"死了"那一次，估计真把儿子吓坏了！

一般这么大的孩子还是吃奶的时候，他却已经经历了这么多磨难……

小家伙还没半周岁，身子是两三周岁孩子大小，原先抱在怀里肉乎乎的，现在她都能摸到他身上的小骨架……

他实在是太瘦了！简直瘦得让人心疼！

心里像是有把钳子拧了一下，宁雪陌将儿子搂得更紧。

她也不起身，就这么躺着和儿子说了一会儿话。

神念陌沉默了这么多天，今天终于打开话匣子，叽叽喳喳地和娘亲说这些日子的一些事。

他的嗓子还是有些沙哑的，宁雪陌一面微笑着听着，一面随手为他调制了一杯蜜水让他喝水润嗓子，再不动声色地为他调理筋脉。

这孩子这些日子在惊恐、紧张、悲愤、绝望中度过，心火郁结，肝气不舒，自然

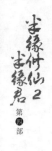
胃口不开，需要好好调理调理。

她现在念力极为深厚，医术又高，加上现在孩子心情舒畅，他体内郁结的地方很快被通开。

小念陌到底太困倦，说了一会儿话又困了，迷迷糊糊地睡去，睡醒了先找娘亲在不在，看她还在身边，便又放心。

一个正常人如果数日不睡也会熬出毛病来，何况是小念陌这么小的孩子？

他熬了半个月没睡觉实在已经到达了身体的极限，现在一旦放松，自然要睡个昏天黑地。

只不过他心里尚惦记着娘亲会不会再离开他，所以他开始睡得并不安稳，加上神经兴奋，以至于每睡半个时辰就要醒一会儿，说一会儿话继续睡……

就这样，他说累了睡，睡醒了又说，透支的身体终于慢慢恢复，也终于真正睡了过去。

宁雪陌看着儿子真正睡安稳下来，这才起身。

知道儿子这一觉必然会睡很久，而她为他调配的那一碗蜜水效用也不凡，不但能够迅速恢复他的体力，还有调理身体血脉的作用，小家伙就算睡上两天两夜也没关系。

她又唤来了神兽白泽，让他在这里守着念陌，一切安排妥当后，宁雪陌这才走出门去。

外面禾木总管已经向她禀报，材料已经齐备，可以为那些血冥鹰恢复原身了……

这个工作枯燥又让人疲惫，也极耗念力，而懂这个法子而也唯一能使用这种疗法的人只有宁雪陌一个。

她不眠不休地忙了整整两天，才将所有血冥鹰恢复成正常魔人。

在这期间，白泽带着小念陌来看过她一次。

小念陌简直就像是狗皮膏药，时时刻刻想要待在她身边，来了就不走了。

他知道娘亲这个时候不能被打扰，所以一直在旁边乖乖看着，甚至还上前帮忙。

此时他真正显示出了超人的天分。他对医学类的知识极为敏感，宁雪陌随口交代的一些话他都默默记着，下一次再遇到同样情况不等宁雪陌开口，他已经把她需要的东西给她预备好，一样一样有条不紊，整齐有序。

为血冥鹰恢复原身的这种方法极为复杂，不但需要耗费念力，还需要动一定的手术，还是给魂魄和身体一起动手术……

这是一个极高尖端的技术活儿，分离一个就得耗费半个时辰。

而血冥鹰足足有八十多只，虽然宁雪陌提前在它们身上使用了术法，让它们的寿命可以再延长一天，但若是不能及时处理，它们就只有三天的寿命。

这三天她不停手地治疗，也就只能救七十二只血冥鹰，所以时间不是一般的紧！

宁雪陌一旦开始，就压根儿没有休息喘息的机会，救了一只又一只血冥鹰。

她原本以为自己就算豁出命去也救不了所有血冥鹰，却没想到小念陌在旁边搭手后，随着娘儿俩配合得越来越熟练，速度也越来越快。

娘儿俩足足忙了两天，已经救了将近六十只血冥鹰，还剩二十只宁雪陌算计着自己努努力也能完成，便让儿子赶紧去休息。

不料小念陌不肯，他喜欢和娘亲一起做事，而且他也喜欢做这个，按他自己的话说，可以在其中学到很多东西……

整整三天，娘儿俩和时间赛跑，终于在第三天晚间将所有的血冥鹰分离成功！

这一百多个魔得救了！

当最后一只血冥鹰分离成功，整个陌宫爆发出震耳欲聋的欢呼声！

"魔主，万岁！"

"魔主，万岁！"

"魔主威武！"

"我等愿为魔主赴汤蹈火，在所不辞！"

……

各种欢呼声不绝，众人激动不已。

这样的魔主才值得他们为了她拼命，为了她付出自己的一切！

转眼又过去两天，陌宫的一切都走上了正轨，也大体重建成功。

这几天宁雪陌的消息并不闭塞，时不时有各界的探子汇报各种消息。

譬如天帝经此一役威信大损，他受重伤回到仙界后，去看望他的各路神仙并不多，不足原先的三分之一。其他的仙要么推病不出，要么扯个理由去下界游历，总之，天帝的情景有点凄凉。

他身上受的伤最重，据说他遍请神医却一个个都束手无策，只能看着他天天像受刑似的疼痛。

人长期处在疼痛中，脾气自然暴躁，所以天帝也常常对身边的人大发雷霆，甚至拔剑杀了一个内侍，只因为那内侍走路声音大了一点。

这样一来，天帝自然更加不得人心。据说不但有些大臣已经跑路，连仙宫里的侍女、内侍也逐渐逃走，甚至连天帝的两位天妃也因为他的坏脾气不敢去他面前晃。现在的天帝可以说众叛亲离，被推翻是迟早的事。

这就是宁雪陌不杀他的原因，他不是为了抢地盘不择手段，连孩子也不肯放

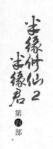

过吗？

她要让他眼睁睁地看着他自己的政权被推翻却无能为力！这才是她对天帝最大的报复！

至于天帝身上的伤，没有她的解药天帝是永远也不会好转的，他会日日夜夜受疼痛的折磨……所以天帝最后是个什么结局宁雪陌几乎是能预料到的。

至于其他三界的皇者，身上的伤也不少，也会日日夜夜疼痛而不得解脱！这是她给他们的一个血的教训。

竹林细细，白云悠悠。

宁雪陌站在梵天宫外望着大门有些出神。

五万年的悠悠岁月，梵天宫却一如当年，连大门上的青玉钉也一颗没少，甚至她五万年前为了闯出梵天宫，强行破除梵天宫大门口的结界以致让那大门上多了一个圆洞，现在那圆洞仍在，像一只眼睛和宁雪陌两两相望。

咦，圆洞！这洞怎么会存在的？！

她记得她当初带着念陌被迫离开梵天宫时，那门上并没有这个洞的，现在怎么忽然有了？！

她看了看那洞的形状大小，和她当时弄出来的洞一模一样！她甚至在上面看到了她的小手印……

她将手放上去，不大不小，正是她的！

她忍不住心中一跳！

她记得她当时穿越过去后，两边时间流转的速度似乎是同步的，她在那边待多少天，这边也会过去多少天。

难道她后期破除梵天宫时同时在这边留下了痕迹？

那……她和神九黎在梵天宫中设下了那么多机关，现在是不是也自动有了？如果是这样的话，那洛九宸所住的水榭被她和神九黎布置成大机关阵，会不会无意中把正在里面休息的洛九宸给关在里面了？！

她这么一想，简直完全能对上号了！

宁雪陌侧耳听了听，梵天宫内静悄悄的，像一座巨大的坟墓，一点声音也没有。

奇怪，如果洛九宸在里面破阵，不应该一点声音也没有啊。难道洛九宸已经破阵而出了？或者他被困死在阵中了？

她想了想，便施展术法打开梵天宫大门，闪身走了进去……

她进入得极为小心，可以说没有一点声音。

里面景物依旧，和她五万年前离开时没有任何区别。

不过这个时候她也来不及伤春悲秋，她要去验证心中推测的事情。

如果洛九宸一直被困在这里，现在势必会很衰弱，正是她打落水狗的机会！她说不定还能再将这浑蛋关进那天道钟里去！

神九黎可是向她传授过天道钟的开启和封印办法的……

她没有天水毒，就算不能杀死洛九宸，能再把他关个几万年也是好的！

她一路飞掠，眨眼工夫已经来到水榭外围，然后眯起眼睛，诛天剑铮然出鞘！

水榭外围像被飓风吹过，到处是断壁残垣、残枝败叶。换言之，最外围的阵已经被破了！

也就是说，洛九宸破阵而出的时候，她刚刚平复四界的侵犯，将四界掌握住。

如果洛九宸那个时候出去，他就算想要再撺掇四界闹事也撺掇不起来了。

他在这结界中被困了足足半个月，破除结界肯定让他耗力不少，说不定还会受重伤。

以那个人的心计，这种时候他势必不会暴露在四界人面前，那么他会去哪里？

说也奇怪，她几乎是掘地三尺地找了，连蚂蚁窝都没有放过，却仍没找到洛九宸的丝毫踪迹，看来那个人真的逃出去了！

他在梵天宫吃了这么大的亏，说不定对这个地方已经有心理阴影，所以一旦脱困便立即逃走。

那么……六界之中，他最有可能去哪里？

这个问题实在是不好猜测，宁雪陌想了想，还是先去找天道石了！

独峰之上天风凛冽。

那块天道石依旧存在，但依旧暗淡无光，和普通石头没啥区别。

宁雪陌想到在五万年前天道石的牛气样子，再看看现在，几乎怀疑眼前这个是冒充的……

"天道，别来无恙？"宁雪陌不死心，开始设法和天道石交谈，对着它说了许多话，夸它、激它，甚至骂它，到最后她还踢了它一脚，却换不来它的半丝反应。天道石就静静地立在那里表示它就是一块普通石头。

宁雪陌将所有法子用尽，也没让它哪怕闪一闪光。它像是耗完电了，这个时候给她装死，那她该怎么办？！

忽然她似想到了什么，猛然跳了起来！

洛九宸已经逃出去了，如果他跑去陌宫对她的儿子不利……想到这个可能，她扭头就走，一阵风似的不见了影子。

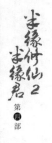

高峰之上又恢复了往日的平静，仿佛从未有人来过。

忽然，那块暗淡无光的白石头在天光的照射下亮了亮，亮光极淡，淡得如不仔细看几乎可以对其忽略不计。

而这个时候，如果有人长了一双透视眼，就能看出在这石头内部并不像外面这么暗淡。

里面居然是水晶般闪亮透明的！而且空间还不小，宛如一个闪亮的水晶大厅，大厅内一根根水晶般的柱子上有无数咒语在闪烁。

而在大厅中央有一朵莲花，一朵硕大无朋的水晶莲花！

莲花花瓣层层舒展如同一个莲花座，而在莲花中央，端坐着一个穿着兜肚的童子。

那童子似乎在打坐，看上去不足一周岁的模样，长相极为漂亮，白生生的小脸，白生生的胳膊腿儿，甚至连头发也是雪白的，长长的睫毛覆在眼睑上，瓷娃娃一般。

这童子周身的莲花花瓣上面也似有符咒流转不停，不时闪过一道道微光，仿佛是在为他提供恢复的养料。

而在童子旁边的水晶柱子上有一行行字慢慢闪现，仿佛在辩解什么："吾没失约！吾没装死！吾全部力量都在为这个承诺奋斗！

"半年之内让原本羽化的人重生，汝以为种大白菜？一季就能收割？

"啊，她踢吾！大不敬！大不敬！吾想召雷劈她！又踢！天，吾立世以来，还是第二次被人如此对待！第一次也是她……太可恶了！"

最后，这石头又自我安慰："唯小人和女子难养也！吾天道不与她一般见识。自有真相大白一日。话说，神尊，你到底何时醒来？好郁闷！好郁闷！好郁闷！吾不想失约！但又不能和她明说，好憋闷！"

这石头似乎十分喜欢自说自话，正在内部刷屏，外面忽似传来微风飒然之声。

有人来了！

孤峰上，一人飘飘然落了下来。

这人一身扎眼的紫袍，原本秀雅绝伦的眉眼此刻却有些冷厉，头发有些散乱，薄唇有些苍白，看上去有些狼狈。

来人正是那位"次神"洛九宸。

他站在孤峰之上，望着那块白色的大石头目光渐冷："为何？！为何本座无法唤醒你？！本座已经答应了那小鬼的三个条件，理应能顺理成章地唤醒你，成为这天道的守护者，你为何不肯承认我？！"

天道石傲然地立在那里，雪白一块，很有骨气地不屑于给他一点亮光，里面却在刷屏："作恶者还想成为天道守护者？你当我是傻的？"

"不是说主神羽化以后，'次神'便可以顺理成章地成为主神吗？为何我努力了这么久，依旧不行？"

"次品永远是次品，吾讨厌山寨货！"天道石在宁雪陌那里也学来不少词，此刻忍不住用上了。

当然，它这些话都是在内部自我刷屏，外面依旧是冰凉的硬石头一块，高傲地不肯给洛九宸只言片语的解释。

"为何我总感觉我这几天记忆有了偏差？我恍惚记得我在五万年前是在那些人封印紫煞后，被神九黎报复，遭了他的暗算才被关于天道钟内的。但现在我的记忆中居然是那丫头和神九黎联手将我封印于天道钟内的。这到底是怎么回事？"

"因为那丫头更改了部分历史，你的记忆自然有偏差。但吾绝不会给你解惑！"

"还有，这梵天宫内原先明明没有阵法，为何一夜之间忽然自动添加了这许多机关阵法？！难道是神九黎回来了？！"

天道石内部刷出："……"

它有些紧张，内部字符一阵闪烁，那原本呈现绽放状态的莲花花瓣居然逐渐合拢，一层层将里面的小童严严实实地裹了起来。似还觉得不太保险，它又悄悄挪动了几根水晶柱过去，将那水晶莲花牢牢隐藏在水晶柱深处……

"不对！神九黎应该已经羽化了，要不然本尊也不可能临世。那浑蛋所设的咒语其中一条就是'他不羽化，我不能出天道钟'。"洛九宸依旧喃喃自语。

天道石幸灾乐祸道："其实汝被忽悠了，就算神念陌不放你，你也会出天道钟，只不过要再晚一年而已。"

"既然他并没有复活，那这梵天宫内的机关阵到底是何人设置的？天道石，是不是你？"洛九宸也是会推理的，渐渐把一个帽子扣在天道石的脑袋上。

天道石："洛九宸，这其中的缘由你想破脑袋也是想不明白的。"

"天道石，你是不是永远不肯承认我？！"洛九宸越说越气。

天道石："不错！"

"天道石，我为了取得这位子到底有多努力你永远不知道！你怎可如此对我？！"洛九宸的声音越来越森冷，"既然你如此不公，那我何必争这个神位？"

他的掌心里缓缓出现一柄剑，一柄紫光闪烁的剑！剑一出现，便似有鬼啸之声在里面隐隐传来。

天道石："……"

天魔剑！洛九宸居然炼了一柄天魔剑！诛天剑是用无数魔的魔骨炼制而成，而天

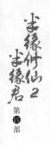

魔剑的主体是用一百位仙将的魂魄仙骨炼制的！

洛九宸微眯起眼睛，忽然笑了："那个丫头很长本事啊，居然在短短几天内就扭转乾坤，化解了危机，真是出乎本座意料！本座要想再设计她却有些困难了呢。不过她越这样本座似乎越喜欢她，越想将她弄到手，让她在我身下求饶，让她只为我绽放……"

身为一个曾经的"次神"，居然说出这么黄暴的话，天道石内心表示很鄙视。

它体内的水晶莲花却忽然微微晃动了一下，天道石猝不及防，整个石头也跟着晃了晃。

当然，它体积大，晃的幅度又不大，若不仔细一直观察它，是看不出它的晃动的。

没想到对面的洛九宸居然注意到了！

他眼睛微微一亮，目光在这刹那间锐利如针："天道石，原来你是有反应的！"

天道石："……"它可以小小地撒个谎，说是大风吹的吗？

洛九宸的目光如同一把有形的钻子，将天道石从上到下一遍遍打量，目光越来越冷，也让天道石越来越心惊。

"天道石，本座数到十，你给我发出亮光！要不然本座就在这里将你一劈为二！"洛九宸缓缓将宝剑扬起。

天道石僵住了。

若在以往，它最不受人如此威胁！一旦有人对它不敬，它立即就能唤来劫雷劈对方！

但现在它全部的功力都用在复活体内的神尊上，而且不能中断，一旦中断便会前功尽弃，那样它就真失约了！会被那丫头骂死的……

因为这个它无法召唤劫雷，只能让这个"次神"在这里嚣张。

它作为一块堂堂的天道石，势必不会向恶势力低头，看来只有三十六计——走为上了！

于是，正在用森冷声音数数的洛九宸看到了让他终生难忘的一幕。

那块硕大的白石头忽然像是长了脚，猛然一个翻滚，一阵风过，直接滚落山崖……

洛九宸从来不知道这石头居然是能活动的，等他反应过来，那石头已经像流星般向下飞坠！

而且它滚落的地方不是孤峰的正方，而是背面，孤峰背面下方不是普通的陆地，而是一片星海，等洛九宸忙不迭追下去时，石头已经跌入星海之中，成为亿万星海中的一员……

洛九宸浮在空中，飘荡了几个来回也没找到它的行踪。

没办法，他脚下都是和那块天道石相似的星石，他压根儿分不出哪块才是天道石！

他咬牙切齿！

怎么从来没有人告诉他这石头是可以自己跑的？！

"天道！你不让本尊成神，那本尊就彻底成魔！本尊一定要做这神魔大陆的主宰！"洛九宸大喝，声音如大山的回音，在星海之中传播。

他满腔悲愤地仰头大笑，浑不知自己周身已经悄然发生了变化。

原先他周身笼罩的是一层淡淡的紫金光芒，现在那金色光芒渐渐消失了，取而代之的是纯紫光芒，极浓的紫色光芒中隐隐泛黑……

周围的星星石似乎被他周身的煞气所激，运行速度骤然改变，有风自星空中卷出，风越来越大，越来越强，逐渐形成飓风吹向六界……

小念陌抬头望了望头顶的天空。

天空之上乌云翻滚，时不时有闪电蹿过，仿佛末日将要降临。

轰！一道红光仿佛要撕裂天空，横亘整个天地，随着这红光闪过，惊雷在陌宫上空炸响，震得脚下的大地都在颤抖。

哗！惊雷闪电过后，大雨倾盆而下，宛如炸开了天河，天地之间弥漫着一层飘泼似的红。

那不是普通的雨水，而是如同鲜血的红水，那水甚至带着淡淡的血腥气，弥漫整个世界。

雨水落在陌宫上方的结界上，啪啪的声音震耳欲聋，雨水在结界上汇集成小溪，肆意地向周围奔流……

小念陌握紧了拳头，这样的天气已经半个月了！

血雨如同硫酸，带着腐蚀性，流到哪里哪里就被腐蚀出窟窿……

陌宫上空幸好有宁雪陌设置出来的防护结界，要不然这新建的陌宫非被腐蚀成马蜂窝不可！

六界中却开始时常有人失踪，再找不回来。这半个月来六界中人人自危，各种版本的传言乱飞。

这些日子宁雪陌一直在忙着调查这些事情，几乎没多少时间陪儿子。小念陌也知道这种非常时期不能拖娘亲的后腿，所以一直乖乖地待在陌宫里，不出去。

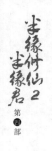

陌宫有结界，而且门口防守极为严密，外界的人根本混不进来。

小念陌只要乖乖地待在陌宫之中就十分安全，他这些日子除了练功读书外，也就是在花园中走上一走。

他靠着一块石头坐下来，掏出一本书，正要再把不太懂的地方温习一遍，身后传来脚步声。

回头一瞧，站在他身后不远处的是禾木总管。

禾木总管笑吟吟地道："少主，你不开心？"他一边说话，一边来到小念陌身边。

小念陌有些没精打采："天天憋在宫中不能出去自然不开心，都怪洛九宸那个浑蛋！"

禾木总管目露同情："少主，不如属下带你出去玩玩？"

小念陌眼睛一亮，但随即又摇头："不行，娘亲不让我出去。"

"属下可以带少主悄悄出去玩上半日，不会让魔主发现的。"禾木总管极力撺掇他道。

小念陌一怔，抬头盯着他看，忽然一骨碌跳起身："不对！你不是禾木！"

"禾木总管"微微皱眉："少主，属下是禾木啊，你怎么了？"他一边说一边靠近小念陌。

小念陌飞速后退，小手一挥，一柄寒光闪闪的短剑出鞘，再一弹指，一道蓝光直飞上天……

这一套动作他做得极溜，蓝光是报警用的，只要飞上天炸开他的娘亲就有感应，能迅速出现在他身边！

却不料他的蓝光刚刚飞到半空，"禾木总管"一扬衣袖，如流云飞卷，居然卷住了那道尚没炸开的蓝光，蓝光在他的衣袖中炸开，却半点火苗也没冒出来。

"小东西，你倒真机警！""禾木总管"微笑着看着小念陌步步逼近，"不过，你以为你能逃出本座的手掌心？这次你不想走也得跟我走！"

他的手掌忽然像蛇一般弹出，向着神念陌抓过来！

神念陌忽然横跨一步，居然在关键时候避开了他的攻击！神念陌转身就跑，一边跑一边喊："娘亲！娘亲！洛九宸进陌宫了！洛九宸进陌宫了！"声音尖厉，直冲云霄！

那个人正是洛九宸，他也没想到自己这十拿九稳的一抓居然会落空，这才想起宁雪陌似乎会一种极为特殊的逃命步法，看来她将这步法传授给儿子了……

"小东西，你居然认出本座了！不笨嘛，不过你叫也没用！本座已在这里设下了消声结界，没人能听到你的声音！"洛九宸在后面紧追不放。

这两个人的实力相差悬殊，小念陌虽然仗着那套特殊步法跑出去十几米，但终究被他追到！

洛九宸笑道："小东西，你还是乖乖跟本座走吧！"他探手抓住了神念陌的一条手臂！

"呜呀！呜呀！"小念陌腰间忽然有什么东西刺耳地响了起来！

与此同时，他身上忽然爆起一圈红光，洛九宸如被电击了一下，手腕一麻，下意识地松了手。

小念陌趁机滚了出去！

滚得太急，神念陌砰的一声撞在了一块石头上。几乎在这瞬间，凭空有一道白光发出，他身下的大地忽然裂开一个大洞，他尖叫一声，直接跌进了那大洞之中……

洛九宸本来正想再一把将滚地的神念陌抓起，看到那道白光整个人僵了一下，一愣神的工夫，神念陌已经滚入那大洞之中不见影子。

他向洞中一望，洞中黑黝黝的，什么也看不清。

他唯恐这大洞是宁雪陌安排的陷阱，在大洞前稍一犹豫的工夫，那大洞居然瞬间合拢！

洛九宸愣了愣神，正琢磨着要不要用遁地术进去瞧瞧，不远处忽然传来啪的一声轻响！

他顿时浑身一僵。他设在附近阻挡一切声音的结界破了！

接着他便听到宁雪陌的声音由远而近地迅速传来："念陌！"

洛九宸这个时候并不愿意和宁雪陌照面，身形一闪，向天空直蹿上去！

"洛九宸！"宁雪陌人没到，霹雳一剑已经扫过来！

洛九宸身形一闪，居然避开了宁雪陌的绝杀一击。

他并不恋战，身子依旧升空，抬手一把撕开了陌宫的结界，人已经闪电般掠出，眨眼间便不见了影子，空气中只传来他的笑声："小雪陌，别急，早晚我们会有相见的机会……"说到最后一个字，那声音已经极远了……

外面还在下血雨，雨点从被撕开的结界口中刮了进来。

宁雪陌脸色苍白，抬手将那结界重新封死。

她刚才虽然只是和洛九宸打了一个照面，但也看出小念陌没在他手中。

这个时候她自然是先找儿子要紧，其他以后再说。

因为结界被撕开，陌宫中传来刺耳的警报声，有无数道身影向这个方向掠过来。

冲到最前面的正是禾木总管和八大神兽，远远地就传来穷奇那大嗓门："怎么回

事？有人入侵？"

宁雪陌暗吸了一口气，沉声道："洛九宸来过了，又撕开结界逃走了！他这次的目标是小念陌！不过他没能带走念陌……"

她说得简明扼要，直切重点，一边说一边在附近迅速寻找儿子的下落。

她特意在儿子身上安装了报警器，只要有人在儿子非自愿的情况下捉到他，那报警器就会自动响起，不但会弹出符咒给劫持者一击，还能让宁雪陌立即知晓，并能迅速定位赶过来。

禾木总管和八大神兽在吃惊之余还有些奇怪："洛九宸那浑蛋到底是怎么混进来的？我们明明在宫门那里设置了照仙镜，只要有身带仙气的人混进来就会被照出原形……"

宁雪陌沉声道："洛九宸已经入魔，他身上不会有仙气了！"虽然只短短打了一个照面，但宁雪陌还是瞧出了洛九宸周身围绕的黑气……

没有！

宁雪陌以及八大神兽和禾木总管将整个花园翻了个底朝天，却没找到小念陌的一点影子！

宁雪陌脸色雪白，手脚全凉了！

孩子到底去哪里了？！

小念陌眼前一花，跌进了一个水晶大厅里，而这大厅之中有一块白石头，他刚摸上去，眼前又猛地一花，瞬间被吸进了白石头里。

小念陌看着眼前的一切，有些愣神。

极品水晶洞！

周围是炫目的七彩水晶，这些水晶按照一定的顺序堆叠在一起，形成无数说不清是什么阵法的图案，每一个图案都像一个流转的符咒，在四周水波似的旋转不停。

这里的水晶绝对是极品中的极品。

小念陌是直接跌进来的，还有点蒙，起身后看了看周围，有些诧异。

他这到底是跌到什么地方来了？！

天道石却整个石头都僵硬了！它没想吞了这小家伙的！

也没有任何人能够进入它的内部，就算是神九黎，也是天道石自己用神力聚齐对方魂魄养化出来的……

现在这小家伙却跑进来了！这到底是怎么回事？这小家伙是什么体质？怎么可能有这样的本事？

天道石一肚子疑问，内部的水晶柱上几乎被问号刷屏了！当然，它的问号也是一种天道特殊语言，非特定的人员看不懂，所以它也不怕被小念陌看到。

小念陌正在水晶洞里转悠，自然看到了那些水晶柱子上闪烁的奇怪符号，他只当是一种符咒，压根儿没在意。

他正围着里面的各色水晶柱子转悠，考虑哪个看上去最极品。

他转来转去，忽然发现这些水晶柱似乎排列成一种阵法，所有的水晶能量也是向阵法中央集中的。

这里的能量更惊人！那么这中间又藏着什么好东西？

小念陌家学渊源，还是极懂阵法的，三绕两绕，终于绕过那些水晶柱子，眼前出现的景致让他睁圆了眼睛！

水晶莲花！

他看到了一朵硕大的水晶莲花花苞。莲花紧紧闭合着，形态逼真，猛一眼望过去，上面似有露珠滚动，新鲜得让人恨不得去摸一摸、闻一闻。

也不知道为什么，小念陌看到这莲花花苞居然有一种极为亲切的感觉，尤其是这莲花还带着淡淡的冷香。

这香气……他一颗小心脏忽然怦怦地激跳起来，一双眼睛睁得溜圆！

他居然在这水晶莲花上闻到了父君的气息！

"父君……"小念陌小嘴里吐出了两个字，仿佛无限委屈，大眼睛里也蒙上了一层泪雾。

天道石刷出一堆感叹号！

这小子居然能看出这莲花花苞内藏着他爹？！太了不起了！

小念陌两只小手在花瓣上摩挲，想多沾点这花上的香气。

他小手上还有血，那血渐渐浸入花瓣之中，一直闭合的花瓣微微一抖，有淡淡的白光一层层冒出来。

小念陌呆了呆，一双眼睛睁得圆溜溜的。

这花要开？这么好看的莲花如果真开放了，那会更好看、香气更浓吧？

莲花真的有开放的迹象，花苞顶端已经开始一瓣瓣颤动，然后一点点舒展开……

小念陌忍不住屏住了呼吸，很快又一口一口地小心呼气。

这味道太好闻了，他舍不得放过一口。

片刻后，小念陌又怔住了。

因为那花明明要开放了，但开到一小半居然又不动了，甚至又有要聚拢的迹象，香气也越来越淡……

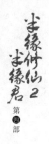

哎呀，怎么不开了？

花开一半多难受啊！

小念陌心里像猫抓似的难受，忍不住凑上前道："喂，小莲，你不开了吗？开吧，开吧！"

那莲花一抖，像是被他恶寒到了。

天道石已经不忍直视，水晶柱上各种乱码狂刷。

这莲花似乎和小念陌作上对了，他越想将其剥开，莲花却闭得越紧。

小念陌甚至能感应到那花瓣闭合的力道。

他的力量没有莲花闭合的力量大，再说小念陌也怕把莲花花瓣剥伤，所以不敢用上全力。

他努力了一会儿依旧无果，有些失望，后退了两步。

他闻了闻自己的小手，小手上花的味道居然已经极淡了，似乎被那花给吸走了。

这花太小气了！

小念陌有些生气，出言威胁："小莲，你再不开放，我就拿剑砍你了哟。"他掏出那柄卷刃的匕首晃了晃。

天道石："……"

不得了，这小子要弑父！

不过，为什么它有一种看好戏的兴奋感觉？

那花自然没受小念陌的威胁，压根儿没动静。

小念陌其实是个天不怕地不怕的性子，气急起来什么祸也敢闯，什么人也敢砍。

若在以往，如果有一朵花这么不听话，他估计真砍过去了。

现在他却有些下不了手。

"小莲……"小念陌想试着和花讲理，但他一开口，那花瓣就越发向里收去。

他忽然福至心灵，难道这莲花不喜欢这个称呼？

也对，它虽然是个花苞，但个头儿这么大——

小念陌想了想，总算找到一个感觉像样的称呼："大莲……"

那花整个僵住了——

天道石简直有爆笑的冲动，周围的水晶柱上满是"哈哈哈"的字符在刷屏。

"大莲，你就开放一下嘛，让我看一看，让我看一看。你不知道我真的十分喜欢莲花呢。我娘亲也喜欢，她这些日子常常在陌宫的莲池边一站就是半天，还去仙界弄来了仙芙蕖，但那些仙芙蕖再好看也比不上你一半好看，娘亲如果看到你，一定会欢喜得不得了，一定会对你很好很好的……"

莲花虽然依旧没动静，但花瓣似乎闭合得不那么紧了。

"娘亲这些日子一直忙，好多人逼她，她还死了一次……后来她重生回来了，也让魔界转危为安，但她并不快乐，她每天睡那么晚，却醒那么早，每天有一大堆事务要处理，真的很辛苦。再过十天就是她的生日，我想送给她一件让她开心的礼物……"

说到这里，小念陌有些伤心："这些日子我都没见她真正开心地笑过，她真的想念我的父君呢，梦里还叫过他的名字，还哭过……"

那莲花微微一颤！

"大莲，娘亲说父君是去一个很远很远的地方闭关了，还说他要很久很久以后才会回来。我真的很想念父君，我感觉他不想要我和娘亲了，要不然他为什么这么久还不回来？真的很久很久了……"小念陌开始抽鼻子。

他在陌宫里的时候就算思念父君也不敢表现出来，免得他娘亲看了更伤心，所以他有泪也是憋着。

现在这个空间里没有外人，只有他一个，所以他就忍不住向着这莲花倾诉起来。

当然，说着说着也触动了他的伤心事，他忍不住扒着莲花花瓣落泪，大大的泪珠一滴滴滴落，顺着花瓣向下流淌。

那花瓣似被他的泪珠烫到，绽放了少许。

小念陌一直注意着莲花花瓣的反应，看到这样心中一喜——有门儿！

看来这莲花需要他的眼泪浇灌！

小念陌原本对哭就很拿手，加上确实伤心，一边嘟囔着，一边金豆子乱滚，那模样要多可怜有多可怜，他的声音也越来越哽咽，话却越说越多，简直把他自己说成了天下最可怜的宝宝……

那莲花任由他扯着哭，既没有开放的意思，也没有再闭合的动向。

小念陌忽似想到了什么，当初娘亲曾经让他每天用一滴血来浇灌那株小荷，说那样小荷才能长得壮实。

那现在这朵大莲……

小念陌立即在自己身上施展了一个清洁术，将自己弄清爽后，又让指尖催出一大滴圆溜溜的血珠，然后抬高手，让那血珠落进花苞半合之处……

他这血不是普通的血，而是心头血。

虽然仅仅一滴，但功效一向强大，当初那小荷濒死的时候，小念陌就是用滴这种血的方式又让小荷精神焕发了几天。

他这血刚一滴进去，那花苞就微微一颤，片刻后里面果然又冒出一圈圈白光，花

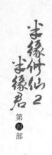

瓣一层层缓缓绽开……

小念陌睁大眼睛，眼前的一切像是电影慢镜头播放。

他看着那硕大的莲花花苞慢慢绽开，那种冷冷的香气也越来越浓郁。

花瓣开放时的画面极美，说不出地赏心悦目。

小念陌抱着手臂看得心旷神怡，恨不得弄个娘亲所说的那种录像机录下来。

他在自己的储物空间里扒拉了一圈，也没找到合适的东西，再抬头时却忽然像被雷劈了似的睁大了眼睛！

在层层叠叠、渐次开放的花瓣中，居然现出一个人来，先是雪白的发，再是如画的眉眼，再是肩、胸……

神念陌石化了一般站在那里，小嘴微微张开，抬手揉揉眼睛看了看，然后再不相信地揉揉眼睛。

莲花里面居然包着个小娃娃！还是一个漂亮得不可思议的小娃娃。

娃娃有着雪白如藕节似的胳膊腿儿，身上套着件银白的隐隐有光泽流动的兜肚，雪白的长发披散一身，遮住了他的大半个身子。

那娃娃微垂着眼睛，淡红的小嘴也浅浅地抿着。因为长相太漂亮，又是端坐在莲花之中，前面又有兜肚和莲花花瓣遮着，所以小念陌看不出对方到底是个男娃娃还是女娃娃……

那小娃娃看上去尚不满周岁，一动不动地坐在那里，长长的睫毛覆在眼睑上几乎能一根根数清楚。

这是真人还是假人？

小念陌屏住呼吸仔细看了看，那小娃娃胸前微微起伏，是有呼吸的！

呀，小娃娃居然是真的，是真人耶！

小念陌出生这久，一直跟着父母颠沛流离，要不就是跟着各种神兽转悠，身边还没有过同龄人。现在蓦然看到一个娃娃，他在惊讶之余又无比欢喜。

更难得的是，这小娃娃看上去也就一周岁左右，比自己小不少。

小念陌嘴角翘了起来，弯弯的似个豆荚。

凡是小孩子都拼命想要做小大人，神念陌也不例外。

偏偏陌宫上下就他自己是个小孩子，还被八大神兽保护得密不透风，人人都当他是小孩子看。

现在他终于找到比他还要小的孩子了！

而且看对方这打扮……小念陌隐隐觉得眼前这小娃娃的装束很像娘亲口中的神话人物。

难道这是娘亲送给他的新礼物?

于是他看着那个孩子脱口问了一句: "哪吒?

"红孩儿?

"人参娃娃? "

莲花中的小娃娃依旧闭着眼睛,压根儿没有动静,像个小玉雕。

难道自己看走眼了? 这是个软玉玉雕?

小念陌上前一步,伸出小手想要摸摸看。

他不敢大力碰触,所以是轻轻地摸,摸上了对方的手臂……然后嘴角垮了下来!

明明看上去那么真实的小娃娃居然真是个玉雕!

不对,这水晶洞中的所有能量都向这莲花集中,而莲花中的所有能量又都向这"玉雕娃娃"集中,或许这个玉雕娃娃也能修行成人!

但缺少的是一个契机……

小念陌忽然想起自己的血似乎功效不小,心中一动!

他立即重新跑回那莲花前,踩在一块和莲花等高的水晶台上,居高临下地看着那小娃娃。

小念陌身形像个三四岁的孩子,而眼前这小娃娃像是不足一周岁的样子,就算站起来,也比小念陌矮半个头。更何况这小娃娃一直是坐着的。

小念陌俯视着那小娃娃,自我感觉这种角度真是太棒了!

那小娃娃依旧动也不动,冰冷如玉石。

小念陌想了想,笑着对着那小娃娃慈祥地开口: "小宝宝……"

天道石: "哈哈哈哈! "满洞的水晶柱上都是天道石疯狂的刷屏。

至于那个"小娃娃",虽然一直没动地方,甚至连睫毛也没动一下,但似乎僵了那么一下。

好在他的动作幅度极小,小念陌没看出来。

"小娃娃,你我今日能相见证明我们确实有缘,我十分喜欢你,你应该快修炼成精了吧? 就差那么一小步。就像那个画龙的人一样,只要画上眼睛那龙就能变成真的,腾云万里。我今日要做的就是那点睛之人,我渡一点精血给你,你如果能因此化成人,那你就是我的宝宝……就要听我的话哟。我要把你带回家,给你穿新衣服陪你玩,你穿的这件兜肚太暴露了,我像你这么大的时候,连开裆裤都不穿的……"

他一边说一边自指尖又逼出一滴血来,向着那童子伸出手去,欲将那血珠按上童子的眉心。

但他的手伸到一半就僵住了!

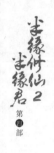

那个一直闭着眼的童子居然睁开了眼睛!

那一双眼睛蓝如海、深如井，在水晶的映照下如有冷冷的波光闪动。

那目光就这么落在小念陌身上，看不出含有什么情绪。

"嗬!"小念陌猝不及防，吓了一大跳，脚下一个趔趄，跌下了水晶台!

一道白光平地闪过，将小念陌整个笼在里面，托着他直接飞了出去。

片刻后，小念陌一脸蒙地站在水晶大厅内，那颗不起眼的大白石头依旧在那个位置，仿佛刚才那七彩水晶洞以及莲花和童子都是一场梦……

他被送出来了?!

不行，他要再进去，怎么也要把那小娃娃抱出来，让娘亲看看他捡到的小宝宝……

小念陌开始围着大白石头转悠，但转悠了一圈别说能进去的门，就算一条细缝他也没看到。

他自然不死心，开始用手拍打白石头："喂，喂，让我进去! 让我进去!"

白石头自然没反应。

小念陌不死心地围着大石头转了好几圈，甚至又把小手沾了血在那白石头上按了个遍，却不会再出现刚才的奇迹。

"你再让我进去一次好不好? 就一次。

"对了，你的容貌我看着有点眼熟呢……有点像……有点像我呢……不对，似乎有点像我父君……"

小念陌围着白石头转悠，极力游说着。

奈何他说得口干舌燥，那白石头依旧懒得再给一点反应。

最后他急了，像是想起了什么："对了，娘亲最擅长破除的就是结界，娘亲一定有法子弄开这个石头的! 我这就去找娘亲来帮我!"

这个时候的他终于想起了自己的娘亲，自言自语几句以后，转身就想跑……

身后的白石头忽然冒出一抹淡淡的白光。

小念陌下意识回头，然后睁大了眼睛。

白石头上出现了一行字："不可与任何人说此间之事。"

这是那小娃娃警告他了?

看来这小娃娃不想让任何人知道他的行踪。

可是……小念陌握了握小拳头，傲气地一挑眉，威胁道："你都不肯再让我进去，也不肯和我玩，我就要告诉别人、告诉娘亲……"

白石头："听我的话九日后送你惊喜。"

小念陌的眼睛亮了！

他到底是个孩子，孩子都喜欢有惊喜礼物的。

小念陌："什么惊喜？"

白石头倒是有问必答："来时便知。"

小念陌："那我平时能不能来看你？"

白石头停顿了片刻道："三日可来一次。"

白石头又嘱咐了他一遍："切记，不可与任何人说，包括你的母亲，好孩子要守诺。"

"好！"小念陌痛快地答应了。

就算是小孩子，也希望有自己的私密空间。

这石头里的小娃娃虽然古怪，却很投小念陌的脾气，他也愿意和对方共同拥有一个小秘密。

小念陌笑眯了眼睛："那好，三日后我来看你，你还要和我聊天哟。"

白石头："可。"

这小娃娃真是惜字如金！一个字也不多说。

小念陌还想再和他确定确定，白石头上又刷出一行字："你娘亲在找你。"

短短六个字像一记重锤，让小念陌瞬间醒悟过来！

对啊，刚才洛九宸抓他的时候，无意中触动了他身上的警铃，准惊动了他的娘亲，他这么久没出去，他娘亲只怕要急疯了！

小念陌再也顾不上别的，掉头就顺着来时的那条路向上跑……

那条路是通向地面的，虽然路尽头的道路被封，但小念陌只要用遁地之术就能上去。

他跑了片刻，偶然间回头，忽然吓了一跳，身后的那条水晶道路居然随着他跑过而消失，直接变成普通的岩石层……

这水晶路消失了那他以后再来怎么办？

小念陌很想跑回去再问一问，但来路已经消失，他也回不去了。

不过那个孩子既然答应三天见他一次，那三天后应该有其他道路等着他……

终于，他跑到了路的尽头——他曾经掉进来的那个洞。

他正琢磨着使用遁地术上去，洞的侧面忽然有淡淡的红光一闪，一个女子自洞壁上穿了出来。

"娘亲！"小念陌一见那女子就飞扑过去，扎入女子怀里。

那女子正是宁雪陌，她找孩子都快找疯了！

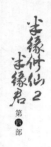

陌宫大大小小的宫殿不但像水洗似的被搜了一遍，她也没放过地下，亲自用遁地术在地下像犁地一样来回穿梭着寻找。

就在她几乎要绝望的时候，没想到在这里碰到了安然无恙的儿子！

神念陌扑入她怀中的那一刻，她整个人都僵在了那里，然后抬起手臂狠狠将孩子抱起搂进怀里！

她搂得紧紧的，仿佛搂住了失而复得的宝贝，勒得神念陌几乎透不过气来！

"娘亲？"神念陌从娘亲怀抱中抬起头来。

他们所在的地方是个普通的洞，所以就算光线黑一些，神念陌还是能看清娘亲的模样。

她看上去甚是狼狈，头发散乱，身上这里脏一块那里黑一块，脸色苍白得厉害，但一双眸子亮得惊人！

虽然身子微微发抖，她却还是强压住情绪，哑着嗓子问了儿子一句："你刚才去哪里了？！"这个地方她刚才搜过，也看到了这个天然洞，但洞里洞外她全搜遍了，并没有看到儿子。

现在他却忽然从这里冒出来……

神念陌想起和白石头的约定，不敢说实话，只含混着应了几句，大体意思就是他被洛九宸追得厉害，一急之下就用遁地术遁入地下。因为怕被追上，他就一直遁一直遁，直到不小心撞上一块石头，撞得有些蒙，被卡在石缝中卡到现在才脱身……

他这番话倒是没什么漏洞，宁雪陌也没怀疑。她稳定了一下情绪，又检查了一下儿子身上，确认并没有什么不妥，这才真正松了一口气……

然后，她带着儿子上去了……

"话说，那个丫头似乎一直在等你归来，你既然已经醒来为何不去见她？她见了你只怕会开心疯的。前些日子她还跑到梵天宫来骂本石……"天道石相当纳闷。

莲花座上的神九黎睁开眼睛，那一双幽深的眸子让人看不出什么情绪。

天道石忍不住又刷屏："本石知道你现在还不能出去，但你让儿子给她带个话也好，最起码让她放心。"省得那丫头想起来就在背地里骂它，它总感觉自己有打喷嚏的欲望。

神九黎依旧没说话，重新闭上眼睛修炼。他必须尽快恢复……

天道石自说自话了一阵，忽然似想到了什么："你不会是因为自己现在这个模样不想让她看到吧？怕她笑话你？哈哈，你现在的模样确实挺见不得人的，比你儿子还小了一大圈，怪不得你儿子要叫你小宝宝……"

天道石再次乐不可支，一行行刷起屏来。

神九黎终于开口："闭嘴。"

天道石："……"

小念陌狠狠地挨了一顿削！

削他的不是别人，正是他的娘亲。

回到地面上后小念陌这才知道陌宫为了找他已经翻了天……

陌宫现在本来就忙，这样一来更是忙上加忙，所有事的节奏都被打乱了……

而这还是因为小念陌没听话，他出来的时候，原本八大神兽中的白泽跟着他，结果小念陌不愿意到哪里都有个尾巴，所以当时扯了个由头把白泽打发走了，这才在花园中遇险……

孩子既然已经找到，大家自然松了一口气。

宁雪陌又把陌宫上空的防护结界加固了好几道，连八大神兽也跟着加了一道。

这样一来那个洛九宸想要再混进来就更加不容易了。

至于小念陌，宁雪陌几乎想要给他一顿板子，到底没舍得，最后小念陌被罚关书房，由八大神兽亲自看守，不抄完八本秘籍不许出来。

小念陌还是第一次见到母亲冲他发这么大的火，心里还是有些委屈的。

书房里有桌有凳，就是没有床，而那八本书他就算是不眠不休地抄也得抄四天！

其实抄几天书倒没什么，关键是他不能去赴白石头里那小宝宝的约了……

有八大神兽盯着，他压根儿不能打偷溜出去的主意，只得认命地抄写秘籍。

他必须尽早抄完，也能尽早去找那小娃娃……

他抄了整整一天，手腕都抄酸了，上下眼皮也直打架。

小孩子本来就容易打瞌睡，现在又抄这么枯燥的东西，难免犯困，不知不觉他就趴在桌上睡着了。

宁雪陌足足忙到三更天，没回自己的寝宫，而是直接来到书房。

守候在这里的白泽向她禀报："少主今天都很乖，一直在抄书，压根儿没休息。现在刚睡着。"

这小子大概是知道错了，居然这么乖。

宁雪陌松了一口气，让白泽去歇息，她则走入屋内。

看到趴在那里睡得昏天黑地、口水横流的儿子，她心中一痛！

这次儿子闯的祸虽然不小，但其实也不能全怪他……

这么小的孩子正是贪玩的时候，自己却因为洛九宸的事把儿子圈禁在这陌宫之

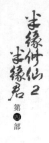
中，出入随时有人跟随，孩子自然会厌烦……

他这么趴着睡自然很不舒服。

宁雪陌小心地将他抱起来，随手变出一张松软的大床，将儿子放在了上面。

那小子就算睡着了也知道大床比桌子舒服，立即在床上打了个滚，又睡了个四仰八叉……

宁雪陌看了看他抄写的那些书，横平竖直的，抄写得还很用心。

不过她在桌上还发现了小念陌的一张涂鸦。

大概小念陌太小的原因，尚未表现出什么绘画天赋，那一张纸上画着一朵——这是霸王花？

宁雪陌不太确定地揣摩着。

画上几个大圆套半圆就代表重重叠叠的花瓣了，甚至花心也用一个大圆来表示。

花心上貌似站着一个人？

那个人同样是极简单的线条，譬如脑袋用一个圈来表示，圈上画上一条条线就代表头发了，身子更简单，一个椭圆上画着四条弯曲的线，代表的应该是这人的躯干和四肢。

四条线分别扭曲在一起，这应该是在打坐吧？或者在修炼什么功夫？

宁雪陌看看那朵霸王花和那个扭曲的小人儿，不由得一笑。

小念陌还挺有想象力的。她自然不会把一个小孩子的信手涂鸦放在心上，便随手将其放在桌上。

一阵风吹来，吹得那纸翻了个儿，宁雪陌这才发现那纸的背面还有字。

字也是小念陌写的，还算工整，就是写的那几个字让宁雪陌一头雾水。

上面写的字是：大莲、小莲、宝宝……

宁雪陌嘴角一抽。

大莲、小莲？

难不成这小子画的不是霸王花，而是莲花？他居然还起了名字……

她再看那个线条小人儿，这个就是他口中的宝宝？

这小子是不是在比喻他在这里抄写这个，像童子坐莲一样枯燥？

他居然会画意识流的画了……

宁雪陌忍不住一笑，目光落在桌上的一个花瓶上，花瓶内一枝荷花正在开放，清香四溢。

宁雪陌盯着荷花出了片刻神，嘴角的笑容黯淡下去……

大神，我们的儿子真的很聪明呢！

大神，你什么时候回来？

她的脑海中又闪过穿越前自己跳那黑洞做祭品时神九黎的神情……

他几乎是赌咒发誓地说，他若重生绝不会再爱上她……

他当时的模样近乎疯狂，她却不能不那么做。

他不会是恨透了她不肯重生吧？

无数推测在宁雪陌的脑海中翻滚。

啪！她手中的笔忽然被她无意中给捏断了……

有竹刺扎进掌心中她也似无所觉，半晌，她低低地叹了一口气："大神，哪怕你不再爱上我，我也希望你能重生，快快重生……"

我只想让你活着！你爱不爱我都没关系……

心脏深处那熟悉的痛又翻了上来——

她微闭着眼睛，等那阵疼痛过去。

"宝宝……娃娃……"熟睡的小念陌忽然翻了个身，小嘴里咕哝了几个模糊的字眼，"陪我……我闷……"

宁雪陌先是一怔，随即心脏像是被人揪了一下！

她觉得自己忽略了一个问题。

儿子长这么大，她居然从来没有给他买过像样的儿童玩具……

她心里都是对儿子的愧疚，便想出门给儿子买几样玩具……

唤来白泽和螣蛇，让他们在这里守着孩子，她则连夜出门去了。

宁雪陌回到陌宫的时候，天光已经大亮。

她怀里抱着两个精致的白玉娃娃，玉质温润，娃娃面目栩栩如生。这是她在冥界一家冷清的店里逛的时候发现的，因为太精致可爱，宁雪陌几乎一眼就相中了这娃娃。

她先去看了孩子，发现小家伙早已醒了，居然不等人催，就在那里一本正经地抄书，不是一般省心。

她捏了捏怀中的白玉娃娃，本来想给儿子送进去，想了想还是作罢。

过两日她再给他吧，算是给他认真听话抄书的奖励。

她站在窗外看了一会儿，白泽满是欣慰地向她禀报道："小主人五更天就爬起来抄书了，他太努力了！"

宁雪陌看看儿子的小细胳膊、小细腿儿，他先前瘦得太厉害，直到现在也没调养过来。身上没有几两肉。

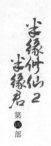
她想了想，转身去了厨房——

小念陌正努力抄书，忽然闻到一股食物的清香。

他抬头，就见自家母亲端着一个托盘走了进来，托盘中有一碗香气扑鼻的粥，还有几样看上去就很美味的菜。

他因为挨罚心中还有点怨气，抿了抿小嘴，趴在那里依旧写自己的。

小家伙这是和她赌气？

宁雪陌有些好笑，这个儿子一向很贴心，还是第一次和她闹脾气……

她很想把小家伙抱在怀中哄上一哄，但是慈母多败儿……

既然现在正罚着他，那她就不哄了，免得效果不好。

所以她将饭菜放在他的桌上，声音淡淡地道："先吃饭，吃饱了再写。"

"不饿。"小念陌声音硬邦邦的，依旧没抬头。

哟，小东西还和她倔上了？

宁雪陌看着他的侧脸，心中却一阵恍惚，儿子这么绷着小脸的模样倒有些像他爹小时候。

宁雪陌想起了天书山时的九尊……

往事如烟，恍若隔世，心中熟悉的刺痛感又生出，瞬间眼眶发热，她摇了摇头，阻止自己再想下去。

她很想和儿子好好谈谈，但现在六界正值多事之秋，事多得数也数不过来。

她这几天都是三更睡五更起，早已疲惫，加上昨夜在冥界奔波了一夜，此刻更感觉累得发慌，就想回去稍稍歇一歇，就没再说话，转身走了出去。

小念陌怔了怔，他还以为他一闹脾气娘亲会哄他呢，没想到就这么转身走了……他撇了撇小嘴，娘亲是不是不疼他了？

小念陌看了看桌上的那些饭菜，皱了一下眉头。

他因为心里委屈，肚子还真不饿。

小念陌吃东西其实蛮挑的，不对口味的话他宁愿不吃。

现在桌上那菜的式样他感觉不合胃口，也就那粥闻上去还令人舒服些，但也不是非吃不可。

他想了想，决定还是不吃了。

小念陌唤来外面的白泽，让他把饭菜弄走，说书香不方便夹杂饭香……

白泽皱了皱眉道："少主，这饭菜是魔主亲自……"

"嗯，我知道是她亲自送来的，但我就是没胃口呀……"小念陌辩驳，然后将托盘硬塞到白泽手里，"你是不是还没吃饭？送你了！"

白泽："……"

小家伙坚决得很，白泽也不想浪费这些饭菜，只得将饭菜提出去。

他吃了几口，隐隐觉得有哪里不对，那些菜还好说，那粥里却似有甜腥之气。

他也没多想，还是将粥和饭菜吃得干干净净。

八大神兽里，腾蛇是有名的大厨，这些日子少主和魔主的饭菜基本是他做的。

腾蛇来换班的时候，白泽还取笑他："你做饭的技术似乎差了呢。刚才魔主送过来的粥里有血腥气，菜的味道也偏咸……"

腾蛇嘘了一声："那饭菜不是我做的，是魔主亲手做的呢。她说儿子太瘦了，想给他加点营养，似乎放了一点她自己的血……你不知道魔主其他都是万能的，就是做饭上实在……没天分。就这几样菜和粥她折腾了一个多时辰，还重做了一次，才做出这些来，居然还是能让人尝出血腥气，还偏咸……"

白泽："……"

他知道魔主的血肉一向是补品中的极品，没想到……

天，那粥都进了他的肚子怎么办？

腾蛇忽然想到了什么："咦，你怎么知道那粥有血腥气、菜的味道偏咸？你舔盘子了？"

白泽瞪他一眼："你才舔盘子！你一窝都舔盘子！"

腾蛇："……"

白泽不理腾蛇那一脸蒙的样子，只吩咐了一句："你再去精心准备一份饭食吧，少主待会儿只怕会饿……"小家伙正是长身体的时候，多吃点有营养的东西才好。

他一转头，看到小念陌站在门口，正睁大眼睛看着他们俩。

"刚才那饭菜是娘亲亲自做的？"

腾蛇看看白泽，再看看小念陌，小心地点了点头："是的。"

"她昨夜没睡？是议事吗？"小念陌继续问。

白泽摇头："这属下也不清楚，魔主昨夜原本想在这里守着你，后来不知道想起了什么，就又出来了，让属下守着你，她则出宫去了，今早才赶回来，回来就直接来这里了……哎，少主，您去哪里？！"

小念陌已经噔噔噔地跑走："我去看看娘亲！"

小念陌一溜烟跑到魔主的寝宫前，却正碰到宁雪陌和禾木总管一起走出来。

外面大概又发生了什么事，禾木总管和他娘亲都是一脸凝重的样子，他的娘亲大概是累得狠了，眼睛里都是血丝。

两个人都行色匆匆，没看到藏在树丛里的小念陌，很快就走远了。

小念陌在后面只听到了他们的只言片语。

"天帝失踪时可有什么异常？他身边不是有八名高手护卫吗？"

"奇怪就奇怪在这里，天帝是在他自己的寝宫中消失的，压根儿没听到他有挣扎的动静。他身边的高手还以为他终于睡着了……"

"只怕又是那个洛九宸在捣鬼！速速派人去仙界查！叶天离那里可有什么消息？"

"没有……"

"敌在暗，我们在明，洛九宸这厮如果有心隐藏的话，还真不容易寻找。"宁雪陌似乎想起了什么，"对了，禾木，你今日派人去冥界查一查，最近冥界频繁丢失孩子，或许也和洛九宸修炼邪术有关。"

"……"

两个人讨论着远去。

小念陌从树丛里钻出来，抿了抿小嘴。

娘亲只怕刚刚睡一小会儿，就又起来处理这许多事，忙得脚不沾地，他还辜负娘亲的心意……

小念陌有些愧疚，二话不说又跑回书房抄书去了。

第三十六章　红兜肚娃娃

入夜，宁雪陌处理完事情又到了三更天，先去看了看儿子，见他已经上床睡了，也就放心。

她不想打扰儿子睡觉，便回到自己的寝宫中，实在是倦极，她连使个清洁咒的力气都没有了，爬上床倒头便睡。

或许是最近接连熬夜的关系，她特别容易疲倦，尤其是今日，在大厅里议事的时候，她差点睡过去，大脑也一阵空白……

她睡得很熟，没看到自己随手放进储物空间的两个白玉娃娃慢慢滑了出来，就在她的枕边，其中一个一闪一闪地亮着微光，仿佛那娃娃在笑……

而另外一个娃娃像平时一样，没有什么异常。

隔天宁雪陌起床时只觉得脑袋有些嗡嗡作响，睡了一觉依旧有些疲倦。她照照镜子，看到自己的黑眼圈，不由得揉了揉眉心。

自己这几天确实太累了。

可是没办法，洛九宸明显在修炼邪功，她必须在他练成之前找到他，将他封印！

不错，他只能被封印，没有天水毒，她压根儿杀不死他！

而炼制天水毒尚缺两样丹药，这两样丹药极难寻找，她暗中派人问过六界所有知名的采药师，他们都表示没听说过。

看来这两样药不在这神魔大陆上……

偏偏这神魔大陆是个死地，只能进不能出，神魔大陆上的人压根儿不能离开！

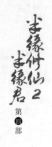

　　所以天水毒她暂时不想了，好在她知道天道钟的开启办法，到时候设法将洛九宸封印进去就是了。

　　她心里隐隐有种感觉，如果她最近不把洛九宸解决掉，只怕这六界又将有一场血雨腥风，说不定比五万年前那一场紫煞之灾还要厉害！

　　五万年前的紫煞之灾是妙梵练了洛九宸所教的邪术后弄出来的恶果。

　　原本普通的妙梵用那邪术入魔以后就变得那么厉害，如果洛九宸亲自修炼……

　　宁雪陌几乎不敢考虑后果！

　　或许，她该主动出击了！

　　可是，她该怎么让洛九宸现身呢？

　　这实在是个让人头疼的问题。

　　宁雪陌再揉了揉眉心，想了想，大步走了出去。

　　她刚出去没多久，小念陌便蹑手蹑脚地跑了进来，手里还捧着一个鲜红的大果子。这是他在花园里采摘的，想要孝敬他的娘亲。

　　因为这个他特意起了个大早，却没想到还是来晚了一步，娘亲又出去了。

　　他有些失望，在寝宫里转了一圈，无意中发现在娘亲的被子内侧居然躺着两个白玉娃娃……

　　两个娃娃都笑眯眯的，看上去玉雪可爱。

　　神念陌一见就喜欢上了！

　　他抱起其中一个看了看，在娃娃背上发现了几个字。

　　虽然是很古老的文字，但小念陌文化底子还是不错的，很快认了出来。

　　这好像是娘亲重生时的日期呢！

　　神念陌看看刻字的那个娃娃，再看看没有刻字的，两个娃娃一样可爱，都令人爱不释手。

　　不过神念陌不是特别喜欢这个，他毕竟是男孩子，在他眼里娃娃是女孩子玩的东西，他比较喜欢刀、剑、术法之类的东西。

　　若非要选一个玩具，他对风筝也是比较感兴趣的。

　　至于娃娃——小念陌看看床上并排放着的两个娃娃，两个娃娃都很漂亮，身上都穿着兜肚，一个红兜肚，一个蓝兜肚，手腕和脚腕上都有银铃。

　　小念陌用手拨了一下一个娃娃身上的银铃，深深觉得，这两个娃娃虽然很好看，但都比不上他在白石头里看到的那个白兜肚娃娃……

　　娘亲在床上放这么两个娃娃做什么？

　　娘亲也喜欢玩洋娃娃吗？

嗯，娘亲也是女孩子呢，或许她真喜欢玩这个。

小念陌托着小下巴认真地思索，他正为过几天娘亲的生日礼物发愁，现在看到这个，他像是看到了方向……

他拨弄着两个娃娃，红兜肚娃娃是刻字的，而蓝兜肚娃娃没刻字……

他忽然福至心灵：这两个娃娃是不是一对儿？红兜肚娃娃代表的是母亲？蓝兜肚的这个代表的是父君？

他越看越感觉像是这么回事。

娘亲也想他的父君了吧？只是她不表现出来而已。

小念陌忽然觉得小鼻子有些发酸，抬手揉了揉鼻子，将两个娃娃重新塞回被窝里，又噔噔噔地跑了出去。

他也要送娘亲两个娃娃，比这两个娃娃还要漂亮一百倍！

他跑出去后，白泽正尽职尽责地站在外面。

他这几天寸步不离小念陌左右，也只有小家伙来寝宫找娘亲的时候他才会在外面耐心等着。

魔主的寝宫设有极厉害的结界，小家伙进入寝宫就像进了保险箱一样，安全得很，所以白泽很放心。

二人离开后，寝宫大床上的被子微微抖动了一下，那个红兜肚娃娃慢慢地探出头来，看上去并没有什么变化，但那一双眼睛里仿佛有光芒在闪动……

唰！不知道从何处击下一道红光，正劈在那红兜肚娃娃身上！

红兜肚娃娃身子一抖，便不动了，眼睛里的光芒渐渐散去……似乎什么也没发生过。

又是一天过去，半夜时分，宁雪陌回到寝宫，掀开被子时看到了那两个并排躺在一起的娃娃，愣了一下，眉峰轻蹙。

她清楚记得这两个娃娃是放在储物空间里的，怎么会自己跑出来了？难道……

宁雪陌将手指放在两个娃娃身上，用念力探查了一番，没探查出什么，望着那两个娃娃出了片刻神。

她已经在冥界派了数名高级暗探调查那些失踪孩子的事，当然，也调查了那个卖娃娃的铺子。

冥界依旧在丢失孩子，而且丢失的情况千奇百怪。

有的孩子明明在家里玩，但是一转眼就凭空消失不见了！

有的孩子随着父母在大街上行走，走着走着忽然就打一个趔趄，跌一个跟头直接消失了……

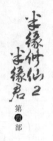

这种丢孩子法让人防不胜防，冥界现在已经人心惶惶了。

每个人都把自家孩子看得挺紧，但还是防备不了孩子失踪……

至于卖娃娃的那家铺子，也看不出任何异常，那家铺子和其他家商铺一样，夜晚开业，天亮关门。而且那老板性格孤僻，并不合群，也不喜逛街。

其中一名暗探在那里盯了整整一天，没看出那老板有什么不妥。

更重要的一点是，那些买过娃娃的人家孩子并没有失踪！一个个活蹦乱跳的，失踪的是其他孩子……

种种迹象看来，这家玉雕娃娃铺和失踪儿童案没有任何关系。

宁雪陌手指轻叩床板，微眯起了眼睛。

难道真是自己多疑了？

可敏锐的第六感告诉她，那家铺子有问题！

现在宁雪陌看到这两个自动跑出来的白玉娃娃，这种感觉更重！

或许，她应该再亲自去一次那里查看……

她上了床，随手将两个娃娃推到床的角落里，然后沉沉睡去。

一夜无梦，宁雪陌再次醒来的时候已经天光大亮，她慢条斯理地起身，慢条斯理地叠起了被子，然后看到那两个原本被她推到脚边的娃娃此刻正躺在床侧，离她的枕头不足一尺……

她轻轻勾了勾唇，似乎漫不经心地将两个娃娃抓起来，扔进了自己的储物空间内。

小念陌足足抄了四天书才终于完成任务。他感觉自己简直要抄成斗鸡眼了，看哪里都是晃荡的字。

不过，好歹保质保量地完成了任务，小念陌立即抱着自己的成果去找娘亲邀功。

宁雪陌今天似乎终于清闲了，她居然有时间陪着儿子吃午饭，还整了一大桌子菜算是犒劳他。

小念陌看了看那些菜色，色香味俱全，都是他喜欢吃的。

可是……这些菜一看就是螣蛇做出来的，而不像那天，他娘亲亲自下厨给他做出来的。

只可惜那些饭菜便宜了白泽……

以后他的娘亲只怕再不会为他做饭了吧？

小念陌揉了揉鼻子，忍不住抬头问道："娘亲，我觉得前几日你给我送去的粥和菜挺好吃的……"

宁雪陌给他夹了一箸菜，不动声色地道："那日的粥和菜你不是没吃送白泽了吗？怎么知道好吃不好吃？"

小念陌："……"他没想到娘亲居然已经知道了这事。

他红着小脸，低下了头："念陌不知道……不知道那是娘亲亲自做的……"要是提前知道，他就算用塞的也要把那些东西塞进肚子里！毕竟能让他娘亲下厨做饭比让天上下红雨还要难……

宁雪陌抬手揉了揉儿子的脑袋，她做饭是什么水平自己是明白的，无论色、香、味都比不上腾蛇的手艺。

而儿子正在长身体的时候，她自然想给他最好的、最好吃的东西。

不过，儿子既然想要吃她做的饭菜，那以后她就再练练这门手艺，给儿子多做几顿就好了。

"以后娘亲再给你做，先吃这些。瞧瞧你瘦得不像话。"宁雪陌又夹了一个大肘子给他。

小念陌这才开心地吃起来。他娘亲太忙，娘儿俩最近极少有一起吃饭的机会，现在的这个机会小念陌很珍惜。

饭毕，小念陌刚净了手，他娘亲就像变戏法似的变出一个大布娃娃来，递到他跟前："来，念陌，你这次表现不错，娘亲奖励奖励你。"

小念陌："……"

那是个超级可爱的布娃娃，大大的眼睛，小小的嘴巴，胖乎乎的，抱在怀里也软乎乎的。

他娘亲怎么忽然送他这个？

小念陌看着这个几乎和他等高的大布娃娃有些纳闷。

他忽闪着眼睛，一脸问号地看着自己的娘亲。

这孩子这是高兴傻了？

宁雪陌将布娃娃塞到他怀中："你不是喜欢娃娃吗？以后你闷的时候可以抱着它睡……"

小念陌更是一脸蒙，挠了挠头："我……我没说喜欢娃娃呀。"

你是没说，但梦里可说出来啦！

宁雪陌忍不住失笑，也不想戳破儿子的谎言："好了，念陌，你先玩着这个，以后我再给你买其他的东西。"

既然是娘亲送的，小念陌自然收下。

不过他心里还有些纳闷，如果娘亲以为他喜欢娃娃，那为什么不把那两个白玉娃

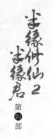

娃送给他？

那两个娃娃果然是娘亲的私藏吧？

娘亲果然是喜欢玩这种娃娃玩具的！

小念陌为自己得出这个结论而得意。

"念陌，娘亲晚上要出去一趟，三四天才会回来，你这次在陌宫之中要乖乖的，不要出宫，不要……"宁雪陌一连说了四五条不许，显然很挂心儿子。

她每次要出门的时候，都会这么嘱咐几句，小念陌耳朵都快听出茧子来了，随口应了。

他不会出宫，也不会乱跑，但是他要去见白石头里的那个娃娃……

快傍晚的时候，小念陌扯了个理由，说自己要在花园里玩一会儿，让白泽在花园外等着，他要好好在花园里撒撒欢儿……

白泽也觉得这几日小主人一直在抄书，实在是憋坏了，让他自己在花园里撒撒欢儿也好。

自从洛九宸来过一次后，陌宫上下又加强了戒备，四处的结界弄得像铜墙铁壁似的，就算是洛九宸，也不可能再轻易进来。

当然，保险起见，白泽还是提前在花园里仔细转了一圈，确认没什么异常才放心地让小主人一个人待在里面。

此刻，小念陌就站在当初的那个洞口附近，心里还是很忐忑的。当初那个通道已经自动封死了，他这次还能进去吗？

他正想蹲下身拍打拍打地面，地面却在他站上来的那一刻裂开了……

小念陌再一次深入地底，看着熟悉的水晶通道，小念陌笑眯了眼睛，一路向前飞奔，很快就来到了那个水晶大厅。

"你来晚了！"那块大白石头上刷出几个字，带着责怪意味。

小念陌气喘吁吁地道："我被罚了，今日才得自由呢。"

"为何被罚？"

小念陌不知道为何打心底信任这块石头，便说了原因，当然也简略说了一下现在外面的局势。

那石头沉默片刻，刷出两个字："该罚！"

小念陌："……"

他还以为能在这石头这里得到安慰呢，没想到会得到这么一句。

不过小念陌一向比较乐观，虽然小心灵受到了打击，但他依旧兴致勃勃："对了，大莲，你能不能让我再进去见见你？你这几天有没有长高呀？"

白石头："……"

白石头内部，天道石在里面疯狂刷屏："哈哈哈哈，大莲，大莲，看来你儿子认准这个名字了！"

莲花座上的童子比先前长大了些，虽然是小娃娃的相貌，但眉宇之间气势极强。他抬眸淡淡地瞥了那天道石刷屏的地方一眼："你就不怕本座毁了你的话语水晶？"

天道石："……"它不敢疯狂刷屏了。

神九黎的视线落在一个水晶球上，那水晶球内清晰地映出了小念陌的身影。

四天不见，小念陌似乎比先前胖了一点点，不再瘦得像小猴子了，那两只大眼睛忽闪忽闪的，像极了他的娘亲……

他抬起手，手指迎空虚画，于是在神念陌所看到的白石头上又出现了一行字："喊我莲尊。"神九黎听到儿子那一声"大莲"就想拍飞他！

神念陌却撇了撇小嘴："莲尊？你才多大就称呼尊啦？小娃娃你不能太心急哟，要称尊也得是哥哥我先称尊……"

神九黎："……"

天道石："哈！哈！"

神九黎自然不想在这些无关紧要的问题上和这小子较真儿，他现在关心的不是这个。

天道石所在的位置并不像小念陌看到的那么浅，这个养气的水晶大厅离地面少说也有万米……

所以就算有人用土遁之术来查看陌宫后花园的地下，也找不到这里来，所以不会有人发现这里的玄机。

小念陌之所以能来，不过是天道石放水……

天道石藏得够隐秘，但因为是潜藏行迹，所以它也收起了念力和灵力。在这个地方，天道石只能感应这个陌宫花园地面上的气息，其他地方的则感应不到……

所以他并不知道上面到底什么情况，宁雪陌也好久没到花园里来了，他甚至已经有四五天没感应到她的气息。

他想了想，便借助天道石和儿子交谈起来。

当然，他并没有开口，所谓的交谈就是出现在天道石上的那一行行字。

他话并不多，好在小念陌是个话多的，几乎是问一答十，让神九黎了解了许多事情。

小念陌毕竟太小，对外面的情况并不是很清楚，他只能说一些他所知道的事情。

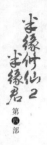

但神九黎从他那些零星的话里，仍旧捕捉到不少有用的消息，譬如外面的红雨，譬如仙将失踪、天帝失踪……再譬如宁雪陌的忙碌和劳累……

天道石也听出了个大概："原来洛九宸真入魔了！"

神九黎没说话，那个人心术不正，入魔是迟早的事，而一旦那人真正入了魔，身上便会有致命缺陷，不再是不死之身……

外面小念陌还在问："对了，你有没有父母呀？你不会就是这块石头成精了吧？"

"没有，不是。"白石头刷出的字很简洁。

"唉，那你真是个可怜宝宝，你大概都没尝到过父母疼爱的滋味。"小念陌立即生出了同情心。

神九黎："……"他确实没尝到过父母疼爱的滋味，原先他觉得没什么，现在忽然觉得确实有点缺憾。

天道石似乎感应到了什么，殷切地刷出一行字："其实你不必遗憾，以后本石可以疼爱你……"

后面的话它忽然刷不下去了，它的刷屏水晶石上裂开了一道小细纹。

天道石："……"它终于真正闭嘴。

"其实有父母疼爱的滋味很好的，你可以尽情地在他们身边撒娇，他们所做的一切事情其实都是为了你好……"小念陌在那里叨叨有父母的好处，最后总结了一句，"有妈的孩子是个宝，没妈的孩子是根草。"

神九黎一抬衣袖，白石头上刷出一行字："你娘亲很疼你？"

"那当然！疼得不得了！昨天她还亲自下厨给我做好吃的，甚至还用自己的血熬粥……可惜啊……"小念陌说到最后叹了口气。

"可惜什么？"

"可惜那些好吃的我没捞到，我当时正和她闹脾气，又不知道是她做的，故意不吃，等她走后，我就把那些饭菜给白泽让他吃了……"

神九黎："……"他的眼眸中闪过一抹锐利的光。

他都没吃过她亲手做的饭菜，倒便宜白泽那浑蛋了……

花园外的白泽忽然打了个寒战，狐疑地向四周看了看，谁骂他了？

水晶大厅内，小念陌坐在一块水晶上和白石头打着商量："对了，你送我两个极品水晶好不好？"

白石头："你身边岂不都是水晶？"

小念陌摇了摇头："外面的这些水晶并不纯，也不是极品。而我这次需要的是极

922

品水晶，我娘亲适合最好的东西。"

神九黎："你要把水晶送给你娘亲？"那个丫头确实喜欢亮晶晶的东西，还喜欢收集珠宝，原来这习惯连儿子都知道。

小念陌点了点头："是的，再过几年就是娘亲的生日了，我要送她水晶娃娃，她一定很喜欢！"这就是小念陌这次来这里的主要目的。

神九黎："水晶娃娃？为何是娃娃？"他以为小念陌想送自己娘亲水晶球、水晶发饰什么的，没想到是娃娃……

"我娘亲是女孩子啊，她很喜欢娃娃的。"小念陌开口。

神九黎："你从何得知？"他怎么不知道她有这爱好？

"我娘亲那里有一对白玉娃娃哟，特别漂亮！一个男娃娃，一个女娃娃，穿着兜肚，可爱得不得了。"小念陌说了他的发现。

神九黎："……"

小念陌看了那白石头一眼："对了，那娃娃不但眉眼漂亮，连那兜肚也漂亮，嗯，比你身上的兜肚还好看呢。"

神九黎："……"

小念陌说得兴致勃勃："我猜测那娃娃代表的意义肯定不凡，那红兜肚女娃娃大概代表的是娘亲，那蓝兜肚男娃娃代表的就是我父君了。她收藏一对这样的娃娃，大概是想念我父君了……"

神九黎："……"

他垂眸看着自己身上的银白袍子，上面看不出一点蓝意……

天道石小心翼翼地刷出一行字："你是白袍子，看来那男娃娃代表的不是你……"

"闭嘴！"神九黎脸色不太好，最近这天道石似乎热衷于看他的笑话，时不时揣摩他的心思。

外面小念陌一打开话匣子就刹不住车了："那两个娃娃身上还有银铃铛呢，一摇就丁零零响，特别好听。娘亲喜欢它们喜欢得不得了，把它们放床上呢……"

神九黎却神色凝重起来："念陌，你将那娃娃的体貌特征具体说一遍！"

小念陌诧异地睁大眼："你怎么知道我叫念陌？"

却不料神九黎压根儿就不注意这个，干脆利落地扔给小念陌三个字："说重点。"

小念陌："……"他本来不想听对方的话，但不知道为什么，他心里对石头里的那小娃娃有一种本能的亲近感。

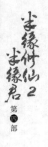

而且对方这么严肃地和他说话，或许真是有什么异常……

于是，小念陌又将那两个娃娃的模样具体说了一遍，他的记忆力蛮好，口才也不错，描述得很清楚。

神九黎神色更加凝重，沉默片刻后道："现在外面是什么时辰？"

小念陌估算了一下，回道："大概是申时。"

神九黎立即道："那两个娃娃有点古怪……你将那两个娃娃取来，我帮你看看。"

小念陌也怕那两个娃娃对他娘亲不利，一听这话，立即转身跑了。

他出了后花园，正碰到焦急想要进花园寻找他的白泽，一见他奔出来，白泽抚额道："小祖宗，你到底在里面做什么呢？属下叫了你好几声你都不应。"

小念陌含混地应了一声："我在里面玩呢。对了，我娘亲呢？"

白泽叹气道："我正要和你说，魔主已经出去了，不放心你，传音问属下了……"

他话没说完，小念陌已经撒开两条小短腿跑远了："我去娘亲的寝宫看看。"

小家伙性子真急！

白泽摇了摇头，不放心，也跟了过去。

"咦，怎么没有呢？"小念陌几乎将寝宫翻了个底朝天，也没找到那两个娃娃。

他明明在床上看到过那两个娃娃的，难道娘亲把那两个娃娃收起来了？

他又翻箱倒柜里外外地搜了好半天，依旧没看到那两个娃娃的影子。

会不会是娘亲带在身上了？

他想了想，又跑了出来，一把扯住白泽的袖子："我娘亲去哪里了？"

白泽不明白他干吗这么急："魔主去冥界了，那里有点古怪，魔主去查看查看。此事不便对外宣扬，少主，你也不能对外说……"他趁机嘱咐。

可是他话还没说完，小家伙已经跑远了，只留给白泽一个远去的后脑勺。

白泽："少主，你去哪里？"他只得在后面追。

"白泽，我再到后花园玩一会儿，你不要来打扰我。"小念陌飞奔到花园里去了，还顺手关了后花园的门。

白泽："……"今天这小家伙到底怎么了？古里古怪的。

不过他知道小孩子做事常常由着性子来，没多少可推理性。

只要小家伙老老实实地待在陌宫里，他就放心了。小家伙愿意玩就多玩一会儿吧。

"我娘亲大概把娃娃带走了，我在寝宫里搜了半天也没找到……"小念陌跑回了那水晶大厅里，气喘吁吁地说。

水晶洞内的神九黎心中微微一沉："你娘亲去哪里了？不在陌宫之中？"

小念陌摇了摇头，正要实话实说，忽然想起白泽的嘱咐，心中一跳！

这白石头虽然救了他一命，但毕竟来历不明，娘亲做的事又比较秘密，他不能随便说！

他抿紧了小嘴，看着白石头含混地说了一声："她最近超忙的，常出去，我也……不知道她去哪里了……"

神九黎无语地在水晶洞内看着水晶球上显示出来的儿子的小脸。小家伙毕竟太小，不擅长撒谎，几句话说完，小脸都有点涨红了。

他思索了一下，想要在不暴露身份的情况下短时间内取得孩子的信任似乎不太容易……而那两个娃娃……他又确实不放心！

"那两个娃娃到底有什么古怪呀？我娘亲功夫挺高的，如果有古怪她应该能察觉出来。"小念陌还想套点料出来。

不过他话刚说到这里，就见那白石头上有旋涡出现，然后……他又被一股神秘力量扯进了水晶洞内。

小念陌站稳身子，揉了揉眼睛，看着莲花座上的娃娃："你又长大了呢！"

不过短短四日没见，那小娃娃居然又长大不少，现在看着像是两三周岁的样子了，看上去已经和小念陌差不多大了。

这次这小娃娃没再穿兜肚，而是穿着一件银白色的小袍子，坐在那里像一尊佛像。

神九黎若非不得已，真不想以这个姿态和儿子面对面，如果让儿子认出来，他的尊严就全丢光了！

哪个当爹的愿意让儿子看到自己穿兜肚时的模样？

他已经打定主意，一旦恢复本身，所做的第一件事就是洗去儿子关于这一段的记忆……

他向儿子招了招手："过来。"他的声音虽然威严，但也是嫩生生的童音。

小念陌颇为戒备地看着他："做什么？"

这小子怎么忽然小心起来了？

神九黎瞧着他："念陌，我如果想要害你，只需将你关在这里便可。你无须如此防备。"

第三十六章　红兜肚娃娃

925

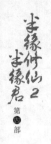

小念陌想了想，他说得也在理。可是……

他总感觉不应该这么快相信一个人，娘亲说人心险恶，有些人看上去笑眯眯的脾气很好，但常常在背后算计人……

不过眼前这个小娃娃应该不会吧？

小念陌自小经历了这么多的事，并不会轻易相信人，但自从见了这个小娃娃后，他就莫名其妙地想要相信，甚至想要亲近对方……

神九黎看着他乌溜溜的大眼睛，缓声道："念陌，我绝不会害你们母子……那两个娃娃若我所猜不错，应该是巫蛊娃娃，带在身上的话会在不知不觉间被控制心智，你娘亲独自外出的话会很危险……"

他的声音里有一种莫名让人信任的力量，小念陌睁大眼睛道："可我娘亲应该认识巫蛊娃娃的！"连他都听说过这玩意儿，没道理他的娘亲不知道。

"此巫蛊娃娃和正常巫蛊娃娃不同，普通巫蛊娃娃身带邪气，这种却是被炼掉邪气了的，不催动的话，压根儿不会让人察觉到丝毫异常。"神九黎向儿子解释。

他向小念陌伸出手："过来坐我旁边，我和你细说。"

小念陌倒也不怕他捣鬼，遂爬上莲花座坐在神九黎身边。

这莲花座看上去柔软舒服，真坐下时却感觉像坐在一块寒冰上，小念陌忍不住打了个哆嗦。

神九黎似乎也才意识到儿子禁受不了这种冷，一抬手扯了一片莲花瓣变成一个蒲团："坐这个。"

小念陌将那蒲团垫到屁股下面，还心急刚才的事："那娃娃真这么厉害？！那我娘亲岂不是……"

"很危险！"神九黎说了三个字，"所以，念陌，你要说出你娘亲的去向，我才能想办法。"

小念陌抿紧小嘴，想要相信对方，又怕真坑了娘亲，顿了顿道："那你发誓不会对我娘亲不利！"

神九黎毫不犹豫地道："我发誓！"

小念陌又伸出小手来："那还要拉钩！"

神九黎："……"他被这小子突来的谨慎打败了！

不过儿子这么谨慎也是好事，免得不小心被人给卖了……

他伸出手又和儿子拉钩，这个动作他还是第一次做，做起来有颇为古怪的感觉。

天道石在旁边看得像是被雷劈过，连刷屏也忘了。

小念陌和神九黎拉过钩后，终于松了一口气："我们拉过钩就是朋友了对不对？"

神九黎顿了顿，随即气定神闲地一笑："对！是朋友……我们是朋友……"

天道石刷了一堆感叹号出来，原来这位神尊也有如此无下限的时候。

小念陌终于说出了他娘亲所去的地方——冥界。

神九黎眉峰轻蹙，那两个娃娃原本就是阴气极重的东西，如今宁雪陌再去冥界这种阴地，只怕她更容易受那东西控制……

"念陌，你身上可带了和你娘亲联系之物？"

"带了，还是特制的呢！"神念陌取出一道金红色的符咒，"就是这个。不过我娘亲说了不让我随便用，三令五申只有碰到解决不了的麻烦和危险时才可以用这个找她……她说只要这个传音符亮起来，她无论在何时何地都会接的……"

神九黎接过他那张符咒，略略感应了一下，薄唇微微抿起。

那个丫头，为了孩子倒是真舍得下血本，居然用她自己的心头血凝出这么个符咒来！

这符咒连接的不单单是她那边的符咒，还连接了她的心脏！

一旦神念陌启用这个符咒，她的心脏立即就会有感应，就算是在禁地也阻拦不住这种感应。

但这符咒毕竟连接的是她的心脏，每使用一次，便会让她心脏疼痛一阵，怪不得她不让小念陌轻易使用……

神念陌惦记自家娘亲的安危："我娘真的很危险？我用这个唤她回来？我……我可以假装我遇到了大危险……"他想了个馊主意。

神九黎直接否定道："不必！你身上可有和她联系的普通传音符？"

神念陌垂头丧气地道："没有。"

他是个话多的，又喜欢缠着他娘亲，所以宁雪陌每次外出办事的时候，都不会给儿子随便联系她的传音符，免得这小子想起来就和她煲电话粥，耽搁她的大事。

不过保险起见，宁雪陌在神念陌这里还是留了一种单线联系的传音符。

她可以联系神念陌，但神念陌不能主动联系她……

神九黎略一思索，便明白了宁雪陌如此安排的用意。看着儿子垂头丧气的样子，他忍不住抬手摸了摸儿子的头："不妨事，有这个单线联系的传音符我们也可大体定位她的位置。"

神念陌却被他摸得汗毛直竖，大脑袋一晃，避开他的手："不要动手动脚的。"被看上去比自己小的孩子摸头，他感觉很怪异。

神九黎也不再理会他，指尖一弹，那个单线联系的传音符就落在一根水晶柱上：

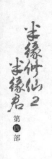

"定位她的位置，我们赶过去。"

神念陌愣了愣，问道："你在和谁说话？"

神九黎淡淡地道："那块石头，它可以直接去冥界。"

神念陌一头雾水："哪块石头？"

"你所看之白石。"

"你们不是一体的吗？"

"不是。"神九黎明显不愿意多谈。

神念陌更蒙，忽然福至心灵："我知道了，它是你的母亲！你是它的宝宝！"

神九黎："……"他想把这乱推理的小子一脚踢下去！

天道石本来正准备刷屏反驳神九黎，忽然听到神念陌的这句话，一串哈哈哈刷了出来："这小子太有才了！居然以为你是我儿子！不过，本石可是雄性……"

神九黎冷冷地瞥了它一眼，一块石头分什么雄雌？

天道石乐够了，心情好了不少，那张单向联系的符咒在水晶柱上转啊转，片刻后，那传音符又轻飘飘地落回了神念陌的手里。

天道石不能直接和神念陌交流，转为对神九黎说话："本石已经探测过，她现在并无危险，她去冥界未必就会出事，毕竟那丫头已经修炼成佛魔之体，百邪不侵，两个巫蛊娃娃应该奈何不了她。我们不如在此等待，她一旦有事，本石可根据这符咒感应到，到那时再赶过去也不迟。再说这个地方是难得的休养之地，对你恢复有很大好处，你还是在这里多恢复几天吧。"

它说的也很有道理，神九黎微一沉吟道："你从这里赶到冥界需要多久？"

天道石道："最多半个时辰。"

神九黎凝眉，天道石又道："再说你现在的功夫连百分之一都没恢复，如果她真遇到危险，你也帮不了她，倒不如多休养一日是一日，你恢复得越快，你们越安全。你现在还不能离开本石的灵力滋养，所以……"

神九黎打断它道："无妨，不到万不得已，我不会离开这莲花台……"

天道石一喜，还以为自己到底把他给说动了，不料神九黎话锋一转道："据我所知，冥界幽冥河畔最深处，也有一道水晶矿，先去那里。"

天道石简直是气急败坏："或许她什么事也没有！或许她到冥界转一圈就回来了！我们岂不是白白走这一遭？"它虽然是长腿的石头，但是不该把它当成跑腿的吧？！

神九黎神色淡淡地道："冥界幽冥河底有鸡血红晶石……"

天道石立即抖擞精神："好吧，就听你的，我们也去冥界！"

鸡血红晶石可是可遇不可求的极品石，功能是极品水晶的十倍！

它如果到了那里，只要找到几块鸡血红晶石就可以补充足够的能量，恢复得也更快些！

神念陌不知道这"小娃娃"到底是怎么和天道石交谈的，正想扯着"小娃娃"的衣袖问一问，不料空间忽然晃悠起来，蓦然之间天旋地转——

他猝不及防，险些自莲花台上摔下去！

神九黎一把扯住他："保守元一，意守气海……"居然是一连串口诀。

神念陌蓦然睁大眼睛："你……你怎么知道我父君教给我的功夫？"

"回头再对你说，先照做！"

神九黎自有一种威严，就算是小屁孩模样，那气场也不是一般强大。

神念陌心中一震，心头翻滚过一堆疑问。

但此时这空间内晃动旋转得厉害，他在里面简直像普通人坐云霄飞车似的，三百六十度各种大翻转。他一阵阵头昏眼花，也来不及说什么了，按照神九黎的吩咐，立即打坐，意守丹田……

不过他身形未稳，忽然又想起一件要命的事："我们这是要去冥界对吧？可我还没跟白泽说，他还在花园外面等着我，如果发现我不见了，估计他们又要找我找个昏天黑地……"

神九黎只回了他两个字："无妨。"他手指轻轻掐诀，一道无形的光芒飞了出去……

白泽正在花园外百无聊赖地等待，忽觉脚下震动，如同地震，吓了一跳！

唯恐小念陌出意外，他立即呼唤："少主，少主……"

地底震动消失，少主也不见回音，白泽不放心，忙跑进花园中。

找了一圈没找到少主的身影，他不由得大急，偶然间一抬头，忽见前面山石上有白光隐隐闪烁，有一行字慢慢闪现出来："念陌本座带走，十日内不得泄本座之秘。"

白泽忽然整个身子都颤抖起来，瞪着那块山石，一双眼睛越睁越大！

神尊！是神尊的神谕！

天！是神尊的神谕啊！

八大神兽是神尊豢养过的，自然认得他的字体和风格，绝不会认错的！

那一行字虽然只闪现了十几秒就消失了，却在白泽心里激出强大的浪潮！

神尊重生了？！神尊重生了啊！

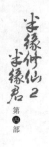

巨大的狂喜几乎要燃烧白泽的胸膛！在八大神兽里面一向以镇定著称的白泽几乎想要大叫大嚷，用飘的就出了花园门，迎面正碰上禾木总管。

禾木总管是听到动静不放心来查看的，看到白泽忙询问："少主呢？怎么不见他？刚才我似乎听到花园中有异常动静……"

白泽对神尊的命令一向执行得彻底，所以现在心中虽然乐翻天，却不敢说实话，含混地应了一声："少主闭关了，这几天不许任何人打扰他。"

禾木总管："……"他正要问问少主在哪里闭关，白泽却唯恐自己说话泄露神尊重生的消息，一转身脚下生风似的跑了。

他太开心了！可惜这么开心的事不能对任何人说！好憋得慌！

禾木总管有些摸不着头脑，挠了挠头皮，这只神兽怎么了？

冥城的孩子短短三天时间内，又丢了十二个！

这么算起来，冥城在这十几天里，就丢了三十六个孩子！

这绝不是正常现象！丢孩子的频率简直高得让人发指！

一时之间冥界风声鹤唳，人人自危。

宁雪陌再次来到这里的时候，敏锐地感应到了冥城气氛的不寻常。

大街上再看不到追逐乱跑的孩子，百姓们个个儿行色匆匆，冥界的官兵时不时巡逻过去，守备森严了不少。

她既然想私查，自然不想暴露自己的身份，故而依旧改变了形貌。她这次不是用的术法，而是易容术。

她将自己易容成一位中年女子，容貌不丑也不俊，脸色还带着冥界人惯有的苍白，身材微胖，和她原本的模样大相径庭，这样的她扔进人堆里也不起眼。

她很快就逛到了那个卖玉娃娃的店，却看到那家原本冷冷清清的白玉娃娃店门前居然排起了长长的队伍。

队伍里面有不少孩子，热闹得很。

宁雪陌心中一动！

冥界的审美和其他界不同，这里小孩子们的玩具大部分色彩极为鲜亮，花花绿绿才好。

而这家玉器店里卖的白玉娃娃在宁雪陌眼里很好看，但在冥界眼里却显得太单调，明显不符合冥界的审美。

要不然这家店前些日子也不会把娃娃卖那么便宜也没几个人来买，门可罗雀。

现在到底是怎么了？

她向旁边一个老婆婆打听，那个人倒是个话多的："大嫂你还不知道啊？这家卖的娃娃有佑护娃儿的灵效，只要买了他家的白玉娃娃，自己家的孩子便不会丢，所以现在凡是家里有孩子的人家都到这里来买白玉娃娃呢。连那些达官贵人也不例外……"

宁雪陌微拧眉头，"阿婆，这白玉娃娃真这么灵呀？凡是买过的都没事？"她继续询问。

"是啊，是啊，所以大家都来买……"

"他家的娃娃多少银子？"宁雪陌总感觉这里面有古怪。

"那家的老板挺怪的，带孩子去买就二十文，不带孩子就要二百两银子！而今天无论贵贱不卖给不带孩子来的人了。"

反正宁雪陌也没打算买娃娃，只是想再进去查看查看……

她原本想不排队，直接用隐身术加穿墙术进去，没想到居然在那店铺四周发现了结界。

在不破坏结界的情况下，她压根儿进不去！

但如果破坏结界，就会惊动设结界的人，那她这暗访的效果就会大打折扣。

她正要去排队，一转头，见不远的街角处站着个小男娃，身上衣服甚是破烂，他正眼巴巴地看着已经买到娃娃出来的孩子们……

宁雪陌心中一动，走过去温和地开口："小家伙，你也想要娃娃吗？"

小男娃立即大力地点点头，却又垂下眼睛："想要，可是我没钱……"

宁雪陌向他伸出手："走，我带你去买！"

这种天上掉馅饼的事小男童自然高高兴兴地答应。

他本来想将自己的小脏爪子放到宁雪陌的手中，但想了想，又飞奔去了一个街角……

片刻后，他不但脸干净了，连手也干净了。

这小男童洗干净脸后倒蛮清秀的，举手投足甚至还有些文静，不像是大街上乱跑的流浪儿，像是大家族里出来的，一举一动透着优雅气质。

这孩子看上去也就五六岁，又很懂事，唯一的缺点就是瘦了些，皮包骨头。

宁雪陌看到这孩子就想到了小念陌，心不由得一软，干脆领着他为他买了新衣让他换上。

这孩子虽然是流浪儿，却不像普通流浪儿那样脏兮兮的，他身上只有少许灰尘。宁雪陌给他买了新衣的时候，他眼睛都亮了！

宁雪陌让他穿上新衣，小家伙却摇了摇头："现在我脏……"他不忍心弄脏了新

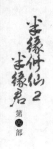

衣服。

这孩子倒很懂事。

宁雪陌左右看了看，这个地方甚是僻静，并没有什么人。

她抬手一指，一道淡淡的蓝光绕着那孩子转了一圈："现在可以了。"

那孩子觉得全身凉了一下，再低头看自己身上时，发现比洗澡洗得还干净！

他一双眼睛黑亮亮地看着宁雪陌："婶婶是神仙吗？"

宁雪陌抬头摸了摸他的脑袋："一点小法术而已。乖，去换上吧。"

那孩子重重地点了点头，立即跑去僻静处换了新衣。

片刻后他再出来，漂亮得像画儿上画的仙童，比照刚才像换了个人一般。

果然是人靠衣装，佛靠金装。

这孩子穿上这样一身小袍子，通身的气质和先前完全不一样了。

宁雪陌没想到自己随便在街上临时一抓就抓到个宝，对这孩子多了几分真正的喜爱。

她干脆又领着他找了家酒楼吃了顿好的，这孩子看上去明明饿得很，吃饭的时候却是一小口一小口的，像个小绅士。

宁雪陌又想起自己的儿子，不知道小家伙现在在做什么？有没有乖乖地待在陌宫之中……

她拿出了那个单线联系的传音符，想要和儿子说说话，一低头，见那孩子正睁着一双黑白分明的眼睛望着她，一只小手牵着她的一片衣角，一副唯恐被她抛弃的样子。

她心中一动，牵过那孩子的小手暗查了一下他的气脉根骨，随后眼睛微微一亮！

这孩子根骨极好，是个练武的好材料！如果她将其带回陌宫好好培养培养，说不定能培养出一个优秀将领！

而且他年龄和小念陌差不多，正好能和小念陌做个玩伴。

小念陌独自在陌宫之中还是太寂寞了，有个玩伴会好一些。

她心里暗暗盘算，一边领着这孩子向着那个玉器店走去，一边和他聊天，在三言两语间套问出了他的身世。

这孩子不是出身大户人家，而是生于一个破落的文士家族，四岁父母双亡，被叔叔婶婶侵占了家产，把他给赶了出来。

这两年他一直四处流浪，饥一顿饱一顿的……

他说完自己的事，小手小心地扯着宁雪陌的衣襟："婶婶，小尘能不能跟着您？小尘什么事都会做的，绝不会吃白饭……"

"小宸？"宁雪陌潜意识中对"宸"字有些敏锐，"哪两个字呀？"

"大小的小，灰尘的尘。爹爹说，我们这些穷人的命就像灰尘一样低贱，拍一拍就没了……"小尘的声音带着些黯然。

这名字真泄气！

宁雪陌略一思索道："你以后叫晓晨吧，破晓的晓，早晨的晨，你这样的孩子正该像早晨一样充满朝气……"

那孩子眼睛又一亮："好啊，好啊，那以后我就叫晓晨啦，多谢婶婶赐名。以后晓晨能不能跟着婶婶呀？"

宁雪陌略一顿，微笑道："我比较忙，以后你愿意我会给你安排个好去处的。"

那孩子双眼亮晶晶的，将宁雪陌的衣角扯得更紧："我愿意！我愿意！"

一大一小的两个人汇入了买白玉娃娃的队伍中。

宁雪陌注意观察了一下那些抱着娃娃出来的孩子。

每个孩子都兴高采烈的，抱的娃娃虽然个个儿姿态不同，但每一个都漂亮得不得了。

宁雪陌在排队的这么一会儿，已经看到有二三十个孩子心满意足地抱着娃娃走了。

照他这样的卖法，他一天要卖出去多少？

这种娃娃雕工这么精致，正常雕刻的话，一个这样的娃娃就算是一个快手也需要三四天的时间才能完成，这里却像是在搞批发一样。

那个老板到底积攒了多少这种娃娃？

事出反常必有妖！

凡是买了白玉娃娃的人家都没事，听上去确实像是护佑娃娃，怪不得众百姓趋之若鹜，在这里排起了长龙。

但唯独买了白玉娃娃的人家没事，这件事本身就透着不寻常！

在这里排队闲着无聊，宁雪陌便开始和身边的一个女子聊天。

"这老板的生意真火爆，这些日子他得卖出多少这种娃娃了？"

那女子倒是个喜欢八卦的："总有几千个了吧。这么火爆的情形已经持续将近三日了，而且他卖得也快，客人进去不允许挑挑拣拣，都是那老板随手抓起一个，然后再刻上孩子的生辰八字就交钱出来了，那老板头也不抬的。"

几千个白玉娃娃……宁雪陌忽然打了个寒战！

或许前期冥界的孩子失踪只是一个引百姓入陷阱的噱头，背后之人如果真是洛九宸的话，只怕他打的是这全城的孩子的主意！

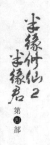

当然，这些都是她的猜测，还需要验证，她必须再进入这店铺好好查看查看！

幽冥河河底深处来了个不速之客。

这不速之客是一块白石头，一块很不起眼的白石头。

这白石头是极突兀地出现在幽冥河河底的，它才出现的时候，还有一些漂荡在水底的冤魂厉鬼围着它看热闹，有些胆子大的甚至伸出利爪想去挠一把。

不料它们尚未碰到那块石头，石头身上就有微微的光芒一闪，然后围绕在它一里之内的"阿飘"就全部像烟雾般消失不见了。

其他"阿飘"立即明白这块石头不好惹，全躲开了。

于是就剩这块白石头孤零零地立在乌黑的河底。

"你说的那些鸡血红晶石在哪里呢？"天道石在幽冥河河底巡游了一圈，不要说鸡血红晶石，就连一块红石头也没见到！

它一肚子疑问，终于又在神九黎面前刷屏。

神九黎正在打坐，闻言眼也不睁，只说了一个让天道石几乎气破肚皮的字："找。"

天道石简直是气不打一处来："我已经把整个河底找遍了！没有遗漏一处！"它对那种晶石极为敏感，如果这附近真有的话，它不可能感应不到。

神九黎淡淡地道："或许是被人捡走了。"

天道石深深地感觉自己被忽悠了！

它感觉自己的威严受到了冲击，立即刷出一行字："本石周围必须有能量石供吸收，这里不行，我们回去！"

它正要施展术法，神九黎一句话就阻止了它的下一步动作："本座知道鸡血红晶石的锻造方法，能让你很快自己炼制出来，不必再去寻找这种矿。"

天道石的一颗小心脏顿时颤抖起来："什么方法？你说说看！"

神九黎却一抖手将那个单线联系的符咒抛过来："你再查看一下她的具体位置。"

天道石脑袋上顶着那个符咒："……"

它知道，如果它想要知道那种方法，就得按照神九黎吩咐的去做——

它还有些不甘心加不放心："你真有这法子？不会又是忽悠本石吧？"

神九黎垂眸不咸不淡地道："本座什么时候撒过谎？"

好吧，貌似这个人真没撒过谎。

它开始测宁雪陌的所在地。

那根水晶柱上的七彩光转换了片刻，终于刷出一行字来："她在冥城一家店铺的门口……"后面还说出了标准坐标。

神九黎得到了想要的答案，不再说话，一抬手一道白光射在面前的水晶球上，水晶球上顿时有七彩光芒闪烁。

片刻后，水晶球上终于显示出一幅画面，这画面很像一个镜头。

镜头由远及近，画面上可以看到很多冥界的百姓在一家玉器店门口排队，男女老少都有。

还不时有人牵着孩子抱着白玉娃娃从那家店铺里出来……

画面在那些白玉娃娃身上一顿，小念陌叫出声来："就是这种娃娃！娘亲床上的就是这种娃娃！原来娘亲是在这里买的那个娃娃。"

神九黎的目光也落在那白玉娃娃身上，他看得很仔细，算是从头看到尾，面上虽然依旧不动声色，眸中却划过一抹诧异之色。

他将画面调转，接连看了好几个白玉娃娃。这些娃娃形态各异，居然每个娃娃的容貌都是不同的，仿佛人间那些婴孩，每一个都是独立的存在。

要知道无论多么高超的玉雕师，都有自己的雕刻习惯，尤其是雕刻人物的，他所雕刻出来的那些人像就算姿势不同，容貌上还是大体相同的，一看就是出自一个人的手笔。

这里卖的娃娃却一娃一个样，绝不类似。

难道这店里卖的娃娃是许多玉雕师的杰作？

神九黎让画面连着转了好几次，观察了好几个孩子怀里抱着的白玉娃娃后，眉头皱得更紧。

天道石纳闷地道："问题是看不出这白玉娃娃身上有什么古怪，也看不出上面有什么妖气，就是个普通的玉雕娃娃……我瞧着每一个还都挺好看的。"它随即又加了一句，"它们虽然不如现在你的模样萌，但是也好看得不得了。怪不得那小丫头会喜欢，还一口气买了俩，放在被窝里焐着……连儿子也没舍得给，只送了儿子一个布娃娃……话说，那小丫头来这里，不会不是调查什么洛九宸的事，而是想再买俩娃娃吧？哈哈哈，看来她是真喜欢孩子，有小念陌这个小萝卜头还不够，还想再买几个玉娃娃收藏……"

天道石自从放开了性子后就分外多话，总喜欢进行各种猜测。

神九黎懒得和它交谈，任由它在那里刷屏。

她似乎是真的喜欢孩子，为了孩子吃了那么多苦，为了孩子入魔，为了孩子和他彻底决裂，为了孩子不惜穿越万年改写历史，为了孩子不惜抛弃五万年前的他……

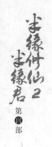

她可以失去他，却不能失去孩子……

没有他在她身边，她似乎也活得很精彩，一副有儿万事足的模样……

神九黎发现，自己似乎在吃儿子的醋！

他心里似乎哽了一道坎，平时不想倒没什么，但现在一想，那个坎还挺高……

"念陌，你娘亲常常在你面前提起你的父君吗？"神九黎忽然有了和儿子聊天的兴趣。

神念陌一双眼睛紧紧盯在水晶球上，他在上面搜寻着他娘亲的身影，可惜找了一圈没找到。

他正想再从头至尾地找找，忽听神九黎问这么一句，也没多想，随口回答了一句："几乎不提。"

神九黎发现他心上的那个坎又高了一小截。

"我娘亲呢？我娘亲在不在这里？"神念陌在水晶球上一圈圈地找，也没找到他想要找之人的影子。

神九黎没说话，让镜头慢慢转动，忽然定格在一处地方。

那里有一位面色苍白，身体却颇为圆润的女子正在弯腰和一个孩子说话……

神念陌也注意到了这个女子，不过他并没有认出来，抬手摇了摇神九黎的手臂："喂，别只照这个，再看看别处。"

神九黎淡淡地开口："这个就是你的娘亲。"

"啊？"神念陌微张的小嘴里几乎能塞下一枚鸽子蛋！

他仔细看了看那个女人，忍不住抬手揉眼睛："可是这个人和我娘亲一点也不像啊！我娘亲比她漂亮一千倍，不，一万倍！这个人膀大腰圆的……"

神九黎："她易容了。"她为了查案子，倒是真舍得毁形象。

神念陌瞧了那女人好一会儿，才从她的眉眼间勉强看出一丁点娘亲的模样，喃喃地道："娘亲的易容术真厉害！"他再看身边的神九黎一眼，更奇怪地道，"奇怪，你怎么会认识我娘亲的？她易容成这样你也能认出来……你原先认识我娘亲？"

岂止是认识？！

至于他能认出她……

和他纠缠了三生三世的女人他又怎么会认不出？！把她烧成灰他也能认出她的骨头！

不过，这话自然不能对儿子说，所以神九黎高深莫测地来了一句："我是神仙。"

他的潜台词就是神仙什么都知道……

神念陌毕竟还小，神九黎只这么一句话便解除了他的疑虑，他果然不再纠缠这个问题了。

　　他的注意力很快被其他事吸引了去，他在水晶球中看到自己的母亲对别的小朋友和颜悦色地说话，还牵着那个小朋友去为人家买新衣、去下馆子……

　　小念陌的小脸越来越黑，小嘴也越抿越紧。

　　天道石在旁边幸灾乐祸："看来她真是喜欢孩子，在街上随便捡也能捡到一个……"

　　神九黎不说话，目光依旧落在那个孩子身上。

　　天道石也跟着看了片刻："那孩子没问题吧？本石看不出他有什么异常，就是个普通娃娃……"

　　小念陌越看越沉不住气，呼的一声站起来："我要去找娘亲！"他要让娘亲牵着他，而不是牵着那个小萝卜头！

　　神九黎看也不看吃醋的儿子，只说了一句："男子汉做事要谋定而后动，冲动是莽夫行为。"

　　小念陌睁大眼睛看着他："你的意思是，我现在出去不合适？"

　　神九黎悠然地道："你现在出去会打乱她的计划，先看看吧。"

　　小念陌不服气："可她牵着那个小孩……"任何孩子看到父母抱其他孩子都不会开心。

　　小念陌虽然是神魔之子，但也不例外。

　　"放心，他不会抢了你的位置，你娘亲可是把你放在第一位的，任何人都取代不了。"神九黎似是在安慰儿子。

　　天道石刷出一行字："我怎么感觉你这话里有酸味？你不会是吃你儿子的醋吧？"

　　神九黎懒得理会天道石这个"真相帝"，继续用水晶石监控宁雪陌那边的情况。

　　店铺还是那家店铺，里面的格局还是那样，甚至连屋顶上那一根黑椽子也还在那里。

　　货架上的白玉娃娃琳琅满目，和宁雪陌上次来时并没有区别。

　　至于那个店老板依旧是曾经的那一位，虽然生意火爆成这样，他依旧一脸别人欠他八百万两银子的模样。

　　卖了这么多娃娃，他明显形成了流水线作业模式，宁雪陌带着孩子进来，他手里拎着一个白玉娃娃，右手拿一把刻刀，头也不抬地道："生辰八字。"

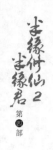

宁雪陌笑道："哎呀，你这里的娃娃好多！让我们自己选一个吧？"

"不能自选！"那人一点通融的意思都没有，"说孩子的生辰八字！"他的声音硬邦邦的，似乎宁雪陌再不说出来，他就要将他们两个人赶出去了！

"做生意何必这么凶？这么多娃娃，我们怎么也得选一个合眼缘的是吧？"宁雪陌也不在意他的态度，开始在货架前溜达……

那店老板不允许她挑选娃娃，还赶她出去。

她偏要挑选："卖东西哪有不允许人挑选的？太可气了！我砸了这里！"

于是她不等那店老板反应过来，不知道从何处捞起一根棍子，对着木架来了几招横扫千军！她的力气可不一般，动作之快更是让人反应不过来。

等那店老板前来阻止时，货架上的白玉娃娃已经像下雨似的掉了一地，摔得粉碎……

晓晨缩在一个角落里咬着手指头看得目瞪口呆。

店老板扑过来阻止她，宁雪陌却仿佛打得兴起，把手里的棍子舞得像孙悟空的金箍棒似的，不但毁掉了店内所有的娃娃，连前来阻拦的店老板也挨了好几棍子——

等在外面的那些人听到里面的动静不对，冲进来阻止时，小店内的白玉娃娃已经没有一个完好的……

冥城的百姓此刻已经将那店老板当成救自己娃娃性命的唯一稻草，见此情景，那些还没买到娃娃的人自然大怒，纷纷上前捉拿宁雪陌……那些人都是普通百姓，虽然都有一身力气，但想要捉拿宁雪陌也是痴人说梦。

宁雪陌在那小店里左躲右闪，横冲直撞，片刻工夫后，像是慌不择路，又撞入小店内间……

小店内间陈设甚为简单，里面有一口供主人睡觉的大棺材，还有几套桌椅板凳，地方狭窄不堪。

宁雪陌看似在里面被人追得上蹿下跳，其实一直在寻找一切可疑的地方……

她的目光很快落在那口棺材上，当初她曾经看到这店老板在里面睡觉，所以没细看。现在见那棺材盖子盖着，她用棍子斜着一挑，棺材盖子飞了出去，险些砸中那店老板的脑门！

那店老板慌忙后退一步，宁雪陌已经将那棺材看了个底朝天。

棺材里只有一床被褥，并没有其他可疑东西，简单得不能再简单……

棺材厚重，会不会有夹层？

这个时候宁雪陌自然来不及慢慢摸索夹层，干脆运功于手中的棍子上，几棍子下去，偌大一口棺材直接被她劈成一堆碎片……

宁雪陌微眯起眼睛，那口棺材里什么也没有！

因为上面那口棺材被劈烂，露出了下面那口红木大棺材……

居然棺材套棺材？

那口红木大棺材盖子扣得严丝合缝的，结实异常。

店老板脸色一变，直扑过来："你疯了！住手！"

宁雪陌用棍子一挑，店老板就被她挑飞了出去，她冷笑道："怎么在家里藏了两口棺材呀？难道你一个人睡两口？"

棍子一扬，向着棺材盖挑去，她满以为能将棺材盖挑飞，却没想到挑了一下没挑动。

"抓住她！"店老板简直要气疯了，不顾自己已经被抽得鼻青脸肿，再次扑了过来！

宁雪陌一直认为这店老板是个深藏不露的高手，刚才故意抽他几棍不过是想逼他露出真功夫，却没想到这个人很有韧劲，被她抽成这样，居然还是笨手笨脚的模样。

真能装！

她非抽出他的原形不可！

她一挥长棍，拍飞了三个冲上来给店老板助拳的人，再一抬棍头，这次却带上了无上念力，向着店老板那瘦瘦的小身板直压下去！

劲风呼啸，满室都是尖锐凌厉的风声。

室内所有的东西都被劲风给激得飘飞起来，尚未飞到空中就纷纷破碎，劲风威力惊人！

这样的形势下，如果店老板再不用术法迎敌，宁雪陌的棍子估计就能直接把他压成肉饼了！

结果到了这么危险的时候，那店老板居然还像傻了似的不懂躲避，还下意识地用双手抱住了头……

宁雪陌这一棍本想拍死一条霸王龙，没想到棍下的是一只货真价实的小白兔……

她无可奈何，棍势一偏，棍子在那店老板的头顶掠过，直接砸在他脚下的土地上……

这一棍的威力实在不小，整个地面裂成了蜘蛛网状，向着四面八方扩散。

整个店铺的墙面上都出现了裂纹——

"不好了！房子要塌了！"

"快跑，快跑！"

那些跑进屋助拳的人吓得魂飞魄散，纷纷向外跑去……

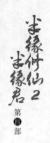

轰隆隆一声响，整个店铺终于塌了……

好在所有人都已经逃了出去，没有人受伤……

外面那些排队的百姓个个儿目瞪口呆，远远避开，谁也不知道到底发生了什么事，却也议论纷纷，有骂的，有叫的，场面混乱得如同到了菜市场。

待尘埃散尽，人们在那一片废墟中看到那位彪悍的女子还站在那里，身上未染半分尘土。

而那位店老板哆哆嗦嗦地蹲在她身边不远处，一张脸煞白煞白的，似乎已经被吓傻。

宁雪陌脚下就是那口血红的棺材，此刻暴露在大庭广众之下，看上去有些诡异。

冥界的人虽然睡棺材，但睡的棺材都是黑、灰两种色调，血红的棺材人们还是第一次见到。

几乎沸腾的人群霎时间静了下来！

第三十七章　遭嗜血食棺

"血食棺！"神九黎在看到棺材的那一刻，吐出了三个字。

"啊？"神念陌睁大眼睛，一头雾水。

"此棺以血为祭所制，人人其中，只要催动棺中的血咒，就会将那人吞噬，令其骨肉无存。"神九黎解释道，随时随地为儿子普及知识。

神念陌差点跳起来："那娘亲岂不是很危险？！"他娘亲就站在棺材盖上呢！

那棺材盖已经裂开，他娘亲稍微用点力，棺材盖说不定就会直接破碎，他娘亲就会跌入棺材内……

神九黎却神色不动地道："放心，以她的功夫，就算掉进去，也能毫发无伤地上来。这棺材只能吞噬冥界的人，其他人不会被吞噬。"

神念陌这才松了一口气，又重新坐下："这就好！"

他一双大眼睛落在神九黎身上，眼底是大写的佩服："咦，你怎么懂这么多？"

这个人看上去明明和他差不多大，但知识面之广几乎可以用恐怖来形容。

神九黎拍拍他的手："你以后也会懂这么多的，记住，遇事多看多想多问……"他趁机又教育儿子。

小孩子都是崇拜强者的，就算是同龄人也不例外。

神念陌原先对神九黎充满了好奇，现在又加上了崇拜，他一翻手握住了神九黎的手："我们是好朋友，好朋友没秘密，你以后要把你所会的都教给我……"

神九黎看着儿子和自己交握的手，两只小手握在一起，看上去很喜感……

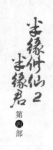

嘴角微微一抽，他不反感牵着儿子的手，但自己这个状态和儿子握手，看着难免会怪怪的！

他不动声色地将手抽回来："放心，以后我会教给你更多知识……"

他在心里已经为儿子订了一百条训练方案，够这小子忙的……

神念陌自然不知道自家老爹现在打的什么主意，他正兴致勃勃地坐在神九黎身边，和神九黎挤在一起看水晶球。

而水晶球内，宁雪陌那边的情形又发生了变化——

她砸了这家店铺，弄出这么大的动静，自然惊动了街上巡逻的官兵，一大队约莫二百人的冥兵在一名小头目的带领下闯进现场："怎么回事？是谁寻衅闹事？！"

官兵的到来让这些被无数变故打击得无法反应的百姓终于回过味来，瞬间群情激愤，纷纷诉说宁雪陌砸店的疯狂行为。

现场一片嘈杂的嗡嗡声。

"长官，这个疯女人砸了这家玉器店！"

"是啊，她太疯狂了！就是因为不让她挑选娃娃，她就毁了人家的店……"

"现在店里的娃娃全被毁了，害得我们也买不成了！我们好不容易才有这么一个指望，又让这个女人给毁了！"

"对，对，她大概就是不想让我们都买到护佑娃娃，其心可诛！"

"这人绝对居心不良！她会不会就是偷我们孩子的恶魔？！怕我们的孩子都买了护佑娃娃，她不能再得逞？"

"……"

人的思维发散能力是强大的，这些人说着说着，居然逐渐把偷盗孩子的罪名扣在了宁雪陌的头上……

那个小头目看看坍塌的玉器店，再看看还站在棺材盖上的宁雪陌，头一摆，向着身边的官兵下命令："这女子形迹可疑，拿下她！"

官兵呼啦啦地向着宁雪陌围了上来——

宁雪陌目光微微一闪，她并没有开口解释，现在也不是解释的机会。

她只做了一件事，不知道从何处抽出了一条长鞭……

几分钟后，二百名官兵连同那个小头目一个不漏地全部摔倒在地上，横七竖八地躺了一地，每一个都被点了穴道，再动弹不得。

围观的百姓都惊呆了，纷纷后退。

这个女人的功夫简直到了匪夷所思的地步！

她到底是谁？

那个店老板也无声地混入人群里，想要跟着众人逃走……

宁雪陌长鞭一甩，就钩缠上了他的腰，再稍一用力，将人拖了回来。

店老板吓得脸色煞白，已经口吃："你……你干什么？放开我？我……你砸了我的店还要杀人灭口吗？"

宁雪陌却懒得和他废话，只说了一句："待会儿再和你算账！"

此刻在冥城巡逻的兵将不少，这边弄出这么大的动静，很快就吸引了那些人的注意，七八队人马赶了过来……

是人都是喜欢看热闹的，这边的混乱自然也吸引了更多人向这边聚集，围拢过来的人越来越多，越来越稠密——

"娘亲这是要做什么？"神念陌有些摸不着头脑，娘亲为什么不弄开那口棺材毁了里面的东西，反而站在那里等着人来抓？

"她在制造轰动效果。"神九黎猜到了宁雪陌的心思。

"啊？"小念陌还是不明白。

神九黎目光凝注在水晶球上，嘴角有一丝笑意缓缓绽开："你娘亲很聪明！"

小念陌虽然依旧一头雾水，但有人夸了他的娘亲，他感觉比夸了他自己还要开心，得意扬扬地道："那当然！我娘亲是天下第一聪明的女子！没有人能比上她！"

在小孩子心里，自己的父母永远是最棒的，所以小念陌会如此说，神九黎并不感觉奇怪。

他轻轻一笑，堵了儿子一句："那你父君呢？"

神念陌一窒，高昂起了头："我父君是天下第一聪明的男子，只可惜……"

"只可惜什么？"神九黎询问得漫不经心。

"只可惜他不在了……"神念陌低下了头。

神九黎顿了顿道："你不是说他还会回来？或许他很快就能回来，回到你和你娘亲身边。"

神念陌抿起了小嘴，在这个"朋友"面前，他不自禁地想说心里的实话："我父君……可能回不来了……"

神九黎："为什么这么说？"

神念陌垂下了眼睛："我娘亲对我说，我父君是去很远很远的地方闭关了，以后会回来。我一开始确实信了，可是后来我就知道我娘亲只是怕我伤心安慰我……"

"为什么后来知道了？"神九黎不动声色地问道。

"我父君走后，我娘亲回到陌宫像失了魂一样，她在我面前虽然竭力表现正常，

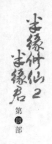

哄我开心，可是我看到她在无人的地方常常发呆，在梦里她还会喊我父君的名字，让他不要死……"

神九黎的手指微微一颤，这些他还是第一次听神念陌说起，他没有说话，听神念陌继续说下去。

"后来我娘亲又去什么地底找地母，我偷偷听白泽他们谈论，说娘亲找地母是为了寻找复活我父君的法子。她去的时候好好的，回来的时候却一身伤，险些死掉。她在昏迷中曾经嘟囔'我不能死，我死了儿子怎么办'，还嘟囔'我好累，九黎，我好累，我不想再支撑下去了，你为什么要撇下我？我宁愿和你一起死'……"

神念陌抽了抽小鼻子，将他当时听到的秘密都说了出来："那时候我就知道我父君再也回不来了……可我不敢表露出来，我怕娘亲担心我……我知道她一直是为了我才活着，所以我拼命依赖她，拼命想要待在她身边……我娘亲其实死过好几次，每一次我都守着她，我好怕她真的撒手离开，再也不要我……"

神念陌说到后面，声音开始哽咽："我父君真的没了，要不然他如果看到我娘亲所受的那些磨难，肯定会不顾一切地来到她身边的。可是，没有！一次都没有！洛九宸逼迫她将她打成重伤时我父君没出现，我和我娘被洛九宸赶出梵天宫时他没出现……她受人冤枉被关进仙界大牢，被活活打死时他也没出现……我险些被四界的人联手灭口时他也没出现……我父君曾经说过，我和娘亲是他生命中最重要的人，可是我们都命悬一线好几次了，我父君都没出现……"

神九黎脸色有些发白，这些都是他不知道的事，原来在他死后，雪陌和儿子居然遭了这么大的罪！

他也总算明白了宁雪陌穿越以后拼命想要回来的主因。

他缓缓握紧手指。

天帝和洛九宸——

他会让这两个人付出血的代价！

那边小念陌还在絮叨："所以我父君一定是死了，不然他怎么忍心抛下我和娘亲？怎么忍心看着我们娘儿俩被人欺负……"

"他是个白痴！"神九黎叹息一声，说出对自己过往的评价。

小念陌却不干了！

他自己可以埋怨自己的父君，却不容许别人说一点不是！

他一下子跳起来："你才是白痴！不许骂我父君！"

神九黎："……"

天道石忍不住又哈哈哈地刷屏。

神九黎一个冰凉的眼神扫过来，天道石不禁打了个寒战，却还不服气地道："你看我干吗？"

"白痴！尽早帮我恢复！"

天道石："……"

白痴是你自己吧？你不但自己骂自己，还被儿子骂了……

天道石趁机向神九黎谈条件："我尽快帮你恢复可以，你必须为我提供鸡血红晶石，我能让这里面的灵气再提升一倍！"

神九黎没说话，缓缓伸开手掌，里面有红光闪烁，一块晶莹剔透的血红石头显现了出来……

天道石："……"

神念陌看着稀奇，瞧着这石头："这石头真好看，比那块白石头好看多了。"

天道石："……"

它顾不得和这父子俩争吵，略一发力，那块血红石头就直接从神九黎的手里飞了起来，落在一块水晶上。

然后……那块血红石头上的颜色以肉眼可见的速度变淡，最终石头风化成粉末。

而那水晶洞内的水晶就像吸收了能量一样，颜色更加鲜亮，里面的光波闪烁得更厉害。

就连神念陌都能感应到里面能量波的涌动。

神九黎瞥了一眼水晶球上显示出来的画面，宁雪陌依旧站在那棺材上，在她周围官兵横七竖八地躺了一地，其余还能站着的人都远远地躲着，不敢近前……

来的官兵越来越多，带队的将领头衔也越来越高……

整个冥城的百姓都已经被这件事给惊动了，人越聚越多，从水晶球里望过去，黑压压的都是人头……

在宁雪陌撂倒了一大片冥界将领后，大部分人再不敢上前，只站在远处叫嚣。

而宁雪陌并不解释，只说了一句话："去叫你们的冥王来！"

她第一次说这句话的时候，惹来了带队兵将的大声嘲笑，嘲笑她不自量力，不看看自己几斤几两就想见冥王……

然后那带队兵将一口咬定宁雪陌就是偷盗孩子的贼，下令官兵放箭，一副要将她射成刺猬的架势。

箭雨如飞蝗，射向宁雪陌。

宁雪陌动也没动，长鞭旋转——

眨眼的工夫，那些箭都被她的长鞭击飞了！

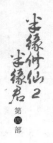

所有箭头都不见了，而没了箭头的长箭又全部飞射了回去，射在它们的主人身上……于是弓箭手倒了一地。

她这一招将所有的百姓都镇住了，也将那些官兵镇住了，终于有人飞奔着去禀报冥王……

"娘亲好帅！"小念陌看得热血沸腾，然后回身问神九黎，"我娘亲帅吧？"

神九黎却闭上了眼睛调息，压根儿不理他。

小念陌讨了个没趣，摸了摸鼻子，转头又看向水晶球，不舍得放过任何一幕。

大概是一直在一起的关系，小念陌没注意到身边的同伴身量又增高了……

远处有黑云涌动，有呼喝声远远传来："冥王来了！冥王来了！"

冥城的百姓呼啦啦跪了一地，迎接他们的王。

在一众跪下的人中，站在棺材上的宁雪陌就显得鹤立鸡群了。

冥王是骑着一头黑虎来的，黑虎咆哮之声让周围的百姓跪在地上也忍不住打冷战。

而冥王周身还有无数护卫大臣随行，各自骑着坐骑，每一头坐骑都是凶兽，乌压压一大片，威势十足。

如果是功力差一点的人，也不用冥王开口，就凭这份威压也能让人俯首跪地，瑟瑟发抖。

宁雪陌却大大咧咧地站在那里，嘴角一丝慵懒的笑容，仿佛压根儿没感应到来自对面的超强威压。

冥王身边的宦官向着宁雪陌呼喝道："你是何人？见了我们冥王陛下，为何不跪？"尖厉的嗓音破空而出，在整个街道上盘旋，表示这个人功夫实在不低！

宁雪陌懒散地笑道："我要见你们冥王不是向他下拜的。"

她此刻还是一副冥界普通妇人的装束，冥王以及他手下的那些将领打量了她一圈也没认出她到底是谁。

冥王在路上时显然已经听说了她的事，沉声问道："你这妇人是何来历？为何要毁掉一家玉铺？还打伤打死如此多的官兵？！"

他说话的工夫，那些冥界高手已经悄悄四散开，隐隐将宁雪陌包围起来……

宁雪陌似乎没看到那些包围过来的官兵，浅浅一笑："打死打伤？打伤倒是有的，打死嘛……这罪名我可不认！"

一句话落地，她指尖连弹，无数道指风飞出，地上躺着的那些脸色煞白、一动不动、仿佛死了的兵将动了动，然后从地上一跳而起，人人一脸茫然，仿佛刚才只是大睡了一觉。

这次事件之所以惊动冥王不是因为玉铺被砸，而是因为这些让人以为已经遇害的兵将。

现在他们忽然又全部跳起来，好端端地活着，也让所有的人松了一口气。

冥王的脸色终于好看不少："阁下这是何意？"

宁雪陌勾起嘴角道："若非如此，陛下又怎会亲自前来？"

冥王道："原来你弄出这么大动静是为了见本王，现在你已经见到本王了，可以将你的目的说出来了吧？"

宁雪陌道："不知道冥王陛下对子民丢失孩子一事有何看法？"

冥王皱眉："朕已派人全力查此事。"

"可查出眉目？"

冥王眼神锐利："或许已经查出眉目！"

宁雪陌挑眉："哦，什么眉目？你找出幕后主凶了？是谁？"

冥王冷笑："远在天边，近在眼前！"

宁雪陌笑了："原来阁下怀疑我，怀疑人是要有证据的，不知道陛下有何证据证明我是那幕后主凶？"

冥王旁边的一位大臣忍不住道："你还不承认？你若不是幕后主凶，为何要毁掉那家玉铺？"

宁雪陌抱着双臂道："砸毁玉铺怎么就和丢孩子这事联系上了？"

大臣冷笑道："你明知道玉铺所卖的白玉娃娃是护佑娃娃，买了这种娃娃的人家就可以让孩子不丢失。你怕全城的孩子都拥有这种娃娃，让你无法再得逞，自然就先毁掉这家玉铺。如今人证物证俱在，你还敢狡辩？你到底是何人？如此做必然有极险恶的用心！想要我冥界百姓绝后，其心可诛！"

这大臣口才倒是了得，一番话已经向宁雪陌扣下无数大帽子。

宁雪陌不理会那大臣，目光转到冥王身上："陛下也相信这玉铺中的娃娃是护佑娃娃？"

冥王一噎，他毕竟在深宫里养伤，对这件事只是有所耳闻，却并没有将其放在心上。

现在听宁雪陌一问，他一时有些回答不上来："这……据说买了这些娃娃的人家确实没有丢失孩子……"

"陛下，这是真的。买了娃娃的人家孩子都好好地在家里，就算在大街上疯跑也丢不了。倒是没买娃娃的好多人家的孩子，忽然就莫名其妙地消失了。"有人在人群

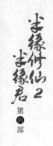

中叫出来。

"是啊，是啊，隔壁老张家的孩子就有一个这娃娃，那孩子没丢，我儿子是和他一起玩的，却丢了！"有人大声附和。

"是的，是的，我家也是如此。我女儿曾经和街上的九儿一起玩，我女儿就忽然消失了，九儿却好端端的，九儿当时就抱了一个白玉娃娃……"

"对，对……"

越来越多的人在人群中附和，证明那白玉娃娃确实是护佑娃娃……

这么多人做证，更让这白玉娃娃是护佑娃娃的事板上钉钉……

冥王点了点头，目光落在宁雪陌身上："现在你还有何话说？"

宁雪陌却不动声色地道："很好，那丢过孩子的父母是不是都来了？先出来一下，我有话要问你们。"

那些丢失孩子的人正满腔悲愤，此刻又有冥王在这里为他们撑腰，所以他们也不怕宁雪陌会捣鬼，纷纷站了出来。

这些人丢了孩子早已一腔悲愤，如今又怀疑宁雪陌就是偷孩子的贼，自然个个儿义愤填膺。若不是慑于宁雪陌那极高深的功夫，他们只怕就要当场向她砸臭鸡蛋了。

宁雪陌视他们的这种杀人眼光为无物，凉凉地开口："你们的孩子丢失前是不是都和抱有白玉娃娃的孩子玩过？"

她这一句话问出口，众人静了一瞬。

那些孩子的家长原本来自四面八方，互相之间并不认识，这个时候却几乎是异口同声。

"是啊，我的孩子是这样。"

"我的孩子也是这样。"

人们纷纷开口，丢孩子的五十八位父母中有十分之九的人承认这一点。

而没承认的父母则是不知道孩子丢失前和谁玩过。

宁雪陌似笑非笑地看向冥王："陛下听到这里可有什么想法？还觉得那些白玉娃娃是护佑娃娃？"

冥王则看向负责调查此案的大臣："此事属实吗？"

那大臣额头滚下汗珠，点头："这……臣已经调查过，确实如此。不过臣也调查过那些抱着白玉娃娃的孩子，都是正常好人家的儿女，并没有什么不妥。而且他们也和许多小孩子一起玩过，那些孩子并没有丢失，丢失的仅仅是个别……"

冥王倒不是真糊涂的人，沉下脸来："胡闹！既然丢失的孩子都和抱娃娃的孩子一起玩过，那证明这白玉娃娃确实有问题！如何不来这铺子中追查，反而任由百姓把这里的白玉娃娃当成一种护身符购买？"

大臣已是满头大汗："这……是臣疏忽了。"

冥王的目光落在那卖白玉娃娃的老板身上："你在此卖白玉娃娃，是何居心？你在那娃娃身上使了什么咒术？老实招来！"

老板立即大叫冤枉，说自己的白玉娃娃压根儿没问题，他只是个手艺人，卖这个只为糊口，哪里会使什么咒术……

这老板卖东西时不太爱说话，真正申辩起来倒有好口才，一番话让周围的那些人连连点头。

因为店铺中的白玉娃娃已经全部被毁，冥王便命人让买走白玉娃娃的人送几个娃娃上来。

官兵从人群中看热闹的百姓手中果然收上来五六个白玉娃娃，冥王细细检查了一遍，却没发现什么不妥，娃娃身上没有丝毫邪气。

冥王身边不乏此道中的高手，这些人将那些娃娃检查了一遍，也没发现有什么不妥。

冥王又把目光转向宁雪陌："阁下为何认定这娃娃一定有问题？或许那些孩子的丢失和这白玉娃娃并无关联，一切都是凑巧而已。"

宁雪陌道："请陛下找几位本地的玉雕师出来，我有事相问。"

冥城之中自然是有玉雕师的，在围观的人群中就有几位。这几位甚至还是高手，在征得冥王的同意后，这时候全部站了出来，走入圈内。

宁雪陌一扫他们几人道："你们的玉雕手艺如何？"

那几人尚未说话，旁边已经有人喊出来："他们几位是本城最有名的玉雕师，手艺自然是极好的。"众人纷纷认同，可见这几人在冥城是小有名气的。

宁雪陌只问了他们一个问题："各位大师，做玉雕的时候能否雕刻出一模一样的东西，丝毫不差的？"

那几位玉雕大师你看我，我看你，纷纷摇头。

"雕刻相似的可以，但一模一样的太难了！"

"不错，就算能雕刻出一模一样的东西来，但每一块玉玉质不同，也不可能做到完全一样，就算临摹雕刻也做不到。"

"大小总有一点点差别的。"

宁雪陌笑了："那……如果出现一模一样的玉雕呢？"

玉雕大师们摇头："不可能！压根儿不可能！"

宁雪陌轻笑："但这位老板做到了。我就在这老板的店铺里发现了一模一样的娃

第
三
十
七
章

遭
嗜
血
食
棺

949

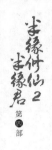

娃！"冥王命人搜查了一圈，果然找到几个一模一样的白玉娃娃。

那老板也豁了出去："陛下，就算草民的娃娃有完全一样的，但草民也没害过人，相反还救了人，买了草民的娃娃的孩子都是安全的不是吗？陛下又何必问草民的这些娃娃是怎么制作出来的？"

冥王皱眉："事出反常必有妖，拥有娃娃的孩子虽然没丢，和他玩过的其他孩子却有丢失的，焉知不是你在这娃娃身上加了什么古怪咒术，让其他孩子一时迷了心智，被拐走……"

"陛下，您这都是自我推断，并不能作为证据证明确实是草民所为。"

冥王："那你如何解释这白玉娃娃一模一样的古怪之处？既然心中无鬼那还怕说实话？"

那老板呆了呆，咬牙道："此……此是草民的家族秘方，恕草民不能说。"

宁雪陌抱臂听着，忽然轻轻一笑道："他这个法子我或许已经知道了。"

她用脚踢了踢下面的棺材："秘密应该在这里面。"

众人其实在来的时候都注意到了这口大红棺材，只不过后来被各种唇枪舌剑给吸引了注意力，现在听宁雪陌这么一说，目光都转向这口棺材。

冥城百姓最常见的东西就是棺材，见这口棺材除了颜色鲜亮一些、个头儿大了一些，倒没别的古怪之处，都望着宁雪陌等她给一个答案。

店老板却脸色微变，悄悄后退了一步。

冥王又看向宁雪陌："这棺木中有什么？"

宁雪陌用手中的棍子点上了棺材盖，漫不经心地道："有什么弄开它就知道了！"

那棺材盖子被宁雪陌一棍子挑开，终于露出了里面的物事。

血红棺材里的东西简单得很，就一个坛子。

那坛子模样很普通，有点像常见的骨灰坛，不同的是，它是骨白色的，看上去暗淡无奇。

"这是什么？"冥王看向那店老板。

那店老板道："这是……草民发妻的骨灰坛，草民夫妇一向恩爱，她先我而去，草民对她极为不舍，便将她的骨灰封入此坛中，放入棺木里，一直陪伴着草民……"一番谎言编得无比顺溜。

宁雪陌扑哧一笑："原来这是你爱妻的骨灰坛吗？那血棺又是何意？"

"草民发妻生前喜穿大红衣衫，草民只是为了帮她完成这个心愿而已。"

宁雪陌轻轻一笑道："原来如此吗？"她俯首看了看那不起眼的坛子，"看上去确实像个骨灰坛，就是不知道里面有没有骨灰……"

她伸手就去拿那坛子，那店老板突然扑了过来："不要惊动她！"怒意写满他的眼睛，"死者为大，难道你连死者也不放过？！"

他还没扑到跟前，便被宁雪陌一袖子挥开。

那店老板被宁雪陌挥了个跟跄，宁雪陌笑道："你慌什么？如果真是骨灰坛没有人会把它怎么样的。"

她又看向冥王："陛下何不派人验看一下此物？"

冥王一挥手，招来一名仵作去看那坛子。

那名仵作上前，俯身抱起那个坛子，先晃了晃，又颠了颠，随后打开坛子口闻了闻，禀报道："陛下，这坛子中所装之物应该不是骨灰，这个坛子倒像是用骨头烧制出来的。"

冥王瞧了脸色苍白的店铺老板一眼，吩咐那名仵作："那坛中到底是何物？"

仵作将手伸入坛子，片刻后自里面掏出两个白森森的小人儿来。

那小人儿不足半尺长，像是瘦骨嶙峋的胎儿骸骨却又玉质化了。

"这是什么？"冥王语调森然。

店铺老板张了张嘴，还在竭力圆谎："这……这是草民未来得及出生的孩子……草民的发妻就是难产而死……"

仵作实在听不下去了，一掌将那店掌柜拍了个跟头："这里面共有十具这种小儿骨骸，都是死在你老婆肚子里的？！你老婆是猪啊？事到如今你还要满口谎言！"

十具这种骨骸？！

骨灰烧制的坛子、坛子中有十具胎儿骨骸，这种情况任谁也明白很诡异，这坛子只怕是一个超级邪物！

宁雪陌道："陛下不妨丢一个白玉娃娃进去，看看会有什么效果。"

冥王果然命人将一个白玉娃娃放入坛中，坛中有淡淡的青光冒出，片刻后，光芒散去，有两个一模一样的白玉娃娃在坛口浮现……

人群中发出惊呼之声，人们总算明白那么多白玉娃娃到底是怎么来的了！

冥王还不死心，又拿了另外一个娃娃放进去，片刻后，他又得到了两个相同的娃娃……

"说，你弄此邪物是何居心？！"刑部的大臣怒问那店铺老板，再向身边的兵士打了个手势。

兵士立即冲上前将那店铺老板给按倒在地……

那老板倒也是狠角色，到此时依旧不肯认账："陛下，事到如今草民只能实话实

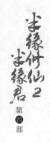
说。草民并无任何害人之心，草民之所以制造这些娃娃是因为三年前的一个梦……三年前草民正在家中休息，梦到一金甲神告知草民，三年后冥城将有一场幼儿之灾祸，须用此物造白玉娃娃送入众百姓之子手中方能避祸。他还传授给草民制作这白玉娃娃的法子……草民一觉醒来，本不信，但见到此金甲神赐予的坛子便半信半疑起来，于是按照金甲神的嘱咐备齐了那些东西，试验了一下，果然能复制出白玉娃娃。草民这才信了……当时金甲神说此事乃天机，不可说与任何人知道，所以草民一直暗暗制作而不曾向任何人言明……陛下您瞧，这白玉娃娃来历虽然诡异些，但毕竟没有害人不是吗？还救了无数小儿……"

他这一番话编得有鼻子有眼，似乎他不是心怀叵测的小人，而是救苦救难的菩萨。

偏偏买了这白玉娃娃的孩子都没什么事，旁边围观的人听了他这一番鬼话，居然也半信半疑起来。

那些原本已经把白玉娃娃从孩子手里拿过来的人又将其塞回孩子手里，甚至刚才贡献出娃娃的那些父母，又低声向冥王讨要，更甚者恨不得将自己手中的白玉娃娃放入那个坛子里再复制几个出来。

还有的百姓请求冥王将这位大仁大义的店铺老板放掉，这样的好人抓不得……

也不过是片刻工夫，现场一片嗡嗡声，十个人有八个人为那老板求情。

冥王皱眉，他不傻，自然不相信这店铺老板的一番鬼话。

但普通百姓都是遇到危险见了救命稻草就抓的，压根儿不会管这稻草是不是陷阱……

就连抓着店铺老板的几名士兵也放松了些力道，让那老板站了起来。

那老板在起身的那一刻还得意地瞥了宁雪陌一眼，他原本想嘲笑宁雪陌几声，但和宁雪陌那一双冰凉的眸子对上，他顿时打了个寒战，原本骂人的话没敢出口，只是冷笑一声道："小人做事问心无愧，只是这个女子进来就砸我的店铺，还口口声声诬陷小人，不知道是何道理？"

这个时候他开始猪八戒倒打一耙了！

宁雪陌微微皱眉，没想到这个老板居然有这种颠倒黑白的本事。

她以为揭穿他造白玉娃娃的真相就能揭穿他的阴谋，却没想到对方几句话情况就有反转的趋势。

偏偏那些冥界百姓里真正的明白人不多，纷纷开口质疑宁雪陌如此做的用心。

一时之间，宁雪陌成了众矢之的……

场面再次混乱起来。

小念陌一直在水晶球上看着，看到此处气得浑身发抖，小拳头握得紧紧的："这些人太愚蠢了！难道非等着吃大亏才相信那白玉娃娃其实是害人的东西？！"

神九黎看了水晶球片刻，也就差不多明白了事情的前因后果。他原本正在打坐，就见宁雪陌虽然神色镇定地站在那里，但小嘴微微抿起。

显然，这个情况对她来说也有点棘手，她一时尚未想到应对的法子。

而冥界的百姓正在你一言我一语地声讨她，声浪一浪高过一浪……

神九黎眯起了眼睛！

一群不知道好歹的混账！

目光落在那口血红棺材上，转了一圈后他轻轻一勾嘴角，并没有理会义愤填膺的小念陌，闭上了眸子，双掌合于胸前，似在运功打坐，但姿态又和刚才打坐时不一样。

一道淡淡的白光自他指尖发出，钻出了天道石的屏障，钻入地下——

小念陌一双眼睛凝视着水晶球，压根儿没注意自己的老爹做了什么小动作，他正拼命揉他的大脑门："怎么办？怎么办？这些人就是糊涂不识好歹怎么办？娘亲明明是为他们好，想救他们的孩子，反而被他们如此辱骂责难……那冥王也是个混账，他难道也相信那破老板的话了……"

他几乎要站起来转圈圈了。

第三十八章　被疑成探子

"这个女人到底是从哪里来的？大家谁认识她？"

"是啊，这个女人来路不明，怕是其他界的探子！"

"对，对，田阳老板好歹是我们冥界的人，在这里开店也有三五年了，从来没做过什么坏事，他做这些白玉娃娃的方法虽然怪异，但他也是为了大家好，不像这个女人，不知道哪里跑出来的……"

"不错，不错，她拼命想要毁掉这些救命的白玉娃娃，肯定居心不良……"

"……"

人群中传来责问声，人一旦多起来，就怕有心人鼓动，一旦受鼓动众人很容易盲从，然后就群情激愤，进而群起而攻之，头脑一热之下不知道会做出多么没脑子的事来。

现在宁雪陌所处的环境就是如此，有些头脑比较简单、脾气又暴躁的人几乎要冲宁雪陌扔臭鸡蛋了！

尤其是那些丢了孩子的人，更是憋了一腔邪火没处撒气，现在头脑一热，有几个人已经挽胳膊撸袖子地冲了上来。

"滚出我们冥界！"

"杀了这个居心叵测的女人！"

"……"

扁担、棍棒、菜刀……各种家什冲着宁雪陌劈头盖脸地砸了过来！

宁雪陌眼眸中有微光一闪，她一抬手，正要做什么，一个孩子忽然拨开人群冲进来："你们不要伤害她！她是我婶婶！她不是坏人！"

晓晨！那个孩子正是晓晨！

宁雪陌刚才大闹玉器店的时候这孩子一直躲在人群中，让人几乎忘了他的存在。

现在他忽然冲出来，居然想用小小的身子去挡那些棍棒、菜刀……

就他这小体格，只怕几下就能要了他的命！

尤其是飞来的那柄菜刀，好死不死正是冲着他的脑袋而来！

宁雪陌手腕一圈一转，一道淡青色光芒闪过，将她自己和那孩子罩在其中，那些"武器"瞬间像是撞进泥沼中溶化得没了影子。

那孩子后知后觉，似乎被吓到了，小脸煞白地向宁雪陌怀中扑去："婶婶……"

但在扑到她身前不到一尺处的时候，他忽然像是遇到了什么阻碍，再扑不过去。

他张着两只小手，一双大眼睛可怜巴巴地看着宁雪陌："婶婶？"

"乖乖在这里站着。"宁雪陌似笑非笑地说完，便不再理会他。

而她骤然露出的这一手，也镇住了那一批想要动手的人。

众人这才想起此女功夫其实是极惊人的，属于分分钟就能要人命的……

那些动手的人额头上冒出冷汗，暗悔自己的莽撞，唯恐遭到宁雪陌的报复，纷纷后退。

"大家别听她的！她有这么好的功夫为何一副农妇打扮？定是别界的奸细！她想坑害我们冥界的孩子，所以千方百计地想毁了这些白玉娃娃！陛下，既然有这个宝贝罐，就请多制造一些娃娃分给尚未买到娃娃的孩子们吧？孩子的安全最重要！"人群中有人尖声呼喝。

他这一声立即又引起周围其他人的响应，大家纷纷要求冥王赶紧下令，多造娃娃……

尤其是那些还没抢到白玉娃娃的家长更是沉不住气，纷纷向前挤过来……

宁雪陌微微眯起眼眸，似乎终于确定了什么，指尖捏了个法诀，正要出手，人群中忽然传出一声惊叫，一个人像是中了什么暗算似的原地飞了起来，身上似有什么做牵引，向着那口血红棺材直飞过去……

那人挣扎着，越接近那口棺材脸色越白，当他的身体终于悬于棺材上空将落未落的时候，只听他失声大喊："救命！不要！不要！"

店掌柜也变了脸色，向前两步，就要将那个人扯下来。

宁雪陌何等聪明，一看这情景心中一动，棍子一横，挡住了店掌柜的脚步："你做什么？"

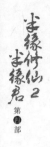

店掌柜脸色煞白，终于憋出一句："他会掉进棺材里的！"

"掉进去就掉进去，你这棺材又不吃人，怕什么？"

店掌柜脸色更白，却一时找不到反驳的话。

而那个悬于棺材上空的人显然是知道内情的，眼看自己的身子就要跌入棺材，吓得几乎尿了裤子："不要！不要！救命啊……"

仿佛他身下不是那口棺材，而是会吃人的炼狱！

冥王神色一动，一挥手止住那些想要救人的兵将，冷冷瞧着那个人。

那个人正是刚才一直在人群中趁乱鼓动人心的，他被一股莫名的力量控制住，极力想要挣脱，却又挣脱不开，只能眼睁睁地看着自己的身子一寸寸没入棺内。在双足踏上棺材底部的那一刻，他发出了那种明明痛到极点偏偏被捂住嘴巴的闷哼声……

众人眼睁睁看着他整个身子没入棺材内，然后化为一摊血水……

所有的人都惊呆了！纷纷后退。

宁雪陌也没想到这血棺会如此恶毒，脸色也是一变！

"这是怎么回事？！"冥王目光如利箭，射在那店老板身上。

那店老板面如死灰："小人，小人不知……或许，或许是有人捣鬼……"

"事到如今你还敢狡辩，你当真以为朕是这么好骗的吗？拿下……"

这次所有的兵将再无怀疑，立即将那店老板拿下。

冥王冷笑："这血棺是你的物事，你不知道谁知道？来人，把他给朕抛入血棺之中，让他亲自验证这血棺有没有古怪！"

兵将立即抬起店掌柜向着血棺走去。

店掌柜吓得杀猪似的叫起来："饶命！饶命！"

冥王忍不住向宁雪陌望过去。宁雪陌脸色有些苍白，目光直直地望向一个方向，身形忽然一起，如流星般落入人群中……

因为刚才她的出手，大部分人还有些怕她，看到她飞过来，纷纷作鸟兽散。

宁雪陌却全然不管，目光急切地在附近扫视，仿佛在寻找什么。

然而，她到底失望了，什么也没找到……

她所站的位置正是刚才那被莫名力量抛出来的男子所站的地方，但那个地方除了青石还是青石，什么也没有。

她不死心地蹲下身似乎在嗅那里的气息，可是什么也没发现……

她缓缓起身，微微抿起嘴唇。

是她眼花了吗？

她刚才看到那男子被抛出来时的那道光芒很熟悉，有些像是神九黎发出来的……

难道是自己太想念他了，才会出现这种幻觉？

她站在原地有些失魂落魄，冥王接连问了她好几句话她都好似没听到。

冥王自然不想将那店老板真扔到血棺中去，还想从这个人嘴里问出背后之人……

店老板倒真是一个难啃的硬骨头，到了这一步还死鸭子嘴硬："陛下，陛下！就算这血棺有些邪气，但草民毕竟没害人呀，这白玉娃娃也没害过人，还救了不少孩子。陛下您如此做会让百姓寒心的……"

那些围观的人面面相觑，好多人属于不见棺材不掉泪的，跟着开口："陛下，这白玉娃娃真没害过人，法子虽然邪恶了点，但毕竟对孩子们好……"

"是啊，是啊，陛下，不要误伤了好人……"

"陛下，这血棺邪气，我们不必管它就是，那个坛子还是应该留下的……多弄点娃娃出来，先分给孩子们让大家安心……"

"……"

冥王皱眉，他的这些子民丢孩子丢怕了！见了根稻草就想抓，也不管这稻草有毒没毒！

宁雪陌此刻回过神来，听到这些人的言语，简直无语！

"用邪术炼制出来的白玉娃娃能有护佑作用？你们是不是没带脑子出来？这样的鬼话也信！如果这娃娃是控制人的一种邪物，背后之人为了多掌控一些孩子，故意将没买过白玉娃娃的孩子偷走，然后在城中散布谣言，造成一种只有买了白玉娃娃才平安的假象，你们又该如何？是人都该知道，有些人炼制邪术或者下什么降头，会借助一个媒介，让人不知不觉受控制！若我所料不错，这白玉娃娃就是这个媒介！那背后之人想要控制的是冥城之中的所有孩子！所以不但不能再制作这白玉娃娃，还要让那已经买了娃娃的人赶紧将这东西砸烂，毁掉……"

宁雪陌一番铿锵有力的话说完，就连冥王也惊出了一身冷汗！

他立即下令全城的百姓上缴那些白玉娃娃……

此刻这里围观的百姓里有一大半是已经买了娃娃的，还是将信将疑的，犹豫着不肯交出娃娃，有的人甚至想要将白玉娃娃藏起来……

宁雪陌一看那些百姓的神情，便知道让他们上缴这些白玉娃娃不会那么痛快。她眉尖一挑，看来得下猛药了！

她飞身而起，落在店掌柜身边，站在血棺边沿，让那店掌柜大头朝下，然后她冷冷地开口："我数三声，你再不说实话，我会直接将你丢进去！"

她语调森然，没有人敢怀疑她这话语的真实性。

店掌柜吓得脸色煞白，依旧嘴硬地辩驳，不肯承认。

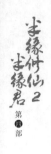
宁雪陌不理他，数到三后，干脆利落地松了手！

店掌柜惨叫一声向着棺内跌去……

在他的脑袋将要撞上棺材板的时候，宁雪陌又将他拎住，声音比寒冰更冷："再给你一次机会！说出你幕后之人！说出这娃娃的功效！"

店掌柜几乎吓尿了裤子，宁雪陌就像个女修罗，让他再不敢狡辩，一闭眼叫道："好，好，小人说……

"小人本就是这城中的一名玉匠，前几天有一人来找小人，租住了小人这地方，让小人卖这些白玉娃娃，还说卖的钱全部归小人。小人贪图这小利，就……就开始卖了，小人也不知道这些白玉娃娃到底有何用……"

"撒谎！如果你不知道，那你怎么知道防备这口血棺？"

"是……是那个人事前提醒过，让小人万万不能跌入血棺中，不然……不然尸骨无存！"

"那些丢失的孩子呢？他们又在哪里？"

"小人不……不知道……"店掌柜眼神闪烁。

宁雪陌冷笑："看来不给你点苦头尝尝，你还不知道深浅！"

宁雪陌向他后背一敲，那店掌柜身子剧烈一抖，惨叫出声，满头大汗滚落……

片刻后，店掌柜终于熬不住这种生不如死的酷刑，说了实话："前几天丢失的那几个孩子小人并不清楚，但这两天丢失的孩子都……都自动投身在这血棺中了……"

围观的百姓静了静，然后忽然像炸开锅似的吵嚷起来。

那些已经丢了孩子的人爆发出怒吼声，拼命推搡，想要上前来撕了这店掌柜！

冥王也怒气冲冲地道："败类！居然连同外人祸害同界之人！说，那个指挥你做这种下作事的人是谁？再不说实话，朕将你千刀万剐！"

店掌柜一闭眼道："小人也是被迫的，那背后之人是……是魔主……"

这句话又像一颗炸弹，令人群又炸开了锅！

百姓义愤填膺，气怒之下更是骂不绝口！

宁雪陌冷笑一声道："你怎么知道背后之人是魔主？你亲眼见到她了？"

店掌柜咬牙点头："她是亲自来吩咐小人的，所以小人不敢不从。"

"那魔主长什么样子？"

"一身红衣，很漂亮。"

宁雪陌再一笑道："这个是人都知道！不算！你撒谎不打草稿吗？"

冥王皱眉："这位女子，你怎么知道他是撒谎？"

宁雪陌抬起头来，勾唇一笑："很简单！因为本座就是魔主！"

她周身忽然有红光闪现，片刻后，所有的人都倒吸了一口气！

原本那位面貌普通的女子不见了，取而代之的是一位红衣如火的绝美女子。

那绝美女子一头黑发随风飘扬，额间的朱砂痣殷红如血。

她飘飘然立在那里，冷冷瞧着那店掌柜："本座什么时候亲自吩咐你这个了？"

店掌柜张口结舌，面如死灰，再说不出话来。

冥王也目瞪口呆，好在他还算反应快，忙率领文武百官拜了下去："参见魔主！"

宁雪陌目光四扫，那些围观的百姓傻了片刻后，也纷纷跪了下去！

到了这个时候，众人自然明白这店掌柜说了谎话！如果此事是魔主在背后主导，现在就不可能费这么大力气揭穿……

冥王怒不可遏，向那店掌柜喝道："事到如今你还不说实话？不怕朕诛你九族吗？"

店掌柜道："这……指使小人的是……是……"

他一双眼睛情不自禁地向着一个方向望过去。

众人自然也跟着看过去，那个方向站着一名孩子……

"陛下小心！"有人大叫了出来。

几乎同时，一道蓝光如闪电般向着冥王射去！

那蓝光速度太快，冥王周围的护卫根本来不及出手，冥王手中一轻，那坛子居然被人劈手夺去！

"哈哈哈……有趣！"那道蓝光直冲上天，在半空中停住……

众人纷纷抬头，这才看清那蓝光是一个童子，一个身穿蓝衣的童子。

他一只手托着那个坛子，垂眸下望，如同俯瞰众生的王者："没想到本座辛苦设的局会这么快被人识破，小雪陌，你很聪明啊！"

宁雪陌抬头望着那个被她起名为晓晨的童子："你果然是洛九宸！"

那童子轻轻一笑道："是啊，不过我总算瞒过你一次。小雪陌，你这次又坏了我的好事，我该怎么对你才好呢？本座本来想弄三万童子心，现在……只能取这四千八了……"

他忽然将手掌按在那坛子边沿，掌心冒出一圈圈紫光……

"快扔了白玉娃娃！"

人群中不知道多少人高叫起来……

那些原本抱着娃娃不放的人忙不迭地把白玉娃娃向外扔……

也有高手高喊："不要让他施展妖术！杀了他！"

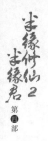

无数法器闪着光芒向着洛九宸砸过去，想要阻止他的动作。

洛九宸周身却似有一道屏障，那些法器压根儿砸不到他身上……

只见他哈哈一笑，笑容说不出地得意也说不出地阴森："没用的！生辰八字被刻在白玉娃娃身上的孩子就是本座的祭品，摔了娃娃也没用……你们就等着你们的孩子的心脏自动飞出吧！"

一番话让那些买了白玉娃娃的人脸色大变，有的人几乎要瘫倒……

冥王怒视着洛九宸："洛尊主，朕自问没什么对不起你的，你为何要如此算计我界子民？！你住手！住手！"

洛九宸站在半空不动，那么多人出手，那么多法器围着他打转，却没有一个人能阻止他，更没有哪一件法器能砸中他，人们只能绝望地看着他催动那个坛子……

谁都知道那个坛子一旦被催动，那些孩子就会瞬间毙命！

众人都急红了眼，却又都没办法。

洛九宸似乎十分享受众人此刻的反应，目光一转，落在站在原地始终不动声色的宁雪陌身上："小雪陌，你很冷静呀，居然一直没上前来和我动手……莫非你生这些人误会你、辱骂你的气？也对，你明明一直试图救他们，他们却不知道好歹总是误会你这个，误会你那个，我看了都替你委屈得慌，你不管他们也是应该……"

他这一番话里充满了挑拨之意。

冥界的那些人呆滞片刻后，一个个面红耳赤，纷纷低下了头。

宁雪陌却扑哧一笑："你以为我不出手阻止你是因为他们曾经对我的误会？"

洛九宸一挑眉："难不成还有别的原因？"他垂眸想了想道，"莫非……你终于有些喜欢我了，不忍心出手？"

他似开玩笑又似有别的意思："小雪陌，你还是第一次对本座这么好呢，本座会好好报答你的……"

他虽然一直说着话，手下动作却丝毫不停，无数咒法自他的指尖发出，作用在他掌心中的那个坛子上……

那坛子骤然一亮，洛九宸的眼睛也微微一亮，不过他尚未来得及露出喜色，坛子忽然啪的一声破了！十具小骨骸自坛子中跌落，尚未落地就化为烟尘，连那坛子也裂成了好几片，落入尘埃……

洛九宸："……"

正满脸紧张的众百姓："……"

洛九宸的目光蓦然落在宁雪陌的脸上："是你捣的鬼？！"

宁雪陌抱着手臂瞧着他，嘴角笑容不变："你说呢？"

洛九宸咬牙："你什么时候出手破坏的？本座为何没看到？！"

宁雪陌又说了两个字："你猜？"

洛九宸："……"

而将这两个人的对话听入耳中的众人却松了一口气，尤其是那些有孩子的人。

原来这位魔主已经提前把这诡异的坛子弄坏了，要不然后果不堪设想！

宁雪陌却依旧是那副漫不经心的表情，心中却冷笑一声。

她既然发现这坛子如此邪气，如何还允许它好好存在着？

在冥王试验完毕后，她已经暗中出手震碎了坛中之物，也将那坛子微微震裂。如果不使用法力催动，这坛子不会破，但一旦有法力迅猛催动，这坛子必碎无疑！

她出手时，所有人的注意力都在被逼供的店铺老板身上。她出手又轻，居然没有任何人发觉，就连一直托着坛子的冥王也没发觉。

洛九宸目光如针，几乎要钉在宁雪陌身上："小雪陌，我还是小瞧你了！"

宁雪陌掌心的诛天剑已经缓缓显形，她轻松一笑："是吗？我觉得你需要好好认识认识我！"

她也升到了空中，一身大红衣衫猎猎飞舞，映得她整个人似乎发出光来："洛九宸，你我之间的账该好好算算了！"

洛九宸也笑了，笑容温雅："小雪陌，你以为你现在是我的对手？"

宁雪陌叹气："我现在的功夫比起你来，或许还差点火候，所以我用了一点法子。"

洛九宸心中忽然生出不太妙的感觉："什么法子？"

宁雪陌没说话，而是手指掐诀，念动了不知道什么咒语……

洛九宸忽然觉得身上一紧，那一身蓝布裤褂中忽然冒出一道道红光，如蜘蛛网般将他全身笼罩，瞬间勒进他的皮肉内！

洛九宸几乎霎时间被捆成了粽子，在空中晃了晃，险些跌下尘埃！

不过他到底功夫了得，被捆成这样，居然还能坚持站在空中不跌下去，其他冥兵冥将砸上来的法器依旧近不了他的身。

他睁大眼睛，满脸的难以置信："你居然在这衣服中捣鬼了！你在那时候就认出我了？！"

宁雪陌勾唇："有所怀疑而已。"

她并不是轻易相信人的人，尤其当下几乎步步陷阱，她更会小心再小心。

她开始对这个孩子并没有多大防备，毕竟这孩子身上没有一点洛九宸的气息，这孩子也不是洛九宸变出来的，他是用的附体术，还是极特别的、任何人都无法察觉的

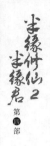

附体术。

但和这孩子的几句交谈令她起了一丝疑心，但又无法确定。

她为这孩子买衣服也是真的，但买了以后趁机在里面下了一种捆缚咒。

如果这孩子一直是普通孩子，那么这捆缚咒就不会发动，这身衣衫就是普通的华贵衣衫。

可一旦这孩子捣鬼，她只要念动咒语，这身衣服就会变成捆魔绳，一旦被它捆住，魔力再高的魔一时也挣脱不开！

捆魔绳勒入皮肉之中，洛九宸那一张白生生的娃娃脸上露出了一丝痛楚之色，那一双仿佛含了水的眼睛看着宁雪陌，他忽然轻轻开口："小雪陌，知道我刚才为何不扔了这具皮囊恢复原身吗？"

他垂眸看着自己身上那套蓝衫："因为这一套衣服是你买给我的，是你唯一给我的东西。就算明知道它是砒霜，我也舍不得扔……"

宁雪陌："……"

洛九宸望着她，眼神幽深："小雪陌，你瞧，你害了我这么多次，可我还是想对你好，你就不能对我温柔些？"

宁雪陌笑了："当然可以对你温柔些！"

那捆魔绳已经勒入他的肉里，宁雪陌却唯恐不够似的，继续催动法诀，那捆魔绳向里收得更快更紧！

捆魔绳捆住的不但是身体，连里面的魔魂也能一并捆住，让他轻易逃脱不了！

洛九宸已经入魔，这个东西对他很管用。宁雪陌知道他功夫高，所以一旦捆住他自然是向死里勒，唯恐不够紧，唯恐他不够疼！

洛九宸的身子几乎快被勒成麻花，他却轻轻叹了一口气："好狠的小丫头！！不过本座不是你用这东西就能困住的……"话说到这里，他身上忽然冒出了金光！

金光闪过处，那根血红的捆魔绳直接化为无形！

他在空中一个翻转，头顶上冒出一个人形的淡金色影子，那影子微微一晃，便消失于空中，只留下他的一声长笑："小雪陌，你确实有本事，本座更喜欢你了！不过本座还有其他计划……你们就慢慢品尝吧！"

宁雪陌脸色一变，抬手发出一道红光想要阻拦他，但那影子消失得实在太快，眨眼就不见了，她压根儿阻拦不住！

冥界中其他反应快的高手也纷纷出手，但他们的招式更是如水中捞月，连洛九宸的一丝影子也没捞到。

那孩子的身子却自空中跌落下去，摔落在尘埃中，一动不动！

众百姓傻了片刻，终于反应过来！

那些丢失孩子的人带着满腔怒火，纷纷跑上前，想要将那孩子的身体撕碎泄愤……

宁雪陌一抬手，红光过处，所有的人都被迫退了一丈。

此刻这些人对宁雪陌已经完全相信，充满了敬畏，见她替那孩子出手，都诧异地望着她。

宁雪陌淡淡地道："他是无辜的，只是被洛九宸附体了，你们不必拿他撒气。"

她看了看那孩子，神色微微一黯！

那孩子紧闭着眼睛，早已气绝身亡。

这本应是个天才少年，骨骼清奇，长相秀气，却因为被洛九宸相中，被他彻底附体，连魂魄也被吞噬殆尽……

宁雪陌在那孩子身上已经察觉不到一丝魂气。

越是孩子身上就越纯净，也越容易被附体，尤其是这么根骨绝佳的，一旦附体洛九宸的功夫能成倍增加。

这孩子既然已死，他的这尸体也不能留着，免得再被洛九宸所用。

宁雪陌干脆一把火烧了他……

"咦，怎么起雾了？"人群中有人惊叫了一声。

"天，那是什么？！"又有人惊呼起来。

"天哪，那边也有，颜色是白的！"

众人此刻已如惊弓之鸟，纷纷顺着声音瞧去，顿时色变……

宁雪陌也抬头朝四周一瞧，脸色一变！

四色雾！

在街道的四个方向都起了大雾，而且是不同的大雾。

红、黑、白、绿，分别从四个方向向着这边飞速地涌过来！

大街上响起人们惊慌失措的呼喊，无数人被大雾赶着向着这边飞奔……

与此同时，脚下的大地也开始剧烈地抖动起来，如同发生了八级地震！

怎么回事？！

百姓们被震得东倒西歪，惊慌失措，惊呼声、哭泣声、呼儿唤女声响成一片……

大地的抖动终于停止，被震得满地乱滚的百姓趴在地上惊魂未定。

片刻后他们起身看向周围，然后蒙了！

周围熟悉的一切都变了，店铺、街道、石坊……曾经的一切都消失得无影无踪，

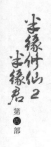

出现在他们眼前的是一片巨大到几乎没有边际的广场，而在广场周围有四条通道，每条通道都有一种颜色的雾气涌动而来。

唯有那边被绿色雾气侵袭的人还活蹦乱跳的，其他雾气中的人都死得极惨。

"陛下，东边的绿色雾气是安全的，我们去那边！"冥界丞相忙禀报道。

这个广场并不安全，一旦被雾气逼到跟前，所有的人都会死！所以他们必须尽早做出决断，躲入较为安全之地。

冥王却目光四转："魔主呢？"

"本座在这里。"一道声音在不远处响起，冥王看过去，就看到宁雪陌站在东边百姓陷落的地方，正低头向下看。

那里凭空出现了一道南北向的大裂谷，裂谷两端已经被红、黑两色雾气掩盖，所以要想到东边那个通道必须跨越那个大裂谷。

裂谷深不见底，下面有黑、白两色雾气盘旋，掉入裂谷中的百姓都已经没了影子。

裂谷横向足足有十几丈宽，除非会飞，否则众人休想跃到对面逃入那绿色雾气通道当中！

广场上的人原本看到绿色雾气不吃人，还纷纷下意识地向东边跑，却都被那大裂谷阻住，压根儿跃不过去，急得在坑边团团转，场面颇为混乱。

冥王看到宁雪陌还在，心定下一半："魔主，这是怎么回事？"

宁雪陌微一沉吟道："若本座所料不错，洛九宸应该在整个冥界设置了阵法，刚才的地震就是阵法发动的征兆，我们陷入他的阵法之中了！"

冥界百姓面面相觑，什么阵法这么厉害？居然能将这么多人弄进来！

冥王已经注意到被困在这广场上的民众足足有一万人！

"魔主可认识这阵法？"冥王满怀希望地看着宁雪陌。

宁雪陌缓缓摇头："本座也是第一次见！"

没想到这洛九宸也是阵法高手，怪不得他临走时说还有其他计划，原来是这么回事！

宁雪陌看了看四周缓缓逼近的四色雾气，大脑飞速运转。按这些彩雾的速度，半个时辰之内，就会在广场中央汇合，到时候会发生什么很难预知。

冥界之中自然不乏这样的计算高手，立即向冥王请示："陛下，我们必须速速离开这里，不然半个时辰后我们将避无可避！"

冥王自然也看出了此地的凶险，现在唯一能逃奔的方向就是东方绿雾处，他和一干武将好说，飞过这裂谷即可，普通百姓和一众文官又怎么办？全在这里等死？

"魔主，可有法子破此阵？"冥王把所有希望都寄托在了宁雪陌身上。

宁雪陌看了看脚下的裂谷，再看看对面的绿雾通道。她总感觉这绿雾通道内没这么简单，只怕里面有更大的陷阱等着人去跳！

她暗吸一口气道："陛下先退守广场中央，结阵防守，本座去那边看看。"她身形一起，直接飞过裂谷，飞入浓稠的绿雾之中，不见了影子。

众人面面相觑，不知道该不该相信她。

冥王却立即下令，让所有百姓和文官退守广场中央，让百名武将做护卫。

他则率领十几个心腹武将站在裂谷处，商讨通过裂谷的法子，进行各种试验……

他们先是用念力催生出高大树木来搭桥，但大木尚未搭上对岸，裂谷下面就冲上来一团烈火，直接将大木烧成灰烬！

他们再用念力凝出铁条，想搭座铁桥，但空气中的铁因子并不多，凝出来的铁条最多一丈长，压根儿搭不到对岸去……

冥王这边正拼命群力群策地想法搭桥，后面却传来惊呼声："陛下！陛下！"

冥王回头，发现除了绿色雾气外，其他三色雾气已经逼近广场，因为广场中人太多，不可避免地有一些人站在外围，那些雾气眼看就要侵袭到最外圈的百姓了。

那些百姓吓得魂飞魄散，拼命向中间挤，而当中的兵士还保护着那些文官，自然结成人墙，阻止百姓向里挤，已经形成冲突，孩子哭、大人叫，场面乱成一团。

也有些百姓见冲不进去，便干脆向裂谷这边跑过来，人太多，差点将冥王给挤到裂谷里去！

冥王周围自然都是高手，他们立即将冥王保护在正中，驱赶那些拥来的百姓。

不管什么环境下一旦形成人潮，那就有好多身不由己，许多人好不容易逃到裂谷边上，被后面慌乱的人一挤，最前面的人站立不住，顿时像下饺子似的向裂谷中掉……

那长长的惨叫声划破夜空，吓得人心脏都跟着颤抖。

冥王脸色发白，立即下令官兵阻挡向前蜂拥的百姓。

但在死亡的阴影笼罩下，又有多少人能理智地按照冥王的要求排队？

三面的雾气越来越近，给众人留的空间也越来越小，因为人太多，不时有人被雾气侵袭，或变为火球，或被冻成冰雕，或成为骷髅……

场中号哭声一片，如同到了世界末日一般。

局势眼看就要控制不住了！

"陛下，必须早做决断！臣保护陛下先过去，那边或许也危险，但总比在这里等死强。"

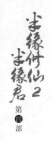

"陛下，我们不能再等那位魔主了，或许她在那边找到逃生通道早已逃走了！"

"是啊，她毕竟是魔主，我们曾经又误会过她，陛下甚至出兵攻打过陌宫，她在这时候不落井下石就是好的，如何肯真正费心救我们冥界中人……"

那些冥将纷纷开口，想劝冥王带人先过去。

如果冥王不走，这些冥将也不敢先行，自然极力撺掇冥王。

冥王也脸色苍白，他倒是能过去，但百姓怎么办？这上百名文官又怎么办？全扔在这里？

那些文官和百姓唯恐他们的王彻底丢下他们，眼巴巴地看着他，有叫的，有哭号的……

"陛下，适当时候需要壮士断腕！"冥界的元帅终于出声。

冥王闭了闭眼睛，长叹了一口气。这个时候，他也无法完全保住他的子民了，只能先行，于是终于点了点头。

他身边的将领大喜，立即护卫着他腾空而起，向着对岸冲去。

其他那些会飞的兵将这个时候自然忙不迭地也飞身而起，向对岸飞去，徒留下那些功力低甚至没功力的兵士、文官、百姓在裂谷这头等着被吞噬。

冥王飞到半空，身后已经传来那些百姓绝望的号哭声，他心脏一绞，脚下一绊，险些跌下去，幸好被身边的将领扯住……

此刻那巨大的广场中，仅有一小块地方没被彩雾侵袭，中间已经挤得像沙丁鱼罐头，两边的人实在挤不进去，又被彩雾迫得没法，绝望之下居然自动跳入裂谷之中……

后面号哭之声惊天动地，震得雾气都跟着颤抖。

冥王落在对岸时几乎有些腿软，还想回头看看，但他身边的将领怕他心软，直接簇拥着他向绿雾通道奔去……

绿雾中忽然有红影一闪，一女子终于现出身形，正好挡住冥王一行的去路。

冥王等人一呆！

魔主！她终于回来了！

宁雪陌在现身的那一刻便将这边的情形大体看清楚了，俏脸一沉！

"陛下，你这是要抛下你的臣民自己跑路？"她的声音冷得似能结冰。

冥王脸色苍白："朕也不忍，只是……"

"没有什么只是！你若还想救你的臣民，跟本座来！"宁雪陌身形一转，飞身而起，直接飞向对岸……

"魔主来了！魔主来救我们了！"

"天哪，真是魔主！她肯定来救我们了！"

"魔主，魔主救救我们！"对岸绝望的百姓看到红衣的魔主现身，立即大喊大叫起来，有的人太激动之下，几乎喊破了嗓子！

看到宁雪陌义无反顾地跃向对岸去救他的百姓，冥王也呆了呆！

"陛下，没有桥的话，那些百姓压根儿过不来，您就算和魔主一起再回去也于事无补，我们还是先行……"一位大将见冥王停住脚步，唯恐他头脑一热再冲回去，忙开口道。

此刻跟在冥王身边的将领有百十人，这其中自然也有人附和那位大将……

冥王的目光在众将身上一扫："诸位意见如何？"

众人你看我，我看你，不知道该怎么答言。

那位冥界的冷元帅向着冥王一揖："陛下万金之躯不宜涉险，陛下请先行，臣要去救那些部属，不能保护陛下了！"说完这一番话，他起身扭头就走，也随同宁雪陌飞向对岸……

冥王握紧手指，忽然转身，欲走回头路。

他身边的其他将领纷纷劝解，想要阻住他的脚步。

冥王长吸一口气，眼睛渐渐血红，一字一顿地道："朕是冥界之主，对岸则是朕的臣民！朕不能抛下他们！"身形一起，他不再管那些将领，也飞向对岸……

那些将领你看我，我看你，连他们的王都不顾危险飞过去了，他们又岂能再做懦夫？

宁雪陌的到来如同一针强心剂，让那些绝望的百姓欢呼起来！有的人已经热泪盈眶……

在这种紧急情况下，宁雪陌自然一句废话也不肯多说，只说了一句话："本座会带你们过去，但你们必须按本座的命令来！违者将被抛入雾气之中！"

众百姓轰然答应！

宁雪陌立即让这些人排成十列纵队，老弱妇孺在当中，身强力壮而又通术法的人则站在外围。

宁雪陌回头看了冥王一眼："陛下，如果你想救你的百姓，请站在队尾，而诸位将领请依次站在队伍最外围！"

现在来说，队尾和最外围是最危险的地方，因为这三处会最先受到彩雾的侵袭。

冥王身边的将领张口似要拒绝，冥王却已经沉声开口："都听魔主吩咐！"他立即分派人手，将身边护卫的将领都分在最外围的队伍之中，他和三名将领则去了队尾。

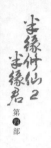

这样的安排总算让所有百姓不再那么慌乱，心中也有了靠山。

此刻雾气已经逼近队伍三侧，宁雪陌一口咬破食指，在队伍的两侧和队尾处各画了一道血咒，血咒腾空印到最外围的兵将和冥王身上。

她又立即传授了一套咒术，让他们默念……

在这生死攸关的时刻，自然所有人都发挥出最大的潜力，一套咒术转眼学会。随着他们的施法，他们身上纷纷射出淡红色光芒，居然形成一个大大的结界，将整个队伍笼罩。

说来也怪，有了这一层结界后，那些杀人的雾气便再也冲不过来了，只在队伍周围翻涌……

队伍中所有的人都松了一口长气，总算暂时摆脱了死亡的阴影。

所有人都对宁雪陌投以感激的目光，满怀希望，仿佛看着一位神祇，等着她的下一步吩咐。

宁雪陌沉声道："这个结界能支撑一个时辰，本座会在半个时辰内搭一座桥，大家排队依次过桥，时间足够充裕，不得拥挤，不得喧哗……都听到没有？！"

"听到！"众人发出如雷的回应！

宁雪陌这才转身，手指向前一指，无数枝干乌黑却长着碧绿叶子的藤蔓向对岸射去……

冥王在队尾自然也看到，忍不住道："魔主，刚才小王也想搭建木桥，奈何裂谷中有山火，木刚生成便被烧毁……"后面的话他没有继续说下去。

因为他看到宁雪陌所射出的那些藤蔓缠缠绕绕已经飞过裂谷，纷纷缠在对岸的石头上。

裂谷下面确实又喷出熊熊烈火，但火烧到那藤蔓上像是遇到了水，刺的一声就灭了……

第三十九章　如囊中探物

这样的火居然奈何不了这些藤蔓！

这藤蔓到底是什么材质的？

冥王满心诧异，他刚才可是凝了不下十几种木料，其中也有特别防火的，但都被裂谷喷出来的火给烧得连渣也不剩。

这些藤蔓居然不惧怕火烧？

冥王在纳闷之余，也松了一口气。

而冥界的子民看着宁雪陌凝木搭桥心中也是一个大写的佩服！

魔主不愧是魔主，出手不凡！

他们只要跟着她，绝对能逃出生天！

不知不觉中，这些人已经把宁雪陌当成主心骨，一切以她马首是瞻。

宁雪陌搭桥很快，那些藤蔓在空中飞舞穿梭，果然不到半个时辰裂谷上已经出现了一座绿意盎然的木桥，有六尺多宽，一次可供三个人并排通过……

宁雪陌搭桥完毕，立即让中间的妇孺上桥先行……

在她的目光迫视下，没有一个人敢插队、闹事，人们按照顺序依次快速通过藤木桥，那速度居然也超级快，七八千人一个不落地踏桥到了对岸……

冥王和他的将领是最后一批过去的，他们刚才一直支撑着结界，此刻已经有些疲惫，但每个人的眼睛都是发亮的！

等人都到了对面，宁雪陌才开口道："这条通道里面是一片草原，有一些变异的

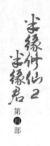

物种出没，善于攻击人，里面也并非绝对安全。通过那片草原后有一个幽深的山洞，山洞中本座已经探过，一时没什么危险。至于山洞那头，本座因为心急回来，没有再探看，或许山洞深处还有极危险的东西，一切都是未知的，大家想好是留在这里，还是跟本座过去，一切全凭大家自愿！"

众人其实也已经看出裂谷这边似乎有阻挡其他雾气的功效。

其他颜色的彩雾此刻在那边已经合围，大概互不相容，三股雾气相撞发出咻咻的声响，然后又慢慢向裂谷这边涌过来，但似乎碰到了阻碍，翻滚着却过不来……

原地待在这边或许很安全，但也或许很危险，因为谁也不能确定那三色雾气最后会不会突破裂谷屏障冲到这边来。

向前走有未知的危险，但也或许能就此逃出生天！

人群中传来嗡嗡声，众人各自和家人朋友讨论着两条路的利弊。

冥王并没有犹豫，自然选择和宁雪陌一道向前走。

片刻后，在场的人终于做出决断，绝大多数人选择跟着宁雪陌走。

哪怕是冒险，他们也宁愿跟着这位魔主走！

只有一百多人选择了留下……

宁雪陌将队伍又重新编排了一下，依旧是老弱妇孺在中间，四面则是冥界的兵将，她在最前面，冥王则和几名大将断后。

一行人进入浓雾通道之中，渐渐远去。

剩余的一百多人则原地坐下，他们也在注意对面三色雾气的动静，预备一旦有异常，再转身跑也不迟……

那些在前面探险的人一旦出去，肯定会破了这阵，到时能将他们救出去，犯不着跟着冒险。

现在他们只需要坐在这里安静地等便可。

过了小半个时辰，这些人已经完全被软软的绿雾笼罩，他们也不急，绿雾中没什么危险，空气还清新得很，有些人已经在绿雾中打起哈欠来。

而突变就在刹那间发生！

原本无害的绿雾中忽然传来嗡嗡的声响，如同有一架轰炸机迅速靠近——

众人急忙睁眼，霎时间魂飞魄散！

绿雾中传来惊恐的惨叫声……

片刻后，那一百多人全身上下扎满了密密麻麻的松针，站在那里像个松针球，有血顺着松针一滴滴地落下。

绿雾中有风声一响，一手持折扇的紫衣男子现出身形，模样丰神俊秀，缓步而来时仿佛是在踏青。

他围着那些松针人转了一圈，嘴角一勾，清浅一笑："居然才一百二十人选择留下不跟着她走，那个丫头……号召力蛮强的嘛！"

他一抬手，一道紫光围着那些已经死透的人转了一圈，提出无数道半透明的魂魄……

那些魂魄在他的紫光中挣扎着，试图逃脱。

他却轻轻舔了舔唇，叹了口气："虽然数量少了些，但聊胜于无……"

他将紫光收回，不顾那些魂魄的哀号，将它们团了团，强行压制成一个灰蒙蒙的小球，然后塞入口中咽了下去——

有淡淡的黑气冒出来，在他周身盘旋一周后四散。

他摇了摇头，却又像想起什么似的笑了。

既然他计划了这么久，布置了这么久，最后总会成功的。

这些人迟早是他的囊中物，只不过稍费点精神而已。

至于那个小丫头，他要她亲眼看到她保护的所有东西在他手中消失！他要让她看到他成为六界真正的至尊！

他会折断她所有的羽翼，让她只在他身下绽放……

当冥界街市发生震动的那一刻，神念陌面前的水晶球画面也跟着抖了起来，扭曲成一团，几乎看不出色彩。

"咦？"小念陌忍不住出手拍了拍水晶球，想把里面的画面再拍出来。

水晶球倒也没辜负他的期望，片刻后，画面终于再次稳定。

小念陌忙再看向水晶球，却像是被人迎面打了一棍，微张着小嘴惊讶得发不出声来。

街道还是那街道，街道两旁的店铺门面也都好端端地立在那里，甚至那口血红的棺材也还在，唯独不见了人！

他不但再看不到他的娘亲，连哄闹的百姓、威严的冥王、淘气乱跑的孩子……所有的人都消失无踪了！

小念陌不死心，摇动画面，但触目所及一片空荡荡的，一个人影也看不到。

怎么回事？

就算大风刮得也没这么干净！

小念陌傻了片刻，忍不住回头开口："喂，莲尊，你快看看……"他正想说"你快看看是怎么回事"，但话说到一半又咽了回去，一双大眼睛瞪得圆溜溜的，

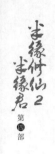

"你……你是？"

在他背后不见了那个和他差不多的小娃娃，取而代之的是一位垂眸打坐的白衣少年。

这少年看上去十二三岁，银发如雪，眉目秀美，容色清雅，整个人如同从冰雪里走出来似的，又美又冷，在他周身有淡淡的白光层层环绕，看上去如同神光笼罩。

那少年似是被小念陌的声音惊动，缓缓睁开眼睛，一双眸子深蓝如冰湖，和小念陌那双瞪大的眼眸对了个正着。

少年自小念陌那澄澈的眸子中看到了自己的影子，眼眸微微一眯："念陌……"他的声音也不再是童音，而是少年尚未变嗓时的清凉磁性声音。

"你……你……"小念陌已经吃惊得说不出话来，"你……你是……"

这少年的容貌和他的父君极为接近，只不过小念陌印象中的父君是成年人模样，这少年的模样虽然也美到了极点，但还有那种中性的孩子般的稚嫩。

这情景实在是太诡异了，小念陌一时反应不过来，憋了片刻，终于憋出一句："你是……你是我哥哥？"

那少年原本伸出手想要拍拍他的大头，却被他这一句噎了一下，手指在小念陌的肩膀上轻轻一按，沉声开口："念陌，我是你的父君。"

父君？！

小念陌蒙了，一双眼睛大大地睁着，张大的嘴巴里似乎能塞下一颗鸡蛋。

那少年自然是再次修炼有成的神九黎，他一抬臂，便将儿子抱在怀中，用手将儿子张大的小嘴巴合上："好了，小子，你看到什么了？想让我看什么？"

他一面说，一面向水晶球中看去，然后就看到了空荡荡的街道，脸色微微一变："这是怎么回事？！"

小念陌脑子里轰轰作响，整个人像被雷劈中似的，一时反应不过来。

这个时候他只是下意识地开口："不知道，刚才水晶球里面街道上忽然起了四色雾，然后就像地震似的画面乱晃，等停止后里面就没人了……"

他近乎机械似的陈述着事实，说到后来总算找回一点感觉："我……我娘亲没事吧？啊？她在哪里？你……"这父君二字他一时难以出口。

神九黎却已经站起身来，手掌在小念陌的头上一揉："念陌，乖乖等在这里！我去救你娘亲！"

身形一动，白光闪烁间神九黎的身影已经在水晶洞中消失……

小念陌呆呆地站在原地，大脑还呈现空白死机状态。

突至的狂喜和疑惑让他整个人呆滞着，好半晌才反应过来，大脑终于开始活动。

这个人是自己的父君？！自己的父君没死？！还是这个莲尊在和他开玩笑的？

可是，这个莲尊身上真的有父君的味道耶，一变大容貌也极像！

还有这个莲尊和他说话的语气、动作，真的和父君当初在梵天宫教导他时没什么区别……

父君回来了？

这个消息在他的脑海中疯狂刷屏，他从开始的难以置信到最后的惊喜……

天道石一直默默围观着，神九黎忽然离开吓了它一跳，但它也知道这位神尊一旦决定做什么，任何人也阻拦不了的。

所以它只能任由他离开……

神九黎离开时还是叮嘱了天道石一句："看好我儿子，不要让他出任何意外！"

然后他老兄就眨眼间遁地而去，徒留下天道石差点风中凌乱。

它是天道，天道！多么高大上的身份地位！

他竟然把它当老妈子使了，还给他看孩子？！

天道石本来想疯狂在水晶石上刷屏，但忽然看到小念陌的表情又愣了愣。

小念陌先是呆呆愣愣的，一双眼睛睁得溜圆，小嘴也张着，后来便似反应过来什么，小脸阵红阵白，一双大眼睛里开始蓄出眼泪，小脸上的表情似哭又似笑！

他像是太欢喜，又像是太悲伤，傻了似的喃喃道："父君？真是父君？我不是做梦吧？"他抬手猛掐了自己肉肉的小腿一把，嗞了一声后又裂开小嘴笑得傻乎乎的，"不是做梦？呀，我竟然不是做梦！"

天道石有些忧虑，这孩子不会是欢喜傻了吧？

神九黎给儿子的这个冲击确实大了些，这孩子又太小……

它一个念头转到这里，小念陌已经欢呼一声，从莲花台上蹦了下来，在那里又蹦又跳！

"父君！父君回来了！哈哈哈，父君居然回来了！"

他像个小傻瓜似的转着圈圈，似乎心中的欢喜就要炸裂了一般。

一不留神，他撞上了一块水晶石，摔了个屁墩儿……

天道石还怕真磕到他的细皮嫩肉，忙托了他一下。

小念陌跳起来以后忽然扑到水晶洞壁上，小手拼命地拍打起来："放我出去，放我出去！念陌要和父君一道去救娘亲……"

天道石直觉自己的麻烦来了……

草原上凶物无数，还好身边有强大的魔主保驾护航，一行人才得以安全通过，惊

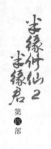
魂未定地进入山洞。一进入山洞便有无数人累得虚脱，失去了行动能力。原来洛九宸这个结界里不但有无数大凶之物，结界还有吸收人精气的变态作用，连宁雪陌都觉得腹中饥肠辘辘。这样下去不是办法，宁雪陌思考了一下，便决定让大部队留在山洞里一个比较安全的地方休息调整，她则带着几个冥界精锐去前方先行探路，等确定前方没有危险后再返回来接这些人。

天上一轮太阳苍白如剪影，所有的山峰银装素裹，满是厚厚的白雪。

近处是一座座拔地而起的冰峰，如锥子般纵横交错，寒风卷着蒲扇大小的雪花漫天飞舞。

几人奔出那个山洞后，见到的便是这样的景致。

被寒风一吹，几乎所有的人都打了个冷战！

"这到底是什么鬼地方？！"有人已经情不自禁地要抓头皮。

山洞那边芳草萋萋，正值夏季，人们穿了单衫还浑身冒汗，却没想到山洞这边居然遍地冰川！

这还真是一洞连两季！诡异得不能再诡异！

冷将军舔了舔干干的唇："这雪能吃吧？"拿雪水润润喉咙也好！

宁雪陌抬手接了一片雪花，凑到鼻端闻了闻，微微摇头："不能吃！"

她也渴，但她不想把小命搭在这里！

"小雪陌，你到底还是追出来了，你是终于想通了，想要投到本座麾下吗？"远处山峰上传来一道声音。

众人闻声抬头，见那座山峰顶上盘膝坐着一个人，一身紫袍在满地白雪中格外显眼，也衬托得他一张俊脸如同白玉雕出来似的。他面前摆着一桌酒菜，满满当当足足有几十盘，盘中都是山珍海味，海、陆、空俱全。

酒香混合着菜香飘散下来，钻入每一个饥肠辘辘者的鼻子，于是，众人更饿了！

这浑蛋绝对是故意的，想用这方法摧毁他们的心防！

那山峰并不高，也就是十几丈而已，所以宁雪陌等人能清楚地看到洛九宸的表情，自然也能看清那一大桌子酒菜……

"哎呀，好香！"洛九宸啃了一口鸭腿，再喝一口面前的酒，笑容如花，"你们要不要过来和本座把酒言欢？"

众人狠狠地咽了一口唾沫！

他们知道洛九宸这个把酒言欢的意思，他们一旦和他把酒言欢了，也就等于间接向他投诚了……

"洛九宸，你卑鄙无耻！我们就算渴死、饿死也不会向你屈服的！"

"不错！你趁早收起你的鬼主意！"

跟随宁雪陌出来的这些人虽然不乏大老粗，却都是极有血性的汉子，铁骨铮铮，宁死不吃嗟来之食！

洛九宸倒不恼，居然还拍了拍手，向着众人一竖大拇指："好！有志气！但愿你们永远这么有志气！"

他舔了舔殷红的唇："其实，本座就喜欢吃有志气的人的血肉，一定比其他人美味多了……"

"上来喝一杯吧？本座这可是单纯地邀请你们哟。"洛九宸坐在那里笑得倾国倾城。

单纯？单纯才有鬼！

众人正要大声拒绝，宁雪陌却忽然一扬眉，干脆利落地答了一个字："好！"

随后她身形一闪，向着那座山峰直扑过去！

她显然不是去喝酒，而是去杀人的，掌心的诛天剑在半空中划出优美而残酷的弧度，向着洛九宸横掠过去！

"哎呀，好厉害！"洛九宸轻笑一声，身子蓦然向地上一躺，整个人直接在冰峰上消失，不见了影子。

众人："……"

宁雪陌动手的那一刻，他们以为会看到一场惊天动地的打斗，没想到那人居然就这么遁了！

他甚至没有和宁雪陌对上一招！

众人都有一脚踩空了的失落感，再看宁雪陌，她居然收了剑围着那一桌酒菜转圈圈……

冷元帅等人忙飞上去："魔主，这酒菜不能吃！"

宁雪陌抬眸瞧他："嗯？"

被她那样一双水灵灵的大眼睛瞧着，冷元帅觉得"压力山大"，不过还是尽职尽责地道："那个人不战而走，却留下这么一大桌子酒菜给我们，明显就是陷阱嘛！他肯定在这酒菜里捣鬼了！"

目光闪了闪，宁雪陌又望着那桌酒菜出神。

某个山坡上，洛九宸随意地坐在一块山石上，面前是一面水镜，镜中清晰地现出了宁雪陌和那一干人的身影。

那条大黑蟒也盘在那里，像一坨小山，两只狭长的眼睛也瞧着水镜，忍不住开

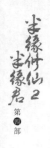

口："尊主，您一定在酒菜中下毒了吧？"

洛九宸摇着折扇轻笑，悠然说了一句："那些酒菜里没有毒。"

大黑蟒睁大眼睛："啊？"

"本座怎会设如此简单的局？他们会错过这一顿美味，等他们一离开，必然会有凶兽去吃那些东西，然后他们会看到那些凶兽都是好端端的，但是那些好吃的酒菜已经没有了……他们那时候后悔不堪的模样一定很精彩！"洛九宸笑得更开心，似乎已经看到了那几个人后悔得要吐血的表情……

他话音刚落，就见宁雪陌围着那桌酒菜转了一圈后，忽然伸手抓起一只大鸡腿啃了一口："滋味不错！"

洛九宸："……"

大黑蟒："……"

冷将军一行人还以为宁雪陌是饿糊涂了，忙上前来夺："魔主！这个真不能吃！"

宁雪陌身子轻飘飘一转，避开了那几个人的抢夺，反而大马金刀地坐下："放心，这酒菜里没毒，大家可以放开肚皮吃喝一顿，后面可没这种好事了。"她又抄起桌上的酒咕嘟嘟地喝了一大杯。

冷将军他们现在对宁雪陌已经是绝对信任了，见她如此，立即也跟着坐下："好！那我们就好好吃一顿赶路！"

几个人一通风卷残云，片刻后，一桌子酒菜已经进了这些人的肚子，只剩下杯盘狼藉，连点菜汤也没留下。

冷将军餍足地打了个饱嗝，一脸佩服地道："魔主，您怎么知道这酒菜没毒？"

宁雪陌笑道："有没有听说过实则虚之，虚则实之这句话？他大概就想看到我们错过这一顿后悔不迭的样子，可惜……"

"哈哈哈，可惜他没想到咱们真的会吃吧？现在他一定躲在哪个犄角旮旯里偷看我们然后气得吐血呢！"另一位将军只觉满心舒爽。

宁雪陌笑着起身，拎起一个盘子来："来，看在他苦心为我们准备这样一桌酒菜的分上，感谢一下吧。"她一抖手，盘子飞了出去，摔在石头上，"洛九宸，谢谢啊。"

其他人有样学样，果然将一桌的盘盘盏盏摔了个粉碎，摔一个就说一声"谢谢"，一声比一声响亮！

大黑蟒忍不住看了看身边的洛九宸，他嘴角的笑容早已不见了，俊脸有些铁青，手中的扇子的扇骨被他啪的一声捏碎！

有杀气自他周身溢出，让大黑蟒全身的鳞片几乎竖起来！

它不动声色地向后挪了挪，再挪了挪，唯恐碰触到他的台风尾。

瞧着宁雪陌一行人在雪地上健步如飞，洛九宸嘴角又露出笑容。

他就在这里看着，那丫头的一举一动都在他的掌握之中，她在明处，他却在暗处。他还愁治不了她？

眼看宁雪陌等人走到两座山峰的夹缝中，洛九宸微屈手指，似要做什么却又有些犹豫……

片刻后，他似下了决定，手指一弹，一道紫光飞向空中，直入云层……

水镜中，轰隆隆一声巨响后，那两座雪峰中传来闷响。

雪崩了！

滚滚雪流裹挟着毁天灭地的力量向下翻滚，朝着宁雪陌一行人迎头扑了过去！

洛九宸紧紧盯着水镜，看着宁雪陌等人在发现雪崩的那一刻转身便跑……

洛九宸轻笑，他知道这次的雪崩要不了那丫头的命，以她的速度肯定能逃过雪崩之灾，他这么做不过是想先给她一个小教训，后面还会有"大餐"……

他瞥向其中一座山峰，那座山峰上有一个平台，离宁雪陌他们并不远，可以躲避雪崩，他相信以宁雪陌的眼力，肯定会看到这个平台，肯定会跑到那里去……

而他在那里还布置了另外一道"大餐"等着她。

如海浪般倾泻的雪流紧追在宁雪陌等人身后，宁雪陌似乎看到了那个平台，甚至向着那平台一指。雪崩声太大，洛九宸并不能听清宁雪陌喊了什么，不过看她的手势应该是号召众人去平台上躲避的意思……

而突变就在刹那间发生，奔行如风的宁雪陌足下忽然似被什么一绊，噗的一声栽倒在雪地中，其他人下意识地去拉她，结果被后面的滚滚雪流追上……

轰隆隆的雪崩声惊天动地，雪流直接湮灭了那几个人，继续奔涌向前……

洛九宸脸色一变，蓦然站起身来！

水镜上一片白雪皑皑的景色，一点杂色也没有。

那几个人被埋在雪下了！

那条黑蟒明白，不同于普通的积雪，这里的雪是会吸收人的元气的！

就算踩在雪地上，元气也能顺着靴子一点点流失，让人慢慢无力。

更何况是被这样的积雪掩埋？

那几个人被埋在雪下就算不被憋死，也会迅速被雪吸走元力，连爬起来的力气都没有……

"尊主，他们居然在这里就栽了！雪崩将他们吞了！"黑蟒的声音里有掩藏不住

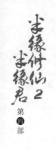

的兴奋。

洛九宸一直盯着那片雪地，眸子里暗光流转，也不知道在想些什么。

片刻后，他忽然起身："在这里等着，本座去瞧瞧！"他一闪身不见了影子。

黑蟒："……"

洛九宸在双峰之间的雪地上已经走了不下八个来回，尤其是宁雪陌他们被雪崩吞没的地方，他更是仔仔细细地找着。

但是，没有！

他站在雪地里感应了半晌，实在没找到，一横心便就地使用了招魂术……

在这雪地里使用招魂术比平时要多浪费数倍念力，就算是洛九宸，在这里也不想轻易使用这一招。

片刻后一个术法使完，他倒是聚集出几只横死凶兽的魂魄来，却没有宁雪陌那一行人的魂魄。

招了半天，依旧两手空空，他不但不失望，眼睛反而亮了起来。

那个丫头没死！

甚至她那几个同伴也没死！

在那种情况下，她到底怎么做到的？

没死也没在这雪下，那她会去哪里？他居然让人就这么在眼皮子底下溜了！

狡猾的丫头！

洛九宸轻轻吐了一口气，心头也不知道是放松了还是恼怒。

别再让我抓到你！

他目光微微闪动，下次他不再和她玩猫抓耗子的游戏，他会直接放倒她，用最直接的方式得到她！

他想了想，以那丫头的智慧，她大概是猜出这山峰上隐藏着阵眼了，这个时候她估计是直奔那阵眼去了！

他身形一起，向着山峰最高处掠去。

他要去阵眼那里看看，说不定能直接抓住她！

幽深的地底，岩石遍布，滴水成冰。

宁雪陌和冷将军等人此刻就在这地底，在一个淡青色的结界中。

宁雪陌脸色分外苍白，显然耗力不少，冷将军他们看她的目光满是钦佩。

若不是她在关键时刻扯着他们使用了遁地术，这次他们估计就没命了！

冷将军他们平时也会使用这个术法，但从进来这里后，这术法就使不出来了。

没想到宁雪陌居然能使出来，还是扯着一串人遁地！

尤其是她扯着他们遁入地下所设的这个结界，居然和岩石一样，他们身上所有的气息都被遮挡了。

果然是魔主啊！其功力深不可测，所会的东西也不是一般多。

"魔主，刚才我们其实能奔到那山峰高地处躲避的，为何要多浪费这许多力气躲到地底来？"有人终于压不住心中的疑惑询问。

宁雪陌目光闪动："一直是我们在明，他在暗，现在转换一下，我们也转暗！"

"您说他一直在暗中盯着我们？"那名将领打了个寒战。

"不错！"宁雪陌第六感极强，当时她虽然不知道洛九宸到底在哪里，但能感应到他狼似的目光追随着她……

如果一直在对方眼皮子底下做事，肯定什么也做不成。

所以宁雪陌才趁雪崩的这一刻带人隐藏行迹。

她手抚着结界，这结界还是当年神九黎传授给她的，没想到这个时候派上用场……

她一旦施展这个结界，就可以感应到地面上的任何风吹草动，地面上的人却无法找到他们。

她能感应到洛九宸在上面来回行走……

"魔主，我们下一步要如何行动？"冷元帅询问。

宁雪陌道："若我所猜不错，这个地方应该有一个阵眼，先破掉那个阵眼！"

"那阵眼要如何找？魔主知道阵眼所在之地？"

宁雪陌弯唇："不知道，不过，这次应该有人带我们去……待会儿大家听我号令行事，不可私自行动！"

"是！"众人异口同声地应道。

宁雪陌微眯了眼睛，洛九宸，论功力你或许比我高一些，但论心计、算计，你只怕比不上一个特工……

她操纵着结界，带着一行人在地下无声无息地行走，时刻感应着地面上洛九宸的运行轨迹。

这一次，换她在暗，他在明！

冰川最高峰的山腰上也是冰塔罗列，典型的冰川气候。

洛九宸飞纵到这里，在冰塔间左转右转，终于在一座极不起眼的冰塔前停下，抬

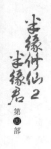

手用术法一推，冰塔无声地挪开，露出了底下的一条冰洞……他飞身而下。

冰洞极深极广，里面曲曲折折的还有许多岔路口，他显然是知道路径的，踏上岔路的时候毫不犹豫。

片刻后，他终于来到一个寒冰大厅内。

厅内没有什么普通摆设，只有一个大池子，池子中居然竖立着数百具尸体！

每一具尸体都像是生前中过什么毒似的，身体呈现铁青色，龇牙咧嘴，面目狰狞。

洛九宸看到那些尸体，微微舒了一口气。

还好！阵眼还在，没遭到破坏，这证明那丫头还没来……

他在大厅中转了一圈，仔细地查看了每一个地方，确认没有异常，这才放心。

他想了想，像是松了一口气，自言自语了一句："原来他们还没找过来。"

然后他大步向外走，脚步声逐渐远去……

宁雪陌等人就在这冰厅的地下几十丈处一直屏息听着。

听到上面洛九宸隐隐的自言自语，众人面面相觑。

不用问，上面应该就是那阵眼了。

这阵眼所在之地果然不同凡响，同样是地底，这边的温度比其他地方冷十几摄氏度！

就算是在宁雪陌所设的结界中，也冷得可怕。

在场的人个个儿功夫不弱，本来天气的变化已经影响不到他们，但在这里他们一个个冻得脸色发青，手脚更是僵得厉害，仿佛不是自己的。

而宁雪陌的脸色也不比他们好看到哪里去。

毕竟这两天她出力最多，就算是个铁打的人，在这么劳心劳力的情况下，也会疲惫的。

冷元帅他们急于离开这地底，也急于破坏这边的阵眼，听到洛九宸的脚步声远去，终于松了一口气："魔主，我们可以上了吗？那浑蛋已经查看过走了……"

宁雪陌薄唇微微抿了抿："再等等！"

她也听到洛九宸的脚步声远去了，甚至听到他通过那长长的曲折甬道走向外面……

但她总感觉不太对劲！

洛九宸的脚步似乎刻意了一些！

但是上面静得很，一丝动静也没有。

宁雪陌这个结界有个好处，她可以感应到上面人的一举一动，甚至呼吸的频率也能察觉到，上面的人却听不到他们这些人的动静。

刚才悄悄跟着洛九宸行来时，宁雪陌一直能听到洛九宸那清浅到几乎没有的呼吸，现在却半点声息也听不到了！

看来他真走了……

洛九宸去而复返。

只不过他是悄无声息地进来的，没有丝毫动静。他甚至是屏住呼吸的，让身上的体温也跟着大厅温度下降，几乎和池子中泡的那些人一个温度。

他缓缓前行，又在大厅中转了一圈，然后便在大厅一个极隐秘的角落坐了下来。

有的时候，守株待兔也是个不错的主意。

他相信以宁雪陌对阵法的敏感度，她会找到这里来……

到时候她看到早已守候在这里的他，不知道会是什么反应？

大厅中极为寒冷，洛九宸却丝毫不惧怕这里的冷。

相反，这里的冷像是十分滋养他，他微闭了眼睛，盘膝坐在那里做了一个十分繁复的手势，那池子中的尸体身上有丝丝缕缕的寒气被他吸引过来，缓缓钻入他的体内，他原本苍白的脸色有了一点红晕……

地下几十丈处，冷元帅他们在这里又冷又憋屈，自然很不好受，一直看着宁雪陌，就盼着她能赶紧冲出地面去！

又等了约莫半个时辰，上面始终没动静。

冷元帅终于忍不住低声开口：“魔主，那厮一定走啦，要不然不会这么久没动静的。刚才我们明明听到他已经出去的，现在正是个好机会，错过现在等那厮回过味来，只怕他又会回来，到时候只怕会发生很多变数……”

“是啊，魔主，机不可失，失不再来，您还是早做决断的好。”

“就算我们和这厮狭路相逢也没关系啊，他的功夫似乎也没想象中高，我们联手或许能和他一战！这个阵必须尽早破掉，快两天了，我怕还在山洞里等着的那些人熬不住……”

宁雪陌轻轻吐了一口气，又侧耳听了听，上面确实始终没任何动静，像是一块死地。

她正要说一句“上去吧”，周围的岩石忽然像发生地震似的震动起来，险些把没有准备的宁雪陌等人震一个跟头！

宁雪陌忙稳住险些破掉的结界。

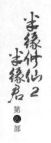

怎么回事？地震了？

她一个念头尚未转完，便听到上面蓦然有了声响，传来洛九宸的一声低咒："该死！那丫头居然采用声东击西之计，破坏本座西边的阵眼去了！"

微风飒然，洛九宸的脚步声轻而急促，急急向大厅外冲去，再一次远去……

宁雪陌："……"

原来洛九宸刚才真的在这里守株待兔！

冷元帅他们也都惊出了一身冷汗！如果他们刚才盲目地冲上去的话，正好和洛九宸来个狭路相逢！

那浑蛋怎么能无声无息这么久的？！

这一次宁雪陌再不耽搁，操纵着结界直接向上升去……

终于，他们出了地面，然后就发现他们是在一个深蓝色的大冰厅内！

他们一上来就被冻得打了个哆嗦！

在升上来的那一刻，宁雪陌操纵的结界也跟着破裂了，体力、念力消耗得太厉害，她也有些眼冒金星。

"刚才幸好没出来！原来那厮一直在这里守株待兔来着！"冷元帅现在想想还心有余悸。

"这倒是，刚才那地震是怎么回事？听那厮的口气，好像他西边的阵眼被人破坏了？难道陛下还派出了别人去寻找出口？"

"或许吧？毕竟这里只有我们这些人，不可能还有第三方。"

宁雪陌沉声道："不是我们的人！"

所有的人都望向她，等着她接着向下说。

宁雪陌正围着那池子转悠，目光盯在池子中那些尸体上："想要破坏这里的阵眼，主破者需要天阶八级以上的功力！其他阵眼想必也是如此。"

众人："……"冥界的顶级高手也就到天阶七级，还没有到八级的。

整个六界能到这个级别的也就那么四五个人而已。

曾经的神尊、如今的魔主、已经魔化的尊主，还有没受伤时的天帝以及叶天离……

神尊已经消失，魔主在这里，洛九宸更不会破坏自己的阵法，难道是失踪的天帝或者叶天离？

众人心中惊疑不定，不过也松了一口气。

无论如何多一个帮手比多一个敌人强，尤其还是如此强大的帮手……

众人精神都振奋了一下，宁雪陌道："先不必管那帮手是谁了，我们先把这里破坏掉是正经！"

在场的人都是久经沙场的，平生见惯了尸体，所以看到池中这一堆尸体倒没有多大反应，只是看了看那些尸体的表情觉得头皮有点发麻！

这是要受多大的罪，才会死得如此凄惨？

洛九宸好歹也是"次神"不是吗？怎么一旦魔化以后比正经八百的魔还凶残百倍？

众人不敢耽搁时间，按照宁雪陌的吩咐在池子的四个方向站好，严阵以待。

宁雪陌简单几句吩咐了注意事项后，便飞身而起，身子围着池子飞了一圈，手中的诛天剑在每一具尸体上斜拍一剑，拍得每一具尸体都转了个圈，面朝着池子中央……

这个阵眼里的布局宁雪陌虽然没有见过，但在现代做特工时，在苗疆得到一本残破册子，里面记载了一些古老邪术阵法图，当时她只是因为无聊翻了翻，因为记忆力奇好，居然记住了大半。

而那布阵的法子太邪恶，所以她压根儿没想过以后会用到这个，扔在脑海最深处几乎遗忘了，现在看到这里的布局才又将它扒拉出来。

这个阵眼中的尸体生前应该都是六界中的高手，用一种特殊的法子让他们体寒如冰，魂魄的怨念之力形成这冰雪之阵……

幸好那个册子上也说了破此阵的法子，她看的时候认为是神棍在胡诌，现在看来却像是真的，所以她要勉力试上一试……

她将那些尸体全拨得掉转个儿后，这才在掌心画上符咒，向着池子中央最高大的一具尸体拍下去……

那具尸体沉了下去，却从地底传来一阵恐怖的轰隆隆声响。

糟糕！

刚才那一阵强震惊动了洛九宸，这才让他离开，现在这里又震动起来，那洛九宸会不会赶回来？

片刻后，他们再顾不得考虑那些乱七八糟的了，因为随着这阵响声，一根粗大的白玉柱自池水中升了起来。

随着这白玉柱升起，池水中那些硬邦邦的尸体全部复活了……

洛九宸已经快要奔到最西边传来异声的阵眼时，忽然听到北边阵眼处传来轰鸣声，他足下猛然一滞！

怎么可能两边同时有人破阵？！

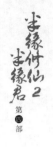
有破阵能力的人应该只有宁雪陌一个才对啊！

难道他在发动阵法的时候有外人进来了？！

他脑子中迅速把人员过了一遍，双手骤然握紧！

叶天离！一定是叶天离那个浑蛋！早知如此，他早该把那个人揪出来提前处死的，免得坏他好事！

洛九宸站在原地片刻，忽然发出一声长啸，像是唤醒又像是召唤了什么，这才继续向西边阵眼处飞纵而去。

一般情况下，在有人破坏阵眼的时候，也会激发一头守护阵眼的凶兽出来，这种凶兽都是上古凶兽，厉害非常，加上那些凶尸的复活……

想真正破掉阵眼就需要将那些凶尸完全超度，再将凶兽杀死才可以。

做这些并不容易，没有三两个时辰压根儿不可能完成，所以他还是先解决掉西边这处的破阵者，再去北边看看……

一刻钟后，他终于蹿入西边阵眼处，然后像被雷劈了似的立在原地！

西边是金属性阵眼，这里一切都是金黄色的，就连那些凶尸都是用一种特殊水银灌死的，全身生满了金黄的鳞片，不惧怕任何神器法宝。

至于那头守护凶兽更是不得了，名为吞天，凡是它出现的地方寸毛不剩，因为都被它吞了！

就算一条霸王龙冲向它，也能在几秒钟内被它活生生吞掉！

无论什么人对上它，都会头大如斗，想要将它彻底消灭更是会掉几层皮。

就算是洛九宸自己，自问如果对上它也得搏斗最少一个时辰。

而从他听到破阵之声到奔到此处用了不到一个时辰，他刚才来到阵眼处的外围还能听到里面凶兽的厉啸声和搏斗声……而现在，出现在眼前的一幕让他傻了眼！

吞天依旧在，身体足足撑大了十几倍，整个黄金厅堂都被它庞大的身子填满，那些凶尸却一个也找不到了。此刻那吞天正血红着一双眼睛朝着黄金池中央那根柱子猛撞！

洛九宸赶到的那一刻，吞天正好将那根阵眼柱子撞倒。

轰隆隆……不但黄金厅堂倒塌了，就连黄金厅堂下的山峰也跟着倒塌了……

西边这个阵眼彻底被破了！而且还是被人用极轻巧的法子给破的！

那个破阵之人压根儿没打算和那些黄金凶尸以及吞天硬拼，而是用一种控兽之术控制了吞天，让吞天将那些张牙舞爪的黄金凶尸全部吞噬了，再让吞天撞倒了那根几头大象合体也无法撞倒的柱子……

而吞天之所以狂撞那根柱子是因为黄金凶尸有剧毒，凶尸上一片鳞甲就能毒死一条鲸鱼，被它抓一爪子就得直接化出脓水。这么剧毒的东西吞天足足吞了几百个，自然中毒了！

中毒发狂之下它头痛欲裂，这才撞那柱子……

柱子倒了，吞天也油尽灯枯，轰隆一声倒地，砸得崩塌的山峰又崩塌了一次。

简单！干脆！精准！又出其不意！

洛九宸甚至没看到这边的破阵之人是圆是扁，这阵就被破了！

他气得脸色发青！

到底是何人能使用出这么"缺德"的法子？！

更重要的是，到底谁能控制吞天？！

洛九宸正有些焦躁，忽然极北处传来大黑蟒的长啸……

糟糕！他气怒之下居然忘记北边阵眼处也有人进入了！

他身形一起，向着正北方飞速赶去！

"魔主，怎么办？这些冰尸太厉害！找不到它们的命门……"

"魔主，我们怕不是这些怪物的对手，不如撤？"

宁雪陌简直想骂娘！

撤？！她现在正被饕餮紧追不放呢！

她是听说过这饕餮的，上古凶兽之首，传言可以吞噬日月星辰，又极度凶残六亲不认，就算是对主人它也能随时反噬。

宁雪陌的功夫在六界也算是数一数二的，如果在外面碰到这饕餮，或许能和它来一场惊天动地的大战。

但现在她是在这诡异的阵法中，身上的念力发挥不出一半来，又奔波劳累了这么久，肚子饿得咕咕叫，体力也消耗得厉害。

在这种情况下和这上古第一凶兽动手她无疑是很吃亏的！

宁雪陌如果不是仗着诡异的身法和变态的速度，只怕压根儿躲不开它！

这饕餮明明这么庞大的身子，其灵活度却堪比猴子，上蹿下跳，左冲右突，倏忽来去，简直让人眼花缭乱！加上它一直带着惊雷闪电，宁雪陌简直被它追得满头包……

不要说杀它，她就算是从它爪下逃出去也是难上加难。

她也想暂时跑路，但一直找不到机会！

半空中忽然传来一阵悠扬的笛声，那笛声自成一种特殊的曲调，似是海潮拍岸，又似是风过竹林。一般笛声原本是清亮的，这笛声却低沉得很，细细的一缕环绕

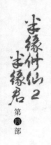

而来。

那些正在围殴宁雪陌一行人的冰尸打摆子似的一抖，纷纷住了手——

就连那饕餮也蓦然竖起了耳朵，竟然顾不得再攻击宁雪陌，举起了两只前爪，露出腋下的二十双眼睛，骨碌碌上下左右乱转，似乎在找那吹笛之人——

宁雪陌在听到笛声的那一刻也猛然呆住，脑袋里轰然一响，热血全部冲上了头顶！

这笛声？会不会是他？！

他真的重生了吗？那天道石真的没忽悠她？

在这一刹那，宁雪陌的脑海中闪过无数疑问，一颗小心脏几乎提到了喉咙口，四肢都有些发软……

幸好和她对战的饕餮以及冰尸都被笛声吸引，没趁机攻击走神的她……

宁雪陌头脑中一片混乱，热血上头之下就想冲出门去，看看那吹笛人究竟在哪里。

但好巧不巧，那饕餮庞大的身子正堵在门口，堵得严严实实！

"饕餮的命门在它左右腋下第六只眼睛上，用发针可破。"宁雪陌耳中忽然传来一阵声音，那声音嫩生生的，还是十多岁孩子的童音……

宁雪陌全身一僵，微张了口。

这声音她从未听过，甚至口音也是陌生的……不是他吗？

可是这笛音……

不对！这种笛音她其实也是第一次听到，并不熟悉——

她心里原本像烧热了一锅油，现在却像是又在油锅了浇了一桶冰水，说不出是冷还是热。

心脏原本在喉咙口颤抖，现在却缓缓下沉，几乎沉到摸不到底的深渊里。

刚刚升起来的希望被无情地打破，就算是经历了无数次劫难的宁雪陌也有片刻的失神。

不过她还算反应快的，很快就回过神来！

现在不是考虑这些的时候！破阵最重要！

发针？是以头发为针吧？！

宁雪陌来不及多思索，扯下几根头发，手指一弹，这几根头发瞬间断成无数截，直接飞了出去……

头发本来是至软至柔之物，但由宁雪陌弹出，却不亚于任何神兵利器！

无数截发丝精准地射入了饕餮相应的眼睛里……

"哇，哇……"一声声刺耳的儿啼声自饕餮身上响起……

这货一蹦足足数丈高！

轰隆隆一阵响，大厅的顶被它撞得一阵颤抖，随后便落下无数巨大的冰块，如同下了一阵冰块雨……

宁雪陌随手挥掉那些砸下来的冰块。

笛声还在不间断地响起，那些冰尸如被笛声控制，如痴如醉。就算被冰块砸个大跟头也能立即跳起来，如同向日葵般朝着笛声方向摇摇摆摆，跳广场舞似的。

宁雪陌以为饕餮一旦被刺中命门会直接死翘翘，却没想到这货掉下来之后没死却疯狂了！

它两只前爪像疯了似的乱挥乱拍，腋下的二十只眼睛个个儿血红一片，拼命转动，却像是瞎了似的看不到任何东西！

一只饕餮发了狂，那破坏力绝对是惊人的！

它再分不清自己人还是敌人，只要感应到面前有活动的东西就拍，无论是谁挡了它的路只有死路一条！

那些冰尸也不例外——

宁雪陌和冥界众将都滑溜无比，早已悄无声息地退后。

只剩那些冰尸被笛声控制着摇摇摆摆地走向饕餮，被发狂的饕餮一掌爆头……

冷将军等人看得瞠目结舌："天哪，这吹笛子的人好厉害！"居然不用出面，就能让这些最凶之物在这里狗咬狗！

冰尸有毒，饕餮虽然能将它们一爪子拍烂，但冰尸之毒也不可避免地沾染上了它的爪子。

它又因为眼睛疼，时不时就要用爪子揉一揉，于是冰尸之毒也被揉入它的伤眼命门内……

饕餮的怒吼尖叫声更加震天响，它也更疯狂，不但那些冰尸被它消灭了大半，就连那根阵眼之柱也因为挡过它几次路，被它发狂地攻击了数掌！

虽然阵眼之柱还没有崩塌，但柱身上已经出现了无数细纹，只要再被攻击几次，这柱子就会彻底粉碎，这阵法也就被破了。

宁雪陌耳边又传来声音："带着他们去东边，二百里处应有一座土地庙，庙中即为东边阵眼，引守护兽出来便逃，不可恋战！"

这声音缥缥缈缈的，布置起任务来却有条不紊。

宁雪陌心中狂跳，其实很想找找这声音来自何方，声音的主人又是什么样子。

可是她也明白这人之所以不现身应该有他的理由，既然是帮自己这边的，没必要

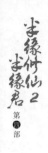

一定要揪他出来……

　　"我们撤！"宁雪陌只说了一句，便带头向外冲。其他人自然跟上。

　　在路上一位将领忍不住询问："魔主，破除阵眼必须推倒那根柱子吧？我们还没来得及推倒那东西……"他总有一种半途而废的错觉。

　　宁雪陌道："放心！那柱子会倒的。"若她所料不错，声音的主人应该就是西边破阵眼的人，那人既然轻松地把西边阵眼破除了，肯定有法子破除北边的……

　　而且这阵和她推测的差不多，东、西、南、北各自设有阵眼，四个阵眼都被破了，估计这阵也就彻底被破掉了，被困阵中的这些人便能转危为安……

　　他们刚刚下了雪峰，便听到雪峰之上传来惊天动地的一声响，整个山峰像是遭遇了爆破，完全坍塌！

　　坍塌时的巨大能量也让雪峰上空雪雾弥漫，像是腾起了蘑菇云……

　　雪峰坍塌自然又引起一波巨大雪崩，好在宁雪陌他们速度快又早有防备，有惊无险地避了过去。

　　洛九宸赶到的时候，一切已经尘埃落定，他手足颤抖地看着躺在地上死成一座肉山的饕餮，脸色已经不能用铁青来形容！

　　为了尽快找到土地庙，冷将军他们已经和宁雪陌分开。当然，为了方便快速联系，宁雪陌教会了他们几种狼嚎，遇到绝大危险就叫三声，找到土地庙就叫六声……

　　这种法子最安全，既不会引起洛九宸的注意，又能传递最明确的信息。

　　冷将军他们领命而去，各自挑了个方向寻找。

　　宁雪陌心中忽然一动，自己这么找太费力，如果能抓一只开了灵智的凶兽逼问一下说不定能逼问出来。

　　不能不说她一下子找对了法子，她做特工的时候碰到过一位懂兽语的异人，那人曾经传授过她几句猴语，现在倒是能用到了。

　　她抓到了一只小猴子，连骗带哄带吓向它询问此地附近可有类似土地庙的建筑……

　　怕小猴子不懂啥是土地庙，她还专门用猴语磕磕绊绊地描述了一下那土地庙的格局。

　　好在这猴子够聪明，居然听懂了，一阵吱吱乱叫，代表它确实知道有这么个地方，然后向着宁雪陌伸出一只猴爪，是索要报酬的意思，再吱吱一叫，意思是不给报酬就不领着去。

　　那一颗猴头高高昂着，十分高傲的样子。

宁雪陌简直无语，这猴子也快成精了，领个路也要报酬……

她在口袋里左摸右掏也没找出一件可以送给猴子的物事，正考虑着要不要抓住这个猴子用强制手段逼它去，一抬头却发现那猴子一双眼睛盯在她的脑袋上，一只猴爪指着她的头吱吱又叫："我要那个！"

宁雪陌向头上一摸，只摸到一根束发的玉簪，下意识地抽出来对着猴子晃了晃："你要这个？"

猴子把一颗脑袋点得像磕头虫似的。

猴子居然喜欢簪子，还真是奇葩！

宁雪陌这根簪子玉质虽然不错，但对她来说，是随手可以得到的，自然也能随手送出去。

既然猴子喜欢，那她就送它好了，她倒要看看它向哪里戴，猴毛那么短……

那猴子欢天喜地地接过去，却并不向脑袋上戴，而是直接放在了腋窝里夹着，小心翼翼的样子让宁雪陌看了也想笑。

那猴子目的达到，倒不再啰唆，在前面蹦蹦跳跳地带路。

这猴子带着宁雪陌在丛林中左兜右绕，足足走了一刻多钟，才走到一棵大树前。

这大树在这丛林中毫不起眼，可以说遍地都是，甚至大树中间的树洞也长得中规中矩，实在没啥特别。

那猴子却停了下来，仰头看着那个二尺见方的树洞。

宁雪陌满心狐疑，她要找的是土地庙，难不成那庙在这树洞里？可这树洞也太小了，得多小的庙才能藏在这里面？

她正要飞身上去看看，忽听极远处传来一声轰鸣，足下的大地又跟着抖了抖！

这和当初西边阵眼被破时的感觉一模一样！

宁雪陌眼睛一亮！

难道南边那个阵眼已经被破了？！

按她的推测，此阵应该有四个阵眼，现在已经被破了三个，就剩她这边这一个了！

那猴子也被这突来的震动震得身子僵硬了一下，蹿到了树上……

宁雪陌也飞身而上，蹿到了树顶，手搭凉棚向极南的方向观看，隐隐可见那边的云彩确实不太正常，风云变幻得厉害。

她嘴角露出一抹笑容，小猴子蹿到她身边吱吱叫，扯她的衣袖意思是跟它去那个树洞……

宁雪陌瞥了它一眼点了点头，然后飞身而下向着那树洞掠去。

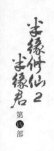

小猴子紧跟其后，宁雪陌到了那树洞口向里一望，心中微动。

树洞并不算太深，以她的目力能一眼看到底，在树洞底部端端正正地摆着一座殿。

那确实是一座土地庙，只不过是袖珍型的，像是模型，麻雀虽小却五脏俱全，有门有窗有牌匾有前殿后殿……

宁雪陌毫不怀疑里面有一个袖珍土地爷。

只不过这样的殿不要说进人，估计一只兔子也钻不进去。

那猴子指着那殿得意地吱吱叫，一副邀功的样子。

宁雪陌又拍了拍猴子的头，示意它安静。

猴子睁大两只猴眼看着她，猴子眼睛是黄褐色，微一转动间居然似有光波流转，如同起了旋涡的黄河，想要将人吞噬进去。

宁雪陌却不看它，只在洞口扫视，似乎在检查什么。

那猴子不耐烦，催促她进去瞧，还来扯她的衣袖。

宁雪陌自然不会让它扯中，想了想吩咐它："这庙太小了，我进去一只手就能拎起来。你先进去瞧瞧，看看这小庙你能进不？"

那猴子看了她片刻，点了点头，果然跳了进去……

宁雪陌在它跳进去的那一刻身形忽动，一抬手就在树洞上设了个结界，封死了树洞！

那猴子吓了一跳，又蹿了上来，却被结界给拦着，它压根儿出不来。

它像是十分诧异，猴爪抓住身下凹凸不平的树身睁大一双猴眼望着她，吱吱地叫，明显是询问她要做什么，为什么把它封在里面。

宁雪陌目光柔和地望着它："这个土地庙要毁掉，但它毕竟是座神庙，里面的土地佬儿怕是要怪罪的，所以必须给他个祭品。你这猴儿聪明伶俐做祭品正好，记得见到那土地佬儿替我多说句好话。"她一边说一边运动念力于双掌上，按在大树树身上。

有熊熊火焰自她的掌心中发出，向那棵树烧去。

按道理说，这种热带雨林的树都异常潮湿，树叶碧绿树干水分大，不容易燃烧，不泼汽油的话，很难点着。

但宁雪陌掌心发出的火是正宗的三昧真火，这种火不要说烧树，就算烧铁块也能让它熔成铁水。

宁雪陌这次一发就是最高阶的三昧真火，力求将这棵大树直接烧成飞灰！

更重要的是，她最想把树洞里的那只小猴子给烧成飞灰！

但她的如意算盘明显落空了，她掌心的三昧真火刚冒出来，那大树树身就闪了闪，居然从上到下泼洒下来一层蓝色结界，那结界阻挡住了宁雪陌的三昧真火，让那火瞬间熄灭。

天一水！

这水正是三昧真火的克星，洛九宸果然够狡猾，做事也滴水不漏，居然在这大树上设置了这个！

宁雪陌压根儿不停顿，掌心的三昧真火一灭，她的诛天剑便出手，迎风一晃，剑上光芒大放，生出三丈多长的灼亮剑芒，向着大树横削过去！

大树整个身子抖了抖，居然发出像人呻吟时的低哼，树身上多了几道伤口，伤口里居然有鲜红的血流出来。

这树成精了！

宁雪陌正要挥剑再砍，大树中忽然冒出一道紫光，啪的一声，宁雪陌设在树洞口的结界破裂，一道人影蹿了出来，飘飘然落在宁雪陌面前。

宁雪陌后退一步，冷笑道："终于不装了？"

那人面貌绝美，一身紫衫飞扬，一双凤眼微眯，嘴角带着一丝勾魂的笑意："小雪陌，你是怎么认出我的？"

他自认扮猴子扮得没有半丝破绽，一举一动都和真猴子没什么区别，甚至那具猴子身子也是真的，她到底是怎么认出他的？

宁雪陌看着这个几乎阴魂不散的人，也浅浅一笑："剥了你的皮我认得你的骨头！"他扮的猴子确实惟妙惟肖，但是想要瞒过宁雪陌的眼睛也难上加难！

他刚才占着猴子的身子还想用眼睛摄取她的魂魄让她迷魂，真当她是傻的啊？

她之所以不动声色地应付不过也是将计就计而已。

那个人自然是洛九宸，他听到宁雪陌的话，目光水波似的一转，笑了："小雪陌，原来你对我还是很情深义重的，要不然也不会对我这么熟悉……"

宁雪陌却懒得和他说这些车轱辘话，嘴角一挑："我觉得我对你还可以更情深义重些！"

她身形一起，手一挥，宝剑在空中团团一转，无数剑光狂风暴雨般向着洛九宸刺过去！

然后宁雪陌看到了最诡异的一幕。

洛九宸被她的宝剑给削成了两半，而他的两半身子分别抓住了她的一条手臂猛然向后一翻："随我来吧！"

宁雪陌眼前一花，绿意闪烁，整个人跌入一片绿云之中，然后向下直坠！

第三十九章　如囊中探物

991

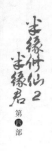
洛九宸的那两半身子还像蛇一般诡异地纠缠着她的手臂，让她一时挣脱不开，只能眼睁睁地看着两旁绿意翻涌如潮，身子像是跌入一片无边无际的绿海之中，向着最深处跌落……

"小雪陌，如果我要下地狱，那我也要你陪着！"耳边传来洛九宸的低语，那话语声是带着笑的，也充满了志在必得的霸气！

宁雪陌在掉落的过程中使用了各种术法想要摆脱他，奈何这厮像是狗皮膏药，压根儿甩不开！

扑通！最后的最后，宁雪陌跌入一个荡漾着绿萍的池水之中，然后身不由己地又贴上一根柱子，接着她身上骤然一松，洛九宸终于放开了她。几乎在这同时，一个透明罩子罩下来，将宁雪陌连同那根柱子罩在其中。

洛九宸那两半身子却在罩子外面瞬间合为一体。

他靠近罩子，冲着宁雪陌眨了眨眼睛："小雪陌，这里就是你心心念念的东方阵眼，如何？本座设计得足够漂亮吧？"

宁雪陌暗吸了一口气，在这罩子中她是能直接呼吸的，但身子周围像是缠上了无数道链条，让她动弹不得分毫。

她瞧着他："你要怎么样？"这浑蛋现在到底修炼了什么邪门功夫？居然身子被劈成两半还能恢复！是不是把他劈成十八九段他就不容易活了？

洛九宸伸出如玉的手，隔着罩子似在触摸她的俏脸，说出的话似真似假："小雪陌，等我解决掉所有麻烦，就来找你成婚。我会把这里布置成水中洞房和你完成婚礼。现在……你乖乖在这里做我阵眼的守护者吧。"

这里的池水中似乎满含绿藻，不对！不是绿藻！是绿色的微小水虫！

那些尸体上沾染的就是这种水虫，慢慢蠕动着，看得宁雪陌头皮都有些发紧。

她闭上眼睛，抿了抿唇，心中发冷！

这图腾柱一旦被人拍中开启机关，确实会出凶兽，所以她现在的处境很不妙！

破阵之法她也已经教过冷将军他们了，他们一旦进来，只怕立即就会破阵，自己真成了祭品……那就太冤枉了！

不对，自己是能开口说话的，一旦冷将军或者那位神秘吹笛人进来，她就大叫几嗓子，他们只要听到那一切就好说了。

她正在琢磨，忽听外面似有动静。

扑通扑通的，像是好几个人掉了进来！

"娘的！居然有机关！头好晕！"有人骂骂咧咧道。

"咦，老胡，你是怎么进来的？这一身的土！"

“别提了，我踩中了一个绿绳套，直接就让我土遁了！再睁眼就到了这里……”

“魔主，您的脸色有点发白呢，没事吧？”

“没事，冷将军，本座瞧你刚才摔得不轻，没事吧？”一个清脆的声音响起，那声音磁性好听。

在水下罩子中的宁雪陌却蓦然浑身冰凉！

那是……她自己的声音！

有人冒充了她！

用脚指头想她也知道冒充她的人会是谁！

洛九宸！

“魔主，我们这就破除阵眼吧！小将刚才似乎听到南边也传来破阵声了，想必那个吹笛人和我们分头行动已经取得成功，我们只要再破了这里，就算得救了……”

“对啊，总算看到希望了！”

“我们这就行动吧……”

六个人你一言我一语地催促着，显然是在催那个假的宁雪陌。

“小雪陌，感觉如何？你一心一意为他们考虑，为挽救冥界而奔走，现在他们却商量着要你的命，没人顾及你的死活。”洛九宸忽然传声进来，声音里有淡淡的怜悯之意。

宁雪陌忽然冷笑一声，没有说话。

“小雪陌，你笑什么？是不是觉得本座说得很对？”

宁雪陌又笑了：“是，很对！你说的都对，那又如何？我自己乐意。”

“真是个固执的小丫头！小雪陌，我再给你一次机会。如果你答应嫁给我，我便放你出来。你该知道的，我一直喜欢你，要喜欢疯了……”

宁雪陌暗翻了一下眼睛，这个浑蛋的喜欢还真是别具一格！

“怎么样？这个机会你再不抓住的话就真的晚啦。你这几个同伴似乎也学会了激发阵眼的法子了，到时候放出护阵兽来，它先吃了你，必然也会吃了他们……你们几个都是念力极强者，一个顶千个，我到时候能将护阵兽关进去就关进去，不能关进去就直接除掉它得到它的内丹也是极不错的。”洛九宸催促道。

宁雪陌心中忽然一动，不对啊！她刚才和洛九宸对话一直没有遮盖声音的，按道理说她的声音应该能传到外面，为何其他六个人一点反应也没有？！

她侧耳听了听，那六个人讨论来讨论去，已经要达成一致意见了，丝毫没有受她的声音的影响。

难道她说话外面是听不到的？！

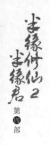

她一横心，试着喊了一嗓子！声音之大，震得她自己耳朵都嗡嗡作响。

但外面那六个人显然没有听到，说话声也压根儿没被打断。

洛九宸反而哈哈大笑起来："小雪陌，外面的人是听不到你说话的，你现在说话只有我能听到，所以……你不必白费力气了。你现在只有答应嫁给我这一条路，要不然……"

宁雪陌一颗心沉了下去。

洛九宸又用传音之术和她说了几句话，无非是逼她答应婚约，还说只要她一答应，他立即放她出来，绝不会食言。

宁雪陌原本有暂时答应婚约，等出去再反悔的意思，但听他这么说，心里反而不确定起来。

也许她一旦答应，就会产生一个什么契约，让她不履行也不行那种……

那样她还不如死了呢！

无论洛九宸怎么威逼利诱，宁雪陌就是不肯答应一个"好"字，洛九宸表面不动声色，却气塞胸膛！

这丫头到底讨厌他到什么程度？居然就算是死也不想嫁他，更可气的是她甚至懒得敷衍他！

既然他注定得不到神志清醒的她，那他就得到傀儡似的她吧！

无论生死，她都该是他的！

他身形一起，飞临绿池上方，开始拨动那些绿色尸体，让它们面朝正中。

将那些尸体全弄好之后，他眼眸中闪过一抹厉色，身子斜飞，抬掌就欲拍向正中的一具尸体。

只要他拍下这具尸体，机关就算正式启动，那根图腾柱会浮上来，护阵兽就会出来……

第四十章　陪你到天荒

一阵笛声忽然自外面飘至，是一种颇为急促的调子，响彻全室。

"吹笛人！"冥界六人眼睛一亮，有人已经兴奋地叫起来。

那笛声才响起来的时候还有些远，但一个音节还没落地，便已经很近了！

洛九宸动作骤然一顿！

如果他现在开启了阵法，最多杀死宁雪陌，其他计划则完全会被破坏！

所以，这阵法一时不能开了！

既然吹笛人来了，那他就干脆看看对方到底是何方神圣！

这样面对面，他就不信以他的能力杀不死这个屡次坏他好事的人！

他一挥衣袖，所有的绿色尸体又恢复到原来的布置，然后他飘飘然落在了岸边。

冥界六人还满心等着他一掌激发阵眼，现在见他忽然停住，都愣了愣："魔主？这是？"

冷将军也道："魔主，那个吹笛人已经来了，这个时候开启阵眼正好……"

洛九宸凉凉地瞥了冷将军一眼："何时开启本座心里有数……"

那六个人一切都以宁雪陌马首是瞻，虽然心里不明白洛九宸葫芦里到底卖的什么药，但还是听从指挥，从自己的位置上退了下来。

因为开启阵法确实需要这六个人的配合，在这一刹那，洛九宸有一种将这六个人一起杀死的冲动！

幸好他想起那个吹笛人也能破阵，似乎不用帮手，他现在杀了这六个人也于事无

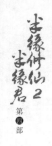

补，所以干脆不动声色地等着。

笛声悦耳，如流水般在众人耳边滑过。

冥界六人敏锐地察觉到这笛声和控兽的笛声并不相同，现在的笛声更像是文士在月下闲庭漫步，充满了一种悠然的味道。

片刻后，笛声一停，一道声音传了进来："为何还不破阵？"声音清朗中透着一抹稚嫩，依旧是那个童子音。

冥界六人看向洛九宸，洛九宸眉峰一挑，忽然开口："这个阵……似乎出了一点意外。阁下懂破阵之道，不如进来一起研讨研讨？"

冥界六人也睁大眼睛。他们得到吹笛人这么大的帮助，还没见到这人的真面目呢！

不过这个人应该不会答应吧？

刚才破北边阵眼的时候，他们几个也曾千方百计地想要让这吹笛人进来，可是一直无法成功，却没想到洛九宸的声音刚刚落地，外面那人便应了一个字："好。"

众人只觉眼前一花，大厅内已经多了一个人。

这个人一露面，所有的人都僵住了！

尤其是洛九宸，一双眼睛蓦然睁大，隐在袖中的手忽然握紧！

来人是名看上去十二三岁的少年，一身合体的月白长袍飞扬，眉目之美难描难画，薄唇微抿，手里一支白玉笛，笛身上垂下大红的穗子，成为他身上唯一的鲜艳之色。

他整个人如同上苍用最完美的冰玉雕成，仿佛随意吹一口气便能将他吹化！

偏偏这人身上的气场强大得不得了，他一进来就让所有人屏住了呼吸，更让所有人感受到了压力！

更重要的是，这人身上的气场是天生带来的，而非故意释放的威压。

越是这样，越是让冥界六人心惊，这孩子到底是什么来头？怎么会有这么强大的气场？！

这孩子的个头儿也就一米六左右，却给冥界六人一种须仰视的感觉，功力稍低的一位在见到这孩子的那一刻，膝盖微微一软，险些跪下去！

这人是谁？！

洛九宸却仿佛遭了雷劈！

他毕竟和神九黎做了这么多年的对头，就算原先没见过神九黎少年时的模样，也能认出对方！

洛九宸瞪着神九黎，脑海中轰轰作响，几乎不敢相信自己的眼睛！

这个人明明魂飞魄散了，怎么再次出现了？！难道他还能复活？这不合常理！非常不合常理！

神九黎却将目光落在他的脸上，嘴角轻轻一牵，眸底有笑意渐渐扩散："雪陌，看到我，你是高兴傻了吗？"

洛九宸呆了呆，这才想起自己现在还是宁雪陌的模样，心中一动，眸中光彩流动，终于颤声开口："九黎？！"

他这一声是用宁雪陌的嗓音发出来的，惟妙惟肖，无人能分辨出不同来，甚至他此刻的神情也很符合宁雪陌乍见神九黎时的神情，先呆滞后惊喜再不信……

神九黎声音柔和："是我，雪陌，我回来了。"

雪陌，我回来了。

这句话宁雪陌不知道等了多久、盼了多久，渴盼得心都疼了，却是在这种情景下听到！

水下的宁雪陌拼命仰头看着水面，却看不到他……

神九黎并没有站在池子边沿，所以宁雪陌压根儿看不到他现在的形容。虽然他的声音对她来说依旧是陌生的，但从他和洛九宸的对话中她就能听出他的身份。

是他！那吹笛人居然真的是他！

这一刹那，宁雪陌心头像是被人泼了一桶沸油，血液都一起沸腾了！

热血全部冲上头顶，让她直想大嚷大叫一番，既想大笑又想大哭，激烈的情绪在胸腔间翻腾，让她头脑空白。

这个时候所有的分析所有的理智都跑得无影无踪，她满脑子只有几个字在疯狂旋转。

他回来了！！

太大的惊喜让她整个人僵在那里，只拼命睁大眼睛向水面上看，也拼命竖起耳朵，捕捉上面的一切动静，他清浅的呼吸、他走动时的脚步声……

而他最后那一句"雪陌，我回来了"，让宁雪陌几乎瞬间飙泪，却也像是被人兜头浇了一桶冷水，从头凉到脚！

洛九宸还是她的容貌！他甚至已经开始在神九黎面前冒充她！

宁雪陌心中一半冰一半火，忍不住脱口大叫："大神，不要相信他！他是假的！他是假的！我在这里！"

她的嗓音之大几乎将她自己的耳朵震聋，但是——

上面的人明显没听到，因为她听到神九黎的声音再次响起："雪陌，过来！"

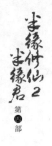

明明依旧是童声，却透露着一种说不出的慵懒，像往日他唤她时的语气。

宁雪陌的心弦又是一阵颤抖，她睁大眼睛极力想要看到他，却只是枉然。

洛九宸盯着神九黎，神九黎也看着他，目光是他从未见过柔和。

两个人的目光在空中纠缠，洛九宸不愧是活了这么多年的老狐狸，心态很快调整过来，目光颤抖地看着神九黎，声音依旧发颤："九黎……你……你怎么变成这个样子了？"

他面上做着戏，却有无数念头在脑海中翻腾。

神九黎到底是没认出他，还是将计就计故意错认他？

以他对神九黎的了解，这个人一向自大，平时压根儿不屑于演戏。如果神九黎认出了他，估计会直接刀剑相向吧？！

洛九宸又不动声色地打量了一下神九黎，看到他十二三岁的稚嫩模样，心中又是一动！

看神九黎这个样子，他的功力明显没恢复啊，连成年人的模样都变幻不出来……

这样的话，神九黎如果认出他是假冒的宁雪陌，就不会在这个时候这么大大咧咧地出现了吧，十有八九依旧躲在暗处设法阴他！

以此推断，神九黎或许是因为功力降低并没有认出他，还以为他是真的宁雪陌，所以才会在此时迫不及待地出现……

洛九宸做戏做得太真，神九黎明显没看出来，听到洛九宸的问题，他只是轻轻叹了一口气："此事说来话长……算了，此时也不是聊这些的时候，只怕洛九宸转眼就会来，我们还是赶紧设法破了此阵再说别的。"

洛九宸眼瞳微微一缩，似有风云在他眸底一闪而过。他一横心，向着神九黎一步步走过去："大神，我不是在做梦吧？你……你居然真的活了，我……我好开心……"

他眸中似有泪光翻涌，看上去是真的开心哭了，然后扑到神九黎跟前，张开手臂抱住了神九黎！

没办法，神九黎还是少年模样，而宁雪陌比现在的他高半个头。

洛九宸做事是个没下限的，而情人见面本来就应该拥抱，所以他一横心，干脆扑入神九黎怀中……

神九黎被他撞了个趔趄，却也伸臂抱了抱他，低叹一声："雪陌！"

两个人相拥在一起，旁观的冥界六将看得目瞪口呆。

这位威风八面的魔主居然扑入一个孩子怀中做小鸟依人状……

这情景怎么看怎么诡异……

不过，这毕竟是感动人心的场面，所以这六个人厚道地憋住了笑。

洛九宸在神九黎怀中趁机感应了一下对方的念力，似乎真的不高……

也对，入了他这个阵的人原本就会被降低念力，神九黎还没恢复，这念力就会更少。按他的推断，现在神九黎的功力最多像天帝他们那样，压根儿不足为惧！

就算面对面地打斗，现在的神九黎也远远不是他的对手！

更何况神九黎还把他认作宁雪陌，那要算计起来更加易如反掌！

洛九宸将手臂环绕在神九黎的腰上，手掌甚至轻轻靠近了神九黎腰际的某个大穴……

他只要运用一种特殊手段轻轻一点，神九黎就会受重伤！

洛九宸这辈子不知道在神九黎手下吃过多少次大亏，现在终于等到了翻身的这一天！

对方的生死就掌握在他手中！

他随时可以要神九黎的命！

神九黎似乎压根儿不知道怀中的人正满心算计他，还将洛九宸向怀中带了带，手臂紧了紧，低叹了一口气："雪陌，幸好你没事！方才我在南边破阵的时候，唯恐洛九宸赶到你这边算计你，所以那边的事一完结，我就立即赶过来……幸好那厮还没来，估计是听到南边的动静奔那里去了，要不然你再出一点意外，我……"

他大概是情之所至，这位一向高高在上的大神在大庭广众之下居然也讲了几句情话。

冥界六人下巴差点掉下来！这样的神尊他们甚至听都没听说过！

不过人家是夫妻久别重逢，又是在这样的情景下，他会这么说也没什么可意外的……

洛九宸目光微微流转，他似乎忽然想到了一个极棒的主意，眸底闪过一抹恶毒之色！

自己现在杀神九黎自然易如反掌，可是就这么杀了他未免太便宜他！

如果……他让神九黎在不知情的情况下破开阵眼，放出护阵兽吃了宁雪陌，就等于宁雪陌死在了神九黎手中！

然后他再让神九黎知道这一切，到那时神九黎的神色一定极好看！

那样这个大神才是真正生不如死，精神会完全崩溃……

洛九宸几乎能想象出神九黎后悔到吐血的样子！

他轻吸了一口气，手掌又慢慢自神九黎的后腰处离开："大神，我们还是尽早破阵为好，免得夜长梦多。"

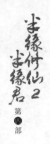

神九黎点了点头：“不错，洛九宸随时会来，雪陌，还是你来破这个阵眼吧。等激活这些凶尸和那护阵兽，我再用笛声操纵它们……”

洛九宸倒也爽快：“好！”他后退一步，正要飞身而起，忽然踉跄了一步。

神九黎伸手扶住了他：“怎么了？”

洛九宸皱了皱眉，声音里有一丝痛楚之意：“刚才腿受了一点伤，有一些疼……”

神九黎毫不犹豫，随手便给了他一个药瓶：“是外伤？用这个。”

洛九宸当然毫不客气地接过来，再抿了抿唇道：“九黎，我受伤的位置……有点尴尬……”

神九黎又递给他一瓶内服的药，告诉了他用法，最后道：“你先服用这个，这个药不但能治疗跌打之伤，还能提升你的功力……等出了这里，找个僻静处我会亲自给你上药。”

洛九宸抿了抿唇，乖乖地点头：“好！”他又有些为难地道，“可我还得去破阵……”他支撑着想要站起来。

神九黎叹道：“你不必忙，这阵眼还是我来破吧。”又顿了一顿，神九黎将他搀扶到大厅的门口走廊处，低声道，“你且在这里歇着。”

转身走了两步，神九黎又不放心地回来，挥手在洛九宸周身设了一个结界：“这里不太安全，为免你被误伤，我就暂时先给你设这个结界。这结界是防外不防内的，你在里面随时可以出来，但外界强敌想要攻入结界需要一些时间，这样我也能及时救你……”

洛九宸微微点头，还不忘嘱咐：“那你小心些。”

神九黎淡淡一笑：“我会的。”他这才转身重新走入大厅，吩咐冥界六人，“你们也出去吧，这阵法本座一人便可搞定。你们只要保护好魔主便可。”

那六人对这位神尊自然言听计从，果然也走了出来，分站在洛九宸的两侧……

洛九宸心中有点狐疑，他不动声色地自结界内向外伸手，居然很轻松便穿了过去，生像那结界不存在。

神九黎没有骗他，这结界是挡外不挡内的……

他只要发现苗头不对，立即就能破结界而出！

这下洛九宸终于放下心来，眼看着神九黎走向池边，他眸中闪过一抹火热的兴奋！

最狗血也最让他热血沸腾的情景就要上演了！

宁雪陌在水底自然听到了上面所有的动静，握紧了手指，指甲都嵌入了肉里。

洛九宸最后打的什么主意她很清楚！

那个浑蛋！简直就是变态中的极品！

她可以死，但是绝不能死在神九黎手中！要不然……那简直就是前所未有的大悲剧了！

她睁大眼睛看着水面，终于看到神九黎来到池边，终于隔着水面看到了他的身影，也看清楚了他的形容。虽然她早有思想准备，但心中还是像被大铁锤重重敲了一下！

看来他并没有真正恢复，连成人模样也维持不住，居然以这个模样出现在众人面前……

她深深了解神九黎的性子，他其实不想让任何人看到他孩子时的模样，现在这样也是为了救她……看来他也真是豁出去了！

心中像是燃起了一团火，她紧紧盯着水面上的神九黎，深吸了一口气，再次大喊："大神！那个是假货！我在这里！你不能破阵……"

很显然，神九黎依旧没听到，他正绕着绿水池子疾走，不时向水中打一道符咒，明显是在为破阵做准备。

洛九宸自然能听到宁雪陌的呐喊，在心里笑了，传声过去："小雪陌，他听不到的，不必白费力气了。"

宁雪陌不理他，也已经没空理会这个人了！

她依旧一声声呼唤，但一直得不到神九黎的回应，她的声音也越来越急，越来越绝望，到最后声音甚至称得上凄厉了……

洛九宸乐得看这一幕，嘴角勾着笑，笑容有些冷。

他看了片刻神九黎施法，神九黎指尖向着水中连弹，道道白光在那里穿梭，煞是好看。

不过这个破阵方式洛九宸从来没见过。

他忍了忍，终于开口："大神，你这是？"

神九黎头也不回，只淡淡地应了一声："破阵。"

"可是，我记得破阵不是用这法子。"洛九宸还不放心。

神九黎终于回头瞥了他一眼："笨蛋，我是设阵行家，自然也是破阵行家。放心，这是我的破阵之法，万无一失的。"

冷将军也道："魔主放心，神尊刚才已经连破两阵，也没叫任何帮手，应该自有一套破阵手段的。"

这倒是！

第四十章　陪你到天荒

1001

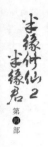

洛九宸眸中闪过一抹异色，他紧紧盯着神九黎，一面想要学习对方的破阵之道，一面在袖中掐诀，防备神九黎捣鬼……

绿池子在神九黎的指风的激荡下，开始水波翻滚，那些绿尸也开始慢慢转动。

宁雪陌在水下完全能看清神九黎的动作，自然也能察觉到池水的变化。她觉得池水似乎有些发热了，而且有越来越烫的趋势。

"神九黎，不要破阵，不然你会后悔！一定会后悔！"宁雪陌嚷得嗓音已经快要嘶哑，但神九黎不为所动，依旧在有条不紊地布置——

宁雪陌叫得越凄惨，洛九宸就越爽！

他悄悄自衣袖中开启了一枚留声符，开始像录音机似的录制宁雪陌的呐喊……

当然，护阵兽撕咬宁雪陌时的惨叫声他也要录下来，预备待会儿宁雪陌被护阵兽吃掉后，他就拿给神九黎听……

估计这将是对神九黎最大、最沉重的一次打击！

想到此处，洛九宸几乎要兴奋得发抖了，心脏激跳，手心都出了汗。

他紧紧地盯着神九黎的一举一动，唯恐错过任何好戏！

终于，神九黎前期的准备工作做完，那些绿尸也全部面朝着图腾柱应该升起的地方，就差最后一步了！

宁雪陌手脚冰凉，看着上面的一切，看着神九黎身形飘飘飞起，白玉般的手掌直接朝图腾柱按过来！

她死死地抿住唇，心脏几乎就要停止跳动！

啪！一声碎裂般的声音响起，宁雪陌睁大眼睛看着神九黎的手掌直接穿过绿油油的水面，手掌没有击打在图腾柱的中心位置，而是猛然一偏，击在宁雪陌周身那透明的结界罩子上！

罩子应声而碎！

神九黎的手丝毫未停顿，手指如剪，剪上了捆缚住宁雪陌的锁链！

有红光在他的指尖闪了闪，那根宁雪陌无论如何也弄不开的锁链居然被神九黎的双指硬生生地夹断！

哗啦一声响，锁链终于脱离宁雪陌的身体，落在了水底。

宁雪陌如在梦中，刚得自由便觉手腕一紧，被人一把握住，然后身体冲出了水面……

那罩子是洛九宸的念力所凝，自然和他有心灵感应，在罩子碎裂的那一刹那洛九宸就察觉到了不对劲！他脸色一变，大喝一声："你做什么？！"说着他猛然向外一冲，想要冲出去阻止，却没想到一头撞在神九黎为他设立的所谓防护结界上，撞得眼前一阵星星小鸟闪过。

该死！这防护结界不是挡外不挡内吗？不是说随便一撞他就能出来吗？

他用这么大的力气怎么没撞破？！

洛九宸几乎不敢相信自己的眼睛，后退一步，抬手就劈向眼前的结界！

砰的一声巨响，眼前的结界跟着晃了晃，出现了几道细密的裂纹，但没有要破碎的意思。

洛九宸简直要咬碎了牙！

上当了！他又上了神九黎的当！！！

神九黎应该是早认出他来了，却不动声色地和他虚与委蛇，甚至像哄情人似的哄他……

原来神九黎也有如此没有下限的时候！

洛九宸气得脑袋发蒙，几乎不假思索地立即动手破除眼前的结界。

当然，在这过程中他也眼睁睁地看着神九黎弄断了他的玄铁寒锁链，从水下将宁雪陌扯了上来……刚才那罩子破裂的刹那，绿水也涌了进来，将宁雪陌全身浇了个透湿。而那锁链一断，宁雪陌身上的念力瞬间再次流转。她被神九黎扯出水面的时候，整个人是飘飘欲飞的，头脑也是空白的，而胸腔里的欢喜像是要炸裂一般……

种种激烈的情绪混合激荡让她一时做不出任何该有的反应。

她甚至忘记她被浇了个一身狼狈，忘记随手用个清洁符将自己打理干净，就这么湿淋淋地随同神九黎落在地上……

冥界六人已经完全呆了！

他们怎么也没想到这位神尊一掌没拍出个护阵兽，而是直接拎出一个人来，而这个人还是魔主！

就算宁雪陌全身湿淋淋的狼狈不堪，那也是魔主啊！

他们看看宁雪陌，再看看身边的这个，一时有些发蒙，不知道哪个真哪个假……

而神九黎压根儿没给人思索的时间，刚把宁雪陌提上来，便回身再次发出一道白光，在刚刚将结界轰出裂缝的洛九宸外面又加了一层结界——

洛九宸："……"

冥界六人："……"

神九黎身形有意无意地一闪，遮住了众人看向宁雪陌的目光，抬手一道清洁咒打在宁雪陌身上，宁雪陌身上瞬间变清爽，恢复成红衫飘飘的模样。

他将目光凝注在她身上，终于问出了第一句话："雪陌，你怎么样？"

很普通的一句话，却让人心生暖意。

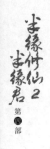

宁雪陌暗吸了一口气，终于回神，压住就要翻腾出胸腔的欢喜，露出一个灿烂的笑容："放心，我很好！"

她看着他，眼睛一瞬也舍不得离开："原来你真的认出他是假货来了。"

神九黎摸着宁雪陌的头，冰蓝的眸中泛起温柔的波澜，他的声音淡淡的，说出的话却一点也不淡："我或许会认错全天下的人，唯独不会认错你。"她是他爱了三世，从未放弃过的爱人，他可以失去所有，唯独她，他绝不会放手。

就算她化成灰，他也认得她。

宁雪陌心头暖意激荡，这个人还说不会说情话，这句话岂不就是最好的情话？

神九黎伸出手，掌心一粒蓝色药丸在滚动："来，先把这个吃了。"

宁雪陌压根儿不问为什么，接过来便吞了下去，一缕清凉顺着她的咽喉滑下，嚷得有些沙哑的嗓子像是得到了最好的滋润，慢慢舒张开来。

"如何？"

"好多啦。"宁雪陌声音清脆了不少，此刻她的俏脸也恢复了红晕，一双眼睛更是晶亮如星星。

神九黎心神一荡，抬臂将她重重一抱，在她耳边道："等着我！"声音虽然尚带一丝童音，语气、动作却如从前。他将她抱得紧紧的，似乎恨不得将她勒进他的骨头中去。

宁雪陌心中一跳，神九黎已经将她放开，抬手将她的发丝别到耳后："回头我们再细聊。"

宁雪陌点头，答应得也干脆："好！"

她和他来日方长，想要做的事也太多太多，他们可以慢慢地一件一件做，而现在……

宁雪陌的目光终于转到洛九宸身上："洛九宸，你一个大男人扮成女人不嫌臊得慌吗？！"

这一句话对冥界六人来说，不亚于石破天惊！

六人脸色一变，纷纷向后一退，法器握在手中瞪着尚未破除结界的洛九宸："你……"

洛九宸目光一闪，忽然冲着宁雪陌沉声开口："你才是洛九宸变幻的！本座是魔主……"他的目光又落在神九黎身上，尖锐如针，"这个人也不是神尊，他肯定是洛九宸的人假扮的！本座不会放过你们！"

他一边猪八戒倒打一耙，一边抬手继续轰结界。

他现在的功夫已经登峰造极，接连轰了几下后，第一层结界啪的一声终于粉碎。

因为第一层结界震动太大，第二层结界也晃了晃！有要破裂的趋势……

宁雪陌和神九黎对望一眼，两个人一起出手，一道金红光、一道白光在空中团团一转，然后融合在一起，将洛九宸笼罩住。待光芒散去，洛九宸周围又多了一道淡金色镶嵌红边的结界……

神魔结界！

由神和魔联手所设出来的结界，比这世上任何一个结界都要牢固。

宁雪陌穿越到五万年前的时候，曾经和神九黎共同在梵天宫设置过结界，二人也是配合惯了的，彼此一个眼神便知道需要做什么。

没想到五万年后，神九黎重生，还能和她配合得如此默契。

宁雪陌在欣慰之余，又忍不住看了一眼身边的他，一个疑问浮现在她的脑海中。

现在的大神是五万年前穿越过来的大神，还是重生后带着三生记忆的大神？

当然，这个念头也只是在她的脑海中转了转，便被压了下去。

现在还不是想这些的时候。

洛九宸刚好破除了第二层结界，结果尚未来得及舒展胳膊腿儿，就又被这神魔结界罩了个正着。

这神魔结界里有淡淡的金光，金光中有无数闪着亮光的梵文在快速旋转，那梵文越转越快，快速渗透进红光中……最后，梵文爬满了整个结界。金红交映的光芒，代表着神、魔、佛的联合审判，可以困住一切罪大恶极的生物，每时每刻都在凌迟他的灵魂。

那种疼痛让他几乎想要翻滚，想要号叫。

但是……她就在外面，就算她不爱他，甚至恨透了他，他也不想让她看到自己的狼狈。

他脸色阵青阵白阵红，却意图保持风度，手中法诀变幻繁复，各色光芒不时击打在神魔结界上，试图打开一条通往外界的缝隙……

宁雪陌也没想到自己和神九黎联手设出来的结界如此厉害，五万年前她和神九黎还在全盛时期所设置出来的结界还没这么强大的。

这次是怎么回事？

似乎感应到了宁雪陌心中的疑惑，神九黎将她的手一握："这并不是单纯的神魔结界，还加了佛机。"

宁雪陌心中一动，她这次再次重生的时候身上冒出的就是金、红两色光芒，白泽好像说她的魔光中带着佛性……

看来是这个原因！

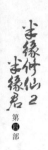

她和神九黎如果单独出手设结界，都没有这么强的威力，唯有两者联合，才天下无敌！

想通了这一点，她心中欢喜，忍不住抱住了神九黎的一只胳膊："哈，大神，看来我们双人合璧，天下无敌啊！"

她原先抱他的胳膊习惯了，每次抱都是吊在他的臂膀上。

这一次……她像是拎着他……

她下意识一低头，发现身边的神九黎似乎比刚才矮了一点……

刚才如果他是一米六的话，现在却是一米五五左右，甚至五官也更稚嫩了。

宁雪陌一米六六左右，此刻比他高了足足十厘米！

神九黎微微一笑："我们神魔合璧，那才是天下无敌。"连他也没想到联手设置的结界功效会如此变态！

早知如此，他该在北方破除阵眼的时候就出来和她相见的……

他不提前出来只是不想在破除所有阵眼之前让洛九宸发现他的存在，免得这厮狗急跳墙直接冲出阵去，毁了这阵，也毁了阵中所有人的性命……

而这次出来也是万不得已，他一来就发现大厅中的"宁雪陌"是个假货，是洛九宸假扮的，再暗运天眼一搜索，便在水下发现了被困住的宁雪陌……

眼见她命悬一线，他这才不顾一切地现身出来。

当然，在现身的那一刻，他也开始在心里布局，一步步将洛九宸引入他的圈套之中。

为此他甚至陪同洛九宸做戏，还忍着恶心把洛九宸当宁雪陌抱了……

洛九宸在煎熬中看到他们二人的互动，原本俊美和煦的脸上布满阴狠神色。他要先逃出去再说，等他再回来，一定要亲手凌迟这些人！

他念了个遁地诀，周身光芒一闪，便遁入地底。

那六人大吃一惊，纷纷喊道："神尊！他跑了！！"一旦洛九宸逃离成功，他们面临的肯定是疯狂的报复！

神九黎只是淡淡地看了一眼那个结界，清冷的声音不带任何情绪："他跑不了。"

果然，神九黎这句话刚说完，洛九宸便又钻了出来，此刻的他可比之前狼狈多了，几乎全身挂了彩。他狠狠地盯着神九黎，眸中的怨毒几乎要实质化，恨不得活撕了神九黎！

宁雪陌看着洛九宸这狼狈样，心中的郁气终于消散一些，她抱臂悠闲地道："洛九宸，忘记告诉你了，神魔结界底下，是三昧真火……啧啧，瞧你这狼狈样。"

宁雪陌一直紧绷的心终于得到舒缓，此刻她也有闲心看洛九宸的笑话了。

洛九宸的目光锥子般落在宁雪陌身上，他忽然轻叹一声："小雪陌，你就这么盼着我死？"

宁雪陌冷冷地瞥着他："我不盼着你死……我盼着你下十八层地狱！"

她从来没有这么恨过一个人，洛九宸是第一个。

洛九宸微垂着眸子，嘴角轻勾，忽然笑了笑，慢慢自身上拿出一枚白玉簪，放在鼻端一嗅："小雪陌，无论如何，我还是谢谢你给了我你身上唯一一件东西……这支簪子，我会一直留着，一直留着……"

宁雪陌手指一弹，两道金红色光芒向洛九宸射了过去！

她的东西宁肯给真正的猴子也不想给他！

洛九宸早有思想准备，结界不大，几乎箍在他四周，让他活动不便，宁雪陌射来的两道金红色光芒一道奔向他的眉心，一道奔向他的手腕，这两道光芒他只能勉强躲避一道。

宁雪陌以为，他会躲避眉心的那道光芒，没想到他却躲开了手腕处的那道，另一道躲避不开，只能勉强一侧头，好歹躲开了眉心，那道光却射在了他的太阳穴上……

洛九宸闷哼一声，太阳穴像是钻进了一条小蛇在里面翻江倒海，疼得他脸色煞白，冷汗瞬间冒出。

他却笑了笑，抬手就将簪子放入自己的储物空间内，然后抬眸看着宁雪陌："小雪陌，你如果想要回这支簪子，除非我死！"

储物空间是修炼出来的，藏在人的心肺之中，如果要强行得到一个人的储物空间里的东西，除非杀死这个人，那样他的储物空间就会失效，东西就会掉出来……

而洛九宸是标准的不死之身，所以宁雪陌那支簪子注定是肉包子打狗，一去不回头了！

宁雪陌手指暗暗一握，她倒不是心疼那支簪子，而是不想让它落入洛九宸手中供他意淫！

神九黎却在她手背上轻轻一拍："放心，一切有我！"

宝剑缓缓地在他的掌心中出现，他淡淡地瞧着洛九宸："本座会如你所愿！"

洛九宸心内一惊，但随即又嗤笑："神九黎，或许你能打败我，但是休想杀死我！更何况……"

他目光恶意地在神九黎身上一扫："你的功力已经不足原先的十之一二！本座只要出了这里，立即就能活撕了你！让你再死一次！"

他再看向宁雪陌，目光说不出是怨毒还是喜欢："而她……早晚会是我的！"他

的声音里充满了森森鬼气，明明是被关在结界里面，他身上的气势居然有些惊人，让离他较近的冥界六人心里打了个寒战，情不自禁地后退一步。

宁雪陌抿紧了唇，打落水狗就要彻底打死！绝不能有丝毫怜悯之心，要不然后患无穷！

只可惜因为缺了两味药材，直到现在她也没炼制出天水毒来，就算打败了洛九宸，也无法将他弄死！

神九黎却懒得再理会洛九宸，在宁雪陌的手背上轻轻一拍："雪陌，你先在这里歇息一下，我去破结界。"

宁雪陌却一把拉住了他，神九黎似乎又小了一些，原来像是十三岁的孩子，现在看起来却像是十二岁……

他为了救她出来，肯定又耗费了不少功力吧？

虽然此刻身处险境，她的心却感觉前所未有地温暖。她微微一笑，将神九黎拉回来："大神，你好好休息。破结界的事情，交给我。"她的眼眸中闪着自信的光芒。

神九黎看着这般耀眼的宁雪陌，眸色动了动。

这是他的雪陌，虽然一开始弱小，但一直在努力成长，如今她终于成长成可以与他并肩的存在。

她不再一味依靠他，而是可以帮他分忧解难。

他们是最亲密的爱人，同时也是彼此最信任的战友。

他为她而感到骄傲。

他何其有幸，可以娶她为妻。

神九黎将她拥入怀中，清冷的声音第一次有了温柔的感觉："好，雪陌，一切小心。"

他本身功力恢复得不到三分之一，之前不断破阵耗费了他不少念力，在营救宁雪陌的时候，他又耗费了大部分念力。设完神魔结界，念力几乎到了极限，此刻他虽然强撑着，但身形又缩小了一些……

实际神九黎一开始破的就是锁着宁雪陌的结界，而不是那会夺去宁雪陌性命的阵。

他在破阵的时候，自然听到了宁雪陌绝望的呐喊，看着水下她狼狈的样子，他表面不动声色，心却紧缩成一团！但是为了不让洛九宸察觉到不对，他只能装作没有听到没有看到。

看起来是那最后一击破开了宁雪陌的结界，实际上，他一开始的目标就是救她。

不过他怀疑这丫头在他在池边布置这一切的时候猜到了他的目的，她的尖叫呐喊倒像是做给洛九宸看的……

他还是第一次听她叫得如此声嘶力竭，好像怕到了极点。

但他当时在她一直仰着的脸上没看到那种真正绝望的惊恐，那时她望着他的眸子如火般炽热……

这个丫头也一直是演戏的天才啊。

神九黎打坐片刻，再加上身带奇药，身体便恢复了一些。

现在不是打坐休息的时机，片刻后宁雪陌就会破除阵眼，到时候护阵兽会出来，还需要他用笛声指挥它们自相残杀……

他一起身便发觉自己周身也有一圈金红色结界，不用问也知道是宁雪陌见他打坐怕他受到什么攻击才提前为他设置的，她真不是一般贴心。

他心中暖意横生，这种被心上人关怀的滋味真是好得不能再好了……

宁雪陌在布置破阵眼功法的同时也一直注意神九黎的动静，见他起身便向他望过来，目中满是关切。

神九黎回她一个他已经无事的眼神，她这才松了一口气，继续布置手头的一切。

二人并没有对话，但彼此一个眼神交会便明白了对方的心思，默契得不能再默契。

宁雪陌为他设的这结界是挡外不挡内的，神九黎随手就将这结界破开了，手持白玉笛走了出来，走到那神魔结界前。

洛九宸一身紫袍坐在那里，大概被神魔结界里的无形之火熔炼得太厉害，脸色异常苍白，周身不时有紫光冒出来，显然正用他本身的护体念力来抵抗。

他一直睁着眼睛，目光一直在宁雪陌身上，也不知道在想些什么。

神九黎走过来后，便遮挡了他的视线。洛九宸凉凉地抬眸，盯着神九黎："你很得意？"

神九黎垂眸瞧着他，声音冷漠："本座无须得意。"

他伸出笛子，笛子上平伸出一团白光，将困住洛九宸的神魔结界直接挑了起来。

洛九宸脸色一变："你做什么？！"他在里面就要站起，奈何他刚刚有所动作，就被神魔结界中的无形符咒伤到，又像被烫到似的重新坐下。

神九黎懒得回答他，而是直接付诸行动，笛子轻轻一挑，就直接将他抛入那绿池中……

也不知道神九黎使用了什么咒术，居然让那神魔结界紧贴在水底的图腾柱上。

洛九宸变了脸色："神九黎，你什么意思？！"

神九黎声音依旧不疾不徐，只说了八个字："以彼之道，还施彼身。"

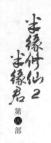

洛九宸："……"

宁雪陌也站在池子边上，虽然看不清水下的情景，但一看神九黎的动作和言语便知道洛九宸是个什么状况，眼睛一亮！

大神这是为她出气呢！

洛九宸刚才想把她喂护阵兽，现在终于轮到他自己了！就让他自己尝尝这个滋味吧！一定很销魂！

神魔结界同样是挡内不挡外的，外面能正常攻击他，却无法拖出他，到时候准有一场好戏瞧……

"大神，谢啦！"宁雪陌向着神九黎飞吻了一下，眉眼间的笑意绽放如花。

他笑了笑，没说话，直接向后一退，白玉笛横在唇边……

宁雪陌见他已经完全预备好，终于放心，她红衣飘飘如同一只轻盈的红蝶一般在僵尸群中穿梭，凌空飞起的身影如同飞天仙女般曼妙。看她破阵，如同看一场赏心悦目的飞天之舞。

待那些绿尸全部面朝中间，宁雪陌身形一起，手中红光瞬间凝聚，带着雷霆之势向着图腾柱位置拍了过去！

随着轰隆隆一声闷雷般的响声，绿池中的水波浪般涌动，足下的大地也跟着晃动起来。

水底传来一声尖锐而沉闷的低啸，像是大象在地底发出的尖啸。随着图腾柱的升起，一双血红色带着蓝边的大翅膀先冒了出来，接着又冒出了一个鸟头……

这是什么鸟？！

火凤凰？

宁雪陌心中闪过一个疑问。

她这疑问还没闪完，水中噗噗连响，接连冒出八个头……一共九个脑袋在水中冒出，这些脑袋生成一圈，看脑袋上的翎毛艳丽有点像凤凰，却没有凤冠，头、脸颊像人，一双眼睛水汪汪的，仿佛秋水横波，唯有嘴巴是尖锐如刀的鹰钩嘴……

九个脑袋……九头鸟？！鬼车啊！

鬼车鸟是传说中的凶鸟，九个脑袋九张嘴，每一张嘴都是一道杀人大凶器……

洛九宸也真有本事，居然弄来这么多的凶兽镇四方阵眼！

宁雪陌知道这玩意儿不好对付，向着冥界站方位的六人打了个手势，让他们飞速退出此地。

那六人也知道此时不是逞能的时候，趁着那鸟还没真正出来、绿尸刚刚复苏尚未跳出水面，纷纷向大厅外退去……

那鬼车鸟冒出头后并没有像其他护阵兽那样立即跳出来，而是直接扑回图腾柱上，硕大的身子将图腾柱一围，九个脑袋一起向着图腾柱上的脑袋乱啄！

这鸟体形硕大，这样一围之下，密密实实地将神魔结界整个围住，一点缝隙也没露出来。宁雪陌站在远处压根儿看不清结界中的洛九宸到底受到了什么样的攻击，只在九个鸟头的起起落落中听到了他压抑不住的闷哼……

显然，九头鸟的攻击让这位入魔的"次神"吃足了苦头！

鬼车的九个脑袋每一次起落都能带起一蓬血雨，看上去诡异而又血腥。

宁雪陌握紧手指，如果不是神九黎及时将她救出来，此刻被鬼车的九个脑袋啄的就是她了！

神魔结界中不断流出鲜血，最后几乎要将绿潭染红……

宁雪陌站在一旁看着，颇有一种风水轮流转的感觉。

洛九宸倒也算是一条汉子，受到这样的酷刑居然只是哼了哼，并没有惨呼厉叫。

因为鬼车专心在那里想要将结界内的洛九宸给掏出来，那些已经复活的绿皮僵尸便直接向宁雪陌攻击而来。

只不过它们尚未扑到宁雪陌跟前，笛声便已响起……

说不上好听的怪异曲调在大厅中盘旋，那些凶恶的绿皮僵尸却瞬间被操纵，提线木偶似的在大厅中摇摇摆摆。它们不再试图攻击宁雪陌，而是自相残杀起来……

大厅中怪叫声频起，各种腐臭的绿色黏液乱飞，甚至不时飞出绿尸的胳膊腿儿……

真正的群魔乱舞！

神九黎就站在她的身侧，玉笛横吹，衣袍飘飘而舞，明明还是个小小少年模样，却自有一种洒脱风流的态度，让人心折。

刚才神九黎到来时，一直各种状况不断，久别重逢的二人甚至没有好好说说话，就开始处理各种事情。

现在宁雪陌才有了这片刻的闲暇，此刻她看着身边的神九黎，心中的欢喜如潮水般涌动，她恨不得再抱一抱他，感受他的一切。

回来了！他真的回来了！

她不是在梦中，也不是穿越到五万年前，而是他实实在在地就在她身边……

大概宁雪陌看神九黎的眼神太专注、太热烈，神九黎瞥了她一眼，然后足下行云流水般挪动了几步。

二人原本是并排而立，神九黎这一挪动，二人就变成相对而立了。

神九黎笛声不停，眼睛却看着她，嘴角甚至勾起一抹笑来。

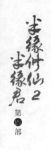

宁雪陌不明所以，瞧着他眼里闪过问号。

神九黎懒懒地道："要看就看得仔细些，不要偷偷地看，是不是想让我抱一抱你？"当然，他是用腹语传音说的。

宁雪陌："……"

她俏脸微微一红，咳了一声："大神，我其实更想抱一抱你，将你再密实地藏起来……"

"好，等这次事毕，我就任你抱、任你藏。"神九黎眼眸中笑意更重。

大神越来越没下限了！

不过，她喜欢！

他无论怎样她都好喜欢！

二人用传音入密的法子调笑了几句，宁雪陌心里欢喜的肥皂泡冒了一层又一层，不过她也知道神九黎此刻正在发功吹笛，不敢太打扰他。

那只九头鸟忽然双翅一扇，一阵嘈杂的长鸣，它们终于飞出水面，出现在大厅上空！

它这一出来宁雪陌才看清楚它的全身，身体呈流线型，有些像火凤凰，双翼展开的时候几乎遮蔽了整个空间，九颗脑袋的嘴上都鲜血淋漓的，看上去血腥得很。

它这一离开，宁雪陌下意识地看向那个黏在图腾柱上的神魔结界，里面的洛九宸只剩一副骨头架子，上面一丝血肉也没有了……

很显然，他是被九头鸟给吃了。

宁雪陌看着那骨头架子有一丝愣神，洛九宸就这么死了？

似乎……太简单了啊……

神魔结界是能困住魂魄的，就算是人死了只剩一副骨头架子，那魂魄也应该附着在骨头上……

那边神九黎的笛声几转，那只九头鸟明显被笛声控制了，它明明是想飞下来啄神九黎的，笛声回转以后，它便去追逐那些绿皮僵尸了，九个鸟头闪电般起起落落，啄得绿皮僵尸满地乱窜……

一切正按照预定的方向前进，正在厅外观战的冥界六人终于松了一口气，就等着九头鸟将那些绿皮僵尸啄食后，再毒发而亡……

宁雪陌却总感觉事情顺利得有点诡异，她干脆开了天眼，向那副骨头架子瞧去，然后在那副骨头架子上看到了几缕残魂在游荡……

宁雪陌记得洛九宸曾经说过，被这种护阵兽吞噬撕咬过的人魂魄也会被撕裂成碎片的，如无特殊法子，再也难以汇集成形。

那几缕残魂颜色有些发红，东一片西一缕的，明显是被撕碎了，聚不成人形……

神魔结界中被困住的只有洛九宸，那些残存在骨头架子上的残魄自然就是洛九宸的。

他是真的被他自己弄出来的护阵兽给撕成碎片了，再也作不了恶……

宁雪陌终于松了一口气。

她原本一直站在神九黎身侧，和他呈犄角式互守，此刻见神九黎已经完全用笛声掌控了全局，便也放下心来。

她又看了片刻那九头鸟和绿皮僵尸的恶斗，也没察觉出什么异常，目光这才又转向神魔结界。结界内那几缕残魂在飘荡，不时被结界内闪烁的符咒击中，吱的一声化为乌有。

这样看来，用不了片刻，里面的魂魄就会被吞噬干净，到那时洛九宸才是真正烟消云散。

她盯了那里片刻，总感觉有一缕残魂似乎不太正，那形状居然像鸟的翅膀……

洛九宸虽然是"次神"，但原身一直是真正的人身，怎么会跑出翅膀来？他又不是天使！

宁雪陌总感觉不太对劲，便向着那神魔结界走了几步，想看得更清楚些。

"小心！"不知道是谁大喊了一声。

几乎与此同时，宁雪陌听到头顶恶风骤生！

她下意识一剑向头顶飞掠，当的一声大响，像是砍在了精铁上，无数火星迸射！

宁雪陌在挥出宝剑的时候猛然一个翻滚，在翻滚的过程中看到一张尖锐的、生了无数尖牙的血盆大口近在咫尺！

鬼车的嘴！

大概是太吃惊，宁雪陌的身子僵了一下，也就稍稍这么一耽搁的工夫，鬼车的大嘴已经向着她的身子直接合了下来……

再下一刻，宁雪陌已经落入鬼车的嘴里……

鬼车嘴里的尖牙有数根嵌入她的身体，却并不将她撕碎，而是将她叼在口中，直接飞了起来……

"放开她！"神九黎脸色一变，身形骤然飞起，宝剑闪出一道亮白光华，向着叼着宁雪陌的那颗鸟头削去！

九头鸟长鸣一声，双翅一扇，猛然向上飞起。

哗啦一声响，整个厅顶完全坍塌，尘嚣弥漫中那只九头鸟已经飞了出去……

白光一闪，神九黎也跟着追了出去，眨眼不见了影子。

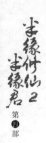

冥界六人："……"

这六人怎么也没想到在自己这边完全占上风的情况下，会发生这样的突变，魔主被九头鸟给叼走了！

此刻大厅中的绿皮僵尸被消灭得就剩两三个，失去了笛声的操纵，这几个僵尸又恢复了凶残，向着甬道中的六人一起扑了过来！

"拼死也要杀死它们！不要放跑一个！"冷将军终于回神，急促下令！

只有僵尸和九头鸟全灭这阵法才能被彻底破去，九头鸟他们奈何不得，这绿皮僵尸他们还是能对付一二的。

长空之下，云天之中。

笛声尖锐如刀，在空气中穿梭。

前方的九头鸟原本逃窜的速度快如闪电，但在笛声的干扰之下，它开始飞得歪歪斜斜，九颗脑袋向九个方向猛扯，似乎都想做主导，偏偏争不过那颗叼着宁雪陌的脑袋，主要的飞行方向还是向前的……

不过因为九个脑袋劲儿不向一处使，飞行的速度自然大打折扣，片刻工夫便被神九黎追上。

神九黎在将要追上它的那一刻，手指连弹，在九头鸟四周布下六道结界，将它上下左右前后的退路都封死了！

"洛九宸，你放下她！"神九黎沉声开口。

那九头鸟身体微微一僵，正叼着宁雪陌的那只鸟头目光落在神九黎身上，腹部忽然发出一声闷笑："神九黎，我这样居然也能被你认出来！"

他无形中承认了自己的身份。

就连那颗鸟头上也有紫光闪了一下，一张人脸在那里若隐若现，那张人脸正是洛九宸的！

很显然，它的魂魄是附体在这九头鸟的一头上了。

宁雪陌的身子被卡在鸟嘴里，有几颗尖牙已经嵌入她的身体，她一动不动，不知道是晕了过去还是已经死掉了……

他如果出手硬抢，只怕会将她的身体直接撕裂！

"洛九宸，你放开她，本座可以放你一条生路！"神九黎再次开口。

那颗鸟头却哈哈大笑起来："神九黎，有本事你就从我嘴里将她抢夺回去！！你退后，要不然我直接将她咬成两段！"他作势向下微微一咬，獠牙刺入宁雪陌的身体更深处，她的身子颤抖了一下，有血自她身上冒出来，滴入九头鸟的嘴中……

"好鲜好美！果然不愧是佛魔合体之血啊，对我可是大补呢。神九黎，你是想要她死还是活？"九头鸟的眼眸中露出嗜血的光芒。

"不许伤她！你要怎样？"神九黎握紧手指。

"想要她活的话，你就得死！"九头鸟声音冷酷。

神九黎目光落在它的头顶上："如果……我说不呢？"

"那我只有将她吞吃掉了，让她死在我的肚中也是个不错的主意……"

"她如有三长两短，洛九宸，本座会直接让你灰飞烟灭！"

"哈哈，我灰飞烟灭时拉着她一起陪葬也是个不错的主意。神九黎，我数一二三，你再不决定的话，她可就做我的腹中食了！一！"

为了增强震慑效果，那张鸟嘴甚至又向下咬了咬，让她的血流出得更多更急……

神九黎指节握得苍白，他沉声道："我怎知你会不会食言？"声音微微颤抖。

"神九黎，你多虑了，我这么喜欢她，只要你死了，她早晚会是我的，我自然不会再要她的命……等你死了，我会好好疼她的……"

"你用这九头鸟的身子疼她？"神九黎这次格外话多。

"哼，皮囊本是身外物，本座只要魂魄是完整的，又何必非要在这九头鸟身上浪费工夫？"那一双鸟眼忽然落在神九黎身上，似乎想到了什么，现出火热，"你这具身子就很不错！你死之后，我可以附体在你的躯壳上，这样的话她说不定接受我还能接受得快一些。好了，少浪费时间了！神九黎，我只要不死，这个大阵还是破除不了，也无人可以帮你。你还是早做决定吧！二！"他又数出了第二个数。

神九黎垂眸，并没有说话，而是手掌平伸，一柄银白色的长剑显形。

他握住剑柄，目光再次落在九头鸟身上："洛九宸，你不要后悔！"

九头鸟哈哈笑："你自杀我有什么好后悔的！"它的眼睛盯在神九黎的剑上，"这是天道剑？"

"是又怎样？"

"听说被天道剑杀死的人再没有转世的机会，神九黎，这剑如果杀死你自己，想必这种功能也不会丧失。现在，你就把这剑刺入你自己的心窝吧！我知道天道剑只有刺中那里，才会发挥真正的作用。"洛九宸毕竟和神九黎做了这么多年的对头，还是懂行的。

"好！"神九黎总算应了一个字，手腕一抬，宝剑扬起，在空中挽了一个剑花，向着自己的胸口刺了过去！

咔的一声入肉的闷响传来，随后鲜血飞激……

一颗硕大的鸟头随着鲜血飞上了半空！

与此同时，一道银白色的光芒如一条翻飞的银龙，将那颗鸟头直接裹在其中，直接一搅，那鸟头发出一声凄厉的嘶鸣，便在银白光芒的翻搅中化为灰烬……

"大神，你这一剑好帅啊！"九头鸟失去了一个头疼得直哆嗦，而在另外一颗鸟头上，一名红衣女子迎风而立，掌心诛天剑尚滴着血滴，她笑得比春花更烂漫。

"笨蛋，你太冒险了！"神九黎的目光落在她身上，恨不得用目光将她吞下去！

"不如此，只怕还是灭不了他。大神，我事前没和你说，你居然也能和我配合得如此默契，我给你点个赞！"宁雪陌笑得得意扬扬。

神九黎："……"

原来宁雪陌刚才去看神魔结界中的洛九宸的骨架时，敏锐地看出那里面的一片残魄上带有翅膀……

现场带翅膀的只有鬼车一个，宁雪陌立即想到，那残魄是那只鬼车的，确切地说，是鬼车的其中一个头的！

鬼车刚刚明明是啄食着洛九宸，它的残魂怎么会被挤出来？

唯一的解释就是，洛九宸在神魔结界中拼着一死，趁鬼车一颗脑袋伸进来啄食他的时候，他使用什么法子将自己的魂魄挤入了鬼车的脑袋内，而将鬼车的一缕魂魄扯出来附着在他自己的骨架上做幌子……

宁雪陌思维转得极快，几乎就在刹那间想到这种可能！

而鬼车是洛九宸放入阵中的，他和鬼车之间或许有什么牵制的东西，让它们能够灵魂互换。

洛九宸一旦在鬼车身上附体成功，只怕立即会夺了鬼车的其他脑袋的思维，彻底控制鬼车。

鬼车原本就是一种大凶之鸟，而洛九宸又像蟑螂似的屡打不死，他和鬼车合体后，就能直接逃跑。鬼车是这世上飞得最快的动物，一旦让它逃脱，要想追赶只怕又是千难万难，打虎要打死，放虎归山最要不得，不然后患无穷！

宁雪陌几乎在须臾之间就厘清了这其中的关系，所以见鬼车来叨她时，她趁机将计就计被它叨中。她是佛魔之血，据说她的血是一切魔物的罂粟，可以让魔物不知不觉中毒还不觉，甚至可以软化一切魔物的外在铠甲……

宁雪陌在被它叨中的刹那，便灵魂出窍，附着在九头鸟的另一个头上，用手势告诉神九黎让他拖延时间……

她自己则开始阻断洛九宸附着的那个头和鬼车其余头的融合，免得砍掉它一个头，洛九宸又附着在其他头上，一直杀不死。

这鬼车一身铜皮铁骨，就算用最利的神器也休想伤它分毫。而神九黎的功力又恢复了不足十分之一，他如果单纯用天道剑来砍的话，也是无法伤到鬼车的根本的。

这也是洛九宸不怕神九黎会捣鬼的主因。

他全部精力都防备面前的神九黎了，哪里会想到嘴里的宁雪陌才是真正要他命的？

宁雪陌做好这一切后，便用金蝉脱壳之法将本体从鬼车嘴里替换出来，只留下一个代替品。

洛九宸因为好多触觉被阻断，压根儿就没感觉出来。

而宁雪陌的本体又回到鬼车头顶，趁神九黎吸引洛九宸的注意力的时候，趁势一剑向着那颗头削下！

洛九宸万万没想到宁雪陌会有这一计，果然上当，被宁雪陌一剑将他附体的鬼车头削下，神九黎趁势出手，用天道剑将那颗头彻底净化！

二人的速度都如霹雳闪电般，又配合得天衣无缝，没给洛九宸反应的时间。

可怜他预备了那么多后路，做了那么多准备，临到后来却没用到多少，一条命就这么玩了进去，也算是他的报应……

宁雪陌站在疼得打转的九头鸟的脖子上，还有些不敢相信。

洛九宸真的死了？

他再也不会出现了？

那九头鸟失去了一颗头，也直到此时疼痛的感觉才上来，疼得它像风车似的在空中旋转不休，也差点将宁雪陌晃下去。

有银白光芒当空亮起，围着九头鸟闪了数闪。

凄厉的长鸣中，一颗颗鸟头被斩下。

片刻后，九头鸟一颗头也找不到了，九个腔子里一起喷血，不但如此，它的胸口还中了一剑，终于跌落云霄……

不知道神九黎在斩杀它的时候用上了什么术法，那么大只的九头鸟居然像流星坠入大气层，剧烈燃烧起来，还没落在地上，便烧得毫毛不剩……

天风鼓荡，长空如洗。

宁雪陌站在空中还下意识地用目光往四处看，唯恐洛九宸那厮又在哪个犄角旮旯忽然复活，再重新冒泡，在她面前怒刷存在感……

"找什么？"一只手握住了她的手，那手虽然小，掌心却干燥温暖，像是能给人最强大的依靠。

"那'次神'真死了吧？不会再蹦出来了吧？"宁雪陌下意识地开口。

不是她没安全感，而是那家伙实在像打不死的小强似的，无论如何也杀不死，已经在她心中形成根深蒂固的小强感觉。

所以乍杀死他，她倒不那么确定了。

神九黎站在她身边，见她一双大眼睛还四处看，不动声色地将她猛然一拉，宁雪陌一个趔趄，直接扑到他身上。

若是平时这么一拉，她会直接跌入他的怀中，他会将她严严实实地抱住。

现在他这么一拉，她像个护雏的母鸡似的一下子将他抱了个满怀！

神九黎："……"

宁雪陌也愣了一下，低头看了看怀中的神九黎。

这么嫩生生的大神……

大概这种抱让神九黎颇为不习惯，他白玉般的脸上竟然有一丝可疑的红晕……

这样的大神可是万年也难得一见，宁雪陌忍不住低头在他额头上亲了一口笑嘻嘻地道："大功告成，亲一个！"

她占了便宜后，正要抬头，神九黎却一抬手按住了她的后脑，然后吻住了她的唇！

熟悉的气息扑面而来，熟悉的感觉在胸腔里激荡，宁雪陌心脏狂跳，微闭上眼睛接受他这个吻……

原来大神无论什么时候都是这么强势！不过，她喜欢他这样强势，好喜欢！

他就算整个人变小了，但那吻依旧像从前那样火热，让她忘了他的正太模样，仿佛还是从前……

"咝！"

"哎呀。"

"再来一个！"

"天哪，好唯美……"

啪啪啪……下方传来议论声、掌声，声音越来越大，逐渐变成欢呼……

宁雪陌吓了一跳，终于回神，低头一望，微微一愣！

下方不再是什么绿色的热带森林，而是一条繁华热闹的街道，街道上重获新生的人们正在奔走欢呼，甚至冥王和他的那些部属、将领也在。此刻这些人都仰着脸，看着飘浮在半空中的宁雪陌和神九黎……

很明显，那个要人命的迷魂大阵已经破了，一切都恢复了正常……

她居然在大庭广众之下表演激吻秀了，还是被一个正太吻得差点失了魂……

宁雪陌觉得自己的老脸瞬间一红，耳朵都火辣辣的，扯着神九黎向上飞起，直入云霄……

　　"哈哈，魔主，祝您和神尊永远好合。"冥王明显已经从冷将军他们口中知道了神尊回归的事情，只是没想到神尊和魔主居然在半空中来个激吻秀，让他在目瞪口呆之余，却又备感温暖。若不是这两个人，冥界这次就彻底完了！

　　他和众将心里是满满的感激，此刻他忍不住率众跪倒，诚心祝贺。

　　"祝魔主和神尊永远好合！"冥界百姓也跟着大声祝贺起来，欢声雷动，直上云霄。

　　"害羞了？"白云之上，神九黎侧耳听了听下面的欢呼声，似笑非笑地瞧着她。

　　明明是个小正太，那眼神却似有形有质，让宁雪陌心脏再次狂跳。

　　不过，她一向是个不服软的，俏脸虽然还红得像个番茄，动作却像个小痞女。她把手臂向神九黎肩上一搭，嘻嘻一笑："我不想让他们说我轻薄一个小正太……为你留面子哩。"

　　神九黎："……"

　　宁雪陌身子几乎整个靠在他身上，虽然他的个头儿还是矮了些，但只要能再次闻到他的气息，那她便很开心，也有狠狠抱住他的腰再也不放手的欲念……

　　神九黎身形微微一转，巧妙地摆脱她这种搂小弟的姿势，手腕再一动，又将她拉了过来，在她耳边低语："我还允许你再轻薄一次……"

　　然后他再一次吻上了她！

　　他站的位置很巧妙，比她高一些，这样吻起来才格外给力。

　　二人是经历生死劫再次重逢的，胸腔里都有一腔激烈情绪在翻滚，恨不得和对方骨血相溶，再也不要分开。

　　咚咚咚！

　　怦怦怦！

　　是谁的心跳声响如擂鼓？

　　是谁的心跳声乱了节奏？

　　忘我的吻，恨不得将对方按揉进身体里的吻，直到彼此都气喘吁吁才结束……

　　宁雪陌在满足之余，又忍不住抚额。频繁被一个小正太亲来亲去真的好吗？幸好这里是高空中没有人看到，要不然会让人以为她这个魔主有恋童癖呢！

　　她一个念头刚刚转到这里，忽似察觉到了什么，猛然转头向一个方向望过去，正看到不远处一位男子迎风站立，脸上戴着一副黑漆漆的吓人的鬼脸面具，身上是一件

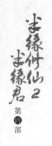

浅黄闪烁着流光的锦缎长袍，腰间悬有一枚奇形怪状的玉佩，他飘飘然站在那里，手里握着一把金黄的尺子，正向这边看着。

他虽然戴着面具，没有露出本来面目，但宁雪陌敏锐地感觉这人正看着他们，那目光极有穿透力，让人几乎无法忽略！

宁雪陌心中一跳。这个人什么时候来的？一向敏锐的她居然没有察觉到！

神九黎显然也注意到了那个人，微微拧眉。

这个人是刚刚从西方飞过来的，像是路过。

而神九黎刚才和宁雪陌升上高空的时候，顺手又设了一个透明隐身结界。

他们在结界内看外面没有任何阻隔，外面路过的人却不会看到他们，所以神九黎刚才发觉这人到来时并没有放在心上，还以为这个人会直接过去，没想到他会在不远处停下来，目光更是转向这个方向，明显已经看到了结界里的他们！

神九黎现在的功夫虽然没有恢复，但所设出来的结界也非同小可，就算天帝、叶天离他们来了，也无法看到这个结界。

这个人又是谁？居然有这个功夫？！

他淡淡地回望那个人，仿佛在掂量那个人的斤两。

那个人却似一笑，向着他这个方向拱了拱手："打扰了。"声音明显经过变音处理，虽然好听却有一种机械意味，还带着一种万事不萦于怀的懒洋洋味道。

说完这句，他也不待这两个人说话，便身形一闪，恍如一团淡金色光芒，瞬间消失在云海深处。

这人来得突然，去得也利索，倒是没有恶意，像是单纯路过的。

"他是谁？"宁雪陌忍不住询问。

神九黎略一沉吟道："你有没有听说这个大陆上还有一位不问世事却神出鬼没、从不留姓名的神秘人？"

宁雪陌点头："难道就是他？！"

"八成是了。"神九黎眸中闪过一抹沉思。这个人刚才站在那里的时候，看上去随和近人，却是个气场内敛的，所到之处连密集的云朵都瞬间远远散开。

这种功力只怕比全盛时期的他也差不了多少……

宁雪陌现在功力也极高，也看出此人的不凡，望着那个人消失的方向有些出神。

手掌忽然一紧，神九黎将她转了过来，侧眸看着她："我觉得你应该看的是我。"

他和她刚刚相聚不是吗？她的目光不是应该一直围绕着他打转？

虽然那个神秘人长相不赖，但这丫头看两眼也就罢了，居然看着出神了……

宁雪陌没注意神九黎的情绪，还沉浸在她的思维里，揉了揉眉心："大神，这个人不会也像是'次神'那样的人物吧？洛九宸这'次神'死了，这个人会不会是下一任'次神'？"

神九黎："你想多了。"

好吧，她是被洛九宸那个浑蛋整得有点神经过敏了。

这个人戴着鬼脸面具，藏头藏尾的，连声音都是经过处理的，果然不愧这个神秘人的称号。而且这个人像是单纯路过，没什么歹意……

她的注意力终于又回到神九黎身上，她干脆拉着他坐在云端聊天。

她和他的身子紧紧挨在一起，宁雪陌其实很想坐在他的怀中，但鉴于他的正太模样，她这么大号的人坐在他怀里有点惊悚。

那就换她揽他吧……

她抬臂正想抱他，神九黎却伸手将她拉到自己的膝上躺着："让我先看看你的伤。"

咦，这个姿势也不错！

宁雪陌躺在他的膝上，趁势一滚，又抱住了他的腰。

嗯，闻着他的味道感觉好满足！

宁雪陌整个人像只餍足的猫，任由神九黎检视她的身体。

她身上的伤其实已经好得差不多了，但在他面前，她还是想娇气一把。

于是在他的指尖轻触之下，她偶尔还轻哎一声，眼巴巴地看着他，嘟嘴："疼……"

她一双眼睛水汪汪的，小嘴红艳艳的，这样撒娇的模样让神九黎心神一荡！恨不得将她按在身下……

但他的功力还未恢复，最重要的是容貌还没恢复，和她滚床单他有压力……

他虽然是十一二岁童子的容貌，但身体方面某些功能还是成人的，做男人的事情没问题，只是他过不了自己这一关而已。

不过，他不会让她等太久，他的恢复其实指日可待……

"怕疼刚才还用那么危险的法子？"神九黎声音微冷，刚才这丫头太拼命了！

他看到她落入九头鸟的嘴里那一刻，心脏差点停跳，险些就不顾一切使出那个法子……

他嘴里说着斥责的话，手下动作却轻柔，为她的那些伤口涂抹药膏。

宁雪陌一面享受着他如同按摩似的涂药，一面不服气地辩驳："那个法子是最好

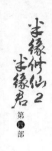

的啦，要不然那浑蛋只怕还杀不死……"

她在他膝上翻了一个身，抱着他的一条手臂："你不知道那浑蛋修炼邪功修得比原先又厉害了不少。很难对付，尤其是你我这种状态下，要想彻底杀死他就更难上加难，神魔结界只是杀了他一个措手不及，磨去一些他的功力，却并不能致命。更何况他又用邪法附体在九头鸟身上出来，一旦让他彻底附体成功，不知道又会生出多少波折，所以我才……"

她眼睛眨啊眨的，她在那里滔滔不绝地分析利弊，分析得头头是道。

她在外人面前看上去懒散成熟冷酷，但在他面前，就像一个小女孩，哭笑随意，烂漫爱撒娇。

神九黎为她涂抹完了药膏，净了手，用手弹拨她的眼睫毛玩。

她的睫毛又浓又密还卷翘，蹭在他的手心里痒痒的，仿佛能痒到心里去。

他听她分析来分析去，微笑不语。

其实她就算不用那么危险的法子，他也有法子彻底杀死洛九宸的……

只不过那个法子对他的神体有点妨碍而已，但他既然已经对洛九宸动了杀心，自然会想方设法，务必彻底将对方除去！

那个人实在是触了他的底线！

宁雪陌想起刚才自己的表现还有些自豪，得意扬扬地瞧着他："大神，我厉害吧？"

"厉害，我的雪陌是最厉害的。"神九黎不吝啬地夸奖她。

宁雪陌的嘴角翘得像个豆荚，她喜欢他这句"我的雪陌"……让她有一种满满的归属感。

她开始将他的手从自己的脸上拉下来，摆弄他的手指玩，声音越加得意："我这么厉害，你能娶我做媳妇是你八辈子修来的福气。"

这丫头挺喜欢自夸的，却一点也不招人反感。

神九黎慢条斯理地换另一只手弹她的脑门："你说错了。"

"嗯？"宁雪陌眉毛挑得高高的。

神九黎优雅地在她的眼睫毛上亲了一下："是我所有辈子修来的福气。"

宁雪陌眼睫弯弯的像月牙。

这还差不多！

失望了太多次，绝望了太多次，如今幸福到来得太快，就算躺在他身边，她也有一种在做梦的错觉。

"大神，你说这是不是梦？"她扯着他的手指想要咬上一口试试真实性。

神九黎二话不说，扯过她的小手，在她嫩白的掌心上咬了一下，似笑非笑地看着她："疼吗？这样你是不是感觉真实些？"

掌心有些刺痛，宁雪陌却笑眯了眼睛。

感觉很敏锐，这证明不是梦！

心中的欢喜在胸腔里激荡来去，让她有一种跳起来连翻几个筋斗的冲动。

啊啊啊，好开心！开心得让她极想找个人分享……

她像是想起了什么，忽然一跳而起，顺势也将他扯了起来："大神，我们的儿子还在陌宫里等着，我带你去见他，他见了你一定开心得找不到北的。你都不知道这些日子他有多想你，常常在背后哭，在梦中也会喊出'父君'来……"

啊啊，儿子一定会开心得疯掉的！

宁雪陌想起儿子一刻也沉不住气了！

她和儿子说三天以后会回去，现在已经过了将近三天，那小子在陌宫一定等急了……

神九黎却站在原地不动地方，宁雪陌扯了两下没扯动，讶异地挑眉："大神？"

心中忽然一跳，她只顾开心了，忘记试探一下这个大神是五万年前直接穿越过来的，还是和她共历三世的那个大神……

如果是从五万年前直接穿越过来的，他对小念陌是没多少印象的，最多就是听她说过……

"大神，你还记得……念陌吧？"

神九黎似笑非笑："我的儿子我怎么会不记得？！"

她心中一喜，再问："你所谓的记得是……是听我说起过，还是……还是曾经带过他、疼过他？"

神九黎依旧坐在那里，一条手臂支在膝上，形容懒懒的："你觉得呢？"这丫头明显在套他的话呢！他偏不告诉她！

宁雪陌："……"

神九黎眼神深邃："你希望我是哪种？"

大神这皮球踢得有技术！

宁雪陌额头青筋微微一跳，打了个哈哈："无所谓啦，我都希望……"

她抬手又去拉他："走啦，我们去见儿子，无论怎样，他都是你的儿子……如假包换！你得疼他……"

神九黎终于起身，拉住她的手："那小子没在陌宫，走，我带你去见他，估计他

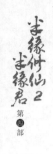

也等急了……"

他一挥衣袖，破开一个结界，向某个方向飞去。

空气中还传来宁雪陌的疑惑。

"他没在陌宫在哪里？我明明让他在陌宫等着的……你刚才设结界做什么？"

一直在窥屏的天道石忽然意识到大事不妙。

神九黎居然带着宁雪陌向着自己这个方向飞过来了！

这位神尊不会是想带着媳妇也钻入它天道石里来见儿子吧？！

那样它的威严何存啊？！

天道石当机立断，立即撒腿跑路！

小念陌看见水晶球上父母相会的画面开心得不得了，正在蹦跳，忽然身下的水晶厅高速飞转起来！

他倒是个反应快的，立即抱住了旁边一根水晶柱，这天道石跑得太快了！

小念陌这种功夫都在里面被摇晃得头昏眼花，若不是他双腿双臂都缠在水晶柱上，只怕整个人就得变成皮球满厅滚！

"啊啊啊啊，你做什么？！跑什么？"小念陌大叫。

叫声未落地，天道石忽然来了个急刹车，小念陌身子险些飞出去！

这石头发什么疯？！

小念陌晕头涨脑地抬头，正要说什么，忽然目光盯在旁边的水晶球上，欢叫一声："娘亲！"他的娘亲就站在外面，当然和他娘亲并列站在一起的则是那个疑似他父君的童子……

宁雪陌怎么也没想到神九黎说是带她来见儿子，居然直接土遁，让她有些摸不着头脑。

她想要问的时候，神九黎却只说了一句："去了你便知道了。"

宁雪陌干脆不问了，只跟着他在地下飞快遁行……

片刻后，神九黎带着她在一个地方停住，仿佛等待着什么。

她看了看周围灰扑扑的岩石层，没看出任何异常的地方，有些诧异，想问问大神带她来这里做什么。

结果她尚未来得及开口，脚下便传来震动——

接着她便看到一颗白色石头风驰电掣般滚来，所到之处所有岩石自动给它让路！

这石头长得好眼熟！

好像是……天道石？

宁雪陌万没想到会在这里碰到它，更没想到它会是这么一副心慌逃命似的样子。

于是她便跳出去，正拦在天道石前面，直接将它逼停！

"天道石？！"宁雪陌询问。

"不是本石！"天道石下意识地回了一句。

它心里也很苦，这两个人不是应该在后面追赶吗？怎么在它前面冒出来了？！

以它心里那精确恐怖的计算能力，这两个人如果先赶到它刚才所在的地方，发现它不见，再顺着它的轨迹追来的话，它应该已经跑回陌宫了！

它却没想到这两个人压根儿就不按常理出牌，直接拦截它，生像早就知它要跑似的！

看着这石头恨不得把自己藏起来的模样，宁雪陌忍不住失笑："天道石，你怎么在这里？你不是应该在梵天宫吗？"

天道石："……"它也一言难尽啊！

宁雪陌得不到天道石的回答，终于又想起自己来这里的目的，一扯旁边大神的袍袖："大神，我们不是要找儿子吗？"

神九黎尚未回答，眼前的天道石上忽然有白光闪烁，冒出一个旋涡，接着便从旋涡中推出一个人来。

"娘亲！"那个人欢叫一声，像个炮弹一样直接扑入她的怀中。

宁雪陌："……"

她自然是认得自家儿子的，下意识地抱紧他，然后再看看已经恢复原状的天道石，一脸不可思议。

儿子怎么会从天道石的肚子里跑出来？！

她不在陌宫的那几天到底发生了什么？

天道石肚子里能装人？这天道石难道是个母的？

宁雪陌满腹狐疑，却忘记这天道石离这么近是能读取她心中所想的，顿时觉得自己石头的颜面都丢尽了！

"本石是混沌体，什么公的母的！"它在宁雪陌脑海中愤怒地刷屏。

宁雪陌看了看身边的神九黎，见他只是抱着手臂在那里看着，忙一把扯起几乎黏在腿上的儿子，指着神九黎道："念陌，你不是一直惦记着你的父君吗？瞧，他回来了……你们已经见过面了吧？快叫父君。"要不然神九黎也不会知道念陌在这颗石头的肚子里藏着。

神念陌终于抬起脑袋，看着眼前看上去比他大不了几岁的神九黎，顿了顿，终于扭怩地叫了一声："父……父君……"

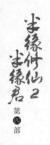
他眨巴着眼睛，心里感觉还有些怪，他曾经居然看到自己父君穿兜肚的样子了……

不知道还有哪家宝宝有这个福利……

他其实很想扑入自己父君的怀中，可是看着这个小哥哥般的父君他不太好意思扑过去……

神九黎瞥了儿子一眼，儿子那点小心思自然瞒不过他的眼睛，他向神念陌招了招手："念陌，过来。"

到底是父子天性，神念陌略踟蹰了一下，还是跑过去，仰着脸看他："父……父君？"

神九黎将他抱起，一只手摩挲着他的发心："念陌不认得父君了吗？"

神念陌闻着他身上熟悉的气息，终于找回了一些感觉，忽然兴高采烈起来，抬起小手抱住他的脖子："认得……父君，等你闲的时候能不能再变成穿兜肚的娃娃陪我玩……"

神九黎："……"

宁雪陌："……"她忍俊不禁，难道儿子看到老爹穿兜肚的时候了？哈哈，那样大神在儿子心目中只怕形象全无。

她刚想到这里，便看到神九黎掌心冒出淡淡的白光……

她霎时间明白神九黎要做什么，张了张嘴，没有说出阻止的话。

如果她穿开裆裤的样子被儿子看到，她也有洗去他记忆的冲动！

片刻后，神念陌在神九黎的肩头睡着了。

一来他今天的神经一直紧绷着，此刻放松下来确实困了。

二来被洗去某一部分记忆后，人也会有一点点犯困的。

他用手拍了拍儿子的后背，一抬头见宁雪陌正似笑非笑地望着他："大神，你又开始洗儿子的记忆了，当初你就洗过我的……不过我后来恢复了，你要不要也洗一洗我的？"

当初她看到穿兜肚的他，误把他当成人参娃娃抓……

神九黎牵过她的手，扯着她向天道石走："当初被你看到证明你我的确有缘，你既然是我的妻子，就算看到我那时的样子也没什么。但儿子不行。放心，我只是洗去他的一小段记忆，对他没半点妨碍。"他自己的儿子，他自然舍不得让其真正受到伤害。

宁雪陌心中却猛然一动！

大神知道洗去她记忆的那些事，是不是证明他就是和她共历三世的大神？！

宁雪陌神色立即生动起来，她反握着神九黎的手，握得紧紧的，仿佛握着了全世界……

再看看他怀中的小念陌，她满足地呼出了一口气。

这是她的丈夫、她的儿子，现在一家三口团聚了！她终于大圆满了……

"我能想到最浪漫的事，就是陪你一起把孩子养大……陪你到地老天荒……"

她低唱起来，心里是满满的、似乎要溢出来的幸福。

第四十章　陪你到天荒